新日本古典文学大系 16

続日本紀 五

青木和夫
稲岡耕二
笹山晴生
白藤禮幸
校注

岩波書店刊行

目次

続日本紀への招待

―巻第三十四から巻第四十まで―

この第五分冊で新日本古典文学大系の『続日本紀』は終る。全四十巻。六九七年八月から七九一年の歳末までの九十四年余。天皇は文武《もんむ》・元明《げんめい》・元正《げんしょう》・聖武《しょうむ》・孝謙《こうけん》・淳仁《じゅんにん》・称《しょう》徳《とく》・光仁《こうにん》・桓武《かんむ》の九代。ただし称徳は孝謙の重祚《ちょうそ》(復位)だから人数は八人である。いわゆる奈良時代は、このうちで第一分冊の巻第四、元明天皇が藤原《ふじわら》京を去って平城《へいぜい》(奈良)京に遷る和銅三年(七一〇)三月から、この第五分冊の巻第三十八、桓武天皇が長岡《ながおか》京に遷都する延暦三年(七八四)までとするのがふつうだから、続日本紀全四十巻はほぼ奈良時代のための史書ということができる。

奈良時代というような政権の所在地によって時代を区分するのはおかしいという意見もある。奈良時代の次を平安時代とすると、続紀が巻第四十で筆を措いた三年後の延暦十三年(七九四)に桓武は平安京へ遷都するので、途中十年間の長岡京時代は奈良・平安のどちらに属させたらよいかということになる。

だが、もともと時代区分とは、人間の歴史全体を了解するための便宜的な手段だ。全体を直観で了解することもできなくはないが、全体の直観だけではこれを共有しない他人に説明できぬ。部分に分けて各部分の特徴を挙げ、そしてそれを総括するという方法のほうが説明しやすいだろう。しかし問題は区分するときの規準である。政治・経済・社会・文化等々のどの分野を規準とするか。ともかくも人間が未熟な時代ほど暴力が幅を利かせるわけであるから、暴力が必須の戦争が注目され、戦争を含む政治が重視されて、政権の所在地が問題になる。

日本の古代を倒して中世を開いたのは、荒々しい関東の風土に育った鎌倉武士であった。風土すなわち環境は、その時代までの歴史と共に人間を造る。鎌倉武士と平安貴族とでは人間像が異なるように、同じ貴族でも平安と奈良とでは違うのである。古今集と万葉集との歌風の相違が端的にこれを示している。奈良盆地北端の平城京から京都盆地西南端の長岡京へは距離にして三十余キロに過ぎぬとはいえ、やはり風土を異にする北の盆地へ都を遷したのであり、奈良時代とは異なる平安時代へ一歩踏みだしたことになる。

長岡京時代を平安時代に含めてよい理由がもう一つある。長岡遷都も平安遷都と同様に桓武の事業であった。彼の父光仁が恐らく本人も思いがけず、天皇となったのは六十二歳のときである。既に老齢だった。だが桓武はそれから二年余、三十七歳で皇太子となり、四十五歳で即位している。壮年である。父を推戴してその後も政務を操ってきた藤原永《なが》手《て》・百川《ももかわ》らは世を去っていた。桓武の意欲を掣肘する側近はいなかった。光仁の人柄について続紀は〃寛仁敦厚〃と記している。生来かも知れないが、奈良時代後半を擦り抜けてきた生きかたが、身についてしまったとも思われる。しかし桓武は違う。とかく息子は父親に批判的なものだが、莫大な国費を費やす遷都を命じたのは、父光仁の死後三年目のことであった。桓武の曾祖父天智が奈良盆地南部の飛鳥から都を近江に遷した当時の不評は、書紀や万葉に記録されているのに、桓武の遷都に対する批判は続紀には記されていない。桓武没後に編纂された『日本後紀』は、桓武の晩年に直言を求められた参議藤原緒嗣《おつぐ》が〃方今、天下の苦しむ所は、軍事と造作(都城造営)となり〃と直言したと記しているが、続紀にはそうした批判が一切書かれていない。当然である。続紀は桓武の在世中に編纂されているのだから。自分の在位中に自分の治世まで歴史に書かせるというのは、いったいどういう積りなのか。この第五分冊の読者も私たちと一緒に考えていただきたい。

緒嗣が〃造作〃と共に中止を直言したのは〃軍事〃、いわゆる蝦夷征討である。律令国家の進出に対する蝦夷たちの抵抗はこの分冊に入ってから激しくなるが、徹底的な鎮圧を企図したのは桓武だ。〃造作〃の詳細が近年成果を挙げつつある長岡・平安両京の発掘調査――平城京跡と違って両京跡とも市街化しているから部分的にしか発掘しえないが――に俟つところ大きいのにくらべて、〃軍事〃の詳細は続紀が主要な資料である。この分冊ではやはり近年盛んな東北地方各地の発掘成果を脚注・補注に紹介していこう。

ともあれ続紀は桓武の二十六年にわたる治世のなかの十年余を記すに過ぎぬ。続く『日本後紀』を繙かなければ桓武朝は総括しえない。ところがこの後紀は全四十巻中の十巻を今日に残すのみで、巻第一から巻第十三に及ぶ桓武紀のうち、完存するのは五・八・十二・十三の四巻であり、他の九巻については諸書に引用された断片的な記事を留めるに過ぎない。私たちは続紀の記す十年余の記事を精読することにより、続く十五年の治世の展開を、後紀の残す四巻や諸書の断片的な記事で確かめながら、推測してみようではないか。想像力は論理性と共に歴史研究者にとって重要な資質である。

最終分冊最初の**巻第三十四**は、光仁朝の宝亀七年(七七六)正月から八年十二月までであり、前分冊最後の巻第三十二、巻第三十三と同様に、一巻で二年分を収載している。記事の分量も前の二巻とほぼ同程度だから編纂がやや事務的になってきたことを思わせる。しかし私ども注解者は事務的に注解を進めるわけには行かない。例えば冒頭の宝亀七年元旦の記事には五位已上を「前殿」で宴したとある。そこで前年の元旦の記事を前の分冊で開いてみると「内裏」で宴したと記す。五年、四年と遡ってみても「内裏」だ。今度は八年に下ってみる。すると「前殿」で宴したとある。「内裏」と「前殿」とはどう違うのかが気になるので、平城宮跡の発掘報告を参照してみると、「前殿」は「内裏」の「前殿」のことだ。何のことはない、記事の表現が違うだけなのである。切角調べてみても此のような詰らぬ結果になってしまったならば、字数や行数の限られた脚注欄に書くことはできない。

といって何時もそうとは限らない。読者に見過ごされるのがふつうの各巻巻頭の撰者名にしても、巻第二十までが菅野真道《すがののまみち》、巻第二十一からが藤原継縄《ふじわらのつぐただ》となっていることは、続紀の編纂に関わる大切な留意事項として知られているが、その継縄の位階が此の分冊に入ってまもなく「従二位」から「正二位」へ変るのである。しかも境目の巻第三十五冒頭の部分には写本に多少の問題がある。これを追究するとやはり続紀の編纂に関わってくる。だから油断はできない。ともかくこの問題については巻第三十五冒頭の校注・脚注・補注に目を留め、更めて第一分冊末尾の「解説」を参照していただきたい。

些細な記事にも注意しながら此の巻を読み進めて行くと、ともかく目立つ記事は蝦夷関係と二十五年ぶりの遣唐使派遣とである。朝廷から蝦夷とよばれた人々が昔ながらの自由な生活をしてきた東北地方を律令国家の支配体制に組み込むため、仙台平野の中心地に多賀城を築いて扇の要とし、その北方に数多くの城柵を展開していったのは奈良時代中期、神亀・天平の頃であったが、当時の将軍たちは、例えば第二分冊の天平九年四月の記事にみられるように、現地の蝦夷に対して柔軟であった。しかし奈良時代後半の仲麻呂政権下では、多賀城の東北方に桃生城、日本海側で横手盆地に雄勝城を築くに当っても、第三分冊に収載した天平宝字元年七月の宣命が述べているように、奈良麻呂の変で逮捕された人たちつまり政治犯を送りこんでいて、あたかも仲麻呂政権の強権的な性格を端的に示すかの如くである。その後しばらく不安定だった政情が光仁朝に入って安定してくると、朝廷は本格的に蝦夷地経営に乗りだし、これに抵抗する蝦夷の反乱も、第四分冊末尾の宝亀五年七月の桃生城襲撃、そして本分冊では十一年三月の多賀城突入、按察使《あぜち》の紀広純《きのひろずみ》殺害というほどに激化する。事は宝亀五年に始まり、後の征夷大将軍坂上田村麻呂《さかのうえのたむらまろ》や文室綿麻《ふんやのわたま》呂《ろ》の頃まで延々と続き、近年では〝三十八年戦争〟などとよぶ研究者もでてきたので、その発端となる七年二月条の「軍士二万人」動員の記事には、前後を見渡す補注を付けておいた。

　前年六月に任命された遣唐使が準備を整えて拝朝し、光仁から節刀と宣命を賜わったのは宝亀七年四月である。その折りの宣命には、第三分冊の〝招待〟にも引用したように、「驚《おど》ろ驚ろしき事行《ことわざ》な為《せ》そ」という注意がある。前回の天平勝宝の遣唐使の〝事行〟つまり言動のためらしい。しかし遣唐使は菅原道真の派遣停止の提案まで、延暦末年に藤原葛《かど》野麻呂《のまろ》、承和《じょうわ》初年に藤原常嗣《つねつぐ》と二度派遣されているので、念のために節刀授与の際の宣命を参照してみると、承和の際にも「驚ろしき事行なせそ」と宣している。延暦のばあいは残念なことに『日本後紀』のちょうど欠けている部分だが、葛野麻呂の一行が天平勝宝の際の大伴古麻呂のような言動をしたとも聞えていないから、「驚ろしき」云々は結局遣唐使派遣の際の宣命に加える常套句となったのだろう。文案を作る官人たちが、前例どおりに書いておけばまちがいない、というような気力のない時代は、次第に近づきつつあるのである。しかし秋になって、前例のない事態が起る。
閏八月に入って遣唐使から飛駅《ひやく》(早馬)で報告が届いた。一行は五島列島の西南端福江島《ふくえじま》まで航行し東シナ海に乗りだそうとしたが、風向きにも潮流にも恵まれないので博多の港まで引き返してきた、来年の夏まで待って出帆したいというのである。朝廷はそのまま待機して、出帆したら報告せよと命じた。ところが冬十一月、大使の佐伯今毛人《さえきのいまえみし》は帰京し、節刀を返還してしまった。副使大伴益立《おおとものましたて》以下は大宰府で待機していたから、続紀は「時の人これを善《よみ》す」と付け加えている。今毛人は益立のことをどう報告したのか、翌月、益立は副使を解任され、代りに小野石根《おののいわね》と大神末足《おおみわのすえたり》との二人が任命された。翌八年夏四月、大使今毛人は朝廷で再び出発の挨拶をしたけれども、羅城門まで来て病気を理由に留まってしまった。朝廷は輿《こし》を与えて進ませたが、摂津職でまた動かなくなった。朝廷は副使の石根が節刀を執り大使の権限を代行するように命じた。六月下旬、石根以下の一行は四隻に分乗して福江島から出帆した。彼ら一行の消息は以来杳《よう》として途絶える。それを知るためにも私たちは次の巻へ進まなければならない。

巻第三十五は宝亀九年(七七八)正月から翌年十二月まで。九年の元旦に「廃朝」とあり、皇太子(桓武)が病気のため、とある。そういえば旧冬十二月下旬にも皇太子「不悆」とあって諸社に奉幣しているだけでなく、宝亀六年四月末に不自然な最期を遂げた井上《いのうえ》前皇后の改葬と、その墳墓を「御墓」と称する旨とを命じている。宝亀八年三月には宮中に頻りに〝妖怪があった〟ので大祓をしたとの記事もあるとなると、祟りということばが連想されてくる。桓武は前皇后と同時に死んだ他戸《おさべ》皇子に代って皇太子となったのだが、宝亀十年六月には周防《すおう》国に他戸皇子と称する者が現われるという不穏な空気はまだ残っていた。井上と他戸の怪死事件は桓武の所為ではないとしても、即位後の延暦四年(七八五)九月に起る藤原種継《たねつぐ》暗殺事件に伴なう早良《さわら》の廃太子は桓武の判決であり、早良の憤死は代って皇太子となった安殿《あて》(平城)の多病に結びつけられて桓武の晩年を悩ませ、遂に井上に皇后の称を回復し早良を崇道《すどう》天皇と追称するに至る。

ところで〝怨霊《おんりよう》〟というのは自然界の魑魅《ちみ》魍魎《もうりよう》とは違って肉体から離脱した個人の怨恨のことであり、〝憧《あこが》れ〟などという言葉とは縁がなさそうにみえるけれども、実は〝憧れ〟の古形の〝アク離《ガ》レ〟は、心なり魂なりが体から離れていく意味であって、『源氏物語』など平安中期の文学作品には頻出するようになる。やはり奈良時代から平安時代に入って歳月が経つと、貴族たちの個人的な内省、或いは個我の自覚は、その生活環境の変化と共に深まり、自分では如何ともし難い別の自分があることに気づくのである。

しかし国家の付託に応え、自分を犠牲にしても課せられた任務を遂行しようとする官人たちもいた。佐伯今毛人を措いて出発した大使代行の副使小野石根以下の一行である。彼らは出帆後一年四か月を経た宝亀九年冬十月から十一月にかけて、九州西岸の各地に四隻がばらばらになって着岸した。相いついで都へ届く飛駅によると、無事に着岸したのは第二船と第三船のみであり、第一船は帰路半ばで難破分断、副使石根ら三十八人と唐使趙《ちょう》宝英《ほうえい》ら二十五人は海中に没し、船首の五十六人は甑島《こしきじま》に、船尾の四十一人は天草《あまくさ》に漂着、第四船は済州島に着岸したために判官海上三狩《うなかみのみかり》らは島人に抑留され、ごく一部が脱出帰国したという惨状であった。だが十月条に載せる第三船の判官小野滋野《おののしげの》と十一月条の第一船判官大伴継人《おおとものつぐひと》の着岸当時の上奏文は、遣唐使の帰朝報告としても、慶雲元年七月条や天平勝宝六年正月条よりもずっと詳しく続紀に採録されていて、遣唐使の行程や、難破の状況から遣唐船の構造を推定するためには、極めて貴重な記録となった。なかでも継人の上奏文を丁寧に読み進めたひとは、末尾の「臣が再生は叡造《えいぞう》の救ふ所なり。歓幸《かんこう》の至《いたり》に任《た》へず」云々に至って、心を打たれずにはいられないだろう。しかし歴史は冷酷である。八年後、藤原種継暗殺事件に関与して継人は死刑に処せられた。

宝亀十年に入っても、来日した渤海国使の朝賀や定期叙位の記事のあとに、二月には唐での客死が知られた前回の遣唐大使藤原清河《きよかわ》や、今回遭難した小野石根への贈位、三月からは入京した大神末足以下への叙位や、生き残って同行してきた唐使の接待など、関係記事が続く。遣唐使は二、三十年ごとにでも派遣されるが、唐からの使人は滅多に来ないから対応の仕方が分らず、遣唐使が唐で受けた接待を参考にしたようである。この年は唐使の他に、秋九月には出羽国に渤海や鉄利(ツングース系)の人びとが三五九人も上陸して帰化を願ったけれども、朝廷はこれを許さず帰国させることとし、冬十月には大宰府に新羅使が来たので上京させ、翌春の朝賀に参加させたものの〝近年の新羅使は常に無礼だが、今回は済州島で抑留されていた海上三狩らを送り返してきたから感心である〟との勅を下している。唐と新羅とで朝廷は対応を異にしているのだった。

巻第三十六も宝亀十一年（七八〇）と翌天応元年との二年間の記事である。恐らく宝亀十一年末のことであろうが、伊勢斎宮の上空に美しい雲が現われたのを、百官が協力して勤務に精励している状況に天が感応したためだと解釈して、十二年の元旦早々に天応と改元したのであった。だが老齢の光仁の体具合が衰えてきたことは元年三月条でも分る。一方皇太子の桓武は壮年である。穏やかな選手交代を期しての改元であろうか。果して四月には桓武に譲位、年末に光仁は病没する。

ところで宝亀十一年で目立つのは蝦夷征討関係の記事である。二月に大伴家持らとともに参議の一員に加えられた陸奥《むつ》按察使《あぜち》兼鎮守副将軍《ちんじゅふくしょうぐん》紀広純《きのひろずみ》は、事をてきぱきと処理するので知られた官僚であったが、三月下旬、陸奥の伊治《これはり》城に滞在中、広純に従ってきた蝦夷の族長で郡司の伊治《これはり》呰麻呂《あさまろ》らの反乱で殺され、呰麻呂らは南下して多賀城へ侵入、武器や食糧を掠奪し放火した。仙台の東北方、小高い岡の上にある多賀城跡では、多年発掘調査を続けているが、政庁の正殿を始め、神亀・天平以来築かれてきた諸施設は、このときにほとんど焼かれたらしく、その後焼土をならして再建したことが明らかになっている。
一方、急報を受けた朝廷は藤原継縄を征東大使、大伴益立と紀古佐美《きのこさみ》とを副使、以下判官・主典を各四人と、四等官でくらべれば中央の省の二倍ほどの征東軍指揮官たちを任命、出羽にも鎮狄《ちんてき》将軍以下を発令して、五月から七月にかけては甲《よろい》や糒《ほしいい》や軍粮を大量に陸奥・出羽へ送りこみ、九月五日を期して坂東諸国の歩騎数万を多賀城に集結させることとした。征東軍の指揮官たちはまもなく出発したのであろうが、大使の継縄は中納言という要職にあったので、副使の益立が大使の代りに節刀を賜わり、現地の兵士を統率することになった。五月初旬、益立から〝下旬には多賀城へ進入する予定〟と朝廷へ報告してきたが、それきりであった。六月下旬、朝廷からは〝二か月も経ったのに何をしている、飛駅《ひやく》を使って委細を報告せよ〟という叱責の勅が下った。飛駅を使うと平城京と多賀城との間はほぼ七日間で連絡できる。ともかく戦況ははかばかしくなかったようで、征東大使も九月には藤原小黒麻呂《おぐろまろ》に代え、大使自身を現地に派遣、全軍を指揮させることとした。だが大使以下が凱旋するのは翌年秋となった。

天応元年元旦の改元の詔のなかには兵役に苦しむ陸奥・出羽の百姓《ひやくせい》に対する田租免除の措置もみえる。田租は収穫の三パーセントに過ぎない。それでも昨秋は滞納者が多かったために免除したらしい。二月末には坂東諸国から穀十万石（約六千トン）を海路、陸奥に送らせている。二月といえば十七日に光仁は長女の能登《のと》内親王を亡くした。享年四十九。弔辞の宣命には「年高くも成りたる朕《われ》を置きて罷《まか》りましぬ……悔しかも哀しかも……大御泣《おおみね》哭《な》かすとて大坐《おおま》します」とある。光仁は七十三歳。老いて子に先きだたれる悲しみは深い。続紀が弔辞を採録するのは珍しいのだが、切々とした心情が溢れているこの宣命は、続紀の編者もやはり省く気になれなかったのであろう。そして四月三日、「餘命幾《いくばく》もあらず」、退位して療養したいと詔して桓武に譲位した。桓武は翌日、早良《さわら》親王を皇太子とした。十三歳年下の同母弟である。十日後、大伴家持がその春宮大夫《とうぐうだいぶ》に任ぜられた。

征東軍の戦果は相変らず挙がらない。冬の間は仕方がないだろうが春になって雪が融けても、地理に詳しい蝦夷たちは、攻めれば山野に逃散するし隙を見せれば城柵を侵掠する。他方、坂東諸国は農繁期に入っているわけだから、征東使らは坂東からの歩騎数万を復員してしまった。そして五月下旬、蝦夷は我が軍威を恐れて、たいしたことはできなくなっているので、都へ凱旋して宜しいかと奏上した。帰京したくてしようがないのだろう。もちろん桓武は、〝賊衆は四千余人、その斬首は僅かに七十余人〟、なのに凱旋とはと叱責し、委細を飛駅で報告して後日の指示を待てと勅した。後に坂上田村麻呂が登場するまで、この分冊にみえる将軍たちは後の巻々でも概してだらしがなく、桓武は現地からの奏上に対して追及や叱責を繰返している。結局小黒麻呂は秋八月に凱旋を許されて正三位を特授され、翌月には征東軍の指揮官たちもそれぞれ授位された。ただ副使の益立だけは、たびたび進撃をためらい空しく軍粮を費やしたと責められ、出征に際して一階昇叙された位を剝奪された。それから五十六年後、益立の息子の野継が父の所罰は讒言による冤罪と訴え出て認められ、名誉は回復した。だが益立は五年前の遣唐副使解任といい今度といい、誤解されやすい人柄なのか、協調性が欠けていたのか。時には協調しないほうが正しいばあいだってあるのだが。

光仁の逝去と喪葬関係記事はこの巻の末尾に詳しく、続紀編者は最後に光仁の人柄を絶賛している。もちろん桓武を意識しての論賛だ。前の称徳女帝に対する論評との懸隔は著しい。ともかく、この年に没した人物には高等学校の教科書にも日本最初の図書館「芸《うん》亭《てい》」の創設者と書かれている石上宅嗣《いそのかみのやかつぐ》もいる。大和朝廷以来、大伴氏と並んでいた武門物部氏の嫡系であり、祖父の麻呂は元明・元正朝の左大臣だった。宅嗣も正三位大納言にまで昇進するが、六月に五十三歳で没したときの伝記には「宝字より後、宅嗣と淡海真人《おおみのまひと》三船《みふね》とを文人の首《かしら》とす」とある。言辞も容姿も閑雅で、美しい風景に逢えば必ず詩文の筆を執《と》ったともいう。〝武〟から〝文〟へと時代は変りつつあった。三船のほうもそれから四年後に病没する。享年六十四とあるから七歳年上である。三船も天智の玄孫という生まれだが、宅嗣よりも政治が好きだったのか恵美押勝打倒の謀議に加わり、押勝の反乱が起ると部下を率いて戦場で活躍した。それだけに称徳女帝の時代になると今度は弓削道鏡の親族をいじめて、女帝から譴責されている。だが学者としては尊重され、神武以来の歴代天皇の漢風諡号《かんぷうしごう》を勅によって撰進したという。そうだとすれば私たちが『古事記』や『日本書紀』に書かれている日本の初代天皇の名にしても〝カムヤマトイワレヒコノミコト〟などと面倒臭い国風諡号で呼ばず、〝神武天皇〟と漢風諡号で簡単に呼べるのは三船の御蔭である。

巻第三十七は延暦元年(七八二)と二年。延暦元年とは天応二年八月に延暦と改元したのを正月元旦まで遡らせた呼称である。奈良時代の前半は、元明以後、元正・聖武・孝謙と、天武嫡系のなかでの譲位による天皇交代が続き、年号(元号)も新天皇の即位と同時に改められたが、後半に入って孝謙が藤原仲麻呂の勧めで血縁の遠い淳仁に譲位したときには年号が天平宝字のままであって、孝謙が太上天皇として政権を手離さなかった実情を示している。年号を改めたのは仲麻呂の乱で淳仁を廃し、称徳として重祚した後だ。光仁のばあいは称徳に対して何も配慮する必要がなかったので、即位後直ちに改元している。桓武は光仁の実子だし、即位も父の譲位による即位だから、奈良時代前半のように直ぐ改元してもよいはずである。改元したのと同じ年にまた改元した例には、聖武の天平感宝元年(七四九)を三か月後に娘の孝謙が即位して天平勝宝元年としたばあいがある。桓武は延暦と改元した八月の詔のなかでは、即位すれば改元するのが漢の武帝以来の慣行と述べている。それなのに何故即位後一年四か月も経ってから改元したのか。これも奈良時代の間に〝孝〟という観念を始め、中国思想・文化が貴族の間に深く浸潤してきたためではなかろうか。

続紀の次の後紀で、桓武の没後に皇太子の安殿つまり平城が即位したときの記事をみるとそれははっきりする。延暦二十五年(八〇六)に当る年の三月に桓武は没し、五月に平城が即位するのだが、即位当日に大同と改元する。ところが三十余年後の後紀の編者はその記事に〝非礼なり〟と付け加えた。先帝の没年に改元すれば没するまでの治世を後帝の年号で掩ってしまうことになる、孝子とはいえない、〝旧典〟に学ぶべきだというのであるが、この〝旧典〟とは中国の古典を指していた。即位の年には先帝の年号を変えず、年を踰《こ》えてから改元することを〝踰《ゆ》年改元《ねんかいげん》〟といい、平城の次に嵯峨が即位して以後、これは守られるようになる。渡来系の和《やまと》氏を母方とする桓武は、すでに踰年改元を知っていたのではないか。そういえば中国での行事を取りいれて、これまで天皇誕生日を祝う習慣のなかった日本でも、宝亀六年九月、最初の〝天長節〟を祝日としたのは父の光仁であったし、桓武も冬至が十一月朔日《ついたち》にたまたま相当する〝朔旦冬至《さくたんとうじ》〟を祝う漢の武帝以来の行事を延暦三年に創始した。また十一月朔日と一致しなくても冬至の日には〝天神《てんじん》〟を祀る中国風な儀礼を延暦四年、同六年と行ったことが続紀のこの分冊にみえている。〝天神〟とは日本古来の〝天《あま》つ神《かみ》〟でも、後の菅原道真のことでも勿論なくて、中国の〝昊天上帝《こうてんじょうてい》〟、いわゆる天帝を指している。

ところで光仁の病没後、年が明けると早々に、氷上川継《ひがみのかわつぐ》の謀反という事件が起った。桓武に代って皇位に就こうと企てたとして、本来ならば極刑になるところを、諒闇中につき死一等を減じて流刑とし、その妻ともども伊豆の三島に流し、母の不破《ふわ》内親王や川継の姉妹も淡路島に流すとの判決が下った。この事件に関連しては、川継の妻の父で大宰員外帥の藤原浜成が参議と侍従の職を解かれ、また間もなく許されるにしても左大弁大伴家持や坂上田村麻呂の父の右衛士督苅田麻呂《かりたまろ》も解任という処分を受けている。川継の父は、藤原仲麻呂の乱に際し皇位継承候補として行動を共にしたので仲麻呂と共に処刑された塩焼《しおやき》王であり、不破内親王も聖武の娘で井上前皇后の妹であるから、川継らは渡来系の母を持つ桓武の即位に不満だったためとみる説や、むしろ桓武の側が天武・聖武系皇族を一掃しようとして挑発したのではないかとみる説もあって、解釈は難しい。六月になると左大臣藤原魚名《うおな》が罷免され、息子たちも地方官に左遷されるという事件も起ったが、それが何故なのか理由も書かれていない。川継事件ともども詳細な補注があるので参照して頂きたい。延暦二年は中央の政界に格別の事も起らないので、次の年に進もうとすると巻が改まる。

次の**巻第三十八**も延暦三年(七八四)と四年との二年間を収めるが、三年には長岡遷都、四年には権臣藤原種継《たねつぐ》の暗殺とこれに捲きこまれて廃された皇太子早良《さわら》親王の憤死というような桓武の後半生に翳を落す事件が起る。種継は藤原不比等の四人の息子のなかでも元気のよかった三男宇合《うまかい》の孫であり、桓武と同い年の故か気が合ったらしく、政務を万事相談されるようになって、延暦三年正月には不比等の次男房前《ふささき》の孫小黒麻呂《おぐろまろ》と共に中納言に進んでいた。中納言には前年秋に大伴家持も参議から昇進していたから久しぶりに定員通りの三人となったわけである。長岡遷都は種継の建議といわれるが、事実、五月になると小黒麻呂と一緒に左大弁佐伯今毛人以下六人を率いて山城国乙訓《おとくに》郡の長岡へ地相を観察するために派遣された。六人の中には神祇官の長官や陰陽寮の次官がいるから、卜占もしたのであろう。そして六月には種継・今毛人ら五位以上だけでも十人の造長岡宮使が発令され、今年の調庸や造宮に必要な資材は諸国から長岡へ送るようにして、参議以上の高官らには私宅の新築費を支給し、新京の宮域とするために土地を収公される百姓らにはその代償も払った。それから冬にかけて造営は急速に進行したらしく、十一月十一日、桓武は長岡宮へ移り、翌四年元旦の朝賀は新しい大極殿で挙行された。造営が速やかだったのは、難波宮を解体しその資材を淀川の水運を使って運びこみ、再築したためもあったようである。京都府向日《むこう》市にある長岡宮大極殿跡を発掘調査した結果では、大阪城の南側にある奈良時代難波宮大極殿の遺構とほぼ一致しているという。

宮や京の造営は延暦四年に入っても続く。昼夜兼行で工事を督励していた種継は九月二十三日夜半、『日本霊異記』に拠れば京の嶋町、今日の向日市上植野町のあたりで二本の矢に貫ぬかれ、翌日死亡した。桓武は激怒、犯人らを逮捕し追及したところ、事は皇太子早良や春宮大夫大伴家持らの謀議によるという。家持は前年二月に持節征東将軍に任命され、今年四月には新しい郡を設置したいと陸奥から上奏したりしていたが、八月末には死去していたのに、除名すなわち官位をすべて剝奪されるという処分を受け、息子の永主《ながぬし》らも流刑となった。早良親王のほうは実の兄の桓武から情容赦のない処分を聞くと、身に覚えがなかったのか憤然として九月二十八日には東宮を出て乙訓寺《おとくにでら》に籠り食を断ち、十余日後に淡路島への追放の船に乗せられた時には既に息が絶えていた。

以上の早良に関する記事の詳細は続紀に記載されていないため、続紀など六国史を利用して書かれた『日本紀略』によって補ったのだが、続紀からの関係記事の削除を命じたのは、既に述べたような〝怨霊〟に悩まされていた晩年の桓武だったという。

巻第三十九は延暦五年(七八六)から七年まで、**巻第四十**は八年から十年まで、それぞれ三年間の記事である。過去の叙述はそれを書いている時に近づくほど詳しくなるのが当然だ。長い年月にわたる複雑な編纂過程を辿ってきた続紀の最終段階の編者たちにとって、巻の三十九や四十に書かれている歳月は、つい先頃のことではないか。巻第三十八まで一巻あたり二年間ずつ収録するという方針で編纂してきたのなら、巻第三十九からは一年間ずつ、いや半年間ずつだって収録できるほどの資料は手許にあるはずである。公的な記録である太政官の外記日記《げきにっき》などの文献のほかにも、編者たち一人ひとりには忘れられないほどの歴史の襞があるはずだ。それらが片端から省略され、結局一年あたりの記事が短かくなってしまったのは、現在の天皇、それも喜怒のはっきりした存在に対して、最近の治績まで忌憚なく記述することが難しかったためもあろう。しかし歴史というものは、歳月が経てば経つほど、その骨格や輪郭を明らかにしてくれる存在である。この世を通り過ぎてゆく人びとが、いわば親が子に語るという形で選択してきた事柄の集積であって、その集積は層が厚ければ厚いほど信用せざるを得ないのだ。かようなことを考えると、最後の六年間の記事の量が、それ以前の三分の二となってしまったのも、むしろ止むを得ないかも知れない。

ともあれ三十九・四十両巻の記事のうちで、一冊本の日本史年表にも採択されるほどの歴史的事件といえば、延暦五年八月の蝦夷征討準備の開始、七年三月の歩騎五万余とそれに伴なう莫大な軍粮・糒・塩などを多賀城に集めよとの勅、同じく七月の紀古佐美《きのこさみ》征東大使の任命、征討に失敗したのに八年九月に帰還した大使以下に対する叱責、そして九年閏三月からの再度の征討準備、十年七月の大伴弟麻呂《おとまろ》征東大使、坂上田村麻呂ら副使の任命など、やはり蝦夷征討関係の記事が目立つ。特に八年五月から七月にかけての現地からの戦況報告に対し、そのたびごとに追及し叱責している勅からは、戦場の具体的な様相まで想像できて、読者には是非注目して頂きたい部分である。

「続日本紀への招待」と称して、五分冊それぞれの冒頭に各分冊所収諸巻のおおよその内容を書き、時には個人的な感慨も付加してきた。思えば本当に身のほど知らずの所業である。しかし日本の古典の一冊とは言え、あまり知られてはいない『続日本紀』を読み易くすることで、ギリシア・ローマなどヨーロッパの〝古典古代〟に相当する日本の〝古典古代〟すなわち奈良時代を読者に理解して頂ければと考え、苦渋しながら執筆してきた。それにしても親しい友人たちと共に本書の注解作業を進めていると、僅かな記事から歴史全体の大きな流れを把握しようと期待すれば〝時〟の動きは遅く、独りで日々の仕事に没頭していれば身の廻りの〝時〟の動きは速いというのが実感である。　（青木和夫）

凡　例

原文校訂について

一　底本及び校訂に使用する諸本

1　本書の原文は、蓬左文庫本(名古屋市蓬左文庫所蔵)を底本とする。

2　卜部家相伝本系写本との校異には、兼右本・谷森本(新訂増補国史大系本の底本)・東山御文庫本・高松宮本を用いる。

3　今日における続日本紀研究の基本となっている新訂増補国史大系本も校異に用いる。

4　続日本紀の抄出本である類聚国史及び日本紀略も必要に応じて校異に用いる。

5　宣命の校訂には、続紀歴朝詔詞解も用いる。

6　その他、2・3・4・5以外の史料との異同は、脚注・校異補注等で触れる。

二　翻刻及び校異の方針

1　巻一より巻十までは、底本の祖本である兼右本を重視することにより、卜部家相伝本の様態の復元に留意する。巻十一より巻四十までは、底本の精確な翻刻を行うと同時に、兼右本をはじめとする卜部家相伝本系写本との対比を明記する。いずれも原字をできるかぎり尊重し、みだりに誤字・脱字あるいは文字顚倒を認めないことを原則とする。

2 校異事項については、必要に応じて、脚注・校異補注(校補)を参照させる。

3 漢字の字体は、概ね常用の字体に改める。次に例示するような字形の近似する文字は、本文の内容にしたがって読み取り、特別な場合を除いて校異を行わない。

己と已と巳　子と午　日と曰　壬と王　祖と租　大と丈　土と士　父と文　傅と傳

忘と忌　无と旡と元　羊と年など

4 特殊な字体(正字体・略字体やいわゆる異体字など)、字形の文字は、本文の内容にしたがって読みおこす。ただし、その判断を明記する必要がある場合、また、校異の内容を明確にするために、写本に使用されている字体、字形を示す必要がある場合には、校異注・校異補注に参考として示す。(五-6参照)

5 写本に使用されている通用文字は、正しい用字に改める場合がある。

伊予→伊豫　安芸→安藝など

6 諸本に異同があっても校異を行わない文字もある。

無と无　以と已　麿と麻呂など

7 通例と異なる用字、同一語句への種々の用字(異体字、合字など)は、底本及び写本に従って表記し、必要に応じて校異を付する。

壱伎と壱岐　弖と氐　旱と日下　癸と关　著と着　吊と弔など

8 底本の平出・闕字は採用しないが、必要に応じて校異補注に注記する。

9　底本は、年毎に改行し、また一部、月によって改行するが（毎月改行あるいは孟月改行）、本文では年毎に改行し（字下げなし）、月の上には〇、日の上には○、是月・是年の上には◎を加える。また、同日の記事が二条以上ある場合は、その間に適宜」を加えて区別する。月、日による改行、文字の空白については、必要に応じて校異補注に注記する。

10　底本には、句読点及び返点は無いが、校訂者の判断によりそれらを加える。ただし、訓読文とは一致しない場合がある。

11　校異は、各頁の原文の上に記し、当該箇所に頁毎の通し番号を付す。

三　諸本の略称

校異注ならびに校異補注・脚注・補注においては、左記の略称を用いる。

底・底本　名古屋市蓬左文庫所蔵本（影印本に『続日本紀　蓬左文庫本』八木書店、あり）
兼・兼右本　天理大学附属天理図書館所蔵吉田兼右本
谷・谷森本　宮内庁書陵部所蔵谷森本
東・東山本　京都御所東山御文庫所蔵本
高・高松宮本　国立歴史民俗博物館所蔵高松宮本
大・大系本　新訂増補国史大系本（吉川弘文館）
類　類聚国史（新訂増補国史大系本）
　巻を示し（必要に応じて部立を示す）、異本を「一本」と表記する。

紀略　日本紀略(新訂増補国史大系本)
　必要に応じて久邇宮本(紀略久邇本)を用いる。
詔・詔詞解　本居宣長『続紀歴朝詔詞解』(『本居宣長全集』第七巻、筑摩書房)
紀　六国史本文
閣・内閣文庫本　国立公文書館内閣文庫所蔵本
宮・神宮文庫本　神宮文庫所蔵豊宮崎文庫本
印・印本　明暦三年版本
狩・狩谷校本　無窮会神習文庫所蔵狩谷棭斎校本
伴・伴校本　宮内庁書陵部所蔵伴信友校本
義・義公校本　水府明徳会彰考館所蔵六国史校訂本
朝・朝日本　佐伯有義校訂『続日本紀』(『増補六国史』巻三・四、朝日新聞社)
考證　村尾元融『続日本紀考證』(国書刊行会)
北川校本　北川和秀編『続日本紀宣命　校本・総索引』(吉川弘文館)

四　諸本の様態の表記
校異においては、文字の存否、文字の変更等の諸本の様態を次の略語で表記する。複合して用いる場合もある。
ナシ　当該文字が無いこと。
欠　当該写本の欠損により文字が無い状態。

(〇字)空　文字の存否にかかわる空白。親本または親本以前の段階の写本の欠損により文字が書かれていない空白。

原　変更される以前の原文字・原様態。

擦　原文字の全体または一部分を擦り消すこと、または擦り消しにより生じた様態。

重　原文字の全体または一部分への加筆、または重ね書きにより書かれた文字。

擦重　原文字の全体を擦り消した上に書かれた文字、または一部分を擦り消した上に加筆して書かれた文字。

抹　抹消符を付して原文字を抹消。

傍　注意符号を付し、あるいは付さずに、頭書・傍書により示された校異。

抹傍　原文字に抹消符を付し、さらに傍書して原文字を訂正した文字。

按　注意符号を付し、あるいは付さずに記された文字の校異に関する按文。

頭書　文字の校異に関する頭書の按文。

補　字間等に補われた文字。

傍補　挿入符等を付して傍らに書かれて補われた文字。

衍　刊本において削除を指示された文字。

改　刊本において改められた文字。写本において位置を改められた文字。

朱　朱筆による校異の記号や文字、按文。底本・兼右本・谷森本・高松宮本における朱筆のみ表示する（朱傍イは傍書された「○イ」全体が朱書、傍朱イは「○イ」の「イ」のみ朱書）。
新　底本における、近世初頭の角倉素庵（一部別筆を含む）による校異。
意改　校訂者の見解により改められた文字。
意補　校訂者の見解により補われた文字。

五　校異の結果の表記

1　底本と同じ文字・様態の写本は〔　〕でくくり、底本と異なる文字・様態の写本は（　）でくくる。
2　底本の大幅な欠失部分（巻十一・十二・十九・二十二・二十九など）を他の写本（兼右本を用いる）により補った場合は、その部分の復元に用いた写本と同じ文字・様態の写本を〔　〕でくくる。
3　本文に採用した文字を、—の上に掲げる。（甲・乙・丙は文字）
(i)　底本の誤りを改定する場合。
甲（　）—乙〔　〕、丙（　）
(ii)　底本を校訂者の見解により改補する場合。
甲〈意改〉（　）—乙〔　〕、丙（　）
甲〈意補〉（　）—乙〔　〕、丙（　）
(iii)　底本を改定しないが、諸本の参考とすべき異同を示す場合。
甲〔　〕—乙（　）、丙（　）
4　文字の位置の指示は、「甲ノ下」、あるいは「甲ノ上」と記す。

甲ノ下、ナシ（ ）―乙〔 〕、丙（ ）

甲ノ上、ナシ〔 〕―乙（ ）、丙（ ）

5　脚注及び校異補注（校補）を参照させる場合は、↓により指示する。

6　校異の内容を明確にするために写本に使用されている旧字体・異体字もしくは同義別体の文字などを示す場合は、＝を使用する。

昼＝晝〔 〕―晝（ ）

国＝圀〔 〕

六　底本に施されている校異の表記

1　親本から転記された校異、または書写時あるいは書写直後の校異、校訂は、次のように表記する。

(i)　甲〇乙丙　乙（底傍補）―ナシ〔底原〕

(ii)　甲乙丙　乙（底補）―ナシ〔底原〕

(iii)　甲乙ヒ（乙、・乙ミ）　甲ノ下、ナシ（底抹）―乙〔底原〕

(iv)　甲乙、　乙（底抹傍）―甲〔底原〕　抹消符には「ミ」などもある。

(v)　擦り消し・重ね書き（原文字の判明する場合）

乙（底擦重）―甲〔底原〕

乙（底重）―甲〔底原〕

(vi)　擦り消し・重ね書き（原文字の判明しない場合）

甲〔底擦重〕
甲〔底重〕

2　近世初頭における角倉素庵による卜部家相伝本系写本との校異は、次のように表記する。

(i)　甲乙(墨)　甲〔底〕―乙(底新傍)　乙は左傍の場合もある。

(ii)　甲ヒ(朱)、(甲・甲ヒ)　甲〔底原〕―ナシ(底新朱抹)

(iii)　甲ヒ(朱)乙(墨)　甲〔底原〕―乙(底新朱抹傍)　乙は右傍の場合もある。

(iv)　甲乙イ(イは朱)　甲〔底〕―乙(底新傍朱イ)

(v)　甲○丙乙イ(○、イは朱)　甲ノ下、ナシ〔底〕―乙(底新傍朱イ)

(vi)　甲イニ无(朱)　甲〔底〕―ナシ(底新朱傍按)→校補　按文の内容は校異補注に記す。

七　校異表記の簡略化

1　底本の略称「底」は、底本のみに関する文字の異同及び底本に施された校異などに限り掲出し、その他の場合は、〔　〕の使用をもってこれにかえる。

(例)　甲〔底〕―乙(底傍イ)の如く「底」を掲出する。

甲〔底・兼〕などは、甲〔兼〕と略す。

2　卜部家相伝本系写本である兼右本、谷森本、東山御文庫本、高松宮本の四本が一致する場合は、「兼等」と表記する。

3　一本のみの文字等の異同の場合は、他の諸本を掲出しない。

甲―乙〔兼〕　甲〔兼擦重〕―乙〔兼原〕

甲―乙〔底〕　甲〔底新朱抹傍〕―乙〔底原〕

甲〔底〕―乙

甲〔兼〕―乙

訓読について

古点本の無い続日本紀の訓読にあたって、次のことを大きな基本方針とした。

本書に記録された奈良時代および平安極初期の言語に近づけること。

読みやすい訓読文とすること。

そのため、語彙・語法の上には、できるかぎり当時の形を求めるが、上代特殊仮名遣いについていえば、奈良時代中頃よりその区別が失われ始めており、また限られた上代語資料からは、特殊仮名遣いの区別を徹底させることは不可能であるので、本書ではその区別は示さなかった。また、上代の語彙は、多く歌の言語であり、数も限られている。その語彙をもって本書の訓読を行うのは困難であるので、平安初期の漢文訓読法や字音語を採用した。ただ、古代の資料からその存在を認めることができる漢語は極めて僅かであるので、独自に字音読みせざるをえない。その際、拠るべき字音として、漢音によることを原則とした。本書の成立した年より数年前に漢音奨励の勅が出されているからである。この字音読みの採用は冗長な訓読体による読解の煩を避けるためでもある。

以下、主な方針を箇条書で示す。

一　読み下し文は、奈良時代の語彙・語法によることに努めた。

二　但し、上代特殊仮名遣いの別は考慮しないこととした。

三　音便形は原則として採用しない。

四　連濁についても、上代での例証のあるもの以外は、示さないこととした。漢語サ変動詞の場合も右に準ずる。

五　訓読語法については、平安初期の訓法によることとした。以下、主要なものを挙げる。

1　引用文の示し方は、次のような本来の形で行う。

云《い》はく、「　」といふ。

宣《のたま》はく、「　」とのたまふ。

2　「者」が人の場合は、「ひと」と読み、「もの」とは読まない。

3　「未」「将」「宜」「当」などの再読字は、再読させない。

4　「則」は「すなはち」とは読まず、不読とした。

5　任官記事などの、「以㆓誰々㆒為㆓〇〇㆒」の「以」は不読を原則とした。

6　接続の意の「及」は「および」とは読まず不読とし、「と」又は「また」を補った。

7　打消の助動詞の体言修飾形は「ぬ」と読み、「ざる」とは読まない。

8　文末の「之」は原則として不読とした。

六　時制の表現は、現在形を基本とした。但し、文末に過去を示す語のある場合は、「き」を用いた。
七　敬語表現は、煩雑を避けるため、主語が天皇(および同等の人)であることが明らかな場合に限って「たまふ」を補った。
八　同じ文型が連続することの多い叙位・任官記事については、「授」「為」などの動詞は、最初の文でのみ訓読し、以下の文では省略して名詞止めとすることを原則とした。
九　代名詞や副詞、接続詞・助動詞・助詞・接尾語等で、原文の漢字に拘らず、読み下し文では平仮名だけにしたものがある。

之→これ・の　其→その　此→この　又→また　為→す(サ変)　也→なり　宜・可→べし
使・令→しむ　不→ず　等→ら　自・従→より　与→と

十　訓読文は国語として読み下したために、原文の句読点・返点によらない場合がある。
十一　国名・郡名などの読み方は、和名抄によった。
十二　一般の漢語は漢音読みを原則とした。但し、仏教語・律令用語・官職名等については慣用的な呉音読みとした。
十三　律令用語は、日本思想大系本『律令』の読みに従った。
十四　字音仮名遣いについては、合拗音を採用し、また近年の字音研究の成果を採用した。旧来の仮名遣いと異なる主なものを以下に挙げる。

キウ(弓)　クヰ(帰)　クヱ(化)　シウ(終)　ジウ(充)　チウ(中・虫・柱・駐・厨)　ヂウ(重・住)
ホウ(宝)　ボウ(帽)　モウ(毛)　リウ(隆)　イウ(融)

十五　漢字音の三内撥音尾について、唇内撥音尾(-m)と舌内撥音尾(-n)の別は、当時にあっても音韻論的な区別があったと見て、「む」と「ん」とで区別することとした。喉内撥音尾(-ŋ)についても、字音としては区別があったことは万葉集の表記でも認められるが、その表記の別は、平仮名の系列内では処理しきれないので、一般的な「う」で写した。

十六　「法」字は、漢音「はふ」、呉音「ほふ」と区別した。

十七　人名・地名などの読み方については、各巻の注解執筆者と協議して定めた。読み得ない場合には振仮名を付さなかった。

十八　読解の煩雑さを避けるために、次のような語は、振仮名を付さなかった。

干支・月名・日付　位階　数字・助数詞　姓(真人・朝臣・宿禰・臣・連・造など)

「—国」「—郡」「—守」など地名に続く字

十九　右の場合以外に、近くに既出しているなど、振仮名がなくても読みに困難がないと考えられる場合は除いた。

宣命について

一　宣命の原文についても、古写本の原字をできるかぎり尊重し、みだりに誤字あるいは文字顛倒を認めないことを原則とした。

二　宣命の読み下し文は、原文の用字を生かしつつ自立語には振仮名を付し、活用語の語尾と付属語などは平仮名書きとすることを原則とした。なお、付属語を小書するいわゆる宣命書きを訓読文にそのまま反映させることはしなかった。

注解について

一　注解を施した語句には訓読文中に注番号を付した。注番号は頁毎の通し番号とした。

二　脚注は当該見開き内に収めるよう努めた。脚注に収めきれない事柄、また別に論ずべき事柄は、補注として一括した。補注番号は各巻毎の通し番号とした。

三　→は参照すべき関連条文、あるいは脚注・補注のあることを示す。なお㊀㊁㊂はそれぞれ第一分冊・第二分冊・第三分冊をさす。

四　人名についての注解は、その詳細は『日本古代人名辞典』(吉川弘文館)に譲り、本書では簡略に注するのを旨とした。

五　年号の表記は続日本紀に即し、改元後のものに統一する(和銅八年→霊亀元年、天平感宝元年→天平勝宝元年など)。三代格の官符の引用等は原史料のままとする。

六　引用史料の原表記が小字または割書となっているものは〈　〉で示した。

七　学説の引用・紹介にあたっては、脚注においては論者の氏名のみを掲げ、著書・論文名は略した。補注においては原則として執筆者名、著書・論文名および収載雑誌・紀要名(巻、号数)、論文集名等を記した。いずれの場合も敬称は略した。

八　おもな引用史料の出典表記には略称を用いた。後掲の略称一覧を参照されたい。

九　本文通読の便のため、訓読文上欄に小見出しを掲げた。

＊

本書は続日本紀注解編纂会の会員が協力して執筆にあたったものである。会の沿革・構成員については第一分冊巻末後記および本巻巻末後記を参照されたい。

なお第五分冊の執筆分担は左記の通りである。

原文の整定・校異については、巻三十四は北啓太、巻三十五・三十六は吉岡眞之、巻三十七は山口英男、巻三十八・三十九・四十は石上英一が担当し、吉岡・石上が調整した。

訓読文の作成には白藤禮幸・沖森卓也があたった。ただし宣命部分については、稲岡耕二がこれを担当した。

注解の主たる担当は、巻三十四は佐々木恵介、巻三十五は加藤晃、巻三十六は加藤友康、巻三十七は亀田隆之、巻三十八は佐藤信、巻三十九は加藤友康、巻四十は佐藤信である。注解の内容については、担当者の原稿をもとに、会員全体の研究会や、調整委員会(後述)において討議が行われ、それにもとづく修正が加えられた。宣命部分の注解は稲岡耕二がこれにあたった。

中国史関係の事項については池田温が点検を行った。

なお全体の整理統一は、調整委員会(青木和夫・亀田隆之・笹山晴生・吉田孝・早川庄八)の責任においてこれを行い、最終段階のまとめには亀田があたった。

また地名注については佐々木恵介が点検を行った。

略称一覧

…記（古事記　例、景行記）
書紀・…紀（日本書紀　例、舒明紀）
続紀（続日本紀）
後紀（日本後紀）
続後紀（続日本後紀）
文徳実録（日本文徳天皇実録）
三代実録（日本三代実録）
紀略（日本紀略）
…本紀（先代旧事本紀　例、国造本紀）
釈紀（釈日本紀）
三代格（類聚三代格）
…式（延喜式　例、太政官式）
要略（政事要略）
霊異記（日本国現報善悪霊異記）
姓氏録（新撰姓氏録）
法王帝説（上宮聖徳法王帝説）
伝暦（聖徳太子伝暦）
補闕記（上宮聖徳太子伝補闕記）
家伝（藤氏家伝）
東征伝（唐大和上東征伝）
要録（東大寺要録）
紹運録（本朝皇胤紹運録）
分脈（尊卑分脈）
補任（公卿補任）
和名抄（倭名類聚抄）
名義抄（類聚名義抄）
考證（続日本紀考證）
詔詞解（続紀歴朝詔詞解）
金子宣命講（金子武雄『続日本紀宣命講』）
北川校本（北川和秀『続日本紀宣命』）
地名辞書（吉田東伍『大日本地名辞書』）
寧遺（寧楽遺文）
平遺（平安遺文）
銘文集成（松嶋順正編『正倉院宝物銘文集成』）

律令の略記法

戸令1（養老令戸令、日本思想大系本条文番号1）

衛禁律25（養老律衛禁律、律令研究会編『譯註日本律令』律本文篇条文番号25）

大日本古文書の略記法

古一-五〇頁（編年文書第一巻五〇頁）

東南院二-三一〇頁（東南院文書第二巻三一〇頁）

続日本紀 五

続日本紀 巻第卅四[1] 起二宝亀七年正月一尽二八年[2]十二月[3]一

右大臣[4]従二位兼行皇太子傅[5]中衛大将
臣藤原朝臣継縄等奉レ勅[6]撰

天宗高紹天皇[7]

[8]七年春正月庚寅朔、宴二五位已上於前殿一。授二正四位上藤原朝臣浜成従三位[9]一。賜二五位已上禄一有レ差。是日、始列二諸王装馬[10]無レ蓋者於諸臣有レ蓋之下一。〇丙申、授二正五位下掃守王正五位上、従五位下礒部王従五位上、正六位上[11]楊胡王従五位下、正四位下藤原朝臣家依正四位上、正五位上石川朝臣垣[12]守従四位下、正五位下[13]多治比真人長野・石川朝臣豊人・大中臣朝臣子老並正五位上、従五位上石上朝臣家成・石川朝臣真永並正五位下、従五位下文室真人水通・藤原朝臣宅美・巨[14]勢朝臣苗麻呂・巨[15]勢朝臣池長・石川朝臣清麻呂・百済王利善・紀朝臣家守・百済王武鏡・山上朝臣船主並従五位上、正六位上藤原朝臣長

1 巻〈意補〉(大補)—ナシ
2 年〔兼・東・高、大改〕—月(谷)
3 月—ナシ(兼)
4 臣→校補
5 傅—傳(谷)
6 勅→校補
7 天〔大〕—大(兼等)
8 七年→校補
9 従〔紀略補〕—ナシ(紀略原)
10 馬—東(紀略)→校補
11 楊→校補
12 垣〔大改〕—恒(兼等)
13 正五位下〔大補〕—ナシ(兼等)
14・15 巨—臣〔底〕

一 続紀巻二十一以降の編集責任者。→㊂二六一頁注一。
二 光仁天皇(㊁三三九頁注一二)の国風諡号。→㊃三〇九頁注一。
三 内裏の南部中央にある殿舎。東西に脇殿が建ち、前方に広場があった。
四 元日節会の宴。翌八年にも前殿で宴が行われている。
五 もと浜足。→㊂補18—一八。正四位上叙位は宝亀六年三月。本条の時点で参議・刑部卿兼武蔵守。
六 飾馬とも。唐鞍などで盛装した馬。元日朝賀・節会に装馬を列立させることは、平安期の儀式書等には見えないが、儀制令13集解古記に「問。儀戈、節会之日令レ取以不。答。元日於二朱雀一陳二列飾馬一許」とあり、奈良時代には元日に朱雀門前に飾馬を列立させていたらしい。
七 貴人に背後からかざすかさ。→㊀九七頁注一八。ただし儀制令15集解或説(六記紙背)には「師云。上条儀戈、此条蓋並副二飾馬一所レ出也。此説不レ安耳也」、朱説に「蓋、常不レ用也。此亦可レ用二飾馬時等一者」とあって、飾馬とともに用いられた可能性もある。とすれば、儀制令15によれば、皇太子以下、王臣四位以上に蓋の使用が認められていたから、これを本条に準用すると、五位の諸王の蓋を伴わない装馬を四位以上の諸臣の蓋を伴った装馬の下位に列したということか。
八 →㊂補20—一五。正五位下叙位は宝亀四年正月。
九 →㊃一五一頁注一。従五位下初叙は神護景雲元年正月。
一〇 陽侯王とも。天応元年五月大膳大夫となり、延暦二年二月安芸守に任じられた。

続日本紀　巻第卅四　宝亀《ほうくゐ》七年正月起《よ》り八年十二月尽《ま》で

[一]右大臣《うだいじん》従二位《じゆにゐ》兼行《ゐ》皇太子傅《ぎやうくわうたいしふ》中衛大将《ちうゑのだいしやう》臣
藤原朝臣継縄《ふぢはらのあそみつぐただ》ら勅《みことのり》を奉《う》けたまはりて撰《せん》す

七七六年

天宗高紹天皇《あめむねたかつがすすめらみこと》[二]

七年[丙辰]春正月庚寅の朔、五位已上を前殿《まへどの》[三]に宴《うたげ》[四]す。正四位上藤原《ふぢはら》[五]朝臣浜成《はまなり》に従三位を授《さづ》く。五位已上に禄《ろく》を賜《たま》ふこと差《しな》有り。是《こ》の日《ひ》、始《はじ》めて諸王《おほきみたち》の装馬《かざりうま》[六]の蓋《きぬがさ》[七]無き者《ひと》を、諸臣《おみたち》の蓋《きぬがさ》有るひとの下《しも》に列《お》く。○丙申[七日]、正五位下掃守王《かにもりのおほきみ》[八]に正五位上を授く。従五位下礒部《いそべ》[九]王に従五位上。正六位上楊胡《やこ》[一〇]王に従五位下。正四位下藤原《ふぢはら》[一一]朝臣家依《いへより》に正四位上。正五位上石川《いしかは》[一二]朝臣垣守《かきもり》に従四位下。正五位下多治比《たぢひ》[一三]真人長野《ながの》・石川《いしかは》[一四]朝臣豊人《とよひと》・大中臣《おほなかとみ》[一五]朝臣子老《こおゆ》に並《ならび》に正五位上。従五位上石上《いそのかみ》[一六]朝臣家成《いへなり》・石川《いしかは》[一七]朝臣真永《まなが》に並に正五位下。従五位下文室《ふむや》[一八]真人水通《みなみち》・藤原《ふぢはら》[一九]朝臣宅美《やかみ》・巨勢《こせ》[二〇]朝臣苗麻呂《なへまろ》・巨勢《こせ》[二一]朝臣池長《いけなが》・石川《いしかは》[二二]朝臣清麻呂《きよまろ》・百済王《くだらのこにきし》[二三]利善《りぜん》・紀《き》[二四]朝臣家守《やかもり》・百済王《くだらのこにきし》[二五]武鏡《むきやう》・山上《やまのうへ》[二六]朝臣船主《ふなぬし》に並に従五位上。正六位上藤原《ふぢはら》[二七]朝臣長《なが》

叙位

二　→[四]一〇三頁注三。正四位下叙位は宝亀六年正月。
三　→[四]補25-五三。正五位上叙位は宝亀五年正月。
一三　池守の孫、家主の子。→[四]補26-一。正五位下叙位は宝亀二年十一月。
一四　→[三]補17-二五。正五位下叙位は宝亀五年正月。
一五　もと中臣朝臣。→[四]一五一頁注四〇。正五位下叙位は宝亀五年正月。
一六　東人の男。→[四]補25-八八。従五位上叙位は宝亀元年十月。
一七　→[四]補31-三四。従五位上叙位は宝亀五年正月。
一八　→[四]補25-九〇。従五位下叙位は天平宝字八年十月。
一九　→[四]補31-九二。従五位下叙位は宝亀二年十一月。
二〇　→[三]二〇五頁注一四。従五位下叙位は神護景雲元年正月。
二一　→[四]一五一頁注四一。従五位下叙位は神護景雲元年正月。
二二　→[四]一五一頁注四二。従五位下叙位は神護景雲元年正月。
二三　→[四]九九頁注二一。従五位下叙位は天平神護元年閏十月。
二四　→[四]補31-四〇。従五位下叙位は宝亀二年正月。
二五　→[四]四三頁注九。従五位下叙位は天平宝字八年十月。
二六　もと山上臣。→[四]補28-三八。従五位下叙位は神護景雲元年八月。
二七　豊成の孫、良因の男(分脈)。宝亀九年二月に図書頭、同十年二月に参河守となった。藤原朝臣→[一]補1-二九。

山・大[1]中臣[2]朝臣諸魚・多治比真人三上・紀朝臣難波麻呂・紀朝臣大宅・石川朝臣[3]太祢・石川朝臣宿奈麻呂・大神朝臣末足・大野朝臣石主・中臣朝臣池守・佐味朝臣継人・阿倍朝臣土[4]作・安曇宿禰清成・紀朝臣牛長並従五位下、正六位上刑部大山・道田連安麻呂・吉田[5]連古麻呂・高[6]橋連鷹主並外従五位下、四品能登内親王三品、无位秋野王・美作王、[7]正五位上多治比真人古奈祢・橘朝臣真都我・久米連若女並従四位下、正五位下[8]巨勢朝臣諸主正五位上、従五位下紀朝臣宮子正五位下、无位平群朝臣[9]邑刀自・藤原朝臣産子・藤原朝臣乙倉・藤原朝臣教貴、従五位下飛鳥真人御井・[10]藤原朝臣[11]今子・[12]県犬養宿禰酒女並従五位上、无位安曇宿禰刀自・外従五位下大鹿臣子虫並従五位下。事畢宴二於五位已上一。賜レ[13]禄有レ差。○戊申、以二正五位下大伴宿禰潔足一為二東海道検税使一。正[14][15]五位下石[16]上朝臣家成為二東山道使一。従五位下吉備朝臣[17]直事為二[18]北陸道使一。従五位上当麻真人永嗣為二山陰道使一。正五位下石川朝臣真永為二山陽道使一。従五位下多治比真人三上[19]為二南海

1 中臣（底新改）―臣中〔底原〕→校補
2 朝臣（底新傍補）―ナシ〔底原〕
3 太―大（東）
4 作―佐（高）
5 連―朝臣（東）
6 橋〔大補〕―ナシ（兼等）
7 正（底傍補）―ナシ〔底原〕
8 巨―臣〔底〕
9 邑―色〔底〕→校補
10 藤〔兼・谷、大〕―蔵（東・高）
11 今〔大改〕―令（兼等）
12 県〔大補〕―ナシ（兼等）
13 禄〔谷重〕
14 五（底傍補）―ナシ〔底原〕
15 五ノ下、ナシ―五（高）
16 上（底傍補）―ナシ〔底原〕
17 直―真（大改）
18 北―比〔底〕
19 為ノ下、ナシ（底抹）―上〔底原〕

一 清麻呂の第四子。母は多治比子姉。→補34―一。
二 →補34―二。
三 本年三月刑部少輔となった後、左京亮・周防守・宮内大輔・筑後守を歴任、天応元年十一月には従五位上に昇叙した。紀朝臣→[一]補1―三一。
四 本年三月飛驒守となる。紀朝臣→[一]補1―三一。
五 多祢とも。延暦七年二月肥前守となる。石川朝臣→[一]補1―三二。
六 →補34―三。
七 →補34―四。
八 宝亀八年正月和泉守となる。大野朝臣→[一]補6―六一。
九 →[三]二八三頁注一。
一〇 本年三月宮内少輔となる。佐味朝臣→[一]二七頁注一四。
一一 他に見えず。阿倍朝臣→[一]補一―一四二。
一二 浄成とも。天平宝字二年八月官人歴名に大膳主醬として見え（古一五―一三一頁）、本年三月内膳奉膳となる。安曇宿禰→[一]補3―二八。
一三 他に見えず。紀朝臣→[一]補1―三一。
一四―一七 →補34―五。
一八 以下、女叙位。
一九 もと能登女王。光仁皇女。母高野新笠。→[四]補31―二八。
二〇 他に見えず。叙四品は宝亀元年十一月。
二一 美作女王と同一人。選叙令35によれば親王の女。→補34―六。

女叙位

山《やま》・大中臣《おほなかとみ》朝臣諸魚《もろうを》・多治比《たぢひ》真人三上《みかみ》・紀《き》朝臣難波麻呂《なにはまろ》・紀《き》朝臣大宅《おほやけ》・石《いし》川《かは》朝臣太祢《たね》・石川《いしかは》朝臣宿奈麻呂《すくなまろ》・大神《おほみわ》朝臣末足《すゑたり》・大野《おほの》朝臣石主《いはぬし》・中臣《なかとみ》朝臣池守《いけもり》・佐味《さみ》朝臣継人《つぐひと》・阿倍《あへ》朝臣土作《はにつくり》・安曇《あづみ》宿禰清成《きよなり》・紀《き》朝臣牛長《うしをさ》に並《ならび》に従五位下。正六位上刑部大山《をさかべのおほやま》・道田《みちた》連安麻呂《やすまろ》・吉田《きつた》連古麻呂《こまろ》・高橋《たかはし》連鷹主《たかぬし》に並に外従五位下。四品能登内親王《のとのひめみこ》に三品。无位秋野王《あきののおほきみ》・美作《みまさか》王、正五位上多治比《たぢひ》真人古奈祢《こなね》・橘《たちばな》朝臣真都我《まつが》・久米《くめ》連若女《わくめ》に並に従四位下。正五位下巨勢《こせ》朝臣諸主《もろぬし》に正五位上。従五位下紀《き》朝臣宮子《みやこ》に正五位下。无位平《へ》群《ぐり》朝臣邑刀自《おほとじ》・藤原《ふぢはら》朝臣産子《うぶこ》・藤原《ふぢはら》朝臣乙倉《おとくら》・藤原《ふぢはら》朝臣教貴《けうくゐ》、従五位下飛鳥《あすか》真人御井《みゐ》・藤原《ふぢはら》朝臣今子《いまこ》・県犬養《あがたいぬかひ》宿禰酒女《さかめ》に並に従五位上。无位安曇《あづみ》宿禰刀自《とじ》・外従五位下大鹿《おほか》臣子虫《こむし》に並に従五位下。事畢《ことをは》りて五位已上に宴《うたげ》す。禄《ろく》賜《たま》ふこと差《しな》有り。

七道検税使任命

〇戊申（十九日）、正五位下大伴《おほとも》宿禰潔足《きよたり》を東海道検税使《とうかいだうけむぜいし》とす。正五位下石上《いそのかみ》朝臣家成《いへなり》を東山道使《とうせんだうし》。従五位下吉備《きび》朝臣直事《なほこと》を北陸道《ほくろくだう》使《し》。従五位上当麻《たぎま》真人永嗣《ながつぐ》を山陰道使《せんおむだうし》。正五位下石川《いしかは》朝臣真永《まなが》を山陽道使《せんやうだうし》。従五位下多治比《たぢひ》真人三上《みかみ》を南海《なむかい》

二二 古奈弥とも。→[四]二二一頁注四。
二三 麻都賀とも。→[三]補20-四〇。
二四 藤原宇合の室。百川の母。→[二]三五一頁注二一。
二五 他に見えず。巨勢朝臣→[一]補2-一八。
二六 宝亀八年正月従四位下、延暦二年二月正四位上、同五年正月従三位に昇った。紀朝臣→[一]補1-三一。
二七 宝亀八年正月従四位下、延暦二年二月正四位上に昇り(続紀)、同二十年六月大和国の稲一〇〇〇束を賜わった(類聚国史)。平群朝臣→[一]補3-八三。
二八 →補34-七。
二九 他に見えず。藤原朝臣→[一]補1-一九。
三〇 教基とも。→補34-八。
三一 天平宝字五年八月二十三日奉写一切経所綺下充帳に見える「飛鳥命婦」(古一五-一二〇頁)と同一人か。飛鳥真人の姓は他に見えない。
三二 今児とも。→[三]補24-三一。
三三 他に見えず。県犬養宿禰→[一]補2-二四。
三四 天応元年十一月正五位下に昇叙。安曇宿禰→[一]補3-二八。
三五 →[三]三八三頁注九。
三六 白馬節会の宴([二]補9-五〇)。
三七 →[三]補20-五九。
三八 諸国の正倉に蓄えられた税([一]補2-五七)を点検するために派遣される使者。→補34-九。本年七月に畿内諸国にも派遣。
三九 東人の男。→[四]補25-八八。
四〇 真事とも。もと下道朝臣。天平十七年の経師等調度充帳に見える下道朝臣直言(古八-五八〇頁)は同一人か。→[三]五九頁注二三。
四一 →[四]補28-五。
四二 →[四]補31-三四。

道使一。従五位下多朝臣犬養為二西海道使一。毎レ道判官・主典各一人。○乙卯、授二正五位上多治[1]比真人若日女従四位下一。○二[2]月甲子、陸奥国言、取二来四月上旬一、発二軍士二万人一、当レ伐[3]二山海二道賊[4]一。於レ是、勅二出羽国一、発二軍士四千人一、道自二雄勝一而伐二其西辺一。」是夜、有二流星一。其大如レ蓋[5]。○丙寅、御二南門一。大隅・薩摩隼[6]人奏二俗伎一。○戊辰、外従五位下大住[7]忌寸[8]三行・大住[9][10]直倭並授二外従五位上一。外[11]正六[12]位上[13]薩摩公豊継外従五位下。自餘八人各有レ差。○三[14]月辛卯、勅、前日改[15]二弓削宿禰一、復二弓削連一。但故従五位下弓削宿禰薩摩、依レ旧勿レ改。○癸巳、以二従五位下粟田朝臣人成一為二右少弁一。従五位上石川朝臣真守為二中務少輔一。従五位下大原真人美気為[16]二右大舎人助一。陰陽頭従五位上山上朝臣船主為二兼天文博士一。従五位[17]下多朝臣犬養為二式部少輔一。従五位下池原公禾守為二主計頭一。外従五位下道田連安麻呂為二主税助一。正五位下豊野真人奄智為二兵部大輔一。従五位下石川朝臣名主為二鼓吹正一。従五位下紀朝臣難波麻呂為二刑部

1 治—治(大)
2 二月↓校補
3 伐—代(高)
4 道—盗(東)
5 蓋〔底〕—盆(底新傍朱イ・兼等、大、紀略)↓校補
6 隼〔紀略補〕—ナシ(紀略原)
7 住〔紀略改〕—位(紀略原)
8 忌寸〔紀略補〕—ナシ(紀略原)
9 住〔紀略改〕—位(紀略原)
10 住ノ下、ナシ(底抹)—真〔底原〕
11 外〔兼朱傍補・谷朱傍補・東・高、大補、紀略〕—ナシ(兼原・谷原)
12 六—ナシ(東)
13 上〔大改、紀略〕—下(底新傍朱イ・兼等)
14 三月↓校補
15 改—攺(高)
16 為〔兼・谷、大〕—ナシ(東・高)
17 位〔谷重〕

一 →四八一頁注七。
二 若日売とも。→三七五頁注二一。
三 山海二道の蝦夷の征討を求めた陸奥国の申請。今回の軍事行動は、宝亀五年七月以来の蝦夷の動きに対処するもの。宝亀五—九年の東北情勢→補34—一〇。
四 鎮守府のある多賀城から色麻柵・伊治城を通って真北に進む道が山道、牡鹿半島のつけ根にある桃生城方面に進む道が海道。
五 雄勝は雄勝城(三補11—四三)か。とすれば本年五月戊子条に出羽国の軍が志波村の賊と戦ったとあるので、雄勝城から現在のJR北上線沿いに陸奥国和賀郡方面へ出る道、あるいは現JR田沢湖線沿いに後の志波城方面へ出る道のことか。
六 出羽国からも軍を動員し、西側から陸奥国の蝦夷の側面を攻撃させることとした。
七 底本は「蓋」につくるが、宝亀四年五月辛丑条や中国正史の天文志などの記事からすると、甕の意である「瓫」の誤りか。
八 延暦二年正月乙巳条に「饗二大隅・薩摩隼人等於朝堂一。其儀如レ常。天皇御二閤門一而臨観」とあるので、ここも(第二次)大極殿院の南門か。
九 六年毎に定期的に朝貢してきた隼人。→一補4—五〇。前回は神護景雲三年十一月庚寅条に記事が見える。
一〇 隼人の風俗歌舞。→三二九頁注四。
一一 →四二七一頁注二三。外従五位下叙位は神護景雲三年十一月。宝亀六年四月に隼人正となっている。

道使《だうし》。従五位下多《おほ》[一]朝臣犬養《いぬかひ》を西海道使《さいかいだうし》。道毎《だうごと》に判官《はんぐわん》・主典《さうくわん》各《おのおの》一人。○乙卯（二十六日）、正五位上多治比《たぢひ》[二]真人若日女《わかひめ》に従四位下を授《さづ》く。

陸奥・出羽の軍士を発する

二月甲子（己未朔　六日）、陸奥国《みちのおく》[三]言《まう》さく、「来《きた》る四月上旬《じやうじゆん》を取《と》りて、軍士《ぐんじ》二万人を発《おこ》して山海《せんかい》[四]二道の賊《あた》を伐《う》つべし」とまうす。是《ここ》に、出羽《いでは》国に勅《みことのり》して、軍士《ぐんじ》四千人を発《おこ》し、道《みち》[五]、雄《を》勝《かち》よりしてその[六]西辺《せいへん》を伐《う》たしむ。是《こ》の夜《よ》、流星《ながれぼし》有り。その大《おほ》きさ蓋《きぬがさ》[七]の如《ごと》し。

隼人、俗伎を奏する

○丙寅（八日）、南門《なむもん》[八]に御《おは》します。大隅《おほすみ》[九]・薩摩《さつま》の隼人《はやひと》、俗伎《くにぶりのわざ》[一〇]を奏《つかへまつ》る。○戊辰（十日）、外従五位下大住《おほすみ》[一一]忌寸三行《みゆき》・大住《おほすみ》[一二]直倭《やまと》に並《ならび》に外従五位上を授く。外正六位上薩摩《さつま》[一三]公豊継《とよつぐ》に外従五位下。自餘《そのほか》の八人には各《おのおの》差《しな》有り。

三月[一四]辛卯（己丑朔　三日）、勅《みことのり》[一五]したまはく、「前日《さきのひ》[一六]に弓削《ゆげ》宿禰を改《あらた》めて弓削《ゆげ》連に復《ふく》しき。但《ただ》し故《なき》従五位下弓削《ゆげ》[一七]宿禰薩摩《さつま》は旧《もと》に依《よ》りて改《あらた》むること勿《な》かれ」とのたまふ。

任官

○癸巳（五日）、従五位下粟田《あはた》[一八]朝臣人成《ひとなり》を右《う》少弁《せうべん》とす。従五位上石川《いしかは》[一九]朝臣真守《まもり》を中《ちう》務《む》少輔《せうふ》。従五位下大原《おほはら》[二〇]真人美気《みけ》を右大舎人助《みぎのおほとねりのすけ》。陰陽頭《おむやうのかみ》従五位上山上《やまのうへ》[二一]朝臣船主《ふなぬし》を兼天文博士《てんもんはかせ》。従五位下多《おほ》[二二]朝臣犬養《いぬかひ》を式部《しきぶ》少輔《せうふ》。従五位下池原《いけはら》[二三]公禾守《あはもり》を主計頭《しゆけいのかみ》。外従五位下道田《みちた》[二四]連安麻呂《やすまろ》を主税助《しゆさいのすけ》。正五位下豊野《とよの》[二五]真人奄智《えむち》を兵《ひやう》部大輔《ぶだいふ》。従五位下石川《いしかは》[二六]朝臣名主《なぬし》を鼓吹正《くすいのかみ》。従五位下紀《き》[二七]朝臣難波麻呂《なにはまろ》を刑部《ぎやうぶ》

一二 →四二七一頁注二二。外従五位下叙位は神護景雲三年十一月。
一三 他に見えず。薩摩公→四補25―五。
一四 大系本は戊子朔とするが己丑朔に修正。→四補31―六八。
一五 さきに弓削宿禰姓の者を弓削連に改めた措置のなかで、弓削薩摩のみを例外とすることを命じた勅。
一六 「前日」とは宝亀六年二月辛未(七日)。天平宝字八年に弓削宿禰から御清朝臣とされた者、弓削連から宿禰とされた者を本姓に復した。→四補30―三〇。
一七 →四補25―九四。没したのは能登員外介に任じられた神護景雲三年六月以降。薩摩のみ弓削連とされなかった理由は未詳。
一八 →三補19―七。前官は越後守(宝亀三年十一月丁丑条)。右少弁の前任者は当麻永継(神宮雑例集所引宝亀五年七月廿三日付太政官符)。
一九 →四補27―二六。前官は越中守(宝亀三年四月丁丑条)、中務少輔の前任者は本条で越前介に遷任した石川浄麻呂(宝亀五年九月庚子条)。
二〇 →四補33―三六。
二一 もと山上臣。→四補28―三八。宝亀三年四月には陰陽助兼甲斐掾として見える。
二二 →四八一頁注七。本年正月に西海道検税使となっている。式部少輔の前任者は石川人麻呂(宝亀五年三月甲辰条)。
二三 →三補24―三一。
二四 →補34―五。
二五 もと奄智王。→三補20―四一。前官は出雲守(宝亀三年十一月丁丑朔条)。
二六 →四補32―一。
二七 →五頁注三。

少輔一。従五位下広川王為二大判事一。従五位上菅生王為二大蔵大輔一。従五位下佐味[1]朝臣継人為二宮内少輔一。従五位下安曇宿禰浄成為二内膳奉膳一。従五位下浄上王為二造酒正一。外従五位下高市連豊足為二内染正一。外従五位下長瀬連広足為二園池正一。正五位上藤原朝臣雄依為二左京大夫一。外従五位下高市連屋守為二西市正一。従五位下多治比真人歳主為二摂津亮[2]一。従五位下紀朝臣本為二春宮亮一。大外記外従五位下羽栗[3]翼為二兼勅旨大丞一。従五位上藤原朝臣鷲取為二造宮少輔一。従四位下石上朝臣息嗣[4]為二造東大寺長官一。治部卿正四位上藤原朝臣家依為二兼衛門督一。従五位下大中[5]臣朝臣諸魚為二員外佐一。従四位下藤原朝臣少[6]黒麻呂為二右衛士督一。従五位上巨[7]勢朝臣池長為レ佐。従五位下大原真人清貞為二員外佐一。従五位下大中臣朝臣継麻呂為二山背守一。従四位下大伴宿禰家持為二伊勢守一。内匠[8]助外従五位下松井連浄山為二兼下総大掾一。造宮卿従三位高麗朝臣福信為二兼近江守一。従五位下[9]紀朝臣大宅為二飛騨守一。従五位下大伴宿禰上足為二上野介一。従五位上藤原朝臣宅美為二越前

1 味〔谷傍補、大〕—ナシ(兼・谷原・東・高)
2 亮(底新朱抹傍)—高〔底原〕
3 栗〔谷重〕→校補
4 嗣〔大改〕—継(底新傍朱イ・兼等)
5 中(底傍補)—ナシ〔底原〕
6 少〔底〕—小(底新傍朱イ・兼等、大)
7 巨—臣〔底〕
8 匠—近〔底〕
9 位ノ下、ナシ〔谷抹〕—五位(谷原)

一 →四補28—三。前官は内兵庫正兼丹波介(宝亀五年九月辛丑条)。
二 →三二六七頁注一二。大蔵大輔の前任者は本条で豊後守に遷任した安倍東人(宝亀三年十一月乙酉条)。
三 →五頁注一〇。宮内少輔の前任者は大宅真木(宝亀五年三月甲辰条)。
四 清成とも。→五頁注一二。内膳奉膳(内膳正)の前任者は山辺王(宝亀五年三月甲辰条)。
五 →四補25—一〇五。造酒正の前任者は上毛野坂本男嶋(宝亀四年五月癸巳条)。
六 →四二三三頁注一。
七 もと狛連。→三補20—六八。園池正の前任者は船木馬養(宝亀五年三月甲辰条)。
八 →四補28—五。前官は右衛士督兼播磨守(宝亀五年三月甲辰条)。
九 →四四四七頁注一六。
一〇 →四補32—一。前官は中務員外少輔(宝亀三年四月庚午条)。摂津亮の前任者は本条で右衛士員外佐に遷任した大原清貞(宝亀五年三月甲辰条)。
一一 →四補33—一。前官は左少弁(宝亀五年七月戊午条)。
一二 →四補27—三〇。宝亀六年八月に遣唐使准判官に任じられている。
一三 →四補31—四〇。前官は伊勢守(宝亀五年三月甲辰条)。造宮少輔の前任者は伊勢子老(宝亀五年九月庚子条)。
一四 奥継とも。→三三三七頁注二七。
一五 →四一〇三頁注三。治部卿任官は宝亀五

少輔《せうふ》。従五位下[一]広川 王《ひろかはのおほきみ》を大判事《だいはんじ》。従五位上[二]菅生《すがふ》王を大蔵大輔《おほくらのだいふ》。従五位下[三]佐味《さみ》朝臣継人《つぐひと》を宮内少輔《くうないせうふ》。従五位下[四]安曇《あづみ》宿禰浄成《きよなり》を内膳奉膳《ないぜんのぶぜん》。従五位下[五]浄《きよ》上《かみ》王を造酒正《みきのかみ》。外従五位下[六]高市《たけち》連豊足《とよたり》を内 染 正《うちのそめもののかみ》。外従五位下[七]長瀬《ながせ》連広足《ひろたり》を園池正《そのいけのかみ》。正五位上[八]藤原《ふぢはら》朝臣雄依《をより》を左京大夫《さきやうのだいぶ》。外従五位下[九]高市《たけち》連屋守《やもり》を西《にしの》市正《いちのかみ》。従五位下[一〇]多治比《たぢひ》真人歳主《としぬし》を摂津亮《つのすけ》。従五位下[一一]紀《き》朝臣本《もと》を春宮亮《しゆんぐのすけ》。大《だい》外記《ぐゑき》外従五位下[一二]羽栗翼《はくりのつばさ》を兼勅旨大丞《ちよくしだいじよう》。従五位上[一三]藤原《ふぢはら》朝臣鷲取《わしとり》を造宮少輔《ざうくうせうふ》。従四位下[一四]石 上《いそのかみ》朝臣息嗣《おきつぐ》を造東大寺長官《ざうとうだいじちやうぐわん》。治部卿《ぢぶきやう》正四位上[一五]藤原《ふぢはら》朝臣家依《いへより》を兼衛門督《ゑもんのかみ》。従五位下[一六]大中臣《おほなかとみ》朝臣諸魚《もろうを》を員外佐《ゐんぐゑのすけ》。従四位下[一七]藤原《ふぢはら》朝臣少黒麻呂《をぐろまろ》を右衛士督《うゑじのかみ》。従五位上[一八]巨勢《こせ》朝臣池長《いけなが》を佐《すけ》。従五位下[一九]大原《おほはら》真人清貞《きよさだ》を員外佐。従五位下[二〇]大中臣《おほなかとみ》朝臣継麻呂《つぐまろ》を山背守《やましろ》。従四位下[二一]大伴《おほとも》宿禰家持《やかもち》を伊勢守《いせ》。内《うちの》匠 助《たくみのすけ》外従五位下[二二]松井《まつゐ》連浄山《じやうせん》を兼下 総 大掾《しもつふさのだいじよう》。造宮 卿《ざうくうきやう》従三位[二三]高麗《こま》朝臣福《ふく》信《しん》を兼近 江 守《ちかつあふみ》。従五位下[二四]紀《き》朝臣大宅《おほやけ》を飛騨守《ひだ》。従五位下[二五]大伴《おほとも》宿禰上足《かみたり》を上 野 介《かみつけののすけ》。従五位上[二六]藤原《ふぢはら》朝臣宅美《やかみ》を越 前《こしのみちのくち》

年三月。衛門督の前任者は本条で伊勢守に遷任した大伴家持(宝亀六年十一月丁巳条)。

一六 →五頁注一。

一七 房前の孫、鳥養の男。→〔四〕補25-九二。前官は上野守か(宝亀二年五月己亥条)。右衛士督の前任者は本条で左京大夫に遷任した藤原雄依(宝亀五年三月甲辰条)。

一八 →〔四〕一五一頁注四一。前官は越前介か(宝亀二年閏三月戊子朔条)。右衛士佐の前任者は紀家守か(双倉北雑物出用帳所収宝亀三年八月廿八日付文書〔古四-一九七頁〕)。

一九 もと都良麻呂。→〔四〕四三頁注一五。前官は摂津亮(宝亀五年三月甲辰条)。右衛士員外佐の前任者は本条で山背守に遷任した大中臣継麻呂(宝亀六年三月乙未条)。

二〇 →〔四〕二九一頁注二一。前官は右衛士員外佐(宝亀六年三月乙未条)。山背守の前任者は藤原種継(宝亀六年九月戊午条)。

二一 →〔三〕五頁注六。前官は衛門督(宝亀六年十一月丁巳条)。伊勢守の前任者は本条で造宮少輔に遷任した藤原鷲取(宝亀五年三月甲辰条)。

二二 もと戸浄山。→〔三〕補17-五九。内匠助任官は神護景雲元年八月。

二三 もと肖奈公。→〔二〕三三九頁注一一。肖奈(背奈)→〔三〕補17-一七。

二四 →五頁注四。飛騨守の前任者は本条で播磨介に遷任した秦伊波多気(宝亀五年三月甲辰条)。

二五 →〔三〕三五一頁注一七。上野介の前任者は賀茂人麻呂(宝亀五年三月甲辰条)。

二六 →〔四〕補31-九二。前官は右兵衛督兼丹波守(宝亀五年三月甲辰条)。越前守の前任者は藤原百川か(宝亀四年二月十四日付太政官符〔古二一-二七四頁〕)。

守㆒。従五位上石川朝臣清麻呂為㆑介。従五位下牟都伎王為㆓越中守㆒。従五位下[1]小治田朝臣諸成為㆑介。従五位下矢集宿禰大唐為㆓能登守㆒。従五位下石川朝臣宿奈麻呂為㆓越後守㆒。従五位上紀朝臣家守為㆓丹波守[2]㆒。従五位下大原真人宿奈麻呂為㆓伯耆守㆒。正五位上多治比真人[3]長野為㆓出雲守㆒。従五位上豊野真人五十戸為㆑介。内薬正外従五位下吉田連斐[4]大麻呂為㆓兼掾㆒。正五位下大伴[5]宿禰潔足為㆓[6]播磨守㆒。外従五位下秦忌寸石竹為㆑介。従五位下大神朝臣末足為㆓備中守㆒。従五位下多治比真人三上為㆓長門守㆒。外従五位下三嶋宿禰宗麻呂為㆓淡路守㆒。従五位上安倍朝臣東人為㆓豊後守㆒。○丙申、以㆓従四位下石川朝臣[7]恒守㆒為㆓中務大輔㆒。従五位上紀朝臣鯖麻呂為㆓木工頭㆒。○辛亥、[8]以㆓従五位下多朝臣犬養㆒為㆓右少弁㆒。従五位下粟田朝臣人成為㆓中務少輔㆒。従五位上石川朝臣真守[9]為[10]㆓式部少輔㆒。外従五位下高市連屋守為㆓園池正㆒。[11]外従五位下長瀬連広足為㆓西市正㆒。従五[12]位上紀朝臣家守為㆓春宮亮㆒。[13]丹波守如㆑故。○丙辰、以㆓従五位下紀朝臣本㆒為㆓尾張守㆒。

一 →[四]一五一頁注四二。前官は中務少輔(宝亀五年九月庚子条)。
二 牟都岐王とも。→[四]補29-五二。前官は越中介(宝亀五年三月甲辰条)。越中守の前任者は本条で中務少輔に遷任した石川真守(宝亀三年四月丁丑条)。
三 →[四]四四七頁注一三。越中介の前任者は本条で越中守に昇任した牟都伎王(宝亀五年三月甲辰条)。
四 →[四]補25-九九。能登守の前任者は巨勢馬主(宝亀五年九月庚子条)。
五 →補34-三。越後守の前任者は粟田人成(宝亀三年十一月丁丑朔条)。
六 →[四]補31-四〇。前官は右衛士佐か(双倉北雑物出用帳所収宝亀三年八月廿八日付文書〔古四―一九七頁〕)。丹波守の前任者は本条で越前守に遷任した藤原宅美(宝亀五年三月甲辰条)。七 →[四]五頁注二。
八 池守の孫、家主の子。→[四]補26-一。出雲守の前任者は本条で兵部大輔に遷任した豊野奄智(宝亀三年十一月丁丑条)。
九 →[四]一四五頁注一四。出雲介の前任者は村国子老(宝亀五年六月庚寅条)。
一〇 斐太麻呂とも。→[四]二九一頁注二二。内薬正任官は宝亀二年閏三月。
一一 →[三]補20-五九。前官は治部大輔か(宝亀三年四月庚午条)。播磨守の前任者は本条で左京大夫に遷任した藤原雄依(宝亀五年三月甲辰条)。一二 伊波太気とも。→[四]補25-九九。前官は飛驒守(宝亀五年三月甲辰条)。
一三 →補34-四。
一四 →補34-二。本年正月に南海道検税使に任じられている。
一五 もと三嶋県主。→[四]二七三頁注八。
一六 阿倍朝臣とも。→[四]補25-九六。前官は大

1 小(底新朱抹傍)―少〔底原〕
2 守〔兼重〕
3 長―永(東)
4 大〔底〕―太
5 宿ノ下、ナシ―宿〔底〕
6 播―幡〔底〕→校補
7 恒〔東〕―垣(兼・谷・高、大)
8 以ノ下、ナシ(底抹)―後〔底原〕
9 守(底傍補)―ナシ〔底原〕
10 為ノ下、ナシ(底抹)―成〔底原〕
11 外(底傍補)―ナシ〔底原〕
12 位〔兼・谷、大〕―ナシ(東・高)
13 丹―舟〔底〕

守。従五位上[一]石川《いしかは》朝臣清麻呂《きよまろ》を介《すけ》。従五位下[二]牟都伎王《むつきのおほきみ》を越中《こしのみちのなか》守。従五位下[三]小治田《をはりだ》朝臣諸成《もろなり》を介。従五位下[四]矢集《やづめ》宿禰大唐《もろこし》を能登《のと》守。従五位下[五]石川《いしかは》朝臣宿奈麻呂《すくなまろ》を越後《こしのみちのしり》守。従五位上[六]紀《き》朝臣家守《やかもり》を丹波《たには》守。従五位下[七]大原《おほはら》真人宿奈麻呂《すくなまろ》を伯耆《ははき》守。正五位上[八]多治比《たぢひ》真人長野《ながの》を出雲《いづも》守。従五位上[九]豊野《とよの》真人五十戸《いそへ》を介。内薬正《ないやくのかみ》外従五位下[一〇]吉田《きつた》連斐大麻呂《ひだまろ》を兼掾《じよう》。正五位下[一一]大伴《おほとも》宿禰潔足《きよたり》を播磨《はりま》守。外従五位下[一二]秦《はだ》忌寸石竹《いはたけ》を介。従五位下[一三]大神《おほみわ》朝臣末足《すゑたり》を備中《きびのみちのなか》守。従五位下[一四]多治比《たぢひ》真人三上《みかみ》を長門《ながと》守。外従五位下[一五]三嶋《みしま》宿禰宗麻呂《むねまろ》を淡路《あはぢ》守。従五位上[一六]安倍《あへ》朝臣東人《あづまひと》を豊後《とよくにのみちのしり》守。○[一七]丙申[八日]、従四位下[一八]石川《いしかは》朝臣恒守を中務《ちうむ》大輔《だいふ》とす。従五位上[一九]紀《き》朝臣鯖麻呂《さばまろ》を木工頭《もくのかみ》。○辛亥[二十三日]、従五位下[二〇]多《おほ》朝臣犬養《いぬかひ》を右《う》少弁《せうべん》とす。従五位下[二一]粟田《あはた》朝臣人成《ひとなり》を中務《ちうむ》少輔《せうふ》。従五位上[二二]石川《いしかは》朝臣真守《まもり》を式部《しきぶ》少輔《せうふ》。外従五位下[二三]高市《たけち》連屋守《やもり》を園池正《そのいけのかみ》。外従五位下[二四]長瀬《ながせ》連広足《ひろたり》を西市正《にしのいちのかみ》。従五位上[二五]紀《き》朝臣家守《やかもり》を春宮亮《しゆんぐのすけ》。丹波《たには》守は故《もと》の如《ごと》し。○丙辰[二十八日]、従五位下[二六]紀《き》朝臣本《もと》を尾張《をはり》守とす。

蔵大輔(宝亀三年十一月乙酉条)。豊後守の前任者は下文丙申(八日)条で木工頭に遷任する紀鯖麻呂か(宝亀二年七月丁未条)。

一七 以下の三条は上文癸巳(五日)条の任官の補足・修正という性格をもつものか。

一八 垣守とも。→［四］補25-五三。前官は木工頭(宝亀三年四月庚午条)。

一九 →［四］補25-七九。前官は豊後守か(宝亀二年七月丁未条)。木工頭の前任者は本条で中務大輔に遷任した石川垣守(宝亀三年四月庚午条)。

二〇 →［四］八一頁注七。前官は式部少輔(宝亀七年三月癸巳条)。右少弁の前任者は本条で中務少輔に遷任した粟田人成(宝亀七年三月癸巳条)。

二一 →［三］補19-七。前官は右少弁(宝亀七年三月癸巳条)。中務少輔の前任者は本条で式部少輔に遷任した石川真守(宝亀七年三月癸巳条)。

二二 →［四］補27-二六。前官は中務少輔(宝亀七年三月癸巳条)。式部少輔の前任者は本条で右少弁に遷任した多犬養(宝亀七年三月癸巳条)。

二三 →［四］四四七頁注一六。前官は西市正(宝亀七年三月癸巳条)。園池正の前任者は本条で西市正に遷任した長瀬広足(宝亀七年三月癸巳条)。

二四 もと狛連。→［三］補20-六八。前官は園池正(宝亀七年三月癸巳条)。西市正の前任者は本条で園池正に遷任した高市屋守(宝亀七年三月癸巳条)。

二五 →［四］補31-四〇。上文癸巳(五日)条で丹波守に任じられている。春宮亮の前任者は下文丙辰(二十八日)条で尾張守に遷任する紀本(宝亀七年三月癸巳条)。

二六 →［四］補33-一。前官は春宮亮(宝亀七年三月癸巳条)。尾張守の前任者は相模伊波(宝亀五年四月壬辰条)。

○夏[1]四[2]月戊午[3]、日有レ蝕之。○己巳、勅、祭二祀神祇[4]一、国之大典。若不二誠敬一、何以致レ福。如聞、諸社不レ脩[5]、人畜損穢、春秋之祀、亦多二怠慢一。因レ茲嘉祥弗[6]レ降、災異荐臻。言念二於斯一、情深慙惕[7]。宜下仰二諸国一、莫[8]上令二更然一。○壬申、御二前殿一、賜二遣唐使節刀一。詔曰、天皇我大命良麻等遣唐国使人尓詔大命乎、聞食と[9]宣。今詔、佐伯今毛人[10]宿禰・大伴宿禰益立[11]二人、今汝等[12]二人乎遣唐国者、今始弖遣物尓波不在。本与利[13]自朝使其国尓遣之、其国与利進渡祁里。依此弖使次と[14]遣物曾。悟此意弖、其人等乃和美安美応為久相言部。驚[15]呂之岐事行奈世曾。亦所遣使人判官已下死罪已下有犯者、順罪弖行止之弖節刀給久と[16]詔大命乎、聞食と[17]宣。事畢、賜二大[18]使・副使御服一。賜[19]二前入唐大使藤原河清書一曰、汝奉二使絶域[20]一、久経二年所[21]一。忠誠遠著[22]、消息有レ聞。故今因二聘使一、便[23]令[24]レ迎之。仍賜二絁一[25]

1 夏(底新傍補)—ナシ〔底原〕
2 四月→校補
3 午ノ下、ナシ〔兼・谷原・東・高、紀略原〕—朔(谷傍補、大、紀略補)→校補
4 祇ノ下、ナシ(底抹)—園〔底原〕
5 脩〔底〕—修→校補
6 弗〔底重〕→校補
7 惕→校補
8 莫(底新朱抹傍)—草〔底原〕
9 と〔底〕—止
10 人〔東・高、大補、紀略、詔〕—ナシ(底新朱傍按・兼・谷)→校補
11 益〔大改、紀略、詔〕—蓋(兼等)
12 等〔兼等〕—等(大、詔)→校補
13 自〔兼等〕—ナシ(大衍、詔衍)→校補
14 と〔底〕—止(兼・東・高、大改、詔)、尓(谷擦重)→校補
15 驚ノ上、ナシ〔底原、詔〕—驚呂(底新傍補・兼等、大)→校補
16・17 と〔底〕—止
18 大使副使御服賜(底傍補)—ナシ〔底原〕
19 賜—ナシ(東)
20 域(兼・谷・高、大)—城〔底〕→校補
21 所—序(大)→校補
22 遠→校補
23 便〔谷、大、紀略〕—ナシ(兼・東・高)
24 令〔紀略〕—命(兼等、大)→校補
25 一—ナシ(紀略)

一 底本などに「朔」の字がない。脱か。
二 日食。この日はユリウス暦で七七六年四月二十三日。奈良における食分は〇(小数点以下は四捨五入)。続日本紀の日食記事→㊀補1-七五。
三 諸国の神社を清浄に保ち、祭祀を怠りなく行うよう命じた勅。三代格宝亀八年三月十日付太政官符に本日付太政官符が引用されており、それによれば諸国の神社を清浄に保つことについて、国司一人にそのことを専当させ、国内の神社の状況について毎年報告させること、もし違犯した場合には専当国司を違勅罪に処することを定めている。なお宝亀八年三月十日付官符は本年八月丙辰朔条の内容と一致する。
四 前年に記事が頻出する飢饉(二月甲戌条など)・地震(二月辛未条など)・鼠害(四月己巳条など)・旱(六月丁亥条)・風水害(八月癸未条など)や、宝亀五年七月以来の蝦夷の騒擾などを指す。
五 平城宮の内裏の前殿。→三頁注三。
六 宝亀六年六月任命。
七 遣唐使・征討将軍などに天皇大権の一部を委ねることを示すために授けられた刀。→㊀補2-五三。権限の内容は下文の詔の末尾に示されている。
八 遣唐使に節刀を授与する際、使の趣旨を理解して、彼の国の人たちの和むように行動すべきことを諭した上で、その任務・権限などを命じた宣命。天平勝宝四年閏三月には遣唐使副使以上を内裏に召して詔して節刀を授けたとあり、紀略延暦廿二年四月壬午条には遣唐大使・副使の辞見の際、「即授二節刀一、詔曰、云々」とある。さらに続後紀承和三年四月丁酉条では本条とほぼ同文の宣命を載せている。
九 遣唐大使。→㊂補17-七九。当時正四位下

諸社の清掃を命ずる

遣唐使に節刀授与

宣命第五十六詔

夏四月戊午[一]、日《ひ》[二]蝕《は》ゆること有り。○己巳[十二日]、勅《みことのり》[三]したまはく、「神祇《あまつかみくにつかみ》を祭《まつ》祀るは国《くに》の大典《おほきのり》なり。若《も》し誠《まことをもちゐやま》敬はずは何《なに》を以《もち》てか福《さきはひ》を致《いた》さむ。如聞《きくな》らく、「諸《もろもろのやしろをさ》社脩めずして人畜《ひとけものそこな》損ひ穢《けが》し、春秋《はるあき》の祀《まつり》も亦怠《またおこた》慢ること多《おほ》し」ときく。茲《これ》に因《よ》りて嘉祥《かしやうくだ》降らずして、災異《さいい》[四]荐《しきり》に臻《いた》れり。言《ここ》に斯《これ》を念《おも》ひ、情《こころ》に深《ふか》く慙惕《ざむちやく》す。諸国《くにぐに》に仰《おほ》せて、更《さら》に然《しか》らしむること莫《な》かるべし」とのたまふ。○壬申[十五日]、前殿《まへどの》[五]に御《おは》しまして、遣唐使《けんたうし》[六]に節刀《せつたう》[七]を賜《たま》ふ。詔《みことのり》[八]して曰《のたま》はく、「天皇《すめら》が大命《おほみこと》らまと唐国《もろこし》に遣《つかは》す使人《つかひ》に詔《の》りたまふ大命《おほみこと》を聞《き》きたまへと宣《の》る。今《いまの》詔りたまはく、佐伯今毛人宿禰《さへきのいまえみしのすくね》[九]・大伴宿禰益立《おほとものすくねましたて》[一〇]二人《ふたり》[一一]、今汝等《いまいましたち》二人《ふたり》を唐国《もろこし》に遣《つかは》すは、今始《いまはじ》めて遣《つかは》す物《もの》には在《あ》らず。本《もと》より朝《みかど》より使其国《つかひかのくに》に遣《つかは》し、其国《かのくに》より進《まだ》し渡《わた》しけり。此《これ》に依《よ》りて使《つかひ》の次《つぎて》と遣《つかは》す物《もの》そ。此《こ》の意《こころ》を悟《さと》りて其人等《かのひとども》[一二]の和《なご》み安《やす》み為《す》べく相言《あひい》へ。驚《おど》[一三]ろしき事行《ことわざ》なせそ。亦遣《またつかは》す使人《つかひ》の判官　已下　死罪　已下《まつりごとひとよりしもつかたころすつみよりしも》犯《をか》すこと有《あ》らば、罪《つみ》に順《したが》ひて行《おこな》へとして節刀《しるしのたち》給《たま》はくと詔《の》りたまふ大命《おほみこと》を聞《き》きたまへと宣《の》る」とのたまふ。事畢《ことをは》りて、大使《たいし》・副使《ふくし》に御服《おほむぶく》[一四]を賜《たま》ふ。前入唐大使《さきのにふたうたいし》藤原河清《ふぢはらかせい》[一五]に書《しよ》を賜ひて曰《のたま》はく、「汝《いまし》、使《つかひ》[一六]を絶域《ぜちゐき》に奉《う》けたまはりて、久《ひさ》しく年所《ねんしよ》[一七]を経《へ》たり。忠誠《ちうせいとほ》遠く著《あらは》れて、消息聞《せうそくきこ》ゆること有り。故《ゆゑ》に今《いま》、聘使《へいし》[一八]に因《よ》りて便《すなは》ち迎《むか》へしむ。仍《より》て、絁《あしぎぬ》一

(宝亀六年六月辛巳条)左大弁・造西大寺長官か(宝亀五年五月十日付京北班田図)。

一〇 遣唐副使。→〔三〕補22-五六。当時正五位上(宝亀六年六月辛巳条)。なお佐伯今毛人と大伴益立の呼称の違いは、公式令68の授位・任官の時以外における天皇の面前での官人の呼称の規定、すなわち「四位、先ㇾ名後ㇾ姓、五位先ㇾ姓後ㇾ名」によっている。

一一 宝亀六年六月の遣唐使任命記事では、益立のほかに藤原鷹取も副使となっているが、鷹取はそれ以後の遣唐使関係記事に見えない。

一二 唐国の人々が和やかに心安らぐように話し合え。

一三 相手を驚かすような所業をしてはならない。あるいは天平勝宝六年正月丙寅条の大伴古麻呂の奏言(〔三〕補19-一一)を念頭においているか。 一四 天皇の衣服。遣唐使等への賜服→補34-一一。

一五 もと清河。唐で河清と改名。→〔二〕補13-五〇。天平勝宝二年九月に遣唐大使に任命され、翌々年出発、天平勝宝五年帰国の途次遭難し、以後唐にとどまった。今回遣唐使に付された書は、宝亀五年三月に新羅使によりもたらされた河清の書への返答。今回の遣唐使の帰国の際、河清の女喜娘は帰国するも(宝亀九年十一月乙卯条)、同時に河清の死亡が伝えられ、従二位が贈られた(宝亀十年二月乙亥条)。この贈位記事のなかで、天平勝宝五年以来十余年にして没するとあり、本条の時点ですでに彼は死亡していたものとみられる。藤原河清の没年→補35-五二。

一六 使者に任命され、遠く隔たった場所に赴く。因みに唐では、日本は絶域に含まれる。

一七 としつき。年数。「所」は助辞。

一八 礼物を持って唐国を訪れる使者。

百匹[1]、細布一百端、砂金大一[2]百両一。宜ニ能努力、共レ使[3]帰朝一。相見非レ賒。指[4]不ニ多及一。○丙子、授ニ正四位下飯高宿禰諸高従三位、従五位上因幡国造浄成[5]・壬生宿禰小家主並正五位下、正六位上[6]雀部朝臣広持従五位下一。○五月[7]戊子、出羽国[8]志波村賊叛[9]逆、与レ国相戦。官軍不レ利。発ニ下総・下野・常陸等国騎兵一戍[10]之[11]。○戊戌[12]、以ニ近江介従五位上佐伯宿禰久良麻呂一為ニ兼[13]陸奥鎮守権副将軍一。○己亥、散事従四位下佐味朝臣宮卒。○庚子、正六位上後部石嶋等六人賜ニ姓出水連一。○戊申、授ニ无位[14]公子乎刀自外従五位下一。○乙卯、大祓。以ニ災変屢見一也。○丙辰、屈[15]ニ僧六百一、読ニ大般若経於宮中及朝堂一。○[16]六月庚申、太白昼[17]見。○癸亥、播[18]磨国戸五十烟捨ニ招提寺一。○甲[19]子、近衛大初位下粟人道足等十人賜ニ姓粟直一。○己巳、参議[20]従三位大蔵卿兼摂津大夫藤原朝臣楓麻呂薨。平城朝贈太政大臣房前之第[21]七子也。○壬申、右京大夫従四位下百済王理伯卒。○癸酉、授ニ无位坂本王従五位下一。○甲戌、大ニ祓京師及畿[22]内諸国一。

1 匹—疋(紀略)
2 大一〔紀略補〕—ナシ(紀略原)
3 力共使〔兼・谷、大〕—刀共使(東・高擦重)→校補
4 指—揗〔底〕
5 成ノ下、ナシ—女(大補)
6 上→校補
7 五月→校補
8 国ノ下→脚注・校補
9 叛(底新朱抹傍)→校補
10 戍〔兼・高〕—伐(谷擦重、大、紀略)、ナシ(東)→校補
11 之—ナシ(東)
12 戊戌→校補
13 兼—ナシ(高)
14 位〔兼重〕—住(兼原)
15 屈〔谷擦、大〕—堀(兼・谷原・東・高、紀略補)、ナシ(紀略原)
16 六月→校補
17 昼=晝—書〔底〕
18 播→校補
19 甲(底傍補)—ナシ〔底原〕
20 議—儀(東)
21 第—弟〔底〕
22 畿—幾(東)

一 上総国産の上質の布。→[一]二〇九頁注一三。
二 日本から海外に金が持ち出される初見。宝亀八年五月癸酉条では渤海に黄金を贈っている。
三 雑令1に「権衡、廿四銖為レ両〈三両為ニ大両一両一〉」とある。大両一両は約三七・五グラムにあたるとされるが、正倉院・平城宮などの遺物によればこれより一割ほど重くなる。
四 まもなく会うことができると思われるので、書面のなかでは詳しく述べない。末尾の「指不ニ多及一」が論事勅書の形式であることについては→[四]補25—三三。
五 以下、采女に対する叙位。
六 もと飯高君笠目。伊勢国飯高郡采女。→[一]補14—一一。
七 もと国造浄成女。因幡国高草郡采女、因幡国造。→[四]補31—三五。
八 もと壬生直。小家主女とも。常陸国筑波郡采女、常陸国造。→[三]補23—六。
九 他に見えず。雀部朝臣→[三]補18—一二。
一〇 大系本頭注は出羽国の下に「言」を意補すべきかとするが、この頃まで志波村の蝦夷は出羽国に来貢し、出羽国でも志波村をその管轄下におくという認識があった可能性があることから、このまま「出羽国志波村」としてよいとする説もある(熊谷公男説)。
一一 後の陸奥国北部にあった村。志波村・志波城→補34—一二。
一二 出羽国の軍。宝亀七年二月甲子条の軍士四〇〇〇人を指すか。
一三 ここは常陸・下野の順で記載すべきところ。
一四 征夷軍に騎兵([一]一五頁注三二)を徴発した例は、他に天平九年四月戊午・天平宝字二年十二月丙午・宝亀十一年十月己未・延暦七年三月辛亥の各条に見える。

女叙位

百匹、細布《たへ》[一]一百端、砂金《さきむ》[二]大《だい》[三]一百両を賜《たま》ふ。能《よ》く努力《つと》めて使《つかひ》と共《とも》に帰朝《かへ》るべし。相見《あひみ》[四]むこと賖《とほ》きに非《あら》ず。指《むね》多《おほ》く及《およ》ばず」とのたまふ。○丙子[十九日]、正四位[五]下飯高《いひたか》[六]宿禰諸高《もろたか》に従三位を授《さづ》く。従五位上因幡国造《いなばのくにのみやつこ》[七]浄成《きよなり》・壬生《みぶ》[八]宿禰小《を》家主《やかぬし》に並《ならび》に正五位下。正六位上雀部《さざきべ》[九]朝臣広持《ひろもち》に従五位下。

志波村の賊叛逆

五月[丁亥朔]戊子[二日]、出羽国《いでは》[一〇]志波《しは》[一一]村の賊《あた》叛逆《そむ》きて国《くに》[一二]と相戦《あひたたか》ふ。官軍《くわんぐん》利あらず。下《しもつ》総《ふさ》・下野《しもつけの》[一三]・常陸《ひたち》等の国《くに》の騎兵《きひやう》[一四]を発《おこ》して戍《まも》らしむ。○戊戌[十二日]、近江介《ちかつあふみのすけ》従五位上佐伯《さへき》[一五]宿禰久良麻呂《くらまろ》を兼陸奥鎮守権副将軍《みちのおくのちんしゆごんのふくしやうぐん》[一六]とす。○己亥[十三日]、散事《さんじ》[一七]従四位下佐味《さみ》[一八]朝臣宮《みや》卒《しゆつ》しぬ。○庚子[十四日]、正六位上後部石嶋《こうほうのいはしま》[一九]ら六人に姓を出水《いづみ》[二〇]連と賜ふ。○戊申[二十二日]、无位公子乎《きみこのを》[二一]刀自《とじ》に外従五位下を授く。○乙卯[二十九日]、大祓《おほはらへ》[二二]す。災変《さいへん》[二三]屢《しばしば》見《あらは》るるを以《もち》てなり。○丙辰[三十日]、僧《ほふし》[二四]六百を屈《くつ》して大般若経《だいはんにやきやう》[二五]を宮中《うち》[二六]と朝《でう》[二七]堂《だう》とに読《よ》ましむ。

藤原楓麻呂没

六月[丁巳朔]庚申[四日]、太白《たいはく》[二八]、昼《ひる》に見《あらは》る。○癸亥[七日]、播磨国《はりま》[二九]の戸《へ》五十烟を招提寺《せうだいじ》[三〇]に捨《ほどこ》す。○甲子[八日]、近衛《このゑ》[三一]大初位下粟人道足《あはひとのみちたり》[三二]ら十人に姓を粟直《あは》と賜ふ。○己巳[十三日]、参議《さむぎ》従三位大蔵卿《おほくらのきやう》兼摂津大夫《つのだいぶ》藤原《ふぢはら》[三三]朝臣楓麻呂《かへるてまろ》薨《こう》しぬ。平城朝《ならのみかど》[三四]の贈太政大《ぞうだいじやうだい》臣《じん》房前《ふささき》[三五]の第七の子《こ》なり。○壬申[十六日]、右京大夫《うきやうのだいぶ》従四位下百済王《くだらのこにきし》[三六]理伯《はく》卒《しゆつ》しぬ。○癸酉[十七日]、无位坂本王《さかもとのおほきみ》[三七]に従五位下を授く。○甲戌[十八日]、京師《けいし》と畿内《きない》の諸国《くにぐに》とに

一五 →四補25-八二。近江介任官は宝亀五年七月。
一六 →補34-一三。
一七 後宮職員令15では後宮十二司の下級職員(女孺・采女など)を散事とする(一二一七頁注二)が、ここでは男官の散位と同じように、位階を有するが官職のない者を指すか。
一八 →補34-一四。
一九 →補34-一五。
二〇 →補34-一六。
二一 他に見えず。東国出身の宮人か。公子は君子に同じ。→一補6-七〇。
二二 臨時の大祓。大祓→一補1-九四。
二三 →一三頁注四。
二四 招いた僧の数は大般若経の巻数と同じ。
二五 →一六七頁注二〇。
二六 平城宮の内裏。→一補4-一四。
二七 平城宮の朝堂。→一補4-一四。
二八 金星。これが昼見えるのは凶兆。→三一二三頁注九・一九五頁注二〇。
二九 唐招提寺への寺封施入の記事。→補34-一七。
三〇 唐招提寺。→三四三三頁注一六。
三一 天平神護元年二月に授刀衛を改称して設置された近衛府の舎人。
三二 →補34-一八。
三三 →三補20-六二。参議任官は宝亀三年四月。従三位叙位は同五年五月。大蔵卿任官時は未詳。摂津大夫任官は宝亀六年十一月。没年は補任宝亀五年条によれば五十四歳。
三四 聖武朝。
三五 →一六五頁注四。
三六 →三一四一頁注一。右京大夫任官は宝亀五年三月。従四位下叙位は同元年七月。
三七 系譜未詳。選叙令35によれば諸王の子。

奉[1]二黒毛馬丹生川上神一。旱也。○秋[2]七月丁亥、従四位下置[3]始女王卒。○壬辰、参議正四位上陸奥按察使兼鎮守将軍勲三等大伴宿禰駿河麻呂卒。贈二従三位一、賻[4]二絁卅疋、布一百端一。○己亥、和[5]二市安房・上総・下[6]総・常陸四国船五十隻一、置二陸奥国一、以備二不虞一。○庚子、以二従五位下石川朝臣人麻呂一為二大和検税使一。従五位下多治比真人乙安為二河内和泉使一。従五位下息長真人道足為二摂津山背使一。○甲辰、震二西大寺西塔一。○丙午、以二従五位下上毛野朝臣馬長一為二出羽守一。○八[7]月丙辰朔、遣レ使、奉二幣於天下群神一。其天下諸社之祝、不レ勤二洒掃一、以致二蕪穢一者、収二其位[8]記一与替。○癸亥、山背国乙訓郡人外従五位下羽栗[9]翼賜二姓臣一。○戊辰、大風。○庚午、天下諸国蝗[10]。畿[11]内者遣レ使巡祀[12]、餘者令二国司行一レ事。○壬午、授二正五位上石川朝臣豊人従四位下一。○閏[13]八月庚寅、先レ是、遣唐[14]使船到二肥前国松浦郡合蚕田浦一、積レ月餘レ日、不レ得二信風一。既入二秋節[15]一、弥違[16]二水候一。

1奉黒毛馬丹生川上神旱也(底新補)―ナシ〔底原空〕→校補
2秋七月→校補
3置―量〔底〕
4賻〔兼傍〕―賜(兼)→校補
5和市〔兼・谷原・東・高〕―令造(谷擦重、大、紀略補)、ナシ(紀略原)→校補
6下総〔紀略補〕―ナシ(紀略原)
7八月→校補
8位〔底重〕→校補
9栗〔兼重〕―粟(兼原)
10蝗→校補
11畿―幾(東)
12祀〔兼・谷原・東・高〕―視(谷擦重、大、類一七三)→校補
13閏八月→校補
14唐(底抹傍)―庚〔底原〕→校補
15節〔底原・底重・底傍〕→校補
16違―達(兼)

一 日照りに対する臨時の大祓。大祓→[一]補1―一九四。
二 大和国吉野郡に鎮座。→[三]補24―四五。祈雨→[一]補1―六九。
三 →[三]一一一頁注一七・三七一頁注一五。
四 道足の男。没時については、補任宝亀七年条に「於二任所一三月壬辰日薨、或本八年七月五日壬辰卒」と異伝を載せている。本年五月の佐伯久良麻呂の鎮守権副将軍の任命からみて、本条は駿河麻呂の京の家に賻物を贈った日で、実際にはこれ以前に陸奥で没していたか。
五 喪葬令5によれば、絁三〇疋は職事官正従一位の、布一〇〇端は同正従二位の賻物に相当する。
六 宝亀十一年二月丁酉条では、陸奥国が北上川を遡上して胆沢地方の蝦夷を討つことを奏言しており、本条はこれと関連するか。また、天平四年の節度使設置の際に作られた警固式([三]二〇七頁注一六)には「於二博多大津及壱伎・対馬等要害之処一、可下置二船一百隻以上一、以備中不虞上」という条文があり(天平宝字三年三月庚寅条)、これが陸奥国にも准用されたとみることもできる。
七 民間の価格で買い上げる。
八 本年正月の七道検税使任命に続き、本条で畿内諸国の検税使が任命された。検税使→補34―九。
九 →[四]補28―五。この時、式部少輔か(宝亀五年三月甲辰条)。
一〇 →[四]二〇一頁注二八。
一一 →[四]補27―四四。
一二 →[四]補27―四六。西塔への落雷は宝亀三年四月に続き二度目。しかし今回の落雷でも炎

大祓《おほはらへ》[一]せしむ。黒毛《くろけ》の馬《うま》を丹《に》[二]生川上神《ふのかはかみのかみ》に奉《たてまつ》る。旱《ひでり》すればなり。

大伴駿河麻呂没

秋七月（丙戌朔）丁亥（二日）、従四位下置始女王《おきそめのおほきみ》[三]卒《しゆつ》しぬ。○壬辰（七日）、参議《さむぎ》正四位上陸奥《みちのおくの》按察使《あんせちし》兼鎮守将軍《ちんしゆしやうぐん》勲《くん》三等大伴《おほとも》[四]宿禰駿河麻呂《するがまろ》卒《しゆつ》しぬ。従三位を贈《おく》り、絁《あしぎぬ》[五]卅疋、布《ぬの》一百端を賻《おく》る。○己亥（十四日）、安房《あは》[六]・上総《かみつふさ》・下総《しもつふさ》・常陸《ひたち》の四国の船《ふね》五十隻を和市《くわし》[七]し、陸奥国《みちのおく》に置《お》きて不虞《ふぐ》に備《そな》へしむ。

畿内諸国の検税使任命

○庚子（十五日）、[八]従五位下石川《いしかは》[九]朝臣人麻呂《ひとまろ》を大和検税使《やまとのけむぜいし》とす。従五位下多治比《たぢひ》[一〇]真人乙安《おとやす》を河内和泉使《かふちいづみのし》。従五位下息長《おきなが》[一一]真人道足《みちたり》を摂津《つ》山背使《やましろのし》。

西大寺西塔に落雷

○甲辰（十九日）、西大寺《さいだいじ》[一二]の西塔《さいたふ》に震《かみとき》す。○丙午（二十一日）、従五位下上毛野《かみつけの》[一三]朝臣馬長《うまをさ》を出羽《いでは》守とす。

諸社の祝に清掃を命ず

八月丙辰の朔、使《つかひ》を遣《つかは》して、幣《みてぐら》を天下《あめのした》の群神《かみがみ》に奉《たてまつ》らしむ。その天下《あめのした》[一四]の諸《もろもろの》社《やしろ》の祝《はふり》[一五]、洒掃《さいさう》を勤《つと》めず、以《もち》て蕪穢《ぶわい》[一六]を致《いた》す者《ひと》は、その位記《ゐき》[一七]を収《と》りて与替《か》[一八]へしむ。○癸亥（八日）、山背《やましろ》国乙訓《おとくに》[一九]郡の人《ひと》外従五位下羽栗翼《はくりのつばさ》[二〇]に姓臣《おみ》[二一]を賜《たま》ふ。

諸国蝗害

○戊辰（十三日）、大風《おほかぜ》ふく。○庚午（十五日）、天下《あめのした》の諸国《くにぐに》に蝗《いなご》あり。畿内《きない》は使《つかひ》を遣《つかは》して巡《めぐ》り祀《まつ》らしめ、餘《そのほか》は国司《こくし》をして事《こと》を行《おこな》はしむ。○壬午（二十七日）、正五位上石川《いしかは》[二二]朝臣豊人《とよひと》に従四位下を授《さづ》く。

遣唐使船出発を延期

閏八月（乙酉朔）庚寅（六日）、是《これ》より先《さき》、遣唐使《けんたうし》[二三]の船《ふね》、肥前国《ひのみちのくち》松浦《まつら》[二四]郡合蚕《あひと》[二五]田浦《たのうら》に到《いた》りて、月《つき》を積《かさ》ね日《ひ》を餘《あま》して信風《しんふう》[二六]を得《え》ず。既《すで》に秋節《あきのとき》に入《い》りて弥《いよいよ》水候《すいこう》[二七]に違《たが》へり。

上しなかったらしく、宝亀十一年西大寺資財流記帳には「塔二基〈五重各高十五丈〉」とある（寧遺三九六頁）。なお、扶桑略記延長六年七月十一日条に「夜雷震、西大寺塔有レ火、一基蕩尽」とあるのは西塔のことか（太田博太郎説）。

一三 →四五頁注三。出羽守の前任者は百済王武鏡（宝亀五年三月甲辰条）。

一四 本年四月に、諸国の神社を清浄に保つことを国司に命じた（己巳条）のに続き、更に諸社の祝にこれを命じたもの。三代格宝亀八年三月十日付官符で同内容のことが命じられている。なお、本官符は弘仁式部格に収められていたが、宝亀八年三月に出された当時には、本条と重複する現存部分以外の内容も含まれており、弘仁格編纂段階で、格とされずに削除された可能性もある。

一五 祝部とも。地方の神社の神職。→二五頁注一。

一六 荒れてけがれること。

一七 →補34―一九。

一八 更迭して替りの者を祝に補す。

一九 →一補2―四四（波都賀志神）。

二〇 →四補27―三〇。

二一 羽栗臣。葉栗臣にもつくり、姓氏録左京皇別に和安部（やまとあべ）朝臣と同祖で彦姥津（ひとおけつ）命の三世孫建穴命の後とある。

二二 →三補17―二五。正五位上叙位は宝亀七年正月。

二三 宝亀六年六月に任命、船四隻の建造を安芸国に命じ、同七年四月に節刀授与。

二四 →二補13―四六。

二五 →補34―二〇。

二六 順風。この場合は東北の風。

二七 水路で行くのに適した時期。

乃引還㆓於博多大[1]津㆒、奏上曰、今既入㆓於秋節㆒、逆風日扇。臣等望[2]、待㆓来年夏月㆒、庶得㆓渡海㆒。是日勅、後年発期一[3]依㆓来奏㆒。其使及水手並宜㆓在㆑彼待㆑期進㆒㆑途。○甲辰、以㆓右大舎人頭従四位下神王㆒為㆓兼下総守㆒。弾正尹従四位下藤原朝臣弟[4]縄為㆓兼美作守㆒。○壬子、丹後国与謝郡人釆[5]女部宅刀自女一産㆓三男㆒。賜㆓稲[6]及乳母粮料㆒。」壱伎[7]嶋風、損㆓苗子㆒。免㆓当[8]年調㆒。○九[9]月甲子、以㆓宮内卿正四位下大伴宿禰伯麻呂㆒為㆓兼[10]越前守㆒。○丁卯、陸奥国俘囚三百九十五人分㆓配大宰[11]管内諸国㆒。○庚午[12]、始置㆓越前国気比神宮司㆒。准㆓従八位官㆒。○甲[13]戌、幸㆓大蔵省㆒。賜㆓陪従五位[14]已上禄㆒。並皆[15]尽ミ㆑重而出。○庚辰、山辺真人何鹿・山辺真人猪名並復㆓属籍㆒。◎是月、毎㆑夜、瓦・石及塊自落㆓内竪曹司及京中往々屋上㆒。明而視之、其物見在。経㆓廿餘日㆒乃止。○冬[16]十月壬辰、美濃国菅田駅、与㆓飛驒国大野郡伴[17]有駅㆒、相去七十四

1 大—ナシ(紀略)
2 望〔紀略補〕—ナシ(紀略原)
3 期一依来奏〔紀略補〕—ナシ(紀略原)
4 弟—第〔底〕→校補
5 釆—宋(東)
6 稲—粮(大)
7 伎—岐(東)
8 当—常(東)
9 九月→校補
10 兼〔兼・谷、大〕—ナシ(東・高)
11 宰ノ下、ナシ—府(紀略)→校補
12 午(底新朱抹傍)—子〔底原〕
13 甲(底新朱抹傍)—戊〔底原〕
14 位〔兼・谷、大〕—ナシ(東・高)
15 皆→校補
16 冬十月→校補
17 伴〔兼等、大〕—俱(東傍・高傍)→校補

一 現在の博多湾の港。→[三]補22-九。
二 唐への出発を来年夏まで延期するよう願い出た遣唐使の奏。
三 出発の延期を認め、遣唐使と水手に大宰府で待機するよう命じた勅。実際の出発は宝亀八年六月二十四日になった(宝亀九年十月乙未条)。
四 宝亀二年閏三月戊子朔条によれば「左」の誤りか。
五 →[四]一五一頁注三七。美作守(宝亀五年三月甲辰条兼任)からの遷任。下総守の前任者は藤原乙縄(宝亀五年三月甲辰条)。
六 乙縄とも。→[三]補20-二六。弾正尹任官は宝亀三年四月。美作守の前任者は神王(宝亀五年三月甲辰条)。すなわち神王と藤原乙縄は兼官国守の国が入れ替っているのみであり、いずれも収入を得るための遥任か。
七 与佐郡とも。→[一]補6-五。
八 他に見えず。釆女部→[四]補30-三七。
九 続日本紀の多産記事→[一]補1-一〇四。
一〇 続紀では多産に対して褒賞としての稲などと乳母一人を賜うのが例(文武三年正月壬午条など)であり、乳母の粮料を賜うとするのは本条のみ。しかし続後紀承和元年二月甲午条の「給㆓正税三百束及乳母一人公粮㆒、令㆓以育養㆒」という記事などを参照すると、乳母一人を賜うとするのも、結局は乳母に公粮を支給するということであり、両者の間に違いはないか。

乃《より》て引《ひ》きて博多《はかた》[一]の大津《おほつ》に還《かへ》り、奏上《そうじやう》[二]して曰《まう》さく、「今既《いますで》に秋節《あきのとき》に入《い》りて逆《げき》風日《ふうひび》に扇《ふ》けり。臣等《しんら》望《のぞ》まくは、来年《きたるとし》の夏月《なつのつき》を待《ま》ちて、庶《ねが》はくは渡海《とかい》することを得《え》むことを」とまうす。是《こ》の日《ひ》、勅《みことのり》[三]したまはく、「後年《こうねん》の発期《はつき》は一《もは》ら来奏《らいそう》に依《よ》れ。その使《つかひ》と水手《かこ》とは並《ならび》に彼《かしこ》に在《あ》りて期《とき》を待《ま》ち、途《みち》を進《すす》むべし」とのたまふ。○甲辰[二十日]、右大舎人頭《みぎのおほとねりのかみ》[四]従四位下神王《みわのおほきみ》[五]を兼下総《しもつふさ》守とす。弾正尹《だんじやうのゐん》従四位下藤原《ふぢはら》[六]朝臣弟縄《おとなは》を兼美作《みまさか》守。○壬子[二十八日]、丹後《たにはのみちのしり》国与謝《よさ》[七]郡の人采女《ひとうねめ》[八]部宅《べのやかと》刀自女《じめ》、一《ひと》[九]たびに三男《みたりのをのこご》を産《う》めり。稲《いね》と乳母《めのと》[一〇]の粮料《らうれう》とを賜《たま》ふ。壱伎嶋《いき》に風《かぜ》ふき、苗子《なへ》を損《そこな》ふ。当年《ことし》の調《でう》を免《ゆる》す。

九月[乙卯朔]甲子[十日]、宮内卿《くうないきやう》正四位下大伴《おほとも》[一一]宿禰伯麻呂《をぢまろ》を兼越前《こしのみちのくち》守とす。

俘囚を大宰管内に移配

○丁卯[十三日]、陸奥国《みちのおく》の俘囚《ふしう》[一二]三百九十五人を大宰《だいさい》の管内《くわんない》の諸国《くにぐに》に分《わか》ち配《お》く。○庚午[十六日]、始《はじ》めて越前《こしのみちのくち》国気比《けひ》[一三]神宮司《じんぐうじ》を置《お》く。従[一四]八位の官《つかさ》に准《なずら》ふ。○甲戌[二十日]、大蔵《おほくら》省《しやう》に幸《みゆき》したまふ。陪従《ばいじゆ》せる五位已上に禄《ろく》を賜ふ。並《ならび》に皆重《みなおもき》[一五]を尽《つく》して出《い》づ。○庚辰[二十六日]、山辺《やまのへ》[一六]真人何鹿《いかるが》・山辺《やまのへ》[一七]真人猪名《ゐな》に並に属籍《ぞくじやく》[一八]を復《ふく》す。◎是《こ》の月《つき》、夜毎《よごと》[一九]に瓦《かはら》・石《いし》と塊《つちくれ》と自《おのづか》ら内竪《ないじゆ》[二〇]の曹司《ざうし》と京中《きやうちう》の往々《みちみち》の屋《や》の上《うへ》とに落《お》つ。明《あ》けて視《み》れば、その物見《ものまのあたり》に在《あ》り。廿餘日を経《へ》て乃《すなは》ち止《や》む。

飛驒国下留駅を設置

冬十月[乙酉朔]壬辰[八日]、美濃《みの》国菅田駅《すがたのうまや》[二一]と飛驒《ひだ》国大野《おほの》[二二]郡伴有《ともあり》[二三]駅とは相去《あひさ》ること七[二四]十四

一一 →㊂一〇七頁注四。宮内卿任官は宝亀五年九月。越前守の前任者は藤原宅美(宝亀七年三月癸巳条)。
一二 服属した蝦夷。→㊂二五三頁注二一。↓㊂補9―一〇三。俘囚の移配→補34―二一。
一三 気比神社の神宮司。気比神社→㊃補30―三九。神宮司は神主・禰宜より上位の神職。↓㊃一三五頁注四。
一四 臨時祭式に、従八位官に準じて季禄を与えるとあるので、ここも季禄支給の基準を立てたもの。
一五 できるだけ手厚く。
一六 もと何鹿王。次の山辺猪名と同じく守部王の子。→㊃補31―七二。
一七 もと為奈王。→㊃補31―七二。
一八 王とされて皇親籍に再登録される。
一九 以下、流星の落下を示す記事。
二〇 平城宮内における内竪(㊂補19―三二)の詰所。なお内竪省(㊃補28―二八)は宝亀三年二月に廃止されている。
二一 兵部省式には見えない。兵部省式の武義駅(現岐阜県益田郡金山町菅田)と同じ駅か。東山道飛驒支路→補34―二二。
二二 →㊂八三頁注一六。
二三 兵部省式の上留駅に同じ。貞観十二年十二月八日に大野郡の南半を割いて益田郡が分置され(三代実録、民部省式上頭注)、伴有駅＝上呂駅は益田郡に所属することとなる。現岐阜県益田郡萩原町上呂。
二四 一里は約五四〇メートル。厩牧令14では駅間の標準距離を三〇里とするので、その約二・五倍となる。因みにこの里程は、東山道神坂峠越えの美濃国坂本駅と信濃国阿智駅の距離(三代格斉衡二年正月廿八日付太政官符所引美濃国解)に等しい。

1 弊―幣(東)　2 丁〔底擦〕―下〔底原〕　3 摂ノ上→校補　4 十一月↓校補　5 大〔大、紀略〕―本(兼・谷・高)、大本(東)↓校補　6 大―太(東)　7 益〔大改〕―蓋(兼等)　8 真〔底新傍補〕―ナシ〔底原〕　9 等〔兼・谷、大、紀略〕―等等(東・高)↓校補　10 之〔谷傍補・東・高傍補、大、紀略〕―ナシ(兼・谷原・高原)　11 庚辰↓校補　12 胆＝膽―瞻〔底〕↓校補　13 癸ノ上、ナシ〔底抹〕―発〔底原〕　14 俘↓校補　15 囚(兼・谷、大、紀略)―図〔底〕、因(東・高)　16 人ノ下、ナシ〔底抹〕―人〔底原〕　17 議―儀(東)　18 賤〔紀略改〕―賊(紀略原)　19 十二月↓校補　20 益〔大改、紀略〕―蓋(兼等)　21 従五位下〔大補〕―ナシ(兼等)　22 戍(兼・東・高、大)―戊〔底〕、戌(谷原・谷抹傍)↓校補　23 渤↓校補　24 赴〔谷〕―訃(谷傍イ)　25 妃―犯(東)　26 柂(兼・谷・高、大)―拖(底新傍補・東)、ナシ〔底原〕　27 計〔兼・谷原・東・高、大改〕―許(谷重)↓校補　28 存―在〔底〕

里、巌谷険深、行程殊遠。其中間量置二一駅一、名曰二下留一。○癸巳、地震。○乙未、陸奥国頻経二征戦一、百姓彫弊[1]。免二当年田租一。○乙巳、授二従六位上栗前連枝女外従五位下一。○丁[2]未、以二参議従三位藤原朝臣田麻呂一為二摂[3]津大夫一。○十[4]一月丙辰、地震。○己巳、遣唐大[5]使佐伯宿禰今毛人、自二大[6]宰一還而進二節刀一。副使大伴宿禰益[7]立・判官海上真[8]人三狩等[9]、留レ府待レ期。時人善レ之[10]。○庚[11]辰、発二陸奥軍三千人一伐二胆[12]沢賊一。○癸[13]未、出羽国俘[14]囚[15]三百五十八人[16]配二大宰管内及讃岐国一。其七十八人班二賜諸司及参議[17]已上一為レ賤[18]。○十[19]二月丁酉、停二遣唐副使大伴宿禰益[20]立一、以二左中弁兼中衛中将鋳銭長官従五位上小野朝臣石根・備中守従[21]五位下大神朝臣末足一並為二副使一。」募下陸奥国諸郡百姓戍[22]二奥郡一者上。便即占着、給二復三年一。○乙巳、渤[23]海国遣二献可大夫司賓少令開国男史都蒙等一百八十七人一、賀二我即位一、并赴[24]二彼国王妃[25]之喪一。比レ着二我岸一、忽遭二悪風一、柂[26]折帆落、漂没者多。計[27]二其全存[28]一、僅有二卌六人一。便於二越

一 現岐阜県益田郡下呂町。
二 宝亀五年七月以来の軍事行動をさす。→補34―一〇。
三 山前王の子。宝亀十一年八月己亥条によれば、それまで母姓に従っていたが、池原女王と改め、従五位下を授けられた。栗前連→四二一九頁注一二。
四 宇合の第五子。→三補23―五。参議任官は天平神護二年七月。摂津大夫の前任者は本年六月己巳に没した藤原楓麻呂か。
五 →三補17―七九。本年閏八月に出発の延期を奏上、これが認められ、使と水手は大宰府で待機するよう命じた勅が出されていた。翌八年四月に再び辞見するも、羅城門で病気と称して留まり(戊戌条)、さらに摂津に到ったが、病気が癒えず、副使小野石根に節刀を持し大使のことを行わせることとなった(癸卯条)。
六 軍防令18に、節刀を授与された後は「辞訖、不レ得三反二宿於家一」とあることからすると、使命を果たさないうちに節刀を返還するのも異例。節刀→一補2―五三。
七 →三補22―五六。本年十二月に副使を解任

陸奥国の田租を免す

里、巖谷険《がむこくけは》しく深《ふか》くして、行程殊《かうていこと》に遠《とほ》し。その中間《なかほど》に量《はか》りて一つの駅《うまや》を置《お》き、名《なづ》けて下留《しもとまり》[一]と曰《い》ふ。○癸巳《九日》、地震《なゐ》ふる。○乙未《十一日》、陸奥国《みちのおく》頻《しきり》に征戦《せいせん》[二]を経《へ》て百姓彫弊《はくせいてうへい》す。当年《ことし》の田租《でんそ》を免《ゆる》す。○乙巳《二十一日》、従六位上栗前《くりくま》[三]連枝女《えだめ》に外従五位下を授《さづ》く。○丁未《二十三日》、参議《さむぎ》従三位藤原《ふぢはら》[四]朝臣田麻呂《たまろ》を摂津大夫《つのだいぶ》とす。

遣唐大使佐伯今毛人節刀を返上

十一月《乙卯朔》丙辰《二日》、地震《なゐ》ふる。○己巳《十五日》、遣唐大使《けんたうたいし》佐伯《さへき》[五]宿禰今毛人《いまえみし》、大宰《だいさい》より還《かへ》りて節刀《せつたう》[六]を進《たてまつ》る。副使《ふくし》大伴《おほとも》[七]宿禰益立《ましたて》・判官《はんぐわん》海上《うなかみ》[八]真人三狩《みかり》らは、府《ふ》[九]に留《とどま》りて期《とき》を待《ま》つ。時《とき》の人《ひと》[一〇]これを善《よみ》す。

胆沢の賊を伐つ

○庚辰《二十六日》、陸奥《みちのおく》の軍《いくさ》三千人を発《おこ》して、胆沢《いさは》[一一]の賊《あた》を伐《う》たしむ。

出羽の俘囚を西国に移配

○癸未《二十九日》、出羽《いでは》国の俘囚《ふしう》[一二]三百五十八人を大宰《だいさい》の管内《くわんない》と讃岐《さぬき》国とに配《お》く。その七十八人は、諸司《しよし》と参議《さむぎ》已上とに班《あか》ち賜《たま》ひて賤《せん》[一三]とせしむ。

遣唐使交替

十二月《甲申朔》丁酉《十四日》、遣唐副使《けんたうふくし》大伴《おほとも》[一四]宿禰益立《ましたて》を停《とど》めて、左中弁《さちうべん》兼中衛中将《ちうゑのちうじやう》鋳銭《じゆぜんの》長官《ちやうぐわん》従五位上小野《をの》[一五]朝臣石根《いはね》・備中守《きびのみちのなかのかみ》従五位下大神《おほみわ》[一六]朝臣末足《すゑたり》を並《ならび》に副《ふく》使《し》とす。陸奥国《みちのおく》の諸郡《もろもろのこほり》の百姓《はくせい》の奥郡《おくのこほり》[一七]を戍《まも》る者《ひと》を募《つの》る。便即《すなは》ち占《し》め着《つ》かしめて、復《ふく》[一八]三年を給《たま》ふ。

渤海使来着

○乙巳《二十二日》、渤海国《ぼつかいこく》[一九]、献可大夫《けんかだいぶ》司賓少令開国男《しひんせうれいかいこくなむ》史都蒙《しともう》[二〇]ら一百八十七人を遣《つかは》して、我《わがきみ》[二一]の即位《そくゐ》を賀《ことほ》きて、并《あは》せて彼《か》[二二]の国《くに》の王《わう》の妃《きさき》[二三]の喪《も》を赴《つ》げしむ。我《わがくに》の岸《きし》に着《いた》る比《ころほひ》、忽《たちまち》に悪《あ》しき風《かぜ》に遭《あ》ひて柂《かぢを》折れ帆《ほ》落《お》ちて漂没《へうぼつ》[二四]したる者《ひと》多《おほ》し。その全《また》く存《あ》るひとを計《かず》ふるに僅《わづか》に卌六人有り。便《すなは》ち越《こしのみちの》

される。
八 もと三狩王。→〔三〕一一一頁注五五。
九 大宰府。
一〇 副使以下が大宰府に留まったことを指す。
一一 後の胆沢郡（現岩手県水沢市・胆沢郡）及び江刺郡（現岩手県江刺市と水沢市の一部）にあたる地域。胆沢と胆沢城→補34―一三。
一二 俘囚の移配→補34―一一。
一三 官奴婢・私奴婢としたか。
一四 →〔三〕補22―五六。今回の佐伯今毛人を大使とする遣唐使は、内部に対立があったらしく、今回の人事もその影響か。
一五 →〔三〕補20―三二。宝亀八年六月に大使佐伯今毛人の病気のため、副使のまま大使の権限を代行、渡唐して長安にいたり、翌年三月皇帝に謁見し、十一月には帰途についたが、石根の乗った第一船は難破し、唐使趙宝英らとともに海中に没した。
一六 →補34―四。備中守任官は本年三月。石根らとともに渡唐、宝亀十年三月に帰還した。
一七 黒川郡（現宮城県仙台市と多賀城市の北部）以北の諸郡を指すか。→〔二〕補14―九。
一八 優遇措置として、賦役を三年間全免する。
一九 渤海使来日は、宝亀四年六月の烏須弗以来。
二〇 →補34―一四。
二一 宝亀元年十月の光仁の即位。
二二 第三代渤海国王大欽茂。→〔二〕三五七頁注二〇。
二三 未詳。
二四 宝亀八年二月壬寅条の史都蒙の言によれば一二〇人が死亡したとする。また同九年四月丙午条には、この時溺死し、越前国江沼・加賀郡に漂着した三〇人の遺体を埋葬したとある。

前国加賀郡二安置供給一。○戊[1]申、左京人従六位下秦忌寸長野等廿二人賜二姓奈良忌寸一。山背[2]国葛野郡人秦忌[3]寸[4]箕造等九十七人朝原忌寸。○庚戌、豊前国京都郡[5]人正六位上楉田勝愛比賜二姓大[6]神楉田朝臣一。左京人少初位上蓋田[7]蓑長丘[8]連。

八[9]年春正月甲寅朔、宴[10]二五位已上於前殿一。賜レ禄有レ差。○丙辰、以二内[11]臣従二位藤原朝臣良継一為二内大臣一。遣唐副使右中弁[12]従五位上小野朝臣石根為二兼播[13]磨守一。○丁巳、授二正三位藤原朝臣魚名従二位、正六位上藤原朝臣長河・紀朝臣宮人並従五位下一。○戊午、左京人従七位上田辺史広本等五十四人賜二姓上毛野公一。○庚申、授二従四位下鴨[14]王従四位上、従五位上三方王正五位下、従五位下東方王・山辺王・田中王並従五位上、正四位下藤原朝臣是公正四位上、従四位下大伴宿禰家持・石上朝臣息嗣[15]並従四位上、正五位上藤原朝臣雄依・大中臣朝臣子老並従四位下、正五位下甘[16]南備[17]真人伊香・榎井朝臣子祖並正五位上、従[18]五位上大原真人継麻呂・大伴宿禰不破麻呂並正五

1 戊〔谷重〕→校補
2 背—城(東)
3 忌(底擦重)—己〔底原〕
4 寸〔底擦重〕
5 郡(底傍補)—ナシ〔底原〕
6 大—太(東)
7 田〔東・高、大補〕—ナシ(底新朱傍按・兼・谷)→校補
8 丘〔大改〕—兵(底新傍朱イ・兼・谷原・東・高)、岳(谷重)→校補
9 八年→校補
10 宴〔高擦重〕
11 内〔兼重〕
12 右〔底〕—左
13 播→校補
14 鴨ノ下、ナシ—鴨(東)
15 嗣(底新朱抹傍)—副〔底原〕
16 甘〔東傍・高傍、大改〕—丹(兼等)→校補
17 備〔大補〕—ナシ(兼等)→校補
18 従五位上—ナシ(東)

一 →㊂三七五頁注一七。越前国加賀郡と渤海使節との関係→㊂補24-一三。
二 延暦三年十二月に外従五位下となり、その後、主税助・鼓吹正・遠江介を歴任した。秦忌寸→㊀補2-一三六。
三 他に見えず。奈良のウヂ名は平城京周辺の地名に基づく。
四 →㊀三九頁注五。
五 他に見えず。秦忌寸→㊀補2-一三六。
六 →補34-一五。
七 →㊂三六七頁注二三。
八 延暦三年十二月に外従五位下に昇叙。楉田勝→㊂補13-一六。
九 →補34-一六。
一〇 他に見えず。蓋田姓も他に見えない。ただし、諸本には「田」字のないものがあり、蓋姓だとすると、同姓に高麻呂(㊂補17-四九)らがいる。
一一 →㊂補9-八三。
一二 →三頁注三。
一三 →㊂補8-九三。良継の内臣就任は宝亀二年三月。同月にその職掌・官位・禄賜などが定められた。
一四 もと宿奈麻呂。→㊂一七頁注四三。
一五 →㊂補8-六一。内大臣任命は天智朝の藤原鎌足以来。この時右大臣に大中臣清麻呂がおり、良継の任官はこれに次ぐ地位を与えるため。この後、宝亀十年正月に忠臣藤原魚名、昌泰三年正月に大納言藤原高藤が任命され、十世紀後半以降は左右大臣に次ぐ官職としてほぼ常置される。
一六 →㊂補20-三三一。遣唐副使任命は宝亀七年十二月。「右中弁」は、宝亀七年十二月丁酉条

前国加賀《かが》[一]郡に安置《お》きて供給《ぐごふ》す。○戊申《二十五日》、左京《さきやう》の人《ひと》従六位下秦《はだ》[二]忌寸長野《ながの》ら廿二人に姓を奈良《なら》[三]忌寸と賜《たま》ふ。山背《やましろ》国葛野《かどの》[四]郡の人秦忌寸《ひとはだ》[五]箕造《みつくり》ら九十七人には朝原《あさはら》[六]忌寸。○庚戌《二十七日》、豊前国京都《とよくにのみちのくちみやこ》[七]郡の人《ひと》正六位上楉田勝《しもとたのすぐり》[八]愛比《えひ》に姓を大神楉田《おほみわのしもとた》[九]朝臣と賜ふ。左京《さきやう》の人《ひと》少初位上蓋田蓑《ふただのみの》[一〇]には長丘《ながをか》[一一]連。

八年春正月甲寅《丁巳》の朔、五位已上を前殿《まへどの》[一二]に宴《うたげ》す。禄《ろく》賜ふこと差《しな》有り。○丙辰《三日》、内臣《ないしん》[一三]従二位藤原《ふぢはら》[一四]朝臣良継《よしつぐ》を内大臣《ないだいじん》[一五]とす。遣唐副使《けんたうふくし》右中弁《うちうべん》従五位上小野《をの》[一六]朝臣石根《いはね》を兼播磨《はりま》守。○丁巳《四日》、正三位藤原《ふぢはら》[一七]朝臣魚名《うをな》に従二位を授《さづ》く。正六位上藤原《ふぢはら》[一八]朝臣長河《ながかは》・紀《き》[一九]朝臣宮人《みやひと》に並《ならび》に従五位下。○戊午《五日》、左京《さきやう》の人《ひと》従七位上田辺《たなべ》[二〇]史広本《ひろもと》ら五十四人に姓を上毛野公《かみつけののきみ》[二一]と賜ふ。○庚申《七日》、従四位下鴨《かもの》[二二]王《おほきみ》に従四位上を授く。従五位上三方《みかた》[二三]王に正五位下。従五位下東方《あづま》[二四]王・山《やまの》[二五]辺《へ》王・田中《たなか》[二六]王に並に従五位上。正四位下藤原《ふぢはら》[二七]朝臣是公《これきみ》に正四位上。従四位下大伴《おほとも》[二八]宿禰家持《やかもち》・石上《いそのかみ》[二九]朝臣息嗣《おきつぐ》に並に従四位上。正五位上藤原《ふぢはら》[三〇]朝臣雄依《をより》・大中臣《おほなかとみ》[三一]朝臣子老《こおゆ》に並に従四位下。正五位下甘南備《かむなび》[三二]真人伊香《いかご》・榎井《えのゐ》[三三]朝臣子祖《こおほち》に並に正五位上。従五位上大原《おほはら》[三四]真人継麻呂《つぐまろ》・大伴《おほとも》[三五]宿禰不破麻呂《ふはまろ》に並に正五

七七七年

藤原良継を内大臣とす

叙位

等によれば、「左中弁」の誤りか。播磨守の前任者は大伴潔足(宝亀七年三月癸巳条)。
一七 →[三]補17-二五。正三位叙位は宝亀元年十月。
一八・一九 →補34-二七。
二〇 他に見えず。田辺史→[一]補1-一三五。
二一 →[三]補18-八。
二二 →[四]一四九頁注二二。従四位下叙位は宝亀元年十一月。
二三 →[四]三六三頁注一三。従五位上叙位は宝亀五年正月。
二四 →[四]補25-一〇五。従五位下初叙は天平宝字八年十月。
二五 →[四]補27-四三。従五位下初叙は天平神護二年十一月。
二六 →[四]一四九頁注二四。従五位下初叙は神護景雲元年正月。
二七 もと黒麻呂。→[三]補23-五。正四位下叙位は宝亀四年正月。
二八 →[三]五頁注六。従四位下叙位は宝亀二年十一月。
二九 奥継とも。→[三]三三七頁注二七。従四位下叙位は宝亀二年十一月。
三〇 →[四]補28-五。正五位上叙位は宝亀五年正月。
三一 もと中臣朝臣。→[四]一五一頁注四〇。正五位上叙位は宝亀七年正月。
三二 もと伊香王。→[三]補16-三七。正五位下叙位は宝亀三年正月。
三三 小祖とも。小祖父と同一人か。→[四]六五頁注一五。正五位下叙位は宝亀五年正月。
三四 →[三]三三九頁注二七。従五位上叙位は天平神護二年十一月。
三五 →[三]補20-一七。従五位上叙位は宝亀三年正月。

位下、従[1]五位下田口朝臣大戸・上毛野朝臣馬長・石川朝臣人麻呂並従五位上、外従五位下大和宿禰西麻呂、正六位上文室真人久賀麻呂・為奈真人豊人・田口朝臣祖人・百済王仁貞・紀朝臣豊庭・佐味朝臣山守・下毛野朝臣船足・波多朝臣百足・車持朝臣諸成・笠朝臣望足・県犬養宿禰伯・当麻真人枚人・高橋朝臣祖麻呂並従五位下、正六位上膳臣大丘外従五位下。○癸亥、授従五位上藤原朝臣種継[2]正五位下、正六位上大伴宿禰真綱・外[3]正六位上中臣丸朝臣馬[4]主並従五位下、正四位上藤原朝臣曹子従三位、従四位上伊福部女王正四位上、正五位下紀朝臣宮子、従五位上平群朝臣邑刀自・藤原朝臣産子・藤原朝臣教貴・藤原朝臣諸姉並従四位下、正五位下文室真人布[5]止伎[6]・藤原朝臣[7]人数並正五位上、従五位下和気朝臣広虫・大野朝臣姉並従五位上、外従五位下足羽臣黒葛・金刺[8]舎人連若嶋・水海連浄成並従五位下、正六位上紀[9]臣真吉・岡上連綱[10]、従七位上中臣葛野連広江、正[11]六位上忍海倉連甑、従六位下豊田造信女並外従五位下。○己巳、宴次侍

1 五ノ下、ナシ—五(東)
2 継〔底重〕
3 外(底新傍補)—ナシ〔底原〕
4 馬以下→校補
5 布〔底重〕→校補
6 伎(底新朱抹傍)—皮〔底原〕
7 臣ノ下、ナシ(底抹)—朝臣〔底原〕
8 刺(兼、大)—剌〔底〕、刺(谷擦重)、判(東・高)→校補
9 紀ノ下→校補
10 綱〔大改〕—細(底新傍朱イ・兼等)→校補
11 正〔兼等、大〕—王(東傍・高傍)

一一 →㊂三三九頁注二六。従五位下叙位は天平宝字四年正月。
一二 →㊃五頁注三。従五位下叙位は天平宝字八年正月。
一三 →㊃補28-五。従五位下叙位は神護景雲元年正月。
一四―一七 →補34-二八。
一八 →㊃二一一頁注一七。下文戊寅(二十五日)条で大学博士となる。
一九 →㊃補27-四四。従五位上叙位は宝亀五年正月。
二〇 下文戊寅(二十五日)条で陸奥介となる。宝亀十一年三月の伊治呰麻呂の乱にあたり、呰麻呂は伊治城で陸奥守・按察使紀広純を殺害したものの、陸奥介の真綱のみを城の一角を開いて多賀城まで護送した。その後、真綱は陸奥掾石川浄足とともに多賀城の後門より逃走。同月陸奥鎮守副将軍に任命された。大伴宿禰→㊀補1-九八。
二一 →補34-二九。
二二 以下、女叙位。
二三 曹司とも。氷手の女。分脈は母藤原鳥養女または藤原良継女とする。本年八月光仁の夫人となり、延暦二年二月正三位に昇叙。文章をよくしたという(分脈)。藤原朝臣→㊀補1-二九。
二四 →㊃一八九頁注九。神護景雲二年正月壬子条で従四位上より正四位下となり、同年十月甲子条にも正四位下とあるので、本条の「従四位上」は「正四位下」の誤りか。
二五 →五頁注二六。正五位下叙位は宝亀七年

女叙位

位下。従五位下[一]田口《たぐち》朝臣大戸《おほと》・[二]上毛野《かみつけの》朝臣馬長《うまをさ》・[三]石川《いしかは》朝臣人麻呂《ひとまろ》に並《ならび》に従五位上。外従五位下[四]大和《やまと》宿禰西麻呂《かふちまろ》、正六位上[五]文室《ふむや》真人久賀麻呂《くかまろ》・[六]為奈《ゐな》真人豊人《とよひと》・[七]田口《たぐち》朝臣祖人《おやひと》・[八]百済王《くだらのこにきし》仁貞《にんちやう》・[九]紀《き》朝臣豊庭《とよには》・[一〇]佐味《さみ》朝臣山守《やまもり》・[一一]下毛《しもつけ》野《の》朝臣船足《ふなたり》・[一二]波多《はた》朝臣百足《ももたり》・[一三]車持《くるまもち》朝臣諸成《もろなり》・[一四]笠《かさ》朝臣望足《もちたり》・[一五]県犬養《あがたいぬかひ》宿禰伯《をぢ》・[一六]当麻《たぎま》真人枚人《ひらひと》・[一七]高橋《たかはし》朝臣祖麻呂《おやまろ》に並に従五位下。正六位上[一八]膳《かしはで》臣大丘《おほをか》に外従五位下。○癸亥[十日]、従五位上[一九]藤原《ふぢはら》朝臣種継《たねつぐ》に正五位下を授《さづ》く。正六位上[二〇]大《おほ》伴《とも》宿禰真綱《まつな》・外正六位上[二一]中臣丸《なかとみのわに》朝臣馬主《うまぬし》に並に従五位下。正四位上[二三]藤原《ふぢはら》朝臣曹子《さうし》に従三位。従四位上[二四]伊福部女王《いほきべのおほきみ》に正四位上。正五位下[二五]紀《き》朝臣宮子《みやこ》、従五位上[二六]平群《へぐり》朝臣邑刀自《おほとじ》・[二七]藤原《ふぢはら》朝臣産子《うぶこ》・[二八]藤原《ふぢはら》朝臣教貴《けうくゐ》・[二九]藤原《ふぢはら》朝臣諸姉《もろね》に並に従四位下。正五位下[三〇]文室《ふむや》真人布止伎《ふとき》・[三一]藤原《ふぢはら》朝臣人数《ひとかず》に並に正五位上。従五位下[三二]和気《わけ》朝臣広虫《ひろむし》・[三三]大野《おほの》朝臣姉《あね》に並に従五位上。外従五位下[三四]足羽《あすは》臣黒《くろ》葛《ふぢ》・[三五]金刺《かなさし》舎人連若嶋《わかしま》・[三六]水海《あふみ》連浄成《きよなり》に並に従五位下。正六位上[三七]紀《き》臣真吉《まよし》・[三八]岡《をかの》上《へ》連綱《つな》、従七位上[三九]中臣葛野《なかとみのかどの》連広江《ひろえ》、正六位上[四〇]忍海倉《おしぬみのくら》連甑《こしき》、従六位下[四一]豊田《とよた》造信女《のぶめ》に並に外従五位下。○己巳[十六日]、[四二]次侍《じじ》

正月。
二六 ↓五頁注二七。従五位上初叙は宝亀七年正月。
二七 ↓補34-七。従五位上初叙は宝亀七年正月。
二八 ↓補34-八。従五位上初叙は宝亀七年正月。
二九 ↓〔四〕二六九頁注一三。宝亀六年七月丁巳条で正五位上に昇叙しているので、本条で本位従五位上のグループに入っているのは誤りか。
三〇 布登吉とも。↓〔四〕二一九頁注一七。正五位下叙位は宝亀四年二月。
三一 ↓〔三〕補24-三一。
三二 虫女とも。法名法均。↓〔四〕補26-一二。従五位下に復位したのは宝亀元年十月。
三三 他に見えず。大野朝臣↓〔一〕補6-六一。
三四 ↓〔四〕補33-一二。宝亀五年七月己亥条で本位外従五位上に復したとあるが、外従五位下の誤りか。
三五 信濃国水内郡の人。もと金刺舎人。↓〔四〕三二一頁注九。外従五位下叙位は宝亀元年十月。
三六 ↓〔四〕補26-一四。外従五位下叙位は天平神護元年正月。
三七 他に見えず。あるいは朝臣の「朝」字を脱したか。紀臣↓〔二〕五九頁注一四。
三八 延暦八年正月に従五位下に昇叙。岡上(丘上)連↓〔三〕補23-一六。
三九 他に見えず。中臣葛野連↓〔三〕五九頁注五。
四〇 他に見えず。忍海倉連も他に見えない。忍海連(〔一〕補5-九)の系統で、朝廷の倉の管理を職掌とした一族か。
四一 延暦四年正月外従五位上、同八年正月従五位下に昇叙。豊田造↓〔三〕補23-一六。
四二 節会などの際に侍従を補佐する者。↓〔四〕補30-一二二。

従已上於㆓前殿㆒。其餘者於㆓朝堂㆒賜㆑饗。○癸酉、遣㆑使、問㆓[1]渤海使史都蒙等㆒曰、去宝亀四年、烏須[2]弗帰㆓本蕃㆒日、[3]太政官処分、[4]渤海入朝使、自㆑今以後、宜㆘依㆓古例㆒向㆗[5]大宰府㆖。不㆑得㆘取㆓[6]北路㆒来㆖。而[7]今違㆓此約束㆒。其事如何。対曰、烏須[8]弗来帰之日、[9]実承㆓此旨㆒。由㆑是、都蒙等発㆑自㆓[10]弊邑南海府吐号浦㆒、西指㆓対馬[11]嶋[12]竹室之[13]津㆒。而海[14]中遭㆑風、着㆓此禁境㆒。失㆑約之罪、更無㆑所㆑避。○甲戌、従三位飯高宿禰諸高、年登㆓八十㆒。勅、賜㆓[15]絁八十疋、糸八十[16]絇、調布八十端、庸布八十段㆒。○[17]戊寅、以㆓従四位下大中臣朝臣子老㆒為㆓神祇伯㆒。従五位下藤原朝臣大継為㆓少納言㆒。従五位下池田朝臣真枚為㆓員外少納言㆒。主計頭従五位下池原公禾守為㆓兼大外記㆒。正五位上大伴宿禰[18]益立為㆓権左中弁㆒。従五位上菅生王為㆓中務大輔㆒。従五[19]位下文室真人忍坂麻呂為㆓少輔㆒。従五位下賀茂朝臣[20]人麻呂為㆓員外少輔㆒。従五位上文室真人高嶋為㆓内[21]匠頭㆒。正五位下田口朝臣祖人為㆓内礼正㆒。従五位下藤原朝臣真葛為㆓大学頭㆒。外従五位下膳臣[22]大丘為㆓博士㆒。従五位[23]下美和真人

1渤→校補
2弗→校補
3太―大(高)
4渤→校補
5大―太(東)
6北〔兼・東・高、大改、紀略改〕―比(谷)、此(紀略原)→校補
7今〔谷擦重、大、紀略〕―令(兼・谷原・東・高)
8弗→校補
9実＝實〔兼朱抹傍・谷朱抹傍・東・高、大、紀略〕―寳(兼原・谷原)→校補
10弊―幣(東)
11嶋〔紀略改〕―鳴(紀略原)
12竹室〔兼朱抹傍・谷朱抹傍・東・高、大、紀略改〕―室(紀略原)→校補
13津〔兼・谷擦重、大、紀略〕―律(谷原・東・高)→校補
14中ノ下、ナシ(底抹・底新朱傍按)―道〔底原〕→校補
15絁―施(東)
16絇〔谷重〕―約(谷原)
17戊―戌(東)
18益〔大改〕―蓋(兼等)
19位下(底改)―下位〔底原〕→校補
20人―ナシ(大)
21匠―近〔底〕
22大―木(東)
23下〔大改〕―上(底新傍朱イ・兼等)

一 内裏の正殿。→三頁注三。
二 踏歌の宴。踏歌節会→㊀補2―九。
三 →補34―二四。前年十二月に北陸沿岸に到着以来、越前国加賀郡に安置されている。
四 前回の渤海使節。→㊃四〇九頁注九。
五 宝亀四年六月戊辰条で、烏須弗に対して宣告された太政官処分の末尾の部分と同内容(㊃補32―六七)。渤海からの使者は北陸に来航せず、大宰府に向かうよう命じたもの。
六 宝亀四年六月戊辰条の太政官処分も「旧例」とする。ただしこれ以前の渤海使で大宰府を経由して入京したのは天平宝字三年の高南申のみであり、他は出羽から越前にかけての日本海沿岸に来着している。あるいはここでの「古例」は高句麗時代のことを示しているか。
七 →補34―三〇。
八 万葉三七〇〇題詞等に見える竹敷浦(現長崎県下県郡美津島町竹敷)と同じか。
九 もと飯高君笠目。→㊁補14―一一。伊勢国飯高郡出身の采女。典侍。従三位叙位は宝亀七年四月。本年五月に没。
一〇 もと中臣朝臣。→㊃一五一頁注四〇。前官は神祇大副(宝亀三年四月庚午条)。
一一 京家の麻呂の孫、浜成の男。高雄・賀登理(よしなり)・河子(桓武妃、仲野親王の母)らの父(分脈、文徳実録斉衡二年九月癸亥条)。大判事・宮内少輔(続紀)、大蔵大輔・伊勢守・左京大夫・典薬頭(後紀)などを歴任、弘仁元年正月

渤海使に北路で来ることを難詰

従《じゅ》巳上を前殿《まへどの》に宴《うたげ》す。その餘《ほか》の者《ひと》は朝堂《でうだう》に饗《みあへ》を賜《たま》ふ。○癸酉、使《つかひ》を遣《つかは》して渤海使《ぼつかいし》史《し》都蒙《ともう》らに問《と》はしめて曰《い》はく、「去《さ》りぬる宝亀《ほうくゐ》四年、烏須弗《うすほつ》、本蕃《ほんばん》に帰《かへ》る日《ひ》、太政官《だいじやうぐわん》処分《しよぶん》すらく、「渤海《ぼつかい》の入朝使《にふでうし》、今《いま》より以後《のち》、古例《これい》に依《よ》りて大宰府《だいさいふ》に向《むか》ふべし。北路《きたのみち》を取《と》りて来《きた》ること得《え》ざれ」といふ。而《しか》るに今《いま》、この約束《さだめ》に違《たが》へり。その事《こと》如何《いかに》」といふ。対《こた》へて曰《い》はく、「烏須弗《うす》来帰《ほつかへりきた》りし日《ひ》、実《まこと》にこの旨《むね》を承《うけたま》はりき。是《これ》に由《よ》りて、都蒙《ともう》ら弊邑《わがくに》の南海府《なむかいふ》吐号浦《とがうほ》より発《た》ちて、西《にし》のかた対馬嶋《つしまのしま》竹室《たけむろ》の津《つ》を指《さ》せり。而《しか》れども海中《わたなか》にして風《かぜ》に遭《あ》ひて、この禁境《きむけい》に着《つ》けり。約《やく》を失《しつ》せる罪《つみ》、更《さら》に避《さ》くる所《よし》無し」といふ。○甲戌、従三位飯高《いひたか》宿禰諸高《もろたか》、年《とし》八十に登《いた》る。勅《みことのり》して、絁《あしぎぬ》八十疋、糸《いと》八十絇、調布《でうのぬの》八十端、庸布《ようのぬの》八十段を賜ふ。○戊寅、従四位下大中臣《おほなかとみ》朝臣子老《こおゆ》を神祇伯《じんぎはく》とす。従五位下藤原《ふぢはら》朝臣大継《おほつぐ》を少納言《せうなふごん》。従五位下池田《いけだ》朝臣真枚《まひら》を員外少納言《ゐんぐゑのせうなふごん》。主計頭《しゆけいのかみ》従五位下池原《いけはら》公禾守《あはもり》を兼大外記《だいぐゑき》。正五位上大伴《おほとも》宿禰益立《ましたて》を権左中弁《ごんのさちうべん》。従五位上菅生王《すがふのおほきみ》を中務大輔《ちうむだいふ》。従五位下文室《ふむや》真人忍坂麻呂《おしさかまろ》を少輔《せうふ》。従五位下賀茂《かも》朝臣人麻呂《ひとまろ》を員外少輔《ゐんぐゑのせうふ》。従五位上文室《ふむや》真人高嶋《たかしま》を内《うちの》匠頭《たくみのかみ》。正五位下田口《たぐち》朝臣祖人《おやひと》を内礼正《うちのゐやのかみ》。従五位下藤原《ふぢはら》朝臣真葛《まかづら》を大学《だいがくの》頭《かみ》。外従五位下膳《かしはで》臣大丘《おほをか》を博士《はかせ》。従五位下美和《みわ》真人

任官

没(紀略弘仁元年正月乙巳条に「従四位下」で卒とするが、後紀大同三年十一月甲午条で従四位上に叙されているので、「従四位上」の誤りか)。少納言の前任者は本条で員外少納言に転任した池田真枚(宝亀五年三月甲辰条)。

一一 藤原朝臣→一補1-一二九。

一二 →四補25-一〇七。前官は少納言(宝亀五年三月甲辰条)。

一三 →三補24-三二一。主計頭任官は宝亀七年三月。大外記の前任者は本条で備前介に遷任した堅部人主(宝亀三年十一月丁丑朔条)。

一四 →三補22-五六。宝亀六年六月に遣唐副使となるも、翌七年十二月その任を停められた。権左中弁は本条が初見。

一五 →三二六七頁注一二。前官は大蔵大輔(宝亀七年三月癸巳条)。中務大輔の前任者は本条で右京大夫に遷任した石川恒守(宝亀七年三月丙申条)。

一六 →四補28-五。中務少輔の前任者は粟田人成(宝亀七年三月辛亥条)。

一七 →四補31-九三。中務員外少輔の前任者は高麗石麻呂(宝亀五年九月庚子条)。

一八 →三四二一頁注一三。前官は造宮大輔(宝亀五年三月甲辰条)。内匠頭の前任者は葛井道依(宝亀五年九月辛丑条)。

一九 →補34-一八。「正五位下」とあるが、上文庚申(七日)条によれば、「従五位下」の誤りか。

二〇 →四補33-一。大学頭の前任者は日置蓑麻呂(宝亀五年三月甲辰条)。

二一 →四二一一頁注一七。前官は大学助教か(神護景雲二年七月辛丑条)。

二二 もと土生王。→三一一一頁注五一。前官は主殿頭兼伊勢員外介か(宝亀三年四月丁丑条)。散位頭の前任者は本条で若狭守に遷任した長谷(文室)於保か(宝亀二年七月丁未条)。

土生為㆓散位頭㆒。従五位下宍[1]人朝臣継麻呂為㆓主[2]税頭[3]㆒。従五位下藤原朝臣菅継為㆓兵部少輔㆒。従五位下下毛野朝臣船足為㆓鼓吹正㆒。正五位上淡海真人三船為㆓大判事㆒。正五位下大伴宿禰不破麻呂為㆓大蔵大輔㆒。従五位下紀朝臣犬養為㆓少輔㆒。外従五位下陽侯忌寸人麻呂為㆓東市正㆒。従四位下石川朝臣垣[4]守為㆓右京大夫㆒。従五[5]位下多治比真人歳主為㆓摂津亮[6]㆒。従五位上藤原朝臣鷲取為㆓造宮大輔㆒。従五位下文室真人子老為㆓少輔㆒。従五位下大野朝臣石主為㆓和泉守㆒。従五位上石川朝臣人麻呂為㆓伊豆守㆒。従五位下藤原朝臣黒[7]麻呂為㆓上総守㆒。従五位下大伴宿禰真綱為㆓陸奥介㆒。従五位下文室真人於保為㆓若狭守㆒。内薬佑[8]外従五位下吉田連斐太麻呂為㆓兼伯耆介㆒。従五位下大原真人美気為㆓美作介㆒。外従五位下堅[9]部使主人主為㆓備前介㆒。外従五位下橘戸高志麻呂為㆓備後介㆒。従五位下多治比真人黒[10]麻呂為㆓周防守㆒。従五位下大中臣朝臣宿奈麻呂為㆓阿波守㆒。近衛少将従五位上紀朝臣船守為㆓兼土左守㆒。従五位下藤原朝臣仲継為㆓大[11]宰少弐㆒。〇己卯、従五位下紀朝臣真乙

1 宍〔底〕—完（底新傍朱イ・兼等、大）→校補
2 主〔兼・谷、大〕—主（東・高）→校補
3 頭〔底擦重〕
4 垣—恒（東）
5 位ノ下、ナシ—位（東）
6 亮（底新朱抹傍）—高〔底原〕
7 黒〔東・高傍、大改〕—里（兼・谷・高）
8 佑〔兼、大改〕—佐（谷・東・高）
9 堅→校補
10 黒〔東・高傍、大改〕—里（兼・谷・高）
11 大—太（東）

一 →[四]補31-一二。前官は若狭守（宝亀五年四月壬辰条）。主税頭の前任者は藤原長道（宝亀五年九月庚子条）。
二 →[四]補32-五三。前官は常陸介（宝亀五年九月庚子条）。兵部少輔の前任者は安倍家麻呂か（宝亀三年十一月丁丑朔条）。
三 →補34-一八。鼓吹正の前任者は石川名主（宝亀七年三月癸巳条）。
四 もと御船王。→[三]一一一頁注四七。
五 →[三]補20-一七。大蔵大輔の前任者は本条で中務大輔に遷任した菅生王（宝亀七年三月癸巳条）。
六 →[四]補31-六六。前官は伊豆守（宝亀五年六月庚寅条）。大蔵少輔の前任者は吉備直（真）事か（宝亀二年七月丁未条）。
七 もと陽侯史。→[三]七九頁注五。
八 →[四]補25-五三。前官は中務大輔（宝亀七年三月丙申条）。右京大夫の前任者は宝亀七年六月壬申に没した百済王理伯か。
九 →[四]補32-一。宝亀七年三月にも摂津亮任官の記事があり、本条は復任か。
一〇 →[四]補31-四〇。前官は造宮少輔（宝亀七年三月癸巳条）。造宮大輔の前任者は本条で内匠頭に遷任した文室高嶋（宝亀五年三月甲辰条）。
一一 →[四]二〇九頁注一一。前官は武蔵員外介（宝亀三年五月庚寅条）。造宮少輔の前任者は本条で造宮大輔に昇任した藤原鷲取（宝亀七年三月癸巳条）。
一二 →五頁注八。和泉守の前任者は参河王か（宝亀二年七月丁未条）。
一三 →[四]補28-五。伊豆守の前任者は本条で大蔵少輔に遷任した紀犬養（宝亀五年六月庚寅条）。
一四 →[四]補33-一。前官は上総介（宝亀五年三月甲辰条）。
一五 →二五頁注二〇。陸奥介の前任者は紀広純（宝亀六年九月甲辰条）。
一六 もと長谷真人。→[四]補29-一八。前官は散

土生《はにふ》を散位頭《さんゐのかみ》。従五位下[一]宍人《ししひと》朝臣継麻呂《つぐまろ》を主税頭《しゆさいのかみ》。従五位下[二]藤原《ふぢはら》朝臣菅継《すがつぐ》を兵部少輔《ひやうぶせうふ》。従五位下[三]下毛野《しもつけの》朝臣船足《ふなたり》を鼓吹正《くすいのかみ》。正五位上[四]淡海《あふみ》真人三船《みふね》を大判事《だいはんじ》。正五位下[五]大伴《おほとも》宿禰不破麻呂《ふはまろ》を大蔵大輔《おほくらのだいふ》。従五位下[六]紀《き》朝臣犬養《いぬかひ》を少《せう》輔《ふ》。外従五位下[七]陽侯《やこ》忌寸人麻呂《ひとまろ》を東市正《ひむかしのいちのかみ》。従四位下[八]石川《いしかは》朝臣垣守《かきもり》を右《う》京大夫《きやうのだいぶ》。従五位下[九]多治比《たぢひ》真人歳主《としぬし》を摂津亮《つのすけ》。従五位上[一〇]藤原《ふぢはら》朝臣鷲取《わしとり》を造《ざう》宮大輔《くうだいふ》。従五位下[一一]文室《ふむや》真人子老《こおゆ》を少輔《せうふ》。従五位下[一二]大野《おほの》朝臣石主《いはぬし》を和泉《いづみ》守。従五位上[一三]石川《いしかは》朝臣人麻呂《ひとまろ》を伊豆《いづ》守。従五位下[一四]藤原《ふぢはら》朝臣黒麻呂《くろまろ》を上総《かみつふさ》守。従五位下[一五]大伴《おほとも》宿禰真綱《まつな》を陸奥介《みちのおくのすけ》。従五位下[一六]文室《ふむや》真人於保《おほ》を若狭《わかさ》守。内薬《ないやくの》佑《すけ》外従五位下[一七]吉田《きつた》連斐太麻呂《ひだまろ》を兼伯耆《ははき》介。従五位下[一八]大原《おほはら》真人美気《みけ》を美作《みまさか》介。外従五位下[一九]堅部《たてべ》使主人主《ひとぬし》を備前《きびのみちのくち》介。外従五位下[二〇]橘戸《たちばなへのと》高志麻呂《こしまろ》を備後《きびのみちのしり》介。従五位下[二一]多治比《たぢひ》真人黒麻呂《くろまろ》を周防《すはう》守。従五位下[二二]大中臣《おほなかとみ》朝臣宿《すく》奈麻呂《なまろ》を阿波《あは》守。近衛少将《このゑのせうしやう》従五位上[二三]紀《き》朝臣船守《ふなもり》を兼土左《とさ》守。従五位下[二四]藤《ふぢ》原《はら》朝臣仲継《なかつぐ》を大宰少弐《だいさいのせうに》。○己卯[二十六日]、従五位下[二五]紀《き》朝臣真乙《まおと》を

位頭か（宝亀二年七月丁未条）。若狭守の前任者は本条で主税頭に遷任した完人継麻呂（宝亀五年四月壬辰条）。

一七 →〔四〕二九一頁注二二。宝亀二年閏三月戊子条に内薬正に任じたとあり、同七年三月癸巳条・九年二月辛巳条にも内薬正とあるので、本条の「内薬佑」は「内薬正」の誤りか。

一八 →〔四〕補33―三六。前官は右大舎人助（宝亀七年三月癸巳条）。美作介の前任者は下文己卯条で左兵衛員外佐に遷任する紀真乙（宝亀五年三月甲辰条）。

一九 →〔四〕補28―六。前官は大外記（宝亀三年十一月丁丑朔条）。備前介の前任者は秦真成（宝亀五年三月甲辰条）。

二〇 →〔四〕補27―四。前官は造西大寺大判官か（神護景雲二年二月癸巳条）。備後介の前任者は県犬養真伯（宝亀六年九月甲辰条）。

二一 →〔四〕補33―一。周防守の前任者は上毛野息麻呂（宝亀五年三月甲辰条）。

二二 →〔四〕二九三頁注一三。前官は下野守（宝亀五年三月甲辰条）。阿波守の前任者は大伴村上か（宝亀三年四月庚午条）。

二三 →〔四〕補25―四一・〔四〕補30―四六。宝亀六年九月戊午条に近衛員外少将に任じたとあり、同九年二月庚子条では近衛少将となすとあるから、本条の近衛少将は員外少将の誤りか。また、同じく宝亀九年二月庚子条で「内厩助・土左守如レ故」とあり、補任天応元年条にも宝亀五年に内厩助を兼ねたとあるので、この時内厩助も兼任していたか。土左守の前任者は大伴田麻呂（宝亀五年三月甲辰条）。

二四 →〔四〕四三三頁注一。大宰少弐の前任者は石川真永（宝亀五年九月庚子条）。または多治比豊浜か（宝亀六年七月壬寅条）。

二五 →〔四〕三九九頁注二〇。前官は美作介（宝亀五年三月甲辰条）。左兵衛員外佐は本条が初見。

為二左兵衛員外佐一。○庚辰、従五位上美和真人土生為二員外左少弁一。従五位下当麻真人[1]枚人為二右大舎人助一。正五位上船井王為二縫殿頭一。従五位下安倍朝臣常嶋為二治部少輔一。正五位下石城王為二造酒正一。従五位下百済王玄鏡為二石見守一。○[2]二月戊子、遣唐使拝二天神・地祇於春日山下一。去年風波不レ調、不レ得二渡海一。[3]使人亦復頻以相替。至レ是、副使[4]少野朝臣石根重[5]脩二祭[6]礼一也。○庚寅、授二正六位上県犬養宿禰[7]虎子従五位下一。○丙申、従五位上田中王為二右大舎人頭一。従五位上伊刀王為二諸陵頭一。○庚子、授二正六位上百済王仙宗従五位下一。○壬寅、召二[8]渤海使史都蒙等卅人一入朝。時都蒙言曰、都蒙等一百六十餘人、遠賀二皇祚一、航レ海来朝。[9]忽被レ[10]風漂、致レ死一百廿[11]、幸得二存[12]活一纔卅六人。既是、険浪之下、万死一生。自レ非二聖朝至徳一、何以独得二存生一。[13]況復殊蒙二[14]追入一、将レ拝二天闕一。天下幸民、何処亦有。然死餘都蒙等卅餘人、心同二骨[15]完一、期レ共二苦楽一。今承下十六人

1 枚人〔底傍補〕—ナシ〔底原〕→校補
2 二月→校補
3 使—拝使〔紀略改〕、使拝〔紀略原〕
4 少〔底〕—小
5 脩—修〔紀略〕→校補
6 礼〔兼等〕—祀〔大改、紀略〕→校補
7 虎〔底〕—老〔谷傍イ〕、庸〔大〕→校補
8 渤→校補
9 忽〔紀略改〕—急〔紀略原〕
10 風〔底重〕
11 廿ノ下、ナシ〔紀略原〕—人〔紀略補〕→校補
12 活—治〔紀略〕
13 況〔谷擦重〕
14 追〔兼原〕—進〔兼抹傍・谷・東・高、大〕→校補
15 完〔底新傍朱イ〕—害〔底〕→校補

一 もと土生王。→㊂一一一頁注五一。前官は散位頭(宝亀八年正月戊寅条)。員外左少弁は本条のみ。
二 →補34-二八。右大舎人助の前任者は上文戊寅(二十五日)条で美作介に遷任した大原美気(宝亀七年三月癸巳条)。
三 →㊂補20-一五。前官は因幡守(宝亀三年四月庚午条)。縫殿頭の前任者は本条で造酒正に遷任した石城王か(宝亀二年七月丁未条)。
四 阿倍朝臣とも。→㊃補31-四〇。前官は河内介か(宝亀二年閏三月戊子朔条)。治部少輔の前任者は石川名継(宝亀五年三月甲辰条)。
五 →㊃補27-四三。本条以前の記事及び宝亀十一年三月壬午条では従五位下とあり、天応元年四月癸卯条で従五位上に昇叙しているので、本条の「正五位下」は「従五位下」の誤りか。前官は縫殿頭か(宝亀二年七月丁未条)。造酒正の前任者は浄上王(宝亀七年三月癸巳条)。
六 →㊃補33-一九。石見守の前任者は文室真老(宝亀五年三月甲辰条)。
七 宝亀六年六月大使佐伯今毛人以下を任命、翌年十一月大使今毛人がいったん帰京して節刀を返還、同十二月には副使が交替した。
八 天つ神と国つ神。→㊀一二七頁注一三。
九 平城京東方の山で、花山(四九八メートル)を主峰とし、西に御蓋山、その麓に春日大社が鎮座する。遣唐使の神祇祭祀→㊁補7-二六。
一〇 宝亀七年閏八月庚寅条に、遣唐使船は五島列島まで到るも、順風を得ることができず

左兵衛員外佐《さひやうゑのゐんぐゑのすけ》とす。○庚辰[二十七日]、従五位上美和《みわ》真人土生《はにふ》を員外左少弁《ゐんぐゑのさせうべん》とす。従五位下当麻《たぎま》真人枚人《ひらひと》を右大舎人助《みぎのおほとねりのすけ》。正五位上船井王《ふなゐのおほきみ》を縫殿頭《ぬひとののかみ》。従五位下安倍《あへ》朝臣常嶋《つねしま》を治部少輔《ぢぶせうふ》。正五位下石城《いはき》王を造酒正《みきのかみ》。従五位下百済王《くだらのこにきし》玄鏡《ぐゑんきやう》を石見《いはみ》守。

遣唐使重ねて天神地祇を拝す

二月戊子[癸未朔 六日]、遣唐使《けんたうし》、天神《あまつかみ》・地祇《くにつかみ》を春日山《かすがやま》の下《ふもと》に拝《をろが》む。去年《こぞ》は風波《ふうは》調《ととのほ》らずして渡海《とかい》すること得《え》ず。使人《つかひひと》も亦《また》復頻《しきり》に相替《あひかは》る。是《ここ》に至《いた》りて、副使《ふくし》少野《をの》朝臣石根《いはね》、重《かさ》ねて祭礼《さいれい》を脩《をさ》む。○庚寅[八日]、正六位上県犬養《あがたいぬかひ》宿禰虎子《とらこ》に従五位下を授《さづ》く。○丙申[十四日]、従五位上田中《たなか》王を右大舎人頭《みぎのおほとねりのかみ》とす。従五位上伊刀《いと》王を諸陵頭《みさざきのかみ》。○庚子[十八日]、正六位上百済王《くだらのこにきし》仙宗《せんそう》に従五位下を授く。○壬寅[二十日]、渤海《ぼつかい》使史都蒙《ししともう》ら卅人を召《め》して入朝《みかどまゐり》せしむ。

渤海使の入京を許可

時《とき》に都蒙《ともう》言《まう》して曰《い》はく、「都蒙《ともう》ら一百六十餘人、遠《とほ》く皇祚《くわうそ》を賀《ことほ》きて海《うみ》を航《わた》りて来朝《みかどまゐり》す。忽《たちまち》に風《かぜ》を被《かがふ》りて漂《なが》され、死《しに》を致《いた》すひと一百廿、幸《さきはひ》に存活《いきなが》ふることを得《う》るひと纔《わづか》に卅六人なり。既《すで》に是《こ》れ、険浪《けむらう》の下《もと》に万死《ばんし》に一生《いつしやう》をう。聖朝《せいでう》の至徳《しとく》に非《あら》ざるよりは、何《なに》を以《もち》てか独《ひと》り存生《いきなが》ふることを得《え》む。況《いはむ》や復殊《またこと》に追入《ついにふ》を蒙《かがふ》りて、将《まさ》に天闕《てんくゑつ》を拝《はい》せむとす。天下《あめのした》の幸民《さきはひひと》、何《いづれ》の処《ところ》にか亦《また》有らむ。然《しか》れども、死《し》ぬるより餘《ほか》の都《と》蒙《もう》ら卅餘人、心《こころ》を骨完《こつじく》に同《おな》じくし苦楽《くらく》を共《とも》にせむことを期《ねが》ふ。今《いま》、十六人

一〇 …に引き返したとある。

一一 宝亀七年十二月の副使交替のことを指す。

一二 小野朝臣とも。→三補20-三二。今回の祭祀が大使佐伯今毛人ではなく、副使少野石根によって行われているのは、すでに今毛人が病気と称していたためか。→宝亀八年四月戊戌条。

一三 他に見えず。県犬養宿禰→一補2-二四。

一四 →四一四九頁注二四。前官は丹後守か(宝亀二年閏三月戊子朔条)。

一五 →三補19-五。諸陵頭の前任者は甲賀王か(宝亀二年七月丁未条)。

一六 本年十月に図書助、宝亀十年二月に安房守に任官。百済王→一三一頁注一七。

一七 →補34-二四。前年十二月に越前国に漂着、同国加賀郡に安置されていた。

一八 入京に同じ。ただし実際の入京は四月庚寅(九日)であるから、本条は史都蒙らの入京を許可する旨の命令が出された日付に係けられているか。

一九 朝廷が都蒙ら三〇人の入京を許可したのに対して、生存者四六人全員の入京の許可を求める申請。

二〇 宝亀七年十二月乙巳条で渤海使一行の当初の人数を一八七人とするのと二一人差がある。その理由については未詳。

二一 宝亀七年十二月乙巳条に「賀二我即位一」、本年四月癸卯条の都蒙の奏言に、宝亀二年に来日し四年に帰国した壱万福から「聖皇新臨二天下一」を聞いたとする。光仁の即位(宝亀元年十月)のこと。

二二 京に召されて、天皇に拝謁するのを許可されたこと。

二三 このように幸運なものが他にどこにいようか。

別被二処置一、分中留[1]海岸上。譬猶[2]下割二一身一而分レ背、失二四体一而匍匐上。仰望、宸輝曲照、聴二同入朝一。許レ之。○癸卯、讃岐国飢。賑二給之一。○甲辰、授二无位大野朝臣乎婆[3]々[4]従五位下一。○庚戌、遣レ使、祭二疫神於五畿[5]内一。○壬子[6]晦、日有レ蝕之。○三月[7]癸丑朔、置二酒田村旧宮一。賜レ禄有レ差。授二外従五位下内蔵忌寸全成従五位下一。○乙卯、宴二次侍従已上於内嶋院一。令三文人賦二曲水一。賜レ禄有レ差。○壬戌、紀伊国名草郡人直乙麻[8]呂等廿八人賜二姓紀神直一。々[9]諸弟[10]等廿三人紀名草直。直秋[11]人等百九人紀忌垣[12]直。○戊辰、幸二大納言藤原朝臣魚名曹司一。賜二従官物一有レ差。授二其男従六位上藤原朝臣末茂従五位下、百済箪[13]篌師正六位上難金信外従五位下一。○辛未、大祓。為三宮中頻有二妖[14]怪一也。○癸酉、屈二僧六百口、沙弥一百口一、転[15]二読大般若経於宮中一。○乙亥、外従五位下志我閇造東人賜二姓連一。○辛巳、従四位下藤原朝臣小黒麻呂為二出雲守一。◎

是月、陸奥夷[16]俘来降者、相二望於道一。

1 留〔谷重・谷原〕→校補
2 猶〔谷擦重〕―獨(谷原)
3 婆―波(東)
4 々〔東・高、大補〕―ナシ(底新朱傍按・兼・谷)→校補
5 畿(兼・谷・高、大、類一七三)―幾〔東〕
6 子ノ下、ナシ(底抹)―海〔底原〕
7 三月→校補
8 麻→校補
9 々〔底〕―直
10 弟―第〔底〕
11 直〔谷・東・高、大補〕―ナシ(兼)→校補
12 垣―恒(東)
13 箪(底新傍朱イ)―ナシ〔底〕→校補
14 妖→校補
15 転＝轉―博(東)
16 夷ノ下→校補

一 天皇の輝くばかりの徳をあまねく及ぼして。
二 国家が飢えた者に食糧等を与えること。→㊀補1-四五。
三 他に見えず。宮人か。大野朝臣→㊀補6-六一。
四 →㊃二八九頁注五。五畿内に祭るとあるのは、宝亀元年六月甲寅条の畿内十堺、臨時祭式の畿内堺十処疫神祭と同じものか。
五 この日はユリウス暦の七七七年四月十二日。この日食は奈良では生じなかった。晦日に日食の記事があるのは続紀では本条のみ。続日本紀の日食記事→㊀補1-七五。
六 左京四条二坊の東半にあった藤原仲麻呂の旧宅。→㊃四四九頁注七。宝亀六年三月にも田村旧宮で酒宴が行われている。
七 酒宴を行うこと。
八 →㊂補22-四一。
九 →二五頁注四二。
一〇 嶋院は中嶋を持つ園池のある区画。→㊃補28-四三。本条の内嶋院の所在→補34-三一。
一一 三月三日の上巳の宴。→㊀補2-三一。
一二 明経・明法・文章などに通じた人々。とくにここでは、詩文にすぐれた人、または文筆に巧みな人。
一三 流水に盃を浮べ、盃が流れ来る間に文人に詩を作らせた。→㊀補2-三一。
一四 →㊀七一頁注三。
一五 他に見えず。直姓→㊃補32-四七。
一六 他に見えず。神亀元年十月壬寅条に見える名草郡大領で紀伊国造となった紀直摩祖(㊂補9-九五)の同族で、同郡内の国懸神社

は別《こと》に処置《しよち》せられて海岸《かいがん》に分《わか》ち留《とど》むと承《うけたまは》る。譬《たと》へば、一身《ひとつのみ》を割《さ》きて背《せ》を分《わか》ち、四体《てあし》を失《うしな》ひて匍匐《はらば》ふがごとし。仰《あふ》ぎ望《のぞ》まくは、[一]宸輝曲照《しんくゐきよくせう》して同《おな》じく入朝《みかどまゐり》することを聴《ゆる》したまへ」といふ。これを許《ゆる》す。○癸卯《二十一日》、讃岐《さぬき》国飢《う》ゑぬ。これに賑給《しんごふ》[二]す。○甲辰《二十二日》、无位大野《おほの》[三]朝臣乎婆々《をばば》に従五位下を授《さづ》く。○庚戌《二十八日》、使《つかひ》を遣《つかは》して、疫神《えきしん》[四]を五畿内《ごきない》に祭《まつ》らしむ。○壬子晦《三十日》、日《ひ》蝕《は》[五]ゆること有り。

内嶋院にて曲水の宴

三月癸丑の朔、田村旧宮《たむらのふるきみや》[六]に置《ち》酒《しゆ》[七]す。禄《ろく》賜《たま》ふこと差《しな》有り。外従五位下内蔵《くら》[八]忌寸全成《またなり》に従五位下を授く。○乙卯《三日》、次侍従《じじじゆ》[九]已上を内嶋院《うちのしまのゐん》[一〇]に宴《うたげ》[一一]す。文人《ぶんじん》[一二]をして曲水《ごくすい》[一三]を賦《ふ》せしむ。禄《ろく》賜ふこと差《しな》有り。○壬戌《十日》、紀《き》伊国名《な》草《くさ》[一四]郡の人《ひと》、[一五]直乙麻呂《あたひのおとまろ》ら廿八人に姓を紀神《きのかみ》[一六]直と賜ふ。[一七]直諸弟《あたひのもろおと》ら廿三人には紀名《きのな》[一八]草《くさ》直。

藤原魚名の曹司に行幸

[一九]直秋人《あたひのあきひと》ら百九人には紀忌垣《きのいみがき》[二〇]直。○戊辰《十六日》、大納言《だいなふごん》藤原《ふぢはら》[二一]朝臣魚名《うをな》の曹司《ざうし》[二二]に幸《みゆき》したまふ。従官《とものつかさ》に物《もの》を賜ふこと差《しな》有り。その男《をのこご》従六位上藤原《ふぢはら》[二三]朝臣末茂《すゑしげ》に従五位下を授く。百済《くだら》の篳篌師《くごし》[二四]正六位上難金信《なこむしん》[二五]に外従五位下。○辛未《十九日》、大《おほ》[二六]

宮中に妖怪あり大祓

祓《はらへ》す。宮中《うち》に頻《しきり》に妖怪《えうくわい》[二七]有るが為《ため》なり。○癸酉《二十一日》、僧《ほふし》[二八]六百口、沙弥《しやみ》[二九]一百口を屈《くつ》して、大般若経《だいはんにやきやう》[三〇]を宮中《うち》に転読《てんどく》せしむ。○乙亥《二十三日》、外従五位下志我閇《しがへ》[三一]造東《あづま》人《ひと》に姓連《むらじ》[三二]を賜ふ。○辛巳《二十九日》、従四位下藤原《ふぢはら》[三三]朝臣小黒麻呂《をぐろまろ》を出雲《いづも》守とす。◎是《こ》の月《つき》、陸奥《みちのおく》の夷俘《いふ》[三四]の来《きた》り降《くだ》る者《ひと》、道《みち》[三五]に相望《あひのぞ》めり。

の祭祀に関わる姓か(佐伯有清説)。

一七　他に見えず。直姓→[四]補32-四七。

一八　他に見えず。続後紀承和六年九月辛丑条には紀伊国人として名草直豊成などが見えるが、これとの関係未詳。

一九　他に見えず。直姓→[四]補32-四七。

二〇　他に見えず。注一六と同じく国懸神社の祭祀に関わる姓か。

二一　→[三]補17-二五。翌九年三月、藤原良継にかわって内臣となる。

二二　魚名の宮内における宿所か。→補34-二二。

二三　魚名の三男(分脈)。母は藤原宇合の女(分脈)。→補34-二三。

二四　箜篌・𥫱篌とも。ハープ状の楽器。篳篌・篳篌師→補34-二四。

二五　他に見えず。奈良時代の家政職員には渡来系の人物が多い(渡辺直彦説)ことから、魚名の家政職員か。難姓→[三]五頁注一六。

二六　臨時の大祓。大祓→[一]補1-九四。

二七　宝亀六年四月に没した井上内親王と他戸王に関係するか。

二八　請僧の人数は大般若経の巻数と同じ。

二九　出家しているが、具足戒を受けて正式の僧(比丘)になる以前の見習者。

三〇　→[一]六七頁注二〇。

三一　志我戸造とも。→[四]三九九頁注二六。

三二　志我閇連。→[二]補8-七七。

三三　少黒麻呂とも。房前の孫、鳥養の男。→[四]補25-九二。出雲守の前任者は多治比長野(宝亀七年三月癸巳条)。小黒麻呂は宝亀七年三月に右衛士督となり、本年十月には参議・右衛士督として常陸守を兼ねているので、本条の出雲守も兼任か。

三四　服属した蝦夷。→[三]二五三頁注二一。

三五　続々と来降するのが見えた。

〇夏[1]四[2]月甲申、従[3]五位上日[4]置造蓑[5]麻呂等八人賜二姓栄井宿禰一。従六位上日置造雄三成等四人鳥井宿禰。正八位下日置造飯麻呂等二人吉井宿禰。〇丙戌、雨レ雹。〇庚寅、渤[6]海使史都蒙等入レ京。〇辛卯、太[7]政官遣レ使、慰二問史都蒙等一。〇甲午、雨氷[8]。」震二太政官・内裏之庁一。〇乙未、右京人従六位上赤染国持等四人、河内国大県郡人正六位上赤染人足等十三人、遠江国蓁原郡人外従八位下赤染長浜、因幡国八上郡人外従六位下赤染帯縄等十九人、賜二姓常世連一。〇戊戌、遣唐大使佐伯宿禰今毛人等辞見。但大使今毛人到二羅城門一、称レ病而留。〇癸卯、渤[9]海使史[10]都蒙等貢二方物一。奏曰、渤[11]海国王、始レ自二遠世一供奉不レ絶。又国使壱万福帰来、承二聞聖皇新臨二天下一。不[12]レ勝二歓慶一。登時、遣二献可大夫司賓少令開国男史都蒙一入朝、并[13]戴[14]二荷国信一、拝二奉天闕一。詔[15]曰、現神と[16]大八洲[17][18]所知須天皇大[19]命良麻と[20]詔大命乎、聞食と[21]宣。遠天皇御[22]世々々[23]、年[24]緒不[25]落間[26]牟事無久、仕奉来流業と奈毛[27]所念行須。又[28]天津日嗣受賜礼流事乎[29]左閇[30]、歓奉出

一　↓㊂補24–五。
二　高句麗系の渡来氏族。↓補34–二五。
三　他に見えず。日置造↓㊀一〇三頁注三。
四　姓氏録大和諸蕃に、日置造と同祖、伊利須使主の後とする。↓補34–二五。
五　他に見えず。日置造↓㊀一〇三頁注三。
六　姓氏録大和諸蕃に、注四の鳥井宿禰と同じく、伊利須使主の後とある。↓補34–二五。
七　↓補34–二四。前年十二月越前国に漂着、本年二月に入京が許可されていた。
八　太政官による蕃客の慰問↓補34–二六。
九　太政官と内裏の建物。
一〇　落雷した。
一一　他に見えず。赤染↓㊂四七頁注五。
一二　養老四年十一月堅上・堅下二郡を合併して成立。↓㊁補8–六七。
一三　他に見えず。赤染↓㊂四七頁注五。
一四　↓㊁二七三頁注三。
一五　宝亀二年三月辛酉条では赤染造として見える。↓㊃補31–五四。
一六　↓㊃補33–三。
一七　他に見えず。赤染↓㊂四七頁注五。
一八　↓㊂四七頁注六。

1夏（底新傍補）—ナシ〔底原〕
2四月↓校補
3従ノ上、ナシ〔谷原〕—賜（谷傍補）
4上ノ下、ナシ—上（東）
5蓑以下一九字〔東・高、大補〕—ナシ（兼・谷
6渤↓校補
7太—大（東）
8氷（兼等、大）—水〔紀略〕
9渤↓校補
10史—ナシ（東）
11渤↓校補
12不（底傍補）—ナシ〔底原〕
13并〔兼・谷、大〕—牟（東）↓校補
14戴（底新傍イ）—載〔底〕
15詔↓校補
16と〔底〕—止　17洲〔底原・底新朱抹傍〕↓校補
18洲ノ下、ナシ〔底〕—国↓校補　19大—天〔底〕
20・21と〔底〕—止
22御ノ上、ナシ（底新朱抹）—御〔底原〕
23々々（谷、大）—御世（兼・高、詔）、々〔底〕、ナシ（東）↓校補
24年（底新傍朱イ）—事〔底〕
25不ノ下、ナシ（底抹）—港〔底原〕　26間牟↓校補
27と〔底〕—止
28又〔兼・谷、大、詔〕—父（東・高）
29乎（底新朱抹傍）—守〔底原〕
30閇—門〔底〕

夏四月甲申、従五位上日置《へき》造蓑麻呂《みのまろ》ら八人に姓を栄井《さかゐ》宿禰と賜《たま》ふ。従六位上日置《へき》造雄《を》三成《みなり》ら四人には鳥井《とりゐ》宿禰。正八位下日置《へき》造飯麻呂《いひまろ》ら二人には吉井《よしゐ》宿禰。○丙戌、雹雨《あられふ》れり。○庚寅、渤海使《ぼつかいし》史都蒙《しともう》ら京《みやこ》に入《い》る。○辛卯、太政官《だいじやうぐわん》、使《つかひ》を遣《つかは》して、史都蒙《しともう》らを慰問《ゐもん》せしむ。○甲午、雨氷《ひさめ》ふる。太政《だいじやう》官《ぐわん》・内裏《だいり》の庁《ちやう》に震《かみとき》す。○乙未、右京《うきやう》の人《ひと》従六位上赤染国持《あかそめのくにもち》ら四人、河内《かふち》国大県《おほかた》郡の人《ひと》正六位上赤染人足《あかそめのひとたり》ら十三人、遠江《とほつあふみ》国蓁原《はいはら》郡の人《ひと》外従八位下赤染長浜《あかそめのながはま》、因幡《いなば》国八上《やかみ》郡の人《ひと》外従六位下赤染帯縄《あかそめのおびなは》ら十九人に、姓を常世《とこよ》連と賜ふ。

遣唐大使ら辞見

○戊戌、遣唐大使《けんたうたいし》佐伯《さへき》宿禰今毛人《いまえみし》ら辞見《じけん》す。但《ただ》、大使《たいし》今毛人《いまえみし》、羅城門《らじやうもん》に到《いた》るとき、病《やまひ》と称《まう》して留《とどま》る。

渤海使貢物

○癸卯、渤海使《ぼつかいし》史都蒙《しともう》ら方物《はうぶつ》を貢《たてまつ》る。奏《まう》して曰《い》はく、「渤海国王《ぼつかいこくわう》、遠世《とほきよ》より始《はじ》めて供奉《つかへまつ》ること絶《た》えず。また、国《こく》使壱万福《しいちまんふく》帰《かへ》り来《きた》れるとき、聖皇新《せいくわうあらた》に天下《あめのした》に臨《のぞ》みたまひしことを承《うけたまは》り聞《き》く。歓慶《よろこび》に勝《た》へず。登時《すなはち》、献可大夫《けんかだいぶ》司賓少令《しひんせうれい》開国男《かいこくなむ》史都蒙《しともう》を遣《つかは》して入朝《みかどまゐり》せしめ、并《あは》せて国信《こくしん》を戴《いただ》き荷《も》ちて、拝《はい》して天闕《てんくゑつ》に奉《たてまつ》る」といふ。

宣命第五十七詔

詔《みことのり》して曰《のたま》はく、

「現神《あきつみかみ》と大八洲《おほやしま》知《し》らしめす天皇《すめら》が大命《おほみこと》らまと詔《の》りたまふ大命《おほみこと》を、聞《き》きたまへと宣《の》る。遠天皇《とほすめろき》の御世御世《みよみよ》、年緒《としのを》落ちず間《あひだ》む事無《ことな》く、仕《つか》へ奉《まつ》り来《く》る業《わざ》となも念《おもほ》し行《め》す。また、天《あま》つ日嗣《ひつぎ》受け賜《たま》はれる事《こと》をさへ、歓《よろこ》びたてまだせ

一九 →㊂補17-七九。遣唐大使任命は宝亀六年六月。

二〇 出発にあたり天皇に暇乞いの拝謁をすること。→㊁二六九頁注一六。

二一 平城京の南門。→㊂補17-一八。

二二 その国の産物。→㊀七頁注一〇。

二三 渤海国王が光仁の即位を慶賀し、史都蒙を派遣して国信物を奉ることを述べた奏。

二四 文王大欽茂。→㊁三五七頁注二〇。

二五 高句麗時代以来の関係を含めたものか。

二六 前々回の渤海国大使。→㊃補31-七一。宝亀二年六月来日。

二七 宝亀元年十月の光仁の即位のこと。

二八―三〇 →補34-二四。

三一 「国信」は、国家間で取り交わされる文書を意味することもあるが、ここは国信物の意で、上文の「方物」と同じ。信物は友好の気持を伝えるための贈物。国家間で贈答される場合、特に「国信物」あるいは単に「国信」とも言う(宝亀五年三月癸卯条)。

三二 渤海使の奏に対する報詔。渤海が古くから天皇に奉仕してきたこと、また今回光仁の即位を慶賀してきたことをよろこばしくかたじけなく思い、これからも長く渤海が平穏であるように国王に伝えるよう命じたもの。渤海使の奏と報詔との関係→補34-二七。

三三 公式令1の詔書式で、集解諸説が蕃国に対して用いる形式とする「日本」を含む冒頭表記とは異なる(㊁解説四)。宣命冒頭の表記→㊀補1-一一。

三四 欠かすことなく間をあけずにお仕えしてきたこととお思いになる。

三五 皇位を受け継いだことに対して賀詞まで奏上してきたので。タテマダスは尊敬すべき相手に使者などを派遣する意。

礼波、辱奈美歓之美奈毛所聞行須。故是以、今[1]毛[2]今毛遠長久平久、恵賜比[3]安賜比安賜牟と、[4]彼国乃王尓波語部止詔天皇大命乎、聞食と[5]宣。」是日、遣唐大使佐伯宿禰今毛人、[6]輿レ病進レ途。到二摂津職一、積レ日不レ損。勅二副使石根一、持レ節先発、[7]行二大使事一。即得二順風[8]一、不レ可二相待一。遣二右中弁従四位下石川朝臣豊人一、宣二詔使[9]下一[10]曰、判官已下犯二死罪一者、聴二[11]持節使頭専恣科[12]決[13]一。[14]○丁未、散位従四位下豊野真人出雲卒。○戊申、天皇臨レ軒、授二[15]渤海大使献可大夫司賓少令[16]開[17]国男史都蒙正三位、[18]大判官高禄[19]思・少判[20]官高鬱琳並正五位上、大録事史通[21]仙正五位下、少禄事高[22]瑋宣従五位下一。餘[23]各有レ差。賜二国王禄一、具載二勅書一。史都蒙已下亦各有レ差。[24]○五月癸丑、授二正五位下[25]巨勢朝臣[26]巨勢野従四位下一。○丁巳、天皇御二重閣門一、観二射[27]騎一。召[28]二[29]渤海使史都蒙等一、亦会二射場一。令[30]三五位已上進二装馬及走馬一。作二田儛於儛台一。


一「是日」と下文との関係について→補34-三八。

二→[三]補17-七九。

三病気の人を輿に乗せる。

四小野石根。→[三]補20-三二。前年十二月に副使となる。

五病身の大使佐伯今毛人を残して、節刀を持ち唐に先発するよう命じた勅。

六節刀。→一三頁注七。

七→[三]補17-一五。

八遣唐使の判官以下で死罪を犯した者は、節刀を持った遣唐使の最上位の者(小野石根)が専断することを許可した詔。

九大使の下に属する部下。→[一]八九頁注一四。

一〇判決を下し刑を執行すること。

一一もと出雲王。鈴鹿王の子。→[三]補17-四八。

一二蕃国使の叙位にあたって天皇が閤門に出御している事例が見られる(天平宝字四年正月己巳・同七年正月庚戌条)ので、ここも閤門すなわち大極殿院南門に出御したことを意味するか。

一三—一五→補34-二四。

一六→補34-二四。前年十二月に来日。

1毛〔底〕—毛　2今毛〔谷原・東・高原、大、詔〕—ナシ(兼・谷朱抹・高朱抹)→校補　3比安賜比安賜〔東・高〕—ナシ(兼・谷)、比安賜(大補、詔)→校補　4・5と〔底〕—止　6輿〔紀略改〕—共(紀略原)　7行ノ上、ナシ—決(紀略)　8風—夙(高)　9使下→校補　10曰〔兼・谷擦重、大〕—日(東・高)→校補　11持(底新傍朱イ)—ナシ〔底〕→校補　12科ノ下、ナシ〔谷原〕—罪(谷傍補)→校補　13決＝決〔大〕—次(兼等)→校補　14丁—下(東)　15渤→校補　16開〔底原・底新朱抹傍〕→校補　17国(底新傍朱イ)—ナシ〔底〕→校補　18大判官以下→校補　19禄→校補　20官〔兼等、大〕—事(底新傍朱イ・兼朱傍イ・谷朱傍イ・東傍イ・高朱傍イ)　21通〔東傍・高傍〕—遒(兼・谷、大)、道(東・高)→校補　22瑋〔底原〕—珪(底新朱抹傍・兼等、大)　23各〔底〕—皆→校補　24五月→校補　25巨(底新朱抹傍)—臣〔底原〕　26巨(底新傍補)—ナシ〔底原〕　27射騎〔兼等、大、紀略原〕—騎射(類七三・紀略改)　28召—呂〔底〕　29渤→校補　30令—今〔底〕

遣唐大使佐伯今毛人病み副使以下出発

渤海使らに叙位

れば、辱《かたじ》けなみ歓《よろこぼ》しみなも聞《きこ》し行《め》す。故《かれ》、是《ここ》を以《もち》て、今《いま》も今《いま》も遠長《とほなが》く平《たひら》けく、恵《めぐ》み賜《たま》ひ安《やす》め賜《たま》ひ安《やす》め賜《たま》はむと、彼国《かのくに》の王《わう》には語《かた》らへと詔《の》りたまふ天皇《すめら》が大命《おほみこと》を、聞《き》きたまへと宣《の》る」とのたまふ。是《こ》の日《ひ》、遣唐大使《けんたうたいし》佐伯宿禰《さへき》今毛人《いまえみし》、病《やまひ》に輿《こし》して途《みち》に進《すす》む。摂津職《つのしき》に到《いた》りて、日《ひ》を積《つ》めども損《い》えず。副使《ふくし》石根《いはね》に勅《みことのり》したまはく、「節《せつ》を持《ち》して先《ま》づ発《た》ち、大使《たいし》の事《こと》を行《おこな》へ。即《すなは》ち順風《よきかぜ》を得《え》ば相待《あひま》つべからず」とのたまふ。右中弁《うちうべん》従四位下石川《いしかは》朝臣豊人《とよひと》を遣《つかは》して、詔《みことのり》を使下《しげ》に宣《の》べしめて曰《のたま》はく、「判官《はんぐわん》已下、死罪《しぬるつみ》を犯《をか》せる者《ひと》、持節使《ぢせちし》の頭《とう》、専恣《せんし》に科決《くわくゑつ》することを聴《ゆる》す」とのたまふ。○丁未、散位《さんゐ》従四位下豊野《とよの》真人出雲《いづも》卒《しゅつ》しぬ。○戊申、天皇《すめらみこと》、軒《けん》に臨《のぞ》みたまひて、渤海大使《ぼつかいたいし》献可大夫《けんかだいぶ》司賓少令《しひんせうれい》開国男《かいこくなむ》史都蒙《しともう》に正三位を授《さづ》く。大判官《だいはんぐわん》高禄思《かうろくし》・少判官《せうはんぐわん》高鬱琳《かううつりん》に並《ならび》に正五位上。大禄事《だいろくじ》史通仙《しつうせん》に正五位下。少禄事《せうろくじ》高珪宣《かうしんせん》に従五位下。餘《そのほか》は各《おのおの》差有《しな》り。国王《こくわう》に禄《ろく》を賜《たま》ふこと、具《つぶさ》に勅書《ちよくしよ》に載《の》す。史都蒙《しともう》已下も亦《また》各差有《しな》り。

辛亥朔 五月癸丑、正五位下巨勢《こせ》朝臣巨勢野《こせの》に従四位下を授く。○丁巳、天皇《すめらみこと》、重閣門《ちようかくもん》に御《おは》しまして射騎《しやき》を観《み》たまふ。渤海使史都蒙《ぼつかいししともう》らを召《め》して、亦射場《またいには》に会《くわい》せしむ。五位已上をして装馬《かざりうま》と走馬《はしりうま》とを進《たてまつ》らしむ。田儛《たまひ》を儛台《ぶたい》に作《な》す。

一七・一八 他に見えず。高はもと高句麗王族の姓で、天平宝字三年十月来日の大使高南申など、渤海使にしばしば見られる。

一九 他に見えず。史姓は今回来日の大使史都蒙以外、渤海人には見えない。

二〇 他に見えず。

二一 下文五月癸酉条にその内容が見える。また大蔵省式に渤海王・大使・副使への賜禄が規定されている。→㈢三六一頁注一。

二二 下文五月癸酉条の「賜渤海王書」のこと。

二三 命婦。→㈣補27-四五。

二四 重層の門。→㈠一六一頁注二一。具体的な場所は未詳。神亀元年五月には、天皇が「重閣中門」で猟騎を観たとする。

二五 通常五月五日節に行われる騎射。→㈠補2-五二。今回なぜ七日に行われたか未詳。光仁朝における五月五日節の復活→補34-三九。

二六 平城京での場所は未詳。平安宮では、内裏の西にある武徳殿に天皇が出御し、その前で行われた。

二七 神亀四年五月には「飾騎」とある(㈡一八一頁注二六)。唐鞍などで飾り立てた馬。→㈢頁注六。次に「走馬」とあるので、こちらは単に並べるだけの馬か。後紀大同元年正月壬申条には「勅永停五位以上進装馬」とあり、類聚国史はこれを五月五日節に関することと解しているので、平安初期には停止されたらしい。

二八 五位以上の者が進上した馬を、二頭ずつ組にして走らせるもの。五月五日節の走馬→補34-四〇。

二九 本来、農耕予祝儀礼としての舞。五月五日節で舞われた例に、天智紀十年五月条がある。→補34-四一。

蕃客亦奏二本国之楽一。事畢[1]、賜二大使都蒙已下綵帛一。各有
レ差。〇庚申、先レ是、渤[2]海判官高淑源及少録事一人、比
レ着二我岸一、船漂溺死。至レ是、贈二淑源正五位上、少録事
従五位下一。並賻物如レ令[3]。〇癸亥、勅旨少録正六位上丹
比[4]新家連稲長・大膳[5]膳部[6]大初位下東[7]麻呂[8]賜二姓丹比宿
禰一。」奉二白馬於丹生川上神一。霖雨也。〇乙丑、授二无位
春日朝臣方名従五位下一。〇己巳、自二宝字八年乱一以来、
太政官印収二於内裏一、毎日請進。至レ是、復置二太[9]政官[10]一。
〇癸酉、渤[11]海使史都蒙等帰レ蕃。以二大学少允正六位上高
麗朝臣殿継一為二送使一。賜二渤[12]海王書一曰、天皇敬問二渤[13]海
国王一。使史都蒙等、遠渡二滄[14]溟一、来賀二践祚一。顧慙二寡[15]徳
叨嗣二洪[16]基一。若下渉二大川一罔[17]上知レ攸レ済。王修二朝聘於典
故一、慶二宝暦於惟[18]新一。懃[19]懇之誠、実有二嘉尚一。但都蒙等比
レ及二此岸一、忽遇二我[20]風一、有レ損二人・物一。無二船駕去一。想
レ彼聞レ此、復以傷レ懐。言念二越郷一、倍加二軫[21]悼一。故造レ舟
差[22]レ使、送二至本郷一。并附二絹五十疋、

一 渤海楽。↓㈡三六一頁注三八・㈢九七頁注一一。
二 史都蒙。↓補34-二四。
三 彩色した絹。↓㈡一四九頁注三三。渤海使への賜与の例は神亀五年四月壬午条にあるが、大蔵省式賜蕃客例には、唐客には綵帛があるが、渤海にはない。
四 他に見えず。高姓↓三七頁注一七・一八。なお今回の贈位は、前月の渤海使大少判官・少録事への叙位に准じている。
五 渤海使の少主典。
六 喪葬令5によれば、正五位の賻物は絁一一疋・布四四端・鉄二連、従五位は絁一〇疋・布四〇端・鉄二連。
七 勅旨省(㈣補25-一〇四)の少主典。
八 延暦三年正月に外従五位下に昇叙。その後内蔵助・伯耆介を歴任。丹比新家連は、姓氏録右京神別の丹比宿禰の項に、火明命の三世孫天忍男命の後で、その子孫の色鳴が、仁徳の時、その子多治比瑞歯別命(後の反正)のための丹比部の宰(ミコトモチ)となったことにより、丹比連と称し、その後庚午年籍の時、新家を作ったことによって丹比新家連としたとする。
九 大膳職所属の伴部。「造二庶食一」を掌る(職員令40)。

1 畢—了(紀略)
2 渤→校補
3 令—命〔底〕
4 比→校補
5 膳(底傍補)—ナシ〔底原〕
6 部〔谷擦重〕
7 東ノ下、ナシ〔兼・谷・高原、大〕—命(東・高傍補)
8 呂ノ下→校補
9 太—大〔底〕
10 官(底新朱抹傍)—臣〔底原〕
11—13 渤→校補
14 滄〔谷傍補、大〕—ナシ(兼・谷原・東・高)
15 寡〔底原・底新朱抹傍〕→校補
16 洪—供〔底〕
17 罔＝罓(兼・谷・高、大)—図〔東〕
18 惟—帷(高)
19 懃懇→校補
20 我〔兼等〕—悪(谷傍、大)→校補
21 軫ノ下→校補
22 差〔谷重〕

蕃客《ばんかく》も亦《また》本国《ほんこく》[一]の楽《がく》を奏《つかへまつ》る。事畢《ことをは》りて、大使《たいし》都蒙《ともう》[二]已下に綵帛《さいはく》[三]を賜《たま》ふ。各差《おのおのしな》有り。

溺死した渤海使に贈位

○[十日]庚申、是《これ》より先《さき》、渤海判官《ぼつかいはんぐわん》高淑源《かうしゆくげん》[四]と少録事《せうろくじ》[五]一人と、我《わがくに》の岸《きし》に着《つ》く比《ころほひ》、船《ふね》漂《なが》れて溺《おぼ》れ死《し》にぬ。是《ここ》に至《いた》りて、淑源《しゆくげん》に正五位上、少録事《せうろくじ》に従五位下を贈《おく》る。並《ならび》に賻物《ふもち》[六]は令《りやう》の如《ごと》し。○[十三日]癸亥、勅旨少録《ちよくしせうろく》[七]正六位上丹比新家連《たぢひのにひのみ》[八]稲長《いなが》・大膳《だいぜんの》[九]膳部《かしはで》大初位下東麻呂《あづままろ》[一〇]に姓を丹比《たぢひ》[一一]宿禰と賜ふ。白馬《しろきうま》を丹生川上《にふのかはかみの》[一二]神《かみ》に奉《たてまつ》る。霖雨《ながあめ》すればなり。○[十五日]乙丑、无位春日《かすが》[一三]朝臣方名《かたな》に従五位下を授《さづ》く。○[十九日]己巳、宝字《ほうじ》[一四]八年の乱《らん》より以来《このかた》、太政官《だいじやうぐわん》[一五]の印《おして》、内裏《うち》に収《をさ》めて、毎日《ひごと》に請《う》[一六]け進《たてまつ》る。是《ここ》に至《いた》りて、復《また》、太政官《だいじやうぐわん》に置《お》く。

渤海使帰国
渤海国王に賜書

○[二十三日]癸酉、渤海使史《ぼつかいしし》都蒙《ともう》ら蕃《くに》に帰《かへ》る。大学少允《だいがくのせういん》正六位上高麗《こま》[一七]朝臣殿継《とのつぐ》を送使《おくるつかひ》とす。渤海王《ぼつかいわう》に書《しよ》[一八]を賜ひて曰《のたま》はく、「天皇《てんわう》、敬《ゐやま》ひて渤海国王《ぼつかいこくわう》に問《と》ふ。使史《つかひし》都蒙《ともう》ら遠《とほ》く滄溟《うなばら》を渡《わた》りて、来《きた》りて践祚《せんそ》[一九]を賀《ことほ》く。顧《かへり》みるに寡徳《くわとく》にして叨《みだり》に洪基《こうき》を嗣《つ》ぐことを慙《は》づ。大川《おほかは》を渉《わた》るに済《わた》る攸《ところ》を知《し》ること罔《な》きが若《ごと》し。王《わう》、朝聘《でうへい》[二〇]を典故《てんこ》に修《をさ》め、宝暦《ほうれき》[二一]を惟《ゐ》新《しん》に慶《いは》ふ。懃懇《きむこん》の誠《まこと》、実《まこと》に嘉尚《かしやう》すること有り。但《ただ》し都蒙《ともう》ら此《こ》の岸《きし》に及《およ》ぶ比《ころほひ》、忽《たちまち》に我風《がふう》[二二]に遇《あ》ひて人《ひと》・物《もの》を損《そこな》ふこと有り。船《ふね》の駕《の》り去《さ》るもの無し。彼《かれ》を想《おも》ひ此《これ》を聞《き》きて、復《また》懐《むね》を傷《いた》ましむ。言《ここ》に越郷《ゑつきやう》を念《おも》ひて、倍《ますます》軫悼《しんたう》[二三]を加《くは》ふ。故《ゆゑ》に舟《ふね》を造《つく》り使《つかひ》を差《つかは》して、本郷《ほんがう》に送《おく》り至《いた》らしむ。并《あは》せて、絹《きぬ》[二四]五十疋、

一〇 丹比新家連東麻呂。他に見えず。
一一 →㊂補12-二五。
一二 大和国吉野郡に鎮座。→㊂補24-四五。止雨→㊀補1-六九。
一三 他に見えず。宮人か。春日朝臣には、皇別の大春日朝臣の傍流としての春日朝臣(㊂四一一頁注一四)の他に、渡来系の春日朝臣(㊃補27-九)がある。本条の春日朝臣がそのいずれかは未詳。
一四 恵美押勝の乱。
一五 外印とも。六位以下の位記・太政官の文案に捺す。→㊀補2-六〇。恵美押勝は乱勃発直前に都督使となった際、改竄した文書に太政官印を捺して諸国に下達し(天平宝字八年九月壬子条)、勃発後は太政官印を盗み取り(九月丙午条)、これを用い塩焼王を今帝と定めたむねを諸国に下し(九月甲寅条)、三関諸国から兵を発した(九月癸亥条)。
一六 職員令2の少納言の職掌「兼監二官印一」からして、少納言が行ったか。
一七 殿嗣とも。→補34-四二。
一八 中務省式に大蕃国に賜わる慰労詔書式が見える。→㊀補3-六二。
一九 光仁の即位。
二〇 旧例に従って朝貢する。前々回の壱万福、前回の烏須弗の表文に無礼があったことに対して、今回の使節が旧例に則ったものであることを言っている。
二一 宝暦は、ここでは皇位のこと。光仁が新たに即位したことを慶賀する。
二二 「我」は「俄」に通じるので、突風の意か。
二三 うれい、いたむこと。
二四 大蔵省式の賜蕃客例には、渤海国王には絹三〇疋・絁三〇疋・糸二〇〇絇・綿三〇〇屯とあり、糸・綿はこれに一致する。

絁五十疋[1]、糸二百絇[2]、綿三百屯一。又縁[3]二都蒙請一、加二附黄金小[4]一百両、水銀大[5]一百両、金漆一缶、漆一缶、海石榴油一缶、水精念珠四貫、檳榔扇十枚[6]一。至宜レ領レ之。夏景炎熱、想二平安和一。又弔[7]二彼国王后喪一曰[8]、禍故無レ常、賢室殞逝。聞以惻怛。不淑如何。雖二松檟未一レ茂、而居諸稍改。吉凶有レ制、存レ之而已。今因二還使一、贈二絹二十疋、絁二十疋、綿二百屯一。宜レ領レ之。○乙亥、仰二相模・武蔵・下総[9]・下野・越後等[10]国一、送二甲二百領于[11]出羽国鎮[12]一。○丁丑、陸奥守正五位下紀朝臣広純[13]為二兼按察使一。○戊寅、典侍従三位飯[14]高宿禰諸高薨。伊勢国飯高郡人也。性甚廉謹、志慕二貞潔一。奈[15]保山天皇御世、直[16]二内教坊一、遂補二本郡采女一。飯高氏貢二采女一者、自レ此始矣。歴二-仕四代一、終始無レ失。薨時年八十。○六[17]月辛巳朔、勅二遣唐副使従五位上小野朝臣石根・従五位下大神朝臣末足等一、大[18]使今毛人、身病弥重、不レ堪レ進レ途。

1 疋—匹(東)
2 絇—約(兼)
3 縁—緑〔底〕
4 小(底新傍朱イ)—少〔底〕
5 一〔兼朱傍補〕—ナシ(兼原)
6 枚〔兼・東・高〕—枝(谷、大)
7 弔(底新傍朱イ・兼等)—予〔底〕、弔(大)→校補
8 曰〔兼・谷擦重、大〕—日(谷原・東・高)→校補
9 総→校補
10 等〔紀略〕—ナシ(兼等、大)
11 于〔高擦重〕—千(高原)
12 鎮ノ下、ナシ〔底原〕—戍(底新補・兼等、大)、戍(紀略)→校補
13 純(底新傍朱イ)—紀〔底〕
14 飯—飲(兼)
15 奈ノ上、ナシ〔底原〕—葬(底新傍補・兼等、大、類四〇)→校補
16 直(兼・谷・高、大、類四〇)—真〔底〕、宜(兼傍・谷傍・東・高傍)
17 六月→校補
18 大(底傍補)—ナシ〔底原〕

一 黄金を外国に送った例としては、宝亀七年四月壬申条がある。
二 小は小両。雑令1に「権衡、廿四銖為レ両。〈三両為二大両一両一。〉十六両為レ斤」とあり、大両(一五頁注三)の三分の一の重さ。同2に銀・銅・穀は大両を用い、それ以外は小両を用いるとある。小一両は約一三・六匁(一三・五グラム)。
三 こしあぶら。ウコギ科の樹木の実からとった黄色で光沢のある樹脂液。塗料として用いた。和名抄草木類に「金漆樹、楊氏漢語抄云、金漆樹。〈許師阿夫良能紀〉」とある。
四 三斗(現在量約一二・六リットル)前後の土器製容器。→(三)一六七頁注三一。
五 ヤシ科の高木。九州以南に産する。その葉でつくったうちわ状のものか。
六 前年十二月の来着の記事にも「彼国王妃之喪」とある。
七 弔問の辞。雲荘礼記集説(元、陳澔撰)に「如何不淑。慰問之辞。言三何為而罹二此凶禍一也」とある。
八 墓の上に生えた木。つまり死者が葬られて間もないこと。
九 月日。
10 兵営。→(三)補9—一二。具体的には秋田城(三)補11—四二)・雄勝城(三)補11—四三)などを指すか。前年二月、出羽国に陸奥国蝦夷の西辺の攻撃を命じたにもかかわらず、これに失敗したため(五月戊子条)、再度の攻撃を準備したもの。しかし、本年十二月辛卯条によれば、今回の攻撃も失敗したらしい。

絁《あしぎぬ》五十疋、糸《いと》二百絇、綿《わた》三百屯を附《さづ》く。また都蒙《ともう》が請《こひ》に縁《よ》りて、黄金《くがね》[一]小《せう》[二]一百両、水銀《みづがね》大《だい》一百両、金漆《こむしつ》[三]一缶、漆《うるし》[四]一缶、海石榴油《つばきあぶら》一缶、水精《すいしやう》の念珠《ねんじゅ》四貫、檳榔扇《びんらうのあふぎ》[五]十枚を加《くは》へ附《さづ》く。至《いた》らばこれを領《う》くべし。夏景炎熱《かけいえんねつ》、平《たひら》けく安《やす》けく和《なごやか》ならむことを想《おも》ふ」とのたまふ。また、彼《か》[六]の国王《こくわう》の后《きさき》の喪《も》を弔《とぶら》ひて曰《のたま》はく、「禍故《くわこ》常《つね》無く、賢室殞逝《けんしつゐんせい》せり。聞《き》きて惻怛《いた》む。不淑如何《ふしゆくいか》[七]にせむ。松檟《しようか》[八]未《いま》だ茂《しげ》らずと雖《いへど》も、居諸《きよしよ》[九]稍《やや》く改《あらたま》る。吉凶制《きちきようせい》有り、これを存《そん》するのみ。今《いま》、還使《かへるつかひ》に因《よ》りて、絹《きぬ》二十疋、絁《あしぎぬ》二十疋、綿《わた》二百屯を贈《おく》る。これを領《をさ》むべし」とのたまふ。○乙亥[二十五日]、相模《さがみ》・武蔵《むざし》・下総《しもつふさ》・下野《しもつけの》・越後《こしのみちのしり》等の国《くに》に仰《おほ》せて、甲《よろひ》二百領を出羽《いでは》国の鎮《ちん》[一〇]に送《おく》らしむ。○丁丑[二十七日]、陸奥守《みちのおくのかみ》正五位下紀《き》[一一]朝臣広純《ひろすみ》を兼按擦使《あんせちし》[一二]とす。

飯高諸高没

○戊寅[二十八日]、典侍《ないしのすけ》従三位飯高《いひたか》[一三]宿禰諸高《もろたか》薨《こう》しぬ。伊勢《いせ》国飯高《いひたか》[一四]郡の人《ひと》なり。性甚《せいはなは》だ廉謹《れむきん》[一五]にして、志《こころ》に貞潔《ていけつ》を慕《ねが》ふ。奈保山《なほやまの》[一六]天皇《すめらみこと》の御世《みよ》に、内教坊《ないけうばう》[一七]に直《とのゐ》して、遂《つひ》に本郡《もとのこほり》[一八]の采女《うねめ》に補《ふ》せらる。飯高氏《いひたかのうち》の采女《うねめ》を貢《たてまつ》ることは此《これ》より始《はじま》れり。四代[一九]に歴仕《つか》へて終始《つひ》に失《あやまち》無し。薨《こう》しぬる時、年《とし》[二〇]八十。

遣唐副使に勅

六月辛巳の朔、遣唐副使《けんたうふくし》従五位上小野《をの》[二一]朝臣石根《いはね》・従五位下大神《おほみわ》[二二]朝臣末足《すゑたり》らに勅《みことのり》したまはく、「大使《たいし》[二三]今毛人《いまえみし》、身病《みのやまひ》弥《いよいよ》重《おも》くして途《みち》を進《ゆ》くに堪《た》へず。

一一 →[三]補20-五八。陸奥守となった時点は不明。前任者と思われる大伴駿河麻呂は宝亀五年七月庚申条まで陸奥守として見えるが、宝亀七年七月壬辰条の卒伝には「陸奥按察使兼鎮守将軍」とのみあり、陸奥守とは見えない。

一二 →[二]補8-三四。広純の按察使兼任は、大伴駿河麻呂の後任人事か。→注一一。

一三 もと飯高君笠目。→[二]補14-一一。従三位となったのは宝亀七年四月。

一四 →[二]三四五頁注一九。

一五 欲が無く、慎み深い。

一六 元正。奈保山に改葬されたのは天平勝宝二年十月([三]一〇七頁注三二)。

一七 →[三]補22-三。

一八 「本郡」は飯高郡。「采女」は、郡司の大少領の姉妹子女から容姿端正な者が貢進されることとなっていた(後宮職員令18)が、飯高氏は郡領氏族ではないのにもかかわらず、諸高の功績によって采女を出すことになったということ。

一九 元正・聖武・孝謙(称徳)・光仁の四代。淳仁は廃帝として除かれているか。

二〇 本年正月甲戌条にも「年登二八十一」とある。逆算すると文武二年(六九八)生。

二一 →[三]補20-三二。前年十二月に遣唐副使となる(次注の大神末足も同じ)。なお宝亀九年十月乙未条によれば進発は六月二十四日。

二二 →補34-四。

二三 遣唐大使佐伯今毛人。→[三]補17-七九。大使となったのは宝亀六年六月。翌年四月節刀を授けられ大宰府に向うも、同年十一月帰京して節刀を返還、本年(八年)四月に再び辞見したが、病気と称して留まったため、同月副使石根に勅して、節刀を持って先発し、大使のことを代行するよう命じた。

宜レ知二此[1]状一。到レ唐下レ牒之日、如借三[2]問無二大使一者、量レ事分疏。[3]其石根者着レ紫、猶称二副使一。其持レ節行レ事、一如二前勅一。○乙酉、武蔵国入間郡人大伴部直赤男、以二神護景雲三年一、献二西大寺[4]商布一千五百段、稲七万四千束、墾田卌町、林六十町一。至レ是、其身已[5]亡。追二贈外従五位下一。○壬辰、参議従四位下美濃守紀朝臣広庭卒。○戊戌、楊梅宮南池生レ蓮。一[6]茎二花。○癸卯、隠[7]伎国[8]飢。賑二給之一。○丙午、授二外従五位下[9]栗原宿禰[10]弟妹従五位下一。○[11]秋七月辛亥、左京人正[12]六位上小塞連弓張等五人賜二姓宿禰一。○甲寅、伯耆国飢。賑二給之一。○癸亥、震二但馬国[13]々分寺塔一。○甲子、左京人従六位下[14]榅[15]曰佐河[16]内等三人賜二姓長岡忌寸一。正六位上山村許智大足等四人山村忌寸。○乙丑、内大臣従二位藤原朝臣良継病。叙二其氏神鹿嶋[17]社正三位、香取神正四位[18]上一。○[19]八月壬午、授二外従五位下伊勢朝臣子老従五位下一。○丙戌、奉二白馬於丹生川上神一。霖雨也。○己丑、従三位藤原朝臣曹[20]司為二夫

1 状―ナシ(東)
2 問〔大補、紀略〕―ナシ(兼等)
3 其ノ下、ナシ(底抹)―名〔底原〕
4 商―ナシ(東)
5 亡―乇(高)
6 茎＝莖―荎〔底〕
7 伎―岐(東)
8 飢〔高擦重〕―賑(高原)
9 栗―粟(高)
10 弟―第〔底〕
11 秋七月→校補
12 六―六〔底重〕→校補
13 々〔底〕―国
14 榅→校補
15 曰〔兼〕―日(谷・東・高、大)→校補
16 内―丙〔底〕
17 社〔紀略原〕―神(紀略改)
18 上〔紀略補〕―ナシ(紀略原)
19 八月→校補
20 司→校補

一 当時東アジア諸国間の外交交渉に用いられた文書形式。→補34―四三。
二 試みに問うこと。当時の中国の俗語。
三 詳しく事情を説明する。
四 紫色の服を着る。衣服令4によれば、諸臣の礼服の色は、一位深紫、二・三位浅紫、四位深緋、五位浅緋となっていたから、ここでは五位の副使が大使の任務を代行するに際して、特例として三位以上の服色を着けることを聴されたことになる。
五 節刀を持って。節刀→一三頁注七。
六 本年四月癸卯条の副使小野石根に対する勅。
七 →四二一一頁注二。
八 他に見えず。大伴部直→四二七一頁注九。
九 →四補27―四六。西大寺への献物は、神護景雲元年五月戊辰・六月庚子条にも見える。
一〇 調庸布以外の交易用の布。
一一 宝亀十一年十二月廿五日付西大寺資財流記帳の官符図書第五の勅書官符等陸拾壱巻のうち、「一巻　武蔵国墾田文図〈宝亀九年、在二国印一〉」(寧遺四二二頁)と、田薗山野図漆拾参巻のうち、「武蔵国入間郡榛原庄一枚〈布、在二国印一〉」(寧遺四一四頁)に相当するものであろう。
一二 前注西大寺資財流記帳の「一巻　同国〈武蔵〉林地帳〈宝亀九年、在国印〉」(寧遺四一二頁)にあたる。
一三 大伴部直赤男の叙位が遅れた理由→補34―四四。
一四 →四四一頁注二〇。参議となったのは宝亀六年九月。美濃守任官のことは続紀には見えないが、補任宝亀八年条によれば同年正月。

宜《よろ》しく此《こ》の状《さま》を知《し》るべし。唐《もろこし》に到《いた》りて[一]牒《でふ》を下《くだ》す日《ひ》、如《も》し大使《たいし》無きことを[二]借問《と》はれば、事《こと》を量《はか》りて[三]分疏《ふんそ》せよ。その石根《いはね》は[四]紫《むらさき》を着《き》て猶《なほ》副使《ふくし》を称《なの》れ。その[五]節《せち》を持《ぢ》して事《わざ》を行《おこな》ふこと一《もはら》に[六]前《さき》の勅《みことのり》の如《ごと》くせよ」とのたまふ。○乙酉、武蔵《むざし》国[七]入間《いるま》郡の[八]人大伴部《ひとおほともべ》直赤男《あかを》、神護景雲《じんごきやううん》三年に、[九]西大寺《さいだいじ》に、[一〇]商布《しやうふ》一千五百段、稲《いね》七万四千束、[一一]墾田《はりた》卌町、[一二]林《はやし》六十町を献《たてまつ》る。是《ここ》に至《いた》りて、その身《み》已《すで》に亡《う》す。[一三]外従五位下を追贈《ついぞう》す。○壬辰、参議《さむぎ》従四位下美濃守《みののかみ》[一四]紀朝臣広庭《ひろには》卒《しゆつ》しぬ。○戊戌、[一五]楊梅宮《やまもものみや》の南《みなみ》の池《いけ》に蓮生《はちすお》ふ。[一六]一茎に二花あり。○癸卯、隠《お》伎《き》国飢《う》ゑぬ。これに賑給《しんごふ》す。○丙午、外従五位下[一七]栗原《くりはら》宿禰弟妹《おとも》に従五位下を授《さづ》く。

秋七月辛亥、左京《さきやう》の人《ひと》正六位上[一八]小塞《をせき》連弓張《ゆみはり》ら五人に姓宿禰《すくね》を賜《たま》ふ。○甲寅、伯耆《ははき》国飢《う》ゑぬ。これに賑給《しんごふ》す。○癸亥、[一九]但馬《たぢま》国の国分寺《こくぶんじ》の塔《たふ》に[二〇]震《かみとき》す。○甲子、左京《さきやう》の人《ひと》従六位下[二一]楢曰佐《ならのをさ》河内《かふち》ら三人に姓を[二二]長岡《ながをか》忌寸と賜ふ。正六位上[二三]山村許智《やまむらのこち》大足《おほたり》ら四人には[二四]山村《やまむら》忌寸。○乙丑、内大臣《ないだいじん》従二位[二五]藤原《ふぢはら》朝臣良《よし》継病《つぐや》めり。その[二六]氏神《うぢかみ》[二七]鹿嶋社《かしまのやしろ》を[二八]正三位に、[二九]香取神《かとりのかみ》を正四位上に叙《じよ》す。

八月壬午、外従五位下[三〇]伊勢《いせ》朝臣子老《こおゆ》に従五位下を授く。○丙戌、白馬《しろきうま》を[三一]丹生川上神《にふのかはかみのかみ》に奉《たてまつ》る。霖雨《ながあめ》すればなり。○己丑、従三位[三二]藤原《ふぢはら》朝臣曹司《さうし》を[三三]夫《ぶ》

従四位下昇叙は宝亀四年正月。
一五 →四補32-五〇。南池は平城宮東張出部東南端で発掘された大規模な池を指すか。
一六 治部省式の祥瑞には見えないが、仏教信仰の面から慶事とされたか。→一二〇五頁注一五。
一七 もと栗原勝。乙女とも。→四補31-三二。宿禰賜姓は宝亀二年五月。
一八 →補34-四五。
一九 現兵庫県城崎郡日高町国分寺に遺構が残存。→補34-四六。
二〇 落雷する。
二一 →補34-四七。
二二 姓氏録大和諸蕃に、己智と同祖、諸歯王の後とある。なお己智は秦の二世皇帝胡亥の後とある。
二三 他に見えず。山村許智→四補29-四。
二四 姓氏録大和諸蕃に、己智と同祖、古礼公の後とある。
二五 もと宿奈麻呂。→三二七頁注四三。本年九月に没。
二六 →補34-四八。
二七 祭神はタケミカヅチ神。→二補9-四七。
二八 神階の授与。→四補27-一三。神階は通常社ではなく神に授けるもので、ここで鹿嶋社となっているのは例外的。
二九 祭神はフツヌシ神またはイハヒヌシ神。→二補9-四六。
三〇 もと中臣伊勢朝臣。→四補27-四四。
三一 大和国吉野郡に鎮座。→三補24-四五。止雨→一補1-六九。
三二 曹子とも。永手の女。→二五頁注二三。本年正月従三位に昇叙。
三三 光仁の夫人。夫人は、天皇の配偶者のうち、王臣の女で三位以上の者。

人一。〇癸巳、授二无位坂上女王従五位下一。」上野国群馬郡戸五十烟、美作国勝田郡五十烟捨二妙見寺一。〇丁酉、大和守従三位大伴宿禰古慈[1]斐薨。飛鳥[2]朝常道頭贈大錦中[3]少吹負之孫、平城朝越前按[4]察使従四位下祖父麻呂之子也。少有二才幹一、略渉二書記一。起二家大学大允一。贈太政大臣藤原朝臣不比等、以レ女妻レ之。勝宝年中、累遷従四位上衛門督、俄遷二出雲守一。自レ見二[5]疎外一、意常[6]鬱々。紫微内相藤原仲満、[7]誣以二誹謗一、左二降土左守一、促[8]令レ之レ任。未レ幾、勝宝[9]八歳之乱、便流二土左一。天皇宥レ罪入レ京、以二其旧老一、授二従三位一。薨時年八十三。〇辛丑、授二正六位上紀朝臣[10]弟麻呂従五位下一。〇[11]九月癸亥、陸奥国言、今年四月、挙レ国発レ軍、以討二山海両賊一。国中忩劇、[12]百姓艱辛。望請、復二当年調庸[13]并田租一、以息二百姓一。許レ之。〇乙丑、勅、検二天平宝字四年格一[14]称、尚侍・[15]尚蔵職掌既重。宜下異二諸人一全賜中封戸上者。

1 斐〔高・高傍〕→校補
2 朝ノ下、ナシ（底新朱傍按）―臣〔底〕→校補
3 少〔底〕―小（底新傍朱イ・兼等、大）
4 察ノ下、ナシ（底新朱抹）―察〔底原〕
5 疎→校補
6 鬱＝欝〔谷重〕―爵（谷原）
7 誣〔底〕―誣（兼・谷原・谷擦重・東・高、大）→校補
8 令〔大改〕―命（兼等）
9 八歳→脚注・校補
10 弟―第〔底〕
11 九月→校補
12 百〔兼・谷、大、紀略〕―ナシ（東・高）
13 并―并（兼）→校補
14 称＝稱〔兼等〕―偁（大、類四〇）
15 尚―ナシ（東）

一 他に見えず。選叙令35によれば諸王の女。
二 上野国中央部の郡。→補34-四九。
三 →㊀補6-六。
四 河内国石川郡の寺。→補34-五〇。
五 祜信備とも。→㊁補12-七七。大和守任官は宝亀元年十二月。従三位叙位は宝亀六年正月。
六 天武朝。
七 大宝令より前の常陸守のこと。→㊀補1-八一。
八 天智三年制定二十六階冠位の第八。ほぼ四位に相当。
九 →㊂八三頁注二四。
一〇 聖武朝。
一一 →㊁七頁注二四。
一二 漢籍に通じていた。
一三 初めて任官すること。→㊂四一三頁一二。大学大允は大学寮の大判官。正七位下相当。
一四 →㊀補1-八六。この不比等の女のことは諸系図等に見えない。
一五 天平勝宝元年十一月昇叙。
一六 続紀には任命記事がない。ただし万葉四三六二詞書に、天平勝宝四年閏三年衛門督大伴古慈斐宿禰の家で入唐副使同（大伴）胡麿宿禰に餞したとある。
一七 任命時不明。ただし天平勝宝八歳五月、内竪淡海三船とともに不敬事件で禁固された際には出雲国守とある。

人《にん》としたまふ。〇癸巳〔十五日〕、无位[一]坂上女王《さかのうへのおほきみ》に従五位下を授《さづ》く。上野国《かみつけの》[二]群馬《くるま》郡の戸《へ》五十烟、美作国《みまさか》[三]勝田《かつまた》郡の五十烟を[四]妙見寺《めうけんじ》に捨《ほどこ》す。〇丁酉〔十九日〕、大和守《やまとのかみ》従三位[五]大伴《おほとも》宿禰古慈斐《こしび》薨《こう》しぬ。[六]飛鳥朝《あすかのみかど》の[七]常道頭《ひたちのかみ》[八]贈大錦中《ぞうだいきむちう》[九]少《を》吹負《ふけひ》が孫《うまご》、[一〇]平城朝《ならのみかど》の越前《こしのみちのくちの》按察使《あんせちし》従四位下[一一]祖父《おほぢ》麻呂《まろ》が子《こ》なり。少《わか》くして才幹《さいかん》有り、[一二]略《ほぼ》書記《しよき》に渉《わた》れり。大学大允《だいがくのだいいん》より[一三]起家《きけ》す。贈太政大臣《ぞうだいじやうだいじん》[一四]藤原《ふぢはら》朝臣不比等《ふひと》、女《むすめ》をこれに妻《めあは》す。勝宝年中《しようほうねんちう》、累《しきり》に遷《うつ》りて[一五]従四位上[一六]衛門督《ゑもんのかみ》となり、俄《にはか》に[一七]出雲《いづも》守に遷《うつ》さる。疎《うと》外まれてより、意常《こころつね》に鬱々《うつうつ》とあり。[一八]紫微内相藤原仲満《しびないしやうふぢはらのなかまろ》、誣《し》ふるに誹謗《ひばう》を以《もち》てし、[一九]土左《とさ》守に左降《さかう》せしめ、促《うなが》して任《にむ》に之《ゆ》かしむ。未《いま》だ幾《いくばく》もあらずして、[二〇]勝宝《しようほう》八歳の乱《らん》に、便《すなは》ち[二一]土左《とさ》に流《なが》さる。[二二]天皇《すめらみこと》、罪《つみ》を宥《ゆる》して京《みやこ》に入《い》らしめ、その旧老《きうらう》なるを以《もち》て、[二三]従三位を授けたまふ。薨《こう》しぬる時《とき》、[二四]年《とし》八十三。

〇辛丑〔二十三日〕、正六位上[二五]紀《き》朝臣弟麻呂《おとまろ》に従五位下を授く。

九月〔己酉朔〕癸亥〔十五日〕、陸奥《みちのおく》国言《まう》さく、「[二六]今年《ことし》四月、国《くに》を挙《あ》げて軍《いくさ》を発《おこ》し、[二七]山海両《せんかいふたつ》の賊《あた》を討《う》つ。国中忩劇《くにつうちそうげき》にして、百姓艱辛《はくせいかんしん》す。望《のぞ》み請《こ》はくは、当年《ことし》の調庸并《でうようあは》せて田租《でんそ》を復《ふく》して、以《もち》て百姓《はくせい》を息《やす》めむことを」とまうす。これを許《ゆる》す。

〇乙丑〔十七日〕、[二八]勅《みことのり》したまはく、「[二九]天平宝字《てんぴやうほうじ》四年の格《きやく》を検《み》るに称《い》はく、「尚侍《ないしのかみ》・尚蔵《くらのかみ》は職掌《しきしやう》既《すで》に重《おも》し。諸人《もろひと》に異《こと》にして、全《また》く封戸《ふうこ》を賜《たま》ふべし」といへり。

大伴古慈斐没

陸奥国の調庸租を免ず

尚侍・尚蔵の待遇を尚蔵・典蔵と同等にする

一八 仲麻呂とも。→㈢補11-四七。紫微内相任官は天平宝字元年五月。「仲満」の表記→㈣補26-二八。
一九 左降の時点不明。ただし天平宝字元年七月庚戌条には土左国守とある(注二一)。
二〇 橘奈良麻呂の乱。したがって、正しくは天平勝宝九歳。奈良麻呂の乱を天平勝宝八歳と誤る例は、ほかに天平宝字七年十月丙戌条(藤原弟貞薨伝)がある。
二一 天平宝字元年七月庚戌条に、奈良麻呂の乱に縁坐して土左国守の古慈斐を「便流二任国一」とある。
二二 宝亀元年十一月に本位従四位上に復された(癸未条)。天皇は光仁。
二三 宝亀六年正月昇叙。
二四 逆算すると持統九年(六九五)生。補任宝亀六年条に「大宝元年辛丑生」とあるのと合わない。
二五 乙麻呂とも。この後、左衛士員外佐・相模介・相模守を歴任。紀朝臣→㈠補1-三一。
二六 宝亀七年二月甲子条に「取二来四月上旬一、発二軍士二万人一、当レ伐二山海二道賊一」とあり、同年五月戊子条には志波村の蝦夷との苦戦が伝えられているが、今年すなわち宝亀八年に陸奥・出羽で大規模な戦闘があったことは続紀に見えない。ただし、三月是月条(陸奥夷俘の来降)や五月乙亥条(相模国等から甲を出羽国の鎮に送付)などから、本年にも軍事行動があった可能性が高い。
二七 山道と海道の蝦夷。→七頁注四。
二八 後宮内侍司の尚侍・典侍の待遇を、蔵司の尚蔵・典蔵と同等にすることを定めた勅。女官の官位相当・給禄の制の推移→㈠補6-五七。
二九 天平宝字四年十二月戊辰条(㈢三六九頁注二)。この時には位田・資人についても全給措置がとられた。

1 准尚蔵典侍〔兼・谷傍イ・東傍イ・高傍イ、大、類四〇〕―ナシ（谷・東・高）→校補
2 蔵ノ下、ナシ〔兼等傍按、大、類四〇〕―典侍（兼等）→校補
3 比→校補
4 大―太（東）
5 于―千〔底〕
6 益〔谷擦重、大〕―蓋（兼・谷原・東・高）
7 計―許（東）
8 良〔兼・谷、大〕―艮（東・高）
9 謀〔大改〕―其（兼等）
10 劾〔谷擦重、大〕―初（兼・東・高）→校補
11 詔→校補
12 討ノ上、ナシ〔谷抹、大〕―討（兼・谷原・東・高）→校補

然則、官位・禄賜、理合二同等一。宜下尚侍[1]准二尚蔵一、典侍准中典[2]蔵上。」外従五位下丹[3]比宿禰真浄為二山背介一。〇丙寅、内大臣従二位勲四等藤原朝臣良継薨。平城朝参議正三位式部卿[4]大宰帥馬養之第二子也。天平十二年、坐二兄広嗣謀反一、流二于伊豆一。十四年、免レ罪補二少判事一。十八年、授二従五位一。歴二職内外一、所在無レ績。太師押勝、起二宅於楊梅宮南一、東西構レ楼、高臨二内裏一、南面之門、便以為レ櫓。人士側レ目、稍有二不臣之譏一。[5]于レ時、押勝之男三人並任二参議一。良継、位在二子姪之下一、[6]益懐二忿怨一。乃与二従四位下佐伯宿禰今毛人、従五位上石上朝臣宅嗣・大伴宿禰家持等一、同謀欲レ害二太師一。於レ是、右大舎人弓削宿禰男広、知レ[7]計以告二太師一。即皆捕二其身一、下レ吏験之、[8]良継対曰、良継独為二[9]謀首一。他人曾不二預知一。於レ是、強[10]劾二大不敬一、除レ姓奪レ位。居二歳、仲満謀反、走二於近江一。即日奉レ[11]詔、将二兵数百一、追而[12]討レ之。授二従四位下勲四等一、尋

一 →補34-五一。
二 真清とも。この後、内掃部正・造長岡宮使・右衛士佐・丹波介（続紀）、肥後介・内匠頭・讃岐介（後紀）などを歴任。延暦五年正月、従五位下に昇叙。丹比宿禰→㊁補12-三五。
三 もと宿奈麻呂。→㊂二七頁注四三。
四 聖武朝。
五 藤原不比等の三男。→㊁補7-二二。
六 宇合の第一子。→㊁補12-七六。天平十二年九月大宰府で挙兵。広嗣の乱→㊁補13-一九。
七 謀反は八虐（㊀補3-五五）の第一。名例律6に「謂。謀レ危二国家一」とあり、疏に「謂。臣下将レ図二逆節一。而有二無レ君之心一。不三敢指二斥尊号一。故託云二国家一」とある。
八 神亀元年三月庚申条・刑部省式では遠流の国。広嗣の乱の与党・縁坐の者の処罰は、天平十三年正月甲辰条に見える。
九 天平十八年四月癸卯条に従五位下に叙されたとある。
10 藤原仲麻呂。→㊁補11-四七。太師（太政

然《しか》れば、官位《くわんゐ》[一]・禄賜《ろくし》も、理《ことわり》同等《どうとう》なるべし。尚侍《ないしのかみ》は尚蔵《くらのかみ》に准《なずら》へ、典侍《ないしのすけ》は典蔵《くらのすけ》に准《なずら》ふべし」とのたまふ。外従五位下丹比《たぢひ》[二]宿禰真浄《まきよ》を山背介《やましろのすけ》とす。○

内大臣藤原良継没

丙寅《十八日》、内大臣《ないだいじん》従二位勲《ぐん》四等藤原《ふぢはら》[三]朝臣良継《よしつぐ》薨《こう》しぬ。平城朝《ならのみかど》[四]の参議《さむぎ》正三位式部《しきぶ》卿大宰帥馬養《きやうだいさいのそちうまかひ》[五]の第二の子《こ》なり。天平《てんひやう》十二年、兄《このかみ》広嗣《ひろつぐ》[六]が謀反《むへん》[七]に坐《つみ》せられて伊豆《いづ》[八]に流《なが》されき。十四年、罪《つみ》を免《ゆる》されて少判事《せうはんじ》に補《ふ》せられき。十八年[九]、従五位を授《さづ》けらる。職《つかさ》を内外《ないぐゑ》に歴《ふ》れども、所在《ところ》に績《いさを》無し。太師《だいし》押勝《おしかつ》[一〇]、宅《いへ》[一一]を楊梅宮《やまもものみや》[一二]の南《みなみ》に起《た》て、東西《とうさい》に楼《たかどの》を構《かま》へて、高《たか》く内裏《だいり》に臨《のぞ》み、南面《なむめん》の門《もん》を便《すなは》ち櫓《やぐら》とせり。人士《ひとびと》、目《め》を側《そば》めて、稍《やや》く不臣《ふしん》の譏《そしり》有り。時《とき》に、押勝《おしかつ》[一三]が男《をのこご》三人、並《ならび》に参議《さむぎ》に任《にむ》せらる。良継《よしつぐ》[一四]、位《くらゐ》、子姪《してつ》[一五]の下《した》に在《あ》りて、益《ますます》忿怨《うらみ》を懐《いだ》けり。乃《すなは》ち、従四位下佐伯《さへき》[一六]宿禰今毛人《いまえみし》、従五位上石上《いそのかみ》[一七]朝臣宅嗣《やかつぐ》・大伴《おほとも》[一八]宿禰家持《やかもち》らと、同《おな》じく謀《はか》りて太師《だいし》[一九]を害《ころ》さむとす。是《ここ》に、右大舎人弓削《みぎのおほとねりゆげ》[二〇]宿禰男広《をひろ》、計《はかりこと》を知《し》りて太師《だいし》に告《つ》げき。即《すなは》ち皆《みな》その身《み》を捕《とら》へ、吏《り》に下《くだ》して験《しら》ぶるに、良継《よしつぐ》対《こた》へて曰《い》はく、「良継《よしつぐ》独《ひと》り謀首《ばうしゅ》[二一]と為《あ》り。他人《ほかのひと》は曾《かつ》て預《あづか》り知《し》らず」といへり。是《ここ》に、強《し》ひて大不敬《だいふきやう》[二二]なりと劾《とが》めて、姓《かばね》[二三]を除《のぞ》き位《くらゐ》を奪《うば》ひき。居《を》ること二歳にして、仲満《なかまろ》[二四]謀《む》反《へん》して近江《ちかつあふみ》に走《はし》れり。即日《そのひ》に詔《みことのり》を奉《う》けたまはりて、兵《いくさひと》数百を将《ゐ》て、追《を》ひてこれを討《う》ちき。従[二五]四位下勲《ぐん》四等を授けられ、尋《つ》

大臣)任官は天平宝字四年正月。

一一 田村第。→〔三〕補18-四六。

一二 →〔四〕補32-五〇。楊梅宮は平城宮東張出し部、田村第は左京四条二坊東半にあったから、ほぼ真南にあたる。

一三 天平宝字六年正月に二男真先、同年十二月に三男訓儒麻呂・四男朝猟が参議となった。

一四 良継(宿奈麻呂)は天平宝字七年正月に従五位下で造宮大輔に任じており、押勝の子との差は明らか。

一五 姪は兄弟の子(〔三〕補18-一〇)。ここでは、押勝の子(良継からみれば従兄弟の子)よりも下位に置かれたことを、子姪の世代よりも下位となったと表現している。

一六 →〔三〕補17-七九。

一七 →〔三〕補18-一八。

一八 →〔三〕五頁注六。

一九 押勝の子の参議任官時、および下文の「居二歳」からすると、この事件は天平宝字六年に起きた可能性が強いが、続紀本文には見えない。

二〇 他に見えず。弓削宿禰→〔四〕補25-一五。

二一 謀とは原則として二人以上の謀議のこと(名例律55)。ここではその謀議の主犯のこと。

二二 八虐(〔一〕補3-五五)の第六(名例律6)。天皇に対してつつしまざる罪。ここでは、そのうち「指二斥乗輿一」(職制律32)が適用されたか。「指二斥乗輿一」→〔二〕一〇九頁注一一。

二三 「除レ姓」は朝臣のカバネを剝奪したか。「奪レ位」は「除名」(名例律21)のこと。

二四 天平宝字八年九月の押勝の乱。「仲満」の表記→〔四〕補26-二八。

二五 従四位下昇叙は天平宝字八年九月丙午条に見えるが、天平神護元年正月己亥条の叙勲記事には良継(宿奈麻呂)は見えない。

補二参議一、授二従三位一。宝亀二年、自二中納言一拝二内臣一、賜二職封一千戸一。専レ政[1]得レ志、升降自由。八年、任二内大臣一。薨時年六十二[2]。贈二従一位一、遣二中納言従三位物部朝臣宅嗣・従四位下壱師濃王一吊[3]之。○冬[4]十月辛巳、授二无位紀朝臣虫女従五位下一。○辛卯、正[5]四位上藤原朝臣家依為二参議一。正五位下高[6]賀茂朝臣諸雄為二神祇大副一。参議正四位上藤原朝臣是公為[7]二左大弁一。春宮大夫・左衛士督・侍従如レ故。正四位下田中朝臣多太麻呂為二右大弁[8]一。従五位上美和真人土生為二右少弁一。中納言従三位物部朝臣宅嗣[9]為二兼中務卿一。従四位下鴨王為二左大舎人頭一。従五位下宗形王為二右大舎人頭一。従五位下藤原朝臣末茂為二図書頭一。従五位下百済王仙宗為レ助。従五位下[10]賀茂朝臣大川為二内蔵助一。参議従三位藤原朝臣百川為[11]二式部卿一。右兵衛督如レ故。神祇伯従四[12]位下大中[13]臣朝臣[14]子老為二兼大輔[15]一。従五位下藤原朝臣真葛為二散位頭一。従五位下安倍[16]朝臣謂奈麻呂為二治部少輔一。正五位上多治比真人長野為二民部大輔一。従[17]五位上多朝臣犬養為二少輔一。従五位上当麻[18]真人

一 参議任官は宝亀元年七月。二 従三位昇叙は天平神護二年十一月。したがって参議任官との先後は逆になっている。三 中納言任官は続紀には見えない。補任宝亀元年条では同年八月任官とする。内臣となったのは宝亀二年三月。四 内臣となった翌々日、宝亀二年三月壬申条で内臣の封戸一〇〇〇戸が定められた。五 官人の昇進や降格を意のままにすること。六 宝亀八年正月に任官。

七 逆算すると霊亀二年(七一六)生。

八 もと石上朝臣。→㊂補18―一八。

九 壱志濃王とも。→㊃補28―四。

一〇 他に見えず。紀朝臣→㊀補1―三一。

一一 →㊃一〇三頁注三。当時治部卿(宝亀五年三月甲辰条)兼衛門督(同七年三月癸巳条)。本年六月壬辰に没した紀広庭の後任人事。

一二 もと賀茂朝臣。→㊃九九頁注二五。前官は員外少納言か(宝亀二年七月丁未条)。

一三 もと黒麻呂。→㊂補23―五。参議任官は宝亀五年五月、左衛士督は天平神護元年九月、侍従は神護景雲二年十一月。また宝亀五年三月甲辰条に春宮大夫として見える。

一四 →㊂補20―一七。前官は民部大輔(宝亀八年七月廿三日付民部省牒〔古六―五九八頁〕)。右大弁の前任者は本条で式部卿となった藤原百川か(宝亀二年三月庚午条、補任宝亀八年条)。本条下文で出雲守を兼任。

一五 もと土生王。→㊂一一一頁注五一。前官は員外左少弁(宝亀八年正月庚辰条)。右少弁の前任者は本条で民部少輔に遷任した多犬養(宝亀七年三月辛亥条)。

一六 もと石上朝臣。→㊂補18―一八。中納言任官は宝亀二年十一月。前官式部卿(宝亀四年十月丙辰条)からの遷任か。中務卿の前任者は本条で兼大宰帥となった藤原魚名(宝亀五年九月庚子条)。

1 政→校補
2 年六十二〔大補〕―ナシ(兼等)→校補
3 吊(兼等)―予〔底〕、弔(大)
4 冬十月→校補
5 正〔谷擦重、大〕→校補
6 高〔大補〕―ナシ(底新朱傍按・兼等)→校補
7 為ノ下、ナシ〔兼・谷原・東・高〕―兼(谷傍補、大)
8 弁→校補
9 嗣(底新朱抹傍)―副〔底原〕
10 下(底傍補)―ナシ〔底原〕
11 為ノ下、ナシ〔兼・谷原・東・高〕―兼(谷傍補、大)
12 四〔兼擦重〕
13 大中〔兼擦重〕
14 朝臣〔大補〕―ナシ(兼等)
15 輔―補〔底〕
16 倍(底抹傍)―部〔底原〕
17 従(底新傍朱イ)―ナシ〔底〕→校補
18 麻〔高重〕

ぎて[一]参議《さむぎ》に補《ふ》せられ、[二]従三位を授《さづ》けられき。宝亀《ほうくゐ》二年、[三]中納言《ちうなふごん》より内臣《ないしん》を拝《はい》し、[四]職封《しきふう》一千戸を賜《たま》はりき。政《まつりごと》を専《もはら》とし、志《こころざし》を得《え》て、[五]升降《しやうかう》自《じ》由《いう》なり。八年、[六]内大臣《ないだいじん》に任《にむ》せらる。薨《こう》しぬる時、[七]年《とし》六十二。従一位を贈《おく》り、中納言《ちうなふごん》従三位[八]物部《もののべ》朝臣宅嗣《やかつぐ》・従四位下[九]壱師《いちし》濃王《ののおほきみ》を遣《つかは》して吊《とぶら》はしむ。

冬十月（己卯朔）辛巳（三日）、无位[一〇]紀《き》朝臣虫女《むしめ》に従五位下を授く。○辛卯（十三日）、正四位上[一一]藤原《ふぢはら》朝臣家依《いへより》を参議《さむぎ》とす。正五位下[一二]高賀茂《たかかも》朝臣諸雄《もろを》を神祇《じんぎ》大副《だいふく》。参議《さむぎ》正四位上[一三]藤原《ふぢはら》朝臣是公《これきみ》を左大弁《さだいべん》。春宮大夫《しゆんぐだいぶ》・左衛士督《さゑじのかみ》・侍従《じじゆ》は故《もと》の如《ごと》し。正四位下[一四]田中《たなか》朝臣多太麻呂《ただまろ》を右大弁《うだいべん》。従五位上[一五]美和《みわ》真人土生《はにふ》を右少弁《うせうべん》。中納言《ちうなふごん》従三位[一六]物部《もののべ》朝臣宅嗣《やかつぐ》を兼中務卿《ちうむきやう》。従四位下[一七]鴨 王《かものおほきみ》を左 大舎人頭《ひだりのおほとねりのかみ》。従五位下[一八]宗《むな》形《かた》王を右大舎人頭《みぎのおほとねりのかみ》。従五位下[一九]藤原《ふぢはら》朝臣末茂《すゑしげ》を図書頭《づしよのかみ》。従五位下[二〇]百済《くだらの》王《こにきし》仙宗《せんそう》を助《すけ》。従五位下[二一]賀茂《かも》朝臣大川《おほかは》を内蔵助《うちのくらのすけ》。参議《さむぎ》従三位[二二]藤原《ふぢはら》朝臣百川《ももかは》を式部卿《しきぶきやう》。右兵衛督《うひやうゑのかみ》は故《もと》の如《ごと》し。神祇伯《じんぎはく》従四位下[二三]大中臣《おほなかとみ》朝臣子老《こおゆ》を兼大輔《だいふ》。従五位下[二四]藤原《ふぢはら》朝臣真葛《まかづら》を散位頭《さんゐのかみ》。従五位下[二五]安倍《あへ》朝臣謂奈麻呂《ゐなまろ》を治部少輔《ちぶせうふ》。正五位上[二六]多治比《たぢひ》真人長野《ながの》を民部大輔《みんぶだいふ》。従五位下[二七]多《おほ》朝臣犬養《いぬかひ》を少輔《せうふ》。従五位上[二八]当麻《たぎま》真人

一七 →[四]一四九頁注二二。本年正月庚申条で従四位上に昇叙しており、宝亀十一年七月辛未条で没した時も同じく従四位上とあるので、本条の「従四位下」は「従四位上」の誤りか。左大舎人頭の前任者は本条で大蔵卿に遷任した神王か（一九頁注四）。

一八 →[三]補22‐二一。右大舎人頭の前任者は本条で伊予守に遷任した田中王（宝亀八年二月丙申条）。 一九 →三三頁注二三。図書頭の前任者は藤原是人（宝亀五年三月甲辰条）。

二〇 →三一頁注一六。図書助の前任者は本条で治部少輔に遷任した阿倍為奈麻呂（宝亀五年三月甲辰条）。 二一 →[四]補25‐八七。

二二 もと雄田麻呂。→[三]補22‐二四。参議任官は宝亀二年十一月。式部卿の前任者は本条で兼中務卿となった石上（物部）宅嗣か（宝亀四年十月丙辰条）。 二三 もと中臣朝臣。→[四]一五一頁注四〇。神祇伯任官は宝亀八年正月。式部大輔の前任者は本条で左大弁となった藤原是公（宝亀五年三月甲辰条）。 二四 →[四]補33‐一。前官は大学頭（宝亀八年正月戊寅条）。散位頭の前任者は本条で右少弁に遷任した美和土生（宝亀八年正月戊寅条）。 二五 →[四]補31‐九四。前官は図書助（宝亀五年三月甲辰条）。治部少輔の前任者は安倍常嶋（宝亀八年正月庚辰条）。

二六 池守の孫、家主の子。→[四]補26‐一。民部大輔の前任者は本条で右大弁に遷任した田中多太麻呂（宝亀八年七月廿三日付民部省牒〔古六‐五九八頁〕）。

二七 →[四]八一頁注七。前官は右少弁（宝亀七年三月辛亥条）。

二八 →[四]補28‐五。前年正月、山陰道検税使となる。大判事の前任者は本条で因幡守に遷任した広川王（宝亀七年三月癸巳条）。

永嗣為二大判事[1]一。従四位下神王為二大蔵卿一。従五位下安倍朝臣草麻呂為二斎[2]宮長官一。従四位下石川朝臣名足為二造東大寺長官一。従五位下紀朝臣門守為二鋳銭次官一。従五位下藤原朝臣長河為二中衛少将一。従五位下大中臣朝臣諸魚為二衛門佐一。従五位下百済王仁貞為二員外佐一。従五位[3]下紀朝臣弟[4]麻呂為二左衛士員外佐一。外従五位下大荒木臣押国為二遠江介一。参議右衛士督[5]従四位下藤原朝臣少[6]黒麻呂為二兼常陸守一。正五位下粟田朝臣[7]鷹守為レ介。従五位上紀朝臣家守為二美濃守一。従五位下安倍朝臣笠成為二越中守一。従五位下広川王為二因幡守一。右大弁正四位下田中朝臣多太麻呂為二兼出雲守一。従五位下藤原朝臣仲継為二播[8]磨介一。従五位上田中王為二伊豫守一。大納言近衛大将従二位藤原朝臣魚名為二兼大[9]宰帥一。従四位上石上朝臣息嗣為二大弐一。従五位[10]下笠朝臣名麻呂為二少弐一。○戊申、大二赦天下一。但八[11]虐[12]、故殺[13]人、私鋳銭、強窃二盗、常赦所レ不レ免者、不レ在二赦限一。其入レ死者皆減二一等一。○十[14]一月己酉朔、天皇不豫。○丙辰、左京人正八位下多藝連国足等二人賜二姓

1 事ノ下、ナシ〔底原・底新朱抹〕—従(底傍補)→校補
2 斎(谷・高、大)—斉〔兼・東〕
3 位—ナシ(高)
4 弟—第〔底〕
5 督〔谷重〕→校補
6 少〔底原〕—小(底新朱抹傍・兼等、大)
7 臣ノ下、ナシ(底抹)—鷹〔底原〕
8 播—播(高)→校補
9 大—太(東)
10 位—ナシ(東)
11 八ノ下、ナシ(底抹)—虎〔底原〕
12 虐—虎(東)
13 殺(底新朱傍補)—ナシ〔底原〕
14 十一月→校補

一 →[四]一五一頁注三七。前官は左(「右」の誤りか)大舎人頭兼下総守(一九頁注四)。大蔵卿の前任者は藤原楓麻呂か(宝亀七年六月己巳条、在任中に没)。
二 →[四]補28-五。
三 斎宮寮の長官([二]三四五頁注三)。斎宮頭とも。当時の斎内親王は宝亀三年十一月に定められた酒人内親王([四]補31-一七)、前任の斎宮頭は本条で大宰少弐に遷任した笠名麻呂(宝亀六年十月辛未条)。
四 →[三]補23-五。前官は大宰大弐(宝亀六年七月壬寅条)。造東大寺長官の前任者は本条で大宰大弐に遷任した石上息嗣(宝亀七年三月癸巳条)。
五 →[四]一七七頁注一六。前官は兵馬正(宝亀五年三月甲辰条)。鋳銭次官の前任者は丹比真継(宝亀五年九月庚子条)。
六 →補34-一七。中衛少将の前任者は小野石根(宝亀六年十一月丁巳条、ただし[四]四六五頁注二は、この条を中将任官の誤りかとする。宝亀七年十二月丁酉条に中将とある)。
七 →五頁注一。前官は衛門員外佐(宝亀七年三月癸巳条)。衛門佐の前任者は本条で常陸介に遷任した粟田鷹守か(宝亀三年四月庚午条)。
八 →補34-一八。衛門員外佐の前任者は本条

大赦

永嗣《ながつぐ》を大判事《だいはんじ》。従四位下神王《みわのおほきみ》[一]を大蔵卿《おほくらのきやう》。従五位下安倍《あへ》[二]朝臣草麻呂《くさまろ》を斎《さい》[三]宮長官《ぐうちやうぐわん》。従四位下石川《いしかは》[四]朝臣名足《なたり》を造東大寺長官《ざうとうだいじちやうぐわん》。従五位下紀《き》[五]朝臣門守《かどもり》を鋳銭次官《じゆぜんのじくわん》。従五位下藤原《ふぢはら》[六]朝臣長河《ながかは》を中衛少将《ちうゑのせうしやう》。従五位下大中臣《おほなかとみ》[七]朝臣諸魚《もろうを》を衛門佐《ゑもんのすけ》。従五位下百済王《くだらのこにきし》[八]仁貞《にんちやう》を員外佐《ゐんぐゑのすけ》。従五位下紀《き》[九]朝臣弟麻呂《おとまろ》を左《さ》衛《ゑ》士《じ》員外佐。外従五位下大荒木《おほあらき》[一〇]臣押国《おしくに》を遠江介《とほつあふみのすけ》。参議《さむぎ》右《う》衛《ゑ》士督《じのかみ》従四位下藤《ふぢ》[一一]原《はら》朝臣少黒麻呂《をぐろまろ》を兼常陸《ひたち》守。正五位下粟田《あはた》[一二]朝臣鷹守《たかもり》を介《すけ》。従五位上紀《き》[一三]朝臣家守《やかもり》を美濃《みの》守。従五位下安倍《あへ》[一四]朝臣笠成《かさなり》を越中《こしのみちのなか》守。従五位下広川《ひろかは》[一五]王を因幡《いなば》守。右大弁《うだいべん》正四位下田中《たなか》[一六]朝臣多太麻呂《ただまろ》を兼出雲《いづも》守。従五位下藤原《ふぢはら》[一七]朝臣仲継《なかつぐ》を播磨《はりま》介。従五位上田中《たなか》[一八]王を伊豫《いよ》守。大納言近衛大将《だいなふごんこのゑのだいしやう》従二位藤原《ふぢはら》[一九]朝臣魚名《うをな》を兼大宰帥《だいさいのそち》。従四位上石上《いそのかみ》[二〇]朝臣息嗣《おきつぐ》を大弐《だいに》。従五位下笠《かさ》[二一]朝臣名麻呂《なまろ》を少弐《せうに》。○戊申[三十日]、天下《あめのした》に大赦《たいしや》[二二]す。但《ただ》し、八虐《はちぎやく》[二三]と、故殺人《こせつにん》[二四]と、私鋳銭《しじゆせん》[二五]と、強《がう》[二六]窃《せつ》の二盗と、常赦《じやうしや》[二七]の免《ゆる》さぬとは、赦《しや》の限《かぎり》に在《あ》らず。その死《し》[二八]に入《い》る者《ひと》は皆《みな》一等を減《げむ》す。

十一月己酉の朔、天皇《すめらみこと》、不豫《みやまひ》[二九]したまふ。○丙辰[八日]、左京《さきやう》の人《ひと》正八位下多藝《たぎ》[三〇]連国足《くにたり》ら二人に姓を

で衛門佐に転任した大中臣諸魚(宝亀七年三月癸巳条)。
九 →四五頁注二五。
一〇—一八 →補34—五二。
一九 →〔三〕補17—二五。大納言任官は宝亀二年三月。近衛大将任官時は未詳。近衛大将・大宰帥は、いずれも前任者の藤原蔵下麻呂が宝亀六年七月に没して以降、空席だったか。
二〇 奥継とも。→〔三〕三三七頁注二七。前官は造東大寺長官(宝亀七年三月癸巳条)。大宰大弐の前任者は本条で造東大寺長官に遷任した石川名足(宝亀六年七月壬寅条)。
二一 名末呂とも。→〔四〕補31—九五。前官は斎宮頭(宝亀六年十月辛未条)。大宰少弐の前任者は本条で播磨介に遷任した藤原仲継(宝亀八年正月戊寅条)。
二二 →〔一〕補2—九八。今回の大赦は翌日条の光仁の病気によるものか。また十二月壬寅条にある皇太子の病とも関係するか。
二三 国家の支配や道徳秩序を揺るがす重罪である八虐を犯した者。八虐→〔一〕補3—五五。
二四 明白な殺意をもって人を殺すこと。律に定める殺人→〔一〕補4—八。
二五 偽金づくり。私鋳銭→〔一〕補4—三八。和銅四年十月に斬刑とされ、これ以後原則として赦の対象からは除外。私鋳銭への罰則→〔一〕補5—四二・私鋳銭と大赦→〔一〕補6—五五。
二六 強盗と窃盗。→〔一〕補1—一二二。
二七 赦に会っても刑が免除されない特定の犯罪。→〔一〕補3—五六。
二八 赦の対象外の犯罪で死刑とされる者は、一等減刑して流罪とする。
二九 病気。光仁の病については前後に関連史料がなく、詳細は不明。
三〇 →補34—五三。

物部多藝宿禰㆒。美濃国多藝郡人物部坂麻呂等九人物部多藝連。○丙寅、長門国献㆓白雉㆒。○戊辰、授㆓无位川村王従五位下㆒。○己巳、授㆓无位枚田女[1]王従四位下、无位藤原朝臣真男女従五位下[2]㆒。○十[3]二月辛卯、初陸奥鎮守将軍紀朝臣広純言、志波村賊、蟻結肆㆑毒。出羽国軍、与㆑之相戦敗退。於㆑是、以㆓近江介従五位上佐伯宿禰久良麻呂㆒為㆓鎮守権副将軍㆒、令㆑鎮㆓出羽国㆒。至[4]㆑是、授㆓正五位下勲五等紀朝臣広純従四位下勲四等、従五位上勲七等佐伯宿禰久良麻呂正五位下勲五等、外正六位上吉弥侯伊佐西古・第二等伊治公呰麻呂並外従五位下、勲六等百済王俊哲勲五等㆒。自餘各有㆑差。○丁酉、中衛中将正四位下坂上大忌寸苅[5]田麻[6]呂為㆓兼丹波守㆒。○壬寅、皇太子不悆。遣㆑使、奉㆓幣[7]於五畿[8]内諸社㆒。○癸卯、出羽国蝦賊叛[9]逆。官軍不㆑利、損㆓失器仗[10]㆒。」授㆓外従五位上桑原公足床従五位上㆒。○乙巳、改㆓葬[11]井上内親王㆒。其墳[12]称㆓御墓㆒、置㆓守冢[13]一烟㆒。

1 女〔大補〕―ナシ(兼等)
2 位―従〔底〕
3 十二月↓校補
4 至以下八七字(大衍)↓脚注・校補
5 苅↓校補
6 麻呂↓校補
7 幣―弊〔底〕
8 畿(兼・谷・高、大、紀略)―幾〔東〕
9 叛↓校補
10 仗〔谷・東、大〕―伏(兼・高)↓校補
11 葬〔谷傍補、大、紀略〕―ナシ(兼・谷原・東・高)
12 墳―憤(東)
13 冢(高)―ナシ〔底〕、塚(底新傍朱イ)、冡(兼・谷、大、紀略)、家(東)↓校補

一 他に見えず。物部＋地名＋連(宿禰)という複姓は物部依羅連(㊂補11―一二)、物部志太連(延暦五年十月丁丑条)など多数存在する。

二 多伎郡とも。美濃国西南部に所在。↓㊀五五頁注一一。

三 他に見えず。物部氏↓㊂補19―七。

四 後紀延暦十五年七月戊戌条に外従五位上で造宮大工となった物部多芸連建麻呂が見える。

五 治部省式によれば中瑞。なお孝徳朝の白雉改元の際にも穴門(長門)から白雉が献上されている。↓㊀二〇五頁注一七。

六 ↓補34―五四。

七 以下、女叙位。

八 他に見えず。選叙令35によれば親王の子。類聚国史薨卒、天長七年閏十二月戊子条の文室弟直卒伝に、その母を従四位下平田孫王とするのが、あるいは同一人か。

九 他に見えず。藤原朝臣↓㊀補1―五五。

一〇 本条と他条との重複関係について↓補34―五五。

一一 広純は宝亀十一年二月の参議任官時に鎮守副将軍とあり、その女紀吉継の延暦三年の墓誌(平遺金石文編一号)でも同様に記すので、本条は「副」字が脱したか。↓㊃四三七頁注五。

一二 ↓㊂補20―五八。前注のように副将軍の誤りであれば、その任官は宝亀五年七月。

一三 ↓補34―一二。

一四 ↓㊃補25―八二。宝亀七年五月戊戌条にも同じ任官記事がある。

一五 蝦夷の族長。天応元年六月戊子朔条の持節征東大使藤原小黒麻呂の奏状では、諸絞・

[一]物部多藝宿禰《もののべのたぎ》と賜《たま》ふ。美濃《みの》国多藝《たぎ》[二]郡の人物部坂麻呂《ひともののべのさかまろ》[三]ら九人には[四]物部多藝《もののべのたぎ》連。○丙寅《十八日》、長門《ながと》国、[五]白雉《しろききぎし》を献《たてまつ》る。○戊辰《二十日》、无位川村王《かはむらのおほきみ》[六]に従五位下を授《さづ》く。○己巳《二十一日》、[七]无位枚田女王《ひらたのおほきみ》[八]に従四位下を授く。无位藤原《ふぢはら》[九]朝臣真男女《まをめ》に従五位下。

十二月《戊寅朔》辛卯《十四日》、初《はじ》め[一〇]陸奥鎮守将軍《みちのおくのちんしゆしやうぐん》[一一]紀《き》朝臣広純《ひろすみ》[一二]言《まう》さく、「志波《しは》[一三]村の賊《あた》、蟻《あり》のごとく結《むす》びて毒《どく》を肆《ほしきまにまに》す。出羽《いでは》国の軍《いくさ》、これと相戦《あひたたか》ひて敗《やぶ》れ退《しりぞ》く。是《ここ》に、近江介《ちかつあふみのすけ》従五位上佐伯《さへき》[一四]宿禰久良麻呂《くらまろ》を鎮守権副将軍《ちんしゆごんのふくしやうぐん》として出羽《いでは》国を鎮《しづ》めしむ」とまうす。是《ここ》に至《いた》りて、正五位下勲《くん》五等紀《き》朝臣広純《ひろすみ》に従四位下勲《くん》四等を授く。従五位上勲《くん》七等佐伯《さへき》宿禰久良麻呂《くらまろ》に正五位下勲五等。外正六位上吉弥侯伊佐西古《きみこのいさせこ》[一五]・第二等[一六]伊治公呰麻呂《これはりのあざまろ》[一七]に並《ならび》に外従五位下。勲《くん》六等百済王《くだらのこにきし》[一八]俊哲《しゆんてつ》に勲《くん》五等。自餘《そのほか》は各《おのおの》差《しな》有り。○丁酉《二十日》、中衛中将《ちうゑのちうしやう》正四位下坂上《さかのうへ》[一九]大忌寸苅田麻呂《かりたまろ》を兼丹波《たには》守とす。○壬寅《二十五日》、皇太子《くわうたいし》[二〇]、不悆《みやまひ》[二一]したまふ。

使《つかひ》を遣《つかは》して、幣《みてぐら》を五畿内《ごきない》の諸社《もろもろのやしろ》に奉《たてまつ》らしむ。○癸卯《二十六日》、出羽《いでは》[二二]国の蝦賊《えみし》叛逆《そむ》く。官軍《くわんぐん》利あらず、器仗《きぢやう》[二三]を損《そこな》ひ失《うしな》ふ。外従五位上桑原《くははら》[二四]公足床《たるとこ》に従五位上を授く。○乙巳《二十八日》、井上内親王《ゐのうへのひめみこ》[二五]を改《あらた》め葬《はぶ》らしむ。その[二六]墳《つか》を御墓《みはか》[二七]と称《まう》して、[二八]守冢《しゆちよう》一烟を置《お》かしむ。

出羽国の蝦夷叛逆

井上内親王の墓の改葬を命ず

八十嶋・乙代等とともに「賊中之首」とされている。吉弥侯→〔一〕補6-七〇。

一六 いわゆる蝦夷爵。→〔二〕補7-一二。

一七 陸奥の夷俘。宝亀十一年三月丁亥条によれば、当時陸奥国上治郡大領外従五位下であった呰麻呂が反乱を起こし、同国牡鹿郡大領道嶋大楯と按察使紀広純を殺したとある。伊治公は他に見えないが、陸奥国栗原郡を本拠とする夷俘の姓と考えられる。「伊治」の訓みについて→〔四〕補28-四六。

一八 →〔四〕補33-四三。宝亀六年十一月、蝦夷追討の功により勲六等を授けられた。この時鎮守府の判官か。

一九 もと坂上忌寸。→〔三〕二〇五頁注一三。中衛中将任官は宝亀二年閏三月。丹波守の前任者は紀家守(宝亀七年三月辛亥条)。

二〇 山部親王(後の桓武)。→〔四〕補25-七二。

二一 山部の病気については、宝亀九年正月戊申朔・同年三月庚午条にも見え、下文乙巳(二十八日)条にあるように、同時期に井上内親王の改葬が行われているので、この時点では井上の祟りによるものと考えられていたらしい。

二二 一五頁注一〇に記したように、当時志波村地域が出羽国の管轄下にあるという認識があったとすると、ここも実際には志波村地域の蝦夷か。

二三 兵器。→〔一〕二二九頁注二一。

二四 もと桑原連。→〔四〕補25-九九。

二五 →〔二〕補8-八九。もと光仁皇后。

二六 →補34-五六。

二七 →補34-五七。

二八 諸陵寮式の「守戸」と同じで、陵墓に近い民戸から取り、陵墓の守衛・修理などにあたる。→〔一〕補6-七二。

◎是冬[1]、不レ雨。井水皆涸。出水・宇治等川並可二掲厲一。

続日本紀　巻[2]第卅四

1 是ノ下、ナシ（底抹）―各〔底原〕

2 巻〈意補〉（大補）―ナシ

是《こ》の冬《ふゆ》、雨《あめ》ふらず。井《ゐ》の水《みづ》皆《みな》涸《か》る。出水《いづみ》一・宇治《うぢ》二等の川《かは》は並《ならび》に掲厲《かちわたり》三すべし。

続日本紀　巻第卅四

一 現在の木津川。伊賀・伊勢国境付近に源流を発し、上野盆地から西流して山背国に入り、現京都府相楽郡木津町で北へ流路を変え、現京都府八幡市橋本付近で淀川に合流する。
二 琵琶湖から流れ出た瀬田川が山背国に入り、現八幡市橋本付近で木津川や桂川などと合流するまでの呼称。
三 川を徒歩で渡ること。「掲」は浅い水を渡ること、「厲」は深い水を渡ること。爾雅、釈水に「済有二深渉一。深則厲、浅則掲。掲者、掲レ衣也」とある。ここでは川が徒歩で渡れるほど水位が下がったということか。→㊂四二七頁注一三。

続日本紀 巻第卅五[1] 起二宝亀九年正月一尽二十年十二月一

右大臣従[2]二位兼行皇太子傅中衛大将

臣[3]藤原朝臣継縄等奉レ勅[4]撰

天宗高紹天皇

九[5]年春正月戊[6]申朔、廃[7]レ朝。以二皇太子枕[8]席不一レ安也。」是日、宴二次侍従已上於内裏一。賜レ禄有レ差。自餘五位已上者、於二朝堂一賜レ饗焉。○甲[9]寅、宴二侍従五[10]位已上於内裏一、賜レ被[11]。○丙辰、以二宮内卿正四位下兼越前守大伴宿禰伯麻呂一為二参議一。○戊午、右大弁正四位下田中朝臣太[12]多麻呂卒。○癸[13]亥、宴二五位已上一。其儀如レ常。」是日、従五位上矢口王・菅生王・三開[14]王並授二正五[15]位下一。従四位上大伴宿禰家持正四位下。従[16]四位下藤原朝臣小黒麻呂・藤原朝臣乙縄並従四位上[17]。正五位上多治比真人長野従四位下。従五位下藤原朝臣鷹取・大中臣朝臣宿奈麻呂・紀朝臣犬養・藤原朝臣刷雄・石川朝臣豊麻呂・藤[18]原

1 巻〈意補〉(大補)―ナシ
2 従二(底新朱抹傍)―正三〔底原〕→校補
3 臣(底傍補)―ナシ〔底原〕
4 勅→校補
5 九年→校補
6 戊〔底原・底新〕→校補
7 廃朝(兼・谷傍補・東・高、大、類七一・紀略)―癈朝〔底〕、ナシ(谷原)
8 枕→校補
9 甲寅→校補
10 五位(底新傍補)―ナシ〔底原〕→校補
11 被〔兼抹傍〕―禄(兼原)
12 太多―多太(大改)
13 癸→校補
14 開〔底〕―関→校補
15 五―ナシ(東)
16 従四位下―ナシ(東)→校補
17 上〔底重・底原〕
18 藤原(底抹傍)―紀〔底原〕

一 続紀の後半の二〇巻のうち、巻二十一から巻三十四までの一四巻と、巻三十五以下の六巻とは、その編纂の過程を異にし、巻三十五以下は、延暦十三年八月に巻三十四までの一四巻分が完成奏進された後、藤原継縄の没する延暦十五年七月までの間に追加奏進されたもの。続紀の編纂過程→[一]解説「続日本紀と古代の史書」二「続日本紀の成立」。
二 「正二位」の誤りか。続日本紀後半二〇巻の撰進と藤原朝臣継縄の位階→補35―一。
三 光仁天皇。→三頁注二。四 元日朝賀の儀式を取り止めること。元日朝賀の儀→[一]補1―四九。皇太子病気の故の廃朝はこの前後他に例がない。逆に、皇太子が病気で欠席のまま朝賀の儀式を行っている例が見える(続後紀承和十五年正月壬戌朔条)。五 山部親王。もと山部王。光仁の第一子。宝亀四年正月、他戸親王([四]三一七頁注一二)に代って立太子。のち即位して桓武。→[四]三九頁注一七。
六 皇太子は前年の暮れ以来病気で、皇太子周辺ではその病状をかなり深刻に受けとめていた模様。→宝亀八年十二月壬寅条。
七 →二五頁注四二。「次侍従已上」は、侍臣([三]一六三頁注二三)と同じで、次侍従・侍従・少納言・中務少輔以上・参議以上のことか。
八 元日節会の宴。
九 「侍従五位已上」は侍従以上およびその他五位以上の官人の意。こうした表現は他に例を見ない。この前後、七日の宴の参加者は単に「五位以上」とあるのが通例。一〇 白馬の節会の宴。→[二]補9―五〇。一一 衾・裯とも記す。寝る時に体の上にかける古代の夜具。
一二 →[三]一〇七頁注四。宝亀七年七月に没した参議大伴駿河麻呂の後を補充する人事か。宮内卿任官は宝亀五年九月。越前守任官は同

続日本紀　巻[一]第卌五　宝亀《ほうくゐ》九年正月起《よ》り十年十二月尽《ま》で

右大臣《うだいじん》従二位《じゆにゐ》[二]兼行《ぎやう》皇太子傅《くわうたいしふ》中衛大将《ちうゑのだいしやう》臣
藤原朝臣継縄《ふぢはらのあそみつぐただ》ら勅《みことのり》を奉《う》けたまはりて撰《せん》す

天宗高紹天皇《あめむねたかつがすすめらみこと》[三]

叙位

九年〔戊午〕春正月戊申の朔、朝《でう》[四]を廃《や》む。皇太子《ひつぎのみこ》[五]枕席《しむせき》[六]安《やす》からぬを以《もち》てなり。是《こ》の日《ひ》、次侍従《じじじゆ》[七]已上を内裏《うち》に宴《うたげ》[八]す。禄《ろく》賜《たま》ふこと差《しな》有り。自餘《そのほか》の五位已上には朝《でう》堂《だう》に饗《みあへ》を賜ふ。○甲寅〔七日〕、侍従《じじゆ》[九]五位已上を内裏《うち》に宴《うたげ》[一〇]して、被《ふすま》[一一]を賜ふ。○丙辰〔九日〕、宮内卿《くうないきやう》正四位下兼越前守《こしのみちのくちのかみ》大伴《おほとも》[一二]宿禰伯麻呂《をぢまろ》を参議《さむぎ》とす。○戊午〔十一日〕、右大弁《うだいべん》正四位下田中《たなか》[一三]朝臣太多麻呂《ただまろ》卒《しゆつ》しぬ。○癸亥〔十六日〕、五位已上を宴《うたげ》[一四]す。その儀《ぎ》、常《つね》の如《ごと》し。是《こ》[一五]の日《ひ》、従五位上矢口王《やぐちのおほきみ》[一六]・菅生《すがふ》[一七]王・三開王[一八]に並《ならび》に正五位下を授《さづ》く。従四位上大伴《おほとも》[一九]宿禰家持《やかもち》に正四位下。従四位下藤原《ふぢはら》[二〇]朝臣小黒麻呂《をぐろまろ》・藤《ふぢ》[二一]原《はら》朝臣乙縄《おとなは》に並に従四位上。正五位上多治比《たぢひ》[二二]真人長野《ながの》に従四位下。従五位下藤原《ふぢはら》[二三]朝臣鷹取《たかとり》・大中臣《おほなかとみ》[二四]朝臣宿奈麻呂《すくなまろ》・紀《き》[二五]朝臣犬養《いぬかひ》・藤原《ふぢはら》[二六]朝臣刷雄《よしを》・石川《いしかは》[二七]朝臣豊麻呂《とよまろ》・藤原《ふぢはら》[二八]

七年九月。一三 多太麻呂とも。→〔三〕補20―一七。右大弁任官は宝亀八年十月。正四位下叙位は神護景雲元年十月。一四 踏歌の節会の宴。→〔一〕補2―九。一五 弘仁式以下に定着する白馬の節会の正月七日の叙位は、光仁朝頃から恒例化しはじめるが、この前後なお流動的で、七日に行わず(あるいは七日とともに)、この年のように、この踏歌の節会の十六日に叙位を行っている例が散見する(宝亀六年、天応元年、延暦二・三年)。一六 →〔四〕補25―七三。従五位上叙位は宝亀四年正月。一七 →〔三〕二六七頁注一二。従五位上叙位は天平神護二年七月。宝亀三年十月除名、同四年四月復位。一八 底本「三開王」とあるが、「三関(開)王」の誤りであろう。→〔四〕補25―七三。従五位上叙位は宝亀五年正月。一九 →〔三〕五頁注六。従四位上叙位は宝亀八年正月。二〇 少黒麻呂とも。房前の孫、鳥養の第二子。→〔四〕補25―九二。従四位下叙位は宝亀四年十月。二一 豊成の第三子。→〔三〕補20―二六。従四位下叙位は宝亀元年八月。二二 池守の孫、家主の男。→〔四〕補26―一。正五位上叙位は宝亀七年正月。二三 房前の孫、魚名の第一子。→〔四〕補31―六三。従五位下叙位は宝亀二年閏三月。二四 →〔四〕二九三頁注一三。従五位下叙位は宝亀二年十一月。二五 →〔四〕補31―六六。従五位下復位は宝亀二年四月。二六 武智麻呂の孫、藤原仲麻呂(恵美押勝)の第六子。→〔三〕一一九頁注七。従五位下叙位は天平勝宝四年閏三月。押勝の乱に坐し、宝亀三年四月復位。二七 →〔三〕補20―三三。従五位下叙位は天平宝字元年八月。押勝の乱に坐したか、宝亀四年二月復位。二八 武智麻呂の孫、巨勢麻呂の子。→〔四〕補33―一。従五位下叙位は宝亀五年正月。

朝臣黒麻呂並従五位上。[1]正六位上多治比真人人足[2]・文室[3]真人八嶋・息[4]長[5]真人長人・紀朝臣真子・三嶋真人大湯坐・路[6]真人石成・阿倍朝臣石行・大神朝臣人成・紀朝臣作良・大伴宿[7]禰人足・阿倍朝臣船道・当麻真人弟麻呂・大宅朝臣吉成・佐伯宿禰牛養・河[8]辺朝臣嶋守、従[9]六位上紀朝臣家継並従五位下。外従五位下堅部使主人主外従五位上。正[10]六位上阿倍志斐連[11]東人・槻本公老[12]並外従五位下。○甲子、以二大法師円興一為二少僧都一。」授二正六位上平群朝臣祐麻呂従五位下、无位石川朝臣奴女・藤原朝臣祖子並従五位下一。○丁卯、遣三従四位下壱志濃王・石川朝臣垣[13]守等一、改二葬故二品井上内親王一。」授二无位県犬養宿禰安提女従五位下一。○壬申、授二女孺[14]无位物部[15]得麻呂外従[16]五位下一。○丙子、授二従四位下高野朝臣従三位一。○二[17]月辛巳、以[18]二正四位上左大弁春宮大夫左衛士督藤原朝臣是公一為二兼大和守一。従五位下広田王為二伊賀守一。内薬正外従五位下吉田連斐太麻呂為二兼伊勢介一。従五位上美和真人土[19]生為二駿河守一。左衛士員外佐従五位下紀朝臣乙麻呂

1 上〔大改〕―下(底新傍朱イ・兼等)→校補
2 人〔大補〕―ナシ(兼等)→校補
3 室〔東傍・高傍、大改〕―屋(兼等)
4 息〔高〕―長(高傍)
5 長―ナシ(高)
6 路―洛〔底〕
7 宿(底傍補)―ナシ〔底原〕
8 河―阿(兼)
9 六(底抹傍)―五〔底原〕
10 上(底傍補)―ナシ〔底原〕
11 連〔大補〕―ナシ(兼等)
12 老〔大改〕―孝(底新傍朱イ・兼等)→校補
13 垣〔大〕―恒(兼等)
14 孺〔底原・底新朱抹傍〕→校補
15 部(底抹傍)―倍〔底原〕
16 外ノ下、ナシ(底抹)―位〔底原〕
17 二月→校補
18 以〔大補〕―ナシ(兼等)
19 土―士〔底〕

一六 →補35‐二。
一七 →四補28‐六。外従五位下叙位は神護景雲元年正月。
一八 →補35‐三。
一九 →補35‐四。
二〇 天平宝字四年七月制定の僧位の最高位。→三補23‐一。
二一 俗姓賀茂朝臣。→四五五頁注二一。
二二 僧綱の一員。僧綱補任には、円興は天平神護二年以来大僧都とあり、この宝亀九年の条に「去レ職歟、可レ尋、今年以後不レ見」とあり、本条の記事とくいちがっている。僧綱制→一補1‐六三。
二三 他に見えず。平群朝臣→一補3‐八三。
二四 以下は女叙位。
二五 他に見えず。石川朝臣→一補1‐三二。
二六 延暦四年正月従五位上。延暦九年八月の官符(三代格)に「河内国河内郡一町〈元故従五位上藤原朝臣祖子位田〉」と見える。延暦八年頃没したか。藤原朝臣→一補1‐二九。
二七 本条は、前年十二月乙巳に出された改葬の命令の実施の記事。
二八 →四補28‐四。

朝臣黒麻呂《くろまろ》に並《ならび》に従五位上。正六位上[一]多治比《たぢひ》真人人足《ひとたり》・[二]文室《ふむや》真人八嶋《やしま》・[三]息《おき》長《なが》真人長人《ながひと》・[四]紀《き》朝臣真子《まこ》・[五]三嶋《みしま》真人大湯坐《おほゆゑ》・[六]路《みち》真人石成《いはなり》・[七]阿倍《あへ》朝臣石行《いはつら》・[八]大神《おほみわ》朝臣人成《ひとなり》・[九]紀《き》朝臣作良《つくら》・[一〇]大伴《おほとも》宿禰人足《ひとたり》・[一一]阿倍《あへ》朝臣船道《ふなみち》・[一二]当麻《たぎま》真人弟麻呂《おとまろ》・[一三]大宅《おほやけ》朝臣吉成《よしなり》・[一四]佐伯《さへき》宿禰牛養《うしかひ》・[一五]河辺《かはへ》朝臣嶋守《しまもり》、従六位上[一六]紀《き》朝臣家継《やかつぐ》に並に従五位下。外従五位下[一七]堅部《たてべ》使主人主《ひとぬし》に外従五位上。正六位上[一八]阿倍志斐《あへのしひ》連東人《あづまひと》・[一九]槻本《つきもと》公老《おゆ》に並に外従五位下。〇甲子[十七日]、[二〇]大法師《だいほふし》[二一]円興《ゑんこう》を[二二]少僧都《せうそうづ》とす。

女叙位

正六位上[二三]平群《へぐり》朝臣祐麻呂《すけまろ》に従五位下を授《さづ》く。[二四]无位[二五]石川《いしかは》朝臣奴女《やつこめ》・[二六]藤原《ふぢはら》朝臣祖子《おやこ》に並に従五位下。

故井上内親王改葬

〇丁卯[二十日]、[二七]従四位下[二八]壱志《いちし》濃王《ののおほきみ》・[二九]石川《いしかは》朝臣垣守《かきもり》らを遣《つかは》して、故《なき》二品[三〇]井上内親王《ゐのうへのひめみこ》を改《あらた》め葬《はぶ》らしむ。无位[三一]県犬養《あがたいぬかひ》宿禰安提女《あてめ》に従五位下を授く。〇壬申[二十五日]、[三二]女孺《にょじゅ》无位[三三]物部得麻呂《もののべのとくまろ》に外従五位下を授く。〇丙子[二十九日]、従四位下[三四]高野《たかの》朝臣に従三位を授く。

任官

二月辛巳[戊寅朔 四日]、正四位上左大弁《さだいべん》春宮大夫《しゅんぐだいぶ》左衛士督《さゑじのかみ》[三五]藤原《ふぢはら》朝臣是公《これきみ》を兼大和《やまと》守とす。従五位下[三六]広田《ひろた》王を伊賀《いが》守。内薬正《ないやくのかみ》外従五位下[三七]吉田《きった》連斐太麻呂《ひだまろ》を兼伊勢介《いせのすけ》。従五位上[三八]美和《みわ》真人土生《はにふ》を駿河《するが》守。左衛士員外佐《さゑじのゐんぐゑのすけ》従五位下[三九]紀《き》朝臣乙麻呂《おとまろ》を

二九　→[四]補25―五三。
三〇　もと光仁皇后。→[二]補8―八九。
三一　他に見えず。井上内親王の母県犬養宿禰広刀自の近親者で、改葬の事に関連しての叙位か。県犬養宿禰→[一]補2―一四。
三二　後宮十二司のうち内侍司以下の九司に属して、雑務を行う下級の女官。
三三　他に見えず。麻呂のつく女性名は、他に女孺刑部勝麻呂([三]一一五頁注四)の例もあるが、めずらしい。平城宮木簡に見える物部得麻呂(『平城木簡概報』八―四頁)は別人か。
三四　高野朝臣新笠。→補35―五。本条および天応元年四月乙卯条、いずれも新笠の名を欠く。桓武の生母として、実名を避けたものか。
三五　もと黒麻呂。武智麻呂の孫、乙麻呂の第一子。→[三]補23―五。左大弁任官は宝亀八年十月。大和守の前任者は前年八月に没した大伴古慈斐。但し、大和守はこの直後(本月庚子条)石川豊人に代っている。
三六　→[四]一五一頁注三五。伊賀守の前任者は長尾金村(宝亀五年三月乙巳条)。
三七　→[四]二九一頁注二二。内薬正任官は宝亀二年閏三月。前の兼官は伯耆介か(宝亀八年正月戊寅条)。この宝亀八年正月戊寅条には「内薬佑外従五位下吉田連斐太麻呂」とあるが、本条の時点での内薬佑は吉田古麻呂(六一頁注一六)。宝亀八年条の記事の肩書か人名のいずれかが誤り。伊勢介の前任者は下文庚子(二十三日)条で右少弁に転任する紀古佐美(宝亀五年三月甲辰条)。
三八　もと土生王。→[三]一一一頁注五一。前官は右少弁(宝亀八年十月辛卯条)。駿河守の前任者は山辺王(宝亀五年三月甲辰条)。
三九　弟麻呂とも。→四五頁注一二五。左衛士員外佐任官は宝亀八年十月。

為二兼相模介一。従五位下高麗朝臣石麻呂為二武蔵介一。近衛中将正四位上道嶋宿禰嶋足為二[1]兼下総守一。従五位上中臣朝臣常為二近江介一。従五位下大原真人浄貞為二信濃守一。従五位下大伴宿禰人足為二下野介一。外従五位下黄文連牟祢為二佐渡守一。従五位下佐伯宿禰牛養為二丹後守一。従五位上田中王為二但馬守一。従五位上当麻真人永継為二出雲守一。衛門佐従五位下大中臣朝臣諸魚為二[2]兼備前介一。従四位下藤原朝臣雄依為二讃岐守一。外従五位上[3]堅部使[4]主人主為レ介。従四位下石川朝臣[5]垣守為二伊豫守一。従五位下当麻真人乙麻呂為二筑後守一。従五位下三嶋真人安曇為二肥前守一。内薬[6]佐外従五位下吉田連古麻呂為二兼豊前介一。○乙酉、侍従[7]従四位下奈貴王卒。○丙戌、以二従五位下藤原朝臣[8]末茂一為二美[9]濃介一。○癸巳、右衛士府生少[10]初位上飯高公大人・左兵衛大[11]初位下[12]飯高公諸丸二人、賜二姓宿禰一。○乙未、従四位下藤原朝臣雄依為二侍従一。讃岐守如レ故。○庚子、以二従四位下石川朝臣名足一為二右大弁一。正[13]五位下豊野真人奄智為二右中弁一。従五位下紀朝臣古佐美為二[14]右少弁一。従

1 兼〔底重〕→校補
2 兼〔大補〕―ナシ(兼等)→校補
3 堅〔底原・底新朱抹傍〕→校補
4 主(底新傍補)―ナシ〔底原〕→校補
5 垣〔高、大〕―恒(兼・谷・東)
6 佐―佑(大改)→脚注・校補
7 従〔底〕―々
8 末→校補
9 濃(兼等、大)→校補
10 初〔大〕―物(兼・谷原・東・高)→校補
11 初〔底原・底擦重〕→校補
12 飯〔底重〕
13 五ノ下、ナシ(底抹)―月〔底原〕
14 右〔大改〕―左(兼等)

一 →[四]四〇三頁注二一。前官は中務員外少輔か(宝亀五年九月庚子条)。武蔵介の前任者は布勢清直(宝亀五年三月甲辰条)。
二 もと丸子嶋足。→[三]補19-六。下総守の前任者は神王(宝亀七年閏八月甲辰条)。
三 →[四]補25-八四。前官は宮内大輔か(宝亀五年三月甲辰条)。近江介の前任者は佐伯久良麻呂(宝亀八年十二月辛卯条)。
四 もと都良麻呂。→[四]四三頁注一五。前官は右衛士員外佐(宝亀七年三月癸巳条)。信濃守の前任者は石川望足(宝亀五年三月甲辰条)。
五 →補35-一一。下野介の前任者は下毛野根麻呂(宝亀五年四月壬辰条)。
六 →[四]二八九頁注七。
七 →補35-一一。
八 →[四]一四九頁注二四。前官は伊予守(宝亀八年十月辛卯条)。但馬守の前任者は藤原刷雄(宝亀五年三月戊辰条)。
九 永嗣とも。→[四]補28-五。前官は大判事(宝亀八年十月辛卯条)。出雲守の前任者は上文正月戊午に没した田中太多麻呂(宝亀八年十月辛卯条)。
一〇 →五頁注一。衛門佐任官は宝亀八年十月。備前介の前任者は本条で讃岐介に転任した堅部人主(宝亀八年正月戊寅条)。
一一 永手の第二子か(分脈)。→[四]補28-五。前官は左京大夫(宝亀七年三月癸巳条)。
一二 →[四]補28-六。前官は備前介(宝亀八年正月戊寅条)。讃岐介の前任者は石川諸足(宝亀六年九月甲辰条)。
一三 →[四]補25-五三。前官は右京大夫(宝亀八年正月戊寅条)。伊予守の前任者は本条で但馬守に転任した田中王(宝亀八年十月辛卯条)。
一四 弟麻呂とも。→補35-一一。筑後守の前任者

任官

兼相模介《さがみのすけ》。従五位下高麗《こま》[一]朝臣石麻呂《いはまろ》を武蔵《むざし》介。近衛中将《このゑのちうしやう》正四位上道嶋《みちしま》[二]宿禰嶋足《しまたり》を兼下総《しもつふさ》守。従五位上中臣《なかとみ》[三]朝臣常《つね》を近江《ちかつあふみ》介。従五位下大原《おほはら》[四]真人浄《きよ》貞《さだ》を信濃《しなの》守。従五位下大伴《おほとも》[五]宿禰人足《ひとたり》を下野《しもつけの》介。外従五位下黄文《きふみ》[六]連牟祢《むね》を佐《さ》渡《ど》守。従五位下佐伯《さへき》[七]宿禰牛養《うしかひ》を丹後《たにはのみちのしり》守。従五位上田中王《たなかのおほきみ》[八]を但馬《たぢま》守。従五位上当麻《たぎま》[九]真人永継《ながつぐ》を出雲《いづも》守。衛門佐《ゑもんのすけ》従五位下大中臣《おほなかとみ》[一〇]朝臣諸魚《もろうを》を兼備前《きびのみちのくち》介。従四位下藤原《ふぢはら》[一一]朝臣雄依《をより》を讃岐《さぬき》守。外従五位上堅部《たてべ》[一二]使主人主《ひとぬし》を筑後《つくしのみちのしり》介。従四位下石川《いしかは》[一三]朝臣垣守《かきもり》を伊豫《いよ》守。従五位下当麻《たぎま》[一四]真人乙麻呂《おとまろ》を筑後《つくしのみちのしり》守。従五位下三嶋《みしま》[一五]真人安曇《あづみ》を肥前《ひのみちのくち》守。内薬佐《ないやくのすけ》外従五位下吉田《きつた》[一六]連古麻呂《こまろ》を兼豊前《とよくにのみちのくち》介。○乙酉(八日)、侍従《じじゅ》従四位下奈貴《なき》[一七]王卒《しゅつ》しぬ。○丙戌(九日)、従五位下藤原《ふぢはら》[一八]朝臣末茂《すゑしげ》を美濃《みの》介とす。○癸巳(十六日)、右衛士府生《うゑじのふしやう》[一九]少初位上飯高《いひたか》[二〇]公大人《うし》・左兵衛《さひやうゑ》大初位下飯高《いひたか》[二一]公諸丸《もろまろ》の二人に姓宿禰《すくね》を賜《たま》ふ。○乙未(十八日)、従四位下藤原《ふぢはら》[二二]朝臣雄依《をより》を侍従《じじゅ》とす。讃岐《さぬき》守は故《もと》の如《ごと》し。○庚子(二十三日)、従四位下石川《いしかは》[二三]朝臣名足《なたり》を右大弁《うだいべん》とす。正五位下豊野《とよの》[二四]真人奄智《えむち》を右中弁《うちうべん》。従五位下紀《き》[二五]朝臣古佐美《こさみ》を右少弁《うせうべん》。従

は高向家主(宝亀六年九月甲辰条)。
一五 もと安曇王。→[三]一一一頁注三二。肥前守の前任者は多治比公子(宝亀五年三月甲辰条)。
一六 →補34-五。諸本「内薬佐」に作るが、「佐」は「佑」の誤り。
一七 →[三]二〇五頁注一二。
一八 魚名の第三子(分脈)。→三三三頁注二三。美濃介の前任者は下文庚子(二十三日)条で造宮少輔に転任する石川豊麻呂(宝亀五年四月壬辰条)。
一九 衛府に配置された、書記等の庶務にあたる職員。文官の史生に相当する。→[二]補10-二四。
二〇 他に見えず。飯高公は伊勢国飯高郡を本拠とする豪族。→[二]補14-一一。本条以前にも、神護景雲三年二月および宝亀六年四月に、飯高公で宿禰を賜わっている者がいる。本条の二人を含め、いずれも、前年五月に没した典侍従三位飯高諸高の近親者なのであろう。
二一 他に見えず。飯高公→[二]補14-一一。
二二 →注一一。侍従の前任者は上文乙酉(八日)に没した奈貴王。讃岐守任官は上文辛巳(四日)。
二三 →[三]補23-五。前官は造東大寺長官(宝亀八年十月辛卯条)。右大弁の前任者は上文正月戊午に没した田中太多麻呂。
二四 もと奄智王。鈴鹿王の子。→[三]補20-四一。前官は兵部大輔(宝亀七年三月癸巳条)。右中弁の前任者は本条で大和守に転任した石川豊人(宝亀八年四月癸卯条)。
二五 麻呂の孫。→[四]補25-一〇六。前官は伊勢介(宝亀五年三月甲辰条)。右少弁の前任者は上文辛巳(四日)条で駿河守に転任した美和土生(宝亀八年十月辛卯条)。

五位上藤原朝臣鷲取為二中務大輔一。従五位下大宅朝臣吉成為二左大舎人助一。従五位下藤原朝臣長山為二図書頭一。従五位下笠王為二内蔵頭一。武蔵守如レ故。外従五位下高橋[1]連鷹主為二画[2]工正一。正[3]五位上淡海真人三船為二大学頭一。文章博士如レ故。従五位上袁[4]晋卿為二玄蕃頭一。外従五位下阿倍志斐連東人為二主計頭一。正五位下高賀茂朝臣諸魚為二兵部大輔一。従五位下紀朝臣真子為二大蔵少輔一。正五位下石上朝臣家成為二宮内大輔一。正五位下菅生王[5]為二大膳大夫一。従五位下乙訓王為レ亮[6]。従五位下[7]清原王為二大炊頭一。正五位下藤原朝臣種継為二左京大夫一。従五位下紀朝臣難波麻呂為レ亮[8]。従五位上佐伯宿禰久良麻呂為二春[9]宮亮[10]一。従五位上紀朝臣犬養為二造宮大輔一。従五位上石川朝臣豊麻呂為二少[11]輔一。従四位下吉備朝臣泉為二造東大寺長官[12]一。従五位下文室真人真老為二造西大寺次官[13]一。従五位上紀朝臣船守為二近衛少将一。内厩助・土[14]左守如レ故。従五位下紀朝臣豊庭為二員外少将一。従三位[15]藤原朝臣百川為二中衛大将一。式部卿如[16]レ故。従五位下紀朝臣家継為二右衛士員外佐一。正五位上大

一 魚名の第二子(分脈)。→[四]補31-四〇。前官は造宮大輔(宝亀八年正月戊寅条)。中務大輔の前任者は本条で大膳大夫に転任した菅生王(宝亀八年正月戊寅条)。
二 →補35-一一。
三 豊成の孫、良因の男(分脈)。→三頁注二七。図書頭の前任者は上文丙戌(九日)条で美濃介に転任した藤原末茂(宝亀八年十月辛卯条)。
四 舎人親王の孫。賜姓されて一時、山辺真人笠とも。→[三]補22-一一。前官は玄蕃頭か(宝亀五年三月甲辰条)。
五 →補34-五。
六 もと御船王。→[三]一一一頁注四七。前官は大判事(宝亀八年正月戊寅条)。大学頭の前任者は前年十月に散位頭に転任した藤原真葛(宝亀八年正月戊寅条)。文章博士兼任は宝亀三年四月以来か。
七 唐人。→[四]補27-四二。玄蕃頭の前任者は本条で内蔵頭に転任した笠王か(宝亀五年三月甲辰条)。
八 →補35-三。主計頭の前任者は前年正月以降大外記を兼任していた池原禾守(宝亀八年正月戊寅条)。
九 もと賀茂朝臣。諸雄と同一人であろう。→[四]九九頁注二五。同一人とすれば、前官は神祇大副(宝亀八年十月辛卯条)。兵部大輔の前任者は本条で右中弁に転任した豊野奄智(宝亀七年三月癸巳条)。
一〇 →補35-一一。大蔵少輔の前任者は本条で造宮大輔に転任した紀犬養(宝亀八年正月戊寅条)。
一一 東人の男。→[四]補25-八八。宮内大輔の前任者は上文辛巳(四日)条で近江介に転任した中臣常か(宝亀五年三月甲辰条)。
一二 →[三]二六七頁注一二。前官は中務大輔(宝亀八年正月戊寅条)。
一三 →[四]補27-四七。
一四 →[四]補27-四七。
一五 宇合の孫。→[四]補27-四四。前官は近衛少将(宝亀六年九月戊午条)。左京大夫の前任者

1 橋〔底重〕
2 画＝畫—盡〔底〕
3 正〔大〕—々(兼等)
4 袁(兼・東・高、大)—表〔谷〕
5 王—ナシ(兼)
6 亮〔底原・底新朱抹傍〕→校補
7 下ノ下、ナシ(底新朱抹)—位下〔底原〕→校補
8 亮〔底原・底新朱抹傍〕→校補
9 春ノ下、ナシ(底抹・底新朱抹)—日〔底原〕
10 亮〔底原・底新朱抹傍〕→校補
11 少(底新傍補)—ナシ〔底原〕
12 官(底傍補)—ナシ〔底原〕
13 官〔東傍・高傍、大〕—長(底新傍朱イ・兼等)→校補
14 土(底新朱抹傍)—公〔底原〕→校補
15 位〔兼・谷、大〕—ナシ(東・高)
16 如〔兼・谷、大〕—加(東・高

五位上[一]藤原《ふぢはら》朝臣鷲取《わしとり》を中務大輔《ちうむだいふ》。従五位下[二]大宅《おほやけ》朝臣吉成《よしなり》を左大舎人助《ひだりのおほとねりのすけ》。従五位下[三]藤原《ふぢはら》朝臣長山《ながやま》を図書頭《づしよのかみ》。従五位下[四]笠王《かさのおほきみ》を内蔵頭《うちのくらのかみ》。武蔵《むざし》守は故《もと》の如《ごと》し。外従五位下[五]高橋《たかはし》連鷹主《たかぬし》を画工正《ゑたくみのかみ》。正五位上[六]淡海《あふみ》真人三船《みふね》を大学《だいがくの》頭《かみ》。文章博士《もんじやうはかせ》は故《もと》の如《ごと》し。従五位上[七]袁晋卿《ゑんしんけい》を玄蕃頭《ぐゑんばんのかみ》。外従五位下[八]阿倍志斐《あへのしひ》連東人《あづまひと》を主計頭《しゆけいのかみ》。正五位下[九]高賀茂《たかかも》朝臣諸魚《もろうを》を兵部大輔《ひやうぶだいふ》。従五位下[一〇]紀《き》朝臣真《ま》子《こ》を大蔵少輔《おほくらのせうふ》。正五位下[一一]石上《いそのかみ》朝臣家成《いへなり》を宮内大輔《くうないだいふ》。正五位下[一二]菅生《すがふ》王を大《だい》膳大夫《ぜんのだいぶ》。従五位下[一三]乙訓《おとくに》王を亮《すけ》。従五位下[一四]清原《きよみはら》王を大炊頭《おほひのかみ》。正五位下[一五]藤原《ふぢはら》朝臣種継《たねつぐ》を左京大夫《さきやうのだいぶ》。従五位下[一六]紀《き》朝臣難波《なには》麻《ま》呂《ろ》を亮《すけ》。従五位上[一七]佐伯《さへき》宿禰久《く》良《ら》麻《ま》呂《ろ》を春宮亮《しゆんぐのすけ》。従五位上[一八]紀《き》朝臣犬養《いぬかひ》を造宮大輔《ざうくうだいふ》。従五位上[一九]石川《いしかは》朝臣豊麻《とよま》呂《ろ》を少輔《せうふ》。従四位下[二〇]吉備《きび》朝臣泉《いづみ》を造東大寺長官《ざうとうだいじちやうぐわん》。従五位下[二一]文室《ふむや》真人真老《まおゆ》を造西大寺次官《ざうさいだいじじくわん》。従五位上[二二]紀《き》朝臣船守《ふなもり》を近衛少将《このゑのせうしやう》。内廐助《うちのうまやのすけ》・土左《とさ》守は故《もと》の如《ごと》し。従五位下[二三]紀《き》朝臣豊庭《とよには》を員外少将《ゐんぐゑのせうしやう》。従三位[二四]藤原《ふぢはら》朝臣百川《ももかは》を中衛大《ちうゑのだい》将《しやう》。式部卿《しきぶきやう》は故《もと》の如《ごと》し。従五位下[二五]紀《き》朝臣家継《やかつぐ》を右衛士員外佐《うゑじのゐんぐゑのすけ》。正五位上[二六]大《おほ》

は上文辛巳(四日)条で讃岐守に転任した藤原雄依(宝亀七年三月癸巳条)。

一六 →五頁注三。前官は刑部少輔(宝亀七年三月癸巳条)。

一七 →〔四〕補25―八二。前官は近江介兼陸奥鎮守権副将軍(宝亀七年五月戊戌条)。春宮亮の前任者は前年十月に美濃守に転任した紀家守(宝亀七年三月辛亥条)。

一八 →〔四〕補31―六六。前官は大蔵少輔(宝亀八年正月戊寅条)。造宮大輔の前任者は本条で中務大輔に転任した藤原鷲取(宝亀八年正月戊寅条)。

一九 →〔三〕補20―三三。前官は美濃介(宝亀五年四月壬辰条)。造宮少輔の前任者は文室子老(宝亀八年正月戊寅条)。

二〇 →〔四〕一五五頁注六。造東大寺長官の前任者は本条で右大弁に転任した石川名足(宝亀八年十月辛卯条)。

二一 →〔四〕五三頁注二一。

二二 →〔四〕補25―四一。近衛員外少将(宝亀六年九月戊午条)からの昇格。近衛少将の前任者は本条で左京大夫に転任した藤原種継(宝亀六年九月戊午条)。内廐助任官年時は未詳。土左守任官は宝亀八年正月。

二三 →補34―二八。近衛員外少将の前任者は本条で近衛少将に昇格した紀船守(宝亀六年九月戊午条)。

二四 もと雄田麻呂。宇合の第八子。→〔三〕補22―二四。右兵衛督(宝亀八年十月辛卯条)からの転任。式部卿任官は宝亀八年十月。

二五 →補35―二。右衛士員外佐の前任者は上文辛巳(四日)条で信濃守に転任した大原浄貞(宝亀七年三月癸巳条)。

二六 →〔三〕補22―五六。前官は権左中弁(宝亀八年正月戊寅条)。右兵衛督の前任者は本条で中衛大将に転任した藤原百川(宝亀八年十月辛卯条)。なお宝亀十年九月丁亥条にも益立の右兵衛督任官の記事が見えるが、同事重出か。

伴宿禰益立為二右兵衛督一。従五位下[1]笠朝臣望足[2]為二右馬頭一。従四位下石川朝臣豊人為二大和守一。従五位下紀朝臣宮人為二越中介一。外従五位下日置首若虫[3]為二筑後介一。〇三月己酉、宴二五位已上於内裏[4]一、令三文人賦二曲水一。賜レ禄有レ差。」是日[5]、以二大納言従二位藤原朝臣魚名一為二内臣一。近衛大将・大宰帥[6]如レ故。」土左国言、去年七月、風雨大切、四郡[7]百姓、産業損傷。加以、人畜流[8]亡、廬舎破壊。詔、加二賑給一焉。〇丙辰、従五位上藤原朝臣刷雄為二刑部大判事一。従四位上伊勢[9]朝臣老人為二中衛中将一。修理長官・遠江守如レ故。正五位下葛井連道依為二少将一。勅旨少輔・甲斐守如レ故。外従五位下槻本公老為二右兵衛佐一。〇甲子、授二正七位下伊福部妹女外[10]従五位下一。〇丙寅、誦二経於東大・西大・西隆三寺一。以二皇太子寝膳乖一レ和也。〇己巳、勅、淡路親王墓宜下称二山陵一、其先妣当麻氏墓[11]称中御墓上。充[12]二随[13]近百姓一戸一守之。〇庚午、勅曰、頃者、皇太子沈[14]レ病不レ安、稍経二数月一。雖レ加二医療[15]一、猶未二平復一。如聞[16]、

1 五(底新傍補)—ナシ〔底原〕↓校補
2 足〔底重〕
3 虫〔東・高、大補〕—ナシ(兼・谷)
4 内ノ下、ナシ〔兼・谷、大、類七三・紀略〕—内(東・高)
5 日—月(兼)
6 帥〔谷擦重、大〕—師(兼・谷原・東・高)
7 郡—部〔底〕
8 流〔谷重〕↓校補
9 勢(底傍補)—ナシ〔底原〕
10 外〔底〕—ナシ
11 墓(底重)—暮〔底原〕
12 充(兼等、大、類三六・紀略補)—亥〔底〕、ナシ(紀略原)↓校補
13 随〔類三六〕—ナシ(類三六一本)
14 沈〔谷傍補〕—ナシ(谷原)
15 療(底新傍補)—ナシ〔底原〕↓校補
16 聞〔高擦重〕—救(高原)

一 →補34-二八。 二 →㊂補17-二五。前官は右中弁(宝亀八年四月癸卯条)。大和守の前任者は上文辛巳(四日)条で任官の藤原是公。
三 →補34-二七。越中介の前任者は小治田諸成(宝亀七年三月癸巳条)。
四 →㊃四三九頁注二五。
五 曲水の宴。→㊀補2-三一。
六 明経・明法・文章などに通じた人々。
七 房前の第五子。→㊂補17-二五。延暦二年七月条の薨伝に「年已長老、次当二輔政一、拝為二内臣一」とあるように、魚名はこの時点での藤原氏の最長老(五十八歳)。前年九月に没した内大臣藤原良継の後任の輔政の臣として、内臣に任ぜられたもの。内臣→㊀補8-九三。近衛大将任官年時は未詳。大宰帥任官は宝亀八年十月。
八 この時期前後の土左守は、上文二月庚子条の人事で近衛少将を兼任した紀船守。
九 「切」は、迫、あるいは、急、の意。
一〇 →補35-六。 一一 国家が人民に食糧等を施し与えること。→㊀補1-四五。
一二 仲麻呂の第六子。→㊂一一九頁注七。前官は但馬守(宝亀五年三月戊辰条)。刑部大判事の前任者は、先の二月(辛巳・庚子条)の人事で、相次いで出雲守および大学頭に転任した当麻永継(宝亀八年十月辛卯条)か淡海三船(宝亀八年正月戊寅条)。 一三 もと中臣伊勢連。→㊃二三頁注四。坂上苅田麻呂(宝亀八年十二月丁酉条)の後任として、中衛員外中将(宝亀五年三月甲辰条)からの昇格か。修理長官任官は神護景雲二年七月。遠江守任官は宝亀五年三月。 一四 →㊃補26-七。前官は右兵衛佐(宝亀五年九月辛丑条)。中衛少将の前任者は藤原長河(宝亀八年十月辛卯条)。あるいはこの時点での中衛少将は定員二名で、長河と

藤原魚名を内臣とす

土左国大風雨被害

任官

皇太子病気三寺で誦経

淳仁廃帝の墓を山陵とす

皇太子の病気平癒のために大赦

伴《とも》宿禰益立《ましたて》を右兵衛督《うひやうゑのかみ》。従五位下[一]笠《かさ》朝臣望足《もちたり》を右馬頭《うまのかみ》。従四位下[二]石川《いしかは》朝臣豊人《とよひと》を大和《やまと》守。従五位下[三]紀《き》朝臣宮人《みやひと》を越中介《こしのみちのなかのすけ》。外従五位下[四]日置《へき》首若虫《わかむし》を筑後介《つくしのみちのしり》。

三月[丁未朔]己酉[三日]、五位已上を内裏《うち》に[五]宴《うたげ》し、[六]文人《ぶんじん》をして曲水《ごくすい》を賦《ふ》せしむ。禄賜《ろくたま》ふこと差《しな》有り。是《こ》の日《ひ》、大納言《だいなふごん》従二位[七]藤原《ふぢはら》朝臣魚名《うをな》を内臣《ないしん》とす。近衛大将《このゑのだいしやう》・大宰帥《だいさいのそち》は故《もと》の如《ごと》し。[八]土左《とさ》国言《まう》さく、「去年《こぞ》の七月、風雨大《かぜあめおほき》に[九]切《にはか》にありて、[一〇]四郡の百姓《はくせい》の産業損傷《なりはひそこな》はる。加以《しかのみにあらず》、人畜流亡《じんちくるまう》して廬舎破《いほややぶ》り壊《こほ》たる」とまうす。詔《みことのり》して、[一一]賑給《しんごふ》を加《くは》へたまふ。○丙辰[十日]、従五位上[一二]藤原《ふぢはら》朝臣刷雄《よしを》を刑部大判事《ぎやうぶだいはんじ》とす。従四位上[一三]伊勢《いせ》朝臣老人《おきな》を中衛中将《ちうゑのちうしやう》。修理長官《しゆりのちやうぐわん》・遠江《とほつあふみ》守は故《もと》の如《ごと》し。正五位下[一四]葛井《ふぢゐ》連道依《みちより》を少将《せうしやう》。勅旨少輔《ちよくしせうふ》・甲斐《かひ》守は故《もと》の如《ごと》し。外従五位下[一五]槻本《つきもと》公老《おゆ》を右兵衛佐《うひやうゑのすけ》。○甲子[十八日]、正七位下[一六]伊福部妹女《いほきべのいもめ》に外従五位下を授《さづ》く。○丙寅[二十日]、[一七]東大《とうだい》・[一八]西大《さいだい》・[一九]西隆《さいりう》の三寺に誦経《ずきやう》せしむ。[二〇]皇太子《ひつぎのみこ》の寝膳《しむぜん》、和《くわ》に乖《そむ》けるを以《もち》てなり。○己巳[二十三日]、[二一]勅《みことのり》したまはく、「[二二]淡路親王《あはぢのみこ》の墓《はか》を[二三]山陵《みささぎ》と称《まう》し、その[二四]先妣《せんひ》[二五]当麻氏《たぎまのうぢ》の墓《はか》を[二六]御墓《みはか》と称《まう》すべし。随近《ずいきん》の[二七]百姓《はくせい》一戸を充《あ》てて守《も》らしめよ」とのたまふ。○庚午[二十四日]、[二八]勅《みことのり》して曰《のたま》はく、「頃者《このころ》、皇太子《ひつぎのみこ》、病《やまひ》に沈《しづ》みて安《やす》からず、稍《やや》[二九]数月《すぐゑつ》を経《へ》たり。医療《いれう》を加《くは》ふと雖《いへど》も、猶平復《なほへいふく》せず。如聞《きくな》

は併任か。勅旨少輔任官は宝亀五年三月。甲斐守任官年時は未詳。 一五 →補35―四。右兵衛佐の前任者は本条で中衛少将に転任した葛井道依(宝亀五年九月辛丑条)。 一六 他に見えず。伊福部→[一]補6―四四。底本「外従五位下」とするが、兼右本等「従五位下」とする。

一七 →[三]補17―四〇。 一八 →[四]補27―四六。 一九 →[四]一七九頁注九。 二〇 山部親王。→[四]三九頁注一七。下文庚午条(二十四日)に「皇太子沈レ病不レ安、稍経二数月一」とあるように、皇太子の病気は前年の暮れ以来のこと。→宝亀八年十二月壬寅条。 二一 淳仁とその母の墓を、山陵および御墓に列することを命じた勅。この措置は、先の井上内親王の場合(宝亀八年十二月乙巳条)と同様に、皇太子の病気と関係があろう。 二二 →[三]二六一頁注二一。廃位後、天平神護元年十月、淡路の配所で没した淳仁(淡路公大炊親王)。→淳仁即位前紀(巻二十一)・天平宝字八年十月壬申条。 二三 国家(諸陵寮)が管理し祀る、歴代の天皇およびそれに準ずる人々の墓。諸陵寮式に「淡路陵〈廃帝、在二淡路国三原郡一、兆域東西六町、南北六町、守戸一烟〉」とある。『陵墓要覧』に、兵庫県三原郡南淡町賀集字岡ノ前。 二四 亡母。 二五 淳仁の母。当麻老の女、山背。→[三]二六一頁注七。 二六 →補34―五七。諸陵寮式に「淡路墓〈当麻氏、在二淡路国三原郡一、兆域東西二町、南北二町、守戸正丁五人〉」とある。『陵墓要覧』に、兵庫県三原郡南淡町筒井馬目。 二七 守戸という。→[一]補6―七二。 二八 皇太子の平癒祈願のための大赦の勅。 二九 前年の十二月壬寅条に「皇太子不悆」とあり、皇太子の病気はそれ以来のこと。

救レ病之方、実由二徳政一、延レ命之術[1]、莫レ如二慈令[2]一。宜可レ大二赦天下一。自二宝亀九年三月廿四日昧爽一以前大辟已下、罪無二軽重一、未発覚・已発覚、未結正・已結正、繋囚[3]・見徒[4]、咸赦除之。但八虐、故殺人、私鋳銭、強窃二盗、常赦所レ不レ免者、不レ在二赦限一。若[5]入レ死者降二一等一。敢以二赦前事一告言者、以二其罪一々之。」又為二皇太子一、令下度二卅人一出家[6]上。○癸酉、大祓。遣レ使奉二幣[7]於伊勢[8]神宮及天下諸神一。以二皇太子不一レ平也。又於二畿内諸界一祭二疫神一。○丙子、内臣従二位藤原朝臣魚名改[9]為二忠臣[10]一。○夏四月甲申、勅、自レ今以後、五位已上位田、薨卒之後、一年莫レ収。」摂津国献二白鼠一。○庚寅、授二筑[11]前国宗形郡大領外従八位上宗形朝臣大徳外従五位下一。○辛卯、授二女孺无位国見真人川曲[12]従[13]五位下一。○甲午、幸二右大臣第[14]一。授二第六息正六位上[15]今麻呂従五位下、其室従四位下多治比真人古奈祢従四位上一。○戊戌、授[16]二従五位下石川朝臣毛比正五

1術〔大改〕—衛（兼等）
2令〔大改〕—命（兼等）
3囚→校補
4徒〔兼傍・谷傍・東・高、大〕—従（兼・谷・東傍・高傍）→校補
5若〔兼等・東傍・高傍、大〕—苦（兼傍・谷傍）→校補
6家〔谷傍補、大〕—ナシ（兼・谷原・東・高）
7幣—弊（紀略）→校補
8勢ノ下、ナシ〔兼・谷原・東・高、紀略〕—大（谷傍補、大）→校補
9改〔谷擦重〕—政（谷原）
10臣〔谷原・谷重〕→校補
11筑→校補
12曲〔兼・東・高〕—田（谷、大）→校補
13従ノ下、ナシ（底新朱抹）—々〔底原〕→校補
14第〔谷、大〕—弟（兼・東・高）
15上〔兼重〕—下（兼原）
16授〔高原・高重〕→校補

一 天平勝宝七歳十月丙午条の大赦の勅に「其救レ病之方、唯在レ施レ恵。延レ命之要、莫レ若レ済レ苦」、また同八歳四月丁酉条の大赦の勅に「救レ病延レ年、実資二徳政一」とある。
二 仁徳ある政治。本来あるべき正しい姿に戻すために行う仁政。
三 →㊀補2-九八。
四 赦の対象は公布の当日の未明までの犯罪に限定するのが通例。
五 大辟罪。死刑に相当する罪。→㊀一二三頁注一二。
六 いまだ発覚していない犯罪も、すでに発覚した犯罪も。
七 いまだ審理中で刑の確定していないものも、すでに刑が確定したものも。
八 禁獄されている囚人も、現に徒刑に服役中の懲役囚も。
九 →五一頁注二三。 一〇 →五一頁注二四。
一一 →五一頁注二五。 一二 →五一頁注二六。
一三 →五一頁注二七。 一四 →五一頁注二八。
一五 赦の対象となる犯罪をあえて告発した場合は、告発した罪を、告発した本人に科する。→天平十一年二月壬辰条。
一六 皇太子の病気平癒祈願のための臨時の大祓。大祓→㊀補1-九四。
一七 →㊀補1-一一九。
一八 宝亀元年六月甲寅条に見える畿内十堺。→㊃補30-三五。 一九 →三三頁注四。
二〇 →㊂補17-二五。
二一 上文己酉(三日)条で任じられた内臣を改め、忠臣とした理由は未詳。翌十年正月には内大臣に任命されている。
二二 位田は、本人の死後、六年間収公を猶予することにした神亀三年二月の制を、死後一年に改める勅。田令8集解令釈が格として引

らく、「[一]病《やまひ》を救《すく》ふ方《はう》は実《まこと》に[二]徳政《とくせい》に由《よ》り、命《いのち》を延《の》ぶる術《じゆつ》は慈令《じれい》に如《し》くは莫《な》し」ときく。宜《よろ》しく天下《あめのした》に[三]大赦《たいしや》すべし。宝亀《ほうくゐ》九年三月廿四日の[四]昧爽《よあけ》より以前《さき》の[五]大辟《だいびやく》已下、罪軽重《つみきやうぢう》と無く、[六]未発覚《みほつかく》も已発覚《いほつかく》も、[七]未結正《みけつしやう》も已結正《いけつしやう》も、[八]繋囚《けいしう》も見徒《げんづ》も、咸《ことごと》く赦除《ゆる》せ。但《ただ》し、[九]八虐《はちぎやく》と、[一〇]故殺人《こせつにん》と、[一一]私鋳銭《しじゆせん》と、[一二]強窃《がうせつ》の二盗と、[一三]常赦《じやうしや》の免《ゆる》さぬとは、赦《しや》の限《かぎり》に在《あ》らず。若《も》し死《し》に[一四]入《い》る者《ひと》は、一等を降《くだ》せ。敢《あ》へて[一五]赦前《しやぜん》の事《こと》を以《もち》て告《つ》げ言《まう》す者《ひと》は、その罪《つみ》を以《もち》て罪《つみな》へ」とのたまふ。また、皇太子《ひつぎのみこ》の為《ため》に卅人を度《ど》して出家《しゆつけ》せしむ。○癸酉《二十七日》、[一六]大祓《おほはらへ》す。使《つかひ》を遣《つかは》して、幣《みてぐら》を[一七]伊勢神宮《いせのかみのみや》と天下《あめのした》の諸神《かみがみ》とに奉《たてまつ》らしむ。皇太子平《ひつぎのみこたひら》けくあらぬを以《もち》てなり。また、[一八]畿内《きない》の諸　界《もろもろのさかひ》に[一九]疫神《えきしん》を祭《まつ》らしむ。○丙子《三十日》、内臣《ないしん》従二位[二〇]藤原《ふぢはら》朝臣魚名《うをな》を改《あらた》めて[二一]忠臣《ちうしん》とす。

夏四月《丁丑朔》甲申《八日》、[二二]勅《みことのり》したまはく、「今《いま》より以後《のち》、五位已上の位田《ゐでん》は、薨卒《こうしゆつ》して後《のち》、一年収《をさ》むること莫《な》かれ」とのたまふ。摂津《つ》国、[二三]白鼠《しろきねずみ》を献《たてまつ》る。○庚寅《十四日》、筑　前《つくしのみちのくち》国[二四]宗形《むなかた》郡大領《だいりやう》外従八位上[二五]宗形《むなかた》朝臣大徳《だいとこ》に外従五位下を授《さづ》く。○辛卯《十五日》、[二六]女孺《にようじゆ》无位[二七]国見《くにみ》真人川曲《かはくま》に従五位下を授く。○甲午《十八日》、[二八]右大臣《うだいじん》の第《てい》に幸《みゆき》したまふ。第六の息《こ》正六位上[二九]今麻呂《いままろ》に従五位下を授く。その室《しつ》従四位下[三〇]多治比《たぢひ》真人古奈祢《こなね》に従四位上。○戊戌《二十二日》、従五位下[三一]石川《いしかは》朝臣毛比《もひ》に正五

藤原魚名を忠臣とす

薨卒後の位田は一年不収とす

右大臣大中臣清麻呂第行幸

用。この制が延喜式に継承(民部省式上)。なお、大納言以上の職田の整理統合を定めた三代格延暦九年八月八日の官符に、二〇名ほどの故人の位田が見えるが、それらは、本条の勅の適用により、死後一年で収公された位田なのであろう。但しそれらの中に、一年以内のものが二例(一一か月・八か月)含まれている。→㊁補9—一二三。

二三 治部省式に祥瑞としては挙げられていないが、続紀には他に四例見える。なお、アルビノ(白子)の白鼠で全身性のものは、下文十二月癸未条に「白鼠赤眼」とあるように、眼の虹彩の色素も欠如し、血管が透けて、眼が淡紅色に見える。→㊁一六五頁注一〇。

二四 →㊀九頁注一六。神郡の一つ。神郡および神郡郡司の特殊性→㊀補1—五六。

二五 他に見えず。宗形朝臣→㊀補1—五七。この日の叙位は、宗像神社(㊀補1—五七)を奉斎する、宗形郡の大領の代替りの叙位か。延暦十九年十二月四日の官符に「当(宗形)郡大領補任之日、例兼㆓神主㆒即叙㆓五位㆒」とある(三代格)。

二六 →五九頁注三二。

二七 他に見えず。国見真人→㊂三九頁注一四。

二八 大中臣朝臣清麻呂。もと中臣朝臣。→㊁補15—一三。

二九 大中臣朝臣今麻呂。中臣氏系図は、宿奈麻呂・子老(第二子)・継麻呂(第三子か)・諸魚(第四子)・老人の弟とする。宝亀十年九月左兵衛員外佐、天応元年四月右大舎人助、延暦元年二月大判事となる。

三〇 古奈弥とも。→㊃二二一頁注四。従四位下叙位は宝亀七年正月。

三一 →㊃四〇三頁注五。従五位下叙位は宝亀四年二月。

位下㆒。○庚子、授㆓正六位上紀朝臣伯麻呂従五位下㆒。○丙午、先㆑是、宝亀七年、高麗使輩卅人溺死、漂㆓着越前国江沼・加[1]賀二郡㆒。至㆑是、仰㆓当国㆒令㆑加㆓葬埋[2]㆒焉。○五月乙卯、授㆓无位伊勢朝臣清刀自従五位下㆒。○丁卯、寅時地震。○辛[3]未、又[4]震。」従五位下昆解宿禰佐美麻呂為㆓駿河介㆒。○癸酉、三品坂合部内親[5]王薨。遣㆓従四位下壱志濃王等㆒、監[6]㆓護喪事㆒。所㆑須並官給之。天皇、為㆑之廃㆑朝三日。内親王、天[7]宗高紹天皇異母姉也。○六月庚子、賜㆓陸奥・出羽国司已下、征戦有㆑功者二千二百六十七人爵㆒。授㆓按察使正五位下勲五等紀朝臣広純従四位下勲四等、鎮守権副将軍従五位上勲七等佐伯宿禰久良麻呂正五位下勲五等、外正六位上吉弥[8]侯伊佐西古・第[9]二等伊治公呰麻呂並外従五位下[10]㆒。自餘各有㆑差。其不㆑預㆑賜㆑爵者禄亦有㆑差。戦死父[11]子亦依㆑例叙焉。○辛丑[12]、特詔[13]、遣㆓参議正四位上左大弁藤原朝臣是公・肥後守従五位下藤原朝臣是人㆒、奉㆓幣帛於広瀬・龍[14]田二社㆒。為㆓風雨調和[15]、秋稼豊稔㆒也。

1 加(底新傍補)—ナシ〔底原〕↓校補
2 埋—理(東)
3 辛〔東傍・高傍、大改、類一七二〕—至(兼等、類一七二一本)↓校補
4 又(底新朱抹傍)—久〔底原〕↓校補
5 親〔谷重〕—部(谷原)
6 監〔兼等、大〕—堅(東傍・高傍)
7 天宗高紹天皇↓校補
8 弥—祢〔底〕
9 第—弟〔底〕
10 下ノ下、ナシ—勲六等百済王俊哲勲五等(大補)↓脚注
11 父〔谷擦重、大〕—文(兼・谷原・東・高)
12 丑↓校補
13 特詔↓校補
14 龍—瀧(大)
15 和〔谷擦重、大、類一二〕—如(兼・谷原・東・高)

一 天応元年十一月従五位上昇叙、延暦七年二月大宰少弐任官。紀朝臣→[一]補1-三一。
二 宝亀七年十二月乙巳条によると、この時の渤海使節一行の総数は一八七人で、多くは漂没し、生存者は四六人とあり、同八年二月壬寅条によると、死者一二〇人、生存者四六人とある。この漂没者のうち、これまでに江沼・加賀二郡の沿岸に漂着した三〇人の遺体の埋葬を命じたもの。
三 →[三]補24-一四。
四 →[三]三七五頁注一七。
五 他に見えず。伊勢朝臣はもと伊勢直。→[三]四七頁注二七・二八。
六 沙弥麿とも。→[四]補28-六。駿河介の前任者は安倍諸上(宝亀五年三月甲辰条)。
七 もと坂合部女王。→[二]三四七頁注三八。三品叙品は宝亀五年十一月。
八 →[四]補28-四。坂合部内親王の甥。喪葬令4によれば、内親王の喪事は治部大輔が監護する、とある。
九 喪葬令8による葬送具の支給。
一〇 政務を行わないこと。→[二]二〇一頁注一七。
一一 光仁天皇。→三頁注二。
一二 宝亀七年四月上旬から始まった征討。一時政府軍を撃退した出羽国志波村の蝦夷を鎮

位下を授《さづ》く。○庚子（二十四日）、正六位上紀《き》[一]朝臣伯麻呂《をぢまろ》に従五位下を授く。○丙午（三十日）、

溺死の渤海使を埋葬

是《これ》より先《さき》、宝亀《ほうくゐ》[二]七年、高麗使《こまのつかひ》の輩《ともがら》卅人、溺《おぼほ》れ死《し》にて、越前国《こしのみちのくち》江沼《えぬ》[三]・加賀《かが》[四]二郡に漂《ただよ》ひ着《つ》く。是《ここ》に至《いた》りて、当国《そのくに》に仰《おほ》せて葬埋《さうまい》を加《くは》へしむ。

五月乙卯（丁未朔 九日）、无位伊勢《いせ》[五]朝臣清刀自《きよとじ》に従五位下を授く。○丁卯（二十一日）、寅《とら》の時《とき》、地震《なゐ》ふる。○辛未（二十五日）、また震《なゐ》ふる。従五位下昆解《こにげ》[六]宿禰佐美麻呂《さみまろ》を駿河介《するがのすけ》とす。

坂合部内親王没

○癸酉（二十七日）、三品坂合部内親王《さかひべのひめみこ》[七]薨《こう》しぬ。従四位下壱志濃王《いちしののおほきみ》[八]らを遣《つかは》して喪《も》の事《こと》を監護《みまも》らしむ。須《もち》[九]ゐるものは、並《ならび》に官《つかさ》より給《たま》ふ。天皇《すめらみこと》、これが為《ため》に朝《でう》[一〇]を廃《や》むること三日なり。内親王《ひめみこ》は天宗高紹天皇《あめむねたかつがすすめらみこと》[一一]の異母姉《ままあね》なり。

征夷の有功者に授爵

六月庚子（丙子朔 二十五日）、陸奥《みちのおく》・出羽《いでは》の国司《こくし》已下、征戦《せいせん》[一二]して功《くう》有る者二千二百六十七人《ひと》[一三]に爵《しやく》を賜《たま》ふ。按察使《あんせちし》正五位下勲《ぐん》五等紀《き》[一四]朝臣広純《ひろすみ》に従四位下勲《ぐん》四等を授く。鎮守権副将軍《ちんしゆごんのふくしやうぐん》従五位上勲《ぐん》七等佐伯《さへき》[一五]宿禰久良麻呂《くらまろ》に正五位下勲《ぐん》五等。外正六位上吉弥侯伊《きみこのい》[一六]佐西古《させこ》・第二[一七]等伊治公《これはり》[一八]呰麻呂《あざまろ》に並《ならび》に外従五位下[一九]。自餘《そのほか》は各《おのおの》差《しな》有り。その爵《しやく》[二〇]を賜ふに預《あづか》らぬ者《ひと》の禄《ろく》も亦差《またしな》有り。戦死《せんし》[二一]せる父子《ふし》も亦《また》例《ためし》に依《よ》りて叙《じよ》す。○辛丑（二十六日）、特《こと》に詔《みことのり》して、参議《さむぎ》正四位上左大弁《さだいべん》藤原《ふぢはら》[二二]朝臣是《これ》公《きみ》・肥後守《ひのみちのしりのかみ》従五位下藤原《ふぢはら》[二三]朝臣是人《これひと》を遣《つかは》して、幣帛《みてぐら》[二四]を広瀬《ひろせ》[二五]・龍田《たつた》[二六]の二社に奉《たてまつ》らしめたまふ。風雨調和《かぜあめてうわ》し、秋稼豊稔《あきのみのりほうじむ》ならむが為《ため》なり。

圧して一段落したのであろう。その折の戦功に対する論功行賞。→補34―一〇。以下の紀広純らへの叙位叙勲は宝亀八年十二月辛卯条にも見えるが、同事重出で、本条に置くのが正しい。→補34―五五。

一三 前年十二月辛卯条には、この数は見えない。

一四 →三補20―五八。按察使任官は宝亀八年五月。正五位下勲五等叙勲位は同六年十一月。

一五 →四補25―八二。鎮守権副将軍任官は宝亀七年五月。従五位上叙位は同五年正月。

一六 →五三頁注一五。

一七 いわゆる蝦夷爵。→二補7―二。

一八 →五三頁注一七。

一九 前年十二月辛卯条には、この下に「勲六等、百済王俊哲勲五等」の一一字がある。

二〇 以下の文、前年十二月辛卯条には見えない。

二一 大系本「戦死せる父の子」と読んでいるが、「諸国軍衆、…冒二犯矢石一、身死去者、父子並復二一年一」（養老五年六月乙酉条）や、「陪従…騎兵及子弟等、賜二爵人一級一。但騎兵父者、雖レ不レ在二陪従一、賜二爵一級一」（天平十二年十一月甲辰条）のような例があるので、ここは、戦死者には代って父または子に叙位する、の意であろう。但し、このようなケースの先例は見えない。

二二 もと黒麻呂。→三補23―五。

二三 →四二九七頁注二四。

二四 四月・七月に行われる恒例の広瀬・竜田の祭とは別に、このところ続く天候異変を憂慮して、特別に行われた、風雨調和を祈願する奉幣。

二五 広瀬社。→補35―七。

二六 竜田社。→補35―八。

○秋七月丁未、従五位下佐味朝臣山守為二和泉守一。○戊中、授二命婦従五位下桑原公嶋主従五位上、女孺[1]无位[2]紀[3]朝臣世根従五位下一。○癸丑、飛驒[4]国言、慶[5]雲見。○丁卯、以二従五位下宍[6]人朝臣継麻呂一為二宮内少輔一。○八月甲戌朔、日有レ蝕之。○戊子、授二正三位藤原朝臣百能従二[7]位一。○癸巳、従五位下文室真人老[8]為二中務少輔一。従四位下壱志濃王為二縫殿頭一。従五位上礒部王為二内匠頭一。[9]参河守如レ故。従五位上々[10]毛野朝臣稲人為二主税頭一。従五位下阿倍朝臣石行為二刑部少輔一。従五位下多治比真人人[11]足為[12]二大判事一。従五位下浄岡連広嶋為二典薬頭一。侍医如レ故。従五位下三嶋真人大湯坐為二正親正一。従五位上桑原公足床[13]為二造西大寺[14]次官一。従五位下中臣朝臣池[15]守為二尾張介一。正五位下大伴宿禰不破麻呂為二信濃守一。従五位下路真人石成為二越中介一。従五位下大原真人[16]美気為二美作守一。従五位下紀朝臣宮人為レ介。外従五位下阿倍志斐連東人為二備中介一。○乙未、授二正[17]五位上[18]掃守王従四位下一。○九月甲辰、授二従三位大野朝臣[19]仲千正三位一。○癸亥、送高麗使[20]正六

1 孺〔底原・底新朱抹傍〕→校補
2 位〔高擦重〕
3 紀〔大補〕—ナシ（兼等）
4 驒—驒〔底〕
5 慶〔谷擦重、大、類一六五・紀略〕—度〔兼・谷原・東・高〕
6 宍〔底〕—完（大改）、宗（兼等）
7 二〔大改〕—三（兼等）→校補
8 人ノ下、ナシ〔大衍〕—真（兼等）→脚注
9 匠→校補
10 々〔底〕—上
11 人〔兼・谷、大〕—ナシ（東・高）
12 為—ナシ（東）
13 床〔底新傍朱イ〕—麻〔底〕
14 寺ノ下、ナシ〔底〕—司（底新傍朱イ・兼等、大）
15 池〔兼・谷、大〕—地（東・高）
16 人〔底傍補〕—ナシ〔底原〕
17 正五〔底改〕—五正〔底原〕→校補
18 上〔兼重〕—下（兼原）
19 朝臣〔大補〕—ナシ（兼等）
20 使ノ下、ナシ〔東・高、大、紀略〕—使（兼・谷）

一 →補34-二八。和泉守の前任者は大野石主（宝亀八年正月戊寅条）。
二 みずから五位以上を帯する女性（内命婦）および五位以上の官人の妻（外命婦）の総称。ここは前者。→［一］一三頁注九。
三 もと桑原連。→［四］補26-一四。従五位下叙位は宝亀元年十月。
四 →五九頁注三二。
五 他に見えず。紀朝臣→［一］補1-三一。
六 治部省式に大瑞。→［一］七九頁注四。
七 →［四］補31-一一。前官は主税頭（宝亀八年正月戊寅条）。宮内少輔の前任者は佐味継人か（宝亀七年三月癸巳条）。
八 日食。この日はユリウス暦七七八年八月二十七日。但し、この日食は奈良では生じなかった。→［一］補1-七五。
九 麻呂の女、藤原豊成の室。→［三］七五頁注二三。正三位叙位は神護景雲二年十月。
一〇 宝亀元年九月丙寅条と同様に、「真」の字の脱で、真老（［四］五三頁注二二）と同一人であろう。同一人とすれば、前官は本条で桑原足床が任官した造西大寺次官（宝亀九年二月庚子条）。中務少輔の前任者は文室忍坂麻呂（宝亀八年正月戊寅条）。
一一 →［四］補28-四。縫殿頭の前任者は船井王（宝亀八年正月庚辰条）。
一二 →［四］一五一頁注一。内匠頭の前任者は文室高嶋（宝亀八年正月戊寅条）。参河守任官は宝亀五年九月。
一三 →［四］一五一頁注四三。主税頭の前任者は上文七月丁卯条で宮内少輔に転任した宍人継麻呂（宝亀八年正月戊寅条）。

任官

秋七月《乙巳朔》丁未《三日》、従五位下佐味《さみ》[一]朝臣山守《やまもり》を和泉《いづみ》守とす。○戊申《四日》、命婦《みやうぶ》[二]従五位下[三]桑原《くははら》公嶋主《しまぬし》に従五位上を授《さづ》く。女孺《によじゅ》[四]无位紀《き》[五]朝臣世根《よね》に従五位下。○癸丑《九日》、飛驒《ひだ》国言《まう》さく、「慶雲見る《けいうんあらはる》」[六]とまうす。○丁卯《二十三日》、従五位下宍人《ししひと》[七]朝臣継麻呂《つぐまろ》を宮内少輔《くうないせうふ》とす。

八月甲戌の朔、日蝕《ひは》[八]ゆること有り。○戊子《十五日》、正三位藤原《ふぢはら》[九]朝臣百能《ももの》に従二位を授く。○癸巳《二十日》、従五位下文室《ふむや》[一〇]真人老《おゆ》を中務少輔《ちうむせうふ》とす。従四位下壱志濃《いちしのの》[一一]王《おほきみ》を縫殿頭《ぬひとののかみ》。従五位上礒部《いそべ》[一二]王を内匠頭《うちのたくみのかみ》。参河《みかは》守は故《もと》の如《ごと》し。従五位上[一三]上毛野《かみつけの》朝臣稲人《いなひと》を主税頭《しゆさいのかみ》。従五位下阿倍《あへ》[一四]朝臣石行《いはつら》を刑部少輔《ぎやうぶせうふ》。従五位下多《た》[一五]治比《ちひ》真人人足《ひとたり》を大判事《だいはんじ》。従五位下浄岡《きよをか》[一六]連広嶋《ひろしま》を典薬頭《てんやくのかみ》。侍医《じい》は故《もと》の如《ごと》し。従五位下三嶋《みしま》[一七]真人大湯坐《おほゆゑ》を正親正《おほきみのかみ》。従五位上桑原《くははら》[一八]公足床《たるとこ》を造西大寺次官《ざうさいだいじじくわん》。従五位下中臣《なかとみ》[一九]朝臣池守《いけもり》を尾張介《をはりのすけ》。正五位下大伴《おほとも》[二〇]宿禰不破麻呂《ふはまろ》を信濃《しなの》守。従五位下路《みち》[二一]真人石成《いはなり》を越中《こしのみちのなか》介。従五位下大原《おほはら》[二二]真人美気《みけ》を美作《みまさか》守。従五位下紀《き》[二三]朝臣宮人《みやひと》を介。外従五位下阿倍志斐《あへのしひ》[二四]連東人《あづまひと》を備中《きびのみちのなか》介。○乙未《二十二日》、正五位上掃守《かにもり》[二五]王に従四位下を授く。

送高麗使帰国

九月《癸卯朔》甲辰《二日》[二六]、従三位大野《おほの》[二七]朝臣仲千《なかち》に正三位を授く。○癸亥《二十一日》、送高麗使《そうかうらいし》[二八]正六

一四 →補35-一一。刑部少輔の前任者は本年二月庚子条で左京亮に転任した紀難波麻呂(宝亀七年三月癸巳条)。
一五 →補35-一二。本年三月丙辰の藤原刷雄に次ぐ大判事の補充人事。
一六 →㊂補24-一一九。前官は丹後介(宝亀五年三月丙午条)。
一七 もと大湯坐王。→㊂一一一頁注四〇。
一八 もと桑原連。→㊃補25-九九。造西大寺次官の前任者は本条で中務少輔に転任した文室真老(宝亀九年二月庚子条)。
一九 →㊂二八三頁注一。尾張介の前任者は石川在麻呂(宝亀六年九月甲辰条)。
二〇 →㊂補20-一七。前官は大蔵大輔(宝亀八年正月戊寅条)。信濃守の前任者は大原浄貞(宝亀九年二月辛巳条)。
二一 →補35-二一。越中介の前任者は本条で美作介に転任した紀宮人(宝亀九年二月庚子条)。
二二 →㊃補33-三六。前官は美作介(宝亀八年正月戊寅条)。美作守の前任者は藤原弟縄(宝亀七年閏八月甲辰条)。
二三 →補34-二七。前官は越中介(宝亀九年二月庚子条)。美作介の前任者は本条で当国の守に昇任した大原美気(宝亀八年正月戊寅条)。
二四 →補35-三。前官は主計頭(宝亀九年二月庚子条)。
二五 →㊂補20-一五。正五位上叙位は宝亀七年正月。
二六 類聚国史、疾疫には、宝亀九年九月壬辰条があるが、誤り。→補35-九。
二七 中千とも。藤原永手の室。→㊂補24-三一。本条の時点で、尚侍兼尚蔵か(天応元年三月己巳条)。従三位叙位は宝亀元年十月。
二八 宝亀八年五月癸酉条に任命のあった、渤海使を送る使節。

位上高麗朝臣殿嗣[1]等、来着二越前国坂井郡[2][3]三国湊一。勅二越前国一、遣高麗使并彼国送使、宜下安二置便処[4][5]一、依レ例供[6]中給之上。但殿嗣[7]一人、早令レ入レ京。〇丁卯[8]、詔、賜二橘宿禰綿裳・三笠[9]姓[10]朝臣一。〇冬十月戊寅、授二正六位上高麗朝臣殿嗣[11]従五位下一。〇辛卯、復二陽侯忌寸令璆本位外従五位下一。〇癸巳、授二无位藤原朝臣今女[12]従五位下一。〇乙未、遣唐使第三[13]船到[14]二泊肥前国松浦郡橘浦一。判官勅旨大丞正六位上兼下総権介少野[15]朝臣滋野上奏言、臣[16]滋野等、去宝亀八年六月廿四日、候レ風入レ海。七月三日、与二第一船一同到[17]二楊[18]州海陵県一。八月廿九日、到[19]レ州[20][21][22]。即依二式例一安置供給。得二観察使兼長史[23]陳少遊処分一、属二禄山乱一、常館駅[24]彫弊[25]。入レ京二使人一、仰[26]限二六十人一、以二来[27]十月十五日一。臣等八十五人発レ州入レ京[28]。行百餘[29]里、忽拠二中書門下牒[30]一、擿[31]二節人数一、限以二廿人一。臣等請、更加二廿三人一。持節副使小野朝臣石根、副使大神朝臣末[32]足、准判官羽栗[33]臣翼、録事上毛野

1嗣(底新朱抹傍・兼・谷・東・高擦重、大、紀略)—副〔底原〕、継(底新傍朱イ・兼朱傍イ・谷朱傍イ・高朱傍イ)→校補　2国〔大補、紀略〕—ナシ(兼等)　3坂—板〔底〕　4便〔谷擦重、大、紀略〕—使(兼・谷原・東・高)　5便処〔底原〕—使処(底新傍朱イ)　6供〔大補〕—ナシ(底新傍按・兼等、紀略)→校補　7嗣(底新朱抹傍)—副〔底原〕→校補　8丁ノ上、ナシ〔底原、大衍〕—廿五日(底新傍補・兼等)→校補　9三ノ上、ナシ〔谷原〕—姓(谷傍補)→校補　10姓→校補　11殿嗣(底新朱抹傍)—副〔底原〕→校補　12女(底擦重)—案〔底原〕　13第—弟〔底〕　14到〔谷擦重、大、紀略〕—列(兼・谷原・東・高)　15少野〔底〕—小野(兼等、大、紀略補)、ナシ(紀略原)　16臣—巨(兼)　17到〔谷擦重、大〕—列(兼・谷原・東・高)　18楊—揚(大改)→脚注　19到〔東傍・高傍、大〕—列(兼・谷原・東・高)→校補　20州ノ上、ナシ—揚(大改)　21州→校補　22州ノ下、ナシ—大都督府(大)　23史〔兼・谷、大〕—ナシ(東・高)　24駅—ナシ(大)　25弊〈意改〉(大)—幣→脚注　26仰—御〔底〕　27来—ナシ(大衍)　28京〔谷擦重、大〕—涼(兼・谷原・東・高)　29餘—

一 殿継とも。→補34-四二。　二 →補35-一〇。　三 →補35-一一。　四 上文の送高麗使のこと。　五 渤海が送高麗使に同行させた送使。宝亀十年正月壬寅朔条以下に見える張仙寿等のこと。渤海からの帰途に送使がつくのは異例。これは、送高麗使一行が渤海に向う途中で遭難し、その乗船を失ってしまったため(宝亀十年正月丙午条)。　六 渤海使が来着すると、とりあえず適当な場所に安置し、食料等を供給するのが通例。来着した渤海使の迎接→㊂補10-四。　七 事情聴取のため、存問使を派遣するかわりに、高麗殿嗣一人を至急入京させるよう指示したもの。　八 佐為王の子(分脈)。もと橘朝臣。→㊂補20-四〇。　九 御笠とも。綿裳の妹か。→㊃補25-三。　一〇 綿裳の姉妹の真都賀は、藤原是公の室で、これより先、宝亀二年正月以降、橘朝臣とある。　一一 もと陽侯史。→㊂七九頁注四。天平宝字七年四月以降本条まで、その名が見えない。　一二 外従五位下叙位は天平勝宝元年五月。令璆は、天平宝字四年十一月、外従五位下より「従五位下」に昇叙しているのに、ここで「本位外従五位下」に復すとある理由未詳。　一三 他に見えず。藤原朝臣→㊀補1-一九。　一四 宝亀六年六月に任命のあった遣唐使(㊃補33-三四)。一度延期され、二度目に都を出発したのは同八年四月、唐に向けての出航は六月二十四日。　一五 八世紀以降の遣唐使船の編成は四隻が通例(㊂二六三頁注七)。今次の遣唐使船も四隻。第一船には、持節副使小野石根・判官大伴継人らが乗船。下文十一月乙卯条によれば、帰途遭難し、船首と船尾に分断されての漂着。第二船には、副使大神末足らが乗船。帰国は十一月乙卯(十三日)。第四船には、判官海上三狩・録事

位上高麗《こま》[1]朝臣殿嗣《とのつぐ》ら、来《きた》りて越前国《こしのみちのくち》坂井郡《さかのゐ》[2]三国湊《みくにのみなと》[3]に着《つ》く。越前国《こしのみちのくち》に勅《みことのり》したまはく、「遣高麗使《けんかうらいし》[4]并《あは》せて彼《か》の国《くに》の送使《そうし》[5]、便処《べんしよ》に安置《あんち》して、例《ためし》[6]に依《よ》りてこれに供給《ぐごふ》すべし。但《ただ》し、殿嗣《とのつぐ》[7]一人は早《すみやか》に京《きやう》に入《い》らしめよ」とのたまふ。○丁卯[二十五日]、詔《みことのり》して、橘《たちばな》[8]宿禰綿裳《わたも》・三笠《みかさ》[9]に姓朝臣《あそみ》[10]を賜《たま》ふ。

遣唐第三船帰着 判官小野滋野上奏

冬十月[癸酉朔]戊寅[六日]、正六位上高麗《こま》朝臣殿嗣《とのつぐ》に従五位下を授《さづ》く。○辛卯[十九日]、陽侯《やこ》[11]忌寸令璆《りやうぐ》[12]を本位《ほんゐ》外従五位下に復《ふく》す。○癸巳[二十一日]、无位藤原《ふぢはら》[13]朝臣今女《いまめ》に従五位下を授く。○乙未[二十三日]、遣唐使《けんたうし》[14]の第三の船《ふね》[15]、肥前国《ひのみちのくち》松浦郡《まつら》[16]橘浦《たちばなのうら》[17]に到《いた》りて泊《は》てたり。判官勅旨大丞正六位上《はんぐわんちよくしだいじよう》兼下総権介《しもつふさのごんのすけ》少《を》野《の》[18]朝臣滋野《しげの》、上奏《じやうそう》[19]して言《まう》さく、「臣滋野《しんしげの》ら、去《さ》りぬる宝亀《ほうくゐ》[20]八年六月廿四日、風《かぜ》を候《うかが》ひて海《うみ》に入《い》る。七月三日、第一の船《ふね》と同《おな》じく、揚州海陵県《やうしうかいりようけん》[21][22]に到《いた》る。八月廿九日、州《しう》[23]に到《いた》る。即《すなは》ち式《しき》[24]の例《ためし》に依《よ》りて安置供給《あんちぐごふ》せらる。観察使《くわんせちし》[25]兼長史《ちやうし》[26]陳少遊《ちんせういう》[27]が処分《しよぶん》[28]を得《う》るに、「禄山《ろくざん》[29]が乱《らん》に属《つ》きて常《つね》の館駅《くわんえき》[30]彫弊《てうへい》[31]せり。使人《つかひのひと》を京《きやう》に入《い》らしむること、仰《おほ》せて[32]六十人に限《かぎ》り、来《きた》る[33]十月十五日を以《もち》てせむ」といへり。臣《しん》ら八十五人、州《しう》を発《た》ちて京《きやう》に入《い》る。行《ゆ》くこと百餘里[34]にして、忽《たちまち》に中書門下《ちうしよもんか》[35]の牒《でふ》に拠《よ》りて、人数《ひとかず》を撙節《そんせつ》[36]し、限《かぎ》るに廿人を以《もち》てす。臣《しん》ら請《こ》ひて、更《さら》に廿三人を加《くは》ふ。持《ち》節副使《せちふくし》小《を》野《の》[37]朝臣石根《いはね》、副使《ふくし》大神《おほみわ》[38]朝臣末足《すゑたり》、准判官《しゆんはんぐわん》羽《は》[39]栗《くり》臣翼《つばさ》、録事《ろくじ》上毛野《かみつけの》[40]

韓国源らが乗船。帰途済州島(耽羅嶋)で略留され、脱出した一部の人々の帰国は十一月壬子(十日)。一六 →㊂補13-四六。一七 →補35-一二。一八 小野朝臣とも。→補35-一三。一九 以下は、遣唐判官小(少)野滋野の前年六月の出航以来の経緯を記した奏状。その内容は、下文十一月乙卯条の大伴継人の上奏とほぼ一致するが、若干の異同がある。第三船が松浦郡橘浦に帰着した十月二十三日付で書かれたと考えられるこの滋野の上奏は、下文庚子(二十八日)条によれば、同月二十五日付の大宰府の上奏とともに、二十八日に中央政府にもたらされたのであろう。二〇 宝亀八年四月戊戌(十七日)、遣唐大使佐伯今毛人は辞見したが、大使今毛人の病気のため、すこし遅れて、かつ大使を残しての出発。前年と同じ松浦郡合蚕田浦(宝亀七年閏八月庚寅条)からの出航か。二一 諸本「楊州」に作るが、「揚州」が正しい。→㊃一三一頁注四。二二 →補35-一四。二三 州治(州の行政庁のある所)の意。現、江蘇省揚州市。大伴継人の上奏には「廿九日到₂揚州大都督府₁」とある。二四 唐式の主客式か。二五 →補35-一五。二六 数州を管し、諸州の軍政を総管した地方官庁、都督府の次官。大都督府の次官は従三品。二七 旧唐書一二六にその伝が見え、大暦八年(宝亀四年)、揚州大都督府長史淮南節度観察使となったとある。二八 大伴継人の上奏では「且奏且放、六十五人入ㇾ京」とある。二九 安史の乱。→㊂補21-二四。三〇 宿駅の館舎や駅の設備。三一 諸本「彫幣」とあるが、「彫弊」の誤り。痛みやぶれる。三二 大伴継人の上奏では「六十五人」。三三 大伴継人の上奏では「十月十六日、発₂赴上都₁」とあり、予定より一日遅れての出発。三四 「百里」は約五五キロメートル。大

公大川・韓国連源等卌[1]三人、正月三日[2]、到二長安城一。即於二外宅一安置供給。特有二監使一、勾二当使院一、頻有二優厚一。中使不レ絶。十五日、於二宣政殿一礼見[3]。天子不レ衙[4]。是日、進二国信及別貢等物一。天子非分喜観、班二示[5]群臣一。三月廿二日、於二延[6]英[7]殿一対見。所レ請並允[8]。即於二内裏一設レ宴。官賞有レ差。四月十九日、監使楊[9]允[10]耀宣二口勅一云、今遣二中使趙宝英等[11]一、将二答信物一、往二日本国一。其駕[12]船者仰二楊[13]州一造。卿等知レ之。廿四日、事畢拝[14]辞。奏云、本国行路遥遠、風漂无レ准。今[15]中使云往、冒[16]二渉波濤一、万一顚躓、恐乖二王命一。勅答、朕有二少許答信物一。今差二宝英等一押送。道義所レ在、不二以為一レ労。即賜二銀鋺[17]酒一、以惜レ別也。六月廿四日、到[18]二楊[19]州[20]一。中使同欲レ進レ途。船難二卒[21]成一。所由奏聞、便寄二乗臣等船[22]一発遣。其第一・第二船、並在二楊[23]子塘頭一。第四船在二楚州[24]塩城県一。九月九日、臣船[25]得二正南風一、発レ船入レ海。行已三日[26]、

余〔底〕　30 牒〔谷原・谷重〕→校補　31 撙〔大改〕—樽(兼等)　32 末〔谷重〕—未(谷原)→校補　33 羽〔大補〕—ナシ(兼等)

以下七四頁

1 卌—卅〔底〕　2 月ノ下、ナシ—十(大補)→校補　3 見〔高擦重〕　4 衙〔兼・谷原・東・高〕—御(谷擦重、大)　5 示→校補　6 延〔東傍・高傍、大改〕—近(兼等)　7 英→校補　8 允—元(兼)　9 楊〔東・高〕—揚(兼・谷、大)　10 允〔底〕—光→脚注　11 等〔谷擦重、大〕→校補　12 駕〔高擦重〕　13 楊〔東・高〕—揚(兼・谷、大)→脚注　14 拝→校補　15 今〔大改〕—令(兼等)　16 冒〈意改〉(大改)—冑〔底〕、昌(兼等)　17 鋺〔底〕—鋺→校補　18 到〔谷擦重、大〕—列(兼・谷原・東・高)　19 楊—揚(大改)→脚注　20 州〔底原・底新朱抹傍〕→校補　21 卒〔大改〕—乖(兼・谷原・東・高)、乗(谷重)　22 船〔東傍・高傍、大補〕—ナシ(兼等)→校補　23 楊—揚(大改)→脚注　24 州〔底原・底新朱抹傍〕→校補　25 船＝舩〔兼・谷重・東・高原、大〕—舡(谷原・高擦重)　26 日(底新朱抹傍)—曰〔底原〕→校補

伴継人の上奏では高郵県に至った時とある。　三五 →補35-一六。　三六 節約、きりつめること。「撙」は、おさえるの意。大伴継人の上奏には「減却」とあり、路次の車馬の不足のためとある。　三七 →㊂補20-二二。宝亀七年十二月、大伴益立に代って副使に任。翌八年四月、病気の大使佐伯今毛人に代って、節刀(一三頁注七)を授けられ、大使の任を代行。　三八 →補34-四。宝亀七年十二月、副使に任。　三九 →㊃補27-三〇。宝亀六年八月、録事から准判官に昇格。　四〇 →補35-一七。

一 →補35-一八。　二 下文十一月乙卯条の大伴継人の上奏では「十三日」とある。　三 唐の首都。洛陽を東都・東京と称するのに対して、西都・西京、あるいは上都とも。中国の都市は城壁で囲まれた城郭都市。長安も京域全体が城壁で囲まれていた。長安城および大明宮の略図→補35-一九。　四 →補35-二〇。　五 →補35-二一。　六 「使院」は使節団の宿舎。「勾当」は担当して取り扱うこと。　七 勅使のこと。内使(㊂三八七頁注一五)とも。下文の中使趙宝英は、大伴継人の上奏では「内使」とある。多くは内侍省の宦官。　八 →補35-二二。　九 下文に見える広平王(第八代皇帝代宗)。→㊂四二五頁注三三。続日本紀における「天子」の用法→補35-二三。　一〇 出御のないこと。新唐書儀衛志に「唐制天子居曰レ衙、行曰レ駕」とある。　一一 →三五頁注三一。　一二 遣唐使が進上する国信物→補35-二四。　一三 天皇から皇帝に贈る正規の国信物以外の貢進物。→補35-二五。　一四 大伴継人の上奏では「廿四日」とある。　一五 →補35-二六。　一六 「所レ請」の具体的な内容→補35-二七。

公大川《おほかは》・[一]韓国《からくに》連源《みなもと》ら卌三人、正月[二]三日に[三]長安城《ちやうあんじやう》に到《いた》る。即《すなは》ち[四]外宅《ぐわいたく》に安置《あんち》供給《ぐごふ》せらる。特《こと》に[五]監使《かむし》有りて[六]使院《しゐん》を勾当《こうたう》し、頻《しきり》に優厚《いうこう》すること有り。[七]中使《ちうし》絶《た》えず。十五日、[八]宣政殿《せんせいでん》に礼見《れいけん》す。[九]天子《てんし》[一〇]衙《おは》しまさず。是《こ》の日《ひ》、[一一]国信《こくしん》と[一二]別貢《べつく》等の物《もの》を進《たてまつ》る。天子《てんし》[一三]非分《ひぶん》に喜観《きくわん》し、群臣《ぐんしん》に班示《はんし》す。三月廿[一四]二日、[一五]延英殿《えんえいでん》に対見《たいけん》す。[一六]請《こ》ふ所《ところ》、並《ならび》に允《ゆる》さる。即《すなは》ち[一七]内裏《だいり》に宴《うたげ》を設《まう》く。官賞《くわんしやう》差《しな》有り。四月十九日、監使《かむし》[一八]楊允耀《やういんえう》、[一九]口勅《くちよく》を宣《の》べて云《い》はく、「今《いま》、中使《ちうし》[二〇]趙宝英《てうほうえい》らを遣《つかは》して、[二一]答《こたへ》の信物《しんぶつ》を将《も》ちて日本国《にちほんこく》に往《ゆ》かしむ。その駕《の》る船《ふね》は[二二]楊州《やうしう》に仰《おほ》せて造《つく》らしむ。卿等《いましら》これを知《し》れ」といふ。[二三]廿四日、事畢《ことをは》りて拝辞《ことわりまう》す。奏《そう》して云《い》はく、「本国《ほんこく》は行路《かうろ》遥遠《えうゑん》にして風漂《ふうへう》准《しゆん》无《な》し。今中使《いまちうし》云《ここ》に往《ゆ》き、波濤《はたう》を冒渉《ぼうせふ》して万一顛躓《まんいちてんち》せば、恐《おそ》るらくは、王命《わうめい》に乖《そむ》かむことを」といふ。勅《みことのり》して答《こた》ふらく、「朕《われ》、少《すこ》し許《ばかり》の答《こたへ》の信物《しんぶつ》を有《も》てり。今《いま》、宝英《ほうえい》らを差《つかは》して押送《あふそう》せしむ。道義《だうぎ》在《あ》る所《ところ》、労《いたづき》と為《な》さず」とこたふ。即《すなは》ち[二四]銀鋺《ぎんわん》の酒《さけ》を賜《たま》ひて別《わかれ》を惜《を》しむ。六月廿[二五]四日、[二六]楊州《やうしう》に到《いた》る。中使《ちうし》同《おな》じく途《みち》を進《すす》まく欲《ほり》す。[二七]船《ふね》卒《にはか》に成《な》り難《がた》し。所由《ゆゑ》奏聞《そうもん》して、便《すなは》ち臣《しん》[二八]らの船《ふね》に寄乗《きじよう》して発遣《はつけん》す。その第[二九]一・第[三〇]二の船《ふね》は、並《ならび》に[三一]楊子《やうす》の塘《つつみ》の頭《ほとり》に在《あ》り。第[三二]四の船《ふね》は楚《そ》州《しう》[三三]塩城県《えむじやうけん》に在《あ》り。九月九日、臣《しん》[三四]が船《ふね》、正南《せいなむ》の風《かぜ》を得《え》て、船《ふね》を発《た》てて海《うみ》に入《い》る。行《ゆ》くこと已《すで》に三日にして、

一七 大明宮の「内朝正殿」(大唐六典巻七)である紫宸殿のことか。旧唐書突厥伝・廻紇伝や冊府元亀外臣部等によれば、この時期前後、紫宸殿でしばしば外国の使節のための宴が設けられている。
一八 底本「楊允耀」に作るが、下文十一月乙卯条には「楊光耀」とある。大伴継人の上奏では「内使」とあり、この後、帰国する使節団一行を揚州まで監送した。
一九 趙宝英らを日本に派遣する旨を皇帝が口頭で述べたもの。
二〇 宦官。大伴継人の上奏では「内使掖庭令」とある。判官四人とともに、帰国する遣唐使の一行に加わり、第一船に乗船したが、途中、暴風・高波にあい遭難、海中に没。
二一 大伴継人の上奏では「国土宝貨」とある。信物→三五頁注三一。
二二 →七三頁注二一。
二三 大伴継人の上奏では「四月廿二日辞見首路」とある。
二四 銀製の椀。鋺は金属製の椀、かなまり。新撰字鏡に「鋺〈加奈万利〉」とある。
二五 大伴継人の上奏では「六月廿五日、到惟楊」とある。
二六 →七三頁注二一。
二七 四月十九日の口勅(注一九)によれば、趙宝英らの乗船は急遽揚州に命じて造らせていた。
二八 唐使趙宝英および判官四人以下は遣唐使の四船に分乗。
二九 持節副使小野石根・判官大伴継人・唐使趙宝英らの乗船。
三〇 副使大神末足らの乗船。
三一 諸本「楊子」に作るが、「揚子」が正しい。揚子塘頭→補35-一八。
三二 判官海上三狩らの乗船。
三三 淮南道楚州(淮陰郡)塩城県。現、江蘇省塩城県。この地は、大宝年次の遣唐使粟田真人らの船が到着し、上陸した所(慶雲元年七月甲申朔条)。
三四 第三船。大伴継人の上奏によれば、海陵県で風待ちをしていた。

忽遭二[1]逆風一、船着二沙上一、損壊処[2]多。[3]竭レ力修造。今月十六日、船僅得レ浮、便即入レ海。廿三日、[4]到二肥前国松浦郡橘浦一。但今唐客随レ臣入朝、迎接祗供、令レ同二蕃例一。臣具牒二大宰府一。仰令二准擬一。其唐消息、今天子広平王、名迪、年五十三。皇太子雍王、名适。年号大暦十三年、当二宝亀九年一。○丁酉、皇太子向二伊勢一。[5]先レ[6]是、皇太子寝[7]疾久不二平復一。至レ是、親拝二神宮一。所三以賽二宿禱一也。○庚子、勅二大宰府一、得二今月廿五日奏状一、知二遣唐使判官滋野等乗船[8]到泊一。其寄乗唐使者、府宜二[9]且遣レ使労問一。[10]判官滋野者、速令レ入レ京。○十一月丙午、散位従四位下佐伯宿禰助卒。○壬子、遣唐第四船、来泊二薩摩国甑嶋郡一。其判官海上真人[11]三[12]狩等、漂三着[13]耽羅嶋一、被二嶋人略留一。但[14]録事韓国連源等、陰謀解レ纜而去、率二遣衆卌餘[15]人一而来帰。○乙卯、第二船

1 逆(谷擦重、大)―送〔底〕、逢(兼・谷原・東)、ナシ(高)→校補
2 処＝處〔兼等、大〕―衆(東傍・高傍)
3 竭〔兼・谷、大〕→校補
4 到〔谷擦重、大〕―列(兼・谷原・東・高)
5 先―光〔底〕
6 是(兼等、大、類三・紀略補)―ナシ〔紀略原〕→校補
7 疾〔兼・東・高、大改、類三・紀略〕―疫(谷)→校補
8 到〔谷重、大、紀略〕―列(兼・谷原・東・高)
9 且―早(紀略)
10 判〔谷擦重、大〕―料(底新傍朱イ・兼・谷原・東・高)→校補
11 三―王(高)
12 狩〔谷・東・高、大補〕―狩(兼)→校補
13 耽→校補
14 録〔兼・谷、大〕―銀(東・高)
15 餘―余〔底〕

一 →㈢補13‐四六。
二 →補35‐一二。
三 第三船に分乗していた唐使の判官以下。
四 出迎えて丁重にもてなすこと。
五 蕃国(新羅・渤海)の使客の例と同様に、の意。公式令1集解古記に「隣国者大唐、蕃国者新羅也」とある。八世紀に入って、唐の使節の来日は、今回が初めてで、その応接には前例がない。唐使が京に向う途中、あるいは入京の際、どのような前例によるべきか、事にあたった領客使からの問合せがあり、改めて、急遽、別式を定めている(宝亀十年四月辛卯条)。
六 あらかじめ、その事に備えて用意をしておくこと。考課令19義解に「言預量レ所レ須、色別准擬」とある。
七 代宗が最初に封ぜられた郡王名。
八 代宗の諱は俶、のち予。「迪」は初名と音が近いための混同誤伝か。
九 旧唐書、唐会要に、開元十四年(七二六)生れ、とあるのに一致する。代宗はこの翌年に没。新唐書が没年を「五十三」とするのは誤り。
一〇 第九代徳宗(七四二‐八〇五、在位七七九‐八〇五)。代宗の長子。諱は适。宝応元年(天平宝字六年)、雍王に封ぜられ、広徳二年(天平宝字八年)立太子。大暦十四年(宝亀十年)五月即位。永貞

忽《たちまち》に逆風《げきふう》に遭《あ》ひて、船沙《ふねすな》の上《うへ》に着《つ》き、損《そこな》はれ壊《こほ》るる処多《ところおほ》し。力《ちから》を竭《つく》して修《をさ》め造《つく》る。今月《このつき》十六日、船僅《ふねわづか》に浮《うか》ぶこと得《え》て、便即《すなは》ち海《うみ》に入《い》る。廿三日、肥前《ひのみちのくち》国[一]松浦《まつら》郡 [二]橘浦《たちばなのうら》に到《いた》る。但《ただ》し今《いま》、[三]唐客《たうかく》の臣《しん》に随《したが》ひて入朝《みかどまゐり》するは、[四]迎接祇供《げいせふしく》すること[五]蕃《ばん》の例《ためし》に同《おな》じくせしめむ。臣《しん》、具《つぶさ》に大宰府《だいさいふ》に牒《でふ》す。仰《おほ》せて[六]准擬《しゆんぎ》せしめよ。其《そ》れ唐《もろこし》の消息《ありさま》は、今《いま》の天子《てんし》[七]広平王《くわうへいわう》、名《な》は[八]迪《てき》、年《とし》[九]五十三。[一〇]皇太子雍王《くわうたいしようわう》、名《な》は适《くわつ》。年号《ねんがう》は大暦《たいれき》十三年、宝亀《ほうくゐ》九年に当《あた》るなり」とまうす。○丁酉（二十五日）、[一一]皇太子《ひつぎのみこ》、伊勢《いせ》に向《むか》ひたまふ。是《これ》より先《さき》、皇太子《ひつぎのみこ》、[一二]寝疾《しむしつ》久《ひさ》しく平復《へいふく》したまはず。[一三]是《ここ》に至《いた》りて、親《みづか》ら[一四]神宮《じんぐう》を拝《をろが》みたまふ。[一五]宿禱《しゆくたう》を賽《むく》ゆる所以《ゆゑ》なり。○庚子（二十八日）、大宰府《だいさいふ》に[一六]勅《みことのり》したまはく、「今月《このつき》廿五日の[一七]奏状《そうじやう》を得《え》て、遣唐使《けんたうし》判《はん》官《ぐわん》[一八]滋野《しげの》らが乗《の》る船《ふね》、到《いた》りて泊《は》つることを知《し》りぬ。その寄乗《きじよう》する唐使《もろこしのつかひ》は、府《ふ》且《まさ》に使《つかひ》を遣《つかは》して労問《らうもん》せしむべし。判官滋野《はんぐわんしげの》は速《すみやか》に京《みやこ》に入《い》らしめよ」とのたまふ。

遣唐第四船帰着

十一月（癸卯朔）丙午（四日）、散位《さんゐ》従四位下[一九]佐伯《さへき》宿禰助《たすく》卒《しゆつ》しぬ。○壬子（十日）、[二〇]遣唐《けんたう》の第四の船《ふね》、来《きた》りて薩摩《さつま》国[二一]甑嶋《こしきしま》郡に泊《は》てたり。その判官《はんぐわん》[二二]海上《うなかみ》真人三狩《みかり》らは、[二三]耽羅《たむらの》嶋《しま》に漂着《へうちやく》して、嶋人《しまひと》に略《をか》し留《とど》めらる。但《ただ》し、録事《ろくじ》[二四]韓国《からくに》連源《みなもと》ら、陰《ひそか》に謀《はか》りて纜《ともづな》を解《と》きて去《さ》り、遺《のこ》れる衆《ひとびと》卌餘人を率《ゐ》て来帰《かへりきた》れり。○乙卯（十三日）、[二五]第二の船《ふね》、

遣唐第二船帰着

元年(延暦二十四年)没。
一一 山部親王。→㊃三九頁注一七。
一二 皇太子の病気は前年の暮れ以来のこと。→五三頁注二一。
一三 この日、報賽のため、皇太子が伊勢に出発したのは、ようやく健康が回復したため。延暦十年十月甲寅条にも皇太子安殿親王の報賽のことが見える。
一四 伊勢神宮。→㊀補1−一一九。
一五 先に皇太子の平癒を祈願したこと(三月癸酉条)への報賽。
一六 唐客を労問し、帰国した遣唐判官少野(以下「小野」と記す)滋野を至急入京させることを大宰府に命じた勅。
一七 上文乙未(二十三日)条の小野滋野の上奏を添付した、大宰府の上奏。大宰府と都との間の連絡が足かけ四日というのは、奈良時代の実例では知られる限りで最短。
一八 小野朝臣滋野。→補35−一三。
一九 →㊃二五頁注二六。従四位下叙位は宝亀六年四月。
二〇 楚州塩城県から出航(下文乙卯条)。
二一 民部省式上、和名抄、ともに甑嶋。和名抄の訓は「古之木之万」。和名抄東急本は管管・甑島の二郷を記すが、前者は高山寺本には見えない。現在の鹿児島県薩摩郡の甑島列島(上甑村・下甑村)。
二二 もと三狩王。→㊂一一一頁注五五。宝亀六年六月に遣唐使判官に任ぜられたのであろう(辛巳条)。
二三 済州島(㊂三七七頁注二一)。→補35−二九。
二四 →補35−一八。
二五 第二船の乗船者の名は見えないが、遣唐使一行の構成および他船の乗船者名から考えて、副使大神末足らの乗船。

到[1]二泊薩摩国出水郡一。又第[2]一船海中々[3]断、舳・艫各分。主神津守宿禰国麻呂、并唐行[4]官等五十六人、乗二其艫一而着二甑嶋郡一。判官大伴宿禰継人、并前入唐大使藤原朝臣河清之女喜娘等卅一人、乗二其舳一而着二肥後国天草郡一。継人等上奏言、継人等、去年六月廿四日、四船同入レ海。七月三日、着二泊揚[5]州海陵県一。八月廿九日、到[6]二揚[7]州大都督府一。即節度使陳少遊、且奏且放、六十五人入レ京。十月十六日、発二赴[8]上都一。至二高郵[9]県一、有二中書門下勅牒一。為二路次乏[10]二車馬一、減二却人[11]数一、定二廿人一。正月十三日、到[12]二長安一。即遣二内使趙宝英一、将レ馬迎[13]接、安二置外宅一。三月廿四日、乃対顔[14]奏[15]二奏事一。四月廿二日、辞了[16]首路。勅、令下内使楊[17]光耀監送、至二揚[18]州一発遣上。便[19]領二留学生一越[20]レ京。又[21]差二内使掖庭令趙宝英、判官四人一、賷[22]二国土宝貨一、随レ使来朝、以結二隣好一。六月廿五日、到[23]二惟揚一。九月三日、発レ自二揚[24]子江口一、至二蘇州常耽[25]県一候レ風。其第[26]三船在二海陵県一。第四船在二楚州[27][28]塩城[29]県一。並未レ知二発日一。

1到〔谷擦重、大、紀略〕—列（兼・谷原・東・高）　2又〔底新朱抹傍〕—人〔底原〕　3々〔底原、大補〕—ナシ（底新朱抹・兼等）→校補　4行〔兼・谷原・東・高〕—判（谷擦重、大）　5楊—揚（大改）→脚注　6到〔谷重、大〕—列（兼・谷原・東・高）　7楊〔谷・東・高〕—揚（兼、大改）　8赴—起〔底〕　9郵〔底〕—武（底新傍朱イ・兼等、大）→校補　10乏—之〔底〕　11人〔谷傍補、大〕—ナシ（兼・谷原・東・高）　12到〔谷重、大〕—列（兼・谷原・東・高）→校補　13迎ノ下、ナシ（底抹）→校補　14顔ノ上、ナシ〔兼・谷原・東・高〕—龍（谷傍補、大）　15奏〔底〕—々（東・高）、ナシ（兼・谷、大）　16了〔底原〕—耳（底新朱抹傍・兼・谷原・東・高）、見（谷擦重、大）　17楊〔底〕—揚　18楊〔東・高〕—揚（兼・谷、大）→脚注　19便〔大改〕—使（兼等）　20越〔底〕—起（兼・谷原・東・高、大改）、赴（谷擦重）　21又—父（東）　22賷—賚（大）→校補　23到〔谷重、大〕—列（兼・谷原・東・高）　24揚—楊〔底〕　25耽—就〔底〕　26第—弟〔底〕　27州〔底原・底新朱抹傍〕→校補　28州ノ下、ナシ—城〔底〕　29城（底新傍補）—ナシ〔底原〕

一 ↓補35―三〇。
二 船のともと、へさき。船首を「舳」、船尾を「艫」とする用法もあるが、下文に大伴継人らの乗っていた舳から「載レ纜抛レ柂」とあるので、ここの舳は船尾。
三 ↓補35―三一。
四 他に見えず。国麻呂も住吉大社の神官の一族か（補35―三一）。津守宿禰はもと津守連。↓[一]補6―三一。
五 ↓補35―三二。
六 ↓補35―三三。
七 もと清河。↓[三]補13―五〇。今次の遣唐使の目的の一つは、河清に書を賜い、帰国させることであったが（宝亀七年四月壬申条）、河清は既に唐で客死。河清の没年↓補35―五一。
八 ↓補35―三四。
九 ↓[三]補15―三九。大伴継人の上奏には「天草郡西仲嶋」とある。
一〇 以下は、大伴継人の帰国までの経緯の報告。上文十月乙未条の小野滋野の上奏と若干の異同がある。
一一 ↓七三頁注二一。
一二 ↓補35―一四。
一三 ↓七三頁注二一。
一四 数州の軍政を管する地方官庁。
一五 唐の節度使↓[三]補21―二六。陳少遊は、小野滋野の上奏には「観察使兼長史」とあり、これら三官を兼任。
一六 ↓七三頁注二七。
一七 事の経緯を奏上するとともに、皇帝の裁可を待つことなく、ただちに六五人の入京を許可。後紀延暦廿四年六月乙巳条の遣唐使藤原葛野麻呂の上奏にも「観察使兼刺史閻済美処分、且奏且放、廿三人入京」とある。公式令69に「若軍機要速…且行且奏」とあるように、

遣唐第一船分断して漂着

薩摩《さつま》国[一]出水《いづみ》郡に到《いた》りて泊《は》てたり。また第一の船《ふね》は、海中《わたなか》にして中断《ちうだん》し、[二]舳《へ》・艫《とも》各《おのおの》分《わか》れぬ。[三]主神《かむつかさ》[四]津守《つもり》宿禰国麻呂《くにまろ》、并《あは》せて唐《もろこし》の[五]行官《ぎやうくわん》ら五十六人、その艫《とも》に乗《の》りて甑嶋《こしきしま》郡に着《つ》く。判官《はんぐわん》[六]大伴《おほとも》宿禰継人《つぐひと》、并《あは》せて前入唐大使《さきのにふたうたいし》[七]藤《ふち》原《はら》朝臣河清《かせい》が[八]女喜娘《むすめきちやう》ら卌一人は、その舳《へ》に乗《の》りて肥後《ひのみちのしり》国[九]天草《あまくさ》郡に着《つ》く。

判官大伴継人ら上奏

継人《つぐひと》ら[一〇]上奏《じやうそう》して言《まう》さく、「継人《つぐひと》ら、去年《こぞ》六月廿四日、四船同《おな》じく海《うみ》に入《い》る。七月三日、[一一]揚州《やうしう》[一二]海陵県《かいりようけん》に着《つ》きて泊《は》てぬ。八月廿九日、[一三]揚州《やうしう》の[一四]大都督府《だいととくふ》に到《いた》る。即《すなは》ち[一五]節度使《せちどし》[一六]陳少遊《ちんせういう》、且《か》つ[一七]奏《そう》し且《か》つ放《ゆる》して、[一八]六十五人を京《きやう》に入《い》らしむ。十月十六日、[一九]上都《じやうと》に発赴《はつふ》す。[二〇]高郵県《かういうけん》に至《いた》りて、[二一]中書門下《ちうしよもんか》の勅牒《ちよくでふ》有り。路次《ろし》車馬《しやば》乏《とも》しきが為《ため》に、人数《ひとかず》を減却《げんきやく》して[二二]廿人に定《さだ》む。正月[二三]十三日、長安《ちやうあん》に到《いた》る。即《すなは》ち[二四]内使《だいし》[二五]趙宝英《てうほうえい》を遣《つかは》して、馬《うま》を将《も》ちて迎接《げいせふ》して[二六]外宅《ぐわいたく》に安置《あんち》せしむ。[二七]三月廿四日、乃《すなは》ち対顔《たいがん》して奏事《そうじ》を奏《まう》す。四月[二八]廿二日、辞《じ》し了《をは》りて首路《かどで》す。勅《みことのり》して、内使《だいし》[二九]楊光耀《やうくわうえう》をして監送《かむそう》し、[三〇]楊州《やうしう》に至《いた》り発遣《はつけん》せしむ。便《すなは》ち[三一]留学生《るがくしやう》を領《りやう》して京《きやう》より越《わた》る。また、内使《だいし》[三二]掖庭令趙宝英《えきていれいてうほうえい》と[三三]判官《はんぐわん》四人を差《つかは》して、国土《こくど》の宝《ほう》貨《か》を賷《もたら》し、使《つかひ》に随《したが》ひて来朝《まう》き、隣好《りんかう》を結《むす》ばしむ。[三四]六月廿五日、[三五]惟揚《いやう》に到《いた》る。九月三日、[三六]揚子《やうす》江《かう》の口より発《た》ち、蘇《そ》[三七]州常耽県《しうじやうたむけん》に至《いた》りて風《かぜ》を候《うかが》ふ。その第三の船《ふね》は海陵県《かいりようけん》に在《あ》り。第四の船《ふね》は楚《そ》[三八]州塩城県《しうえむじやうけん》に在《あ》り。並《ならび》に発《た》つ日《ひ》を知《し》らず。

律令法における緊急時の対処法の原則。
一八 小野滋野の上奏では「六十人」。
一九 唐の首都長安。
二〇 淮南道揚州(広陵郡)高郵県。現在の江蘇省高郵県、揚州市の北数十キロメートル。小野滋野の上奏では「発ㇾ州入ㇾ京、行百余里」とある。
二一 小野滋野の上奏では「勅」の字なし。→補35-一六。
二二 小野滋野の上奏では、使節団は入京の人数の増加を要請し、「更加二廿三人一」とある。
二三 小野滋野の上奏では「三日」。
二四 小野滋野の上奏では「中使」とある。→七五頁注七。
二五 →七五頁注二〇。
二六 →補35-二〇。
二七 小野滋野の上奏では皇帝との謁見は「三月廿二日」。
二八 小野滋野の上奏では「廿四日」拝辞。
二九 小野滋野の上奏では「監使」(補35-二一)とあり、以下の揚州への監送のことは見えない。
三〇 →七三頁注二一。
三一 →補35-二五。
三二 →補35-二六。
三三 この四名のうち、その名が判明するのは、孫興進・秦怤期(宝亀十年五月癸卯条)、高鶴林(宝亀十一年正月己巳条)の三名。
三四 小野滋野の上奏では「六月廿四日」揚州に到着。
三五 揚州の別称。書経、禹貢に「淮海惟揚州」とある。「維揚」にも作る。
三六 →補35-二七。
三七 江南道蘇州(呉郡)常熟県。現在の江蘇省常熟県。揚子江河口の南岸で、海陵県の対岸。
三八 →七五頁注三三。

十一月五日、得二信風一、第一[1]・第二船同発入レ海。比レ及二海中一、八日初更、風急波高、打三破左右棚・根[2]一、湖[3]水満レ船。蓋板[4]挙流、人・物随漂、無レ遺二夕撮米[5]・水一。副使小野朝臣石根等卅八[6]人、唐使趙宝英等廿五人、同時没入、不レ得二相救一。但臣一人潜行、着二舳[7]艦角一、顧三眄[8]前後一、生理絶レ路。十一日五更、帆檣倒二於船底一、断為二両段一。舳・艫各去[9]未レ知レ所レ到[10]。卅餘人累三居方丈[11]之舳一、挙レ舳[12]欲レ没。載[13]レ纜拋[14]レ柂[15]、得二少浮上一。脱三却衣裳一、裸身懸[16]坐。米[17]・水不レ入レ口、已経二六日一。以二十三日亥時一漂三着肥後国天草郡西仲嶋一。臣之再生、叡造所レ救。不レ任二歓[18]幸之至一。謹奉レ表以聞。○丁巳、散事正四位上伊福部女王卒。○己未、以二従五位下文室真人久賀麻呂一為二但馬介一。○庚申、造二船[19]二艘於安藝国一。為レ送二唐客一也。○辛酉、遣二左少弁従五位上藤原朝臣鷹取・勅旨員[20]外少輔従五位下健部朝臣人上一、労三問唐使一。○十二月癸未、大宰府献二白鼠赤[21]眼一。○甲申、去神護中、

1 一→校補
2 根〔底〕—根
3 湖—潮（大改）
4 板（兼等、大）—极〔底〕、扱（東傍・高傍）
5 米〔高擦重〕
6 八人（底改）—人八〔底原〕→校補
7 舳（底重）—船〔底原〕
8 眄→校補
9 去（底抹傍・東・高、大補）—ナシ（兼・谷）→校補
10 到〔谷重・東傍・高傍、大〕—列（兼・谷原・東・高）
11 丈〔谷重、大〕—大（兼・谷原・東・高）
12 舳—軸（大）
13 載→脚注・校補
14 拋〔底〕—枕→校補
15 柂→校補
16 懸〔大改〕—縣（兼等）
17 米〔谷擦重、大〕—末（兼・谷原・高）、未（東）
18 歓〔大改〕—勧（兼等）
19 船〔底〕—舶→校補
20 員外—権（紀略）
21 赤—亦〔底〕

一 一夜を五つに区分し、その第一の時間帯をいう。甲夜とも。戌の刻（午後七時から九時までの間）にあたる。
二 「棚」はふなだな。「根」はふないた。棚→補35-三八。
三 甲板。
四 「夕（勺）撮」は容積の単位で、「夕（勺）」は一合の十分の一、「撮」は一勺の十分の一。ほんのわずかの量のこと。「夕」は「勺」の異体字。
五 持節副使。→㊂補20-三一。
六 →七五頁注二〇。
七 とも（船尾）のてすり。
八 まわりを見まわす。
九 生きのびる道。
一〇 戊夜とも。寅の刻（午前三時から五時までの間）にあたる。
一一 「方丈」は一丈四方の意。一丈は約三メートル。但し、ここは非常に狭いことを強調した表現。当時の遣唐使船の大きさは不明であるが、天平宝字五年八月甲子条に見える迎入唐大使使高元度の帰国用の唐船の長さ八丈や中国福建省泉州出土の宋船等の寸法から、全長約三〇メートル、幅約九メートル、排水量

十一月五日、信風《しんぷう》を得《え》て、第一・第二の船同《おな》じく発《た》ちて海《うみ》に入《い》る。海中《わたなか》に及《いた》る比《ころほひ》、八日の初更《しよかう》[一]、風急《かぜはげ》しく波高《なみたか》くして、左右《さいう》の棚《たな》[二]・根《ふないた》を打《う》ち破《や》り、湖水《みづ》船《ふね》に満《み》つ。蓋板《がいはん》[三]挙《ことごと》く流《なが》れ、人《ひと》・物随《ものしたが》ひて漂《ただよ》ひ、夕撮《せきさつ》[四]の米《よね》・水《みづ》を遺《のこ》すこと無し。副使《ふくし》小野《をの》[五]朝臣石根《いはね》ら卅八人、唐使《たうし》趙宝英《てうほうえい》[六]ら廿五人、同時《どうじ》に没入《ぼつにふ》して相救《あひすく》ふこと得《え》ず。但臣《ただしん》一人のみ潜《かづ》き行《ゆ》きて舳《へ》[七]の艦《おばしま》の角《かど》に着《つ》き、前後《まへしりへ》を顧眄《こべん》[八]するに生理《せいり》[九]路《みち》を絶《た》てり。十一日の五更《ごかう》[一〇]に帆檣《ほばしら》は船底《ふなぞこ》に倒《たふ》れ、断《た》たれて両段《ふたきだ》と為《な》る。舳《へ》・艫《とも》各《おのおの》去《さ》りて到《いた》る所《ところ》を知《し》らず。卌餘人は方丈《はうぢやう》[一一]の舳《へ》に累《かさな》り居《を》りて、舳《へ》を挙《あ》げて没《しづ》まむとす。纜《ともづな》を截《た》[一二]ち柂《かぢ》を抛《な》げて、少《すこ》しく浮《う》き上《あが》ること得《う》。衣裳《いしやう》を脱却《だつかく》して裸身《はだか》[一三]にして懸坐《くゑんざ》[一四]す。米《よね》・水口《みづくち》に入《い》らぬこと、已《すで》に六日を経《へ》たり。十三日亥《ゐ》の時《とき》を以《もち》て肥後《ひのみちのしり》国天草《あまくさ》[一五]郡西仲嶋《にしのなかしま》[一六]に漂着《へうちやく》す。臣《しん》が再生《さいせい》は叡造《えいざう》[一七]の救《すく》ふ所《ところ》なり。歓幸《くわんかう》の至《いたり》に任《た》へず。謹《つつし》みて表《へう》を奉《たてまつ》りて聞《もん》す」とまうす。○丁巳[十五日]、散事《さんじ》[一八]正四位上伊福部女王《いほきべのおほきみ》[一九]卒《しゆつ》しぬ。○己未[十七日]、従五位下文室《ふむや》[二〇]真人久賀麻呂《くかまろ》を但馬介《たぢまのすけ》とす。○庚申[十八日]、船《ふね》二艘を安藝《あき》[二一]国に造《つく》らしむ。唐客《たうかく》[二二]を送《おく》らむが為《ため》なり。○辛酉[十九日]、左少弁《させうべん》従五位上藤原《ふぢはら》[二三]朝臣鷹取《たかとり》・勅旨員外少輔《ちよくしゐんぐゑのせうふ》従五位下健部《たけるべ》[二四]朝臣人上《ひとかみ》を遣《つかは》して、唐使《たうし》を労問《らうもん》[二五]せしむ。

十二月[癸酉朔]癸未[十一日]、大宰府《だいさいふ》、白鼠《しろきねずみ》[二六]の赤眼《あかめ》あるを献《たてまつ》る。○甲申[十二日]、去《い》にし神護《じんご》[二七]中《ちう》に

三〇〇トン前後の船と推定されている(石井謙治説)。

一二 「截」は、名義抄に「タツ」の訓が見える。

一三 入唐求法巡礼行記にも、船が難破しそうになった時、「使頭以下至$_{二}$于水手$_{一}$、裸身緊$_{二}$逼褌$_{一}$」とある。

一四 舳のてすりなどに体をつなげて坐る。「懸」は繫。入唐求法巡礼行記に「各々帯$_{レ}$褌、処々結$_{レ}$縄、繫居待$_{レ}$死」とある。

一五 →㊂補15-三九。

一六 「西仲嶋」は仲嶋の西側の意か。仲嶋は、天草下島の南の長島。現在は鹿児島県出水郡東町・長島町となっているが、もとは、天草諸島の一つとして、肥後国天草郡に属していたのであろう。

一七 天の意。あるいは天子の徳をいうか。宝亀八年二月壬寅条に、渤海使が万死に一生を得たのは「聖朝至徳」のおかげ、とある。

一八 →一五頁注一七。

一九 →㊃一八九頁注九。正四位上叙位は宝亀八年正月。

二〇 →補34-二八。

二一 遣唐使船は安芸国に命じて造らせる場合が多い。安芸国での造船→㊂補16-六七。

二二 遣唐使船に分乗して無事来着した唐判官孫興進ら一行。翌宝亀十年五月丁卯(二十七日)帰国。

二三 →㊃補31-六三。

二四 もと建(健)部公。→㊃補25-九九。

二五 太政官式に、蕃客来日の際に任じられる諸使のうちに、労問使の名が見える。

二六 →六七頁注二三。

二七 天平宝字八年十二月是月条および天平神護二年六月己丑条に見える、桜島の火山活動による新島の誕生。→㊃五九頁注一四。

大隅国海中有㆑神造㆑嶋。其名[1]、大穴持神。至㆑是為㆓官[2]社㆒。○丁亥、仰㆓左右京㆒、差㆘発六位已下[3]子孫、堪㆓騎兵㆒者八百人㆖。為㆓唐客入朝㆒也。」授㆓女孺[4]正八位下江沼臣麻蘇比外従五位下㆒。○己丑、以㆓従五位下布勢朝臣清直[5]㆒為㆓送唐客使㆒。正六[6]位上甘南備真[7]人清野、従六位下多治比真人浜成為㆓判官㆒。正六位上大網[8]公広道為㆓送高麗客使㆒。」賻㆔贈唐使趙宝英絁八十疋[9]・綿二百屯㆒。○庚寅、玄蕃頭従五位上袁[10]晋卿賜㆓姓清村宿禰㆒。晋卿唐人也。天平七年、随㆓我朝使㆒帰朝。時年十八九。学㆔得文選・爾[11]雅音㆒、為㆓大学音博士㆒。於㆑後、歴[12]㆓大学頭・安房守㆒。○戊戌、仰㆓陸奥・出羽㆒、追[13]㆓蝦夷廿人㆒。為㆑擬㆓唐客拝朝儀衛㆒也。○庚子、以㆓従[14]五位上藤原朝臣鷹取㆒為[15]㆓左中弁㆒。従五位下賀茂朝臣人麻呂為㆓少[16]弁㆒。」授㆓正六位上田辺史[17]浄足外従五位下㆒。

十[18]年春正月壬寅朔、天皇御㆓大極殿㆒受㆑朝。渤[19]海国遣㆓献可大夫司賓[20]少令張仙寿等㆒朝賀。其儀如㆑常。」以㆓忠臣従二位藤原朝臣魚名㆒為㆓内大臣㆒。近衛大将・大宰帥[21]如㆑故。

一 大隅国噌唹郡大穴持神社。→補35-三九。
二 国家(神祇官)が奉幣し、祀る神社。→[四]補32-三三。
三 これより先、新羅使入京の際にも、その儀衛に充てるため、慶雲二年十一月、諸国騎兵を徴発して騎兵大将軍を任じ、また和銅七年十一月、畿内七道の騎兵九九〇人を徴発して左右の将軍・副将軍を任じている。なお今回の唐使の入京は翌宝亀十年四月庚子(三十日)。
四 →五九頁注三二。 五 →補35-四〇。
六 →[四]補32-一。この時の送唐客使は、翌宝亀十年五月丁卯(二十七日)京を出発し、翌々年の天応元年六月帰国して節刀を進めている。また、新唐書東夷伝日本は、この時の遣使を「建中元年(宝亀十一年)、使者真人興能献㆓方物㆒」と記す。新唐書の真人興能をこの布勢清直にあてる説(古代人名辞典)もあるが、送唐客判官甘南備真人清野(補35-四一)にあてるべきであろう。
七 →補35-四一。 八 →補35-四二。
九 →補35-四三。 一〇 本年九月癸亥条に見える、高麗殿嗣らを送ってきた渤海の使節張仙寿らを、本国に送る使。翌宝亀十年二月、張仙寿らは帰国。但し、大網広道が、実際に張仙寿らに同行したことを示す記録は一切なく(広道は延暦八年正月まで昇進していない)、また、通常、送高麗使は、帰国用の船を持たない使節を送るために派遣されるものであるが、今回は帰国用の自国船がある。従って、一旦送使の任命があったものの、その発遣は中止された可能性がある。
一一 →七五頁注二〇。
一二 →[四]補27-四二。清村宿禰は、浄村宿禰ともあり、姓氏録に陳の袁濤塗の後とある。
一三 天平四年度の遣唐使。→[二]補11-二八。天

1 名ノ下、ナシ〔底原〕—曰(谷擦重、大、紀略)、目(底新傍補)、日(兼・谷原・東・高)→校補
2 官〔大補、紀略〕—ナシ(兼等)
3 下(底新傍朱イ)—上〔底原〕
4 孺〔底原・底新朱抹傍〕→校補
5 直為〔谷重〕—真為(谷原)→校補
6 六〔底原・底新朱抹傍〕→校補
7 真—直〔底〕
8 網—納〔底〕→校補
9 疋〔底〕—匹(谷擦重、大)、正(兼・谷原・東・高)
10 袁—表〔底〕
11 爾(底新朱抹傍)—邇〔底原〕→校補
12 歴〔大補〕—ナシ(兼等)
13 追→校補
14 従—後〔底〕→校補
15 為〔兼・谷、大〕—ナシ(東・高)
16 少ノ上、ナシ〔兼・谷原・東・高〕—左(谷傍補、大)→校補
17 史〔兼・谷、大〕—央(東・高)
18 十年→校補
19 渤→校補
20 賓→校補
21 帥〔谷傍補、大〕—ナシ(兼・谷原)、師(東・高)

大隅《おほすみ》国の海中《わたなか》に神《かみ》有りて嶋《しま》を造《つく》る。その名《な》、大穴持神《おほあなもちのかみ》[一]なり。是《ここ》に至《いた》りて官《くわん》[二]社《しや》とす。○丁亥《十五日》、左右京《さうのきやう》に仰《おほ》せて、六位已下の子孫《こうまご》の騎兵《きひやう》[三]に堪《た》ふる者八百人《ひと》を差《さ》し発《おこ》さしむ。唐客《たうかく》が入朝《みかどまゐり》せむが為《ため》なり。女孺《によじゆ》[四]正八位下江沼《えぬ》[五]臣麻蘇比《まそひ》に外従五位下を授《さづ》く。○己丑《十七日》、従五位下布勢《ふせ》[六]朝臣清直《きよなほ》を送唐客使《そうたうかくし》とす。正六位上甘南備《かむなび》[七]真人清野《きよの》、従六位下多治比《たぢひ》[八]真人浜成《はまなり》を判官《はんぐわん》。正六位上大《おほ》[九]網《よさみ》公広道《ひろみち》を送高麗客使《そうかうらいかくし》[一〇]。唐使《たうし》趙宝英《てうほうえい》[一一]に絁《あしぎぬ》八十疋・綿《わた》二百屯を賻贈《ふぞう》す。○庚寅《十八日》、玄蕃頭《ぐゑんばんのかみ》従五位上袁晋卿《ゑんしんけい》[一二]に姓を清村《きよむら》宿禰と賜《たま》ふ。晋卿《しんけい》は唐《もろこし》の人《ひと》なり。天平《てんひやう》七年、我《わ》が朝使《てうし》[一三]に随《したが》ひて帰朝《くゐでう》[一四]す。時《とき》に年《とし》十八九。文選《もんぜん》[一五]・爾雅《じが》の音《おむ》[一六]を学《まな》び得《え》て、大学《だいがく》[一七]の音博士《おむはかせ》と為《な》る。後《のち》に、大学頭《だいがくのかみ》[一八]・安房《あは》[一九]守を歴《へ》たり。○戊戌《二十六日》、陸奥《みちのおく》・出羽《いでは》に仰《おほ》せて、蝦夷《えみし》廿人を追《め》さしむ。唐客《たうかく》[二〇]の拝朝《みかどをがみ》の儀衛《ぎゑい》に擬《ぎ》せむが為《ため》なり。○庚子《二十八日》、従五位上藤原《ふぢはら》[二一]朝臣鷹取《たかとり》を左中弁《さちうべん》とす。従五位下賀茂《かも》[二二]朝臣人麻呂《ひとまろ》を少弁《せうべん》。正六位上田辺《たなべ》[二三]史浄足《きよたり》に外従五位下を授く。

送唐客使・送高麗客使任命

十年《己未》春正月壬寅の朔、天皇《すめらみこと》、大極殿《だいごくでん》に御《おは》しまして朝《でう》を受《う》けたまふ。渤海《ぼつかい》国《こく》、献可大夫《けんかだいぶ》[二四]司賓少令《しひんせうれい》[二五]張仙寿《ちやうせんじゆ》[二六]らを遣《つかは》して朝賀《でうが》[二七]せしむ。その儀《ぎ》、常《つね》の如《ごと》し。忠臣《ちうしん》[二八]従二位藤原《ふぢはら》[二九]朝臣魚名《うをな》を内大臣《ないだいじん》[三〇]とす。近衛大将《このゑのだいしやう》・大宰帥《だいさいのそち》は故《もと》の如《ごと》し。

七七九年
渤海使朝賀

藤原魚名を内大臣とす

平六年十一月、多褹島に帰着し、翌七年三月、節刀を進めた入唐大使多治比広成らの一行。一四 朝廷に帰服する、の意。帰化(三補22―三六)と同じ。一五 →補35―四四。一六 学令8に「凡学生、先読二経文一」とあるように、大学寮での学習は、まず教科書の素読から始まる。一七 神護景雲元年二月丁亥条に音博士と見える。一八 本条以後の任官と思われるが、いつのことか未詳。一九 延暦四年正月任官。二〇 翌宝亀十年四月庚子、将軍に率いられ、騎兵二〇〇人とともに、蝦夷二〇人が京城門外で唐使を迎えている。蕃客入朝の儀での蝦夷の参列→補35―四五。二一 →四補31―六三。前官は左少弁(宝亀九年十一月辛酉条)。左中弁の前任者は帰国の途中海中に没した遣唐副使小野石根(宝亀八年正月丙辰条)。二二 →四補31―九三。左少弁の前任者は本条で左中弁に転任した藤原鷹取(宝亀九年十一月辛酉条)。二三 日本博士中臣丸張弓らとともに、天平勝宝五年正月に正月十五日祭について(年中行事抄)、同七年正月に九月節会について(要略)勘奏。同八歳十月、因幡目従八位下(東南院二―二九一頁)。この後、木工助・伊豆守に任。田辺史→一補1―一三五。二四 →補34―二四。二五 →補34―二四。二六 前年九月癸亥条に見える、越前の三国湊に来着した高麗国送使。本年二月癸酉帰国。→七三頁注五。二七 渤海使の朝賀参列→三三〇三頁注五。二八 前年三月、内臣の名を改めたもの。二九 →三補17―二五。近衛大将任官年時は未詳。大宰帥任官は宝亀八年十月。三〇 →一二三頁注一五。

○丙午、渤海使張仙寿等献二方物一。奏曰、渤海国王言、聖朝之使高麗朝臣殿嗣等、失レ路漂二着遠夷之境一、乗船破損、帰去無レ由。是以、造二船二艘[1]一、差二仙寿等一、随二殿嗣[2]一令三入朝一。并戴[3]二荷献物一、拝二奉天朝一。○丁未、授二无位藤原朝臣支子[4]従五位下一。○戊申、宴二五位已上及渤海使仙寿等於朝堂一。賜レ禄有レ差。詔二渤海国使一曰、渤海王使仙寿等来朝拝覲。朕有レ嘉焉。所以加二授位階一、兼賜二禄物一。○癸丑、授二无位藤原朝臣園人従五位下一。○甲寅、授二従五位上紀朝臣船守正五位上、従六位下吉弥[5]侯[6]横刀外従五位下一。○丁巳、宴二五位已上及渤海使於朝堂一、賜レ禄。○己未、内射。渤海使亦在二射列[7]一。」授二従四位下紀朝臣形名正四位上一。○庚申、授二従六位上大伴宿禰弟麻呂従五位下一。○辛酉、授二従五位下内蔵忌寸全成正五位下一。○癸亥、授二正六位上酒部造上麻呂外従五位下一。○甲子、授二正四位上藤原朝臣是公従三位、正五位下[8]三方王従四位下、従五位下飯野王従五位上[9]、正六位上塩屋王従五位下、正五位下[10]豊野真人奄智正五位上、従

1 艘〔谷重〕
2 嗣—副〔底〕
3 戴〔兼等〕—載(谷傍、大)→校補
4 支—友(大改)
5 弥—祢〔底〕
6 侯〔大補〕—ナシ(兼等)
7 列(谷擦、大、類七二)—例〔兼・谷原・東・高〕
8 下〔大改〕—上(底新傍朱イ・兼等)→校補
9 位—従〔底〕
10 位(底新傍補)—ナシ〔底原〕

一 →八三頁注二六。
二 →三五頁注二二。
三 遣使の理由を述べる、渤海国王の言葉を奏上。
四 三代文王大欽茂(在位七三七—七九三)。→㊁三五七頁注二〇。
五 殿継とも。→補34—四二。前年九月に、越前三国湊に帰着したことが見える。
六 他に見えず。大系本は「友子」とするが、友子も他に見えず。藤原朝臣→㊀補1—二九。
七 白馬の節会の宴。→㊁補9—五〇。
八 渤海の送使の労にむくいるため、授位し禄を賜うことを述べた詔。
九 薗人とも。→補35—四六。
一〇 →㊃補25—四一。従五位上叙位は宝亀二年十一月。桓武の嬪、紀若子の父。本条の時点で近衛少将。次の吉弥侯横刀とともに、皇太子側近の武官か。
一一 本年九月近衛将監。延暦二年正月、天皇側近の武官の一人として夙夜恪勤を賞されて従五位下、同年二月上野介、同三月下毛野朝臣を賜姓。吉弥侯はもと君子。吉弥侯→㊀補6—七〇。
一二 踏歌の節会の宴。→㊀補2—九。
一三 内裏で大射(㊀補2—一一)を行う場合をい

渤海使、国王の言を奏上

○丙午[五日]、渤海使《ぼつかいし》張仙寿《ちやうせんじゆ》[一]ら方物《はうぶつ》[二]を献《たてまつ》る。奏《そう》[三]して曰《まう》さく、「渤海国《ぼつかいこく》[四]の王言《わうまう》さく、「聖朝《せいでう》の使高麗《つかひこま》[五]朝臣殿嗣《とのつぐ》ら、路《みち》を失《うしな》ひて遠夷《ゑんい》の境《くに》に漂着《へうちやく》し、乗《の》る船《ふね》破《や》れ損《そこな》ひて、帰《かへ》り去《さ》るに由《よし》無し。是《ここ》を以《もち》て船《ふね》二艘を造《つく》りて、仙寿《せんじゆ》らを差《つかは》し、殿嗣《とのつぐ》に随《したが》ひて入朝《みかどまゐり》せしむ。并《あは》せて献物《たてまつりもの》を戴《いただ》き荷《も》ちて、天朝《てんてう》を拝《をが》み奉《まつ》る」とまうす」とまうす。○丁未[六日]、无位藤原《ふぢはら》[六]朝臣支子《えだこ》に従五位下を授《さづ》く。○戊申[七日]、

渤海使に詔

五位已上と渤海使《ぼつかいし》仙寿《せんじゆ》らとを朝堂《でうだう》に宴《うたげ》[七]す。禄賜《ろくたま》ふこと差《しな》有り。渤海国使《ぼつかいこくのつかひ》に詔《みことのり》[八]して曰《のたま》はく、「渤海王《ぼつかいわう》の使仙寿《つかひせんじゆ》ら来朝《まう》きて拝覲《はいきん》す。朕《われ》嘉《よみ》すること有り。所以《このゆゑ》に位階《ゐかい》を加《くは》へ授け、兼《か》ねて禄物《ろくぶつ》を賜ふ」とのたまふ。○癸丑[十二日]、无位藤原《ふぢはら》[九]朝臣園人《そのひと》に従五位下を授く。○甲寅[十三日]、従五位上紀《き》[一〇]朝臣船守《ふなもり》に正五位上を授く。従六位下吉弥侯横刀《きみこのたち》[一一]に外従五位下。○丁巳[十六日]、五位已上と渤海使《ぼつかいし》とを朝堂《でうだう》に宴《うたげ》[一二]して禄《ろく》を賜ふ。○己未[十八日]、内射《うちのいくひ》[一三]す。渤海使《ぼつかいし》も亦射《またしや》[一四]の列《つら》に在《あ》り。従四

叙位

位下紀《き》[一五]朝臣形名《かたな》に正四位上を授く。○庚申[十九日]、従六位上大伴《おほとも》[一六]宿禰弟麻呂《おとまろ》に従五位下を授く。○辛酉[二十日]、従五位下内蔵《くら》[一七]忌寸全成《またなり》に正五位下を授く。○癸亥[二十二日]、正六位上酒部《さかべ》[一八]造上麻呂《かみまろ》に外従五位下を授く。○甲子[二十三日]、正四位上藤原《ふぢはら》[一九]朝臣是公《これきみ》に従三位を授く。正五位下三方王《みかたのおほきみ》[二〇]に従四位下。従五位下飯野《いひの》[二一]王に従五位上。正六位上塩屋《しほや》[二二]王に従五位下。正五位下豊野《とよの》[二三]真人奄智《えむち》に正五位上。従

うか。外国の使節を大射に列席あるいは参加させること、霊亀元年・神亀五年・天平十二年・天平宝字三年・同四年・同七年等に見える。

一四 霊亀元年正月庚子条にも「新羅使亦在㆓射列㆒」とある。「在㆓射列㆒」とは、「命㆓渤海使己弥蒙等㆒射」(天平十二年正月甲辰条)、「客堪㆑射者亦預㆓於列㆒」(天平宝字七年正月甲子条)とあるように、射を行う人々の列に加わって射を行った、の意。

一五 方名とも。→[四]四三五頁注二〇。従四位下叙位は宝亀五年七月。

一六 乙麻呂とも。古慈斐の子(補任)。衛門佐・左衛士佐等を歴任し、延暦二年十一月、常陸介で征東副将軍を兼任。同十年七月、征東(夷)大使(続紀)。同十三年正月、征夷大将軍として節刀を授けられる(紀略)。副将軍坂上田村麻呂らの活躍により、翌十四年正月凱旋し、二月従三位(紀略、補任)。大同四年五月没。時に年七十九、散位従三位(紀略)。大伴宿禰→[一]補1–九八。

一七 →[三]補22–四一。従五位下叙位は宝亀八年三月。武官系の外交官。

一八 他に見えず。渤海使が列席した元日以下の宴席に酒を供したことによる行賞の叙位か。酒部造→補35–四七。

一九 もと黒麻呂。→[三]補23–五。正四位上叙位は宝亀八年正月。

二〇 →[四]三六三頁注一三。正五位下叙位は宝亀八年正月。

二一 →[四]一四九頁注二一。従五位下叙位は神護景雲元年正月。

二二 系譜未詳。天応元年六月主殿頭、延暦元年閏正月若狭守、同十年正月造兵正となる。

二三 もと奄智王。→[三]補20–四一。正五位下叙位は宝亀元年八月。

1 巨―臣〔底〕
2 真―ナシ（大）
3 治（底新傍補）―ナシ〔底原〕
4 口〔底〕―中（底新傍朱イ・兼等、大）→脚注・校補
5 臣〔底原〕―ナシ（底抹）
6 臣ノ下、ナシ〔大〕―朝臣（兼等）→校補
7 支―友（大改）
8 伎〔大改〕―仗（兼・谷・高）、伏（東）
9 朝臣〔大補〕―ナシ（兼等）→校補
10 瓜〔底原・底新朱抹傍、大改〕―爪（兼等）→校補
11 米〔谷擦重、大〕―末（兼・谷原・東・高）
12 州〔底原・底新朱抹傍〕→校補
13 土〔底原・底新朱抹傍・兼・谷・東、大〕―士（高）→校補
14 及〔大改〕―反（兼等）
15 僅〔谷原・谷重〕→校補
16 於ノ下、ナシ（底新朱抹）―於〔底原〕
17 餘―余〔底〕

五位上安倍朝臣東人・百済王利善・巨[1]勢朝臣苗麻呂並正五位下、従五位下安倍朝臣常嶋・大中臣朝臣継麻呂・安倍朝臣家麻呂・紀朝臣真乙並従五位上、従六位上当麻真[2]人千嶋、正六位上多治[3]比真人年持・田口[4]朝臣飯麻呂・中臣[5]朝臣松成・大伴宿禰中主・大神朝臣[6]三支[7]・甘南備真人豊次・県犬養宿禰堅魚麻呂・紀朝臣白麻呂・采女朝臣宅守・石川朝臣美奈伎[8]麻呂・藤原朝臣[9]弓主並従五位下、正六位上和連諸乙・葛井連根道・船連住麻呂・土師宿禰古人並外従五位下。○丙寅、授正六位上山上王・无位氷上真人川継並従五位下。○二月癸酉、授正六位上佐伯宿禰瓜[10]作従五位下、正六位上久米[11]連真上外従五位下。」渤海使還国。賜其王璽書、并附信物。○乙亥、贈故入唐大使従三位藤原朝臣清河従二位、副使従五位上小野朝臣石根従四位下。清河、贈太政大臣房前之第四子也。勝宝五年、為大使入唐。廻日遭逆風、漂着唐国南辺驩州[12]。時遇土[13]人、及[14]合船被害。清河、僅[15]以身免、遂留唐国、不得帰朝。於[16]後十餘[17]年、薨於唐国。石

一一 阿倍朝臣とも。→[四]補25―九六。従五位上叙位は神護景雲元年八月。
一二 →[四]九九頁注二一。従五位上叙位は宝亀七年正月。
一三 →[三]二〇五頁注一四。従五位上叙位は宝亀七年正月。
一四 阿倍朝臣とも。→[四]補31―四〇。従五位下叙位は宝亀二年正月。
一五 →[四]二九一頁注二一。従五位下叙位は宝亀元年七月。
一六 →[四]補32―一一。従五位下叙位は宝亀三年正月。
一七 →[四]三九九頁注二〇。従五位下叙位は宝亀四年正月。
一八―一九 →補35―四八。
二〇 →補35―四九。
二一 →[三]四四三頁注八。
二二 宝亀十一年三月、官奴正。船連→[一]二三頁注五。
二三 →補35―五〇。
二四 系譜未詳。宝亀十年九月内礼正、延暦六年五月内兵庫正となる。
二五 →補35―五一。
二六 宝亀十年九月近衛員外少将、天応元年四月参河介となる。佐伯宿禰→[一]二七頁注一三。
二七 宝亀十年二月下野介、天応元年四月大和介。藤原百川の母久米若女の近親者か。久米連→[二]一五一頁注三一。
二八 前年九月、高麗殿嗣らを送って、越前の三国湊に来着した張仙寿ら。

五位上安倍《あへ》[一]朝臣東人《あづまひと》・百済王利善《くだらのこにきしりぜん》[二]・巨勢《こせ》[三]朝臣苗麻呂《なへまろ》に並《ならび》に正五位下。従五位下安倍《あへ》[四]朝臣常嶋《つねしま》・大中臣《おほなかとみ》[五]朝臣継麻呂《つぐまろ》・安倍《あへ》[六]朝臣家麻呂《いへまろ》・紀《き》[七]朝臣真乙《まおと》に並に従五位上。従六位上当麻《たぎま》[八]真人千嶋《ちしま》、正六位上多治比《たぢひ》[九]真人年持《としもち》・田口《たぐち》[一〇]朝臣飯麻呂《いひまろ》・中臣《なかとみ》[一一]朝臣松成《まつなり》・大伴《おほとも》[一二]宿禰中主《なかぬし》・大神《おほみわ》[一三]朝臣三支《みえだ》・甘南備《かむなび》[一四]真人豊次《とよつぐ》・県犬養《あがたいぬかひ》[一五]宿禰堅魚麻呂《かつをまろ》・紀《き》[一六]朝臣白麻呂《しろまろ》・釆女《うねめ》[一七]朝臣宅守《やかもり》・石川《いしかは》[一八]朝臣美奈伎麻呂《みなきまろ》・藤原《ふぢはら》[一九]朝臣弓主《ゆみぬし》に並に従五位下。正六位上和《やまと》[二〇]連諸乙《もろおと》・葛井《ふぢゐ》[二一]連根道《ねみち》・船《ふね》[二二]連住麻呂《すみまろ》・土師《はじ》[二三]宿禰古人《ふるひと》に並に外従五位下。○丙寅[二十五日]、正六位上山上王《やまのうへのおほきみ》[二四]・无位氷上《ひかみ》[二五]真人川継《かはつぐ》に並に従五位下を授《さづ》く。

渤海使帰国

二月癸酉[壬申朔 二日]、正六位上佐伯《さへき》[二六]宿禰瓜作《うりつくり》に従五位下を授く。正六位上久米《くめ》[二七]連真上《まかみ》に外従五位下。渤海使《ぼつかいし》[二八]、国《くに》に還《かへ》る。その王《わう》に璽書《じしよ》[二九]を賜《たま》ひ、并《あは》せて信物《しんぶつ》[三〇]を附《さづ》く。

藤原清河・小野石根に贈位

○乙亥[四日]、故入唐大使《なきにふたうたいし》従三位藤原《ふぢはら》[三一]朝臣清河《きよかは》に従二位を贈《おく》る。副使《ふくし》従五位上小野《をの》[三二]朝臣石根《いはね》に従四位下。清河《きよかは》[三三]は贈太政大臣《ぞうだいじやうだいじん》房前《ふささき》[三四]の第四の子《こ》なり。勝宝《しようほう》[三五]五年、大使《たいし》として唐《もろこし》に入《い》る。廻《かへ》[三六]る日《ひ》逆風《げきふう》に遭《あ》ひて、唐国《もろこし》の南辺驩州《なむへんくわんしう》[三七]に漂着《へうちやく》す。時《とき》[三八]に土人《くにひと》に遇《あ》ひ、及船《またふね》を合《あは》せて害《そこな》はる。清河《きよかは》、僅《わづか》に身《み》を以《もち》て免《まぬか》れて、遂《つひ》[三九]に唐国《もろこし》に留《とどま》り、帰朝《かへ》ること得《え》ず。後《のち》十餘年に、唐国《もろこし》に薨《こう》[四〇]しぬ。石《いは》

二九　新羅王や渤海王に宛てた天皇の書を、続紀では璽書とも勅書ともいう。→[三]一六九頁注一三。

三〇　→三五頁注三一。

三一　中国では河清。内大臣魚名の兄。→[三]補13-五〇。遣唐大使任命は天平勝宝二年九月。従三位叙位は天平宝字八年正月。

三二　→[三]補20-三二。遣唐副使任命は宝亀七年十二月。従五位上叙位は宝亀五年正月。

三三　清河の略伝は紀略延暦廿二年三月丁巳条にも見える。→補35-五二。

三四　→[一]六五頁注四。

三五　清河は、天平勝宝四年閏三月、節刀を授かり、その年のうちに出発し、帰途についたのが翌五年。

三六　天平勝宝五年十一月十五日、四船ともに蘇州黄泗浦を出航。清河の乗船は阿児奈波嶋(沖縄)に到着したが、そこで坐礁(唐征伝)。その後、逆風にあおられ、安南に漂着。紀略延暦廿二年三月丁巳条には「与二留学生朝衡(阿倍仲麻呂)一同レ舟帰朝。海路逢レ風、漂二泊安南一」とある。

三七　嶺南道驩州(日南郡)。安南(ヴェトナム)の北部。

三八　古今和歌集目録の安倍仲麿の伝に「属二禄山構レ逆群盗蜂起一、而夷獠放横、劫二殺衆類一。同舟遇レ害者、一百七十余人。僅遺二十余人一」とある。

三九　その後、阿倍仲麻呂とともに長安に戻り、唐朝に仕え、特進(正二品)・秘書監(従三品)(天平宝字五年八月甲子条)。天平宝字三年、迎入唐大使使を派遣したが、安史の乱のため、帰途に不安があるとして帰国は不許可。

四〇　清河が唐で没したのは、宝亀三年から同九年の間。清河の没年→補35-五二。

根、大宰大弐従四位下老之子也。宝亀八年、任二副使一入レ唐。事畢而帰、海中船断、石根及唐送使趙宝英等六十三人、同時没死。故並有二此贈一也。」授二正六位上大[1]原真人黒麻呂従五位下一。〇丁丑、散位従四位下佐伯宿禰三[2]野卒。〇庚辰、授二外従五位下吉田連斐大[3]麻呂従五位下一。」従五位下藤原朝臣末茂為二左衛士員外佐一。〇壬午、授二外従五位下吉田連古[4]麻呂外正五位下一。〇甲申、以二大宰少監正六位上下道朝臣長人一為二遣新羅使一。為レ迎二遣唐判官海上三狩等一也。〇戊子、授二命婦従四位下巨[5]勢朝臣巨[6]勢野正四[7]位下一。〇辛卯、授二正六位上土師宿禰虫麻呂外従五位下一。〇甲午、以二従五位上利波臣志[8]留志一為二伊賀守一。従五位下田口朝臣祖人為二尾張介一。従五位下藤原朝臣長山為二参河守一。従五位上当麻王為二遠江守一。左衛士員外佐従五位下紀朝臣弟麻呂為二兼相模守一。従五位下百済王仙宗為二安房守一。従五位上紀朝臣真乙為二上総守一。従五位下紀朝臣豊庭為二下総守一。従五位下藤原朝臣園人為二美濃介一。中務大輔従五位上藤原朝臣鷲取為二兼上野守一。衛門

1大〔大〕—太(兼等)
2三—王(東)
3大〔底原〕—太(底重・兼等、大)
4古〔兼・谷、大〕—吉(東・高)
5巨(兼・東・高、大)—臣〔谷〕
6巨—臣〔底〕→校補
7四—ナシ〔底〕
8志〔兼・谷、大〕—ナシ(東・高)

一　→[二]五三頁注一四。
二　任命は宝亀七年十二月。翌八年六月二十四日、唐に向けて出航(宝亀九年十月乙未条)。
三　大伴継人の上奏(宝亀九年十一月乙卯条)によると、石根らが海中に没したのは十一月八日、船が両断されたのは同十一日のこと。
四　→七五頁注二〇。
五　大伴継人の上奏には「副使小野朝臣石根等卅八人、唐使趙宝英等廿五人」とある。
六　他に見えず。大原真人は、天平十一年四月、高安王らに賜姓。姓氏録左京皇別に、敏達の孫、百済王の後とある。なお、紹運録に高安王らを天武皇子長親王の孫とするが、年代的に合わないので誤りであろう。→天平十一年四月甲子条。大原真人→[二]三五三頁注四。
七　→[四]補25-五二。
八　→[四]二九一頁注二二。外従五位下叙位は宝亀元年七月。
九　→三三頁注二三。末茂の左衛士員外佐任官は宝亀十一年二月九日甲辰にも見え、月日が一致する。同事重出で、十一年条が正しい。本条の時点での左衛士員外佐は紀弟麻呂(宝亀八年十月辛卯任、九年二月辛巳・十年二月甲午条)。また、末茂は下文甲午(二十三日)の人事で、美濃介から肥後守に転任している。
一〇　→補34-五。外従五位下叙位は宝亀七年正月。
一一　本年七月、海上三狩らを伴い大宰府に帰着。延暦三年正月外従五位下叙位、同年三月大和介となる。下道朝臣→[二]補12-六。
一二　もと三狩王。→[三]一一一頁注五五。第四船に乗り、耽羅に漂着し、唐使判官高鶴林(補35-七一)らとともに島人に抑留されてい

根《ね》は大宰大弐《だいさいのだいに》従四位下老《おゆ》[一]が子《こ》なり。宝亀《ほうくゐ》八年、副使《ふくし》[二]に任《にむ》せられて唐《もろこし》に入《い》る。事畢《ことをは》りて帰《かへ》るに、海中《わたなか》[三]に船《ふね》断《た》れて、石根《いはね》と唐送使《たうそうし》趙宝英《てうほうえい》[四]ら六十三人[五]、同《おな》じ時《とき》に没死《し》にぬ。故《ゆゑ》に並《ならび》にこの贈《ぞう》有り。正六位上大原《おほはら》[六]真人黒麻呂《くろまろ》に従五位下を授《さづ》く。○丁丑[六日]、散位《さんゐ》従四位下佐伯《さへき》[七]宿禰三野《みの》卒《しゆつ》しぬ。○庚辰[九日]、外従五位下吉田《きつた》[八]連斐大麻呂《ひだまろ》に従五位下を授く。従五位下藤原《ふぢはら》[九]朝臣末茂《すゑしげ》を左衛士員外佐《さゑじのゐんぐゑのすけ》とす。○壬午[十一日]、外従五位下吉田《きつた》[一〇]連古麻呂《こまろ》に外正五位下を授く。○甲申[十三日]、

遣新羅使任命

大宰少監《だいさいのせうげむ》正六位上下道《しもつみち》[一一]朝臣長人《ながひと》を遣新羅使《けんしらきし》とす。遣唐判官《けんたうはんぐわん》海上三狩《うなかみのみかり》[一二]らを迎《むか》へむが為《ため》なり。

任官

○戊子[十七日]、命婦《みやうぶ》[一三]従四位下巨勢《こせ》[一四]朝臣巨勢野《こせの》に正四位下を授く。○辛卯[二十日]、正六位上土師《はじ》[一五]宿禰虫麻呂《むしまろ》に外従五位下を授く。○甲午[二十三日]、従五位上利波《となみ》[一六]臣志留志《しるし》を伊賀《いが》守とす。従五位下田口《たぐち》[一七]朝臣祖人《おやひと》を尾張介《をはりのすけ》。従五位下藤原《ふぢはら》[一八]朝臣長山《ながやま》を参河《みかは》守。従五位上当麻王《たぎまのおほきみ》[一九]を遠江《とほつあふみ》守。左衛士員外佐《さゑじのゐんぐゑのすけ》従五位下紀《き》[二〇]朝臣弟麻呂《おとまろ》を兼相模《さがみ》守。従五位下百済王《くだらのこにきし》[二一]仙宗《せんそう》を安房《あは》守。従五位上紀《き》[二二]朝臣真乙《まおと》を上総《かみつふさ》守。従五位下紀《き》[二三]朝臣豊庭《とよには》を下総《しもつふさ》守。従五位下藤原《ふぢはら》[二四]朝臣園人《そのひと》を美濃《みの》介。中務大輔《ちうむだいふ》従五位上藤原《ふぢはら》[二五]朝臣鷲取《わしとり》を兼上野《かみつけの》守。衛門《ゑもんの》

た(宝亀九年十一月壬子条)。当時、耽羅は新羅の支配に属す。
一三 →七一頁注二。
一四 →四補27-四五。従四位下叙位は宝亀八年五月。
一五 天平勝宝四年四月、大仏開眼会に唐古楽頭を勤める。時に治部少録正七位上(要録二)。
一六 礪波臣とも。→三補17-二一。伊賀守の前任者は本条で越後守に転任した広田王(宝亀九年二月辛巳条)。
一七 →補34-二八。前官は内礼正か(宝亀八年正月戊寅条)。尾張介の前任者は中臣池守(宝亀九年八月癸巳条)。
一八 →三頁注二七。前官は図書頭(宝亀九年二月庚子条)。参河守の前任者は礒部王(宝亀九年八月癸巳条)。
一九 →四補25-七三。遠江守の前任者は伊勢老人(宝亀九年三月丙辰条)。
二〇 →四五頁注二五。前兼官は相模介(宝亀九年二月辛巳条)。左衛士員外佐任官は宝亀八年十月。
二一 →三一頁注一六。前官は図書助か(宝亀八年十月辛卯条)。
二二 →四三九頁注二〇。前官は左兵衛員外佐か(宝亀八年正月己卯条)。上総守の前任者は藤原黒麻呂(宝亀八年正月戊寅条)。
二三 →補34-二八。前官は近衛員外少将(宝亀九年二月庚子条)。下総守の前任者は道嶋嶋足(宝亀九年二月辛巳条)。
二四 →補35-四六。美濃介の前任者は本条で肥後守に転任した藤原末茂(宝亀九年二月丙戌条)。
二五 →四補31-四〇。中務大輔任官は宝亀九年二月。

佐従五位下大中臣朝臣諸魚為二兼下野守一。外従五位下久米連真上為レ介。従五位下広田王為二越後守一。造宮大輔従五位上紀朝臣犬養為二兼丹後守一。従五位下広河王為二因幡守一。従五位下藤原朝臣真縵為二備前介一。従五位下気多王為二安藝守一。従五位下紀朝臣難波麻呂為二周[1]防守一。従五位[2]下宗形王為二紀伊守一。従五位下藤原朝臣大継為二伊豫介一。[3]外従五位下賀祢公小津麻呂為二筑後介一。従五位下藤原朝臣末茂為二肥後守一。大学博士外従五位下膳臣大丘為二兼豊後介一。授二正六位上[4]上村主虫麻呂[5]外従五位下一。○三月甲辰、宴二五位已上一、令三[6]文人上二曲水之詩一。賜レ禄有レ差。○辛亥、遣唐副使従五位下大神朝臣[7]末足等、自二唐国一至。○丁巳、授二无位久[8]米連形名女従五位下一。○戊午、従三位高麗朝臣福信賜二姓高倉朝臣一。○夏四月己丑、夜暴風[9]雨、折レ木発レ屋。○辛卯、領唐客使等奏言、唐使之行、左右建レ旗[10]、亦有レ帯レ仗。行[11]官立二旗前後一。臣等稽二之古[12]例一、未レ見二斯儀一。禁不之旨、[13]伏請二処分一者。唯聴レ帯レ仗[14]、勿レ令レ建レ旗。又奏曰、往時、遣[15]唐使粟田朝臣真人

一 →五頁注一。衛門佐任官は宝亀八年十月。前兼官は備前介(宝亀九年二月辛巳条)。
二 →八七頁注二七。下野介の前任者は大伴人足(宝亀九年二月辛巳条)。
三 →[四]一五一頁注三五。前官は伊賀守(宝亀九年二月辛巳条)。越後守の前任者は石川宿奈麻呂(宝亀七年三月癸巳条)。
四 →[四]補31-六六。造宮大輔任官は宝亀九年二月。丹後守の前任者は佐伯牛養(宝亀九年二月辛巳条)。
五 広川王とも。→[四]補28-三。宝亀八年十月辛卯条にも因幡守任官とある。同事重出か、あるいは再任か。
六 真葛とも。→[四]補33-一。前官は散位頭(宝亀八年十月辛卯条)。備前介の前任者は本条で兼下野守となった大中臣諸魚(宝亀九年二月辛巳条)。
七 →[四]補27-四七。安芸守の前任者は文室水通か(宝亀六年十月乙亥条)。
八 →五頁注三。前官は左京亮(宝亀九年二月庚子条)。周防守の前任者は多治比黒麻呂(宝亀八年正月戊寅条)。
九 →[三]補22-二一。前官は右大舎人頭(宝亀八年十月辛卯条)。
一〇 →二七頁注一一。前官は少納言(宝亀八月正月戊寅条)。
一一 雄津麻呂とも。→[四]三四三頁注一九。筑後介の前任者は日置若虫(宝亀九年二月庚子条)。
一二 →三三頁注二三。前官は美濃介(宝亀九年二月丙戌条)。肥後守の前任者は藤原是人(宝亀九年六月辛丑条)。
一三 →[四]二一一頁注一七。大学博士任官は宝亀八年正月。
一四 虫万呂とも。天平宝字二年七月(古一三-四五五頁)から九月(古四-三〇二頁)にかけて

1 防—坊〔底〕
2 下ノ下、ナシ(底抹・底新朱抹)—従五位下〔底原〕→校補
3 外従(底改)—従外〔底原〕→校補
4 上〔大補〕—ナシ(兼等)
5 外〔大補〕—ナシ(兼等)
6 文→校補
7 末〔谷重〕—未(谷原)→校補
8 米(兼・谷・東、大)—迷〔底〕、未(高)
9 風〔谷傍補〕—ナシ(谷原)
10 旗→校補
11 官〔紀略改〕—宮(紀略原)→校補
12 古—吉(東)
13 伏〔谷重、大、紀略〕—状(兼・谷原・東・高)
14 仗〔谷・高擦重、大、紀略〕—伏(兼・東)
15 唐〔谷傍補〕—ナシ(谷原)

佐《すけ》従五位下大中臣《おほなかとみ》[一]朝臣諸魚《もろうを》を兼下野《しもつけの》守。外従五位下久米《くめ》[二]連真上《まかみ》を介《すけ》。従五位下広田王《ひろたのおほきみ》[三]を越後《こしのみちのしり》守。造宮大輔《ざうくうだいふ》従五位上紀《き》[四]朝臣犬養《いぬかひ》を兼丹後《たにはのみちのしり》守。従五位下広河《ひろかは》[五]王を因幡《いなば》守。従五位下藤原《ふぢはら》[六]朝臣真縵《まかづら》を備前《きびのみちのくち》介。従五位下気多《けた》[七]王を安藝《あき》守。従五位下紀《き》[八]朝臣難波麻呂《なにはまろ》を周防《すはう》守。従五位下宗形《むなかた》[九]王を紀伊《き》守。従五位下藤原《ふぢはら》[一〇]朝臣大継《おほつぐ》を伊豫《いよ》介。外従五位下賀祢《かね》[一一]公小津麻呂《をつまろ》を筑後《つくしのみちのしり》介。従五位下藤原《ふぢはら》[一二]朝臣末茂《すゑしげ》を肥後《ひのみちのしり》守。大学博士《だいがくのはかせ》外従五位下膳《かしはで》[一三]臣大丘《おほをか》を兼豊後《とよくにのみちのしり》介。正六位上上村主《かみのすぐり》[一四]虫麻呂《むしまろ》に外従五位下を授《さづ》く。

遣唐副使大神末足ら帰国

三月甲辰[壬寅朔 三日]、五位已上を宴《うたげ》[一五]し、文人《ぶんじん》をして曲水《ごくすい》の詩《し》を上《たてまつ》らしむ。禄《ろく》賜《たま》ふこと差《しな》有り。○辛亥[十日]、遣唐副使《けんたうふくし》従五位下大神《おほみわ》[一六]朝臣末足《すゑたり》ら、唐国《もろこし》より至《いた》る。○丁巳[十六日]、无位久米《くめ》[一七]連形名女《かたなめ》に従五位下を授く。○戊午[十七日]、従三位高麗《こま》[一八]朝臣福信《ふくしん》に姓を高倉《たかくら》[一九]朝臣と賜ふ。

唐使の行列に旗を立てるを禁ず

夏四月己丑[辛未朔 十九日]、夜《よ》、暴風《あらし》ふき雨《あめ》ふりて、木《き》を折《を》り屋《や》[二〇]を発《こぼ》つ。○辛卯[二十一日]、領唐《りやうたう》[二一]客使《かくし》ら奏《そう》[二二]して言《まう》さく、「唐使《たうし》の行《ぎやう》、左右《さう》に旗《はた》を建《た》て、亦仗《またぢやう》を帯《お》ぶること有り。行官《ぎやうくわん》[二三]、旗《はた》を前後《まへしりへ》に立《た》つ。臣《しん》らこれを古《ふる》き例《ためし》に稽《かむが》ふるに、斯《こ》の儀《ぎ》を見《み》ず。禁不《きむふ》の旨《むね》、伏《ふ》して処分《しよぶん》を請《こ》ふ」とまうす。唯仗《ただぢやう》[二四]を帯《お》ぶることを聴《ゆる》して、旗《はた》を建《た》てしむること勿《な》し。また奏《そう》[二五]して曰《まう》さく、「往時《むかし》、遣唐使《けんたうし》粟田《あはた》[二六]朝臣真人《まひと》

東大寺写経所に出仕し、書写等に従事。宝亀十一年三月能登守、延暦五年正月官奴正となる。上村主→㊀補3-三七。

一五 曲水の宴。→㊀補2-三一。

一六 →補34-四。前年十一月、薩摩国出水郡に帰着した第二船(宝亀九年十一月乙卯条)で帰国したと推定される。本条は、末足らが京に帰還した記事。入京がやや遅れたのは、第一船および第四船の未帰還者の情報確認や同行した唐の使節に対する応接のためか。

一七 他に見えず。藤原百川の母、久米若女の近親者か。久米連→㊁一五一頁注三一。

一八 もと肖奈公。→㊁二三九頁注一一・㊂四五頁注一八。一九 高麗朝臣福信への高倉朝臣賜姓→補35-五三。

二〇 あばきこわすこと。釈名、釈言語に「発、撥也、撥使レ開也」とある。漢書高帝紀二年四月条に「大風従二西北一起、折レ木発レ屋」とある。

二一 本条は、領唐客使からの二件の問合せとそれに対する応答を、後者の裁定が下された日付にまとめて記したもの。「領唐客使」は、治部省式に「蕃客入朝者、差二領客使二人〈掌三在レ路雑事一〉、随使一人〈掌三記録及公文事一〉」とあり、太政官式に「蕃客入朝、任二存問使…各二人、随使一人、通事一人一〈入京之時、令三存問使兼二領客使一〉」とある。この時の領唐客使は、前年十一月辛酉、唐客を労問するために派遣された藤原鷹取・健部人上のことであろう。二二 唐の使節一行の、前例のない武器の携行や旗を立てての行進を認めるか否かの問合せ。二三 →補35-三二。

二四 以下は右の問合せに対する裁定。

二五 唐の使節の入京時の進退の礼、行列の次第についての問合せ。

二六 大宝元年の遣唐執節使。→㊀補1-一二五。

等発㆑従㆓楚州㆒[1]、到㆓長楽駅㆒、五品舎人宣㆑勅労問[2]。此時、未㆑見㆓拝謝之礼㆒。又新羅朝貢使王子[3]泰廉[4]入㆑京之日、官使宣命、賜以㆓迎馬㆒。客徒斂[5]㆑轡、馬上答謝。但渤海国使、皆悉下㆑馬、再拝儛[6]蹈[7]。今領㆓唐客㆒、准㆓拠何[8]例㆒者。進退之礼、行列之次、具載[9]㆓別式㆒、令[10]㆑下㆓使所㆒。宜㆘拠㆓此式[11]㆒、勿㆗以違失[12]㆖。」授㆓遣唐副使従五位下大神朝臣末足正五位下、判官正六位上小野朝臣滋[13]野・従六位上大伴宿禰継人並従五位下、録事正六位上々[14]毛野公大川外従五位下㆒。○乙未、授㆓女孺[15]无位甘南備真人久部従五位下㆒。○丁酉、授㆓外従五位下羽[16]栗[17]翼従五位下、正六位上紀朝臣継成従五位下㆒。○戊戌、散事正四位下紀朝臣形名卒。○庚子、唐客入㆑京。将軍等、率㆓騎兵二百、蝦夷[18]廿人㆒、迎㆓接於京城門外三橋㆒。○五月癸[19]卯、唐使孫興進・秦怤期等朝見。上㆓唐朝書㆒、并[20]貢㆓信物㆒。詔曰、唐使上書、朕見之。唯客等遠来、艱[21]㆓辛行路㆒。宜㆑帰㆓休[22]於館㆒。尋欲㆓相見㆒。○丁巳、饗㆓唐使於朝堂㆒。中納言従三位物部朝臣宅嗣宣[23]㆑勅[24]、

1 州〔底原・底新朱抹傍〕→校補
2 問〔兼・谷、大〕—門（東・高）
3 子—ナシ（東）
4 廉（兼・谷、大）—廣〔底〕→校補
5 斂〔底原・底新朱抹傍〕→校補
6 儛〔底〕—舞
7 蹈〔底〕—踏
8 何（底新傍補）—ナシ〔底原〕→校補
9 載〔底重〕
10 令〔底〕—今
11 式—或〔底〕→校補
12 失（兼等、大）—告〔東傍・高傍〕
13 滋→校補
14 々〔底〕—上（兼・谷、大）、ナシ（東・高）
15 孺〔兼・谷・谷傍・東・高擦重〕→校補
16 羽〔高抹朱傍、大改〕—州（兼・谷・東・高原）
17 栗ノ下、ナシ—臣（大補）
18 夷ノ上、ナシ（底抹・底新朱抹）—夷〔底原〕→校補
19 癸—祭〔底〕
20 并ノ下、ナシ（底抹）—并〔底原〕
21 艱〔大改〕—難（兼等）
22 休—体（高）
23 宣—寅〔底〕
24 勅ノ下、ナシ〔底原〕—曰（底新傍補・兼等、大）

一 楚州の治所は山陽県(現、江蘇省淮安県)。慶雲元年七月甲申朔条の粟田真人の報告によると、この時の遣唐使一行は楚州塩城県に上陸。 二 →補35-五四。
三 正五品上の中書舎人。その職掌の一つに「凡将帥有㆑功及有㆓大賓客㆒、皆使以労問之」(大唐六典)とある。
四 金泰廉。天平勝宝四年閏三月来日。→[三]一一九頁注一〇。
五 太政官式に見える、蕃客入朝時に任命される諸使のうちの郊労使にあたるか。
六 たづなを引きしめて。「轡」は、たづな。「斂」は、そばめて。弾正台式に「凡三位已下於㆑路遇㆓親王㆒者、下㆑馬而立。但大臣斂㆑馬側立」とある。 七 →補35-五五。
八 以下は上文に見える問合せに対する裁定。
九 その内容は未詳。 一〇 領唐客使。
一一 以下は帰還した遣唐副使等に対する叙位。
一二 →補34-四。従五位下叙位は宝亀七年正月。
一三 少野朝臣とも。→補35-一三。
一四 →補35-三三。 一五 →補35-一七。
一六 →五九頁注三二。 一七 他に見えず。甘南備真人→[二]三六七頁注九。
一八 遣唐准判官。→[四]補27-三〇。外従五位下叙位は宝亀六年八月。大系本は宝亀七年八月癸亥条の賜姓記事により、カバネ「臣」を補う。
一九 天応元年十二月、光仁死去に際し山作司、延暦三年四月大膳亮、同四年十月讃岐介となる。紀朝臣→[一]補1-三一。
二〇 →一五頁注一七。
二一 方名とも。→[四]四三五頁注二〇。
二二 任命記事見えず。
二三 前年十二月丁亥、左右京に動員を命じた「堪㆓騎兵㆒者八百人」の一部。
二四 前年十二月戊戌、陸奥・出羽に動員を命じ

唐使入京時の進退の礼等につき別式を定める
遣唐副使らに叙位

ら楚《そ》州《しう》[一]より発《た》ちて長楽駅《ちやうらくのえき》[二]に到《いた》り、五品[三]の舎人《とねり》勅《みことのり》を宣《の》りて労問《らうもん》す。この時《とき》、拝謝《はいしや》の礼《らい》を見《み》ず。また、新羅《しらき》の朝貢使《てうぐし》王子《わうじ》泰廉《たいれむ》[四]京《みやこ》に入《い》る日《ひ》、官使《くわんし》[五]宣命《みことのり》して、賜《たま》ふに迎馬《げいば》を以《もち》てす。客徒《きやくと》纜《たづな》[六]を斂《をさ》めて、馬《うま》の上《うへ》に答謝《たふしや》す。但《ただ》し、渤海国使《ぼつかいこくのつかひ》は皆悉《みなことごと》く馬《うま》より下《お》りて、再拝《さいはい》[七]し儛踏《ぶたふ》す。今《いま》、唐客《たうかく》を領《りやう》するに、何《いづれ》の例《ためし》にか准《なずら》へ拠《よ》らむ」とまうす。進退《しんたい》[八]の礼《らい》、行列《ぎやうれつ》の次《つぎて》は具《つぶさ》に別式《べちしき》[九]に載《の》せ、使《つかひ》[一〇]の所《ところ》に下《くだ》さしむ。この式《しき》に拠《よ》りて違失《ゐしつ》すること勿《な》かるべし。遣唐副使《けんたうふくし》[一一]従五位下大神《おほみわ》[一二]朝臣末足《すゑたり》に正五位下を授《さづ》く。判官《はんぐわん》正六位上小野《をの》[一三]朝臣滋野《しげの》・従六位上大伴《おほとも》[一四]宿禰継人《つぐひと》に並《ならび》に従五位下。録事《ろくじ》正六位上上毛野《かみつけの》[一五]公大川《おほかは》に外従五位下。〇乙未（二十五日）、女孺《によじゆ》[一六]无位甘南備《かむなび》[一七]真人久部《くへ》に従五位下を授く。〇丁酉（二十七日）、外従五位下羽栗翼《はくりのつばさ》[一八]に従五位下を授く。正六位上紀《き》[一九]朝臣継成《つぐなり》に従五位下。〇戊戌（二十八日）、散事《さんじ》[二〇]正四位下紀《き》[二一]朝臣形名《かたな》卒《しゆつ》しぬ。

唐使入京

〇庚子（三十日）、唐客《たうかく》京《みやこ》に入《い》る。将軍《しやうぐん》[二二]ら、騎兵《きひやう》[二三]二百、蝦夷《えみし》[二四]廿人を率《ゐ》て、京城《きやうじやう》の門外《もんぐゐ》の三橋《みはし》[二五]に迎接《げいせふ》す。

唐使朝見

五月（辛丑朔）癸卯（三日）、唐使《たうし》孫興進《そんこうしん》[二六]・秦忿期《しんふき》[二七]ら朝見《てうげん》す。唐朝《たうてう》[二八]の書《ふみ》を上《たてまつ》り、并《あは》せて信物《しんぶつ》[二九]を貢《たてまつ》る。詔《みことのり》[三〇]して曰《のたま》はく、「唐使《たうし》が上《たてまつ》れる書《ふみ》、朕《われ》見《み》たり。唯客《ただきやく》ら遠《とほ》く来《きた》りて行路《かうろ》に艱辛《かんしん》す。館《たち》[三一]に帰休《くゐきう》すべし。尋《つ》ぎて相見《あひまみ》えまく欲《ほり》す」とのたまふ。

唐使と問答

〇丁巳（十七日）、唐使《たうし》を朝堂《てうだう》に饗《みあへ》す。中納言《ちうなふごん》従三位物部《もののべ》[三二]朝臣宅嗣《やかつぐ》、勅《みことのり》[三三]を宣《の》りたまは

た「蝦夷廿人」。
二五 和銅七年十二月、新羅使の入京の折も、騎兵を率いて羅城門外の三椅(橋)で使節一行を出迎えている。三橋→㊀二二一頁注三。
二六 下文丁巳(十七日)条に「唐使判官」とある。唐使趙宝英とともに派遣された四人の判官のうちの一人。趙宝英なきあとの、使節一行の代表者。
二七 他に見えず。唐使判官のうちの一人。
二八 唐皇帝の「勅書」であろう。日・唐間で交わされた国書→補35―五六。なお、『栗里先生雑著』八「石上宅嗣補伝」所引の壬生官務家文書に、この時の朝儀は、石上宅嗣の意見により、「藩国之儀」を用いることとなり、天皇が遂に「降₂御座₁」とあるのは、この「勅書」の受授の時のことか。宝亀九年来日の唐の使節に対する応接→補35―五七。
二九 →三二五頁注三一。
三〇 唐使の遠来の労をねぎらう詔。
三一 京内にあった、外国の使節のための館舎。職員令18集解古記に、玄蕃寮が管理する館舎は「謂、在₂京及津国₁館舎」とある。天平四年十月癸酉条に「始置₂造客館司₁」とあるのは、この京内の館舎造営のためのものか。平安京では、京内の外国使節の館舎も鴻臚館と呼ばれ(紀略弘仁元年四月庚午朔条)、拾介抄によれば、七条大路の北、朱雀大路に面して、東西に二館。
三二 もと石上朝臣。→㊂補18―一八。本条および下文乙丑(二十五日)条で、中納言の宅嗣が勅を伝える使者の任にあたっているが、外国使節への応対としてはやや異例か。宝亀九年来日の唐の使節に対する応接→補35―五七。
三三 天子以下の唐国内の安否や使節の道中での処遇の適否等を問う勅。

唐国[1]天子及公卿、国内百姓、平安以不。又[2]海路艱[3]険、一二使人、或漂没海中、或被掠耽[4]羅。朕聞之、悽[5]愴於懐。又客等来朝道次、国宰祗供、如法以不。唐使判官孫興進等言、臣等来時、本国天子、及公卿・百姓、並是平好。又[6]朝恩遐覃、行路无恙。路次国宰、祗供如法。又勅曰、客等比在館中、旅[7]情愁鬱[8]。所以聊設宴饗、加授位階、兼賜禄物。卿等宜知[9]之。○庚申、右大臣饗唐客於第[10]。勅、賜綿三千屯[11]。○辛酉、授女孺[12]正六位上賀茂朝臣御笠従五位下。○乙丑、唐使孫興進等辞見。中納言従三位物部朝臣宅嗣宣勅曰、卿等到此、未経多日[13]、還国之期、忽然已[14]至。有[15]渡海時[16]、不可停住。今対分別、悵望而已。又為送卿等、新造船二艘、并差使令賫[17]信物、鎮[18]卿等遣廻。又令所司置一盃別酒。兼有賜物[19]。卿等好去。孫興[20]進等奏[21]、

1 国〔東傍・高傍〕―朝（底新傍朱イ・兼等、大）→校補
2 又〔谷重、大〕―人（底新傍朱イ・兼・谷原・東・高）
3 艱〔底〕―難（兼・谷・東・高擦重、大）
4 耽→校補
5 悽―博（東）
6 又〔谷重、大〕―人（底新傍朱イ・兼・谷原・東・高）→校補
7 旅〔底原・底新朱抹傍〕→校補
8 鬱＝欝〔谷重〕―爵（谷原）
9 知（底抹傍）―足〔底原〕
10 第―弟〔底〕
11 三千屯（底傍補・底新傍補）―ナシ〔底原〕→校補
12 孺〔底〕―嬬
13 日〔兼等、大〕―曰（東傍・高傍）
14 已〔東傍・高傍〕―亡（底新傍朱イ・兼・谷原・東・高）、云（谷重、大）→校補
15 有〔底〕―ナシ
16 時ノ上、ナシ〔底〕―有
17 賫―賚（大）→校補
18 鎮〔底〕―領
19 物（東・高、大補）―ナシ（兼・谷）
20 興〔谷重〕―與（谷原）
21 奏〔谷擦重、大〕―秦（兼・谷原・東・高）

一 第一船に乗り途中遭難し、海中に没した唐使趙宝英らのこと。
二 →七七頁注二三。
三 第四船に乗り途中耽羅に漂着し、抑留された唐使判官高鶴林（補35-七一）らのこと。
四 領客使に率いられて入京する使節一行は、途中、通過する国々で物資その他の供給を受ける。玄蕃寮式に「凡諸蕃使人、将国信物応入京者。…其所須駄夫者、領客使委路次国郡、量献物多少及客随身衣物、准給迎

く、「唐国《もろこし》の天子《てんし》と公卿《こうけい》と、国内《くにうち》の百姓《おほみたから》とは、平《たひら》けく安《やすら》けくありや不《いな》や。また海路《かいろ》艱険《かんけむ》にして、一二《ひとりふたり》の使人《つかひのひと》、或《ある》は[一]海中《わたなか》に漂没《へうぼつ》し、或《ある》は[二]耽羅《たむら》に[三]掠《かす》めらる。朕《われ》これを聞《き》きて懐《こころ》に悽愴《せいさう》す。また、客《きやく》ら[四]来朝《まう》くる道《みち》の次《つぎて》の国宰《くにのみこともち》、祇供《しく》すること[五]法《のり》の如《ごと》くなりや不《いな》や」とのたまふ。唐使《たうし》判官《はんぐわん》[六]孫興進《そんこうしん》ら言《まう》さく、「臣《しん》ら来《きた》る時《とき》、本国《ほんこく》の[七]天子《てんし》と公卿《こうけい》・百姓《おほみたから》とは並《ならび》に是《こ》れ平《たひら》けく好《ともな》し。また、朝恩《てうおん》遐《とほ》く覃《およ》びて、行路《かうろ》恙《つつが》无し。路次《ろし》の国宰《くにのみこともち》、祇供《しく》すること法《のり》の如《ごと》し」とまうす。また[八]勅《みことのり》して曰《のたま》はく、「客《きやく》ら比《このころ》館《たち》の中《なか》に在《あ》りて旅情《りよじやう》愁鬱《しううつ》せむ。所以《このゆゑ》に聊《いささか》に宴饗《えんきやう》を設《まう》け、位階《ゐかい》を加《くは》へ授《さづ》け、兼《か》ねて禄物《ろくぶつ》を賜《たま》ふ。卿等《いましら》これを知《し》るべし」とのたまふ。○庚申《二十日》、[九]右大臣《うだいじん》、唐客《たうかく》を第《てい》に饗《みあへ》す。[一〇]勅《みことのり》して、綿《わた》三千屯を賜ふ。○辛酉《二十一日》、[一一]女孺《にょじゅ》正六位上[一二]賀茂《かも》朝臣御笠《みかさ》に従五位下を授く。○乙丑《二十五日》、唐使《たうし》孫興進《そんこうしん》ら辞見《じけん》す。中納言《ちうなふごん》従三位[一三]物部《もののべ》朝臣宅嗣《やかつぐ》、[一四]勅《みことのり》を宣《の》りて曰《のたま》はく、「卿等《いましら》此《ここ》に到《いた》りて多《おほ》き日《ひ》を経《へ》ず。国《くに》に還《かへ》る期《とき》、忽然《たちまち》に已《すで》に至《いた》る。[一五]海《うみ》を渡《わた》るに時《とき》有り、停住《とどま》るべからず。今分別《いまわか》るるに対《むか》ひて悵望《ちやうばう》するのみ。また、卿等《いましら》を送《おく》らむが為《ため》に、[一六]新《あらた》に船《ふね》二艘を造《つく》り、并《あは》せて[一七]使《つかひ》を差《つかは》して[一八]信《しん》物《ぶつ》を齎《もたら》さしめ、卿等《いましら》を鎮《しづ》めて廻《かへ》らしむ。また所司《しよし》をして[一九]一盃《ひとつき》の別酒《べつしゆ》を置《お》かしめ、兼《か》ねて[二〇]賜物《たまひもの》有り。卿等《いましら》[二一]好去《かうきよ》せよ」とのたまふ。孫興進《そんこうしん》ら奏《そう》すらく、

送。仍令下国別国司一人部二領人夫一防中援過境上」とある。
五 礼法にかなう、の意。
六 →九三頁注二六。
七 代宗。→〔三〕四二五頁注三三。代宗はこの四日後の五月二十一日に没している。
八 遠来の使節一行の旅情をなぐさめるため、宴を開いて叙位・賜禄を行うことを述べた勅。
九 大中臣清麻呂。もと中臣朝臣。→〔二〕補15–一三。
一〇 清麻呂の私邸で催した唐客のための宴の来賓者に対する賜物。同様の事例→天平宝字三年正月甲午条・同七年二月丁丑条。
一一 →五九頁注三二。
一二 他に見えず。賀茂朝臣→〔一〕三一頁注二六。
一三 →九三頁注三一。
一四 辞見する唐使に対する別辞の勅。
一五 当時、唐への渡航の最適時期は夏四月–六月とされていた。宝亀七年閏八月、風待ちをしているうちに時期を逸して渡航を断念した遣唐使は、「今既入二於秋節一、逆風日扇。臣等望、待二来年夏月一、庶得二渡海一」と奏上している(庚寅条)。
一六 前年十一月、唐使を送るため、安芸国に造船を命じている(庚申条)。
一七 前年十二月、任命された送唐客使(己丑条)。
一八 →三五頁注三一。唐使来日時の賜物→補35–五八。
一九 今回の遣唐使一行が唐の皇帝に辞見した時にも「賜二銀鋺酒一以惜レ別」(宝亀九年十月乙未条)とある。
二〇 唐使判官以下への賜物。→補35–五八。
二一 送別の詞。「一路平安なれ」に同じ。遊仙窟にも「皆自送二張郎一曰、好去」と見える。

臣等多レ幸、得レ謁二天闕[1]一。今乍拝辞[2]、不レ勝二悵恋一。○丙寅、前学生[3]阿倍朝臣仲麻呂、在レ唐而亡。家口偏乏[4]、葬礼有レ闕。勅、賜二東絁一百疋[5]・白綿三百[6]屯[7]一。○丁卯、唐使孫興進等帰レ国。○己巳、授二散位正六位上百済王元徳従五位下一。○閏[8]五月甲申、贈[9][10]二故河内守正五位下佐伯宿禰国益正五位上一、并賜二稲千束一。褒二廉勤[11]一也。○丙申、太政官奏曰、謹検二令条一、国無二大小一、毎レ国置[12]二史生三人、博士・医師各一人一。神亀五年八月九日格[13]、諸国史生、大国四人、上国三人、中・下国各二人。但博士者惣二三四国一一人、医師毎レ国[14]一人。又天平神護[15]二年四月廿六日格云、博士惣レ国一依二前格一、医師兼任、更建二新例一。其史生者、博士・医師兼任之国、々別格外[16]加二置二人一。而今望者既多、官員猶少。因レ茲、国無二定准一、任[17]用淆[18]乱。臣等商[19]量、随二国大小[20]一、増二減員数[21]一。大国五人、上国四人、中国三人、下国二人。其遷

1 天闕→校補
2 辞〔底傍補〕—ナシ〔底原〕
3 学—字〔高〕
4 乏〔紀略改〕—今〔紀略原〕→校補
5 疋—匹〔紀略〕
6 三ノ下、ナシ〔底新朱抹〕—一〔底原〕→校補
7 屯〔底原・底新朱抹傍〕→校補
8 閏〔紀略補〕—ナシ〔紀略原〕→校補
9 贈ノ上、ナシ〔谷抹〕—賜〔谷原〕→校補
10 贈〔兼・谷、大〕—賜〔東・高〕
11 勤—動〔底〕
12 置—宜〔底〕
13 九〔大改〕—五〔兼等〕
14 国〔高擦重〕
15 護—謹〔高〕
16 外〔大改〕—永〔底新傍朱イ・兼等〕
17 任〔底新傍補〕—ナシ〔底原〕→校補
18 淆—清〔底〕
19 商〔兼、大〕—商〔谷・東・高〕
20 小—少〔底〕
21 数ノ上、ナシ〔谷抹〕—類〔谷原〕→校補

一 天帝の居所。転じて、天皇のこと。
二 →㊂補13―一三。
三 大暦五年(宝亀元年)七十三歳で没。→補35―五二。
四 阿倍仲麻呂の遺族。→補35―五九。
五 →九三頁注二六。
六 この時出発した送唐客使は、この翌年の建中元年(宝亀十一年)、「献二方物一」(新唐書東夷伝日本)とあり、翌々年の天応元年六月、帰国して節刀を進めている。
七 延暦二年十月、交野に行幸があり、百済王明信以下、行在所に供奉した百済王一族に叙位があり、元徳も従五位上に昇叙。百済王→㊀三一頁注一七。
八 →㊃補25―五二。河内守任官は宝亀六年九月。この贈位は通常の薨卒直後になされる贈位。この直前に国益の死亡記事がないのは、薨卒記事は四位以上とする続紀の編纂方針のため。この後、九月に佐伯真守が河内守の後任に任じられている。
九 神亀五年八月および天平神護二年五月に改定のあった諸国史生・博士・医師の定員を更に改定するとともに、国博士・医師の任期を六年に改める太政官奏。この改定は、その後、部分的な改変を経ながらも、基本原則は延喜式に継承。国博士・国医師の任用方法の変遷→㊀補3―一〇。
一〇 史生の定員は職員令70―73、国博士・医師は同80。
一一 神亀五年八月壬申(九日)条に太政官奏と

阿倍仲麻呂の遺族に賜物

「臣《しん》ら幸多《さきはひおほ》くして天闕《てんくゑつ》[一]に謁《まみ》ゆること得《う》。今乍《いますなは》ち拝辞《はいじ》して悵恋《ちやうれん》するに勝《た》へず」とまうす。○丙寅〔二十六日〕、前学生阿倍《さきのがくしやうあへ》[二]朝臣仲麻呂《なかまろ》、唐《もろこし》に在《あ》りて亡《う》[三]せたり。家口《けく》[四]偏《ひとへ》に乏《とも》しくして、葬礼闕《さうれいか》くること有り。勅《みことのり》して、東絁《あづまぎぬ》一百疋・白綿《しろわた》三百屯を賜《たま》ふ。○丁卯〔二十七日〕、唐使《たうし》孫興進《そんこうしん》[五]ら国《くに》[六]に帰《かへ》る。○己巳〔二十九日〕、散位《さんゐ》正六位上百済王元徳《くだらのこにきしぐゑんとく》[七]に従五位下を授《さづ》く。

諸国史生・博士・医師の定員・任期の改定

閏〔庚午朔〕五月甲申〔十五日〕、故河内守《なきかふちのかみ》正五位下佐伯《さへき》[八]宿禰国益《くにます》に正五位上を贈《おく》り、并《あは》せて稲《いね》千束を賜ふ。廉勤《れむきん》を褒《ほ》むればなり。○丙申〔二十七日〕、太政官奏《だいじやうぐわんそう》[九]して曰《まう》さく、「謹《つつし》みて令《りやう》[一〇]の条《でう》を検《しら》ぶるに、国大小《くにだいせう》と無く、国毎《くにごと》に、史生《ししやう》三人、博士《はかせ》・医師《くすし》各《おのおの》一人を置《お》く。神亀《じんくゐ》[一一]五年八月九日の格《きやく》には、諸国《くにぐに》の史生《ししやう》、大国《だいこく》に四人、上国《じやうこく》に三人、中《ちう》・下国《げこく》に各二人[一二]。但《ただ》し、博士《はかせ》は三四国[一三]を惣《す》べて一人、医師《くすし》は国毎《くにごと》に一人[一四]。また天平神護《てんひやうじんご》[一五]二年四月廿六日の格《きやく》に云《い》はく、「博士《はかせ》は国《くに》を惣《す》ぶること一《もは》ら前《さき》[一六]の格《きやく》に依《よ》り、医師兼任《くすしけむにむ》[一七]することは更《さら》に新《あらた》しき例《ためし》を建《た》てよ[一八]。その史生《ししやう》は、博士《はかせ》・医師《くすし》の兼任《けむにむ》の国《くに》は国別《くにごと》に格《きやく》の外《ほか》に二人を加《くは》へ置《お》け」といふ。而《しか》るに今《いま》、望《のぞ》[一九]む者《ひと》既《すで》に多《おほ》く、官《つかさ》の員猶少《かずなほすくな》し。茲《これ》に因《よ》りて、国《くに》[二〇]に定准《ていしゆん》無く、任用淆乱《にむようかうらん》せり。臣《しん》ら商量《しやうりやう》するに、国《くに》の大小《だいせう》に随《したが》ひて員数《ひとかず》を増減《ぞうげむ》せむ。大国《だいこく》に五人、上国《じやうこく》に四人、中国《ちうこく》に三人、下国《げこく》に二人。その遷《うつ》[二一]り

して見える。

一二 神亀五年八月壬申条には、これに続いて「以二六考一成選、満即与レ替」とあり、史生の任期を、選限(六考)に合わせて、六年としている。「与替」は、その任を交替する、の意。

一三 三、四国ごとに一人。

一四 神亀五年八月壬申条には、これに続いて「選満与レ替、同二於史生一」とあり、博士・医師の任期を選限に合わせて八年としている。

一五 天平神護二年五月乙丑(十一日)条に太政官奏として見え、日付がずれている。

一六 神亀五年格。

一七 前格で国別一人であった医師も、博士同様、複数国を兼任することとする。

一八 天平神護二年五月乙丑条には、これに続いて「職田・事力・公廨之類、並給二正国一、不レ給二兼処一。有レ料之国、名為二正任一、無レ料之国、名為二兼任一」とある。

一九 諸国の史生・博士・医師の職を希望する者。

二〇 天平神護二年の制の具体的な運用の仕方は不明だが、「国無二定准一」とあるのは、例えば、大国の場合、㈠史生六人、㈡史生四人・博士一人・医師一人、㈢史生五人・博士一人、㈣史生五人・医師一人、の四通りの編成が可能で、そのいずれにするかは、状況に応じて流動的に運用するということか。もしそのように運用するとすれば、特にそれぞれの職を希望する者が多い場合、個々の国で欠員を補充する際、史生・博士・医師のいずれで補充するか、混乱が生じやすい。

二一 選叙令9遷代条の「遷代」は、厳密にいえば、位階の異動の意で、遷代条は成選叙位の年限(選限)を規定したもの。ここでの「遷代」は、史生の任の交替の意、即ち史生の任期のこと。

代法、一依二天平宝字二年十月廿五日勅一、以二四歳一為レ限。其博士・医師兼レ国者、学生労二於[1]齎粮一、病人困二於救療一。望請、毎レ国各置二一人一、並以二六考一遷[2]替、自レ今以後、立為二恒式一。謹録奏聞、伏聴二[3]天裁一者。奏可之。○六月辛亥、従五位下清原王・従五位下池田朝臣真枚、並為二少納言一。[4]従五位上山辺王為二大膳大夫一。従五位下高橋朝臣祖麻呂為二内膳奉膳一。」紀伊国名草郡人外少初位下神奴百継等言[5]上、己等祖[6]父忌部支波美、自二庚午年一至二大宝二年一[7]四比之[8]籍、並注二忌部一。而和銅元年造[9]籍之日、拠二居里名一、注二[10]姓神奴一。望請、従レ本改正者。許レ之。○辛酉、周防国周[11]防郡人外従五位[12]下周防凡直[13]葦原之賤[14]男公、自称二他戸皇子一、誑二惑百姓一。配二伊豆国一。○秋七月戊辰朔、日有レ蝕之。○丙子、参議中衛大将兼式部卿従三位藤原朝臣百川薨。詔、遣二大和守従四位下石川朝臣豊[15]人・治部少輔従五位下阿倍朝臣[16]謂奈麻呂等一、就レ[17]第宣レ詔、

1 齎〔底新朱抹傍、大〕―齊〔底原・兼・東・高〕、斎(谷)→校補
2 替ノ上、ナシ(底抹)―賛〔底原〕
3 天裁→校補
4 従ノ下、ナシ〔兼・谷、大〕―従(東・高)
5 上〔底〕―ナシ
6 父〔兼・谷重、大〕―文(谷原・東・高)
7 四比〔大補〕―ナシ(兼二字空・谷二字空・高抹)→校補
8 籍〔底〕―藉
9 籍〔東〕―藉(兼・谷・高、大)→校補
10 姓―ナシ(高)
11 防(底傍補)―ナシ〔底原〕
12 下―上(大改)→脚注
13 葦原〔谷原・谷重〕→校補
14 男〔東傍・高傍、大改〕―易(兼等)
15 人〔底原・大改〕―久(底新朱抹傍・兼等)→校補
16 謂〔兼・谷、大〕―謁(東・高)
17 第―弟(兼)

一 天平宝字二年十月甲子条の、史生の任期六年を四年に改めた勅。その後、天平宝字八年十一月、選限が再び慶雲三年格制(㊀補3-六四)に依ることと改正されたが、諸国史生の任期については変更がなく、天平宝字二年の制がそのまま継承され、ここでそれを再確認したもの。 二 かて(粮)を持参すること。 三 国博士・医師の任期を八年とする神亀五年の制を改め、六年に短縮。但し、この時点の国博士・医師の選限は、慶雲格制により八考。 四 →㊃補27-四七。前官は大炊頭(宝亀九年二月庚子条)。 五 →㊃補25-一〇七。員外少納言からの昇格か(宝亀八年正月戊寅条)。 六 →㊃補27-四三。前官は内膳正か(宝亀五年三月甲辰条)。大膳大夫の前任者は菅生王(宝亀九年二月庚子条)。 七 →補34-二八。内膳奉膳(内膳正)の前任者は本条で大膳大夫に転任した山辺王か(宝亀五年三月甲辰条)。内膳奉膳→㊂三三五頁注三。 八 →㊀七一頁注三。 九 他に見えず。神奴→㊂一〇七頁注一七。 一〇 他に見えず。忌部姓はもと忌部首が支配した部の名に因むもの。忌部首→㊁補2-五五。なお、古語拾遺に「其(二神)裔、今在二紀伊国名草郡御木・麁香二郷一、採レ材斎部所レ居、謂二之御木一、造レ殿斎部所レ居、謂二之麁香一」とあり、また、和名抄に名草郡忌部郷(現和歌山市井辺〔いんべ〕付近)とあり、紀伊国名草郡に忌(斎)部がいたことが知られる。 一一 天智九年。この年、わが国最初の全国的規模の戸籍、庚午年籍(㊀補3-一二)が作成された。 一二 「比」は文書を比較すること。戸令22に「凡戸籍、恒留二五比一」とある。ここの「四比之籍」は四回分の戸籍の意で、庚午年(六七〇)・庚寅年(六九〇)・持統十年(六九六)・大宝二年(七〇二)の四回の戸籍。但し、このうち、

代《かは》る法《のり》は、一《もは》ら[一]天平宝字《てんぴやうほうじ》二年十月廿五日の勅《みことのり》に依《よ》りて、四歳を限《かぎり》とす。その博士《はかせ》・医師《くすし》の国《くに》を兼《か》ぬることは、[二]学生賫粮《がくしやうさいらう》に労《たしな》み、病人救療《びやうにんきうれう》に困《くるし》まむ。望《のぞ》み請《こ》はくは、国毎《くにごと》に各《おのおの》一人を置《お》き、並《ならび》に[三]六考を以《もち》て遷《うつ》り替《か》へしめ、今《いま》より以後《のち》、立《た》てて恒式《つねののり》とせむことを。謹《つつし》みて録《しる》して奏聞《そうもん》し、伏《ふ》して天裁《てんさい》を聴《き》く」とまうす。奏《そう》するに可《か》としたまふ。

任官

六月〔己亥朔〕辛亥〔十三日〕、従五位下[四]清原王《きよみはらのおほきみ》・従五位下[五]池田《いけだ》朝臣真枚《まひら》を並《ならび》に少納言《せうなふごん》とす。従五位上[六]山辺《やまのへ》王を大膳大夫《だいぜんのだいぶ》。従五位下[七]高橋《たかはし》朝臣祖麻呂《おやまろ》を内膳奉膳《ないぜんのぶぜん》。紀《き》伊国[八]名草《なくさ》郡の人《ひと》外少初位下[九]神奴百継《かみのやつこももつぐ》ら言上《まう》さく、「己等《おのれら》が[一〇]祖父忌部支《おほちいむべのき》波美《はみ》、[一一]庚午《かうご》の年《とし》より大宝《だいほう》二年に至《いた》る[一二]四比《しひ》の籍《じやく》に、並に忌部《いむべ》と注《しる》す。而《しか》るに[一三]和銅《わどう》元年造籍《ざうじやく》の日《ひ》、[一四]居《を》る里《さと》の名に拠《よ》りて姓を神奴《かみのやつこ》と注《しる》す。望《のぞ》み請《こ》はくは、本《もと》に従《したが》ひて改《あらた》め正《ただ》さむことを」とまうす。これを許《ゆる》す。〇辛酉〔二十三日〕、周防《すはう》国[一五]周《す》防《はう》郡の人《ひと》外従五位下[一六]周防凡直《すはうのおほし》葦原《あしはら》が[一七]賤《やつこを》男公《きみ》、自《みづか》ら[一八]他戸皇子《をさべのみこ》と称《い》ひて百姓《おほみたから》を[一九]誑惑《くゐやうこく》せり。[二〇]伊豆《いづ》国に配《なが》す。

藤原百川没

秋七月戊辰の朔、[二一]日蝕《ひは》ゆること有り。〇丙子〔九日〕、参議《さむぎ》中衛大将《ちうゑのだいしやう》兼式部卿《しきぶきやう》従三位[二二]藤原《ふぢはら》朝臣百川《ももかは》薨《こう》しぬ。詔《みことのり》して、大和守《やまとのかみ》従四位下[二三]石川《いしかは》朝臣豊人《とよひと》・治《ぢ》部少輔《ぶせうふ》従五位下[二四]阿倍《あへ》朝臣謂奈麻呂《ゐなまろ》らを遣《つかは》して、第《てい》に就《つ》きて詔《みことのり》を宣《の》らしめ、

第三回目の持統十年に戸籍が作成されたことを直接示す史料は存在せず、その年の造籍を疑問視して他の年次の造籍の可能性を考える説もある。戸籍→㊀補2-一二〇。

一三 上文の「四比」の籍に次ぐ造籍年。

一四 名草郡は、日前・国懸などの神社の神郡(㊂一三七頁注二〇)で、神社と深い関係をもち、神戸郷・国懸郷などの郷名が見えるが、和名抄その他に「神奴」という里(郷)名は見えない。和銅七年六月己巳条に「寺人姓、本是物部族也。而庚午年籍、因㆓居地名㆒、始号㆓寺人㆒」とある例に類似し、居里名(居地名)と神奴(寺人)という姓との関係がわかりにくい。神奴の姓をもつ人々が集住する郷里に居住していたために、の意か。

一五 →補35-六〇。 一六 →㊃二七七頁注二〇。諸本「外従五位下」とあるが、宝亀元年三月癸未条には「授㆓外従五位上㆒」とあるので、「外従五位上」の誤り。 一七 他に見えず。葦原所有の奴。 一八 他戸親王。→㊃補31-三七。先の皇太子。宝亀六年四月、母井上内親王とともに幽閉の地で没。 一九 たぶらかしまどわす。

二〇 遠流国(神亀元年三月庚申条)。賊盗律21の「凡造㆓妖書及妖言㆒、遠流。〈造、謂、自造㆓烋咎及鬼神之言㆒、妄説㆓吉凶㆒、渉㆓於不順㆒者〉」の適用か。

二一 この日はユリウス暦の七七九年八月十六日。この日食は奈良では生じなかった。→㊀補1-七五。

二二 もと雄田麿。→㊂補22-一二四。旅子(桓武夫人、大伴親王〔淳和〕の母)の父。参議任官は宝亀二年十一月、中衛大将任官は宝亀九年二月、式部卿任官は同八年十月、従三位叙位は同五年五月。 二三 →㊂補17-一二五。

二四 安倍朝臣とも。→㊃補31-九四。

贈二従二位一。葬事所レ須官給、并充[1]二左右京夫一。百川、平城朝参[2]議正三位式部卿兼大宰帥[3]宇合之第[4]八子也。幼有二器度一。歴二位顕要一、宝亀九年、至二従三位中衛大将兼式部卿一。所レ歴[5]之職[6]、為[7]二勤恪一。天[8]皇甚信任之、委以二腹心一。内外機務[9]、莫レ不二関[10]知一。今上之居二東宮一也、特属レ心焉。于レ時上不豫、已経二累月一。百川憂形二於色一、医薬・祈禱、備尽[11]二心力一。上由レ是重之。及レ薨甚[12]悼惜焉。時年卌八。延暦二年、追二思前労一、詔贈二右大臣一。○丁丑、大宰府言、遣新羅使下道朝臣長人[13]等、率二遣唐判官海上真人三狩等一来帰。○庚寅、駿河国飢。賑二給之一。○八月己亥、因幡国言、去六月廿九[14]日暴[15]雨、山崩水溢[16]、岸[17]谷失[18]レ地。人畜漂流、田宅損害、飢饉百姓三千餘[19]人者。遣レ使賑二恤之一。○壬子、勅、去宝亀三年八月十二日、太政官奏、永止二旧銭一、全用二新様[20]一。今聞、百姓徒[21]蓄二古銭一、

1允—亥〔底〕
2参ノ上、ナシ—参〔底〕↓校補
3帥〔兼・谷擦重、大〕—師(谷原・東・高)
4第—弟〔底〕
5歴↓校補
6職↓校補
7為ノ上、ナシ(兼等)—名〔底〕、各(大補)↓校補
8天皇↓校補
9務〔兼・谷・東原・高原、大〕—第(東抹傍・高抹傍)
10関↓校補
11尽＝盡—書〔底〕
12甚ノ下、ナシ(底抹)—博〔底原〕
13人〔大改、紀略〕—久(底新傍朱イ・兼等)
14九—五(紀略)
15暴↓校補
16溢〔高擦重〕
17岸↓校補
18失—告〔底〕
19餘(底新朱抹傍)—余〔底原〕↓校補
20様〔紀略原〕—銭(兼等、大、紀略改)
21徒(底新朱抹傍・兼等、大)—使〔底原〕、便(紀略)↓校補

一　喪葬令8による従二位相当の葬送具の支給。
二　左右京の雑徭として徴発した役夫を送葬夫に充てる。送葬夫は、葬送、特に造墓のための労働力。喪葬令11に「皇親及五位以上喪者、並臨時量給二送葬夫一」とあり、同条集解古記に「若有レ差二発百姓一、充二雑徭一」とある。
三　聖武朝。
四　馬養とも。→㊁補7-一二一。
五　宝亀五年五月叙位。
六　宝亀九年二月任官。
七　宝亀八年十月任官。
八　桓武。
九　直木訳注は光仁のこととするが、上文の「今上」と同じく、桓武のこと。
一〇　宝亀八年の暮れ頃からの皇太子の病気。

従二位を贈《おく》りたまふ。[一]葬《はぶり》の事《こと》に須《もち》ゐるものは官《つかさ》より給《たま》ひ、并《あは》せて[二]左右京《さうのきやう》の夫《ぶ》を充《あ》つ。百川《ももかは》は[三]平城朝《ならのみかど》の参議《さむぎ》正三位式部卿《しきぶきやう》兼大宰帥《だいさいのそち》[四]宇合《うまかひ》の第八の子《こ》なり。幼《をさな》きより器度《きど》有り。位《くらゐ》を顕要《けんえう》に歴《へ》て、宝亀《ほうくゐ》九年、[五]従三位[六]中衛大将《ちうゑのだいしやう》兼[七]式部卿《しきぶきやう》に至《いた》る。歴《へ》たる職《しき》、勤恪《ごんかく》を為《な》す。天皇《すめらみこと》、甚《はなは》だ信任《しんにむ》し、委《ゆだ》ぬるに腹心《ふくしむ》を以《もち》てしたまふ。内外《ないぐゑ》の機務《きむ》、関《あづか》り知《し》らぬこと莫《な》し。[八]今上《きむじやう》の東宮《とうぐう》に居《お》はせしとき、特《こと》に心《こころ》を属《しよく》しき。時《とき》に[九]上《かみ》[一〇]不豫《ふよ》にして已《すで》に累月《るいぐゑつ》を経《ふ》。百川《ももかは》、憂色《うれひいろ》に形《あらは》れて、医薬《いやく》・祈禱《きたう》備《つぶさ》に心力《しむりよく》を尽《つく》す。上《かみ》、是《これ》に由《よ》りて重《おも》みす。薨《こう》するに及《およ》びて甚《はなは》だ悼惜《たうせき》したまふ。時《とき》に年《とし》卌八。[一一]延暦《えんりやく》二年、前《さき》の労《いたはり》を追思《ついし》し、詔《みことのり》して、右大臣《うだいじん》を贈《おく》りたまふ。

遣新羅使帰国

〇丁丑《十日》、大宰府《だいさいふ》言《まう》さく、「遣新羅使《けんしらきし》[一二]下道《しもつみち》朝臣長人《ながひと》ら、遣唐判官《けんたうはんぐわん》[一三]海上《うなかみ》真人三狩《みかり》らを率《ゐ》て来帰《かへりきた》れり」とまうす。〇庚寅《二十三日》、駿河《するが》国[一四]飢《う》ゑぬ。これに賑給《しんごふ》す。

因幡国水害

八月《戊戌朔》己亥《二日》、因幡《いなば》国[一五]言《まう》さく、「去《さ》りぬる六月廿九日、暴雨《おほあめ》あり、山崩《やまくづ》れて水溢《みづあふ》れ、岸《きし》・谷地《たにところ》を失《うしな》ふ。人畜漂流《じんちくへうりう》し田宅損害《でんたくそこな》はれて、飢饉《う》うる百姓《はくせい》三千餘人なり」とまうす。使《つかひ》を遣《つかは》して、これに[一六]賑恤《しんじゆつ》せしむ。

新旧の銭貨を同価で通用せしめる

〇壬子《十五日》、[一七]勅《みことのり》したまはく、「去《さ》りぬる[一八]宝亀《ほうくゐ》三年八月十二日、太政官奏《だいじやうぐわんそう》して、永《なが》く[一九]旧《ふる》き銭《ぜに》を止《や》めて、全《すべ》て[二〇]新《あら》しき様《ためし》を用《もち》ゐたり。今聞《いまき》かく、「百姓《はくせい》徒《いたづら》に古《ふる》き銭《ぜに》を蓄《たくは》へて、

↓五三頁注二一。

一一 以下、続紀編纂時の追記。延暦二年二月壬子条に「天皇御二大極殿一。詔贈二故式部卿藤原朝臣百川右大臣一」とある。その後さらに弘仁十四年五月、淳和即位とともに、その外祖父として太政大臣正一位を贈られている(紀略)。

一二 →八九頁注一一。本年二月、耽羅に抑留された海上三狩らを迎えるための遣新羅使となった。この時の長人らの帰国は、下文十月己巳条に見える新羅使金蘭孫等一行の来日と一緒(宝亀十一年正月辛未条の新羅使の上奏)。

一三 もと三狩王。↓〔三〕一一一頁注五五。

一四 七月十四日の豪雨の被害(宝亀十年十一月辛巳条)により生じた飢饉。

一五 豪雨による因幡国管内の被害の報告。

一六 人民に食糧等を施すこと。賑給に同じ。↓〔一〕補1-四五。

一七 新旧の銭貨を同価で通用させることを定めた勅。

一八 ↓補35-六一。

一九 天平宝字四年三月の勅でいう和銅開珎(〔一〕補4-二八)のこと。

二〇 天平宝字四年三月発行の万年通宝(〔三〕三四九頁注一四)と、天平神護元年九月、万年通宝と同価で発行された神功開宝(〔四〕九一頁注一一)のこと。底本「新様」とするが、兼右本等は「新銭」とする。

一 大赦の勅。 二 神護景雲三年三月丙申条にも大赦の理由を明示せず、「勅、縁レ有レ所レ思、大二赦天下一」とある。神護景雲三年の大赦はその二か月後に不破内親王の大不敬の罪が公にされている。本条の大赦は、この直後から相次いで出される官人や僧尼の綱紀粛正策に

還憂レ無レ施。[1] 宜レ聴二新旧同レ価並行一。○丙辰、勅、朕有
レ所レ念。可レ赦二天下一。自二宝亀[2]十年八月十九日昧爽一已前
大辟已下、罪無二軽重一、已発覚・未発覚、已結正・未結
正、繋囚[3]・見徒、悉皆赦除。但犯二八虐一、及故殺人、私
鋳銭、強窃二盗、常赦所レ不レ免者、不レ在二赦限一。若入二
死罪一者、並減二一等一。鰥寡[4]惸独、貧窮老疾、不レ能二自
存一者、亦免二其身今年[5]田租一。○庚申、勅、牧宰之輩、就
レ使入レ京、或無二返抄一、独[6]帰二任所一、或称二身病一、延二日京
下一、而求下預二考例一、兼得中公解上。又姧民規避、拙[7]吏忘[8]レ催[9]、
公用之日、還費二正税一。於レ理商量[10][11]、甚乖二治道一。若有二此
類一、莫レ預[12]二釐務一。国司奪レ料、附レ帳[13]申送、郡司解任、更
用二幹了一。阿容之司、亦同二此例一。」治部省[14]奏曰[15]、大宝元[16]
年以降、僧尼雖レ有二本籍一、未レ知二存亡[17]一。是以、諸国名帳、
無レ由二計会一。望請、重仰二所由[18]一、

1 施〔紀略改〕―絶(紀略原)→校補
2 亀＝龜(底傍補・底新朱傍補)―ナシ〔底原〕→校補
3 囚→校補
4 寡→校補
5 今ノ上、ナシ(底抹・底新朱抹)―命〔底原〕
6 独〔高原・高重〕→校補
7 拙(底新朱抹傍)―扗〔底原〕→校補
8 忘―忌〔底〕
9 催―摧〔底〕→校補
10 商量(底新傍補)―ナシ〔底原〕
11 商(底新、大)―啇(兼等)
12 預ノ上、ナシ〔大衍〕―須(兼等)
13 帳→校補
14 省―者〔底〕
15 曰(底重)―口〔底原〕
16 元年―ナシ(類一〇七)
17 亡(底重)―己〔底原〕
18 由〔谷〕―司(谷傍イ)

よる人心の動揺をおさえるための措置か。
三 大赦→㊀補2-九八。 四 →六七頁注五。
五 →六七頁注六。 六 →六七頁注七。
七 →六七頁注八。 八 →五一頁注二三。
九 →五一頁注二四。 一〇 →五一頁注二五。
一一 →五一頁注二六。 一二 →五一頁注二七。
一三 →五一頁注二八。 一四 戸令32に「凡鰥寡孤(大宝令では「惸」か)独、貧窮老疾、不レ能二自存一者」とある。→㊀補3-五四。
一五 怠慢な国郡司は、その執務を停めて公解を奪い、あるいは解官することを定めた勅。貞観交替式はこの勅を二十五日付の、また、要略は二十一日付の奉勅の太政官符として所収。なお、延暦六年七月丙子、同八年五月丙辰と、この後相次いで、本条の主旨をより徹底させるための追加の処罰法を定めている。
一六 国司。 一七 国から中央に派遣される朝集使(㊀補5-五八)・大(計)帳使・正税帳使・貢調使(㊂補10-四六)等の諸使。 一八 →補35-六二。
一九 京内に滞留する、の意。貞観交替式には「益二日京下一」、要略には「延二留京下一」とあり、この下に「不レ遂二所レ附公使之政一」の八文字がある。 二〇 定例の勤務評定を得ること。
二一 公廨稲の配分。→㊂二三五頁注六。なお、貞観交替式、要略には、この下に「雑物未進、大槩由レ件(此)」の八文字がある。 二二 調庸租・出挙利稲等の納付を忌避すること。
二三 未進・未納分を催促して徴収すること。
二四 公用費として正税を浪費する。 二五 貞観交替式、要略には、この下に「自今已(以)後」の四文字がある。 二六 貞観交替式、要略には、この下に「了政之間」の四文字がある。
二七 とりあえずその官人の執務を止めること。「釐務」は執務。考課令62に「凡内外官人、准レ考応二解官一者、即不レ合レ釐レ事、待二符報一即

大赦

還施《またもち》ゐること無きことを憂《うれ》ふ」ときく。新旧価《しんきうあたひ》を同《おな》じくして並《なら》び行《おこな》ふことを聴《ゆる》すべし」とのたまふ。○丙辰《十九日》、[一]勅《みことのり》したまはく、「[二]朕念《われおも》ふ所《ところ》有り。天下《あめのした》に[三]赦《ゆる》すべし。宝亀《ほうくゐ》十年八月十九日の昧爽《よあけ》より已前《さき》の[四]大辟《だいびやく》已下、罪軽重《つみきやうぢう》と無く、[五]已発覚《いほつかく》も未発覚《みほつかく》も、[六]已結正《いけつしやう》も未結正《みけつしやう》も、[七]繫囚《けいしう》も見徒《げんづ》も、悉《ことごと》く皆赦除《みなゆる》せ。但《ただ》し、[八]八虐《はちぎやく》を犯《をか》せると、[九]故殺人《こせつにん》と、[一〇]私鋳銭《しじゆせん》と、[一一]強窃《がうせつ》の二盗と、[一二]常赦《じやうしや》の免《ゆる》さぬとは、赦《しや》の限《かぎり》に在《あ》らず。若《も》し[一三]死罪《しざい》に入《い》らば、並《ならび》に一等を減《げむ》す。[一四]鰥寡《くわんくわ》惸独《けいどく》と貧窮老疾《ひんきうらうしつ》との、自存《じぞん》すること能《あた》はぬ者《ひと》も、亦《また》その身《み》の今年《ことし》の田租《でんそ》を免《ゆる》す」とのたまふ。

怠慢な国郡司の処分を命ずる

○庚申《二十三日》、[一五]勅《みことのり》したまはく、「[一六]牧宰《ぼくさい》の輩《ともがら》、[一七]使《つかひ》に就《つ》きて京《みやこ》に入《い》り、或《ある》は[一八]返抄《へんせう》無くして独《ひと》り任所《にむしよ》に帰《かへ》り、或《ある》は身《み》に病《やまひ》ありと称《い》ひて日《ひ》を[一九]京下《きやうか》に延《の》べ、而《しか》して[二〇]考例《かうれい》に預《あづか》り兼《か》ねて[二一]公解《くげ》を得《え》むことを求《もと》む。また、姧民《かんみん》[二二]規避《きひ》して拙吏《せつり》[二三]催《もよほ》すことを忘《わす》れ、公用《くよう》の日《ひ》に還《かへ》りて[二四]正税《しやうぜい》を費《つひや》す。理《ことわり》に於《おき》て商《しやう》量《りやう》するに、甚《はなは》だ治道《ちだう》に乖《そむ》けり。[二五]若《も》しこの類《たぐひ》有らば、[二六][二七]釐務《りむ》に預《あづか》らしむること莫《な》かれ。国司《こくし》は[二八]料《れう》を奪《うば》ひて[二九]帳《ちやう》に附《つ》けて申《まう》し送《おく》り、郡司《ぐんじ》は解任《げにむ》して更《さら》に[三〇]幹了《かんれう》を用《もち》ゐよ。[三一]阿容《あゆう》の司《つかさ》も亦《また》[三二]この例《ためし》に同《おな》じ」とのたまふ。

僧尼の存亡と住処在不を報告せしめる

[三三]治部省奏《ぢぶしやうそう》して曰《まう》さく、「[三四]大宝《だいほう》元年より以降《このかた》、僧尼《ほふしあま》、[三五]本籍《ほんじやく》有りと雖《いへど》も、[三六]存亡《ぞんまう》を知《し》らず。是《ここ》を以《もち》て、諸国《くにぐに》の[三七]名帳《みやうちやう》、[三八]計会《けゑ》するに由《よし》無し。望《のぞ》み請《こ》はくは、重《かさ》ねて[三九]所由《しよいう》に仰《おほ》せて

解」とある。 二八 国司の公解料を没収すること。延暦八年五月丙辰条には「不レ預二釐務一、奪二其公解一」とある。→補40―一〇。 二九 朝集使が中央に持参する考文あるいは考状および雑公文のことで、この場合は考文あるいは考状に記載か。 三〇 事をよくなしとげることが出来る(人物)のこと。考課令51の義解に「幹了者、幹強也、了慧也、言強幹慧了、自能堪レ事也」とある。 三一 怠慢な官人の責を問わず、それを許容する国郡司等。貞観交替式、要略には「聴許之司」とあり、延暦六年七月丙子条には「容許之司、亦同二此例一」とある。 三二 貞観交替式、要略には、この下に、この勅を施行する太政官符作成の段階で付加された「者、省宜下承知永為二恒例一、所レ積未進、一令中尽進上、其神寺及諸家封物未進、亦宜レ准レ此」の三一文字がある。 三三 私度僧を取り締まるために、京職・国司に命じて、僧尼籍に記す僧尼の存否・在不の現状報告をさせることを求める上奏およびその裁可。諸司の奏→㊂補11―一。 三四 大宝令の施行の年に、大宝令に基づいて、最初の僧尼籍が作成されたのであろう。 三五 六年ごとに作成される僧尼の籍(雑令38)。一般俗人の戸籍に相当。→㊂補9―九〇。なお、大宝元年以降、規定通り、六年ごとに僧尼籍が作成されていたとすれば、この宝亀十年が僧尼籍作成の年にあたる。 三六 僧尼籍に記載されている僧尼の、その後の生存・死亡が不明、の意。 三七 毎年各寺の三綱が提出する僧尼の名帳。僧尼帳・綱帳ともいう。一般俗人の計帳手実に相当。→㊂補9―九〇。 三八 官司間に授受・交換された公文書および人員・物件を相互に対照し確認すること。この場合は僧尼籍と僧尼帳とを照合すること。 三九 京職と国司。

令レ陳二住[1]処在不之状[2]一。然則官僧已明、私度自止。於レ是、下二知諸国一、令[3]レ取二治部処分一焉。○癸亥、治部省[4]言、今依[5]二検造僧尼本籍一、計二会内外諸寺名帳一、国分僧尼、住レ京者多。望請、任[6]二先御願一、皆帰二本国一者。太政官処分、智行具足、情願二借住一、宜二依レ願聴一。以外悉還焉。○九月庚午、以二参議従三位藤原朝臣田麻呂一為二中務卿一。従五位下佐伯宿禰瓜[7]作為二近衛員外少将一。外従五位下吉弥[8]侯[9]横刀為二将監一。中納言従三位藤原朝臣縄麻呂為二兼中衛大将一。勅旨卿・侍従如レ故。従五位下大中臣朝臣今麻呂為二左兵衛員外佐一。侍従[10]従[11]五位下石川朝臣弥[12]奈支麻呂為二右兵衛佐一。従五位下正月王為二左馬頭一。従五位下文室真人八嶋為二内兵庫正一。々[13]四[14]位下佐伯宿禰今毛人為二大宰大弐一。○癸酉、従五位下大中臣[15]朝臣諸魚為二中衛少将一。下野守如レ故。従五位下藤原朝臣長河為二衛門佐一。従五位下藤原朝臣弓主為二右兵衛員外佐一。○己卯、以二刑部卿従四位上藤原朝臣弟縄一為二参議一。○庚辰、勅、渤海及鉄利三百五十九人、慕レ化

1 住〔類一〇七〕―任(類一〇七一本)
2 状ノ上、ナシ(底抹)―状〔底原〕
3 令〔兼抹傍〕―命(兼原)
4 省―有〔底〕
5 依〔底〕―ナシ
6 任〔兼・谷原・東・高、大改〕―住(谷重)
7 瓜〔兼等、大〕―依(東傍・高傍)→校補
8 弥―祢〔底〕
9 侯〔兼・谷、大〕―侯(東・高)
10 侍従(底新傍補)―ナシ〔底原〕→校補
11 従〔底〕―々
12 弥―祢〔底〕
13 々―正(大)
14 位ノ下、ナシ(底抹)―四〔底原〕
15 臣〔兼・谷、大〕―ナシ(東・高)

一 僧尼籍記載の僧尼の、現時点での存否・在不の状況を報告させる、の意。
二 官度僧。正規の手続きを経て僧となったもの。私度僧に対する語。
三 官の許可なく出家すること。→㊂補17―五七。
四 以下は、下文癸亥(二十六日)条に見えるように、以上の治部奏上を太政官が裁可して官符で諸国に命じたのであろう。
五 京内に在住する国分寺の僧尼を本国に帰すことの提言およびその裁可。
六 「検造」は、戸令19の「凡戸籍、六年一造、…依レ式勘造」の「勘造」と同じで、出来あがった(本年度の)僧尼籍の意か。
七 京内外か。
八 国分寺所属の僧尼。国分寺→㊁補14―一・二。
九 国分寺を創建した先帝聖武の誓願。国分寺建立の詔→天平十三年三月乙巳条。
一〇 治部省の提案に対する太政官の裁可。太政官処分→㊀補2―五〇。
一一 智恵と徳行を兼ね備えること。
一二 宇合の第五子。→㊂補23―五。参議任官は天平神護二年七月。前官は摂津大夫(宝亀七年十月丁未条)。中務卿の前任者は物部宅嗣か(宝亀八年十月辛卯条)。
一三 →八七頁注二六。近衛員外少将の前任者は、本年二月に下総守に転任した紀豊庭(宝亀九年二月庚子条)。
一四 →八五頁注一一。
一五 近衛将監。近衛府の官員構成→天平神護元年二月甲子条。
一六 豊成の第四子。→㊂七五頁注九。中納言任官は宝亀二年三月。勅旨卿任官年時は未詳。侍従任官は天平宝字元年六月。中衛大将の前

住処《ぢうしよ》[一]に在《あ》りや不《いな》やといふ状《じやう》を陳《の》べしめむことを。然《しか》れば官僧《くわんそう》[二]已《すで》に明《あきらか》にして私度《しど》[三]自《おのづか》ら止《や》まむ」とまうす。是《ここ》[四]に諸国《くにぐに》に下知《げち》して、治部《ぢぶ》の処分《しよぶん》を取《と》らしむ。○癸亥[二十六日]、治部省《ぢぶしやう》[五]言《まう》さく、「今《いま》、検造《けむざう》[六]せる僧尼《ほふしあま》の本籍《ほんじやく》に依《よ》りて、内外《ないぐゑ》[七]の諸寺《てらでら》の名帳《みやうちやう》を計会《けゑ》するに、国分《こくぶん》[八]の僧尼《ほふしあま》、京《みやこ》に住《す》む者多《ひとおほ》し。望《のぞ》み請《こ》はくは、先《さき》[九]の御願《ぎよぐわん》に任《にむ》するひとは皆本国《みなほんごく》に帰《かへ》さむことを」とまうす。太政官処分《だいじやうぐわんしよぶん》[一〇]すらく、「智行具足《ちぎやうぐそく》[一一]して、情《こころ》に借《かり》に住《す》むことを願《ねが》ふひとは、願《ねがひ》に依《よ》りて聴《ゆる》すべし。以外《そのほか》は悉《ことごと》く還《かへ》せ」といふ。

在京の国分寺僧尼を本国に帰す

九月庚午[丁卯朔][四日]、参議《さむぎ》従三位藤原《ふぢはら》[一二]朝臣田麻呂《たまろ》を中務卿《ちうむきやう》とす。従五位下佐伯《さへき》[一三]宿禰瓜作《うりつくり》を近衛員外少将《このゑのゐんぐゑのせうしやう》。外従五位下吉弥侯横刀《きみこのたち》[一四]を将監《しやうげむ》[一五]。中納言《ちうなふごん》従三位藤原《ふぢはら》[一六]朝臣縄麻呂《なはまろ》を兼中衛大将《ちうゑのだいしやう》。勅旨卿《ちよくしきやう》[一七]・侍従《じじゆ》は故《もと》の如《ごと》し。従五位下大中臣《おほなかとみ》[一八]朝臣今麻呂《いままろ》を左兵衛員外佐《さひやうゑのゐんぐゑのすけ》。侍従《じじゆ》従五位下石川《いしかは》[一九]朝臣弥奈支麻呂《みなきまろ》を右兵衛佐《うひやうゑのすけ》。従五位下正月王《むつきのおほきみ》[二〇]を左馬頭《さまのかみ》。従五位下文室《ふむや》[二一]真人八嶋《やしま》を内兵庫正《うちのひやうごのかみ》。正四位下佐伯《さへき》[二二]宿禰今毛人《いまえみし》を大宰大弐《だいさいのだいに》。○癸酉[七日]、従五位下大中臣《おほなかとみ》[二三]朝臣諸魚《もろうを》を中衛少将《ちうゑのせうしやう》とす。下野守《しもつけの》は故《もと》の如《ごと》し。従五位下藤原《ふぢはら》[二四]朝臣長河《ながかは》を衛門佐《ゑもんのすけ》。従五位下藤原《ふぢはら》[二五]朝臣弓主《ゆみぬし》を右兵衛員外佐《うひやうゑのゐんぐゑのすけ》。○己卯[十三日]、刑部卿《ぎやうぶきやう》従四位上藤原《ふぢはら》[二六]朝臣弟縄《おとなは》を参議《さむぎ》とす。

任官

○庚辰[十四日]、勅《みことのり》[二七]したまはく、「渤海《ぼつかい》[二八]と鉄利《てつり》[二九]との三百五十九人、化《おもぶけ》を慕《した》ひて

渤海人・鉄利人来日、後日放還を命ずる

任者は本年七月丙子に没した藤原百川。下文十二月己酉(十三日)条の薨伝によると、百川なき後、その後を継いで事にあたったとある。
一七 勅旨省の長官。勅旨省→四補25‐一〇四。
一八 →六七頁注二九。左兵衛員外佐の前任者は本年二月に上総守に転任した紀真乙か(宝亀八年正月己卯条)。
一九 美奈伎麻呂とも。→補35‐四八。右兵衛佐の前任者は槻本老(宝亀九年三月丙辰条)。
二〇 牟都岐王とも。→四補29‐五二。
二一 →補35‐二。内兵庫正の前任者は藤原長継か(宝亀六年四月丁亥条)。
二二 →三補17‐七九。大宰大弐の前任者は石上息嗣(宝亀八年十月辛卯条)。
二三 →五頁注一。前官は衛門佐(宝亀十年二月甲午条)。中衛少将の定員は、本条の時点では二名で(三補10‐二三)、本条で衛門佐に転任した藤原長河(宝亀八年十月辛卯条)の後任で、葛井道依(宝亀九年三月丙辰条)とは並任か。下野守任官は本年二月。
二四 南家の巨勢麻呂の子(分脈)。→補34‐二七。前官は中衛少将か(宝亀八年十月辛卯条)。衛門佐の前任者は本条で中衛少将に転任した大中臣諸魚(宝亀十年二月甲午条)。
二五 南家の巨勢麻呂の子。→補35‐四八。
二六 乙縄とも。豊成の第三子。→三補20‐二六。本年七月丙子に没した藤原百川の後任人事か。
二七 来着した渤海人・鉄利人は、例により衣糧を供給するが、その地から本国に放還したいので、船の修理等、すみやかに帰国できる体制を調えるよう命じた勅。
二八 宝亀十年の渤海人・鉄利人の来日→補35‐六三。
二九 中国東北部、黒竜江省南部のツングース系の部族。→三三七頁注二。

入[1]朝、在二出羽国一。宜二依レ例給[2]一レ之。但来使軽微、不レ足レ為レ賓。今欲二遣レ使給レ饗自レ彼放還一。其駕来船、若有二損壊一、亦宜二修造一。帰レ蕃之日、勿レ令[3]二留滞一。○癸未、勅、僧尼之名、多冒[4]二死者一、心挟二奸偽一、犯二乱憲章[5]一。就中頗有二智行之輩一。若頓[6]改革、還辱二緇侶[7]一。宜下検二見数一与中公験上。自レ今以後、勿レ令二更然一。○甲申、従五位下篠嶋王為二少納言一。従五位下清原王為二越後守一。○丁亥、正五位上大伴宿禰[8]益立為二右兵衛督一。従五位下多治比真人乙安為二出羽守一。○戊子、勅曰、依二令条一、全戸不レ在レ郷[9]、依二旧籍一転[10]写。并顕二不レ在之由一。而職検下不レ進二計帳一之戸上、無レ論二不課及課戸之色[11]一、惣取二其田一、皆悉売却。一取之後、更無二改還一。済民之務、豈合[12]レ如レ此。又差二使雑徭一、事須二均[13]平一。是以、天平神護年中有レ格、外居之人聴レ取二徭銭一。而職令三京師多輸二徭銭一。因[14]レ茲

1 入〔谷擦重、大、紀略〕—人(兼・谷原・東・高)
2 給ノ上、ナシ〔兼等、紀略原〕—供(大補、紀略補)→校補
3 令(底擦重)—合〔底原〕
4 冒(兼・谷、大)—胃(東・高)→校補
5 章→校補
6 頓〔兼抹傍〕—損(兼原)
7 侶ノ上、ナシ(底抹)—侶〔底原〕
8 禰〔高原・高重〕→校補
9 郷(谷、大、類一五九)—卿〔兼・東・高〕
10 転＝轉〔兼・谷、大、類一五九〕—輔(東・高)
11 色(兼等、大、類一五九)—毛〔東傍・高傍〕
12 合〔兼原、大改、類一五九〕—令(兼抹傍・谷・東・高)
13 均〔大改〕—似(兼等)
14 因—目(兼)

一 渤海使の来着時の迎接→三補10-四。
二 この時の使者は、通常の渤海使来着時の存問使とは異なり、検校渤海人使(宝亀十年十一月乙亥条等)と呼ばれた。
三 死亡した僧尼の名を冒称して、不正に僧尼の身分を得ている者が多数いるが、今回は特別に現状を追認して公験を与えることとし、以後、そのような不正が再発せぬようにすることを命じた勅。本条で取り上げられている、死亡した僧尼の名の冒称の問題は、先頃から治部省(玄蕃寮)で行われていた、僧尼籍と僧尼帳の照合作業の過程で判明した事柄なのであろう。
四 智恵と徳行を兼ね備えた者。
五 僧侶のこと。「緇」は黒い衣のことで、僧衣のこと。
六 公的証明書。→二六五頁注二〇。
七 →四一四九頁注一六。少納言の前任者は本条で越後守に転任した清原王(宝亀十年六月辛亥条)。
八 →四補27-四七。前官は少納言(宝亀十年六月辛亥条)。越後守の前任者は広田王(宝亀十年二月甲午条)。
九 →三補22-五六。宝亀九年二月庚子条にも益立の右兵衛督任官のことが見える。同事重出か。
一〇 →四二〇一頁注二八。出羽守の前任者は上毛野馬長か(宝亀七年七月丙午条)。
一一 近年、京職が行っている行政措置、㈠計帳手実を提出しない戸の口分田を直ちに没収してしまうこと、㈡京内に居住する京戸の者からも不当に徭銭を徴収すること、の二点を改めることを命じた勅。
一二 戸令18に「凡造二計帳一、毎レ年六月卅日以前、京国官司、責二所部手実一、具注二家口年紀一。若全戸不レ在レ郷者、即依二旧籍一転写、并顕二不レ在所由一。収訖、依レ式造レ帳、連署、八月卅日以前、申二送太政官一」とある。
一三 同条の義解に「挙レ戸赴レ任、并浮逃未レ除

入朝《みかどまゐり》し、出羽国《いでは》に在《あ》り。例《ためし》[一]に依《よ》りてこれに給《たま》ふべし。但《ただ》し、来使《らいし》軽微《けいび》にして賓《ひん》とするに足《た》らず。今使《いまつかひ》[二]を遣《つかは》して、饗《みあへ》を給《たま》ひて、彼《そこ》より放《はな》ち還《かへ》さしめむとす。その駕《の》り来《きた》る船《ふね》、若《も》し損《そこな》ひ壊《こほ》つこと有らば、亦修《またをさ》め造《つく》るべし。蕃《ばん》に帰《かへ》る日《ひ》に留滞《るたい》せしむること勿《な》かれ」とのたまふ。

死亡の僧尼の名を冒称する者を処分

〇癸未[十七日]、勅《みことのり》[三]したまはく、「僧尼《ほふしあま》の名《な》、多《おほ》く死《し》ぬる者《ひと》を冒《をか》し、心《こころ》に姧偽《けんぐゐ》を挟《はさ》みて憲章《けんしやう》を犯《をか》し乱《みだ》す。就中《なかにつきて》、頗《すこぶ》る智行《ちぎやう》[四]の輩《ともがら》有り。若《も》し頓《にはか》に改革《あらた》めば、還《かへ》りて緇侶《しりよ》[五]を辱《はづかし》めむ。見《げん》数《す》を検《しら》べて、一《もは》ら公験《くげむ》[六]を与《あた》ふべし。今《いま》より以後《のち》、更《さら》に然《しか》あらしむること勿《な》かれ」とのたまふ。〇甲申[十八日]、従五位下篠嶋王《しのしまのおほきみ》[七]を少納言《せうなふごん》とす。従五位下清原王《きよみはら》[八]を越後守《こしのみちのしり》。〇丁亥[二十一日]、正五位上大伴《おほとも》宿禰益立《ましたて》[九]を右兵衛督《うひやうゑのかみ》とす。従五位下多治比《たぢひ》[一〇]真人乙安《おとやす》を出羽守《いでは》。

京職による計帳未提出戸の田の没収と徭銭を課すことを禁ずる

〇戊子[二十二日]、勅《みことのり》[一一]して曰《のたま》はく、「令《りやう》[一二]の条《でう》に依《よ》るに、全《また》[一三]き戸《へ》、郷《がう》に在《あ》らずは、[一四]旧《もと》[一五]の籍《じやく》に依《よ》りて転写《うたたうつ》せ。并《あは》せて在《あ》[一六]らぬ由《よし》を顕《あらは》せ。而《しか》るに職《しき》、計帳《けいちやう》[一七]を進《たてまつ》らぬ戸《へ》を検《しら》べ、不課《ふくわ》[一八]と課戸《くわこ》との色《しき》を論《あげつら》ふこと無く、惣《すべ》てその[一九]田《た》を取《と》りて皆悉《みなことごと》く売却《ばいきやく》[二〇]す。一《ひと》たび取《と》る後《のち》、更《さら》に改《あらた》め還《かへ》すこと無し。済民《さいみん》の務《つとめ》、豈此《あにかく》の如《ごと》くなるべけむや。また[二一]雑徭《ざふえう》[二二]に差《さ》し使《つかは》すこと、事均《ことひ》平《と》しくあるべし。是《ここ》を以《もち》て、天平神護年中《てんひやうじんごねんちう》に格《きやく》[二三]有りて、外居《ぐゐこ》の人《ひと》は徭《えう》銭《せん》を取《と》ることを聴《ゆる》す。而《しか》るに職《しき》、京師《みやこ》[二四]をして多《おほ》く徭銭《えうせん》を輸《いだ》さしむ。茲《これ》に因《よ》

之類也」とある。一四 令文この下に「者、即」の二字がある。一五 最新の戸籍。
一六 令文は「不レ在所由」とある。
一七 各戸が作成して提出する戸口の歴名、計帳手実のこと。戸令18に「責二所部手実一」とある。計帳→(三)一一頁注九。
一八 課役(一)六五頁注二六)負担の無い戸と有る戸。戸令5に「戸内有二課口一者、為二課戸一、無二課口一者、為二不課戸一」とある。計帳手実の未提出は、不課戸の場合は、単なる事務手続きの遅滞にすぎないが、課戸の場合は、その戸の負担すべき課役の未進という、意図的な課役忌避の問題にもつながることなので、同じ未提出の戸であっても、不課戸と課戸を同列には扱えない。計帳手実の「不進」と職写(戸)田→補35-六四。
一九 その口分田を没収して職写田(補35-六四)とすること。全戸逃亡の場合、その口分田は、三年間、収公を猶予するのが令の規定。戸令10に「戸逃走者、令二五保追訪一、三周不レ獲除レ帳、其地還レ公。未レ還之間、五保及三等以上親、均分佃食、租調代輸」とある。
二〇 賃租に出すこと。左京職式に「凡五畿内職写戸田価、令三当国司収二彼地子一」とあるように、口分田所在の国司を介して賃租に出し、その地子を京職が収納したのであろう。
二一 以下第二項。
二二 年間六〇日以下の力役(賦役令37)。
二三 この格は他に見えない。天平九年十月、全面的に停止された京の徭銭(三)補11-五三)の制を、例外的に外居の人(京を本貫としながらも京外に居住している者)に認めたもの。
二四 外居の人のみに認められた徭銭の制を拡大運用して、京内に居住する京戸の者からも不当に徭銭を徴収する。

百[1]姓窮弊[2]、遂竄二他郷一。為二民之蠹一、莫レ大二於斯一。而頻経二恩降一、不レ論二其罪一。自レ今以後、厳加二禁断一。〇壬辰、従五位下山上王為二内礼正一。〇癸巳、勅二陸奥・出羽等国一、用二常陸調絁[3]・相模[4]庸綿・陸奥税布一、充[5]二渤海・鉄利等禄一。又勅、在二出羽国一蕃人三百五十九人、今属二厳寒一、海路艱[6]険[7]。若情願二今年留滞一者、宜二恣聴一レ之。〇甲午[8]、以二従四位下藤原朝臣雄依一為二式部員外大輔一。侍従・讃岐守如レ故。従五位下紀朝臣作良為二民部少輔一。従四位下多治[9]比真人長野為二摂津大夫一。従五位下石川朝臣宿[10]奈麻呂為レ亮[11]。正五位下佐伯宿禰真守為二河内守一。従五位下大伴宿禰継人為二能登守一。授二正六[12]位上佐味朝臣比奈麻呂従五位下一。」勅曰[13]、頃年百姓競求二利潤一、或挙二少銭一、貪二得多利一、或期二重契一、強責二質財一。未レ経二幾月一、忽然一倍[14]。窮民酬[15]償、弥[16]致レ滅レ門。自レ今以後、宜下拠二令条一不上得三以過二一倍之利一。若不レ悛レ心、貸[17]及与者、不レ論二蔭贖一、科二違勅罪一。

1百〔底擦重〕
2弊〔谷擦重、大〕―幣(兼・谷原・東・高)→校補
3絁〔谷重〕→校補
4模→校補
5允―亥〔底〕
6艱〔兼抹朱傍〕―難(兼原)
7険―検〔底〕
8午〔底原・底新朱抹傍〕→校補
9治―治(兼)
10宿―ナシ〔底〕
11亮〔底原・底新朱抹傍〕→校補
12六〔大改〕―五(底新傍朱イ・兼等)→校補
13曰(底重)―ロ〔底原〕
14倍〔兼等、大、類八四〕―位(兼等傍イ)
15酬〔底原・底新朱抹傍〕→校補
16弥〔大改、類八四〕―強(兼等)→校補
17貸〈意改〉(大改)―貳〔兼等、類八四〕→脚注・校補

一 第一項の口分田の不当収公は、戸婚律里正依令授人田条等が準用され、第二項の場合は違勅罪(㊂一九一頁注二三)か。
二 →八七頁注二四。内礼正の前任者は本年二月に尾張介に転任した田口祖人か(宝亀八年正月戊寅条)。
三 常陸国等の調庸物を渤海人らの禄に充てることを命じた勅。
四 主計寮式上に定める常陸国の調の主要品目は絁。
五 主計寮式上に定める相模国の庸の品目は綿か布。
六 養老六年閏四月乙丑、陸奥按察使管内の兵士に課せられるようになった税の布。→㊁一一七頁注二。
七 上文庚辰(十四日)条に来着のことが見える渤海人と鉄利人。
八 季節は厳寒に向うので、渤海人らの帰国を延期して越冬を許す勅。
九 前勅の「渤海鉄利等」。
一〇 季節風の関係もあり、冬期日本から渤海への渡航は容易ではない。
一一 永手の第二子(分脈)。→㊃補28-五。藤原百川の死後(七月丙子条)、式部卿は欠員のまま。員外大輔でその欠を補充。侍従・讃岐守任官は宝亀九年二月。
一二 →補35-一。民部少輔の前任者は多犬養か(宝亀八年十月辛卯条)。
一三 池守の孫、家主の子。→㊃補26-一。前官は民部大輔(宝亀八年十月辛卯条)。摂津大夫の前任者は上文庚午(四日)条で中務卿に転任した藤原田麻呂(宝亀七年十月丁未条)。
一四 →補34-三。前官は越後守(宝亀七年三月癸巳条)。摂津亮の前任者は多治比歳主(宝亀

りて百姓《はくせい》窮弊《きうへい》して、遂《つひ》に他郷《たがう》に竄《かく》る。民《たみ》の蠹《と》と為《あ》ること、斯《これ》より大《おほき》なるは莫《な》し。而《しか》るに頻《しきり》に恩降《おんかう》を経《へ》て、その罪《つみ》を論《あげつら》はず。今《いま》より以後《のち》、厳《きび》しく禁断《きむだん》を加《くは》へよ」とのたまふ。○壬辰、従五位下山上王《やまのうへのおほきみ》を内礼正《うちのゐやのかみ》とす。○癸巳、陸奥《みちのおく》・出羽《いでは》等の国《くに》に勅《みことのり》したまはく、「常陸《ひたち》の調《でう》の絁《あしぎぬ》、相模《さがみ》の庸《よう》の綿《わた》、陸奥《みちのおく》の税《おほちから》の布《ぬの》を用《も》ちて、渤海《ぼつかい》・鉄利《てつり》等の禄《ろく》に充《あ》てよ」とのたまふ。また

来日の渤海人・鉄利人に帰国延期を許す

勅《みことのり》したまはく、「出羽《いでは》国に在《あ》る蕃人《ばんにん》三百五十九人、今《いま》厳《きび》しき寒《さむ》さに属《つ》きて、海路《かいろ》艱険《かんけむ》なり。若《も》し情《こころ》に今年《ことし》留滞《るたい》することを願《ねが》はば、恣《ほしきまにま》に聴《ゆる》すべし」とのたまふ。

任官

○甲午、従四位下藤原《ふちはら》朝臣雄依《をより》を式部《しきぶ》員外大輔《ゐんぐゐのだいふ》とす。侍《じ》従《じゅ》・讃岐《さぬき》守は故《もと》の如《ごと》し。従五位下紀《き》朝臣作良《つくら》を民部《みんぶ》少輔《せうふ》。従四位下多治比《たぢひ》真人長野《ながの》を摂津大夫《つのだいぶ》。従五位下石川《いしかは》朝臣宿奈麻呂《すくなまろ》を亮《すけ》。正五位下佐伯《さへき》宿禰真守《まもり》を河内《かふち》守。従五位下大伴《おほとも》宿禰継人《つぐひと》を能登《のと》守。正六位上佐味《さみ》朝臣比奈麻呂《ひなまろ》に従五位下を授《さづ》く。

財物出挙の利息は法定厳守を命ずる

勅《みことのり》して曰《のたま》はく、「頃年《このころ》、百姓《はくせい》競《きほ》ひて利潤《くぼさ》を求《もと》め、或《ある》は少《すく》なき銭《ぜに》を挙《あ》げて多《おほ》き利《くぼさ》を貪《むさぼ》り得《え》、或《ある》は重《おも》き契《けい》を期《ちぎ》りて強《し》ひて質財《しちざい》を責《せ》む。幾月《いくつき》を経《へ》ずして、忽然《たちまち》に一倍す。窮民《きうみん》酬償《しうしやう》して、弥《いよいよ》門《かど》を滅《ほろぼ》すことを致《いた》せり。今《いま》より以後《のち》、令《りやう》の条《でう》に拠《よ》りて、一倍の利《くぼさ》を過《す》ぐること得《え》ずあるべし。若《も》し心《こころ》を悛《あらた》めずして、貸《か》し及与《またあた》へば、蔭贖《おむぞく》を論《あげつら》はず、違勅《ゐちよく》の罪《つみ》に科《おほ》せよ。

八年正月戊寅条)。

一五 今毛人の兄。→四補25-八五。河内守の前任者は先に没した佐伯国益(宝亀十年閏五月甲申条)。

一六 →補35-三三。前年十一月帰国した、先の遣唐判官。能登守の前任者は矢集大唐(宝亀七年三月癸巳条)。

一七 →補35-六五。

一八 財物出挙の利息は十割以下と定める令の規定を厳守することを命じ、違犯した場合の処罰法を定めた勅。出挙→一補1-一六。この勅は、三代格弘仁十年五月二日格に「去宝亀十年九月廿七日符偁、自今以後、挙レ銭収レ利、雖レ過二四百八十箇日一、不レ得レ計二一倍之利一」と引用。

一九 雑令19に定める財物出挙の利息は、六〇日で元本の八分の一以下、四八〇日以上でも元本の一倍即ち十割以下。

二〇 上の「挙二少銭一」と対句で、多額の貸借契約をむすび、の意。雑令19に、財物出挙は「依二私契一」とある。正倉院文書に財物貸借に関する契約書の実例が見える。→補35-六六。

二一 →補35-六七。

二二 雑令19に「毎二六十日一取レ利、不レ得レ過二八分之一一、雖レ過二四百八十日一、不レ得レ過二一倍一、家資尽者、役レ身折酬、不レ得二廻レ利為レ本一」とある。

二三 底本等「貮」とするが、「貸」の誤りか。元本の十割をこえる利息で財物が出挙されたり、実際に十割をこえる利息の授受がなされた場合。

二四 蔭や贖の特典を認めずに、一律に違勅罪の実刑を科する。蔭贖→一一五七頁注二。

二五 違勅の罪は職制律22により徒二年か。↓三一九一頁注二三。

即奪二其贓一、以賜二[1]告人一。非レ対二物主一、売質亦同。○冬十月己巳[2]、勅二大宰府一、新羅使蘭[3]蓀[4]等、遠渉二滄波一、賀レ正貢レ調。其諸蕃入[5]朝[6]、国有二恒例一。雖レ有二通状一、更宜二反復一。府宜下承知研二問来朝之由一、并責中表函上。如有レ表者、准二渤海蕃例一、写レ案進上、其本者却付二使人一。凡所レ有消息、駅伝奏[7]上。○己酉、是日[8]、当二天長節一。仍宴二群臣一、賜レ禄有レ差。又詔、贈[9]二外祖父従五位上紀朝臣諸人従一位一。○壬子、詔、以二少僧都弘耀法師一為二大僧都一。恵忠法師為二少僧都一。又施二高叡法師封卌戸一。優二宿徳一也。○癸丑、勅二大宰府一、唐客高鶴林等[10]五人、与二新羅貢朝使一共令レ入レ京。○丙辰、授二従五位上藤原朝臣鷹取正五位下一。○丁巳、授二正五位下藤原朝臣鷹取正五位上一。○庚申、授二命婦正五位下藤原朝臣元信従四位下一。○十一月戊[11]辰、授二従四位下阿倍朝臣古[12]祢[13]奈正四位下一。○己巳、遣二勅旨

1 告〔大改、類八四〕―失（兼等）
2 己―乙（大改）→脚注
3 蘭ノ上、ナシ〔兼等、紀略原〕―金（大補、紀略補）→校補
4 蓀〔紀略〕―孫（兼等、大）
5 入〔谷擦重、大、紀略〕―人（底新傍朱イ・兼・谷原・東・高）
6 朝―期〔底〕
7 奏（底新朱抹傍）―奉〔底原〕→校補
8 是日―ナシ（類七四）
9 贈〔谷擦重、大、紀略〕→校補
10 等〔谷重、大〕―寺（兼・谷原・東・高）→校補
11 戊〔底重〕→校補
12 古〔東傍・高傍、大改〕―吉（兼等）
13 祢〔谷〕―弥（兼・東・高、大改）→校補

一 不正に授受奪取された財貨。この場合は法定利率をこえて授受された利息。雑令21に「凡出挙、両情和同、私契、取レ利過二正条一者、任人糺告、利物並賞二糺人一」とある。
二 令の規定では質物を勝手に他人に転売することは禁止されている。雑令19に「其質者、非レ対二物主一、不レ得二輙売一、若計レ利過レ本不レ贖、聴下告二所司一対売上、即有レ乗還之」とある。
三 質物を勝手に他人に転売した場合も、法定以上の利息の授受の場合と同様に処罰する、の意。
四 十月は丁酉朔なので、「己巳」はない。「己」は「乙」の誤りで、乙巳（九日）か。
五 先頃来日した新羅使に対する応対の仕方を大宰府に指示した勅。今回の新羅使の来日→補35―六八。
六 下文十一月己巳条には「金蘭蓀」とある。唐使判官高鶴林らと共に入京が許され、翌年の正月、朝賀の儀に参列し、二月庚戌（十五日）帰国。
七 宝亀十一年正月辛未条の新羅使の奏上にも「新羅国王言、…遣二薩飡金蘭蓀・級飡金巌等一、貢二御調一兼賀二元正一」とあり、新年の拝賀が来日の目的の一つであったとある。
八 外国の使節が来日する際に順守すべき事柄については、すでにそれぞれの国に通告してあるが、の意か。
九 上表文を納めた函。
一〇 宝亀二年六月来日の渤海使は、入京して表函を上呈し、その段階でその上表が「違レ例无礼」ことが問題とされており（宝亀三年正月丁酉条）、同四年六月来日の折は、能登国司が現地で「表函、違レ例无礼」と判断して、そ

即《すなは》ちその贓《ざう》[一]を奪《うば》ひて、告《つ》ぐる人《ひと》に賜《たま》はむ。物主《ものぬし》[二]に対《たい》するのみに非《あら》ず、売質《まいしち》[三]も亦同《またおな》じ」とのたまふ。

新羅使に対する応対の仕方を大宰府に指示

冬十月（丁酉朔）己巳[四]、大宰府《だいさいふ》に勅《みことのり》[五]したまはく、「新羅使《しらきのつかひ》蘭蓀《らんそん》[六]ら、遠《とほ》く滄波《さうは》を渉《わた》り、正《しやう》[七]を賀《が》し調《でう》を貢《たてまつ》る。其《そ》れ諸蕃《しよばん》の入朝《みかどまゐり》すること、国《くに》に恒例《つねのためし》有り。通状《つうじやう》[八]有りと雖《いへど》も、更《さら》に反復《はんふく》すべし。府《ふ》承知《しようち》して来《ま》朝《う》くる由《よし》を研《きは》め問《と》ひ、并《あは》せて表函《へうかむ》[九]を責《こ》ふべし。如《も》し表《へう》有らば、渤海《ぼつかい》の蕃例《ばんれい》に准《なずら》へて案《あん》[一〇]を写《うつ》して進上《たてまつ》り、その本《もと》は却《しりぞ》けて使人《しにん》に付《さづ》けよ。凡《おほよ》[一一]そ有《も》てる消息《ありさま》は駅伝《えきでん》[一二]して奏上《そうじやう》せよ」とのたまふ。

天長節

○己酉（十三日）、是《こ》の日《ひ》は天長節《てんちやうせつ》[一三]に当《あた》る。仍《より》て群臣《ぐんしん》を宴《うたげ》して、禄賜《ろくたま》ふこと差《しな》有り。また、詔《みことのり》して、外祖父《ぐわいそふ》従五位上紀《き》[一四]朝臣諸人《もろひと》に従一位を贈《おく》りたまふ。

大僧都・少僧都任命

○壬子（十六日）、詔《みことのり》して、少僧都《せうそうづ》弘耀《ぐえう》[一五]法師《ほふし》を大僧都《だいそうづ》としたまふ。恵忠《ゑちう》[一六]法師《ほふし》を少僧都《せうそうづ》。また、高叡《かうえい》[一七]法師《ほふし》に封《ふう》卅戸を施《ほどこ》す。宿徳《しゆくとく》を優《めぐ》めばなり。

唐使を新羅使と共に入京させるよう指示

○癸丑（十七日）、大《だい》宰府《さいふ》に勅《みことのり》[一八]して、唐客《たうかく》高鶴林《かうかくりむ》[一九]ら五人を新羅貢朝使《しらきのぐでうし》[二〇]と共《とも》に京《みやこ》に入《い》らしめたまふ。○丙辰（二十日）、従五位上藤原《ふちはら》[二一]朝臣鷹取《たかとり》に正五位下を授《さづ》く。○丁巳（二十一日）、正五位下藤原《ふちはら》朝臣鷹取《たかとり》に正五位上を授く。○庚申（二十四日）、命婦《みやうぶ》[二二]正五位下藤原《ふちはら》[二三]朝臣元信《ぐゑんしん》に従四位下を授く。

新羅使に入朝の由を問う使者派遣

十一月（丁卯朔）戊辰（二日）、従四位下阿倍《あへ》[二四]朝臣古祢奈《こねな》に正四位下を授く。○己巳（三日）、勅旨《ちよくし》

の結果を中央政府に報告している(宝亀四年六月戊辰条)。渤海使が来日したら、とりあえず上表の案文を作成して進上するという措置をとる前例ができたのは、宝亀四年以降のことか。なお、先(九月庚辰条)に来着した渤海人等の場合は、上表の案文を進上して中央政府の判断を仰いでいる(十一月乙亥条)。

一一 入手した新羅使等に関するあらゆる情報。

一二 「馳駅して」「飛駅して」と同義。例えば、天長七年正月癸卯条で、「准レ令馳駅言上」とある奏上を後紀の編者は「出羽国駅伝奏云」と言いかえている(類聚国史)。駅伝制→[一]補2-一〇九。

一三 宝亀六年九月壬寅の勅で、光仁の生誕日の十月十三日を天長節と定めている。天長節→[四]補33-四〇。

一四 光仁の母紀橡姫([四]三〇九頁注七)の父。→[一]補3-八〇。延暦四年五月、更に正一位太政大臣を追贈(丁酉条)。

一五 →補35-六九。

一六 →補35-七〇。

一七 他に見えず。

一八 唐使判官一行を新羅使とともに入京させるように大宰府に命じた勅。

一九 →補35-七一。

二〇 通例は朝貢使あるいは貢調使。

二一 内大臣魚名の第一子か。→[四]補31-六三。従五位上叙位は宝亀九年正月。翌丁巳(二十一日)条で更に正五位上に昇叙。

二二 →七一頁注二。

二三 玄信とも。→[四]三五頁注一五。

二四 安倍朝臣とも。子美奈とも。前の内大臣良継の妻。後に桓武の皇后となる乙牟漏の母。→[四]補33-三八。従四位下叙位は宝亀六年八月。

少輔正五位下内蔵忌寸全成於大宰府一、問二新羅国使薩湌金蘭蓀入朝之由一。○乙亥、勅二検校渤海人使[1]一、押領高[2]洋[3]粥等、進表無礼。宜レ勿レ令レ進。[4]又不レ就二筑紫一、巧レ言求二便宜一。加二勘当一、勿レ令二更然一。○丙子、検校渤海人使言、鉄利官人、争坐二説昌之上一、[5]恒有二[6]凌[7]侮之気一者。太政官処分、渤海[8]通事従五位下高説昌、遠渉二滄波一、数廻入朝。言思忠勤、授以二高班一。次二彼鉄利之下一、殊非二優寵之意一。宜下異二其[9]列位一以顕中品秩上。○辛巳、駿河国言[10]、以二去七月十[11]四日一、大雨汎[12]溢、決二二郡堤防一、壊二百姓廬舎一。又口田流埋、其数居多。応レ[13]役二単功六万三千二百[14]餘人一者。給レ粮[15]修築[16]之。○甲申、勅、中納言従三位物部朝臣宅嗣、宜下改二物部[17]朝臣一[18]賜中石上[19]大朝臣上。○乙酉、[20]太政官奏、[21]偁、謹検二去宝亀六年八月十九日格一云、京官禄薄、不レ免二飢寒之苦一、国司利厚、自有二衣食之饒一。

1 使ノ下、ナシ〔谷原〕—言(谷傍補)→校補
2 洋(兼等、大)—泮〔底〕、渾(紀略)
3 粥〔紀略原〕—弼(紀略改)→脚注・校補
4 又ノ上、ナシ〔紀略衍〕—表無礼宜勿令進(紀略原)→校補
5 恒—垣(高)
6 凌〔高擦重〕
7 侮〔谷重、大〕—海(兼・谷原・東・高)
8 通〔兼朱抹朱傍〕—道(兼原)
9 列〔高擦重〕—例(高原)
10 言ノ下、ナシ〔兼・谷、大、紀略〕—言(東・高)
11 四—七(紀略)
12 溢→校補
13 役—没〔底〕
14 餘—余〔底〕
15 修ノ上、ナシ—令(紀略)
16 之—堤防(紀略)
17 朝臣〔東・高、大補〕—ナシ(兼・谷)
18 賜→校補
19 大〔大補〕—ナシ(底新傍按・兼等)→校補
20 太(底重)—大〔底原〕→校補
21 偁—稱〔底〕

一→三補22-四一。二→一一一頁注六。「薩湌」は新羅十七等官位の第八等。三これ以前、十月己巳条の勅に対する大宰府の報告があり、その内容に疑義があったため、改めて入朝の由を問う使者の派遣となったのであろう。

四九月庚辰条の勅により派遣された使者。

五上表の案文を添えた、検校渤海人使の報告・問合せに対して、裁可を下した勅。次条の太政官処分と一連のもの。

六下文十二月戊午条には「渤海使押領高洋弼」とある。「粥」と「弼」と何れが是か未詳。「押領」は通常の渤海使の中には見えない肩書。一行三五九名の指揮監督をする代表者なのであろう。帰国は翌十一年の春と思われるが、その日時は不明。

七渤海使が着した時は、現地で上表を書写し、その案文を中央に進上して中央政府の指示を仰ぐことになっていた(本年十月己巳条)。

八筑紫以外の地に来着したことを言葉巧みに弁明しているが、事情を詳しく調べ、二度とそのようなことが起らぬようにせよ、の意。宝亀四年六月戊辰条の太政官処分に「渤海使、取二此道一来朝者、承前禁断。自レ今以後、宜下依二旧例一、従二筑紫道一来朝上」とある。

九前条と一連の検校渤海人使の報告・問合せおよびそれに対する裁可。

一〇高説昌。下文に「渤海通事従五位下高説昌」とあり、これ以前に何度か来日したことがあると見える。宝亀三年二月癸丑条に「授二大使壱万福従三位、副使正四位下、大判官正五位上、少判官正五位下、録事并訳語並従五位下一」と渤海使への叙位が見える。通事(訳語)クラスの者に従五位下を授けた例はめずらしく、高説昌の従五位下は、あるいはこの時の叙位か。

渤海使の上表無礼

少輔《せうふ》正五位下内蔵《くら》[一]忌寸全成《またなり》を大宰府《だいさいふ》に遣《つかは》して、新羅国使《しらきのくにのつかひ》薩飡《さつそん》金蘭蓀《きむらんそん》[二]が入朝《みかどまゐり》[三]する由《よし》を問《と》はしむ。○乙亥[九日]、検校渤海人使《けむげうぼつかいにんし》[四]に勅《みことのり》[五]したまはく、「押領《あふりやう》高洋粥《かうやうしゆく》[六]らが進《たてまつ》[七]れる表《へう》は無礼《ゐやな》し。進《たてまつ》らしむること勿《な》くあるべし。また、筑紫《つくし》[八]に就《つ》かず、言《こと》を巧《たくみ》にして便宜《びんぎ》を求《もと》む。勘当《かむたう》を加《くは》へて更《さら》に然《しか》あらしむこと勿《な》かれ」とのたまふ。

渤海通事高説昌と鉄利官人との坐位争いを裁定

○丙子[十日]、検校渤海人使《けむげうぼつかいにんし》[九]言《まう》さく、「鉄利《てつり》の官人《くわんにん》、争《あらそ》ひて説昌《せいしやう》[一〇]が上《うへ》に坐《ざ》して、恒《つね》に凌侮《りようぶ》の気《き》有り」とまうす。太政官処分《だいじやうぐわんしよぶん》[一一]すらく、「渤海通事《ぼつかいつうじ》従五位下高説昌《かうせいしやう》は、遠《とほ》く滄波《さうは》を渉《わた》りて数《しばしば》廻《めぐ》りて入朝《みかどまゐり》す。言思《げんし》忠勤《ちうきん》にして、授《さづ》くるに高班《かうはん》を以《もち》てす。彼《か》の鉄利《てつり》の下《した》に次《つ》がむこと、殊《こと》に優《いう》寵《ちよう》の意《こころ》に非《あら》ず。その列位《れつゐ》を異《こと》にして品秩《ほむちつ》[一二]を顕《あらは》すべし」といふ。

駿河国大雨

○辛巳[十五日]、駿《する》河《が》国言《まう》[一三]さく、「去《さ》りぬる七月十四日を以《もち》て、大雨《おほあめ》ふりて汎溢《はむいつ》[一四]して、二郡[一五]の堤防《つつみ》を決《く》え、百姓《はくせい》の廬舎《いほや》を壊《こほ》つ。また口田《くでん》[一六]流《なが》れ埋《うづも》りて、その数《かず》居多《そこばく》なり。単功《たんくう》[一七]六万三千二百餘人を役《やく》すべし」とまうす。粮《らう》[一八]を給《たま》ひて修《をさ》め築《きつ》かしむ。

○甲申[十八日]、勅《みことのり》したまはく、「中納言《ちうなふごん》従三位物部《もののべ》[一九]朝臣宅嗣《やかつぐ》に、物部《もののべ》朝臣を改《あらた》めて石上《いそのかみ》[二〇]大朝臣を賜《たま》ふべし」とのたまふ。

諸国公廨を割いて京官に増俸することを停む

○乙酉[十九日]、太政官奏《だいじやうぐわんそう》[二一]して偁《まう》さく、「謹《つつし》みて、去《さ》りぬる宝亀《ほうくゐ》[二二]六年八月十九日の格《きやく》を検《しら》ぶるに云《い》はく、「京官《きやうくわん》は禄《ろく》薄《うす》くして飢寒《きかん》の苦《くるしび》を免《まぬか》れず、国司《こくし》は利《り》厚《あつ》くして自《おのづか》ら衣食《いしよく》の饒《にぎはひ》有り。

一一 高説昌を従五位下にふさわしい列位で遇すべきことを指示した太政官処分。
一二 位と俸禄。ここは、位とそれにふさわしい待遇。
一三 去る七月十四日の豪雨で決壊した堤防の復旧に延べ六万三二〇〇余人の人夫の動員が必要であることを上申。
一四 営繕令16に「若暴水汎溢、毀二壊堤防一、交為二人患一者、先即修営、不レ拘二時限一。応レ役二五百人以上一者、且役且申」とある。
一五 氾濫した川が安倍川であれば安倍・有度両郡か(『静岡県史』通史篇一)。また、富士川であれば西岸の廬原郡と東岸の富士郡か。
一六 口分田(㈢補9―四五)。
一七 延べ人数。
一八 通常の徭役労働では食料は支給しないのが原則。しかし、本条のように堤防修築のために動員する役夫には公粮を支給している(天平宝字五年七月辛丑条・延暦三年閏九月戊申条・同四年十月己丑条・同七年三月甲子条および九条家旧蔵延喜式裏書の宝亀四年二月卅日の太政官符案〔古二一―二八〇頁〕)。これは、古記以外の営繕令16集解諸説がいずれもこの役夫には雑徭を充てるとするのに対し、古記が「不レ在レ限二雑徭一」(賦役令37集解)とするように、本来雑徭外に動員する労働力であったためか。→㈡一一七頁注二三・㈢三八三頁注一九。
一九 もと石上朝臣。→㈢補18―一八。
二〇 →補35―七二。
二一 諸国の公廨の利稲の四分の一を割いて京官の俸禄に加えることとした宝亀六年の格を停めて旧に復して国司に全給とすることを請う太政官奏。
二二 →宝亀六年八月庚辰条。

宜下割二諸国之公廨一、以加中在京之俸禄上者。立レ格以来、年月稍[1]積、霈沢之恩虚流、優賞之歓未レ給[2]。何者、諸国正税略多二欠負一、或僅挙二論定一、或令[3]レ無二公廨一。而暗拠二出挙一、或令[4]レ割二四分之一一。今計二一年送納之物一、作レ差処分、毎レ人所レ得、仟[5]銭已下伯[6]銭已上。遂[7]則諸国煩二於交替[8]一、厚秩負二於多士一。徒[9]増二労擾一、不レ穏レ於レ行。臣等望請、停二此新格一、行二彼旧例一。奏可之。○甲午、以二従五位下川村王一為二少納言一。参議正四位下大伴宿禰伯麻呂為[10]二左大弁一。従五位上参河王為二縫殿頭一。従五位上文室真人高嶋為二宮内大輔[11]一。従五位下三嶋真人嶋麻呂為二大膳亮[12]一。従五位下多治比真人歳王[13]為二木工頭一。従五位上紀朝臣佐婆麻呂為二大炊頭一。従五位上文室真人水通為二弾正弼一。従五位下紀朝臣白麻呂為二造東大寺次官一。従五位下文室真人忍坂麻呂為二上野守一。従五位下大伴宿禰清麻呂為二紀伊守一。○乙未、勅曰[14]、出二挙官稲一、毎レ国有レ数。如致二違犯一、乃寘[15]二刑憲一。比年在外国司、尚乖二朝委[16]一、苟規二利潤一、広挙二隠截一。無知百姓、争

1 稍―ナシ(兼)
2 給〔底〕―洽
3 令〔兼等〕―全(大改、類八四)
4 令(兼等、大)―全〔類八四〕
5 仟―千(類八四)
6 伯〔兼・東・高〕―佰(谷、大、紀略)、百(類八四)
7 遂〔兼等、類八四〕―然(谷傍、大)→校補
8 替(兼・谷、大、類八四)―賛〔東・高〕
9 徒〔兼・谷、大、類八四〕―従(東・高)
10 為ノ下、ナシ〔兼・谷原・東・高〕―兼(谷傍補、大)→校補
11 輔〔兼原・兼重〕→校補
12 亮〔底原・底新朱抹傍〕→校補
13 王〔底〕―主→脚注
14 曰(底重・底新朱抹傍)―日〔底原〕→校補
15 寘〔大改、類八四改〕―寡(兼等)、募(類八四原)→校補
16 委ノ下、ナシ(底新朱抹)―朝〔底原〕

一 宝亀六年八月庚辰条には「毎レ国割二取公解四分之一二」とある。
二 京官を優遇しようとした恩沢は実効をあげず、その成果は京官全体に未だ行きわたらない、の意。
三 大税ともいう。↓[一]補2-五七。
四 論定稲・論定出挙稲とも。各国別に定められた一定数の正税出挙稲。その利稲によって国衙の財政支出をまかなう。↓[三]補16-二六。
五 公解稲。↓[三]補16-二七。
六 ひそかに他の官稲などを流用出挙して、公解の四分の一相当量を京進分に割りあてたりする、の意か。
七 諸国が京進する一年分の送納物の総額。
八 一定の比率で等級づけして送納物を京官に配分すると、の意。
九 「伯」は「佰」に通じ、百の意。
一〇 京官の禄を厚くしようとする措置は、多くの地方官の負担となる、の意。
一一 宝亀六年の格。
一二 ↓補34-五四。
一三 ↓[三]一〇七頁注四。参議任官は宝亀九年正月。左大弁の前任者は藤原是公(宝亀九年六月辛丑条)。
一四 三河王とも。↓[三]補17-四八。縫殿頭の前任者は壱志濃王(宝亀九年八月癸巳条)。
一五 ↓[三]四二一頁注一三。宮内大輔の前任者は石上家成(宝亀九年二月庚子条)。
一六 ↓[四]補28-五。大膳亮の前任者は乙訓王(宝亀九年二月庚子条)。
一七 底本「歳王」とするが、「歳主」の誤りか。歳主は年主とも。↓[四]補32-一。前官は摂津亮(宝亀八年正月戊寅条)。木工頭の前任者は本条で大炊頭に転任した紀佐婆麻呂(宝亀七

官稲の隠截禁止と調庸の進上期日の厳守とを命ずる

[一]諸国《くにぐに》の公廨《くげ》を割《さ》きて在京《ざいきやう》の俸禄《ほうろく》に加《くは》ふべし」といふ。格《きやく》を立《た》てしより以来《このかた》、年月《としつき》稍《やや》く積《つ》りて、[二]霈沢《はいたく》の恩《みめぐみ》虚《むな》しく流《なが》れ、優賞《いうしやう》の歓《よろこび》給《たまは》らず。何《なに》となれば、諸国《くにぐに》の[三]正税《しやうぜい》略《おほむね》欠負《けむふ》多《おほ》く、或《ある》は僅《わづか》に[四]論定《ろんぢやう》を挙《こ》し、或《ある》は[五]公解《くげ》無からしむ。而《しか》して[六]暗《ひそか》に出挙《すいこ》に拠《よ》りて、或《ある》は四分の一を割《さ》かしむ。今《いま》、[七]一年《ひととせ》に送り納《をさ》むる物《もの》を計《はか》り、[八]差《しな》を作《つく》りて処分《しよぶん》するに、人毎《ひとごと》に得《う》る所《ところ》、仟銭已下[九]伯銭已上なり。遂《つひ》に則《すなは》ち諸国交替《くにぐにけうたい》するに煩《わづらは》しくして、[一〇]厚秩多士《こうちつたし》に負《お》へり。徒《いたづら》に労擾《らうぜう》を増《ま》して、行《おこなひ》に於《おき》て穏《おだひ》にあらず。臣《しん》ら望《のぞ》み請《こ》はくは、この[一一]新《あらた》しき格《きやく》を停《とど》めて彼《そ》の旧《ふる》き例《ためし》を行《おこな》はむことを」とまうす。奏《そう》するに可《か》としたまふ。○甲午(二十八日)、従五位下[一二]川村王《かはむらのおほきみ》を少納言《せうなふごん》とす。参議《さむぎ》正四位下[一三]大伴《おほとも》宿禰伯麻呂《をぢまろ》を左大弁《さだいべん》。従五位上[一四]参河王《みかはのおほきみ》を縫殿頭《ぬひとののかみ》。従五位上[一五]文室《ふむや》真人高嶋《たかしま》を宮内大輔《くうないだいふ》。従五位下[一六]三嶋《みしま》真人嶋麻呂《しままろ》を大膳亮《だいぜんのすけ》。従五位下[一七]多治比《たぢひ》真人歳王を木工頭《もくくのかみ》。従五位上[一八]紀《き》朝臣佐婆麻呂《さばまろ》を大炊頭《おほひのかみ》。従五位上[一九]文室《ふむや》真人水通《みなみち》を弾正弼《だんじやうのひつ》。従五位下[二〇]紀《き》朝臣白麻呂《しろまろ》を造東大寺次官《ざうとうだいじじくわん》。従五位下[二一]文室《ふむや》真人忍坂麻呂《おしさかまろ》を上野守《かみつけの》。従五位下[二二]大伴《おほとも》宿禰清麻呂《きよまろ》を紀伊守《き》。○乙未(二十九日)、[二三]勅《みことのり》して曰《のたま》はく、「[二四]官稲《くわんたう》を出挙《すいこ》するに、国《くに》毎《ごと》に数《かず》有り。如《も》し違犯《ゐぼむ》を致《いた》さば、乃《すなは》ち[二五]刑憲《けいけん》に寘《お》く。比年《としごろ》、在外《ざいぐゐ》の国司《こくし》、尚《なほ》朝委《でうゐ》に乖《そむ》きて、苟《いやしく》も利潤《くぼさ》を規《はか》りて、広《ひろ》く[二六]隠截《おむせち》を挙《こ》す。無知《むち》の百姓《はくせい》、争《あらそ》ひて

年三月丙申条)。

一八 鯖麻呂とも。→[四]補25-七九。前官は木工頭(宝亀七年三月丙申条)。

一九 →[四]補25-九〇。

二〇 →補35-四八。

二一 →[四]補28-五。上野守の前任者は藤原鷲取(宝亀十年二月甲午条)。

二二 浄麻呂とも。→[四]四一頁注三二。紀伊守の前任者は宗形王(宝亀十年二月甲午条)。

二三 (一)官稲を隠截することを禁断すべきこと、(二)調庸の進上の期日を厳守すべきこと、の二項よりなる勅。このうち、前者は、三代格に太政官符として、また要略に「弘刑格云」として収める。

二四 天平十七年の公廨稲の設置([三]補16-二七)以降、官稲の出挙は正税・公廨・雑稲の三本立て。諸国の出挙する官稲それぞれの定額数は弘仁式・延喜式の主税寮式に見える([三]補16-二六)。

二五 「刑憲」は法。法の定めに基づいて処罰する、の意。この場合適用される律の規定は戸婚律24(欠逸。但し唐律対応条に「諸差科賦役違㆑法、及不㆓均平㆒、杖六十。若非法而擅賦斂、及以㆑法賦斂、而擅加益、贓重入㆑官者、計㆑所㆑擅、坐㆑贓論。入㆑私者、以㆓枉法㆒論。至㆑死者、加役流」とある)か。

二六 官人が官物などを不正に割き分けて私物化し、あるいは私に流用すること。「截」は截留で、さしとどめる、の意。倉庫令13の逸文に「凡欠㆓負官倉㆒、応㆑徴者、…其隠截及貸用、不㆑限㆓在任去任㆒、皆納㆓於京㆒」、同15に「割㆓取交易物直㆒者、同㆓隠截罪㆒」とある。本条で「挙㆓隠截㆒」あるいは「隠㆓截官稲㆒」とあるのは、官稲の一部を、正税以下のわく外で私に出挙してその利稲を着服すること。

咸[1]貸[2]食、属二其徴収一、無二物可一レ償[3]。遂[4]乃売レ家売レ田、浮二逃他郷一。民之受レ弊無レ甚[5]二於此一。自レ今以後、隠二截官稲[6]一者、宜下随二其多少一科断[7]、永帰二里巷一以懲[8]中贓汚上。又[9]調庸発期、具著二令条[10]一。比来寛縦多不レ依レ限。苟事延引、妄作二逗留一、遂使下隔レ月移レ年交闕二祭礼[11]之供一、自レ春徂[12]レ夏既乏中支度之用上。自レ今以後、更有二違犯一者、主典已下所司科決[13]、判官以上録レ名奏聞。不レ得下曲為二顔面一容[14]中其怠慢上。○十二月己酉、中納言従三位兼勅旨卿侍[15]従勲三等藤原朝臣縄麻呂薨。詔、遣二大和守従四位下石川朝臣豊人・治部大輔従五位上藤原朝臣刷雄等一、就レ第宣レ詔、贈[16]二従二位大納言一。葬[17]事所レ須官給、并充[18]二鼓吹司夫一。縄麻呂、右大臣従一位豊成之第[19]四子[20]也。以二累[21]世家門一類[22]歴二清顕一、景雲二年、至二従三位一。宝亀初、拝二中納言一、尋兼二皇太子傅[23]・勅旨卿一。式部卿百川薨後、相継用レ事。未レ幾而

1 咸―減〔底〕
2 貸(大改、類八四)―貣〔兼等〕↓校補
3 償〔底原、大改〕―續(底新朱抹傍・兼等)、贖(類八四)
4 遂〔類八四補〕―ナシ(類八四原)
5 甚〔兼等傍イ、大、類八四〕―其(兼等)→校補
6 稲―物(類八四)
7 科断→校補
8 懲〔底原・底新朱抹傍〕→校補
9 又(底新朱抹傍)―人〔底原〕
10 条＝條〔谷擦重、大〕―修(底新傍朱イ・兼・谷原・東・高)
11 礼〔底〕―祀(底新傍朱イ・兼等、大)→校補
12 徂〔底原〕―怚(底新朱抹傍)、恒(兼・谷原・東・高)、祖(谷重)、亘(大)
13 決〔東傍・高傍、大改〕―夫(兼・谷原・東・高)、失(谷重)
14 容―客〔底〕
15 侍ノ下、ナシ〔兼・谷、大〕―侍(東・高)
16 贈―贖(兼)
17 葬〔高擦重〕
18 充―亥〔底〕
19 第―弟〔底〕
20 子―字(兼)
21 累→校補
22 類〔底〕―頻
23 傅→校補

一「貸」は「貣」(かりる)に通ず。二 三代格・要略は「科断」の二字を「解任及除名」に作る。隠截罪は、詐偽律詐欺取財物条逸文に「凡詐二欺官私一、以取二財物一者、准レ盗論。〈…若監主詐取者、自依二盗法一、有レ官者除名倍贓如レ法〉」とある監主詐取にあたり、盗法(賊盗律35)が適用される。もし隠截した官物が布三端以上なら監守の盗三端で除名(名例律18)。類聚国史の隠截官物の項に、隠截の罪に問われた延暦年間の実例が二件見える。三 名例律21によれば、除名でも満六年後には官界に復帰できることになっているが、その権利を剝奪して官界から永久追放に処する、の意。類似の表現が延暦四年五月戊午条には「解二却見任一、永不二任用一」とある。四 以下は勅の第二項。五 賦役令3に「凡調庸物、毎年八月中旬起輸。近国十月卅日、中国十一月卅日、遠国十二月卅日以前納訖。其調糸七月卅日以前輸訖」とある。六 貢進が一か月以上も延引したり、あるいは、翌年にずれこんだりして、の意。七 調庸の貢納期日の遅れで、諸社に供する品々に支障をきたす、の意。貢進された調庸の一部が、その年の冬から翌春にかけて行われる相嘗祭・月次祭・祈年祭等の祭祀において、諸社に「荷前(ハツヲ)」として供されていたのであろう(大津透説)。八「徂」は、至る、及ぶ、の意。大系本は「亘」に作るが、敢えて訂正する必要はない。九 調庸の違期は、戸婚律部内課税違期条逸文の「凡部内輸二課税之物一、違レ期不レ充者、以二十分一論、一分笞四十、一分加二一等一」の規定が適用される(三代格・要略大同二年十二月廿九日官符)。→霊亀元年五月甲午条。以下の文は、違期があったら、主典以下は律の規定に基づいて処罰し、判官以上は上奏して勅裁

咸《ことごと》く[一]貸食《たいじき》し、その徴《はた》り収《をさ》むるに属《つ》きて、物《もの》の償《つくの》ふべき無し。遂《つひ》に乃《すなは》ち家《いへ》を売《う》り田《た》を売《う》り、他郷《たがう》に浮逃《ふたう》す。民《たみ》の弊《へい》を受《う》くること此《これ》より甚《はなはだ》しきは無し。今《いま》より以後《のち》、官稲《くわんたう》を隠截《おむせち》する者《ひと》は、その多少《たせう》に随《したが》ひて[二]科断《くわだん》し、[三]永《なが》く里巷《りかう》に帰《くゐ》して臓汚《ざうを》を懲《こら》すべし。[四]また調庸《でうよう》発《た》つ期《とき》は、具《つぶさ》に[五]令《りやう》の条《でう》に著《あらは》せり。比来《このころ》寛縦《くわんしよう》にして多《おほ》くは限《かぎり》に依《よ》らず。苟《いやしく》も事《こと》延引《えんいん》して妄《みだり》に逗留《とうりう》を作《な》し、遂《つひ》に[六]月《つき》を隔《へだ》てて年《とし》を移《うつ》し、[七]交《こもごも》祭礼《さいれい》の供《ぐ》を闕《か》き、春《はる》より夏《なつ》に[八]徂《およ》びて既《すで》に支度《したく》の用《よう》に乏《とも》しからしむ。今《いま》より以後《のち》、更《さら》に[九]違犯《ゐぼむ》すること有らば、主典《さうくわん》已下は[一〇]所司《しよし》[一一]科決《くわくゑつ》し、判官《はんぐわん》以上は名《な》を録《しる》して奏聞《そうもん》せよ。曲《ま》げて[一二]顔面《おもねり》を為《な》し、その怠慢《おこたり》を容《ゆる》すこと得《え》じ」とのたまふ。

藤原縄麻呂没

十二月（丁酉朔）己酉（十三日）、中納言《ちうなふごん》従三位兼勅旨卿《ちよくしきやう》侍従《じじゆ》勲《ぐん》三等藤原《ふぢはら》[一三]朝臣縄麻呂《なはまろ》薨《こう》しぬ。詔《みことのり》して、大和守《やまとのかみ》従四位下[一四]石川《いしかは》朝臣豊人《とよひと》・治部《ちぶ》大輔《だいふ》従五位上[一五]藤原《ふぢはら》朝臣刷雄《よしを》らを遣《つかは》して、第《てい》に就《つ》きて詔《みことのり》を宣《の》らしめ、従二位大納言《だいなふごん》を贈《おく》りたまふ。[一六]葬《はぶり》の事《こと》に須《もち》ゐるものは官《つかさ》より給《たま》ひ、并《あは》せて[一七]鼓吹司《つづみふえのつかさ》の夫《ぶ》を充《あ》つ。縄麻呂《なはまろ》は右《う》大臣《だいじん》従一位[一八]豊成《とよなり》の[一九]第四の子《こ》なり。累世《るいせい》の家門《かもん》なるを以《もち》て類《おほむ》ね[二〇]清顕《しやうけん》を歴《へ》て、[二一]景雲《きやううん》二年従三位に至《いた》る。[二二]宝亀《ほうくゐ》の初《はじめ》に中納言《ちうなふごん》を拝《はい》し、尋《つ》ぎて[二三]皇太子傅《くわうたいしふ》・[二四]勅旨卿《ちよくしきやう》を兼《か》ぬ。式部卿《しきぶきやう》[二五]百川《ももかは》薨《こう》して後《のち》、[二六]相継《あひつ》ぎて事《こと》を用《もち》ゐる。幾《いくばく》もあらずして

により処罰するというもの。一〇 民部省および刑部省。「諸国貢調違期者、当省(民部)独所レ勘也」(三代格延喜四年七月十一日官符)とあるように、調庸の納入を管する民部省が違期の罪状を推断し、杖罪以下は民部省で科決し、徒罪以上は刑部省に送り、そこで科決(獄令1)。但し、より厳格に、実際に現物を収納する大蔵省に合期・違期等の報告を求め、それを刑部省に下して科決させたこともある(三代格大同三年正月七日官符)。一一 判決を下し刑を執行すること。→三七頁注一〇。

一二 おもねること。→〔二〕四〇七頁注九。

一三 豊成の第四子。母は房前女。本条の時点の参議従三位継縄・同従四位上弟縄の異母弟(補任、分脈)。→〔三〕七五頁注九。侍従任官は天平宝字元年六月。なお縄麻呂は、先の九月庚午、百川の後任として中衛大将も兼任。

一四 →〔三〕補17-二五。 一五 →〔三〕一一九頁注七。

一六 →一〇一頁注一。 一七 喪葬令11に「凡皇親及五位以上喪者、並臨時量給二送葬夫一」とある送葬夫とは別に、葬儀の際の鼓・大角・小角等を奏する要員に充てるため、鼓吹司の鼓吹戸から動員された者か。聖武の葬儀に関わったと思われる関係者の中に「鼓吹戸人」(〔三〕一八五頁注二七)が見える。なお葬儀の際の鼓吹については、天武紀十二年六月条に「大伴連望多薨。…乃贈二大紫位一、発二鼓吹一葬之」、続紀天平元年二月甲戌条に「勅曰、吉備内親王者無レ罪。宜二准レ例送葬一。唯停二鼓吹一」等と見える。 一八 →〔二〕一四七頁注一二。 一九 良因(分脈)・継縄・弟縄の弟。 二〇 清官(良い官)と顕官(高い官)。 二一 従三位叙位は神護景雲二年正月。 二二 中納言任官は宝亀二年三月。

二三 皇太子傅任官のこと、他に見えない。

二四 補任宝亀四年条に勅旨卿とある。勅旨省

薨。時年五十一。○戊午、検校渤海人使言、渤海使押領高洋[1]弼[2]等苦[3]請云、乗船損壊、帰計無レ由。望[4]、朝恩[5]賜ニ船九[6]隻[7]一、令レ達ニ本蕃一者。許[8]レ之。○己未、勅、内侍司多置ニ職員一、給レ禄之品、懸[9]劣ニ比司一。自レ今以後、宜レ准ニ蔵司一。」正三位河内女王薨。浄広壱高市皇子之女也。○辛酉、以ニ中務卿従三位藤原朝[10]臣田麻呂一為[11]ニ兼[12]中衛権大将一。○丙寅、以ニ右衛士督従四位下兼常陸守藤原朝臣小黒麻呂一為[13]ニ参議一。

続日本紀　巻[14]第[15]卅五

1 洋〔兼等、大〕―泮〔底〕、渾（紀略）
2 弼〔紀略改〕―粥（紀略原）→校補
3 苦〔大補、紀略〕―ナシ（兼等）
4 望ノ上、ナシ〔底原〕―伏（底新傍補・兼等、大、紀略）
5 朝恩→校補
6 九―丸（高）
7 隻〔谷傍、大、紀略〕―侯（兼等）→校補
8 許―訂〔底〕
9 懸〔大改、類四〇〕―縣（兼等）
10 朝〔兼重〕
11 為〔紀略補〕―ナシ（紀略原）→校補
12 兼〔底〕―ナシ
13 為〔谷傍補・東傍・高傍、大〕―ナシ（兼・谷原・東・高）
14 巻〈意補〉（大補）―ナシ
15 第―弟〔底〕

→四補25-一〇四。三五 もと雄田麿。→三補22-二四。本年七月没。三六 百川の後継者として事にあたる。百川が没した直後の本年八月以降、綱紀粛正策が相次いで出されているが、それらは縄麻呂が中心になって立案・施行されたものか。

一 →一一三頁注四。
二 渤海使の高洋弼らが船の破損で困っているので、船九隻を賜与して帰国させたい旨の上申。
三 →一一三頁注六。
四 来日した渤海人らは総勢三五九人。一隻あたり四〇人は、八世紀代の渤海使や遣渤海使の標準的乗船人数。
五 内侍司の宮人の給禄は蔵司に准ずることを定めた勅。宝亀八年九月乙丑条の勅で、内侍司の尚侍と典侍の「官位禄賜」を蔵司の尚蔵・典蔵に準ずるものとしたが、内侍司を蔵司と同格にするという形で、改めて尚侍・典侍の

薨《こう》しぬ。時《とき》に年《とし》五十一。○戊午《二十二日》、[一]検校渤海人使《けむげうぼつかいにんし》言《まう》[二]さく、「渤海使《ぼつかいし》押領《あふりやう》[三]高洋《かうやう》弼《ひつ》ら苦《ねもころ》に請《こ》ひて云《い》はく、「乗《の》る船損《ふねそこな》ひ壊《こほ》ちて、帰《かへ》る計《はかりこと》に由《よし》無し」といふ。これ望《のぞ》まくは、朝恩船《てうおんふね》[四]九隻を賜《たま》ひて本蕃《ほんばん》に達《いた》らしめむことを」とまうす。これを許《ゆる》す。

渤海使に帰国用の船を与える

○己未《二十三日》、[五]勅《みことのり》したまはく、「内侍司《ないしのつかさ》は多《おほ》く[六]職員《しきゐん》を置《お》きて、禄《ろく》を給《たま》ふ品《しな》、懸《はるか》に[七]比司《ひし》に劣《おと》れり。今《いま》より以後《のち》、[八]蔵司《くらのつかさ》に准《なずら》ふべし」とのたまふ。

内侍司官人の給禄を蔵司に準ずることを定む

正三位[九]河内女王《かはちのおほきみ》薨《こう》しぬ。[一〇]浄広壱《じやうくわういち》[一一]高市皇子《たけちのみこ》の女《みむすめ》なり。○辛酉《二十五日》、中務卿《ちうむきやう》従三位[一二]藤《ふぢ》原《はら》朝臣田麻呂《たまろ》を兼中衛権大将《ちうゑのごんのだいしやう》とす。○丙寅《三十日》、右衛士督《うゑじのかみ》従四位下兼常陸守《ひたちのかみ》[一三]藤原《ふぢはら》朝臣小黒麻呂《をぐろまろ》を参議《さむぎ》とす。

河内女王没

続日本紀　巻第卅五

季禄を尚蔵・典蔵に準じて支給することを命じたものか。女官の官位相当・給禄の制の変遷→〔一〕補6-五七。

六 令の規定によると、蔵司の構成が、尚蔵一人・典蔵二人・掌蔵四人・女孺一〇人(後宮職員令5)であるのに対し、内侍司は尚侍二人・典侍四人・掌侍四人・女孺一〇〇人(同4)。

七 禄令9に「凡宮人給レ禄者、尚蔵准二正三位一、尚膳・尚縫准二正四位一、典蔵准二従四位一、尚侍・典膳・典縫准二従五位一、尚酒准二正六位一、尚書・尚薬・尚殿・典侍准二従六位一」とあり、内侍司の長官の尚侍の給禄は蔵司の次官の典蔵よりも低い。

八 以下の部分、禄令9集解令釈所引の格では「尚侍准二尚蔵一、典侍准二典蔵一」とある。

九 →〔二〕三四七頁注三四。父高市皇子は持統十年(六九六)に没しているので、河内女王の年齢は、この時点では八十三歳以上。

一〇 天武十四年に施行された浄御原令の爵位。皇子・諸王の爵位十二等の第六等で、正四位下あるいは四品相当。但し、第五等の浄大壱以上は授けられた例がない。

一一 →〔二〕補10-二三。

一二 宇合の第五子。→〔三〕補23-五。天平神護二年七月以来参議。中務卿任官は本年九月。本月己酉(十三日)に没した藤原縄麻呂の中衛大将の後任を権官で補充した人事。

一三 少黒麻呂とも。房前の孫、鳥養の第二子(分脈)。→〔四〕補25-九二。右衛士督任官は宝亀七年三月。常陸守任官は同八年十月。この日の人事は中納言縄麻呂なき後の議政官の補充。なお、宝亀八年十月辛卯条で小黒麻呂の肩書に「参議」とあるのは誤りであろう(補34-五二)。

続日本紀　巻[1]第[2]卅六　起二宝亀十一年正月一 尽二天応元年十二月一

右大臣正二位兼行皇太子[3]傅[4]中衛大将
臣藤原朝臣継縄等奉レ勅[5]撰

天[6]宗高紹天皇

十[7][8]一年春正月丁卯朔、廃レ朝。雨也。宴二五位已上於内裏[9]一。宴訖、賜レ被。○己巳、天[10]皇御[11]二大[12]極殿一受レ朝。唐使判官高鶴林、新羅使薩飡金蘭蓀等、各依レ儀拝賀。○辛未、新羅使献二方物一。仍奏曰、新羅国王言、夫新羅[13]開レ国以降、仰頼[14]二聖朝世世[15]天[16]皇恩化一、不レ乾二舟楫一、貢二奉御調一、年紀[17]久矣[18]。然近代以来、境内姧寇[19]、不レ獲[20]二入朝一。是以、謹遣二薩飡金蘭蓀・級飡金巌[21]等一、貢二御調一、兼賀二元正一。又[22]訪二得遣唐判官海上三狩等一、随レ使進之。又依二常例一進二学語生一。」参議左大弁正四位下大伴宿禰伯

1 巻〈意補〉〈大補〉―ナシ
2 第―ナシ(東)
3 皇太子―ナシ〔底一字空〕→校補
4 傅〔兼・東、大〕―傳(谷・高)
5 勅→校補
6 天宗高紹天皇→校補
7 十一年→校補
8 十一―ナシ〔底一字空〕→校補
9 裏―裡(類七二)
10 天皇→校補
11 御―ナシ〔底一字空〕→校補
12 大〔紀略補〕―ナシ(紀略原)→校補
13 羅ノ下、ナシ―者(大)→校補
14 頼聖―ナシ〔底二字空〕→校補
15 世〔底〕―々
16 天皇→校補
17 紀〔大改、紀略改〕―記(兼等)、祀(紀略原)→校補
18 矣〔兼重〕
19 寇―冠(高)
20 獲〔兼・谷・高、大〕→校補
21 巌〔大改〕―厳(兼等)
22 又〔谷重、大〕―人(兼・谷原・東・高)

一 巻頭署名が本巻より巻四十まで「右大臣正二位…藤原朝臣継縄」となる。それ以前の巻二十一より巻三十五まで継縄は従二位。第三期の撰修とされる巻三十五以降の六巻のうちの巻頭署名の相違、それの施された時期について→五七頁注一一・二。
二 光仁。→三頁注二。
三 元日朝賀の儀をとどめたこと。雨による廃朝は、本条の他に、霊亀二年・神亀元年・同四年・同五年・天平二年・神護景雲三年に見える。
四 元日節会。五 →五七頁注一一。
六 平城宮の大極殿。→(一)補1-四八・補5-一。
七 元日朝賀の儀。→(一)補1-四九。雨のため、この日に順延されたもの。雨による順延については、内裏式上、元正受群臣朝賀式に「〈検二旧例一縁二風雨一廃朝者、次日行レ礼、三日以後未三曾見二行〉」とあるが、前注三の事例の中、神亀元年・天平二年・神護景雲三年は二日に、神亀四年・同五年は三日に順延されている。
八 宝亀十年十月に大宰府より入京が許された唐の使節。
九 →補35-七一。
一〇 宝亀十年七月に来日し、本年二月に帰国した新羅の使節。
一一 →一一一頁注六。東国通鑑に「遣二金巌一聘二日本一」(恵恭王十五年三月条)とあり、金蘭蓀の名は見えない。
一二 内裏式上、元正受群臣朝賀式に「若有二蕃客一者、置二治部玄蕃客徒版位於左右五位版位間一」〈治部玄蕃位東、客徒西、並北面南行〉」と蕃客の座次を定めている。新羅使の元日朝賀の儀への参列は、文武二年・大宝元年・慶雲三年・天平宝字三年に見える。
一三 その地方に産するもの。ここは新羅の貢上した御調をさす。→(一)七頁注一〇。

続日本紀　巻第卅六　宝亀《ほうくゐ》十一年正月起《よ》り天応《てんおう》元年十二月尽《ま》で

[一]右大臣《うだいじん》正二位《しやうにゐ》兼行《ぎやう》皇太子《くわうたいし》傅《ふ》中衛大将《ちうゑのだいしやう》臣《しん》
藤原朝臣継縄《ふぢはらのあそみつぐただ》ら勅《みことのり》を奉《う》けたまはりて撰《せん》す

[二]天宗高紹《あめむねたかつぎ》天皇《すめらみこと》

七八〇年
廃朝

（庚申）十一年春正月丁卯の朔、[三]朝《でう》を廃《や》む。雨《あめ》ふればなり。五位已上を内裏《うち》に[四]宴《うたげ》す。宴訖《うたげをは》りて[五]被《ふすま》を賜《たま》ふ。

唐使・新羅使拝賀

○（三日）己巳、天皇《すめらみこと》、[六]大極殿《だいごくでん》に御《おは》しまして[七]朝《でう》を受《う》けたまふ。[八]唐使判官《もろこしのつかひはんぐわん》[九]高鶴林《かうかくりむ》、[一〇]新羅使《しらきのつかひ》[一一]薩飡金蘭蓀《さつさんこむらんそん》ら、各《おのおの》[一二]儀《ぎ》に依《よ》りて拝賀《みかどをがみ》す。

新羅使献物奏言

○（五日）辛未、新羅使《しらきのつかひ》、[一三]方物《はうぶつ》を献《たてまつ》る。仍《より》て奏《そう》して曰《まう》さく、「[一四]新羅国王《しらきのくにのわう》言《まう》さく、「夫《そ》れ新羅《しらき》は国《くに》を開《ひら》きてより以降《このかた》、仰《あふ》きて聖朝《せいでう》の世世《よよ》の天皇《すめらみこと》の恩化《おんくわ》を頼《かがふ》り、[一五]舟楫乾《ふねかぢかわ》くときなく、[一六]御調《みつき》を貢奉《たてまつ》ること年紀《とし》久《ひさ》し。然《しか》るに、近代《ちかきころ》より以来《このかた》、[一七]境内《くにうち》に奸《かだま》しき寇《あた》ありて、入朝《みかどまゐり》すること獲《え》ず。是《ここ》を以《もち》て、謹《つつし》みて[一八]薩飡金蘭《さつさんこむらん》蓀《そん》・[一九]級飡《きふさん》[二〇]金巌《こむげむ》らを遣《つかは》して、御調《みつき》を貢《たてまつ》り、兼《か》ねて元正《ぐわんしやう》を賀《ことほ》かしむ。また、遣《けん》唐判官《たうはんぐわん》[二一]海上三狩《うなかみのみかり》らを訪《たづ》ね得《え》て、使《つかひ》に随《したが》ひて進《すす》ましむ。また、常《つね》の例《ためし》に依《よ》りて[二二]学語生《がくごのしやう》を進《たてまつ》る」とまうす」とまうす。

新羅使へ勅

参議《さむぎ》左《さ》大弁《だいべん》正四位下[二三]大伴《おほとも》宿禰伯《をぢ》

一四 恵恭王。

一五 通交を絶やさないことの喩。同様の表現は、慶雲三年十一月癸卯条・天平勝宝四年六月己丑条にも見える。新羅との外交によく使われる語句→三補18-五一。

一六 新羅の調。→二補11-二一。

一七 三国史記新羅本紀によれば、恵恭王代には、四年(神護景雲二年)七月に一吉飡大恭とその弟阿飡大廉の叛乱、十一年(宝亀六年)六月に伊飡金隠居の叛、同年八月に伊飡廉相と侍中正門の謀叛が発生しており、これらを指すか。また、この後、十六年(本年)四月の上大等金良相と伊飡敬信による伊飡金志貞の叛鎮圧の兵乱により、恵恭王自身も死去するなどの内情の不安定さが見られる。

一八 新羅十七等官位の第八位、沙飡のこと。

一九 新羅十七等官位の第九位、級伐飡のこと。

二〇 →補36-一。

二一 もと三狩王。→三一一一頁注五五。三狩は、宝亀六年六月に任じられた、佐伯今毛人を大使、藤原鷹取を副使とし、四隻の船よりなる遣唐使の判官。同九年十一月壬子条に、第四船は薩摩国甑嶋郡に帰着したが、三狩は耽羅嶋に漂着して、抑留されていたことが見える。

二二 大蔵省式の賜蕃客例に「新羅王…大使…学語生〈各絁二疋、綿六屯〉」とあり、日本語の習得のための学生。唐・渤海の場合には見えず。常例とするのは、天平十二年正月戊子朔条の元日朝賀の儀に「新羅学語等、同亦在レ列」と参列したことが見え、また天平宝字四年九月癸卯条の来日記事には「無下知二聖朝風俗言語一者上。仍進二学語二人一」とあり、新羅使の構成員となっていたことによる。

二三 →三一〇七頁注四。

麻呂宣[1]レ勅曰[2]、新[3]羅国世連[4]二舟楫一、供三奉国家一、其来久矣。而泰廉[5]等還レ国之後、不レ修二常貢一、毎事无礼。所以頃年、返二却彼使一、不レ加二接遇一。但今朕時、遣レ使修レ貢、兼賀二元正一。又捜二求海上三狩等一、随[6]レ使送[7]来。此[8]之勤労、朕有レ嘉焉。自レ今以後、如レ是供奉、厚加二恩遇一、待以二常礼一。宜下以二兹状一語二汝国王一知[9]上。」是日、宴二唐及新羅使於朝堂一。賜レ禄有レ差。」授二女孺无位大伴宿禰義久従五位下一。〇壬申、授二新羅使薩湌金蘭蓀正五品上、副使級湌[10]金巌[11]正五品下、大判官韓[12]奈麻薩仲業・少判官奈麻金貞楽・大通事韓奈麻金蘇忠三人各従五品下一。自外六品已下各有レ差。並賜二当[13]色并履一。〇癸[14]酉[15]、宴二五品[16]已上及唐・新羅使於朝堂一。賜レ禄有レ差。」授二従五位上田上王・山辺王並正五位下、正五位下安倍朝臣東人・大伴宿禰潔足並正五位上、従五位上石川[17]朝臣真[18]守・大中臣朝臣宿[19]奈麻呂並正五位下、従五位下紀朝臣古[20]佐美従五位上、正六位上豊国真人船城・八多真人[21]唐名・阿倍[22]朝臣祖足・多治比真人

1 宣勅→校補
2 曰―云(東)
3 新ノ上、ナシ〔兼・谷原・東・高、紀略〕―夫(谷傍補、大)→校補
4 世―廿〔底〕
5 廉〔兼・谷、大、紀略改〕―産(東)、廣(紀略原)→校補
6 随ノ下、ナシ〔底〕―来→校補
7 使送来―ナシ(東)→校補
8 此―供〔底〕
9 知〔東傍・高傍、紀略〕―如(兼等)、ナシ(大)→校補
10 湌―ナシ(兼)
11 巌〔大改〕―厳(兼等)
12 韓―朝(東)
13 当=當〔谷、大〕―常(兼・東・高)
14 癸酉→校補
15 酉→校補
16 品〔兼等、紀略原〕―位(大改、類三一・紀略改)→校補
17 川〔大改〕―上(兼等)
18 真―ナシ〔底一字空〕→校補
19 宿ノ下、ナシ―祢〔底〕
20 古―右〔底〕
21 人〔兼・谷、大〕―ナシ(東・高)
22 倍〔大〕―陪(兼等)

一 金泰廉。→㊂一一九頁注一〇。
二 天平勝宝四年閏三月己巳に新羅王子韓阿湌金泰廉らが来日して以降、天平宝字四年九月癸卯条・同七年二月癸未条・同八年七月甲寅条・宝亀元年三月丁卯条・同五年三月癸卯条などに新羅使の放還の事例が見られることを指すか。
三 →一二一頁注二一。
四 唐使を朝堂で宴したことは宝亀十年五月丁巳条に、新羅使を朝堂で宴したことは慶雲三年正月壬午・和銅二年五月壬午・養老七年八月辛丑・神亀三年六月壬子・天平四年五月壬戌・天平勝宝四年六月壬辰条に見える。
五 →五九頁注三二。
六 他に見えず。大伴宿禰→㊀補1―九八。
七 新羅使への叙位。品位について考證は「五品即五位。下六品傚レ此」としている。「品」とあるのは実際には「位」で、中国的に「品」と記したのは続紀編纂者の修飾か。天平六年二月癸巳条にも「五位」を「五品」と記した事例がある。
八 →一一一頁注六。
九 →補36―一。
一〇 新羅十七等官位の第十位、大奈麻のこと。
一一 →補36―二。
一二 新羅十七等官位の第十一位。
一三・一四 他に見えず。
一五 下文癸酉(七日)条に新羅使が七日節会に列しているので、これは位階に対応した朝服と履の意か。衣服令5に「一品以下、五位以上、並皀羅頭巾。衣色同二礼服一。牙笏。白袴。金銀装腰帯。白襪。烏皮履。六位、深緑衣。七位、浅緑衣。八位、深縹衣。初位、浅縹衣。並皀縵頭巾。木笏。〈謂、職事。〉烏油腰帯。白袴。白襪。烏皮履。袋従二服色一。…諸臣正

麻呂《まろ》、勅《みことのり》を宣《の》りて曰《のたま》はく、「新羅国《しらきのくに》は世舟楫《よよふねかぢ》を連《つら》ねて国家《みくに》に供奉《つかへまつ》れること、その来《きた》れること久《ひさ》し。而《しか》れども[一]泰廉《たいれむ》ら国《くに》へ還《かへ》りて後《のち》、[二]常《つね》の貢《みつきもの》を修《をさ》めずして毎事《ことごと》に无礼《ゐやな》し。所以《ゆゑ》に、頃年《としごろ》、彼《か》の使《つかひ》を返却《かへししりぞ》けて接遇《せつぐう》を加《くは》へざりき。但《ただ》し今《いま》、朕《わ》が時《よ》に、使《つかひ》を遣《つかは》して貢《みつきもの》を修《をさ》め、兼《か》ねて元正《ぐわんしやう》を賀《ことほ》かしむ。また、[三]海上三狩《うなかみのみかり》らを捜《さぐ》り求《もと》めて、使《つかひ》に随《したが》へて送《おく》り来《きた》れり。この勤労《ごんらう》、朕《われ》、嘉《よみ》すること有り。今《いま》より以後《のち》、是《かく》の如《ごと》く供奉《つかへまつ》らば、厚《あつ》く恩遇《おんぐう》を加《くは》へて、待《もてな》すに常《つね》の礼《ゐや》を以《もち》てせむ。茲《こ》の状《さま》を以《もち》て汝《いまし》が国王《くにのわう》に語《かた》りて知《し》らすべし」とのたまふ。

新羅使に叙位

是《こ》の日《ひ》、[四]唐《もろこし》と新羅《しらき》との使《つかひ》を朝堂《でうだう》に宴《うたげ》す。禄賜《ろくたま》ふこと差《しな》有り。[五]女孺《によじゆ》无位[六]大伴《おほとも》宿禰義久《ぎきう》に従五位下を授《さづ》く。○壬申《六日》、[七]新羅使《しらきのつかひ》薩飡《さつさん》[八]金蘭蓀《こむらんそん》に正五品上を授く。副使《ふくし》級飡《きふさん》[九]金巌《こむげむ》に正五品下。大判官《だいはんぐわん》[一〇]韓奈麻《かんなま》[一一]薩仲業《さつちうごふ》・少判官《せうはんぐわん》[一二]奈麻《なま》[一三]金貞楽《こむちやうらく》・大通事《だいつうじ》韓奈麻《かんなま》[一四]金蘇忠《こむそちう》の三人に各《おのおの》従五品下。自外《そのほか》は六品已下各差《しな》有り。並《ならび》に[一五]当色《たうじき》并《あは》せて履《くつ》を賜ふ。○癸酉《七日》、五品已上と唐《もろこし》・新羅《しらき》の使《つかひ》とを朝堂《でうだう》に[一六]宴《うたげ》す。禄《ろく》賜ふこと差《しな》有り。

叙位

[一七]従五位上[一八]田上王《たかみのおほきみ》・[一九]山辺《やまのへ》王に並に正五位下を授く。正五位下[二〇]安倍《あへ》朝臣東人《あづまひと》・[二一]大伴《おほとも》宿禰潔足《きよたり》に並に正五位上。従五位上[二二]石川《いしかは》朝臣真守《まもり》・[二三]大中臣《おほなかとみ》朝臣宿奈麻呂《すくなまろ》に並に正五位下。従五位下[二四]紀《き》朝臣古佐美《こさみ》に従五位上。正六位上[二五]豊国《とよくに》真人船城《ふなしろ》・[二六]八多《はた》真人唐名《からな》・[二七]阿倍《あへ》朝臣祖足《おやたり》・[二八]多治比《たぢひ》真人

位紫緒。従位緑緒。上階二結、下階一結。唯一位三結。二位二結。三位一結。以レ緒別二正従一、以レ結明二上下一。朝庭公事、即服レ之」とある。また、「履」は、和名抄に「履、単皮底」とある、底が一重のもの。

一六 白馬の節会。→【二】補9-五〇。新羅使の七日節会への参列は慶雲三年に既に見られるが、唐使については、続紀では他に見えない。

一七 節会に伴う叙位が見られるのは、他に天平十四年・十七年、神護景雲二年、宝亀四年・五年、延暦四年・五年の各年がある。

一八 →【三】四一九頁注七。従五位上叙位は宝亀六年正月。

一九 →【四】補27-四三。従五位上叙位は宝亀八年正月。

二〇 阿倍朝臣とも。→【四】補25-九六。正五位下叙位は宝亀十年正月。

二一 →【三】補20-五九。正五位下叙位は宝亀二年十一月。

二二 →【四】補27-二六。従五位上叙位は宝亀二年十一月。

二三 →【四】二九三頁注一三。従五位上叙位は宝亀九年正月。

二四 麻路の孫。→【四】補25-一〇六。従五位下叙位は天平宝字八年十月。

二五 もと船城王。→【三】一四九頁注一五。豊国真人→【三】一五三頁注二一。

二六 他に見えず。八多真人→補36-一三。

二七 安倍朝臣とも。天平宝字二年八月官人歴名に越前国大目(古一五-一三二頁)と見え、本年九月左衛士員外佐、天応元年二月河内守、同年五月主馬助、延暦元年正月駿河守、同六年二月左京亮に任じられた。阿倍朝臣→【一】補1-一四二。

二八 →補36-四。

継兄・文室[1]真人与企[2]・路真人玉守・紀[3]朝臣真人・藤原朝臣真友・藤原朝臣宗嗣・巨[4]勢朝臣広山・佐伯宿禰鷹守・紀朝臣馬借並従五位下、正六位上縵連宇陁[5]麻呂・小塞宿禰弓張並外従五位下一。○丁丑、授二従五位下笠[6]王従五位上一。○庚辰、大雷。災二於京中数寺一。其[7]新薬師[8]寺西塔、葛城寺塔并金堂等、皆焼尽焉。○壬午、賜二唐及新羅使射及踏歌一。○乙酉、詔曰、令順二四時一聖人之茂典、網[9]解二三面一哲后之深仁。朕錫二命上玄一、君二臨[10]下土[11]一。政先二倹約[12]一、志在二憂勤一。雖下道謝二潜通一、功慙[13]中日用上、而邇安遠至、歳稔時邕。今者、三元初レ暦、万物惟新。宜下順二陽和一播[14]中茲凱沢上。自[15]二宝亀十一年正月十九日昧爽[16]一已前大辟已下、罪無二軽重一、已発覚・未発覚、已結正・未結正、繫囚・見徒、咸皆赦除。但犯二八逆[17]一、故殺人、私鋳銭、強窃二盗、及常赦所レ不レ免者[18]、不レ在二赦[19]限一。天下百姓宜レ免二今年田租一。又免下宝亀十年以往遭二年不一レ登申レ官正税未[20]上レ納。神・寺之稲亦宜レ准レ此。

1 室〔底〕―屋
2 企〔底〕―伎
3 紀―糺〔底〕
4 巨―臣〔底〕
5 陁→校補
6 笠(兼等、大)→校補
7 其〔谷擦重、大〕―甚(兼・谷原・東・高)
8 師〈意補〉(大補)―ナシ→校補
9 網―納〔底〕→校補
10 臨〔谷傍補〕―ナシ(谷原)
11 土〔兼傍〕―士(兼原)
12 約〔谷擦重・東傍・高傍、大〕―紡(兼・谷原・東・高)→校補
13 慙→校補
14 播(谷・東・高、大)―憣〔底〕、ナシ(兼)
15 自―白〔底〕
16 爽→校補
17 逆〔兼等〕―虐(兼等傍イ、大改)
18 者―ナシ(兼)
19 赦→校補
20 未〔谷重〕―末(谷原)

一 智努王の男。弟直の父。名を与伎とも。のち名を那保企と改める。→補36―五。 二 天応元年四月右京亮、延暦二年四月大監物、同三年四月上野介に任じられた。路真人→㊀一九頁注六。 三 →補36―六。 四 是公の男。→補36―七。 五 宗継とも。本年三月伊勢介、延暦四年正月中衛少将、同四年七月因幡守、同五年正月伊勢守、同六年正月従五位上となる(続紀)。分脈に、宇合の孫、蔵下麻呂の第一男で、従五位上と見える。藤原朝臣→㊀補1―二九。 六 天応元年五月鍛冶正、延暦元年六月内蔵助、同二年二月縫殿頭、同五年五月大和介、同十年三月大蔵少輔に任じられる。巨勢朝臣→㊀補2―一八。 七 延暦元年閏正月右兵衛佐、同年六月左兵衛佐、同三年十一月左衛士佐、同四年正月越中介に任じられる。佐伯宿禰→㊀二七頁注一三。 八 天応元年四月右兵衛佐、同年五月美濃介に任じられる。紀朝臣→㊀補1―三一。 九 他に見えず。縵連→補36―八。 一〇 もと小塞連。→補34―四五。 一一 →㊂補22―二一。 一二 現奈良市高畑町に所在する寺。→㊂八九頁注一三。 一三 現奈良市南京終町に所在した寺。→㊃補31―四。 一四 朝廷で群臣の歩射を観覧する尚武の行事。→㊀補2―一一。蕃客の参列は、天平宝字四年正月己卯条に「召二蕃客一令レ観二射礼一」と見える。また、内裏式上、十七日観射式、儀式、正月十七日観射儀に蕃客参列の儀式次第が定められている。 一五 足で地を踏み調子をとり歌をうたい新年を祝う宮中の行事。→㊀補2―九。天平宝字七年正月庚申条には渤海使が儀式に参列したことが見える。内裏式上、十六日踏歌式にも蕃客参列の際の儀式次第が定められている。 一六 大赦を行い田租や未納正税を免除する詔。 一七 法のこと。 一八 春夏秋

京中数寺に落雷

大赦

継兄《つぐえ》・[一]文室《ふむや》真人与企《よき》・[二]路《みち》真人玉守《たまもり》・[三]紀《き》朝臣真人《まひと》・[四]藤原《ふぢはら》朝臣真友《まとも》・[五]藤原《ふぢはら》朝臣宗嗣《むねつぐ》・[六]巨勢《こせ》朝臣広山《ひろやま》・[七]佐伯《さへき》宿禰鷹守《たかもり》・[八]紀《き》朝臣馬借《うまかり》に並《ならび》に従五位下。正六位上[九]縵《かづら》連宇陁麻呂《うだまろ》・[一〇]小塞《をせき》宿禰弓張《ゆみはり》に並に外従五位下。○[十一日]丁丑、従五位下[一一]笠《かさの》王《おほきみ》に従五位上を授《さづ》く。○[十四日]庚辰、大《おほき》に雷《かみ》なる。京《みやこ》の中《うち》の数寺《てらでら》に災《ひのわざはひ》あり。その[一二]新薬師寺《しんやくしじ》の西塔《さいたふ》、[一三]葛城寺《かつらぎでら》の塔《たふ》并《あは》せて金堂《こむだう》等、皆焼《みなや》け尽《つ》きぬ。○[十六日]壬午、唐《もろこし》と新羅《しらき》との使《つかひ》に[一四]射《しや》と[一五]踏歌《たふか》とを賜《たま》ふ。○[十九日]乙酉、[一六]詔《みことのり》して曰《のたま》はく、「[一七]令《りやう》、[一八]四時《しじ》に順《したが》ふは、聖人《せいじん》の[一九]茂典《ぼうてん》、[二〇]網《まう》、三面を解《と》くは、[二一]哲后《てつこう》の深仁《しむじん》なり。朕《われ》、[二二]上玄《じやうぐゑん》に錫命《おほ》せられて、下土《かど》に君《きみ》として臨《のぞ》む。政《まつりごと》、倹約《けむやく》を先《さき》として、志《こころざし》、憂《う》勤《ごん》に在《あ》り。[二三]道《みち》、潜通《せんつう》を謝《しや》し、功《くう》、日用《にちよう》に慙《は》づと雖《いへど》も、邇《ちか》きもの安《やす》く、遠《とほ》きもの至《いた》りて、歳稔《としう》み[二四]時邕《ときやはら》げり。今者《いま》、[二五]三元《さむぐゑん》、暦《こよみ》を初《はじ》めて、万物《ばんぶつ》、惟《こ》れ新《あらた》なり。陽和《やうくわ》に順《したが》ひて茲《こ》の[二六]凱沢《がいたく》を播《ほどこ》すべし。宝亀《ほうくゐ》十一年正月十九日の昧爽《よあけ》より[二七]已前《さき》の大辟《だいびやく》已下、罪軽重《つみきやうぢう》と無く、[二八]已発覚《いほつかく》も未発覚《みほつかく》も、[二九]已結正《いけつしやう》も未結正《みけつしやう》も、[三〇]繋囚《けいしう》も見徒《げんづ》も、咸《ことごと》く皆赦除《みなゆる》せ。但《ただ》し、[三一]八虐《はちぎやく》を犯《をか》せると、[三二]故殺人《こせつにん》と、[三三]私鋳銭《しじゆせん》と、[三四]強窃《がうせつ》の二盗と、[三五]常赦《じやうしや》の免《ゆる》さぬとは、赦《しや》の限《かぎり》に在《あ》らず。天下《あめのした》の百姓《はくせい》に[三六]今《こ》年《とし》の田租《でんそ》を免《ゆる》すべし。また、[三七]宝亀《ほうくゐ》十年より以往《さき》に年《とし》の登《みの》らぬに遭《あ》ひて、官《つかさ》に申《まう》せる正税《しやうぜい》の未《いま》だ納《をさ》めぬをも免《ゆる》す。[三八]神《みや》・寺《てら》の稲《いね》も亦《また》、此《これ》に准《なずら》ふべし」と

冬の四季をいう。一九 立派な典例。二〇 張りめぐらした網の三面を去って禽獣を自由にさせた湯王の故事。恩徳が禽獣にまで及ぶ喩。史記殷本紀に「湯出、見レ野張二網四面一。祝曰下自二天下四方一皆入中吾網上。湯曰、嘻、尽レ之矣、乃去二其三面一。祝曰、欲レ左左、欲レ右右、不レ用レ命乃入二吾網一。諸侯聞レ之曰、湯徳至矣、及二禽獣一」とある。二一 賢名な君。二二 天帝。天のこと。二三 まつりごとがあまねくゆきわたらず、治績が日々に加わっていかないことを恥じているが、の意。二四 大平のさま。時雍に同じ。書経、尭典に「黎民於変時雍」とある。二五 正月元日のこと。年・月・日のはじめの意。二六 やわらぎうるおう。平和の恩沢。

二七 →六七頁注五。二八 →六七頁注六。

二九 →六七頁注七。三〇 →六七頁注八。

三一 →五一頁注二三。三二 →五一頁注二四。

三三 →五一頁注二五。三四 →五一頁注二六。

三五 →五一頁注二七。三六 赦とともに天下百姓の田租を免じた例としては、続紀には大宝二年四月乙巳・慶雲四年七月壬子・和銅五年九月己巳・霊亀元年九月庚辰・天平十七年四月甲寅・天平宝字八年十月己卯・神護景雲元年八月癸巳・宝亀元年十月己丑朔条などの例がある。三七 赦とともに正税未納分を免除した事例としては、続紀には慶雲元年五月甲午・延暦九年閏三月壬午の例があるが、慶雲元年の場合は大宝二年以前、延暦九年の場合は延暦三年以前の未納が対象となっており、本条の場合のように前年以前のすべての未納分免除とは異なっている。三八 翌年にあたる天応元年正月辛酉朔条に「又去年恩免神・寺封租者、宜下以二正税一塡償上」とあることから寺封・神封の租とする考えもあるが、ここでは、正税未納分との対比で未納分の免除が問題とされている

○丙戌[1]、詔曰[2]、朕以、仁王御レ暦、法日恒澄、仏子弘レ猷[3]、慧[4]風長扇。遂使三人天合応邦家保安、幽顕致レ和鬼神無レ爽。頃者、彼蒼告[5]レ譴災集二伽藍一。眷[6]三言于茲一、情深怵惕。於三朕不徳一雖レ近[7]二此尤一、於二彼桑門一寧亦無レ愧。如聞、緇[8]侶行事与レ俗不レ別、上違二无上之慈教一、下犯二有国之通[9]憲一。僧綱率而正レ之、孰其不レ正乎。又諸国々[10]師、諸寺鎮・三綱、及受二講復一者、不レ顧二罪福一、専[11]事二請託[12]一。員復居多、侵損不[13]レ少。如レ斯等類、不レ可二更然一。宜下修二護[14]国之正法一、以弘中転禍之勝縁上。凡厥梵衆、知二朕意一焉。

○庚寅、授二无位天[15]野[16]女王従五位下一。○二月[17]丙申朔[18]、以二中納言従三位石上大[19]朝臣宅嗣一為二大納言一。本官如レ故[20]。参議従三位藤原朝臣田麻呂・参議[21]兵部卿従三位兼左兵衛督藤原朝[22]臣継縄並為二中納言[23]一。伊勢守正四位下大伴宿禰家持・右大弁従四位下石川朝臣名足・陸奥按察使兼鎮守副将軍従四位下紀朝臣広純[24]並為二参議[25]一。」

1 戌→校補
2 曰—ナシ〔底一字空〕→校補
3 猷→校補
4 慧〔兼・東・高〕—恵（谷、大）
5 告ノ上、ナシ—造（東）
6 眷—春〔底〕
7 近〔谷〕—遁（谷傍）→校補
8 緇→校補
9 通—道（大）
10 々—国（大）
11 専〔兼・谷、大〕→校補
12 託〈意改〉（大）—訖〔兼・谷原・東・高〕、詫（谷擦重）→脚注
13 不ノ下、ナシ〔兼・谷、大〕—不（東・高）
14 護→校補
15 天〔東傍・高傍〕—矢（兼・谷・高、大）、失（東）
16 野〔底原・底重〕→校補
17 二月→校補
18 朔〔類一八〇補〕—ナシ（類一八〇原）
19 大→校補
20 本官如故→脚注・校補
21 議—儀（東）
22 朝〔兼・谷、大〕—ナシ（東・高）
23 言ノ下→校補
24 純—紀〔底〕
25 議—儀（東）

ことから、田租免除がなく正税未納のみが免除された延暦九年閏三月壬午条にも見られる「神寺之稲」と同様のものであろう。神祇令20集解令釈所引の「内相宣云」に記される伊勢神宮の出挙稲、また大安寺資財帳などに見られる諸寺の「論定稲」の如きものをさすか。

一 僧侶の怠慢や不正を糺す詔。
二 仏の教えをふみ行う恵み深い王者。
三 仏法の行きわたっている日々。
四 仏の弟子。ここは、仏弟子である君主。
五 天、そら。詩経、秦風、黄鳥の「彼蒼者天、殲二我良人一」の「彼蒼者天」の句から生じた転義。
六 上文庚辰（十四日）条に見える新薬師寺・葛城寺の被災をさすか。
七 仏門。仏教界の意。
八 僧侶。仏門の人々。
九 →㊁一七頁注七。
一〇 考證に「論語、政者正也。子帥以レ正孰敢不レ正」とある。
一一 →㊀一五三頁注二八。
一二 →㊂一六三頁注二四。
一三 →㊁補7—二二。
一四 講師と複講。考證に「疑、当三倒作二復講一」。

僧侶の怠慢や不正を糺す

のたまふ。○丙戌[二十日]、詔《みことのり》[一]して曰《のたま》はく、「朕《われ》、以《おもひ》みるに、仁王《にんわう》[二]、暦《こよみ》を御《しら》して、法日《ほふにち》[三]恒《つね》に澄《す》み、仏子《ぶつし》[四]、猷《みち》を弘《ひろ》めて、慧風《くゑいふう》長《なが》く扇《ふ》く。遂《つひ》に人天合応《にんてんがふおう》して邦家《はうか》保安《ほうあん》に、幽顕和《いうけんくわ》を致《いた》して鬼神《くゐじん》爽《たが》ふこと無からしむ。頃者《このころ》、彼《か》[五]の蒼譴《さうせめ》を告《つ》げて災《わざはひ》[六]伽藍《がらむ》に集《あつま》る。茲《ここ》に眷《かへり》み言《おも》ひて、情《こころ》に深《ふか》く悚《おそ》れ悼《いた》む。朕《わ》が不徳《ふとく》に於《お》ける、この尤《とがめ》に近《ちか》しと雖《いへど》も、彼《か》の桑門《さうもん》[七]に於《おき》ても、寧《なに》ぞ亦《または》愧づること無けむ。如聞《きくな》らく、「緇侶《しりよ》[八]の行事《わざこと》、俗《ぞく》と別《べつ》ならず、上《かみ》、无上《むじやう》の慈教《じけう》に違《たが》ひ、下《しも》、有《いう》国《こく》の通憲《とうけん》を犯《をか》す」ときく。僧綱《そうがう》[九]率《いざな》[一〇]ひてこれを正《ただ》さば、孰《たれ》か其《そ》れ正《ただ》しからざらむ。また、諸国《くにぐに》の国師《こくし》[一一]と、諸寺《てらでら》の鎮《ちん》[一二]・三綱《さむがう》[一三]と、講復《かうふく》[一四]を受《う》くる者《ひと》と、罪福《ざいふく》を顧《かへり》みずして、専《もはら》に請託《せいたく》[一五]を事《こと》とす。員復居多《かずまたそこばく》にして、侵損少《しむそんすくな》からず。斯《かく》の如《ごと》き等の類《たぐひ》、更《さら》に然《しか》すべからず。護国《ごこく》の正法《しやうほふ》を修《をさ》め、以《もち》て転禍《てんくわ》の勝縁《しようえん》を弘《ひろ》むべし。凡《おほよ》そ厥《そ》の梵衆《ぼんしゆ》[一六]に朕《わ》が意《おもひ》を知《し》らしめよ」とのたまふ。○庚寅[二十四日]、无位天野女王《あまののおほきみ》[一七]に従五位下を授《さづ》く。

石上宅嗣を大納言に、藤原田麻呂と藤原継縄を中納言に任命

二月丙申の朔、中納言《ちうなふごん》従三位石上《いそのかみ》[一八]大朝臣宅嗣《やかつぐ》を大納言《だいなふごん》とす。本官《ほんくわん》[一九]は故《もと》の如《ごと》し。参議《さむぎ》従三位藤原《ふぢはら》[二〇]朝臣田麻呂《たまろ》・参議《さむぎ》兵部卿《ひやうぶきやう》従三位兼左兵衛督《さひやうゑのかみ》藤原《ふぢはら》[二一]朝臣継縄《つぐただ》を並《ならび》に中納言《ちうなふごん》。伊勢守《いせのかみ》正四位下大伴《おほとも》[二二]宿禰家持《やかもち》・右大弁《うだいべん》従四位下石《いし》[二三]川《かは》朝臣名足《なたり》・陸奥按察使《みちのおくのあんせちし》兼鎮守副将軍《ちんしゆふくしやうぐん》従四位下紀《き》[二四]朝臣広純《ひろすみ》を並に参議《さむぎ》。

後紀云、大同元年正月(辛卯)勅云々。受戒之後、皆令㆘先必読㆓誦二部戒本㆒、諳㆗案一巻、羯磨四分律鈔㆖、更試㆓十二条㆒。本業十条、戒律二条、通㆓七(通)以上㆒者、依㆑次差㆓任立義復(複)講及諸国講師㆒云々。即此、或曰講復、如㆑字亦通謂㆓講師及復講㆒也」とある。複講は講師の講義を再びくり返して講ずる役目の僧。

一五 底本等「請訖」とするが、「請託」の誤りであろう。

一六 色界初禅天の梵王の民。転じて仏徒・僧衆をいう。

一七 他に見えず。系譜未詳。選叙令35によれば諸王の子。兼右本・谷森本は「矢野女王」とするが、この人物も他に見えず。

一八 もと石上朝臣。→㊂補18-一八。中納言任官は宝亀二年十一月。

一九 「本官如㆑故」は、底本「大納言」の下にあるが、考證は「一本、此四字在㆘並為㆓中納言㆒下㆖、可㆑従」とする。継縄の兵部卿在任をもとの如しとしたものであるから、「中納言」の下に置くべきか。補任宝亀十一年条にも「二月一日任、元三木、三月日征東将軍、兵部卿如㆑元」とある。

二〇 →㊂補23-五。参議任官は天平神護二年七月。

二一 豊成の第二子。→㊂二六一頁注一。参議任官は宝亀五年九月。左兵衛督任官については続紀に見えないが、補任宝亀三年条に「二月丁卯、任㆓大蔵卿㆒、兼㆓左兵衛督㆒」と見える。

二二 →㊂五頁注六。伊勢守任官は宝亀七年三月。

二三 →㊂補23-五。右大弁任官は宝亀九年二月。

二四 →㊂補20-五八。陸奥按察使任官は宝亀八年五月。鎮守副将軍任官は同五年七月。

神祇官言、伊勢大[1]神宮寺[2]、先為レ有レ祟[3]遷[4]二建他処一。而今近二神郡一、其祟[5]未レ止。除二飯野郡一之外、移二造便[6]地一者。許レ之。」授二正六位上藤原朝臣継彦従五位下一。○丁酉、陸奥国言、欲下取二船路一伐[7]中撥徼[8]遺賊上、比年甚寒、其河已凍、不レ得レ通レ船。今[9]賊来犯不レ已。故先可レ塞二其寇[10]道一。仍須下差二発軍士三千人一、取二三四月雪消、雨水汎[11]溢之時一、直進二賊地一、固[12]中造覚鱉城上。於レ是、下レ勅曰[13]、海道漸遠、来犯無レ便[14]。山賊居近、伺[15]レ隙[16]来犯。遂不二伐[17]撥一、其勢更強。宜下造二覚鱉城一、得[18]中胆沢之地上。両国之恩[19]莫レ大二於斯一。○甲辰、以二参議正四位下大伴宿禰家持一為二右大弁一。従四位下藤原朝臣雄依為二宮内卿一。讃岐守如レ故。従五位下藤原朝臣末[20]茂為二左衛士員外佐一。肥後守如レ故。参議従四位下石川朝臣名足為二伊勢守一。内薬正侍医従五位下吉田[21]連斐太麻呂為二兼相模介一。従五位下海上真人三狩為二大[22]宰少[23]弐一。○丙午、陸奥国言、去[24]正月廿六日、賊入二長岡一、

1 大〔兼等、大、紀略〕―太(類三・一八〇)
2 寺〔紀略改〕―守(紀略原)→校補
3 祟(兼・谷、大、類三・一八〇・紀略)―崇〔東・高〕→校補
4 遷→校補
5 祟(兼・谷、大、類三・一八〇・紀略)―崇〔東・高〕→校補
6 便〔類三・一八〇〕―他(類三一本)
7 伐(谷重、大)―代〔兼・谷原・東・高〕
8 徼―ナシ(大)→校補
9 今〔谷擦重、大〕―令(兼・谷原・東・高)
10 寇〔兼・谷、大〕―冠(東・高)
11 汎―沈〔底〕→校補
12 固―因(大改)
13 曰―云(東)
14 便〔兼等、大〕―使(東傍・高傍)
15 伺―同(東)
16 隙→校補
17 伐―代〔底〕
18 得〔兼・谷・高〕―碍(大改)→校補
19 恩〔東傍・高傍〕―息(兼等、大)→校補
20 末→校補
21 田(底傍補)―ナシ〔底原〕→校補
22 大〔高〕―太(兼・谷・東、大)
23 少〔大改〕―大(兼等)
24 去―吉〔底〕

伊勢大神宮寺を移転

神祇官《じんぎくわん》言《まう》さく、「[一]伊勢大神宮寺《いせのだいじんぐうじ》、先《さき》[二]に祟《たたり》有るが為《ため》に、他《ほか》しき処《ところ》に遷《うつ》し建《た》てたり。而《しか》るに今《いま》、[三]神郡《かみのこほり》に近《ちか》くして、その祟《たたり》未《いま》だ止《や》まず。[四]飯野《いひの》郡を除《のぞ》く外《ほか》の、便《たより》ある地《ところ》に移《うつ》し造《つく》らむことを」とまうす。これを許《ゆる》す。正六位上[五]藤原《ふぢはら》朝臣継彦《つぐひこ》に従五位下を授《さづ》く。

陸奥国の上言により覚鱉城を造ることを命ず

○丁酉[二日]、陸奥国《みちのおく》言《まう》さく、「船路《ふなぢ》を取《と》りて微《かすか》に遺《のこ》れる賊《あた》を伐撥《うちはら》はむとすれども、比年《としごろ》甚《はなは》だ寒《さむ》くして、その[六]河《かは》已《すで》に凍《こほ》りて船《ふね》を通《とほ》すこと得《え》ず。今《いま》、賊《あたども》来《きた》り犯《をか》すこと已《や》まず。故《ゆゑ》に先《ま》づその寇《あた》の道《みち》を塞《ふさ》ぐべし。仍《より》て軍士《ぐんじ》三千人を差《さ》し発《おこ》して、三四月の雪《ゆき》消《き》え雨水《あまみづ》汎溢《あふ》るる時《とき》を取《と》りて、直《ただち》に賊地《あたのところ》に進《すす》みて、[七]覚鱉城《かくへつのき》を固《かた》め造《つく》るべし」とまうす。是《ここ》に勅《みことのり》を下《くだ》して曰《のたま》はく、「[八]海道《うみつみち》は漸《やや》く遠《とほ》くして、来《きた》り犯《をか》すに便《たより》無し。山賊《やまあた》は居《をるところ》近《ちか》くして、隙《ひま》を伺《うかが》ひて来《きた》り犯《をか》す。遂《つひ》に伐撥《うちはら》はずは、その勢《いきほひ》更《さら》に強《つよ》けむ。覚鱉《かくへつの》城《き》を造《つく》りて[九]胆沢《いさは》の地《ち》を得《う》べし。[一〇]両国《りやうこく》の恩《めぐみ》、斯《これ》より大《おほき》なるは莫《な》けむ」とのたまふ。

任官

○甲辰[九日]、参議《さむぎ》正四位下[一一]大伴《おほとも》宿禰家持《やかもち》を右大弁《うだいべん》とす。従四位下[一二]藤原《ふぢはら》朝臣雄依《をより》を宮内卿《くうないきやう》。讃岐《さぬき》守は故《もと》の如《ごと》し。従五位下[一三]藤原《ふぢはら》朝臣末茂《すゑしげ》を左《さ》衛《ゑ》士員《じのゐん》外佐《ぐゑのすけ》。肥後《ひのみちのしり》守は故《もと》の如《ごと》し。参議《さむぎ》従四位下[一四]石川《いしかは》朝臣名足《なたり》を伊勢《いせ》守。内薬《ないやくの》正《かみ》侍医《じい》従五位下[一五]吉田《きつた》連斐太麻呂《ひだまろ》を兼相模介《さがみのすけ》。従五位下[一六]海上《うなかみ》真人三狩《みかり》を大《だい》宰少弐《さいのせうに》。

陸奥国の上言により夷を討つことを命ず

○丙午[十一日]、陸奥国《みちのおく》言《まう》さく、「去《い》ぬる正月廿六日、賊《あた》、[一七]長岡《ながをか》に入《い》りて

一 伊勢神宮の神宮寺。↓四補27―一七。
二 宝亀三年八月、異常風雨が月読神の祟りとされ、「徙ニ度会郡神宮寺於飯高郡度瀬山房一」(甲寅条)とされたことをさす。
三 ↓一補1―五六。
四 ↓三補18―六〇。
五 浜成の男。↓補36―九。
六 北上川か。
七 ↓補36―一〇。
八 ↓二一四九頁注一六。
九 ↓二一頁注一一。
一〇 陸奥・出羽の二国の民に対するめぐみ。
一一 ↓三五頁注六。参議任官は宝亀十一年二月丙申朔条)からの転任。右大弁へは前官伊勢守(宝亀十一年二月丙申朔条)からの転任。右大弁の前任者は石川名足(宝亀十一年二月丙申朔条)。
一二 ↓四補28―五。讃岐守任官は宝亀九年二月。宮内卿の前任者は大伴伯麻呂(宝亀九年正月丙辰条)。
一三 ↓三三頁注二三。肥後守任官は宝亀十年二月。左衛士員外佐の前任者は紀弟麻呂(宝亀十年二月甲午条)。なお、宝亀十年二月庚辰(九日)条にも末茂の左衛士員外介任官が見えるが、同事重出で、宝亀十年条は誤り。
一四 ↓三補23―五。前官は右大弁(宝亀十一年二月丙申朔条)。参議任官は宝亀十一年二月。伊勢守の前任者は本条で右大弁に転任した大伴家持(宝亀十一年二月丙申朔条)。名足は天平宝字七年正月壬子条にも伊勢守となっており、ここは再任。
一五 ↓四二九一頁注二二。内薬正任官は宝亀二年閏三月。相模介へは伊勢介(宝亀九年二月辛巳条)より転任。
一六 もと三狩王。↓三一一一頁注五五。
一七 ↓補36―一一。

焼二百姓家一。官軍逆[1]討、彼此相殺。若今不二早攻[2]伐一、恐来犯不レ止。請、三月中旬発レ兵討レ賊、并造二覚鱉城一置レ兵鎮戍[3]。勅曰[4]、夫狼子野心、不レ顧二恩義一、敢恃[5]二険阻一、屢[6]犯二辺境一。兵雖二凶器一、事不レ獲レ已[7]。宜[8]下発二三千兵一、以刈[9]二遺孼[10]一、以滅中餘燼上。凡[11]軍機動静、以二便宜一随レ事。○庚戌、授二命婦正五位下石川朝臣毛比従四位下一。」新羅使還レ蕃。賜二璽書一曰[12]、天皇敬問二新羅国王[13]一。朕以二寡[14]薄一、纂レ業[15]承レ基。理二育[16]蒼生一、寧二隔中外一。王自二遠祖一、恒守二海服一、上レ表貢レ調、其来尚矣。日者虧二違蕃礼一、積レ歳不レ朝。雖レ有二軽使一、而無二表[17]奏一。由レ是、泰廉還日、已具二約束[18]一、貞巻来時、更加二諭[19]告一。其後類使曾不二承行一。今[20]蘭蓀猶陳二口[21]奏一。理須二依レ例従レ境放還一。但送二三[22]狩等一来。事既不レ軽。故修二賓礼一以答二来意一。王宜レ察レ之。後使必須レ令下賷[23]二表函一、以レ礼

1 逆〔兼・谷原・東・高〕—追（谷擦重、大）→校補
2 攻〔兼・谷、大〕—攷（東・高）→校補
3 戍〔東傍・高傍、大改〕—戎（兼等）
4 曰—云（東）
5 恃—持（東）
6 屢〔底原・底重〕→校補
7 已〔底〕—止
8 宜〔大改〕—巳（兼等）→校補
9 刈→校補
10 孽—蘖〔底〕
11 凡〔兼・谷、大〕—瓦（東・高）
12 曰—云（東）
13 王—玉〔底〕
14 寡→校補
15 業ノ下、ナシ—業（東）
16 育〔兼・谷、大〕—云日（東・高）
17 表—ナシ（高）
18 束—来〔底〕
19 諭〈意改〉（大改）—論→脚注・校補
20 今ノ下、ナシ〔底〕—此
21 口〔大改〕—呉（兼等）
22 三—王（東）
23 賷—費（東）→校補

一 下文三月丁亥条に、紀広純が伊治呰麻呂・道嶋大楯とともに征夷を開始したことが見える。
二 →補36-一〇。
三 狼子は養って馴らそうとしても、心は山野にあって馴れ難い。凶暴にして教化し難い人などの喩。左伝、宣公四年に「是子也、熊虎之状、而豺狼之声。弗レ殺、必滅二若敖氏一矣。諺曰、狼子野心、是乃狼也、其可レ畜乎」とあるによる。
四 淮南子、道応訓に見える語。「兵」は武器をいう。
五 残ったわざわい。ここは蝦夷の残党をさす。
六 →七一頁注二。
七 →四四〇三頁注五。正五位下叙位は宝亀九年四月。
八 宝亀十年七月に来日した新羅使。
九 →三一六九頁注一三。
一〇 中務省式に「天皇敬問云云〈大蕃国云二天皇敬問一、小蕃国云二天皇問一〉」とある慰労詔書の様式。新羅王等に対する詔書の書様→一補3-六三。
一一 人民のこと。
一二 海外（新羅から見て海外である日本）に服

百姓《はくせい》の家《いへ》を焼《や》けり。官軍《くわんぐん》逆《むか》へ討《う》ちて彼此《かれこれ》相殺《あひころ》せり。若《も》し今《いま》早《すみやか》に攻《せ》め伐《う》たずは、恐《おそ》るらくは来《きた》り犯《をか》すこと止《や》まざらむ。請《こ》はくは、[一]三月中旬《ちうじゅん》に兵《いくさひと》を発《おこ》して賊《あた》を討《う》ち、并《あは》せて[二]覚鱉城《かくへつのき》を造《つく》りて兵《いくさひと》を置《お》きて鎮戍《しづめまも》らむことを」とまうす。勅《みことのり》して曰《のたま》はく、「夫《そ》れ[三]狼子《らうし》野心《やしむ》にして恩義《おんぎ》を顧《かへり》みず、敢《あ》へて険阻《けむそ》を恃《たの》みて屢《しばしば》辺境《へんきやう》を犯《をか》せり。[四]兵《つはもの》は凶器《きようき》なりと雖《いへど》も、事已《ことや》むこと獲《え》ず。三千の兵《いくさひと》を発《おこ》して、以《もち》て[五]遺孽《ゐげつ》を刈《か》り、以《もち》て餘燼《よじん》を滅《めつ》すべし。凡《おほよ》そ軍機《ぐんき》の動静《どうせい》は便宜《びんぎ》を以《もち》て事《こと》に随《したが》へ」とのたまふ。○庚戌〔十五日〕、[六]命婦《みやうぶ》正五位下[七]石川《いしかは》朝臣毛比《もひ》に従四位下を授《さづ》く。

新羅王への璽書

[八]新羅使《しらきのつかひ》、蕃《ばん》に還《かへ》る。[九]璽書《じしよ》を賜《たま》ひて曰《のたま》はく、「[一〇]天皇《てんわう》、敬《ゐやま》ひて新羅国王《しらきのこくわう》に問《と》ふ。朕《われ》、寡薄《くわはく》を以《もち》て業《げふ》を纂《つ》ぎ基《もとゐ》を承《う》く。[一一]蒼生《さうせい》を理《をさ》め育《やしな》ひて、中外《ちうぐゑ》を寧《やすみ》し隔《へだ》てつ。王《わう》、遠祖《とほつおや》より恒《つね》に[一二]海服《かいふく》を守《まも》りて、表《へう》を上《たてまつ》り調《でう》を貢《たてまつ》ること、その来《きた》れること尚《ひさ》し。日者《このころ》、[一三]蕃礼《ばんれい》を虧《か》き違《たが》へて、歳《とし》を積《つ》みて朝《みかどまゐり》せず。[一四]軽使《かるがるしきつかひ》有りと雖《いへど》も表奏《へうそう》無し。是《これ》に由《よ》りて、[一五]泰廉《たいれむ》還《かへ》る日《ひ》、[一六]已《すで》に約束《やくそく》を具《つぶさ》にし、[一七]貞巻《ちやうくわん》来《きた》れる時《とき》、更《さら》に[一八]諭告《ゆこく》を加《くは》へたり。[一九]その後《のち》の類使《るいし》曾《かつ》て承《う》け行《おこな》はず。今《いま》、[二〇]蘭蓀《らんそん》、猶《なほ》[二一]口《く》奏《そう》を陳《の》べたり。理《ことわり》、例《ためし》に依《よ》りて境《さかひ》より放《はな》ち還《かへ》すべけむ。但《ただ》し[二二]三狩《みかり》らを送《おく》りて来《きた》れり。事既《ことすで》に軽《かる》からず。故《ゆゑ》に賓礼《ひんれい》を修《つと》めて、以《もち》て来意《らいい》に答《こた》ふ。王《わう》、これを察《さつ》すべし。後使《のちのつかひ》は必《かなら》ず[二三]表函《へうかん》を賷《もたら》し礼《ゐや》を

してきたこと、の意。

一三 天平七年二月癸丑条の本号を改めて王城国と称して放却されたこと、また、天平十五年四月甲午条の国書常礼を失する故に大宰府より放還されたことをさすか。

一四 天平勝宝四年六月壬辰条に新羅使への詔として、「又詔、自レ今以後、国王親来、宜二以レ辞奏一。如遣二余人一入朝、必須レ令レ賷二表文一」と見え、新羅国王自らの入朝か、それに代わる表文の呈上を要求する日本の態度が見える。

一五 新羅王子金泰廉。↓[三]一一九頁注一〇。

一六 天平勝宝四年閏三月に新羅使として来日した。

一七 金貞巻。天平宝字四年九月に来日した新羅使。↓[三]三六三頁注一五。

一八 底本等「論」とあるが、「諭」とすべきである。金貞巻の来日の時に「使人軽微不レ足二賓待一。宜三従レ此却廻、報二汝本国一。以二専対之人、忠信之礼、仍旧之調、明験之言、四者備具一、乃宜二来朝一」(天平宝字四年九月癸卯条)として放還したことをさす。

一九 天平宝字七年二月・神護景雲三年十一月・宝亀五年三月に来日した新羅使が、日本の要求を履行していないとして批難されている。

二〇 金蘭蓀。↓一一一頁注六。宝亀十年七月に来日した新羅使。

二一 表函を以てせず、口上を以て奏すること。本年正月辛未条に見える「新羅国王言」にあたる。

二二 海上真人三狩。もと三狩王。↓[三]一一一頁注五五。

二三 上表文を入れたはこ。↓[四]三六五頁注二八。天平勝宝四年六月壬辰詔の上表文の呈上という日本側の要求を再度確認したもの。

進退上。今勅、竺[1]紫府及対馬等戍、不レ将レ表使、莫レ令レ入
レ境。宜レ知レ之。春景韶和、想王佳[2]也。今因二還使一附二答
信物一。遣レ書指不二多及一。○壬[3]戌、授二正五位上淡海真人
三船従四位下一。○甲子、勅、去天平宝字元年、伊刀王坐
レ殺レ人、配[4]二陸奥国一。久在[5]二配処一、未レ蒙二恩免一。宜下宥二其
罪一令上得レ入レ京一。○三[6]月丙寅朔、授二命婦正五位上百済
王明信従四位下一。○戊[7]辰、出雲国言、金銅鋳像一龕、白
銅香炉[8]一口、并種々[9]器物、漂二着海浜一。○戊寅、授二无位
紀朝臣東女正五位上一。○己卯、授二従五位下津守宿禰真
常従五位上一。○辛巳、授二従四位下神王正四位下一、為二参
議一。」太政官奏偁、分レ官設レ職、不レ在二繁多一。宣[10]レ風導[11]
レ民、務二於簡[12]要一。是以制レ令之日、限二置官員一、量レ才[13]授
レ能、職務不レ滞。今官衆事殷、而蚕[14]食者多。穀帛難レ生
而用レ之不レ節。一歳不レ登、便有二菜色一。古者

1 竺─筑(大)→校補
2 佳─隹(高)
3 壬戌→校補
4 配→校補
5 在─住(大)
6 三月→校補
7 戊→校補
8 炉〔谷原・谷重〕→校補
9 々─種(大)
10 宣─寅〔底〕
11 導〔谷原・谷重〕→校補
12 簡〔兼・谷、大〕─蘭(東・高)
13 才〔兼・谷、大〕→校補
14 蚕＝蝅〔谷重〕─替(谷原)

一 大宰府のこと。→㊁三六九頁注二八。
二 書紀天智六年十一月条に見える金田城などを指すか。
三 春の景色が美しくのどかで、の意。
四 答礼のため贈るもの。新羅使への賜物の内容としては、霊亀元年三月甲辰条に「綿五千四百五十斤、船一艘」などが見える。
五 意は尽くせないが、の意。→㊃補25─三三。
六 もと御船王。→㊂一一一頁注四七。正五位上叙位は天平宝字八年九月。
七 他に見えず。天平勝宝五年五月庚戌条に初出の伊刀王とは別人。
八 賊盗律9または闘訟律5によると推定する説(梅村恵子説)もある。しかし、名例律9の疏「及殺レ人者、謂、故殺闘殺謀殺等」とある故殺・闘殺・謀殺については、同条に「不レ用二此律一」とされており、刑の減軽措置はないので、賊盗律9の場合の「已殺者斬」、また闘訟律5の場合の「闘殴殺レ人者絞…以レ刃及故殺レ人者斬、…雖レ因レ闘、而用二兵刃一殺者、与二故殺一同」の量刑とは合致しない。あるいは、賊盗律9の「従而加レ功者、加役流」によるか。
九 陸奥国は遠・中・近流を定めた神亀元年三月庚申条や後の刑部省式の中に見えない。
一〇 流人に対して罪を許して入京させた例としては、天平十二年六月庚午条に既に見える。
一一 藤原継縄の室。→㊃補31─一七。正五位上叙位は宝亀六年八月。

剰官の廃止を定める

以《もち》て進退《しんたい》せしむべし。今勅《いまみことのり》すらく、筑紫府《つくしふ》[一]と対馬《つしま》[二]等の戍《じゆ》とは、表《へう》を将《も》たぬ使《つかひ》は境《さかひ》に入《い》らしむること莫《な》かれとなり。宜《よろ》しくこれを知《し》るべし。春景詔《しゆんけいせう》[三]和《くわ》にして、想《おも》ふに王佳《わうよ》からむ。今《いま》、還使《かへるつかひ》に因《よ》りて答《こたへ》[四]の信物《しんもつ》を附《さづ》く。書《しよ》を遣《つかは》せども指多《むねおほ》[五]く及《およ》ばず」とのたまふ。○壬戌[二十七日]、正五位上淡海《あふみ》[六]真人三船《みふね》に従四位下を授《さづ》く。○甲子[二十九日]、勅《みことのり》したまはく、「去《さ》りぬる天平宝字《てんぴやうほうじ》元年、伊刀《いと》[七]王《おほきみ》、人《ひと》[八]を殺《ころ》すに坐《つみ》せられて、陸奥国《みちのおく》[九]に配《なが》されき。久《ひさ》しく配処《はいしよ》に在《あ》りて未《いま》だ恩免《おんめん》を蒙《かがふ》らず。その罪《つみ》を宥《ゆる》して京《みやこ》[一〇]に入《い》ること得《え》しむべし」とのたまふ。

三月丙寅の朔、命婦《みやうぶ》正五位上百済王《くだらのこにきし》[一一]明信《みやうしん》に従四位下を授く。○戊辰[三日]、出雲《いづも》国言《まう》さく、「金銅《くがねあかがね》[一二]の鋳像《じゆざう》一龕、白銅《びやくどう》[一三]の香炉《かうろ》一口、并《あは》せて種々《くさぐさ》の器物《うつはもの》、海浜《うなはま》に漂《ただよ》ひ着《つ》けり」とまうす。○戊寅[十三日]、无位紀《き》[一四]朝臣東女《あづまめ》に正五位上を授く。○己卯[十四日]、従五位下津守《つもり》[一五]宿禰真《ま》常《つね》に従五位上を授く。○辛巳[十六日]、従四位下神《みわの》[一六]王《おほきみ》に正四位下を授け、参議《さむぎ》とす。太政官奏《だいじやうぐわんそう》[一七]して偁《まう》さく、「官《つかさ》を分《わか》ち職《しき》を設《まう》くることは、繁多《はんた》なるに在《あ》らず。風《ふう》を宣《の》べ民《たみ》を導《みちび》くことは、簡要《かんえう》なるを務《つと》む。是《ここ》を以《もち》て、令《りやう》[一八]を制《せい》する日《ひ》、官員《つかさのかず》を限《かぎ》り置《お》きて、才《さい》[一九]を量《はか》り能《のう》に授けて、職務《しきむ》滞《とどこほ》らず。今《いま》、官衆《つかさおほ》く事殷《こときさかり》なれども、蚕食《さんしよく》[二〇]する者多《ひとおほ》し。穀帛生《こくはくしやう》[二一]じ難《がた》くして、これを用《もち》ゐること節《せつ》ならず。一歳登《ひととせみの》らざれば便《すなは》ち菜色《さいしよく》[二二]有り。古者《いにしへ》、

一二 銅に金でめっきをしたり、金箔を押したりしたもの。
一三 →㊀一七九頁注一六。
一四 他に見えず。紀朝臣→㊀補1—三一。
一五 年未詳の勘籍歴名(古二五—九二頁)に、「左京二坊(ママ)戸主佐伯宿禰成麻呂戸口」として見え、「年十二」とある津守宿禰真常と同一人か。津守宿禰はもと津守連(㊀補6—三二)。
一六 →㊃一五一頁注三七。従四位下叙位は宝亀元年十一月。本年二月丙申朔条での大伴家持・石川名足・紀広純についで、藤原氏以外の参議就任。この時点では、公卿数は藤原氏八名、他氏八名となっている。
一七 剰官の廃止を求めた太政官奏。光仁による官制改革は、神護景雲四年(宝亀元年)九月壬戌条(令外の官は要司を除いてことごとく廃止する)・宝亀五年三月丁巳条(員外国司の歴任五年以上の者を解却し、秩の満たない者は五年に満ちるごとに解任する)・同六年六月癸亥朔条(畿内諸国の員外史生以上を解任)などに見え、これに次ぐ政策。この後も桓武治政の、天応元年六月戊子朔条(郡司・軍毅を除く、内外文武員外官の解却)、天応二年三月十八日勅(三代格。員外郡司でも遭喪解任の者は復任しない)に政策が出されている。
一八 職員令(官員令)に、官司ごとに官人の定員が定められていること。
一九 選叙令4に「凡応レ選者、皆審ニ状迹一。銓擬之日、先尽ニ徳行一。徳行同、取ニ才用高者一。才用同、取ニ労効多者一」とする基準が見える。
二〇 公の財を費すこと。
二一 穀物ときぬ。
二二 人の飢えるさま。漢書元帝紀に「歳比災害、民有ニ菜色一」とある。

人稠田少、而有二儲蓄一、由[1]二於節一レ用也。今者地闢戸減、而患二不足一、由二於糜[2]費一也。臣等以為、当今之急、省[3]レ官息レ役、上下同レ心、唯農是務。特望、天恩許[4]。臣等并[5]省二官員一、則倉廩実而礼義行、国用足而廉恥興[6]矣。伏聴二聖[7]裁一者。奏可之。於レ是、毎レ司并省各有二其数一。事[8]在二別式一。」又奏偁、済レ世興レ化、寔佇[9]二九[10]功[11]一。討レ罪威レ辺、亦資二七徳一。文武之道廃レ一不可。但今[12]諸国兵士、略多二羸弱一、徒免二身庸一、不レ帰二天府一。国司・軍毅[13]、自恣[14]駈役、曾未二貫習一。弓馬唯給、採二刈[15]薪草一。縦使三以レ此赴二レ戦、謂二之棄一矣。臣等以為、除二三関[16]・辺要一之外、随二国大小一以為レ額、仍点下殷[17]富百姓才堪二弓馬一者上、毎二其当番一、専習二武藝[18]一、属[19]レ有二徴[20]発一。庶[21][22]免二稽廃一、其羸弱之徒勧[23]皆[24]赴レ農。此設二守備一、省二不急一之道也。臣等商[25]量所レ定、

1由〔谷重・東・高、大〕―田（兼・谷原）
2糜〔大〕―縻（兼・谷）→校補
3省〔兼抹傍〕―者（兼原）
4許ノ下、ナシ〔兼・谷原・東・高〕―之（谷傍補、大）→校補
5臣等―ナシ（大衍）→校補
6興〔谷原・谷重〕→校補
7聖裁→校補
8事ノ下→校補
9佇→校補
10九〔大改〕―无（兼・谷原・東・高）、元（谷擦重）
11功（兼・谷、大）―切〔高〕、切（東）→校補
12今ノ下、ナシ〔兼・谷、大〕―今（高）、々（東）
13毅→校補
14恣〔大改〕―恐（兼等）
15刈→校補
16関→校補
17殷〔高擦重〕
18藝〔東擦重〕
19属ノ下、ナシ〔大衍〕―赴（兼等）
20徴〔兼重〕
21庶→校補
22庶ノ下、ナシ―幾（大）→校補
23勧〔東・高〕―勤（兼・谷、大）
24皆ノ下、ナシ―令（大補）→校補
25商〈意改〉（大）―商

一 莫大な費用、また、奢りつかうこと。
二 本官奏にいう諸官司の剰官の廃止と、次の官奏にいう農民の負担緩和を示す語。
三 管子、牧民に「倉廩実則知二礼節一。衣食足則知二栄辱一」とある。
四 虚弱な兵士にかえて、三関国と辺境の重要な国を除き、国の大小に随って定数を定め、殷富の百姓で弓馬の才ある者を選んで武芸を習わしめることおよび虚弱な兵士であった者を帰農させることを求めた太政官奏。
五 九つのはたらき。六府（水・火・金・木・土・穀）・三事（正徳・利用・厚生）をいう。書経、大禹謨に「禹曰、於帝念哉、徳惟善レ政、政在レ養レ民。水火金木土穀、惟修、正レ徳利レ用厚レ生、惟和、九功惟叙、九叙惟歌、戒レ之用レ休、董レ之用レ威、勧レ之以二九歌一、俾レ勿レ壊」と見える。
六 武の七つの徳。禁暴・戢兵・保大・定功・安民・和衆・豊財のこと。左伝、宣公十二年条に「楚子曰、…夫武禁レ暴、戢レ兵、保レ大、定レ功、安レ民、和レ衆、豊レ財者也。…武有二七徳一」とある。
七 つかれよわる。

虚弱な兵士に代えて殷富の百姓の弓馬の才ある者をあてる

人稠《ひとしげ》く田《た》少《すくな》けれども、儲蓄《ちよちく》有るは、用《よう》を節《せつ》するに由《よ》れり。今者《いま》、地《くに》闢《ひら》け戸《へ》減《すくな》くなれども、不足《ふそく》を患《うれ》ふるは、[一]糜費《びひ》に由《よ》れり。臣《しん》ら以為《おも》へらく、「当今《たうこむ》の急《きふ》は、[二]官《くわん》を省《はふ》き役《えき》を息《とど》め、上下《かみしも》心《こころ》を同《おな》じくして、唯農是《ただのうこ》れを務《つと》めむことを」とおもふ。特《こと》に望《のぞ》まくは、天恩許《てんおんゆる》したまはむことを。臣ら并《あは》せて官員《つかさのかず》を省《はふ》かば、[三]倉廩実《さうりんみの》りて礼義《れいぎ》行《おこな》はれ、国用足《こくようた》りて廉恥《れむち》興《おこ》らむ。伏《ふ》して聖裁《せいさい》を聴《き》く」とまうせり。奏《そう》するに可《か》としたまふ。是《ここ》に、司毎《つかさごと》に并《あは》せて省《はふ》くこと、各《おのおの》その数《かず》有り。事《こと》は別式《べちしき》に在《あ》り。また[四]奏《そう》して偁《まう》さく、「世《よ》を済《すく》ひ化《くゑ》を興《おこ》すこと、寔《まこと》に[五]九功《きうくう》を佇《ま》つ。罪《つみ》を討《う》ち辺《へん》を威《おど》すことは、[六]亦七徳《またしちとく》に資《よ》る。文武《ぶんぶ》の道《みち》、一《いつ》を廃《はい》すとも不可《ふか》なり。但《ただ》し今《いま》、諸国《くにぐに》の兵士《ひやうじ》、略《おほむ》ね[七]羸弱《るいじやく》なるひと多《おほ》く、徒《いたづら》に[八]身《み》の庸《よう》を免《ゆる》して[九]天府《てんふ》に帰《くゐ》せず。[一〇]国司《こくし》・軍毅《ぐんき》、自《みづか》ら恣《ほしきまにま》に駈《く》役《やく》して、曾《かつ》て未《いま》だ貫習《くわんしふ》せず。弓馬《きうば》を唯給《ただきふ》し、薪草《しんさう》を採刈《かりと》らしむ。縦《たと》ひ此《これ》を以《もち》て戦《いくさ》に赴《おもむ》かしむとも、[一一]これを棄《き》と謂《い》ふ。臣《しん》ら以為《おも》へらく、「[一二]三関《さむぐゑん》・[一三]辺要《へんえう》を除《のぞ》く外《ほか》は、[一四]国《くに》の大小《だいせう》に随《したが》ひて額《さだめ》とし、仍《より》て[一五]殷富《いんふう》の百姓《はくせい》の才弓馬《さいきうば》に堪《た》へたる者《ひと》を点《えら》ひて、その[一六]当番毎《たうばんごと》に専《もは》ら武藝《ぶげい》を習《なら》はしめ、徴発《ちようはつ》すること有るに属《あ》てむ」とおもふ。庶《ねが》はくは、[一七]稽廃《けいはい》を免《まぬか》れ、その羸弱《るいじやく》の徒《と》は勤《つと》めて皆農《みなのう》に赴《おもむ》かしめむことを。此《こ》れ守備《しゆび》を設《まう》けて不急《ふきふ》を省《はふ》く道《みち》なり。臣《しん》ら商量《しやうりやう》して定《さだ》む

八 兵士は、賦役令19によれば「免㆓徭役㆒」。
九 庸を免じている代りに軍役を負担すべきであるが、脆弱で兵士として役に立たず、結果として天府(国庫)の役に立っていない、の意。
一〇 慶雲元年六月丁巳条によれば「令条以外、不㆑得㆓雑使㆒」とされている。兵士の使役について、令条には、(1)軍団における使役(軍防令6・39、営繕令8)、(2)軍団以外の施設の守備(軍防令53・54、営繕令13)、(3)犯罪人の追捕(捕亡令2・3)、(4)防援(軍防令64・獄令20)、(5)非常の災害に伴う堤防修造(営繕令16)に規定が見える。しかし一方で、国司・軍毅が兵士を私的に使役していることが、三代格天平勝宝五年十月廿一日太政官符・延暦十一年六月七日勅・弘仁四年八月九日太政官符に窺え、ここでもこのような事態をさすか。
一一 論語、子路篇に「以㆓不㆑教民㆒戦、是謂㆑棄㆑之」とある。
一二 →〔一〕補4-二〇。ここでは、鈴鹿関の置かれた伊勢国、不破関の置かれた美濃国、愛発関の置かれた越前国の三国をさす。
一三 →〔三〕補12-四六。
一四 →〔一〕補5-六三。
一五 富裕な百姓、の意。→補36-一二。
一六 慶雲元年六月丁巳条、三代格天平勝宝五年十月廿一日太政官符・弘仁四年八月九日太政官符および本条から、上番の一環として武芸教習が行われ、教習の場は軍団と国府の両者であったと推定される(北啓太説)。
一七 故意に行程を遅延して用を廃すること。唐擅興律7の疏議に「興㆑軍征討、国之大事。調発征行、有㆑所㆓稽廃㆒者、名乏㆓軍興㆒。…註云、謂臨㆑軍征討、有㆑所㆓調発㆒、兵馬及応㆑須㆓供㆑軍器械㆒、或所㆑須㆓戦具㆒、各依㆓期会㆒。克日倶充、有㆑所㆑闕者、即是稽廃」とある。

具レ状如レ左[1]。伏聴二天裁[2]一者。奏可之。毎レ国減省各有レ差。於レ是、諸司仕丁・駕輿丁等廝丁[3]及三衛府火頭[4]等、徒免二庸調一、無レ益二公家一。遠離二本郷一、多破二私業一。仍従[5]二本色[6]一、以赴二農畝一焉。○壬午、従五位下藤原朝臣真友[7]為二少納言一。従五位下石[8]城王為二縫殿頭一。従五位下高倉朝臣殿嗣為二治部[9]少輔一。従五位上石川朝臣清麻呂為二民部大輔一。従五位下多治比真人継兄為二少輔一。外従五位下栄井宿禰道形為二主計助一。従五位下豊国真人船[10]城為二大蔵少輔一。従五位上参河王為二大膳大夫一。外従五位下船連住麻呂為二官奴正[11]一。従五位下大伴宿禰弟[12]麻呂為二衛門佐一。従五位下藤原朝臣宗継為二伊勢介一。外従五位下陽侯忌寸玲璆為二尾張介一。外従五位下葛井連根道為二伊豆守一。陰陽頭天文博士従五位上山上朝臣船主為二兼甲斐守一。従五位下藤原朝臣長川為二相模守一。従五位上藤原朝[13]臣[14]刷雄為二上総守一。左京大夫正五位下藤原朝臣種継為二兼下総守一。外従五位下上村主虫麻呂為二能登守一。従五位下紀朝臣作良為二丹波介一。従五位下阿倍朝臣謂奈麻呂為二但馬介一。従五位下紀朝臣

1左伏—伏左〔底〕
2天裁→校補
3等—ナシ(大衍)
4火—大〔底〕
5従—徒(兼)
6色—也〔底〕
7友〔東傍・高傍、大改〕—支(兼等)
8石—右(東)
9部〔谷原・谷重〕→校補
10船—般(東)
11正ノ上、ナシ〔谷原〕—正(谷傍補)
12弟—第〔底〕
13朝〔兼・谷、大〕—ナシ(東・高)
14臣〔谷傍補、大〕—ナシ(兼・谷原・東・高)

一 仕丁・駕輿丁等のうちで、廝丁と火頭について帰農させることとしたもの。 二 →[一]一五五頁注一三。 三 後の左右近衛府式・左右兵衛府式によると、これら四府に所属した下級職員として見える。左右近衛府には各一〇〇人、左右兵衛府には各五〇人が属し、天皇の輦輿その他の輿を担うことを職掌とした。左右近衛府式によると、行幸の際には「凡供二奉行幸一駕輿丁者、駕別廿二人〈十二人擎二御輿一、自余執二前後綱一〉」とすることが見える。 四 汲炊の労をとる丁。→[三]一九頁注一四。 五 軍防令12に「凡兵士向レ京者、名二衛士一〈火別取二白丁五人一、充二火頭一〉」と見えるカシハデ。ここにいう「三衛府」とは、この時点で存在する中衛・近衛・衛門・左衛士・右衛士・左兵衛・右兵衛の各衛府のうち、衛士の配属された衛門府・左右衛士府をさす。 六 仕丁・廝丁については賦役令19により免課役。火頭については、軍防令12義解に「謂、蠲免之法、一同二仕丁一」とあり、やはり免課役。駕輿丁についてはその規定が見えない。 七 農業に同じ。漢書元帝紀に「各務二農畝一」とある。 八 是公の男。→補36-七。下文乙酉(二十日)条で長門守に任じられる池田真枚(宝亀十年六月辛亥条)の後任か。他の二名の少納言は篠嶋王(宝亀十年九月甲申条。天応元年五月癸未に伯耆守に転任)と川村王(宝亀十年十一月甲午条。延暦元年閏正月庚子に阿波守に転任)。 九 →[四]補27-四三。前官は造酒正(宝亀八年正月庚辰条)。縫殿頭の前任者は本条で大膳大夫に転任した参河王(宝亀十年十一月甲午条)。 一〇 もと高麗朝臣。名を殿継とも。→補34-四一。治部少輔の前任者は本条で但馬介に転任した安倍謂奈麻呂(宝亀十年七月丙子条)。 一一 →[四]一五一頁注四二。前官は

仕丁・駕輿丁のうち断丁・火頭を帰農させることとする

任官

ること、状《かたち》を具《つぶさ》にすること左《さき》の如《ごと》し。伏《ふ》して天裁《てんさい》を聴《き》く」とまうす。奏《そう》するに可《か》としたまふ。国毎《くにごと》に減省《げむせい》すること各《おのおの》差《しな》有り。[一]是《ここ》に、諸司《しよし》の[二]仕丁《じちやう》・[三]駕輿丁《かよちやう》等の[四]断丁《しちやう》と三衛府《さむゑふ》の[五]火頭《くわとう》等とは、[六]徒《いたづら》に庸調《ようでう》を免《ゆる》して公家《おほやけ》に益《えき》すること無し。遠《とほ》く本郷《ほんがう》を離《はな》れて、多《おほ》く私　業《わたくしのなりはひ》を破《やぶ》れり。仍《より》て本色《ほんしき》に従《したが》ひて[七]農《のう》畝《ほ》に赴《おもむ》かしむ。○[十七日]壬午、従五位下[八]藤原《ふぢはら》朝臣真友《まとも》を少納言《せうなふごん》とす。従五位下[九]石《いは》城王《きのおほきみ》を縫殿頭《ぬひとののかみ》。従五位下[一〇]高倉《たかくら》朝臣殿嗣《とのつぐ》を治部少輔《ちぶせうふ》。従五位上[一一]石川《いしかは》朝臣清《きよ》麻呂《まろ》を民部大輔《みんぶだいふ》。従五位下[一二]多治比《たぢひ》真人継兄《つぐえ》を少輔《せうふ》。外従五位下[一三]栄井《さかゐ》宿禰道《みち》形《かた》を主計助《しゆけいのすけ》。従五位下[一四]豊国《とよくに》真人船城《ふなしろ》を大蔵少輔《おほくらのせうふ》。従五位上[一五]参河《みかは》王を大膳《だいぜんの》大夫《だいぶ》。外従五位下[一六]船《ふね》連住麻呂《すみまろ》を[一七]官奴正《くわんぬのかみ》。従五位下[一八]大伴《おほとも》宿禰弟麻呂《おとまろ》を衛門佐《ゑもんのすけ》。従五位下[一九]藤原《ふぢはら》朝臣宗継《むねつぐ》を伊勢介《いせのすけ》。外従五位下[二〇]陽侯《やこ》忌寸玲璆《りやうぐ》を尾張《をはり》介。外従五位下[二一]葛井《ふぢゐ》連根道《ねみち》を伊豆《いづ》守。陰陽頭天文博士《おむやうのかみてんもんはかせ》従五位上[二二]山上《やまのうへ》朝臣船主《ふなぬし》を兼甲斐《かひ》守。従五位下[二三]藤原《ふぢはら》朝臣長川《ながかは》を相模《さがみ》守。従五位上[二四]藤原《ふぢはら》朝臣刷雄《よしを》を上総《かみつふさ》守。左京大夫《さきやうのだいぶ》正五位下[二五]藤原《ふぢはら》朝臣種継《たねつぐ》を兼下総《しもつふさ》守。外従五位下[二六]上村主《かみのすぐり》虫麻呂《むしまろ》を能登《のと》守。従五位下[二七]紀《き》朝臣作良《つくら》を丹波《たには》介。従五位下[二八]阿倍《あへ》朝臣謂奈麻呂《ゐなまろ》を但馬《たぢま》介。従五位下[二九]紀《き》朝臣

越前介(宝亀七年三月癸巳条)。一二 →補36-四。民部少輔の前任者は本条で丹波介に転任した紀作良(宝亀十年九月甲午条)。一三 もと日置造。→[四]補28-三九。主計助の前任者は大和西麻呂か(宝亀四年十二月癸巳条)。一四 もと船城王。→[三]一四九頁注一五。大蔵少輔の前任者は本条で備後守に転任した紀真子(宝亀九年二月庚子条)。一五 三河王とも。→[三]補17-四八。前官は縫殿頭(宝亀十年十一月甲午条)。大膳大夫の前任者は本条で備前守に転任した山辺王(宝亀十年六月辛亥条)。一六 →八七頁注二二。一七 官奴司の長官。職員令49に「正一人〈掌、官戸奴婢名籍、及口分田事〉」とあり、官有の賤民の管理を行う。正は正六位上相当。官奴司は大同三年正月廿日詔(三代格)により主殿寮に併合。一八 →八五頁注一六。衛門佐の前任者は本条で相模守に転任した藤原長河(宝亀十年九月癸酉条)。一九 宗嗣とも。→一二五頁注五。伊勢介の前任者は上文二月甲辰条で兼相模介となった吉田斐太麻呂(宝亀九年二月辛巳条)。二〇 もと陽侯史。名を令璆とも。→[三]七九頁注四。尾張介の前任者は田口祖人(宝亀十年二月甲午条)。二一 →[三]補24-五五。伊豆守の前任者は石川人麻呂(宝亀八年正月戊寅条)。二二 もと山上臣。→[四]補28-三八。陰陽頭任官は宝亀三年四月庚午から同七年三月癸巳の間。天文博士任官は宝亀七年三月。甲斐守の前任者は葛井道依(宝亀九年三月丙辰条)。二三 長河とも。→補34-二七。前官は衛門佐(宝亀十年九月癸酉条)。相模守の前任者は紀弟麻呂(宝亀十年二月甲午条)。二四 →[三]一一九頁注七。前官は治部大輔(宝亀十年十二月己酉条)。上総守の前任者は紀真乙(宝亀十年二月甲午条)。二五 →[四]補27-四四。左京大夫任官は宝亀九年

白麻呂為㆓因幡介㆒。従五位下大伴宿禰継人為㆓伯耆守㆒。中衛中将内厩頭正四位上道嶋宿禰嶋[1]足為㆓兼播磨[2]守㆒。正五位下山辺[3]王為㆓備前守㆒。従五位下紀朝臣真子為㆓備後守㆒。従五位下田中朝臣飯麻呂為㆓筑後守㆒。従五位下紀朝臣門守為㆓肥前守㆒。従五位下小野朝臣滋野為㆓豊前守㆒。外従五位下陽侯忌寸人麻呂為㆑介。○乙酉、以㆓従五位下池田朝臣真枚㆒為㆓長門守㆒。外従五位下葛井連河[4]守為㆓参[5]河介㆒。授㆓正六位上百済王俊哲従五位下㆒。」駿河国飢疫。遣㆑使賑㆓給之㆒。○丁亥、陸奥国上治郡大領外従五位下伊治公呰麻呂反。率㆓徒衆㆒、殺㆓按察使参議従四位下紀朝臣広純[6]於伊治城㆒。広純、大納言兼中務卿正三位麻呂之孫、左衛士督従四位下宇美之子也。宝亀中出為㆓陸奥守㆒、尋転㆓按察使㆒。在㆑職視㆑事、見㆑僴[7]㆓幹済㆒。伊治呰麻呂、本是夷俘[8]之種也。初[9]縁㆑事有㆑嫌、而呰麻呂匿㆑怨、陽媚事之。広純甚信用、殊不㆑介㆑意。又牡[10]鹿郡大領道嶋本[11]楯、毎凌[12]㆓侮呰麻呂㆒、以㆓夷俘[13]㆒遇焉。呰麻呂深銜[14]㆑之。時広純建㆑議造㆓覚[15]鱉柵㆒、以遠㆓戍候㆒。因率㆓俘[16]軍㆒入、大楯・呰麻呂並

1 嶋→校補
2 磨〔兼・谷、大〕—麻(東・高)
3 辺—鳥(東)
4 河〔大改〕—阿(兼等)
5 参〔谷重〕
6 純—紀〔底〕
7 僴—稱(大)→校補
8 俘—浮〔底〕
9 初—枌〔底〕→校補
10 牡—牝〔底〕
11 本〔底〕—大→脚注
12 淩〔底〕— 凌(大改)、陵(兼等)→校補
13 俘—浮〔底〕
14 銜〔谷擦重〕—御(谷原)→校補
15 覚〔東擦重〕
16 俘—浮(高)

二月。下総守の前任者は紀豊庭(宝亀十年二月甲午条)。二六 →九一頁注一四。能登守の前任者は本条で伯耆守に転任した大伴継人(宝亀十年九月甲午条)。二七 →補35-二。前官は民部少輔(宝亀十年九月甲午条)。二八 安倍朝臣とも。→[四]補31-九四。前官は治部少輔(宝亀十年七月丙子条)。但馬介の前任者は文室久賀麻呂(宝亀九年十一月己未条)。二九 →補35-四八。前官は造東大寺次官(宝亀十年十一月甲午条)。因幡介の前任者は大原継麻呂か(宝亀三年四月庚午条)。

一 →補35-三三。前官は能登守(宝亀十年九月甲午条)。伯耆守の前任者は大原宿奈麻呂(宝亀七年三月癸巳条)。二 もと丸子嶋足。→[三]補19-六。見任官を「中衛中将」とするが、宝亀九年二月辛巳条に「近衛中将」とあり、同年三月丙辰条には伊勢老人の中衛中将任官のことが見えるので、ここは「近衛中将」とすべきか。内厩頭任官時は不明。三 →[四]補27-四三。前官は大膳大夫(宝亀十年六月辛亥条)。備前守の前任者は三方王(宝亀五年三月甲辰条)。四 →補35-一一。前官は大蔵少輔(宝亀九年二月庚子条)。五 →補35-四八。筑後守の前任者は当麻乙麻呂(宝亀九年二月辛巳条)。六 →[四]一七七頁注一六。前官は鋳銭次官(宝亀八年十月辛卯条)。肥前守の前任者は三嶋安曇(宝亀九年二月辛巳条)。七 →補35-一三。豊前守の前任者は弓削塩麻呂か(宝亀六年九月甲辰条)。八 もと陽侯史。→[三]七九頁注五。前官は東市正(宝亀八年正月戊寅条)。豊前介の前任者は吉田古麻呂(宝亀九年二月辛巳条)。九 →[四]補25-一〇七。前官は少納言(宝亀十年六月辛亥条)。長門守の前任者は多治比三上(宝亀七年三月癸巳条)。一〇 →[四]補26-七。

白麻呂《しろまろ》を因幡介《いなばのすけ》。従五位下[一]大伴《おほとも》宿禰継人《つぐひと》を伯耆《ははき》守。中衛中将《ちうゑのちうしやう》内厩頭《うちのうまやのかみ》正四位上[二]道嶋《みちしま》宿禰嶋足《しまたり》を兼播磨《はりま》守。正五位下[三]山辺王《やまのへのおほきみ》を備前《きびのみちのくち》守。従五位下[四]紀《き》朝臣真子《まこ》を備後《きびのみちのしり》守。従五位下[五]田中《たなか》朝臣飯麻呂《いひまろ》を筑後《つくしのみちのしり》守。従五位下[六]紀《き》朝臣門守《かどもり》を肥前《ひのみちのくち》守。従五位下[七]小野《をの》朝臣滋野《しげの》を豊前《とよくにのみちのくち》守。外従五位下[八]陽侯《やこ》忌寸人麻呂《ひとまろ》を介。○乙酉《二十日》、従五位下[九]池田《いけだ》朝臣真枚《まひら》を長門《ながと》守とす。外従五位下[一〇]葛井《ふぢゐ》連河守《かはもり》を参河《みかは》介。正六位上[一一]百済王《くだらのこにきし》俊哲《しゆんてつ》に従五位下を授《さづ》く。

駿河《するが》国飢《う》ゑ疫《えやみ》す。使《つかひ》を遣《つかは》してこれに[一二]賑給《しんごふ》せしむ。○丁亥《二十二日》、陸奥《みちのおく》国[一三]上治郡[一四]大《だい》領《りやう》外従五位下[一五]伊治《これはり》公呰麻呂《あざまろ》反《そむ》く。徒衆《づしゆ》を率《ゐ》て按察使《あんせちし》参議《さむぎ》従四位下[一六]紀《き》朝臣広純《ひろすみ》を[一七]伊治城《これはりのき》に殺《ころ》せり。広純《ひろすみ》は、大納言《だいなふごん》兼中務卿《ちうむきやう》正三位[一八]麻呂《まろ》の孫《うまご》、左衛士《さゑじの》督《かみ》従四位下[一九]宇美《うみ》の子《こ》なり。宝亀中《ほうくゐちう》に出《い》でて[二〇]陸奥《みちのおく》守と為《な》り、尋《つ》ぎて按察使《あんせちし》に転《うつ》さる。職《しき》に在《あ》りて事《こと》を視《み》ること、幹済《かんさい》と偁《たた》へらる。伊治《これはりの》呰麻呂《あざまろ》は本《もと》是《こ》れ[二一]夷俘《いふ》の種《たぐひ》なり。初《はじ》め事《こと》に縁《よ》りて嫌《きら》ふこと有れども、呰麻呂《あざまろ》怨《うらみ》を匿《かく》して陽《いつは》りて媚《こ》び事《つか》ふ。広純《ひろすみ》、甚《はなは》だ信用《おもひもち》ゐて、殊《こと》に意《こころ》に介《はさ》まず。また、[二二]牡鹿《をしか》郡大《だい》領《りやう》[二三]道嶋《みちしま》本楯、毎《つね》に呰麻呂《あざまろ》を淩侮《りようぶ》して、夷俘《いふ》を以《もち》て遇《あしら》ふ。呰麻呂《あざまろ》、深《ふか》くこれを銜《ふく》めり。時《とき》に広純《ひろすみ》、議《はかりこと》を建《た》てて[二四]覚鷩柵《かくへつのき》を造《つく》りて、以《もち》て[二五]戍候《しゆこう》を遠《とほ》さく。因《よ》りて俘軍《ふぐん》を率《ゐ》て入《い》るとき、大楯《おほたて》・呰麻呂《あざまろ》並《とも》に

伊治呰麻呂反し按察使紀広純を殺す

前官は木工助か(宝亀三年十一月丁丑朔条)。
一一 →四補33-四三。
一二 国家が人民に食糧等を施し与えること。→一補1-四五。
一三 「上治郡」と続紀で記すのは本条のみ。考證に、大日本史は「案陸奥国無二上治郡一、未レ詳、陸奥郡郷考云、上治疑伊治之誤」、内藤広前は「伊治之地或分為二上下二邑一、称曰二上治又伊上一者、蓋以レ此」と記す。一方、多賀城外郭西南隅の五万崎地区より出土した「此治城」と記す漆紙文書の記載から、伊治を「コレハル(リ)」と読み、「上治」を「此治」との混同から生じたものではないかとする説もある(『多賀城漆紙文書』)。伊治城→四補28-四六。
一四 宝亀九年六月庚子条の行賞の記事に呰麻呂の官名がなく、それ以後本条までの間に任命されたものか。
一五 →五三頁注一七。伊治公呰麻呂の乱→補36-一三。伊治公呰麻呂の乱前後の東北情勢→補36-一四。
一六 →三補20-五八。陸奥按察使任官は宝亀八年五月。参議任官は本年二月。従四位下叙位は宝亀九年六月。
一七 →四一八一頁注二三。
一八 大人の男。→一補2-四二。慶雲二年七月、大納言正三位で没。
一九 →二一六五頁注三四。天平勝宝五年十月、散位従四位下で没。
二〇 陸奥守任官のことは続紀に見えないが、宝亀六年九月甲辰に陸奥介任官のことが見え、同八年五月丁丑に按察使に任じた時の本官が陸奥守であるので、この間のことか。
二一 →三二五三頁注二一。
二二 →三一三三頁注二六。
二三 他に見えず。底本「本楯」とあるが、本条の他の二か所にある「大楯」と同じく「大楯」とあるべきか。道嶋は道嶋宿禰と関連をもつ蝦夷の族長か。道嶋宿禰→四一〇七頁注六。
二四 →補36-一〇。
二五 まもりの最前線が遠くなった、の意。

従。至レ是、呰麻呂自為二[1]内応一、唱二[2]誘軍一而反。先殺二大楯一、率レ衆囲二按察使広純一、[3]攻而害之。独[4]呼二介大伴宿禰真綱一、開二囲一角一而出、護送二多賀城一。[5]其城久年国司治所、兵器・粮[6]蓄不レ可二勝計一。城下百姓競入欲レ保二城中一、而介真綱、[7]掾石川浄足、潜出二後門一而走。百姓遂無レ[8]所レ拠、一時散去。後数日、賊徒乃至、争取二府[9]庫之物一。尽レ重而去。其所レ遺者放レ火而焼焉。○辛卯、伊勢国大目正六位上道祖首公麻呂・白丁杖足等、賜二姓三林公一。○癸巳、以二中納言従三位藤原朝臣継縄一為二[10]征東大使一。正五位上大伴宿禰[11]益立・従五位上紀朝臣古佐美為二副使一。判官・主典各四人。○甲午、以二従五位下大伴宿禰真綱一為二陸奥鎮守副将軍一。従五位上安倍朝臣家麻呂為二出羽鎮狄[12]将軍一。[13]軍監・軍曹各二人。以二征東副使正五位上大伴宿禰益立一為二兼陸奥[14]守一。○夏四月戊戌、授二征東副使正五位上大伴宿禰益立従四位下一。○辛[15]丑、勅、備[16]前国邑久郡荒廃田[17]一百餘町、賜二右大臣正二位大中臣朝臣清麻呂一。○辛亥、造酒正従五位下中臣丸朝臣馬主為二兼

1内―門(高)
2誘ノ下、ナシ〔底〕―俘(兼・谷・東・大)、浮(高)
3攻―政〔底〕
4呼〔底擦重〕―伴〔底原〕
5其城〔大補〕―ナシ(兼等)
6蓄(兼・谷・東・高擦重、大)―蕃蓄〔底〕
7掾〔大〕―椽(谷重)、極(兼・谷原・東・高)
8所〔谷傍補・東・高、大〕―ナシ(兼・谷原)
9庫―軍〔底〕
10征〔底重〕→校補
11益〔大、紀略〕―盖(兼等)
12将〔谷傍補〕―ナシ(谷原)
13軍〔底原・底重・谷・東・高、大〕―ナシ(兼)→校補
14守―ナシ〔底〕
15丑→校補
16前ノ下、ナシ―前(東)
17一〔高擦〕―二(高原)

一 伊治公呰麻呂。→一三九頁注一五。
二 道嶋大楯。→一三九頁注二三。
三 紀朝臣広純。→一三九頁注一六。
四 →二五頁注二〇。陸奥介任官は宝亀八年正月。
五 →[二]補12―六七。
六 他に見えず。石川朝臣→[一]補1―三二。
七 貴重なものをことごとく持ち去る、の意。
八 多賀城政庁地区では、正殿をはじめ、ほとんどの建物が罹災しているとされる。とくに西辺築地では、築地の屋根を葺いた第Ⅱ期(八世紀後半)の瓦が焼けてずり落ち、さらに焼瓦をかきならした状態が検出されている。約九〇〇メートル四方の外郭線でも、南門・東門などの主要な建物が火災を受けており、呰麻呂の乱に伴う、多賀城焼亡の記事との関連が想定されている(『多賀城漆紙文書』)。
九 あるいは、道祖公麿(神護景雲四年四月一日「井功并用物勘文」〔東大寺本『東大寺要録』巻二二〕)と同一人物か(『日本古代人名辞典』)。三林公は、姓氏録大和諸蕃に、秦の胡亥より出た己智と同祖で、諸歯王の後とする。三林公の一族の人名は、この二人の他に見えない。
一〇 →[一]一三七頁注一九。
一一 他に見えず。
一二 →[三]二六一頁注一。中納言任官は宝亀十

従《したが》へり。是《ここ》に至《いた》りて、[一]呰麻呂《あざまろ》自《みづか》ら内応《だいおう》して、軍《くん》を唱誘《ときいざな》ひて反《そむ》く。先《ま》づ[二]大楯《おほたて》を殺《ころ》し、衆《しゅ》を率《ゐ》て按察使《あんせちし》[三]広純《ひろすみ》を囲《かく》み、攻《せ》めて害《がい》せり。独《ひと》り介《すけ》[四]大伴《おほとも》宿禰真綱《まつな》を呼《よ》びて、囲《かくみ》の一角《ひとすみ》を開《ひら》きて出《いだ》し、護《まも》りて[五]多賀城《たがのき》に送《おく》る。その城《き》、久《ひさ》しき年《とし》、国司《こくし》治《し》る所《ところ》にして、兵器《ひやうき》・粮蓄《らうちく》、勝《あ》げて計《かぞ》ふべからず。城下《じやうか》の百姓《はくせい》、競《きそ》ひ入《い》りて城《き》の中《うち》に保《まも》らむとすれども、介《すけ》真綱《まつな》、掾《じよう》[六]石川浄足《いしかはのきよたり》、潜《ひそか》に後門《こうもん》より出《い》でて走《に》ぐ。百姓遂《はくせいつひ》に拠《よ》る所《ところ》無く、一時《ひととき》に散《ち》り去《さ》りぬ。後数日《のちすじつ》にして、賊徒乃《ぞくとすなは》ち至《いた》り、争《あらそ》ひて府庫《ふこ》の物《もの》を取《と》る。[七]重《たふと》きを尽《こそ》りて去《さ》る。その遺《のこ》れるものは、[八]火《ひ》を放《はな》ちて焼《や》く。○辛卯[二十六日]、伊勢《いせ》国大目《だいさうくわん》正六位上[九]道祖《みちのおや》首公麻呂《きみまろ》・[一〇]白丁《びやくちやう》[一一]杖足《つゑたり》らに姓を三林《みはやし》公と賜《たま》ふ。○癸巳[二十八日]、中納言《ちうなふごん》従三位[一二]藤原《ふぢはら》朝臣継縄《つぐただ》を[一三]征東大使《せいとうたいし》とす。正五位上[一四]大伴《おほとも》宿禰益立《ましたて》・従五位上[一五]紀《き》朝臣古佐美《こさみ》を副使《ふくし》。判官《はんぐわん》・主典《さうくわん》各《おのおの》四人。○甲午[二十九日]、従五位下[一六]大伴《おほとも》宿禰真綱《まつな》を[一七]陸奥鎮守副将軍《みちのおくのちんしゅふくしやうぐん》とす。従五位上安倍《あへ》[一八]朝臣家麻呂《いへまろ》を[一九]出羽鎮狄将軍《いではのちんてきしやうぐん》。軍監《ぐんけむ》[二〇]・軍曹《ぐんざう》[二一]各二人。征東副《せいとうふく》使《し》正五位上[二二]大伴《おほとも》宿禰益立《ましたて》を兼陸奥《みちのおく》守とす。

征東大使・副使任命

夏四月乙未朔 戊戌[四日]、征東副使《せいとうふくし》正五位上[二三]大伴《おほとも》宿禰益立《ましたて》に従四位下を授《さづ》く。○辛丑[七日]、勅《みことのり》して、備前《きびのみちのくち》国[二四]邑久《おほく》郡の[二五]荒《あ》れ廃《すた》れたる田《た》一百餘町を、右大臣《うだいじん》正二位[二六]大中臣《おほなかとみ》朝臣清麻呂《きよまろ》に賜ふ。○辛亥[十七日]、造酒正《みきのかみ》従五位下[二七]中臣丸《なかとみのわに》朝臣馬主《うまぬし》を兼

一年二月。
三 対蝦夷戦に任じられた大使・(大)将軍などの臨時の官は、征夷と征東に時期的に区分される。八世紀前半(養老四年・同五年・神亀元年・同二年次)は征夷、宝亀十一年以降、征東の呼称が続き、延暦十二年から再び征夷に戻る。これは紀略延暦十二年二月丙寅条の「改二征東使一、為二征夷使一」とする措置に基づくものであろう。多賀城政庁西南部出土漆紙文書の「征東使」とあるものは、この時期のものと推定されている(『多賀城漆紙文書』二二号文書)。
四 →[三]補22-五六。前官は右兵衛督(宝亀九年二月庚子条・宝亀十年九月丁亥条)。
五 麻路の孫。→[四]補25-一〇六。前官は右少弁(宝亀九年二月庚子条)。
六 →注四。上文丁亥(二十二日)条に介(陸奥介)とある。
七 鎮守府の副将軍。鎮守将軍→[三]三四三頁注二一。
八 →[四]補32-一一。
九 →[二]七九頁注二九。
二〇 →[二]七九頁注二六。
二一 →[二]七九頁注二七。
二二 →注一四。陸奥守の前任者は上文丁亥(二十二日)条に殺害されたことが見える紀広純。
二三 →注一四。正五位上叙位は神護景雲元年十月。
二四 →[二]九三頁注一八。和名抄には邑久・靫負・土師・須恵・長沼・尾沼・尾張・柘梨・石上・服部の一〇郷が見える。
二五 一度熟田となったが、荒廃した土地。→補36-一五。
二六 もと中臣朝臣。→[二]補15-一三。
二七 →補34-二九。

1 介ノ下→校補
2 壬〔兼重〕—王(兼原)
3 椋(大改、類五四・紀略)—掠〔兼傍イ・谷傍イ・東傍イ・高朱傍イ〕、椋(兼・谷重・東・高)→校補
4 俊—後〔底〕
5 愛—受〔底〕
6 宕〔谷重〕—岩(谷原)
7 一十(底改)—十一〔底原〕→校補
8 姓〔底原・底重〕→校補
9 軍〔紀略補〕—ナシ(紀略原)→校補
10 従—徒(東)
11 莫姓〔谷原・谷擦重〕→校補
12 姓—位(大改)→校補
13 一十—十一〔底〕
14 左〔底〕—右
15 姓〔底〕—位
16 等〔大補〕—ナシ(兼等)
17 麿ノ下、ナシ〔底〕—賜姓
18 人ノ下、ナシ〔底〕—並賜姓
19・20・21 人ノ下、ナシ〔底〕—賜姓
22 曰(兼・谷擦重、大)—日〔谷原・東・高〕
23 朝—期〔底〕
24 稍—稲〔底〕
25 軍〔兼朱抹朱傍〕—運(兼原)
26 饗〔谷重〕

上総員外介[1]一。○[2]壬子、左京人[3]椋小長屋女一産二三男一。賜二乳母一人并稲一。○甲寅、従五位上藤原朝臣黒麻呂為二治部大輔一。正五位上大伴宿禰潔足為二左兵衛督一。○庚申、授二従五位下百済王[4]俊哲従五位上一。山背国[5]愛[6]宕郡人正六位上鴨禰宜真髪部津守等[7]一十人、賜二[8]姓賀茂県主一。○辛酉、授二正六位上多治比真人宇美従五位下、命婦従五位上橘朝臣御笠正五位上一。以二従五位上上毛野朝臣稲人一為二越後員外守一。○五月辛未、以二京庫及諸国甲六百領一、且レ送二鎮狄将[9]軍之所一。○甲戌、左京人[10]従六位下[11]莫[12]姓百足等[13]一十四人、[14]左京人大初位下莫[15]姓真士麻呂[16]等一十六人、並賜二姓清津造一。左京人従六位上斯臈行[17]麿清海造。右京人従七位下燕乙麿等一十六人[18]御山造。正八位上韓男成等二人[19]広海造。武蔵国新羅郡人沙良真熊等二人[20]広岡造。摂津国豊嶋郡人韓人稲村等一十八人[21]豊津造。」勅二出羽国一[22]曰、渡嶋蝦狄、早効二丹心一、来[23]朝貢献、為レ日[24]稍久。方今帰俘作レ逆、侵二擾辺民一。宜二将[25]軍・国司賜レ[26]饗之日、存レ意慰喩一焉。○乙亥、伊豆国疫飢。

一 宝亀五年三月丁巳に員外国司の整理を指示する勅が出された後の続紀に見える員外官の任官は、本条と下文辛酉(二十七日)条が最後。員外国司の整理→[四]補33-九。
二 他に見えず。椋氏も他に見えず。
三 多産により乳母・稲を賜わった事例→補36-一六。
四 →[四]補33-一。治部大輔の前任者は上文三月壬午条で上総守に転任した藤原刷雄(宝亀十年十二月己酉条)。
五 →[三]補20-五九。左兵衛督の前任者は本年二月丙申朔条で中納言に昇任した藤原継縄(宝亀十一年二月丙申朔条)。
六 →[四]補33-四三。従五位下叙位は本年三月。
七 →補36-一七。
八 →補36-一八。
九 →補36-一九。
一〇 海・宇佐美とも。→補36-二〇。
一一 →七一頁注二。
一二 もと橘宿禰。→[四]補25-三。従五位上叙位は宝亀三年正月。
一三 →[四]一五一頁注四三。前官は主税頭(宝亀九年八月癸巳条)。
一四 「甲六百領」とあるので、左・右兵庫か内兵庫か。
一五 営繕令8集解穴記に「庫、謂在京諸国皆是也」とある国衙収蔵の甲か。
一六 →[二]七九頁注二九。ここは、本年三月甲午条に安倍家麻呂の鎮狄将軍任命のことがあり、下文己卯(十六日)条には「勅…今遣二征東使并鎮狄将軍一、分レ道征討」とあるので、出羽側からの征討軍のための武器集積の措置か。
一七・一八 他に見えず。莫姓は本条の他に見えず。
一九 他に見えず。
二〇 他に見えず。あるいは天平宝字五年三月

[一]上総員外介《かみつふさのゐんぐゑのすけ》とす。○壬子(十八日)、左京《さきやう》の人《ひと》[二]椋小《くらのを》長屋女《ながやめ》、一《ひと》たびに三男《みたりのをのこご》を産《う》む。[三]乳母《めのと》一人并《あは》せて稲《いね》を賜《たま》ふ。○甲寅(二十日)、従五位上[四]藤原《ふぢはら》朝臣黒麻呂《くろまろ》を治部大輔《ちぶだいふ》とす。正五位上[五]大伴《おほとも》宿禰潔足《きよたり》を左兵衛督《さひやうゑのかみ》。○庚申(二十六日)、従五位下[六]百済王《くだらのこにきし》俊哲《しゆんてつ》に従五位上を授《さづ》く。山背《やましろ》国[七]愛宕《おたぎ》郡の人《ひと》正六位上[八]鴨禰宜《かものねぎ》真髪部津守《まかみべのつもり》ら一十人に姓を[九]賀茂《かも》県主と賜ふ。○辛酉(二十七日)、正六位上[一〇]多治比《たぢひ》真人宇美《うみ》に従五位下を授く。[一一]命婦《みやうぶ》従五位上[一二]橘《たちばな》朝臣御笠《みかさ》に正五位上。従五位上[一三]上毛野《かみつけの》朝臣稲人《いなひと》を越後《こしのみちのしり》員外守とす。

五月辛未(甲子朔　八日)、[一四]京庫《きやうこ》と[一五]諸国《くにぐに》との甲六百領《よろひ》を[一六]鎮狄将軍《ちんてきしやうぐん》の所《ところ》に送《おく》らむとす。

渡来人に賜姓

○甲戌(十一日)、左京《さきやう》の人《ひと》従六位下[一七]莫姓百足《まくしやうももたり》ら一十四人、左京《さきやう》の人《ひと》大初位下[一八]莫姓真士麻呂《まくしやうましまろ》ら一十六人に、並《ならび》に姓を[一九]清津《きよつ》造と賜ふ。左京《さきやう》の人《ひと》従六位上[二〇]斯臈行麿《しらふのゆきまろ》には[二一]清海《きよみ》造。右京《うきやう》の人《ひと》従七位下[二二]燕乙麿《えんのおとまろ》ら一十六人には[二三]御山《みやま》造。正八位上[二四]韓男成《かんのをなり》ら二人には[二五]広海《ひろみ》造。武蔵《むざし》国[二六]新羅《しらき》郡の人《ひと》[二七]沙良真熊《さらのまくま》ら二人には[二八]広岡《ひろをか》造。

渡嶋の蝦狄の慰喩を命ずる

[二九]摂津《つ》国豊嶋《てしま》郡の人《ひと》[三〇]韓人稲村《からひとのいなむら》ら一十八人には[三一]豊津《とよつ》造。出羽《いでは》国に勅《みことのり》して曰《のたま》はく、「[三二]渡嶋《としま》の[三三]蝦狄《えみし》、早《はや》く[三四]丹心《たんしむ》を効《あらは》し、来朝《みかどまゐり》して貢献《たてまつ》ること、日《ひ》と為《あ》りて稍《やや》久《ひさ》し。方《まさ》に今《いま》、[三五]帰《まつろ》へる俘《ふ》逆《げき》を作《な》して、辺《へ》の民《たみ》を侵《をか》し擾《みだ》す。将軍《しやうぐん》・国司《こくし》、[三六]饗《みあへ》を賜ふ日《ひ》、意《こころ》を存《お》きて慰喩《ゐゆ》すべし」とのたまふ。○乙亥(十二日)、伊豆《いづ》国疫《えやみ》し飢《う》

庚子条で清海造を賜姓された斯臈国足と同族か(佐伯有清説)。天平宝字五年の改賜姓は百済系渡来人に対するもので、斯臈も百済系渡来人か。→〔三〕補23—一六。

二一　→〔三〕補23—一六。

二二　他に見えず。姓氏録河内諸蕃に、「伏丸」は新羅の人燕怒利尺干より出たとあるので、ここの「燕」は新羅系渡来人か。

二三　他に見えず。

二四　→補36—二一。

二五　後に広海連。姓氏録右京諸蕃に、韓王信の後の須敬より出たとある。

二六　→〔三〕補21—一五。

二七　文徳実録嘉祥三年十一月条の興世書主の卒伝に、沙良真熊に相随って新羅琴を伝習したとある。また同天安二年五月条の高枝王の薨伝にも、沙良真熊の琴調を習ったとある。新羅琴の名手であったらしい。

二八　他に見えず。

二九　→〔四〕補29—七六。

三〇　大同類聚方、志智乃倍薬条に「摂津国豊島郡人韓人稲村等乃家方也」と見える。韓人→〔二〕一四三頁注二一。

三一　姓氏録摂津諸蕃に、任那国人左李金またの名は佐利己牟より出たとある。豊津のウヂ名は摂津国豊嶋郡の地名に基づく美称か(佐伯有清説)。

三二　津軽・北海道。→〔二〕補8—五二。

三三　日本海側の蝦夷のこと。→〔一〕七頁注九。

三四　まごころ。あかき心。

三五　帰順した蝦夷。

三六　平城宮の朝堂で蝦夷に饗を賜わったことは、和銅三年正月丁卯条・神護景雲三年正月丙戌条・宝亀五年正月丙辰条に見えるが、ここはそれらに准じて出羽国府で行ったものか。

賑二給之一。〇丁丑、勅曰、機要之備、不レ可二闕乏一。宜下仰二坂東諸国及能登・越中・越後一、[1]令上レ備二糒三万斛一。炊曝有レ数、勿レ致二損失一。〇己卯、勅[2]曰、狂賊乱レ常、侵二[3]擾辺境一。[4]熢燧多レ虞、[5]斥候失レ守。今遣二征[6]東[7]使[8]并鎮狄将軍一、分レ道[9]征討。期[10]日会レ衆、事須下文武尽レ謀、将[11]帥竭レ[12]力、[13]刈二夷奸軌一、誅中戮元凶上。宜下広[14]募二進士一、早致中軍所上。若[15]感二激風雲一、奮二[16]厲忠勇一、情願二自効一、特録レ名貢。平定之後、擢以二不[17]次一。」河内国高安郡人[18]大初位下寺浄麻呂賜二姓高尾忌寸一。〇壬辰、伊勢[19]大神宮封一千廿三戸、大安寺封一百戸、随レ旧[20]復レ之。」授二无位置始女王従五位下一。〇六月戊戌、勅、封一百戸永施二秋篠寺一。[21]其権入二食封一、限立二令条一。比[22]年所レ行、甚違二先典一。天長地久、帝者代襲。[23]物天下物、非二一人用一。然[24]縁レ有レ所レ念、永入二件封一。今謂レ永者、是

1 令〔谷重、大〕—今（兼・谷原・東・高）
2 曰—云（東）
3 擾〔東、大〕—櫌（兼・谷・高）
4 熢〔底〕—烽
5 斥—片〔底〕→校補
6 東〔東重〕—車（東原）
7 使〔東傍・高傍、大補〕—ナシ（兼等）
8 并—並（東）
9 征—征〔底〕
10 日〔大〕—曰（兼・谷・高）、云（東）
11 帥（兼・谷傍・高、大）—師〔谷・東〕
12 力〔谷、大〕—刀（兼・東・高）
13 刈→校補
14 募〔谷重、大〕—墓（兼・谷原・東・高）
15 感—憾〔底〕
16 厲→校補
17 次〔大改〕—決（兼等）
18 大—天（兼）
19 大〔底〕—太
20 復—得〔底〕→校補
21 其→校補
22 年→校補
23 物→校補
24 縁—緑（東）

一 坂東以下の諸国に糒三万斛を準備することを命じた勅。
二 かなめ。肝要の備え。ここは坂東諸国以下に備えさせた糒。
三 →[三]三六三頁注六。
四 甑(こしき)で蒸した強飯を乾したものが糒であるから、その製造過程で損失なきことを命じたもの。
五 征夷にあたり、文官・武官が作戦を練ること、将軍は力をつくして平定にあたること、進士を募り、兵営に送り、その中で功ある者を抜擢すること、を指示して、征夷を鼓舞した勅。
六 のろし。→[二]補13—二四。
七 →一四一頁注一三。ここは、本年三月癸巳に任命された、大使藤原継縄、副使大伴益立・紀古佐美。
八 →[二]七九頁注二九。ここは本年三月甲午に任命された安倍家麻呂。
九 安倍家麻呂が出羽鎮狄将軍とも称されているので、太平洋側(陸奥)と日本海側(出羽)から征討行動に入ったもの。
一〇 わる者。よこしまなことを行う者。
一一 志願兵。→[二]三七七頁注三。

ゐぬ。これに賑給《しんごふ》す。〇丁丑〈十四日〉、[一]勅《みことのり》して曰《のたま》はく、「[二]機要《きえう》の備《そなへ》、闕乏《くゑつばふ》すべからず。坂東《さかのひむかし》の諸国《くにぐに》と能登《のと》・越中《こしのみちのなか》・越後《こしのみちのしり》とに仰《おほ》せて、[三]糒《ほしいひ》三万斛を備《そな》へしむべし。[四]炊《かし》き曝《さら》すこと数《かず》有りても、損失《そんしち》を致《いた》すこと勿《な》かれ」とのたまふ。

坂東諸国等に糒の準備を命ずる

〇己卯〈十六日〉、[五]勅《みことのり》して曰《のたま》はく、「狂《くゐやう》賊《ぞく》常《のり》を乱《みだ》して辺境《へんきやう》を侵《をか》し擾《みだ》す。[六]烽燧《ほうすい》虞《おそれ》多《おほ》くして、斥候《せきこう》守《まもり》を失《うしな》ふ。今《いま》、[七]征東使《せいとうし》并《あは》せて[八]鎮狄将軍《ちんてきしやうぐん》を遣《つかは》して、[九]道《みち》を分《わか》ちて征討《せいたう》せしむ。期日《ごにち》、衆《しゅ》を会《つど》へて、事《こと》須《すべか》らく文武《ぶんぶ》謀《はかりこと》を尽《つく》し、将帥《しやうすい》力《ちから》を竭《つく》して、[一〇]姧軌《かんくゐ》を刈《か》り夷《たひら》け、元凶《ぐゑんきよう》を誅戮《ちうりく》すべし。広《ひろ》く[一一]進士《しんじ》を募《つの》りて、早《すみやか》に[一二]軍所《くんしよ》に致《いた》らしむべし。若《も》し風雲《ふううん》に感激《かんげき》して忠勇《ちうゆう》を奮厲《ふんれい》し、情《こころ》に自《みづか》ら効《すす》まむことを願《ねが》はば、特《こと》に名《な》を録《しる》して貢《たてまつ》れ。平定《へいてい》の後《のち》、[一三]擢《ぬきい》づるに不次《ふし》を以《もち》てせむ」とのたまふ。

征夷に従軍する進士を募らしむ

〇河内《かふち》国[一四]高安《たかやす》郡の人《ひと》大初位下[一五]寺浄麻呂《てらのきよまろ》に姓を[一六]高尾忌寸《たかを》と賜《たま》ふ。〇壬辰〈二十九日〉、[一七]伊勢大神宮《いせのだいじんぐう》の封《ふう》一千廿三戸、[一八]大安寺《だいあんじ》の封《ふう》一百戸、旧《もと》に随《したが》ひてこれを復《ふく》す。无位[一九]置始女王《おきそめのおほきみ》に従五位下を授《さづ》く。

六月〈甲午朔〉戊戌〈五日〉、[二〇]勅《みことのり》したまはく、「封《ふう》一百戸を永《なが》く[二一]秋篠寺《あきしのてら》に施《ほどこ》す。その[二二]権《かり》に食《じき》封《ふ》を入《い》るることは、限《かぎり》は令条《りやうでう》に立《さだ》む。比年《このころ》、[二三]行《おこな》ふ所《ところ》、甚《はなは》だ先典《せんてん》に違《たが》へり。[二四]天長《あめなが》く地久《くにひさ》しく、帝《みかど》は代《よよ》に襲《つ》ぐ。物《もの》は天下《あめのした》の物《もの》にして、一人《ひとり》の用《よう》に非《あら》ず。然《しか》れども念《おも》ふ所《ところ》有るに縁《よ》りて、永《なが》く件《くだり》の封《ふう》を入《い》る。今《いま》、永《なが》くと謂《い》ふは、是《こ》

秋篠寺に封一〇〇戸を施入する寺封の年限を定める

二 兵営、また、戦場。
三 位階序列にかかわらずに抜擢すること。
一四 →四二七三頁注二一。
一五 西隆寺跡出土の天平神護三年頃のものとみられる木簡にも名が見える。寺をウヂ名とする氏族には、史姓と無姓の氏族がある。
一六 姓氏録河内諸蕃に、秦宿禰と同祖で、融通王の後とある。高尾忌寸氏の一族の人名は他に見えない。高尾のウヂ名は河内国高安郡高尾(現大阪府柏原市堅下高尾山)の地名に基づく(佐伯有清説)。
一七 →補36-一二。
一八 →補36-一三。
一九 天平勝宝三年正月己酉条初出の置始女王とは別人。延暦五年正月に従五位上に昇叙。同十三年七月に、新京の家を作るため、他の一四人とともに稲一万一〇〇〇束を賜わっている(類聚国史)。
二〇 秋篠寺に封戸を施入する勅。
二一 奈良市秋篠町にある寺。→補36-二四。ここで施入された封一〇〇戸のうち五〇戸は輸米国にあてられている(三代格宝亀十一年六月十六日太政官符)。
二二「権」は、一時的な仮りの処置のこと。禄令14に「凡寺、不レ在二食封之例一、若以二別勅一権封者、不レ拘二此令一〈権、謂、五年以下〉」とある。
二三 法隆寺(鵤寺)に天平十年三月に永年封二〇〇戸が施入され、東大寺に天平勝宝二年二月に永年封として五〇〇〇戸が定められたことなどをさす。
二四 天地は永久に尽きない。極めて長久なことをいう。老子、七に「天長地久、天地所三以能長且久一者、以三其不二自生一、故能長生」とある。

一代耳。自レ今以後、立為二恒例一。前後所レ施、一准二検[1]此一。○辛丑、従五位上百済王俊[2]哲為二陸奥鎮守副将軍一。従五位下多治比真人宇[3]美[4]為[5]二陸奥介一。○甲辰、授二正六位上内真人石田従五位下一。○己未、散位従四位下久米連若女卒。贈右大臣従二位藤原朝臣百川之母也。○辛酉、授二従五位上紀朝臣佐婆麻呂正五位下、无位名継女王従五位下一。」伊勢国言、今月十六日己酉巳時、鈴鹿関[6]西[7]内城大鼓一鳴。」勅二陸奥持節副将軍大伴宿禰益立等一、去[8]五月八日奏書云、且備二兵粮一、且伺二賊機一、方以二今月下旬一進入二国府一、然後候レ機乗[9]レ変、恭行二天誅一者。既経二二月一。計レ日准レ程[10]、佇待レ献レ俘。其出レ軍討[11]レ賊、国之大事。進退動静、続合二奏聞一。何経二数旬一、絶無二消息一。宜レ申二委曲一。如書不レ尽レ意者、差二軍監已下堪レ弁[12]者一人一、馳駅申上。○秋七月辛未、散位従四位上鴨王卒。○丁丑、勅、

1 検〔底〕―於→校補
2 俊―後〔底〕
3 宇―守〔底〕
4 美ノ上、ナシ―佐(大)→校補
5 為〔兼・谷、大〕―ナシ(東・高)
6 関→校補
7 西〔兼・谷・東、大、紀略改〕―両(高)、要(紀略原)→校補
8 去ノ上、ナシ〔底〕―将軍等
9 乗―垂〔底〕
10 程〔大〕―裡(兼・東・高)、裎(谷擦重)
11 討〔大改〕―計(兼等)
12 弁→校補

一 これ以前に賜わった寺封についても、これ以後の寺封についても、天皇一代限りとする。
二 →四補33-四三。陸奥鎮守副将軍の前任者は大伴真綱(宝亀十一年三月甲午条)。
三 →補36-一〇。陸奥介の前任者は本年三月甲午条で陸奥鎮守副将軍に転任した大伴真綱(宝亀十一年三月丁亥条)。
四 他に見えず。内真人→三補18-一九。
五 若売とも。→二三五一頁注二一。従四位下叙位は宝亀七年正月。
六 もと雄田麿。→三補22-二四。右大臣追贈は延暦二年二月、従二位追贈は宝亀十年七月。ここで「贈右大臣」とあるのは追記。
七 鯖麻呂とも。→四補25-七九。従五位上叙位は天平神護元年閏十月。
八 他に見えず。系譜未詳。選叙令35によれば諸王の子。
九 美濃の不破、越前の愛発とともに、三関(一補4-二〇)の一つ。奈良時代の鈴鹿関の所在地は、現在の三重県鈴鹿郡関町古厩という。延暦八年七月廃止。本条の西内城の他、西中城門(天応元年三月乙酉条)、城門・守屋四間(同年五月甲戌条)などの施設が見える。八賀晋らの現地調査によれば、近世東海道の関宿の東追分・西追分のほぼ中間に南北から谷が入りこみ、これによって鈴鹿関推定地は大きく東西に分けられており、東地区では奈良時代の土器類の散布が見られる以外、遺構は見あたらないが、西地区については、その

れ一代のみ。今《いま》より以後《のち》、立《さだ》めて恒例《こうれい》とせよ。前後《ぜんご》[一]の施《ほどこ》す所《ところ》も一《もは》ら此《これ》に准《なずら》へ検《かむが》へよ」とのたまふ。○辛丑[八日]、従五位上百済王俊哲《くだらのこにきししゅんてつ》[二]を陸奥鎮守副将軍《みちのおくのちんしゅふくしやうぐん》とす。従五位下多治比真人宇美《たぢひのまひとうみ》[三]を陸奥介《みちのおくのすけ》。○甲辰[十一日]、正六位上内《うち》[四]真人石田《いはた》に従五位下を授《さづ》く。○己未[二十六日]、散位《さんゐ》従四位下久米《くめ》[五]連若女《わくめ》卒《しゅつ》しぬ。贈右大臣《ぞううだいじん》従二位藤原《ふぢはら》[六]朝臣百川《ももかは》の母《はは》なり。○辛酉[二十八日]、従五位上紀《き》[七]朝臣佐婆麻呂《さばまろ》に正五位下を授く。无位名継女王《なつぐのおほきみ》[八]に従五位下。伊勢《いせ》国言《まう》さく、「今月《このつき》十六日己酉《つちのとのとり》の巳《み》の時《とき》に鈴鹿関《すずかのせき》[九]の西内城《にしうちのき》に大鼓《たいこ》[一〇]一《ひと》たび鳴《な》る」とまうす。

征討の実状の報告を求める

陸奥持節副将軍《みちのおくのぢせちふくしやうぐん》大伴《おほとも》[一一]宿禰益立《ましたて》らに勅《みことのり》[一二]したまはく、「去《い》ぬる五月八日の奏書《そうしよ》に云《い》はく、『且《か》つは兵粮《ひやうらう》を備《そな》へ且《か》つは賊《あた》の機《き》を伺《うかが》ひ、方《まさ》に今月下旬《このつきげじゅん》を以《もち》て進《すす》みて国府《こくふ》[一三]に入《い》り、然《しか》して後《のち》、機《をり》を候《うかが》ひ、変《へん》に乗《じよう》して、恭《つつし》みて天誅《てんちう》を行《おこな》はむ』といへり。既《すで》に二月《ふたつき》[一四]を経《へ》たり。日《ひ》を計《はか》り程《ほど》を准《なずら》ふるに、佇《とどま》りて俘《ふ》を献《たてまつ》るを待《ま》つがごとし。其《そ》れ軍《いくさ》を出《いだ》し賊《あた》を討《う》つは国《くに》の大事《だいじ》なり。進退動静《しんたいどうせい》、続《つづ》けて奏聞《そうもん》すべし。何《なに》ぞ数旬《すじゅん》を経《ふ》るまで絶《た》えて消息《せうそく》無き。宜《よろ》しく委曲《ゐきよく》を申《まう》すべし。如《も》し書《しよ》、意《い》を尽《つく》さずは、軍監《ぐんけむ》[一五]已下の弁《わきま》ふるに堪《た》ふる者一人《ひと》を差《えら》ひて、馳駅《ちやく》[一六]して申《まう》し上《たてまつ》れ」とのたまふ。

秋七月辛未[癸亥朔][九日]、散位《さんゐ》従四位上鴨王《かものおほきみ》[一七]卒《しゅつ》しぬ。○丁丑[十五日]、勅《みことのり》[一八]したまはく、

南北両側の丘陵上に東西にのびる土塁の跡が残り、また南北方向にも「長土居」と称された二条の土塁状の遺構がかつて存在していた。これらの土塁に画された範囲は、東西三四〇メートル、南北六〇〇メートルほどで、これを続紀の西内城・西中城にあてることも可能である(八賀晋「鈴鹿関と東海道」『古代交通研究』三)。

一〇 軍防令54に「其三関者、設_二鼓吹軍器_一」とあり、天応元年三月乙酉条にも大鼓が設けられていたことが見える。

一一 →㊂補22―五六。この陸奥持節副将軍は征東副使のこと。

一二 征討の実施状況について詳細な報告を求めた勅。この勅が征東大使藤原継縄ではなく陸奥持節副将軍の大伴益立にあてられていることから、現地での責任者は益立であり、継縄は実際には陸奥の地に下向していないとみられる(大塚徳郎説)。

一三 多賀城。→㊁補12―六七。

一四 五月八日から計えて本日六月辛酉(二十八日)までの間。

一五 →㊁七九頁注二六。本年三月の征東使任命の記事では「判官主典各四人」となっている(癸巳条)。

一六 駅馬を馳せること。この場合は、軍所から中央への報告のため。公式令50の「凡国有_二大瑞、及軍機、災異、疫疾、境外消息_一者、各遣_レ使馳駅申上」を準用したものか。

一七 →㊃一四九頁注二二。従四位上叙位は宝亀八年正月。

一八 因幡・伯耆・出雲・石見の山陰道諸国、安芸・周防・長門の山陽道諸国、大宰府に対し、天平四年の式による警固を命じた勅。天平四年の節度使→㊁補11―二九。

安不レ忘レ危、古今[1]通典。宜下仰二縁[2]海諸国一、勒[3]令[4]中警固上。其因幡・伯耆・出雲・石見・安藝・周防・長門等国、一依二天平四年節度使従三位多治比真人県守等時式一、勒[5]以警固焉。又大[6]宰、宜レ依二同年[7]節度使従三位藤原朝臣宇合時式一。○癸未、征東使請二甲[8]一千領一。仰二尾張・参河等五国一、令[9]レ運二軍[10]所一。」従八位下韓真成等四人賜二姓広海造一。○甲申、征東使請二襖四千領一。仰二東海・東山諸国一、便造送之。勅曰[11]、今為レ討二逆虜一、調二発坂東軍士一。限二来九月五日一、並赴二集陸奥国多賀城一。其所レ須軍粮、宜二申[12]レ官[13]送一。兵集有レ期、粮餽難レ継。仍量二路便近一、割二下総国糒六千斛[14]、常陸国一万斛[15]一、限二来八月廿日以前一、運二輸軍所一。」伊豫国越智郡人越智直静養女、以[16]二私[17]物一資二養窮弊[18]百姓一百五十八人一。依二天平宝字八年三月廿二日勅書[19]一、賜二爵二級一。○戊子、勅曰[20]、筑紫大宰僻二居西[21]海一、諸蕃朝貢、舟檝相望。由レ是、簡二練士馬一、

1今—命〔底〕
2縁—緑(東)
3勒〔底〕—勤
4令(谷重、大、紀略)—今〔兼・谷原・東・高〕
5勒〔底〕—勤
6大—太(谷)
7年→校補
8甲〔兼・谷重・高、大〕—申(谷原・東)
9令—合〔底〕
10軍所従〔高擦重〕—所従(高原)
11曰—云(東)
12申(谷原、大)—甲〔兼・谷重・東・高〕→校補
13官(谷擦重、大)—支〔底〕、攴(兼・東・高)→校補
14・15斛—解(高)
16以〔大改〕—収(兼等)
17私〔兼・谷、大〕—ナシ(東・高)
18弊〔谷重、大〕—幣(兼・谷原・東・高)
19書〔大改〕—盡(兼等)
20曰—云(東)
21西→校補

一 →[一]九三頁注九。天平四年八月丁亥に山陰道節度使に任じている。本条に見える位階は天平四年時のもの。
二 出雲国計会帳に、天平五年十二月六日節度使符について、「符壱道〈備辺式弐巻状〉以二十二月廿一日一到レ国」(古一—五九四頁)とする式が見える。
三 →[一]補1—七二。ここは天平四年の警固式との関係で、西海道諸国の意。
四 馬養とも。→[二]補7—二二。本条の位階は天平四年時のもの。
五 筑前国風土記逸文に「当二奈羅朝庭天平四年歳次二壬申一、西海道節度使、藤原朝臣、諱宇合、嫌二前議之偏一、考二当時之要一者」とする記事にも見られる。
六 →一四一頁注一三。本条は、上文五月辛未条での甲六〇〇〇領を鎮狄将軍の軍所に送ったことと関連し、同月己卯条の「分レ道征討」を命じたこととも関係する。
七 他に見えず。韓→[三]三四三頁注一五。
八 →一四三頁注二五。
九 綿入れをした、裾がなく腋を縫い合わせた上衣。→[三]補24—六。
一〇 坂東諸国の兵士と征夷との関わり→[二]補9—七四。
一一 下文十月己未条の勅によれば「所レ集歩騎数万余人」とある。
一二 →[二]補12—六七。
一三 上文五月丁丑条で、坂東諸国および能登・越中・越後に備えさせた糒三万斛のうちの下総および常陸両国からの分を軍所に輸送させるよう命じたもの。
一四 →[四]補27—一一。
一五 他に見えず。越智直→[二]補8—七二。
一六 天平宝字八年三月己未条によれば、私物

縁海の諸国に警固に勤めることを命ずる

「安《やす》きときにも危《あやふ》きを忘《わす》れぬは古今《こきむ》の通典《つうてん》なり。縁海《うみそひ》の諸国《くにぐに》に仰《おほ》せて、勤《つと》めて警固《けいこ》せしむべし。その因幡《いなば》・伯耆《ははき》・出雲《いづも》・石見《いはみ》・安藝《あき》・周防《すはう》・長門《ながと》等の国《くに》は、一《もは》ら天平《てんひやう》四年の節度使《せつどし》従三位多治比《たぢひ》[一]真人県守《あがたもり》らが時《とき》の式《しき》[二]に依《よ》りて、勤《つと》めて警固《けいこ》せよ。また大宰《だいさい》[三]は、同年《おなじきとし》の節度使《せつどし》従三位藤原《ふぢはら》[四]朝臣宇合《うまかひ》が時《とき》の式《しき》[五]に依《よ》るべし」とのたまふ。○癸未《二十一日》、征東使《せいとうし》[六]、甲《よろひ》一千領を請《こ》ふ。尾《を》張《はり》・参河《みかは》等の五国に仰《おほ》せて軍所《くんしよ》に運《はこ》ばしむ。従八位下韓真成《かんのまなり》[七]ら四人に姓を広海造《ひろみ》[八]と賜《たま》ふ。○甲申《二十二日》、征東使《せいとうし》、襖《あを》[九]四千領を請《こ》ふ。東海《とうかい》・東山《とうせん》の諸国《くにぐに》に

征夷の軍所に粮を送らしむ

仰《おほ》せて、便《すなは》ち造《つく》り送《おく》らしむ。勅《みことのり》して曰《のたま》はく、「今《いま》、逆虜《げきりよ》を討《う》たむが為《ため》に、坂東《さかのひむかし》[一〇]の軍士《ぐんじ》を調《ととの》へ発《おこ》さむ。来《きた》る[一一]九月五日を限《かぎ》りて、並《ならび》に陸奥国《みちのおく》多賀城《たがのき》[一二]に赴《ゆ》き集《つど》はしめよ。その須ゐる軍粮《ぐんらう》は、官《つかさ》に申《まう》して送《おく》らしむべし。兵《いくさひと》集《あつま》るに期《とき》有り、粮餽《らうおく》るに継《つ》ぎ難《がた》し。仍《より》て路《みち》の便近《たよりちか》きを量《はか》りて、下総国《しもつふさ》[一三]の糒《ほしいひ》六千斛、常陸国《ひたち》の一万斛を割《さ》き、来《きた》る八月廿日より以前《さき》を限《かぎり》として軍所《くんしよ》に運《はこ》び輸《いだ》せ」とのたまふ。伊豫《いよ》国越智《をち》[一四]郡の人越智直《ひとをち》[一五]静養女《しづかひめ》、私物《しぶつ》を以《もち》て窮弊《きうへい》せる百姓《はくせい》一百五十八人を資《たす》け養《やしな》へり。天平宝字《てんひやうほうじ》[一六]八年三月廿二日の勅書《ちよくしよ》に依《よ》りて、爵《しやく》[一七]二級を賜ふ。○戊子《二十六日》、勅《みことのり》[一八]して曰《のたま》はく、「筑紫《つくし》[一九]の大宰《だいさい》は、西海《さいかい》に僻居《へききよ》して、諸蕃朝貢《しよばんでうこう》[二〇]し、舟檝相望《しうしふあひのぞ》めり。是《これ》に由《よ》りて、士馬《しば》[二一]を簡練《かんれん》し、

北陸道縁海の諸国に警固六条を示す

を以て窮民を資養した者に対して、「自レ今已後、若有二如レ此色一者、所司検察、録レ実申レ官。其一年之内、弐拾人已上、加二位一階一、五十人已上、加二位二階一。但正六位上、不レ在二此例一」とされている。また、この天平宝字八年の方式は、弘仁十三年三月廿六日付太政官符にも「去天平宝字年中、頻年水旱、百姓飢乏、爰有レ勅出二己私物一養二飢民一者、仍加二位階一」(三代格)と見える。

一七 天平宝字八年三月己未条によれば、五十人以上を資養したものは「加二位二階一」とある。

一八 本条の勅は三代格にもほぼ同文で収められている。六条から成るその内容は、㈠縁海の村邑で賊船を発見した時、国に申上し、国司の守以下が集議して警戒を強化する、㈡賊船が来着した時には、当該地の百姓が、救援の兵の到着するまで、自らの武器と兵糧で抗戦する、㈢兵士の集合地点は地勢を考慮して標識を立て、兵士や一般の百姓で弓馬に巧みな者を、道のりの遠近に従い分配して隊を編成する、㈣隊として編成された者は、賊の来襲を知ったならば、自らの武器をとり、飯嚢を背負い、それぞれの本軍に集合し隊列を整え、攻撃に移る、㈤国司以上が戦場に赴くには、私馬に乗って赴くこと、もし馬が不足の時は駅馬と伝馬を使用してもよい、㈥兵士や白丁が集合する所で指示を待つ場合に、各自の家を出発してから五日目には食料を公粮として支給する、というものである。

一九 大宰府(㈠補1―七二)のこと。「筑紫大宰」↓補36―二五。

二〇 天平宝字三年三月庚寅条にも「大宰府者、三面帯レ海、諸蕃是待」とする大宰府と諸蕃との関係を示す表現がある。

二一 兵士と馬、また兵馬。

精二鋭甲兵一、以示[1]二威武一、以備二非常一。今北陸之[2]道、亦供二蕃客一、所レ有軍兵、未二曾教習一、属レ事徴[3]発、全[4]無レ堪レ用。安必思レ后[5]、豈合レ如レ此。宜下准二大宰一依レ式警虞[6]上。事須下縁海村邑見二賊来過[7]一者、当即差[8]レ使、速申中於国上。々知二賊船一者、長官以下急向二国衙一、応レ事集議、令二管内[9]警虞[10]一、且行且奏。其一。賊船卒[11]来着[12]二我辺岸一者、当界[13]百姓、執二随身兵一、并賷二私粮[14]一走二赴[15]要処一、致レ死相戦、必待二救兵一。勿[16]下作二逗留一令中賊乗[17]上レ間。其二。軍所レ集処、預立二標榜一。看[18]二量地勢一、務得[19]二便宜一。兵士已上及百姓便二弓馬一者、量二程遠近一、結レ隊分配。不レ得[20]二臨レ事彼此雑乱一。其三。戦士已上明知二賊来一者、執二随身兵一、兼佩[21]二飦[22]帒[23]一、発二所在処[24]一、直赴二本軍一、各作二軍名[25]一、排[26]二比隊伍一、以レ静待レ動、乗レ逸撃レ労。其四。応レ機赴レ軍、国司已上皆乗二私[27]馬一。

1 示―楽(兼)→校補
2 之〔底〕―ナシ→校補
3 徴〔谷擦重、大〕―徼(兼・谷原・東・高)→校補
4 全―令〔底〕→校補
5 后〔底〕―危(兼・谷、大)、色(東・高)→校補
6 虞→校補
7 過〔谷擦重、大〕―遇(兼・谷原・東・高)→校補
8 差〔谷擦重、大〕―着(兼・谷原・東・高)→校補
9 内ノ下→校補
10 虞→校補
11 卒〔大改〕―率(兼等)→校補
12 来着我辺岸者当界百姓→校補
13 界―男(東)
14 粮〔底〕―糧(兼・谷・東・高擦重、大)→校補
15 赴→校補
16 勿ノ上→校補
17 乗―垂〔底〕→校補
18 看〔底〕―者(兼・谷原・東・高)、宜(谷擦重、大)→校補
19・20 得→校補
21 佩―佩〔底〕→校補
22 飦〔大改〕―館(兼等)→校補
23 帒〔大改〕―俄(兼・谷原・東・高)、戟(谷擦重)→校補
24 処―所(東)→校補
25 名〔谷〕―排(谷傍イ)
26 排(兼等、大)―棑〔底〕、各(谷傍イ)→校補
27 私〔大改〕―舩(兼等)→校補

[一]甲兵《かふへい》を精鋭《せいえい》にして、以《もち》て威武《ゐぶ》を示《しめ》し、以《もち》て非常《ひじやう》に備《そな》ふ。今《いま》、[二]北陸《ほくろく》の道《みち》も亦《また》、蕃客《ばんかく》に供《そな》ふれども、[三]有《も》てる軍兵《くんひやう》未《いま》だ曾《かつ》て教習《けうしふ》せず、事《こと》に属《あた》りて徴《め》し発《おこ》すに、全《また》く用《もち》ゐるに堪《た》ふる無し。安《やす》きときにも必《かなら》ず后《のち》を思《おも》ふこと、豈《あに》此《かく》の如《ごと》くなるべけむや。大宰《だいさい》に准《なずら》へて、[四]式《しき》に依《よ》りて警虞《けいぐ》すべし。事《こと》、縁海《うみそひ》の村邑《むらむら》、賊《あた》の来《きた》り過《す》ぐるを見《み》ば、当《まさ》に即《すなは》ち使《つかひ》を差《つかは》して速《すみやか》に国《くに》に申《まう》すべし。国《くに》、賊《あた》の船《ふね》なることを知《し》らば、長官《ちやうぐわん》以下、急《すみやか》に国衙《こくが》に向《むか》ひて、事《こと》に応《したが》ひて集《あつま》り議《はか》り、管内《くわんない》をして警虞《けいぐ》せしめ、且《か》つは行《ゆ》き且《か》つは奏《そう》せしめよ。其の一。賊《あた》の船《ふね》卒《にはか》に来《きた》りて我《わ》が辺《ほとり》の岸《きし》に着《つ》かば、当界《そのさかひ》の百姓《はくせい》、随身《ずいじん》の兵《つはもの》を執《と》り、并《あは》せて私粮《しらう》を賷《も》ちて要処《えうしよ》に走《はし》り赴《おもむ》き、死《しに》を致《いた》して相戦《あひたたか》ひ、必《かなら》ず救兵《きうへい》を待《ま》て。逗留《とうりう》を作《な》して、賊《あた》をして間《ひま》に乗《じよう》せしむること勿《な》かれ。其の二。軍《いくさ》の集《つど》へる処《ところ》は預《あらかじ》め[五]標榜《へうばう》を立《た》てよ。地勢《ちせい》を看量《みはか》りて務《つと》めて便宜《びんぎ》を得《え》よ。兵士《ひやうじ》已上と百姓《はくせい》との弓馬《きうば》に便《びん》なる者《ひと》は、程《ほど》の遠近《ゑんきん》を量《はか》りて隊《くみ》を結《むす》びて分《わか》ち配《お》け。事《こと》に臨《のぞ》みて彼此《かれこれ》雑乱《ざふらん》すること得《え》ざれ。其の三。戦士《せんし》已上、明《あきらか》に賊《あた》の来《きた》ることを知《し》らば、随身《ずいじん》の[六]兵《つはもの》を執《と》り、兼《か》ねて[七]餉帒《いひふくろ》を佩《は》き、所在《しよざい》の処《ところ》を発《い》でて、直《ただち》に本軍《ほんくん》に赴《おもむ》き、各《おのおの》[八]軍名《くんめい》を作《つく》り、隊伍《たいご》を排比《おしなら》べ、静《しづか》にして動《うご》くを待《ま》ち、逸《はや》るに乗《じよう》して労《つか》れるを撃《う》て。其の四。機《とき》に応《こた》へて軍《いくさ》に赴《おもむ》くに、国司《こくし》已上は皆《みな》私馬《わたくしのうま》に

一　武装した兵士。
二　渤海使の来着が北陸道諸国に多いことによる。天平勝宝四年九月に佐渡、天平宝字二年九月に越前、同六年十月に越前、宝亀四年六月に能登、同七年十二月に越前、同九年九月に越前に来着した事例が見られる。
三　本年三月辛巳条には「国司・軍毅、自恣駈役、曾未㆓貫習㆒」との状態を述べた太政官奏が出されている。
四　上文丁丑(十五日)条の大宰管内諸国で行われた天平四年の式。
五　目じるしとなる立て札。
六　軍防令7で人別の戎具とされる弓・弓弦袋以下の武器。
七　飯嚢。軍防令7に兵士が人別に具備すべき戎具として「飯袋一口」が見える。
八　軍防令31の勲簿作成のための名簿か。

若不レ足者、即以二駅伝馬一充[1]之。其五。兵士・白丁赴レ軍、及レ待二進止[2]一、応レ給二公粮一者、計レ日[3]起レ家五日乃給。其閑[4]処者給レ米、要処者給レ糒。其六。○八月己亥、外従五位下栗前連枝女、本是従四位下山前王之女也。而従二母姓一、未レ蒙二王名一。至レ是改正、為二池原女王一、授二従五位下一。○壬寅、授二従六位下紀朝臣真木従五位下一。○丙午、授二越前国人従六位上大荒木臣忍山外従五位下一。以レ運二軍粮一也。○庚戌、勅、今聞、諸国甲冑、稍経二年序一、悉皆渋綻、多不レ中レ用。三年一度立レ例修理、随修随破、極費二功役一。今革之為レ甲、窂[5]固経レ久、擐[6]レ躬軽便。中レ箭難レ貫。計二其功程一、殊亦易レ成。自レ今以後、諸国所[7]レ造年料甲冑[8]、皆宜レ用レ革。即依二前例一毎年進レ様。但前造鉄甲不レ可二徒爛一。毎レ経二三年一依レ旧修之。○甲寅、授二従五位上

1 充—死〔底〕→校補
2 止→校補
3 日〔底〕—自→校補
4 閑〔大改〕—用(兼等)→校補
5 窂—牢(大)→校補
6 擐〔大〕—環(兼・谷原・東・高)、環(谷重)→校補
7 所—可(紀略)→校補
8 冑→校補

一 →二一一頁注三。
二 →㊀九一頁注二五。
三 刑部親王の孫にあたるから、継嗣令1の「凡皇兄弟皇子、皆為二親王一〈女帝子亦同〉、以外並為二諸王一、自二親王一五世、雖レ得二王名一、不レ在二皇親之限一」により皇親とされ女王となった。
四 選叙令35の「凡蔭二皇親一者、親王子従四位下、諸王子従五位下」により、山前王の女であることからの叙位。
五 これより先、天平宝字二年二月には越前国史生と見える(天平神護二年九月十九日越前国足羽郡司解〔東南院二—一六九頁〕)。延暦元年二月に肥前守となる。紀朝臣→㊀補1—三一。
六 他に見えず。大荒木臣→㊃四一一頁注一四。
七 軍粮を運んで叙位された事例は他に、宝亀

乗《の》れ。若《も》し足《た》らずは、即《すなは》ち駅《はゆま》と伝《でん》との馬《うま》を充《あ》てよ。其の五。兵士《ひやうじ》・白丁《びやくちやう》、軍《いくさ》に赴《おもむ》くとき、進止《しんし》を待《ま》つに及《およ》びて、公粮《くうらう》を給《きふ》すべくは、日《ひ》を計《はか》りて家《いへ》起《よ》り五日なるには乃《すなは》ち給《きふ》せよ。その閑処《かんしよ》にては米《よね》を給《きふ》し、要処《えうしよ》にては糒《ほしいひ》を給《きふ》せよ。其の六」とのたまふ。

八月[癸巳朔]己亥[七日]、外従五位下栗前《くりくま》[一]連枝女《えだめ》は、本《もと》是《こ》れ従四位下山前王《やまさきのおほきみ》[二]の女《をみなご》なり。而《しか》れども母《はは》の姓に従《したが》ひて、未《いま》だ王《おほきみ》の名《な》を蒙《かがふ》らず。是《ここ》に至《いた》りて改《あらた》め[三]正《ただ》して、池原女王《いけはらのおほきみ》とし、[四]従五位下を授《さづ》く。〇壬寅[十日]、従六位下紀《き》[五]朝臣真木《まき》に従五位下を授く。〇丙午[十四日]、越前国《こしのみちのくち》の人《ひと》従六位上大荒木《おほあらき》[六]臣忍山《おしやま》に外従五位下を授く。軍粮《ぐんらう》[七]を運《はこ》べるを以《もち》てなり。〇庚戌[十八日]、勅《みことのり》[八]したまはく、

諸国の甲冑を鉄甲から革甲に変更することを命ずる

「今聞《いまき》かくは、「諸国《くにぐに》の甲冑《かふちう》、稍《やや》く年序《ねんじよ》を経《へ》て、悉《ことごと》く皆渋綻《みなしぶりほころ》[九]びて、多《おほ》くは用《もち》ゐるに中《あた》らず。三[一〇]年に一度、例《ためし》を立《た》てて修理《つくろ》へども、随《すなは》ち修《つくろ》へば随《すなは》ち破《やぶ》れ、極《きは》めて功役《くうやく》を費《つひや》す」ときく。今《いま》、革《かは》[一一]を甲《よろひ》とするは、牢固《らうこ》にして久《ひさ》しきを経《へ》、躬《み》に擐《き》るに軽便《けいべん》なり。箭《や》に中《あた》りても貫《つらぬ》き難《かた》し。その功程《くうてい》を計《はか》るに、殊《こと》に亦成《またつく》り易《やす》し。今《いま》より以後《のち》、諸国《くにぐに》[一二]の造《つく》る所《ところ》の年料《ねんれう》の甲冑《かふちう》は皆革《みなかは》を用《もち》ゐるべし。即《すなは》ち、前《さき》の例《ためし》に依《よ》りて毎年《としごと》に様《ためし》[一三]を進《たてまつ》れ。但《ただ》し前《さき》に造《つく》れる鉄《くろがね》[一四]の甲《よろひ》も、徒《いたづら》に爛《くた》すべからず。三年を経《ふ》る毎《ごと》に旧《もと》[一五]に依《よ》りて修《つくろ》へ」とのたまふ。〇甲寅[二十二日]、従五位上

四年正月辛卯・天応元年正月乙亥・同年十月辛丑・延暦元年五月乙酉・同三年三月乙亥・同六年十二月庚辰朔・同十年九月癸亥の各条にも見える。本条の軍粮は、あるいは上文五月丁丑条で坂東諸国および能登・越中・越後に備えさせた糒三万斛のうちの一部の輸送にかかるものか。

八 諸国で造る甲冑を鉄甲から革甲へ変更することを命じた勅。

九 さびほころびる。「柔鉄生レ衣、是為レ生レ渋」「衣服縫解為レ綻」(営繕令8義解)、「古記云、生レ渋、謂著二佐婢一也、綻断、謂二富己呂婢絶一也」(同集解古記)とある。

一〇 営繕令8に「凡貯レ庫器仗、有二生レ渋綻断一者、三年一度修理」とある。

一一 革製の甲。→補36-一一六。

一二 諸国からの年料器仗として製作されている事例として、営造兵器用度価稲として「挂甲陸領料稲陸伯束、壱領料稲壱伯束」(天平六年度尾張国正税帳〔古一-六一二頁〕)、「挂甲参領」(天平九年度駿河国正税帳〔古二-六八頁〕)、「金漆塗短甲壱拾参領」(同年度但馬国正税帳〔古二-五九頁〕)などに事例が見られる。また、兵部省式には毎年器仗を製作すべき国が五七国掲げられている。

一三 見本。ひな型。器仗の様→補36-一一七。

一四 鉄甲としては、挂甲か、短甲様式。これ以降も、鉄甲は大宰府に製造が命じられたり(延暦九年四月辛丑条)、諸国に新しい様式で修理することが命じられている(延暦十年六月己亥条)。

一五 修理の報告の事例として、天平六年度出雲国計会帳に「修理古兵帳一巻」(古一-六〇〇頁)、「修理旧兵帳一巻」(古一-六〇一頁)などが見える。

安倍朝臣家麻呂正[1]五位上一。復二无位安倍朝臣継人本位従五位下一。〇乙卯、出羽国鎮狄将[2]軍安倍朝臣家麻呂等言、狄志良須俘囚[3]宇奈古等款曰[4]、己等拠二憑官威一、久居二城下一。今此秋田城、遂永所レ棄歟。為レ番依レ旧[5]、還保乎[6]者。下レ報曰[7]、夫秋田城者、前代将相僉議所レ建也。禦レ敵[8]保レ民、久経二歳序一。一旦挙而棄レ之、甚非二善計一也。宜下且[9]遣二多[10]少軍士一、為中之鎮守上。勿レ令レ觖[11]二彼帰服之情一。仍即差二使若[12]国司一人一、以[13]為二専当一。又由理[14]柵者、居二賊之要害一、承二秋田之道一。亦宜二遣レ兵相助防禦一。但以、宝亀之初、国司言、秋田難レ保、河[15]辺易レ治者。当時之議、依レ治[16]二河[17]辺一。然今積以二歳月一、尚[18]未二移徙[19]一。以レ此言之、百姓重レ遷明矣。宜下存二此情一歴二問狄俘并百姓等一、具言中彼此利害上。〇庚申、太政官奏曰[20]、筑紫[21]太[22]宰、遠居二辺要一、常[23]警二不虞一、兼待二蕃客一。

1 正ノ下、ナシ—正〔兼〕
2 将〔兼・谷、大〕—ナシ〔東・高〕
3 囚〔兼・谷、大〕—因〔東・高〕
4 曰—云〔東〕
5 旧〔底重〕
6 乎—平〔底〕
7 曰—云〔東〕
8 敵〔谷・東・高、大〕—敵〔兼〕
9 且〔兼・谷、大〕—ナシ〔東・高〕
10 多—ナシ〔底〕
11 觖—ナシ〔底〕
12 若→校補
13 以〔大〕—ナシ〔兼等〕
14 理→校補
15 河〔大改〕—阿〔兼等〕
16 治〔東擦重〕
17 河〔大改〕—阿〔兼等〕
18 尚—當〔底〕
19 徙〔谷重、大〕—従〔底〕、徒〔兼・谷原・東・高〕
20 曰〔底擦重・兼・谷・高、大〕—口〔底原〕、云〔東〕
21 紫→校補
22 太〔底〕—大→校補
23 常〔大改〕—當〔兼等〕→校補

一 →四補32—一。従五位上叙位は宝亀十年正月。
二 阿倍朝臣とも。→三補20—三一。天平宝字七年正月に従五位下で主税頭に任じられた後に、位を奪われていたものか。
三 →注一。家麻呂の出羽国鎮狄将軍任命は本年三月。
四 秋田城の守護についての言上。
五 持統紀十年三月条に志良守叡草に錦袍袴・緋紺絁・斧等を賜わったことが見える。志良須は秋田城付近の地名か部族名か。
六 他に見えず。
七 秋田市寺内の高清水丘陵に残る城柵。→二

秋田城に専当官を置いて守護させる

大宰府官人と管内諸国司の任期を五年に改め交替料を停止

[一]安倍《あへ》朝臣家麻呂《いへまろ》に正五位上を授《さづ》く。无位[二]安倍《あへ》朝臣継人《つぐひと》を本位《ほんゐ》従五位下に復《ふく》す。○乙卯《二十三日》、出羽《いでは》国鎮狄将軍《ちんてきしやうぐん》[三]安倍《あへ》朝臣家麻呂《いへまろ》ら言《まう》さく[四]、「狄志良須《てきしらす》[五]の俘囚《ふしう》[六]宇奈古《うなこ》ら款《まう》して曰《まう》さく、「己《おのれ》ら官威《くわんゐ》に拠憑《よりたの》みて久《ひさ》しく城《き》の下《もと》に居《を》り。今《いま》、この[七]秋田城《あきたのき》は、遂《つひ》に永《なが》く棄《す》てられむか。番《ばん》を為《な》し旧《もと》に依《よ》りて、還保《またたも》たれむか」とまうせり」とまうす。[八]報《こたへ》を下《くだ》して曰《のたま》はく、「夫《そ》れ秋田城《あきたのき》は、前代《さきのよ》の将相《しやうしやう》僉議《はか》りて建《た》てし所《ところ》なり。敵《あた》を禦《ふせ》き民《たみ》を保《たも》ちて、久《ひさ》しく歳序《とし》を経《へ》たり。一旦《ひとたび》挙《あ》げてこれを棄《す》てむこと、甚《はなは》だ善《よ》き計《はかりこと》に非《あら》ず。且《しばら》く多少《たせう》の軍士《ぐんじ》を遣《つかは》して、これを鎮守《しづめ》とすべし。彼《かれ》が帰服《まつろ》へる情《こころ》を觖《やぶ》らしむること勿《な》かれ。仍《より》て即《すなは》ち、[九]使若《つかひも》しくは国司《こくし》一人を差《つかは》して、以《もち》て専当《せんたう》せしめよ。また[一〇]由理柵《ゆりのき》は賊《あた》の要害《えうがい》に居《あ》りて、秋田《あきた》の道《みち》を承《う》く。亦《また》、兵《いくさ》を遣《つかは》して相助《あひたす》けて防禦《ふせ》かしむべし。但《ただ》し以《おもひ》みるに、[一一]宝亀《ほうくゐ》の初《はじめ》、国司《こくし》言《まう》せらく、「秋田《あきた》は保《たも》ち難《がた》く、[一二]河辺《かはべ》は治《をさ》め易《やす》し」とまうせり。当時《そのとき》の議《はかり》に、河辺《かはべ》を治《をさ》むるに依《よ》れり。然《しか》れども今《いま》、積《つ》むに歳月《さいぐゑつ》を以《もち》てしても尚未《なほいま》だ移徙《いし》せず。此《これ》を以《もち》て言《い》はば、百姓遷《はくせいうつ》ることを重《はばか》ること明《あきら》けし。この情《さま》を存《も》ちて、狄俘《てきふ》并《あは》せて百姓《はくせい》らに歴問《へと》ひて、具《つぶさ》に彼此《かれこれ》の利害《りがい》を言《はな》すべし」とのたまふ。○庚申《二十八日》、[一三]太政官奏《だいじやうぐわんそう》して曰《まう》さく、「筑紫《つくし》の太宰《だいさい》は遠《とほ》く辺要《へんえう》に居《を》りて、常《つね》に不虞《ふぐ》を警《いまし》め、兼《か》ねて蕃客《ばんかく》を待《ま》つ。

補11－四二。

八 秋田城に使者もしくは国司のうち一人を派遣し、秋田城の専当官とすること、由理柵の防衛を行うことを命じたもの。

九 「天平宝字」との年紀をもつ秋田城跡出土漆紙文書(『秋田城跡出土文字資料集』Ⅱ)には守の小野竹□(良)と介百済王三忠の自署が見え、位階表記から天平宝字四年正月までのものと推定されるこの文書の作成時期には守・介とも秋田城にいたことが知られる。職原抄下に「秋田城、介〈為二出羽介一者兼レ之。除目不レ任レ之、被レ宣下一也〉」とある。

一〇 秋田県本庄市古雪町に所在した柵(地名辞書)。兵部省式に、由理駅の駅馬一二疋が見え、秋田に至る要地であることから駅家を兼掌していたとする説もある(地名辞書)。

一一 宝亀六年十月癸酉条に、出羽国司が国府の遷置を言上したことが見える。出羽国府→四補33－四二。

一二 考證は雄物川西岸の出羽国河辺郡(現秋田県河辺郡)とするが、今日では最上川河口付近(現山形県酒田市)と解されている(『古代日本の交通路』Ⅱ)。延暦二十三年十一月癸巳には「永従二停廃一、保二河辺府一」(後紀)と秋田城から河辺国府への撤退が記されている。出羽国府については、三代実録仁和三年五月廿日条に「国府在二出羽郡井口地一、即是去延暦年中、陸奥守従五位上小野朝臣岑守、拠二大将軍従三位坂上大宿禰田村麻呂論奏一所レ建也」とあり、酒田市城輪の城輪柵がこれに比定されている(加藤孝説)。

一三 大宰府の官人と管内諸国司の任期を五年に延長し、交替料を停めることを奏上した太政官奏。三代格によれば、論奏式によったことがわかる。

所レ有執掌、殊[1]ニ異諸道一。而官人相替、限以ニ四年一、送レ故迎レ新、相ニ望道路[2]一。府・国因[3]弊、職此之由。加以、所レ給厨物、其数過多、毎[4]守ニ旧例一充給、或[5]闕ニ蕃客之儲一。於[6]レ事商[7]量、甚不ニ穏便一。臣等望請、且停ニ交替料一、兼官人歴任、増為ニ五年一。然則、百[8]姓息レ肩、庖厨無レ乏。伏[9]聴[10]ニ天裁一。奏可之。○九月壬戌[11]、従五位上[12]巨[13]勢朝臣池長、従五位下藤原朝臣末茂、並為ニ中衛少将一。従五位下阿倍朝臣祖足為ニ左衛士員外佐一。従五位下大中臣朝臣諸魚[14]為ニ右衛士佐[15]一。○甲申、授ニ従四位上藤原朝臣小黒麻呂正四位下一、為ニ持節[16]征東大使一。○冬十月癸[17]巳、左右[18]兵庫鼓鳴。後聞ニ箭動声一。其響達ニ内兵庫一。○丁酉、授ニ常陸[19]鹿嶋神社祝正六位上中臣鹿嶋連大宗外[20]従五位下一。○癸卯、正五位上藤原朝臣鷹取・紀朝臣船守並授ニ従四位下一。○壬[21]子、授ニ正五位下因幡国造浄成女正五位上一。○甲寅、典[22]侍従四位下多可連浄日卒。○丙辰、伊勢国言、当土[23]之民、

一 慶雲三年二月庚寅条で遷限四年とされる。その後、天平宝字二年十月甲子に任期六年とされているが、これが守られていなかったらしい。 二 食料による供給。 三 和銅五年五月甲申に定められた交替料としての粮・馬・脚夫。賦役令37集解古記によれば「長官馬廿疋、夫卅人、以下節級給レ之」と見える。その後、入京時にも「給ニ四位守馬六疋、五位五疋、六位已下守四疋、介・掾各三疋、目・史生各二疋ニ」(天平五年二月乙亥条)とされることとなった。この後、貞観交替式では「凡国司遷代者、皆給ニ夫馬一、長官夫卅人、馬廿疋、六位以下官長夫廿人、馬十二疋、判官夫十五人、馬九疋、主典夫十二人、馬七疋、史生以下夫六人、馬四疋。其取ニ海路一者、水手之数、准ニ陸道夫ニ」と交替料の夫馬が給されている。雑式では、次官に夫二〇人・馬一二疋とする規定が加えられている他、「太宰帥七十人以下、少弐以上五十人以下、判官以下卅人以下、史生十人以下、並量レ事給レ之」が加えられている。 四 諸本、壬戌の下に「朔」とはないが、朔日。 五 →四一五一頁注四一。前官は右衛士佐(宝亀七年三月癸巳条)。 六 →三三頁注一三。前官は左衛士員外佐(宝亀十一年二月甲辰条)。 七 前任者は、葛井道依(宝亀九年三月丙辰条)と、大中臣諸魚(宝亀十年九月癸酉条)。 八 →一二三頁注二七。左衛士員外佐の前任者は本条で中衛少将に転任した藤原末茂(宝亀十一年二月甲辰条)。 九 →五頁注一。前官は中衛少将兼下野守(宝亀十年九月癸酉条)。右衛士佐の前任者は本条で中衛少将に転任した巨勢池長(宝亀七年三月癸巳条)。
一〇 少黒麻呂とも。房前の孫、鳥養の男。→四補25-九二。従四位上叙位は宝亀九年正月。
一一 本年三月に任じられ、現地の指揮官であ

1 殊ノ上→校補
2 路—政(東)→校補
3 因〔兼〕—困(谷・東・高、大)→校補
4 毎ノ下→校補
5 或〔底傍補〕—ナシ〔底原〕→校補
6 於〔兼・谷、大〕—ナシ(東・高)→校補
7 商(谷原・谷重・東擦重、大)—商〔兼・高〕→校補
8 百姓息肩庖厨無乏→校補
9 伏聴天裁奏可之→校補
10 聴ノ下→校補
11 戌ノ下、ナシ〔兼等、紀略原〕—朔(大補、紀略補)→校補
12 上〔大改〕—下〔兼等〕
13 巨—臣(東)
14 魚〔兼等、大〕—員(東傍・高傍)
15 佐〔谷傍補・東傍・高傍、大〕—ナシ(兼・谷原・東・高)
16 節〔底重〕
17 癸—登〔底〕
18 右〔大補、紀略〕—ナシ(兼等)→校補
19 陸ノ下、ナシ—国(大補)→校補
20 外従五〔谷原・谷擦重〕→校補
21 壬—王(東)
22 典〔兼・谷、大〕—ナシ(東・高)
23 土〔谷擦重、大〕—士(兼・谷原・東・高)→校補

任官

有《も》てる執掌《しふしやう》も諸道《みちみち》に殊《こと》異なり。而《しか》るに官人《くわんにん》の相替《あひかは》ること、限《かぎ》[一]るに四年《よとせ》を以《もち》てし、故《ふる》きを送《おく》り新《あらた》しきを迎《むか》へて、道路《みち》に相望《あひのぞ》めり。府《ふ》・国《こく》の因弊《いんへい》、職《もと》として此《これ》に由《よ》れり。加以《しかのみならず》、給《たま》[二]はれる厨物《くりやもの》、その数過多《かずくわた》なれども、毎《つね》に旧例《きうれい》を守《まも》りて充《あ》て給《たま》ひて、或《ある》は蕃客《ばんかく》の儲《まうけ》を闕《か》けり。事《こと》に於《おき》て商量《しやうりやう》するに、甚《はなは》だ穏便《おだひ》にあらず。臣《しん》ら望《のぞ》み請《こ》はくは、且《しばら》く交替《けうたい》[三]の料《れう》を停《や》め、兼《か》ねて官人《くわんにん》の歴《りやく》任《にむ》は増《ま》して五年とせむことを。然《しか》れば百姓《はくせい》肩《かた》を息《やす》めて、庖厨《はうちう》に乏《とぼ》しきこと無けむ。伏《ふ》して天裁《てんさい》を聴《き》く」とまうす。奏《そう》するに可《か》としたまふ。

九月壬戌[四]、従五位上巨勢《こせ》[五]朝臣池長《いけなが》・従五位下藤原《ふぢはら》[六]朝臣末茂《すゑしげ》を並《ならび》に中衛少《ちうゑのせう》[七]将《しやう》とす。従五位下阿倍《あへ》[八]朝臣祖足《おやたり》を左衛士員外佐《さゑじのゐんぐゑのすけ》。従五位下大中臣《おほなかとみ》[九]朝臣諸魚《もろうを》を右衛士佐《うゑじのすけ》。○甲申《二十三日》、従四位上藤原《ふぢはら》[一〇]朝臣小黒麻呂《をぐろまろ》に正四位下を授《さづ》け、持節《ぢせち》[一一]征東大使《せいとうたいし》とす。

冬十月《辛卯朔》癸巳《三日》、左右兵庫《さうのひやうご》[一二]の鼓鳴《つづみな》れり。後《のち》に箭《や》[一三]の動《うご》く声《おと》を聞《き》く。その響《ひびき》、内《うちの》兵庫《ひやうご》に達《いた》る。○丁酉《七日》、常陸鹿嶋神社《ひたちのかしまじんじや》[一四]の祝《はふり》正六位上中臣鹿嶋《なかとみのかしま》[一五]連大宗《おほむね》に外従五位下を授く。○癸卯《十三日》、正五位上藤原《ふぢはら》[一六]朝臣鷹取《たかとり》・紀《き》[一七]朝臣船守《ふなもり》に並に従四位下を授く。○壬子《二十二日》、正五位下因幡国　造《いなばのくにのみやつこ》[一八]浄成女《きよなりめ》に正五位上を授く。○甲寅《二十四日》、典侍《ないしのすけ》従四位下多可《たか》[一九]連浄日《きよひ》卒《しゆつ》しぬ。○丙辰《二十六日》、伊勢《いせ》[二〇]国言《まう》[二一]さく、「当土《このくに》[二二]の民《たみ》、

った征討副使大伴益立が、五月八日の奏書で、軍を進めると申上したにもかかわらず、その後進展がないため(六月辛酉条)、現地の責任者として小黒麻呂を任じたもの。益立は、天応元年九月辛巳に、征期を誤り軍を逗留させ進めなかったことが原因で位を奪われている。しかし、それは、「遭レ讒奪レ爵」われたことが認められ、本位従四位下に復している(続後紀承和四年五月丁亥条)ことより、小黒麻呂が後に蝦夷との戦いの失敗を益立ひとりにおおいかぶせたとの説もある(佐伯有清説)。

一二 天応元年四月己丑朔にも左兵庫の兵器が自ら鳴ったとある。職員令64に「頭一人〈掌、左兵庫儀仗兵器…〉」とあり、兵庫寮式には、大儀・大射・行幸時に使用する鼓のことが見える。 一三 宮衛令18の「凡儀仗軍器、十事以上、出二入諸門一者、皆責レ牓…」の十事以上の注釈に、弓箭の場合は弓一張・箭五〇隻を各一事とする(集解同条古記・令釈、義解)とあることより、左右兵庫が職掌として保管している儀仗兵器の中に、箭があったことが知られる。

一四 →[三]二九一頁注四。 一五 天安三年二月十六日太政官符所引の常陸国解によれば、天平勝宝年中に鹿島社の宮司として、大領中臣千徳や修行僧満願とともに鹿島神宮寺を建立したとあり、神宮寺の禰宜・祝は大宗の後で、世々宮司に任ぜられる者も同氏であると述べている(三代格)。この叙位は東北への遠征に関わるか。中臣鹿嶋連→[三]二三頁注三〇。

一六 →[四]補31-六三。正五位上叙位は宝亀十年十月。 一七 →[四]補25-四一。正五位上叙位は宝亀十年正月。 一八 もと国造。→[四]三二七頁注五。正五位下叙位は宝亀七年四月。

一九 もと高麗使主。→[三]補20-六八。従四位下叙位は天平神護二年十二月。 二〇 本条は、伊

浮二宕[1]部内一、差科之日、傜[2]夫数少。精加二検括一、多獲[3]二隠首[4]一。並悉編二附本籍一、益レ口且[5]レ千。調庸有レ増[6]。於レ是仰二七道諸国一、存レ心検括、一准二伊勢国一。」又勅、天下百姓、規二避課役一、流二離他郷一。雖レ有二懐土[7]之心一、遂懼レ法而忘[8]レ返。隣保知而相縦。課役因レ此無レ人。及[9]有下臨レ得レ出二身一、諠訴[10]多緒、勘籍之日、更煩中尋検上。宜下依二養老三年格式一、能加二捉[11]搦一、委問[12]二帰不一、願レ留之輩、編二附当処一、願レ還之侶、差[13]レ綱逓[14]送上。若国郡司及百姓、情懐二姧詐一、阿蔵役使者、官人解二却見任一、百姓決杖一百。永為二恒例一焉。○己未、勅二征東使一、省二今月廿二日奏状一知、使等延遅既失二時宜一。将軍発赴[15]久経二日月一、所[16]レ集歩騎数万餘人。加以、入二賊地一期、上奏多レ度。計已発入、平二殄[17]狂賊一。而今奏、今年不レ可二征討一者。夏称二草茂一、冬言二襖乏一。縦二横巧言一、

1 宕〔東・高、大〕―岩〔兼・谷〕→校補
2 傜→校補
3 獲〔大改〕―権〔兼等〕→校補
4 首〔谷〕―者〔谷傍イ〕→校補
5 且→校補
6 増―憎〔底重〕
7 土〔高擦重〕―士〔高原〕
8 忘〔兼、大改〕―忌〔谷・東・高〕
9 及〔底〕―乃
10 諠訴〔谷、大〕→校補
11 捉―投〔底〕
12 問―間〔底〕
13 差〔高擦重〕
14 逓〔高擦重〕→校補
15 赴〔大改〕―起〔兼・谷原・谷重・東・高〕→校補
16 所〔底重〕
17 殄〔底〕→校補

勢国に准じて隠首括出すべきことを命じたもの。本年二月甲辰に参議石川名足が伊勢守に任じており、彼の主導によるものか。

二 三代格の同日付の太政官符によれば、伊勢国司解による奏事施行官符であった。続紀の文は、取意文。官符ではこれ以外に、国内の百姓土民が偽逃亡・偽籍によって部内に浮宕していたが括出して本籍に編付したこと、また浮浪人が自ら土民であると称しているため歴名を別巻に録したことが記されている。

三 伊勢国の人民。

一 浮逃のこと。→㊀補4-四八・補6-七五。

二 賦役をかけること。唐戸婚律24に「諸差二科賦役一、違レ法及不レ均二平一、杖六十」とある。また、賦役令23の「凡差科、先富強、後貧弱、先多丁、後少丁」の集解穴記に「差科、謂輸二調庸一差二遣其身一、皆約二正役雇夫等之類一」とする。

三 考課令55義解に「謂、無レ名之民、自来而首也」とする。籍帳に記載のもれていた者のうち、「謂、籍帳無レ名、而官司勘出者也」すなわち官司が摘発する括出に対し、本人が自首するもの。

四 三代格所引の太政官符では、京畿内七道諸国あて。

五 括出した浮浪を、その意志によって当処編付または本貫地逓送とし、所在地で戸籍に編付しない浮浪人把握方式を停止した勅。

六 養老令制では調・庸・雑徭。→㊀補3-五。

七 延暦四年六月廿四日太政官符には「応レ勘二他国浮浪一事」(三代格)として、この宝亀十一年格が引かれていること、また、霊亀元年五月格、戸令17集解或説などが国境を基準としていること(大町健説)から、ここも国境を越

諸国に命じて浮逃を検括せしむ

部内《ぶない》に[一]浮宕《ふたう》し、[二]差科《さくわ》の日《ひ》、徭夫《えうぶ》数少《かずすくな》し。精《くは》しく検括《けむくわつ》を加《くは》ふるに、多《おほ》く[三]隠首《おんしゅ》を獲《え》たり。並《ならび》に悉《ことごと》く本籍《ほんじやく》に編附《へんふ》するに、口《く》を益《ま》すこと千《ち》にならんとす。調庸《でうよう》増《ま》すこと有り」とまうす。是《ここ》に[四]七道《しちだう》の諸国《くにぐに》に仰《おほ》せて、心《こころ》を存《お》きて検括《けむくわつ》すること一《もは》ら伊勢《いせ》国に准《なずら》へしむ。

浮逃の編付を厳にすることを命ずる

また、[五]勅《みことのり》したまはく、「天下《あめのした》の百姓《はくせい》、[六]課役《くわやく》を規避《きひ》して、他郷《たがう》に[七]流離《りうり》す。[八]懐土《くわいど》の心《こころ》有りと雖《いへど》も、遂《つひ》に法《のり》を懼《おそ》れて返《かへ》ることを忘《わす》る。[九]隣保《りんほう》知《し》りて相縦《あひゆる》す。課役《くわやく》、此《これ》に因《よ》りて人《ひと》無し。及《また》、[一〇]出身《しゅつしん》を得《う》るに臨《のぞ》みて諠訴《くゑんそ》多緒《たしょ》にして、[一一]勘籍《かむじやく》の日《ひ》更《さら》に尋検《じむけむ》を煩《わづらは》すこと有り。[一二]養老《やうらう》三年の格式《きやくしき》に依《よ》りて、能《よ》く捉搦《さくだく》を加《くは》へ、委《くは》しく帰《かへ》るや不《いな》やを問《と》ひ、留《とどま》らむことを願《ねが》ふ輩《やから》は、当処《そのところ》に[一三]編附《へんふ》し、還《かへ》らむことを願《ねが》ふ侶《ともがら》は、[一四]綱《かう》を差《つかは》して逓送《ていそう》すべし。若《も》し国郡司《こくぐんじ》と百姓《はくせい》と、情《こころ》に姧詐《かんさ》を懐《いだ》きて、阿《おもね》り蔵《かく》して役使《えきし》せむ者《ひと》は、官人《くわんにん》は見任《げんにむ》を解却《げきやく》し、百姓《はくせい》は決杖《くゑちぢやう》一百。永《なが》く恒例《こうれい》とせよ」とのたまふ。

征夷軍の緩怠を叱責

〇己未（二十九日）、征東使《せいとうし》に[一五]勅《みことのり》したまはく、「今月《このつき》廿二日の奏状《そうじやう》を省《み》て知《し》りぬ、[一六]使《つかひ》ら延遅《えんち》して既《すで》に時宜《じぎ》を失《うしな》へることを。将軍《しやうぐん》発《た》ち赴《おもむ》きて久《ひさ》しく日月《ひつき》を経《へ》、[一七]集《あつま》れる歩騎《ふき》数万余人《すまんよにん》なり。加以《しかのみならず》、賊地《ぞくち》に入《い》る期《ご》、上奏度多《じやうそうたびまね》し。計《はか》ること已《をは》らば発《た》ち入《い》りて、狂賊《くゐやうぞく》を平《たひら》け殄《た》たむ。而《しか》るに今奏《いまそう》すらくは、「今年《ことし》は征討《せいたう》すべからず」とまうせり。夏《なつ》は草茂《くさしげ》しと称《とな》へ、冬《ふゆ》は襖乏《あをとぼ》しと言《い》ふ。巧言《かうげん》を

えての流離をいうか。

八 故郷を慕い思うこころ。後漢書王景伝に「動ニ懐土之心一」と見える。

九 戸令10に「凡戸、逃走者、令ニ五保追訪一」とある五保。→㊀一七五頁注六。

一〇 官職に挙げ用いられること。

一一 特定の個人または戸籍に記載されたすべての人を対象として、それまでの戸籍を対比校合し、戸籍の正否を正したり、個人の所貫を明らかにすること。狭義には、課役負担を免除するために数比（一比は六年）の戸籍を勘検し、本人の身元を確認すること。ここは出身のためのもの。勘籍→補36－一八。

一二 三代格天平八年二月廿五日勅、同弘仁二年八月十一日太政官符によると、養老五年四月二十七日格。本条をこの養老五年格の復活とする見解（長山泰孝説）もあるが、養老五年格は、有貫・無貫の者のうち、無貫の者で留まることを願う者を当処編付したものであり、宝亀十一年のこの格は、有貫者の当処編付をも認めるという浮浪人一般へとその対象を拡大したものと考えられる（大町健説）。

一三 所在地で戸籍に載せる。

一四 引率責任者。

一五 上文九月甲申条で、征東副使大伴益立に代り、持節征東大使に任じられた藤原小黒麻呂に対して出された勅。

一六 上文六月辛酉条によれば、五月八日の奏言で軍を進めると申上したにもかかわらず、征討行動が開始されていないので、状況を報告するよう勅が出されている。

一七 上文五月己卯に、進士を募って軍所に至らしめる勅、七月甲申に、坂東軍士を調発し、九月五日までに多賀城に終結させるべしとの勅が出され、それによって集まった兵。

遂成二稽留一。[1]整レ兵設レ糧、[2]将軍所レ為。而集レ兵之前、不レ加二弁備一、還云、未レ儲二城中之粮一者。然則、何月何日、誅レ賊復レ城。方今将軍為[3]レ賊被レ欺。所以緩怠致二此逗留一。又未レ及二建子一、足二以挙一レ兵。而[4]乖二勅[5]旨一、尚不レ[6]肯レ入。人[7]馬悉痩、何以対レ[8]敵。良将之[9]策、豈如レ此乎。宜下加二教喩一、存レ意征[10]討上。若以二今月一、不レ入二賊地一、宜下居二多賀・玉作等城一、能加二防禦一、兼練中戦術上。〇十一月壬戌、先レ是、和銅四年格云、私鋳レ銭者斬、従者[11]没官、[12]家口皆流者。天平勝宝五年二月十五日勅、私鋳レ銭人、罪致二斬刑一、自レ今以後、降二一等一処二遠流一者。[13]而首已会レ降、従并家口猶居二本坐一。首従之法、[14]罪合二減降一、軽重相[15]倒、理不レ可レ然。至レ是勅二刑部一、定二其罪科一。刑部省奏言、謹案二賊盗律一云、

1 整→校補
2 将—ナシ(東)
3 賊ノ上、ナシ〔底原〕—馬(底傍補)
4 乖—卒〔底〕
5 旨→校補
6 肯—肖〔底〕
7 馬〔谷擦重、大〕—鳥(兼・谷原・東・高)
8 敵—敵〔底〕→校補
9 策→校補
10 討〔底重〕
11 没〔谷擦重、大、類八七〕—役(兼・谷原・東・高)→校補
12 家ノ下、ナシ—家(東)
13 而→校補
14 罪ノ下→校補
15 倒—例(東)→校補

一 建除家(建除十二神で日の吉凶を定める者)で十二支に配して吉凶の意ある名をつけた十二の神の一つが「建」で、十一月の建は子の日にあたることから、十一月のことをいう。

縦横《ほしきまま》にして、遂《つひ》に稽留《けいりう》を成《な》す。兵《つはもの》を整《ととの》へ糧《かて》を設《まう》くるは将軍《しやうぐん》の為《な》す所《ところ》なり。而《しか》るに、兵《つはもの》を集《あつ》むる前《さき》に弁備《べんび》を加《くは》へずして、還《かへ》りて云《い》はく、「城中《きのうち》の粮《かて》未《いま》だ儲《まう》けず」といへり。然《しか》れば、何《いづれ》の月何《いづれ》の日《ひ》にか賊《ぞく》を誅《ちう》し城《き》を復《ふく》せむ。方《まさ》に今《いま》、将軍《しやうぐん》、賊《あた》の為《ため》に欺《あざむ》かるるか。所以《ゆゑ》に緩怠《くわんたい》してこの逗留《とうりう》を致《いた》せり。また、未《いま》だ建子《けんし》〔一〕に及《およ》ばず、以《もち》て兵《いくさ》を挙《あ》ぐるに足《た》れり。而《しか》るに勅旨《おほみこと》に乖《そむ》きて、尚《なほ》入《い》ることを肯《かへ》にす。人馬《じんば》悉《ことごと》く痩《つか》れば、何《なに》を以《もち》て敵《あた》に対《むか》はむ。良将《りやうしやう》の策《さく》、豈《あに》此《かく》の如《ごと》くならむや。教喩《けうゆ》を加《くは》へて、意《こころ》を存《お》きて征討《せいたう》すべし。若《も》し今月《このつき》を以《もち》て賊地《ぞくち》に入《い》らずは、多賀《たが》〔二〕・玉作《たまつくり》〔三〕等の城《き》に居《を》りて能《よ》く防禦《ばうぎよ》を加《くは》へて、兼《か》ねて戦術《せんじゆつ》を練《ね》るべし」とのたまふ。

私鋳銭の罪の首従の法を改定

十一月〔辛酉朔〕壬戌〔二日〕、是《これ》〔四〕より先《さき》、和銅《わどう》〔五〕四年の格《きやく》に云《い》はく、「私《わたくし》に銭《ぜに》を鋳《じゆ》する者《ひと》は斬《ざむ》、従者《じゆしや》〔六〕は没官《もつくわん》〔七〕、家口《けく》〔八〕は皆《みな》流《る》とす」といへり。天平勝宝《てんひやうしようほう》〔九〕五年二月十五日、勅《みことのり》したまはく、「私《わたくし》に銭《ぜに》を鋳《じゆ》する人《ひと》は、罪《つみ》、斬刑《ざむけい》に致《いた》せども、今《いま》より以後《のち》、一〔一〇〕等を降《くだ》して遠流《をんる》に処《しよ》す」とのたまへり。而《しか》〔一一〕して、首《しゆ》は已《すで》に降《かう》に会《あ》へども、従《じゆ》并《あは》せて家口《けく》は猶《なほ》本坐《ほんざ》に居《を》り。首従《しゆじゆ》の法《のり》、罪《つみ》減降《げむかう》すべきこと、軽《きやう》重《ちう》相《あひ》倒《さかさま》にして、理《ことわり》、然《しか》るべからず。是《ここ》に至《いた》りて刑部《ぎやうぶ》に勅《みことのり》〔一二〕して、その罪科《ざいくわ》を定《さだ》めしめたまへり。刑部《ぎやうぶ》省《しやう》〔一三〕奏《そう》して言《まう》さく、「謹《つつし》みて賊盗律《ぞくたうりち》〔一四〕を案《かむが》ふるに云《い》

二　↓[三]補12―六七。
三　↓[三]補12―六八。
四　これまで、私鋳銭は、和銅四年格によって、首は斬、従は没官、家口は流であったものが、天平勝宝五年に首は遠流となったものの、従と家口の量刑はそのままにされていた。そこで、従は徒三年、家口は徒二年半と定めた。
五　和銅四年十月甲子条に見える。また、戸令38集解古記にも「和銅四年十月廿三日格云、私鋳銭者、従者没官」と見える。
六　従犯。
七　官に没収すること。人の場合は、官戸・官奴婢とする(戸令38、賊盗律1)。
八　首と同籍の人で、獄令24義解によれば家人・奴婢を含む。
九　続紀には見えない。三代格宝亀十一年十一月二日太政官符(巻十四・二十重載)によれば「天平勝宝五年官符」とあり、勅をうけて謄勅官符が出されたことがわかる。
一〇　名例律56逸文によれば、絞・斬いずれの死刑からでも一等を減ずれば遠流となる。
一一　首が遠流に軽減されたのに、依然として従は没官、家口は流とされたままであること。
一二　三代格所載の同日の官符によれば、「右弁官宣」とあり、勅旨が作成され、中務省から弁官を経て伝達施行されたことがわかる。
一三　同じ太政官符によれば、明法曹司解が本条の内容とされている。明法曹司解をうけて刑部省が太政官に解を提出し、「宜㆘定㆓罪法㆒申上㆖」との勅にもとづき、明法曹司が検討した結果を刑部省が奏事式によって申上し、奏可とされた。この時の刑部卿は参議藤原乙縄。
一四　賊盗律1に「凡謀反及大逆者、皆斬。…父子、若家人資財田宅、並没官。…祖孫兄弟、皆配㆓遠流㆒」とある。

謀[1]反者皆斬、父子没[2]官、祖孫兄弟遠流。名例律云、[3]犯
レ罪者以二造意一為レ首。随従[4]減二一等一。又云、二死三流各
同為二一減一者。今比二校軽重一、仍従者減二首一等一、処レ徒
三年。家口減[5]二一等一、処レ徒二年半。奏可之。○丙戌[6]、
授二唐人正六位上沈惟岳従五位下一。○丁亥、授二四品弥努
摩内親王三品一。○戊子、前大納言正二位[7]文室真人邑珎薨。
邑珎、[8]二品長親王之第七子也。天平中授二従四位下一、拝二
刑部卿一。勝宝四歳賜二姓[9]文室真人一。勝宝以後、宗室・枝
族、陥[10]レ辜[11]者衆。邑珎削レ髪為二沙門一、以図二自全一。宝亀初
至二従二位大納言一。年老致仕、有レ詔不レ許。五年、重乞二
骸骨一。許レ之。尋授二正二位一。薨時、年七十七。○十二月
甲午、唐人従五位下沈惟岳賜二姓清海宿禰一、編二附左京一。」
授二无位福当王従四位下一。」勅二左右京一、今聞、造レ寺悉
壊二墳墓一、採二用其石一。非三唯[12][13]侵二驚鬼

1 謀—諆(東)→校補
2 没〔兼朱傍〕—役(兼)→校補
3 犯ノ上→校補
4 従ノ下→校補
5 一ノ上、ナシ—従(大補)→校補
6 戌→校補
7 文→校補
8 二〔谷原〕—三(谷重)
9 文→校補
10 陥〔東擦重〕
11 辜〔底重・兼・谷、大〕—事(東・高)
12 唯—准〔底〕→校補
13 侵驚→校補

一 →三補9—六八。
二 名例律42逸文に「(凡)共犯レ罪者、以二造意一為レ首、随従者減二一等一」とある。
三 犯罪を遂行しようとする共同意志の形成および持続の上で、最も主導的な役割を果たすこと。
四 造意の者にひきずられて犯罪に参加すること。
五 名例律56逸文に「(凡)称レ加者、就二重次一、称レ減者、就二軽次一。唯二死三流、各同為二一減一」とある。
六 「二死」は絞と斬、「三流」は近流・中流・遠流。
七 名例律56逸文によれば、一等を減ずると、「二死」は遠流、「三流」は徒三年となる。
八 首が遠流であるから、名例律56により一等減ずれば徒三年となる。
九 従が徒三年であるから、同じく名例律56を適用して、一等減じた徒二年半とする。
一〇 →三三八七頁注二七。
一一 光仁の皇女。もと弥努摩女王。→四補31—二九。四品叙品は宝亀元年十一月。
一二 もと大市王。→三三四七頁注七。致仕し前大納言となったのは宝亀五年七月。正二位叙位は同年十一月。

はく、「謀《む》反《へん》する者《ひと》は皆斬《みなざむ》し、父《ふ》子《し》は没官《もつくわん》し、祖《そ》孫兄弟《そんけいてい》は遠流《をんる》す[一]」といへり。名例律《みやうれいりち》[二]に云《い》はく、「罪《つみ》を犯《をか》せる者《ひと》は、造意《ざうい》[三]を首《しゆ》とす。随従《ずいじゆ》[四]は一等を減《げむ》す」といへり。また[五]云《い》はく、「二死三流[六]各《おのおの》同《おな》じく一減《いちげむ》[七]を為《な》す」といへり。今《いま》、軽重《きやうぢう》を比校《ひけう》するに、仍《すなは》ち、従者《じゆしや》[八]は首《しゆ》に一等を減《げむ》して、徒《づ》に処《しよ》すること三年、家口《けく》[九]は一等を減《げむ》して、徒《づ》に処《しよ》すること二年半とせむ」とまうす。奏《そう》するに可《か》としたまふ。○丙戌《二十六日》、唐《もろこし》の人《ひと》正六位上沈惟岳《しむゐがく》[一〇]に従五位下を授《さづ》く。

文室邑弥没

○丁亥《二十七日》、四品弥努摩内親王《みぬまのひめみこ》[一一]に三品を授く。○戊子《二十八日》、前大納言《さきのだいなふごん》正二位文室《ふむや》[一二]真人邑弥《おほち》薨《こう》しぬ。邑弥《おほち》は二品長親王《ながのみこ》[一三]の第七の子《こ》なり。天平中《てんひやうちう》[一四]に従四位下を授けられ、刑部卿《ぎやうぶきやう》を拝《はい》せり。勝宝《しようほう》[一五]四歳、姓を文室《ふむや》真人と賜《たま》はる。勝宝以後《しようほういご》、宗室《そうしつ》[一六]・枝族《しぞく》、辜《つみ》に陥《おちい》る者衆《ひとおほ》し。邑弥《おほち》、髪《かみ》を剃《そ》りて沙門《しやもん》と為《な》り、以《もち》て自《みづか》ら全《また》くせむことを図《はか》る。宝亀《ほうくゐ》[一七]の初《はじめ》、従二位大納言《だいなふごん》に至《いた》る。年老《としお》[一八]いて致仕《ちじ》すれども、詔《みことのり》有りて許《ゆる》したまはず。五年、重《かさ》ねて骸骨《がいこつ》[一九]を乞《こ》ふ。これを許《ゆる》したまふ。尋《つ》[二〇]ぎて正二位を授けらる。薨《こう》しぬる時《とき》、年《とし》七十七。

墳墓を破壊して寺院の石材に用いるを禁ず

十二月《辛卯朔》甲午《四日》、唐《もろこし》の人《ひと》従五位下沈惟岳《しむゐがく》[二一]に姓を清海宿禰《きよみ》[二二]と賜ひて左京《さきやう》に編附《へむふ》す。无位福当王《ふたぎのおほきみ》[二三]に従四位下を授く。左右京《さうのきやう》に勅《みことのり》[二四]したまはく、「今聞《いまき》かくは、「寺《てら》を造《つく》るに、悉《ことごと》く墳墓《つか》を壊《こほ》ち、その石《いし》を採《と》り用《もち》ゐる」ときく。唯鬼《ただくゐ》[二五]

一三 →㊀七七頁注一三。
一四 従四位下叙位は天平十一年正月。刑部卿任官は同十五年六月。
一五 続紀には見えないが、補任天平神護元年条には「勝宝四年九月七日賜二文室真人一」とある。
一六 皇親で事件に関与した者が多いこと。橘奈良麻呂の変に連坐した道祖王、押勝の乱に連坐した塩焼王などや、和気王の変の首謀者である和気王の例がある。
一七 従二位叙位は宝亀二年十一月。大納言任官は同年三月。
一八 宝亀三年二月癸丑に上表し「乞二骸骨一」うたが許されなかった。致仕→㊀一九九頁注八。
一九 官を退くことを請う。辞職を願い出る。宝亀五年七月戊申に許され、御杖を賜わった。但し補任宝亀五年条では「七月上表乞二致仕一、天皇不レ許、只停二中務卿一」とあり、続紀とは異なる。→㊁一九九頁注二二・㊂四一一頁注一四。
二〇 正二位叙位は宝亀五年十一月。
二一 →㊂三八七頁注二七。
二二 姓氏録左京諸蕃には、唐人従五位下沈惟岳より出たとある。惟岳の他、清海宿禰の同族は見えない。
二三 福当女王。系譜未詳。無位から従四位下への直叙は選叙令35の親王の子の蔭位による。延暦元年五月丁酉に没。時に散事従四位下。
二四 墳墓を破壊し、寺院の建築用石材に利用することを禁じた勅。三代格に同日付の太政官符(謄勅官符)が収載されている。三代格に同日付の太政官符(謄勅官符)が収載されている。なお、本条では左右京内に対して勅が出されているが、三代格は「天下に布告し」とあり、対象が異なっている。
二五 死者の霊魂、祖先の霊。

神一、実[1]亦憂[2]二傷子孫一。自レ今以後、宜レ加二禁断一。」越前国
丹[3]生郡小虫神為二幣社一焉。○庚子、征東使奏言、蠢茲蝦
虜、寔繁有レ徒。或巧レ言逋[4]レ誅、或窺レ隙肆レ毒。是以遣二
二千兵一、経三略鷲座・楯座・石沢・大菅屋・柳沢等五道一、
斬レ木塞レ径[5]、深[6]レ溝作レ険、以断二逆賊首鼠[7]之要害一者。於
レ是、勅曰[8]、如聞、出羽国大室塞等、亦是賊之要害也[9]。
毎伺二間隙一、頻[10]来寇[11]掠。宜下仰二将軍及国司一、視三量地勢一、
防中禦非常上。○辛丑、授二正五位下藤原朝臣種継正五位
上一。○甲辰、越前国丹生郡大虫神、越中国射水郡二上神、
礪波郡高瀬神、並叙二従五位下一。」勅二左右京一、如聞、比
来[12]無知百姓、搆[13]三合[14]巫覡[15]一、妄崇二淫[16]祀一、蒭狗之設、符書之
類、百方作レ怪、塡[17]三溢街路一。託[18]レ事求[19]レ福、還渉[20]二厭魅一。
非三唯[21]不レ畏二朝憲一、誠亦長養[22]二妖[23]妄一。自レ今以後、宜二厳[24]禁
断一。如有二違犯者一、五位已上録レ名奏聞、六位已下所司科

1 実→校補
2 憂傷→校補
3 丹—舟〔底〕
4 逋→校補
5 径—侄〔底〕→校補
6 深〔大改〕—除〔兼等〕
7 鼠〔大改〕—竄〔兼等〕
8 曰—云〔東〕
9 也〔谷擦重・東傍・高傍、大〕—之〔兼・谷原・東・高〕
10 頻—頞〔底〕→校補
11 寇—冦〔高〕
12 来〔底重〕—木〔底原〕→校補
13 搆→校補
14 合—令〔底〕→校補
15 覡〔谷原・谷擦重〕→校補
16 淫→校補
17 塡〔大改〕—愼〔兼等〕→校補
18 託〈意改〉〔大〕—記〔底〕、訰〔兼・東・高〕、詑〔谷擦重〕→校補
19 求ノ下→校補
20 渉—渋〔底〕→校補
21 唯—准〔底〕→校補
22 養→校補
23 妖〔谷原・谷擦重〕→校補
24 厳ノ下→校補

一 賊盗律30・31に該当しないので、禁制が出されたものか。
二 →四四二九頁注二三。 三 現在は福井県武生市の大虫神社に合祀。延暦二十四年九月壬辰に従五位下に神階授与(後紀)。神名式に、丹生郡の小社として見える。 四 神祇官または国司より幣帛を奉る神社。四時祭式に、案上官幣の小社は北陸道では若狭国に一社のみ。小虫神社は、それ故、国幣社か。
五 本年九月甲申条に任じられた藤原小黒麻呂が、十月己未条の征東使あての勅に応えたもの。 六 うごめく虫のような蝦夷、の意。書経、大禹謨に「蠢茲有苗、昏迷不レ恭」とあるによる。 七 まことに多くの仲間がいる、の意。書経、仲虺之誥に「簡レ賢附レ勢、寔繁有レ徒」とあるによる。
八 以下の五つの地名は、本条後半で出羽国大室塞のことが述べられているので、こちらは陸奥側の地名か。地名辞書は、以下柳沢の地までを玉造以北栗原郡の地と推定するが、比定は行っていない。いずれにしても現在の宮城県西北部・岩手県西南部から、山形県・秋田県東南部に抜ける道路の名称であろう。「鷲座」は不詳。 九 不詳。 一〇 朝日本は秋田県由利郡石沢(現本荘市)とする。 一一 不詳。
一二 朝日本は宮城県加美郡宮崎村大字柳沢(現宮崎町柳沢)とする。
一三 様子をうかがう、の意。蝦夷が形勢をうかがうために出没する拠点となる要害を断つこと。
一四 天平九年四月戊午条に見える出羽国大室駅の所在地か。山形県尾花沢市丹生・正厳付近に比定される(山田安彦説)。→□二三一五頁注三一。
一五 出羽鎮狄将軍安倍家麻呂(本年三月甲午に

征東使上奏

神《じん》を侵《をか》し驚《おどろ》かすのみに非《あら》ず、実《まこと》に亦子孫《またこうまご》をも憂《うれ》へ傷《いた》ましむ。今《いま》より以後《のち》、[一]禁断《きむだん》を加《くは》ふべし」とのたまふ。越　前　国《こしのみちのくち》丹生《にふ》[二]郡の小虫神《こむしのかみ》[三]を幣社《へいしゃ》[四]とす。○庚子[十日]、征東使《せいとうし》[五]奏《そう》して言《まう》さく、「蠢《うごめ》[六]ける茲《こ》の蝦虜《えみしども》、寔《まこと》[七]に繁《しげ》く徒《ともがら》有り。或《ある》は言《ことば》を巧《たくみ》にして誅《ちう》を逋《のが》れ、或《ある》は隙《ひま》を窺《うかが》ひて毒《どく》を肆《ほしきまにまに》す。是《ここ》を以《もち》て二千の兵《いくさ》を遣《つかは》して、鷲座《わしくら》[八]・楯座《たてくら》[九]・石沢《いさは》[一〇]・大菅屋《おほすがや》[一一]・柳沢《やなぎさは》[一二]等の五道を経略《けいりやく》し、木《き》を斬《き》りて径《みち》を塞《ふさ》き、溝《みぞ》を深《ふか》くして険《けむ》を作《つく》り、以《もち》て逆賊《げきぞく》の首鼠《しゆそ》[一三]の要害《えうがい》を断《た》たしめむ」とまうせり。是《ここ》に勅《みことのり》して曰《のたま》はく、「如聞《きくな》らく、「出羽《いでは》国大室塞《おほむろのき》[一四]等も亦是《またこ》れ賊《あた》の要害《えうがい》なり。毎《つね》に間隙《ひま》を伺《うかが》ひて頻《しばしば》来《きた》りて寇掠《かうりやく》す」ときく。将軍《しやうぐん》[一五]と国司《こくし》とに仰《おほ》せて、地勢《ちせい》を視量《みはか》りて非常《ひじやう》を防禦《ふせ》かしむべし」とのたまふ。○辛丑[十一日]、正五位下藤原《ふぢはら》[一六]朝臣種継《たねつぐ》に正五位上を授《さづ》く。○甲辰[十四日]、越　前　国《こしのみちのくち》丹生《にふ》郡の大《おほ》[一七]虫神《むしのかみ》、越　中　国《こしのみちのなか》射水《いみづ》[一八]郡の二上神《ふたかみのかみ》[一九]、礪波《となみ》[二〇]郡の高瀬神《たかせのかみ》[二一]を並《ならび》に従五位下に叙《じよ》す。

京内でみだりな祭祀を行うことを禁断

左右京《さうのきやう》に勅《みことのり》[二二]したまはく、「如聞《きくな》らく、「比来《このころ》、無知《むち》の百姓《はくせい》、巫覡《ふげき》[二三]を搆合《かまへあ》ひて妄《みだり》に淫祀《いむし》[二四]を崇《あが》め、蒭狗《すうく》[二五]の設《まうけ》、符書《ふしよ》[二六]の類《たぐひ》、百方《ももち》に怪《くわい》を作《な》して街路《がいろ》に塡《み》ち溢《あふ》る。事《こと》に託《よ》せて福《さきはひ》を求《もと》め、還《かへ》りて厭魅《えむみ》[二七]に渉《わた》る」ときく。唯朝憲《ただでうけん》を畏《おそ》れぬのみに非《あら》ず、誠《まこと》に亦長《またなが》く妖妄《えうまう》を養《やしな》はむ。今《いま》より以後《のち》、厳《きび》しく禁断《きむだん》すべし。如《も》し違犯《ゐぼむ》せる者《ひと》有らば、五位[二八]已上は名《な》を録《しる》して奏聞《そうもん》し、六位[二九]已下は所司《しよし》科《くわ》

任)と出羽守多治比乙安(宝亀十年九月丁亥に任)。

一六 →[四]補27-四四。正五位下叙位は宝亀八年正月。

一七 福井県武生市大虫町に所在。延暦十年四月庚子条でも従五位下叙位、同月乙巳に従四位下となる。神名式に丹生郡の「大虫神社〈名神大〉」とある。

一八 →補36-二九。　一九 →補36-三〇。

二〇 →補36-三一。　二一 →補36-三二。

二二 京内でみだりな祭祀などを行うことを禁断した勅。三代格・要略にも収載する。

二三 神がかりとなって人の未来・吉凶禍福を予言する者。女を「巫」、男を「覡」という。→[二]三二七頁注三。

二四 祀るべきでない神を祀ること。礼記、曲礼下に「非$_{二}$其所$_{レ}$祭而祭$_{レ}$之、名曰$_{二}$淫祀$_{一}$、淫祀無$_{レ}$福」とある。

二五 わらを結んで作った犬。祭に用い、祭が終ると棄てたという。文選の劉琨「答$_{二}$盧諶$_{一}$詩」に「蒭狗之談、其最得乎」と見え、六臣注の李周翰註に「蒭狗、草狗也、解者列$_{二}$於地$_{一}$以祈$_{レ}$福」とある。

二六 道術の呪文などを記した書きつけ。

二七 図形・人形などを用いて人を害するまじないの法。賊盗律17に罰則規定がある。→[二]補10-四一。

二八 公式令8の五位以上と六位以下の弾劾の手続きの差違に対応したもの。奏弾の手続きによる。

二九 公式令8の「六位以下、並糺移$_{二}$所司$_{一}$、推判」の手続きによる。ここの「所司」とあるのは、この勅が左右京を対象としたものであることから、獄令1の義解によれば、事発処官司である左右京職。

決。但有レ患禱[1]祀者、[2]非レ在二京内一者許之。〇庚戌、授二正六位上紀朝臣常従五位下一。〇辛亥、授二正六位上川辺朝臣浄長従五位下一。〇壬子、常陸国言、脱漏神賤七百七十四人請レ編二神戸一。許レ之。但神司妄認二良民一、規為二神賤一、仮二[3]託霊異一、[4]侵二[5]擾朝章一。自レ今以後、更莫二申請一。〇丁巳、陸奥鎮守副将軍従五位上百済王俊哲等言、己等為レ賊被レ囲、兵疲矢尽。而祈二桃生・白河等[6]郡神[7]一十一社一、乃得レ[8]潰レ囲。自レ非二神力一、何存二軍士一。請預二幣社一。許レ之。

[9]天応元年春正月辛酉朔、詔[10]曰、以レ天為レ大、則レ之者聖人。以レ民為レ心、育レ之者仁后。朕以二[11]寡薄一、忝承二宝基一。無レ[12]善二万民一、空歴二一[13]紀一。然則、恵沢壅而不レ流、憂懼[14]交而弥積。日慎二一日一、念レ茲在レ茲。比有司奏、伊勢[15]斎宮所レ見美雲、正合二大瑞一。彼神宮者国家所レ鎮。自レ天応レ之、

1 祀—犯〔底〕→校補
2 非在京内→校補
3 託〔大〕—訰（兼・谷原・東・高）、詫（谷擦重）
4 侵ノ上、ナシ〔谷原〕—已（谷傍補）→校補
5 擾〔大補〕—ナシ（兼等）
6 郡〔大補、紀略補〕—ナシ（兼等、紀略原）→校補
7 一〔紀略補〕—ナシ（紀略原）→校補
8 潰囲—囲潰（紀略）→校補
9 天応元年→校補
10 曰—云（東）
11 寡→校補
12 善〔類一六五一本〕—益（類一六五）、盖（類一六五一本）
13 紀〔兼抹傍〕—純（兼原）
14 交〔類一六五一本〕—支（類一六五）
15 斎—斉〔底〕

一 この勅で、京内に居住しない者は規制の対象外としたと解しうる余地もあるが、三代格にはこの部分、「宜下於二京外一祓除上」とあり、規制の対象とされた者はやはり左右京内の人々で、彼らが京外において祓除を行うことは規制の対象外としたと解する方が妥当であろう。

二 他に見えず。紀朝臣→[一]補1-三一。

三 延暦元年八月に主油正、同三年四月にも再び主油正、同四年十月に安芸介となる。川辺朝臣→[一]一〇五頁注三。

四 良民でもなく、神賤としても登録されていない、の意。

五 →[三]補21-二〇・[四]一六一頁注一六。

六 造営・祭祀のために神社にあてられた民戸。

七 鹿島神宮の神官。→[四]一三五頁注四。

八 人知ではかることのできない不可思議なこと。

九 →[四]補33-四三。陸奥鎮守副将軍に任じたのは本年六月。

一〇 神名式には、白河郡に都都古和気神社・伊

決《くゑつ》せよ。但《ただ》し患《わづらひ》有りて禱《いの》り祀《まつ》る者《ひと》は、京内《みやこのうち》に在《あ》るに非《あら》ずは許《ゆる》せ」とのたまふ。○庚戌、正六位上紀《き》朝臣常《つね》に従五位下を授《さづ》く。○辛亥、正六位上川辺《かはへ》朝臣浄長《きよなが》に従五位下を授く。○壬子、常陸《ひたち》国言《まう》さく、「脱漏《だつろう》せる神賤《しんせん》七百七十四人、神戸《かむべ》に編《つらな》らむことを請《こ》ふ」とまうす。これを許《ゆる》す。但《ただ》し、神《かむ》司《つかさ》、妄《みだり》に良民《らうみん》を認《みと》めて規《はか》りて神賤《しんせん》とし、霊異《れいい》に仮託《かたく》して朝章《でうしやう》を侵《をか》し擾《みだ》せり。

征夷に効験ある一一社を幣社に列す

今《いま》より以後《のち》、更《さら》に申《まう》し請《こ》ふこと莫《な》からしむ。○丁巳、陸奥鎮守副将軍《みちのおくのちんしゆふくしやうぐん》従五位上百済王《くだらのこにきし》俊哲《しゆんてつ》ら言《まう》さく、「己《おのれ》ら賊《あた》の為《ため》に囲《かく》まれて兵《いくさ》疲《つか》れ矢《や》尽《つ》きぬ。而《しか》れども、桃生《もむのふ》・白河《しらかは》等の郡神《こほりのかみ》一十一社に祈《いの》りて、乃《すなは》ち囲《かくみ》を潰《やぶ》ること得《え》たり。神《かみ》の力《ちから》に非《あら》ざるよりは、何《なに》ぞ軍士《ぐんじ》を存《あ》らしめむ。請《こ》はくは、幣社《へいしや》に預《あづか》らしめむことを」とまうす。これを許《ゆる》す。

七八一年
天応改元

天応《てんおう》元年春《はる》正月辛酉の朔、詔《みことのり》して曰《のたま》はく、「天《てん》を大《だい》とし、これに則《のりと》るは聖人《せいじん》なり。民《たみ》を心《こころ》とし、これを育《はぐく》むは仁后《じんこう》なり。朕《われ》、寡薄《くわはく》を以《もち》て、忝《かたじけな》くも宝基《ほうき》を承《う》く。万民《ばんみん》に善《よ》きこと無くして空《むな》しく一紀を歴《へ》たり。然《しか》れば、恵《くゑい》沢《たくとどこほ》壅りて流《なが》れず、憂懼《いうく》交《まじ》りて弥《いよいよ》積《つ》めり。日《ひ》に一日を慎《つつし》みて茲《これ》を念《おも》ふこと茲《これ》に在《あ》り。比《このころ》、有司《いうし》奏《そう》すらく、『伊勢斎宮《いせのいつきのみや》に見《あらは》れたる美《うつく》しき雲《くも》、正《まさ》に大《おほき》瑞《しるし》に合《かな》へり』とまうす。彼《か》の神宮《かみのみや》は国家《みかど》の鎮《しづめ》とある所《ところ》なり。天《てん》よりこれに

波止和気神社・白河神社・八溝嶺神社・飯豊比売神社・永倉神社・石都都古和気神社の七社および桃生郡に飯野山神社・日高見神社・二俣神社・石神社・計仙麻大嶋神社・小鋭神社の六社、あわせて一三の神社が見えるが、これらのうちの一一社か。桃生郡→㊂一八三頁注二一。白河郡→㊁補8―一一。

二　天応に改元する詔。本条の改元について、この年は辛酉年で、正月朔も辛酉であることから、光仁天皇が辛酉革命説を意識していたとする説がある(吉田孝説)。

三　天を偉大なものとし、これに則って政治を行う者は聖人である、の意。論語、泰伯篇に「巍々乎、唯天為レ大、唯尭則レ之」とあるによる。

一三　民の心を自分自身の心とする、の意。老子、四十九に「聖人無二常心一、以二百姓心一為レ心」とあるによる。

一四　仁徳ある君主。

一五　天子の位。

一六　一二年。書経、畢命篇の孔安国伝に「十二年曰レ紀」とある。ここは、光仁天皇が宝亀元年十月に即位してから本年までの一二年をいう。

一七　儀制令8に「…依二図書一、合二大瑞一者、随即表奏」とある。また、公式令50に「凡国有二大瑞…一者、各遣レ使馳駅申上」とあり、飛駅上式(謹奏云々)による。祥瑞→㊀補1―三七。

一八　伊勢における斎王の居所。→㊀補1―九二。

一九　治部省式に「慶雲〈状若レ烟非レ烟、若レ雲非レ雲〉」が大瑞と見える。伊勢の瑞雲による改元は、神護景雲元年八月癸巳条にも見える。

二〇　伊勢大神宮。→㊀補1―一九。

二一　易経、大有、上九卦に「自レ天祐レ之、吉无レ不レ利」とある。

吉[1]無レ不レ利。抑是朕之不徳、非二独臻一レ茲。方知、凡百之
寮、相諧攸レ[2]感。今者、元正[3]告レ暦、吉日初開。宜下対二良
辰一共悦中嘉貺上。可下大二赦天下一、改レ元[4]曰中天応上。自二天応
元年正月一日昧爽一以前大辟以下、罪無二軽重一、未発覚・
已発覚、未結正・[5]已結正、繋[6]囚・見徒、咸皆赦除。但
犯二八虐一、故殺・謀殺、私鋳銭、強窃二盗、常赦所レ不
レ免者、不レ在二赦例一。其[7]斎宮寮[8]主典已上、及[9]大神宮司、
并禰宜・大物忌・内人、多気・度会二郡司、加二位一級一。
自餘番上、及内外文武官主典已上一級。但正六位上者廻
授二一子一。如無レ子者、宜レ量二賜物一。其五位已上子孫、年
廿已[10]上者、[11]亦叙二当蔭之階一。又如有下百姓為二皆麻呂等一
被二[12]詿誤一、而能棄レ賊来者上、給二復三年一。其[13]従レ軍入二陸
奥・出羽一諸国百姓、久疲二兵役一、多破二家産一。宜レ免二当
戸今年[14]田租一。如無二種子一者、所司量貸。又去年恩免神・
寺封租者、宜下以二正税一塡[15]償上。天下老人百歳已上、賜二[16]籾
三斛一。九十已上

1 無〔谷傍補、大、類一六五〕—ナシ(兼・谷原・東・高)
2 感—咸〔底〕
3 告(兼等、大、類一六五)—吉〔類一六五一本〕
4 曰—云(東)
5 已結正〔類一六五〕—ナシ(類一六五一本)
6 囚—因〔底〕→校補
7 斎—斉〔底〕
8 主—至〔底〕
9 大—太(類一六五)
10 上—ナシ(東)
11 亦〔類一六五〕—各(類一六五一本)
12 詿〔谷・東・高擦重、大、類一六五〕—註(兼)
13 従〔谷重〕—後(谷原)
14 田〔兼・谷、大、類一六五〕—云(東)、曰(高)
15 償〔谷擦重、大、類八三・一六五〕—儻(兼・谷原・東・高)
16 籾〔大、類一六五〕—粈(兼・谷・東・高擦重)

一 立派なたまもの。ここは伊勢の美雲の出現をいう。
二 年始の大赦の事例は、天平十九年正月丁丑朔に見える。また改元に伴う大赦の事例は、和銅元年正月乙巳条・霊亀元年九月庚辰条・養老元年十一月癸丑条・神護景雲元年八月癸巳条および嘉祥元年六月庚子条(続後紀)・元慶元年四月十六日条(三代実録)などに見える。
三 →六七頁注五。
四 →六七頁注六。
五 →六七頁注七。
六 →六七頁注八。
七 →五一頁注二三。
八 意図的に人を殺す罪が故殺(闘訟律5)。殺人をはかった罪が謀殺(賊盗律5-9)。名例律55逸文は「称レ謀者、二人以上〈謀状彰顕、雖二一人一、同二二人之法一〉」とする。律に定める殺人→[一]補4-八。
九 →五一頁注二五。
一〇 →五一頁注二六。
一一 →五一頁注二七。
一二 →[一]補2-九一。「斎宮寮主典以上」→補36-二三。
一三 伊勢大神宮の宮司。内外宮の神官を統率し祭祀を行い、神郡・神戸の行政事務をつかさどる。「大神宮司元置二従六位官一員一、而去貞観十二年更加二一員一」(三代格元慶五年八月廿六日太政官符)と見え、貞観十二年に一員を加えたことは、三代実録元慶五年八月廿六日条および三代格の同日付の太政官符に見える。元慶五年の太政官符にはまた「大宮司一員右正六位上官、少宮司一員右正七位上官」とあるので、もと従六位相当の宮司一人が置かれていたことが知られる。
一四 →[二]二三七頁注一三。伊勢両宮では、大

大赦

応《こた》へ、吉《きち》にして利《り》あらずといふこと無し。抑《そもそも》是れ朕《われ》は不徳《ふとく》にして、独《ひと》り茲《これ》に臻《いた》れるに非《あら》ず。方《まさ》に知《し》る、凡百《すべて》の寮《つかさ》相《あひ》諧《ととのほ》りて感《かむ》ずる攸《ところ》なるを。今者《いま》、元正暦《ぐわんしやうこよみ》を告《つ》げて、吉日《きちにち》初《はじ》めて開《ひら》く。良辰《りやうしん》に対《むか》ひて共《とも》に[一]嘉貺《かくゐやう》を悦《よろこ》ぶべし。天下《あめのした》に[二]大赦《たいしや》し、元《ぐゑん》を改《あらた》めて天応《てんおう》と曰《い》ふべし。天応元年《てんおうぐわんねん》正月一日の昧爽《よあけ》より以前《さき》の[三]大辟《だいびやく》以下、罪軽重《つみきやうぢう》と無く、[四]未発覚《みほつかく》も已発覚《いほつかく》も、[五]未結正《みけつしやう》も已結正《いけつしやう》も、[六]繋囚《けいしう》も見徒《げんづ》も、咸《ことごと》く皆赦除《みなゆる》せ。但《ただ》し、[七]八虐《はちぎやく》を犯《をか》せると、[八]故殺《こせつ》・謀殺《むせつ》と、[九]私鋳銭《しじゆせん》と、[一〇]強窃《がうせつ》の二盗と、[一一]常赦《じやうしや》の免《ゆる》さぬとは、赦《しや》の例《つら》に在《あ》らず。その[一二]斎宮《さいぐう》寮《れう》の主典《さうくわん》已上と、[一三]大神宮司《だいじんぐうのつかさ》と、并《あは》せて[一四]禰宜《ねぎ》・[一五]大物忌《おほものいみ》・[一六]内人《うちひと》と、[一七]多気《たけ》・[一八]度会《わたらひ》二郡の司《つかさ》とには位《くらゐ》二級を加《くは》へよ。自餘《そのほか》の[一九]番上《ばんじやう》と内外《ないぐゑ》の文武《ぶんぶ》の官《つかさ》の主典《さうくわん》已上とには一級。但《ただ》し[二〇]正六位上の者《ひと》には廻《めぐら》して一子に授《さづ》く。如《も》し子《こ》無くは、物《もの》を量《はか》り賜《たま》ふべし。その五位已上の子孫《こうまご》の年[二一]廿《よはひ》已上の者《ひと》にも亦当蔭《またたうおむ》の階《かい》を叙《じよ》せよ。

征夷軍従軍者等に田租免除

また、如《も》し百姓《はくせい》、[二二]呰麻呂《あざまろ》らが為《ため》に詿誤《あざむ》かれて、能《よ》く賊《あた》を棄《す》てて来《きた》る者《ひと》有らば、[二三]復《ふく》三年を給《たま》へ。その[二四]軍《いくさ》に従《したが》ひて陸奥《みちのおく》・出羽《いでは》に入《い》る諸国《くにぐに》の百姓《はくせい》、久《ひさ》しく兵役《ひやうやく》に疲《う》みて、多《おほ》く家《いへ》の産《なりはひ》を破《やぶ》れり。当戸《そのへ》の今年《ことし》の田租《たちから》を免《ゆる》すべし。如《も》し種子《しゆし》無くは、所司《しよし》量《はか》り貸《いら》せ。また[二五]去年《こぞ》恩免《めぐみゆる》せる神《みや》・寺《てら》の封租《ふうそ》は、正税《しやうぜい》を以《もち》て塡《あ》て償《つくの》ふべし。

高年者に賑恤

天下《あめのした》の老人《おいひと》の[二六]百歳已上には籾《もみ》三斛を賜ふ。九十已上

宮司・少宮司の下に各一〇人がいた(二所太神宮例文)。

一五 伊勢神宮で、朝夕の大御饌(おおみけ)に奉仕した者。

一六 ↓(三)二一九頁注六。

一七 ↓(一)補3-四一。和名抄に管郷は相可・有弐・多気・麻続・三宅・流田・櫛田の七郷とある。

一八 度合郡とも。↓(一)補1-一〇二。和名抄に管郷は宇治・田部・城田・湯田・伊蘇・高田(向か)・箕曲・沼木・継橋・二見・伊気・駅家・陽田の一三郷とある。

一九 斎宮寮の番上か。天応段階の人数は、延暦二十二年に増員された四人の史生と、昌泰三年に増員された権史生一人を除いた九六人。↓補36-三三。

二〇 正六位上の者は昇叙させず、子のうちの一人に廻すようにし、本人は五位以上にはしないことにしたもの。

二一 五位以上の者の子・孫で二十歳以上の者には蔭位として叙位されるべき位階に叙位することとする。↓補36-三四。

二二 伊治公呰麻呂。↓五三頁注一七。

二三 賦役を全免すること。

二四 宝亀十一年二月丙午条に「宜発㆓三千兵㆒」、同年七月甲申条に「調㆓発坂東軍士㆒、限㆓来九月五日㆒、並赴㆓集陸奥国多賀城㆒」と見える、諸国から徴集された兵士。

二五 前年の宝亀十一年正月乙酉条で免じられた「神寺之稲」をさすか。恩免された封租が正税から補塡された例として、天平九年度長門国正税帳(古二-三七頁)の神戸の田租の場合が見られる。

二六 百歳以上に穀三斛を、九十歳以上に二斛、八十歳以上に一斛を賜わった事例として、和銅元年正月乙巳条・天平七年閏十一月戊戌条・延暦六年十月丁亥条がある。

二斛。八十已上一斛[1]。鰥寡孤独不レ能ニ自存一者、量加ニ賑恤[2]一、孝子[3]・順[4]孫、義夫・節婦、旌ニ表門閭一、終レ身勿レ事。○癸亥、授ニ正五位下佐伯宿禰久良麻呂正五位上一。○己巳、授ニ正六位上石淵[5]王従五位下一。○庚午、授ニ女孺无位県犬養宿禰勇耳従五位下一。」参議正四位下藤原朝臣小[6]黒麻呂為ニ兼陸奥按察[7]使一。右衛士督・常陸守如レ故。○壬申[8]、授ニ従二[9]位藤原朝臣魚名正二位一。○乙亥、下総国印[10]旛[11]郡大領外正六位上丈[12]部直牛養、常陸国那[13]賀郡大領外正七位下宇治部全成、並授ニ外従五位下一。以レ進ニ軍粮一也。○丙子、授ニ正五位上藤原朝臣種継従四位下一。○己卯、下[14]総国飢[15]。賑[16]給[17]。○庚辰、授ニ播磨国人大初位下佐伯直諸成外従五位下一。以レ進ニ稲[18]於造船[19]瀬所一也。○二月庚寅朔、授ニ无位磐田女王従五位下一。○壬辰、授ニ従六位下安曇宿禰日女虫[20]従五位下一。○乙巳、従五位下阿倍朝臣祖足為ニ河[21]内守一。○丙午、三品能登内親王薨。遣ニ右大弁正四位下大伴宿禰家持・刑部卿従四位下石川朝臣豊人等一、監ニ護[22]喪事一。所レ須官給。遣ニ参議左大弁正四位下大伴宿禰伯

1 斛—解(高)
2 恤—恤〔底〕
3 子〔底重〕
4 順—傾〔底〕
5 淵→校補
6 小〔大補〕—ナシ(兼等)
7 察—寮(東)
8 申—甲(東)
9 二〔東擦〕—三(東原)→校補
10 印〔谷擦重、大〕—即(兼・谷原・東・高)
11 旛—播(東)→校補
12 丈〔大改〕—大(兼等)
13 那〔谷擦重、大〕→校補
14 下〔兼・谷、大〕—丁(東・高)
15 飢〔兼・谷、大〕—ナシ(東・高)
16 賑〔兼・谷・東傍・高傍、大〕→校補
17 給ノ下、ナシ〔底〕—之
18 稲〔大補〕—ナシ(兼等)
19 船(兼等、大)→校補
20 虫—王(高)
21 河内〔大改〕—駿河(兼等)
22 護〔兼・谷、大〕→校補

一 →[一]補3-五四。
二 賑給に同じ。→一三九頁注一二。
三 →[一]一二九頁注一一。
四 賦役令17義解「仮如、於ニ其門及里門一築レ堆立レ牓。題云ニ孝子門、若里一也」とある。→[一]補2-一五九。
五 →[四]補25-八二。正五位下叙位は宝亀九年六月。
六 本年五月正親正、延暦二年十一月大監物、同六年二月若狭守となり、同十年七月再び大監物となる(続紀)。同十三年には伊勢奉幣使となった。時に大監物で従五位上(類聚国史延暦十三年三月辛卯条)。同十八年正月越中守に任ぜられ、時に従五位上(後紀)。
七 →五九頁注三二。
八 姓氏録左京皇別広根朝臣の条に「正六位上広根朝臣諸勝、是光仁天皇龍潜之時、女孺従五位下県犬養宿禰勇耳、侍御而所レ生也」とあり、光仁との間に広根諸勝をもうけたことが知られる。県犬養宿禰→[一]補2-一二四。
九 少黒麻呂とも。房前の孫、鳥養の男。→[四]補25-九二。陸奥按察使への任官は、前年の宝亀十一年三月丁亥条に見える呰麻呂の乱による紀広純の死亡による。右衛士督および常陸守への任官は、それぞれ宝亀七年三月および同八年十月。
一〇 →[三]補17-二五。従二位叙位は宝亀八年正月。
一一 民部省式に「印播」、和名抄に「印幡」とする。八代・印幡・言美・三宅・長隈・鳥矢・吉高・船穂・臼理・村神・余戸(高山寺本なし)の一一郷を管する。現在の千葉県佐倉市・四街道市・八街市・印西市・印旛郡と成田市・八千代市の各一部。天平十年度駿河国正税帳に「印波郡

には二斛。八十已上には一斛。鰥寡孤独《くわんくわこどく》[一]の自存《じぞん》すること能《あた》はぬ者《ひと》には、量《はか》りて賑恤《しんじゆつ》[二]を加《くは》へ、孝子《けうし》[三]・順孫《じゆんそん》、義夫《ぎふ》・節婦《せちふ》は門閭《もんりよ》[四]に旌表《あらは》して、身《み》を終《を》ふるまで事勿《ことな》からしめよ」とのたまふ。○癸亥[三日]、正五位下佐伯《さへき》[五]宿禰久良麻呂《くらまろ》に正五位上を授《さづ》く。○己巳[九日]、正六位上石淵王《いはふちのおほきみ》[六]に従五位下を授く。○庚午[十日]、女孺《によじゆ》[七]无位県犬養《あがたいぬかひ》[八]宿禰勇耳《いさみみ》に従五位下を授く。参議《さむぎ》正四位下藤原《ふぢはら》[九]朝臣小黒《をぐろ》麻呂《まろ》を兼陸奥按察使《みちのおくのあんせちし》とす。右衛士督《うゑじのかみ》・常陸《ひたち》守は故《もと》の如《ごと》し。○壬申[十二日]、従二位藤原《ふぢはら》[一〇]朝臣魚名《うをな》に正二位を授く。○乙亥[十五日]、下総《しもつふさ》国印幡《いんば》[一一]郡大領《だいりやう》外正六位上丈部《はせつかひべ》[一二]直牛養《うしかひ》、常陸《ひたち》国那賀《なか》[一三]郡大領《だいりやう》外正七位下宇治部《うぢべ》[一四]全成《のまたなり》に並《ならび》に外従五位下を授く。軍粮《ぐんらう》[一五]を進《たてまつ》るを以《もち》てなり。○丙子[十六日]、正五位上藤原《ふぢはら》[一六]朝臣種継《たねつぐ》に従四位下を授く。○己卯[十九日]、下総《しもつふさ》国飢《う》ゑぬ。賑給《しんごふ》す。○庚辰[二十日]、播磨《はりま》国の人《ひと》大初位下佐伯《さへき》[一七]直諸成《もろなり》に外従五位下を授く。稲《いね》を造船瀬所《ふなせをつくるところ》[一八]に進《たてまつ》れるを以《もち》てなり。

能登内親王没

二月庚寅の朔、无位磐田女王《いはたのおほきみ》[一九]に従五位下を授く。○壬辰[三日]、従六位下安曇《あづみ》[二〇]宿禰日女虫《ひめむし》に従五位下を授く。○乙巳[十六日]、従五位下阿倍《あへ》[二一]朝臣祖足《おやたり》を河内《かふち》守とす。○丙午[十七日]、三品能登内親王《のとのひめみこ》[二二]薨《こう》しぬ。右大弁《うだいべん》正四位下大伴《おほとも》[二三]宿禰家持《やかもち》・刑部《ぎやうぶ》卿《きやう》従四位下石川《いしかは》[二四]朝臣豊人《とよひと》らを遣《つかは》して、喪《も》の事《こと》を監護《みまも》らしむ。須《もち》ゐるものは官《つかさ》より給《たま》ふ。参議《さむぎ》左大弁《さだいべん》正四位下大伴《おほとも》[二五]宿禰伯《をぢ》

釆女丈部直広成」(古二一一〇七頁)、平城宮跡出土木簡にも「印波郡」(『平城木簡概報』二五—二〇頁)とする表記が見える。常陸国風土記行方郡条にも、景行天皇が安房から下総の印波に至り、鳥見丘に登ったと記す。また、天平勝宝七歳二月の下総国防人歌に印波郡丈部直大麿の歌がある(万葉四三八九)。

一二 他に見えず。丈部直→㊀補6—六九。

一三 →㊁一二九頁注四〇。

一四 他に見えず。宇治部→㊁補9—二九。

一五 前年の宝亀十一年七月甲申条に「割二下総国糒六千斛、常陸国一万斛一、限三来八月廿日以前一、運二輸軍所一」とする措置に基づいて、軍粮を運んだことによる叙位。

一六 →㊃補27—四四。正五位上叙位は宝亀十一年十二月。

一七 →補36—三五。

一八 ここは、播磨国の諸船瀬の造営・修理に携わる機関。船瀬→㊃一七一頁注一。播磨国の船瀬には、名寸隅船瀬(万葉九三五・九三七)、水児船瀬(延暦八年十二月乙亥条・同十年十一月壬戌条)、阿閇津・榭津・印南之大津江・赤石林潮(播磨国風土記賀古郡条)、宇須伎津・御津・室原泊(同風土記揖保郡条)などが見え、これらを管掌したものか。

一九 石田女王とも。→㊃二四一頁注一一。

二〇 他に見えず。安曇宿禰→㊀補3—二八。

二一 →一二三頁注二七。前官は左衛士員外佐(宝亀十一年九月壬戌条)。河内守の前任者は佐伯真守(宝亀十年九月甲午条)。

二二 光仁の皇女。母は高野新笠。→㊃補31—二八。宝亀七年正月に授三品。

二三 →㊂五頁注六。

二四 →㊂補17—一五。

二五 →㊂一〇七頁注四。

麻呂一、就レ第[1]宣レ詔曰[2]、天[3]皇[4]大命[6]良万[5]止能登内親王尓告与止[7]詔大命乎宣。此月頃間、身労須止聞食弖伊都之[8]可病止弖参入岐[9]、朕心毛慰米麻[10]佐牟止、今日加有牟明日加有牟止[11]所念食々[12]都待比賜間尓、安加良米佐須[13]如[14]事久、於与豆礼加毛[15]年高毛成多流朕乎置弖罷麻[16]之奴止[17]聞食弖奈毛驚賜比悔備[18]大坐須。如此在牟止知末世[19]婆心置弖毛談比賜比相見弖末之物乎、悔加毛哀加毛云部[20]不知[21]毛之[22]在加毛[23]。朕波汝乃[24]志乎波[25]暫久乃間[26]毛忘[27]得末之自美奈毛悲備[28]賜比之乃比[29]賜比大御泣哭止弖[30]大坐麻須。然毛治賜牟止所念之々[31]位止奈毛一品贈[32]賜[33]不。子等[34]乎婆二世王尓上賜比治賜不。労久奈思麻之會。罷麻[35]佐牟道波平幸久都都[36][37]牟事無久宇志呂毛軽久安久通良世止告与止[38]詔天皇大命乎宣。」内親王、天皇之女也。適二正五位下市原王一、生二五百井女王・五百枝王一。薨時、年卌九。」以二従五位下阿倍[39]朝臣謂奈麻呂一為二権右少弁一。〇己未、穀一[40]十[41]万斛[42]仰二相模・武蔵・安房・上総・下総・常陸等国一、令[43]レ漕二送陸奥[44]軍所一。

1第〔谷重、大〕—弟(兼・谷原・東・高)　2曰—云(東)　3天皇→校補　4皇〔兼・谷、大、詔〕—ナシ(東・高)　5万〔底〕—麻　6止→校補　7与—ナシ〔底一字空〕→校補　8之〔兼等〕—之(大、詔)　9岐→脚注　10麻佐〔兼等〕—麻佐(大、詔)　11止　—ナシ〔底〕　12々—ナシ〔底〕　13須〔兼等〕—須(大、詔)　14如〈意改〉(大改、詔)—加→脚注・校補　15年高毛〔底〕—年毛高久　16麻之奴〔兼等〕—麻之奴(大、詔)　17止〔兼・谷、大、詔〕—上(東・高)　18備ノ下、ナシ〔兼等〕—賜比(大補、詔)→脚注・校補　19世—也〔底〕　20云部→脚注・校補　21知ノ下、ナシ〔兼等〕—恋(大補)、然(詔)→脚注・校補　22之—久〔底〕　23毛→校補　24乃→校補　25波〔大〕—婆(兼等)　26間〔谷擦、大、詔〕—聞(兼・谷原・東・高)　27忘〔谷重、大、詔〕—忌(兼・谷原・東・高)　28備〔底〕—備　29比〔底〕—比　30止弖〔底〕—川、(兼・東・高、大補)、川(谷)、川川(詔)→校補　31之々〔兼・谷・東・高擦重、大〕—念(高原)、之(詔)→校補　32贈〔兼・谷擦重、大、詔〕—賜(谷原)、ナシ(東・高)　33賜〔谷擦重〕
34等〔東・高、大補、詔〕—ナシ

一 能登内親王を弔い、一品を贈り、その子を二世王とする宣命。
二 病気でいらっしゃる。「労す」は「労る」の尊敬語。
三 いつになったら。
四 原文「参入岐」とあるが、詔詞解に「岐ノ字は心得ず、弖を誤れるなるべし」と言うように誤字として訓むべきか。あるいは「参入り来」の意か。ただし「来」を「岐」と記す例は宣命にない。
五 病気が癒えて参内せられるのが、今日であろうか、明日であろうか、の意。
六 ずっと待っているうちに。「待たひ」は、「待つ」に継続の助動詞「ひ(ふ)」の接した形。
七 ふと目を他に移すような僅かな間に、にわかに。瞬時に見失う意ともいう。
八 諸本「加事久」とするが、それでは訓めない。詔詞解に「加」を「如」の誤字とするのによる。
九 人をたぶらかす偽り言ででもあろうか、の意。オヨヅレは既出(第五十一詔)。
一〇 このとき光仁天皇は七十三歳。
一一 底本等「悔備」の後に「賜比」の二字がない。詔詞解に補っているが、原文のままに訓む。
一二 こうなることと知っていたならば、の意。
一三 そのつもりで心をとどめて、の意。
一四 会っていたものを、の意。
一五 原文「云部不知毛之在加毛」とあるが、「云

麻呂《まろ》を遣《つかは》して、第《てい》に就《つ》きて[一]詔《みことのり》を宣《の》らしめて曰《のたま》はく、「天皇《すめら》が大命《おほみこと》らまと能《の》登内親王《とのひめみこ》に告《つ》げよと詔《の》りたまふ大命《おほみこと》を宣《の》る。此《こ》の月頃《つきごろ》の間《あひだ》、[二]身労《みつから》すと聞《きこ》しめして、[三]いつしか病止《やまひや》みて[四]参入《まゐい》りて、朕《わ》が心《こころ》も慰《なぐさ》めまさむと、[五]今日《けふ》か有《あ》らむ明日《あす》か有《あ》らむと念《おもほ》しめしつつ[六]待《ま》たひ賜《たま》ふ間《あひだ》に、[七]あからめさす[八]事《こと》の如《ごと》く、[九]およづれかも[一〇]年高《としたか》くも成《な》りたる朕《われ》を置《お》きて罷《まか》りましぬと聞《きこ》しめしてなも、驚《おどろ》き賜《たま》ひ[一一]悔《くや》しび大坐《おほま》します。[一二]如此《かく》在《あ》らむと知《し》らませば、[一三]心置《こころお》きても談《かた》ひ賜《たま》ひ、[一四]相見《あひみ》てまし物《もの》を、悔《くや》しかも哀《かな》しかも、[一五]云《い》はむすべ[一六]知《し》らにもし在《あ》るかも。[一七]朕《われ》は汝《みまし》の志《こころざし》をば暫《しまら》くの間《ま》も忘《わす》れ得《う》ましじみなも悲《かな》しび賜《たま》ひ、しのび賜《たま》ひ大御泣哭《おほみねな》かすとて大坐《おほま》します。然《しか》るも治《をさ》め賜《たま》はむと念《おもほ》しし位《くらゐ》となも、一品《ひとつしな》贈《おく》り賜《たま》ふ。[一八]子等《こども》をば[一九]二世《ふたつぎ》の王《おほきみ》に上《あ》げ賜《たま》ひ治《をさ》め賜《たま》ふ。[二〇]労《いたは》しくな思《おも》ひましそ。罷《まか》りまさむ道《みち》は平《たひら》けく幸《さき》く[二一]つつむ事無《ことな》く、[二二]うしろも軽《かる》く安《やす》けく通《とほ》らせと告《つ》げよと詔《の》りたまふ天皇《すめら》が大命《おほみこと》を宣《の》る」とのたまふ。内親王《ひめみこ》は天皇《すめらみこと》の女《みむすめ》なり。正五位下[二三]市原王《いちはらのおほきみ》に適《あ》ひて、[二四]五百井女王《いほゐのおほきみ》・[二五]五百枝王《いほえ》を生《う》めり。薨《こう》しぬる時、年《とし》卌九。従五位下[二六]阿倍《あへ》朝臣謂奈麻呂《ゐなまろ》を[二七]権右少弁《ごんのうせうべん》とす。○己未《三十日》、[二八]穀《こく》一十万斛を相模《さがみ》・武蔵《むざし》・安房《あは》・上総《かみつふさ》・下総《しもつふさ》・常陸《ひたち》等の国に仰《おほ》せて、陸奥《みちのおく》の軍《くん》所《しょ》に漕《こ》ぎ送《おく》らしむ。

部」では訓めない。詔詞解に、脱字もしくは誤字とし、「云牟須部などぞ有けむ」とするのが正しいか。何といってよいかわからずにいることであるよ、の意。

一六 詔詞解に「不知」の後を、「恋之久毛ならむか」とするのは誤りだろう。

一七 わたしはあなたの情を暫くの間も忘れ得ないだろうと悲しく思い、なつかしく想い出して、声をあげ泣きつづけている。「志」は万象名義に「念也、慕也」と見える。

一八 五百井女王と五百枝王。

一九 父方の市原王(四世王)の子としては五世王である五百井女王・五百枝王を、母方が能登内親王(光仁天皇の女)であるから二世王とするとしたもの。二世王である長屋王と室の吉備内親王との間に生れた子を、長屋王の子としての三世王ではなく、母方によって二世王とした先例がある(霊亀元年二月丁丑条)。

二〇 後に残した御子たちの事について心労なさいますな。イタハシは既出(第五十二詔)。

二一 「つつむ」は、障りある、の意。

二二 後のことについても気にかけずに心安らかにおいでなされよ。

二三 →[二]補15-一〇。

二四 →補36-三六。

二五 のち春原朝臣五百枝。→補36-三七。

二六 安倍朝臣とも。→[四]補31-九四。前官は但馬介(宝亀十一年三月壬午条)。

二七 この時、左大弁に大伴伯麻呂、右大弁に大伴家持、左中弁に藤原鷹取、右中弁に豊野奄智、左少弁に賀茂人麻呂、右少弁に紀古佐美が任じていたため。

二八 前年の宝亀十一年七月甲申条で、下総国に六〇〇〇斛、常陸国に一万斛の糒を輸送させたのと同様に、対蝦夷戦に備える措置。

○三月庚申朔、授二[1]釆女従六位上牟義都公真依・正七位上安[2]那公[3]公御室・正八位上久米直麻奈保、並[4]外従五位下[5]一。○乙丑[6]、地震。○戊辰、正六位下弥努県主[7]諸上、従[8]六位上生部直清刀自、従七位下葛井連広見、従八位下三笠連秋虫、並授二外従五位下一。○己巳、尚侍兼尚蔵正三位大野朝臣仲千[9]麑。従三位東人女[10]也。○癸酉、授二従五位上和気朝臣広虫正五位上[11]一。○辛巳、正六位上酒部造家刀自、従六位下丸部臣須治女、並授二外従五位下一。○壬午、授二従六位下紀朝臣安自可従五位下一。○甲申、詔[12]曰、朕枕[13]席不レ安、稍移二晦朔一。雖レ加二医療一、未レ有二効験一。可レ大二赦天下一。自二天応元年三月廿五日昧爽一以前大辟以下、罪無二軽重一、已発覚・未発覚、已結正・未結正、繋囚・見徒、咸赦除之。但八虐、故殺[14]人、私鋳銭、強窃二盗、常赦所レ不レ免者、不レ在二赦限一。○乙酉、美作国言、今月十二日未三点、苫田郡兵[15]庫鳴動。又四点鳴動如レ先。其響如二雷霆之漸動一。」伊勢国言、今月十六日午時、鈴鹿関[16]西[17]中城門大鼓、自鳴三声。

(兼・谷)　35麻佐〔兼・東・高〕—麻佐(大、詔)、麻化(谷)　36都〔詔〕—々(兼等、大)　37牟〔兼・谷・東擦重・高〕—牟(大、詔)　38告—吉〔底〕　39倍〔兼・谷、大〕—位(東・高)　40一〔紀略補〕—ナシ(紀略原)→校補　41十〔大補、紀略〕—ナシ(兼等)　42斛〔谷擦重、大、紀略〕—解(兼・谷原・東・高)　43令〔紀略改〕—命(紀略原)→校補　44陸奥〔東・高、大補、紀略〕—ナシ(兼・谷)

以下一七四頁

1釆〔兼・谷、大〕—米(東・高)　2那〔谷擦重・東、大〕→校補　3公〔底〕—ナシ　4並—兼〔底〕　5下〔大補〕—ナシ(兼等)　6丑→校補　7主—王〔底〕　8従六位上生部直清刀自従七位下葛井連広見(底傍補)—ナシ〔底原〕　9千〔底〕—仟　10東人女〔底〕—東人之女(東・高)、東之女(兼・谷)→校補　11五〔大改〕—六(兼・谷)、ナシ(東・高)　12曰—云(東)　13枕→校補　14殺ノ下、ナシ〔兼・谷〕—謀殺(東・高、大補)　15郡兵〔高原・高重〕→校補　16関→校補　17西—両(高)

一　他に見えず。美濃国の釆女か。釆女→㊀補2−一三九。牟義都公→㊀補2−六七。

二　他に見えず。備後国安那郡の釆女か。安那公は姓氏録右京皇別に、天足彦国押人命の三世孫で彦国葺命の後とする和邇部と同じとある。安那のウヂ名は穴にも作り、景行紀二十七年十二月条に穴海、同二十八年二月条に吉備穴済神、安閑紀二年五月条に婀娜国と見える、後の備後国安那郡(現在の広島県深安郡・福山市)の地名に基づく。

三　他に見えず。久米直→㊁補8−四七。

四　以下、女叙位か。

五　本年六月に外従五位上に昇叙。弥(珍)県主は姓氏録和泉皇別に、豊城入彦命三世孫の御諸別命の後とある。弥(珍)のウヂ名は珍努・血沼にも作り、崇神紀七年八月条・崇峻即位前紀に見える茅渟県(後の和泉国)の地名に基づく。珍県主の一族には、天平九年度和泉監正税帳の珍県主倭麻呂(古二−八七頁)、珍県主深麻呂(古二−八六頁など)・珍県主三津雄(三代実録元慶五年四月廿八日条)などがある。

六　他に見えず。生部は、壬生部の「壬」の省略であろう。→㊁補9−六三。生部直は生部(壬生部)の現在地における管理者の氏姓であろう。生部直姓の者として、正倉院宝物の緋絁帯心布の銘に「伊豆国那賀郡那賀郷戸主生部直安万呂」が見える(銘文集成)。

七　延暦四年正月に従五位下に昇叙。葛井連→㊁七三頁注三。

八　他に見えず。三笠連→㊁一五一頁注一四。

九　中千とも。藤原永手の室。→㊂補24−三一。正三位叙位は宝亀九年九月。

一〇　大野東人。→㊀二二一頁注二。

一一　虫女とも。→㊃補26−一二。従五位上叙位は宝亀八年正月。

大野仲千没

大赦

三月庚申の朔、采女《うねめ》従六位上牟義都《むげつ》[一]公真依《まより》・正七位上安那《あな》[二]公御室《みむろ》・正八位上久米《くめ》[三]直麻奈保《まなほ》に並《ならび》に外従五位下を授《さづ》く。〇乙丑《六日》、地震《なゐ》ふる。〇戊辰《九日》、従[四]正六位下弥努《ちぬ》[五]県主諸上《もろかみ》、従六位上生部《いくへ》[六]直清刀自《きよとじ》、従七位下葛井《ふぢゐ》[七]連広見《ひろみ》、従八位下三笠《みかさ》[八]連秋虫《あきむし》に並に外従五位下を授く。〇己巳《十日》、尚侍《ないしのかみ》兼尚蔵《くらのかみ》正三位大野《おほの》[九]朝臣仲千《なかち》薨《こう》しぬ。従三位東人《あづまひと》[一〇]の女《むすめ》なり。〇癸酉《十四日》、従五位上和気《わけ》[一一]朝臣広虫《ひろむし》に正五位上を授く。〇辛巳《二十二日》、正六位上酒部《さかべ》[一二]造家刀自《いへとじ》、従六位下丸部《わにべ》[一三]臣須治女《すぢめ》に並に外従五位下を授く。〇壬午《二十三日》、従六位下紀《き》[一四]朝臣安自可《あじか》に従五位下を授く。〇甲申《二十五日》、詔《みことのり》[一五]して曰《のたま》はく、「朕枕席安《われしむせきやす》[一六]からぬこと稍《やや》く晦朔《くわいさく》[一七]を移《うつ》せり。医療《いれう》を加《くは》ふと雖《いへど》も未《いま》だ効験《かうけむ》有らず。天下《あめのした》に大赦《たいしや》[一八]すべし。天応《てんおう》元年三月廿五日の昧爽《よあけ》より以前《さき》の大辟《だいびやく》[一九]以下、罪軽重《つみきやうぢう》と無く、已発覚《いほつかく》[二〇]も未発覚《みほつかく》も、已結《いけつ》[二一]正《しやう》も未結正《みけつしやう》も、繫囚《けいしう》[二二]も見徒《げんづ》も、咸《ことごと》く赦除《ゆる》せ。但《ただ》し、八虐《はちぎやく》[二三]と、故殺人《こせつにん》[二四]と、私《し》[二五]鋳銭《じゆせん》と、強窃《がうせつ》[二六]の二盗と、常赦《じやうしや》[二七]の免《ゆる》さぬとは、赦《しや》の限《かぎり》に在《あ》らず」とのたまふ。〇乙酉《二十六日》、美作《みまさか》国言《まう》さく、「今月《このつき》十二日の未《ひつじ》[二八]の三点に苫田《とまた》[二九]郡の兵庫鳴《ひやうごな》[三〇]り動《うご》き。また四点[三一]に鳴《な》り動《うご》くこと先《さき》の如《ごと》し。その響《ひびき》、雷霆《らいてい》[三二]の漸《しまら》く動《とどろ》くが如《ごと》し」とまうす。伊勢《いせ》国言《まう》さく、「今月《このつき》十六日の午《うま》[三三]の時《とき》、鈴鹿関《すずかのせき》[三四]の西中城《にしなかのき》の門《もん》の大鼓《おほつづみ》[三五]、自《おのづか》ら鳴《な》ること三声《みこゑ》あり」とまうす。

一一 他に見えず。酒部造→補35-四七。

一二 他に見えず。丸部臣(和爾部臣)→□補1-三八。

一三 他に見えず。紀朝臣→□補1-三一。

一四 大赦を行うとする詔。

一五 心に憂があり、夜安眠できないこと。下文四月辛卯条には「元来風病尓苦都」と見える。

一六 晦日と朔日。また、晩と朝。「移晦朔」で、月日がたっていく、の意。

一七 病気平癒祈願の大赦は、養老四年八月辛巳朔(藤原不比等)、神亀五年八月甲申(聖武の皇太子基親王)、天平五年五月辛卯(光明皇后)、同十一年二月戊子(同)、同十九年十二月乙卯(元正太上天皇)、天平勝宝三年十月壬申(聖武太上天皇)、同五年四月丙戌(光明皇太后)、同六年七月丙午(太皇太后藤原宮子)、同八歳四月丁酉(聖武太上天皇)、宝亀九年三月庚午(皇太子山部親王)、天応元年十二月甲辰(光仁太上天皇)の各条に事例が見られる。

一九 →六七頁注五。　二〇 →六七頁注六。

二一 →六七頁注七。　二二 →六七頁注八。

二三 →五一頁注二三。　二四 →五一頁注二四。

二五 →五一頁注二五。　二六 →五一頁注二六。

二七 →五一頁注二七。

二八 未刻は現在の午後二時頃。「未三点」は午後三時頃にあたる。

二九 現在の岡山県津山市・苫田郡。→□補6-六。　三〇 諸国の兵庫にあたるもので、苫田郡に所在したものか。

三一 午後三時半頃。　三二 かみなり。

三三 現在の午前十二時頃。

三四 →一四七頁注九。　三五 軍防令54に「其三関者、…設二鼓吹軍器一、国司分当守固」とする大鼓。宝亀十一年六月辛酉条にも、鈴鹿関の大鼓が鳴ったことが見える。

○夏四月[1]己丑朔、[2]左兵庫兵器自鳴。其声如下以二大石一投レ地也。」遣三散位従五位下多治比真人三上於伊勢、伯耆守従五位下大伴宿禰継人於美[3]濃、兵部少輔従五位下藤原朝臣菅継於越前一、以固レ[4]関焉。以三天皇不豫一也。○辛卯、詔云、天皇我御命良麻等詔大命乎、親王等・王等・臣等・百官乃人等、天下公民、衆聞食止宣。朕以[5]寡薄宝位乎受賜弖年久重奴。而尓[6]嘉政[7]頻闕弖天下不得治成。加以[8]元来風病尓苦都。身体不安復年毛弥高成尓弖餘命不幾。今所念久、此位波避天暫間毛[9]御体[10]欲養止奈毛所念須。故是以、皇太子止定賜留[11]山部親王尓天下政波授賜[12]布。古人有言、知子者親止云止奈[13]毛聞食。此王波弱時[14]余利朝夕止朕尓従天至今麻天怠事無久仕奉乎見波仁孝会[15]厚王尓在止奈毛神[16]奈我良所知食。其仁孝者百行之基[17]奈利。曾[18][19]毛百足之虫乃至死不顛事波輔乎多美止奈毛聞食。衆諸如此乃状悟弖清直心乎毛知此王乎輔導天天下百姓乎可[20]令撫育止宣。又詔[21]久、如此時尓当

1 己―ナシ〔高〕
2 左ノ下、ナシ〔底〕―右
3 濃―乃〔紀略〕
4 関―開〔東〕→校補
5 寡→校補
6 嘉〔高擦重〕―喜〔高原〕
7 頻ノ下→校補
8 元ノ下、ナシ〔紀略衍〕―年〔紀略原〕→校補
9 御ノ下、ナシ〔紀略衍〕―艶〔紀略原〕→校補
10 欲―故〔底〕
11 山部親王→校補
12 布―而〔底〕
13 毛〔兼等〕―母〔大、詔〕
14 余―奈〔底〕
15 厚〔兼・谷、大、詔〕―原〔東・高〕
16 奈我良〔兼等〕―奈我良〔大、詔〕
17 奈ノ上、ナシ―大〔底〕
18 毛〔底〕―毛
19 毛ノ下、ナシ〔底〕―曾毛
20 令―命〔底〕
21 久―夕〔底〕

一 職員令64の左兵庫頭の職掌「頭一人〈掌、左兵庫儀仗兵器、安置得レ所、出納、曝涼、及受レ事覆奏事〉…」に見える「儀仗兵器」であり、宮衛令18義解「用二之礼容一為二儀仗一、用二之征伐一為二軍器一、即同レ実而殊レ号者」によれば、儀仗用・実用の武器両方を指す。

二 →補34―一。

三 鈴鹿関の固関使。以下、美濃(不破関)、越前(愛発関)の固関のために派遣。

四 →補35―三三。

五 →四補32―五三。

六 固関→三一〇五頁注一八。元明太上天皇の死去(養老五年十二月己卯条)、聖武太上天皇の死去(天平勝宝八歳五月丙辰条)、称徳天皇の死去(宝亀元年八月癸巳条)、光仁太上天皇の死去(天応元年十二月丁未条)など天皇・太上天皇の死去や、長屋王事件(天平元年二月辛未条)、押勝の乱(天平宝字八年九月乙巳条)、氷上川継事件(延暦元年閏正月甲子条)などの諸事変、および称徳天皇の紀伊行幸(天平神護元年十月庚申条四九三頁注七)に際して固関が見られるが、天皇不予によるものは、続紀ではここのみ。

七 光仁天皇が位を山部親王(桓武天皇)に譲る宣命。三段から成り、㈠天皇の地位を受けついで久しく年を経てきたが、風病に悩み余命いくばくもないので、皇太子山部親王に位を譲りたい、㈡清らかで正直な心で、皆親王を補佐するように、㈢このような時には天下を乱し一門を滅ぼすような企てが起こりやすい

固関

宣命第五十九詔

夏四月己丑の朔、[一]左《さ》兵庫《ひやうご》の兵器《つはもの》、自《おのづか》ら鳴《な》る。その声《おと》、大石《おほいし》を地《ち》に投《な》ぐる如《ごと》し。散位《さんゐ》従五位下[二]多治比《たぢひ》真人三上《みかみ》を[三]伊勢《いせ》に、伯耆守《ははきのかみ》従五位下[四]大伴《おほとも》宿禰継《つぐ》人《ひと》を美濃《みの》に、兵部少輔《ひやうぶせうふ》従五位下[五]藤原《ふぢはら》朝臣菅継《すがつぐ》を越前《こしのみちのくち》に遣《つかは》して、[六]関《せき》を固《かた》めしむ。天皇《すめらみこと》不豫《みやまひ》したまふを以《もち》てなり。〇辛卯《三日》、[七]詔《みことのり》して云《のたま》はく、「天皇《すめら》が御命《おほみこと》らまと詔《の》りたまふ大命《おほみこと》を、親王等《みこたち》・王等《おほきみたち》・臣等《おみたち》・百官人等《もものつかさのひとども》、天下《あめのした》の公民《おほみたから》、衆《もろもろ》聞《き》きたまへと宣《の》る。朕《われ》、[八]寡薄《つたなくをぢな》くして[九]宝位《あまつひつぎ》を受《う》け賜《たま》はりて[一〇]年《とし》久《ひさ》しく重《かさな》りぬ。而《しか》るに、嘉政《よきまつりごと》頻《しき》に闕《か》けて天下得《あめのしたえ》治《をさ》めず成《な》りぬ。加以《しかのみにあらず》、元来《もとより》[一一]風《かぜ》の病《やまひ》に[一二]苦《くる》しびつ。身体《おほみみ》安《やす》からず、[一三]復年《またとし》も弥高《いやたか》く成《な》りにて、餘命《のこりのいのち》幾《いくばく》もあらず。今念《いまおもほ》さく、此《こ》の位《くらゐ》は避《さ》りて、暫《しまら》くの間《ま》も御体養《おほみみやしな》はむとなも念《おもほ》す。故《かれ》、是《ここ》を以《もち》て、皇太子《ひつぎのみこ》と定《さだ》め賜《たま》へる[一四]山部親王《やまべのみこ》に天下《あめのした》の政《まつりごと》は授《さづ》け賜《たま》ふ。古《いにしへ》の人言《ひとい》へること有《あ》り、[一五]子《こ》を知《し》るは親《おや》と云《い》へりとなも聞《きこ》しめす。[一六]此《こ》の王《おほきみ》は[一七]弱《わか》き時《とき》より朝夕《あしたゆふべ》と朕《われ》に従《したが》ひて今《いま》に至《いた》るまで怠《おこた》る事無《ことな》く仕《つか》へ奉《まつ》るを見《み》れば、仁孝厚《にんけうあつ》き王《おほきみ》に在《あ》りとなも神《かむ》ながら知《し》らしめす。其《そ》れ[一八]仁孝《にんけう》は百行《ひやくぎやう》の基《もとゐ》なり。そも[一九]百足《ひやくそく》の虫《むし》の死《し》ぬるに至《いた》りても顚《くつがへ》らぬ事《こと》は[二〇]輔《たすけ》を多《おほ》みとなも聞《きこ》しめす。衆諸《もろもろ》如此《かく》の状《さま》悟《さと》りて[二一]清《きよ》く直《なほ》き心《こころ》をもち、[二二]此《こ》の王《おほきみ》を輔《たす》け導《みちび》きて、天下《あめのした》の百姓《おほみたから》を撫《な》で育《やしな》はしむべしと宣《の》る。また詔《の》りたまはく、[二三]如此《かく》の時《とき》に当《あた》り

ので、忠誠をもって仕えるように、とする宣命。

八 ツタナシは天分や才能の乏しいこと。ヲヂナシは知識や考えの浅薄なこと。

九 天子の位。宝位は既出(第四十五詔)。↓四二五七頁注一九。

一〇 光仁天皇即位の宝亀元年から一二年目である。

一一 風(外邪)に犯されて起こるとされていた病気。頭痛、疼痛、異常感覚、運動障害などの諸症状の総称。

一二 詔詞解は「都の下に、今一つ都ノ字有しが、落たるなるべし」とするが、原文のままに訓む。

一三 光仁天皇は、この年七十三歳。

一四 ↓四三九頁注一七。

一五 管子、大匡篇に「鮑叔曰、先人有レ言、曰、知レ子莫レ若レ父、知レ臣莫レ若レ君」とあるによる。天平宝字元年四月辛巳条にも「知レ臣者、莫レ若レ君。知レ子者、莫レ若レ父」と見える。

一六 山部親王のこと。

一七 稚い時から、の意。山部親王はこの時四十五歳。

一八 論語の鄭玄注に「孝為二百行之本一、言下人之為レ行莫上レ先二於孝一」とあるによる。「百行」は、多くの行い、あらゆる行為。

一九 文選、曹冏の六代論に「故語曰、百足之虫、至レ死不レ僵、扶レ之者衆也」とあるによる。助けの多いものは容易に滅びないことの喩。

二〇 輔けが多いからだ、という意。

二一 ↓一補1-一三。

二二 此の王を補佐して天下の百姓を撫でいつくしむようにすべきである。

二三 かように皇位の授受の行われる時に当っては。ツツは反復の意。

都[1]々[2]人々[3]不好[4]謀乎懐弖天下乎毛乱己我氏門乎毛滅人等麻禰久[5]在。若如此有牟人乎婆己我教[6]訓直弖各各[7]己我祖乃門不滅[8]弥高尓[9]仕奉[10]将継止思慎天清直伎[11]心乎持弖[12]仕奉倍之止奈毛所念須。天高止毛聴卑物曾止詔天皇我御命乎[13]、衆諸[14]聞食止宣。」是日、[15]皇太子受レ禅即位。○壬辰、立二皇弟早良親王一為二皇太子一。詔曰[16]、天皇詔旨[17]勅[18]命乎、親王・諸王・諸臣・百官人等、天下公民、衆聞食止宣。随法尓可有伎政止志弖早[19]良親王立而皇太子止定賜布。故此之状悟天百官人等仕奉礼止詔天皇勅旨乎、衆聞食[20]宣。○丙申[21]、従五位下大中臣朝臣今麻呂為二右大舎人助一。従五位下路真人玉守為二右京亮一。従五位下百済王仁貞為二近衛員外少将一。従五位下藤原朝臣弓主為二左兵衛員外佐一。従五位下紀朝臣馬借為二右兵衛佐一。外従五位下久米連真[22]上為二大和介一。従五位下佐伯宿禰瓜[23]作為二参河介一。従五位下石川朝臣美奈伎麻呂為二下野介一。○己亥、授二伊勢大[24]神宮禰宜正六位上神主礒[25]尋[26]外従五位下一。遣二使於伊勢大神宮一告二皇太子即位一也。

1都〔兼・谷、大、詔〕—都（東・高）
2々〔大補〕—ナシ（兼等、詔）
3々—人（詔）
4好〔大改、詔〕—奸（兼等）
5久—夂〔底〕
6教ノ下、ナシ〔底〕—ト（兼等）、諭（大改、詔）→脚注
7各〔詔〕—々（兼等、大）
8滅—減〔底〕
9尓〔兼・谷、大、詔〕—尓（東・高）
10奉ノ下、ナシ〔兼等〕—弥継尓（大補、詔）→校補
11伎—岐（詔）
12弖〈意改〉（大、詔）—々〔兼等〕→脚注・校補
13乎〔東・高、大補、詔〕—ナシ（兼・谷）→校補
14諸〔兼等〕—ナシ（大、詔）
15皇太子受禅即位—禅位於皇太子（類二五）
16曰—云（東）
17詔旨〔兼等〕—ナシ（大、詔）
18勅ノ上、ナシ〔大、詔〕—天皇（兼等）
19早〔兼・谷、大、詔〕—卑（東・高）
20食—ナシ（東）
21申—甲（兼）
22真〔大改〕—直（兼等）
23瓜→校補
24大—太（兼）
25礒—磯（類一九）
26尋〔底〕—守→脚注

一 皇位に対するよくない謀をいだいて。
二 一族一門。他の宣命に、殿門（天平勝宝元年四月甲午朔条）、家門（同上・天平宝字元年七月癸酉条）とも見える。→四三五頁注二一。
三 たくさんある。
四 諸本に「教ト訓直」とあるが、底本には「ト」の字がない。詔詞解に「トノ字は、いかなる字を誤りけむ、しらねども、今は続後紀に依て改めつ」として「諭」に改めている。北川校本は「化」に改め、林訓釈もこの誤字説によるが、金子宣命講は「正」とする。いずれにしても「ト」は誤字もしくは衍字であろう。底本の文字面により「教訓直」とし、ヲシヘナホシテと訓む。
五 祖先伝来の氏門・家門・殿門の意。
六 いよいよ励んでお仕え申し上げる、の意。
七 底本等に「持々」とあるが、それでは訓み難い。詔詞解に「持弖」の誤りとしたのにより、モチテと訓むのが正しいだろう。
八 天は高い所にあるが、低い地上の人々の声をよく聞き知っているものであるの意。呂氏春秋、制楽篇に「天之処レ高而聴レ卑、君有二至徳之言三一、天必三二賞君一」とあるによる。
九 光仁の皇子。桓武の同母弟。母は高野新笠。この時三十二歳。→補36—三八。
一〇 早良親王を皇太子とする宣命。光仁天皇以後の立太子の宣命は、他戸親王の場合（五十詔）、山部親王の場合（五十五詔）などほぼ同形式のものであり、本詔は第五十五詔から大赦・叙位・賑給などを除いた形に等しく、とくに簡略な形である。立太子の詔→四補31—三八。

山部皇太子即位
早良親王立太子
宣命第六十詔

つつ、人々《ひとびと》[一]好からぬ謀《はかりごと》を懐《おも》ひて天下《あめのした》をも乱《みだ》り、己《おの》[二]が氏門《うぢかど》をも滅《ほろぼ》す人等《ひとども》[三]まねく在《あ》り。若《も》し如此《かく》有《あ》らむ人《ひと》をば己《おの》が教訓《をし》[四]へ直《なほ》して各各《おのもおの》[五]己《おの》が祖《おや》の門滅《かどほろぼ》さず、弥高《いやたか》[六]に仕《つか》へ奉《まつ》り継《つ》がむと思《おも》ひ慎《つつし》みて、清《きよ》く直《なほ》き心《こころ》を持《も》[七]ちて仕《つか》へ奉《まつ》るべしとなも念《おもほ》しめす。天高《あめたか》[八]けども卑《ひき》きに聴《き》く物《もの》そと詔《の》りたまふ天皇《すめら》が御命《おほみこと》を、衆諸《もろもろ》聞《き》きたまへと宣《の》る」とのたまふ。是《こ》の日《ひ》、皇太子《くわうたいし》、禅《ゆづり》を受《う》けて即位《くらゐにつ》きたまふ。○壬辰[四日]、皇弟早良親王《くわうていさはらのみこ》[九]を皇太子《くわうたいし》としたまふ。詔《みことのり》[一〇]して曰《のたま》はく、

「天皇《すめら》が詔旨《おほみこと》らまと勅《の》りたまふ命《おほみこと》を、親王《みこたち》・諸王《おほきみたち》・諸臣《おみたち》・百官人等《もものつかさのひとども》、天下《あめのした》の公民《おほみたから》、衆《もろもろ》聞《き》きたまへと宣《の》る。法《のり》[一一]の随《まにま》に有《あ》るべき政《まつりごと》として早良《さはらの》親王《みこ》を立《た》てて皇太子《ひつぎのみこ》と定《さだ》め賜《たま》ふ。故《かれ》、此《かく》の状悟《さまさと》りて百官人等《もものつかさのひとども》仕《つか》へ奉《まつ》れと詔《の》りたまふ天皇《すめら》が勅旨《おほみこと》を、衆《もろもろ》聞《き》きたまへと宣《の》る」とのたまふ。○丙申[八日]、

任官

従五位下大中臣《おほなかとみ》[一二]朝臣今麻呂《いままろ》を右大舎人助《みぎのおほとねりのすけ》とす。従五位下路《みち》[一三]真人玉守《たまもり》を右《う》京亮《きやうのすけ》。従五位下百済王仁貞《くだらのこにきしにんちやう》[一四]を近衛員外少将《このゑのゐんぐゑのせうしやう》。従五位下藤原《ふぢはら》[一五]朝臣弓主《ゆみぬし》を左兵衛員外佐《さひやうゑのゐんぐゑのすけ》。従五位下紀《き》[一六]朝臣馬借《うまかり》を右兵衛佐《うひやうゑのすけ》。外従五位下久米《くめ》[一七]連真上《まかみ》を大和介《やまとのすけ》。従五位下佐伯《さへき》[一八]宿禰瓜作《うりつくり》を参河《みかは》介。従五位下石川《いしかは》[一九]朝臣美奈伎麻呂《みなきまろ》を下野《しもつけの》介。○己亥[十一日]、伊勢大神宮《いせのだいじんぐう》の禰宜《ねぎ》[二〇]正六位上神主《かむぬし》[二一]儀尋に外従五位下を授《さづ》く。使《つかひ》[二二]を伊勢大神宮《いせのだいじんぐう》に遣《つかは》して、皇太子即位《くわうたいしくらゐにつ》きたまふことを告《まう》さしむ。

二 天皇の即位とともに皇太子を置く法慣行をいうか。→四補31―三九。
一三 →六七頁注二九。前官は左兵衛員外佐(宝亀十年九月庚午条)。右大舎人助の前任者は当麻枚人(宝亀八年正月庚辰条)。
一三 →一二五頁注二。
一四 →補34―二八。前官は衛門員外佐(宝亀八年十月辛卯条)。近衛員外少将の前任者は本条で参河介に転任した佐伯瓜作(宝亀十年九月庚午条)。
一五 →補35―四八。前官は右兵衛員外佐(宝亀十年九月癸酉条)。左兵衛員外佐の前任者は本条で右大舎人助に転任した大中臣今麻呂(宝亀十年九月庚午条)。
一六 →一二五頁注八。右兵衛佐の前任者は石川弥奈支麻呂(宝亀十年九月庚午条)。
一七 →八七頁注二七。前官は下野介(宝亀十年二月甲午条)。大和介の前任者は伊勢子老(古六―五九七頁)。
一八 →八七頁注二六。前官は近衛員外少将(宝亀十年九月庚午条)。参河介の前任者は葛井河守(宝亀十一年三月乙酉条)。
一九 →補35―四八。前官は右兵衛佐(宝亀十年九月庚午条)。下野介の前任者は本条で大和介に転任した久米真上(宝亀十年二月甲午条)。
二〇 →三三七頁注一三。伊勢皇太神宮・豊受太神宮には大宮司・少宮司の下に各一〇人がいた(二所太神宮例文)。
二一 底本「礒尋」とするが、「礒守」の誤りか。二所太神宮例文には、皇太神宮の一員禰宜で、乙麿の七男と見える。首名の弟。神主→一補5―一二五。
二二 天平宝字二年八月戊午条には「奉二幣帛於同大神宮一。及天下諸国神社等、遣レ使奉レ幣。以二皇太子即一レ位故也」と見える。

○壬[1]寅[2]、以二中納言従三位藤原朝臣田麻呂一為二兼東宮傅[3]一。
中務卿如レ故。右京[4]大夫正四位下大伴宿禰家[5]持為[6]二兼春宮
大夫一。従五位下紀朝臣白[7]麻呂為レ亮[8]。○癸卯、天[9]皇御二大
極殿一、詔曰[10]、明神止大八洲所知天皇詔旨良万[11]止宣勅、親
王[12]・諸臣[13]・百官人等、天下公民、衆聞食宣。掛[14]畏現神坐
倭根子天皇我[15]皇[16]、此天日嗣高座之業乎掛畏近江大津乃宮
尓御宇之[17]天皇乃勅[18]賜比定賜部流法随尓被賜弖仕奉止仰[19]賜比
授賜閇婆、頂尓受賜利恐美受賜利懼進母不知尓退母不知尓
恐美坐久[20]止宣天皇勅、衆聞食宣。然皇坐弖天下治賜君者賢
人乃能臣乎得弖之天下乎婆平久安久[21]治物尓在良之[22]止奈[23]母聞行須。
故是以、大命坐宣久[24]、朕雖拙劣親王始弖王・臣等乃[25]相穴
奈比[26]奉利[27]相扶[28][29]牟事依弖之、此之仰賜比授賜夫[30]食国天下之政者
平久安久仕奉倍之止奈[31]母所念行。是以、無諂[32]欺之心以忠明
之誠、天皇朝庭[33]乃立賜部流食国天下之政者衆助仕奉止宣天
皇勅、衆聞食宣。

一→㊂補23-五。早良親王の立太子による任官。なお、補任宝亀十一年条には、藤原田麻呂が二月一日に東宮傅に任じたことを伝えるが誤りか。中納言任官は宝亀十一年二月。中務卿任官は同十年九月。
二→㊂五頁注六。東宮傅と同様、早良親王の立太子に伴う任官。以下の亮も同様。
三→補35-四八。前官は因幡介(宝亀十一年三月壬午条)。
四 即位の儀と大極殿→㊀補1-九。
五 桓武天皇即位の宣命。三段から成り、㈠光仁天皇の仰せによって皇位を受けついだこと、㈡親王以下諸王・諸臣は忠誠の心で仕えること、㈢母高野新笠を皇太夫人として位階を上げ、諸社の禰宜・祝の位一階を上げ、僧尼に布施を賜い、高齢・窮乏者等への賜養、天下の今年の田租を免除することを命じた詔。公式令1詔書式条の第三の書式。
六 光仁天皇。原文「倭根子天皇我皇」の「我」は諸本みな小字で、北川校本・林訓釈など「天皇が皇」とするが、詔詞解は大字に改め、スメラミコトワガオホキミと訓む。本詔に似る天平宝字二年八月の第二十四詔の冒頭部にも「倭根子天皇我皇」とあり、兼右本など大字で、底本のみ小字であるが、「天皇が皇」という表

1壬〔兼・谷、大、紀略〕—壬(東・高)　2寅—宣〔底〕
3傅→校補
4京〔兼・谷、大〕—ナシ(東・高)
5家—守〔底〕
6為〔谷傍補、大〕—ナシ(兼・谷原・東・高)
7白〔兼・東傍・高傍、大〕—曰(谷・東・高)　8亮→校補
9天皇→校補
10曰—云(東)
11万〔底〕—麻
12王ノ下、ナシ〔底〕—諸王
13諸臣—ナシ(大)
14掛〔詔〕—挂(兼等、大)
15我〔兼等〕—我(大、詔)→脚注　16皇→校補
17之—々〔底〕
18勅〔底〕—初
19仰—御〔底〕
20・21久—夕〔底〕
22之—久〔底〕
23奈母〔兼等〕—奈母(大、詔)
24久—夕〔底〕　25乃〔東・高、大、詔〕—乃(兼・谷)
26比〔大改、詔〕—乃(兼等)
27利〔東・高、大補〕—ナシ(兼・谷、詔)　28扶〔兼、大、詔〕—挟(谷・東・高)
29扶ノ下、ナシ〔底〕—奉
30夫—天〔底〕
31奈母〔兼等〕—奈母(大、詔)
32諂〔詔〕—諂(兼等、大)
33庭〔底〕—廷

○壬寅[十四日]、中納言《ちうなふごん》従三位[一]藤原《ふぢはら》朝臣田麻呂《たまろ》を兼東宮傅《とうぐうふ》とす。中務卿《ちうむきやう》は故《もと》の如《ごと》し。右京大夫《うきやうのだいぶ》正四位下[二]大伴《おほとも》宿禰家持《やかもち》を兼春宮大夫《しゆんぐだいぶ》。従五位下[三]紀《き》朝臣白麻呂《しろまろ》を亮《すけ》。

宣命第六十一詔

○癸卯[十五日]、天皇《すめらみこと》、[四]大極殿《だいごくでん》に御《おは》しまして、[五]詔《みことのり》して曰《のたま》はく、「明神《あきつみかみ》と大八《おほや》洲《しま》知《し》らしめす天皇《すめら》が詔旨《おほみこと》らまと宣《の》りたまふ勅《おほみこと》を、親王《みこたち》・諸王《おほきみたち》・百官人等《もものつかさのひとども》、天下《あめのした》の公民《おほみたから》、衆《もろもろ》聞《き》きたまへと宣《の》る。掛《か》けまくも畏《かしこ》き現神《あきつみかみ》と坐《いま》す[六]倭根子《やまとねこ》天皇《すめら》が皇《おほきみ》、此《こ》の[七]天日嗣高座《あまつひつぎたかみくら》の業《わざ》を掛《か》けまくも畏《かしこ》き[八]近江大津宮《あふみのおほつのみや》に御宇《あめのしたしらしめ》し天皇《すめらみこと》の勅《の》り賜《たま》ひ定《さだ》め賜《たま》へる[九]法《のり》の随《まにま》に被《う》け賜《たま》はりて仕《つか》へ奉《まつ》れと仰《おほ》せ賜《たま》ひ授《さづ》け賜《たま》へば、頂《いただき》に受《う》け賜《たま》はり恐《かしこ》み、受《う》け賜《たま》はり[一〇]懼《お》ぢ、進《すす》みも知《し》らに退《しりぞ》くも知《し》らに恐《かしこ》み坐《ま》さくと宣《の》りたまふ天皇《すめら》が勅《おほみこと》を、衆《もろもろ》聞《き》きたまへと宣《の》る。然《しか》るに皇《すめら》と坐《いま》して天下《あめのした》治《をさ》め賜《たま》ふ君《きみ》は[一一]賢人《さかしきひと》の能臣《よきおみ》を得《え》てし天下《あめのした》をば平《たひら》けく安《やすら》けく治《をさ》むる物《もの》に在《あ》るらしとなも聞《きこ》し行《め》す。故《かれ》、是《ここ》を以《もち》て、大命《おほみこと》に坐《いま》せ宣《の》りたまはく、朕《われ》は拙劣《つたなくをぢなく》あれども、親王《みこたち》を始《はじ》めて王《おほきみたち》・臣《おみたち》等の[一二]相《あひ》あなひ奉《まつ》り、相扶《あひたす》けむ事《こと》に依《よ》りてし、此《こ》の仰《おほ》せ賜《たま》ひ授《さづ》け賜《たま》ふ[一三]食国天下《をすくにあめのした》の政《まつりごと》は平《たひら》けく安《やすら》けく仕《つか》へ奉《まつ》るべしとなも念《おもほ》し行《め》す。是《ここ》を以《もち》て、諂《へつら》ひ欺《あざむ》く心無《こころな》く[一四]忠明之誠《まめにあかきまこと》を以《もち》て天皇《すめら》が朝庭《みかど》の立《た》て賜《たま》へる食国天下《をすくにあめのした》の政《まつりごと》は衆《もろもろ》助《たす》け仕《つか》へ奉《まつ》れと宣《の》りたまふ天皇《すめら》が勅《おほみこと》を、衆《もろもろ》聞《き》きたまへと宣《の》る。

現は他に見えず、スメラワガオホキミが正しいと思われる。
七 皇位のこと。
八 天智天皇。以下「仕奉止」までは光仁天皇の桓武天皇に対する言葉。
九 元明天皇即位の宣命に見える「不改常典」。→㈠補4―二。
一〇 おそれる、つつしむ。
一一 賢明有能の臣。同一の表現が天平宝字二年八月の第二十四詔にも見え、また、宝亀元年十月の第四十八詔には「賢臣能人」と見える。
一二 共々に力を添え申し上げ、の意。
一三 しろしめす国の意。→㈠五頁注六。
一四 忠実でいつわりない誠意をもっての意。第二十四詔(天平宝字二年八月庚子朔)に「忠赤之誠」とある。

一五 言葉を改めて仰せられるには。一六 一体、人の子の福を蒙りたいと望むのは、親のためにであると聞こし召される、の意。第二十五詔(天平宝字三年六月庚戌条)に「凡人子乃去禍、蒙福麻久欲為流事波」とある。また、文徳天皇即位の宣命に「凡人子乃蒙福万久欲為留事波、於夜乃多米尓止奈母聞行須」と見え(文徳実録嘉祥三年四月甲子条)、陽成天皇即位の宣命に「凡人子乃蒙福末久欲為流事波、於夜乃多米尓止奈毛聞行須」と見える(三代実録元慶元年正月三日条)。「凡」の訓→㈢補22―一七。一七 高野新笠。桓武の母。→補35―五。一八 後宮職員令2に「夫人三員、右三位以上」とある。→㈠五頁注二八。一九 公式令36義解に「天子母登二后位一者、為二皇太后一、居二妃位一者、為二皇太妃一、居二夫人位一者、為二皇太夫人一也」とあり、光仁の夫人であった高野新笠を、桓武即位に伴って皇太夫人としたもの。後、延暦八

1未→校補　2麻—鹿〔底〕　3欲〔大補、詔〕—ナシ(兼・谷一字空・東・高)　4波—披〔底〕　5乃—乃(谷)→校補　6奈母〔兼等〕—奈母(大、詔)　7太〔大、詔〕—大(兼等)　8人—ナシ〔底〕　9利—ナシ(大)　10一二〔大改、詔〕—三(兼等)　11夫—天〔底〕　12大—太(兼)　13宮—官〔底〕　14始ノ下、ナシ〔底〕—弖　15又ノ上、ナシ(兼・谷、大、詔)—一〔東・高〕　16綱→校補　17尼〔谷擦重、大、詔〕—居(兼・谷原・東・高)　18夫(谷、大、詔)—天〔兼・東・高〕　19窮—竊〔底〕　20夫(兼・谷、大、詔)—美〔底〕、天(東・高)　21租—視(東)　22租ノ下、ナシ—視(東)　23宣—ナシ(兼)　24授四品薭—ナシ〔底二字空〕→校補　25上ノ下、ナシ〔大衍〕—朝臣(兼等)　26大〔兼・東・高、大改〕—太(谷)　27朝臣—ナシ(東)　28従〔高原・高擦重〕→校補　29寸〔大補〕—ナシ(兼等)　30苅→校補　31臣ノ下、ナシ(底抹)—朝臣〔底原〕　32朝臣(底傍補)—ナシ〔底原〕　33上〔大改〕—下(兼等)　34位(底傍補)—ナシ〔底原〕　35下〔底原・兼等〕—上(底傍、大改)→脚注

辞別宣久、朕一人乃[1]未也慶之岐貴岐御命受賜牟。凡人子乃蒙福久[2]麻[3]欲為流事[4]波於夜[5]乃多米尓止[6]奈母聞行須。故是以、朕親母高野夫人乎称皇[7]太夫[8]人弖冠位上奉[9]利治奉流。又仕奉人等中尓自何仕奉状随弖[10]一二人等冠位上賜比治賜[11]夫。又[12]大神[13]宮乎[14]始諸社禰宜・祝等尓給位一階。[15]又僧[16]綱乎始弖諸寺智行人及年八十已上僧[17]尼等尓物布施賜[18]夫。又高年、[19]窮乏、孝義人等治賜養賜[20]夫。又天下今年田[21][22]租免賜久止宣天皇勅、衆聞食[23]宣。[24]授二四品薭田親王三品一。従三位石[25]上[26]大朝臣宅嗣・藤原朝臣田麻呂・藤原[27]朝臣是公並正三位。従四位下壱志濃王[28]従四位上。従五位下石城王従五位上。无位浅井王従五位下。正四位下大伴宿禰伯麻呂・大伴宿禰家持・佐伯宿禰今毛人・坂上大忌[29]寸[30]苅田麻呂並正四位上。従四位下石川朝臣名足[31]・藤原朝臣雄依・大中臣[32]朝臣子老・藤原朝臣鷹取・紀朝臣船守・藤原朝臣種継並従四位[33]上。正五位上豊野真人奄智・安倍朝臣東人・佐伯宿禰久良麻呂並従四位下。正五位下百済王利善正五位上。従五[34]位[35]下栄井宿禰蓑麻呂・紀朝臣犬養・山上朝臣船主並

年十二月条付載明年正月壬子条に「九年追二上尊号一曰二皇太后一」と皇太后の尊号を追上されている。六 下文乙卯(二十七日)条に「皇太夫人従三位高野朝臣加二正三位一」とあることに対応。七 そのお仕え申し上げる状況によって。宝亀元年十月の第四十八詔に「志何仕奉状随弖」とも見える。→【四】補31—一〇。八 伊勢神宮。→【一】補1—一九。九 神社に奉仕した神職。神主の下、祝の上。→【三】二三七頁注一三。一〇 →【三】五頁注一。宝亀元年十月己丑朔条にも、光仁の即位に伴い、大神宮以下の諸社の禰宜に位一階を賜わったことが見える。一一 僧尼統制の最高機関。僧正・僧都・律師よりなる。管轄範囲は京内。→【一】補1—六三。一二 智徳に秀でた人。一三 僧尼への賜物の例としては、元正即位(霊亀元年九月庚辰条)に際して京畿の僧尼に、淳仁即位(天平宝字二年八月庚子朔条)・光仁即位(宝亀元年十月己丑朔条)に際して僧綱および師位の僧尼への賜物が見られ、元明即位(慶雲四年七月壬子条)に際して八位以上の官人に準じて絁布を賜わったことも見られるが、八十以上の僧尼という年齢区分で賜物を行った事例は本条のみ。一四 高年者への賜養は、文武(文武元年八月庚辰条)・元明(慶雲四年七月壬子条)・元正(霊亀元年九月庚辰条)・聖武(神亀元年二月甲午条)・光仁即位の際にも見られる。一五「不能自存者」への賑恤は、元明・元正・聖武即位に際し、「困乏人」への賜恵は、光仁即位の際にも見られる。一六 元正・光仁の即位に際しても見られる。一七 今年の田租を免除したことは、文武・元明・元正・光仁即位に際して見られる。一八 光仁の第三皇子。→【四】補33—三〇。四品授品は宝亀六年二月。一九 もと石上朝臣。→【三】補18—一八。従三位叙

叙位

[一]辞別《ことわ》きて宣《の》りたまはく、朕一人《われひとり》のみや慶《よろこぼ》しき貴《たふと》き御命《おほみこと》を受《う》け賜《たま》はらむ。[二]凡《おほよ》そ人《ひと》の子《こ》の福《さきはひ》蒙《かがふ》らまく欲《ほり》する事《こと》はおやのためにとなも聞《きこ》し行《め》す。故《かれ》、是《ここ》を以《もち》て、朕《わ》が[三]親母《みおや》[四]高野夫人《たかののおほとじ》を[五]皇太夫人《おほみおや》と称《まを》して[六]冠位《かがふりくらゐ》上《あ》げ奉《まつ》り治《をさ》め奉《まつ》る。また、仕《つか》へ奉《まつ》る人等《ひとども》の中《なか》に[七]自《し》が仕《つか》へ奉《まつ》る状《さま》に随《したが》ひて一二人等《ひとりふたりのひとども》冠位《かがふりくらゐ》上《あ》げ賜《たま》ひ治《をさ》め賜《たま》ふ。また、[八]大神宮《おほみかみのみや》を始《はじ》めて諸社《やしろやしろ》の[九]禰宜《ねぎ》・[一〇]祝等《はふりども》に位一階《くらゐひとしな》給《たま》ふ。また、[一一]僧綱《ほふしのつかさ》を始《はじ》めて諸寺《てらでら》の[一二]智行《ちぎやう》の人《ひと》と年八十已上《としやそぢよりかみつかた》の[一三]僧尼等《ほふしあまども》に物布施《ものほどこ》し賜《たま》ふ。また、[一四]高年《としたかきひと》、[一五]窮乏《まづしきひと》、[一六]孝義人等《けうぎあるひとども》治《をさ》め賜《たま》ひ養《やしな》ひ賜《たま》ふ。また、天下《あめのした》の[一七]今年《ことし》の田租《たぢから》免《ゆる》し賜《たま》はくと宣《の》りたまふ天皇《すめら》が勅《おほみこと》を、衆《もろもろ》聞《き》きたまへと宣《の》る」とのたまふ。四品[一八]薭田親王《ひえたのみこ》に三品を授《さづ》く。従三位[一九]石上《いそのかみ》大朝臣宅嗣《やかつぐ》・[二〇]藤原《ふぢはら》朝臣田麻呂《たまろ》・[二一]藤原《ふぢはら》朝臣是公《これきみ》に並《ならび》に正三位。従四位下[二二]壱志濃王《いちしのおほきみ》に従四位上。従五位下[二三]石城《いはき》王に従五位上。无位[二四]浅井《あさゐ》王に従五位下。正四位下[二五]大伴《おほとも》宿禰伯麻呂《をぢまろ》・[二六]大伴《おほとも》宿禰家持《やかもち》・[二七]佐伯《さへき》宿禰今毛人《いまえみし》・[二八]坂上《さかのうへ》大忌寸苅田麻呂《かりたまろ》に並に正四位上。従四位下[二九]石川《いしかは》朝臣名足《なたり》・[三〇]藤原《ふぢはら》朝臣雄依《をより》・[三一]大中臣《おほなかとみ》朝臣子老《こおゆ》・[三二]藤原《ふぢはら》朝臣鷹取《たかとり》・[三三]紀《き》朝臣船守《ふなもり》・[三四]藤原《ふぢはら》朝臣種継《たねつぐ》に並に従四位上。正五位上[三五]豊野《とよの》真人奄智《えむち》・[三六]安倍《あへ》朝臣東人《あづまひと》・[三七]佐伯《さへき》宿禰久良麻呂《くらまろ》に並に従四位下。正五位下[三八]百済王《くだらのこにきし》利善《りぜん》に正五位上。[三九]従五位下[四〇]栄井《さかゐ》宿禰蓑麻呂《みのまろ》・[四一]紀《き》朝臣犬養《いぬかひ》・[四二]山上《やまのうへ》朝臣船主《ふなぬし》に並に

位は神護景雲二年正月。二〇 →[三]補23-五。従三位叙位は宝亀二年十一月。二一 もと黒麻呂。→[三]補23-五。従三位叙位は宝亀十年正月。宝亀五年正月に従五位下に叙位された藤原黒麻呂([三]補33-一)とは別人。二二 →[四]補28-四。従四位下叙位は宝亀二年十一月。二三 →[四]補27-四三。従五位下叙位は天平神護二年十一月。二四 →補36-三九。二五 →[三]一〇七頁注四。正四位下叙位は宝亀六年正月。二六 →[三]五頁注六。正四位下叙位は宝亀九年正月。二七 →[三]補17-七九。正四位下叙位は宝亀二年十一月。二八 もと坂上忌寸。→[三]二〇五頁注一三。正四位下叙位は宝亀元年八月。二九 →[三]補23-五。従四位下叙位は宝亀四年九月。三〇 →[四]補28-五。従四位下叙位は宝亀八年正月。三一 もと中臣朝臣。→[四]一五一頁注四〇。従四位下叙位は宝亀八年正月。三二 →[四]補31-六三。従四位下叙位は宝亀十一年十月。三三 →[四]補25-四一。従四位下叙位は宝亀十一年十月。三四 →[四]補27-四四。従四位下叙位は天応元年正月。三五 もと奄智王。→[三]補20-四一。正五位上叙位は宝亀十年正月。三六 阿倍朝臣とも。→[四]補25-九六。正五位上叙位は宝亀十一年正月。三七 →[四]補25-八二。正五位上叙位は天応元年正月。三八 →[四]九九頁注二一。正五位下叙位は宝亀十年正月。三九 諸本「従五位下」とあるが、栄井蓑麻呂は神護景雲元年九月己酉条に、紀犬養は宝亀九年正月癸亥条に、山上船主は宝亀七年正月丙申条に従五位上昇叙のことが見えるので、底本傍書に従い「従五位上」とすべきところ。四〇 もと日置造。→[三]補24-五。四一 →[四]補31-六六。従五位上叙位は宝亀九年正月。四二 もと山上臣。→[四]補28-三八。従五位上叙位は宝亀七年正月。

正五位下。従五位下多治比真人人[1]足従五位上。外正五位下吉田[2]連古麻呂、正六位上石川朝臣公足・紀朝臣千世[3]・大中臣朝臣安遊麻呂・安倍[4]朝臣木屋麻呂、並従五位下。外従五位下河内連三[5]立麻呂外[6]従五位上。正六位上船連田口・和史国守・伊勢朝臣水通・武生連鳥守・上毛野公薩摩・土[7]師宿禰道長、正七位上物部多藝宿禰国足、並外従五位下。○乙巳、従三位藤原[8]朝臣浜成為㆓大宰帥[9]㆒。○戊申、令㆓賀茂[10]神二社禰宜・祝[11]等始把㆒㆑笏。」以㆓従四位下多治比真人長野㆒為㆓伊勢守㆒。○乙卯、皇太夫人従三位高野朝臣加㆓正三位㆒。○戊午、授㆓従六位[12]上三国真人広見従五位下㆒。○五月壬戌[13]、地震。○癸亥、授㆓正六位上大神朝臣船人従五位下㆒。○乙丑、正四位上大伴宿禰家持為㆓左大弁㆒。春宮大夫如㆑故。従五位上紀朝臣家守為㆓左中弁㆒。参議従四位上石川朝臣名足為[14]㆓右大弁㆒。中納言従三位藤原朝臣継縄為㆓兼中務卿㆒。参議陸奥按察使正四位下藤原朝臣小黒麻呂為㆓兼兵部卿㆒。従三位高倉朝臣福信為㆓弾正尹㆒。従四位上藤原朝臣鷹取為㆓造宮卿㆒。越前守如㆑故。従

1 人〔底〕—々
2 田(底傍)—ナシ〔底〕
3 世—卅一〔底〕
4 倍—陪〔底〕
5 三—王(東)
6 外従五位上正六位上船連田口—ナシ〔底〕
7 土—王(東)
8 原ノ下、ナシ—原(高)
9 帥〔兼・谷擦重、大〕—師(谷原・東・高)
10 茂ノ下、ナシ〔類一九原〕—二(類一九補・類一九一本)
11 祝〔高擦重〕→校補
12 位—ナシ(兼)
13 戌(底擦)—成〔底原〕→校補
14 為ノ下、ナシ〔兼・谷原・東・高〕—兼(谷傍補、大)→校補

一 →補35-二一。従五位下叙位は宝亀九年正月。
二 →補34-五。外正五位下叙位は宝亀十年二月。
三-六 →補36-四〇。
七 →【四】二六九頁注六。外従五位下叙位は神護景雲三年十月。
八 延暦三年五月、遷都のため、山背国乙訓郡長岡村の地を相した。時に陰陽助。船連→【一】二三頁注五。
九 →補36-四一。
一〇 →補36-四二。
一一 →【四】補32-三六。
一二 →補36-四三。
一三 →補36-四四。
一四 もと多芸連。→補34-五三。
一五 もと浜足。→【三】補18-一八。大宰帥の前任者は藤原魚名(宝亀十年正月壬寅朔条)。
一六 京都市北区上賀茂本山の賀茂別雷(上賀茂神社)、左京区下鴨泉川町の賀茂御祖社(下鴨神社)両社の総称。→【一】補1-六二。
一七 →【三】二三七頁注一三。
一八 →【三】一三九頁注二。
一九 天平神護元年九月七日に、鴨御祖神に山城一〇戸・丹波一〇戸の神封が与えられた(新抄格勅符抄所引大同元年牒)こととともに、賀茂神社に対する優遇措置。把笏→【二】補8-二三。
二〇 池守の孫、家主の男。→【四】補26-一。前官は摂津大夫(宝亀十年九月甲午条)。伊勢守の前任者は石川名足(宝亀十一年二月甲辰条)。名足は下文五月乙丑に右大弁に任官。
二一 高野朝臣新笠。→補35-五。新笠は、上文癸卯(十五日)条の宣命により皇太夫人となる。従三位叙位は宝亀九年正月。
二二 本年五月に主油正、延暦元年六月に越後介、同三年三月に能登守となる。同四年十一月、謀反誣告の罪に坐して、死一等を減じて佐渡国に配流された。時に能登守、従五位下。三国真人→【一】九三頁注一。
二三 下文乙丑(七日)条で近衛少将、延暦四年正月に上野守となる。大神朝臣→【一】補2-六

任官

正五位下。従五位下[一]多治比《たぢひ》真人人足《ひとたり》に従五位上。外正五位下[二]吉田《きつた》連古麻呂《こまろ》、正六位上[三]石川《いしかは》朝臣公足《きみたり》・[四]紀《き》朝臣千世《ちよ》・[五]大中臣《おほなかとみ》朝臣安遊麻呂《あゆまろ》・[六]安倍《あへ》朝臣木屋《きや》麻呂《まろ》に並《ならび》に従五位下。外従五位下[七]河内《かふち》連三立麻呂《みたてまろ》に外従五位上。正六位上[八]船《ふね》連田口《たぐち》・[九]和《やまと》史国守《くにもり》・[一〇]伊勢《いせ》朝臣水通《みなみち》・[一一]武生《たけふ》連鳥守《とりもり》・[一二]上毛野《かみつけの》公薩摩《さつま》・[一三]土師《はじ》宿禰道長《みちなが》、正七位上[一四]物部多藝《もののべのたぎ》宿禰国足《くにたり》に並に外従五位下。○乙巳（十七日）、従三位[一五]藤原《ふぢはら》朝臣浜成《はまなり》を大宰帥《だいさいのそち》とす。○戊申（二十日）、[一六]賀茂神《かものかみ》二社の[一七]禰宜《ねぎ》・[一八]祝《はふり》らをして始《はじ》めて[一九]笏《しやく》を把《と》らしむ。従四位下[二〇]多治比《たぢひ》真人長野《ながの》を伊勢《いせ》守とす。○乙卯（二十七日）、皇太夫《くわうたいぶ》人《にん》従三位[二一]高野《たかの》朝臣に正三位を加《くは》ふ。○戊午（三十日）、従六位上[二二]三国《みくに》真人広見《ひろみ》に従五位下を授《さづ》く。

五月壬戌（己未朔・四日）、地震《なゐ》ふる。○癸亥（五日）、正六位上[二三]大神《おほみわ》朝臣船人《ふなひと》に従五位下を授く。○乙丑（七日）、[二四]正四位上[二五]大伴《おほとも》宿禰家持《やかもち》を左大弁《さだいべん》とす。春宮大夫《しゆんぐだいぶ》は故《もと》の如《ごと》し。従五位上[二六]紀《き》朝臣家守《やかもり》を左中弁《さちうべん》。参議《さむぎ》従四位上[二七]石川《いしかは》朝臣名足《なたり》を右大弁《うだいべん》。中納言《ちうなふごん》従三位[二八]藤原《ふぢはら》朝臣継縄《つぐただ》を兼中務卿《ちうむきやう》。参議《さむぎ》陸奥按察使《みちのおくのあんせちし》正四位下[二九]藤原《ふぢはら》朝臣小黒麻呂《をぐろまろ》を兼兵部卿《ひやうぶきやう》。従三位[三〇]高倉《たかくら》朝臣福信《ふくしん》を弾正尹《だんじやうのゐん》。従四位上[三一]藤原《ふぢはら》朝臣鷹取《たかとり》を造宮卿《ざうくうきやう》。越前《こしのみちのくち》守は故《もと》の如《ごと》し。従

七（神麻加牟陀君児首）。
二四 本条および下文癸未（二十五日）条により、在京諸司の長官・次官の全面的な入替えが行われる。天応元年五月乙丑条と癸未条の任官↓補36―四五。
二五 →三五頁注六。春宮大夫任官は本年四月。左大弁へは右大弁（宝亀十一年二月甲辰条）・右京大夫（天応元年四月壬寅条）より転任。左大弁の前任者は本条で兼衛門督となった大伴伯麻呂（天応元年二月丙午条）。
二六 →四補31―四〇。前官は美濃守（宝亀八年十月辛卯条）。左中弁の前任者は本条で造宮卿に転任した藤原鷹取（宝亀九年十二月庚子条）。
二七 →三補23―五。参議任官は宝亀十一年二月。右大弁へは伊勢守（宝亀十一年二月甲辰条）より転任。右大弁の前任者は本条で左大弁に転任した大伴家持（宝亀十一年二月甲辰条）。
二八 →三二六一頁注一。中納言任官は宝亀十一年二月。中務卿へは兵部卿（宝亀十一年二月丙申朔条）より転任。中務卿の前任者は藤原田麻呂（天応元年四月壬寅条）。
二九 少黒麻呂とも。房前の孫、鳥養の男。↓四補25―九二。参議任官は宝亀十年十二月。陸奥按察使任官は天応元年正月。兵部卿へは右衛士督（天応元年正月庚午条）より転任。兵部卿の前任者は本条で兼中務卿となった藤原継縄（宝亀十一年二月丙申朔条）。
三〇 もと肖奈公。→二三三九頁注一一。肖名（背名）→三補17―一七。前官は造宮卿兼近江守（宝亀七年三月癸巳条）。
三一 →四補31―六三。前官は左中弁（宝亀九年十二月庚子条）。造宮卿の前任者は本条で弾正尹に転任した高倉（高麗）福信（宝亀七年三月癸巳条）。

四位上紀朝臣船守為㆓近衛員外中将㆒。内厩助如㆑故。従五位下大神朝臣船人為㆓少将㆒。従四位下佐伯宿禰久良麻呂為㆓中衛[1]中将㆒。参議宮内卿正四位上大伴宿禰伯麻呂為㆓兼衛門督㆒。正四位上坂上大忌寸苅[2]田麻呂為㆓右衛士督㆒。丹[3]波守如㆑故。従四位上伊勢朝臣[4]老人為㆓主馬頭㆒。授㆓正六位上佐伯部三国外従五位下㆒。○庚午、授[5]㆓无位平群[6]朝臣炊[7]女従五位下㆒。○辛未、地震。○癸酉、授㆓正五位上藤原朝臣人数従四位下㆒。○甲戌、伊勢国言、鈴鹿関[8]城門、并守屋[9]四[10]間、始[11]㆓十四日㆒至㆓十五日[12]㆒、自響[13]不㆑止。其声如㆓以㆑木衝㆒之。○乙亥、始置[14]㆓中宮職㆒。以㆓参議宮内卿正四位上大伴宿禰伯麻呂㆒為㆓兼中宮大夫㆒。衛門督如㆑故。従[15]五位下大伴宿禰弟[16]麻呂為㆑亮。左衛士佐如㆑故。外従五位下伊勢朝臣水通為㆓大進㆒。外従五位下上[17]毛野公薩摩・外従五位下物部多藝宿禰国[18]足並為㆓少進[19]㆒。○癸未、以㆓従五位下賀茂朝臣大川㆒為㆓神祇大副[20]㆒。従五位上石川朝臣浄麻呂為㆓少納言㆒。正五位下大神朝臣末[21]足為㆓左中弁[22]㆒。従五位下多治比真人豊浜為㆓左少弁㆒。従五位上紀朝臣家守為㆓

1 衛―辨〔底〕
2 苅→校補
3 丹―舟〔底〕
4 臣〔谷傍補〕―ナシ(谷原)
5 授〔谷傍補、大〕―ナシ(兼・谷原・東・高)
6 群―郡〔底〕
7 炊(兼等、大)→校補
8 関→校補
9 屋ノ下、ナシ―等(紀略)
10 四間〔紀略改〕―嶋(紀略原)→校補
11 始〔兼・谷、大、紀略〕―如(東・高)
12 五〔紀略改〕―二(紀略原)→校補
13 響→校補
14 置〔紀略補〕―ナシ(紀略原)→校補
15 従五―五従〔底〕
16 弟―第〔底〕
17 上〔兼・谷、大、類一〇七〕―ナシ(東・高)
18 国―円〔底〕
19 進ノ下、ナシ―之(類一〇七)
20 副〔兼等、大〕―尉(東傍・高傍)
21 末→校補
22 弁―衛〔底〕

一 →[四]補25-四一。近衛員外中将へは近衛少将・土左守(宝亀九年二月庚子条)より転任。この時、近衛中将は道嶋嶋足。船守は既に宝亀九年二月庚子には内厩助として見えるが任官時は不明。
二 →一八五頁注二三。近衛少将の前任者は本条で近衛員外中将に転任した紀船守(宝亀九年二月庚子条)。
三 →[四]補25-八二。前官は春宮亮(宝亀九年二月庚子条)。中衛中将の前任者は本条で主馬頭に転任した伊勢老人(宝亀九年三月丙辰条)。
四 →[三]一〇七頁注四。参議任官は宝亀九年正月、宮内卿任官は同五年九月。衛門督へは左大弁(天応元年二月丙午条)より転任。
五 →[三]二〇五頁注一三。丹波守任官は宝亀八年十二月。右衛士督の前任者は本条で兼兵部卿となった藤原小黒麻呂(天応元年正月庚午条)。
六 もと中臣伊勢連。→[四]二三頁注四。前官は中衛中将(宝亀九年三月丙辰条)。
七 主馬寮の長官。主馬寮→補36-四六。
八 延暦元年閏正月駿河介に任じられ、同二年六月に佐伯沼田連の姓を賜わった。佐伯部→補36-四七。
九 延暦八年正月に従五位上に昇叙。平群朝臣→[二]補3-八三。
一〇 →[三]補24-三一。正五位上叙位は宝亀八年正月。
一一 →一四七頁注九。宝亀十一年六月辛酉条には「西内城大鼓」、本年三月乙酉条には「西中城門大鼓」が鳴動したとする記事が見られ

四位上[一]紀《き》朝臣船守《ふなもり》を近衛員外中将《このゑのゐんぐゑのちうしやう》。内厩助《うちのうまやのすけ》は故《もと》の如《ごと》し。従五位下[二]大神《おほみわ》朝臣船人《ふなひと》を少将《せうしやう》。従四位下[三]佐伯《さへき》宿禰久良麻呂《くらまろ》を中衛中将《ちうゑのちうしやう》。参議《さむぎ》宮内卿《くうないきやう》正四位上[四]大伴《おほとも》宿禰伯麻呂《をぢまろ》を兼衛門督《ゑもんのかみ》。正四位上[五]坂上《さかのうへ》大忌寸苅田麻呂《かりたまろ》を右衛《うゑ》士督《じのかみ》。丹波《たには》守は故《もと》の如《ごと》し。従四位上[六]伊勢《いせ》朝臣老人《おきな》を[七]主馬頭《しゆめのかみ》。正六位上[八]佐伯《さへき》部三国《べのみくに》に外従五位下を授《さづ》く。○庚午《十二日》、无位[九]平群《へぐり》朝臣炊女《かしきめ》に従五位下を授く。○辛未《十三日》、地震《なゐ》ふる。○癸酉《十五日》、正五位上[一〇]藤原《ふぢはら》朝臣人数《ひとかず》に従四位下を授く。○甲戌《十六日》、伊勢《いせ》国言《まう》さく、「[一一]鈴鹿関《すずかのせき》の城《き》の門并《もんあは》せて守屋《もりや》四間、十四日より始《はじ》まりて十五日に至《いた》るまで、自《おのづか》ら響《ひび》きて止《や》まず。その声《おと》、木《き》を以《もち》て衝《つ》くが如《ごと》し」とまうす。

中宮職を置く

○乙亥《十七日》、始《はじ》めて[一二]中宮職《ちうぐうしき》を置《お》く。

任官

参議《さむぎ》宮内卿《くうないきやう》正四位上[一三]大伴《おほとも》宿禰伯麻呂《をぢまろ》を兼中宮大夫《ちうぐうだいぶ》とす。衛門督《ゑもんのかみ》は故《もと》の如《ごと》し。従五位下[一四]大伴《おほとも》宿禰弟麻呂《おとまろ》を亮《すけ》。左衛士佐《さゑじのすけ》は故《もと》の如《ごと》し。外従五位下[一五]伊勢《いせ》朝臣水通《みなみち》を大進《だいしん》。外従五位下[一六]上毛野《かみつけの》公薩摩《さつま》・外従五位下[一七]物部多藝《もののべのたぎ》宿禰国足《くにたり》を並《ならび》に少進《せうしん》。○癸未《二十五日》、従五位下[一八]賀茂《かも》朝臣大川《おほかは》を神祇大副《じんぎだいふく》とす。従五位上[一九]石川《いはかは》朝臣浄麻呂《きよまろ》を少納言《せうなふごん》。正五位下[二〇]大神《おほみわ》朝臣末足《すゑたり》を左中弁《さちうべん》。従五位下[二一]多治比《たぢひ》真人豊浜《とよはま》を左少弁《させうべん》。従五位上[二二]紀《き》朝臣家守《やかもり》を

る。

一二 →㊂補10-六。高野新笠が、本年四月癸卯詔により皇太夫人となることに伴い付置されたもの。本条で中宮職を付置して中宮大夫以下の官人を任じたことを「始」と表記したもの。続日本紀における「始」の用法→㊀補2-一五。

一三 →注四。衛門督任官は上文乙丑(七日)。

一四 →八五頁注一六。ここで「左衛士佐如レ故」とあるが、下文癸未(二十五日)条に「中宮亮従五位下大伴宿禰弟麻呂為二兼左衛士佐一」とあり、宝亀十一年三月壬午に衛門佐に任じているので、ここは「衛門佐」の誤りか。

一五 →補36-四二。大進は中宮職の判官。従六位上相当。

一六 →補36-四三。

一七 もと多芸連。→補34-五三。

一八 →㊃補25-八七。前官は内蔵助か(宝亀八年十月辛卯条)。神祇大副の前任者は高賀茂諸雄(宝亀八年十月辛卯条)。

一九 清麻呂とも。→㊃一五一頁注四二。前官は民部大輔(宝亀十一年三月壬午条)。少納言の前任者は本条で伯耆守に転任した篠嶋王(宝亀十年九月甲申条)。なお、他の少納言は、宝亀十年十一月に任じた川村王と、同十一年三月に任じた藤原真友。

二〇 →補34-四。左中弁の前任者は本条で右中弁に転任した紀家守(天応元年五月乙丑条)。

二一 →㊃二八九頁注六。前官は大宰少弐(宝亀六年七月壬寅条)。左少弁の前任者は本条で常陸介に転任した賀茂人麻呂(宝亀九年十二月庚子条)。

二二 →㊃補31-四〇。前官は左中弁(天応元年五月乙丑条)。右中弁の前任者は本条で摂津大夫に転任した豊野奄智(宝亀九年二月庚子条)。

右中弁一。従五位下阿倍朝臣石[1]行為二右少弁一。従五位下紀朝臣真人為二大学頭一。正五位上百済王利善為二散位頭一。従五位下三嶋真人大湯[2]坐為二治部少輔一。正五位下石上朝臣家成為二民部大輔一。従五位下藤原朝臣菅嗣為二少輔一。従五位下藤原朝臣継彦為二兵部少輔一。従四位下石川朝臣恒[3]守為二刑部卿一。伊豫守如レ故。従五位上当麻真人永嗣為二大輔一。従五位下文室真人子老為二少輔一。従五位下中臣朝臣鷹主・高倉朝臣殿継並為二大判事一。正五位下大伴宿禰不破麻呂為二大蔵大輔一。正五位下紀朝臣犬養為二宮内大輔一。[4]丹後守如レ故。従五位下陽侯王為二大膳大夫一。従五位下石淵王為二正親正一。従五位下巨勢朝臣広山為二鍜治[5]正一。従五位下三国真人広見為二主油正一。造宮卿従四位上藤原朝臣鷹取為二兼左京大夫一。越前守如レ故。右大弁従四位上石川朝臣名足為二兼右京大夫一。従四位下豊野真人[6]奄智為二摂津大夫一。従五位上石川朝臣豊麻呂為二造宮大輔一。従五位下葛井連根主為二少輔一。従五位上桑原[7]足床為二造東大寺次官一。従五位下大中臣朝臣安遊麻呂為二中衛少将一。播磨大

1 石—右(東)
2 湯〔大改〕—陽(兼等)
3 恒〔底〕—垣
4 丹(底重)—舟〔底原〕
5 治—治〔底〕
6 人—ナシ(兼)→校補
7 原ノ下、ナシ〔底〕—公

一 →補35-二。前官は刑部少輔(宝亀九年八月癸巳条)。右少弁の前任者は紀古佐美か(宝亀九年二月庚子条)。 二 →補36-六。大学頭の前任者は淡海三船(宝亀九年二月庚子条)。
三 →[四]九九頁注二一。
四 もと大湯坐王。→[三]一一頁注四〇。前官は正親正(宝亀九年八月癸巳条)。治部少輔の前任者は本条で大判事に転任した高倉殿嗣(宝亀十一年三月壬午条)。
五 東人の男。→[四]補25-八八。民部大輔の前任者は本条で少納言に転任した石川浄麻呂(宝亀十一年三月壬午条)。
六 菅継とも。→[四]補32-五三。前官は兵部少輔(天応元年四月己丑朔条)。民部少輔の前任者は本条で豊後守に転任した多治比継兄(宝亀十一年三月壬午条)。 七 浜成の男。→補36-九。兵部少輔の前任者は本条で民部少輔に転任した藤原菅継(天応元年四月己丑朔条)。
八 →[四]補25-五三。伊予守任官は宝亀九年二月。刑部卿の前任者は本条で出雲守に転任した石川豊人(天応元年二月丙午条)。
九 →[四]補28-五。前官は出雲守(宝亀九年二月辛巳条)。 一〇 →[四]二〇九頁注一一。刑部少輔の前任者は本条で右少弁に転任した阿倍石行(宝亀九年八月癸巳条)。
一一 →[三]補24-一二。
一二 もと高麗朝臣。→補34-四二。前官は治部少輔(宝亀十一年三月壬午条)。大判事の前任者のうち一名は、宝亀九年八月癸巳に任じ、本条で山背守に転任した多治比人足。他の一名は、宝亀九年三月丙辰に任じ、同十一年三月壬午に上総守に転任した藤原刷雄か。
一三 →[三]補20-一七。前官は信濃守(宝亀九年八月癸巳条)。 一四 →[四]補31-六六。丹後守任官は宝亀十年二月。宮内大輔へは造宮大輔

右《う》中弁《ちうべん》。従五位下[一]阿倍《あへ》朝臣石行《いはつら》を右少弁《うせうべん》。従五位下[二]紀《き》朝臣真人《まひと》を大学頭《だいがくのかみ》。正五位上[三]百済王《くだらのこにきし》利《り》善《ぜん》を散位頭《さんゐのかみ》。従五位下[四]三嶋《みしま》真人大湯坐《おほゆゑ》を治部少輔《ちぶせうふ》。正五位下[五]石上《いそのかみ》朝臣家成《いへなり》を民部大輔《みんぶだいふ》。従五位下[六]藤原《ふぢはら》朝臣菅嗣《すがつぐ》を少輔《せうふ》。従五位下[七]藤原《ふぢはら》朝臣継彦《つぐひこ》を兵部少輔《ひやうぶせうふ》。従四位下[八]石川《いしかは》朝臣恒守を刑部卿《ぎやうぶきやう》。伊豫《いよ》守は故《もと》の如《ごと》し。従五位上[九]当麻《たぎま》真人永嗣《ながつぐ》を大輔《だいふ》。従五位下[一〇]文室《ふむや》真人子老《こおゆ》を少輔《せうふ》。従五位下[一一]中臣《なかとみ》朝臣鷹主《たかぬし》・[一二]高倉《たかくら》朝臣殿継《とのつぐ》を並《ならび》に大判事《だいはんじ》。正五位下[一三]大伴《おほとも》宿禰不破《ふは》麻呂《まろ》を大蔵大輔《おほくらのだいふ》。正五位下[一四]紀《き》朝臣犬養《いぬかひ》を宮内大輔《くうないだいふ》。丹後《たにはのみちのしり》守は故《もと》の如《ごと》し。従五位下[一五]陽侯王《やこのおほきみ》を大膳大夫《だいぜんのだいぶ》。従五位下[一六]石淵《いはふち》王を正親正《おほきみのかみ》。従五位下[一七]巨勢《こせ》朝臣広山《ひろやま》を鍛冶正《たんやのかみ》。従五位下[一八]三国《みくに》真人広見《ひろみ》を主油正《あぶらのかみ》。造宮卿《ざうくうきやう》従四位上[一九]藤原《ふぢはら》朝臣鷹取《たかとり》を兼左京大夫《さきやうのだいぶ》。越前《こしのみちのくち》守は故《もと》の如《ごと》し。右大弁《うだいべん》従四位上[二〇]石川《いしかは》朝臣名足《なたり》を兼右京大夫《うきやうのだいぶ》。従四位下[二一]豊野《とよの》真人奄智《えむち》を摂津大夫《つのだいぶ》。従五位上[二二]石川《いしかは》朝臣豊麻呂《とよまろ》を造宮大輔《ざうくうだいふ》。従五位下[二三]葛井《ふぢゐ》連根主《ねぬし》を少輔《せうふ》。従五位上[二四]桑原《くははら》公足床《たるとこ》を造《ざう》東大寺次官《とうだいじじくわん》。従五位下[二五]大中臣《おほなかとみ》朝臣安遊麻呂《あゆまろ》を中衛少将《ちうゑのせうしやう》。播磨大《はりまのだい》

(宝亀十年二月甲午条)より転任。宮内大輔の前任者は文室高嶋(宝亀十年十一月甲午条)。
一五　楊胡王とも。→三頁注一〇。大膳大夫の前任者は参河王(宝亀十一年三月壬午条)。
一六　→一七一頁注六。正親正の前任者は本条で治部少輔に転任した三嶋大湯坐(宝亀九年八月癸巳条)。
一七　→一二五頁注六。　一八　→一八五頁注二一。
一九　→〔四〕補31-六三。造宮卿任官は上文乙丑(七日)。越前守任官時は不明。左京大夫の前任者は本条で兼近江守となった藤原種継(宝亀十一年三月壬午条)。
二〇　→〔三〕補23-五。右大弁任官は上文乙丑(七日)。右京大夫の前任者は上文乙丑条で左大弁に転任した大伴家持(天応元年四月壬寅条)。
二一　もと奄智王。→〔三〕補20-四一。前官は右中弁(宝亀九年二月庚子条)。摂津大夫の前任者は本年四月戊申条で伊勢守に転任した多治比長野か(宝亀十年九月甲午条)。
二二　→〔三〕補20-三三。前官は造宮少輔(宝亀九年二月庚子条)。造宮大輔の前任者は本条で宮内大輔に転任した紀犬養(宝亀十年二月甲午条)。
二三　→〔三〕補23-一三。造宮少輔の前任者は本条で造宮大輔に昇任した石川豊麻呂(宝亀九年二月庚子条)。
二四　もと桑原連。→〔四〕補25-九九。前官は造西大寺次官(宝亀九年八月癸巳条)。
二五　→補36-四〇。中衛少将の前任者は本条で武蔵介に転任した巨勢池長(宝亀十一年九月壬戌朔条)。この時点での他の一名の中衛少将は、池長と同時に任じた藤原末茂。

一　→〔四〕二九一頁注二一。前官は山背守(宝亀七年三月癸巳条)。衛門佐の前任者は本条で兼左衛士佐となった大伴弟麻呂(宝亀十一年

掾如レ故。従五位上大中臣朝臣継麻呂為二衛門佐一。中宮亮[1]従五位下大伴宿禰弟[2]麻呂為二兼左衛士佐一。左中弁従五位上紀朝臣家守為二兼左兵衛督一。従五位下藤原朝臣弓主為レ佐。従五位下安倍朝臣祖足為二主馬助一。従五位上多治比真人人[3]足為二山背守一。大外記外従五位下上[4]毛野公大川為二兼介一。外従五位下陽侯忌寸玲璆為二尾張守一。外[5]従五位下[6]土師宿禰古人為二遠江介一。式部少輔正五位下石川朝臣真守為二兼武蔵守一。従五位上巨勢朝臣池長為レ介。造酒正従五位下中臣丸朝臣馬主為二兼上総介一。兵部卿正四位上藤原朝臣家依為二兼下総守一。侍従[7]如レ故。従五位下賀茂朝臣人麻呂為二常陸介一。左衛士督従四位上藤原朝臣種継為二兼近江守一。従五位下大伴宿禰継人為レ介。正五位上大伴宿禰潔足為二美濃守一。従五位下紀朝臣馬借為レ介。従五位下紀朝臣家継為二信濃守一。正五位上阿倍朝臣家麻呂為二上野守一。外従五位下船木直馬養為二若狭守一。中宮少進外従五位下物部多藝[8]宿禰国足為二兼因幡介一。従五位下篠嶋王為二伯耆守一。従四位下石川朝臣豊人為二出雲守一。従五位下

三月壬午条)。 二 →八五頁注一六。中宮亮任官は上文乙亥(十七日)。左衛士佐へは衛門佐(宝亀十一年三月壬午条)より転任。 三 →一八七頁注二二。「左中弁」とあるが、本条上文で右中弁任官のことが見える。本条で二つの官に任じられている藤原弓主の場合も、本条での新任の官を記しているので、家守の本官は「為二兼阿波守一」として「右中弁」の誤りか。左兵衛督の前任者は本条で美濃守に転任した大伴潔足(宝亀十一年四月甲寅条)。 四 →補35-四八。前官は左兵衛員外佐(天応元年四月丙申条)。 五 阿倍朝臣とも。→一二三頁注二七。主馬助は、主馬寮(補36-四六)の次官。前官は河内守(天応元年二月乙巳条)。 六 →補35-二一。前官は大判事(宝亀九年八月癸巳条)。山背守の前任者は本条で衛門佐に転任した大中臣継麻呂(宝亀七年三月癸巳条)。 七 →補35-一七。山背介の前任者は丹比真浄(宝亀八年九月乙丑条)。 八 もと陽侯史。名を令璆とも。→[三]七九頁注四。前官は尾張介(宝亀十一年三月壬午条)。尾張守の前任者は紀本(宝亀七年三月丙辰条)。 九 →補35-五〇。遠江介の前任者は大荒木押国(宝亀八年十月辛卯条)。 一〇 →[四]補27-二六。式部少輔任官は宝亀七年三月。武蔵守の前任者は笠王(宝亀九年二月庚子条)。 一一 →[四]一五一頁注四一。前官は中衛少将(宝亀十一年九月壬戌条)。武蔵介の前任者は高麗石麻呂(宝亀九年二月辛巳条)。 一二 →補34-二九。造酒正の任官時は不明であるが、既に宝亀十一年四月には造酒正として見える。前官上総員外介(宝亀十一年四月辛亥条)からの昇任。 一三 →[四]一〇三頁注三。ここで「兵部卿」とあるが、下文七月丁卯条に兵部卿任官のことが見え、宝亀五年三月に任じた治部卿(甲辰条)のことが、同

1 亮→校補
2 弟―第〔底〕
3 人〔兼・東・高、大補〕―ナシ(谷)→校補
4 上〔兼・谷、大〕―ナシ(東・高)
5 外〔大補〕―ナシ(兼等)
6 土(底重)→校補
7 従―徒(兼)
8 藝〔東重〕

掾《じよう》は故《もと》の如《ごと》し。従五位上[一]大中臣《おほなかとみ》朝臣継麻呂《つぐまろ》を衛門佐《ゑもんのすけ》。中宮亮《ちうぐうのすけ》従五位下[二]大《おほ》伴《とも》宿禰弟麻呂《おとまろ》を兼左衛士佐《さゑじのすけ》。左中弁《さちうべん》従五位上[三]紀《き》朝臣家守《やかもり》を兼左兵衛督《さひやうゑのかみ》。従五位下[四]藤原《ふぢはら》朝臣弓主《ゆみぬし》を佐《すけ》。従五位下[五]安倍《あへ》朝臣祖足《おやたり》を主馬助《しゆめのすけ》。従五位上[六]多治《たぢ》比《ひ》真人人足《ひとたり》を山背《やましろ》守。大外記《だいぐゑき》外従五位下[七]上毛野《かみつけの》公大川《おほかは》を兼介《すけ》。外従五位下[八]陽侯《やこ》忌寸玲璆《りやうぐ》を尾張《をはり》守。外従五位下[九]土師《はじ》宿禰古人《ふるひと》を遠江《とほつあふみ》介。式部少輔《しきぶせうふ》正五位下[一〇]石川《いしかは》朝臣真守《まもり》を兼武蔵《むざし》守。従五位上[一一]巨勢《こせ》朝臣池長《いけなが》を介《すけ》。造酒正《みきのかみ》従五位下[一二]中臣丸《なかとみのわに》朝臣馬主《うまぬし》を兼上総《かみつふさ》介。兵部卿《ひやうぶきやう》正四位上[一三]藤原《ふぢはら》朝臣家依《いへより》を兼下《しもつ》総《ふさ》守。侍従《じじゆ》は故《もと》の如《ごと》し。従五位下[一四]賀茂《かも》朝臣人麻呂《ひとまろ》を常陸《ひたち》介。左衛士督《さゑじのかみ》従四位上[一五]藤原《ふぢはら》朝臣種継《たねつぐ》を兼近江《ちかつあふみ》守。従五位下[一六]大伴《おほとも》宿禰継人《つぐひと》を介。正五位上[一七]大《おほ》伴《とも》宿禰潔足《きよたり》を美濃《みの》守。従五位下[一八]紀《き》朝臣馬借《うまかり》を介。従五位下[一九]紀《き》朝臣家継《やかつぐ》を信濃《しなの》守。正五位上[二〇]阿倍《あへ》朝臣家麻呂《いへまろ》を上野《かみつけの》守。外従五位下[二一]船木《ふなき》直馬養《うまかひ》を若狭《わかさ》守。中宮少進《ちうぐうせうしん》外従五位下[二二]物部多藝《もののべのたぎ》宿禰国足《くにたり》を兼因幡《いなば》介。従五位下[二三]篠嶋王《しのしまのおほきみ》を伯耆《ははき》守。従四位下[二四]石川《いしかは》朝臣豊人《とよひと》を出雲《いづも》守。従五位下

七年三月癸巳条にも見えるので、「治部卿」とあるのが正しいか。補任も、家依が参議となった同八年以降もこの時までは治部卿としている。侍従任官は神護景雲二年二月。下総守の前任者は本条で兼近江守となった藤原種継(宝亀十一年三月壬午条)。 一四 →四補31-九三。前官は左少弁(宝亀九年十一月庚子条)。常陸介の前任者は粟田鷹守(宝亀八年十月辛卯条)。 一五 →四補27-四四。下文七月丁卯条に「為二左衛士督一近江守如レ故」とあり、本条と矛盾する。本条で藤原鷹取が左京大夫に任官しており、この時点までは宝亀九年二月(庚子条)に任じた左京大夫が本官で、同十一年三月以降この時まで兼下総守(壬午条)。近江守の前任者は上文乙丑(七日)条で弾正尹に転任した高麗(高倉)福信(宝亀七年三月癸巳条)。 一六 →補35-三三。前官は伯耆守(天応元年四月己丑朔条)。近江介の前任者は中臣常(宝亀九年二月辛巳条)。 一七 →三補20-五九。前官は左兵衛督(宝亀十一年四月甲寅条)。美濃守の前任者は上文乙丑(七日)条で左中弁に転任した紀家守(宝亀八年十月辛卯条)。 一八 →一二五頁注八。前官は右兵衛佐(天応元年四月丙申条)。美濃介の前任者は本条で備中守に転任した藤原園人(宝亀十年二月甲午条)。 一九 →補35-二。前官は右衛士員外佐(宝亀九年二月庚子条)。信濃守の前任者は本条で大蔵大輔に転任した大伴不破麻呂(宝亀九年八月癸巳条)。 二〇 安倍朝臣とも。→四補32-一二。上野守の前任者は文室忍坂麻呂(宝亀十年十一月甲午条)。 二一 →四補28-二九。若狭守の前任者は文室於保(宝亀八年正月戊寅条)。 二二 もと多芸連。→補34-五三。中宮少進任官は上文乙亥(十七日)。因幡介の前任者は上文四月壬寅条で春宮亮に転任した

藤原朝臣園人為ニ備中守一。左兵衛佐従五位下藤原朝臣弓主為ニ兼阿波守一。従五位下正月王為ニ土左守一。従五位下多治比真人継兄[1]為ニ豊後守一。○乙酉、以ニ従[2]五位上紀朝臣古佐美一為ニ陸奥守一。○丁亥、尾張国中嶋郡人外正八位上裳咋臣[3]船主言、己等与ニ伊賀国敢朝臣一同祖也。是以曾祖宇奈已上、皆為ニ敢臣一。而祖父得麻呂、庚午年籍[4]、謬従ニ母姓一、為ニ裳咋[5]臣一。伏望、欲レ蒙ニ改正一。於レ是、船主等八人賜ニ姓敢臣一。○六月戊子朔、詔曰[6]、惟王之置ニ百官一也、量レ材[7]授レ能。職員有レ限。自レ茲厥後、事[8]務[9][10]稍繁、即[11]量[12]ニ劇官一、仍置ニ員外一。近古因循[13]、其流益[14]広。譬[15]以ニ十羊[16]一更成ニ九牧[17]一。民之受レ弊、寔為レ此焉。朕肇膺ニ宝暦一、君ニ臨区夏一。言念ニ生民一、情深ニ撫育一。思下欲除ニ其残害一恵中之仁寿上。宜ニ内外文武官、員外[18]之任、一皆解却一。但郡司・軍[19]毅不レ在[20]ニ此限一。又其在外国司、多乖ニ朝委[21]一。或[22]未レ知ニ欠倉一、且用ニ公廨一、或不レ畏ニ憲網[23]一、肆漁ニ百姓一。故今[24]択ニ其奸濫尤

1 兄〔大改〕―丸(兼等)
2 従―後〔底〕
3 臣(兼等、大)―巨(底改)、巨勢〔底原〕→校補
4 籍―藉〔底〕
5 咋〔兼・谷、大〕―昨(東・高)
6 曰―云(東)
7 材―林〔底〕
8 事ノ下、ナシ〔高朱抹、大衍〕―豫(兼・谷・東・高原)→校補
9 務ノ上、ナシ〔兼・谷原・東・高、大衍〕―議(谷傍補)→校補
10 務〔高擦重〕
11 即量劇官→校補
12 量〔兼等、大〕―置(東傍・高傍)
13 循〈意改〉(大改)―脩→脚注・校補
14 益〔大改〕―盖(兼等)→校補
15 譬〔大改〕―辟(兼等)
16 羊(兼・谷原・東・高、大)―年
17 牧―枚〔底〕
〔谷重〕→校補
18 外〔兼・谷、大〕―ナシ(東・高)
19 軍→校補
20 在〔谷重、大〕―仕(兼・谷原・東・高)
21 委―季〔底〕
22 或〔谷、大〕―式(兼・東・高)
23 網〔大改〕―綱(兼等)→校補
24 今(兼・谷・高、大)―金〔底重〕→校補

紀白麻呂(宝亀十一年三月壬午条)。三 →[四]一四九頁注一六。前官は少納言(宝亀十年九月甲申条)。伯耆守の前任者は本条で近江介に転任した大伴継人(天応元年四月己丑朔条)。二四 →[三]補17-二五。前官は刑部卿(天応元年二月丙午条)。出雲守の前任者は本条で刑部大輔に転任した当麻永嗣(宝亀九年二月辛巳条)。

一 →補35-四六。前官は美濃介(宝亀十年二月甲午条)。二 →補35-四八。左兵衛佐任官は本条。阿波守の前任者は大中臣宿奈麻呂か(宝亀八年正月戊寅条)。三 牟都岐王とも。→[四]補29-五二。前官は左馬頭(宝亀十年九月庚午条)。土左守の前任者は上文乙丑(七日)条で近衛員外中将に転任した紀船守(宝亀九年二月庚子条)。四 →補36-四。前官は民部少輔(宝亀十一年三月壬午条)。豊後守の前任者は安倍東人(宝亀七年三月癸巳条)。五 麻路の孫。→[四]補25-一〇六。古佐美はこの時点で征東副使(宝亀十一年三月癸巳任)。陸奥守の前任者は大伴益立(宝亀十一年三月甲午条)。益立は、この後本年九月辛巳条で、軍地に至り征期を誤り、逗留して進軍せず、空しく軍費を費やしたので従四位下の位を奪われているが、これと関わる措置か。六 →[四]二四七頁注一二。和名抄に、美和・神戸・拝師・小塞・三宅・茜部・石作・日野・川埼の各郷を管することが見える。七 他に見えず。八 阿閇朝臣とも。→裳咋臣→[四]補32-一一。九・一〇 他に見えず。一一 天智九年(六七〇年、庚午年)に造られた戸籍。庚午年籍とその定姓機能→[一]補3-一二。母姓によっていた姓を父姓に改めた事例として天平神護二年三月戊午条・延暦七年八月戊子条・同

[一]藤原朝臣園人《ふぢはらあそみそのひと》を備　中　守《きびのみちのなか》。左兵衛佐《さひやうゑのすけ》従五位下藤原《ふぢはら》[二]朝臣弓主《ゆみぬし》を兼阿波《あは》守。従五位下正月王《むつきのおほきみ》[三]を土左《とさ》守。従五位下多治比《たぢひ》[四]真人継兄《つぐえ》を豊　後　守《とよくにのみちのしり》。○乙酉《二十七日》、従五位上紀《き》[五]朝臣古佐美《こさみ》を陸奥《みちのおく》守とす。○丁亥《二十九日》、尾張《をはり》国中嶋《なかしま》[六]郡の人《ひと》外正八位上裳咋《もくひ》[七]臣船主《ふなぬし》言《まう》さく、「己《おのれ》らは伊賀《いが》国の敢《あへ》[八]朝臣と同《おな》じき祖《おや》なり。是《ここ》を以《もち》て、曾祖《おほおほぢ》[九]宇奈《うな》より已上は皆《みな》、敢《あへ》臣と為《な》る。而《しか》るに祖父《おほぢ》得麻呂《とこまろ》[一〇]、庚午《かうごの》[一一]年籍《ねんじやく》に、謬《あやま》りて母《はは》の姓に従《したが》ひて裳咋《もくひ》臣と為《な》る。伏《ふ》して望《のぞ》まくは、改《あらた》め正《ただ》すことを蒙《かがふ》らむことを」とまうす。是《ここ》に、船主《ふなぬし》ら八人に姓を敢《あへ》臣と賜《たま》ふ。

員外官を停
廃し官人の
勤務態度を
正す

六月戊子の朔、詔《みことのり》[一二]して曰《のたま》はく、「惟《おもひ》みるに、王《きみ》の百官《ひやくくわん》を置《お》くこと、材《さい》を量《はか》りて能《のう》に授《さづ》く。職員《しきのかずかぎり》限有り。茲《これ》より厥後《のち》、事《こと》の務《つとめ》稍《やや》く繁《しげ》きときは、即《すなは》ち劇官《げきくわん》[一三]を量《はか》りて、仍《より》て員外《ゐんぐゑ》[一四]を置《お》く。近古因循《いまむかしいんじゆん》[一五]してその流《なが》れ益《ますます》広《ひろ》し。譬《たと》へば十羊《じふやう》[一六]を以《もち》て更《さら》に九牧《きうぼく》を成《な》すがごとし。民《たみ》の弊《つかれ》を受《う》くるは寔《まこと》に此《これ》が為《ため》なり。朕《われ》、肇《はじ》めて宝暦《ほうれき》[一七]に膺《あた》りて、区夏《くか》[一八]に君《きみ》として臨《のぞ》む。言《ここ》に生民《せいみん》を念《おも》ひて、情《こころ》に撫育《ふいく》すること深《ふか》し。その残害《わざはひ》を除《のぞ》きて仁寿《にんじゆ》を恵《めぐ》まむと思《おも》欲ふ。内外《ないぐゑ》[一九]の文武《ぶんぶ》の官《つかさ》、員外《ゐんぐゑ》の任《にむ》は一《もはら》に皆解却《みなげきやく》すべし。但《ただ》し、郡司《ぐんじ》[二〇]・軍毅《ぐんき》はこの限《かぎり》に在《あ》らず。また、その在外《ざいぐゑ》の国司《こくし》、多《おほ》く朝委《でうゐ》に乖《そむ》く。或《ある》は未《いま》だ欠倉《けむさう》[二一]を知《し》らず、且《か》つ公《く》[二二]解《げ》を用《もち》ゐ、或《ある》は憲網《けんばう》[二三]を畏《おそ》れず、肆《ほしきまにま》に百姓《はくせい》を漁《あさ》る。故《ゆゑ》に今《いま》、その姧濫《かんらむ》尤《もと》も

十年十二月甲午条があるが、庚午年籍に誤って母姓となっていたものを父姓に改めたものとしては延暦十年の事例がある。
一二 郡司・軍毅を除く員外官を停止し、官人の勤務態度を正すことを命ずる詔。員外官の停止→補36-四九。一三 劇務の官司。一四 令の規定の定員を越えて置かれた官職。員外官→㊂補8-一五。一五 年代の多く隔らぬ昔から、旧習に従って改めていないこと。底本等「因脩」とするが、「因循」の誤り。一六 僅か一〇匹の羊に対して、牧人が九人いる。被治者が少なくて、治者の多い喩。隋書楊尚希伝に「尚希時見㆓天下州郡過多㆒、上表曰、…所謂民少官多、十羊九牧、琴有㆓更張之義㆒、瑟無㆓膠柱之理㆒、今存㆑要去㆑閑、併㆑小為㆑大、国家則不㆑斷㆓粟帛㆒、選挙則易㆑得㆓賢才㆒、敢陳㆓管見㆒、伏聴㆓裁処㆒」とあるによる。一七 皇位をうける、つぐ。隋書煬帝紀に「朕粛膺㆓宝暦㆒、纂㆓臨万邦㆒」とある。一八 天下のこと。
一九 内官・外官の文官・武官を問わず、一切の員外官を停止する。宝亀五年三月丁巳条で、員外国司について、在任五年以上の者を解任し、五年未満の者は五年に達した段階で解任することとし、同六年六月癸亥朔条で、畿内の員外国司の史生以上については、五年をまつことなく解却することとした。本条は、それに引続く措置。二〇 員外郡司の事例として、因幡国八上郡員外少領国造宝頭(宝亀五年二月壬辰条)・肥前国松浦郡員外主帳川部酒麻呂(同六年四月壬申条)・備前国津高郡員外少領蝮王臣(同七年十二月十一日残欠〔古六-五九二頁〕)などがある。二一 収納すべき稲穀が欠乏している正倉。二二 公解稲。→㊂補16-二七。国司が公解を先に確保し、正倉の欠を見捨てていること。二三 おきて、のり。

著者一、秩雖レ未レ満、随レ事貶降。自レ今以後、内外官人、立レ身清謹、処レ事公正者、所司審訪、授以二[1]顕官一。其在レ職貪残、状迹濁濫者、宜下遣二巡察一採訪[2]黜降上。[3]庶使下激レ濁揚レ清、変二[4]澆俗於当年一、憂レ国撫レ民、追中淳風於往古上。普[5]告二遐邇一知二朕意一焉。」和泉国[6]和泉郡人坂本臣[7]糸麻呂等六十四人賜二姓朝臣一。」勅二参議持節征東大使兵部卿正四位下兼陸奥按察使常陸守藤原朝臣小黒麻呂等一[8]曰、得二去五月廿[9]四日奏状一具知二消息一。但彼夷俘之為レ性也、蜂屯蟻聚、首[10]為二乱階一。[11]攻則奔二[12]逆山藪一、放則侵二掠城塞一。而[13]伊佐西古・諸絞・八十嶋・乙代等、賊中之首、一以当レ千。竄二迹山野一、窺レ機[14]伺レ隙、畏二我軍威一、未二敢縦レ毒。[15]今将軍等、未レ[16]斬二一級一、先解二軍[17]士一。事已行[18]訖、無二如之何一。但見二先後奏状一、賊衆四千餘人、其所レ斬首級僅七十

1 顕(兼等、大)—頭〔底原〕→校補
2 黜〈意改〉(大改)—黙〔底〕、點(兼等)
3 庶—鹿〔底〕
4 澆—洸〔底〕
5 告(谷・東擦・高、大)—造〔兼・東原〕→脚注・校補
6 和泉(底傍補)—ナシ〔底原〕
7 糸〔大改〕—系(兼等)
8 曰—云(東)
9 四日—日四〔底〕
10 為〔大改〕—如(兼等)
11 攻—政〔底〕
12 逆〔兼・谷原・東・高〕—逃(谷擦重、大)→校補
13 伊佐西古諸絞八十嶋乙代〔谷原・谷重〕→校補
14 伺—何〔底〕
15 今—合〔底〕
16 斬—斯〔底〕
17 士〔高擦重〕
18 訖—記〔底〕

一 つかさ、くらい。ここは、国司の任期。
二 官位をおとし退けること。ここは、国司を解任する意。
三 身を処するのに清廉で謹み深く、事務を処理するのに公正である者、の意。考課令4に「清慎顕著者、為二一善一」、同5に「公平可レ称者、為二一善一」とある官人の勤務評定の際の基準に類似表現がある。また、養老三年七月十九日の按察使訪察事条事(三代格三補8—三四)や延暦五年四月庚午条の評価基準にも「在レ職公平、立レ身清慎」と見える。
四 職にあって貪欲で利をむさぼり、勤務状態が乱れている者、の意。考課令50に「居レ官諂詐、及貪濁有レ状、為二下々一」と見える。前注の三代格や延暦五年四月庚午条の評価基準に

征夷軍の解軍と入京を停める

著《いちしる》き者《ひと》を択《えら》ひて、秩満《ちつみ》[一]たずと雖《いへど》も事《こと》に随《したが》ひて貶降《おとしくだ》[二]す。今《いま》より以後《のち》、内外《ないぐゑ》の官人《くわんにん》、身《み》[三]を立《た》つること清謹《せいきむ》にして、事《こと》を処《しよ》すること公正《こうせい》ならむ者《ひと》は、所《しよ》司《し》審《つばひらか》に訪《と》ひて、授《さづ》くるに顕官《けんくわん》を以《もち》てせよ。その職《つかさ》[四]に在《あ》ること貪残《たむざん》にして状迹濁濫《じやうせきだくらむ》なる者《ひと》は、巡察《じゆんさつ》[五]を遣《つかは》して採訪《さいはう》して黜降《しりぞけくだ》さしむべし。庶《ねが》はくは、濁《にご》[六]れるを激《さきぎ》り清《きよ》きを揚《あ》げて、澆俗《けうぞく》[七]を当年《たうねん》に変《か》へ、国《くに》を憂《うれ》へ民《たみ》を撫《な》でて、淳《じゆん》[八]風《ふう》を往古《わうこ》に追《お》はしめむことを。普《あまね》く遐邇《かじ》に告《つ》[九]げて朕《わ》が意《こころ》を知《し》らしめよ」とのたまふ。和泉国《いづみ》和泉《いづみ》[一〇]郡の人坂本《ひとさかもと》[一一]臣糸麻呂《いとまろ》ら六十四人に姓朝臣《あそみ》を賜《たま》ふ。参《さむ》議《ぎ》持節征東大使《ぢせちせいとうたいし》兵部卿《ひやうぶきやう》正四位下兼陸奥按察使《みちのおくのあんせちし》常陸守《ひたちのかみ》藤原《ふぢはら》[一二]朝臣小黒麻呂《をぐろまろ》らに勅《みことのり》[一三]して曰《のたま》はく、「去《い》ぬる五月廿四日の奏状《そうじやう》を得《え》て、具《つぶさ》に消息《あるかたち》を知《し》りぬ。但《ただ》し、彼《か》の夷俘《いふ》の性《さが》と為《あ》ること、蜂《はち》のごとくに屯《むらが》り、蟻《あり》のごとくに聚《あつま》りて、首《もと》として乱階《らんかい》[一四]を為《な》す。攻《せ》むれば則《すなは》ち山藪《さんそう》に奔《はし》り逆《しりぞ》き、放《ゆる》せば則《すなは》ち城塞《じやうさい》を侵《をか》し掠《かす》む。而《しか》して伊佐西古《いさせこ》[一五]・諸絞《もろくり》[一六]・八十嶋《やそしま》[一七]・乙代《おとしろ》[一八]等は賊《あた》の中《うち》の首《かしら》にして一以《ひとりもち》[一九]て千《ちひと》に当《あた》る。迹《あと》を山野《さんや》に竄《かく》し、機《とき》を窺《うかが》ひ隙《ひま》を伺《うかが》へども、我《わ》が軍威《ぐんゐ》を畏《おそ》れて、未《いま》だ敢《あ》へて毒《どく》を縦《ほしきまにま》にせず。今《いま》、将軍《しやうぐん》ら、未《いま》だ一つの級《くび》[二〇]をも斬《き》らずして、先《ま》づ軍士《ぐんじ》を解《と》く。事《こと》已《すで》に行《おこな》ひ訖《をは》りて、これを如何《いか》にともすること無し。但《ただ》し先後《せんご》の奏状《そうじやう》を見《み》るに、賊衆《あたのかず》四千餘人にして、その斬《き》れる首級《くび》は僅《わづか》に七十

も「在レ官貪濁、処レ事不レ平」とある。

五 巡察使を派遣して調査すること。巡察使→㊀補1-一一一。

六 濁流の水をさえぎり、水勢をはげしくして、清波をあげること。悪を除き善を揚げる喩。

七 人情の軽薄な風俗。

八 昔の淳朴な風俗をとりもどすこと。

九 底本「造」は「造(いた)りて」とも訓めるが、「告げて」が定形。

一〇 →㊂九頁注一三。天平宝字元年五月以後、和泉国の成立により、その一部となる。

一一 他に見えず。和泉国の坂本朝臣は、姓氏録和泉皇別に、紀朝臣と同祖で、建内宿禰の男紀角宿禰の後、その男白城宿禰の三世孫の建日臣が、居地(後の和泉郡坂本郷)により坂本臣の姓を賜わったと見える。坂本臣は坂本朝臣の旧姓。朝臣を賜姓されてからの和泉国の人に、坂本朝臣佐太気麻呂が見える(後紀延暦二十三年十月丙午条など)。

一二 少黒麻呂とも。房前の孫、鳥養の男。→㊃補25-九一。本年九月辛巳条によれば、征東副使大伴益立は征期をあやまり徒らに軍粮を費やしたとして位階を剝奪されており、益立に功なく、小黒麻呂が発遣されたもの。

一三 戦果を収めず征夷軍を解散したことへの叱責と副使をして軍の状況を報告することを命じた勅。

一四 騒乱の端緒。詩経、小雅、巧言に「無レ拳無レ勇、職為二乱階一」とあるによる。

一五 吉弥侯伊佐西古。→五三頁注一五。

一六―一八 他に見えず。

一九 文選、李少卿、答蘇武書一首に「疲兵再戦、一以当レ千、然猶扶二乗創痛一、決レ命争レ首」とある。

二〇 「級」は首のこと。

餘人、則遺衆猶多。何須下先献二凱旋一、早請上向レ京。縦
有二旧例一、朕不レ取焉。宜下副使内蔵忌寸全[1]成・多朝臣犬
養等一人、乗[2]レ駅入レ京、先申二軍中委曲一、其餘者待中後処
分上。○癸巳、参議従四位上藤原朝臣乙縄[3]卒。右大臣従一
位豊成之第三子也。○甲午、従五位下塩屋王[4]為二主殿頭一。
外従五位下小塞宿禰弓張為二内掃部正一。○丙申、授二正六
位上物部射園連老外従五位下一。○己亥、地動[5]。○壬寅、
授二命婦従四位下藤原朝臣教貴正四位下一。○癸卯、授[6]二外
従五位下土師宿禰古人従五位下一。」降二大宰帥[7]従三位藤原
朝臣浜成一為二員[8]外帥[9]一。傔仗[10]之員、限以二三人一。仍勅二大弐
正四位上佐伯宿禰今毛人等一曰[11]、三考黜[12]陟、前王通典[13]。
懲[14]レ悪勧レ善、往聖嘉訓。帥参議従三位兼侍従藤原朝臣浜
成、所レ歴之職、善政無レ聞。今受二委方牧一、寄在レ宣レ風。
若不二懲粛一、何得二後[15]効一。仍貶[16]二其任一、補二員外帥[17]一。宜レ莫
レ預二釐務一。但公廨者賜二帥[18]三分之一一。府中雑務、一事已
上、今毛人等行之。○乙巳、勅、河内国[19]

1 全〔兼・東・高、大改〕—令〔底〕、金〔谷〕
2 乗—垂〔底〕
3 縄—綱〔底〕
4 王—三〔高〕
5 動〔類一七一一本〕—震〔類一七一〕
6 授〔谷原・谷重〕→校補
7 帥〔兼・谷擦重・東・高擦重、大〕—師〔谷原〕
8 員—ナシ〔底〕
9 帥〔谷擦重〕—師〔谷原〕
10 仗〔谷重、大〕—伏〔兼・谷原・東・高〕→校補
11 曰—云〔東〕
12 黜〔谷擦重、大〕—點〔兼・谷原・東・高〕
13 典〔谷重〕—曲〔谷原〕
14 懲—徴〔底〕
15 後〔谷傍〕—復〔谷〕→校補
16 貶〔兼重・兼抹傍〕—敗〔兼原〕→校補
17 帥〔谷擦重〕—師〔谷原〕
18 帥—師〔谷〕
19 国〔谷原・谷重〕→校補

一 戦果を報告すること。
二 宝亀五年十月の大伴駿河麻呂による戦果の報告とそれに対する褒賞措置を指すか。
三 →[三]補22-四一。
四 →[四]八一頁注七。
五 飛駅。公式令50に「凡国有二大瑞、及軍機、災異、疫疾、境外消息一者、各遣レ使馳駅申上」を準用したものであろう。同条集解古記に「問、軍機災異。答、軍機、謂軍政也…。問、境外消息。答、知下境外有中欲レ襲二中国一之志上者、馳駅也。境外、謂毛人消息亦同」、同跡記に「軍機、謂軍政也」とある。
六 →[三]二一三頁注一二。参議任官は宝亀十年九月、従四位上叙位は同九年正月。
七 →[二]一四七頁注一二。右大臣には天平勝宝元年四月に任じ、一時大宰員外帥に左降されたが、天平宝字八年九月に復す。従一位叙位は同月甲寅。
八 →八五頁注二二。
九 もと小塞連。→補34-四五。
一〇 宮中諸行事の設営を担当する内掃部司の長官。従六位上相当。
一一 他に見えず。物部射園連→[三]補9-八一。
一二 →補34-八。従四位下叙位は宝亀八年正月。
一三 →補35-五〇。外従五位下叙位は宝亀十年正月。
一四 もと浜足。→[三]補18-一八。大宰帥任官は本年四月。従三位叙位は宝亀七年正月。浜成の員外帥への左降は、下文に「所レ歴之職、善政無レ聞」が理由とされているが、桓武の立太子に際して、藤原百川と対立して稗田親王を推したとの水鏡の所伝もあり、浜成の政治的立場は、光仁の死去、桓武の即位によって不利な状況になっていたことによるとされてい

大宰帥藤原浜成を員外帥に左降

弓削浄人らを本郷に放還

餘人なれば、遺《のこ》れる衆猶多《かずなほおほ》し。何《なに》ぞ先《ま》づ凱旋《がいせん》[一]を献《たてまつ》らむと、早《すみやか》に京《みやこ》に向《むか》ふことを請《こ》ふべけむ。縦《たと》へ旧例《きうれい》[二]有りとも、朕取《われと》らず。副使《ふくし》内蔵《くら》[三]忌寸全成《またなり》・多《おほ》[四]朝臣犬養《いぬかひ》等の一人、駅《はゆま》[五]に乗《の》りて京《みやこ》に入《い》り、先《ま》づ軍《いくさ》の中《うち》の委曲《ゐきよく》を申《まう》し、その餘《ほか》は後《のち》の処分《しよぶん》を待《ま》つべし」とのたまふ。○癸巳《六日》、参議《さむぎ》従四位上藤原《ふぢはら》[六]朝臣乙縄《おとなは》卒《しゆつ》しぬ。右大臣《うだいじん》従一位豊成《とよなり》[七]の第三の子《こ》なり。○甲午《七日》、従五位下塩屋王《しほやのおほきみ》[八]を主殿頭《しゆでんのかみ》とす。外従五位下小塞《をせき》[九]宿禰弓張《ゆみはり》を内掃部正《うちのかにもりのかみ》[一〇]。○丙申《九日》、正六位上物《ものの》[一一]部射園《べのいその》連老《おゆ》に外従五位下を授《さづ》く。○己亥《十二日》、地動《なゐ》ふる。○壬寅《十五日》、命婦《みやうぶ》従四位下藤原《ふぢはら》[一二]朝臣教貴《けうくゐ》に正四位下を授く。○癸卯《十六日》、外従五位下土師《はじ》[一三]宿禰古人《ふるひと》に従五位下を授く。大宰帥《だいさいのそち》従三位藤原《ふぢはら》[一四]朝臣浜成《はまなり》を降《くだ》して員外帥《ゐんぐゑのそち》とす。傔杖《けむぢやう》[一五]の員《かず》、限《かぎ》るに三人を以《もち》てす。仍《より》て大弐《だいに》正四位上佐伯《さへき》[一六]宿禰今毛人《いまえみし》らに勅《みことのり》して曰《のたま》はく、「三考《さむかう》[一七]にして黜陟《ちゆつちよく》するは前王《ぜんわう》の通典《つうてん》[一八]なり。悪《あく》を懲《こら》し善《ぜん》を勧《すす》むるは往聖《わうせい》[一九]の嘉訓《かくん》なり。帥参議《そちさむぎ》従三位兼侍従《じじゆ》藤原《ふぢはら》朝臣浜成《はまなり》、歴《ふ》る所《ところ》の職《つかさ》に善政《ぜんせい》聞《きこ》ゆること無し。今《いま》、委《ゐ》を方牧《はうぼく》[二〇]に受《う》けて、寄《き》、風《ふう》[二一]を宣《の》ぶるに在《あ》り。若《も》し懲《こら》し粛《つつし》ましめずは、何《なに》ぞ後効《こうかう》を得《え》む。仍《より》てその任《にむ》[二二]を貶《おと》して員外帥《ゐんぐゑのそち》に補《ふ》す。釐務《りむ》[二三]に預《あづか》ること莫《な》かるべし。但《ただ》し、公廨《くげ》[二四]は帥《そち》の三分が一を賜《たま》へ。府中《ふちう》[二五]の雑務《ざふむ》は、一事《いちじ》[二六]已上、今毛人《いまえみし》ら行《おこな》へ」とのたまふ。○乙巳《十八日》、勅《みことのり》したまはく、「河内《かふち》国

る(佐藤信説)。

一五 護衛の武官。→㊀一三七頁注五。和銅元年三月に、大宰帥には八人給された。ここは、大宰帥であれば八人の傔仗を、員外帥としたため三人に減じたもの。

一六 →㊂補17-七九。

一七 官人の賢否、政事の得失を三年ごとに考査し、功ある者は官を陞せ、功なき者は官を降すこと。書経、舜典に「三載考レ績、三考黜二陟幽明一、庶績咸熙、分二北三苗一」とあるによる。

一八 古今に通ずる法則。

一九 古の聖人のおしえ。

二〇 遠方の民をつかさどる長官。ここは大宰帥のこと。

二一 教え導き、教化すること。

二二 大宰帥から降任させること。

二三 事務をおこなうこと。

二四 主税寮式に「凡太宰府処二分公廨一、帥十分、大弐六分半、少弐五分、監三分、典二分、主神・主工・博士・明法博士・音博士一分大半、主城・陰陽師・医師・竿師・主船・主厨一分半、大唐通事一分少半、史生・弩師・新羅訳語・傔仗一分」とある。天平宝字二年五月丙戌条の大宰府奏言によって、弘仁・延喜両主税寮式に見られる出挙稲数として確立(佐々木恵介説)。公廨稲の成立→㊂補16-二七。本条によれば、員外帥としての浜成の配分は三分少半か。

二五 職員令69に「帥一人〈掌、祠社、戸口簿帳、字二養百姓一、勧二課農桑一、糺二察所部一、貢挙、孝義、田宅、良賤、訴訟、租調、倉廩、徭役、兵士、器仗、鼓吹、郵駅、伝馬、烽候、城牧、過所、公私馬牛、闌遺雑物、及寺、僧尼名籍、蕃客、帰化、饗讌事〉」とある大宰帥の職掌。

二六 すべて、の意。

若江郡人弓削浄人・広方・広田・広津[1]等、去宝亀元年
配二土[2]左国一。宜下宥二其罪一放中還本郷上。但不レ得レ入レ京。○
己酉、地震。」授二外従五位下弥努県主諸上外従五位上一。
○庚戌、授二无位平群[3]朝臣家刀自従五位下一。」右大臣正二
位大中臣朝臣清麻呂上レ表乞レ身。詔許レ焉。因賜二几杖一。
○辛亥、送唐客使従五位下布勢朝臣清直等、自二唐国一至、
進二使節刀一。」大[4]白昼[5]見。」大納言正三位兼式部卿石上大[6]
朝臣宅嗣薨。詔贈二正二位一。宅嗣、左大臣従一位麻呂之
孫、中納言従[7]三位弟[8]麻呂之子也。性朗悟有二姿儀一。愛二尚
経史一、多レ所二渉覧一。好[9]二属文一、工[10]二草[11]隷一。勝宝三年、授二
従五位下一、任二治部少輔一。稍遷二文部大輔一、歴二居内外一。
景雲二年至二参議従三位一。宝亀初出[12]為二大宰帥一。居無レ幾
遷二式部卿一、拝二中納言一。賜二姓物部朝臣一。以二其情願一也。
尋兼二皇太子傅[13]一。改賜二姓石上大[14]朝臣一。十一年、転二大納
言一、俄[15]加二正三位一。宅嗣辞容[16]閑雅、有レ名二於時一。毎レ値二
風景山水一、時援[17]レ筆而題レ之。

1 津(底重)—律〔底原〕
2 土—上(兼)
3 群—郡〔底〕
4 大—太(紀略)
5 昼=晝→校補
6 大〔大補〕—ナシ(兼等、類一八〇)
7 従ノ下、ナシ—従(東)
8 弟—第〔底〕
9 好—奴〔底〕
10 工—士〔底〕
11 草〔大改〕—章(兼等)
12 出—生〔底〕
13 傅→校補
14 大〔大補〕—ナシ(兼等)
15 俄—ナシ(類一八〇)
16 容→校補
17 援(谷重、大)—授〔兼・谷原・東・高〕

一 →㈡七五頁注五。
二 もと弓削連。道鏡の弟。広方・広田・広津の父。→㈣補25‐一四。
三 もと弓削御浄朝臣。→㈣補28‐五。
四 →㈣三〇一頁注一七。
五 もと弓削御浄朝臣。→㈣二六九頁注四。
六 道鏡の失脚とともに、その弟浄人、その男広方・広田・広津は土左に配流。→宝亀元年八月辛亥条。
七 →一七五頁注五。外従五位下叙位は本年三月。
八 他に見えず。平群朝臣→㈠補3‐八三。
九 もと中臣朝臣。→㈡補15‐一三。宝亀二年三月に右大臣に任じ、同三年二月に正二位叙位。本年は八十歳。
一〇 辞職を願いでること。「乞骸骨」に同じ。→㈡一九九頁注二二。
一一 天子が、官人等の老いた者を優遇して、几(ひじかけ)と杖(つえ)との二物を賜うこと。礼記、曲礼上に「大夫七十而致レ事、若不レ得レ謝、則必賜二之几杖一」とある。老齢の臣下への厚遇→㈢補24‐一二。
一二 →㈣補32‐一。宝亀九年十二月己丑条に送唐客使となったことが見える。甘南備清野・多治比浜成が判官。同年十一月乙卯条の遣唐使判官大伴継人の奏言によれば、唐客とは彼を送って来た趙宝英一行(ただし宝英は途中海中に没)。
一三 征討大将軍・遣唐大使などに授ける刀。→

右大臣大中臣清麻呂致仕

石上宅嗣没

[一]若江《わかえ》郡の[二]人弓削浄人《ひとゆげのきよひと》・[三]広方《ひろかた》・[四]広田《ひろた》・[五]広津《ひろつ》ら、去《さ》りぬる[六]宝亀《ほうくゐ》元年土左《とさ》国に配《なが》さる。その罪《つみ》を宥《ゆる》して本郷《ほんがう》に放《ゆる》し還《かへ》すべし。但《ただ》し、京《みやこ》に入《い》ること得《え》ざれ」とのたまふ。○己酉〔二十二日〕、地震《なゐ》ふる。外従五位下[七]弥努《ちぬ》県主諸上《もろかみ》に外従五位上を授《さづ》く。○庚戌〔二十三日〕、无位[八]平群《へぐり》朝臣家刀自《いへとじ》に従五位下を授く。右大臣《うだいじん》正二位[九]大中臣《おほなかとみ》朝臣清麻呂《きよまろ》、表《へう》を上《たてまつ》りて身《み》を[一〇]乞《こ》ふ。詔《みことのり》して、焉《これ》を許《ゆる》したまふ。因《より》て[一一]几《き》杖《ちやう》を賜《たま》ふ。○辛亥〔二十四日〕、送唐客使《もろこしのかくをおくるつかひ》従五位下[一二]布勢《ふせ》朝臣清直《きよなほ》ら、唐国《もろこし》より至《かへ》りて、使《つかひ》の[一三]節刀《せちたう》を進《たてまつ》る。[一四]大白《たいはく》、昼《ひる》に見《あらは》る。大納言《だいなふごん》正三位兼式部卿《しきぶきやう》[一五]石上《いそのかみ》大朝臣宅嗣薨《やかつぐこう》しぬ。詔《みことのり》して、正二位を贈《おく》りたまふ。宅嗣《やかつぐ》は、左大臣《さだいじん》従一位[一六]麻呂《まろ》の孫《むまご》、中納言《ちうなふごん》従三位[一七]弟麻呂《おとまろ》の子《こ》なり。性朗悟《せいらうご》にして姿儀《しぎ》有り。経史《けいし》を愛尚《あいしやう》し、渉覧《せふらむ》する所多《ところおほ》し。[一八]属文《しよくぶん》を好《この》み、[一九]草隷《さうれい》を工《たくみ》にす。勝宝《しようほう》三年、[二〇]従五位下を授けられ、[二一]治部少輔《ぢぶせうふ》に任《にむ》せらる。稍《やや》く[二二]文部大輔《もんぶだいふ》に遷《うつ》りて内外《ないぐゑ》に歴居《れききよ》す。景雲《きやううん》二年、[二三]参議《さむぎ》従三位に至《いた》る。宝亀《ほうくゐ》の初《はじめ》、出《い》でて[二四]大宰帥《だいさいのそち》と為《な》る。居《を》ること幾《いくばく》も無くして[二五]式部卿《しきぶきやう》に遷《うつ》り、[二六]中納言《ちうなふごん》を拝《はい》す。姓を[二七]物部朝臣《もののべのあそみ》と賜はる。その情《こころ》に願《ねが》ふを以《もち》てなり。尋《つ》ぎて[二八]皇太子傅《くわうたいしふ》を兼《か》ぬ。改《あらた》めて姓を[二九]石上大朝臣《いそのかみのおほあそみ》と賜はる。十一年、大納言《だいなふごん》に転《うつ》り、俄《にはか》に正三位を加《くは》へらる。宅嗣《やかつぐ》、辞容《ことばかたち》閑雅《かんが》にして時《よ》に名《な》有り。風景山水《ふうけいさんすい》に値《あ》ふ毎《ごと》に、時《とき》に筆《ふで》を援《と》りてこれを題《だい》す。

〔一〕補2-五三。
一四 金星のこと。ユリウス暦七八一年七月十九日にあたるこの日に、金星は太陽の西四四・五度にあり、光度マイナス四・二等(斉藤国治説)。金星が昼見えるのは凶兆。→〔三〕一二三頁注九・一九五頁注二〇。
一五 もと石上朝臣。物部朝臣とも称する(宝亀六年十二月条より同十年十一月条まで)。→〔三〕補18-一八。大納言任官は宝亀十一年二月。正三位叙位は本年四月。式部卿任官は宝亀二年三月であるが、宝亀八年十月以後、中務卿となっており(辛卯条)、ここも「中務卿」とあるべきか。
一六 →〔一〕補1-一四四。左大臣には和銅元年三月に任じ、従一位は養老元年三月に贈位。
一七 乙麻呂とも。→〔三〕補9-五八。中納言任官は天平勝宝元年七月。従三位叙位は天平二十年二月。
一八 文章を作ること。
一九 草書と隷書。
二〇 天平勝宝三年正月己酉条に見える。
二一 続紀には見えず。補任天平神護二年条には、天平勝宝三年正月に任じたとある。
二二 天平宝字七年正月壬子条に見える。
二三 参議に任じたことは天平神護二年正月甲子条に見え、従三位昇叙のこと、神護景雲二年正月乙卯条に見える。
二四 宝亀元年九月乙亥条に見える。
二五 宝亀二年三月庚午条に見える。
二六 宝亀二年十一月乙巳条に見える。
二七 宝亀六年十二月甲申条に見える。
二八 続紀等に見えず。『日本古代人名辞典』は、次項の石上大朝臣賜姓までの間とする。
二九 宝亀十年十一月甲申条に見える。石上大朝臣→補35-七二。

自二宝字一後、宅嗣及淡海真人三船為二文人之首一。所レ著詩[1]賦数十首。世[2]多伝二誦之一。捨二其旧宅一、以為二阿閦[3]寺一。々内一隅、特置二外典之院一、名曰[4]二芸亭一。如有二好学之徒一、欲二就閲一者恣聴之。仍記二条式一、以貽二於後一。其略曰、内外両[5]門本為二一体一。漸極似レ異、善誘不レ殊。僕[6]捨[7]レ家為レ寺、帰レ心久矣。為レ助二内典一、加二置外書一。地是伽藍。事須二禁戒[8]一。庶、以二同志一入者、無レ滞二空有一、兼忘[9]二物我一、異[10]代来者、超二出塵労一、帰二於覚地一矣[11]。其院今見存焉。臨[12]終遺教薄葬。薨時、年[13]五十三。時人悼レ之。○壬子、遣[14]二従五位下勅旨大丞羽栗臣翼於難破[15]一、令レ練二朴消一。」遠江介従五位下土師宿禰古人・散位外従五位下土師宿禰道長等[16]一十五人言、土師之先出レ自二天穂[17]日命一。其十四世孫、名曰[18]二野見宿禰一。昔者、纏向珠城宮[19]御宇垂仁天皇[20]世、古風尚存、葬礼無レ節。毎レ有二凶事一、例多殉埋[21]。于時皇后薨、梓宮在レ庭。帝顧二問群臣一曰[22]、

一 もと御船王。→㊂一一一頁注四七。 二 経国集巻一に「小山賦」、同巻十に「三月三日於西大寺侍宴応詔一首」などが残されている。 三 →補36―五〇。 四 仏教以外の書。主に儒教の経書。 五 宅嗣の旧宅に開設された公開図書館的施設。「芸」は香草で、紙のシミ除けに使ったことから書籍・読者を意味する。 六 規則のこと。→補36―五一。 七 かなめ、約要のこと。 八 仏教と儒教は根本は一体のものである、漸と極とは異なるように見えるが、善く誘導すれば特に異なることはない、の意。顔氏家訓、帰心篇に「内外両教本為二一体一、漸極為レ異深浅不レ同」とあるによる。 九 仏典。 一〇 外典に同じ。 一一 現世を超克すること。 一二 我執の心を忘れること。 一三 俗塵に心を労すること。 一四 心にさとり知ること。 一五 遺族に対する指示。 一六 葬儀を簡素に行うこと。宅嗣は大納言・正三位なので、喪葬令8の規定では、鼓六〇面・大角三〇口・小角六〇口・幡三〇〇竿が与えられる。 一七 →㊃補27―三〇。従五位下叙位は宝亀十年四月。勅旨大丞任官は同七年三月。この後延暦五年七月には内薬正兼侍医となっている。 一八 薬の名。食塩に似て、水で煎煉して結晶体となる。淡黄色。消化剤、また牛馬の革を柔らかにするのに用いる。 一九 →補35―五〇。 二〇 →補36―四四。菅原氏系図には、古人の子として清公・清岡・清人の三人をあげるのみであり、道長の名は見えない。しかし続後紀承和九年十月丁丑条の菅原清公の薨伝には「故遠江介従五位下古人之第四子也」とあり、菅家御伝記にも「菅原宿禰古人長男外従五位下道長」と見えるので、古人に四子あり、道長もその一人か。 二一 天之菩卑能命・天菩比命・

1 詩—許〔底〕
2 世—卅一〔底〕
3 閦→校補
4 曰—云(東)
5 両→校補
6 僕→校補
7 捨〔谷重、大、類一八〇〕—拾(兼・谷原・東・高)
8 戒—或〔底〕
9 忘〔兼・谷擦重・東傍・高傍、大、類一八〇〕—忌(谷原・東・高)→校補
10 異→校補
11 矣〔大補、類一八〇〕—ナシ(兼等)
12 臨→校補
13 年ノ下、ナシ—年(高)
14 従—ナシ(兼)
15 破〔底〕—波
16 等—弟〔底〕
17 穂〔東擦重〕
18 曰〔兼・高、大改〕—云(東)、田(谷)
19 宮—官〔底〕
20 垂仁天皇→校補
21 埋〔兼・谷・高、大〕—理〔底〕、悝(東)
22 曰—云(東)

芸亭

宝字《ほうじ》より後《のち》、宅嗣《やかつぐ》と[一]淡海《あふみ》真人三船《みふね》とを文人《ぶんじん》の首《かしら》とす。[二]著《あらは》せる詩賦《しふ》数十首、世《よ》に多《おほ》く伝誦《でんじゅ》す。その旧宅《きうたく》を捨《す》てて[三]阿閦寺《あしゆくじ》とす。寺《てら》の内《うち》の一隅《かたすみ》に、特《とく》に[四]外《ぐゑ》典《てん》の院《ゐん》を置《お》き、名《なづ》けて[五]芸亭《うんてい》と曰《い》ふ。如《も》し好学《かうがく》の徒《と》有りて就《ゆ》きて閲《けみ》せむと欲《おも》ふ者《ひと》には恣《ほしきまにま》に聴《ゆる》せり。仍《より》て[六]条式《でうしき》を記《しる》して後《のち》に貽《のこ》せり。その[七]略《りやく》に曰《い》はく、「[八]内外《ないぐゑ》の両門《りやうもん》、本一体《もといったい》と為《あ》り。漸《ぜむ》と極《きよく》とは異《こと》なるに似《に》たれども、善《よ》く誘《みちび》けば殊《こと》ならず。僕《やつがれ》、家《いへ》を捨《す》てて寺《てら》とし、心《こころ》を帰《くゐ》すること久《ひさ》し。[九]内典《ないてん》を助《たす》けむが為《ため》に[一〇]外書《ぐゑしよ》を加《くは》へ置《お》く。地《ち》は是《こ》れ伽藍《がらむ》なり。事須《ことすべか》らく禁戒《きむかい》すべし。庶《ねが》はくは、同《おな》じき志《こころざし》を以《もち》て入《い》る者《ひと》は、[一一]空有《くうう》に滞《とどこほ》ること無くして兼《か》ねて[一二]物我《ぶつが》を忘《わす》れ、異代《いだい》に来《きた》らむ者《ひと》は、[一三]塵労《ぢんらう》を超《こ》え出《い》でて[一四]覚地《かくち》に帰《くゐ》せむことを」といふ。その院《ゐん》、今《いま》も見《げん》に存《あ》り。臨終《りむしう》に[一五]遺教《ゐけう》して[一六]薄葬《はくさう》せしむ。[一七]薨《こう》しぬる時《とき》、年《とし》五十三。時《とき》の人《ひと》これを悼《いた》む。○壬子《二十五日》、従五位下勅旨大丞《ちよくしだいじよう》羽《は》栗《くり》臣翼《つばさ》を難破《なには》に遣《つかは》して、[一八]朴消《ぼくせう》を練《ね》らしむ。

土師古人ら菅原朝臣賜姓

遠江《とほつあふみのすけ》介従五位下[一九]土師《はじ》宿禰古人《ふるひと》・散位《さんゐ》外従五位下[二〇]土師《はじ》宿禰道長《みちなが》ら一十五人言《まう》さく、「土師《はじ》の先《さき》は[二一]天穂日命《あめのほひのみこと》より出《い》づ。その十四世の孫《うまご》は名《な》を[二二]野見宿禰《のみのすくね》と曰《い》ふ。[二三]昔者《むかし》、[二四]纏向珠城宮《まきむくのたまきのみや》に御宇《あめのしたしらしめ》し[二五]垂仁《すいにん》天皇《てんわう》の世《みよ》には、古風《こふう》尚存《なほあ》りて葬礼《さうれい》に節《せち》無し。凶事《きようじ》有る毎《ごと》に、例《れい》として多《おほ》く殉埋《じゆんまい》しき。時《とき》に[二六]皇后薨《おほきさきこう》して、[二七]梓宮庭《しきうには》に在《あ》り。帝《みかど》、群臣《おみたち》を顧《かへり》み問《と》ひて曰《のたま》ひし

天菩比神(古事記上)にも作る。書紀は本条と同じく天穂日命に作り、神代紀第六段本文・第七段第三の一書に土師連等の祖とする。

二二 土師弩美宿禰にも作る(播磨国風土記揖保郡早部里立野条)。垂仁紀三十二年七月条に「所謂野見宿禰、是土部連等之始祖也」とある。「天穂日命十四世孫」とすることは、延暦十年九月丁丑条や、姓氏録山城神別の土師宿禰、同和泉神別の土師宿禰、同和泉神別の土師連の条などに見える。

二三 以下の垂仁朝の埴輪起源の故事については、現在の考古学知見では実証性を欠く。

二四 垂仁紀二年十月条に見える垂仁の宮。釈紀所引尾張国風土記逸文は「巻向珠城宮御宇天皇」、古語拾遺には「巻向玉城朝」とある。諸陵寮式にも本条と同じ記載がある。宮の位置については、帝王編年記垂仁即位前紀に「大和国城上郡、今纏向河北里西田中也」、大和志城上郡に「在二穴師村西一」との伝承がある。

二五 書紀に、崇神の第三子、母は大彦命の女、御間城姫(垂仁即位前紀)。活目入彦五十狭茅天皇(同)・伊玖米入日子伊沙知(崇神記)・伊久米伊理毗古伊佐知(垂仁記)ともあり、活目天皇(垂仁紀二年条一云)・活目尊(崇神紀四十八年正月条)・纏向玉城宮御宇天皇(仁徳即位前紀)などとも称される。

二六 丹波道主王の女。垂仁の皇后、景行の母。日葉洲媛命にも作る(景行即位前紀)。開化記に母は丹波之河上之摩須郎女とする。垂仁紀十五年八月に立后のことが見える。同三十二年七月条に死去と埴輪の起源説話が見える。日葉酢媛命陵(狭木之寺間陵。『陵墓要覧』奈良市山陵町とする)では、蓋と盾と家の埴輪がセットとなり、墳頂に円筒埴輪に取り囲まれて立てられていた。

二七 殯宮([一]補2-一六四)のこと。

後宮葬礼、為レ之奈何。群臣対曰[1]、一遵[2]二倭彦王子故事一。時臣等遠祖野見宿禰進奏曰[3]、如二臣愚意[4][5]一、殉埋[6]之礼殊乖二仁政一。非[7]二益レ国利レ人之道一。仍率二土部三百餘人一、自領取レ埴造二諸物象一進之。帝覧甚悦、以代二殉人一。号曰[8]二埴輪一。所謂立物是也。此即往帝之仁徳、先臣之遺愛[9]、垂二裕後昆一、生民頼矣。式観二祖業一、吉凶相半、若其諱辰掌レ凶、祭[10]日預レ吉。如レ此供奉、允合二通途一。今則不レ然。専預二凶儀一。尋二念祖業一、意不レ在レ茲。望請、因二居地名一、改二土師一以為二菅原姓一。勅、依レ請許レ之。○甲寅、以二正二位藤原朝臣魚名[11]一為二左大臣兼大宰帥[12]一。正三位藤原朝臣田麻呂為二大納言兼近衛大将一。正三位藤原朝臣是公為二式部卿兼中衛大将一。従四位上大中臣朝臣子老・紀朝臣船守並[13]為二参議一。◎是月[14]、大[15]白昼[16]見。○秋七月壬戌[17]、詔曰[18]、朕以二不徳一、陰陽未レ和[19]、普天

1 曰—云(東)
2 遵—導(東)
3 曰—云(東)
4 意〔兼・谷、大〕—ナシ(東・高)
5 意ノ下↓校補
6 埋—理〔底〕
7 非〔東・高、大補〕—ナシ(兼・谷)
8 曰—云(東)
9 愛〔谷原・谷重・谷傍〕↓校補
10 祭—癸〔底〕
11 魚〔兼・東・高、大補〕—ナシ(谷)
12 帥〔兼・谷擦重・東、大〕—師(谷原・高)
13 並—丞〔底〕
14 月〔紀略原〕—日(紀略改)↓脚注・校補
15 大—太(紀略)
16 昼=晝—書〔底〕
17 戌—戊(東)
18 曰—云(東)
19 和—知(東)

一 崇神の子。垂仁紀二十八年十月条に死去のことが見え、垂仁の母弟とある。倭日子命にも作る(崇神記)。
二 垂仁紀二十八年十一月条に近習の者を陵域に生き埋めにしたとの伝承が見える。
三 土師氏が野見宿禰を遠祖とすること、延暦元年五月癸卯条の土師安人らの改賜姓の際にも同様の記載がある。
四 土師氏に率いられた部民。垂仁紀三十二年七月条には「出雲国之土部壱佰人」と見え、三代格延暦十六年四月廿三日官符には「出雲国土師部三百余人」とある。
五 形象埴輪を作ったとされているが、考古学的には円筒埴輪の方が出現時期が古い。
六 考證に「谷川氏曰、私記、埴輪山陵縁辺作二埴人形一、立如二車輪一者」とある。
七 垂仁紀三十二年七月条に「則其土物、始立二于日葉酢媛命之墓一、仍号二是土物一謂二埴輪一、亦名二立物一也」とあるのに符合する。ハニワは輪のように立てるので輪(ワ)に注目してハニワといい、立てる点に注目してタテモノというとする。
八 めぐみを後世の人々に垂れ、の意。「後昆」は、子孫、後世。書経、仲虺之誥に「以レ義制レ事、以レ礼制レ心、垂二裕後昆一」とあるによる。
九 天皇の葬送の時、の意。
一〇 通例に合致する、の意。
一一 土師氏と凶儀→補36-五二。
一二 →㊀一四三頁注一五。
一三 菅原宿禰に改めること。この後、延暦九年十二月辛酉条に、菅原宿禰道長の菅原朝臣への改姓のことが見える。土師氏の改姓→補36-五三。
一四 上文庚戌(二十三日)に致仕した右大臣大中臣清麻呂と、辛亥(二十四日)に没した大納

く、「後宮《こうきう》の葬礼《さうれい》、これを為《な》さむこと奈何《いか》にせむ」とのたまひき。群臣対《おみたちこた》へて曰《まう》ししく、「[一]一《ただ》に倭彦王子《やまとひこのみこ》の[二]故事《こじ》に遵《したが》ひたまへ」とまうす。時《とき》に[三]臣《おみ》らが遠祖《とほつおや》野見宿禰《のみのすくね》進《すす》みて奏《そう》して曰《まう》ししく、「臣《しん》が愚意《ぐい》の如《ごと》くは、殉埋《じゆんまい》の礼《れい》は殊《こと》に仁政《じんせい》に乖《そむ》けり。国《くに》を益《ま》し人《ひと》を利《たす》くる道《みち》に非《あら》ず」とまうしき。仍《すなは》ち[四]土部《はにへ》三百餘人を率《ひき》ゐて、自《みづか》ら領《し》りて埴《はに》を取《と》り、[五]諸《くさぐさ》の物《もの》の象《かた》を造《つく》りて進《たてまつ》りき。帝《みかど》覧《みそなは》して甚《はなは》だ悦《よろこ》びたまひて、以《もち》て殉人《じゆんにん》に代《か》へたまひき。号《よ》びて[六]埴輪《はにわ》と曰《い》ふ。[七]所謂立物是《いはゆるたてものこれ》なり。此《こ》れ即《すなは》ち往帝《わうてい》の仁徳《じんとく》、先臣《せんしん》の遺愛《ゐあい》にして、[八]裕《ゆう》を後昆《こうこん》に垂《た》れて、生民頼《せいみんたよ》れり。式《もち》て祖業《そげふ》を観《み》るに、吉凶相半《きちきようあひなかば》して、若《も》し其《そ》れ[九]諱辰《きしん》には凶《きよう》を掌《つかさど》り、祭日《さいにち》には吉《きち》に預《あづか》れり。此《かく》の如《ごと》く供奉《つかへまつ》りて、允《まこと》に[一〇]通途《つうと》に合《かな》へり。今《いま》は然《しか》らず、[一一]専《もは》ら凶儀《きようぎ》に預《あづか》る。祖業《そげふ》を尋《たづ》ね念《おも》ふに、意茲《こころここ》に在《あ》らず。望《のぞ》み請《こ》はくは、[一二]居地《をるところ》の名《な》に因《よ》り、土師《はじ》を改《あらた》めて[一三]菅原《すがはら》の姓とせむことを」とまうす。勅《みことのり》して、請《こひ》に依《よ》りてこれを許《ゆる》したまふ。○甲寅（二十七日）、[一四]正二位[一五]藤原《ふぢはら》朝臣魚名《うをな》を左大臣《さだいじん》兼大宰帥《だいさいのそち》とす。正三位[一六]藤原《ふぢはら》朝臣田麻呂《たまろ》を大納言《だいなふごん》兼近衛大将《このゑのだいしやう》。正三位[一七]藤原《ふぢはら》朝臣是公《これきみ》を式部卿《しきぶきやう》兼中衛大将《ちうゑのだいしやう》。従四位上[一八]大中臣《おほなかとみ》朝臣子老《こおゆ》・[一九]紀《き》朝臣船守《ふなもり》を並《ならび》に参議《さむぎ》。◎[二〇]是《こ》の月《つき》、大白《たいはく》、昼《ひる》に見《あらは》る。

秋七月壬戌（戊午朔 五日）、[二一]詔《みことのり》して曰《のたま》はく、「朕《われ》、不徳《ふとく》を以《もち》て、[二二]陰陽未《おむやういま》だ和《くわ》せず、[二三]普天《ふてん》

埴輪起源の説話

藤原魚名を左大臣に、藤原田麻呂を大納言に任命

大赦

言石上宅嗣の後任を任じた議政官クラスの任官。
一五 →〔三〕補17-二五。この時期左大臣なく、議政官筆頭の右大臣大中臣清麻呂が致仕していた。前官は内大臣（宝亀十年正月壬寅朔条）。大宰帥の前任者は、本年四月乙巳に任じ、同六月癸卯（十六日）に員外帥に左降された藤原浜成。
一六 →〔三〕補23-五。石上宅嗣の死去により中納言（天応元年四月壬寅条）から昇任。近衛大将の前任者は藤原魚名（宝亀十年正月壬寅朔条）。
一七 もと黒麻呂。→〔三〕補23-五。式部卿の前任者は石上宅嗣（天応元年六月辛亥条）。宝亀十年十二月に中衛権大将となり本条で近衛大将に転任した藤原田麻呂に代り中衛大将に任。
一八 もと中臣朝臣。清麻呂の男。→〔四〕一五一頁注四〇。以下二名の参議任官は、清麻呂・宅嗣の欠によるもの。子老は時に神祇伯兼式部大輔（宝亀八年十月辛卯条）。
一九 →〔四〕補25-四一。時に近衛員外中将兼内廐助（天応元年五月乙丑条）。
二〇 食現象と異なり短期日のものではないので、「是月」としても通用する。印本の如く「是日」とすると、ユリウス暦七八一年七月二十二日で、大白（金星）は太陽の西四四・九度にあり、光度マイナス四・一等となり、上文辛亥（二十四日）の昼見と大差ない状況である（斉藤国治説）。→一九九頁注一四。
二一 炎旱により赦を行うとする詔。炎旱による赦の事例として、慶雲二年八月戊午・養老六年七月丙子・天平四年七月丙午・同九年五月壬辰条がある。
二二 陰陽二気が相調和して後、はじめて雨降るとされている。
二三 あまねく覆う空の下、天下の意。

之下、炎[1]旱経レ月。百姓[2]嗟[3]九服[4]懐レ怨。朕為二其父母一、属二此霊譴一。雖レ竭二至誠一、未レ感二霈沢一。顧二念囚徒一、特宜二[5]矜[6]愍一。其自二天応元年七月五日昧爽一以前大辟已下、罪無二軽重一、已発覚・未発覚、已結正・未結正、繋[7]囚・見徒、咸皆赦除。但八虐、[8][9]殺、私鋳銭、強窃二盗、常赦所レ不レ免者、不レ在二赦限一。○癸亥、駿河国言、富士山下[10]雨レ灰。[11]灰之所レ及木[12]葉[13]彫萎。○丁卯、正四位下藤原朝臣小黒麻呂為二民部卿一。陸奥按察使如レ故。正四位上藤原朝臣家依為二兵部卿一。侍従・下総守如レ故。中納言従三位藤原朝臣継縄為二兼左京大夫一。従四位上藤原朝臣種継為二左衛士督一。近江守如レ故。造宮卿従四位上藤原朝臣鷹取為二兼左兵衛督一。左中弁従五位[14]上紀朝臣家守為二兼右兵衛督一。近衛員外中将従四位上紀朝臣船守為二兼内厩頭一。○癸酉、右京人正六位上[15]柴原勝子公言、子公等之先[16]祖伊賀都臣、是中臣遠祖天御中主命[17]廿世之孫、意美佐夜麻之子也。伊賀都臣、神功皇后御世、使二於百済一、[18]便[19]娶二彼[20]土女一、生二[21]二男一。名[22]曰二[23]大本臣・[24]小[25]本[26]臣一。遥尋二本系一、帰二於聖朝一。

一 九畿に同じ。→[三]二六九頁注三四。全国津々浦々まで、の意。 二 天のとがめを受けている、の意。 三 「霈」は大雨、「沢」は雨の潤沢なこと。 四 →六七頁注五。 五 →六七頁注六。 六 →六七頁注七。 七 →六七頁注八。 八 →五一頁注二三。 九 原文「殺」とあるが、大赦の詔では通例「故殺人」とする。→五一頁注二四。 一〇 →五一頁注二五。 一一 →五一頁注二六。 一二 →五一頁注二七。 一三 →補36-五四。 一四 少黒麻呂とも。房前の孫、鳥養の男。→[四]補25-九二。前官は兵部卿(天応元年六月戊子朔条)。陸奥按察使には本年正月任。 一五 →[四]一〇三頁注三。本年五月癸未条には兵部卿在任のことが見えるが、「治部卿」とあるのが正しいか(一九一頁注一三)。したがって本条では治部卿より兵部卿に転任か。侍従任官は神護景雲二年二月。下総守任官は本年五月。兵部卿の前任者は本条で民部卿に転任した藤原小黒麻呂(天応元年六月戊子朔条)。 一六 →[三]二六一頁注一。本年五月乙丑に任じた兼中務卿からの転任。中納言任官は宝亀十一年二月。左京大夫の前任者は本条で兼左兵衛督となった藤原鷹取(天応元年五月癸未条)。 一七 →[四]補27-四四。本年五月癸未条に「左衛士督従四位上藤原朝臣種継為二兼近江守一」とあるが、本条で左衛士督に任官(一九一頁注一五)。近江守任官は本年五月。 一八 →[四]補31-六二。本年五月癸未に任じた左京大夫からの転任。造宮卿任官は本年五月。左兵衛督の前任者は本条で兼右兵衛督となった紀家守(天応元年五月癸未条)。 一九 →[四]補31-四〇。本年五月癸未に任じた左兵衛督からの転任。ここで、家守の本官を「左中弁」とするが、左兵衛督任官の同日条に右中弁任官のことが見えるので、「右中弁」の誤りか。 二〇 →[四]補25

1 旱(兼・谷、大)—早〔東・高〕
2 姓ノ下、ナシ〔底〕—興
3 嗟(兼等、大)→校補
4 服〔兼等、大〕—土(谷傍イ・東傍イ・高傍イ)
5 矜(兼等、大)→校補
6 愍ノ下、ナシ—愁〔底〕
7 囚〔底重〕
8 殺ノ上、ナシ〔底〕—故→脚注
9 殺ノ下、ナシ〔底原〕—人(底傍補・兼等、大)→脚注
10 雨—丙〔底〕
11 灰〔底〕—々(兼等、大、紀略補)、ナシ(紀略原)→校補
12 葉〔谷重〕
13 彫(兼等、大、紀略)→校補
14 上(底傍補)—ナシ〔底原〕
15 柴—栗(大改)→脚注・校補
16 祖—視(東)
17 廿世(兼等、大)→校補
18 便〔兼等、大〕—使(東傍・高傍)
19 娶(兼・谷擦重・東・高、大)—聚〔谷原〕
20 土〔谷擦重、大〕—士(兼・谷原・東・高)
21 二〔兼・東・高、大改〕—三(谷)、一(谷傍)→校補
22 曰(兼、大改)—日〔谷・東・高〕
23 大本(底改)—本大〔底原・兼等、大〕→校補
24 小→校補　25 本〔底〕—大
26 臣ノ下、ナシ—小大臣(兼)

の下《した》、炎旱月《えむかんつき》を経《へ》ぬ。百姓嗟《はくせいなげ》きて[一]九服怨《きうふくうらみ》を懐《いだ》けり。朕《われ》、その父母《ぶも》として、この[二]霊譴《くすしきとがめ》に属《つ》く。至誠《しせい》を竭《つく》すと雖《いへど》も、未《いま》だ[三]霈沢《はいたく》を感《かかふ》らず。囚徒《しうと》を顧《かへり》み念《おも》ひて、特《こと》に矜愍《あはれ》むべし。その天応《てんおう》元年七月五日の昧爽《よあけ》より以前《さき》の[四]大辟《だいびやく》已下、罪軽重《つみきやうぢう》と無く、[五]已発覚《いほつかく》も未発覚《みほつかく》も、[六]已結正《いけつしやう》も未結正《みけつしやう》も、[七]繋囚《けいしう》も見徒《げんづ》も、咸《ことごと》く皆赦除《みなゆる》せ。但《ただ》し、[八]八虐《はちぎやく》と、[九]殺《せつ》と、[一〇]私鋳銭《しじゆせん》と、[一一]強窃《がうせつ》の二盗と、[一二]常赦《じやうしや》の免《ゆる》さぬとは、赦《しや》の限《かぎり》に在《あ》らず」とのたまふ。○[六日]癸亥、駿河《するが》国言《まう》さく、「[一三]富《ふ》

富士山噴火

士山《じやま》の下《ふもと》に灰《はひ》を雨《ふ》らせり。灰《はひ》の及《およ》ぶ所《ところ》は、木葉《このは》彫萎《かれな》へぬ」とまうす。○

任官

[十日]丁卯、正四位下[一四]藤原《ふぢはら》朝臣小黒麻呂《をぐろまろ》を民部卿《みんぶきやう》とす。陸奥按察使《みちのおくのあんせちし》は故《もと》の如《ごと》し。正四位上[一五]藤原《ふぢはら》朝臣家依《いへより》を兵部卿《ひやうぶきやう》。侍従《じじゆ》・下総《しもつふさ》守は故《もと》の如《ごと》し。中納言《ちふなふごん》従三位[一六]藤原《ふぢはら》朝臣継縄《つぐただ》を兼左京大夫《さきやうのだいぶ》。従四位上[一七]藤原《ふぢはら》朝臣種継《たねつぐ》を左衛士督《さゑじのかみ》。近江《ちかつあふみ》守は故《もと》の如《ごと》し。造宮卿《ざうくうきやう》従四位上[一八]藤原《ふぢはら》朝臣鷹取《たかとり》を兼左兵衛督《さひやうゑのかみ》。左中弁《さちうべん》従五位上[一九]紀《き》朝臣家守《やかもり》を兼右兵衛督《うひやうゑのかみ》。近衛員外中将《このゑのゐんぐゑのちうしやう》従四位上[二〇]紀《き》朝臣船守《ふなもり》を兼内厩頭《うちのうまやのかみ》。○[十六日]癸酉、右京《うきやう》の人《ひと》正六位上[二一]柴原勝子《こ》公《きみ》言《まう》さく、「子公《こきみ》らが先祖《さきつおや》[二二]伊賀《いか》都臣《つのおみ》は、是《こ》れ中臣《なかとみ》の遠祖《とほつおや》[二三]天御中主命《あめのみなかぬしのみこと》の廿世の孫《うまご》、[二四]意美佐夜麻《おみさやま》の子《こ》なり。伊賀都臣《いかつのおみ》、[二五]神功皇后《じんくうくわうごう》の御世《みよ》に、百済《くだら》に使《つかひ》して、便《すなは》ち彼《か》の土《くに》の女《め》を娶《めと》りて、[二六]二男《ふたりのをのこ》を生《う》めり。名《な》を大本臣《おほもとのおみ》・小本臣《をもとのおみ》と曰《い》ふ。遥《はるか》に本系《もとつすぢ》を尋《たづ》ねて聖朝《せいてう》に帰《まゐ》

―四―。内厩助(天応元年五月乙丑条)からの昇任。近衛員外中将任官は本年五月。内厩頭の前任者は道嶋嶋足(宝亀十一年三月壬午条)。三 諸本「柴原勝」とするが、「栗原勝」の誤りか。延暦五年十月に外従五位下、同六年五月に大炊助、同七年二月にも再び大炊助となる記事があり、同八年十二月の高野新笠の葬に御葬司、同九年閏三月の藤原乙牟漏の葬にも御葬司をつとめた。栗原勝→四補31―三一。三 仲哀紀九年二月条に中臣烏賊津連、神功皇后摂政前紀三月条に中臣烏賊津使主、允恭紀七年十二月条に烏賊津使主などと見える。中臣系図・分脈(藤原氏)に十一世孫として跨耳命をあげ、その尻付に「雷大臣」と見える。また分脈には天児屋根尊の五世孫に伊賀津臣命をあげている。雷大臣と伊賀津臣命は同名と考えられ、古くは同一人であったものが、世系が加上されていく過程で、同一人物が分身させられ二人物となったものか(佐伯有清説)。三 古事記序に天御中主神、神代紀第一段一書第四に天御中主尊と見える。四 姓氏録左京神別の中臣酒人宿禰の条に「天児屋根命十世孫臣狭山命」、同河内神別の中臣高良比連の条に「津速魂命十三世孫臣狭山命」とある。同左京神別の藤原朝臣の条の「津速魂命三世孫天児屋命」とあるのにも一致。分脈(藤原氏)に天児屋根尊の十世孫に臣陜山命とも見える。五 神功皇后摂政前紀に、気長足姫尊、開化の曾孫の気長宿禰王の女で、母は葛城高顙媛とする。仲哀記に息長帯比売命。開化記に、父は開化の玄孫息長宿禰王、母は葛城之高額比売と見える。母の葛城高顙媛について、応神記は、父多遅摩比多訶、母菅竈由良度美とする。六 松尾社家系図に雷大臣命の子とし

1柴—栗(大改)→脚注
2遂ノ下、ナシ〔底〕—負
3柴—栗(大改)→脚注
4蒙—家〔底〕
5之〔大補〕—ナシ(兼等)
6臭〔谷・谷傍〕→校補
7真—直〔底〕
8左〔紀略補〕—ナシ(紀略原)→校補
9遭〔大改、紀略〕—連(兼等)、遇(谷傍)→校補
10任—住(東)
11五—ナシ〔底〕
12弟—第〔底〕
13従—ナシ(東)
14特—持〔底〕
15癸(底重)—祭〔底原〕
16五百井女王—ナシ(東)
17芳—劣〔底〕
18藤ノ上、ナシ—正三位(大補)→脚注・校補

時賜二美濃国不破郡柴[1]原地一以居焉。厥後、因レ居命レ氏。遂[2]柴[3]原勝姓、伏乞、蒙[4]二賜中臣栗原連一。於レ是、子公等男女十八人依レ請改賜レ之[5]。○丙子、河内国言、尺度池水、以二今月十八日一、自レ巳至レ酉、変成二血色一。其臭[6]甚羶。長可二一町餘一、広可二三丈一。○甲申、典蔵従四位下為奈真[7]人玉足卒。○八月丁亥朔、授二従五位下吉田連斐太麻呂従五位上一。○甲午、正四位上大伴宿禰家持為二左[8]大弁兼春宮大夫一。先レ是遭[9]二母憂一解任[10]。至レ是復焉。○戊戌、授二従五位上紀朝臣家守正五[11]位上、従五位下大伴宿禰弟[12]麻呂従五位上一。○己亥、授二従[13]五位上伴田朝臣仲刀自正五位下一。○辛亥、陸奥按察使正四位下藤原朝臣小黒麻呂、征伐事畢入朝。特[14]授二正三位一。○癸[15]丑、无位五百枝王・五[16]百井女王並授二従四位下一。无位藤原朝臣夜志芳[17]古従五位下。○九月戊午、宴二五位已上於内裏一。授二従三位藤原朝臣継縄正三位一。藤[18]原朝臣是公拝二中納言一。宴訖賜レ禄有レ差。○己未、授二无

て弟子命が見える。小本臣をさすか。

一　→㊀六一頁注二三。
二　底本等「柴原」とあるが、「栗原」の誤りであろう。「栗原」は美濃国不破郡栗原郷(現岐阜県不破郡垂井町栗原)。
三　→二〇五頁注二一・㊃補31—三二。
四　姓氏録未定雑姓右京に、天児屋根命十一世孫の雷大臣の後とある。中臣栗原連として、中臣栗原連年足(経国集二〇)が見える。
五　河内国古市郡にあった池。和名抄に河内国古市郡尸度郷が見え、現在の大阪府羽曳野市尺度を中心とした地域。諸陵寮式に「河内坂門原陵〈磐余甕栗宮御宇清寧天皇、在二河内国古市郡一…〉」と、清寧陵として河内国坂門原陵をあげており、「さかと」と読むことが知られる。万寿二年六月七日の河内国司申請雑事七箇条(類聚符宣抄)に、尺度池の堤防修理のため国司の延任を請う記事が見える。現在は尺度を名とする池はない。
六　午前十時頃から午後六時頃まで。
七　→㊃三六五頁注一四。従四位下叙位は宝亀三年正月。
八　→㊃二九一頁注二二。従五位下叙位は宝亀十年二月。
九　→㊂五頁注六。

れり。時《とき》に美濃《みの》国不破《ふは》[一]郡柴原《[二]》の地《ところ》を賜《たま》ひて以《もち》て居《を》り。厥《そ》の後《のち》、居《をるところ》に因《よ》りて氏《うぢ》として命《おほ》せり。遂《よ》りて柴原勝[三]の姓は、伏《ふ》して乞《こ》はくは、中臣栗原連《なかとみのくりはら》[四]を蒙《かがふ》り賜《たま》はらむことを」とまうす。是《ここ》に、子公《こきみ》ら男女《をとこをみな》十八人に請《こひ》に依《よ》りて改《あらた》めてこれを賜ふ。○丙子《十九日》、河内《かふち》国言《まう》さく、「尺度池《さかとのいけ》[五]の水《みづ》、今月《このつき》十八日の巳《み》[六]より酉《とり》に至《いた》るまでに、変《かは》りて血色《ちのいろ》と成《な》れり。その臭甚《にほひはなは》だ羶《くさ》し。長《なが》さ二町餘可《ばかり》、広《ひろ》さ三丈可《ばかり》なり」とまうす。○甲申《二十七日》、典蔵《くらのすけ》従四位下為奈《ゐな》[七]真人玉足《たまたり》卒《しゅつ》しぬ。

八月丁亥の朔、従五位下吉田《きった》[八]連斐太麻呂《ひだまろ》に従五位上を授《さづ》く。○甲午《八日》、正四位上大伴《おほとも》[九]宿禰家持《やかもち》を左大弁《さだいべん》兼春宮大夫《しゅんぐだいぶ》とす。是《これ》より先《さき》、母《はは》[一〇]の憂《うれへ》に遭《あ》ひて解任《げにむ》せり。是《ここ》に至《いた》りて復《ふく》す。○戊戌《十二日》、従五位上紀《き》[一一]朝臣家守《やかもり》に正五位上を授く。従五位下大伴《おほとも》[一二]宿禰弟麻呂《おとまろ》に従五位上。○己亥《十三日》、従五位上伴田《ともた》[一三]朝臣仲刀《なかと》自《じ》に正五位下を授く。○辛亥《二十五日》、陸奥按察使《みちのおくのあんせちし》正四位下藤原《ふぢはら》[一四]朝臣小黒麻呂《をぐろまろ》、征伐《せいばつ》の事畢《ことをは》りて入朝《みやこいり》す。特《こと》に正三位を授く。○癸丑《二十七日》、无位五百《いほ》[一五]枝王《えのおほきみ》・五《い》[一六]百《ほ》井女王《ゐのおほきみ》に並《ならび》[一七]に従四位下を授く。无位藤原《ふぢはら》[一八]朝臣夜志芳古《やしはこ》に従五位下。

九月《丙辰朔》戊午《三日》、五位已上を内裏《うち》に宴《うたげ》す。従三位藤原《ふぢはら》[一九]朝臣継縄《つぐただ》に正三位を授く。[二〇]藤原《ふぢはら》朝臣是公《これきみ》、中納言《ちうなふごん》を拝《はい》す。宴訖《うたげをは》りて、禄《ろく》賜ふこと差《しな》有り。○己未《四日》、无

一〇 本年五月に左大弁に任官しているので、五月より以降。母の服喪期間は一年間(喪葬令17)で、解官となる(假寧令3)。五月から の三か月で復任しているのは、儀制令20の奪情従職、式部省式の奪情復任による。母は未詳だが、丹比宇治の一族とする説もある(川上富吉・尾山篤二郎説)。

一一 →[四]補31-四〇。従五位上叙位は宝亀七年正月。

一二 →八五頁注一六。従五位下叙位は宝亀十年正月。

一三 →[四]補27-四五。

一四 少黒麻呂とも。房前の孫、鳥養の男。→[四]補25-九二。宝亀十一年九月に持節征東大使に任。陸奥按察使任官は本年正月。正四位下叙位は宝亀十一年九月。小黒麻呂がここで正三位に叙位される一方で、副使の大伴益立は従四位下の位階を剝脱されている(天応元年九月辛巳条)。

一五 →一七三頁注二四。

一六 →補36-三六。

一七 天応元年二月丙午条で、市原王(四世王)の子である五百枝王・五百井女王を、母である光仁皇女能登内親王につけて二世王にあげている。その結果、選叙令35の「凡蔭二皇親一者、親王子従四位下…」により、本条で従四位下に叙位。

一八 他に見えず。藤原朝臣→[一]補1-二九。

一九 →[三]二六一頁注一。従三位叙位は宝亀二年十一月。

二〇 もと黒麻呂。→[三]補23-五。本年六月に大納言に転任した藤原田麻呂の後任として、参議より昇任。底本等、是公の本位「正三位」がないが、本年五月癸卯条で従三位より正三位に昇叙しているので「正三位」を補うべきか。

位忍坂[1][2]王[3]従五位下㆒。○庚申、正五位下粟田朝臣鷹守為㆓左兵衛佐㆒。○癸亥、正五位下内蔵忌寸全成為㆓陸奥守㆒。」左京人正七位下善唐[4]等三人、賜㆓姓吉水連㆒。従七位下善三野麻呂等三人吉水造。○丁卯、授㆓无位百済王清刀自従五位下㆒。○丁丑、詔、授㆓従五位上紀朝臣古佐美従四位下勲四等、従五位上百済王俊哲正五位上勲四等、正五位下内蔵忌寸全成正五位上勲五等、従五位下多[5]朝臣犬[6]養従五位上勲五等、従五位下多治比真人海従五位上、正六位上紀朝臣木[7]津魚・日下[8]部宿禰道雄[9]・百済王英孫並従五位下、正六位上阿倍猨[10]嶋[11]臣墨縄外従五位下勲五等、入間[12]宿禰広成外従五位下。並賞㆓征夷之労㆒也[13]。」又授㆓送唐客[14]使従五位下布勢朝臣清直正五位下、判官正六位[15]上多治比真人浜成・甘南備真人浄野並従五位下㆒。○辛巳、初征東副使大伴宿禰益立、臨㆑発授㆓従四位下㆒。而益立至㆑軍、数愆㆓征期㆒、逗留[16]不㆑進。徒[17]費㆓軍[18]粮㆒、延㆓引日月㆒。由㆑是、更遣㆓大使藤原朝臣小黒麻呂㆒。到即進㆑軍、復㆓所㆑亡[19]諸塞㆒。於㆑是、詔、責㆓益立之不㆑進、奪㆓其従四位下㆒。

1 坂—板〔底〕
2 坂ノ下、ナシ—女(大補)
3 王—三(東)
4 唐〔底〕—麻呂→脚注
5 多〔大補〕—ナシ(兼等)
6 朝臣犬養従五位上勲五等従五位下多治(底傍補)—ナシ〔底原〕→校補
7 木〔大改〕—大(兼等)
8 日下—早〔底〕→校補
9 道雄〔底〕—雄道→脚注
10 猨〈意改〉(大改)—授→校補
11 嶋ノ下、ナシ—朝(大)
12 間—門(兼)
13 也〔東・高、大補〕—ナシ(兼・谷)
14 客〔兼・谷・東、大〕—容(高擦重)
15 位〔兼・谷、大〕—ナシ(東・高)
16 留—豆〔底〕
17 徒→校補
18 軍—運〔底〕
19 亡〔谷原・谷重〕→校補

一 延暦五年正月に従五位上に昇叙のことが見える忍坂女王と、同一人として矛盾はない。→㊃二四一頁注一〇。
二 →㊃補27-四四。前官は常陸介(宝亀八年十月辛卯条)。左兵衛佐の前任者は藤原弓主(天応元年五月癸未条)。
三 →㊂補22-四一。上文六月戊子朔条に征東副使として見える。前官は勅旨少輔(宝亀十年十一月己巳条)。陸奥守の前任者は紀古佐美(天応元年五月乙酉条)
四 延暦十八年十一月に侍医正六位上として見える(平遺四二九二号)。考證は「依㆓姓氏録吉水連条㆒、疑蓋字之譌」とし、「蓋」の誤りとする。
五 姓氏録左京諸蕃に、吉水連は前漢魏郡人蓋寛饒より出たとある。吉水連の一族には、吉水連神徳(後紀延暦廿四年正月戊戌条)がある。
六・七 他に見えず。
八 他に見えず。百済王→㊀三二一頁注一七。
九 征夷の功により叙位を行うとの詔。
一〇 麻路の孫。→㊃補25-一〇六。従五位上叙位は宝亀十一年正月。宝亀十一年三月の伊治呰麻呂の乱(補36-一三)により、同月癸巳に征東副使に任。この征夷の功による。
一一 →㊃補33-四三。従五位上叙位は宝亀十一年四月。宝亀十一年六月に陸奥鎮守副将軍に任。
一二 →注三。正五位下叙位は宝亀十年正月。
一三 →㊃八一頁注七。従五位下叙位は天平神護元年三月。本年六月戊子朔に征東副使と見える。
一四 宇美とも。→補36-二〇。従五位下叙位は宝亀十一年四月。宝亀十一年六月に陸奥介に任。
一五 →補36-五五。
一六 底本「道雄」に作るが、「雄道」の誤り。延暦三年六月造長岡宮使、同年十二月に従五位

征夷の労を賞して叙位叙勲

征東副使大伴益立の位階を奪う

位。忍坂王《おしさかのおほきみ》[一]に従五位下を授《さづ》く。○庚申（五日）、正五位下粟田《あはた》[二]朝臣鷹守《たかもり》を左兵衛佐《さひやうゑのすけ》とす。○癸亥（八日）、正五位下内蔵《くら》[三]忌寸全成《またなり》を陸奥《みちのおく》守とす。左京《さきやう》の人《ひと》正七位下善唐《よしのもろこし》[四]ら三人に姓を吉水《よしみづ》[五]連と賜《たま》ふ。従七位下善三野麻呂《よしのみのまろ》[六]ら三人には吉水《よしみづ》[七]造。○丁卯（十二日）、无位百済王《くだらのこにきし》[八]清刀自《きよとじ》に従五位下を授く。○丁丑（二十二日）、詔《みことのり》[九]して、従五位上紀《き》[一〇]朝臣古佐美《こさみ》に従四位下勲《くん》四等を授けたまふ。従五位上百済王《くだらのこにきし》[一一]俊哲《しゅんてつ》に正五位上勲《くん》四等。正五位下内蔵《くら》[一二]忌寸全成《またなり》に正五位上勲《くん》五等。従五位下多《おほ》[一三]朝臣犬養《いぬかひ》に従五位上勲《くん》五等。従五位下多治比《たぢひ》[一四]真人海《うみ》に従五位上。正六位上紀《き》[一五]朝臣木津魚《こつを》・日下部《くさかべ》[一六]宿禰道雄・百済王《くだらのこにきし》[一七]英孫《えいそん》に並《ならび》に従五位下。正六位上阿倍猨嶋《あへのさしま》[一八]臣墨縄《すみなは》に外従五位下勲《くん》五等。入間《いるま》[一九]宿禰広成《ひろなり》に外従五位下。並に征夷《せいい》の労《らう》を賞《め》でてなり。また、送唐客使《からのかくをおくるつかひ》従五位下布勢《ふせ》[二〇]朝臣清直《きよなほ》に正五位下を授く。判官《はんぐわん》正六位上多治比《たぢひ》[二一]真人浜成《はまなり》・甘南備《かむなび》[二二]真人浄野《きよの》に並に従五位下。○辛巳（二十六日）、初《はじ》め征東副使《せいとうふくし》大伴《おほとも》[二三]宿禰益立《ましたて》、発《た》つに臨《のぞ》みて従四位下を授く。而《しか》れども益立《ましたて》、軍《いくさ》に至《いた》りて数《しばしば》征期《せいき》を愆《あやま》ちて、逗留《とうりう》して進《すす》まず。徒《いたづら》に軍粮《ぐんらう》を費《つひや》して日月《じつぐゑつ》を延引《ひきのば》せり。是《これ》に由《よ》りて、更《あらた》めて大使《たいし》藤原《ふぢはら》[二四]朝臣小黒麻呂《をぐろまろ》を遣《つかは》す。到《いた》りて即《すなは》ち軍《いくさ》を進《すす》め、亡《うしな》へる諸《もろもろ》の塞《き》を復《ふく》せり。是《ここ》に詔《みことのり》して、益《まし》立《たて》が進《すす》まざりしことを責《せ》めたまひて、その従[二五]四位下を奪《うば》ふ。

上、同四年正月豊前守となる。日下部宿禰→〔一〕補4-一三。

一七 延暦四年五月陸奥鎮守権副将軍、同年九月出羽守、同十年正月従五位上となる(続紀)。同十六年三月右兵衛督に任じられ、時に従四位下、同十八年二月右衛士督となる(後紀)。百済王→〔一〕三一頁注一七。

一八 下総国猨嶋郡の人か。延暦元年六月陸奥鎮守権副将軍、同三年二月持節征東軍監、同七年二月陸奥鎮守副将軍に任じられた。安倍猨嶋臣→〔四〕四〇一頁注一七。

一九 諸本「阿部授嶋臣」に作るが、「阿部猨嶋臣」の誤り。もと物部(直)。武蔵国入間郡の人。→〔四〕補25-六二。

二〇 →〔四〕補32-一。本年六月辛亥条に見える送唐客使としての帰国に伴う叙位。従五位下叙位は宝亀三年正月。送唐客使としての任命は宝亀九年十二月。

二一 →補35-四二。

二二 清野とも。→補35-四一。

二三 →〔三〕補22-五六。伊治呰麻呂の乱平定の征東副使任命は宝亀十一年三月。従四位下叙位は同年四月。

二四 少黒麻呂とも。房前の孫、鳥養の男。→〔四〕補25-九二。征東大使任命は宝亀十一年九月。

二五 益立はこの後、続後紀承和四年五月丁亥条に「贈二正五位上伴宿禰益立本位従四位下一、益立、宝亀十一年為二征夷持節副使一、発入之日、叙二従四位下一、厥後遭レ讒奪レ爵、其男越後大掾野継、上書訴レ冤久矣、遂弁明得レ雪二父恥一」と見える。藤原小黒麻呂らが、蝦夷との戦闘の失敗を益立ひとりにおいかぶせたものか(佐伯有清説)。但し、宝亀十一年六月辛酉条の勅でも述べるように、二か月間逗留して進軍させなかったことは事実であろう。

○甲申、授㆓従[1]四位上伊勢朝臣老人正四位下㆒。○冬十月戊子、授㆓无位山口王従五位下㆒。○己丑、従四位下五百枝王為㆓侍従㆒。従[2]四位下淡海真人三船為㆓大学頭㆒。正五位下布勢[3]朝臣清直為㆓兵部大輔㆒。従五位下紀朝臣千世為㆓少輔㆒。従五位下多治比真人三上為㆓左京亮㆒。従五位下紀朝臣真[4]人為㆓右京亮㆒。従五位下健部朝臣人上為㆓勅旨少輔㆒。外従五位下和史国守為㆓造法華寺次官㆒。○乙未、地震。○戊戌、授㆓正四位上藤原朝臣家依従三位、无位原[5]首真人糸[6]女外従五位下㆒。○辛丑、尾張・相模・越後・甲斐・常陸等国人惣[7]十二人、以㆓私力[8]㆒運㆓輸軍粮於陸奥㆒。随㆓其所㆑運多少㆒、加㆓授位階㆒。又軍功人殊等授㆓勲六等、一等勲八等、二等勲九等、三等勲十等[9]㆒。○戊申、授㆓正六位上藤原朝臣内麻呂従五位下㆒。○庚戌、下総国葛飾郡人孔[10]王部美努久咩一産㆓三児㆒。賜㆓乳母[11]一人并[12]粮㆒。○十一月丁巳、地震。○壬戌、近江国言、木連理。○丁卯、御㆓太政官院㆒、行㆓大嘗之事㆒。以㆓越前国㆒為㆓由機㆒、備前[13]為㆓須機㆒。両国献㆓種種[14]翫好之物㆒、奏㆓土[15]風

1 従—徳(兼)→校補
2 従〔底〕—々
3 勢(底擦重)—施〔底原〕
4 真〔谷・東、大〕—直(兼・高)
5 原ノ上、ナシ—朝(大)→校補
6 人糸〔底〕—系(兼等)、糸(大改)
7 惣〔兼・谷・高〕—総(大)、物(東)
8 力—刀(東)
9 等ノ下、ナシ〔兼・谷原・東・高〕—四等(谷補、大)→脚注・校補
10 孔(兼等、大)→校補
11 母〔類五四〕—女(類五四一本)
12 并—弁〔底〕
13 前ノ下、ナシ〔底〕—国
14 種〔底〕—々
15 土→校補

一 もと中臣伊勢連。→四二三頁注四。従四位上叙位は神護景雲元年八月。
二 →四補31-七三。宝亀二年七月乙未条によれば、三長真人とされていたがこの時属籍を復したことが見える。選叙令35により、三原王の子であることからの従五位下叙位。
三 →一七三頁注二五。四 もと御船王。→三一一頁注四七。大学頭の前任者は本条で右京亮に転任した紀真人(天応元年五月癸未条)。
五 →四補32-一。兵部大輔の前任者は高賀茂諸魚(宝亀九年二月庚子条)。本年六月辛亥に送唐客使の任を終え帰国。六 →補36-四〇。兵部少輔の前任者は藤原継彦(天応元年五月癸未条)。七 →補34-二。八 →補36-六。前官は大学頭(天応元年五月癸未条)。
九 もと建部公。→四補25-九九。勅旨少輔の前任者は上文九月癸亥条で陸奥守となった内蔵全成(宝亀十年十一月己巳条)。勅旨員外少輔(宝亀九年十一月辛酉条)からの昇任。
一〇 →補36-四一。造法華寺司→三補20-六九。
一一 →四一〇三頁注三。正四位上叙位は宝亀七年正月。一二 他に見えず。原首も他に見えず。一三 養老六年閏四月乙丑条に、鎮所に穀を私力によって運ぶ者に叙位する政策が見える。伊治呰麻呂の乱に際して、坂東諸国および能登・越中・越後の諸国に糒三万斛を貯備させ(宝亀十一年五月丁丑条)、下総の糒六〇〇〇斛と常陸の糒一万斛を軍所に運ばせ(同年七月甲申条)、また相模・武蔵・安房・上総・下総・常陸の諸国に穀一〇万斛を陸奥の軍所に遭送させている(天応元年二月己未条)。これらに対して、越前国人(宝亀十一年八月丙午条)、下総国印幡郡大領・常陸国那賀郡大領(天応元年正月乙亥条)が叙位されているが、本条もこれらと同様の軍粮輸送の功による叙

任官

○甲申、従四位上伊勢《いせ》朝臣老人《おきな》に正四位下を授《さづ》く。

冬十月戊子、无位山口王《やまぐちのおほきみ》に従五位下を授く。○己丑、従四位下五百枝《いほえ》王を侍従《じじゆ》とす。従四位下淡海《あふみ》真人三船《みふね》を大学頭《だいがくのかみ》。正五位下布勢《ふせ》朝臣清直《きよなほ》を兵部大輔《ひやうぶだいふ》。従五位下紀《き》朝臣千世《ちよ》を少輔《せうふ》。従五位下多治比《たぢひ》真人三上《みかみ》を左京亮《さきやうのすけ》。従五位下紀《き》朝臣真人《まひと》を右京亮《うきやうのすけ》。従五位下健部《たけるべ》朝臣人上《ひとかみ》を勅旨少輔《ちよくしせうふ》。外従五位下和《やまと》史国守《くにもり》を造法華寺次官《ざうほふくゑじじくわん》。○乙未、地震《なゐ》ふる。○戊戌、正四位上藤原《ふぢはら》朝臣家依《いへより》に従三位を授く。无位原《はら》首真人糸女《まひといとめ》に外従五位下。○辛丑、尾張《をはり》・相模《さがみ》・越後《こしのみちのしり》・甲斐《かひ》・常陸《ひたち》等の国《くに》の人惣《ひとすべ》て十二人、私《わたくし》の力《ちから》を以《もち》て軍粮《ぐんらう》を陸奥《みちのおく》に運《はこ》び輸《いだ》せり。その運《はこ》べる多少《たせう》に随《したが》ひて位階《ゐかい》を加《くは》へ授く。また、軍功《くんこう》の人《ひと》の、殊等《しゆとう》には勲《ぐん》六等、一等には勲《ぐん》八等、二等には勲《ぐん》九等、三等には勲《ぐん》十等を授《さづ》く。○戊申、正六位上藤原《ふぢはら》朝臣内麻呂《うちまろ》に従五位下を授く。○庚戌、下総《しもつふさ》国葛飾《かつしか》郡の人《ひと》孔王部《あなほべの》美努久咩《みぬくめ》、一《ひと》たびに三児《みたりのこ》を産《う》めり。乳母《めのと》一人并《あは》せて粮《らう》を賜《たま》ふ。

大嘗会

十一月丁巳、地震《なゐ》ふる。○壬戌、近江《ちかつあふみ》国言《まう》さく、「木連理《もくれんり》あり」とまうす。○丁卯、太政官院《だいじやうぐわんゐん》に御《おは》しまして、大嘗《おほなめ》の事《みわざ》を行《おこな》ひたまふ。越前《こしのみちのくち》国を由機《ゆき》とし、備前《きびのみちのくち》を須機《すき》とす。両国《りやうこく》、種種《くさぐさ》の翫好《ぐわんかう》の物《もの》を献《たてまつ》り、土風《くにぶり》の

位。この後も同様な措置がとられていることは、延暦元年五月乙酉条・同三年三月乙亥条・同六年十二月庚辰朔条・同十年九月癸亥条にも見ることができる。 一四 この叙勲の規定は、軍功の程度に基づいて殊等以下四階等とし、殊等には勲六等を、一等には勲八等を、二等には勲九等を、三等には勲十等を授けたものと解される。功の最上を「殊等」とすることは、天平宝字六年の作金堂所解(古一六-三一〇頁)にも見える。本条の叙勲の規定は、延暦九年十月の場合にも適用されている(辛亥条)。谷補・大系本が本条末尾に「四等」の二字を付すのは誤り。 一五 房前の孫、真楯の三男。↓補36-五六。 一六 ↓補36-五七。 藤原朝臣↓㈠補1-二九。 一七 他に見えず。養老五年下総国葛飾郡大嶋郷戸籍に孔王部姓の者が多数見える。穴太部↓㈢補18-五八。多産の際の賜物の事例(補36-一五)のうち、乳母一人と粮の組合せは霊亀元年十二月己未・天平勝宝四年七月甲子条に見える。下総の多産者は天平勝宝四年七月甲子条にも見える。続日本紀の多産記事↓㈠補1-一〇四。 一八 治部省式に「木連理〈仁木也、異本同枝、或枝旁出、上更還合〉」とあり、下瑞とする。 一九 ↓㈢二〇三頁注七。 二〇 本年四月辛卯に即位した桓武の大嘗祭。本条は卯日の当日の行事。践祚大嘗祭式に「凡践祚大嘗、七月以前即位者、当年行レ事、八月以後者、明年行レ事」とあり、今年十一月に行われたもの。太政官院で行った事例として淳仁(天平宝字二年十一月辛卯条〔「乾政官院」と表記〕)・光仁(宝亀二年十一月癸卯条)の例がある。大嘗祭↓㈠補1-九五。 二一・二二 ↓㈡二一一頁注一三・㈣補26-一六。 二三 由機国・須機国が献上した様々なもてあそび物。儀式、践祚大嘗祭儀中に両国供物・両国

歌儛[1]於庭㆒。五位已上賜㆑禄有㆑差[2]。〇己巳、宴㆔五位已上㆒、奏㆓雅楽寮[3]楽及大歌於庭㆓。」㆒授㆔正四位上大伴宿禰家持従三位、従五位上当麻王正五位下、従五位下調使王・浄原王並[4]従五位上、无位大伴王従五位下、正五位下[5]石上朝臣[6]家成従四位下、正五位下佐伯宿禰真[7]守正[8]五位上、従[9]五位下多[10]治比真人年主・紀朝臣難波麻呂並従五位上、正[11]六位上中臣朝臣必登・藤原朝臣真鷲・藤原朝臣浄岡並従五位下㆒。宴訖賜㆑禄各有㆑差[12]。〇庚午[13]、授㆔三品不破内親王二品、従四位下浄橋[14]王従四位上、従五位下垂水[15]王従五位上、无位小縵[16]王従五位下、正四位下安倍[17]朝臣古美奈正四位上、従四位下藤原朝臣諸姉従四位上、正五位上和気朝臣広虫従四位下、従五位下安曇宿禰刀自正五位下、従五位下神服宿禰毛人女従五位上、无位藤原朝臣明子従五位下、正六位上嶋[18]古刀自外従五位下。又、授㆔正五位下山辺王正五位上、従四位上藤原朝臣鷹取正四位下、従五位下藤原朝臣真葛・紀朝臣伯麻呂並従五位上㆒。並由機・須機[19]国司也。正六位上林忌寸稲[20]麻呂・凡[21]直黒鯛・朝原忌寸道永並

1 僢〔底〕—舞→校補
2 差—着〔底〕
3 寮—宴〔底〕
4 並—兼〔底〕
5 下ノ下、ナシ〔大〕—正五位下(兼等)→校補
6 臣—ナシ(兼)
7 真—宴〔底〕
8 五—ナシ(東)
9 五(底擦重)—四〔底原〕
10 多治比真(底擦重)—正五位下〔底原〕
11 正六位上—ナシ(兼)
12 差—着〔底〕
13 午→校補
14 橋ノ下、ナシ—女(大補)
15 水ノ下、ナシ—女(大補)
16 縵ノ下、ナシ—女(大補)
17 倍〔谷原・谷重〕→校補
18 嶋ノ下、ナシ〔底〕—名
19 機〔谷傍補、大、類八〕—ナシ(兼・谷原・東・高)
20 稲〔兼等、大、類八〕—伯(東傍・高傍)
21 凡—瓦(兼)

献物、践祚大嘗祭式に両国供物と見える。

二四 由機国・須機国それぞれの地方独特の歌や舞。儀式、践祚大嘗祭儀中に「卯日…悠紀国司率㆓歌人㆒入㆑自㆓同門(朝堂院南左掖門)㆒、就㆑位奏㆓国風㆒、…次悠紀国奏㆓国風㆒四成…」、践祚大嘗祭式に「卯日…悠紀国司引㆓歌人㆒入㆑自㆓同門(朝堂院東掖門)㆒、就㆑位奏㆓国風㆒」、北山抄、大嘗会事に「卯日…次悠紀国奏㆓国風㆒四成、〈其声似㆓神歌㆒遅末、主基丹波国奏㆓早歌㆒、云々〉」、江家次第、践祚、大嘗会に「卯日…悠紀国司率㆓歌人㆒入㆑自㆓同門(左掖門)㆒、…悠紀国奏㆓国風㆒四成、〈其声似㆓神歌㆒遅、主基奏㆓早歌㆒〉」などと見える。

一 大嘗祭巳日節会。ただし、大歌奏は後世は午日節会(豊明節会)に行う。

二 儀式、践祚大嘗祭儀下に「巳日…次雅楽寮率㆓楽人㆒、亦入㆓同幄㆒…次雅楽寮奏㆑楽退出」とある。 三 →補36‐五八。

四 大嘗会に伴う叙位。

五 →[三]五頁注六。正四位上叙位は本年四月。本年八月甲午条の奪情従公による復任後の宴への参加。ただし、儀制令20に「不㆑預㆑宴」とあるが、同令集解古記に「唯別勅者非」とあり、別勅により参加したものか。

六 →[四]補25‐七三。従五位上叙位は宝亀二年十一月。 七 →[四]一四九頁注二〇。従五位下叙位は神護景雲元年正月。

八 清原王とも。→[四]補27‐四七。従五位下叙位は天平神護二年十二月(宝亀二年閏三月に復位)。 九 →[四]三四九頁注二九。

一〇 東人の男。→[四]補25‐八八。正五位下叙位は宝亀七年正月。 一一 今毛人の兄。→[四]補25‐八五。正五位下叙位は宝亀三年正月。

一二 歳主とも。→[四]補32‐一。従五位下叙位は

叙位

歌儛《うたまひ》を庭《には》に奏《つかへまつ》る。五位已上に禄《ろく》賜《たま》ふこと差《しな》有り。○己巳（十五日）、五位已上を宴《うたげ》して、雅楽寮《がくれう》の楽《がく》と大歌《おほうた》とを庭《には》に奏《つかへまつ》らしむ。正四位上大伴《おほとも》宿禰家持《やかもち》に従三位を授《さづ》く。従五位上当麻王《たぎまのおほきみ》に正五位下。従五位下調使《つきのつかひ》王・浄原《きよみはら》王に並《ならび》に従五位上。无位大伴《おほとも》王に従五位下。正五位下石上《いそのかみ》朝臣家成《いへなり》に従四位下。正五位下佐伯《さへき》宿禰真守《まもり》に正五位上。従五位下多治比《たぢひ》真人年主《としぬし》・紀《き》朝臣難波麻呂《なにはまろ》に並に従五位上。正六位上中臣《なかとみ》朝臣必登《ひと》・藤原《ふぢはら》朝臣真鷲《まわし》・藤原《ふぢはら》朝臣浄岡《きよをか》に並に従五位下。宴訖《うたげをは》りて、禄《ろく》賜ふこと各《おのおの》差《しな》有り。

女叙位

○庚午（十六日）、三品不破内親王《ふはのひめみこ》に二品を授く。従四位下浄橋《きよはし》王に従四位上。従五位下垂水《たるみ》王に従五位上。无位小縵《をかづら》王に従五位下。正四位下安倍《あへ》朝臣古美奈《こみな》に正四位上。従四位下藤原《ふぢはら》朝臣諸姉《もろね》に従四位上。正五位上和気《わけ》朝臣広虫《ひろむし》に従四位下。従五位下安曇《あづみ》宿禰刀自《とじ》に正五位下。従五位下神服《かむはとり》宿禰毛人女《えみしめ》に従五位上。无位藤原《ふぢはら》朝臣明子《あきこ》に従五位下。正六位上嶋古刀自《しまのことじ》に外従五位下。

由機・須機国司に叙位

また、正五位下山辺《やまのへ》王に正五位上を授く。従四位上藤原《ふぢはら》朝臣鷹取《たかとり》に正四位下。従五位下藤原《ふぢはら》朝臣真葛《まかづら》・紀《き》朝臣伯麻呂《をぢまろ》に並に従五位上。並に由機《ゆき》・須機《すき》の国《こく》司《し》なり。正六位上林《はやし》忌寸稲麻呂《いなまろ》・凡直《おほし》黒鯛《くろたひ》・朝原《あさはら》忌寸道永《みちなが》に並に

宝亀三年正月。一三 →五頁注三。従五位下叙位は宝亀七年正月。
一四 比登とも。意美麻呂の孫、広見の男。→補36―五九。一五 魚名の男。→補36―六〇。
一六 清岡・清岳とも。→補36―六一。
一七 以下、嶋古刀自まで女叙位。
一八 →[三]四一五頁注一三。三品叙品は宝亀四年五月。一九 →[四]補31―三〇。従四位下叙位は宝亀元年十一月。以下三名、諸本に「女」の字なく王とする。
二〇 →[三]二六七頁注四七。従五位下叙位は天平宝字二年八月。二一 他に見えず。系譜未詳。選叙令35によれば、諸王の子。
二二 子美奈とも。→[四]補33―三八。正四位下叙位は宝亀十年十一月。二三 →[四]二六九頁注一三。従四位下叙位は宝亀八年正月。
二四 虫女とも。→[四]補26―一二。正五位上叙位は本年三月。二五 →五頁注三四。従五位下叙位は宝亀七年正月。
二六 もと神服連。→[四]補31―一九。
二七 延暦五年正月に正五位下、同六年十月に正五位上に昇叙。藤原朝臣→[一]補1―二九。
二八 他に見えず。嶋氏も他に見えず。
二九 以下、由機国(越前)・須機国(備前)の国司への叙位。三〇 →[四]補27―四三。宝亀十一年三月に備前守に任。正五位下叙位は宝亀十一年正月。三一 →[四]補31―六三。本年五月癸未条に「越前守如レ故」と見え、この時見任の守。従四位上叙位は本年四月。三二 →六九頁注一。従五位下叙位は宝亀五年正月。宝亀十年二月に備前介に任。三三 →[四]補33―一。従五位下叙位は宝亀九年四月。伯麻呂の任官記事は見えないが、越前介による昇叙か。
三四 →補36―六二。三五 →[四]二一三頁注一三。
三六 →補36―六三。

1 禄〔谷原・谷重〕↓校補
2 記〔紀略〕—紀(兼等、大、類八)↓脚注
3 才—材(紀略)↓校補
4 絇(兼等、大、紀略)—約〔底〕、↓校補
5 信—位〔底〕
6 朔〔東傍・高傍、大補、紀略〕—ナシ(兼等)
7 護—誰(兼)
8 王〔東〕—者(東傍)
9 王ノ下、ナシ〔高〕—者(高傍)
10 天宗高紹天皇↓校補
11 第—弟〔底〕
12 曰—云(東)
13 承—永〔底〕
14 大〔底〕—太
15 体=體—躬(類三四)
16 社ノ下、ナシ〔底〕—尽

外従五位下。○辛未、饗二諸司主典已上一、賜レ禄[1]有レ差。○壬申、授二従五位下和気朝臣清麻呂従四位下一。明経・記[2]伝及陰陽・医家、諸才[3]能之士、賜二糸各十絇[4]一。○癸酉、授二正六位上藤原朝臣根麻呂従五位下、従七位下酒人忌寸刀自古、无位佐和良臣静女、並外従五位下一。○甲戌、授二正四位上安倍朝臣古美奈従三位、従四位下橘朝臣真都賀・百済王明信[5]並従四位上、従五位下藤原朝臣勤子従五位上一。○丙子、授二无位藤原朝臣春蓮従五位下一。○辛巳、地震。○十二月乙酉朔[6]、陸奥守正五位上内蔵忌寸全成為二兼鎮守副将軍一。○辛卯、授二従五位下紀朝臣宮人正五位下一。○丙申、地震。○辛丑、三品薭田親王薨。遣二従四位上壱志濃王、従四位下紀朝臣古佐美・石川朝臣垣守等一、監二護[7]喪事一。親王[8][9]、天[10]宗高紹天皇之第[11]三皇子也。薨時、年卅一。○甲辰、詔曰[12]、朕以二不徳一、忝承[13]二洪基一。夙興夜寐、思レ求二政道一。剋レ己労レ心、志在二孝敬一。而精誠徒切、未レ能レ感レ天。頃者、大[14]上天皇聖体[15]不豫。宗社[16]禱、

一 十三日(丁卯条)の大嘗に関わる饗か。
二 ↓[四]補26-一〇。従五位下叙位は天平神護二年十一月(宝亀二年三月に復位)。
三 ↓[二]八五頁注三四。
四 底本「記伝」に作るが、兼右本等により「紀伝」に改めるべきであろう。「紀伝」は明経道からわかれて中国の歴史や漢文学を教科内容とする大学の学科の一つ。↓補36-六四。
五 ↓[二]八七頁注一六。
六 糸を賜わった事例として、養老五年正月甲戌(明経第一博士以下に)、天平宝字二年十一月甲午(明経生以下に)などがある。
七 延暦七年六月左大舎人助となる。藤原朝臣↓[一]補1-一九。
八 三代格延暦九年八月八日付の太政官符で、山背国久世郡の位田二町と播磨国揖保郡の位田二町を右大臣職田に改められた「故従五位下酒人忌寸刀自」は同一人か。酒人忌寸は、坂上系図所引姓氏録逸文に「志努直之第五子、鳥直、是酒人忌寸祖也」と見える。酒人のウヂ名は、酒人(部)を管掌し、伴として大化前代の朝廷に出仕して造酒の業務を担当していたことに基づく。旧姓は直、天武十二年十月に連姓、同十四年六月に忌寸姓となった。
九 他に見えず。早良親王の乳母。佐和良臣は、姓氏録河内皇別に、平群朝臣と同祖で、武内宿禰の男平群都久宿禰の後とする。早良臣・草良臣とも記し、後の筑前国早良郡早良郷(現福岡市中央区鳥飼・早良区西新)の地名に基づくものか。一族には、草良臣(闕名、『伊場遺跡出土文字集成』)がある。
一〇 以下、女叙位。
一一 子美奈とも。↓[四]補33-三八。正四位上叙

外従五位下。○辛《十七日》未、諸司《しよし》の主典《さうくわん》已上を[一]饗《みあへ》して、禄《ろく》賜《たま》ふこと差《しな》有り。○壬《十八日》申、従五位下[二]和気《わけ》朝臣清麻呂《きよまろ》に従四位下を授《さづ》く。[三]明経《みやうぎやう》・[四]記伝と[五]陰陽《おむやう》・医《い》家《け》との諸《もろもろ》の才能《さいのう》の士《し》には[六]糸《いと》各《おのおの》十絇を賜ふ。○癸《十九日》酉、正六位上[七]藤原《ふぢはら》朝臣根《ね》麻呂《まろ》に従五位下を授く。従七位下[八]酒人《さかひと》忌寸刀自古《とじこ》、无位[九]佐和良《さわら》臣静女《しづめ》に並《ならび》に外従五位下。○甲《二十日》戌、[一〇]正四位上[一一]安倍《あへ》朝臣古美奈《こみな》に従三位を授く。従四位下[一二]橘《たちばな》朝臣真都賀《まつか》・[一三]百済王《くだらのこにきし》明信《みやうしん》に並に従四位上。従五位下[一四]藤原《ふぢはら》朝臣勤子《いそしこ》に従五位上。○丙《二十二日》子、无位[一五]藤原《ふぢはら》朝臣春蓮《しゆんれん》に従五位下を授く。○辛《二十七日》巳、地震《なゐ》ふる。

女叙位

　十二月乙酉の朔、陸奥守《みちのおくのかみ》正五位上[一六]内蔵《くら》忌寸全成《またなり》を兼鎮守副将軍《ちんしゆふくしやうぐん》とす。○辛《七日》卯、従五位下[一七]紀《き》朝臣宮人《みやひと》に正五位下を授く。○丙《十二日》申、地震《なゐ》ふる。○辛《十七日》丑、三品[一八]薭田親王《ひへたのみこ》薨《こう》しぬ。従四位上[一九]壱志濃王《いちしののおほきみ》、従四位下[二〇]紀《き》朝臣古佐美《こさみ》・[二一]石川《いしかは》朝臣垣守《かきもり》らを遣《つかは》して喪《も》の事《こと》を監護《みまも》らしむ。親王《みこ》は[二二]天宗高紹天皇《あめむねたかつがすすめらみこと》の第三の皇子《みこ》なり。薨《こう》しぬる時《とき》、年《とし》卅一。○甲《二十日》辰、[二三]詔《みことのり》して曰《のたま》はく、「朕《われ》、不徳《ふとく》を以《もち》て忝《かたじけな》くも[二四]洪基《こうき》を承《う》く。[二五]夙《つと》に興《お》き夜《よは》に寐《い》ねて、政道《せいたう》を求《もと》めむことを思《おも》ふ。己《おのれ》に剋《か》ち心《こころ》を労《つく》して、志《こころざし》[二六]孝敬《けうけい》に在《あ》り。而《しか》るに、[二七]精誠《せいせい》徒《ただ》に切《せち》なれども、未《いま》だ[二八]天《あめ》を感《うごか》すこと能《あた》はず。頃者《このころ》、[二九]大上天皇《だいじやうてんわう》聖体《おほみみ》不豫《みやまひ》したまふ。[三〇]宗社《そうしや》禱《いの》り

薭田親王没

光仁太上天皇不予、大赦

位は上文庚午(十六日)。
一二 麻都賀とも。→[三]補20-四〇。従四位下叙位は宝亀七年正月。
一三 藤原継縄の室。→[四]補31-一七。従四位下叙位は宝亀十一年三月。
一四 →[四]四五三頁注三。従五位下叙位は宝亀六年六月。
一五 延暦四年正月正五位下、同五年正月正五位上、同八年正月従四位下に叙位。同年七月没。時に散事正四位下。同九年八月八日の太政官符(三代格)には、山背国相楽郡に一町、同国久世郡に二町の位田を有していたことが見え、故従四位下、名を春連と記されている。藤原朝臣→[一]補1-二九。
一六 →[三]補22-四一。陸奥守任官は本年九月。鎮守副将軍の前任者は百済王俊哲(宝亀十一年十二月丁巳条)。
一七 →補34-二七。従五位下叙位は宝亀八年正月。
一八 →[四]補33-三〇。三品叙品は本年四月。
一九 →[四]補28-四。
二〇 麻路の孫。→[四]補25-一〇六。
二一 →[四]補25-五三。
二二 光仁天皇。→三頁注二。
二三 光仁太上天皇の不予により、天下に大赦を行うことを命じた詔。
二四 帝王の事業。
二五 朝は早くから起き、夜は遅く寝て、日夜政事に励む意。→[三]五五頁注一六。
二六 よく親に事え、尊長に仕えること。
二七 まじり気のないまごころ。
二八 天を感じせしめ動かすこと。
二九 光仁。
三〇 宗廟社稷。ここは、先祖の神々、国土の神々、の意か。

珪幣[1]相尋、移[2]二晦朔一、未レ見二効験一。顧惟、虚薄責[3]在二朕躬一。撫[4]レ事思レ愆、載[5]懐[6]二慙惕一。有レ霊[7]之類、莫レ重二於人一。刑罰或差、乃致二冤感一。思[8]降二恵沢一、式資二聖躬一。可レ大二赦天下一。自二天応元年十二月廿日昧爽一以前大辟以下、罪無二軽重一、已発覚・未発覚、已結正・未結正、繫囚[9]・見徒、私[10]鋳銭、八虐[11]、強窃二盗、常赦所レ不レ免[12]、咸皆赦降[13]。〇丁未、太上[14]皇崩。春秋七十有三。天[15]皇哀[16]号、咽[17]不レ能二自止一。百寮中外、慟哭[18]累レ日。詔曰[19]、朕精誠無レ感、奄及二凶閔一。痛酷[20]情纏[21]レ懐、終身之憂永結。方[22]欲三諒闇[23]三年以申二罔[24]極一、而群公卿士咸倶執奏、宗廟不レ軽、万機是重。不レ可三一日而曠二官也。伏乞、准二後奈[25]保山朝庭[26]一、惣[27]断二万機一一同二平日一者。朕以、霜露未レ変、荼毒尚深[28]。一旦従レ吉甚非二臣子一。宜二天下着レ服六月乃釈一。仍従二今月廿五日一始、諸国郡司於二庁[29]前一挙哀

1 幣—弊〔底〕
2 移ノ上、ナシ〔底〕—頻
3 責〔兼・東・高、大改〕—貴(谷)
4 撫—無(高)
5 載〔高擦重〕
6 懐〔谷重〕
7 霊〔谷傍、大〕—虚(兼等)→校補
8 思〔高原・高重〕→校補
9 囚—因〔底〕
10 私—和〔底〕
11 虐ノ下、ナシ—故殺(大補)→校補
12 免ノ下、ナシ—者(大)→校補
13 降〔底〕—除
14 上ノ下、ナシ〔底〕—天
15 天皇→校補
16 哀—免〔底〕
17 咽ノ上、ナシ〔底〕—摧
18 哭—笑(高)
19 曰—云(東)
20 酷ノ下、ナシ〔底〕—之
21 纏—緾〔底〕→校補
22 方〔大改〕—而(兼等)
23 諒—諲〔底〕→校補
24 罔—囚〔底〕→校補
25 奈—ナシ〔底〕
26 庭〔底〕—廷
27 惣—総(大)
28 深〔兼朱傍イ・谷朱傍イ・東・高、大改〕—除(兼・谷)→校補
29 庁=聴—廟〔底〕

一 珪と幣物。「珪」は、祭祀の時に執る玉。
二 晦日と朔日。また、晩と朝。「移晦朔」で月日がたっていく意。
三 「虚薄」は徳が薄いこと。虚薄のため効験が現われない責任は自分にかかわっている、の意。
四 「撫」は、接する、持する。「愆」は、あやまち。事柄に接して、あやまちがあるかと思いなやむ、の意。
五 はじ、おそれること。
六 豊かな恵みを降すことにより光仁太上天皇をお助けしたい、の意。
七 死刑。→六七頁注五。
八 →六七頁注六。
九 →六七頁注七。
一〇 →六七頁注八。
一一 →五一頁注二五。
一二 →五一頁注二三。
一三 →五一頁注二六。
一四 →五一頁注二七。
一五 本条では通例の赦で除外される私鋳銭・八虐・強窃二盗を含めて赦の対象とされている。このような事例は、養老二年十二月丙寅条・同四年八月辛巳朔条と本条のみ。
一六 光仁。
一七 年齢。和銅二年生れ。
一八 人の死を悲しんで泣き叫ぶこと。
一九 (一)元明太上天皇死去の時に元正天皇がとった措置にならい廃務としないこと、(二)服喪期間を六か月とすること、(三)諸国の国司・郡司に、庁前において三日間挙哀を行うこと、を命じた詔。
二〇 閔凶とも。父母に死別する不幸。
二一 天皇の服喪期間。三年間の諒闇は、中国においては通典巻八〇などに見え、古くから

て、[一]珪幣《けいへい》相尋《あひつ》ぎ、[二]晦朔《くわいさく》を移《うつ》せども、未《いま》だ効験《しるし》を見《み》ず。顧《かへり》み惟《おも》ふに、[三]虚薄《きよはく》の責《せめ》、朕《わ》が躬《み》に在《あ》り。[四]事《こと》を撫《やす》め愆《つみ》を思《おも》ひ、載《すなは》ち[五]慙惕《ざむちやく》を懐《いだ》けり。霊《れい》有る類《たぐひ》、人《ひと》より重《おも》きは莫《な》し。刑罰《けいばつ》或《も》し差《たが》はば、乃《すなは》ち冤感《うらみのおもひ》を致《いた》さむ。思《おも》ふに、[六]恵沢《くゑいたく》を降《くだ》して式《もち》て聖躬《おほみみ》を資《たす》けまつらむことを。天下《あめのした》に大赦《たいしや》すべし。天応《てんおう》元年十二月廿日の昧爽《よあけ》より以前《さき》の[七]大辟《だいびやく》以下、罪軽重《つみきやうぢう》と無く、[八]已発覚《いほつかく》も未発覚《みほつかく》も、[九]已結正《いけつしやう》も未結正《みけつしやう》も、[一〇]繫囚《けいしう》も見徒《げんづ》も、[一一]私鋳銭《しじゆせん》も、[一二]八虐《はちぎやく》も、[一三]強窃《がうせつ》の二盗も、[一四]常《じやう》赦《しや》の免《ゆる》さぬも、[一五]咸《ことごと》く皆《みな》赦降《ゆる》せ」とのたまふ。

光仁太上天皇没

○丁未《二十三日》、[一六]太上皇《だいじやうくわう》崩《かむあが》りましぬ。[一七]春秋《おほみとし》七十有三。天皇《すめらみこと》[一八]哀号《かなしみな》きたまひて、咽《むせ》ひて自《みづか》ら止《と》むること能《あた》はず。百寮《ひやくれう》の中外《ちうぐゑ》、慟哭《どうこく》して日《ひ》を累《かさ》ぬ。[一九]詔《みことのり》して曰《のたま》はく、「朕《わ》が精誠感《せいせいうごか》すこと無く、奄《たちま》ち[二〇]凶閔《きようびん》に及《およ》べり。痛酷《とうこく》の情懐《じやうこころ》に纏《まつ》ひ、終身《しうしん》の憂永《うれへなが》く結《むす》べり。方《まさ》に[二一]諒闇《りやうあむ》三年にして以《もち》て[二二]罔極《まうきよく》を申《の》べむと欲《す》れども、群公卿士《ぐんこうけいし》咸《ことごと》く倶《とも》に執奏《しふそう》すらく、[二三]「宗廟軽《そうべうかる》からず、万機《ばんき》是《こ》れ重《おも》し。一日《いちにち》として[二四]官《つかさ》を曠《むな》しくすべからず。伏《ふ》して乞《こ》はくは、[二五]後奈保山朝庭《のちのなほやまのみかど》に准《なずら》へて、惣《すべ》て万機《ばんき》を断《ことわ》ること一《もは》ら平日《へいじつ》に同《おな》じくせむ」とまうせり。朕以《われおもひ》みるに、[二六]霜露《さうろ》未《いま》だ変《かは》らず、[二七]荼毒尚深《とどくなほふか》し。[二八]一旦《いつたん》にして吉《きち》に従《したが》はむこと、甚《はなは》だ臣子《しんし》に非《あら》ず。天下《あめのした》、[二九]服《ぶく》を着《き》ること、六月《むつき》にして乃《すなは》ち釈《ぬ》くべし。仍《より》て今月《このつき》廿五日より始《はじ》めて、諸国郡司《しよこくぐんじ》は庁《ちやう》の前《まへ》に[三〇]挙哀《こあい》する

服喪期間を六か月とする

の慣行として、大唐開元礼の五服制や新唐書礼楽志にも見える。わが国の場合、喪葬令17に「凡服紀者、為㆓君・父母及夫・本主㆒、一年」とある。

二二 窮極がないこと、物の尽きないこと。ここは「罔極之恩」すなわち、きわまりない父母の高恩の意。天平宝字二年三月辛巳詔にも「孝子思㆑親、終㆑身罔㆑極」と見える。

二三 祖先の霊を祭ること。

二四 政務をとらず官をむなしくしておくこと。書経、皐陶謨に「一日二日万機無㆑曠㆓庶官㆒」とあるによる。

二五 元正の時の例。その例とは、養老五年十二月乙酉条に見える元明太上天皇の葬例を指す。同年十月丁亥に、長屋王と藤原房前に薄葬を命じ、「皇帝摂㆓断万機㆒、一同㆓平日㆒」と詔し、王卿以下文武百官に対して「各守㆓本司㆒視㆑事如㆑恒」と命じた例。儀制令7に「皇帝二等以上親、及外祖父母、右大臣以上、若散一位喪、皇帝不㆑視㆑事三日」とある廃朝の措置をとらず、諸官司に対しても廃務としなかったものか。

二六 霜と露を身にあびて、身がこごえる辛さ。

二七 「荼」は苦菜、「毒」は害毒で、極めてはげしい苦痛のこと。親を失った苦しみにたとえる。

二八 一朝にして吉礼として従ってしまうのは、の意。

二九 喪葬令17では父の死の服喪は一年。本条で六か月と定めたが、下文辛亥(二十七日)条で「宜㆘改㆓前服期㆒、以㆓一年㆒為㆖限」と一年に改めた。しかし、延暦元年七月庚戌には右大臣以下の奏上をうけ、八月朔日に釈服した。

三〇 →〔一〕六二三頁注一四。令には太上天皇死去の場合の挙哀日数の規定はないが、三日は親王死去と同じ(喪葬令8)。

三日。若遠道之処者、以㆓符到日㆒為㆑始施行。礼[1]日[2]三度。初[3]日再拝両段。但神郡者不㆑在㆓此限㆒。」是日、以㆓正三位藤原朝臣小黒麻呂、従三位藤原朝臣家依、[4]大伴宿禰伯麻呂、従四位上石川朝臣名足、従四位下淡海真人三船・豊野真人奄智、正五位下葛井連[5]道依・紀朝臣鯖麻呂、従五位下文室真人真老・文室真人与企・文室真人於保・紀朝臣作良・紀朝臣本、外従五位下上毛野公大川、為㆓御装束司㆒。六位已下八人。従三位大伴宿禰家持・高倉朝臣福信、従四位下吉備朝臣泉・石川朝臣豊人、正五位下大神朝臣[6]末足・紀朝臣犬養、従五位[7]下文室真人高嶋、[8]文室真人子老・紀朝臣継成・多治比真人浜成、為㆓山作司㆒。六位已下九人。従五位下県犬養宿禰堅魚麻呂、外従五位下[9]栄井宿禰道形、為㆓養役夫司㆒。六位已下六人。従四位下石川朝臣垣守、従五位下文室真人八嶋、為㆓作方相司㆒。六位已下二人。従五位下文室真人忍坂麻呂、従五位下多[10]治比真人乙安、為㆓作路司㆒。六位已下三人。」又遣㆑使固㆓守三[11]関㆒。○戊申、地震。○庚戌、兵庫南院東庫鳴。

1 日〔兼・谷・高、大改〕―云(東)→校補
2 三―五(兼)
3 日―云(東)→校補
4 大ノ上、ナシ―正四位上(大補)→脚注・校補
5 道〔兼・谷、大〕―ナシ(東・高)
6 末〔谷重〕―未(谷原)→校補
7 下―上(大改)→脚注
8 文ノ上、ナシ―従五位下(大補)→脚注・校補
9 栄(兼朱傍イ・谷朱傍イ・東傍イ・高傍イ、大改)―柴(兼等)、労〔底〕→校補
10 治〔兼・谷、大〕―ナシ(東・高)
11 関→校補

一 遠方の地域は、太政官符が到着した日を開始の日として、挙哀の礼を実施せよ、とする。
二 儀式、挙哀儀に、朝集堂前の儀を記し、「挙哀三段、段別三声、…日別三節、至㆓於斂葬之夕㆒乃罷」とあり、これに準じたもの。
三 両段再拝とも。くり返して二度礼拝することを二度に分けて行う作法。四拝することになる丁寧な礼。
四 中国的な死者をまつるための儀である挙哀を、神郡で行うことを避けたものか。神郡→[一]補1-五六。
五 少黒麻呂とも。房前の孫、鳥養の男。→[四]補25-九二。
六 →[四]一〇三頁注三。
七 →[三]一〇七頁注四。諸本、名の上に位階を記さないが、本年四月癸卯条で正四位下から正四位上に昇叙しているので、「正四位上」を補うべきである。
八 →[三]補23-五。
九 もと御船王。→[三]一一一頁注四七。
一〇 もと奄智王。→[三]補20-四一。
一一 →[四]補26-七。
一二 →[四]補25-七九。
一三 →[四]五三頁注二二。
一四 →一二五頁注一。
一五 もと長谷真人。→[四]補29-二八。
一六 →補35-一。
一七 →[四]補33-一。
一八 →補35-一七。

御装束司等を任命

こと三日。若《も》[一]し遠道《とほぢ》の処《ところ》は、符《ふ》の到《いた》る日を始《はじめ》として施行《せぎやう》せよ。礼《らい》[二]は日《ひ》に三度。初《はじめ》の日《ひ》は再拝両段《さいはいりやうだん》[三]なり。但《ただ》し神郡《かみのこほり》[四]はこの限《かぎり》に在《あ》らず」とのたまふ。是《こ》の日《ひ》、正三位藤原《ふぢはら》[五]朝臣小黒麻呂《をぐろまろ》、従三位藤原《ふぢはら》[六]朝臣家依《いへより》、大伴《おほとも》[七]宿禰伯麻呂《をぢまろ》、従四位上石川《いしかは》[八]朝臣名足《なたり》、従四位下淡海《あふみ》[九]真人三船《みふね》・豊野《とよの》[一〇]真人奄智《えむち》、正五位下葛井《ふぢゐ》[一一]連道依《みちより》・紀《き》[一二]朝臣鯖麻呂《さばまろ》、従五位下文室《ふむや》[一三]真人真老《まおゆ》・文室《ふむや》[一四]真人与企《よき》・文室《ふむや》[一五]真人於保《おほ》・紀《き》[一六]朝臣作良《つくら》・紀《き》[一七]朝臣本《もと》、外従五位下上毛野《かみつけの》[一八]公大川《おほかは》を御装束司《みよそひのつかさ》[一九]とす。六位已下八人。従三位大伴《おほとも》[二〇]宿禰家持《やかもち》・高倉《たかくら》[二一]朝臣福信《ふくしん》、従四位下吉備《きび》[二二]朝臣泉《いづみ》・石川《いしかは》[二三]朝臣豊人《とよひと》、正五位下大神《おほみわ》[二四]朝臣末足《すゑたり》・紀《き》[二五]朝臣犬養《いぬかひ》、従五位下文室《ふむや》[二六]真人高嶋《たかしま》、文室《ふむや》[二七]真人子老《こおゆ》・紀《き》[二八]朝臣継成《つぐなり》・多治比《たぢひ》[二九]真人浜成《はまなり》を山作司《やまつくりのつかさ》[三〇]。六位已下九人。従五位下県犬養《あがたいぬかひ》[三一]宿禰堅魚麻呂《かつをまろ》、外従五位下栄井《さかゐ》[三二]宿禰道形《みちかた》を養役夫司《えきぶをやしなふつかさ》[三三]。六位已下六人。従四位下石川《いしかは》[三四]朝臣垣守《かきもり》、従五位下文室《ふむや》[三五]真人八《や》嶋《しま》を作方相司《さくはうさうのつかさ》[三六]。六位已下二人。従五位下文室《ふむや》[三七]真人忍坂麻呂《おしさかまろ》、従五位下多《た》[三八]治《ち》比《ひ》真人乙安《おとやす》を作路司《みちつくるつかさ》[三九]。六位已下三人。また、使《つかひ》[四〇]を遣《つかは》して三関《さむぐゑん》を固《かた》め守《まも》らしむ。○戊申[二十四日]、地震《なゐ》ふる。○庚戌[二十六日]、兵庫《ひやうご》[四一]の南院《なむゐん》の東庫鳴《ひむかしのくらな》る。

一九 →[三]五七頁注一〇。
二〇 →[三]五頁注六。
二一 もと肖奈公。→[三]三三九頁注一一。肖名(背名)→[三]補17-一七。
二二 →[四]一五五頁注六。
二三 →[三]補17-二五。
二四 →補34-四。
二五 →[四]補31-六六。
二六 →[三]四二一頁注一三。底本「従五位下」とあるが、宝亀四年正月辛未条に従五位上に叙されており、「従五位上」とすべき。
二七 →[四]二〇九頁注一一。諸本、名の上に位階を記さないが、文室子老は神護景雲二年七月壬申朔条に従五位下と見え、延暦三年正月辛巳条に従五位上昇叙のことが見える。よって「文室真人子老」の上に「従五位下」を補うべき。前注参照。
二八 →九三頁注一九。
二九 →補35-四二。
三〇 →[三]五七頁注一七。
三一 →補35-四八。
三二 もと日置造。→[四]補28-三九。
三三 →[三]五七頁注二〇。
三四 →[四]補25-五三。
三五 →補35-一一。
三六 造方相司に同じ。→[三]補19-三一。
三七 →[四]補28-五。
三八 →[四]二〇一頁注二八。
三九 →[四]補30-四二。
四〇 光仁太上天皇死去に際して三関を封鎖したもの。→[三]一〇五頁注一八。
四一 兵庫の鳴動の事例として、宝亀十一年十月癸巳条(左右兵庫の鼓)・天応元年三月乙酉条(美作国苫田郡の兵庫)・同元年四月己丑朔条(左兵庫の兵器)などが見える。

○辛亥、勅[1]曰[2]、昨[3]群卿来奏、天下着レ服、以二六月一為レ限。但朕孝誠無レ効、慈蔭[4]長違。結[5]慕[6]二霜葉一、無二復承レ顔之日一。緬懐二風枝[7]一、終虧二侍謁之期一。終身之痛[8]毎深、罔[9]極之懐弥切。宜下改二前服期一、以二一年一為上限。自餘行事、一依二前勅一。○癸丑、当二太[10]行天皇初七[11]一。於二七大寺一誦経。自レ是之後、毎レ値[12]二七日一、於二京師諸寺一誦経焉。又勅二天下諸国一、七々之日、令三国分二寺見僧尼奉為設斎[13]以追福一焉。◎明年正月己未、正三位藤原朝臣小黒麻呂率[14]二誄[15]人一奉レ誄[16]、上二尊謚一曰[17]二天[18]宗高紹天皇一。○庚申、葬二於広崗[19]山陵一。天[20]皇龍[21]潜之日、与レ物和レ光[22]、及下正二位南面一臨中馭億兆上、挙二其大綱一、不レ存[23]二苛察一。官省二無用一、化崇二清粛[24]一。是以宝亀之中、四海晏如、刑罰罕[25]用、遐邇欣[26]レ載[27]。既而不豫漸久、慮レ怠二万機一、遂譲二宝位一、伝二之元儲一。知レ子之明載遠、

1 勅→校補
2 曰—云(東)
3 昨ノ下、ナシ〔底〕—縁
4 蔭—蔭〔底〕
5 結(兼等、大)—紶〔底〕、綿(谷傍イ)→校補
6 慕—墓〔底〕
7 枝—枚〔底〕
8 之〔大補〕—ナシ(兼等)
9 罔—四〔底〕→校補
10 太—大(紀略)→脚注
11 七—ナシ〔底〕
12 値→校補
13 斎(谷・東・高、大)—斉〔兼〕
14 率(大改、類二五)—卒(兼等)→校補
15 誄(谷朱傍・高傍、大、類二五)—誅〔兼等〕→校補
16 誄(兼朱傍・谷擦重・高、大、類二五)—誅〔底原・底重・兼・谷原・東〕→校補
17 曰ノ上、ナシ—云(東)
18 天宗高紹天皇→校補
19 崗〔底〕→校補
20 天皇→校補
21 龍(底傍補)—ナシ〔底原〕
22 光→校補
23 存(類二五)—在(兼等、大)
24 粛〔底〕—蘭(兼等)、隶(東傍・高傍)、簡(大改、類二五)
25 罕(東傍・高傍、大改、類二五)—軍(兼・谷原・東・高)、無(谷擦重)
26 欣(大改、類二五)→校補
27 載〔底〕—戴

一 上文丁未(二十三日)条で着服六か月としたのを改め、一年間の服とした勅。しかし、翌延暦元年七月に右大臣以下の奏上により(庚戌条)、八月朔を期して釈服。
二 父祖のおかげをこうむること。
三 父母に孝養のできないなげき。「風枝」は風樹に同じ。→㊂二五一頁注二。
四 窮極がないこと、物の尽きないこと。きわまりない父母の大恩、の意。
五 原文「太行天皇」とするが、他の諸史料は「大行天皇」とする。天皇死去ののち、いまだ追号が定められない間の尊称。→補36—六五。ここは光仁のこと。
六 丁未(二十三日)に死去、それより初七日にあたる。
七 ここは南都七大寺(東大寺・興福寺・元興寺・大安寺・薬師寺・西大寺・法隆寺)か。七大寺→㊀補2—一七一。天皇の初七日に七大寺で誦経を行ったことは、聖武の時の天平勝宝八歳五月の事例がある(辛酉条)。
八 諸国の国分僧寺・尼寺に、光仁天皇の七々日の斎を行うことを命じた勅。
九 仏事・法会。七々日の斎→㊁二九五頁注一八。
一〇 巻三十六は、延暦元年正月庚申(七日)の光仁太上天皇の葬送をもって終え、次の巻三十七を同年正月己巳(十六日)の記事から始めていることによる表記。桓武は父光仁の死にあたり、みずからの即位によって巻を改めず、光仁の葬送をもって巻を改めたのは、孝子としての態度を重んじる思想から出たものであるとされる。→㊀解説(五〇九—五一〇頁)。なお本書では、桓武天皇即位以降の頁の柱を

服喪期間を一年に改める

○辛亥《二十七日》、[一]勅《みことのり》して曰《のたま》はく、「昨《さき》に群卿《ぐんけい》、来《きた》り奏《そう》して、天下《あめのした》に服《ぶく》を着《き》ること六《む》月《つき》を以《もち》て限《かぎり》としき。但《ただ》し、朕《わ》が孝誠《けうせい》効《しるし》無くして、[二]慈蔭《じいん》長《なが》く違《たが》へり。結《むす》びて霜葉《さうえふ》を慕《した》へども、復顔《またみかほ》を承《う》くる日《ひ》無し。[三]緬《はるか》に風枝《ふうし》を懐《おも》へども、終《つひ》に侍謁《じえつ》の期《とき》を虧《か》く。終身《しうしん》の痛毎《なげきつね》に深《ふか》くして、[四]罔極《まうきよく》の懐《おもひ》弥《いよいよ》切《せち》なり。前《さき》の服期《ぶくき》を改《あら》めて一年を以《もち》て限《かぎり》とすべし。自餘《そのほか》の行事《わざ》は一《もはら》に前《さき》の勅《みことのり》に依《よ》れ」とのたまふ。○癸丑《二十九日》、[五]太行天皇《たいかうてんわう》の[六]初七《しよしち》に当《あた》る。[七]七大寺《しちだいじ》に於《おき》て誦経《ずきやう》せしむ。是《これ》より後《のち》、七日に値《あ》ふ毎《ごと》に京師《けいし》の諸寺《てらでら》に於《おき》て誦経《ずきやう》せしむ。また、天下《あめのした》の諸国《くにぐに》に[八]勅《みことのり》して、七々《しちしち》の日《ひ》に、国分《こくぶん》二寺に見《げん》にある僧尼《ほふしあま》をして奉為《おほみため》に[九]設斎《をがみ》し以《もち》て追福《ついふく》せしむ。

諡号を追尊

[一〇]明年《あくるとし》正月己未《六日》、正三位[一一]藤原《ふぢはら》朝臣小黒麻呂《をぐろまろ》、[一二]誄人《るいにん》を率《ひき》ゐて誄《しのひこと》奉《たてまつ》り、尊諡《そんし》を上《たてまつ》りて[一三]天宗高紹天皇《あめむねたかつがすすめらみこと》と曰《まう》す。○庚申《七日》、[一四]広崗山陵《ひろをかのみさざき》に葬《はぶ》りまつる。[一五]天皇《すめらみこと》[一六]龍潜《りようせむ》の日《ひ》は、[一七]物《もの》と光《ひかり》とを和《やは》し、[一八]南面《なむめむ》に正位《せいゐ》し、[一九]億兆《おくてう》に[二〇]臨馭《りむぎよ》するに及《およ》びては、その大綱《たいかう》を挙《あ》げて[二一]苛察《かさつ》存《あ》らず。官《くわん》は無用《むよう》を省《はふ》き、化《おもぶけ》は清粛《しやうしゆく》を崇《たふと》ぶ。是《ここ》を以《もち》て、宝亀《ほうくゐ》の中《うち》、[二二]四海晏如《しかいあんじよ》として刑罰罕《けいばつまれ》に用《もち》ゐ、[二三]遐《とほ》きも邇《ちか》きも[二四]載《みとし》を欣《よろこ》べり。既《すで》にして不豫《みやまひ》したまふこと漸久《ややひさ》しく、万機《ばんき》を怠《おこた》らむことを慮《おもひはか》り、遂《つひ》に[二五]宝位《ほうゐ》を譲《ゆづ》りてこれを[二六]元儲《げんちよ》に伝《つた》へたまふ。[二七]子《こ》を知《し》る明《めい》載《すなは》ち遠《とほ》く、

便宜「桓武天皇」とした。

二　少黒麻呂とも。房前の孫、鳥養の男。→四補25-九二。

三　死者をしのんで、その霊に向って言葉を述べる誄(シノヒコト)を行う人。→一補2-一六四。御装束司の長官であることから小黒麻呂が率いたものか。

一三　光仁天皇。→三頁注二。

一四　大和志には、添上郡広岡村(現奈良市広岡町)にあったとするが不詳。こののち、延暦五年十月に大和国田原陵に改葬した。

一五　これより以下、光仁の政績に対する論賛の形式をとっており、宝亀元年八月丙午条に掲げる称徳のものとともに続紀にはめずらしい形式。

一六　天子となるべき人が、いまだ位につかない時をいう。

一七　才智をつつんで外にあらわさないこと。老子五十六に「和㆓其光㆒同㆓其塵㆒」とある。

一八　天子は南に面して臣下に対面したことから、天子の位につくこと。

一九　万民、多くの民。

二〇　高位にあって下を治めることをいう。

二一　人の欠点を厳しく探ること。荘子、天下篇に「君子不㆑為㆓苛察㆒」とある。

二二　「四海」は、天下、世の中、「晏如」は、安んじおちつくさま、やすらかなさま。

二三　遠い所と近い所。あまねくの意。

二四　「載」は尭舜時代のとし。尭舜に匹敵する立派な治政の年月を欣ぶ、の意。

二五　天子の位。

二六　皇太子。ここは桓武天皇。

二七　父として子(桓武天皇)をよく見通す賢明さをもった、の意。史記李斯伝に「明君知㆑臣、明父知㆑子」とあるによる。

貽[1]レ孫之業弥周[2]。可レ謂下寛仁大度有二君レ人之徳一者上矣。

続日本紀　巻[3]第卅六

1 貽（兼等、大、類二五）→校補
2 周〔東傍・高傍〕—同（兼等）、固（大改、類二五）
3 巻〈意補〉（大補）—ナシ

孫《うまご》に貽《のこ》す業《わざ》弥《いよいよ》周《あまね》し。寛仁大度《くわんじんたいど》にして、人《ひと》に君《きみ》とある徳《とく》有る者《ひと》と謂《い》ひつべし。

続日本紀　巻第卅六

続日本紀[1]　巻第卅七[2]　起二延暦元年正月一尽二二年十二月一

右大臣正二位兼行皇太子傅[3]中衛大将
臣藤[4]原朝臣継縄等奉レ勅撰

今皇帝[5]

[6]延暦元年春正月己巳、以二従五位下阿倍朝臣祖足一為二駿河守一。従五位下阿倍朝臣[7]石行為二大[8]宰少弐一。従五位下氷[9]上真人川[10]継為二因幡守一。○癸[11]酉、以二従五位上大中臣朝[12]臣継麻呂一為二右少弁一。○癸[13]未、大祓。百官不レ釈二素服一。○閏正月甲[14]子、因幡国[15]守従五位下氷上真[16]人川[17]継謀反。事露逃[18]走。於[19]レ是、遣レ使、固二守[20]三関[21]一。又下二知京畿・七道一、捜捕之。」以二従五位下多治比真人浜成一為二左京亮[22]一。従五位下多治比真人三[23]上為二主馬頭[24]一。外従五位下荒[25]木[26]臣押国為[27]レ助。従五位下藤原朝臣真[28]友[29]為二衛門佐一。○丙[30]申、地震。○丁酉、獲二氷上川継於大和国葛上郡一。詔[31]曰、氷上川継、潜[32]謀[33]二逆乱一、事既発覚。拠[34]レ法[35]処断、罪合二極刑一。其

1紀—記〔底〕　2巻〈意補〉(大補)—ナシ　3傅〔兼・高、大〕—傳(谷・東)　4藤原朝臣継縄等奉勅撰(底新補)—ナシ〔底原空〕→校補　5帝ノ下、ナシ〔兼・谷原・東・高〕—桓武天皇(谷補、大)→脚注　6延暦元年→校補　7臣(底新補)—ナシ〔底原一字空〕　8大—太(東)　9氷(底擦重)—真〔底原〕　10川継(底新補)—ナシ〔底原二字空〕　11癸酉→校補　12朝臣〔大補〕—ナシ(兼等)→校補　13癸→校補　14甲子→脚注・校補　15国〔兼・谷・高、大〕—ナシ(東、紀略)　16真人(底新補)—ナシ〔底原二字空〕　17川〔紀略補〕—ナシ(紀略原)　18逃〔底原・底新朱抹傍〕→校補　19於(底新補)—ナシ〔底原一字空〕　20守(底新補)—ナシ〔底原一字空〕　21関〔谷・高、大〕—開(兼・東)→校補　22亮〔底原・底新朱抹傍〕→校補　23三(底新補)—ナシ〔底原一字空〕　24頭→校補　25荒ノ上、ナシ—大(大補)→脚注・校補　26荒木(底新補)—ナシ〔底原二字空〕　27為(底新補)—ナシ〔底原一字空〕　28真→校補　29友(底新傍)→校補　30丙(底新補)—ナシ〔底原一字空〕　31詔曰氷上川継〔紀略補〕—ナシ(紀略原)　32潜謀

一 ↓一二一頁注一。

二 桓武を指す。↓(四)補25-七二。谷森本・大系本はこの下に「桓武天皇」の四字を記す。追書。桓武は天応元年四月辛卯に即位しているので、以後は桓武の巻となるはずであるが、巻三十七以後「今皇帝」を各巻首に記す。自らの即位によって巻を改めたのは、孝子としての態度を重んずる思想から出たもの。「皇帝」の語の使用は、桓武の、新王朝の君主また中国風の天子であるとの姿勢の現れか。皇帝→(一)二三五頁注二五・(三)補8-九二。「桓武」の謚号→補37-一。

三 改元は八月己巳(十九日)。

四 ↓一二三頁注二七。前官は主馬助(天応元年五月癸未条)。駿河守の前任者は美和土生(宝亀九年二月辛巳条)。

五 ↓補35-一一。前官は右少弁(天応元年五月癸未条)。大宰少弐の前任者は海上三狩(宝亀十一年二月甲辰条)。

六 ↓補35-五一。因幡守の前任者は広河王(宝亀十年二月甲午条)。

七 ↓(四)二九一頁注二一。前官は衛門佐(天応元年五月癸未条)。右少弁の前任者は上文己巳(十六日)条で大宰少弐に任じられた阿倍石行(天応元年五月癸未条)。

八 大祓には毎年六月・十二月の晦日に行われる定例の大祓の他、臨時のものとして、即位大嘗に先立って行われる諸国大祓や、伊勢斎王発遣に際してのもの、また政治事件による罪や穢を祓うために行われる大祓があった。本条は光仁太上天皇没後の臨時の大祓。↓(一)補1-九四・補2-一七二。

九 喪に服すことにより生ずる罪穢を清めるため大祓を行ったが、光仁太上天皇に対する哀悼の念を示すため素服は着たままとする。

続日本紀　巻第卅七　延暦《えんりやく》元年正月起《よ》り二年十二月尽《ま》で

右《う》[一]大臣《だいじん》正二位《しやうにゐ》兼行《ぎやう》皇太子《くわうたいし》傅《ふ》中衛大将《ちうゑのだいしやう》臣
藤原朝臣継縄《ふぢはらのあそみつぐただ》ら勅《みことのり》を奉《う》けたまはりて撰《せん》す

今皇帝《いまのすめらみこと》[二]

七八二年
任官

延暦元年[三]〔壬戌〕春正月〔甲寅朔〕己巳〔十六日〕、従五位下阿倍《あへ》[四]朝臣祖足《おやたり》を駿河《するが》守とす。従五位下阿倍《あへ》[五]朝臣石行《いはつら》を大宰少弐《だいさいのせうに》。従五位下氷上《ひかみ》[六]真人川継《かはつぐ》を因幡《いなば》守。○癸酉〔二十日〕、従五位上大中臣《おほなかとみ》[七]朝臣継麻呂《つぐまろ》を右少弁《うせうべん》とす。○癸未〔三十日〕、大祓《おほはらへ》[八]す。百官《ひやくくわん》、素服《そぶく》[九]を釈《ぬ》かず。

氷上川継謀反して逃走

閏正月〔甲申朔〕甲子[一〇]、因幡国守《いなばのくにのかみ》従五位下氷上《ひかみ》[一一]真人川継謀反《かはつぐむへん》す。事露《ことあらは》れて逃走《たうそう》す。是《ここ》に使《つかひ》を遣《つかは》して、三関《さむぐゑん》[一二]を固《かた》め守《まも》らしむ。また、京畿《けいき》・七道《しちだう》に下知《げち》して捜《さが》し捕《とら》へしむ。従五位下多治比《たぢひ》[一三]真人浜成《はまなり》を左京亮《さきやうのすけ》とす。従五位下多治比《たぢひ》[一四]真人三《み》上《かみ》を主馬頭《しゆめのかみ》。外従五位下荒木《あらき》[一五]臣押国《おしくに》を助《すけ》。従五位下藤原《ふぢはら》[一六]朝臣真友《まとも》を衛門佐《ゑもんのすけ》。

氷上川継捕えられる

○丙申〔十三日〕、地震《なゐ》ふる。○丁酉〔十四日〕、氷上川継《ひかみのかはつぐ》[一七]を大和《やまと》国葛上郡《かづらきのかみ》[一八]に獲《とら》へたり。

氷上川継・母不破内親王らに処罰を命ずる

詔《みことのり》[一九]して曰《のたま》はく、「氷上川継《ひかみのかはつぐ》は、潜《ひそか》に逆乱《ぎやくらん》を謀《はか》りて、事既《ことすで》に発覚《あらは》れぬ。法《のり》[二〇]に拠《よ》りて処断《しよだん》するに、罪極刑《つみごくけい》に合《かな》へり。その

「素服」は白麻地の無地の服。

一〇 閏正月は甲申朔なので、「甲子」はない。「甲午」(十一日)の誤りか。

一一 氷上川継が謀反(四七頁注七)逃走したとの記事。川継の謀反については丁酉(十四日)・辛丑(十八日)・壬寅(十九日)の諸条に関連の記事を収める。氷上川継事件→補37-一。

一二 三関(㊀一三七頁注三)を閉じ警固を行う。固関→㊁補8-九四。

一三 →補35-四二。左京亮の前任者は本条で主馬頭に任じられた多治比三上(天応元年十月己丑条)。浜成以下の四名の任官は川継逃走に関する処置か。

一四 →補34-二。前官は左京亮(天応元年十月己丑条)。主馬頭の前任者は伊勢老人(天応元年五月乙丑条)。

一五 底本等「荒木臣」とするが、宝亀四年八月辛亥条により「大荒木臣」とすべきであろう。忍国とも。→㊃一六三頁注一三。主馬助の前任者は上文正月己巳(十六日)条で駿河守に任じられた阿倍祖足(天応元年五月癸未条)。

一六 是公の男。→補36-七。前官は少納言(宝亀十一年三月壬午条)。衛門佐の前任者は上文正月癸酉(二十日)条で右少弁に任じられた大中臣継麻呂(天応元年五月癸未条)。

一七 氷上川継の逮捕及び近親を含めての処断の詔を含む記事。大きく三段に分れる。第一段は川継を大和国葛上郡で捕獲したとの記事。

一八 現在の奈良県御所市を中心とした郡。→㊀補1-一四八。

一九 以下第二段。反逆を謀った川継、その母不破内親王及び川継の姉妹に対する処罰を命じた詔。

二〇 賊盗律1に「凡謀反及大逆者、皆斬」とある。

以下一六字—ナシ(紀略)
33逆(底新朱抹傍)—途〔底原〕→校補　34拠(底新補)—ナシ〔底原一字空〕　35法処→校補
以下二二六頁
1返(底新補・兼等)—ナシ〔底原一字空〕、反(大改、紀略)→校補　2逆ノ下、ナシ〔紀略改〕—詔曰罪合極刑(紀略原)
3近〔紀略補〕—ナシ(紀略原)
4親(底新補・兼等、大、紀略補)—ナシ〔底原一字空、紀略原〕　5亦合重罪〔紀略補〕—ナシ(紀略原)　6感〔紀略原〕—慼(谷・東・高、大、紀略改)、戚(兼)　7論刑—ナシ(紀略)
8其川継者〔紀略補〕—ナシ(紀略原)　9死(底新補)—ナシ〔底原一字空〕　10流(底新補)—ナシ〔底原一字空〕
11妹〔紀略補〕—ナシ(紀略原)
12者移—ナシ(紀略)　13川(底新補)—ナシ〔底原一字空〕
14和(底新補)—ナシ〔底原一字空〕　15闌→校補　16宮—京(東)　17諆〔底〕—謀　18北—比〔底〕→脚注　19将(底新朱抹傍)—権〔底原〕　20傾(底新補)—ナシ〔底原一字空〕
21庭〔底原〕—廷(底新朱抹傍、兼等、大)　22将(底新朱抹傍)—権〔底原〕　23治王以(底新補)—ナシ〔底原三字空〕
24日(底新補)—ナシ〔底原一字空〕　25戊戌〔底原・底新重〕

母不破内親王、[1]返[2]逆[3]近[4]親、[5]亦合二重罪一。但以二諒闇之始一、山陵未レ乾、哀[6]感之情、未レ忍レ[7]論レ刑。[8]其川継者、宜下免二其[9]死一処二之遠[10]流一、不破内親王并川継姉[11]妹[12]者、移中配淡路国上。川継、塩焼王之子也。初[13]川継資人大[14]和乙人、私帯二兵仗一[15]闌二入[16]宮中一。所司獲而推問、乙人款云、川継陰[17]諆、今月十日夜、聚レ衆入レ自二[18]北門一、[19]将レ[20]傾二朝[21]庭一。仍遣二乙人一、召二[22]将其党宇[23]治王一以赴二期[24]日一。於レ是、勅、遣レ使、追二召川継一。川継、聞二勅使到一、潜出二後門一而逃走。至レ是、捉獲。詔、減二死一等一、配二伊豆国三嶋一。其妻藤原法壱、亦相随焉。○[25]戊戌、地震。○庚子、以二従五位下大中臣朝臣諸魚一為二少納言一。外従五位下朝原忌寸道永為二大外記一。従五位下[26]笠朝臣名[27]末呂為二近衛少将一。従五位下藤原朝臣弓主為二右衛士佐一。従四位下紀朝臣古佐美為二左兵衛[28]督一。従五位下佐伯宿禰鷹守為二右兵衛佐一。[29]従五位下文室真人真老為二摂津[30]亮一。外従五位上河内連三立麻呂為二[31]和泉守一。外従五位下佐[32]伯部三国為二駿河[33]介一。従五位下藤原朝臣内麻呂為二甲斐守一。従五位下安倍朝臣[34]木屋麻呂

一 聖武の女。塩焼王の室。→㊂補24―一四。
二 賊盗律1には謀反人の母・姉妹の縁坐規定はない。対応唐律では没官と規定。ここは唐律の考え方に基づいたか。あるいは一般的な観念からの表現か。
三 光仁の死(天応元年十二月丁未条)に伴う桓武の喪。
四 未詳。氷上川継の母・姉妹・妻の処置→補37―一三。
五 以下第三段。川継の謀反の内容及び伊豆に流罪の処置等についての記事。
六 天武の孫。新田部親王の子。→㊁補11―三七。
七 諸王・諸臣に給される従者。ここは位分資人(㊀補5―一五)。
八 他に見えず。大和氏→㊂二四九頁注七。
九 衛禁律3逸文に「凡闌二入宮門一、徒一年、…持レ仗者、各加二二等一…至二御在所一者絞」とあるのがこれに当るか。
一〇 未詳。諸衛府などを指すか。
一一 底本は「比」とするが、「比門」では意味が通じない。諸本は「北門」とするのでそれに従う。平城宮の北門を指すか。
一二 謀反を企てる。→補37―四。
一三 系譜未詳。天平九年九月己亥条の宇治王(㊁補12―七五)とは別人。大同三年正月に正六位上から従五位下に昇叙の宇智王(類聚国史)、弘仁三年正月に少納言従五位下で遠江守を兼任し同四年正月に兼信濃守となった宇治(智)王(後紀)は、ともに同一人物か否か未詳。
一四 下文の「勅使」に同じ。被任命者は未詳。

氷上川継を伊豆国三嶋に流す
任官

母《はは》[一]不破内親王《はのひめみこ》は、返逆《へんぎやく》の近親《きんしん》にして、[二]亦重《またおも》き罪《つみ》に合《かな》へり。但《ただ》し、[三]諒闇《りやうあむ》の始《はじめ》なるを以《もち》て山陵未《みささぎいま》だ乾《かわ》かず、哀感《あいかむ》の情刑《こころけい》を論《あげつら》ふに忍《しの》びず。その川継《かはつぐ》は、その死《し》を免《ゆる》して、これを遠流《をんる》に処《しよ》し、不破内親王《ふはのひめみこ》并《あは》せて川継《かはつぐ》が[四]姉妹《はらから》は淡路《あはぢ》国に移配《いはい》すべし」とのたまふ。[五]川継《かはつぐ》は[六]塩焼王《しほやきのおほきみ》の子《こ》なり。初《はじ》め川継《かはつぐ》が[七]資人《しにん》[八]大和乙人《やまとのおとひと》、[九]私《ひそか》に兵仗《ひやうぢやう》を帯《お》びて宮中《くうちう》に闌入《らんにふ》す。[一〇]所司《しよし》獲《とら》へて推問《すいもん》するに、乙《おと》人款《ひとまう》して云《い》はく、「川継陰《かはつぐひそか》に謀《はか》りて、今月《このつき》十日の夜《よ》、衆《もろもろ》を聚《あつ》めて[一一]北門《きたのみかど》より入《い》り、[一二]朝庭《みかど》を傾《かたぶ》けむとす。仍《より》て乙人《おとひと》を遣《つかは》して、その党《ともがら》[一三]宇治《うぢ》王を召《め》し将《ひき》ゐて期日《ごにち》に赴《おもむ》かしむ」といふ。是《ここ》に、勅《みことのり》して、[一四]使《つかひ》を遣《つかは》して川継《かはつぐ》を追召《め》さしむ。川継《かはつぐ》、勅使到《ちよくしいた》ると聞《き》きて、潜《ひそか》に後門《こうもん》より出《い》でて逃走《たうそう》す。是《ここ》に至《いた》りて捉《とら》へ獲《え》たり。詔《みことのり》して、死《し》一等を減《げむ》して[一五]伊豆国三嶋《いづみしま》に配《なが》したまふ。その妻《め》[一六]藤原法壱《ふぢはらのほふいち》も[一七]亦相随《またあひしたが》ふ。○戊戌《十五日》、地震《なゐ》ふる。○庚子《十七日》、従五位下[一八]大中臣《おほなかとみ》朝臣諸魚《もろうを》を少納言《せうなふごん》とす。外従五位下[一九]朝原《あさはら》忌寸道永《みちなが》を大外記《だいぐゑき》。従五位下[二〇]笠《かさ》朝臣名末呂《なまろ》を近衛少将《このゑのせうしやう》。従五位下[二一]藤原《ふぢはら》朝臣弓主《ゆみぬし》を右衛士佐《うゑじのすけ》。従四位下[二二]紀《き》朝臣古佐美《こさみ》を左兵衛督《さひやうゑのかみ》。従五位下[二三]佐伯《さへき》宿禰鷹守《たかもり》を右兵衛佐《うひやうゑのすけ》。従五位下[二四]文室《ふむや》真人真老《まおゆ》を摂津亮《つのすけ》。外従五位上[二五]河内《かふち》連三立麻呂《みたてまろ》を和泉《いづみ》守。外従五位下[二六]佐伯部三国《さへきべのみくに》を駿《する》河介《がのすけ》。従五位下[二七]藤原《ふぢはら》朝臣内麻呂《うちまろ》を甲斐《かひ》守。従五位下[二八]安倍《あへ》朝臣木屋麻呂《きやまろ》を

一五 神亀元年三月、遠流国に指定。伊豆国は、配流の場合はしばしば「伊豆嶋」という。三嶋は賀茂郡三嶋郷。→[二]補9-六八。
一六 他に見えず。下文辛丑(十八日)条によれば藤原浜成の女。
一七 獄令11および名例律24によれば、妻妾を必ず同行すべきこととなっていた。→補37-三。
一八 →五頁注一。前官は右衛士佐(宝亀十一年九月壬戌条)兼下野守(宝亀十年二月甲午条)。
一九 →補36-六三。
二〇 →[四]補31-九五。前官は大宰少弐(宝亀八年十月辛卯条)。近衛少将へは右衛士佐(宝亀十一年九月壬戌条)からの転任。近衛少将の前任者は大神船人(天応元年五月乙丑条)。
二一 →補35-四八。前官は阿波守(天応元年五月癸未条)。右衛士佐の前任者は本条で少納言に任じられた大中臣諸魚(宝亀十一年九月壬戌条)。
二二 麻呂の孫。→[四]補25-一〇六。左兵衛督の前任者は藤原鷹取(天応元年七月丁卯条)。
二三 →一二五頁注七。
二四 →[四]五三頁注二二。前官は中務少輔(宝亀九年八月癸巳条)。摂津亮の前任者は石川宿奈麻呂(宝亀十年九月甲午条)。
二五 →[四]二六九頁注六。前官は春宮員外大進兼河内権介(宝亀五年九月辛酉条)。和泉守の前任者は佐味山守(宝亀九年七月丁未条)。
二六 →一八七頁注八。駿河介の前任者は昆解佐味麻呂(宝亀九年五月辛未条)。
二七 房前の孫、真楯の三男。→補36-五六。甲斐守の前任者は山上船主(宝亀十一年三月壬午条)。
二八 安陪朝臣とも。→補36-四〇。相模介の前任者は吉田斐太麻呂(宝亀十一年二月甲辰条)。

為二相模介一。従五位上文室真人[1][2]高嶋為二下野守一[3]。従五位下塩屋王[4]為二若狭守一。中宮少進外従五位下物部多藝宿禰国足為二兼越中介一。従五位上石城王[5]為二因幡守一。従五位下安倍朝臣船道為二石見守一。従五位下百済王仁貞為二播磨介一。侍従従[6]四位下五百枝王為二兼美作守一。従五位下大伴宿禰仲[7]主[8]為二紀伊守一。従五位下川村王為二阿波守一。左大舎人頭従四位上壱志濃王為二兼讃岐守一[9]。従四位下石上朝臣家成為二伊豫守一。右衛士佐従五位下藤原朝臣弓主為二兼介一。○辛丑、勅二大宰府一、氷上川継、謀反入レ罪。員外帥[10]藤原朝臣浜成之女、為二川継妻一。男[11]為二支[12]党一。因レ茲、解二却浜成[13]所レ帯参議并侍従一。但員外帥[14]如レ故。左二降正五位上山上[15]朝臣船主一為二隠岐[16]介一。従四位下三方王為二日向介一。以三並党二川継一也。○壬寅、左大弁従三位大伴宿禰家持、右衛士督正四位上坂上大忌寸苅[17]田麻呂、散位正四位下伊勢朝臣老人・従五位下大原真人美気・従五位下藤原朝臣継彦等五人、職事者解二其見任一、散位者移二京外一。並[18]坐二川継事一也。自外党与[19]合卅五人、或川継姻戚、或平生知友[20]。

→校補　26笠ノ下、ナシ—原（東）　27末〔底原〕—麻（底新朱抹傍・兼等、大）　28督〔兼・谷・高、大〕—佐（東・高朱傍）　29従ノ下、ナシ—位下紀朝臣古佐美為左兵衛督従五位下佐伯宿禰鷹守為右兵衛佐従（兼）→校補　30亮〔底原・底新朱抹傍〕→校補　31和泉→校補　32伯（底新補）—ナシ〔底原一字空〕　33介（底新朱抹傍）—今〔底原〕　34屋（底新補）—ナシ〔底原一字空〕

以下二二八頁

1高嶋以下二七字—ナシ（兼）→校補　2高（谷・東・高、大）—亮〔底〕　3守ノ下、ナシ〔谷・高、大〕—下野守（東）　4為ノ下、ナシ〔谷・高、大〕—為（東）　5石（底新補）—ナシ〔底原一字空〕　6従—ナシ（東）　7仲（底新補）—ナシ〔底原一字空〕　8主〔兼・谷、大〕—王（東・高）　9兼（底新傍補）—ナシ〔底原〕　10帥（兼・谷・高、大）—師〔東〕　11男〔兼・谷原・東・高〕—思（谷擦重、大）　12支〔兼・谷原・東・高〕—与（谷擦重、大）　13成〔底重〕　14帥（兼・東・高、大）—師〔谷〕　15上→脚注　16岐〔底〕—伎　17苅（底新補）—ナシ〔底原一字空〕　18並（底新補）—ナシ　19与—興〔底〕　20友（谷、大）—支〔兼・東・高〕

一 →〔三〕四二一頁注一三。下野守の前任者は本条で少納言に任じられた大中臣諸魚か（宝亀十年二月甲午条）。但し諸魚が翌十一年九月右衛士佐任命の際には下野守兼任のことは見えず、また諸魚以後本条の高嶋まで下野守任命の記事は見えない。諸魚兼任記事の脱漏か。

二 →八五頁注二二。前官は主殿頭（天応元年六月甲午条）。若狭守の前任者は船木馬養（天応元年五月癸未条）。

三 もと多芸連。→補34-五三。前官は中宮少進兼因幡介（天応元年五月癸未条）。越中介の前任者は路石成（宝亀九年八月癸巳条）。

四 →〔四〕補27-四三。前官は縫殿頭（宝亀十一年三月壬午条）。因幡守の前任者は上文甲子条で謀反した氷上川継。

五 阿倍朝臣とも。→補35-一二。石見守の前任者は百済王玄鏡（宝亀八年正月庚辰条）。

六 →補34-一八。前官は近衛員外少将（天応元年四月丙申条）。播磨介の前任者は藤原仲継（宝亀八年十月辛卯条）。

七 →一七三頁注二五。前官は侍従（天応元年十月己丑条）。美作守の前任者は大原美気（宝亀九年八月癸巳条）。

八 中主とも。→補35-四八。紀伊守の前任者は大伴清麻呂（宝亀十年十一月甲午条）。

九 →補34-五四。前官は少納言（宝亀十年十一月甲午条）。阿波守の前任者は本条で兼伊予介となった藤原弓主（天応元年五月癸未条）。

一〇 →〔四〕補28-四。左大舎人頭任官は補任によれば宝亀十一年九月。讃岐守の前任者は藤原雄依（宝亀十一年二月甲辰条）。

一一 東人の男。→〔四〕補25-八八。前官は民部大輔（天応元年五月癸未条）。伊予守の前任者は石川垣守（天応元年五月癸未条）。

一二 →二二七頁注二一。本条上文で右衛士佐に任官。伊予介へは阿波守（天応元年五月癸未条）からの転任。伊予介の前任者は藤原大

相模介《さがみのすけ》。従五位上文室《ふむや》[一]真人高嶋《たかしま》を下野《しもつけの》守。従五位下塩屋王《しほやのおほきみ》[二]を若狭《わかさ》守。中《ちう》宮少進《ぐうせうしん》外従五位下物部多藝《もののべのたぎ》[三]宿禰国足《くにたり》を兼越中《こしのみちのなか》介。従五位上石城《いはき》[四]王を因《いな》幡《ば》守。従五位下安倍《あへ》[五]朝臣船道《ふなみち》を石見《いはみ》守。従五位下百済王《くだらのこにきし》[六]仁貞《にんちやう》を播磨《はりま》介。侍従《じじゆ》従四位下五百枝《いほえ》[七]王を兼美作《みまさか》守。従五位下大伴《おほとも》[八]宿禰仲主《なかぬし》を紀伊《き》守。従五位下川村《かはむら》[九]王を阿波《あは》守。左大舎人頭《ひだりのおほとねりのかみ》従四位上壱志《いちし》濃《の》[一〇]王を兼讃岐《さぬき》守。従四位下石上《いそのかみ》[一一]朝臣家成《いへなり》を伊予《いよ》守。右衛士佐《うゑじのすけ》従五位下藤原《ふぢはら》[一二]朝臣弓主《ゆみぬし》を兼介《すけ》。○辛丑[十八日]、大宰府《だいさいふ》に勅《みことのり》[一三]したまはく、「氷上川継《ひかみのかはつぐ》[一四]は謀反《むへん》して罪《つみ》に入《い》る。員外帥《ゐんぐゑのそち》藤原《ふぢはら》[一五]朝臣浜成《はまなり》が女《をみなご》[一六]は川継《かはつぐ》が妻《め》と為《あ》り。男《をのこ》[一七]も支党《したう》と為《あ》り。茲《これ》に因《よ》りて、浜成《はまなり》が帯《お》ぶ参議《さむぎ》并《あは》せて侍従《じじゆ》を解却《げきやく》[一八]す。但《ただ》し、員外帥《ゐんぐゑのそち》は故《もと》の如《ごと》し」とのたまふ。

藤原浜成の参議・侍従を解却

正五位上山上《やまのうへ》[一九]朝臣船主《ふなぬし》を左降《さかう》して隠岐《おき》[二〇]介とす。従四位下三方《みかた》[二一]王を日向《ひうが》[二二]介。並《ならび》に川継《かはつぐ》に党《たう》するを以《もち》てなり。

山上船主・三方王を左降

○壬寅[十九日]、左大弁《さだいべん》[二三]従三位大伴《おほとも》[二四]宿禰家持《やかもち》、右衛士督《うゑじのかみ》正四位上坂上《さかのうへ》[二五]大忌寸苅田麻呂《かりたまろ》、散位《さんゐ》正四位下伊勢《いせ》[二六]朝臣老人《おきな》・従五位下大原《おほはら》[二七]真人美気《みけ》・従五位下藤原《ふぢはら》[二八]朝臣継彦《つぐひこ》等五人、職事《しきじ》[二九]はその見任《げんにむ》を解《と》き、散位《さんゐ》[三〇]は京外《きやうぐゑ》に移《うつ》す。並に川継《かはつぐ》が事《こと》に坐《つみ》せられてなり。自外《そのほか》の党与《たうよ》合《あは》せて卅五人、或《ある》は川継《かはつぐ》が姻戚《いんせき》、或《ある》は平生《へいせい》の知友《ちいう》なり。

大伴家持・坂上苅田麻呂を解任し伊勢老人らを京外に追放

継(宝亀十年二月甲午条)。

一三 氷上川継の謀反に関連して、藤原浜成等を処分した勅。氷上川継の謀反と藤原浜成→補37-五。 一四 →補35-五一。 一五 もと浜足。→[三]補18-一八。大宰員外帥左降は天応元年六月。 一六 上文丁酉(十四日)条に見える藤原法壱。→二二七頁注一六。 一七 下文壬寅(十九日)条に見える藤原継彦が該当するか。分脈によれば浜成の二男。

一八 浜成の参議任命は宝亀三年四月。侍従任官年時は未詳。本条の記載によれば、参議・侍従の職は大宰帥から員外帥に左遷後も、名目的にせよなお帯びていたことになる。それを解却して員外帥のみとしたことは、左遷より配流に近い処置。

一九 もと山上臣。→[四]補28-三八。位を「正五位上」とするが、天応元年四月癸卯条および下文三月戊申条によれば「正五位下」の誤りか。前官は陰陽頭(宝亀十一年三月壬午条)。

二〇 隠岐は下国なので定員に介はない。左遷処置としての介。山上朝臣船主・三方王らの左遷処置→補37-六。 二一 三形王とも。→[三]補17-四八・補22-二〇。 二二 日向は中国なので定員に介はない。左遷処置としての介。山上朝臣船主・三方王らの左遷処置→補37-六。

二三 氷上川継謀反に関し、大伴家持以下の関係者処分の記事。大伴宿禰家持らの処分→補37-七。 二四 →[三]五頁注六。左大弁任官は天応元年五月。 二五 もと坂上忌寸。→[三]二〇五頁注一三。右衛士督任官は天応元年五月。

二六 もと中臣伊勢連。→[四]二二三頁注四。

二七 →[四]補33-三六。 二八 浜成の二男。→補36-一九。 二九 位階を有し、かつ官職に任じている官人。→[一]九頁注一〇。 三〇 位階は有するが官職に任じていない官人。→[一]七三頁注六。

並亦出㆓京外㆒。○[1]二月丙辰、参議従三位中宮大夫兼衛門[2]督大伴宿禰伯麻呂薨。祖馬来田、贈内大紫、父[3]道足、平城朝参議正四位下。伯麻呂、勝宝初、授㆓従五位下㆒、除㆓上野守㆒。累遷、神護中、至㆓従四位下左中弁㆒。宝亀中、遷㆓宮内卿㆒、尋拝㆓参議㆒。宴飲談話[4]、頗有㆓風操㆒。天宗高紹天皇、寵㆓幸之㆒。尋授[5]㆓正四位上㆒、歴㆓左[6]大弁・衛門督・中宮大夫㆒、加㆓従三[7]位㆒。薨時、年六十五。○庚申、以[8]㆓従五位下当麻[9]王[10]㆒為㆓中務大[11]輔㆒。遠江守如㆑故。従五位下文室真人於保為㆓少輔㆒。従五位下大伴王為㆓大監物㆒。従五位下多治比真人年持為[12]㆓左大[13]舎人助㆒。従五位上笠王為㆓右[14]大舎[15]人頭㆒。従五位上調使王為㆓内蔵頭㆒。従五位下春階王為㆓縫[16]殿頭㆒。従五位下紀朝臣本為㆓陰陽頭㆒。正五位下布勢朝臣清直為㆓民部大輔㆒。正五位下巨[17]勢朝臣苗麻呂為㆓兵部大輔㆒。従四位下安倍朝臣東人為㆓刑部大輔㆒。従五位下大中臣朝臣今麻呂為㆓大判事㆒。正五位下粟田朝臣鷹守為㆓大[18]蔵大輔㆒。従五位下甘南備真人浄野為㆓宮内少輔㆒。従五位上百済王武鏡為㆓大膳亮[19]㆒。従五位下県犬養宿禰堅魚麻

1 二月→校補
2 衛ノ下、ナシ〔東・高、大〕―衛(兼・谷)
3 父〔兼・谷擦重・高、大〕―文(谷原)、又(東)
4 談話(底新補)―ナシ〔底原二字空〕
5 授(底新補)―ナシ〔底原一字空〕
6 左(底新傍朱イ・兼・谷・東、大)―右〔東傍・高〕
7 三(底新傍朱イ)―二〔底〕
8 従―正(大改)→脚注
9 麻―麿(東)
10 王〔大改〕―呂(底新傍朱イ・兼・谷・高)、ナシ(東)→校補
11 大―太(東)
12 為→校補
13 大―ナシ〔底一字空〕→校補
14 右〔底〕―左(底新傍朱イ)
15 舎〔底原・底新朱抹傍〕→校補
16 縫―継〔底〕
17 巨(底新朱抹傍)―臣〔底原〕
18 蔵大―ナシ(兼)
19 亮〔底原・底新朱抹傍〕→校補

一 →㊂一〇七頁注四。 二 →㊀補2-六七。 三 「大紫」は天智天皇三年制定の二十六階冠位制の第五階。天武紀十二年六月条に馬来田(望多)への贈大紫の記事が見える。通常、内位の場合は「内」の字は省略される。内外の位階制→㊀補2-二七。 四 →㊀補3-三四。本条では馬来田の子とするが、大伴系図・伴氏系図では安麻呂の子とする。 五 従五位下叙位は天平勝宝二年八月。上野守任官は同四年十一月。 六 従四位下叙位は神護景雲三年四月。左中弁任官は員外左中弁任官のことで、同年五月。 七 宮内卿任官は宝亀五年九月。 八 参議就任は宝亀九年正月。 九 気高いみさお。風節。気概。晋書裴秀伝に「少好㆑学、有㆓風操㆒」、顔氏家訓、風操に「世号㆓士大夫風操㆒」とある。 一〇 光仁天皇。→㊂三頁注二。 一一 正四位上叙位は天応元年四月。 一二 左大弁任官は宝亀十年十一月。衛門督兼任は天応元年五月。中宮大夫の兼任は同月。なお左大弁任官は正四位下の時のことであるが、伝の構成また叙述の体裁からこう記したか。 一三 続紀には見えない。 一四 逆算すると養老二年生れ。なお補任天応二年(延暦元年)の大伴伯麿の個所には「閏正月十三日坐㆑事解官」とあるが、本条の薨伝には参議以下帯びる官職が記され、解官を窺わせる記事は見えない。 一五 →㊃補25-七三。遠江守任官は宝亀十年二月。中務大輔の前任者は藤原鷲取か(宝亀十年二月甲午条)。位を「従五位下」とするが、宝亀二年十一月丁未に従五位下より従五位上に昇叙し、天応元年十一月己巳に正五位下となっているところから、ここは「正五位下」とすべきであろう。延暦二年二月壬子条では正五位下より正五位上に昇叙している。

並《ならび》に亦京外《またきやうぐゑ》に出《いだ》す。

大伴伯麻呂没

二月丙辰、参議《さむぎ》従三位中宮大夫《ちうぐうだいぶ》兼衛門督《ゑもんのかみ》大伴《おほとも》宿禰伯麻呂《をぢまろ》薨《こう》しぬ。祖《おほぢ》馬来《まぐ》田《た》は贈内大紫《ぞうないだいし》、父《ちち》道足《みちたり》は平城朝《ならのみかど》の参議《さむぎ》正四位下なり。伯麻呂《をぢまろ》は、勝宝《しようほう》の初《はじめ》に従五位下を授《さづ》けられ、上野《かみつけの》守に除《ぢよ》せらる。累《しきり》に遷《うつ》りて、神護《じんご》中《ちう》に従四位下左中弁《さちうべん》に至《いた》る。宝亀中《ほうくゐちう》に宮内卿《くうないきやう》に遷《うつ》り、尋《つ》ぎて参議《さむぎ》を拝《はい》す。宴飲談話《えんいむだむわ》、頗《すこぶ》る風操《ふうさう》有り。天宗高紹天皇《あめむねたかつがすめらみこと》、これを寵幸《ちようかう》したまふ。尋《つ》ぎて正四位上を授けられ、左大弁《さだいべん》・衛門督《ゑもんのかみ》・中宮大夫《ちうぐうだいぶ》を歴《へ》、従三位を加《くは》へらる。薨《こう》しぬる時《とき》、年《とし》六十五。

任官

○庚申、従五位下当麻王《たぎまのおほきみ》を中務大輔《ちうむだいふ》とす。遠江《とほつあふみ》守は故《もと》の如《ごと》し。従五位下文室《ふむや》真人於保《おほ》を少輔《せうふ》。従五位下大伴《おほとも》王を大監物《だいけむもち》。従五位下多治比《たぢひ》真人年持《としもち》を左大舎人助《ひだりのおほとねりのすけ》。従五位上笠《かさ》王を右大舎人頭《みぎのおほとねりのかみ》。従五位上調使《つきのつかひ》王を内蔵頭《うちのくらのかみ》。従五位下春階《はるしな》王を縫殿頭《ぬひとののかみ》。従五位下紀《き》朝臣本《もと》を陰陽頭《おむやうのかみ》。正五位下布勢《ふせ》朝臣清直《きよなほ》を民部大輔《みんぶだいふ》。正五位下巨勢《こせ》朝臣苗麻呂《なへまろ》を兵部大輔《ひやうぶだいふ》。従四位下安倍《あへ》朝臣東人《あづまひと》を刑部大輔《ぎやうぶだいふ》。従五位下大中臣《おほなかとみ》朝臣今麻呂《いままろ》を大判事《だいはんじ》。正五位下粟田《あはた》朝臣鷹守《たかもり》を大蔵大輔《おほくらのだいふ》。従五位下甘南備《かむなび》真人浄野《きよの》を宮内少輔《くうないせうふ》。従五位上百済王《くだらのこにきし》武鏡《むきやう》を大膳亮《だいぜんのすけ》。従五位下県犬養《あがたいぬかひ》宿禰堅魚麻《かつをま》

一六 もと長谷真人。→[四]補29-二八。中務少輔の前任者は上文閏正月庚子条で摂津亮に任じられた文室(真)老(宝亀九年八月癸巳条)。一七 →[四]三四九頁注二九。一八 →補35-四八。左大舎人助の前任者は大宅吉成(宝亀九年二月庚子条)。一九 →[三]補22-二一。前官は内蔵頭(宝亀九年二月庚子条)。二〇 →[四]一四九頁注二〇。内蔵頭の前任者は本条で右大舎人頭に任じられた笠王(宝亀九年二月庚子条)。二一 →[四]一四九頁注二八。縫殿頭の前任者は上文閏正月庚子条で因幡守に任じられた石城王(宝亀十一年三月壬午条)。二二 →[四]補33-一。陰陽頭の前任者は上文閏正月辛丑条で隠岐介に左降された山上船主(宝亀十一年三月壬午条)。二三 →[四]補32-一。前官は兵部大輔(天応元年十月己丑条)。民部大輔の前任者は上文閏正月庚子条で伊予守に任じられた石上家成(天応元年五月癸未条)。二四 →[三]二〇五頁注一四。兵部大輔の前任者は本条で民部大輔に任じられた布勢清直(天応元年十月己丑条)。二五 阿倍朝臣とも。→[四]補25-九六。刑部大輔の前任者は当麻永嗣(天応元年五月癸未条)。二六 →六七頁注二九。前官は右大舎人助(天応元年四月丙申条)。大判事は定員二名なので前任者は未詳だが、天応元年五月癸未に大判事に任じられた中臣鷹主が本条で鋳銭長官に任命されているところから、鷹主の後任か。二七 →[四]補27-四四。前官は左兵衛佐(天応元年九月庚申条)。大蔵大輔の前任者は大伴不破麻呂(天応元年五月癸未条)。二八 清野とも。→補35-四一。宮内少輔の前任者は完人継麻呂(宝亀九年七月丁卯条)。二九 →[四]四三頁注九。大膳亮の前任者は本条で丹後介に任じられた三嶋嶋麻呂(宝亀十年十一月甲午条)。三〇 →補35-四八。主殿頭の

呂為二主殿頭一。従五位下中臣朝臣鷹主為二鋳銭長官一。従四位下吉備朝臣泉為二造[1]東大寺長官一。外従五位下林忌寸稲麻呂為二次官一。正五位下栄井宿禰蓑麻呂為二造法華寺長官一。従五位下紀朝臣作良為二尾張守一。民部卿[2]正三位藤原朝臣小黒麻呂為二兼陸奥按察使一。中衛中将従四位下佐伯宿禰久良麻呂為二兼丹波守一。従五位下羽栗臣翼為レ介。従五位下三嶋真人嶋麻呂為二丹後介一。左兵衛督従四位下紀朝臣古佐美為二兼但馬守一。従五位下紀朝臣真木為二肥前守一。外従五位下陽侯忌寸玲[3]璆為二豊後介一。○丁卯、以三従四位上壱志濃王一為二治部卿一。讃岐守如レ故。外[4]従五位下尾張連豊人[5]為二園池正一。外従五位下林忌寸稲麻呂為二東宮学士一。造東大寺次官如レ故。従五位下多治比真人継兄為二大宰少弐一。従五位下安倍[6]朝臣石行為二豊後守一。○辛未、空中有レ声、如レ雷。○壬申、地動[7]。○三月辛卯、有レ虹繞レ日。○乙未、武蔵・淡路・土左等国飢。並賑二給之一。○戊申、従四位下三方王・正五位下山上朝臣船主・正五位上弓削女王等[8]三人、坐三同謀厭[9]二魅乗輿一。詔、減二死一

1 造〔兼・谷、大〕—ナシ(東・高)
2 卿—ナシ(兼)
3 玲〔谷重〕—珍(谷原)→校補
4 外〔東傍〕—卿(東)
5 人—ナシ(東)
6 倍〔谷・東、大〕—陪(兼・高)
7 動—震(紀略)
8 等—ナシ(紀略)
9 厭〔底原、類八七・紀略〕—魘(底新朱抹傍・兼等、大)

前任者は上文閏正月庚子条で若狭守に任じられた塩屋王(天応元年六月甲午条)。

一 →[三]補24-一二。前官は大判事(天応元年五月癸未条)。

二 →[四]一五五頁注六。前官は造東大寺長官(宝亀九年二月庚子条)。本条は再任。

三 →補36-六二。造東大寺次官の前任者は桑原足床(天応元年五月癸未条)。

四 もと日置造。→[三]補24-五。

五 →補35-一一。前官は丹波介(宝亀十一年三月壬午条)。尾張守の前任者は本条で豊後介に任じられた陽侯玲璆(天応元年五月癸未条)。

六 少黒麻呂とも。房前の孫、鳥養の男。→[四]補25-九二。民部卿任官は天応元年七月。この時「陸奥按察使如レ故」とある。本条は再任。

七 →[四]補25-八二。中衛中将任官は天応元年五月。

八 →[四]補27-三〇。前官は勅旨大丞(天応元年六月壬子条)。丹波介の前任者は本条で尾張守に任じられた紀作良(宝亀十一年三月壬午条)。

九 →[四]補28-五。前官は大膳亮(宝亀十年十一月甲午条)。

一〇 麻路の孫。→[四]補25-一〇六。左兵衛督任官は本年閏正月。

一一 →一五三頁注五。肥前守の前任者は紀門守(宝亀十一年三月壬午条)。

一二 もと陽侯史。→[三]七九頁注四。前官は尾張守(天応元年五月癸未条)。豊後介の前任者は膳大丘(宝亀十年二月甲午条)。

一三 →[四]補28-四。讃岐守任官は本年閏正月。

一四 →[四]補33-二〇。前官は山背権介(宝亀五年九月辛酉条)。園池正の前任者は高市屋守(宝亀七年三月辛亥条)。

一五 →注三。上文庚申(七日)に造東大寺次官

呂《ろ》を主殿頭《しゆでんのかみ》。従五位下中臣《なかとみ》[一]朝臣鷹主《たかぬし》を鋳銭長官《じゆぜんのちやうぐわん》。従四位下吉備《きび》[二]朝臣泉《いづみ》を造東大寺《ざうとうだいじ》長官《ちやうぐわん》。外従五位下林《はやし》[三]忌寸稲麻呂《いなまろ》を次官《じくわん》。正五位下栄井《さかゐ》[四]宿禰蓑麻《みのま》呂《ろ》を造法華寺《ざうほふくゑじ》長官《ちやうぐわん》。従五位下紀《き》[五]朝臣作良《つくら》を尾張《をはり》守。民部卿《みんぶきやう》正三位藤原《ふぢはら》[六]朝臣小黒麻呂《をぐろまろ》を兼陸奥《みちのおくの》按察使《あんせちし》。中衛中将《ちうゑのちうしやう》従四位下佐伯《さへき》[七]宿禰久良麻呂《くらまろ》を兼丹波《たには》守。従五位下羽栗《はくり》[八]臣翼《つばさ》を介《すけ》。従五位下三嶋《みしま》[九]真人嶋麻呂《しままろ》を丹後《たにはのみちのしり》介。左兵衛督《さひやうゑのかみ》従四位下紀《き》[一〇]朝臣古佐美《こさみ》を兼但馬《たぢま》守。従五位下紀《き》[一一]朝臣真木《まき》を肥《ひのみちの》前《くち》守。外従五位下陽侯《やこ》[一二]忌寸玲璆《りやうぐ》を豊後《とよくにのみちのしり》介。○丁卯《十四日》、従四位上壱志濃《いちしのの》[一三]王《おほきみ》を治部卿《ぢぶきやう》とす。讃岐《さぬき》守は故《もと》の如《ごと》し。外従五位下尾張《をはり》[一四]連豊人《とよひと》を園池正《そのいけのかみ》。外従五位下林《はやし》[一五]忌寸稲麻呂《いなまろ》を東宮学士《とうぐうがくし》。造東大寺《ざうとうだいじ》次官《じくわん》は故《もと》の如《ごと》し。従五位下多治比《たぢひ》[一六]真人継兄《つぐえ》を大宰少弐《だいさいのせうに》。従五位下安倍《あへ》[一七]朝臣石行《いはつら》を豊後《とよくにのみちのしり》守。○辛未《十八日》、空《そら》[一八]の中《なか》に声《おと》有り、雷《いかづち》の如《ごと》し。○壬申《十九日》、地動《なゐ》ふる。

三方王・山上船主ら配流

三月《癸未朔》辛卯《九日》、虹《にじ》[一九]有りて日《ひ》を繞《めぐ》る。○乙未《十三日》、武蔵《むざし》・淡路《あはぢ》・土左《とさ》等の国飢《くにう》ゑぬ。並《ならび》にこれに賑給《しんごふ》[二〇]す。○戊申《二十六日》、従[二一]四位下三方《みかた》[二二]王・正五位下山上《やまのうへ》[二三]朝臣船主《ふなぬし》・正五位上弓削女王《ゆげのおほきみ》[二四]等三人、同《おな》じく謀《はか》りて乗輿《じようよ》[二五]を厭魅《えむみ》することに坐《つみ》せらる。詔《みことのり》して、死《し》一

に任官。

一六 →補36-四。前官は豊後守(天応元年五月癸未条)。大宰少弐の前任者は本条で豊後守に任じられた阿倍石行(延暦元年正月己巳条)。

一七 阿倍朝臣とも。→補35-一。前官は大宰少弐(延暦元年正月己巳条)。豊後守の前任者は本条で大宰少弐に任じられた多治比継兄(天応元年五月癸未条)。

一八 隕石の落下とそれに伴う音か。書紀舒明九年二月条に「大星従レ東流レ西。便有レ音似レ雷」と見え、宝亀二年十一月辛亥条に同様のことを記す。→四三五九頁注二三。文徳実録天安二年六月己亥条にも「西方空中有レ声、如レ雷二度」と見える。

一九 →四三八三頁注二三。

二〇 人民に食糧等を施すこと。→一補1-四五。

二一 氷上川継事件に連坐して左遷処分を受けた三方王・山上船主らに、左遷地に配流の処置を下し、他の支党も処分を行った記事。→補37-六。

二二 三形王とも。→三補17-四八・補22-二〇。

二三 もと山上臣。→四補28-三八。

二四 →三補22-二六。なお天平宝字三年六月庚戌条に見える人物と宝亀五年正月甲辰条・本条の弓削女王は同一人物か否か明らかではないが、これを同一人物と見、藤原仲麻呂、道鏡政権下、政治的問題に関係して一度位階を剝奪され、光仁治政の初めに復位されたとする意見もある(林陸朗・目崎徳衛説)。

二五 「乗輿」は天子の乗りもの、転じて天子のこと。「厭魅」は図形・人形などを用いて人を害せんとするまじないの法。その罪は賊盗律17に「凡有レ所二憎悪一、而造二厭魅一及造二符書呪詛一、欲三以殺二レ人者、各以二謀殺一論、減二二等一、…若渉二乗輿一者、皆絞」とある。

等一。三方・弓削、並配二日向国一。[1]弓削、三方之妻也。船[2]主配二隠伎[3]
国一。自餘支[4]党、亦拠レ法処之。」以二従四位上藤原朝臣種
継一為二参議一。○辛亥[5]、以二従[6]五位下高倉朝臣殿嗣一為二下
総介一。○夏四月庚[7]申、授二正五位上紀朝臣家守従四位
下一。○癸亥、右京人少初位下壱礼比福麻呂等一十五人、
賜二姓豊原連一。」是日、詔曰、朕君二臨区宇一、撫二育生民一、
公私彫弊、情実憂之。方欲下屏二此興[8]作一、務二茲稼穡一、政
遵[9]二倹約一、財盈中倉稟[10]上。今者、宮室堪レ居、服翫足レ用。仏
廟云畢、銭価既賤[11]。宜下且[12]罷二造宮・勅旨二省、法花・鋳
銭両[13]司一、以充[14]二府庫之宝[15]一、以崇中簡易之化上。但[16]造宮[17]・勅旨
雑色匠手、随二其才幹[18]一、隷[19]二於木工・内蔵等寮一。餘者各
配二本[20]司一。○乙丑、授二正六位上文直人上外従五位下一。」
重閣門白狐見。○戊辰、遣二使畿内一祈レ雨焉。○己巳、
尚侍従[21]二位藤原朝臣百[22]能[23]薨。兵部卿従三位麻呂之女也。
適二右大臣従一位豊成一。大[24]臣薨後、守レ志[25]年久、供二奉内
職一、見[26]レ称[27]二貞固一。薨時、年六十三。○己卯、以二正四位
上佐伯

1 弓削三方之妻也―ナシ(紀略)
2 船主→校補
3 伎〔兼・谷・東、大〕―岐(高、類八七・紀略)
4 支〔兼等〕―与(大、類八七)
5 亥〔底原・底新傍〕→校補
6 従〔兼・谷、大〕―ナシ(東・高)
7 庚〔底重〕
8 興〔谷擦重〕
9 遵―導(東)
10 稟〔兼・東・高〕―稟(谷、大)→校補
11 賤→校補
12 且―ナシ(紀略)
13 両―二(類一〇七)
14 充〔兼重〕
15 宝＝寶〔類一〇七一本〕―實(類一〇七)
16 但→校補
17 宮〔兼・谷、大、類一〇七〕―ナシ(東・高)
18 幹―幹(類一〇七)
19 隷→校補
20 本―木(東)
21 従―徒(兼)
22 百(底新傍朱イ)―有〔底〕
23 能(底新補)―ナシ〔底原一字空〕
24 大臣ノ下→校補
25 志→校補
26 見ノ上→校補
27 称〔大補〕―ナシ(兼等)→校補

一 →二三三頁注二二。三方王は上文閏正月辛丑条で日向介に左遷。→補37―六。
二 弓削女王。→二三三頁注二四。
三 →二三三頁注二三。山上船主は上文閏正月辛丑条で隠岐介に左遷。→補37―六。
四 特定の人物未詳。
五 「法」の内容は未詳。
六 →四補27―四四。
七 補任に「三月廿六日任、左衛士督近江守如レ元」と記す。
八 もと高麗朝臣。殿継とも。→補34―四二。前官は大判事(天応元年五月癸未条)。
九 →四補31―四〇。正五位上叙位は天応元年八月。延暦三年正月に従四位上昇叙。
一〇 他に見えず。壱礼比氏→補37―八。
一一 姓氏録右京諸蕃に、豊原連は新羅国の人壱呂比麻呂の後と記す。この麻呂は上文の福麻呂の祖先か(佐伯有清説)。なお豊原連には高麗系の豊原連も存在。→三補23―一六。
一二 冗官整理を中心とする官制改革の一環としての官司停廃の詔。
一三 くぎりの中。天下。→三二四三頁注一六。
一四 後述の造宮省の廃止に対応する表現。
一五 後述の勅旨省の廃止に対応する表現。「服翫」は後宮職員令5に見え、集解伴説は「双六・囲碁・玉等之類」と説く。勅旨省は勅旨により宮中調度類の調達を職掌とする。
一六 後述の造法華寺司の廃止に対応。

等を減《げむ》したまふ。三方《みかた》[一]・弓削《ゆげ》[二]は並《ならび》に日向《ひうが》国に配《なが》す。弓削《ゆげ》は三方《みかた》の妻《め》なり。船主《ふなぬし》[三]は隠伎《おき》国に配《なが》す。自餘《そのほか》[四]の支党《したう》も亦法《またのり》[五]に拠《よ》りて処《しよ》す。従四位上藤原《ふぢはら》[六]朝臣種継《たねつぐ》を参議《さむぎ》[七]とす。〇辛亥[二十九日]、従五位下高倉《たかくら》[八]朝臣殿嗣《とのつぐ》を下総介《しもつふさのすけ》とす。

造宮・勅旨省等を停廃

夏四月庚申[癸丑朔 八日]、正五位上紀《き》[九]朝臣家守《やかもり》に従四位下を授《さづ》く。〇癸亥[十一日]、右京《うきやう》の人《ひと》少初位下壱礼比福麻呂《いちれひのふくまろ》[一〇]ら一十五人に姓を豊原《とよはら》[一一]連と賜《たま》ふ。是《こ》の日《ひ》、詔《みことのり》[一二]して曰《のたま》はく、「朕《われ》、区宇《くに》[一三]に君《きみ》として臨《のぞ》み、生民《せいみん》を撫育《ふいく》するに、公私《くうし》彫弊《てうへい》して情《こころ》実《まこと》に憂《うれ》ふ。方《まさ》にこの興作《こうさく》を屛《しりぞ》けて茲《こ》の稼穡《かしよく》を務《つと》め、政《まつりごと》倹約《けむやく》に遵《したが》ひて財倉《たからさう》稟《りむ》に盈《み》たむことを欲《ねが》ふ。今者《いま》、宮室《きうしつ》[一四]は居《す》むに堪《た》へ、服翫《ふくぐわん》[一五]は用《もち》ゐるに足《た》れり。仏廟《ぶつべう》[一六]云《ここ》に畢《を》へ、銭価《せんか》[一七]既《すで》に賤《やす》し。且《しばら》く造宮《ざうくう》[一八]・勅旨《ちよくし》[一九]の二省、法花《ほふくゑ》[二〇]・鋳銭《じゆぜん》[二一]の両司《りやうし》を罷《や》めて、府庫《ふこ》の宝《たから》を充《み》て、簡易《かんい》の化《おもぶけ》を崇《たふと》ぶべし。但《ただ》し、造宮《ざうくう》・勅旨《ちよくし》の雑《ざふ》[二二]色《しき》の匠手《しやうしゆ》は、その才幹《さいかん》に随《したが》ひて木工《もくく》[二三]・内蔵《うちのくら》等の寮《れう》に隷《つ》けしむ。餘《ほか》[二四]は各本《おのおののほん》司《し》に配《はい》せよ」とのたまふ。〇乙丑[十三日]、正六位上文《ふみ》[二五]直人上《ひとかみ》に外従五位下を授く。〇戊辰[十六日]、使《つかひ》を畿内《きない》に遣《つかは》して雨《あめ》を祈《こ》はしむ。〇己巳[十七日]、重閣門《ちようかくもん》[二六]に白狐《しろききつね》[二七]見《あらは》る。

藤原百能没

〇尚侍《ないしのかみ》[二八]従二位藤原《ふぢはら》[二九]朝臣百能《ももの》薨《こう》しぬ。兵部卿《ひやうぶきやう》従三位麻呂《まろ》[三〇]の女《むすめ》なり。右大臣《うだいじん》従一位豊成《とよなり》[三一]に適《ゆ》けり。大臣薨《だいじんこう》して後《のち》、志《こころざし》を守《まも》ること年久《としひさ》しく、内職《ないしき》[三二]に供奉《つかへまつ》りて貞固《ていこ》を称《たた》へらる。薨《こう》しぬる時《とき》、年《とし》[三三]六十三。〇己卯[二十七日]、正四位上佐伯《さへき》[三四]

一七 後述の鋳銭司の廃止に対応。
一八 造宮省。→㈠補4―一七。
一九 勅旨省。→㈣補25―一〇四。
二〇 造法華寺司。→㈢補20―六九。
二一 鋳銭司。→㈠二一一頁注一六。
二二 ここは造宮・勅旨の二省に配属されていた、種々の手工業品を製作する技術者。
二三 木工寮は造作構営を、内蔵寮は天皇の宝器や日常所用の物品の調達・保管・供進等のことに当るため、その技工・能力に従って、木工・内蔵の二寮に配属させるに至ったか。
二四 その他の雑色匠手は本来所属していた官司に隷属させることにする。
二五 他に見えず。文直→㈠補1―六七。
二六 重層の門か。→三七頁注二四。
二七 白狐については霊亀元年正月甲申条以下、献上の記事として瑞祥に扱う。治部省式では上瑞。ただ本条は特別扱いしたようには見えない。この点未詳。
二八 内侍司の長官。→㈠二三三頁注二〇。
二九 →㈢七五頁注二三。天応元年三月に当時尚侍であった大野中千が没したため、その後任となっていたか。
三〇 →㈡三七頁注九。兵部卿任官年時は続紀には見えない。補任は天平三年条の麻呂の尻付に「三年三月日任兵部卿」と記す。
三一 藤原朝臣豊成。→㈡一四七頁注一二。没したのは天平神護元年十一月。
三二 「内職」は後宮のこと。後宮に仕える。
三三 没時の年齢より逆算すると養老四年生れ。
三四 →㈢補17―七九。前官は大宰大弐(天応元年六月癸卯条)。左大弁の前任者は大伴家持(延暦元年閏正月壬寅条)。ただし、本年閏正月氷上川継事件に関係して見任を解かれているので、本条の時点までは欠員か。

1 士→校補
2 請〔大改〕―調(兼等)→校補
3 帳〔谷擦重、大〕―張(兼・東・高)→校補
4 頃(谷・東・高、大)―項〔兼〕
5 調〔兼重〕→校補
6 王→校補
7 苅(兼・谷・高、大)―茢〔東〕
8 末〔底〕―麻(底新傍朱イ・兼等、大)
9 宿禰〔大補〕―ナシ(兼等)→校補

宿禰今毛人一為二左大弁一。」山背国言、諸国兵士[1]、免レ庸輸レ調。至二於左右京一、亦免二其調一。今畿内之国、曾無レ所レ優、労逸不レ同。請[2]同二京職一、欲レ免二其調一。於レ是、勅、免二畿内兵士之調一。○五月乙酉、授二従五位下海上真人三狩従五位上一。又下野国安蘇郡主帳[3]外正六位下若麻続部牛養・陸奥国人外大初位下安倍信夫臣東麻呂等、献二軍粮一。並授二外従五位下一。○庚寅、諸司直丁、労廿四箇年已上者八人、賜二爵一級一。○甲午、陸奥国、頃[4]年兵乱、奥郡百姓、並未二来集一。勅、給二復三年一。○丙申、以二従五位上調[5]使王[6]一為二少納言一。○丁酉、散事従四位下福当女王卒。○戊戌、以二正四位上坂上大忌寸苅[7]田麻呂一為二右衛士督一。○己亥、以二従五位下笠朝臣名末[8]呂一為二左少弁一。正四位下藤原朝臣鷹取為二中宮大夫一。侍従・越前守如レ故。従五位上笠王為二左大舎人頭一。従五位上多治比真人年主為二右大舎人頭一。従四位下紀朝臣家守為二内蔵頭一。右兵衛督如レ故。従五位下藤原朝臣是人為二大判事一。従五位下葛井連根主為二木工助一。参議従三位大伴宿禰[9]家持為二春宮大夫一。

一 左右京兵士への免調という優遇措置を、畿内諸国の兵士にも及ぼして欲しいとの山背国の奏言に対し、勅によりこれを認めるとの記事。これが実施に移されたことは、延暦十六年八月十六日官符の中に、大和国解として健児の負う調を「准二承前兵士免調一者」と記すことからも知られる(三代格)。二 賦役令19の規定に兵士は免徭役とあり、同4また同37からこの徭役は歳役と雑徭を含むことが知られる。従って兵士は庸は免除されるが、調輸納の義務はあった。三 賦役令4の規定から京畿内は免庸であるため、本条の記事によれば左右京の兵士は調・庸(さらに雑徭)免除であったことになる。ただ、いつの時期に左右京兵士にこうした優遇措置がとられたかは未詳。四 もと三狩王。→[三]一一一頁注五五。従五位下に叙された時は不明だが、宝亀十一年二月甲辰条には従五位下と見える。五 下野国西南部の郡。阿曾また安宗(『平城木簡概報』一三―九頁)とも。南部の一部が現在の栃木県佐野市と阿蘇郡に含まれる。和名抄によれば、安蘇・談(説)多・意部・麻続の四郷より成る。安蘇の地名は万葉三四二五にも見える。六 他に見えず。若麻続部姓の人物も続紀に見えないが、万葉に天平勝宝七歳二月筑紫に派遣された上総国防人に若麻続部諸人(四三五〇)・若麻続部羊(四三五九)、木簡に若麻続大国が見える(『平城木簡概報』八―四頁)。若麻続部は神麻続部と同じく麻続部の一族で、麻続連によって統轄されたか。七 他に見えず。神護景雲三年三月辛巳条の陸奥国の豪族に対する賜姓記事の中に信夫郡の丈部大庭らに阿倍信夫臣賜姓のことが見えるので、東麻呂もこの時賜姓に与かったか。阿倍信夫臣→[四]二三三頁注二七。八 諸司の直丁への賜爵→補37―九。九 →二一

畿内諸国の兵士の調を免ず

宿禰今毛人《いまえみし》を左大弁《さだいべん》とす。[一]山背国《やましろ》言《まう》さく、「諸国《くにぐに》の兵士《ひやうじ》は庸《よう》[二]を免《ゆる》して調《でう》を輸《いだ》す。左右京《さうのきやう》[三]に至《いた》りては、亦《また》その調《でう》を免《ゆる》す。今《いま》、畿内《きない》の国《くに》、曽《かつ》て優《いう》する所《ところ》無くして、労逸《らういつ》同《おな》じからず。請《こ》はくは、京職《きやうしき》に同《おな》じくしてその調《でう》を免《ゆる》さむことを」とまうす。是《ここ》に勅《みことのり》して、畿内《きない》の兵士《ひやうじ》の調《でう》を免《ゆる》したまふ。

任官

五月[癸未朔]乙酉[三日]、従五位下海上《うなかみ》[四]真人三狩《みかり》に従五位上を授《さづ》く。また、下野国《しもつけの》安蘇《あそ》[五]郡主帳《しゆちやう》外正六位下若麻続部牛養《わかをみべのうしかひ》[六]、陸奥国《みちのおく》の人《ひと》外大初位下安倍信夫臣《あへのしのぶ》[七]東麻呂《あづままろ》等、軍粮《ぐんらう》を献《たてまつ》る。並《ならび》に外従五位下を授く。○庚寅[八日]、諸司《しよし》[八]の直丁《ぢきちやう》、労《らう》廿四箇年已上なる者八人《ひと》に爵《しやく》一級を賜《たま》ふ。○甲午[十二日]、陸奥国《みちのおく》に頃年兵乱《としころへいらん》ありて、奥郡《おくのこほり》[九]の百姓《はくせい》、並に来《きた》り集《あつま》らず。勅《みことのり》[一〇]して、復《ふく》[一一]三年を給《たま》ふ。○丙申[十四日]、従五位上調使王《つきのつかひのおほきみ》[一二]を少納言《せうなふごん》とす。○丁酉[十五日]、散事《さんじ》[一三]従四位下福当女王《ふたぎのおほきみ》[一四]卒《しゆつ》しぬ。○戊戌[十六日]、正四位上坂上《さかのうへ》[一五]大忌寸苅田麻呂《かりたまろ》を右衛士督《うゑじのかみ》とす。○己亥[十七日]、従五位下笠《かさ》[一六]朝臣名末呂《なまろ》を左少弁《させうべん》とす。正四位下藤原《ふぢはら》[一七]朝臣鷹取《たかとり》を中宮大夫《ちうぐうだいぶ》。侍従《じじゆ》・越前《こしのみちのくち》守は故《もと》の如《ごと》し。従五位上笠王《かさ》[一八]を左大舎人頭《ひだりのおほとねりのかみ》。従五位上多治比《たぢひ》[一九]真人年主《としぬし》を右大舎人頭《みぎのおほとねりのかみ》。従四位下紀《き》[二〇]朝臣家守《やかもり》を内蔵頭《うちのくらのかみ》。右兵衛督《うひやうゑのかみ》は故《もと》の如《ごと》し。従五位下藤原《ふぢはら》[二一]朝臣是人《これひと》を大判事《だいはんじ》。従五位下葛井《ふぢゐ》[二二]連根主《ねぬし》を木工助《もくくのすけ》。参議《さむぎ》従三位大伴《おほとも》[二三]宿禰家持《やかもち》を春宮大夫《しゆんぐだいぶ》。

頁注一七。一〇 陸奥国奥郡への給復三年の勅。→補37-一〇。一一 賦役を三年免除すること。三→[四]一四九頁注二〇。前官は内蔵頭(延暦元年二月庚申条)。調使王の任少納言→補37-一一。一三→一五頁注一七。一四→一六三頁注二三。従四位下叙位は宝亀十一年十二月。一五 もと坂上忌寸。→[三]二〇五頁注一三。本年閏正月壬寅に氷上川継事件に坐して右衛士督を解かれたが、本条で復任。一六→[四]補31-九五。前官は近衛少将(延暦元年閏正月庚子条)。左少弁の前任者は本条で参河守に任じられた多治比豊浜(天応元年五月癸未条)。一七→[四]補31-六三。中宮大夫の前任者は本年二月丙辰に没した大伴伯麻呂。一八→[三]補22-一二。前官は右大舎人頭(延暦元年二月庚申条)。左大舎人頭の前任者は壱志濃王(延暦元年閏正月庚子条)。一九 歳主とも。→[四]補32-一。前官は木工頭(宝亀十年十一月甲午条)。右大舎人頭の前任者は本条で左大舎人頭に任じられた笠王(延暦元年二月庚申条)。二〇→[四]補31-四〇。右兵衛督任官は天応元年七月。内蔵頭へは右中弁(天応元年七月丁卯条)からの転任。内蔵頭の前任者は上文丙申(十四日)条で少納言に任じられた調使王(延暦元年二月庚申条)。二一→[四]二九七頁注二四。大判事は定員二名なので誰の後任か未詳だが、本年三月辛亥条で下総介に任じられた高倉殿継の後任か(天応元年五月癸未条)。二二→[三]補23-二三。前官は造宮少輔(天応元年五月癸未条)。二三→[三]五頁注六。本年閏正月壬寅条に氷上川継の事に坐して左大弁の職を解かれたとあるが、宝亀十一年二月に参議に任ぜられていたので、参議の職も解かれたとみられる。本条に参議とあるのはこの日以前に参議に復任していたか。

従五位下多治[1]比真人豊浜為二参河守一。○壬寅、陸奥国言、祈二禱鹿嶋神一、討二撥兇[2]賊一、神験非レ虚。望賽二位封一。勅、奉レ授二勲五等封二戸一。」授二外従五位下栄井宿禰道形従五位下一。○癸卯、少内記正八位上土師宿禰安人等言、臣等遠祖野見宿禰、造二作物象一、以代二殉人一。垂二裕後昆一、生民頼レ之。而其[3]後子孫、動預二凶儀一。尋二念祖業一、意不レ在レ茲。是以、土師宿禰古人等、前年、因二居地名一、改二姓菅原一。当時、安人任在二遠国一、不レ及二預例一。望請、土師之字、改為二秋篠一。詔、許レ之。於レ是、安人兄弟[4]男女六人、賜二姓秋篠一。○六月庚申、従四位[5]下飛鳥田女王卒。○乙丑、左大臣正二位兼大宰帥[6]藤原朝臣魚名、坐レ事免二大臣一。其男正四位下鷹取左二遷石見介一。従五位下末茂土左介。従五位下真鷲従レ父[7]、並促[8]之レ任。」完[9]人建麻呂之男女、神野真人浄主[10]・真依女等十四人、弟[11]宇智真人豊公、改二偽真人一、従二本[12]姓一。

1 治—ナシ(兼)
2 兇〔底〕—凶
3 其—真〔底〕
4 弟—第〔底〕
5 位ノ下、ナシ〔兼・谷、大〕—位(東・高)
6 帥(兼・谷擦重・高、大、紀略)—師〔谷原・東〕
7 父〔谷擦重〕—文(谷原)→校補
8 促〈意改〉(大改)—役→脚注・校補
9 完〔底原・谷擦重、大〕—害(底新朱抹傍・兼・東・高)
10 主—王(高)
11 弟—第〔底〕
12 本〔兼・谷、大〕—ナシ(東・高)

一 →四二八九頁注六。前官は左少弁(天応元年五月癸未条)。参河守の前任者は藤原長山(宝亀十年二月甲午条)。
二 蝦夷鎮圧に当り鹿嶋神に祈ったところ効験があったので、位封を奉授してほしいとの陸奥国の奏言を受けて、勲位と封戸を奉授した記事。
三 →補37-一一。
四 神より福を受けたのに対し、これに報い祀ること。財貨を伴うのを例とする。封戸などの奉授については宝亀二年十月に越前国剣神への先例が見える。
五 もと日置造。→四補28-三九。外従五位下叙位は神護景雲元年八月。
六 天応元年六月に菅原の賜姓を受けた土師古人らと同族の土師安人らが、秋篠改姓を願い許された記事。
七 →補37-一三。
八 以下菅原賜姓の所まで天応元年六月壬子条参照。本条とほぼ同旨の文が収められ、土師古人・道長等が、居地の名に因り菅原改姓を願い許されている。
九 →二〇一頁注二二。
一〇 めぐみを後世の人々に垂れ、の意。「後昆」は、子孫、後世。
一一 →補35-五〇。
一二 未詳。安人の官歴の中に見えない。
一三 秋篠宿禰→一補1-四四・五補36-五二。「秋篠」は大和国添下郡内の地名。京北三条班田図の京北二条五、三条五に秋篠里の地名が見え、秋篠寺もここに位置する。安人等の居地もこの地であったため、その名を氏の姓とすることを願ったものであろう。なお秋篠寺

鹿嶋神の神験に対し位封奉授

土師安人ら秋篠への改姓を願い許される

藤原魚名、左大臣罷免

従五位下多治比《たぢひ》[一]真人豊浜《とよはま》を参河《みかは》守。○壬寅[二十日]、陸奥国《みちのおく》[二]言《まう》さく、「鹿嶋神《かしまのかみ》[三]に祈《の》み禱《いの》りて、兇賊《あしきあた》を討《う》ち撥《をさ》むるに、神《かみ》の験《しるし》、虚《むな》しきに非《あら》ず。望《のぞ》まくは、位封《ゐふう》[四]を賽《さい》せむことを」とまうす。勅《みことのり》して、勲《くん》五等と封《ふう》二戸とを授《さづ》け奉《まつ》る。外従五位下栄井《さかゐ》[五]宿禰道形《みちかた》に従五位下を授く。○癸卯[二十一日]、少内記《せうないき》[六]正八位上土師《はじ》[七]宿禰安人《やすひと》ら言《まう》さく、「臣《しん》[八]らが遠祖《とほつおや》野見宿禰《みのすくね》[九]は、物《もの》の象《かた》を造《つく》作りて殉人《じゅんにん》に代《か》ふ。裕《ゆう》[一〇]を後昆《こうこん》に垂《た》れて、生民《せいみん》これを頼《たよ》れり。而《しか》してその後《のち》、子孫《こうまご》、動《ややも》すれば凶《きよう》儀《ぎ》に預《あづか》る。祖業《そげふ》を尋《たづ》ね念《おも》ふに、意茲《こころここ》に在《あ》らず。是《ここ》を以《もち》て、土師《はじ》[一一]宿禰古人《ふるひと》ら、前年《さきつとし》、居地《をるところ》の名《な》に因《よ》りて姓を菅原《すがはら》と改《あらた》む。当時《そのとき》、安人《やすひと》、任遠国《にむをんこく》[一二]に在《あ》りて、預《あづか》る例《ためし》に及《およ》ばず。望《のぞ》み請《こ》はくは、土師《はじ》の字《な》、改《あらた》めて秋篠《あきしの》[一三]とせむことを」とまうす。詔《みことのり》して、これを許《ゆる》したまふ。是《ここ》に、安人《やすひと》の兄弟《あにおとひと》[一四]男女《をのこをみな》六人に姓を秋篠《あきしの》と賜《たま》ふ。

六月[壬子朔]庚申[九日]、従四位下飛鳥田女王《あすかたのおほきみ》[一五]卒《しゅつ》しぬ。○乙丑[十四日]、左大臣《さだいじん》正二位兼大宰帥《だいさいのそち》[一六]藤原《ふぢはら》朝臣魚名《うをな》、事《こと》[一七]に坐《つみ》せられて、大臣《だいじん》を免《めん》せらる。その男《をのこ》正四位下鷹取《たかとり》[一八]は石見介《いはみのすけ》[一九]に左遷《させん》せらる。従五位下末茂《すえしげ》[二〇]は土左《とさ》[二一]介。従五位下真鷲《まわし》[二二]は父《ちち》に従《したが》ひて、並《ならび》に促《うなが》[二三]して任《にむ》に之《ゆ》かしむ。完人《ししひと》[二四]建麻呂《たてまろ》が男女《をのこをみな》、神野《かみの》[二五]真人浄主《きよぬし》・真依《まより》[二六]女《め》ら十四人、弟《おとひと》宇智《うち》[二七]真人豊公《とよきみ》は、偽《いつは》れる真人を改《あらた》めて本《もと》の姓に従《したが》はしむ。

を秋篠氏の氏寺とする説があるが、たんに地名に拠ったのみとする説もあり未詳。現在奈良市秋篠町に属する。

一四 未詳。なお延暦四年八月癸亥朔条に、土師宿禰淡海、その姉の諸主等が、同じく秋篠宿禰の賜姓に与かっている。

一五 →[三]四一頁注二三。

一六 →[三]補17―二五。左大臣兼大宰帥任官は天応元年六月。

一七 藤原朝臣魚名左降事件→補37―一四。

一八 藤原朝臣鷹取。→[四]補31―六三。この時中宮大夫侍従越前守(延暦元年五月己亥条)。

一九 令制では中国に介は置かれない。鷹取の石見介は左遷としての介任命と見るべきで、後掲の末茂の土左介も同様(亀田隆之説)。

二〇 藤原朝臣末茂。→三三三頁注二三。

二一 →注一九。

二二 藤原朝臣真鷲。→補36―六〇。

二三 諸本「役」に作る。大系本は「促」に意改する。魚名並びに真鷲を、せきたてて任地に赴かせた、の意で、「促」が妥当か。天平神護元年十一月甲申条の藤原豊成を大宰員外帥に左降した文にも「促令レ之レ官」とある。

二四 他に見えず。完人(宍人)は宍人朝臣の統轄した宍人部の後裔か。雄略紀二年十月条の伝承によると、大和国の宇陀・添上両郡に宍人部を設置したとある。その他山背・駿河・武蔵・越前などの諸国にもその存在が知られる。

二五・二六 他に見えず。また神野姓の者を同時代の史料に見ることはできない。

二七 他に見えず。宇智は山背(城)国綴喜郡有智郷また大和国宇智郡の存在から、その地名によると考えられる内真人(天平勝宝三年正月辛亥条で等美王に賜姓〔[三]補18―一九〕)の後裔を詐称したか。

初建麻呂、冒[1]二称仲江王一。事発露而自経。其男女亦偽為[2]二真人一。至レ是改[3]二正之一。」和泉国飢。賑二給[4]之一。」是日、地震。○戊[5]辰、授二従五位下大原真人室[6]子正五位下一。春宮大夫従三位大伴宿禰家持[7]為二兼陸奥按[8]察使鎮守将軍一。外[9]従五位下入間宿禰広成為レ介。外従五位下安倍猨嶋臣墨[10]縄為二権副将軍一。」散事従四位下多治比真人若日卒。○辛未、従[11]五位下巨[12]勢朝臣広山為二内蔵助一。外従五位下安都宿禰真足為二大学助一。外従五位下長尾忌寸金村為二博士一。従五位下葛井連根主為二木工頭一。外従五位下田辺史浄足為レ助。従四位下佐伯宿禰久良麻呂為二衛門督一。丹波守如レ故。左大弁正四位上佐伯宿禰今毛人為二兼大和守[13]一。外従五位下尾張連豊人為レ介。従五位下紀朝臣作良為二伊勢守一。正五位下高賀茂朝臣諸魚為二尾張守一。従五位下健部朝臣人上為二武蔵介一。近衛員外中将従四[14]位下[15]紀朝臣船守為二兼常陸守一。内厩頭如レ故。従五位上大伴宿禰弟[16]麻呂為レ介。侍従従[17]四位下五百枝王為二兼越前守一。従五位下三国真人広見為二越後介一。従四位下吉備朝臣泉為二伊豫守一。従

1 冒〔谷擦・東、大〕―胃(兼・谷原・高)→校補
2 為〔大補〕―ナシ(底新朱傍按・兼等)→校補
3 改―政(高)
4 給〔大補〕―ナシ(兼等)→校補
5 戊〔底原・底新重〕→校補
6 室〔底新傍朱イ〕―屋〔底〕
7 持〔底新朱抹傍〕―侍〔底原〕
8 按〔底傍補〕―ナシ〔底原〕
9 外〔兼・谷、大〕―ナシ(東・高)
10 墨〔兼・谷、大〕―黒(東・高)
11 従ノ下、ナシ―従(東)
12 巨〔底新朱抹傍〕―臣〔底原〕
13 守〔底擦重〕―寺〔底原〕
14 四〔底抹傍〕―五〔底原〕
15 下―上(大改)→脚注
16 弟―第〔底〕
17 従〔東〕―々(兼・谷・高、大)

一 完人建麻呂。→二三九頁注二四。
二 他に見えず。神護景雲三年十月以後宝亀元年六月以前のものと推定されている仏事捧物歴名(古五―七〇五頁)に、奉写一切経次官として仲江王が見えるが別人であろう。
三 →四四一五頁注二四。
四 →三五五頁注六。前官は参議春宮大夫(延暦元年五月己亥条)。本年閏正月壬寅に氷上川継事件に坐して見任を解かれていたが復任。なお参議もこの時に復任か)。陸奥按察使の前任者は藤原小黒麻呂(延暦元年二月庚申条)。
五 もと物部(直)。武蔵国入間郡の人。→四補25―六一。陸奥介の前任者は多治比宇佐美(宝亀十一年六月辛丑条)。
六 阿倍猨嶋臣とも。→二〇九頁注一八。
七 →一五頁注一七。
八 若日売とも。→三七五頁注二一。従四位下叙位は宝亀七年正月。
九 →一二五頁注六。前官は鍛冶正(天応元年五月癸未条)。なおこの日の任官を見るとき、本年閏正月庚子条、同二月庚申・丁卯条等での被任官者が短期間に交替している例が多い。氷上川継事件や藤原魚名左降事件が影響を与えているか。あるいは桓武の政治への意欲を示すか。
一〇 阿刀宿禰とも。→四三五七頁注二六。前官は安芸介(宝亀五年三月甲辰条)。
一一 →四補31―四一。大学博士の前任者は膳大丘(宝亀十年二月甲午条)。
一二 →三補23―一三。本年五月己亥条で木工助となり、一か月足らずのうちに頭に昇任。
一三 →八三頁注二三。木工助の前任者は本条で木工頭に昇任した葛井根主(延暦元年五月己亥条)。
一四 →四補25―八二。丹波守任官は延暦元年二

任官

初《はじ》め[一]建麻呂《たてまろ》は[二]仲江王《なかえのおほきみ》と冒《をか》し称《なの》る。事発露《ことあらは》れて自《みづか》ら経《くび》る。その男女《をのこをみな》も亦《また》偽《いつは》りて真人とす。是《ここ》に至《いた》りてこれを改《あらた》め正《ただ》す。和泉《いづみ》国飢《う》ゑぬ。これに賑給《しんごふ》す。是《こ》の日《ひ》、地震《なゐ》ふる。○戊辰《十七日》、従五位下[三]大原《おほはら》真人室子《むろこ》に正五位下を授《さづ》く。春《しゆん》宮《ぐ》大夫《だいぶ》従三位[四]大伴《おほとも》宿禰家持《やかもち》を兼陸奥按察使鎮守将軍《みちのおくのあんせちしちんしゆしやうぐん》とす。外従五位下[五]入《いる》間《ま》宿禰広成《ひろなり》を介《すけ》。外従五位下[六]安倍《あへ》猨嶋《さしま》臣墨縄《すみなは》を権副将軍《ごんのふくしやうぐん》。散事《さんじ》従四位下[八]多《た》治比《ちひ》真人若日《わかひ》卒《しゆつ》しぬ。○辛未《二十日》、従五位下[九]巨勢《こせ》朝臣広山《ひろやま》を内蔵助《うちのくらのすけ》とす。外従五位下[一〇]安都《あと》宿禰真足《またり》を大学助《だいがくのすけ》。外従五位下[一一]長尾《ながを》忌寸金村《かなむら》を博士《はかせ》。従五位下[一二]葛井《ふぢゐ》連根主《ねぬし》を木工頭《もくくのかみ》。外従五位下[一三]田辺《たなべ》史浄足《きよたり》を助《すけ》。従四位下[一四]佐伯《さへき》宿禰久良《くら》麻呂《まろ》を衛門督《ゑもんのかみ》。丹波《たには》守は故《もと》の如《ごと》し。左大弁《さだいべん》正四位上[一五]佐伯《さへき》宿禰今毛人《いまえみし》を兼大和《やまと》守。外従五位下[一六]尾張《をはり》連豊人《とよひと》を介《すけ》。従五位下[一七]紀《き》朝臣作良《つくら》を伊勢《いせ》守。正五位下[一八]高賀茂《たかかも》朝臣諸魚《もろうを》を尾張《をはり》守。従五位下[一九]健部《たけるべ》朝臣人上《ひとかみ》を武蔵《むざし》介。近衛員《このゑのゐん》外中将《ぐゑのちうしやう》従四位下[二〇]紀《き》朝臣船守《ふなもり》を兼常陸《ひたち》守。内厩頭《うちのうまやのかみ》は故《もと》の如《ごと》し。従五位上[二一]大伴《おほとも》宿禰弟麻呂《おとまろ》を介。侍従《じじゆ》従四位下[二二]五百枝王《いほえのおほきみ》を兼越前《こしのみちのくち》守。従五位下[二三]三国《みくに》真人広見《ひろみ》を越後《こしのみちのしり》介。従四位下[二四]吉備《きび》朝臣泉《いづみ》を伊予《いよ》守。従

月。衛門督へは前官中衛中将（延暦元年二月庚申条）からの転任。衛門督の前任者は本年二月丙辰に没した大伴伯麻呂。

一五 →〔三〕補17-七九。左大弁任官は本年四月。

一六 →〔四〕補33-二〇。前官は園池正（延暦元年二月丁卯条）。大和介の前任者は久米真上（天応元年四月丙申条）。

一七 →補35-二。前官は尾張守（延暦元年二月庚申条）。伊勢守の前任者は多治比長野（天応元年四月戊申条）。

一八 →六二三頁注九。尾張守の前任者は本条で伊勢守に転任した紀作良（延暦元年二月庚申条）。

一九 もと建（健）部公。→〔四〕補25-九九。武蔵介の前任者は巨勢池長（天応元年五月癸未条）。

二〇 →〔四〕補25-四一。諸本「従四位下」に作るが、すでに天応元年四月癸卯条に従四位下より従四位上へ昇叙の記事があるので、ここは「従四位上」の誤り。近衛員外中将任官は天応元年五月。内厩頭任官は同年七月。常陸守の前任者は藤原小黒麻呂（天応元年六月戊子朔条）。

二一 →八五頁注一六。前官は中宮亮兼左衛士佐（天応元年五月癸未条）。常陸介の前任者は賀茂人麻呂（天応元年五月癸未条）。

二二 →一七三頁注二五。侍従任官は天応元年十月。越前守へは美作守（延暦元年閏正月庚子条）からの転任。越前守の前任者は上文乙丑（十四日）条で石見介に左遷となった藤原鷹取（延暦元年五月己亥条）。

二三 →一八五頁注二二。前官は主油正（天応元年五月癸未条）。

二四 →〔四〕一五五頁注六。前官は造東大寺長官（延暦元年二月庚申条）。伊予守の前任者は本条で大宰大弐に任じられた石上家成（延暦元年閏正月庚子条）。

四位下石上朝臣家成為二大宰大弐一。○壬申[1]、詔、以二大納言正三位藤原朝臣田麻呂一為二右大臣一。中納言正三位藤原朝臣是公為二大納言一。従四位下紀朝臣家守為二参議一。又以二従四位下紀朝臣家守一為二中宮大夫一。内蔵頭如レ故。従五位下佐伯宿禰鷹守為二左兵衛佐一。従四位下五百枝王為二右兵衛督一。侍従・越前守如レ故。従五位下紀朝臣木津魚為レ佐。従五位下正月王為二備後守一。従五位下紀朝臣真子為二土左[2]守一。授二正四位上佐伯宿禰[3]今毛人従三位一。従四位上石川朝臣名足・紀朝臣船守[4]・藤原朝臣種継並正四位下。○戊寅、以二従四位下紀朝臣古佐美一為二左中弁一。左兵衛督・但馬守如レ故。従五位下多治比真人乙安為二右少弁一。○己卯、大宰帥[5]藤原朝臣魚名、到二摂津国一、病発不レ堪レ進レ途。勅、宜下待二病愈一、然後発遣[6]上。○秋七月甲申、雷雨。大蔵東長蔵災、内厩寮馬[7]二疋震死。○壬辰、勅、解二却雑色長上五十四人一、廃二餅戸・散楽戸一。○壬寅、松尾山寺僧尊鏡[8]、生年百一歳。請二入内裏一、叙二位大法師一。優二高年一也。○丙午、詔曰、朕以二不徳一、臨二馭寰区一。

1 申—甲(東)
2 左—佐(東)
3 宿(底傍補)—ナシ〔底原〕
4 船ノ下、ナシ〔谷抹・高、大〕—朝(兼・谷原・東)、船(東傍)→校補
5 帥(兼・谷・高、大)—師〔東〕
6 遣〔底〕—進(底新傍朱イ・兼等、大)
7 馬二〔底擦重〕→校補
8 鏡〔類一八五一本〕—鐃(類一八五)→校補

一 東人の男。→四補25-八八。前官は伊予守(延暦元年閏正月庚子条)。大宰大弐の前任者は本年四月己卯条で左大弁に任じられた佐伯今毛人(天応元年六月癸卯条)。
二 以下、紀家守の参議任命までは、藤原魚名事件による議政官の異動に関するもの。
三 →三補23-五。大納言任官は天応元年六月。この時近衛大将を兼任。右大臣就任により太政官の首班となる。なお右大臣の前任者大中臣清麻呂は、天応元年六月に上表して辞任し、以後右大臣は欠員。藤原田麻呂が大納言のまま太政官の首座にあった。
四 もと黒麻呂。→三補23-五。中納言任命は天応元年九月。この時式部卿・中衛大将を兼任。大納言の前任者は本条で右大臣に昇任した藤原田麻呂(天応元年六月甲寅条)。
五 →四補31-四〇。内蔵頭任官は本年五月。紀朝臣家守の参議任命→補37-一五。中宮大夫へは右兵衛督(延暦元年五月己亥条)からの転任。中宮大夫の前任者は上文乙丑(十四日)条で石見介に左遷となった藤原鷹取(延暦元年五月己亥条)。
六 →一二五頁注七。左前官は右兵衛佐(延暦元年閏正月庚子条)。左兵衛佐の前任者は本年二月に大蔵大輔に転任した粟田鷹守(天応元年九月庚申条)。
七 →一七三頁注二五。右兵衛督の前任者は本条で参議となった紀家守(延暦元年五月己亥条)。
八 →補36-五五。右兵衛佐の前任者は本条で左兵衛佐に任じられた佐伯鷹守(延暦元年閏正月庚子条)。
九 牟都岐王とも。→四補29-五二。前官は土左守(天応元年五月癸未条)。備後守の前任者は本条で土左守に任じられた紀真子(宝亀十一年三月壬午条)。
一〇 →補35-一。前官は備後守(宝亀十一年三月壬午条)。土左守の前任者は本条で備後守に任じられた正月王(天応元年五月癸未条)。

四位下石上《いそのかみ》朝臣家成《いへなり》を大宰大弐《だいさいのだいに》。○壬申、詔《みことのり》して、大納言《だいなふごん》正三位藤原《ふぢはら》朝臣田麻呂《たまろ》を右大臣《うだいじん》としたまふ。中納言《ちうなふごん》正三位藤原《ふぢはら》朝臣是公《これきみ》を大納言《だいなふごん》。従四位下紀《き》朝臣家守《やかもり》を参議《さむぎ》。また、従四位下紀《き》朝臣家守《やかもり》を中宮大夫《ちうぐうだいぶ》とす。内《うちの》蔵頭《くらのかみ》は故《もと》の如《ごと》し。従五位下佐伯《さへき》宿禰鷹守《たかもり》を左兵衛佐《さひやうゑのすけ》。従四位下五百枝王《いほえのおほきみ》を右兵衛督《うひやうゑのかみ》。侍従《じじゆ》・越前《こしのみちのくち》守は故《もと》の如《ごと》し。従五位下紀《き》朝臣木津魚《こつを》を佐《すけ》。従五位下正月王《むつき》を備後《きびのみちのしり》守。従五位下紀《き》朝臣真子《まこ》を土左《とさ》守。正四位上佐伯《さへき》宿禰今毛人《いまえみし》に従三位を授《さづ》く。従四位上石川《いしかは》朝臣名足《なたり》・紀《き》朝臣船守《ふなもり》・藤原《ふぢはら》朝臣種継《たねつぐ》を並《ならび》に正四位下。○戊寅、従四位下紀《き》朝臣古佐美《こさみ》を左中弁《さちうべん》とす。○己卯、左兵衛督《さひやうゑのかみ》・但馬《たぢま》守は故《もと》の如《ごと》し。従五位下多治比《たぢひ》真人乙安《おとやす》を右少弁《うせうべん》。大宰帥《だいさいのそち》藤原《ふぢはら》朝臣魚名《うをな》、摂津《つ》国に到《いた》りて病発《やまひおこ》りて途《みち》を進《すす》むに堪《た》へず。勅《みことのり》したまはく、「病愈《やまひい》ゆることを待《ま》ちて、然《しか》して後《のち》に発遣《はつけん》すべし」とのたまふ。

秋七月甲申、雷《かみ》なり雨《あめ》ふる。大蔵《おほくら》の東《ひむかし》の長蔵《ながくら》に災《わざはひ》あり、内廐寮《うちのうまやのつかさ》の馬《うま》二疋震死《しんし》す。○壬辰、勅《みことのり》して、雑色《ざふしき》の長上《ちやうじやう》五十四人を解却《げきやく》し、餅戸《もちいひのへ》・散《さん》楽戸《がくのへ》を廃《や》む。○壬寅、松尾山寺《まつのをさんじ》の僧尊鏡《ほふしそんきやう》は生年《せいねん》百一歳なり。内裏《うち》に請《こ》ひ入《い》れて、位《くらゐ》を大法師《だいほふし》に叙《じよ》す。高年《かうねん》を優《めぐ》めばなり。○丙午、詔《みことのり》して曰《のたま》はく、「朕《われ》、不徳《ふとく》を以《もち》て寰区《くわんく》に臨馭《りむぎよ》す。

藤原田麻呂を右大臣に藤原是公を大納言に任命

雑色長上を解却し餅戸と散楽戸を廃止

大赦

一一 →[三]補17-七九。正四位上叙位は天応元年四月。延暦四年六月に正三位昇叙。 一二 →[三]補23-五。従四位上叙位は天応元年四月。延暦二年七月に正四位上昇叙。 一三 →[四]補25-四一。従四位上叙位は天応元年四月。延暦二年七月に正四位上昇叙。 一四 →[四]補27-四四。従四位上叙位は天応元年四月。延暦二年四月に正四位上を経ずして従三位に昇叙。 一五 麻路の孫。→[四]補25-一〇六。左兵衛督任官は本年閏正月。但馬守任官は本年二月。 一六 →[四]二〇一頁注二八。前官は出羽守(宝亀十年九月丁亥条)。右少弁の前任者は大中臣継麻呂(延暦元年正月癸酉条)。 一七 →[三]補17-一二五。藤原朝臣魚名左降事件→補37-一四。 一八 藤原魚名の大宰府への発進を、病気回復まで延期するのを許すという勅。 一九 大蔵省所属の東西に別れる倉庫のうち東に位置する長蔵。建物の構造など未詳。 二〇 令制の左右馬寮のほかに置かれた、内廷の馬事関係の官司。→[四]補26-一六。 二一 雷に打たれての死。 二二 雑色長上の解却、餅戸・散楽戸の廃止を命じた勅。本年四月癸亥の倹約・簡易をうたった詔と関連するか。 二三 特殊な職能によって諸司に常時勤務する下級官人。→補37-一六。 二四 造餅戸に同じ。→[四]一〇一頁注六。 二五 →補37-一七。 二六 未詳。日本輿地通志は「松尾山寺、在=松尾社域内一、今曰=神宮寺一」と記し、現京都市西京区嵐山宮町の松尾社([三]補16-一二三)の境内にあったとするが、それを確かめることはできない。松尾神宮寺に関しては、長和二年六月廿二日源厳子地林相博券文(平遺四七〇号)の四至記載の中に「北、松尾神宮寺地」の記事が見える。 二七 他に見えず。類聚国史は「尊饒」に作るが、尊饒も他に見えない。 二八 天平宝字四年七月庚戌条で、

憂二万姓之未一レ康、憫[1]二一[2]物之失一レ所。況復、去歳無レ稔、
懸磬之室稍多、今年[3]有レ疫、夭[4]殍之徒不レ少。朕為二民父
母一、撫育乖レ術。静言二於此一、還慙二於懐一。又顧二彼有一レ罪、
責深在[5]レ予。若非二滌蕩一、何令[6]二自新一。宜可レ大二赦天下一。
自二天[7]応二年七月廿五日昧爽一已前大辟[8]已下、罪無二軽
重一、已発覚・未発覚[9]、已結正・未結正、繋囚[10]・見徒、悉
皆赦除。但犯二八虐[11]一、及故殺人、私鋳銭、強窃二盗、常
赦所レ不レ免者、不レ在二赦限一。若入二死罪一者、並減[12]二一
等一。鰥[13]寡[14]惸独、貧窮老疾、不レ能二自存一者、量加二賑
恤一。」是日、地震。○丁未、授二女孺[15]従七位上山口忌寸家
足・従[16]八位上於保磐[17]城臣御炊並外従五位下一。○戊申、天[18]
皇、移二御勅旨宮[19]一。○庚戌、右大臣已下参議已上、共[20]奏
偁[21]、頃[22]者災異荐臻、妖[23]徴並見。仍命二亀筮[24]一、占二求其由一。
神[25]祇官[26]・陰[27]陽寮並[28]言、雖二国家恒祀依レ例奠一レ幣[29]、而[30]天下
縞素、吉凶混雑。因レ茲、伊勢大神及諸神社、悉[31]皆[32]為レ崇[33]。

1憫—悃(高)→校補　2一〔東〕—悃(東傍)　3年(底新朱抹傍)—卒〔底原〕→校補　4夭〔谷原・谷抹重〕→校補　5在—有(東)　6令〔大改〕—命(底新傍朱イ・兼等)→校補　7天〔兼重〕　8辟ノ下、ナシ〔谷・東・高、大〕—罪(兼・谷傍按・東傍按・高傍按)→校補　9未発覚—ナシ(東)　10囚(兼・谷・高、大)—四〔東〕→校補　11虐—虎(東)　12減(底原・底新朱抹傍)→校補　13鰥→校補　14寡〔底原・底新朱抹傍〕→校補　15孺〔谷・谷傍〕→校補　16従〔底〕—正(底新傍朱イ・兼等、大)　17磐(底新傍朱イ)—盤〔底〕　18天皇→校補　19旨—肯(東)　20共—ナシ(紀略)　21偁—云(紀略)　22頃—項〔底〕　23妖〔谷原・谷擦重〕→校補　24筮(谷重、大、紀略)—莁〔底〕、莁(兼・谷原・東・高)　25神祇—ナシ(紀略)　26官〔紀略補〕—ナシ(紀略原)　27陰陽—ナシ(紀略原)　28並〔紀略補〕—ナシ(紀略原)　29幣〔大、紀略〕—弊(兼等)　30而—ナシ(紀略)　31悉〔底原・底新重・底新朱抹傍〕→校補　32皆—ナシ(紀略)　33崇〔兼・谷、大、紀略〕—崇(東・高)→校補

良弁等の奏により設けられた僧位十三階の最高の法師位の称。→㊂補23―一。
元 前年の不作および今年の疫病によって生じた窮民に対する賑給および大赦の詔。
三〇「寰区」は、天下、世界、宇内、の意。寰宇とも。天子の支配領域。→㊀一〇七頁注二四・㊁一六一頁注二三。

一 窮乏のため家の中の梁だけが磬(吊して打ちならす楽器)を懸けたようにみえ、他に何もないさま。「磬」はまた「罄」に通じる。「罄」は、尽きて空しいさま。左伝僖公二十六年条に「室如二懸磬一、野無二青草一」とある。→㊃一三一頁注一九。
二「殍」は餓死の意。「夭殍」は食糧不足のため若死すること。
三 洗いすすぐ。天下の悲惨な状況を(大赦を行うことによって)洗いすすぐ。
四 以下、赦の内容、賑恤の対象については、宝亀八年十月戊申、同九年三月庚午、同十年八月丙辰の各条参照。
五 →六七頁注五。

万姓《ばんせい》の未《いま》だ康《やす》からぬことを憂《うれ》へ、一物《いつぶつ》の所《ところ》を失《うしな》はむことを憫《あはれ》ぶ。況《いはむ》や復《また》、去歳《こぞ》稔《みの》ること無くして、[一]懸磬《くゑんけい》の室《しつ》稍《やや》く多《おほ》く、今年《ことし》疫《えやみ》有りて、[二]夭殍《えうへう》の徒《ともがら》少《すくな》からぬをや。朕《われ》、民《たみ》の父母《ちちはは》と為《な》りて、撫育《ふいく》術《すべ》に乖《たが》へり。静《しづか》に此《これ》を言《おも》ひて、還《かへ》りて懐《こころ》に慙《は》づ。また、彼《か》の罪《つみ》有ることを顧《かへりみ》るに、責《せめ》深《ふか》きこと予《われ》に在《あ》り。若《も》し[三]滌蕩《てきたう》するに非《あら》ずは、何《なに》ぞ自《おのづか》ら新《あらた》ならしめむ。宜《よろ》しく天下《あめのした》に[四]大赦《たいしや》すべし。天応《てんおう》二年七月廿五日の昧爽《よあけ》より已前《さき》の[五]大辟《だいびやく》已下、罪《つみ》軽重《きやうちう》と無く、[六]已《い》発覚《ほつかく》も未《み》発覚《ほつかく》も、[七]已《い》結正《けつしやう》も未《み》結正《けつしやう》も、[八]繋囚《けいしう》も見徒《げんづ》も、悉《ことごと》く皆《みな》赦除《ゆる》せ。但《ただ》し、[九]八《はち》虐《ぎやく》を犯《をか》せると、[一〇]故殺人《こせつにん》と、[一一]私鋳銭《しじゆせん》と、[一二]強窃《がうせつ》の二盗と、[一三]常赦《じやうしや》の免《ゆる》さぬとは、赦《しや》の限《かぎり》に在《あ》らず。若《も》し[一四]死罪《しざい》に入《い》らば、並《ならび》に一等を減《げむ》せよ。[一五]鰥寡惸独《くわんくわけいどく》と貧窮《ひんきう》と老疾《らうしつ》との、自存《じぞん》すること能《あた》はぬ者《ひと》には、量《はか》りて賑恤《しんじゆつ》を加《くは》へよ」とのたまふ。是《こ》の日《ひ》、地震《なゐ》ふる。○丁未[二十六日]、[一六]女孺《によじゆ》従七位上[一七]山口《やまぐち》忌寸家足《いへたり》・従八位上[一八]於《お》保磐城《ほのいはき》臣御炊《みかしき》に並《ならび》に外従五位下を授《さづ》く。○戊申[二十七日]、天皇《すめらみこと》、[一九]勅旨宮《ちよくしくう》に移御《うつりたま》ふ。

右大臣以下上奏して服喪期間の短縮を願う

○庚戌[二十九日]、右大臣《うだいじん》已下、参議《さむぎ》已上、共《とも》に[二〇]奏《そう》して偁《まう》さく、「頃者《このころ》、災異《さいい》荐《しきり》に臻《いた》りて、妖徴《えうちよう》並に見《あらは》れたり。仍《より》て[二一]亀筮《くゐぜい》に命《おほ》せてその由《よし》を占《うらな》ひ求《もと》めしむ。神祇官《じんぎくわん》・陰陽寮《おむやうれう》並に言《まう》さく、「国家《くに》の恒祀《つねのまつり》は例《ためし》に依《よ》りて幣《みてぐら》を奠《たてまつ》ると雖《いへど》も、天下《てんか》の[二二]縞素《かうそ》、[二三]吉凶混雑《きちきようこんざふ》す。茲《これ》に因《よ》りて、伊勢大神《いせのおほかみ》と諸《もろもろ》の神社《かむやしろ》と、悉《ことごと》く皆《みな》祟《たた》

六 →六七頁注六。
七 →六七頁注七。
八 →六七頁注八。
九 →五一頁注二三。
一〇 →五一頁注二四。
一一 →五一頁注二五。
一二 →五一頁注二六。
一三 →五一頁注二七。
一四 →五一頁注二八。
一五 →一〇三頁注一四。
一六 →五九頁注三二。采女と併せ散事と総称される場合もある。
一七 延暦五年正月に従五位下。なお山口忌寸は延暦四年六月に坂上苅田麻呂らの上表により宿禰賜姓。山口忌寸→[一]補1－一三五。
一八 他に見えず。神護景雲三年三月辛巳条に「(陸奥国…賜姓…)磐城郡人外正六位上丈部山際於保磐城臣」と見える。御炊は山際の同族で磐城郡の采女か。於保磐城臣→[四]補29－五九。
一九 未詳。廃止後の勅旨省の建物を利用した宮か。移御の理由も未詳。
二〇 光仁太上天皇の死去により桓武の服喪が長期にわたるため、神事が停滞して種々の支障が生じたことから、服喪期間の短縮を願った上奏とそれを容認する詔。天応元年十二月丁未(二十三日)条に、諒闇三年の短縮を願う奏を認めて六か月としたが、同月辛亥(二十七日)条でこれを改め、一年に延長するとの勅が出されていた。
二一 「亀」は亀卜、「筮」は筮占。うらない。
二二 百官人らが無色の喪服を着用すること。
二三 百官人らが喪服を着用して神事に参加するため、吉事であるはずの神事が凶事と区別つかなくなってしまう。

如不下除レ凶就上レ吉、恐致二聖体不[1]豫一歟。而陛下因心至性、尚[2]終二孝期一。今乃医薬在レ御、延二引旬日一。神道難レ[3]誈、抑有レ由焉。伏乞、忍二曾閔之小孝一、以二社稷一為二重任一、[4]仍除二凶服一以充二[5]人祇一。詔報曰、朕以、霜露未レ変、[6]茶[7]毒如レ昨。方遂二諒闇一、以[8]申二[9]罔極一。而群卿再三執奏、以二宗廟社稷一為レ喩。事不レ獲レ已、一依二来奏一。其諸国釈レ服者、待二祓使到一、祓二潔国内一、然[10]後乃釈。不レ得三飲レ酒作レ楽、并着二雑彩一。○八月辛亥朔、百官釈レ服。○己未、遣下治部卿従四位上壱志濃王・左中弁従四位下紀朝臣古佐美・治部大輔従五位上藤原朝臣[11]黒麻呂・主[12]税頭従五位下栄井宿禰道形・陰陽頭従五[13]位下紀朝臣本・大外記外従五位下朝原忌寸道永等、六位已下解二陰陽一者合一十三人於大和国上、行二相山陵之地一。為レ改二葬天宗高紹天皇一也。○庚申、以二外従五位下田辺史浄足一為二伊豆守一。○己巳、[14]詔[15]曰、

殷

1 豫―預〔底〕
2 終→校補
3 誈〔底原〕―誣(底新朱抹傍・兼等、大、紀略)
4 仍〔兼・谷、大〕―ナシ(東・高)
5 人〔兼・谷原・東・高、紀略原〕―神(谷抹傍、大、紀略改)→脚注・校補
6 茶→校補
7 毒〔兼・谷、大〕―ナシ(東・高)
8 申―甲(高)
9 罔―囚(高)
10 後乃―而(紀略)
11 黒〔東・高、大改〕―里(兼・谷)→校補
12 税〔谷重〕→校補
13 位ノ下、ナシ〔底原〕―位(底新傍補)
14 詔ノ上、ナシ―改元(紀略)
15 曰(底新朱抹傍)―日〔底原〕→校補

一「因心」は孝心のこと。孝心に溢れているの意。

二 父母の喪に服する期間。ここは父の光仁の喪に服する期間をいう。

三「神道」の語は書紀用明即位前紀に見えるのが初見で、以後数か所で使用されている。これについては、仏教の流入以後これと区別あるいは対抗するため、中国の典籍に見える道教や種々の呪術・仙術などの呼称であった「神道」なる語を、日本古来の民俗的宗教の呼称に採用したもので、書紀編者によって始められたもの、とする見解があるが(津田左右吉説)、日本の民族的宗教は、教義的体系を持たない祭祀の儀礼を内容としている点を考えるとき、右にいう用法が一般化したとは考えられず、「神道」の語はむしろ、神のはたらき、力、地位、さらには神そのものを指す語として用いられるのが、より一般的であり、本条に使用されている「神道」も、そうしたものと理解される。「誈」は「誣」に同じ。誣は、けが

らむとす」とまうす。如《も》し凶《きよう》を除《のぞ》き吉《きち》に就《つ》かずは、恐《おそ》るらくは、聖体《おほみみ》不豫《みやまひ》することを致《いた》さむか。而《しか》して陛下《へいか》、因心至性《いんしむしせい》[一]にして、尚孝期《なほかうき》[二]を終《を》へむとす。今乃《いますなは》ち医薬御《いやくぎよ》するに在《あ》りて旬日《しゆんじつ》を延引《えんいん》す。神道《しんたう》[三]の誑《し》ひ難《がた》き、抑由《そもそもよし》有り。伏《ふ》して乞《こ》はくは、曾閔《そうびん》[四]が小孝《せうかう》を忍《しの》びて社稷《しやしよく》を重任《ぢうにむ》とし、仍《より》て凶服《くぶく》を除《のぞ》きて人祇[五]に充《あ》てむことを」とまうす。詔《みことのり》し報《こた》へて曰《のたま》はく、「朕以《われおもひ》みるに、[六]霜露《さうろ》変《かは》らず、荼毒《とどく》[七]昨《さき》の如《ごと》し。方《まさ》に諒闇《りやうあむ》を遂《と》げて罔極《まうきよく》[八]を申《まう》さむとす。而《しか》るに群卿《まへつきみたち》、再三執奏《さいさむしふそう》して、宗廟社稷《そうべうしやしよく》[九]を喩《たとへ》とす。事《こと》已《や》むこと獲《え》ずして、一《もは》[一〇]ら来《らい》奏《そう》に依《よ》る。その諸国《くにぐに》の服《ぶく》を釈《ぬ》く者《ひと》は、祓《はらひ》の使《つかひ》到《いた》るを待《ま》ち、国内《くにのうち》を祓《はら》ひ潔《きよ》め、然《しか》して後《のち》に乃《すなは》ち釈《ぬ》け。酒《さけ》を飲《の》み楽《がく》を作《おこ》し、并《あは》せて雑彩《ざふさい》を着《き》ること得《え》ず」とのたまふ。

詔して釈服を認める

八月辛亥の朔、百官《ひやくくわん》[一一]、服《ぶく》を釈《ぬ》く。○[九日]己未、治部卿《ぢぶきやう》[一二]従四位上壱志濃《いちしのの》[一三] 王《おほきみ》・左中弁《さちうべん》従四位下紀《き》[一四]朝臣古佐美《こさみ》・治部大輔《ぢぶだいふ》従五位上藤原《ふぢはら》[一五]朝臣黒麻呂《くろまろ》・主税《しゆさいの》頭《かみ》従五位下栄井《さかゐ》[一六]宿禰道形《みちかた》・陰陽頭《おむやうのかみ》従五位下紀《き》[一七]朝臣本《もと》・大外記《だいぐゑき》外従五位下朝原《あさはら》[一八]忌寸道永《みちなが》等、六位已下の陰陽《おむやう》を解《し》る者合《ひとあは》せて一十三人を大和国《やまと》に遣《つかは》して、山陵《みささぎ》の地《ところ》を行《めぐ》り相《み》しむ。天宗高紹 天皇《あめむねたかつぎすめらみこと》[一九]を改《あらた》[二〇]め葬《はぶ》らむが為《ため》なり。○[十日]庚申、外従五位下田辺《たなべ》[二一]史浄足《きよたり》を伊豆《いづ》守とす。○[十九日]己巳、詔《みことのり》[二二]して曰《のたま》はく、「殷《いん》

大和国に山陵の地をト相

延暦改元

す、の意。神道はけがすことはできない。
四 曾参と閔損。両名とも孔子の弟子で孝心篤いことで著名。ここは、曾閔の行為に代表されるような親に対する子という個人的な孝の実行よりも、天子として天神地祇の祭祀という国家的な事業を重大な任務と考える、の意。
五 諸本「人祇」とするが、「神祇」の誤りか。
六 「霜露」は寒冷のために侵される病をいうが、ここはそれから派生した「霜露之思」の意で、病で痛みが烈しいごとく、亡き父母を偲ぶ心が哀切きわまりないことをいう。
七 苦痛、害悪、の意。ここでは前者。
八 きわまりないこと。ここは、父母の大恩。なお「霜露」以下の文については、天応元年十二月丁未条に多く類似する文が見える。
九 本条の「宗廟」は皇祖、「社稷」は天神地祇の中国風の表現。宗廟→㊁一八五頁注九。社稷→㊀一七頁注一〇。
一〇 下文八月辛亥朔に釈服となっている。
一一 上文七月庚戌詔の実施。
一二 以下は、光仁の改葬のための候補地選定の記事。
一三 →㊃補28-四。
一四 麻路の孫。→㊃補25-一〇六。
一五 →㊃補33-一。
一六 もと日置造。→㊃補28-三九。
一七 →㊃補33-一。
一八 →補36-六三。
一九 光仁天皇。→三頁注二。
二〇 天応元年十二月に広崗山陵に葬ったが、延暦五年十月に大和国田原陵に改葬。
二一 →八三頁注二三。前官は木工助(延暦元年六月辛未条)。伊豆守の前任者は葛井根道(宝亀十一年三月壬午条)。
二二 延暦改元の詔。→補37-一八。

1歴—暦(東)
2循〔大改〕—脩(谷・東・高)、修(兼)→校補
3登〔谷重〕
4以—是(東)
5寡〔底原・底新朱抹傍〕→校補
6徳—得(東)
7託〔底新朱抹傍〕—訖〔底原〕、誂(兼・東・高)、詑(谷重、大)
8上〔兼原〕—土(兼重)
9曰〔底新朱抹傍〕—日〔底原〕→校補
10暦〔底重〕—歴〔底原〕
11上〔大補〕—ナシ(底新朱傍按・兼等)→校補
12図〔大〕—口(兼等)
13下〔底重〕
14園〔谷抹傍、大〕—国(兼・谷原・東・高)
15従〔底傍補〕—ナシ〔底原〕
16亮〔底原・底新朱抹傍〕→校補
17末〔底〕—麻(底新傍朱イ・兼等、大)
18三—王(東)
19頭→校補

周以前、未レ有二年号一。至二于漢武一、始称二建元一。自レ茲厥後、歴[1]代因循[2]。是以、継体之君、受禅之主、莫レ不二登[3]レ祚開レ元、錫レ瑞改レ号。朕以[4]二寡[5]徳[6]一、纂二承洪基一、託[7]二于王公之上[8]一、君二臨寰宇一。既経二歳月一、未レ施二新号一。今者宗社降レ霊、幽顕介レ福、年穀豊稔、徴祥仍臻。思与二万国一、嘉二此休祚一。宜下改二天応二年一、曰[9]中延暦[10]元年上。其天下有位、及伊勢大神宮禰宜・大物忌・内人、諸社禰宜・祝、并内外文武官把レ笏者、賜二爵一級一。但正六位上者、廻授二一子一。其外正六位上[11]者、不レ在二此限一。○乙亥、以二従五位上安倍朝臣常嶋一為二図[12]書頭一。従五位下八上王為二内礼正一。正五位下石川朝臣真守為二式部大輔一。武蔵守如レ故。従五位下[13]多治比真人浜成為二少輔一。外従五位下和史国守為二園[14]池正一。従[15]五位下川辺朝臣浄長為二主油正一。従五位下文室真人忍坂麻呂為二左京亮[16]一。左少弁従五位下笠朝臣名末[17]呂為二兼近衛少将一。従五位下多治比真人三[18]上為二左衛士佐一。正五位下粟田朝臣鷹守為二主馬頭[19]一。従五位下石川朝臣美奈伎麻呂為二安房守一。外従五位下伊勢朝臣水通為二下野

一 前漢の武帝が即位して「建元」という年号を建てた。漢書武帝紀の顔師古注に「自レ古帝王未レ有二年号一、始起二於此一」と記す。
二 しきたりどおりにする。
三 天子の位に即くと元号を建て、また祥瑞が天よりの賜物として与えられると改元するの意。「錫」は「賜」に同じ。
四 皇位を継承し。
五 たよる。
六 寰区とも。天下。→二四三頁注三〇。
七 祖先を祀る社は霊異を降し、の意。
八 「幽顕」は人の見ない処と見る処。あの世とこの世。「介福」は大きな幸。現世と冥界の神々は大きな幸福を授け、の意。
九 めでたいしるし。
一〇 立派な位。皇位をいう。
一一 →補37—一八。
一二 伊勢神宮の最高の神職。→㊁二三七頁注一三。
一三 伊勢神宮で禰宜より下級の神職。→一六九頁注一五。
一四 伊勢神宮で禰宜・大物忌に次ぐ神職。→㊁二三七頁注一四。
一五 諸社の神職。→㊁五頁注一。 一六 諸社の禰宜より下級の神職。→㊁五頁注一。
一七 →㊁補8—二三。
一八 外正六位上に対しこうした例外措置をとったのは、ここのみ。理由未詳。
一九 阿倍朝臣とも。→㊃補31—四〇。
二〇 →㊃一四九頁注二五。内礼正の前任者は山上王(宝亀十年九月壬辰条)。
二一 →㊃補27—二六。武蔵守任官は天応元年五

任官

周《しう》より以前《さき》は年号《ねんがう》有らず。[一]漢武《かんぶ》に至《いた》りて始《はじ》めて建元《けんぐゑん》と称《なづ》く。茲《これ》より厥後《のち》、[二]歴代因循《れきだいいんじゆん》せり。是《ここ》を以《もち》て、継体《けいたい》の君《きみ》、受禅《じゆぜん》の主《ぬし》、[三]祚《くらゐ》に登《のぼ》れば元《ぐゑん》を開《ひら》き、瑞《しるし》を錫《たま》はれば号《な》を改《あらた》めずといふこと莫《な》し。朕寡徳《われくわとく》を以《もち》て[四]洪基《こうき》を纂《つ》ぎ承《う》けて、王公《わうこう》の上《うへ》に[五]託《つ》き、[六]寰宇《くわんう》に君《きみ》として臨《のぞ》めり。既《すで》に歳月《としつき》を経《ふ》れども、新号《あらたしきな》を施《ほどこ》さず。今者《いま》、[七]宗社霊《そうしやくすしび》を降《くだ》して[八]幽顕福《いうけんさきはひ》を介《おほき》にし、年穀豊《ねんこくゆたか》に稔《みの》りて[九]徴祥《ちようしやう》仍《しきり》に臻《いた》れり。思《おも》ふに、万国《ばんこく》とこの[一〇]休祚《きうそ》を嘉《よみ》せむ。天応《てんおう》二年を改《あらた》めて[一一]延暦《えんりやく》元年と曰《い》ふべし。その天下《あめのした》の有位《うゐ》と、伊勢大神宮《いせのだいじんぐう》の[一二]禰宜《ねぎ》・[一三]大物忌《おほものいみ》・[一四]内人《うちひと》と、[一五]諸社《もろもろのやしろ》の禰宜《ねぎ》・[一六]祝《はふり》と、并《あは》せて内外《ないぐゑ》の文武《ぶんぶ》の官《つかさ》の[一七]笏《しやく》を把《と》る者《ひと》とに、爵《しやく》一級を賜《たま》ふ。但《ただ》し、正六位上の者《ひと》には廻《めぐら》して一子に授《さづ》く。その[一八]外正六位上の者《ひと》はこの限《かぎり》に在《あ》らず」とのたまふ。○乙亥[二十五日]、従五位上[一九]安倍《あへ》朝臣常嶋《つねしま》を図書頭《づしよのかみ》。従五位下[二〇]八上王《やかみのおほきみ》を内礼正《うちのゐやのかみ》。正五位下[二一]石川《いしかは》朝臣真守《まもり》を式部《しきぶ》大輔《だいふ》とす。従五位下[二二]多治比《たぢひ》真人浜成《はまなり》を少輔《せうふ》。外従五位下[二三]和《やまと》史国《くに》武蔵《むざし》守は故《もと》の如《ごと》し。従五位下[二四]川辺《かはへ》朝臣浄長《きよなが》を主油正《あぶらのかみ》。従五位下[二五]文室《ふむや》真人忍坂麻呂《おしさかまろ》を左京亮《さきやうのすけ》。左少弁《させうべん》従五位下[二六]笠《かさ》朝臣名末呂《なまろ》を兼近衛少将《このゑのせうしやう》。従五位下[二七]多治比《たぢひ》真人三上《みかみ》を左衛士佐《さゑじのすけ》。正五位下[二八]粟田《あはた》朝臣鷹守《たかもり》を主馬頭《しゆめのかみ》。従五位下[二九]石川《いしかは》朝臣美奈伎麻呂《みなきまろ》を安房《あは》守。外従五位下[三〇]伊勢《いせ》朝臣水通《みなみち》を下野《しもつけの》

月。前官式部少輔(天応元年五月癸未条)より昇任。式部大輔の前任者は大中臣子老(宝亀八年十月辛卯条)。

二一 →補35-四二。前官は左京亮(延暦元年閏正月甲子条)。式部少輔の前任者は本条で式部大輔に昇任した石川真守(天応元年五月癸未条)。

二二 →補36-四一。前官は造法華寺次官(天応元年十月己丑条)。園池正の前任者は本年六月辛未条で大和介に任じられた尾張豊人(延暦元年二月丁卯条)。

二三 →一六七頁注三。主油正の前任者は本年六月辛未条で越後介に任じられた三国広見(天応元年五月癸未条)。

二四 →四補28-五。左京亮の前任者は本条で式部少輔に任じられた多治比浜成(延暦元年閏正月甲子条)。

二五 →四補31-九五。左少弁任官は本年五月。本年閏正月庚子に近衛少将に任命されているので再任か。

二六 →補34-二。前官は主馬頭(延暦元年閏正月甲子条)。左衛士佐の前任者は本年六月辛未条で常陸介に任じられた大伴弟麻呂(天応元年五月癸未条)。

二七 →四補27-四四。前官は大蔵大輔(延暦元年二月庚申条)。主馬頭の前任者は本条で左衛士佐に任じられた多治比三上(延暦元年閏正月甲子条)。

二八 →補35-四八。前官は下野介(天応元年四月丙申条)。安房守の前任者は百済王仙宗(宝亀十年二月甲午条)。

二九 →補36-四二。前官は中宮大進(天応元年五月乙亥条)。下野介の前任者は本条で安房守に任じられた石川美奈伎麻呂(天応元年四月丙申条)。

介㆒。大学頭従四位下淡海真人三[1]船為㆓兼因幡守㆒。文章博士如㆑故。右大弁正四位下石川朝臣名足為㆓兼美作守㆒。○丙子、授㆓正五位上因幡国造浄成女従四位下㆒。○九月乙酉、以㆓従[2]五位下紀朝臣本㆒為㆓肥後守㆒。○戊子、以[3]㆓従五位上藤原朝臣黒[4]麻呂㆒為㆓右中弁㆒。従五位下広川王[5]為㆓右大舎人頭㆒。正五位下栄井宿禰蓑麻[6]呂為㆓陰陽頭㆒。従五位上大中臣朝臣継麻呂為㆓治部大輔㆒。従五位上多治比真人年主為㆓大蔵大輔㆒。神[7]祇伯従四位上大中臣[8]朝臣子老為㆓兼右京大夫㆒。従五位下積殖[9]王為㆓左[10]兵庫頭㆒。従五位下甘南備真人浄野為㆓肥前守㆒。○辛亥[11]、以㆓内匠頭正五位下葛井連道依㆒為㆓兼中宮亮[12]㆒。○冬十月庚戌[13]朔、叙㆓伊勢国桑名郡多度神従五位下㆒。○十一月辛卯、有[14]㆑光挟㆑日。其形円而[15]色似[16]㆑虹。日上復有㆑光、向㆑日長可㆓二丈㆒。○丁酉、叙㆓田村後宮今木大神従四位上㆒。○丁未、式部史生正八位下倭漢忌寸木[17]津吉人等八人言、吉人等、是阿智使主之後也。是以、蒙㆓賜忌寸之姓㆒。可㆑注㆓倭[18]漢木津忌寸㆒、而誤記㆓倭漢忌寸木津㆒。姓字繁多、唱導不㆑穏。望請、

1 三―王(東)
2 従〔底新朱抹傍〕―後〔底原〕
3 以―ナシ(東)
4 黒〔東・高、大改〕―里(兼・谷)
5 王―主(高)
6 麻〔底傍補〕―ナシ〔底原〕
7 神―補〔底原〕、ナシ〔底新朱抹〕→校補
8 臣〔谷、大〕―ナシ(兼・東・高)
9 殖〔底新傍〕→校補
10 左〔底〕―右
11 辛亥→脚注
12 亮〔底原・底新朱抹傍〕→校補
13 戌→校補
14 有〔紀略補〕―ナシ(紀略原)
15 而―ナシ(紀略)
16 似〔兼・谷、大〕―以(東・高)
17 木→校補
18 倭―和(東)

一 もと御船王。→㊂一一一頁注四七。大学頭任官は天応元年十月。文章博士任官は宝亀三年四月。因幡守の前任者は石城王(延暦元年閏正月庚子条)。

二 →㊂補23―五。右大弁任官は天応元年五月。美作守へは右京大夫(天応元年五月癸未条)からの転任。美作守の前任者は本年六月辛未条で越前守に転任した五百枝王(延暦元年閏正月庚子条)。

三 もと国造浄成女。→㊃三一七頁注五。正五位上叙位は宝亀十一年十月。

四 →㊃補33―一。前官は陰陽頭(延暦元年八月己未条)。

五 →㊃補33―一。前官は治部大輔(延暦元年八月己未条)。右中弁の前任者は本年六月壬申条で参議中宮大夫に任じられた紀家守(天応元年五月癸未条)。

六 →㊃補28―三。右大舎人頭の前任者は本条で大蔵大輔に任じられた多治比年主(延暦元年五月己亥条)。

七 もと日置造。→㊂補24―五。前官は造法華寺長官(延暦元年二月庚申条)。陰陽頭の前任者は上文乙酉(六日)条で肥後守に転任した紀本(延暦元年八月己未条)。

八 →㊃二九一頁注二一。前官は右少弁(延暦元年正月癸酉条)。治部大輔の前任者は本条で右中弁に任じられた藤原黒麻呂(延暦元年八月己未条)。

九 歳主とも。→㊃補32―一。前官は右大舎人頭(延暦元年五月己亥条)。大蔵大輔の前任者は本年八月乙亥条で主馬頭に任じられた粟田鷹守(延暦元年二月庚申条)。

一〇 もと中臣朝臣。→㊃一五一頁注四〇。神祇伯任官は宝亀八年正月。右京大夫の前任者は本年八月乙亥条で兼美作守となった石川名

任官

介《すけ》。大学頭《だいがくのかみ》従四位下[一]淡海《あふみ》真人三船《みふね》を兼因幡《いなば》守。文章博士《もんじやうはかせ》は故《もと》の如《ごと》し。右《う》大弁《だいべん》正四位下[二]石川《いしかは》朝臣名足《なたり》を兼美作《みまさか》守。○丙子（二十六日）、正五位上[三]因幡国造《いなばのくにのみやつこ》浄《きよ》成女《なりめ》に従四位下を授《さづ》く。

九月（庚辰朔）乙酉（六日）、従五位下[四]紀《き》朝臣本《もと》を肥 後 守《ひのみちのしり》とす。○戊子（九日）、従五位上[五]藤原《ふぢはら》朝臣黒麻呂《くろまろ》を右中弁《うちうべん》とす。従五位下[六]広川 王《ひろかはのおほきみ》を右大舎人頭《みぎのおほとねりのかみ》。正五位下[七]栄井《さかゐ》宿禰蓑麻呂《みのまろ》を陰陽頭《おむやうのかみ》。従五位上[八]大中臣《おほなかとみ》朝臣継麻呂《つぐまろ》を治部大輔《ぢぶだいふ》。従五位上[九]多《た》治比《ぢひ》真人年主《としぬし》を大蔵大輔《おほくらのだいふ》。神祇伯《じんぎはく》従四位上[一〇]大中臣《おほなかとみ》朝臣子老《こおゆ》を兼右京大夫《うきやうのだいぶ》。従五位下[一一]積殖《つみうゑ》王を左兵庫頭《さひやうごのかみ》。従五位下[一二]甘南備《かむなび》真人浄野《きよの》を肥 前 守《ひのみちのくち》。○辛[一三]亥、内 匠 頭《うちのたくみのかみ》正五位下[一四]葛井《ふぢゐ》連道依《みちより》を兼中宮亮《ちうぐうのすけ》とす。

冬十月庚戌の朔、伊勢《いせ》国[一五]桑名《くはな》郡[一六]多度神《たどのかみ》を従五位下に叙《じよ》す。

十一月（己卯朔）辛卯（十三日）、[一七]光《ひかり》有りて日《ひ》を挟《はさ》む。その形円《かたちまる》くして色虹《いろにじ》に似《に》たり。[一八]日《ひ》の上《うへ》に復光《またひかり》有りて、日《ひ》に向《むか》ふこと長《なが》さ二丈可《ばかり》なり。○丁酉（十九日）、[一九]田村後宮《たむらのこうきう》の[二〇]今木《いまきの》大神《おほかみ》を従四位上に叙《じよ》す。○丁未（二十九日）、式部史生《しきぶのししやう》正八位下[二一]倭 漢忌寸木津吉人《やまとのあやのいみきこつのよしひと》ら八人言《まう》さく、「吉人《よしひと》らは是《こ》れ[二二]阿智使主《あちのおみ》が後《のち》なり。[二三]是《ここ》を以《もち》て忌寸《いみき》の姓を蒙《かがふ》り賜《たま》はる。倭 漢木津《やまとのあやのこつ》忌寸と注《しる》すべくして、誤《あやま》りて倭漢忌寸木津《やまとのあやのいみきこつ》と記《しる》せり。[二四]姓字繁多《しやうじはんた》にして唱《とな》へ導《い》ふに穏《おだひ》にあらず。望《のぞ》み請《こ》はくは、

足(天応元年五月癸未条)。

一一 →〔四〕一四九頁注三一。

一二 清野とも。→補35-四一。前官は宮内少輔(延暦元年二月庚申条)。肥前守の前任者は紀真木(延暦元年二月庚申条)。

一三 九月は庚辰朔なので「辛亥」はない。「辛卯」(十二日)あるいは「辛丑」(二十二日)の誤りか。

一四 →〔四〕補26-七。中宮亮の前任者は本年六月辛未条で常陸介に任じられた大伴弟麻呂(天応元年五月癸未条)。

一五 →〔三〕三八一頁注一九。

一六 多度山を神体山とする神社。→補37-一九。

一七 日暈をいうか。日暈は太陽の周囲に現われる色彩のある輪のことで、光環ともいう。

一八 幻日のことか。幻日は白色または薄い色の、太陽に似た輝いた点。大気中で光の屈折や反射で出来る現象。太陽と同じ高度で左右に現われるが、太陽に近い側は薄赤みを帯び、外側は尾を引いていることが多い。

一九 田村旧宮(〔四〕四四九頁注七)と同じか、あるいはその一部か。

二〇 「今木」は今来に同じ。和氏が奉じた渡来系の神、高野新笠に信仰され田村後宮に祀られたか。平安遷都後、平野神社の祭神となる。→補37-二〇。

二一 他に見えず。倭漢忌寸木津のウヂ名を名乗る氏族も他に見えず。

二二 →〔四〕補32-一八。

二三 天武十四年六月に倭漢氏系の氏族が一括して忌寸姓を与えられたことをいう。

二四 倭漢忌寸木津というウヂ名が、字数が多く煩わしいだけでなく、口に言うのも穏当でないの意。木津(つこ)が骨に通ずるためか。「導」は「道」に同じ。言う、の意。

除二倭漢二字一、為二木津忌寸一。許レ之。○十二月庚戌、内掃部正外従五位下[1]小塞宿禰弓張言、弓張等二世祖近之里、庚寅[2]歳[3]以降、因二居地名一、従二小塞姓一。望請、依二庚午年籍一、改二換小塞一、蒙二賜尾張姓一。許レ之。○壬子、勅、太上天皇周忌御[4]斎[5]、当二今月廿三日一。宜レ令[6]二天下諸国国[7]分二寺見僧尼奉為誦経一焉。」又詔曰[8]、公解之[9]設、先補二欠負一、次割二国儲一、然後作レ差[10]処分。如聞、諸国曾不二遵行一、所レ有公廨、且以費用[11]。至[12]レ進二税帳[13]一、詐注二未納一。因[14]レ茲、前人滞二於解由一、後人煩二於受領一。於レ事商[15]量、甚[16]乖二道理一。又其四位已上者、冠蓋既貴、栄禄亦重。授以二兼国一、佇[17]二聞善[18]政[19]一。今乃苟貪[20]二公廨一、徴[21]求以甚[22]。至二于遷替一、多無二解由一。如レ此不レ責、豈曰[23]二皇憲一。自レ今以後、遷替国司、満二百廿日一、未[24]レ得二解由一者、宜下奪[25]二位禄・食封一、以懲中将来上。

1下ノ下、ナシ〔底原一字空・底新朱抹〕―従(底新補)
2寅(底新朱抹傍)―宣〔底原〕
3歳―嵗〔底〕
4御〔高傍〕―律(高)
5斎(兼・谷、大)―斉〔東・高〕
6令〔谷擦重、大〕―合(兼・谷原・東・高)　7国〔底〕―々
8曰(底新朱抹傍)―日〔底原〕→校補
9之ノ下、ナシ〔兼等、大、類八〇・八四〕―詔(兼傍按・谷朱傍按・高朱傍按)→校補　10差処分(底新朱抹傍)―着分〔底原〕
11用ノ下、ナシ―用(東)
12至〔兼等、大、類八〇・八四〕―坐(東傍・高傍)　13帳→校補
14因(底新朱抹傍)―内〔底原〕
15商―商(谷)　16甚〔底原、大改、類八〇・八四〕―其(底新朱抹傍・兼等)→校補
17佇〔谷原・谷重〕→校補
18善ノ下、ナシ(底抹・底新朱抹)―既貴栄禄亦重授以兼国佇聞善〔底原〕
19政―所(東)
20貪〔谷抹傍、大、類八〇・八四〕―貧(兼・谷原・東・高)
21徴(底新傍補)―ナシ〔底原〕
22甚―其〔底〕
23曰(底新朱抹傍)―日〔底原〕→校補
24未〔類八四改〕―不(類八四原)
25奪〔底原・底新朱抹傍〕→校補

一 姓氏録左京諸蕃に、後漢霊帝三世の孫阿知使主の後と見える。「木津」は和名抄の近江国高島郡に「古豆」と訓む。現在の滋賀県高島郡新旭町木津付近。
二 もと小塞連。→補34-四五。
三 「二世祖」は、朝鮮半島より亡命の時から数えて二世の意か。
四 他に見えず。
五 庚寅年籍に記載されてより以降。庚寅年籍→㊀補5-二五。
六 尾張国中嶋郡小塞郷(現愛知県一宮市)の地名によるか。「小塞」は和名抄に「乎世木」。
七 天智九年作成の戸籍。→㊀補3-一二。
八 姓氏録左京神別に、尾張宿禰は火明命の廿世孫、阿曾禰連の後と記す。→㊀補2-一六〇。
九 光仁の一周忌の御斎に当り、諸国国分二寺の僧尼に誦経を命じた勅。
一〇 光仁は天応元年十二月二十三日に没。従ってこの年十二月二十三日が一周忌となる。
一一 下文辛未(二十三日)条に大安寺に於て斎会を行ったことが見える。
一二 国司が公廨稲の使用規定を遵守せぬため、交替解由が円滑になされぬこと、とくに四位

倭漢《やまとのあや》の二字を除《のぞ》きて木《こ》[一]津《つ》忌寸とせむことを」とまうす。これを許《ゆる》す。

〔己酉朔〕十二月〔二日〕庚戌、内掃部正《うちのかにもりのかみ》外従五位下小塞《をせき》[二]宿禰弓張言《ゆみはりまう》さく、「弓張《ゆみはり》らが二世[三]の祖近之《おやちかの》[四]里《さと》は庚寅《かういん》[五]の歳《とし》より以降《このかた》、居地《をるところ》[六]の名《な》に因《よ》りて小塞《をせき》の姓に従《したが》へり。望《のぞ》み請《こ》はくは、庚午年籍《かうごのねんじやく》[七]に依《よ》りて、小塞《をせき》を改《あらた》め換《か》へて尾張《をはり》[八]の姓を蒙《かがふ》り賜《たま》はらむことを」とまうす。これを許《ゆる》す。○〔四日〕壬子、勅《みことのり》[九]したまはく、「太上天皇《だいじやうてんわう》の周忌《しうき》の御斎《をがみ》は今月《このつき》[一〇]廿三日に当《あた》れり。天下《あめのした》[一一]の諸国《くにぐに》の国分《こくぶん》二寺の見《げん》にある僧尼《ほふしあま》をして、奉為《おほみため》に誦経《ずきやう》せしむべし」とのたまふ。また詔《みことのり》[一二]して曰《のたま》はく、

国司の交替解由を厳しく取締ることを命ずる

「公廨《くげ》[一三]の設《まうけ》は、先《ま》づ欠負《けむふ》[一四]を補《おきぬ》ひ、次《つぎ》に国《くに》[一五]の儲《まうけ》を割《さ》き、然《しか》して後《のち》に差《しな》を作《な》して処分《しよぶん》す。如聞《きくな》らく、「諸国曾《くにぐにかつ》て遵《したが》ひ行《おこな》はず、有《も》てる公廨《くげ》は且《しまら》く費《つひや》し用《もち》ゐる。税帳《ぜいちやう》を進《たてまつ》るに至《いた》りて詐《いつは》[一六]りて未納《みなふ》と注《しる》す。茲《これ》に因《よ》りて、前人《ぜんじん》[一七]は解由《げゆ》に滞《とどこほ》り、後人《こうじん》は受領《ずりやう》に煩《わづら》ふ」ときく。事《こと》に於《おき》て商量《しやうりやう》するに、甚《はなは》だ道理《ことわり》に乖《そむ》けり。また、その四位已上は、冠蓋既《くわんがいすで》[一八]に貴《たふと》くして栄禄《えいろく》も亦重《またおも》し。授《さづ》[一九]くるに兼国《けむこく》を以《もち》てし、聞《ぶん》を善政《ぜんせい》に佇《ま》つ。今乃《いますなは》ち苟《いやしく》も公廨《くげ》を貪《むさぼ》りて、徴《め》し求《もと》むること以《もち》て甚《はなはだ》し。遷替《せむたい》するに至《いた》りては多《おほ》くは解由《げゆ》無し。此《かく》[二〇]の如《ごと》くして責《せ》めずは、豈皇憲《あにくわうけん》と曰《い》はむや。今《いま》より以後《のち》、遷替《せむたい》[二一]する国司《こくし》、百廿日に満《み》ちて解《げ》由《ゆ》を得《え》ぬ者《ひと》は、位禄《ゐろく》・食封《じきふ》を奪《うば》ひて、以《もち》て将来《しやうらい》を懲《こら》すべし」とのたまふ。

以上の国司兼任者にそれが著しいことを指摘し、以後交替解由を厳しく取り締まることを命じた詔。この詔は延暦交替式所収の延暦十七年四月七日太政官符に延暦元年十二月四日勅書として引用されているが、字句に若干異同が見られる。国司交替に関する詔→補37-二一。

一三 公廨稲の使用方法および配分方式については、天平宝字元年十月の太政官処分で規定されていた。→㊂補16-一七。

一四 国衙の財政運営の上で生じた欠損。→㊂一九頁注一三。

一五 国内に蓄えておくべきものとして定められた量の稲。→㊁補9-六九・㊂二三五頁注九。

一六 上記勅書では「虚注二未領一」と記す。

一七 前任国司は解由を得るのに時間がかかり過ぎ、そのため後任国司は事務引継を行うのに難渋する。本条の「解由」とは、国司交替に際し、後任者が前任者に付す文書で、前任者はこれを太政官に提出し、在任中に官物の未納等のなかったことの証とした。また「受領」は「分付」に対する語で、後任者が国務を受けることをいう。上記勅書では「後人煩二於受納一」と記す。国司交替と解由→㊁補11-四一。

一八 慶雲三年二月庚寅詔に「三位以上已在二食封之列一、四位以下寔有二位禄之物一。又四位有二飛蓋之貴一、…四位宜レ入二食封之限一」とあり、四位以上の官人の地位身分や俸禄は、五位以下と隔絶していた。なお上記勅書では「栄禄亦厚」と記す。→㊀九七頁注一六-一八。

一九 中央で然るべき高官に任じた者に国司を兼任させるので、実際は公廨稲の収入を目的とする京官兼国となる。

二〇 上記勅書では「以レ此不レ責」と記す。

二一 上記勅書では「国司解替」と記す。

○癸亥、近江国坂田郡人少初位上比瑠臣麻呂等、改㆓本姓㆒賜㆓浄原臣㆒。○丙寅、散事正四位下[1]巨勢朝臣[2]巨勢野卒。○辛未、是日、太上天皇[3]周忌也。於㆓大安寺㆒設[4]斎焉。百官参会、各供㆓其事㆒。○壬申、詔曰、礼制有㆑限、周忌云畢。元会之旦、事須㆓賀正㆒。但朕乍㆑除㆓諒[5]闇㆒、哀感尚深。霜露既変、更増㆓陟岵之悲㆒、風景惟新、弥切㆓[6]循[7]陔之[8]恋㆒。来年元正、宜㆑停㆓賀礼㆒焉。

[9]二年春正月戊寅朔、廃㆑朝也。」授㆓正六位上阿倍朝臣真黒麻呂従五位下㆒。」是日、勅、内親王及内外命婦、服色有㆑限、不㆑得㆓僭差㆒。比来所司寛容、曾不㆓禁制㆒。至㆓于閭[10]閻肆[11]廛㆒、恣着㆓禁色㆒、既無㆓貴[12]賤[13]之殊㆒、亦虧㆓等差之序㆒。自㆑今以後、宜㆓厳禁断㆒。如有㆓違越㆒、[14]寘以㆓常科㆒。事[15]具㆓別式㆒。○辛巳、陰陽頭正五位下栄井宿禰蓑麻呂、今年始登㆓八十㆒。詔、賜㆓絁布米塩㆒。蓑麻呂、経明行修、清慎夙著、後進之輩、所㆓[16]推挹㆒也。故有㆓此賞㆒。○乙酉、正四位上道嶋

1 巨〔底新朱抹傍・兼・谷重・東・高、大〕—臣〔底原・谷原〕
2 巨—臣〔底〕
3 周〔紀略改〕—国〔紀略原〕
4 斎〔谷・高、大、紀略〕—斉〔兼・東〕
5 闇〔底重〕—聞〔底原〕
6 循〈意改〉（大改、類七一改）—修（東）、脩〔兼・谷・高、類七一原〕→脚注・校補
7 陔〔類七一改・類七一一本〕—陵〔類七一原〕→校補
8 恋〔大改、類七一〕—変〔兼等〕
9 二年ノ上→校補
10 閻〔底原・底新朱抹傍〕→校補
11 廛〔底新朱抹傍〕—厘〔底原〕
12 賤〔兼・谷、大〕—ナシ〔東・高〕
13 之ノ下、ナシ〔兼・谷・東原、大〕—賤〔東傍補・高〕
14 寘〈意改〉〔大改〕—寡〔底原・底新朱抹傍・兼・谷原・東・高〕、ナシ〔谷抹〕→脚注・校補
15 具〔底新朱抹傍〕—且〔底原〕
16 推〔底新朱抹傍〕—惟〔底原〕

一 ↓㊂三八一頁注三三。
二 他に見えず。比瑠臣も他に見えない。
三 他に見えず。
四 ↓一五頁注一七。
五 ↓㊃補27-四五。正四位下叙位は宝亀十年二月。
六 光仁。
七 ↓㊁補7-一八。
八 光仁の一周忌の斎会は終了したが、なお哀感が深いため、来年の元日は賀礼を停むるとの詔。
九 元日、朝賀の儀を行う、その朝。
一〇 寒冷の季節は変って春となったが、の意。
一一 詩経、魏風に「陟㆓彼岵㆒兮、瞻㆓望父㆒兮…陟㆓彼屺㆒兮、瞻㆓望母㆒兮」とあり、序に「陟㆑岵孝子行㆑役思㆓念父母㆒也」と記す。岵(草木のない山)や屺(草木のある山)を陟るにつけても、郷里の父母が偲ばれる、の意。本条に「陟岵」と記すのは、父の光仁を強く慕う気持を示す。
一二 底本等「脩陔之恋」とするが、「循該之恋」の誤り。詩経、小雅の南陔序に「南陔、孝子相戒以養也」とあり、親に孝養をつくすをいう。「循陔之恋」とはこの意によって、親に仕えようとする心の切なるものがある、の意。「陟岵之悲」に対応する句。考證は晋の束晳の補亡詩に「循㆓彼南陔㆒、言采㆓其蘭㆒」とあることから、「循陔之恋」はこれに拠ったとする。
一三 光仁の一周忌終了にも拘らず、哀感が深

光仁周忌の斎

○癸亥〔十五日〕、近江《ちかつあふみ》国[一]坂田《さかた》郡の人《ひと》少初位上[二]比瑠《ひる》臣麻呂《まろ》ら、本《もと》の姓を改《あらた》めて[三]浄原《きよみはら》臣を賜《たま》ふ。○丙寅〔十八日〕、[四]散事《さんじ》正四位下[五]巨勢《こせ》朝臣巨勢野《こせの》卒《しゆつ》しぬ。○辛未〔二十三日〕、是《こ》の日《ひ》、[六]太上天皇《だいじやうてんわう》の周忌《しうき》なり。[七]大安寺《だいあんじ》に設斎《をがみ》す。百官参《ひやくくわんまゐ》り会《つど》ひて各《おのおの》その事《こと》に供《つかへまつ》る。○壬申〔二十四日〕、[八]詔《みことのり》して曰《のたま》はく、「礼制限《らいせいかぎり》有りて、周忌《しうき》云《ここ》に畢《をは》りぬ。[九]元会《ぐわんゑ》の旦《あした》は事賀正《ことがしやう》すべし。但《ただ》し、朕諒闇《われりやうあむ》を除《のぞ》き乍《なが》ら、哀感尚深《あいかむなほふか》し。[一〇]霜露《さうろ》既《すで》に変《かは》りて更《さら》に[一一]陟岵《ちよくこ》の悲《かなしび》を増《ま》し、風景惟《ふうけいこ》れ新《あらた》にして[一二]弥循陔《いよいよじゆんがい》の恋《おもひ》を切《しきり》にす。来年《きたるとし》の元正《ぐわんしやう》は賀礼《がれい》を停《とど》むべし」とのたまふ。

七八三年

内親王・命婦の服色の乱れの禁断を命ずる

二年〔癸亥〕春正月戊寅の朔、[一三]朝《でう》を廃《や》む。正六位上[一四]阿倍《あへ》朝臣真黒麻呂《まくろまろ》に従五位下を授《さづ》く。是《こ》の日《ひ》、[一五]勅《みことのり》したまはく、「内親王《ひめみこ》と[一六]内外《ないぐゑ》の命婦《みやうぶ》とは、[一七]服色限《ぶくしきかぎり》有りて[一八]僭差《せむし》すること得《え》ず。比来《このころ》、[一九]所司《しよし》寛容《くわんよう》にして曾《かつ》て禁制《きむせい》せず。[二〇]閭閻肆廛《りよえむしてん》に至《いた》るまで恣《ほしきまにま》に[二一]禁《いさ》むる色《いろ》を着《つ》け、既《すで》に貴賤《きせん》の殊《こと》なること無く、亦等差《またとうさ》の序《つぎて》を虧《か》けり。今《いま》より以後《のち》、厳《きび》しく禁断《きむだん》すべし。如《も》し違越《ゐをつ》すること有らば、[二二]寘《お》くに常《つね》の科《つみ》を以《もち》てせよ。事《こと》は[二三]別式《べちしき》に具《つぶさ》なり」とのたまふ。○辛巳〔四日〕、陰陽頭《おむやうのかみ》正五位下[二四]栄井《さかゐ》宿禰蓑麻呂《みのまろ》、今年《ことし》始《はじ》めて八十に登《のぼ》る。詔《みことのり》して、絁《あしぎぬ》・布《ぬの》・米《こめ》・塩《しほ》を賜《たま》ふ。蓑麻呂《みのまろ》は、[二五]経《きやう》に明《あきらか》にして行修《おこなひをさ》め、[二六]清《いさぎよ》く慎《つつし》めること夙《はや》く著《あらは》れて、後進《こうしん》の輩《やから》に[二七]推挹《すいいふ》せらる。故《ゆゑ》にこの賞《たまもの》有り。○乙酉〔八日〕、正四位上[二八]道嶋《みちしま》

道嶋嶋足没

いことによる廃朝。前年十二月壬申詔に「来年元正、宜レ停二賀礼一」とあるによる。
一四 延暦三年四月宮内少輔。同五年正月出雲介。阿倍朝臣→㊀補1—一四二。
一五 内親王及び内外命婦の服色が守られず混乱していることを挙げ、自今以後違反者の処罰を命じた勅。女性の服制と服飾→補37—二二。
一六 →七一頁注二一。
一七 衣服令8に内親王の、同10に内外命婦の礼服について、また同11に内親王・女王・内命婦等の朝服についての規定を収め、服色についての規制も見える。本条の勅で女王について言及のないのは未詳。あるいは内外命婦の呼称に含めたか。
一八 身分を越え、分限を過ぎる。
一九 弾正台を指すが、内礼司を含むか。
二〇 「閭閻」は里門と里中の門。「肆廛」は市の店舗。転じてどちらも民間の人の意。
二一 上位の服の色及びその地質を犯す。
二二 通常の処罰規定を適用する。なお、底本の「寡」では意が通じない。
二三 「別式」は未詳。弾正台式に、禁色に関する規定の他に、内親王・女王・内外命婦の服制の制限禁止に関する条文を収める。
二四 もと日置造。→㊂補24—五。
二五 「経」は四書五経などの経典。経典によく通じ行いにもよくはげむ。
二六 行いが清く慎み深いことは早くから知られていた。考課令4に「清慎顕著者、為二一善一」とあり、同義解に「清者潔也、慎者謹也」と記す。考課の対象とする項目となっている。
二七 「挹」は、すすめる、推重する。「推挹」は重んじておしたてること。
二八 もと丸子嶋足。→㊂補19—六。

宿禰嶋足卒[1]。嶋足、本姓牡[2]鹿連、陸奥国牡[3]鹿郡人也。体貌雄壮、驍[4]武善[5]二馳射一。宝字中、任二授刀将曹一。八年、恵美訓儒麻呂之劫[6]二勅使一也、嶋足与二将監坂上苅田麻呂一、奉レ詔[7]疾馳、射而殺レ之。以レ功[8]擢授二従四位下勲二等一、賜二姓宿禰一、補二授刀少将兼相模守一。転二中将一、改二本姓一賜二道嶋宿禰一。尋加二正四位上一、歴二内厩頭、下総・播磨等守一。○戊[9]子、授二女孺[10]无位和史家吉外従五位下一。○癸巳、天[11]皇御二大極殿閤[12]門一、賜二宴於五位已上一。」授二従五位下広川[13]王従五位上、正六位上伊香賀王従五位下、正五位上大伴宿禰[14]潔足・佐伯宿禰真守並従四位下、正五位下石川朝臣真守・巨[15]勢朝臣苗麻呂並正五位上、従五位下藤原朝臣菅[16]継・文室真人与企・中臣朝臣鷹主・紀朝臣家継並従五位上、正六位上[17]大伴宿禰真麻呂・藤原朝臣雄友[18]・紀朝臣男仲・石川朝臣浄継・高橋朝臣船麻呂・佐伯宿禰弟[19]人・上毛野朝臣鷹養・田口朝臣大立・紀朝臣田長・穂積朝臣賀祐[20]並従五位下、正六位上土師宿禰公足・吉田連季元・麻[21]田[22]連真浄並外従五位下一。宴訖、賜レ禄有レ差。

1 卒嶋足→校補
2 牡―扗(兼)
3 牡(兼・谷・高、大)―扗〔東〕
4 驍ノ上、ナシ―志気(大補)→校補
5 善ノ上、ナシ―素(大補)→校補
6 劫―却〔底〕
7 詔→校補
8 功―、(兼)
9 戊→校補
10 孺〔谷原・谷抹傍〕→校補
11 天皇→校補
12 閤(兼等、大、類三二・七二・紀略改)―閣〔紀略原〕
13 川―門(東)
14 禰―宿(高)
15 巨―臣〔底〕
16 菅―管(兼)
17 上〔兼・谷、大〕―ナシ(東・高)
18 友〈意改〉(大改)―支→脚注・校補
19 弟―第〔底〕
20 祐―祜(大改)→校補
21 麻田―麿(東)
22 田〔大改〕―呂(兼・谷・高)→校補

一 →三一三三頁注二六。
二 「体貌雄壮」は顔つきや体つきがおおしくさかんなこと。呉志陸績伝に「績容貌雄壮、博学多識」とある。「驍武」はたけくつよいこと。晋書苻洪載記に「好レ施多二権略一、驍武善二騎射一」と見える。
三 天平宝字三年十二月の授刀衛設置の時点では将曹の官は見えないが、同八年九月の押勝の乱の続紀記事には、授刀衛官人の官名称呼が中衛府系の称号に改められている。嶋足もこの時に授刀将曹に任じられていたか。→四二一頁注一九・三補22―四六・四補25―三八。また称号の変更については→三補22―四六・四補26―一五。
四 もと藤原朝臣浄弁。仲麻呂の男。→三補20―五七。
五 天平宝字八年九月乙巳条に「押勝聞レ之、令二其男訓儒麻呂等邀而奪一レ之、天皇遣二授刀少尉坂上苅田麻呂・将曹牡鹿嶋足等一射而殺之」と記す。勅使は少納言山村王。
六 →三二〇五頁注一三。「将監」は上記天平宝字八年九月乙巳条には少尉と見える。この点については→三補22―四六・四補26―一五。
七 天平宝字八年九月に従七位上より従四位下に昇叙。天平神護元年正月に勲二等。
八 天平宝字八年九月乙巳条に「牡鹿(連)嶋足牡鹿宿禰」と記す。九 授刀少将任命の時期は不明。相模守任命は天平宝字八年十月。この時にすでに授刀少将と見える。
一〇 天平神護元年二月の近衛員外中将任命をいうか。なおこの時は牡鹿宿禰。
一一 続紀にその記事を欠く。→四一一一頁注八。一二 天平神護二年十月に正四位下より正四位上に昇叙。
一三 任命の時期は未詳。宝亀九年二月辛巳条の任官記事には見えず、同十一年三月壬午条

叙位

宿禰嶋足《しまたり》卒《しゆつ》しぬ。嶋足《しまたり》は、本《もと》の姓牡《を》鹿《しか》連にして、陸奥国《みちのおく》[一]牡《を》鹿《しか》郡の人《ひと》なり。[二]体貌雄壮《たいばうゆうさう》、驍武《げうぶ》にして馳射《ちしや》を善《よ》くす。[三]宝字《ほうじ》中《ちう》に授刀将曹《たちはきのしやうざう》に任《にむ》せらる。八年、[四]恵美訓儒麻呂《ゑみのくすまろ》が[五]勅使《ちよくし》を劫《おびやか》せしとき、嶋足《しまたり》と将監《しやうげむ》[六]坂上苅田麻呂《さかのうへのかりたまろ》と、詔《みことのり》を奉《う》けたまはりて疾《と》く馳《は》せ、射《い》てこれを殺《ころ》す。功《いさをし》を以《もち》て擢《ぬきい》でて[七]従四位下勲《くん》二等を授《さづ》け、[八]姓宿禰《すくね》を賜《たま》ひ、[九]授刀少将《たちはきのせうしやう》兼相模《さがみ》守に補《ふ》す。[一〇]中将《ちうしやう》に転《うつ》りて、[一一]本《もと》の姓を改《あらた》めて道嶋《みちしま》宿禰と賜ふ。[一二]尋《つ》ぎて正四位上を加《くは》へられ、[一三]内厩頭《うちのうまやのかみ》、[一四]下《しもつ》総《ふさ》・[一五]播磨《はりま》等の守《かみ》を歴《へ》たり。○戊子[十一日]、[一六]女孺《によじゆ》无位[一七]和《やまと》史家吉《いへよし》に外従五位下を授く。○癸巳[十六日]、天皇《すめらみこと》、[一八]大極殿《だいごくでん》の閤門《かふもん》に御《おは》しまして、[一九]宴《うたげ》を五位已上に賜ふ。従五位下[二〇]広川王《ひろかはのおほきみ》に従五位上を授く。正六位上[二一]伊香賀《いかが》王に従五位下。正五位上[二二]大伴《おほとも》宿禰潔足《きよたり》・[二三]佐伯《さへき》宿禰真守《まもり》に並《ならび》に従四位下。正五位下[二四]石川《いしかは》朝臣真守《まもり》・[二五]巨勢《こせ》朝臣苗麻呂《なへまろ》に並に正五位上。従五位下[二六]藤原《ふぢはら》朝臣菅継《すがつぐ》・[二七]文室《ふむや》真人与企《よき》・[二八]中臣《なかとみ》朝臣鷹主《たかぬし》・[二九]紀《き》朝臣家継《やかつぐ》に並に従五位上。正六位上[三〇]大伴《おほとも》宿禰真麻呂《ままろ》・[三一]藤原《ふぢはら》朝臣雄友《をとも》・[三二]紀《き》朝臣男仲《をなか》・[三三]石川《いしかは》朝臣浄継《きよつぐ》・[三四]高橋《たかはし》朝臣船麻呂《ふなまろ》・[三五]佐伯《さへき》宿禰弟《おと》人《ひと》・[三六]上毛野《かみつけの》朝臣鷹養《たかかひ》・[三七]田口《たぐち》朝臣大立《おほたち》・[三八]紀《き》朝臣田長《たをさ》・[三九]穂積《ほづみ》朝臣賀祐《かう》に並に従五位下。正六位上[四〇]土師《はじ》宿禰公足《きみたり》・[四一]吉田《きつた》連季元《すゑもと》・[四二]麻田《あさだ》連真浄《まきよ》に並に外従五位下。宴訖《うたげをは》りて、禄《ろく》賜ふこと差《しな》有り。

には内厩頭と見えるので、この間の任官。

一四 宝亀九年二月辛巳条に近衛中将で下総守兼任の記事が見える。

一五 宝亀十一年三月壬午条に播磨守を兼任した記事が見える。

一六 →五九頁注三二。

一七 高野新笠の一族。本年八月に従五位下。大同元年五月に尚殿従四位下で没(後紀)。和史→補36-四一。

一八 大極殿院の南面の門。→[二]補10-四九。

一九 踏歌節会の宴。→[一]補2-九。

二〇 →[四]補28-三。従五位下叙位は神護景雲元年正月。

二一 伊賀香王とも。本年三月雅楽頭。同六月若狭守。伊香王([三]補16-三七)とは別人。

二二 →[三]補20-五九。正五位上叙位は宝亀十一年正月。

二三 今毛人の兄。→[四]補25-八五。正五位上叙位は天応元年十一月。

二四 →[四]補27-二六。正五位下叙位は宝亀十一年正月。

二五 →[三]二〇五頁注一四。正五位下叙位は宝亀十年正月。

二六 →[四]補32-五三。従五位下叙位は宝亀四年正月。

二七 →一二五頁注一。従五位下叙位は宝亀十一年正月。

二八 →[三]補24-一二。従五位下叙位は天平宝字六年四月。

二九 →補35-二。従五位下叙位は宝亀九年正月。

三〇-三九 →補37-一三。

四〇 延暦四年八月隠伎守。土師宿禰→[一]補1-四四。

四一 延暦三年八月伊豆守。吉田連→[一]補1-一四一・[二]補9-七八。

四二 →[四]一五三頁注二〇。

○丁酉、紀朝臣木津魚・吉弥侯横刀等八人、夙夜在レ公、
[1]恪勤匪レ懈。於レ是、有レ詔、並進二其爵一。授二従五位下紀
朝臣木津魚従五位上一。外従五位下吉[2]弥侯横刀、正六位上
橘朝臣入居・三嶋真人名継並従五位下、正六位上出雲臣
嶋成・嶋田臣宮成・筑紫史広嶋・津連真道並外従五位
下一。○庚子、授二正六位上紀朝臣安提従五位下一。」是日、
地震。○甲辰、授二[3]正六位上大[4]村直池麻呂外従五位下一。
○乙巳、饗二大隅・薩摩[5]隼人等於朝堂一。其儀如レ常。[6]天皇
御二閤門一而臨観。詔、進レ階賜レ物各有レ差。○二月壬子、
[7]天皇御二大極殿一。詔、[8]贈二[9]故式部卿藤原朝臣百川右大臣一。
又授二正五位下当麻王正五位上、无位若江王従五位下、
従五位下百済王仁貞・安倍朝臣謂奈麻呂並従五位上、正
六位上忌部宿禰人上外従五[10]位下、従三位藤原朝臣曹子、
无位藤原朝臣乙牟漏並正三位、无位藤原朝臣吉[11]子従三位、
従四位下飽浪王・尾張王並従四位上、无位八上王・犬甘
王並従五位下、正四位下藤原朝臣教基・紀朝臣宮子・平
群朝臣[12]邑刀自・藤原朝臣[13]産子並正四

1 恪勤〔大改〕—勤恪(底新傍朱イ・兼等)
2 弥—称(東)→校補
3 正—ナシ(高)
4 村直〔大改〕—材真(底新傍朱イ・兼等)→校補
5 隼—集〔底〕
6 天皇→校補
7 天皇—上(紀略)→校補
8 贈〔谷抹傍〕—賜(谷原)
9 故〔紀略補〕—ナシ(紀略原)
10 位〔兼重〕—従(兼原)
11 子〔大改〕—平(底新傍朱イ・兼等)→校補
12 邑〔大改〕—色(兼等)→校補
13 産〔底原〕—彦(底新朱抹傍・兼等、大)

一 →補36-五五。
二 →八五頁注一一。
三 「夙夜在レ公」は早朝から深夜まで公事に励むこと。「恪勤匪レ懈」はつつしみ勤めて怠らないこと。前者は詩経「召南風、采蘩」および同「魯頌、有駜」に見ることができる。後者は考課令6に善条の規定として同文が見える。
四 以下の叙位者には武官や天皇の近侍者が多く見える。
五 →補36-五五。従五位下叙位は天応元年九月。
六 →八五頁注一一。外従五位下叙位は宝亀十年正月。
七 →補37-二四。
八 →補37-二五。
九 延暦三年四月侍医。出雲臣→㊁補2-一五五・㊂補7-七。
一〇 →補37-二六。
一一 →補37-二七。
一二 のち菅野朝臣。→㊁補1-一二。
一三 本年三月左京亮、延暦四年七月民部少輔、同六年二月備中守。紀朝臣→㊁補1-三一。
一四 →補37-二八。
一五 隼人の定期朝貢と大替隼人の制度の実施を示す記事。→㊁補4-五〇。
一六 平城宮朝堂院の諸堂。→㊁補4-一四。
一七 大極殿の閤門か。天平元年六月に天皇が大極殿閤門で隼人等の風俗歌舞を見たとの記事がある。大極殿閤門→㊁補10-四九。
一八 宝亀十年七月の百川薨伝に「延暦二年追二思前労一、詔贈二右大臣一」とある。

紀木津魚ら八人の恪勤を賞し叙位

○丁酉《二十日》、紀《き》[一]朝臣木津魚《こつを》・吉弥侯《きみ》[二]横刀《このたち》ら八人、夙夜《しゆくや》[三]に公《おほやけ》に在《あ》りて、恪勤《つつし》むこと懈《おこた》らず。是《ここ》に詔《みことのり》有りて、並《ならび》にその爵《しやく》を進《すす》めたまふ。従五位下[四]紀《き》[五]朝臣木《こ》津魚に従五位上を授《さづ》く。外従五位下吉弥侯《きみ》[六]横刀《このたち》、正六位上橘《たちばな》[七]朝臣入居《いりゐ》・三嶋《みしま》[八]真人名継《なつぐ》に並に従五位下。正六位上出雲《いづも》[九]臣嶋成《しまなり》・嶋田《しまだ》[一〇]臣宮成《みやなり》・筑紫《つくし》[一一]史広嶋《ひろしま》・津《つ》[一二]連真道《まみち》に並に外従五位下。○庚子《二十三日》、正六位上紀《き》[一三]朝臣安提《あて》に従五位下を授く。是《こ》の日《ひ》、地震《なゐ》ふる。○甲辰《二十七日》、正六位上大村《おほむら》[一四]直池麻呂《いけまろ》に外従五位下を授く。○乙巳《二十八日》、大隅《おほすみ》[一五]・薩摩《さつま》の隼人《はやひと》らを朝堂《でうだう》[一六]に饗《みあへ》す。その儀《ぎ》、常《つね》の如《ごと》し。天皇《すめらみこと》、閤門《かふもん》[一七]に御《おは》しまして臨《のぞ》み観《み》たまふ。詔《みことのり》して、階《しな》を進《すす》め物《もの》を賜《たま》ふこと各《おのおの》差《しな》有り。

藤原百川に贈右大臣

叙位

女叙位

二月壬子《戊申朔 五日》、天皇《すめらみこと》、大極殿《だいごくでん》に御《おは》します。詔《みことのり》[一八]して、故式部卿《なきしきぶきやう》藤原《ふぢはら》[一九]朝臣百川《ももかは》に右大臣《うだいじん》を贈《おく》りたまふ。また、正五位下当麻王《たぎまのおほきみ》[二〇]に正五位上を授く。无位若江《わかえ》[二一]王に従五位下。従五位下百済王《くだらのこにきし》[二二]仁貞《にんちやう》・安倍《あへ》[二三]朝臣謂奈麻呂《ゐなまろ》に並に従五位上。正六位上忌部《いむべ》[二四]宿禰人上《ひとかみ》に外従五位下。従三位[二五]藤原《ふぢはら》[二六]朝臣曹子《さうし》、无位藤《ふぢ》[二七]原《はら》朝臣乙牟漏《おとむろ》に並に正三位。无位藤原《ふぢはら》[二八]朝臣吉子《よしと》に従三位。従四位下飽浪《あくなみ》[二九]王・尾張《をはり》[三〇]王に並に従四位上。无位八上《やかみ》[三一]王・犬甘《いぬかひ》[三二]王に並に従五位下。正四位下藤原《ふぢはら》[三三]朝臣教基《けうき》・紀《き》[三四]朝臣宮子《みやこ》・平群《へぐり》[三五]朝臣邑刀自《おほとじ》・藤原《ふぢはら》[三六]朝臣産子《うぶこ》に並に正四

一九　もと雄田麿。→〔三〕補22‐二四。式部卿には宝亀八年十月任。以下没時まで在任。

二〇　→〔四〕補25‐七三。正五位下叙位は天応元年十一月。

二一　他に見えず。系譜未詳。選叙令35によれば諸王の子。天平宝字八年十月に従五位下に叙された若江王、天平神護二年十一月に同じく従五位下に叙された若江王とは別人。

二二　→補34‐二八。従五位下叙位は宝亀八年正月。

二三　→〔四〕補31‐九四。従五位下叙位は宝亀二年十一月。

二四　本年三月主油正。延暦三年四月神祇大祐、同五年十月神祇少副を歴て、同七年二月安芸介。同十年八月には伊勢奉幣使となっている。

二五　以下、女叙位。

二六　光仁夫人。→〔四〕三六五頁注一〇。従三位叙位は宝亀八年正月。

二七　→補37‐二九。

二八　→補37‐三〇。

二九　飽波女王。→〔四〕補31‐三〇。従四位下叙位は宝亀元年十一月。

三〇　尾張女王。→〔四〕補31‐三〇。従四位下叙位は宝亀元年十一月。

三一　女王。系譜未詳。選叙令35によれば諸王の子。延暦五年正月正五位下、同九年十一月従四位下、同十年十二月従三位に昇叙。

三二　女王。他に見えず。系譜未詳。選叙令35によれば諸王の子。

三三　教貴とも。→補34‐八。正四位下叙位は天応元年六月。

三四　→五頁注二六。

三五　→五頁注二七。

三六　→補34‐七。

位上、従[1]四位上藤原朝臣諸姉[2]正四位下、正五位下大原真人室子従四位下、従五位下武蔵宿禰家刀自[3]・大宅朝臣宅女並正五位下、従五位下草鹿酒人宿禰水女・美努[4]宿禰宅良・足羽臣真[5]橋並従五位上、外従五位下平群豊原朝臣静女・若湯坐宿禰子虫、无位藤原朝臣甘[6]刀自・紀朝臣須恵女・安倍朝臣黒[7]女・藤原朝臣兄倉・坂上大忌寸又子・三嶋宿禰広宅・山宿禰子虫並従五位下、正七位上他[8]田舎人直[9]枚女外従五位下㆒。○甲寅、正三位[10]藤[11]原朝臣乙牟漏・従三位藤[12]原朝[13]臣吉子並為㆓夫人㆒。○丙辰、授㆓正五位下紀朝臣犬養正五位上[14]㆒。○癸亥、授㆓无位安倍朝臣安倍刀自従五位下㆒。○庚午、復㆓丈[15]部大麻呂本位従五位下㆒。○辛未、授[16]㆓従七位下小治田[17]朝臣古刀自従五位下㆒。○壬申、以㆓従五位下春[18]階王・藤原朝臣園[19]人㆒並為㆓少納言㆒。外従五位下物部多藝宿禰国足為㆓中宮大進㆒。外従五位下上毛野公薩摩為㆓内蔵助㆒。従五位下巨[20]勢朝臣広山為㆓縫[21]殿頭㆒。従五位上多治比真人宇[22]美為㆓民部少輔㆒。従五位下紀朝臣田[23]長為㆓主計頭㆒。従[24]五位下穂積朝臣賀祐[25]為㆓主税頭㆒。正四位下紀

1 従四位上〔大補〕—ナシ(兼等)→校補
2 姉〔兼、大〕—姊(谷・東・高)→校補
3 刀自(底新朱抹傍)→校補
4 努〔東・高、大改〕—奴(兼・谷)
5 真〔兼重〕
6 甘(底新傍朱イ)—耳〔底〕
7 黒(底新朱抹傍)—呈〔底原〕
8 他(兼・谷・東、大)—池〔高〕→校補
9 直〔底〕—真
10 位(底新傍補)—ナシ〔底原〕
11 藤〔兼重〕
12 藤原—同(紀略)
13 朝臣〔兼等、大〕—ナシ(類四〇・紀略)
14 上〔兼擦重〕—下(兼原)
15 丈(大改)—大(兼等)→校補
16 授〔谷傍補、大〕—ナシ(兼・谷原・東・高)
17 田〔兼・谷、大〕—ナシ(東・高)
18 春ノ上、ナシ(底擦)—小〔底原〕
19 園—国(兼)
20 巨(底新朱抹傍)—臣〔底原〕
21 縫—継〔底〕
22 宇〔兼重〕
23 田—由(兼)
24 従(底傍補・底新補)—ナシ〔底原〕→校補
25 祐—祜(大改)→校補

一 →[四]二六九頁注一三。従四位上叙位は天応元年十一月。
二 →[四]四一五頁注二四。正五位下叙位は延暦元年六月。
三 →[四]三二一頁注五。従五位下叙位は宝亀元年十月。
四 →[四]六九頁注二〇。従五位下叙位は天平神護元年正月。
五 →[四]補26-一四。従五位下叙位は宝亀三年正月。
六 美努連財女また美努連財刀自と同一人物か。→[四]一四五頁注一。
七 →[四]補31-七七。従五位下叙位は宝亀二年八月。
八 他に見えず。平群豊原朝臣も他に見えず。太田亮は平群氏の一族とする。
九 →[四]三六五頁注二二。外従五位下叙位は宝亀三年正月。
一〇 他に見えず。藤原朝臣→[一]補1-二九。
一一 他に見えず。紀朝臣→[一]補1-三一。
一二 延暦五年正月従五位上、同八年正月正五位下。安倍朝臣→[一]補1-一四二。
一三 他に見えず。藤原朝臣→[一]補1-二九。
一四 坂上苅田麻呂の女。全子とも(分脈)。桓武の後宮に入り高津内親王を生む。延暦五年正月正五位下。同九年七月没。略伝を収める。坂上大忌寸→[一]補1-一一二。
一五 延暦五年正月正五位下。後紀延暦十八年二月に従四位下昇叙が見える。また類聚国史延暦二十二年九月の記事に度者二名を賜わったことを記す。三嶋宿禰→[四]二三一頁注二一。
一六 他に見えず。延暦四年五月に山部が桓武の諱に触れるため、山と改められているので、この時は山部宿禰。山部宿禰はもと山部連。天武十三年八色の姓制定にさいし宿禰賜姓。山林の管理や産物の貢納にあたる山部を管掌する伴造氏族。
一七 他に見えず。この姓の人物としては、他

位上。従四位上[一]藤原《ふぢはら》朝臣諸姉《もろね》に正四位下。正五位下[二]大原《おほはら》真人室子《むろこ》に従四位下。従五位下[三]武蔵《むざし》宿禰家刀自《いへとじ》・[四]大宅《おほやけ》朝臣宅女《やかめ》に並《ならび》に正五位下。従五位下[五]草《くさ》鹿酒人《かのさかひと》宿禰水女《みづめ》・[六]美努《みの》宿禰宅良《たから》・[七]足羽《あすは》臣真橋《まはし》に並に従五位上。外従五位下[八]平群豊原《へぐりのとよはら》朝臣静女《しづめ》・[九]若湯坐《わかゆゑ》宿禰子虫《こむし》、无位[一〇]藤原《ふぢはら》朝臣甘刀自《あまとじ》・[一一]紀《き》朝臣須恵《すゑ》女《め》・[一二]安倍《あへ》朝臣黒女《くろめ》・[一三]藤原《ふぢはら》朝臣兄倉《えくら》・[一四]坂上《さかのうへ》大忌寸又子《またこ》・[一五]三嶋《みしま》宿禰広宅《ひろやけ》・[一六]山《やま》宿禰子虫《こむし》に並に従五位下。正七位上[一七]他田舎人《をさだのとねり》直枚女《ひらめ》に外従五位下。

藤原乙牟漏と藤原吉子を夫人とす

○甲寅[七日]、正三位[一八]藤原《ふぢはら》朝臣乙牟漏《おとむろ》・従三位[一九]藤原《ふぢはら》朝臣吉子《よしこ》を並に[二〇]夫人《ぶにん》とす。○丙辰[九日]、正五位下[二一]紀《き》朝臣犬養《いぬかひ》に正五位上を授《さづ》く。○癸亥[十六日]、无位[二二]安倍《あへ》朝臣安倍刀自《あへとじ》に従五位下を授く。○庚午[二十三日]、[二三]丈　部大麻呂《はせつかひべのおほまろ》を本位《ほんゐ》従五位下に復《ふく》す。○辛未[二十四日]、従七位下[二四]小治田《をはりだ》朝臣古刀自《ことじ》に従五位下を授く。

任官

○壬申[二十五日]、従五位下[二五]春階　王《はるしなのおほきみ》・[二六]藤原《ふぢはら》朝臣園人《そのひと》を並に少納言《せうなふごん》とす。外従五位下[二七]物部多藝《もののべのたぎ》宿禰国足《くにたり》を中宮大進《ちうぐうだいしん》。外従五位下[二八]上毛野《かみつけの》公薩摩《さつま》を内蔵助《うちのくらのすけ》。従五位下[二九]巨勢《こせ》朝臣広山《ひろやま》を縫殿頭《ぬひとののかみ》。従五位上[三〇]多治比《たぢひ》真人宇美《うみ》を民部少輔《みんぶせうふ》。従五位下[三一]紀《き》朝臣田長《たをさ》を主計頭《しゆけいのかみ》。従五位下[三二]穂積《ほづみ》朝臣賀祐《かう》を主税頭《しゆさいのかみ》。正四位下[三三]紀《き》

田舎人直刀自売(養老七年正月丙子条)・他田舎人直大嶋(『藤原宮跡出土木簡概報』二一四頁)が見える。他田舎人直→〔一〕一二九頁注三二。

一八 →補37-二九。

一九 →補37-三〇。

二〇 天皇の配偶者の身位の一つ。→〔一〕五頁注二八。なお乙牟漏は本年四月甲子に立后。

二一 →〔四〕補31-六六。正五位下叙位は天応元年四月。

二二 他に見えず。安倍朝臣→〔一〕補1-一四二。

二三 →〔三〕八一頁注一四。従五位下に叙されたのは天平勝宝元年閏五月。位階を失った理由は未詳。

二四 他に見えず。小治田朝臣→〔一〕二二頁注四。

二五 →〔四〕一四九頁注二八。前官は縫殿頭(延暦元年二月庚申条)。

二六 →補35-四六。前官は備中守(天応元年五月癸未条)。

二七 もと多芸連。→補34-五二。前官は中宮少進兼越中介(延暦元年閏正月庚子条)。

二八 →補36-四二。前官は中宮少進(天応元年五月乙亥条)。内蔵助の前任者は本条で縫殿頭に任じられた巨勢広山(延暦元年六月辛未条)。

二九 →一二五頁注六。前官は内蔵助(延暦元年六月辛未条)。縫殿頭の前任者は本条で少納言に任じられた春階王(延暦元年二月庚申条)。

三〇 →補36-二〇。民部少輔の前任者は藤原菅嗣(天応元年五月癸未条)。

三一 →補37-一三。

三二 →補37-一三。主税頭の前任者は本条で備中守に任じられた栄井道形(延暦元年八月己未条)。

三三 →〔四〕補25-四一。近衛員外中将(延暦元年六月辛未条)より昇任。内厩頭任官は天応元年七月。常陸守任官は延暦元年六月。

朝臣船守為二近衛中将一。内厩頭・常陸守如レ故。従五位下紀朝臣千世為二中衛少将一。外従五位下尾張宿禰弓張為二伊賀守一。従五位上文室真人与企為二相模介一。従五位下吉弥侯横刀為二上野介一。従五位上調使王為二越中守一。従五位上上毛野朝臣稲人為二越後守一。従五位下積殖王為二丹後守一。従五位上桑原公足床為二伯耆介一。右大弁正四位下石川朝臣名足為[1]二播磨[2]守一。近衛将曹外従五位下筑紫史広嶋為二兼大掾一。従五位下藤原朝臣雄友[3]為二美作守一。東宮学士外従五位下林忌寸稲麻呂為二兼介一。従五位下甘南備真人豊次[4]為二備前介一。従五位[5]下栄井宿禰道形為二備中守一。従五位下陽侯[6]王為二安藝守一。従五位下大伴宿禰真麻呂為二大宰少弐一。従五位下為奈[7]真人豊人為二筑後守一。○丙子、授二従五位下宗形王従五位上一。○三月戊寅朔、授二正六位上下毛野朝臣年継従五位下一。○己丑、従[8]四位下豊野真人奄智為二中務大輔一。従五位下伊賀香王為二雅楽頭一。正五[9]位上当麻王為二大膳大夫一。外従五位下忌部宿禰人上為二主油正一。従五位下紀朝臣安提為二左京亮[10]一。従四位下和気朝臣[11]清麻

一 →補36-四〇。前官は兵部少輔(天応元年十月己丑条)。
二 もと小塞連。→補34-四五。前官は内掃部正(延暦元年十二月庚戌条)。伊賀守の前任者は利波志留志(宝亀十年二月甲午条)。
三 →一二五頁注一。相模介の前任者は安倍木屋麻呂(延暦元年閏正月庚子条)。
四 →八五頁注一一。前官は近衛少監(宝亀十年九月庚午条)。上野介の前任者は大伴上足(宝亀七年三月癸巳条)。
五 →[四]一四九頁注二〇。前官は少納言(延暦元年五月丙申条)。越中守の前任者は安倍笠成(宝亀八年十月辛卯条)。
六 →[四]一五一頁注四三。前官越後員外守(宝亀十一年四月辛酉条)からの昇任。越後守の前任者は清原王(宝亀十年九月甲申条)。
七 →[四]一四九頁注三一。前官は左兵庫頭(延暦元年九月戊子条)。丹後守の前任者は紀犬養(天応元年五月癸未条)。
八 もと桑原連。→[四]補25-九九。
九 →[三]補23-五。右大弁任官は天応元年五月。播磨守へは前官美作守(延暦元年八月乙亥条)からの転任。播磨守の前任者は本年正月乙酉に没した道嶋嶋足(宝亀十一年三月壬午条)。
一〇 →補37-一七。播磨大掾の前任者は大中臣安遊麻呂(天応元年五月癸未条)。
一一 底本等「雄支」に作るが、「雄友」の誤り。→補37-一三。美作守の前任者は本条で播磨守となった石川名足(延暦元年八月乙亥条)。
一二 →補36-六二。東宮学士任官は延暦元年二月。美作介へは前官造東大寺次官(延暦元年二月丁卯条)からの転任。美作介の前任者は紀宮人(宝亀九年八月癸巳条)。
一三 →補35-四八。備前介の前任者は藤原真縵

1 為ノ下、ナシ〔底〕─無(兼・谷原・東・高)、兼(谷擦重、大)
2 磨〔東、大改〕─摩(兼・谷・高)
3 友〈意改〉(大改)─支→脚注
4 次〔大改〕─攻(底新傍朱イ・兼・谷)、改(東・高)→校補
5 位─ナシ〔底〕
6 侯〔兼・谷、大〕─候(東・高)
7 奈〔谷傍補〕─ナシ(谷原)
8 従ノ上、ナシ〔底〕─授(兼・谷原・東・高)、以(谷擦重、大)
9 五〔兼・谷、大〕─ナシ(東・高)
10 亮〔底原・底新朱抹傍〕→校補
11 臣〔谷傍補・東、大〕─ナシ(兼・谷原・高)

任官

朝臣船守《ふなもり》を近衛中将《このゑのちうしやう》。内厩頭《うちのうまやのかみ》・常陸《ひたち》守は故《もと》の如《ごと》し。従五位下[一]紀《き》朝臣千世《ちよ》を中衛少将《ちうゑのせうしやう》。外従五位下[二]尾張《をはり》宿禰弓張《ゆみはり》を伊賀《いが》守。従五位上[三]文室《ふむや》真人与企《よき》を相模介《さがみのすけ》。従五位下[四]吉弥侯《きみこの》横刀《たち》を上野《かみつけの》介。従五位上[五]調使王《つきのつかひのおほきみ》を越中《こしのみちのなか》守。従五位上[六]上毛野《かみつけの》朝臣稲人《いなひと》を越後《こしのみちのしり》守。従五位下[七]積殖《つみうゑ》王を丹後《たにはのみちのしり》守。従五位上[八]桑原《くははら》公足床《たるとこ》を伯耆《ははき》介。右大弁《うだいべん》正四位下[九]石川《いしかは》朝臣名足《なたり》を播磨《はりま》守。近衛《このゑの》将曹《しやうざう》外従五位下[一〇]筑紫《つくし》史広嶋《ひろしま》を兼大掾《だいじよう》。従五位下[一一]藤原《ふぢはら》朝臣雄友《をとも》を美作《みまさか》守。東宮学士《とうぐうがくし》外従五位下[一二]林《はやし》忌寸稲麻呂《いなまろ》を兼介《すけ》。従五位下[一三]甘南備《かむなび》真人豊次《とよつぐ》を備前《きびのみちのくち》介。従五位下[一四]栄井《さかゐ》宿禰道形《みちかた》を備中《きびのみちのなか》守。従五位下[一五]陽侯《やこ》王を安藝《あき》守。従五位下[一六]大伴《おほとも》宿禰真麻呂《ままろ》を大宰少弐《だいさいのせうに》。従五位下[一七]為奈《ゐな》真人豊人《とよひと》を筑後《つくしのみちのしり》守。○丙子《二十九日》、従五位下[一八]宗形《むなかた》王に従五位上を授《さづ》く。

三月戊寅の朔、正六位上[一九]下毛野《しもつけの》朝臣年継《としつぐ》に従五位下を授く。○己丑《十二日》、従四位下[二〇]豊野《とよの》真人奄智《えむち》を中務《ちうむ》大輔《だいふ》とす。従五位下[二一]伊賀香《いかが》王を雅楽頭《げがくのかみ》。正五位上[二二]当麻《たぎま》王を大膳大夫《だいぜんのだいぶ》。外従五位下[二三]忌部《いむべ》宿禰人上《ひとかみ》を主油正《あぶらのかみ》。従五位下[二四]紀《き》朝臣安提《あて》を左京亮《さきやうのすけ》。従四位下[二五]和気《わけ》朝臣清麻《きよま》

(宝亀十年二月甲午条)。

一四　もと日置造。→[四]補28-三九。前官は主税頭(延暦元年八月己未条)。備中守の前任者は本条で少納言に任じられた藤原園人(天応元年五月癸未条)。

一五　楊胡王とも。→三頁注一〇。前官は大膳大夫(天応元年五月癸未条)。安芸守の前任者は気多王(宝亀十年二月甲午条)。

一六　→補37-一三。大宰少弐の前任者は多治比継兄(延暦元年二月丁卯条)。

一七　→補34-一八。筑後守の前任者は田中飯麻呂(宝亀十一年三月壬午条)。

一八　→[三]補22-二一。従五位下叙位は宝亀三年正月。

一九　延暦四年八月内掃部正、同年十月に大監物、同七年二月に備中介(続紀)。従五位上昇叙の時期は未詳だが、同二十三年二月に従五位上で諸陵助となり、大同元年二月には官奴正任官(後紀)。

二〇　もと奄智王。→[三]補20-四一。前官は摂津大夫(天応元年五月癸未条)。中務大輔の前任者は本条で大膳大夫に任じられた当麻王(延暦元年二月庚申条)。

二一　伊香賀王とも。→二五七頁注二一。

二二　→[四]補25-七三。前官は中務大輔(延暦元年二月庚申条)。大膳大夫の前任者は本年二月壬申条で安芸守に任じられた陽侯王(天応元年五月癸未条)。

二三　→二五九頁注二四。主油正の前任者は川辺浄長(延暦元年八月乙亥条)。

二四　→二五九頁注一三。左京亮の前任者は本条で造東大寺次官に任じられた文室忍坂麻呂(延暦元年八月乙亥条)。

二五　→[四]補26-一〇。摂津大夫の前任者は本条で中務大輔に任じられた豊野奄智(天応元年五月癸未条)。

呂為㆓摂津大夫㆒。従五位下文室真人忍坂麻呂為㆓造東大寺次官㆒。従五位上当麻真人得足為㆓和泉守㆒。○庚寅、丹後国丹波郡人正六位上丹波直真養任㆓国造㆒[1]。○丙申、右大臣従二位兼行近衛大将皇太[2]子傅[3]藤原朝臣田麻呂薨。田麻呂、参議式部卿兼大宰帥[4]正三位宇合之第五子也。性恭謙、無㆑競㆓於物㆒。天平十二年、坐㆓兄広嗣[5]事㆒、流㆓於隠岐[6]㆒。十四年、宥㆑罪徴[7]還。隠㆓居蜷淵山中㆒、不㆑預㆓時事㆒。敦志㆓釈典㆒、脩㆑行為㆑務。宝字中、授㆓従五位下㆒、為㆓西[8]海道節度使副㆒、歴㆓美濃守・陸奥按察使㆒。稍遷、神護初、授㆓従四位下㆒、拝㆓参議㆒、歴㆓外衛大将・大宰大弐・兵部卿㆒。宝亀初、授㆓従三位㆒、拝㆓中納言㆒、転㆓大納言兼近衛大将㆒。延暦[9]元年、進為㆓右大臣㆒、授[10]㆓従二位㆒、尋加㆓正二位㆒。薨時、年六十二。○戊戌、従五[11]位下吉弥侯横刀・正八位下吉弥侯夜須麻呂並賜㆓姓下毛野朝臣㆒。外[12]正八位上吉弥侯間人、同姓総麻呂、並賜㆓下毛野公㆒。○夏四月戊申、右京人従八位上大石林[13]男足等、賜㆓姓大山忌寸㆒。○庚申、勅、改㆓小殿親王名㆒、為[14]㆓安殿親王㆒。○辛酉、勅

1 造→校補
2 太(底傍補)—ナシ〔底原〕
3 傅〔東・高、大〕—傳(兼・谷)
4 帥(兼・谷擦重・東・高、大)—師〔谷原〕
5 嗣→校補
6 岐〔東・高〕—伎(兼・谷、大)
7 徴〔谷傍・東・高、大〕—徴(兼)→校補
8 西—南(大改)→脚注
9 暦〔東・高、大〕—歴(兼・谷)
10 授〔底重〕
11 五〔兼・谷、大〕—ナシ(東・高)
12 外〔兼・谷、大〕—ナシ(東・高)
13 林—村主(大改)→脚注・校補
14 為〔兼・谷、大、紀略〕—ナシ(東・高)

一 →【四】補28-五。前官は左京亮(延暦元年八月乙亥条)。造東大寺次官の前任者は本年二月壬申条で美作介に任じられた林稲麻呂(延暦元年二月丁卯条)。
二 →【四】補25-九五。和泉守の前任者は河内三立麻呂(延暦元年閏正月庚子条)。
三 →【一】補6-五。
四 他に見えず。丹波直→補37-三一。
五 →【三】補23-五。
六 馬養とも。→【二】補7-二二。
七 天平十二年九月に生じた藤原広嗣の乱。→【二】補13-一九。
八 天平十三年正月の広嗣支党流罪四七人の中に含まれるか。→【二】三八五頁注二〇。
九 続紀天平十四年の本文には「宥レ罪徴還」の記事は見えない。
一〇 南淵山とも。大和志に高市郡稲淵村に在りと記す。補任・一代要記等に田麻呂を蜷淵大臣と称する。現在の奈良県高市郡明日香村稲淵。
一一 従五位下に叙されたのは天平宝字五年正月。
一二 天平宝字五年十一月に小野石根とともに南海道節度使副に任命される。諸本「西海道節度使」とあるが、天平宝字五年十一月丁酉条により「南海道節度使」の誤り。
一三 美濃守任命は天平宝字七年正月。
一四 陸奥出羽按察使任命は天平宝字七年七月。
一五 続紀本文には見えない。天平神護元年正月己亥条には正五位上と見え、同二年七月乙亥条には外衛大将兼丹波守従四位下と見えるので、この間に従四位下に昇叙されたと見られる。
一六 参議就任は天平神護二年七月。
一七 外衛大将任命は天平神護元年二月。参議就任と前後する。文の表現上こうした記述となったか。
一八 大宰大弐任命は神護景雲二年十一月。
一九 兵部卿任命は宝亀二年七月。
二〇 正四位上より従三位への昇叙は宝亀二年

右大臣藤原田麻呂没

呂《ろ》を摂津大夫《つのだいぶ》。従五位下文室《ふむや》[一]真人忍坂麻呂《おしさかまろ》を造東大寺次官《ざうとうだいじじくわん》。従五位上当麻《たぎま》[二]真人得足《とこたり》を和泉守《いづみ》。○庚寅（十三日）、丹後《たにはのみちのしり》国丹波《たには》[三]郡の人《ひと》正六位上丹波《たには》[四]直真養《まかひ》を国造《くにのみやつこ》に任《にむ》す。○丙申（十九日）、右大臣《うだいじん》従二位兼行近衛大将皇太子傅《ぎやうこのゑのだいしやうくわうたいしふ》藤原《ふぢはら》[五]朝臣田《た》麻呂《まろ》薨《こう》しぬ。田麻呂《たまろ》は参議《さむぎ》式部卿《しきぶきやう》兼大宰帥《だいさいのそち》正三位宇合《うまかひ》[六]の第五の子《こ》なり。性《ひととなり》恭謙《きようけむ》にして、物《もの》に競《あらそ》ふこと無し。天平《てんひやう》[七]十二年、兄広嗣《あにひろつぐ》が事《こと》に坐《つみ》せられて隠岐《おき》[八]に流《なが》さる。十[九]四年、罪《つみ》を宥《ゆる》されて徴《め》し還《かへ》さる。蜷淵山《になふちやま》[一〇]の中《なか》に隠居《いんきよ》して時《とき》の事《こと》に預《あづか》らず。敦《あつ》く釈典《せきてん》に志《こころざ》して、行《おこなひ》を脩《をさ》むることを務《つとめ》とす。宝字《ほうじ》[一一]中《ちう》に従五位下を授《さづ》けられ、西海道節度使《さいかいだうせつどし》[一二]の副《すけ》と為《な》り、美濃守《みの》[一三]・陸奥按察使《みちのおくのあんせち》[一四]を歴《へ》たり。稍《やや》く遷《うつ》されて、神護《じんご》の初《はじめ》に従四位下[一五]を授けられ、参議《さむぎ》[一六]を拝《はい》し、中《ちう》[二一]外衛大将《ぐゑゑのだいしやう》[一七]・大宰大弐《だいさいのだいに》[一八]・兵部卿《ひやうぶきやう》[一九]を歴《へ》たり。宝亀《ほうくゐ》の初《はじめ》に従三位[二〇]を授けられ、中納言《なふごん》を拝《はい》し、大納言《だいなふごん》[二二]兼近衛大将《このゑのだいしやう》に転《てん》す。延暦《えんりやく》[二三]元年、進《すす》みて右大臣《うだいじん》と為《な》り、従二位[二四]を授けられ、尋《つ》ぎて正二位[二五]を加《くは》へらる。薨《こう》しぬる時《とき》、年《とし》[二六]六十二。○戊戌（二十一日）、従五位下吉弥侯横刀《きみこのたち》[二七]・正八位下吉弥侯夜須麻呂《きみこのやすまろ》[二八]に並《ならび》に姓を下毛野《しもつけの》[二九]朝臣と賜《たま》ふ。外正八位上吉弥侯間人《きみこのはしひと》[三〇]、同姓《どうしやう》[三一]総麻呂《ふさまろ》に並に下毛野《しもつけの》[三二]公を賜ふ。

鎮所の将吏らの不正を厳しくとがめる

夏四月（丁未朔）戊申（二日）、右京《うきやう》の人《ひと》従八位上大石林[三三]男足《をたり》らに姓を大山《おほやま》[三四]忌寸と賜ふ。○庚申（十四日）、勅《みことのり》して、小殿親王《をてのみこ》[三五]の名《な》を改《あらた》めて安殿親王《あてのみこ》[三六]としたまふ。○辛酉（十五日）、勅《みことのり》[三七]

十一月。二一 中納言任命は宝亀十一年二月。
二二 大納言兼近衛大将就任は天応元年六月。
二三 右大臣就任は延暦元年六月。天応元年六月に右大臣大中臣清麻呂が致仕し、延暦元年六月乙丑に藤原魚名が免左大臣となったため、太政官の首班となる。
二四 天応元年四月癸卯に正三位に昇叙し、続紀本条に従二位と見えるので、この間に従二位に叙されたと思われる。補任は右大臣任命と同日の如く記す。
二五 本条での贈位か。補任延暦二年の田麻呂の項には「三月十九日薨。在官二年。贈正二位」と記す。 二六 没時の年齢より推すと、田麻呂の生年は養老六年(七二二)となる。
二七 →八五頁注一一。
二八 他に見えず。吉弥侯→㊀補6-七〇。
二九 →㊀補1-一三五。
三〇・三一 他に見えず。吉弥侯→㊀補6-七〇。
三二 下毛野君に同じ。→㊃八一頁注一二・㊀補1-一三五。
三三 他に見えず。諸本「大石林」に作るが、「大石村主」の誤りであろう。大石村主→㊂補16-三。 三四 姓氏録右京諸蕃に、高岳宿禰と同祖で、広陵高穆の後と見える。
三五 平城天皇の親王時代の名。
三六 平城の乳母氏族である安倍小殿朝臣のウヂ名に因んだもの。「安」と「殿」を採って親王の名としたのは、アテに、高貴の意味があるためか。延暦七年二月辛巳条に乳母の安倍小殿朝臣堺の名が見える。→補37-三一。
三七 坂東八国から運びこまれた穀を、鎮所の指揮官や役人が不法に使用し、また鎮兵を私に使役する現状を厳しくとがめ、違反者の処分をうたった勅。この勅は三代格にも収めるが、字句に若干異同がある。

[1]曰、如聞、比年坂東八国、運二穀鎮所一。而将吏等、以レ稲相二換其穀一、代者軽物送レ京、[2]苟得無レ恥。又濫役二鎮兵一、多営二私田一。因レ茲、鎮兵疲弊、不レ任二[3]干戈一。稽二之憲典一、深合二罪罰一。而会二恩蕩一、且従二寛[4]宥一。自レ今以後、不レ得二更然一。如有二違犯一、以二軍法一罪レ之。宜下加二捉搦一、勿上令三侵[5]漁之徒肆二[6]其濁濫一。○甲子、詔、立二正三位藤原夫人一為二皇后一。」是日、引二侍臣一宴飲、賜レ[7]禄有レ差。授二正四位下藤原朝臣種継従三位、従五位下葛井連根主従五位上、正六位上飛鳥戸造[8]弟見外従五位下、命婦従五位下藤原朝臣綿手従五位上。○乙丑、勅二坂東諸国一[9]曰、蛮夷猾レ夏、自レ古有レ之。非レ資二干戈一、何除二民害一。是知、加二徂征於有苗一、[10]奮二薄伐於獫[11]狁一、前王用レ兵、良有レ以也。自[12][13]頃、夷俘[14]猖狂、辺[15]垂失レ守。事不レ獲レ已、頻動二軍旅一。遂使三坂東之境恒疲二調発一、播殖之輩久倦二転輸一。念二茲労[16]弊一、

1 曰(底新朱抹傍)―日〔底原〕→校補
2 苟〔東・高、大〕―荀(兼・谷)
3 干戈→校補
4 宥〔大補〕―ナシ(兼・谷原・東・高)、免(谷傍補)
5 漁(底新傍朱イ)―漢〔底〕
6 其―ナシ(大)
7 禄〔谷擦重〕
8 弟―第〔底〕
9 曰(底新朱抹傍)―日〔底原〕→校補
10 奮薄(底新朱抹傍朱イ・兼・谷・東、大)―奪一薄〔底原〕、奪薄(高)→校補
11 狁〔東傍〕→校補
12 頃―項〔底〕
13 頃ノ下、ナシ〔兼・谷〕―年(東・高、大補)
14 猖ノ下、ナシ〔兼・谷、大〕―猖(東・高)
15 垂―乗〔底〕
16 弊―幣(東)

一 「坂東」は公式令51義解に見える「駿河与二相模一界坂」以東をいう。「八国」は相模・武蔵・上総・下総・安房・常陸・上野・下野を指す。→㊂補9―七三。
二 「穀」は籾米。「鎮」は辺境など特定の地域に設置された軍事組織、「鎮所」はその兵営。天応元年二月己未条に穀十万石を陸奥軍所に運ばせたことが見える。鎮所→㊂補9―一一。
三 「稲」は出挙などに使用した私稲か。それを籾穀に換える理由は不明だが、籾穀に換える行為を指すか。
四 米・塩などに対し絁・糸・綿などの納入物をいう。軽貨とも。
五 かりにも得てはならないものを得ること。
六 「蕩」は玉篇に「洗也、除也、浄也」とある。恩典により罪を洗い浄めること。
七 三代格は「憲法」に作る。
八 「侵漁」は、漁夫が魚を捕えるように、しだいに他人の物を侵し取る意。「濁濫」は濁乱に

藤原乙牟漏を皇后に冊立

坂東諸国を慰労優給す

して曰《のたま》はく、「如聞《きくな》らく、「比年《としころ》、[一]坂東《さかのひむかし》の八国、[二]穀《こく》を鎮所《ちんしよ》に運《はこ》ぶ。而《しか》して、将吏《しやうり》ら、[三]稲《いね》を以《もち》てその穀《こく》に相換《あひか》へて、代《だい》は[四]軽物《きやうもつ》にて京《きやう》に送《おく》り、[五]苟得《こうとく》して恥《は》づること無し。また、濫《みだり》に鎮兵《ちんひやう》を役《えだち》して多《おほ》く私田《しでん》を営《いとな》む。茲《これ》に因《よ》りて、鎮《ちん》兵疲弊《ひやうひへい》して干戈《かんくわ》に任《た》へず」ときく。これを憲典《けんてん》に稽《かむが》ふるに、深《ふか》く罪罰《つみ》に合《かな》へり。而《しか》も[六]恩蕩《おんたう》に会《あ》ひて且《か》つ寛宥《くわんいう》に従《したが》ふ。今《いま》より以後《のち》、更《さら》に然《しか》あること得《え》ず。如《も》し違犯《ゐぼむ》すること有らば、[七]軍法《くんはふ》を以《もち》て罪《つみな》へ。捉搦《さくだく》を加《くは》へて、[八]侵漁《しむぎよ》の徒《ともがら》をしてその濁濫《だくらむ》を 肆《ほしきまにま》にせしむること勿《な》かるべし」とのたまふ。○[十八日]甲子、[九]詔《みことのり》して、正三位[一〇]藤原夫人《ふぢはらのぶにん》を立《た》てて[一一]皇后《くわうごう》としたまふ。是《こ》の日《ひ》、侍臣《じしん》を引《ひ》きて[一二]宴飲《えんいむ》し、禄賜《ろくたま》ふこと差《しな》有り。正四位下[一三]藤原《ふぢはら》朝臣種継《たねつぐ》に従三位を授《さづ》く。従五位下[一四]葛井《ふぢゐ》連根主《ねぬし》に従五位上。正六位上[一五]飛鳥戸《あすかべ》造弟見《おとみ》に外従五位下。[一六]命婦《みやうぶ》従五位下[一七]藤原《ふぢはら》朝臣綿手《わたて》に従五位上。○[十九日]乙丑、坂東《さかのひむかし》の諸国《くにぐに》に[一八]勅《みことのり》して曰《のたま》はく、「[一九]蛮夷《ばんい》、夏《か》を猾《みだ》すこと古《いにしへ》より有り。[二〇]干戈《かんくわ》を資《と》るに非《あら》ずは、何《なに》ぞ民《たみ》の害《がい》を除《のぞ》かむ。是《ここ》に知《し》りぬ、[二一]徂征《そせい》を有苗《いうべう》に加《くは》へ、[二二]薄伐《はくばつ》を獫狁《けむいん》に奮《ふる》へる、前王《ぜんわう》の兵《いくさ》を用《もち》ゐること、良《まこと》に以有《ゆゑ》ることを。自頃《このころ》、夷俘《いふ》[二三]猖狂《しやうくゐやう》にして、[二四]辺垂《へんすい》守《まもり》を失《うしな》ふ。事已《ことや》むこと獲《え》ずして、頻《しきり》に軍旅《くんりよ》を動《うどか》す。遂《つひ》に坂東《さかのひむかし》の境《さかひ》をして恒《つね》に調発《てうはつ》に疲《つか》れしめ、播殖《はしよく》の輩《やから》をして久《ひさ》しく転輸《てんしゆ》に倦《う》ましむ。茲《こ》の労弊《らうへい》を

同じ。濁し乱すこと。三代格は「濫濁」に作る。
九 藤原乙牟漏を皇后に冊立する詔。
一〇 藤原乙牟漏。→補37-一二九。
一一 没時の年齢より数え、立后は二十四歳。
一二 乙牟漏立后に伴う祝賀の宴。
一三 →四補27-四四。正四位下叙位は延暦元年六月。
一四 →三補23-一三。従五位下叙位は宝亀二年十一月。
一五 延暦三年四月飛騨守。飛鳥戸造→四補29-四九。
一六 ここは内命婦。→七一頁注二一。
一七 →四四五五頁注一〇。従五位下叙位は宝亀六年七月。
一八 蝦夷対策に徴発されることが多く、民が疲れているため、坂東諸国を慰労優給するとの勅。具体的な恩典を明示せぬ勅は珍しい。
一九 書経、舜典より採った句。疏に「猾乱也、夏華夏」とあり、蛮族が華夏＝中国に侵入し国を乱す意。蝦夷が奥羽地方で反抗をくり返している様子に譬えた。
二〇 「資」は、とる、たのむ。武力を行使する。
二一 「徂征」は出征して討伐すること。また「有苗」は三苗ともいい、中国南方の蛮族。書経、大禹謨に南方の蛮族を征討する文として「惟時有ㇾ苗、弗ㇾ率汝徂征」が見え、これに拠ったか。征夷に出兵すること。
二二 「薄伐」の「薄」は発語で、伐つこと。「獫狁」は「玁狁」に同じ。周代北方の蛮族をいう。詩経、小雅、六月に「薄伐₂玁狁₁、以奏₂膚公₁」の文があり、これを採ったか。蝦夷にせまり伐つこと。
二三 意に任せてはげしく狂う。「猖」は玉篇に「猖、狂駭也」とある。あばれさわぐこと。
二四 辺陲に同じ。国境。

朕甚愍之。今遣レ使存慰、開レ倉優給。悦而使之者、寔惟哲王之愛レ民乎。凡厥東土[1]、悉[2]二朕[3]意一焉。○丙寅、授二正六位上贄田物部首年足外従五位下一。以レ築二越智池一也。」左大弁従三位佐伯宿禰今毛人為二兼皇后宮大夫一。大和守如レ故。近衛少将従五位下笠朝臣名麻呂為二兼亮[4]一。」左京人外従五位下和史国守等卅五人、賜二姓朝臣一。○壬申、従五位下大伴宿禰継人為二左少弁一。従五位下路真人玉守為二大監物一。従五位上海上真人三狩為二兵部少[5]輔一。従五位下巨[6]勢朝臣総成為二遠江介一。正五位下布勢[7]朝臣清直為二上総守一。○甲戌、授二正六位上藤原朝臣縄主従五位下一。」先レ是、去天平十三年二月、勅処分、毎レ国造二僧寺一、必合[8]レ有二廿僧一者。仍取二精進練行、操履可レ称者一、度之。必須下数歳之間、観二彼志性始終無上レ変、乃聴中入道上。而国司等、不レ精二試[9]練一、毎レ有二死闕一、妄令[10]二得度一。至レ是、勅、国分寺僧、死闕之替、宜乙以下当土[11]之僧堪レ為二法師一者上補甲之。自レ今以後、不レ得二新度一。仍先申二闕状一、待レ報施行。

1 土〔底原・底新朱抹傍〕→校補
2 悉ノ下、ナシ〔兼等〕—知〔谷傍、大〕
3 朕〔底新傍補〕—ナシ〔底原〕
4 亮〔底重・底傍・底新朱抹〕—高〔底原〕→校補
5 少〔底〕—大〔底新傍朱イ、兼等、大〕
6 巨〔底新朱抹傍〕—臣〔底原〕
7 勢—施〔東〕
8 合→校補
9 試〔兼等傍按、大改〕—誠〔兼等〕→校補
10 令〔谷擦重、大〕—合〔兼・谷原・東・高〕
11 土〔底原・底新傍〕→校補

一 易経、兌卦、彖伝に「説以先レ民、民忘二其労一」とあるのに拠ったか。「説」は「悦」と同意。人民を喜ばせて使う。
二 他に見えず。贄田物部首は出自未詳。天神本紀に、天孫降臨にさいし供奉した天物部等二十五部の中に筑紫贄田物部が見える。
三 大和志に「在二高市郡北越智村一、今称二上池一」と記す。越智の地名は書紀天武八年三月条に見え、現在の奈良県高市郡高取町越智に比定されている。この地にあった池か。
四 →三補17—七九。大和守任官は延暦元年六月。左大弁任官は延暦元年四月。
五 皇后宮職は宝亀三年三月の井上廃后の後は置かれなかったが(宝亀二年正月の大夫・亮の任命以後途絶える)、藤原乙牟漏の立后に伴って復活、本条で大夫・亮の任命となった。
六 名末呂とも。→四補31—九五。近衛少将任官は延暦元年閏正月。皇后宮亮へは左少弁(延暦元年八月乙亥条)からの転任。

任官

念《おも》ひて、朕甚《われはなは》だ愍《あはれ》む。今使《いまつかひ》を遣《つかは》して存慰《そんゐ》し、倉《くら》を開《ひら》きて優給《いうきふ》せしむ。[一]悦《よろこ》ばしめて使《つか》ふは、寔《まこと》に惟《こ》れ哲王《てつわう》の民《たみ》を愛《あい》するか。凡《おほよ》そ厥《そ》の東土《とうど》、朕《わ》が意《こころ》を悉《つく》せ」とのたまふ。○丙寅[二十日]、正六位上[二]贄田物部《にへたのもののべ》首年足《としたり》に外従五位下を授《さづ》く。[三]越智池《をちのいけ》を築《きつ》くを以《もち》てなり。左大弁《さだいべん》従三位[四]佐伯《さへき》宿禰今毛人《いまえみし》を兼[五]皇后宮《くわうごうぐう》大夫《だいぶ》とす。大和《やまと》守は故《もと》の如《ごと》し。近衛少将《このゑのせうしやう》従五位下[六]笠《かさ》朝臣名麻呂《なまろ》を兼亮《すけ》。左京《さきやう》の人《ひと》外従五位下[七]和《やまと》史国守《くにもり》ら卅五人に姓朝臣《あそみ》を賜《たま》ふ。○壬申[二十六日]、従五位下[八]大伴《おほとも》宿禰継人《つぐひと》を左少弁《させうべん》とす。従五位下[九]路《みち》真人玉守《たまもり》を大監物《だいけむもち》。従五位上[一〇]海上《うなかみ》真人三狩《みかり》を兵部少輔《ひやうぶせうふ》。従五位下[一一]巨勢《こせ》朝臣総成《ふさなり》を遠江介《とほつあふみのすけ》。正五位下[一二]布勢《ふせ》朝臣清直《きよなほ》を上総守《かみつふさ》。○甲戌[二十八日]、正六位上[一三]藤原《ふぢはら》朝臣縄主《なはぬし》に従五位下を授く。

国分寺僧の死闕による交替を厳にすることを命ずる

[一四]是《これ》より先《さき》、去《さ》りぬる[一五]天平《てんひやう》十三年二月、勅《みことのり》して処分《しよぶん》すらく、「国毎《くにごと》に僧寺《そうじ》を造《つく》らば、必《かなら》ず廿僧有るべし」といへり。仍《より》て、精進練行《しやうしんれんぎやう》して、[一六]操履《さうり》の称《しよう》すべき者《ひと》を取《と》りて度《ど》す。[一七]必《かなら》ず数歳《すさい》の間《あひだ》、彼《か》の志性《ししやう》の始終変《しじうかは》ること無きを観《み》て、乃《すなは》ち入道《にふだう》することを聴《ゆる》すべし。而《しか》れども国司《こくし》ら、試練《しれん》を精《くは》しくせずして、死闕《しくゑち》有る毎《ごと》に妄《みだり》に得度《とくど》せしむ。[一八]是《ここ》に至《いた》りて勅《みことのり》したまはく、「国分寺《こくぶんじ》の僧《ほふし》、死闕《しくゑち》の替《かはり》は、当土《たうど》の僧《ほふし》の法師《ほふし》と為《あ》るに堪《た》ふる者《ひと》を以《もち》て補《ふ》すべし。今《いま》より以後《のち》、新《あらた》に度《ど》すること得《え》ず。仍《より》て先《ま》づ闕状《くゑちじやう》を申《まう》し、報《こたへ》を待《ま》ちて施行《せぎやう》せよ。

七 ↓補36―四一。和朝臣は、姓氏録左京諸蕃に、百済国の都慕王の十八世の孫、武寧王より出、と見える。
八 ↓補35―三三。前官は近江介(延暦二年正月廿日付最澄度縁案〔平遺四二八一号〕)。左少弁の前任者は上文丙寅(二十日)条で皇后宮亮に任じられた笠名麻呂(延暦元年八月乙亥条)。
九 ↓一二五頁注二。大監物の前任者は大伴王(延暦元年二月庚申条)。
一〇 もと三狩王。↓三一一頁注五五。前官は大宰少弐(宝亀十一年二月甲辰条)。兵部少輔の前任者は本年二月壬申条で中衛少将に任じられた紀千世(天応元年十月己丑条)。
一一 延暦五年十一月に遠江守となり、同八年二月造酒正、同十年正月に従五位上昇叙、同年二月に主殿頭となる。遠江介の前任者は土師古人(天応元年六月壬子条)。巨勢朝臣↓一補2―一八。
一二 ↓四補32―一。前官は民部大輔(延暦元年二月庚申条)。上総守の前任者は藤原刷雄(宝亀十一年三月壬午条)。
一三 ↓補37―三三。
一四 以下の文は国分寺僧の死闕による交替について、当土の僧の中より相応しい人物を選んで補することとし、新たに度することを認めず、闕状を上申し報を待って施行することを命じたもの。三代格に同内容の太政官符を収めるが、それによると「先是」は天平十四年五月二十八日官符を指すことが知られる。
一五 続紀では天平十三年三月乙巳条に詔として収める。いわゆる国分寺建立の詔。
一六 僧侶としての節操と履歴。
一七 三代格には「度之」と「必須数歳之間」に「其雖レ可レ称不レ得二即度一」の八字がある。
一八 以下がこの日に発令施行の勅。

但尼依㆑旧。○五月丁亥、[1]太政官奏[2]偁、外記之官、[3]職務繁多、詔[4]勅格令、自㆑此而出。[5]至㆓於官品㆒、実合㆓昇進㆒。其大外記二人、元正七位上官、今為㆓正六位上官㆒。少外記[6]二人、元従七位上官、今為㆓正七位[7]上官㆒。臣等[8]商量改張、伏聴㆓[9]天裁㆒。[10]奏可之。」是日、[11]勅[12]曰、大宰[13]帥正二位藤原朝臣魚名、老病相仍、留㆓滞中路㆒。宜㆑令㆑還㆑京[14]託㆓其郷親㆒。○己丑、授㆓[15]従五位下多治比真人三上従五位上㆒。○辛卯、授㆓正五位上石川朝臣真守従四位下㆒。以㆓正五位上[16]巨勢朝臣[17]苗麻呂㆒為㆓左中弁㆒。従四位下紀朝臣古佐美為㆓式部大輔㆒。左兵衛督・但馬守如㆑故。正五位上大伴宿禰益立為㆓兵部大輔㆒。従四位下石上朝臣家成為㆓造東大寺長官㆒。従五位下橘朝臣入居為㆓近江介㆒。右衛士少尉外従五位下津連真道為㆓兼大掾㆒。従四位下石川朝臣真守為㆓大宰[18]大弐㆒。従五位下賀[19]茂朝臣人麻呂為㆓筑後守㆒。○六月丙午朔、出羽国言、宝亀十一年、雄勝・平鹿二郡百姓、為㆑賊所㆑略、各失㆓本業㆒、彫[20]弊[21]殊甚。更建㆓郡府㆒、招㆓集散

1太—大〔底〕
2偁—俘(東)
3職〔底重〕
4勅—ナシ(兼)
5至—雲(兼)
6二人〔大補、紀略〕—ナシ(兼等)→校補
7上〔東・高、大補、紀略〕—ナシ(兼・谷)→校補
8商〔東・高、大〕—啇(兼・谷)
9天裁→校補
10奏〔紀略補〕—ナシ(紀略原)
11勅〔紀略補〕—ナシ(紀略原)
12曰(底新朱抹傍)—日〔底原〕、ナシ(兼等、大、紀略)→校補
13帥(兼・谷・高、大、紀略)—師〔東〕
14託(底新重・兼・東・高)—記〔底原〕、詫(谷擦重、大)→校補
15従—ナシ(東)
16巨(底新朱抹傍)—臣〔底原〕
17苗(底新朱抹傍)—留〔底原〕
18大(底新傍朱イ)—少〔底〕
19茂→校補
20弊—幣(東)
21殊〔大補〕—ナシ(兼等)→校補

一 国分尼寺の尼の定数は天平十三年三月乙巳の詔によれば一〇名で、「若有㆑闕者、即須㆓補満㆒」と定められたが、天平神護二年八月十八日太政官符(三代格)に至って「国分尼寺、先度之尼十人、後度之尼十人、合廿人」と増員が認められた。ただ死闕の場合増員が認められるのは天平十三年詔によって選ばれた尼の闕員補充のみで、「後十尼者不㆑預㆓此例㆒」と定められている。本条でもこの規定が適用された。

二 外記の相当位階を昇せようとの太政官奏。三代格にも同内容の太政官奏が収められている。

三 職員令2によれば大外記の職掌として「掌、勘㆓詔奏㆒、及読㆓申公文㆒、勘㆓署文案㆒、検㆓出稽失㆒」とあり、少外記は「掌、同㆓大外記㆒」とある。なお上掲三代格所収の太政官謹奏には、「職務繁多」の語句の次に「触㆑途忩劇」の四字を記す。

四 藤原魚名の還京を条件つきで認める勅。→補37-一四。

五 →㊂補17-二五。

六 延暦元年六月己卯条に「到㆓摂津国㆒病発不㆑堪㆑進㆑途」とあり、また本年七月の薨伝には「至㆓摂津国㆒、病発留連」と見える。なお伝によればこの年六十三歳。

七 薨伝には「居二年、召㆓還京師㆒」とある。

八 →補34-一一。従五位下叙位は宝亀七年正月。

九 →㊃補27-二六。正五位上叙位は本年正月。

一〇 →㊂二〇五頁注一四。前官は兵部大輔(延暦元年二月庚申条)。左中弁の前任者は本条で式部大輔に任じられた紀古佐美(延暦元年八月己未条)。

一一 麻路の孫。→㊃補25-一〇六。左兵衛督任官は延暦元年閏正月。但馬守任官は同年二月。式部大輔へは左中弁(延暦元年八月己未条)からの転任。式部大輔の前任者は本条で大宰大

外記の相当位階を改定

但《ただ》し[一]尼《あま》は旧《もと》に依《よ》れ」とのたまふ。

五月（丁丑朔）丁亥（十一日）、[二]太政官《だいじやうぐわん》奏《そう》して偁《まう》さく、「外記《ぐゑき》の官《つかさ》は[三]職務《しきむ》繁多《はんた》にして、詔勅《せうちよく》格令《きやくりやう》は此《ここ》より出《い》づ。官品《くわんほむ》に至《いた》りては実《まこと》に昇進《しようしん》すべし。その大外記《だいぐゑき》二人、元《もと》は正七位上の官《つかさ》なるを、今《いま》正六位上の官《つかさ》とせよ。少外記《せうぐゑき》二人、元《もと》は従七位上の官《つかさ》なるを、今《いま》正七位上の官《つかさ》とせよ。臣《しん》ら商量《しやうりやう》して改張《かいちやう》し、伏《ふ》して天裁《てんさい》を聴《き》く」とまうす。奏《そう》するに可《か》としたまふ。是《こ》の日《ひ》、[四]勅《みことのり》して曰《のたま》はく、「大宰帥《だいさいのそち》正三位[五]藤原《ふぢはら》朝臣魚名《うをな》、[六]老病相仍《らうびやうあひしき》りて中路《ちうろ》に留滞《るたい》す。[七]京《みやこ》に還《もど》らしめて、その郷親《がうしん》に託《つ》くべし」とのたまふ。○己丑（十三日）、従五位下[八]多治比《たぢひ》真人三上《みかみ》に従五位上を授《さづ》く。○辛卯（十五日）、正五位上[九]石川《いしかは》朝臣真守《まもり》に従四位下を授く。

任官

正五位上[一〇]巨勢《こせ》朝臣苗麻呂《なへまろ》を左中弁《さちうべん》とす。従四位下[一一]紀《き》朝臣古佐美《こさみ》を式部大輔《しきぶだいふ》。正五位上[一二]大伴《おほとも》宿禰益立《ましたて》を兵部大輔《ひやうぶだいふ》。従四位左兵衛督《さひやうゑのかみ》・但馬《たぢま》守は故《もと》の如《ごと》し。正五位上大伴宿禰益立を兵部大輔。従四位下[一三]石上《いそのかみ》朝臣家成《いへなり》を造東大寺長官《ざうとうだいじちやうぐわん》。従五位下[一四]橘《たちばな》朝臣入居《いりゐ》を近江介《ちかつあふみのすけ》。右衛《うゑ》士少尉《じのせうゐ》外従五位下[一五]津《つ》連真道《まみち》を兼大掾《だいじよう》。従四位下[一六]石川《いしかは》朝臣真守《まもり》を大宰大弐《だいさいのだいに》。従五位下[一七]賀茂《かも》朝臣人麻呂《ひとまろ》を筑後守《つくしのみちのしり》。

出羽国雄勝平鹿二郡に給復三年

六月丙午の朔、[一八]出羽《いでは》国言《まう》さく、「宝亀《ほうくゐ》十一年、[一九]雄勝《をかち》・[二〇]平鹿《ひらか》二郡の百姓《はくせい》、[二一]賊《あた》の為《ため》に略《りやく》せられ、各《おのおの》本業《ほんげふ》を失《うしな》ひて[二二]彫弊《てうへい》殊《こと》に甚《はなはだ》し。[二三]更《あら》めて郡府《ぐんふ》を建《た》て散《さん》

弐に転任した石川真守（延暦元年八月乙亥条）。
一一 →㊂補22−五六。兵部大輔の前任者は本条で左中弁に任じられた巨勢苗麻呂（延暦元年二月庚申条）。
一三 東人の男。→㊃補25−八八。前官は大宰大弐（延暦元年六月辛未条）。
一四 →補37−一四。延暦二年正月廿日付最澄度縁案に「従五位下行大掾橘朝臣」とあるが（平遺四二八一号）、橘入居であろう。近江介の前任者は本年四月壬申条で左少弁に任じられた大伴継人（延暦二年正月廿日付最澄度縁案〔平遺四二八一号〕）。
一五 のち菅野朝臣。→㊀補1−一二。右衛士少尉任官時は補任によれば延暦元年。近江大掾の前任者は橘入居か（注一四）。
一六 →注九。前官は式部大輔兼武蔵守（延暦元年八月乙亥条）。大宰大弐の前任者は本条で造東大寺長官に任じられた石上家成（延暦元年六月辛未条）。
一七 →㊃補31−九三。筑後守の前任者は為奈豊人（延暦二年二月壬申条）。
一八 出羽国よりの、雄勝・平鹿二郡の農民が、兵乱で疲弊しているため優復を与えて欲しいとの奏言に基づき、復三年を給わった記事。
一九 →㊁二七三頁注一二・㊂三二九頁注一七。
二〇 →㊂三二九頁注一八。
二一 宝亀十一年三月の伊治呰麻呂の反乱。この乱が出羽国にまで波及していたことが、同年三月甲午条の出羽鎮狄将軍以下の官人の任命記事から知られる。
二二 「彫」は、いたみ疲れる意。農民の疲弊の状況がはげしい。
二三 「更」は広韻に「代也、償也、改也」とある。「郡府」は郡家。兵乱により郡家の機能が停廃していたのを再建する。

民一、雖レ給二口田一、未レ得二休息一。因レ茲、不レ堪レ備二進調庸[1]一。望請、蒙二給優復一、将レ息二弊[2]民一。勅、給二復三年一。○辛亥、勅曰、夷虜乱常、為レ梗未レ已。追則鳥散、捨則蟻結。事須三練レ兵教レ卒、備二其寇[3]掠一。今聞、坂東諸国、属レ有二軍役一、毎多尫弱、全不レ堪レ戦。即有二雑色之輩・浮宕[4]之類一、或便二弓馬一、或堪二戦陣一。毎レ有二徴発[5]一、未二嘗差点一。同曰[6]二皇民一、豈合レ如レ此。宜下仰二坂東八国一、簡中取所レ有散位子、郡司[7]子弟[8]、及浮宕等類、身堪二軍士一者、随二国大小一、一千已下五百已上上。専習二用レ兵之道一、並備二身装一。即入色之人、便考二当国一、白丁免レ徭[9]。仍勤二堪レ事国司一人一、専知勾当。如有二非常一、便即押領奔赴、不[10]レ失[11]二事機一。○乙卯、勅曰、京畿定額諸寺、其数有レ限。私自営作、先既立レ制。比来所司寛縦、曾不二糺[12]察一。

1 庸〔底傍補〕―ナシ〔底原〕
2 弊―幣〔東〕
3 寇―冠〔東〕
4 宕→校補
5 発〔底原・底新朱抹傍〕→校補
6 曰〔大改〕→校補
7 司〔大補〕―ナシ〔兼等〕→校補
8 弟―第〔底〕
9 徭〔大改〕―俘〔兼等〕→校補
10 不〔兼・谷原・東・高〕―可〔谷擦重、大〕→校補
11 失〔底原・底新朱抹傍〕―告〔兼等、大〕→校補
12 糺―紀〔東〕

一 口分田(三補9―四五)を指す。
二 坂東八国の郡司子弟らの中から軍士に堪える者を選ばせ、武事を習うとともに武具の準備をさせ、彼らを考課や恩典に与からせることとし、そのための専当国司を置くなどの配慮を命じた勅。
三 「梗」は「抗」に通じ、猛々しい、荒いの意。また「抗」に通じ、当る、防ぐの意。「為梗未已」とは、猛々しい振舞で国家に抵抗する姿勢の止むことがない、の意。
四 軍事訓練を行って士卒に武備を教え、蝦夷の侵掠に備えさす。
五 地方在住の各種身分の者。下文の散位の子、郡司の子弟などがこれにあたるか。

坂東八国の郡司子弟らの中から軍士に堪える者を簡取せしめ非常に備えさせる

民《みん》を招集《せうしふ》して、口田《くでん》[一]を給《たま》ふと雖《いへど》も、休息《きうそく》すること得《え》ず。茲《これ》に因《よ》りて調庸《でうよう》を備《そな》へ進《たてまつ》るに堪《た》へず。望《のぞ》み請《こ》はくは、優復《いうふく》を蒙《かがふ》り給《たま》ひて弊民《へいみん》を息《やす》めむことを」とまうす。勅《みことのり》して、復《ふく》三年を給《たま》ふ。○辛亥[六日]、勅《みことのり》[二]して曰《のたま》はく、「夷虜《いりよ》は、乱常《らんつね》にして、梗《かう》[三]をすること已《や》まず。追《お》へば鳥《とり》のごとく散《ち》り、捨《す》つれば蟻《あり》のごとく結《むす》ぶ。事《こと》、兵《ひやう》[四]を練《ね》り卒《そつ》に教《をし》へ、その寇掠《こうりやく》に備《そな》ふべし。今聞《いまき》かくは、「坂東《さかのひむかし》の諸国《くにぐに》、軍役《ぐんやく》有るに属《つ》きて、毎《つね》に多《おほ》くは尫弱《わうじやく》にして全《また》く戦《たたか》ふに堪《た》へず。即《すなは》ち、雑色《ざふしき》[五]の輩《やから》、浮宕《ふたう》[六]の類《たぐひ》有りて、或《ある》は弓馬《きうば》に便《びん》あり、或《ある》は戦《せん》陣《ぢん》に堪《た》ふ。徴《め》し発《た》つること有る毎《ごと》に嘗《かつ》て差点《さてむ》せず」ときく。同《おな》じく皇民《わうみん》[七]と曰《い》ふに、豈此《あにかく》の如《ごと》くなるべけむや。坂東《さかのひむかし》の八国に仰《おほ》せて、有《あ》らゆる散位《さんゐ》[八]の子《こ》、郡司《ぐんじ》の子弟《してい》と、浮宕《ふたう》らの類《たぐひ》との、身《み》軍士《いくさ》に堪《た》ふる者《ひと》、国《くに》[九]の大小《だいせう》に随《したが》ひて、[一〇]一千已下、五百已上を簡《えら》ひ取《と》るべし。専《もは》ら兵《いくさ》を用《もち》ゐる道《みち》を習《なら》はしめ、並《ならび》に身《み》[一一]の装《よそほひ》を備《そな》へしめよ。即《すなは》ち、入色《にふしき》[一二]の人《ひと》は便《すなは》ち当国《そのくに》に考《かう》し、白丁《びやくちやう》[一三]は徭《えう》を免《ゆる》せ。仍《より》て事《こと》に堪《た》ふる国司《こくし》一人を勒《ろく》して、専知《せんち》[一四]勾当《こうたう》せしめよ。如《も》し非常《ひじやう》有らば、便即《すなは》ち押領《あふりやう》[一五]して奔《はし》り赴《おもぶ》き、事機《じき》[一六]を失《うしな》はざれ」とのたまふ。

京畿に私に道場を造営することと田宅園地の施入売易を禁ずる

○乙卯[十日]、勅《みことのり》[一七]して曰《のたま》はく、「京畿《けいき》の定額《ぢやうぎやく》[一八]の諸寺《てらでら》は、その数《かず》に限《かぎり》有り。私《ひそか》に自《みづか》ら営《ゐやう》作《さく》すること、先《さき》[一九]に既《すで》に制《せい》を立《た》つ。比来《このころ》、所司《しよし》[二〇]寛縦《くわんしよう》にして、曾《かつ》て糺察《きうさつ》せず。

六 浮浪に同じ。→㊀補4-四八。
七 蝦夷に対して、天皇の民であるとの観念の表現か。→㊀一八七頁注一三。
八 「散位」は位階は帯びているが官職のない者。そうした者の子とは、ここでは上文の「雑色之輩」と同じ者で、外散位の者をいうか。
九 坂東八国の国の大小の等級→㊃四三七頁注二一。
一〇 天平宝字三年十一月辛未条では「二千已下」、宝亀五年八月己巳条では「二千已下五百已上」とある。
一一 甲冑弓箭などの武具を備える。
一二 官人として得考の対象となる者は、当該国で考に与らせる。上掲の「雑色之輩」や「散位子」と称された者はこの中に含まれるか。
一三 一般の無位の公民は徭(ここでは庸と雑徭)を免除する。上文の「浮宕」はこれに含まれるか。
一四 専らその任務に当る。
一五 監督統率する。
一六 「事機」は、呉子、論将に「凡兵有㆓四機㆒、…三曰事機、善行㆓間諜㆒、軽兵往来、分㆓散其衆㆒、使㆓其君臣相怨、上下相咎㆒、是謂㆓事機㆒」と見える。「不㆑失㆓事機㆒」は、そうした策をめぐらしながら、蝦夷を討つのに好機を失しないように、の意。
一七 京畿の定額寺が公的な許可以外に私に道場を造営すること、および田宅・園地の施入売易行為に当ることを禁ずるとともに、これを放置した関係官司の官人も処罰することを命じた勅。三代格に同内容の太政官符を収める他、明文抄五にも引用されている。
一八 朝廷の定めた寺格の一つ。→㊂補17-七〇。
一九 未詳。
二〇 京職、国司。

如経二年代一、無二地不レ寺。宜三厳加二禁[1]断一。自レ今以後、私立二道場一、及将二田宅・[2]園地一捨施并[3]売易与レ寺、主典已上、解二却見任一、自餘不レ論二[4]蔭贖一、決杖八十。官司知而不レ禁者、亦与同罪。○乙丑、右京人外従五位下佐伯部三国等、賜二姓佐伯沼田連一。○丙寅、従五位上中臣朝臣鷹主為二神祇大副一。従五位上文室真人[5]波多麻呂為二雅楽頭一。従五位上多治比真人宇美為二民部大輔一。従五位下[6]紀朝臣豊庭為二少輔一。従四位下多治比真人長野為二刑部卿一。従五位下賀茂朝臣大川為二大蔵少輔一。従五位下藤原朝臣縄主為二中衛少将一。弾正尹従三位高倉朝臣福信為二兼武蔵守一。従五位下伊賀香王為二若狭守一。従五位下大中臣[7]朝臣安遊麻呂為二播磨介一。従五位上百済王仁貞為二備前介一。授二外従五位下尾張連豊人従五位下一。○秋七月[8]癸巳、左京人散位従[9]六位上金肆順賜二姓海原連一。右京人正六位上金五百依海原造。越前国人外正七位上秦人部武志麻呂、依レ請、賜二[10]本姓車持一。○[11]甲午、詔、以二大納言正三位藤原朝臣是公一為二右大臣一。中衛大将如レ故。中納言正三位藤原朝臣継縄

1 断〔類一八〇一本〕—制（類一八〇）
2 園〔大改〕—國（兼等）、薗（類一八〇）
3 売＝賣（底新朱抹傍）—費〔底原〕
4 蔭—薩（兼）
5 波〔兼・谷・東、大〕—没（東傍・高）
6 紀—糺（東）
7 朝臣↓校補
8 癸↓校補
9 六位↓校補
10 本〔大改〕—大（兼等）↓校補
11 甲午〔紀略改〕—癸巳（紀略原）

一 僧尼令5に「凡僧尼、非レ在二寺院一、別立二道場一、聚レ衆教化、…皆還俗、国郡官司、知而不二禁止一者、依レ律科レ罪」とあり、私に道場を立てた場合、当事者たる僧尼のみでなく、黙認の国郡司も処罰の対象とされていた。 二 田令26に「凡官人百姓、並不レ得下将二田宅園地一、捨施売易与上レ寺」とあり、官人百姓がこうした地を捨施したり売り易えて寺に入れることは禁じられていた。 三「蔭」は父祖の蔭により議・請・減・贖の優遇を受けること、「贖」は相当額の贖銅を納めさせて実刑を免除すること。→[一]一五七頁注二。 四 律の用語。与(もと)に同罪の意で、同じ罪とみなす。→[一]一一頁注三一。なお類聚国史に引く延暦十四年四月甲子勅によれば、定額寺だけでなく寺院一般が、本条にいうような行為を繰返していることを挙げ、さらに厳しい処置で臨む態度を示している。 五→一八七頁注八。 六 書紀仁徳三十八年に、摂津国猪名県より安芸国の渟田(令制下の沼田〔和名抄「奴太」〕郡沼田郷。現在の広島県竹原市付近か)に移郷させられたとの伝承を持つ、渟(沼)田佐伯部の伴造氏族か。 七→[三]補24-一二。前官は鋳銭長官(延暦元年二月庚申条)。神祇大副の前任者は本条で大蔵少輔に任じられた賀茂大川(天応元年五月癸未条)。 八→[三]補20-一七。雅楽頭の前任者は本条で若狭守に任じられた伊賀香王(延暦二年三月己丑条)。 九→補36-二〇。前官は民部少輔(延暦二年二月壬申条)。民部大輔の前任者は本年四月壬申条で上総守に任じられた布勢清直(延暦元年二月庚申条)。 一〇→補34-二八。民部少輔の前任者は本条で民部大輔に転任した多治比宇美(延暦二年二月壬申条)。 一一 池守の孫、家主の男。→[四]補26-一。刑部卿の前任者は石川垣守(天応元

任官

如《も》し年代《ねんだい》を経《へ》ば、地《ところ》として寺《てら》にあらぬこと無けむ。厳《きび》しく禁断《きむだん》を加《くは》ふべし。今《いま》より以後《のち》、[一]私《ひそか》に道場《だうぢやう》を立《た》て、[二]及田宅《またでんたく》・園地《をんぢ》を将《も》ちて捨施《しやせ》し、并《あは》せて売《う》り易《か》へて寺《てら》に与《あた》ふること、主典《さうくわん》已上は見任《げんにむ》を解却《げきやく》し、自餘《そのほか》は[三]蔭贖《おむぞく》を論《あげつら》はず、決杖《くゑちぢやう》八十。官司《くわんしし》知りて禁《とど》めぬ者《ひと》も[四]亦与同罪《またよどうざい》」とのたまふ。〇乙丑（二十日）、右京《うきやう》の人《ひと》外従五位下[五]佐伯部《さへきべのみ》三国《くに》らに姓を[六]佐伯沼田連《さへきのぬた》と賜《たま》ふ。〇丙寅（二十一日）、従五位上[七]中臣《なかとみ》朝臣鷹主《たかぬし》を神祇大副《じんぎだいふく》とす。従五位上[八]文室《ふむや》真人波多麻呂《はたまろ》を雅楽頭《げがくのかみ》。従五位上[九]多治比《たぢひ》真人宇美《うみ》を民部大輔《みんぶだいふ》。従五位下[一〇]紀《き》朝臣豊庭《とよには》を少輔《せうふ》。従四位下[一一]多治比《たぢひ》真人長野《ながの》を刑部卿《ぎやうぶきやう》。従五位下[一二]賀茂《かも》朝臣大川《おほかは》を大蔵少輔《おほくらのせうふ》。従五位下[一三]藤原《ふぢはら》朝臣縄主《なはぬし》を中衛少将《ちうゑのせうしやう》。弾正尹《だんじやうのいん》従三位[一四]高倉《たかくら》朝臣福信《ふくしん》を兼武蔵《むざし》守。従五位下[一五]伊賀香王《いかがのおほきみ》を若狭《わかさ》守。従五位下[一六]大中臣《おほなかとみ》朝臣安遊麻呂《あゆまろ》を播磨介《はりまのすけ》。従五位上[一七]百済王仁貞《くだらのこにきしにんちやう》を備前《きびのみちのくち》介。外従五位下[一八]尾張《をはり》連豊人《とよひと》に従五位下を授《さづ》く。

秋七月（丙子朔）癸巳（十八日）、左京《さきやう》の人散位《ひとさんゐ》[一九]従六位上[二〇]金肆順《こむしじゆん》に姓を[二一]海原《うなはら》連と賜ふ。右京《うきやう》の人《ひと》正六位上[二二]金五百依《こむいほえ》には[二三]海原《うなはら》造。越前《こしのみちのくち》国の人《ひと》外正七位上[二四]秦人部武志麻呂《はたひとべのむしまろ》には請《ねがひ》に依《よ》りて本《もと》の姓[二五]車持《くるまもち》を賜ふ。〇甲午（十九日）、[二六]詔《みことのり》して、大納言《だいなふごん》正三位[二七]藤原《ふぢはら》朝臣是公《これきみ》を右大臣《うだいじん》としたまふ。中衛大将《ちうゑのだいしやう》は故《もと》の如《ごと》し。中納言《ちうなふごん》正三位[二八]藤原《ふぢはら》朝臣継縄《つぐただ》を

藤原是公を右大臣に、藤原継縄を大納言に、大伴家持を中納言に任命

年五月癸未条）。一二 ↓〔四〕補25―八七。前官は神祇大副（天応元年五月癸未条）。大蔵少輔の前任者は豊国船城（宝亀十一年三月壬午条）。一三 ↓補37―三三。中衛少将の前任者は本条で播磨介に遷任した大中臣安遊麻呂か（天応元年五月癸未条）。一四 もと肖奈公。↓〔三〕三九頁注一一・〔三〕四五頁注一八。弾正尹任官は天応元年五月。武蔵守の前任者は本年五月辛卯条で大宰大弐に任じられた石川真守（延暦元年八月乙亥条）。一五 伊香賀王とも。↓〔二〕五七頁注二一。前官は雅楽頭（延暦二年三月己丑条）。若狭守の前任者は塩屋王（延暦元年閏正月庚子条）。一六 ↓補36―四〇。前官は中衛少将（天応元年五月癸未条）。播磨介の前任者は本条で備前介に任じられた百済王仁貞（延暦元年閏正月庚子条）。一七 ↓補34―二八。前官は播磨介（延暦元年閏正月庚子条）。備前介の前任者は甘南備豊次（延暦二年二月壬申条）。一八 ↓〔四〕補33―二〇。外従五位下叙位は宝亀五年九月。一九 位階は帯びるが官職に就いていない者。二〇 他に見えず。金の姓は新羅王をはじめ同国で最も一般的な姓。二一 下文の海原造の同族か。二二 他に見えず。二三 姓氏録右京諸蕃に、新羅国の人、進広肆（天武十四年制定の官位四十八階の第四十八位）金加志毛礼の後と記す。二四 他に見えず。二五 大化前代、朝廷の車の製作や輿輦のことなどに当った車持部の後裔氏族。その伴造氏族として公（君）・朝臣・連・首姓の車持氏がいる。↓〔一〕補5―一〇。なお秦人部と車持との関係については未詳。二六 藤原田麻呂没後の議政官人事に関する詔。本条の任官により、参議八名の上に、右大臣を筆頭に大納言・中納言各一名という

為二大納言一。中務卿如レ故。従三位大伴宿禰家持為二中納言一。春宮大夫如レ故。正四位下石川朝臣名足・紀朝臣船守並授二正四位上一。従[1]五位下笠朝臣名麻呂従五位上。正六位上布勢朝臣大海従五位下。〇戊[2]戌、勅、石見国介[3]正四位下藤原朝臣鷹取・土左国介従五位下藤原朝臣末茂等、令レ得レ入レ京。〇庚子、従三位藤原朝臣種継為二式部卿兼[4]近江按察使一。左衛士督如レ故。従五位上中臣朝臣常為二民部少輔一。従五位上藤原朝臣菅継為二主計頭一。従五位下石川朝臣宿奈麻呂為二兵部少輔一。従五位下布勢朝臣大海為二典薬頭一。参議民部卿正三位藤原朝臣小黒[5]麻呂為二兼左京大夫一。従五位下紀朝臣田長為二伊豫介一。」大宰帥[6]正二位藤原朝臣魚名薨[7]。魚名、贈正一位太政大臣房前之第五[8]子也。天平末、授二従五位下[9]一、補二侍従一。稍遷、宝字中、至二従四位宮内卿[10]一。神護二年、授二従三位一、為二参議一。宝亀初、加二正三位一、拝二大納言一、尋兼二中務卿一。八[11]年[12]、授二従二位一。年已長老、次当二輔政一、拝為二内臣一。未レ幾有レ勅、改号二忠臣一。十年、進為[13]二内大臣一。天応元年、授二正二位一、

1 従—ナシ(東)
2 戊〔底原・底新重〕→校補
3 介ノ下、ナシ〔底原・底新抹〕—介(底新補)→校補
4 兼〔底重〕
5 黒→校補
6 帥—師〔底〕
7 薨魚名(底傍補)—ナシ〔底原〕→校補
8 五〔谷原・谷重〕→校補
9 下(底傍補)—ナシ〔底原〕
10 卿〔兼・谷、大〕—外(東・高)
11 八〔兼等〕—九(兼等傍按)→校補
12 年〔底重〕
13 為—ナシ(東)

構成。 二七 もと黒麻呂。→〔三〕補23-五。大納言任命は延暦元年六月。中衛大将任官は天応元年六月。右大臣の前任者は本年三月丙申に没した藤原田麻呂。 二八 →〔三〕二六一頁注一。中務卿任官は宝亀十一年二月。中納言任官は天応元年五月。大納言の前任者は本条で右大臣に任命された藤原是公。

一 →〔三〕五頁注六。春宮大夫任官は延暦元年五月。中納言の前任者は本条で大納言に任命された藤原継縄。

二 →〔三〕補23-五。正四位下叙位は延暦元年六月。 三 →〔四〕補25-四一。正四位下叙位は延暦元年六月。

四 名末呂とも。→〔四〕補31-九五。従五位下叙位は宝亀二年十一月。

五 下文庚子(二十五日)条で典薬頭、延暦四年正月主殿頭、同年七月美作介、同八年九月主税頭。布勢朝臣→〔一〕五三頁注四。

六 藤原魚名の事件に連坐して左遷となっていた藤原鷹取・末茂の入京を許す勅。→補37-一四。

七 石見国は中国のため国司の定員に介はない。左遷処置としてとくに設置。下文の土左国も同様(亀田隆之説)。

八 →〔四〕補31-六二。

九 →三三頁注二三。「等」とあるのは、延暦元年六月、魚名とともに任地に赴かされた真鷲を含むか(乙丑条)。

一〇 →〔四〕補27-四四。左衛士督任官は天応元年七月。式部卿の前任者は上文甲午(十九日)条で右大臣に任命された藤原是公(天応元年六月甲寅条)。 一一 この時点で近江按察使を設置した理由未詳。藤原氏との関係の深い近江国に、同氏の中の特定の人物を按察使に任命

大納言《だいなふごん》。中務卿《ちうむきやう》は故《もと》の如《ごと》し。従三位[一]大伴《おほとも》宿禰家持《やかもち》を中納言《ちうなふごん》。春宮大夫《しゆんぐだいぶ》は故《もと》の如《ごと》し。正四位下[二]石川《いしかは》朝臣名足《なたり》・[三]紀《き》朝臣船守《ふなもり》に並《ならび》に正四位上を授《さづ》く。従五位下[四]笠《かさ》朝臣名麻呂《なまろ》に従五位上。正六位上[五]布勢《ふせ》朝臣大海《おほうみ》に従五位下。○戊戌[二十三日]、

任官

[六]勅《みことのり》して、[七]石見国介《いはみのくにのすけ》正四位下[八]藤原《ふぢはら》朝臣鷹取《たかとり》・土左国介《とさのくにのすけ》従五位下[九]藤原《ふぢはら》朝臣末茂《すゑしげ》らに京《みやこ》に入《い》ること得《え》しめたまふ。○庚子[二十五日]、従三位[一〇]藤原《ふぢはら》朝臣種継《たねつぐ》を式部《しきぶ》卿《きやう》兼[一一]近江按察使《ちかつあふみのあんせちし》とす。左衛士督《さゑじのかみ》は故《もと》の如《ごと》し。従五位上[一二]中臣《なかとみ》朝臣常《つね》を民《みん》部少輔《ぶせうふ》。従五位上[一三]藤原《ふぢはら》朝臣菅継《すがつぐ》を主計頭《しゆけいのかみ》。従五位下[一四]石川《いしかは》朝臣宿奈麻呂《すくなまろ》を兵《ひやう》部少輔《ぶせうふ》。従五位下[一五]布勢《ふせ》朝臣大海《おほうみ》を典薬頭《てんやくのかみ》。参議《さむぎ》民部卿《みんぶきやう》正三位[一六]藤原《ふぢはら》朝臣小黒《をぐろ》麻呂《まろ》を兼左京大夫《さきやうのだいぶ》。従五位下[一七]紀《き》朝臣田長《たをさ》を伊豫介《いよのすけ》。

藤原魚名没

大宰帥《だいさいのそち》正二位[一八]藤原《ふぢはら》朝臣魚名《うをな》薨《こう》しぬ。魚名《うをな》は贈《ぞう》正一位太政大臣[一九]房前《だいじやうだいじんふささき》の第五の子《こ》なり。[二〇]天平《てんひやう》の末《すゑ》に従五位下を授けられ、侍従《じじゆ》に補《ふ》せらる。稍《やや》く遷《うつ》されて、[二一]宝字《ほうじ》中《ちう》に従四位宮内卿《くうないきやう》に至《いた》る。[二二]神護《じんご》二年、従三位を授けられ、参議《さむぎ》と為《な》る。[二三]宝亀《ほうくゐ》の初《はじめ》に正三位を加《くは》へられて大納言《だいなふごん》を拝《はい》し、尋《つ》ぎて中務卿《ちうむきやう》を兼《か》ぬ。[二四]八年、従二位を授けらる。年已《としすで》に長老《お》いて、次《つ》ぎて輔政《ふせい》に当《あた》り、拝《はい》して[二五]内臣《ないしん》と為《な》る。幾《いくばく》もあらずして勅《みことのり》有りて、改《あらた》めて[二六]忠臣《ちうしん》と号《なづ》く。[二七]十年、進《すす》みて内大臣《ないだいじん》と為《な》る。[二八]天《てん》応《おう》元年、正二位を授けられ、

するのは、一種の名誉職的な意味があったか。↓〔二〕補8‐三四・〔三〕補16‐一二。

三 →〔四〕補25‐八四。民部少輔の前任者は紀豊庭(延暦二年六月丙寅条)。

三 →〔四〕補32‐五三。主計頭の前任者は本条で伊予介に任じられた紀田長(延暦二年二月壬申条)。

一四 →補34‐三。

一五 →注五。典薬頭の前任者は浄岡広嶋(宝亀九年八月癸巳条)。

一六 少黒麻呂とも。房前の孫、鳥養の男。↓〔四〕補25‐九二。参議就任は宝亀十年十二月。民部卿任官は天応元年七月。左京大夫の前任者は上文甲午(十九日)条で大納言に任命された藤原継縄(天応元年七月丁卯条)。

一七 →補37‐一三。前官は主計頭(延暦二年二月壬申条)。伊予介の前任者は藤原弓主(延暦元年閏正月庚子条)。

一八 →〔三〕補17‐二五。 一九 →〔一〕六五頁注四。

二〇 従五位下昇叙は天平二十年二月。侍従任命のことは続紀には見えないが、補任は従五位下叙位と同日とする。

二一 天平宝字五年正月に従四位下に昇り、同八年九月に宮内卿に任官。

二二 従三位昇叙は天平神護二年十一月。参議就任は神護景雲二年二月。

二三 正三位昇叙は宝亀元年十月。翌二年三月に中納言を経ずして大納言に昇り、同五年九月に中務卿を兼ねる。

二四 宝亀八年正月に従二位昇叙。

二五 宝亀九年三月己酉に内臣(〔二〕補8‐九三)となる。

二六 宝亀九年三月丙子に内臣を忠臣と改号。

二七 宝亀十年正月に内大臣就任。

二八 天応元年正月に正二位昇叙。

俄拝二左大臣一兼二大宰帥[1]一。延暦元年、坐レ事免二大臣一、出之二任所一。至二摂津国一、病発留連。有レ勅、聴下便留二別業一、以加上療焉。居二年、召還二京師一。薨時、年六十三。詔、別賜二絁布米塩及役夫等一。○乙巳、詔曰、疇レ庸叙レ功、彰二于旧典一、赦レ過宥レ罪、著レ自二前経一。故大宰帥[2]正二位藤原朝臣魚名、乃祖乃父、世著二茂功一。或尽二忠義一而事レ君、或宣二風猷一以伏[3]レ時。言念二於此一、無レ忘[4]二于懐一。今故贈以二本官一、酬[5]二其先功一。宜三去延暦元年六月十四日所レ下詔勅官符等類、悉皆焼却二焉。○八月辛酉、散事従四位下石川朝臣毛比[6]卒。○壬戌、授二従七位下上道臣千若女外従五位下一。○壬申、授二外従五位下和朝臣家吉・真神宿禰真糸並従五位下一。○九月丙子、近江国言、除二王姓一従二百姓一戸五烟、口一百一人。戸主槻村・井上・大岡・大魚・動神等五人、並山村王[7]之孫也。其祖父山村王、以三去養老五年一、編二附此部一。

1 帥—師〔底〕
2 帥(兼・谷擦重・東・高、大)—師〔谷原〕
3 伏時→脚注
4 忘〔谷原・谷擦重〕↓校補
5 酬〔底原・底新朱抹傍〕↓校補
6 毛比↓校補
7 王—主(兼)

一 天応元年六月に左大臣となり同時に大宰帥を兼任。
二 延暦元年六月に左大臣を免官となり、大宰帥として任地に赴くことを命ぜられる。↓補37-一四。
三 延暦元年六月己卯条には「到二摂津国一、病発不レ堪レ進レ途」とある。
四 延暦元年六月己卯条には「宜下待二病愈一、然後発進上」とある。
五 延暦二年五月丁亥条に「老病相仍、留二滞中路一。宜三令レ還レ京託二其郷親一」とある。
六 喪葬令5・11に定められた賻物・役夫以外に物資また役夫を賜与する詔。
七 藤原魚名の罪を許して本官を贈り、前年六月十四日発令の詔勅官符等を悉く焼却せよとの詔。
八 功に酬いその功の順序をつけることは、すでに古典に明らかであり。「庸」は功の意。周礼、天官に「民功曰レ庸」と見える。また左伝僖公二十七年に「車服以レ庸」とあり、注に「庸、功也」と記す。「疇」は酬の意。潘岳の西征賦に「疇二匹婦一其已泰」と見え、注に「疇、猶レ酬」と記す。
九 過ちや罪を赦宥することは、昔の経籍に明らかに記されている。
一〇 ↓三補17-二五。
一一 祖父藤原不比等と父藤原房前。
一二 立派な功績。呉志諸葛恪伝に「以旌二茂功一」とある。
一三 風教や道徳を明らかに示し、天皇に恭しくかしずいて来た。「風猷」は風教道徳。晋書傅祗伝論に「傅祗、名父之子、早樹二風猷一」とあり、また宋書文帝紀に「陛下君徳自然、聖明在レ御、…風猷宣二於蕃牧一」と見える。古事記序文に「稽レ古以縄二風猷於既頽一」の文が見

藤原魚名に左大臣を贈り免官左遷に関する処分に関する詔勅官符類を焼却

佽《にはか》にして[一]左《さ》大臣《だいじん》を拝《はい》し、大宰帥《だいさいのそち》を兼《か》ぬ。[二]延暦《えんりやく》元年、事《こと》に坐《つみ》して大臣《だいじん》を免《めん》せられ、出《い》でて任所《にむしよ》に之《ゆ》く。摂津《つ》国に至《いた》りて[三]病発《やまひおこ》りて留連《るれん》す。勅《みことのり》有りて、便《すなは》ち別業《べちごふ》に留《とどま》りて[四]療《れう》を加《くは》ふることを聴《ゆる》す。居《を》ること二年にして、[五]召《め》されて京師《みやこ》に還《かへ》る。薨《こう》しぬる時《とき》、年《とし》六十三。[六]詔《みことのり》して、別《べち》に絁《あしぎぬ》・布《ぬの》・米《こめ》・塩《しほ》と役《やく》夫《ぶ》等を賜《たま》ふ。○乙巳《三十日》、[七]詔《みことのり》して曰《のたま》はく、「[八]庸《よう》に疇《むく》ひ功《くう》を叙《じよ》することは旧典《きうてん》に彰《あらは》れ、[九]過《あやまち》を赦《ゆる》し罪《つみ》を宥《ゆる》すことは前経《ぜんきやう》より著《あらは》る。故大宰帥《なきだいさいのそち》正二位[一〇]藤原《ふぢはら》朝臣魚名《うをな》は、[一一]乃祖《だいそ》乃父《だいふ》より世《よよ》に[一二]茂功《ぼうこう》を著《あらは》す。或《ある》は忠義《ちうぎ》を尽《つく》して君《きみ》に事《つか》へ、或《ある》は[一三]風猷《ふういう》を宣《の》べて時《とき》に伏《ふ》す。言《ここ》に此《これ》を念《おも》ひて懐《こころ》に忘《わす》るること無し。今故《いまゆゑ》に贈《おく》るに[一四]本官《ほんくわん》を以《もち》てし、その先功《せんこう》に酬《むく》ゆ。去《さ》りぬる[一五]延暦《えんりやく》元年六月十四日に下《くだ》せる詔勅官符《せうちよくくわんふ》等の類《たぐひ》は悉《ことごと》く皆焼《みなや》き却《す》つべし」とのたまふ。

八月《丙午朔》辛酉《十六日》、[一六]散事《さんじ》従四位下[一七]石川《いしかは》朝臣毛比《もひ》卒《しゆつ》しぬ。○壬戌《十七日》、従七位下[一八]上道《かみつみち》臣千若女《ちわかめ》に外従五位下を授《さづ》く。○壬申《二十七日》、外従五位下[一九]和《やまと》朝臣家吉《いへよし》・[二〇]真神《まかみ》宿禰真糸《まいと》に並《ならび》に従五位下を授く。

山村王の子孫と称する百姓の処分を定める

九月《乙亥朔》丙子《二日》、[二一]近江《ちかつあふみ》国言《まう》さく、「[二二]王《おほきみ》の姓を除《のぞ》きて百姓《はくせい》に従《したが》ふ[二三]戸《へ》五烟、口《く》一百一人なり。戸主《こしゆ》[二四]槻村《つきむら》・[二五]井上《ゐのうへ》・[二六]大岡《おほをか》・[二七]大魚《おほうを》・[二八]動神《どうじん》等五人は、並に[二九]山村《やまむらの》王《おほきみ》の孫《うまご》なり。その祖父《おほち》山村《やまむら》王は、去《さ》りぬる養老《やうらう》五年を以《もち》て[三〇]此《こ》の部《ぶ》に編附《へんふ》

える。「伏時」を考證は「伏疑誤字」と記すが、むしろ「時」は「侍」の誤りか。「伏侍」はかしずくの意。

一四 処分時の左大臣の官を贈る。

一五 前年六月十四日に発令された、藤原魚名の免官左遷処分に関する一連の詔勅官符を焼却し、本人の名誉を回復する。左降にあたって下した一連の勅書・官符等を焼却して本人の名誉を回復した先例として、天平宝字八年九月癸亥条の藤原豊成の場合がある。→補37―一四。

一六 →一五頁注一七。

一七 →［四］四〇三頁注五。宝亀十一年二月庚戌に命婦として見え、従四位下の昇叙に与かっている。

一八 千若とも。延暦十年三月に従五位下。この後朝臣の賜姓に与かったらしく、後紀延暦二十四年八月に正五位下に昇叙した際には上道朝臣千若と見える。上道臣→［三］補20―二四。

一九 もと和史。→二五七頁注一七。外従五位下叙位は延暦二年正月。

二〇 他に見えず。真神宿禰は姓氏録大和諸蕃に、漢福徳王の後と見える。

二一 近江国よりの奏言を受けて、山村王の子孫と称する農民の取扱いを検討処置した記事。

二二 王の身分より臣籍に降下して一般公民になった戸。「王姓」の表現は書紀天武八年正月条に見える。二三 五戸に同じ。

二四―二八 上掲五烟の戸主。槻村以下、井上・大岡・大魚・動神は戸主の名だが、他に見えない。

二九 神護景雲元年十一月に参議従三位で没した山村王がいるが、没年四十六歳から逆算すると養老六年生れとなり、本条の山村王とは別人。

三〇 近江国管内。

自レ爾以来、子孫蕃息、或七八世、分為二数烟一。依レ格、六世以下、除三承レ嫡者二之外、可レ科二課役一。望請、承レ嫡之戸、遷二附京戸一、自餘与レ姓科レ課。於レ是、下二所司一、検二皇親籍一、無二山村王之名一。仍従二百姓之例一。但不レ与二真人之姓一。〇冬十月乙巳朔庚戌、治部省言、去宝亀元年以降、増二加国師員一、或国四人、或国三人。於レ事准[1]量、深匪二允愜[2]一。望請、自レ今以後、依二承前例一、大・上国各任二大国師一人・少国師一人一、中・下国各任[3]二国師一人一。許レ之。〇戊午、行二幸交野一、放レ鷹遊獦[4]。〇庚申、詔[5]、免二当郡今年田租一。国郡司及行宮側近高年、并諸司陪従者、賜レ物各有レ差。又百済王等供二奉行在所[6]一者一両人、進レ階加レ爵。施二百済寺近江・播磨[7][8]二国正税各五千[9]束一。授二正五位上百済王利善従四位下、従五位上百済王武鏡正五位下、従五位下百済王元徳・百済王玄鏡並従五位上、従四位上

1 准―唯〔底〕
2 愜→校補
3 任〔谷・東、大〕―注〔兼〕、汪〔高〕
4 獦〔類三二〕―猟〔兼等、大、紀略補〕、ナシ〔紀略原〕
5 詔→校補
6 行在所→校補
7 磨〔底新重〕―麻〔底原〕→校補
8 磨ノ下、ナシ〔底新抹〕―呂〔底原〕→校補
9 千〔底新朱抹傍〕―十〔底原〕

一 天皇から数えて七世また八世の意か。
二 慶雲三年二月十六日格に嫡を承くる者は王とする規定があるので、戸令5により皇親に準じて免課役とされたか。
三 養老令制では、「課」は調を、「役」は庸と雑徭とを指す。→㊀補3-五。
四 課役を負担させること。
五 正親司。正の職掌に「掌、皇親名籍事」とある。太政官は近江国の奏言を受けて調査をこの司に下命したか。皇親籍→㊀一〇一頁注六。
六 皇親より臣籍降下の場合は通常真人の姓が与えられたが、皇親名籍に該当する山村王の名がないため、真人の姓を与えない。
七 朔日に記事がないのに朔日の干支を記すのは、続紀では他に文武二年二月に「壬辰朔甲午(三日)」の例があるのみ。
八 治部省の国師定員を国の大小により決定したいとの奏言を認めた記事。
九 具体的な規定は見えず。
一〇 諸国に置かれた令外の僧官。→㊀補2-一二〇。
一一 まことに適当ではない。「愜」は、みちる、

す。爾《それ》より以来《このかた》、子《し》孫蕃息《そんはんそく》し、或《ある》は七八世[一]にして分《わか》れて数烟《すえん》と為《な》る。格《きやく》[二]に依《よ》るに、六世以下は嫡《ちやく》を承《う》くる者《ひと》を除《のぞ》く外《ほか》、課役《くわやく》[三]を科《おほ》すべし。望《のぞ》み請《こ》はくは、嫡《ちやく》を承《う》くる戸《へ》は京戸《きやうこ》に遷附《せんふ》し、自餘《そのほか》は姓を与《あた》へて課《くわ》[四]を科《おほ》せむことを」とまうす。是《ここ》に所司《しよし》[五]に下《くだ》して皇親《わうしん》の籍《じやく》を検《けむ》するに、山村王《やまむらのおほきみ》の名《な》無し。仍《より》て百姓《はくせい》の例《つら》に従《したが》はしむ。但《ただ》し真人[六]の姓を与《あた》へず。

国師の定員を改定

冬十月乙巳[七]の朔庚戌[六日]、治《ぢ》部省《ぶしやう》[八]言《まう》さく、「去《さ》りぬる宝亀《ほうくゐ》[九]元年より以降《このかた》、国《こく》[一〇]師《し》の員《かず》を増《ま》し加《くは》ふること、或《ある》は国《くに》ごとに四人、或《ある》は国《くに》ごとに三人なり。事《こと》に於《おき》て准量《しゆんりやう》するに、深《ふか》[一一]く允愜《いんけふ》なるに匪《あら》ず。望《のぞ》み請《こ》はくは、今《いま》より以後《のち》、承前《さき》[一二]の例《ためし》に依《よ》りて、大《だい》・上国《じやうこく》には各《おのおの》大国師《だいこくし》一人・少国師《せうこくし》一人を任《にむ》し、中《ちう》・下国《げこく》には各国師《こくし》一人を任《にむ》せむことを」とまうす。これを許《ゆる》[一三]す。

交野行幸

○戊午[十四日]、交野《かたの》[一四]に行幸《みゆき》[一五]し、鷹《たか》を放《はな》ちて遊猟《みかり》したまふ。○庚申[十六日]、詔《みことのり》して、当郡《そのこほり》[一六]の今年《ことし》の田租《でんそ》を免《ゆる》したまふ。国郡司《こくぐんじ》と行宮《かりみや》の側近《そくきん》の高年《かうねん》と、并《あは》せて諸司《しよし》の陪従《ばいじゆ》せる者《ひと》に、物《もの》賜《たま》ふこと各差《しな》有り。また、百済王《くだらのこにきし》[一七]らの行在所《いでましところ》に供奉《つかへまつ》る者《ひと》一両人に階《しな》を進《すす》め爵《しやく》を加《くは》ふ。百済寺《くだらてら》[一八]に近江《ちかつあふみ》・播磨《はりま》の二国の正税《しやうぜい》各五千束を施《ほどこ》す。

百済王利善らに叙位

正五位上百済王《くだらのこにきし》[一九]利《り》善《ぜん》に従四位下を授《さづ》く。従五位上百済王《くだらのこにきし》[二〇]武鏡《むきやう》に正五位下。従五位下百済王《くだらのこにきし》[二一]元徳《ぐゑんとく》・百済王《くだらのこにきし》[二二]玄鏡《ぐゑんきやう》に並《ならび》に従五位上。従四位上

よい、こころよい等の意。国師の人数の多いことについては、宝亀十一年正月丙戌条にも「諸国国師、…員復居多、侵損不レ少」と見える。

一二 何を指すか未詳。天平宝字六年の造石山院所解(古一六-二〇三・二〇四頁)には国師とのみ見えるのに、天平神護元年四月廿八日の因幡国師牒(古五-五二七頁)には大国師が見えるので、定員もこの間に大少国師の区別と一緒に制定されたか(佐久間竜説)。あるいは、この年に定員は決められたか。

一三 なお国師の遷替は国司と同じであったが、延暦三年五月に六年に改められた(五月辛未条)。

一四 河内国交野郡の遊猟地。→[四]補31-四二。

一五 桓武の交野遊猟の最初。桓武の遊猟→補37-三四。

一六 河内国交野郡。上文戊午(十四日)条に見える交野と同一地域。→[一]一六三頁注二〇。

一七 →[一]三二頁注一七。上文戊午(十四日)条の桓武の行幸・遊猟の地の交野郡は、百済郡とともに百済王氏の本拠地であった。桓武は血族関係にあった百済王氏の本拠地に行幸し、百済王氏らによる奉献の見返りとして、百済寺また供奉の百済王氏への叙位を行ったか。桓武の遊猟→補37-三四。

一八 →補37-三五。

一九 →[四]九九頁注二一。正五位上叙位は天応元年四月。

二〇 →[四]四三頁注九。従五位上叙位は宝亀七年正月。

二一 →九七頁注七。従五位下叙位は宝亀十年五月。

二二 →[四]補33-二九。従五位下叙位は宝亀六年正月。

百済王明信正四位下、正六位上百済王貞[1]善従五位下㆒。○壬戌[2]、車駕至㆑自㆓交野㆒。○十一月甲戌朔、日有㆑蝕之。○乙酉、以㆓従五位下石淵王㆒為㆓大監物㆒。従五位上藤原朝臣菅継為㆓右大舎人頭㆒。大外記外従五位下朝原忌寸道永為㆓兼大学助㆒。従五位下安倍朝臣草麻呂為㆓治部少輔㆒。外従五位下安都宿禰真足為㆓主計頭㆒。従五位下三嶋真人大湯[3]坐為㆓宮内少輔㆒。従[4]五位下大伴王為㆓正親正㆒。外従五位下嶋田臣宮成為㆓上野介㆒。常[5]陸介従五位上大伴宿禰弟[6]麻呂[7]為㆓征東副将軍㆒。○丁酉、授㆓正四位下百済王明信正四位上㆒。○十二月甲辰、阿波国人正六位上粟凡直豊穂・飛驒[8]国人従七位上飛驒国造祖門、並任㆓国造㆒。○戊[9]申、先㆑是、去天平勝宝三年九月太政官符偁、豊富百姓、出㆓挙銭財㆒。貧乏之民、宅[10]地為㆑質、至㆓於迫徴㆒、自償㆓其質㆒、既失㆓本業㆒、迸㆓散他国㆒。自㆑今以後、皆悉禁[11]止。若有㆓約契㆒、雖㆑至㆓償期㆒、猶任住[12]居、令㆓漸酬[13]償㆒。至㆑是、勅、先有㆓禁断㆒、曾未㆓懲革㆒。而今京内諸寺、貪㆓求利潤㆒、以㆑宅取㆑質、廻㆑利

1貞〔類三二〕—真〔底新傍朱イ・兼等、大〕
2戌—戊〔高〕
3湯〔底原・東、大改〕—陽〔底新朱抹傍・兼・谷・高〕→校補
4五〔底重〕—三〔底原〕
5常陸介〔東・高、大補〕—ナシ〔兼・谷〕→校補
6弟—第〔底〕
7為ノ下、ナシ—兼〔大補〕→校補
8驒〔底新朱抹傍〕—驛〔底重・底傍〕→校補
9戊〔底原・底新重〕→校補
10宅→校補
11禁〔底新傍補〕—ナシ〔底原〕
12住〔兼擦重・谷・高、大、類八四〕—任〔底〕、ナシ〔東〕
13酬〔底原・底新朱抹傍〕→校補

一 藤原継縄の室。→㊃補31-一七。従四位上叙位は天応元年十一月。
二 兼右本等は「真善」とする。いずれも他に見えず。百済王→㊀三一頁注一七。
三 天子の乗る車、転じて行幸時の天子に対する尊称。→㊀九頁注七。
四 この日はユリウス暦七八三年十一月二十九日。奈良の食分は三。→㊀補1-七五。
五 →一七一頁注六。前官は正親正(天応元年五月癸未条)。大監物の前任者は本条で石淵王と交替に正親正に任じられた大伴王か(延暦元年二月庚申条)。
六 →㊃補32-五三。前官は主計頭(延暦二年七月庚子条)。右大舎人頭の前任者は広川王(延暦元年九月戊子条)。
七 →補36-六三。大外記任官は延暦元年閏正月。大学助の前任者は本条で主計頭に任じられた安都真足(延暦元年六月辛未条)。
八 →㊃補28-五。前官は斎宮長官(宝亀八年十月辛卯条)。治部少輔の前任者は本条で宮内少輔に任じられた三嶋大湯坐(天応元年五月癸未条)。
九 阿刀宿禰とも。→㊃三五七頁注二六。前官は大学助(延暦元年六月辛未条)。主計頭の前任者は本条で右大舎人頭に任じられた藤原菅継(延暦二年七月庚子条)。
一〇 もと大湯坐王。→㊂一一一頁注四〇。前官は治部少輔(天応元年五月癸未条)。
一一 →㊃三四九頁注二九。前官は大監物(延暦元年二月庚申条)。正親正の前任者は本条で大監物に任じられた石淵王(天応元年五月癸未条)。
一二 →補37-二六。上野介の前任者は吉弥侯横刀(延暦二年二月壬申条)。
一三 →八五頁注一六。常陸介任官は延暦元年六月。
一四 従来の征東使は大使・副使の名称で、宝亀十一年三月に、征東大使に藤原継縄、副使に大伴益立・紀古佐美両名の任命が見ら

任官

銭財の私出挙、殊に諸寺の利潤を貪る行為を厳禁

百済王《くだらのこにきし》明信《みやうしん》に正四位下。正六位上百済王《くだらのこにきし》貞善《ちやうぜん》に従五位下。○壬戌、車《きよ》駕《が》、交野《かたの》より至《いた》りたまふ。

十一月甲戌の朔、日《ひ》蝕《は》ゆること有り。○乙酉、従五位下石淵王《いはふちのおほきみ》を大監《だいけむ》物《もち》とす。従五位上藤原《ふぢはら》朝臣菅継《すがつぐ》を右大舎人頭《みぎのおほとねりのかみ》。大外記《だいぐゑき》外従五位下朝原《あさはら》忌寸道永《みちなが》を兼大学助《だいがくのすけ》。従五位下安倍《あへ》朝臣草麻呂《くさまろ》を治部少輔《ぢぶせうふ》。外従五位下安都《あと》宿禰真足《またり》を主計頭《しゆけいのかみ》。従五位下三嶋《みしま》真人大湯坐《おほゆゑ》を宮内少輔《くうないせうふ》。従五位下大伴《おほとも》王を正親正《おほきみのかみ》。外従五位下嶋田《しまだ》臣宮成《みやなり》を上野介《かみつけのすけ》。常陸介《ひたちのすけ》従五位上大伴《おほとも》宿禰弟麻呂《おとまろ》を征東副将軍《せいとうふくしやうぐん》。○丁酉、正四位下百済王《くだらのこにきし》明信《みやうしん》に正四位上を授《さづ》く。

十二月甲辰、阿波《あは》国の人《ひと》正六位上粟凡直《あはのおほし》豊穂《とよほ》、飛騨《ひだ》国の人《ひと》従七位上飛騨国造《ひだのくにのみやつこ》祖門《おやかど》を並《ならび》に国造《くにのみやつこ》に任《にむ》す。○戊申、是《これ》より先《さき》、去《さ》りぬる天平《てんひやう》勝宝《しようほう》三年九月の太政官符《だいじやうぐわんふ》に偁《い》はく、「豊富《ふふ》の百姓《はくせい》は銭財《せんざい》を出挙《すいこ》す。貧乏《びんぼふ》の民《たみ》は宅地《たくち》を質《しち》とし、迫《せま》り徴《はた》るに至《いた》りて、自《みづか》らその質《しち》を償《つくの》ひ、既《すで》に本業《ほんげふ》を失《うしな》ひて他《あた》しき国《くに》に迸散《はうさん》せり。今《いま》より以後《のち》、皆悉《みなことごと》く禁《いさ》め止《とど》めよ。若《も》し約契《やくけい》有りて償期《しやうき》に至《いた》ると雖《いへど》も、猶任《なほほしきまにま》に住居《すま》ひて漸《やくや》く酬償《しうしやう》せしめよ」といふ。是《ここ》に至《いた》りて勅《みことのり》したまはく、「先《さき》に禁断《きむだん》すること有れども、曾《かつ》て懲《こら》し革《あらた》めず。而《しか》して今《いま》、京内《きやうない》の諸寺《てらでら》、利潤《りじゆん》を貪《むさぼ》り求《もと》めて、宅《いへ》を以《もち》て質《しち》に取《と》り、利《くぼさ》を廻《めぐら》し

れる。征東将軍と明記しての任命と名称を異にするが、こうした名称の相違は武力による蝦夷鎮圧の姿勢を示すか。

一五 →注一。正四位下叙位は本年十月。

一六 他に見えず。粟凡直→㊂補16-三。

一七 大同三年四月に主計助、同年九月に主税助となる(後紀)。飛騨国造→㊂八三頁注一七。

一八 阿波国造については、国造本紀に、軽嶋豊明(応神)朝に高皇産霊(たかみむすび)尊九世の孫の千波足尼を粟国造に定めたとある。一方、古語拾遺に、天富命が粟国忌部の祖の天日鷲命の孫を率い、肥沃の地を求めて阿波国に至り穀(かじ)・麻の種を殖えたとの記載があり、粟国造家はこの忌部の宗家または後裔に当るともいわれる。令制新国造→㊀補2-一一六。

一九 銭財出挙返済のため宅地を質入れする行為が生じ貧民が離散するという状況になったため、そうした害のもととなる私出挙を天平勝宝三年に禁じたにも拘らず、依然として同様の行為が止まないことをあげ、出挙利子が一倍を過ぎる者に対しては関係官人とともに処罰することをうたった記事。

二〇 続紀本条では、天平勝宝三年九月の官符の文は「豊富百姓」以下「令漸酬償」まで。三代格所収の天平勝宝三年九月四日の太政官符は二箇条より成り、その第二条「禁下断出二挙財物一以二宅地園圃一為上質事」に本条と同内容の文が記される。ただし、本条にない文が見られる他、字句に異同がある。銭財出挙の官符→補37-三六。

二一 もし契約による償還の期限が来ても、なお本人の希望に任せて自分の家に住み、その上で次第次第に返済させせよ。

二二 以下十二月戊申勅の内容。二三 利息を元本に繰り入れる、複利計算のこと。

為レ本。非三只綱[1]維[2]越レ法、抑[3]亦官司阿容。何其為レ吏之道、輙違三王憲一、出塵[4]之輩、更結三俗網[5]一。宜下其雖レ経二多歳一、勿上過二一倍[6]一。如有二犯者一、科二違勅罪一。官人解二其見任一、財[7]貨没官。〇丁巳、大和国平群[8]郡[9]久度神、叙二従五位下一為二官社一。

続日本紀　巻[10]第[11]卅七

1 綱〔兼・兼傍按・谷・谷傍按、大、類八四〕―網(東・高)→校補
2 維(底新補)―ナシ〔底原一字空〕
3 抑〔兼・兼傍按・谷・谷傍按・東・東傍按・高、大、類八四〕→校補
4 塵〔兼・東・高、大改、類八四〕―鹿(谷)→校補
5 網(谷擦重・東・高、大、類八四)―納〔底〕、綱(兼・谷原)→校補
6 倍―ナシ〔底一字空〕
7 財―射〔底〕
8 群(底擦重)―郡〔底原〕
9 郡〔大補〕―ナシ(兼等)→校補
10 巻〔大補〕―ナシ(兼等)
11 第―弟(谷)

て本《もと》とす。只綱維《ただがうゐ》[一]の法《のり》を越《こ》ゆるのみに非《あら》ず、抑《そもそも》亦《また》官司《くわんし》も阿容《あゆう》せり。何《なに》ぞ其《そ》れ吏《り》と為《あ》る道《みち》、輙《すなは》ち王憲《わうけん》に違《たが》ひ、出塵《すいぢん》[二]の輩《やから》、更《さら》に俗網《ぞくまう》を結《むす》ばむ。[三]其《そ》れ多《た》歳《さい》を経《ふ》と雖《いへど》も、一倍に過《す》ぐること勿《な》かるべし。如《も》し犯《をか》せる者《ひと》有らば、[四]違勅《ゐちよく》の罪《つみ》を科《おほ》せよ。官人《くわんにん》はその見任《げんにむ》を解《と》き、財貨《ざいくわ》は没官《もつくわん》せよ」とのたまふ。○

十五日 丁巳、大和国《やまと》平群《へぐり》[五]郡久度神《くどのかみ》[六]を従五位下に叙《じよ》して官社《くわんしや》[七]とす。

一 寺内を綱領(統轄)し、仏事を維持する役の者。三綱とも。→㈡補7-三一。
二 出家した僧侶が俗事にかかずらう。
三 数年を経過しても利息が元本の一倍を過ぎてはならない。三代格所収の官符は「宜レ令二天下莫一レ有二此類一」と大幅に文章が異なる。
四 →一〇九頁注二五。
五 →㈢九五頁注二七。
六 →補37-三七。
七 →㈣三八五頁注二九。

続日本紀　巻第卅七

続日本紀　[1]巻第卌八　起㆓延暦三年[2]正月㆒尽㆓四年十二月㆒

右大臣正二位兼[3]行皇太子[4]傅中衛大将
臣藤原朝臣継縄等奉㆑[5]勅撰

今皇帝

[6]三年春正月己卯、宴㆓[7]五位已上㆒。授㆓无位小倉王・石浦王並従五位下、従四位下多治比真人長野・紀朝臣家守並従四位上、正五位下紀朝臣鯖麻呂正五位上、従五位下大中臣朝臣[8]諸魚従五位上、外従五位下和朝臣国守・[9]安都宿[10]禰真足、正六位上文[11]屋真[12]人真[13]屋麻呂・藤原朝臣[14]真作・[15]大伴宿禰永主・大原真人越智[16]麻呂・和朝臣三具足・石川朝臣魚麻呂・[17]巨勢朝臣家成・大春日朝臣諸公・安倍朝臣広津麻呂・坂本朝臣大足・田口朝臣清麻呂・笠朝臣[18]小宗・三方宿禰広名・紀朝臣[19]兄原・佐伯宿禰[20]老[21]並従五位下、正六位上下道朝臣長人・丹比宿禰[22]稲[23]長・船連稲船・秦忌寸長足並外従五位[24]下㆒。宴訖、賜㆑禄各有㆑[25]差。○辛巳、授㆓従

1巻〈意補〉(大補)―ナシ〔兼等〕　2正月〔大補〕―ナシ(兼等)　3行以下二〇字(底新補)―ナシ〔底原二〇字空〕→校補　4傅―傳(谷)　5勅→校補　6三年→校補　7五位(底新補)―ナシ〔底原二字空〕→校補　8諸魚(底新補)―ナシ〔底原二字空〕→校補　9安(底新補)―ナシ〔底原一字空〕→校補　10禰ノ下、ナシ〔底原一字空・底新朱抹〕―祢(底新補)→校補　11屋〔底〕―室(底新傍朱イ・兼等、大)　12人ノ下、ナシ(底新朱抹)―屋〔底原〕　13屋(底傍補)―ナシ〔底原〕　14真〔東・高、大改〕―直(底新傍朱イ・兼・谷)　15大〔底新補〕―ナシ〔底原一字空〕→校補　16麻(底新補)―ナシ〔底原一字空〕→校補　17巨(底新朱抹傍)―臣〔底原〕　18小宗(底新補)―ナシ〔底原二字空〕→校補　19兄(兼・谷・東、大)―元〔東傍・高〕　20老(底新補)―ナシ〔底原一字空〕→校補　21並(底新補)―ナシ〔底原一字空〕→校補　22稲→校補　23長船(底新補)―ナシ〔底原二字空〕→校補　24下(底新傍補)―ナシ〔底原〕→校補　25差〔谷擦重〕―着(谷原)

一 →一二二頁注一。
二 桓武天皇。→二二五頁注二。
三 正月七日の節宴。白馬の節会。→〔二〕補9-五〇。
四 正月七日の節宴にともなう叙位。
五 雄倉王とも。→補38-一。
六 系譜未詳。選叙令35によれば諸王の子。延暦四年七月に主馬頭、同六年二月少納言、同十年六月越中守となる。
七 池守の孫、家主の男。→〔四〕補26-一。従四位下叙位は宝亀九年正月。
八 →〔四〕補31-四〇。従四位下叙位は延暦元年四月。　九 →〔四〕補25-七九。正五位下叙位は宝亀十一年六月。
一〇 清麻呂の男。→五頁注一。従五位下叙位は宝亀七年正月。
一一 もと和史。桓武の母高野新笠の父系氏族。→補36-四一。外従五位下叙位は天応元年四月。　一二 阿刀宿禰とも。→〔四〕三五七頁注二六。外従五位下叙位は宝亀二年十一月。
一三 文室真人とも。延暦五年六月少納言となり、以後、右大舎人頭・治部少輔・主馬頭・但馬介を歴任(続紀)。後紀弘仁三年正月丙寅条で従四位上から正四位下に昇叙した文室朝臣真屋麻呂は同一人か。文室真人→〔三〕補18-五九。　一四 巨勢麻呂(南家)の男。→補38-二。
一五 家持の男。本年十月右京亮となるが、延暦四年八月、父家持が藤原種継暗殺事件にかかわったとして、没後にもかかわらず除名されたのに連なって、流の処分を受けた(続紀)が、大同元年三月、従五位下に復位している(後紀)。大伴宿禰→〔一〕補1-九八。
一六 本年四月隼人正となる。大原真人→八九頁注六。
一七 本年四月に上総介となり、延暦十年正月

続日本紀　巻第卅八　延暦《えんりやく》三年正月起《よ》り四年十二月尽《ま》で

[一]右大臣《うだいじん》正二位《しやうにゐ》兼行《ぎやう》皇太子《くわうたいし》傅《ふ》中衛大将《ちうゑのだいしやう》臣
藤原朝臣継縄《ふぢはらのあそみつぐただ》ら　勅《みことのり》を奉《う》けたまはりて撰《せん》す

七八四年
叙位

[二]今皇帝《いまのすめらみこと》

[甲子]三年春正月[癸酉朔]己卯[七日]、五位已上を宴《うたげ》[三]す。[四]无位小倉王《をぐらのおほきみ》[五]・石浦王《いはうら》[六]に並《ならび》に従五位下を授《さづ》く。従四位下多治比《たぢひ》[七]真人長野《ながの》・紀《き》[八]朝臣家守《やかもり》に並に従四位上。正五位下紀《き》[九]朝臣鯖麻呂《さばまろ》に正五位上。従五位下大中臣《おほなかとみ》[一〇]朝臣諸魚《もろうを》に従五位上。外従五位下和《やまと》[一一]朝臣国守《くにもり》・安都《あと》[一二]宿禰真足《またり》、正六位上文屋《ふむや》[一三]真人真屋麻呂《まやまろ》・藤原《ふぢはら》[一四]朝臣真作《まつくり》・大伴《おほとも》[一五]宿禰永主《ながぬし》・大原《おほはら》[一六]真人越智麻呂《をちまろ》・和《やまと》[一七]朝臣三具足《みくたり》・石川《いしかは》[一八]朝臣魚麻呂《うをまろ》・巨勢《こせ》[一九]朝臣家成《いへなり》・大春日《おほかすが》[二〇]朝臣諸公《もろきみ》・安倍《あへ》[二一]朝臣広津麻呂《ひろつまろ》・坂本《さかもと》[二二]朝臣大足《おほたり》・田口《たぐち》[二三]朝臣清麻呂《きよまろ》・笠《かさ》[二四]朝臣小宗《をむね》・三方《みかた》[二五]宿禰広名《ひろな》・紀《き》[二六]朝臣兄原《えはら》・佐伯《さへき》[二七]宿禰老《おゆ》に並に従五位下。正六位上下道《しもつみち》[二八]朝臣長人《ながひと》・丹比《たぢひ》[二九]宿禰稲長《いななが》・船《ふね》[三〇]連稲船《いなふね》・秦《はだ》[三一]忌寸長足《ながたり》に並に外従五位下。宴訖《うたげをは》りて、禄賜《ろくたま》ふこと各《おのおの》差《しな》有り。○辛巳[九日]、従

に従五位上に昇叙。和朝臣→二六九頁注七。
一八 本年四月に左大舎人助となり、以後、大和国班田左次官・摂津亮・丹後守を歴任(続紀)。延暦十八年二月に右少弁、同六月に左少弁となり、大同元年四月には左京大夫となった(後紀)。石川朝臣→[一]補1－三一。
一九 本年四月に大監物、延暦四年七月に主殿頭、同七年正月に和泉守となる。巨勢朝臣→[一]補2－一八。
二〇 本年四月に防人正となる。大春日朝臣→[一]補4－三六。
二一 阿倍朝臣とも。延暦四年六月に従五位上に昇叙。皇后宮大進・春宮亮・越前介・式部少輔・中衛少将等を歴任。安倍朝臣→[一]補1－一四二。
二二 延暦四年七月に官奴正となる。坂本朝臣→[一]補1－四二。
二三 浄麻呂とも。本年四月に右京亮となる。田口朝臣→[一]補3－三一。
二四 雄宗とも。→[四]二八三頁注六。
二五 もと御方広名。御方宿禰とも。→[三]三九一頁注一〇。
二六 延暦四年九月に備前介となり、以後、近衛少将・少納言・出雲守・中衛少将を歴任(続紀)。延暦十八年正月に正五位上から従四位下に昇叙、同二月に右兵衛督となる。同二十三年四月には度者一人を賜わっている(後紀)。紀朝臣→[一]補1－三一。
二七 →[四]二九三頁注一八。
二八 →八九頁注一一。
二九 もと丹比新家連。→三九頁注八。
三〇 本年四月に主計助となる。船連→[一]二一三頁注五。
三一 延暦四年正月に豊前介となる。秦忌寸→[一]補2－一三六。

五位下文室真人子老従五位上、正六位上平群朝臣牛養従五位下一。又授二女孺无位藤原朝臣[1]宇[2]都都古・大原真人明並従五位下一。○丁亥、授二[3]外従五位下伊勢朝臣水通従五位下一。○戊子、宴二五位已上於内裏一、饗二百官主典已上於朝堂一。賜レ禄各有レ差。授二右大臣正三位藤原朝臣是公従二位、正五位下大伴宿禰不破麻呂正五位上、従五位下紀朝臣白麻呂・健部朝臣人上並従五位上一。以二正三位藤原朝臣小黒麻呂・従三位藤原朝臣種継一並為二中納言一。○[4]二月[5]辛巳、授二女[6]孺无位[7]百[8]済王真徳従五位下一。○[9]己丑、従三位大伴宿禰家持為二持節[10]征東将軍一。従五位上文室真人与企為二副将軍一。外従五位下入間宿禰広成・外従五位下[11]阿倍[12]猨[13]嶋臣墨縄並為二軍監一。○三月甲戌、宴二五[14]位已上一、令二文人賦一曲水一。賜レ禄有レ差。○乙亥、授二外正六位上[15]丸子連石虫外従五位下一。[16]以レ献二軍粮一也。○[17]丙申、先レ是、伊予国守吉備朝臣泉、与二同[18]寮一不レ[19]協、頻被二告[20]訴一。朝[21]庭、[22]遣レ使勘問、辞[23]泄二不敬一、不レ肯二承伏一。是日、下レ勅曰、伊予国守従四位下吉備朝臣泉、[24]政迹無レ聞、犯状有レ着。

1宇〔底擦重・東・高、大補〕―ナシ〔底新傍朱按・兼・谷〕→校補　2都古〔底新補〕―々古〔兼等、大〕、ナシ〔底原二字空〕→校補　3外〔底〕―ナシ〔底新傍朱按・兼等、大補〕→校補
4二月→校補
5辛巳→脚注・校補
6孺〔谷原・谷抹傍〕→校補
7百〔底新補〕―ナシ〔底原一字空〕→校補　8済＝濟〔底原・底新朱抹傍〕→校補
9己丑〔紀略改〕―辛巳〔紀略原〕→脚注・校補　10征〔底新傍補〕―ナシ〔底原一字空〕→校補　11阿〔底新補〕―ナシ〔底原一字空〕→校補
12猨〔大改〕―朝〔谷補〕、ナシ〔兼一字空・谷原一字空・東一字空・高一字空〕　13嶋〔谷原〕―ナシ〔谷抹〕→校補
14位〔底傍補〕―ナシ〔底原〕
15丸子〔底新補〕―ナシ〔底原二字空〕→校補
16以以下二五字→校補
17丙申→脚注・校補
18寮〔底新朱抹傍〕―宴〔底原〕
19協〔兼・谷〕―協〔東・高、大〕
20訴―訢〔東〕→校補
21庭〔兼・谷、大〕―廷〔東・高〕
22遣〔底傍補〕―ナシ〔底原〕
23泄〔大補〕―ナシ〔底新傍朱按・兼等〕→校補
24政〔谷擦重、大〕―改〔底新傍朱イ・兼・谷原・東・高〕

一 →㈣二〇九頁注一一。
二 他に見えず。平群朝臣→㈠補3―八三。
三 以下、女叙位。　四 →五九頁注三二。
五 他に見えず。藤原朝臣→㈠補1―二九。
六 明娘とも。延暦八年正月に従五位上に昇叙（続紀）。弘仁六年十月に散事従三位で没した（後紀）。弘仁十二年七月の橘安麻呂卒伝に「母従三位大原真人明娘也」とあり（類聚国史）、橘奈良麻呂の室であった。大原真人→八九頁注六。　七 →補36―四二。外従五位下叙位は天応元年四月。
八 平城宮の内裏。　九 踏歌の節会。→㈡補2―九。　一〇 平城宮跡の東区（第二次）の朝堂地区のことであろう。
一一 正月十六日の節宴にともなう恒例の叙位。
一二 もと黒麻呂。乙麻呂（南家）の長子。→㈢補23―五。正三位叙位は天応元年四月。この時左大臣はおらず、廟堂の首班。　一三 →㈢補20―一七。正五位下叙位は宝亀八年正月。
一四 →補35―四八。延暦四年九月の藤原種継暗殺事件に坐して配流されたが（紀略）、大同元年三月本位正五位上に復した（後紀）。
一五 もと建部公。→㈣補25―九九。従五位下叙位は神護景雲二年閏六月。
一六 中納言二人の任命。前年七月に藤原継縄が大納言となって以後、中納言は大伴家持一人の体制であったのを補充したもの。
一七 少黒麻呂とも。房前（北家）の孫、鳥養の二男。→㈣補25―九二。参議に列したのは宝亀十年十二月。女の上子は桓武の後宮に入り滋野内親王を生んだ（文徳実録天安元年四月甲戌条）。
一八 宇合（式家）の孫、清成の男。→㈣補27―四四。参議に列したのは延暦元年三月。
一九 二月は壬寅朔なので、「辛巳」はない。大

五位下文室《ふむや》[一]真人子老《こおゆ》に従五位上を授《さづ》く。正六位上平群《へぐり》[二]朝臣牛養《うしかひ》に従五位下。[三]また、女孺《にょじゅ》[四]无位藤原《ふぢはら》[五]朝臣宇都都古《うつつこ》・大原《おほはら》[六]真人明《あきら》に並《ならび》に従五位下。〇丁亥[十五日]、外従五位下伊勢《いせ》[七]朝臣水通《みなみち》に従五位下を授く。〇戊子[十六日]、五位已上を内裏《うち》[八]に宴《うたげ》[九]し、百官《ひやくくわん》の主典《さうくわん》已上を朝堂《でうだう》[一〇]に饗《みあへ》す。禄賜《ろくたま》ふこと各《おのおの》差《しな》有り。右大臣《うだいじん》[一一]正三位[一二]藤原《ふぢはら》朝臣是公《これきみ》に従二位を授く。正五位下大伴《おほとも》[一三]宿禰不破麻呂《ふはまろ》に正五位上。従五位下紀《き》[一四]朝臣白麻呂《しろまろ》・健部《たけるべ》[一五]朝臣人上《ひとかみ》に並に従五位上。正[一六]三位藤原《ふぢはら》[一七]朝臣小黒《をぐろ》麻呂《まろ》・従三位藤原《ふぢはら》[一八]朝臣種継《たねつぐ》を並に中納言《ちうなふごん》とす。

大伴家持を征東将軍に任命

二月[壬寅朔]辛巳[一九]、女孺《にょじゅ》无位百済王《くだらのこにきし》[二〇]真徳《しんとく》に従五位下を授く。〇己丑[二一]、従[二二]三位大《おほ》[二三]伴《とも》宿禰家持《やかもち》を持節《ぢせち》征東将軍《せいとうしやうぐん》とす。従五位上文室《ふむや》[二四]真人与企《よき》を副将軍《ふくしやうぐん》。外従五位下入間《いるま》[二五]宿禰広成《ひろなり》・外従五位下阿倍《あへ》[二六]猨嶋《のさしま》臣墨縄《すみなは》を並に軍監《ぐんけむ》。

三月[壬申朔][三日]甲戌、五位已上を宴《うたげ》[二七]して、文人《ぶんじん》[二八]をして曲水《ごくすい》[二九]を賦《ふ》せしむ。禄《ろく》賜ふこと差《しな》有り。〇乙亥[四日]、外正六位上丸子《まろこ》[三〇]連石虫《いはむし》に外従五位下を授く。軍粮《ぐんらう》を献《たてまつ》るを以《もち》てなり。

吉備泉の罪を宥して見任を解く

〇丙申[二十五日][三一]、是《これ》より先《さき》、伊豫国守《いよのくにのかみ》吉備《きび》[三二]朝臣泉《いづみ》、同寮《どうれう》[三三]と協《ととの》はずして、頻《しきり》に告訴《こくそ》せらる。朝庭《みかど》、使《つかひ》を遣《つかは》して勘問《かむもん》するに、辞不敬《ことふきやう》に渉《わた》り、承伏《しようふく》するを肯《かへ》[三四]にす。是《こ》の日《ひ》、勅《みことのり》[三五]を下《くだ》して曰《のたま》はく、「伊豫国守《いよのくにのかみ》従四位下吉備《きび》朝臣泉《いづみ》、政迹《せいせき》聞《きこ》ゆること無くして、犯状《ほむじやう》着《いちしる》きこと有り。

系本頭注は、辛巳条は上文正月辛巳の叙位条に付し、「二月辛巳」の四字を除くべきかとする。また、下文にもこの月にない己丑条があり、三月丙申(二十五日)条が乙酉(十四日)条の前にあるなど、この二・三月には干支についての不審が多い。

二〇 他に見えず。百済王→[一]三二一頁注一七。

二一 二月に「己丑」はない。大系本頭注は、上文正月戊子(十六日)条の下に置くべきかとする(とすれば正月己丑は十七日)。また「己巳」(二月二十八日)の誤記であるとも見られることを指摘する。

二二 征東軍首脳の任命。

二三 →[三]五頁注六。この時中納言・春宮大夫。大伴宿禰家持の持節征東将軍任命→補38-二。

二四 →一二五頁注一。この時相模介。

二五 もと物部(直)。武蔵国入間郡の人。→[四]補25-六二。この時陸奥介。

二六 →二〇九頁注一八。この時陸奥鎮守権副将軍。

二七 三月三日の節宴。→[一]補2-三一。

二八 →三三頁注一二。

二九 →三三頁注一三。

三〇 他に見えず。丸子連→[二]補9-一〇九。征東戦のための兵糧献上による献物叙位。

三一 丙申条は次の乙酉(十四日)・丁亥(十六日)条の下にあるべきか。大系本頭注は「甲申」(十三日)の誤りの可能性を指摘する。

三二 真備の男。→[四]一五五頁注六。伊予守任官は延暦元年六月。泉の卒伝に本条とほぼ同様の記載がある(後紀弘仁五年閏七月壬午条)。

三三 国司の介以下か。この時の伊予介は紀田長(延暦二年七月庚子条)。吉備泉卒伝には「被㆓僚下告㆒、遣㆓詔使㆒勘問、辞渉㆓不敬㆒。有司執㆑法請㆑寘㆓恒科㆒」とある。

三四 認めない。

三五 吉備泉の不行状を指摘し、父吉備真備に免じて解任のみにとどめることを言い渡す勅。

1 賔→校補
2 伊(底新補)—ナシ〔底原一字空〕→校補
3 父〔谷擦重、大〕—文(兼・谷原・東・高)→校補
4 忘→校補
5 矜→校補
6 辜→校補
7 悪〔大改〕—思(兼等)
8 磨(底傍補)—ナシ〔底原〕
9 下—ナシ〔底〕
10 介(底新朱抹傍)—今〔底原〕
11 公(底新補)—ナシ〔底原一字空〕→校補
12 摩(底新朱抹傍)—磨〔底原〕
13 督—ナシ(兼)
14 四〔東傍〕—五(東)
15 苅→校補
16 多(底新補)—ナシ〔底原一字空〕→校補
17 大〔底〕—太

稽二之国典一、容レ賔[1]二恒科一。而父故右大臣、往学盈帰、播レ風弘レ道、遂登二端揆一、式翼二皇猷一。然則、伊[2]父[3]美志、猶不レ可レ忘[4]。其子徭尤、何無二矜[5]恕一。宜下宥二泉辜[6]一、令上思二後善一。但解二見任一、以懲二前悪[7]一。○乙酉、以二外従五位下筑紫史広嶋一為二近衛将監一。播磨[8]大掾如レ故。外従五位下[9]下道朝臣長人為二大和介一。従四位上多治比真人長野為二伊勢守一。従五位下藤原朝臣縄主為レ介。正五位上紀朝臣鯖麻呂為二尾張守一。従五位上藤原朝臣黒麻呂為二遠江守一。従五位上文室真人与企為二相模守一。近衛将監従五位下佐伯宿禰老為二兼介[10]一。従五位下三国真人広見為二能登守一。大外記外従五位下朝原忌寸道永為二兼越後介一。外従五位下上毛野公[11]薩摩[12]為二但馬介一。中宮大夫内蔵頭従四位上紀朝臣家守為二兼備前守一。従五位下文室真人於保為二備後守一。正五位下百済王武鏡為二周防守一。従五位下石川朝臣浄継為二讃岐介一。右衛士督[13]正四[14]位上坂上大忌寸苅[15]田麻呂為二兼伊豫守一。従五位下多[16]治比真人乙安為二肥後守一。○丁亥、叙二従三位気大[17]神正三位一。○夏四月壬寅、授二正六位上上毛

一 定まっている法令。
二 吉備真備。もと下道朝臣。→三補12-六。宝亀六年十月、前右大臣正二位勲二等で没。
三 唐に渡って多くの文物・知識を得て帰国し、政治・文化に新しい風をもたらした。
四 宰相のこと。真備は右大臣正二位に至る。
五 天子のはかりごと。天皇の治政。
六 あわれみゆるすこと。
七 解任された吉備泉にかわって、下文乙酉(十四日)条で坂上苅田麻呂が伊予守に任命された。
八 →補37-二七。播磨大掾兼官は延暦二年二月。前官近衛将曹(延暦二年二月壬申条)から昇任。
九 →八九頁注一一。大和介の前任者は尾張豊人か(延暦元年六月辛未条)。
一〇 池守の孫、家主の子。→四補26-一。前官は刑部卿(延暦二年六月丙寅条)。伊勢守の前任者は下文四月庚午条で右少弁に遷任する紀作良(延暦元年六月辛未条)。長野は天応元年四月にも伊勢守に任じており、ここは再任。
一一 →補37-三三。前官は中衛少将(延暦二年六月丙寅条)。伊勢介の前任者は藤原宗継(宝亀十一年三月壬午条)。
一二 →四補25-七九。前官は大炊頭(宝亀十年十一月甲午条)。尾張守の前任者は高賀茂諸魚(延暦元年六月辛未条)。
一三 →四補33-一。前官は右中弁(延暦元年九月戊子条)。
一四 →一二五頁注一。前兼官相模介(延暦二年二月壬申条)からの昇任。相模守の前任者は藤原長川(宝亀十一年三月壬午条)。
一五 →四二九三頁注一八。相模介の前任者は本条で相模守に昇任した文室与企(延暦二年二月壬申条)。

これを国典《こくてん》に稽《かむが》ふるに、[一]恒科《こうくわ》に寘《お》くべし。而《しか》れども、[二]父故右大臣《ちちなきうだいじん》、[三]往《ゆ》きて学《まな》び盈《み》ちて帰《かへ》りて、風《ふう》を播《ま》き道《みち》を弘《ひろ》めて、遂《つひ》に[四]端揆《たんき》に登《のぼ》りて、式《もち》て[五]皇猷《くわういう》を翼《たす》けり。然《しか》れば、伊《こ》の父《ちち》の美志《びし》、猶忘《なほわす》るべからず。その子《こ》の愆《とがあやまち》尤、何《なに》ぞ[六]矜恕《きむじよ》すること無けむ。泉《いづみ》が辜《つみ》を宥《ゆる》して後善《こうぜん》を思《おも》はしむべし。但《ただ》し、[七]見任《げんにむ》を解《と》きて、以《もち》て前悪《ぜんあく》を懲《こら》せ」とのたまふ。○乙酉[十四日]、外従五位下[八]筑紫《つくし》史広嶋《ひろしま》を近衛将監《このゑのしやうげむ》とす。播磨大掾《はりまのだいじよう》は故《もと》の如《ごと》し。外従五位下[九]下道《しもつみち》朝臣長人《ながひと》を大和介《やまとのすけ》。従四位上[一〇]多治比《たぢひ》真人長野《ながの》を伊勢《いせ》守。従五位下[一一]藤原《ふぢはら》朝臣縄主《なはぬし》を介。正五位上[一二]紀《き》朝臣鯖麻呂《さばまろ》を尾張《をはり》守。従五位上[一三]藤原《ふぢはら》朝臣黒麻呂《くろまろ》を遠江《とほつあふみ》守。従五位上[一四]文《ふむ》室《や》真人与企《よき》を相模《さがみ》守。近衛将監《このゑのしやうげむ》従五位下[一五]佐伯《さへき》宿禰老《おゆ》を兼介《すけ》。従五位下[一六]三《み》国《くに》真人広見《ひろみ》を能登《のと》守。大外記《だいぐゑき》外従五位下[一七]朝原《あさはら》忌寸道永《みちなが》を兼越後《こしのみちのしり》介。外従五位下[一八]上毛野《かみつけの》公薩摩《さつま》を但馬《たぢま》介。中宮大夫《ちうぐうだいぶ》内蔵頭《うちのくらのかみ》従四位上[一九]紀《き》朝臣家守《やかもり》を兼備前《きびのみちのくち》守。従五位下[二〇]文室《ふむや》真人於保《おほ》を備後《きびのみちのしり》守。正五位下[二一]百済王《くだらのこにきしむ》武鏡《きやう》を周防《すはう》守。従五位下[二二]石川《いしかは》朝臣浄継《きよつぐ》を讃岐《さぬき》介。右衛士督《うゑじのかみ》正四位上[二三]坂上《さかのうへ》大忌寸苅田麻呂《かりたまろ》を兼伊豫《いよ》守。従五位下[二四]多治比《たぢひ》真人乙安《おとやす》を肥後《ひのみちのしり》守。○丁亥[十六日]、従三位[二五]気大神《けたのかみ》を正三位に叙《じよ》す。

夏四月壬寅[辛丑朔 二日]、正六位上[二六]上毛《かみつけ》

一六 →一八五頁注二二。前官は越後介(延暦元年六月辛未条)。能登守の前任者は上虫麻呂(宝亀十一年三月壬午条)。
一七 →補36-六三。大外記任官は延暦元年閏正月。前兼官は大学助(延暦二年十一月乙酉条)。越後介の前任者は本条で能登守に遷任した三国広見(延暦元年六月辛未条)。
一八 →補36-四三。前官は内蔵助(延暦二年二月壬申条)。
一九 →〔四〕補31-四〇。中宮大夫任官は延暦元年六月。内蔵頭任官は同年五月。参議でもあった。備前守の前任者は山辺王(宝亀十一年三月壬午条)。
二〇 もと長谷真人。→〔四〕補29-二八。前官は中務少輔(延暦元年二月庚申条)。備後守の前任者は下文四月壬寅条で土左守に遷任する正月王(延暦元年六月壬申条)。
二一 →〔四〕四三頁注九。前官は大膳亮(延暦元年二月庚申条)。周防守の前任者は紀難波麻呂(宝亀十年二月甲午条)。
二二 →補37-一三。讃岐介の前任者は堅部人主か(宝亀九年二月辛巳条)。
二三 もと坂上忌寸。→〔三〕二〇五頁注一三。天応元年五月に右衛士督になったが、延暦元年閏正月氷上川継事件に坐して解任され、同年五月に復任。伊予守の前任者は上文丙申(二十五日)条で解任された吉備泉。
二四 →〔四〕二〇一頁注二八。前官は右少弁(延暦元年六月戊寅条)。肥後守の前任者は紀本(延暦元年九月乙酉条)。
二五 気多神とも。→〔四〕補29-四七。能登国羽咋郡の気多神社(神名式)。
二六 本条で衛門大尉に任じられ、延暦四年十一月外従五位上に昇叙。同五年十月に西市正を兼任。上毛野公→〔三〕補18-八。

野公我人外従五位下一。以二外従五位下忌部宿禰人上一為二神祇大祐一。従五位上[1]海上真人三狩為二右中弁一。従五位下藤原朝臣是人為二中務少輔一。従五位下石川朝臣魚麻呂為二左大舎人助一。従五位上藤原朝臣菅継為二治部大輔一。従五位上大中臣朝臣諸魚為二兵部大輔一。少納言如レ故。従四位下淡海真人三船為二刑部卿[2]一。大学頭・因幡守如レ故。従五位上橘朝臣綿裳為二大判事一。参議正四位下神王為[3]二大蔵卿一。従五位下安倍朝臣弟当為二少[4]輔一。従五位下紀朝臣継成為二大膳亮[5]一。従五位上宗方[6]王為二大炊頭[7]一。従五位下山口[8]王為二鍛冶[9]正一。従五位下川辺朝臣浄長為二主油正一。外従五位下丹比宿禰真浄為二内掃部[10]正[11]一。正[12]四位下藤原朝臣鷹取為二左京大夫一。従五位下田口朝臣浄[13]麻呂為二右京亮[14]一。外従五位下上毛野公我人為二衛門大尉一。従五位下大原真人越智麻呂為二隼人正一。外従五位下津連真道為二右[15]衛士大尉一。近[16]江大掾如レ故。従五位下紀朝臣真人為二摂津亮[17]一。従五位下和朝臣三具足為二上総介一。外従五位下飛鳥戸造弟[18]見為二飛騨守一。従五位下路真人玉守為二上野介一。従五位下文室

1上—ナシ(兼)
2卿—ナシ(東)
3為ノ下、ナシ〔兼・谷原・東・高〕—兼(谷傍補、大)
4少—小〔底〕
5亮〔底原・底新朱抹傍〕→校補
6方〔東傍・高傍〕—形(底新傍朱イ・兼等、大)
7頭〔東傍・高傍、大改〕—助(底新傍朱イ・兼等)
8口〔兼・谷、大〕—中(東・高)
9治(底新朱抹傍・兼・谷、大)—治〔底原・東・高〕
10部〔大補〕—ナシ(底新傍朱按・兼等)→校補
11正(底新傍朱イ)—ナシ〔底〕
12正〔底〕—々
13浄〔底〕—清
14亮〔底原・底擦重〕→校補
15右—石〔底〕
16近〔底擦重〕
17亮〔底原・底擦重・底新朱抹傍〕→校補
18弟—第〔底〕

一 以下、京官・地方官にわたる任官記事。本条の記事には、正六位上相当の鍛冶正、正六位下相当の隼人正・大国介、従六位上相当の神祇大祐・主油正・内掃部正、従六位下相当の衛門大尉・右衛士大尉、そして正七位上相当の防人正といった、相当する位階が低くて続紀にあまり登場しない官職への任官例が見られる。下文丁未(七日)条・庚午(三十日)条も同様。この頃、五位を帯びた中央官人も相当位階より低い官に任ぜられている様子がうかがえる。 二 →二五九頁注二四。前官は主油正(延暦二年三月己丑条)。 三 もと三狩王。→三一一頁注五五。右中弁の前任者は上文三月乙酉条で遠江守に遷任した藤原黒麻呂(延暦元年九月戊子条)。 四 →四二九七頁注二四。前官は大判事(延暦元年五月己亥条)。中務少輔の前任者は上文三月乙酉条で備後守に遷任した文室於保(延暦元年二月庚申条)。 五 →二八七頁注一八。左大舎人助の前任者は本条で日向守に遷任した多治比年持(延暦元年二月庚申条)。 六 →四補32-五三。前官は右大舎人頭(延暦二年十一月乙酉条)。治部大輔の前任者は大中臣継麻呂(延暦元年九月戊子条)。 七 →五頁注一。少納言任官は延暦元年閏正月。兵部大輔の前任者は大伴益立(延暦二年五月辛卯条)。 八 もと御船王。→三一一頁注四七。大学頭任官は天応元年十月。因幡守任官は延暦元年八月。刑部卿の前任者は上文三月乙酉条で伊勢守に遷任した多治比長野(延暦二年六月丙寅条)。 九 →三補20-四〇。大判事の前任者は本条で中務少輔に遷任した藤原是人か(延暦元年五月己亥条)。 一〇 →四一五一頁注三七。参議任官は宝亀十一年三月。宝亀八年十月にも大蔵卿に任じられている。 一一 →四補32-五四。

野《の》公我《わ》人《ひと》に外従五位下を授《さづ》く。[一]外従五位下[二]忌部《いむべ》宿禰人上《ひとかみ》を神祇大祐《じんぎだいいう》とす。従五位上[三]海上《うなかみ》真人三狩《みかり》を右《う》中弁《ちうべん》。従五位下[四]藤原《ふぢはら》朝臣是人《これひと》を中務少輔《ちうむせうふ》。従五位下[五]石川《いしかは》朝臣魚麻呂《うをまろ》を左大舎人助《ひだりのおほとねりのすけ》。従五位上[六]藤原《ふぢはら》朝臣菅継《すがつぐ》を治部大輔《ぢぶだいふ》。従五位上[七]大中臣《おほなかとみ》朝臣諸魚《もろうを》を兵部大輔《ひやうぶだいふ》。少納言《せうなふごん》は故《もと》の如《ごと》し。従四位下[八]淡海《あふみ》真人三船《みふね》を刑部卿《ぎやうぶきやう》。大学頭《だいがくのかみ》・因幡《いなば》守は故《もと》の如《ごと》し。従五位上[九]橘《たちばな》朝臣綿裳《わたも》を大《だい》判事《はんじ》。参議《さむぎ》正四位下[一〇]神 王《みわのおほきみ》を大蔵卿《おほくらのきやう》。従五位下[一一]安倍《あへ》朝臣弟当《おとまさ》を少輔《せうふ》。従五位下[一二]紀《き》朝臣継成《つぐなり》を大膳亮《だいぜんのすけ》。従五位上[一三]宗方《むなかた》王を大炊頭《おほひのかみ》。従五位下[一四]山口《やまぐち》王を鍛冶正《たんやのかみ》。従五位下[一五]川辺《かはへ》朝臣浄長《きよなが》を主油正《あぶらのかみ》。外従五位下[一六]丹比《たぢひ》宿禰真浄《まきよ》を内《うちの》掃部正《かにもりのかみ》。正四位下[一七]藤原《ふぢはら》朝臣鷹取《たかとり》を左京大夫《さきやうのだいぶ》。従五位下[一八]田口《たぐち》朝臣浄麻呂《きよまろ》を右《う》京亮《きやうのすけ》。外従五位下[一九]上毛野《かみつけの》公我《わ》人《ひと》を衛門大尉《ゑもんのだいゐ》。従五位下[二〇]大原《おほはら》真人越智麻呂《をちまろ》を隼人正《はやひとのかみ》。外従五位下[二一]津《つ》連真道《まみち》を右衛士大尉《うゑじのだいゐ》。近江 大掾《ちかつあふみのだいじよう》は故《もと》の如《ごと》し。従五位下[二二]紀《き》朝臣真人《まひと》を摂津亮《つのすけ》。従五位下[二三]和《やまと》朝臣三具足《みくたり》を上総介《かみつふさのすけ》。外従五位下[二四]飛鳥戸《あすかべ》造弟見《おとみ》を飛騨《ひだ》守。従五位下[二五]路《みち》真人玉守《たまもり》を上野《かみつけの》介。従五位下[二六]文室《ふむや》

大蔵少輔の前任者は賀茂大川（延暦二年六月丙寅条）。一二 →九三頁注一九。大膳亮の前任者は上文三月乙酉条で周防守に遷任した百済王武鏡（延暦元年二月庚申条）。一三 宗形王とも。→〔三〕補22-二一。大炊頭の前任者は上文三月乙酉条で尾張守に遷任した紀鯖麻呂（宝亀十年十一月甲午条）。一四 →〔四〕補31-七三。一五 →一六七頁注三。主油正の前任者は本条で神祇大祐に遷任した忌部人上（延暦二年三月己丑条）。延暦元年八月にも主油正となっている。一六 →四七頁注二。一七 魚名の男。→〔四〕補31-六三。前官は石見介（延暦二年七月戊戌条）。延暦元年六月に父魚名に連坐して石見介に左遷されたが、翌二年七月に入京を許された。左京大夫の前任者は本年正月戊子条で中納言となった藤原小黒麻呂か（延暦二年七月庚子条）。一八 清麻呂とも。→二八七頁注二三。右京亮の前任者は本条で摂津亮に遷任した紀真人（天応元年十月己丑条）。一九 →二九一頁注二六。二〇 →二八七頁注一六。二一 のち菅野朝臣。→〔一〕補1-二。近江大掾兼官は延暦二年五月。右衛士大尉へは前官右衛士少尉（延暦二年五月辛卯条）からの昇任。二二 →補36-六。前官は右京亮（天応元年十月己丑条）。摂津亮の前任者は本条で長門守に遷任した文室真老（延暦元年閏正月庚子条）。二三 →二八七頁注一七。上総介の前任者は中臣丸馬主（天応元年五月癸未条）。二四 →二六七頁注一五。二五 →二二五頁注二。前官は大監物（延暦二年四月壬申条）。上野介の前任者は嶋田宮成（延暦二年十一月乙酉条）。二六 →〔四〕五三頁注二二。前官は摂津亮（延暦元年閏正月庚子条）。長門守の前任者は池田真枚（宝亀十一年三月乙酉条）。

真人真老為二長門守一。従五位下正月王為二土左守一。従五位下大春日朝臣諸公為二防人正一。従五位下多治比真人年持為二日向守一。〇丁未、以二従五位下巨勢朝臣家成一為二大監物一。従五位下吉田連古[1]麻呂為二内薬正一。侍医如レ故。外従五位下出雲臣嶋成為二侍医一。従五位上藤原朝臣真葛[2]為二右大舎人頭一。外従五位下丹比宿禰稲長為二内蔵助一。従五位下笠朝臣雄宗為二中衛少将一。従五位下藤原朝臣真友為二越前介一。〇辛亥、大僧都弘耀法師上レ表辞レ任。詔許レ之。因施二几杖一。〇己未、参議中宮大夫従四位上紀朝臣家守卒。家守、大納言兼[3]中務卿正三位麻呂之孫、大宰大弐正四位下男人之子也。〇庚午、以二従五位下紀[4]朝臣作良一為二右少弁一。外従五位下船連稲船為二主計助一。従五位下安倍朝臣真黒[5]麻呂為二宮内少輔一。従五位下藤原朝臣内麻呂為二右衛士佐一。従五位下紀朝臣豊庭為二甲斐守一。正五位上巨勢朝臣苗麻呂為二信濃守一。従五位下三嶋真人大湯[6]坐為二因幡介一。従五位下御方宿禰広名為二筑後守一。〇五月辛未朔、勅曰、比年、国師遷替、一同二俗[7]官一、送レ故迎レ新、

1 古〔底新傍朱イ〕—吉〔底〕
2 葛〔東〕—萬〔東傍〕
3 兼〔大補〕—ナシ〔兼等〕
4 紀〔底抹傍〕—納〔底原〕
5 黒—里〔底〕
6 湯〔大改〕—陽〔兼等〕
7 俗〔底原、大改〕—任〔底新朱抹傍・兼等〕

一 牟都岐王とも。→四補29-五二。土左守の前任者は紀真子(延暦元年六月壬申条)。
二 →二八七頁注二〇。
三 →補35-四八。前官は左大舎人助(延暦元年二月庚申条)。
四 →二八七頁注一九。大監物の前任者は上文壬寅(二日)条で上野介に遷任した路玉守か(延暦二年四月壬申条)。
五 →補34-五。前官は内薬佑か(宝亀九年二月辛巳条)。内薬正の前任者は吉田斐太麻呂(宝亀十一年二月甲辰条)。
六 →二五九頁注九。
七 →四補33-一。右大舎人頭の前任者は上文壬寅(二日)条で治部大輔に遷任した藤原菅継(延暦二年十一月乙酉条)。
八 もと丹比新家連。→三九頁注八。内蔵助の前任者は上文三月乙酉条で但馬介に遷任した上毛野薩摩(延暦二年二月壬申条)。
九 →四二八三頁注六。中衛少将の前任者は上文三月乙酉条で伊勢介に遷任した藤原縄主(延暦二年六月丙寅条)。
一〇 是公の男。→補36-七。前官は衛門佐(延暦元年閏正月甲子条)。
一一 →補35-六九。大僧都任命は宝亀十年十月。几杖の賜与があるので、高年による辞表であろう。
一二 肘掛と杖。→一九九頁注一一。
一三 →四補31-四〇。参議・中宮大夫任官は延暦元年六月。従四位上叙位は本年正月。
一四 →一補2-四二。慶雲二年七月に大納言正三位で没。
一五 →一九三頁注一六。天平十年十月に大宰

真人真老《まおゆ》を長門《ながと》守。従五位下正月王《むつきのおほきみ》[一]を土左《とさ》守。従五位下大春日《おほかすが》[二]朝臣諸公《もろきみ》を防人正《さきもりのかみ》。従五位下多治比《たぢひ》[三]真人年持《としもち》を日向《ひうが》守。○丁未《七日》、従五位下巨勢《こせ》[四]朝臣家成《いへなり》を大監物《だいけむもち》とす。従五位下吉田《きつた》[五]連古麻呂《こまろ》を内薬正《ないやくのかみ》。侍医《じい》は故《もと》の如《ごと》し。外従五位下出雲《いづも》[六]臣嶋成《しまなり》を侍医《じい》。従五位上藤原《ふぢはら》[七]朝臣真葛《まかづら》を右大舎人頭《みぎのおほとねりのかみ》。外従五位下丹比《たぢひ》[八]宿禰稲長《いななが》を内蔵助《うちのくらのすけ》。従五位下笠《かさ》[九]朝臣雄宗《をむね》を中衛少将《ちうゑのせうしやう》。従五位下藤原《ふぢ》[一〇]朝臣真友《まとも》を越前介《こしのみちのくちのすけ》。○辛亥《十一日》、大僧都《だいそうづ》[一一]弘耀《ぐえう》法師《ほふし》、表《へう》を上《たてまつ》りて任《にむ》を辞《じ》す。詔《みことのり》して、これを許《ゆる》したまふ。因《より》て几杖《きぢやう》[一二]を施《ほどこ》す。○己未《十九日》、参議《さむぎ》中宮大夫《ちうぐうだいぶ》従四位上紀《き》[一三]朝臣家守《やかもりしゆつ》卒しぬ。家守《やかもり》は、大納言《だいなふごん》兼中務卿《ちうむきやう》正三位麻呂《まろ》[一四]の孫《うまご》、大《だい》宰大弐《さいのだいに》正四位下男人《をひと》[一五]が子《こ》なり。○庚午《三十日》、従五位下紀《き》[一六]朝臣作良《つくら》を右少弁《うせうべん》とす。外従五位下船《ふね》[一七]連稲船《いなふね》を主計助《しゆけいのすけ》。従五位下安倍《あへ》[一八]朝臣真黒麻呂《まくろまろ》を宮内少輔《くうないせうふ》。従五位下藤原《ふぢはら》[一九]朝臣内麻呂《うちまろ》を右衛士佐《うゑじのすけ》。従五位下紀《き》[二〇]朝臣豊庭《とよには》を甲斐《かひ》守。正五位上巨勢《こせ》[二一]朝臣苗麻呂《なへまろ》を信濃《しなの》守。従五位下三嶋《みしま》[二二]真人大湯坐《おほゆゑ》を因幡《いなば》介。従五位下御方《みかた》[二三]宿禰広名《ひろな》を筑後守《つくしのみちのしり》。

国師の遷替任限を六年に改める

五月辛未の朔、勅《みことのり》[二四]して曰《のたま》はく、「比年《このころ》、国師《こくし》[二五]の遷替《せんたい》、一《もは》ら俗官《ぞくくわん》[二六]に同《おな》じくして、故《ふる》[二七]きを送《おく》り新《あらた》しきを迎《むか》へて、

大弐正四位下で没。
一六 →補35-二。前官は伊勢守(延暦元年六月辛未条)。右少弁の前任者は上文三月乙酉条で肥後守に遷任した多治比乙安(延暦元年六月戊寅条)。
一七 →二八七頁注三〇。
一八 阿倍朝臣とも。→二五五頁注一四。宮内少輔の前任者は本条で因幡介に遷任した三嶋大湯坐(延暦二年十一月乙酉条)。
一九 房前の孫、真楯の三男。→補36-五六。前官は甲斐守(延暦元年閏正月庚子条)。右衛士佐の前任者は藤原弓主(延暦元年閏正月庚子条)。
二〇 →補34-二八。甲斐守の前任者は本条で右衛士佐に遷任した藤原内麻呂(延暦元年閏正月庚子条)。
二一 →㊂二〇五頁注一四。前官は左中弁か(延暦二年五月辛卯条)。信濃守の前任者は紀家継か(天応元年五月癸未条)。
二二 もと大湯坐王。→㊂一一一頁注四〇。前官は宮内少輔(延暦二年十一月乙酉条)。
二三 もと御方広名。→㊂三九一頁注一〇。筑後守の前任者は賀茂人麻呂(延暦二年五月辛卯条)。
二四 国師にすぐれた僧を補し、その遷替年限を四年から六年に延ばすことを命じる勅。
二五 諸国に置かれた令外の僧官。→㊀補2-一二〇。国師の遷替年限→補38-四。
二六 ここでは、国司(史生以上)のこと。この時国司の遷替年限は四年。→補38-五。
二七 旧任・新任の交替に際して煩わしいことが多い。天平宝字二年十月甲子条・宝亀十一年八月庚申条で大宰府管内諸国の国司の遷替年限を五年に延ばした時の太政官奏中にも同様の表現が見える。

殊多二労擾一、教導[1]未レ宣、弘益有レ虧。永言二其弊一、理須二改革一。自レ今以後、宜下択二有智有行為レ衆推仰[2]者一補上レ之。其秩満之期、六年為[3]レ限。如有下身死及心性麁[4]悪為二民所一レ苦者上、随即与替。○庚辰、左京大夫正四位下藤原朝臣鷹取卒。○癸未、摂津職言、今月七日卯時、蝦蟇[5]二万許、長可二四分一、其色黒斑[6]、従二難波市南道一、南[7]汚[8]池列可二三町一。随レ道南行、入二四天王寺内一。至二於午時一、皆悉散去。○丙戌、勅、遣二中納言正三[9]位藤原朝臣小黒麻呂・従三[10]位藤原朝臣種継、左[11]大弁従三位佐伯宿禰今毛人、参議近衛中将正四位上紀朝臣船守、参議神祇伯従四位上大中臣朝臣[12]子老、右衛士督正[13]四位上坂上大忌寸苅[14]田麻呂、衛門督従四位上佐伯宿禰久良麻呂、陰陽助外従五位下船連田口等於山背国一、相二乙訓郡長岡村之地一。為レ遷レ都也。○己丑、授二正六位上藤原朝臣乙叡従五位下一。○甲午、摂津職史生正八位下[15]武[16]生連佐比乎[17]貢二白鷰[18]一。賜二爵二級并当国正税五百束一。散位頭従四位下百済王利善卒。

1 導（底新朱抹傍）—道〔底原〕
2 仰〔谷擦重、大〕—抑（兼・谷原・東・高）
3 為ノ下、ナシ（底新朱抹）—眼〔底原〕
4 麁〔谷重・谷傍、大〕—鹿（兼・東・高）、庶（谷原）→校補
5 蟇—墓〔底〕
6 斑（兼・谷・東、大）—班〔高〕
7 南（底傍補）—ナシ〔底原〕
8 汚〔底〕—行→校補
9 位—ナシ（東）
10 三（底擦重）—イ〔底原〕→校補
11 左→校補
12 朝臣（底新傍補）—ナシ〔底原〕
13 正（底抹傍）—従〔底原〕
14 苅→校補
15 下（底傍補）—ナシ〔底原〕
16 武（底新傍朱イ）→校補
17 乎〔大改〕—牟（兼等、類一六五）
18 鷰→校補

一 魚名（北家）の男。→[四]補31-六三。左京大夫任官は延暦三年四月。正四位下叙位は天応元年十一月。なお、男の真雄卒伝に「左京大夫正四位下鷹取」と見える（後紀弘仁二年七月庚子条）。
二 大量の蝦蟇《ひきがえる》の移動を報ずる摂津職の上申。遷都の前兆であるとともに難波宮廃止の予兆としてとらえられている。遷都の予兆としての動物の移動→補38-六。
三 現在の午前六時頃。
四 ひきがえる。神護景雲二年七月庚寅条にも大宰府が蝦蟆《ひきがえる》の移動を報告した例が見える。
五 難波京に置かれた官市。→補38-七。
六 「難波市南道」→補38-八。
七 →[一]補3-八。聖徳太子建立と伝える寺。発掘調査により、遺跡の年代は白鳳時代から推古朝末年頃までさかのぼるとされる。
八 現在の正午頃。
九 中納言の藤原小黒麻呂・藤原種継らを派遣して、遷都のために山背国乙訓郡長岡村の土地の相を調べさせるとする勅。→補38-九。
一〇 少黒麻呂とも。房前（北家）の孫、鳥養の二男。→[四]補25-九二。
一一 宇合（式家）の孫、清成の男。→[四]補27-四四。桓武の信任厚く、長岡京遷都の建議者。延暦四年九月の薨伝に「初首建レ議、遷二都長岡一」とある。
一二 →[三]補17-七九。造東大寺長官として東大寺造営事業に功があった経験に基づき、造長岡宮使（延暦三年六月己酉条）としても活躍。

殊《こと》に労擾《らうぜう》多《おほ》く、教導《けうだう》未《いま》だ宣《の》べずして弘益《ぐやく》虧《か》くること有り。永《なが》くその弊《へい》を言《おも》ふに、理《ことわり》須《すべか》らく改革《あらた》むべし。今《いま》より以後《のち》、有智《うち》有行《うぎやう》にして衆《しゅ》の為《ため》に推《お》仰《あふ》かる者《ひと》を択《えら》ひて補《ふ》すべし。その秩満《ちつみ》つる期《ご》は六年を限《かぎり》とせよ。如《も》し身《み》死《し》に、及《また》心性《しむしやう》麁《そ》悪《あく》にして民《たみ》の苦《くる》しむ所《ところ》と為《な》る者《ひと》有らば、随即《すなは》ち与替《か》へよ」とのたまふ。○庚辰、左京大夫《さきやうのだいぶ》正四位下藤原《ふぢはら》朝臣鷹取《たかとり》卒《しゅつ》しぬ。

難波で大量の蝦蟇移動

○癸未、摂津職《つのしき》言《まう》さく、「今月《このつき》七日卯《う》の時《とき》、蝦蟇《たにぐく》二万許《ばかり》、長《なが》さ四分可《ばかり》にして、その色黒《いろくろ》く斑《まだら》なるもの、難波市《なにはのいち》の南道《みなみのみち》より南《みなみ》の汚池《をち》に列《つらな》ること三町可《ばかり》。道《みち》に随《したが》ひて南《みなみ》に行《ゆ》きて、四天王寺《してんわうじ》の内《うち》に入《い》る。午《うま》の時《とき》に至《いた》りて皆悉《みなことごと》く散《ち》り去《さ》りぬ」とまうす。

長岡村に相地使派遣

○丙戌、勅《みことのり》して、中納言《ちうなふごん》正三位藤原《ふぢはら》朝臣小黒麻呂《をぐろまろ》・従三位藤原《ふぢはら》朝臣種継《たねつぐ》、左大弁《さだいべん》従三位佐伯《さへき》宿禰今毛人《いまえみし》、参議《さむぎ》近衛中将《このゑのちうしやう》正四位上紀《き》朝臣船守《ふなもり》、参議《さむぎ》神祇伯《じんぎはく》従四位上大中臣《おほなかとみ》朝臣子老《こおゆ》、右衛士督《うゑじのかみ》正四位上坂上《さかのうへ》大忌寸苅田麻呂《かりたまろ》、衛門督《ゑもんのかみ》従四位上佐伯《さへき》宿禰久良麻呂《くらまろ》、陰陽助《おむやうのすけ》外従五位下船《ふね》連田口《たぐち》らを山背国《やましろ》に遣《つかは》して、乙訓《おとくに》郡長岡《ながをか》村の地《ところ》を相《み》しめたまふ。都《みやこ》を遷《うつ》さむが為《ため》なり。○己丑、正六位上藤原《ふぢはら》朝臣乙叡《おとえ》に従五位下を授《さづ》く。

摂津より白鷰献上

○甲午、摂津職史生《つのしきのししやう》正八位下武生《たけふ》連佐比乎《さひを》、白鷰《しろきつばくらめ》一を貢《たてまつ》る。爵《しやく》二級并《あは》せて当国《そのくに》の正税《しやうぜい》五百束を賜《たま》ふ。散位頭《さんゐのかみ》従四位下百済王利《くだらのこにきしり》善卒《ぜんしゅつ》しぬ。

今毛人はこの時参議ではないが、位階に従って参議の紀船守らより上に記されている。

一三 →[四]補25-四一。

一四 もと中臣朝臣。→[四]一五一頁注四〇。神祇伯任官は宝亀八年正月。なお神祇伯は「御巫、卜兆」も職掌とする(職員令1)。

一五 もと坂上忌寸。→[三]二〇五頁注一三。

一六 →[四]補25-八二。延暦元年六月辛未条に「従四位下」と見え、同四年八月己巳条で従四位下から従四位上に昇叙しているところから、本条の「従四位上」は、「従四位下」とあるべきところ。

一七 →一八五頁注八。陰陽助の派遣は、陰陽により土地の相を占うため。陰陽寮所属の陰陽師の職掌に「占筮相ㇾ地」がある(職員令9)。

一八 →[一]補2-四四(波都賀志神)。

一九 後に長岡宮・長岡京が置かれる地。翌延暦四年五月癸丑には長岡村の百姓で大宮処に家が入る者は京戸と同じく扱うこととされている。長岡京域は、現在の京都府向日市を中心に、京都市・長岡京市・大山崎町に及んでいる。長岡村は向日市鶏冠井町付近か。

二〇 長岡京・長岡宮。→補38-三〇。

二一 豊成(南家)の孫、継縄の男。→補38-一〇。

二二 摂津大夫は和気清麻呂。

二三 類聚国史、祥瑞に本条が採られている以外、他に見えず。武生連→[四]補26-一九。

二四 治部省式の瑞には見えない。→[一]一九頁注一二。本条の白鷰は延暦四年六月辛巳条の百官による慶瑞の上表文では桓武を称える瑞として扱われる。白燕の献上例は、文武三年八月壬寅・慶雲元年七月丙戌・神亀二年正月丙辰の各条にも見える。

二五 →[四]九九頁注二一。散位頭任官は天応元年五月。従四位下叙位は延暦二年十月。

○六月[1]辛丑、唐人賜緑晏子欽・賜緑[2]徐公卿等、賜㆓姓栄山忌寸[3]㆒。」是日、叙㆓正三位住吉神勲三等㆒。○甲辰、中務大輔従四位下豊野真人奄智卒。○戊申、詔、以㆓賢璟法師㆒為㆓大[4]僧都㆒。行賀法師為㆓少僧都㆒。善上法師・玄憐法師[5]為㆓律師㆒。○己酉、以㆓中納言従三位藤原朝臣種継、左大弁従三[6]位佐伯宿禰今毛人、参議近衛中将正四位上[7]紀朝臣船守、散位従四位下石川朝臣垣守、右中弁従五位上海上真人三狩、兵部大輔従五位上大中臣朝臣諸魚、造東大寺次官従五位下文室真人忍坂麻呂、散位従五位下[8]旱部宿禰雄道・従五位下丈部大麻呂・外従五位下丹比宿禰真浄等㆒、為㆓造長岡宮使㆒。六位官八人。於㆑是、経㆓始都城㆒、営㆓作宮殿㆒。○辛亥、普光寺僧勤韓獲㆓赤烏㆒。授㆓大法師㆒、并[9]施㆓稲一千束㆒。○壬子[10]、遣㆓参議近衛中将正四位上紀朝臣船守於賀茂大[11]神社㆒奉㆑幣[12]。以㆑告㆓遷都之由㆒焉。又今年調庸、并造㆑宮工夫用度物、仰㆓下諸国㆒、令㆑進㆓於長岡宮㆒。○癸丑、唐人正六位上孟恵芝・正六位上張道光等、賜㆓姓嵩山忌寸㆒。正六位下吾税児賜㆓永国忌寸㆒。

1六月→校補
2緑〔兼・谷・高傍按、大〕―録(東・東傍按・高)→校補
3寸〔谷傍補・東・高、大〕―ナシ(兼・谷原)
4大―太〔底〕
5師ノ下、ナシ―並(大補)→校補
6三〔兼・東・高、大改〕―二(谷)
7上〔兼・谷、大〕―ナシ(東・高)
8旱〔底原〕―日下(底新朱抹傍・兼等、大)
9并〔類一六五改〕―並(類一六五原)
10子(底新朱抹傍)―午〔底原〕
11大神社→校補
12幣―弊(谷)

一―三　→補38―一一。
四　→㊀八三頁注一。住吉神への叙勲は、摂津大夫和気清麻呂の申請に基づくか。本年十二月にも従二位に昇叙。
五　もと奄智王。鈴鹿王の男。→㊂補20―四一。中務大輔任官は延暦二年三月。従四位下叙位は天応元年四月。
六　僧綱(㊀補1―六三)の大僧都・少僧都・律師を任ずる詔。
七　→㊃補33―五。
八　→補38―一二。
九・一〇　→補38―一三。
一一　中納言藤原種継以下からなる造長岡宮使の任命。このうち藤原種継・佐伯今毛人・紀船守は上文五月丙戌条で乙訓郡長岡村の相地にも派遣されている。また下文十二月己巳条で藤原種継・紀船守・石川垣守・大中臣諸魚・文室忍坂麻呂・旱部雄道・丈部大麻呂・丹比真清(浄)が造宮有労者として昇叙している。
一二　宇合(式家)の孫、清成の男。→㊃補27―四四。長岡京遷都の建議者。
一三　→㊂補17―七九。東大寺造営に活躍したことを受けての任命か。
一四　→㊃補25―四一。
一五　→㊃補25―五三。
一六　もと三狩王。→㊂一一一頁注五五。
一七　→五頁注一。
一八　→㊃補28―五。造東大寺次官任官は延暦二年三月。延暦四年正月には木工頭となっている。

大僧都以下を任命

造長岡宮使を任命し新都造営を開始

赤烏献上

賀茂社に奉幣

六月[庚子朔]辛丑[二日]、唐《もろこし》の人《ひと》賜緑晏子欽《しりよくあんしきむ》[一]・賜緑徐公卿《しりよくじよこうけい》[二]らに姓を栄山《さきやま》[三]忌寸と賜《たま》ふ。是《こ》の日《ひ》、正三位住吉神《すみのえのかみ》[四]を勲《くん》三等に叙《じよ》す。○甲辰[五日]、中務大輔《ちうむだいふ》従四位下豊野《とよの》[五]真人奄智《えむち》卒《しゆつ》しぬ。○戊申[九日]、詔《みことのり》[六]して、賢璟法師《けんきやうほふし》[七]を大僧都《だいそうづ》としたまふ。行賀法師《ぎやうがほふし》[八]を少僧都《せうそうづ》。善上法師《ぜんじやうほふし》[九]・玄憐法師《ぐゑんれんほふし》[一〇]を律師《りちし》。○己酉[十日]、中納言《ちうなふごん》[一一]従三位藤原《ふぢはら》[一二]朝臣種継《たねつぐ》、左大弁《さだいべん》従三位佐伯《さへき》[一三]宿禰今毛人《いまえみし》、参議近衛中将《さむぎこのゑのちうしやう》正四位上紀《き》[一四]朝臣船守《ふなもり》、散位《さんゐ》従四位下石川《いしかは》[一五]朝臣垣守《かきもり》、右中弁《うちうべん》従五位上海上《うなかみ》[一六]真人三狩《みかり》、兵部大輔《ひやうぶだいふ》従五位上大中臣《おほなかとみ》[一七]朝臣諸魚《もろうを》、造東大寺次官《ざうとうだいじじくわん》従五位下文室《ふむや》[一八]真人忍坂麻呂《おしさかまろ》、散位《さんゐ》従五位下早部《くさかべ》[一九]宿禰雄道《をみち》・従五位下丈部大麻呂《はせつかひべのおほまろ》[二〇]・外従五位下丹比《たぢひ》[二一]宿禰真浄《まきよ》らを造長岡宮使《ざうながをかぐうし》[二二]とす。六位の官《つかさひと》八人。是《ここ》に、都城《とじやう》[二三]を経始《けいし》し、宮殿《くうでん》を営作《ゐやうさく》せしむ。○辛亥[十二日]、普光寺《ふくわうじ》[二四]の僧《ほふし》勤韓《ごんがん》[二五]、赤烏《あかきからす》[二六]を獲《え》たり。大法師《だいほふし》[二七]を授《さづ》け、并《あは》せて稲《いね》一千束を施《ほどこ》す。○壬子[十三日]、参議近衛中将《さむぎこのゑのちうしやう》正四位上紀《き》朝臣船守《ふなもり》を賀茂大神《かものおほかみ》[二八]の社《やしろ》に遣《つかは》して幣《みてぐら》を奉《たてまつ》らしむ。遷都《せんと》の由《よし》を告《つ》ぐるを以《もち》てなり。また、今年《ことし》[二九]の調庸《でうよう》并《あは》せて宮《みや》[三〇]を造《つく》る工夫《くふ》の用度《ようど》の物《もの》は、諸国《くにぐに》に仰《おほ》せ下《くだ》して長岡宮《ながをかのみや》に進《たてまつ》らしむ。○癸丑[十四日]、唐《もろこし》の人《ひと》正六位上孟恵芝《まうくゑいし》[三一]・正六位上張道光《ちやうだうくわう》[三二]らに姓を嵩山《すせ》[三三]忌寸と賜ふ。正六位下吾税児《ございじ》[三四]には永国《ながくに》[三五]忌寸。

一九 →二一〇九頁注一六。

二〇 →㊂八一頁注一四。天平勝宝元年閏五月に陸奥の黄金を獲て従五位下に叙された経歴からして、金属関係の技術にかかわるか。

二一 →四七頁注二一。

二二 →補38-一四。

二三 長岡京・長岡宮。→補38-三〇。

二四 要録六に、聖武夫人の橘古那可智(㊂補12-六一)が聖武のために天平勝宝五年八月に建立したと見え、広岡寺ともいう。さらに天平宝字四年三月に定額寺となったとも見える。大和国添上郡広岡村(現奈良市広岡町)が故地で、京都府に接する奈良市東北の地に古瓦の散布地が知られる。

二五 他に見えず。

二六 祥瑞(㊀補1-三七)。治部省式では上瑞。

二七 天平宝字四年七月制定の僧位の最上位。→㊂補23-一。

二八 山背国の上賀茂社・下鴨社。→㊀補1-六二。山背国への遷都を、同国で長岡京の近くに位置する有力神、賀茂神に告げたもの。

二九 延暦三年の調庸物。調庸は、賦役令3によれば「毎年八月中旬起輸」とされているので、本条(六月)の段階で、貢進先を平城宮から造営を始める長岡宮へと変更させたもの。

三〇 造営用度物については、営繕令2で、別勅による造営の場合、「所司皆先録二所レ須摠数一、申二太政官一」と、所司が先に必要物品を太政官に申請することとしている。なお営繕令6では、通常の造営の場合の必要物品は、来年分を太政官に申し、あらかじめ主計寮が諸国からの調達計画を立てることとしている。本条に見える造営用度の貢進も、主計寮により調達が計画されたか。

三一―三五 →補38-一五。

○壬戌、有レ勅、為レ造二新京之宅一、以二諸国正税六十八万束一、賜[1]二右大臣以下参議已上、及内親王・夫人・尚侍等一。各有[2]レ差。○丁卯、百姓私宅入二新京宮内一五[3]十七町、以[4]二当国正税四[5]万三千餘束一、賜二其主一。○秋七月癸酉、仰二阿波・讃岐・伊豫三国一、令[6]レ造二山[7]埼[8]橋[9]料[10]材一。○壬午、以二正五位上当麻王一為二中務大輔一。従五位下藤原朝臣乙叡為二侍従一。近衛中将正四位上紀朝臣船守為二兼中宮大夫一。内厩頭・常陸守如レ故。従五位下文室真人久賀麻呂為二左大舎人頭一。従四位下石[11]上朝臣家成為二内蔵頭一。従五位下穂積朝臣賀祐[12]為二散位頭一。外従五位下大村直池麻呂為二主計助一。従五位下石川朝臣宿奈麻呂為二主税頭一。従五位下大伴宿禰真麻呂為二兵部少[13]輔一。従五位上笠王為二大膳大夫一。従四位下石川朝臣垣守為二左京大夫一。従五位下塩屋王[14]為二若狭守一。右衛士督正四位上坂上大忌寸苅[15]田麻呂為二兼備前守一。従五位下藤原朝臣末茂為二伊豫守一。従五位上藤原朝臣菅継為二大宰少弐一。○癸未、右少史正六位上高宮村主田使及同[16]真木山等、賜二姓春原連一。

1 賜〔兼・谷、大、類八三・紀略〕—ナシ(東・高)
2 有〔類八三補〕—ナシ(類八三原)
3 五ノ上、ナシ〔底原・兼等、大、類八三衍・紀略〕—亦(底新傍補・兼等傍イ、類八三原)
4 以〔大補、類八三・紀略〕—ナシ(兼等)
5 四—一(類八三)
6 令ノ下、ナシ〔兼等、紀略原〕—進(大補、紀略補)
7 山〔底新傍補〕—ナシ〔底原〕
8 埼(兼等、大、紀略改)—橋〔底原〕、掎(底擦重)、崎(紀略原)、ナシ(東傍按・高傍按)→校補
9 埼ノ下、ナシ〔大、紀略〕—掎(兼等)→校補
10 料〔兼・東・高、大改、紀略〕—断(谷)
11 石—右〔底〕
12 祐—祜(大改)
13 少〔東傍・高傍〕—大(底新傍朱イ・兼等、大)
14 王〔谷擦〕—主(谷原)
15 苅→校補
16 同—ナシ(大衍)

一 長岡京に新しい邸宅を造る財源として、諸国の正税稲を、参議以上や内親王・夫人たちに支給することを命じた勅。
二 諸国が出挙運用する正税稲は国府の財源となるものであったが、長岡京造営の一環として、そこから六八万束を供出させたもの。天平宝字五年十月に保良京に遷る時にも、大師・親王・三位官人・内親王・夫人・女王らに稲を賜わっている(壬戌条)。
三 延暦三年六月の参議以上は、右大臣藤原是公、大納言藤原継縄、中納言は藤原小黒麻呂・藤原種継・大伴家持の三名、参議は藤原家依・石川名足・紀船守・大中臣子老・神王の五名。
四 女性の邸宅所有→補38—一六。
五 長岡宮の造宮地内に宅地が入る百姓に山背国の正税から稲を賜う。移転の補償にあたる。藤原宮の地を定めた時には、宅地が宮中に入る百姓一五〇五烟に布を賜わっている(慶雲元年十一月壬寅条)。
六 「五十七町」は百姓私宅の数量にかかわる数字。そのまま新宮の面積になるかは未詳。
七 山背国。
八 阿波・讃岐・伊予は、南海道で瀬戸内海などの水運が利用できる国々。瀬戸内海から淀川をさかのぼって山崎橋の料材を送り得る。阿波は雑式の山埼橋料材負担国としても見える。
九 長岡京のすぐ南にあたる大山崎の地(現在の京都府乙訓郡大山崎町大山崎)で、淀川に架かる橋。→補38—一七。
一〇 →四補25—七三。前官は大膳大夫(延暦二年三月己丑条)。中務大輔の前任者は上文六月甲辰に没した豊野奄智。
一一 →二九七頁注二一。
一二 →四補25—四一。近衛中将任官は延暦二年二月。内厩頭任官は天応元年七月。常陸守任官は延暦元年六月。中宮大夫の前任

新京造宅の料を下賜

○壬戌（二十三日）、[一]勅《みことのり》有りて、新京《あらたしきみやこ》の宅《いへ》を造《つく》らむ為《ため》に、[二]諸国《くにぐに》の正税《しやうぜい》六十八万束を、[三]右大臣《うだいじん》以下参議《さむぎ》已上と、[四]内親王《ひめみこ》・夫人《ぶにん》・尚侍《ないしのかみ》らとに賜《たま》ふ。各《おのおの》差《しな》有り。○丁卯（二十八日）、[五]百姓《はくせい》の私宅《わたくしのいへ》の新京《あらたしきみやこ》の宮内《くうない》に入《い》るもの[六]五十七町に、[七]当国《そのくに》の正税《しやうぜい》四万三千餘束を、その主《あるじ》に賜ふ。

山崎橋の料材を阿波等三国に造らせる

任官

秋七月（庚午朔）癸酉（四日）、[八]阿波《あは》・讃岐《さぬき》・伊豫《いよ》の三国に仰《おほ》せて、[九]山崎橋《やまさきのはし》の料材《れうざい》を造《つく》らしむ。○壬午（十三日）、正五位上[一〇]当麻王《たぎまのおほきみ》を中務大輔《ちうむだいふ》とす。従五位下[一一]藤原《ふぢはら》朝臣乙叡《おとえ》を侍従《じじゅ》。近衛中将《このゑのちうしやう》正四位上[一二]紀《き》朝臣船守《ふなもり》を兼中宮大夫《ちうぐうだいぶ》。内廐頭《うちのうまやのかみ》・常陸《ひたち》守は故《もと》の如《ごと》し。従五位下[一三]文室《ふむや》真人久賀麻呂《くかまろ》を左大舎人頭《ひだりのおほとねりのかみ》。従四位下[一四]石上《いそのかみ》朝臣家《いへ》成《なり》を内蔵頭《うちのくらのかみ》。従五位下[一五]穂積《ほづみ》朝臣賀祐《かう》を散位頭《さんゐのかみ》。外従五位下[一六]大村《おほむら》直池麻呂《いけまろ》を主計助《しゆけいのすけ》。従五位下[一七]石川《いしかは》朝臣宿奈麻呂《すくなまろ》を主税頭《しゆさいのかみ》。従五位下[一八]大伴《おほとも》宿禰真麻《まま》呂《ろ》を兵部少輔《ひやうぶせうふ》。従五位上[一九]笠《かさ》王を大膳大夫《だいぜんのだいぶ》。従四位下[二〇]石川《いしかは》朝臣垣守《かきもり》を左京《さきやうの》大夫《だいぶ》。従五位下[二一]塩屋《しほや》王を若狭《わかさ》守。右衛士督《うゑじのかみ》正四位上[二二]坂上《さかのうへ》大忌寸苅田麻呂《かりたまろ》を兼備前《きびのみちのくち》守。従五位下[二三]藤原《ふぢはら》朝臣末茂《すゑしげ》を伊豫《いよ》守。従五位上[二四]藤原《ふぢはら》朝臣菅継《すがつぐ》を大宰少弐《だいさいのせうに》。○癸未（十四日）、右少史《うせうし》正六位上[二五]高宮村主田使《たかみやのすぐりたつかひ》と同《おな》じき[二六]真木山《まきやま》らに姓を[二七]春原《はるはら》連と賜ふ。

者は本年四月己未に没した紀家守。一三 →補34‐二八。左大舎人頭の前任者は本条で大膳大夫に遷任した笠王(延暦元年五月己亥条)。一四 東人の男。→〔四〕補25‐八八。一五 →補37‐二三。前官は主税頭(延暦二年二月壬申条)。散位頭の前任者は上文五月甲午に没した百済王利善。一六 →補37‐二八。主計助の前任者は船稲船(延暦三年四月庚午条)。一七 →補34‐三。前官は兵部少輔(延暦二年七月庚子条)。主税頭の前任者は本条で散位頭に遷任した穂積賀祐(延暦二年二月壬申条)。一八 →補37‐二三。前官は大宰少弐(延暦二年二月壬申条)。兵部少輔の前任者は本条で主税頭に遷任した石川宿奈麻呂(延暦二年七月庚子条)。一九 →〔三〕補22‐二一。前官は左大舎人頭(延暦元年五月己亥条)。大膳大夫の前任者は本条で中務大輔に遷任した当麻王(延暦二年三月己丑条)。二〇 →〔四〕補25‐五三。上文六月己酉条で造長岡宮使に任じられている。左京大夫の前任者は本年五月庚辰に没した藤原鷹取。二一 →八五頁注二二。若狭守の前任者は伊賀香王(延暦二年六月丙寅条)。塩屋王は延暦元年閏正月にも若狭守に任じられており、再任。二二 もと坂上忌寸。→〔三〕二〇五頁注一三。右衛士督任官は延暦元年五月。備前守は前兼官伊予守(延暦三年三月乙酉条)からの遷任。二三 →三三頁注二三。前官は左遷先の土左介(延暦二年七月戊戌条)。伊予守の前任者は本条で兼備前守となった坂上苅田麻呂(延暦三年三月乙酉条)。二四 →〔四〕補32‐五三。前官は治部大輔(延暦三年四月壬寅条)。大宰少弐の前任者は本条で兵部少輔に遷任した大伴真麻呂(延暦二年二月壬申条)。二五 →補38‐一八。二六 高宮村主真木山。→補38‐一九。二七 →補38‐二〇。

○八月壬寅、叙二近江国高嶋郡三尾神従五位下一。○戊午、左少史正六位上衣枳首広浪等、賜二姓高篠連一。○乙丑、以二外従五位下吉田連季元一為二伊豆守一。○九月庚午、授二命婦外正五位下刑部直虫名従五位下一。○癸酉、京中大雨、壊二百姓廬舎一。詔、遣[1]二使東西京[2]一賑二給之一。○庚辰、伊豫守従五位下藤原朝臣末茂、坐レ事、左二降日向介一。○乙未、太[3]白昼見。○潤[4]九月戊申、河内国茨田郡堤、決二一十[5]五処[6]一。単[7]功六万[8]四千餘人、給レ粮築レ之。○乙卯、天皇、幸二右大臣田村第[9]一宴飲、授二其第三男弟[10]友[11]従五位下[12]一。○冬十月庚午、勅、備前国児嶋郡小豆嶋所レ放官牛、有レ損二民産一。宜レ遷二長嶋一。其小豆嶋者、任[13]レ民耕[14]作之。○壬申、任二御装束司并前後次第司一。為レ幸二長岡宮一也。○甲戌、賜二陪従親王已下五位已上装束物一。各有レ差。○戊[15]子、越後国言、蒲原郡人三宅連笠雄麻呂、蓄二稲十万[16]一、積而能施。寒[17]者与レ衣、飢[18]

1 遺―遣(東)
2 京〔東・高、大補〕―ナシ(兼・谷)
3 太―大〔底〕
4 潤〔底〕―閏
5 十〔紀略改〕―千(紀略原)
6 処=處〔大改、紀略〕―家(兼等)
7 単→校補
8 六万〔紀略補〕―ナシ(紀略原)
9 第〔谷、大〕―弟(兼・東・高)
10 弟―第〔底〕
11 友〔大改〕―支(兼等)
12 下〔大改〕―上(底新傍朱イ・兼等)
13 任〔底〕―住
14 耕→校補
15 戊〔底原・底新重〕→校補
16 万ノ下、ナシ―東(大補)
17 寒〔谷擦重・東傍・高、大〕―塞(兼・谷原・東)
18 衣飢者与(底新傍補)―ナシ〔底原〕

一 →㊂四〇三頁注二二。
二 →補38―二一。
三 →補38―二二。
四 姓氏録右京皇別に、景行天皇皇子の五百木入彦命の後とある。高篠の名の由来を讃岐国那珂郡高篠郷(現香川県仲多度郡満濃町)との関係に求める説もある。
五 →二五七頁注四一。伊豆守の前任者は田辺浄足(延暦元年八月庚申条)。
六 →七一頁注二。
七 →㊃四三九頁注一〇。外正五位下叙位は宝亀五年八月。
八 平城京。
九 国家が人民に食糧等を施すこと。→㊀補1―四五。
一〇 →三三頁注二三。伊予守任官は本年七月。延暦元年六月にも父魚名の事に坐して土左介に左降された。
一一 事件の内容は未詳。
一二 日向介は、延暦元年閏正月辛丑条でも氷上川継謀反事件に坐した三方王の左遷先として見える。→補37―六・39―二一。
一三 金星。「太白昼見」は国の乱れる凶兆。→㊁一一三頁注九・一九五頁注二〇。
一四 河内国西北部の郡。→補38―二三。
一五 茨田堤とも。→㊂一〇五頁注三三。茨田郡堤の決壊は上文九月癸酉条の「京中大雨」と関連するか。
一六 延べ人員。
一七 →一一三頁注一八。

八月（庚子朔）壬寅（三日）、近江《ちかつあふみ》国[一]高嶋《たかしま》郡の[二]三尾神《みをのかみ》を従五位下に叙《じょ》す。○戊午（十九日）、左少史《させうし》正六位上[三]衣《え》枳《き》首広浪《ひろなみ》らに姓を[四]高篠《たかしの》連と賜《たま》ふ。○乙丑（二十六日）、外従五位下[五]吉田《きつた》連季《すゑ》元《もと》を伊豆《いづ》守とす。

京中大雨

九月（己巳朔）庚午（二日）、[六]命婦《みやうぶ》外正五位下[七]刑部《おさかべ》直虫名《むしな》に従五位下を授《さづ》く。○癸酉（五日）、[八]京《みやこ》の中《うち》に大《おほき》に雨《あめ》ふりて百姓《はくせい》の廬舎《いほや》を壊《こほ》つ。詔《みことのり》して、使《つかひ》を東《ひむかし》西《にし》の京《きやう》に遣《つかは》してこれに[九]賑給《しんごふ》せしむ。○庚辰（十二日）、伊豫守《いよのかみ》従五位下[一〇]藤原《ふぢはら》朝臣末茂《すゑしげ》、[一一]事《こと》に坐《つみ》せられて[一二]日向介《ひうがのすけ》に左降《さかう》さる。○乙未（二十七日）、[一三]太白《たいはく》、昼《ひる》に見《あらは》る。

茨田堤決壊

右大臣藤原是公第に行幸

潤九月（己亥朔）戊申（十日）、河内《かふち》国[一四]茨田《まむた》郡の[一五]堤《つつみ》、一十五処を決《くゑつ》す。[一六]単功《たんくう》六万四千餘人に[一七]粮《らう》を給《たま》ひてこれを築《きつ》かしむ。○乙卯（十七日）、天皇《すめらみこと》、[一八]右大臣《うだいじん》の[一九]田村第《たむらのてい》に幸《みゆき》し宴飲《えんいむ》したまひて、その第三の男《をのこ》[二〇]弟友《おととも》に従五位下を授けたまふ。

小豆嶋の官牛を長嶋に遷す

冬十月（戊辰朔）庚午（三日）、[二一]勅《みことのり》したまはく、「備前《きびのみちのくち》国[二二]児《こ》嶋《しま》郡[二三]小豆嶋《あづきしま》に放《はな》たれたる[二四]官《くわん》牛《ぎう》、民《たみ》の産《なりはひ》を損《そこな》ふこと有り。[二五]長嶋《ながしま》に遷《うつ》すべし。その小豆嶋《あづきしま》は民《たみ》に任《まか》せて耕作《たつく》らしめよ」とのたまふ。○壬申（五日）、[二六]御装束司《みよそひのつかさ》并《あは》せて前後次第司《ぜんごしだいし》を任《にむ》す。[二七]長岡宮《ながをかのみや》に幸《みゆき》せむが為《ため》なり。○甲戌（七日）、[二八]陪従《ばいじゆ》の親王《みこ》已下、五位已上に装束物《さうしよくもの》を賜ふ。各《おのおの》差《しな》有り。○戊子（二十一日）、[二九]越後《こしのみちのしり》国言《まう》さく、「[三〇]蒲原《かむはら》郡の人《ひと》[三一]三宅《みやけ》連笠雄《かさを》麻呂《まろ》、稲《いね》十万を蓄《たくは》へて、積《つ》みて能《よ》く施《ほどこ》す。寒《こご》えたる者《ひと》には衣《きぬ》を与《あた》へ、飢《う》ゑ

一八 藤原是公。もと黒麻呂。→㊂補23-五。
一九 平城京左京に位置した邸宅。もと藤原仲麻呂が所有した田村第との関係は未詳。
二〇 藤原朝臣弟友。乙友とも。→補38-二四。
二一 備前国の小豆嶋に放牧していた官牛が住民の生産を損うので、長嶋に移すことを命じる勅。
二二 古代には瀬戸内海の島であった郡。→補38-二五。
二三 →補38-二六。
二四 国司の職掌中に「公私馬牛」が含まれ（職員令70）、「官私馬牛帳」は毎年朝集使に付して太政官に送られた（廐牧令25）。中央では兵部省の兵馬司が「公私馬牛」を所管した（職員令25）。なお『平城宮木簡』一-三二一号に備前国児嶋郡三家郷に牛守部小成の名が見える。
二五 備前国邑久郡長嶋（現岡山県邑久郡邑久町）。本条で小豆嶋の牧が移された。兵部省式の諸国馬牛牧の中に「備前国〈長嶋馬牛牧〉」とあり、五・六歳の馬と四・五歳の牛を毎年左右馬寮に進めることとなっている。
二六 平城宮から長岡宮への遷都の行幸のための装束司（㊁補9-一三三）と前後次第司（㊁補13-三八）の任命。
二七 長岡宮（補38-三〇）への遷都。下文十一月戊申で桓武が移っている。
二八 長岡宮への遷都の行幸に従う親王以下五位以上の皇族・貴族に装束の用度を賜わった。
二九 越後国司が、蓄積した稲を用いて困窮者に施し、また道橋を修理した人物を推挙する上申。国司の守の職掌に「貢挙」がある（職員令70）。
三〇 越後国北部の郡。→補38-二七。
三一 他に見えず。越後国蒲原郡の富豪。三宅連→補38-二八。

者与レ食、兼以脩[1]二造道橋一、通[2]二利艱[3]険一。積レ行経レ年。誠令[4]二挙申[5]一、授二従八位上一。○癸巳、以二従五位下石川朝臣公足一為二主計頭一。従五位下大伴宿禰永主[6]為二右京亮一。又任二左右鎮京使一。各五位二人、六位二人。以レ将レ幸二長岡京[7]一也。○乙未、尚[8]蔵兼尚侍従三位阿倍朝臣古美奈薨。遣二左大弁兼皇后宮大夫従三位佐伯宿禰今毛人、散位従五位上当麻真人永継・外従五位下松井連浄山等一、監二護喪事一。古美奈、中務大輔従五位上粳[9]虫之女也。適二内大臣贈従一位藤原朝臣良継一生レ女。即是皇后也。○丁酉、勅曰、如聞、比来、京中盗賊稍多、掠二物街路一、放二火人家一。良由三職司不レ能二粛清一、令三彼凶徒生二玆賊害一。自レ今以後、宜下作二隣保一検二察非違一、一如[10]中令条上。其遊食・博戯之徒、不レ論二蔭贖一、決杖一百。放火・劫略之類、不レ必拘レ法、懲以二殺罰一、勤加二捉搦一、遏二絶姧宄[11]一。○十一月戊[12]戌[13]朔、勅曰[14]、十一月朔旦[15]冬至者、是歴代之希

1 脩〔底〕—修→校補
2 通〔大改〕—齊(谷傍補)、ナシ(兼・谷原・東・高)
3 艱〔底擦重〕
4 令—合(大改)
5 申〔兼・谷原・東・高〕—用(谷重、大)
6 永主〔兼・谷、大〕—ナシ(東・高)
7 京〔底〕—宮(底新傍朱イ・兼等、大)
8 尚〔谷擦重〕—當(谷原)
9 粳(底新朱抹傍)—粮〔底原〕
10 如〔谷抹傍、大〕—女(兼・谷原・東・高)
11 宄—穴〔底〕
12 戊〔底原・底新重〕→校補
13 戌〔底原・底新重〕→校補
14 曰(底新朱抹傍)—日〔底原〕→校補
15 旦—且(東)

一 →補36-四〇。主計頭の前任者は安都真足(延暦二年十一月乙酉条)。
二 家持の男。→二八七頁注一五。右京亮の前任者は田口浄麻呂(延暦三年四月壬寅条)。
三 長岡京への遷都を前にして、平城京の左京・右京の治安維持のために設けられた臨時の官。
四 尚蔵は後宮十二司の蔵司の長官で准正三位。尚侍は内侍司の長官で准従五位(禄令9)だが、宝亀八年九月・同十年十二月に尚侍は尚蔵に准ずる給禄とされ(続紀)、のち大同二年十二月十五日太政官奏で准従三位とされた(三代格)。奈良時代後期には、後宮掌握のため有力貴族の室が尚蔵・尚侍を兼ねる例が見られ、藤原宇比良古(藤原仲麻呂室)・大野中千(藤原永手室)らに続いて本条の阿倍古美奈が知られる。→補34-五一。
五 安倍朝臣とも。名を子美奈とも。→四補33-二八。従三位叙位は天応元年十一月。内大臣藤原良継の室。桓武の皇后藤原乙牟漏の母。
六 →三補17-七九。
七 永嗣とも。→四補28-五。
八 もと戸浄山。→三補17-五九。
九 皇親や在職官人の葬儀の際の「監護喪事」については喪葬令4に定める。
一〇 阿部朝臣粳虫。→二補9-一一九。
一一 もと宿奈麻呂。→三二七頁注四三。
一二 藤原乙牟漏。→補37-二九。
一三 平城京の京内で最近頻発する盗賊による略奪・放火に対して、(1)保をつくって検察し、(2)遊食博戯の徒を杖罪とし、(3)放火・略奪犯

左右鎮京使任命

阿倍古美奈没

平城京中の盗賊等の取締りを厳にすることを命ずる

朔旦冬至

たる者《ひと》には食《しよく》を与《あた》へ、兼《か》ねて以《もち》て道橋《みちはし》を脩造《をさめつく》り、艱険《かんけむ》を通利《とほしたす》く。行《かう》を積《つ》みて年《とし》を経《へ》たり」とまうす。誠《まこと》に挙申《きよしん》せしめ、従八位上を授《さづ》く。○癸巳（二十六日）、従五位下石川《いしかは》[一]朝臣公足《きみたり》を主計頭《しゆけいのかみ》とす。従五位下大伴《おほとも》[二]宿禰永主《ながぬし》を右京亮《うきやうのすけ》。また、左右鎮京使《さうのちんけいし》[三]を任《にむ》す。各《おのおの》五位二人、六位二人。長岡京《ながをかのみやこ》に幸《みゆき》せむとするを以《もち》てなり。○乙未（二十八日）、尚蔵《くらのかみ》[四]兼尚侍《ないしのかみ》従三位阿倍《あへ》[五]朝臣古美奈《こみな》薨《こう》しぬ。左大弁《さだいべん》兼皇后宮大夫《くわうごうぐうだいぶ》従三位佐伯《さへき》[六]宿禰今毛人《いまえみし》、散位《さんゐ》従五位上当麻《たぎま》[七]真人永継《ながつぐ》・外従五位下松井《まつゐ》[八]連浄山《じやうせん》らを遣《つかは》して、喪《も》[九]の事《こと》を監護《みまも》らしむ。古美奈《こみな》は中務大輔《ちうむだいふ》従五位上粳虫《ぬかむし》[一〇]が女《むすめ》なり。内大臣贈従一位《ないだいじんぞう》藤原《ふぢはら》[一一]朝臣良継《よしつぐ》に適《あ》ひて女《をむなご》を生《う》めり。即《すなは》ち是《こ》れ皇后《くわうごう》[一二]なり。○丁酉（三十日）、勅《みことのり》[一三]して曰《のたま》はく、「如聞《きくな》らく、「比来《このころ》、京中《きやうちう》[一四]に盗賊《たうぞく》稍《やや》く多《おほ》くして、物《もの》を街路《がいろ》に掠《かす》め、火《ひ》を人家《じんか》に放《はな》つ」ときく。良《まこと》に職司《しきし》[一五]粛《しゆく》清《しやう》すること能《あた》はぬに由《よ》りて、彼《か》の凶徒《きやうと》をして茲《こ》の賊害《ぞくがい》を生《な》さしむ。今《いま》より以後《のち》、隣保《りんぽう》[一六]を作《つく》りて非違《ひゐ》を検《かむが》へ察《み》しむること、一《もはら》に令《りやう》の条《でう》の如《ごと》くすべし。その遊食《いうしよく》・博戯《はくき》[一七]の徒《やから》は、蔭贖《おむぞく》[一八]を論《あげつら》はず決杖《くゑちぢやう》一百。放火《はうくわ》・劫略《けふりやく》の類《たぐひ》は、必《かなら》ずしも法《はふ》[一九]に拘《かかは》らず、懲《こら》すに殺《ころ》す罰《ばつ》を以《もち》てし、勤《つと》めて捉搦《さくだく》を加《くは》へて姧宄《かんくゐ》[二〇]を遏《あつ》絶《ぜつ》せよ」とのたまふ。

十一月戊戌の朔、勅《みことのり》[二一]して曰《のたま》はく、「十[二二]一月朔旦《さくたん》の冬至《とうじ》は、是《こ》れ歴代《れきだい》の希《き》

は死罪にすることによって治安維持を命じる勅。この勅は、三代格に延暦三年十月廿日勅としてほぼ同文を載せるが、三代格の承和七年二月廿五日太政官符では「延暦三年十月卅日　勅書」として引いている。

一四 平城京の左京・右京。遷都を前にした平城京の騒然とした状況がうかがえ、上文癸巳（二十六日）条の左右鎮京使の任命と対応する。

一五 左京職・右京職。

一六 戸令9の「凡戸、皆五家相保。一人為レ長、以相検察、勿レ造二非違一」をさす。五家を保とする五保の制（㊀一七五頁注六）は、大宝二年御野国戸籍にその例が見えるが、後の籍帳には見えない。本条は五保制が厳密には施行されていない状況を示すか。のち平安京では保を戸と関係ない地割単位として設けており、保は五戸からなる組織から、地縁的な区分へと変化していったと考えられる。

一七 博戯は、ばくち。博戯の禁止→㊀補1―八〇。文武二年七月乙丑条には「禁二博戯遊手之徒一」と見える。

一八 身分が高い者であっても「蔭贖」を適用せず、杖一百の実刑を科するということ。蔭贖→㊀一五七頁注二一。唐雑律14の「博戯賭二財物一者、各杖一百」の条文が養老律でも確認される（㊀補1―八〇）。

一九 律令の条文に関係なく、死罪に処して懲らしめる。

二〇 悪いこと。わる者。→㊁二七頁注八。

二一 朔旦冬至を祝って、王公に賞を賜い、京・畿内には今年の田租を免ずるとする勅。

二二 十一月朔が冬至と重なること。一九年ごとにめぐるが、とくに延暦三年は干支の第一の甲子年に当たる嘉節となる。朔旦冬至→補38―一九。

遇、而王者之休祥也。朕之不徳、得レ値二於今一。思行二慶賞一、共悦[1]二嘉辰一。王公[2,3,4,5]已下、宜レ加二賞[6]賜一。京畿当年田租並免之。○庚子、詔曰、民惟邦[7]本。々[8]固[9]国寧。民之所レ資、農桑是切。比者、諸国司等、厥政多レ僻[10]、不レ愧二撫道之乖一方、唯恐二侵[11]漁之未一巧。或広[12]占[13]二林野一、奪[14]二蒼生之便要一、或多営二田園一、妨二黔黎之産業一。百姓彫弊、職此之由。宜下加二禁制一、懲中革貪[15]濁上。自レ今以後、国司等、不レ得三公廨田[16]外更営二水田一。又不レ得下私貪二墾闢一、侵中百姓農桑地上。如有二違犯者一、収獲之実、墾闢之田[17]、並皆没官、即解二見任[18]一、科二違[19]勅[20]罪一。夫同僚并郡司等、相知容隠、亦与同罪。若有二人糺[21]告一者、以二其苗子一、与[22]二糺[23]人一。○癸卯、以二従五位下佐伯宿[24]禰鷹守一為二左衛士佐一。外従五位下秦造子嶋為二右衛士大尉一。外従五位下津連真道為二左兵衛佐一。○戊申、天皇[25]、移二幸長岡宮一。○甲寅、先レ是、皇后、遭[26]二母氏[27]憂一、不レ従二車[28]駕一。中宮復留

1悦〔類七四一本〕—祝(類七四)　2王〔大改、類七四〕—ナシ(兼等)→校補　3王公以下一七字〔紀略改補〕—ナシ(紀略原)　4公ノ下、ナシ〔谷原〕—卿(谷傍補)　5公〔大改〕→校補　6賞〈意改〉(大改、類七四改)—普〔兼等、類七四原〕→脚注・校補　7邦〔兼・谷、大〕—郡(東・高)　8々〔兼・東・高〕—本(兼朱傍・谷、大)→校補　9固国(底改)—国固〔底原〕→校補　10僻→校補　11侵〔底原・底新朱抹傍〕→校補　12広＝廣(底新傍朱イ)—黄〔底原〕→校補　13占〔底〕—古(底新傍朱イ)→校補　14奪〔底原・底新朱抹傍・谷原・谷重〕→校補　15貪—貧(兼)→校補　16田ノ下→脚注・校補　17田(谷、大)—由(兼・東・高)　18任—住〔底〕　19違ノ下、ナシ〔谷抹、大〕—之(兼・谷原・東・高)　20勅ノ下、ナシ〔兼・谷原・東・高〕—之(谷傍補、大)　21糺〔谷擦重〕—紀(谷原)　22与〔谷擦重、大〕—占(兼・谷原・東・高)　23糺ノ下、ナシ〔兼・谷原・東・高〕—告(谷傍補、大)→校補　24宿—ナシ(兼)　25天皇→校補　26遭(大改、紀略)—連〔底〕、速(兼・谷原・東・高)、逢(谷擦重)　27氏(底新朱抹傍)—民〔底原〕　28車〔谷擦重〕

一 吉祥。
二 恩賞を賜うこと。
三 底本等「普賜」とするが、要略二十五に見える「賞賜」の方が意味が通る。
四 諸国司による林野などを占めての私営田や墾田を禁ずる詔。三代格に延暦三年十一月三日太政官符「禁下断国司作レ田妨中百姓業上事」として載せる。
五 書経、夏書、五子之歌に「民惟邦本、本固国寧」とある。
六 政治は多くよこしまとなり、民の安定をもたらさないことを恥じないばかりか、自分の利益追求が巧妙でないことを恐れている。
七 人民。草木が蒼蒼として多い様子からいう。
八 庶民。「黔」は頭髪の黒いこと。「黔首黎民」。説文に「秦、謂レ民為二黔首一。謂二黒色一也。周、謂二之黎民一」とある。
九 国司に与えられる在外諸司職分田(大宝令では公廨田)のこと。田令31で「大国守二町六段、上国守・大国介二町二段、中国守・上国介二町、下国守・大上国掾一町六段、中国掾・大上国目一町二段、中下国目一町、史生如レ前(六段)」と定める。
一〇 三代格延暦三年十一月廿日太政官符では、「水田」の下に「陸田」を記す。
一一 収穫した稲穀も、開墾した田地も没収する。

遇《ぐう》にして、王者《わうしや》の一休祥《きうしやう》なり。朕《われ》、不徳《ふとく》なれども、今《いま》に値《あ》ふこと得《え》たり。思《おも》ふに、二慶賞《けいしやう》を行《おこな》ひて共《とも》に嘉辰《かしん》を悦《よろこ》びしめむことを。王公《わうこう》已下、三賞賜《しやうし》を加《くは》ふべし。京畿《けいき》の当年《ことし》の田租《でんそ》も並《ならび》に免《ゆる》す」とのたまふ。

諸国司による林野を広占しての私営田・墾田を禁ずる

○三日庚子、四詔《みことのり》して曰《のたま》はく、「五民《たみ》は惟《こ》れ邦《くに》の本《もと》なり。本固《もとかた》ければ国寧《くにやす》し。民《たみ》の資《たす》くる所《ところ》は、農桑是《のうさうこ》れ切《せち》なり。比者《このころ》、諸《もろもろ》の国司《こくし》ら、六厥《そ》の政《まつりごと》、僻《よこしま》なること多《おほ》く、撫道《ふたう》の方《はう》に乖《そむ》くことを愧《は》ぢず、唯《ただ》、侵漁《しむぎよ》の未《いま》だ巧《たくみ》ならぬを恐《おそ》る。或《ある》は広《ひろ》く林野《りむや》を占《し》めて七蒼生《さうせい》の便要《べんえう》を奪《うば》ひ、或《ある》は多《おほ》く田園《でんゑん》を営《いとな》みて八黔黎《けむれい》の産業《さんげふ》を妨《さまた》ぐ。百姓《はくせい》の彫弊《てうへい》、職《もと》として此《これ》に由《よ》れり。禁制《きむせい》を加《くは》へて、貪濁《たむたく》を懲《こら》し革《あらた》めしむべし。今《いま》より以後《のち》、国司《こくし》ら、九公解《くげ》の田《た》の外《ほか》に更《さら》に一〇水田《みづた》を営《いとな》むこと得《え》ざれ。また私《ひそか》に墾闢《こんへき》を貪《むさぼ》りて百姓《はくせい》の農桑《のうさう》の地《ち》を侵《をか》すこと得《え》ざれ。如《も》し違犯《ゐぼむ》する者《ひと》有らば、一一収《しう》獲《くわく》の実《じつ》、墾闢《こんへき》の田《た》、並に皆没官《みなもつくわん》し、即《すなは》ち見任《げんにむ》を解《と》きて、一二違勅《ゐちよく》の罪《つみ》に科《おほ》せむ。夫《そ》れ同僚并《どうれうあは》せて郡司《ぐんじ》ら、一三相知《あひし》りて容《い》れ隠《かく》さば、一四亦与同罪《またよどうざい》。若《も》し一五人《ひと》の糺《ただ》し告《まう》すこと有らば、その苗子《なへ》を糺《ただ》す人《ひと》に与《あた》へむ」とのたまふ。○六日癸卯、従五位下一六佐伯《さへき》宿禰鷹守《たかもり》を左衛士佐《さゑじのすけ》とす。外従五位下一七秦《はだ》造子《こ》嶋《しま》を右衛士大尉《うゑじのだいゐ》。外従五位下一八津《つ》連真道《まみち》を左兵衛佐《さひやうゑのすけ》。

長岡京遷都

○十一日戊申、一九天皇《すめらみこと》、二〇長岡宮《ながをかのみや》に移幸《みゆき》したまふ。○十七日甲寅、是《これ》より先《さき》、二一皇后《くわうごう》、二二母氏《ははうぢ》の憂《うれへ》に遭《あ》ひて二三車駕《きよが》に従《したが》はず。二四中宮《ちうぐう》も復留《またとどま》りて

一二 ↓一〇九頁注二五。
一三 事情を知りながら黙認すること。
一四 ↓二七五頁注四。
一五 法令への違反行為を官に告げた者。↓㊀一九五頁注一一。
一六 ↓一二五頁注七。前官は左兵衛佐(延暦元年六月壬申条)。左衛士佐の前任者は多治比三上(延暦元年八月乙亥条)。
一七 延暦九年三月に正六位上より外従五位下昇叙の記事があるが、本条と合わない。右衛士大尉の前任者は本条で左兵衛佐に遷任した津真道(延暦三年四月壬寅条)。秦造は、姓氏録左京諸蕃に、始皇帝の五世の孫、融通王の後とあり、同じく始皇帝の後とある太秦公宿禰ら渡来系の秦氏の一族。
一八 のち菅野朝臣。↓㊀補1―一二。前官は右衛士大尉兼近江大掾(延暦三年四月壬寅条)。左兵衛佐の前任者は本条で左衛士佐に遷任した佐伯鷹守(延暦元年六月壬申条)。
一九 本条が長岡遷都であるが、下文甲寅(十七日)条にあるように、皇后や中宮は平城宮に留まったままで、桓武のみが居を移すという変則的なものであった。なお、霊異記下―三十八に、長岡遷都について、「山部天皇代、延暦三年歳次二甲子一冬十一月八日乙巳日夜、自二戌時一至二于寅時一、天皇悉動、繽紛而飛遷。同月十一日戊申、天皇并早良皇太子、自二諸楽宮一移二坐于長岡宮一也。天皇飛遷者、是天皇移レ宮之表也」と詳しく記載する。
二〇 ↓補38―三〇。
二一 藤原乙牟漏。↓補37―一九。
二二 阿倍古美奈。↓㊃補33―三八。上文十月乙未条で死去したことをさす。
二三 ↓二八三頁注三。
二四 高野新笠。桓武の生母。↓補35―五。

在二平城一。是日、遣二出雲守従四位下石川朝臣豊人・摂津大夫従四位下和気朝臣清麻呂等一、為二前後次第[1]司[2]一、奉レ迎焉。○丁巳、遣二近衛中将正四位上紀朝臣船守一、叙二賀茂[3]上下二社従二位一。又遣二兵部大輔従[4]五[5]位上大中臣朝臣諸魚一、叙二松尾・乙訓二神従五位下一。以二遷都一也。○戊午、武蔵介従五位上健[6]部朝臣人上等言、臣等始祖息速別皇子、就二伊賀国阿保村[7]一居焉。逮二於遠明日香朝庭[8]一、詔、皇子四世孫須祢[9]都斗王、由[10]レ地、錫二阿保君之姓一。其胤子意保賀斯、武藝超レ倫、足レ示二後代一。是以、長谷旦[11]倉朝庭[12]、改賜二健部君一。是旌[13]レ庸恩[14]意、非二胙[15]レ土[16]彝倫一。望請、返二本正名一、蒙二賜阿保朝臣之姓一。詔許レ之。於レ是、人上等賜二阿保朝臣一。健部[17]君黒麻呂等阿保公。○辛酉、中宮・皇后、並自二平城一至。○乙丑、遣レ使、修二理賀茂[18]上下二社及松尾・乙訓社一。」従四位下五百枝王・五百井女[19]王並授二従四位上一。○十二月己巳、詔、賜二造宮有レ労者爵一、又免下進二役夫一国

1 第〔底新朱抹傍〕―等〔底原〕
2 司〔兼等、大、紀略〕―同〔東傍・高傍〕
3 上下→校補
4 従〔底傍補〕―ナシ〔底原〕
5 五〔底擦重〕―従〔底原〕
6 健〔底原〕―建〔底新傍朱イ・兼等、大〕→校補
7 村〔谷擦重・東、大〕―材〔兼・谷原・高〕
8 庭〔底原〕―廷〔底新朱抹傍・兼等、大〕
9 祢〔大改〕―弥〔兼等〕
10 由〔谷、大〕―目〔底原〕、田〔底新朱抹傍・兼・東・高〕→校補
11 旦〔兼、大〕―且〔谷・東・高〕
12 庭〔底〕―廷
13 旌〔底原・底新朱抹傍〕→校補
14 恩〔大改〕―思〔底新傍朱イ・兼等〕
15 胙〈意改〉〔大〕―昨〔兼等〕→脚注・校補
16 土〔底新傍朱イ〕―五〔底〕
17 部〔大〕―郡〔兼等〕
18 上下→校補
19 女〔東傍補・高傍補、大補〕―ナシ〔兼・谷・東原・高原〕

一 ↓[三]補17-二五。
二 ↓[四]補26-一〇。
三 皇后・中宮らの平城宮から長岡宮への遷居のための前後次第司（[二]補13-三八）。
四 遷都による山背国有力神社への神階叙位。本条に見える賀茂上下社・松尾社・乙訓社は、下文乙丑（二十八日）条で修理のための遣使を受けている。
五 ↓[四]補25-四一。
六 上賀茂神社と下鴨神社。↓[一]補1-六二。
七 ↓五頁注一。
八 ↓[三]補16-一二三。山背国葛野郡に座す有力神社（現在の京都市西京区嵐山宮町の松尾大社）として、長岡遷都によって叙位されたもの。九 ↓[一]五七頁注三四。長岡京在地の有力神社（現在の長岡京市の角宮神社）として、長岡遷都によって叙位されたもの。
一〇 もと建部公。↓[四]補25-九九。
一一 健部朝臣人上らが、雄略朝に健部君となる以前の祖の姓である阿保君により、阿保朝臣と賜姓されることを望んだ上言。
一二 垂仁記に「伊許婆夜和気」、垂仁紀十五年八月条に「池速別」と見える。垂仁皇子。姓氏録右京皇別の阿保朝臣の項に「息速別命幼弱之時、天皇為二皇子一築二宮室於伊賀国阿保村一、以為二封邑一。子孫因家レ之焉」と見える。『陵墓要覧』によれば三重県名賀郡青山町阿保の地に息速別命陵墓とされる古墳がある。
一三 和名抄に伊賀国伊賀郡に阿保郷が見える。前注の姓氏録右京皇別の阿保朝臣の項参照。
一四 允恭朝。允恭記に「坐二遠飛鳥宮一治二天下一也」と見える。
一五 息速別皇子。
一六 他に見えず。
一七 姓氏録右京皇別の阿保朝臣の項に「允恭天

賀茂・松尾・乙訓各社に叙位

平城《なら》に在《あ》り。是《こ》の日《ひ》、出雲守《いづものかみ》従四位下石川《いしかは》[一]朝臣豊人《とよひと》・摂津大夫《つのだいぶ》従四位下和《わ》[二]気《け》朝臣清麻呂《きよまろ》らを遣《つかは》して、前後次第司《ぜんごしだいし》[三]として迎《むか》へ奉《まつ》らしむ。○丁巳[二十日]、近衛《このゑの》[四]中将《ちうしやう》正四位上紀《き》[五]朝臣船守《ふなもり》を遣《つかは》して、賀茂《かも》[六]の上下《かみしも》二社を従二位に叙《じよ》せしむ。また、兵部大輔《ひやうぶだいふ》従五位上大中臣《おほなかとみ》[七]朝臣諸魚《もろうを》を遣《つかは》して、松尾《まつのを》[八]・乙訓《おとくに》[九]の二神を従五位下に叙《じよ》せしむ。遷都《せんと》するを以《もち》てなり。○戊午[二十一日]、武蔵介《むざしのすけ》従五位上健部《たけるべ》[一〇]朝臣人上《ひとかみ》[一一]ら言《まう》さく、「臣《しん》らが始祖息速別皇子《とほつおやおきはやわけのみこ》[一二]は、伊賀《いが》国阿保《あほ》[一三]村に就《ゆ》きて居《す》みき。遠明日香朝庭《とほつあすかのみかど》[一四]に逮《およ》びて、詔《みことのり》して、皇子《みこ》[一五]の四世の孫《うまご》須祢都斗王《すねつとのおほきみ》[一六]に、地《ところ》に由《よ》りて阿保《あほ》[一七]君の姓を錫《たま》ひき。その胤子《いんし》意保賀斯《おほかし》[一八]、武藝倫《ぶげいひと》に超《こ》えて、後代《こうだい》に示《しめ》すに足《た》れり。是《ここ》を以《もち》て、長谷旦倉朝庭《はつせあさくらのみかど》[一九]に、改《あらた》めて健部《たけるべ》[二〇]君と賜《たま》へり。是《こ》[二一]れ庸《いさをし》を旌《あらは》す恩意《おんい》にして、土《くに》を胙《むく》ゆる彝倫《いりん》に非《あら》ず。望《のぞ》み請《こ》はくは、本《もと》[二二]の正《ただ》しき名《な》に返《かへ》して、阿保《あほ》朝臣の姓を蒙《かがふ》り賜はらむことを」とまうす。詔《みことのり》して、これを許《ゆる》したまふ。是《ここ》に、人上《ひとかみ》[二三]らに阿保《あほ》朝臣を賜ふ。健部《たけるべ》[二四]君黒麻呂《くろまろ》らには阿保《あほ》[二五]公。○辛酉[二十四日]、中宮《ちうぐう》[二六]・皇后《くわうごう》[二七]並《ならび》に平城《なら》より至《いた》れり。○乙丑[二十八日]、使《つかひ》[二八]を遣《つかは》して、賀茂《かも》の上下二社と松尾《まつのを》・乙訓《おとくに》の社《みや》とを修理《をさめつく》らしむ。従四位下五百枝《いほえの》[二九]王《おほきみ》・五百井女王《いほゐのおほきみ》[三〇]に並に従四位上を授《さづ》く。

長岡宮造宮功労者に叙位

十二月[戊辰朔]己巳[二日]、詔《みことのり》[三一]して、造宮《ざうくう》に労《らう》有る者《ひと》に爵《しやく》を賜ひ、また役夫《やくぶ》[三二]を進《たてまつ》る国《くに》

皇御代、以二居地名一賜二阿保君姓一」と見える。

一八 他に見えず。「胤子」は嗣子。

一九 雄略朝。

二〇 健部君賜姓のことは姓氏録に見えない。

二一 健部君の賜姓は、武芸に秀でた功績を表彰するものではあるが、父祖の出身地の名を広く伝えるものではない、の意。底本等「昨土」に作るが、「胙土」(むくいとして土田を与える)の誤りであろう。

二二 地名に基づくもとの阿保君のウヂ名に正して。

二三 健部公人上ら一五人は天平宝字八年十月辛卯条で健部朝臣の姓を賜わっており、姓氏録右京皇別の阿保朝臣の項にも「廃帝天平宝字八年、改レ公賜二朝臣姓一。続日本紀合」と見える。

二四 他に見えず。健部人上の同族か。

二五 もと健部君。阿保朝臣となった健部朝臣に準じて出身地によるウヂ名と公のカバネを得たもの。

二六 高野新笠。

二七 藤原乙牟漏。

二八 本条に見える賀茂上下社・松尾社・乙訓社は、上文丁巳(二十日)条で長岡遷都による神階昇叙を受けた諸社であり、本条の修理はその時の使の派遣と関わるか。

二九 →一七三頁注二五。従四位下叙位は天応元年八月。五百枝王と次の五百井女王はいずれも光仁皇女の能登内親王と市原王の間の子。

三〇 →補36—三六。従四位下叙位は天応元年八月。

三一 長岡宮の造営に功の有った者を昇叙させ、造営役夫を進めた諸国の今年の田租を免ずることを命じた詔。

三二 造宮のための役夫を進めた諸国。

今年田租上。授二従三位藤原朝臣種継正三位、正四位上石川朝臣名足・紀朝臣船守[1]並従三位、[2]従五位下[3]気大王・山口王・小倉王並従五位上、従四位下石川朝臣垣守・和気朝臣清麻呂並従四位上、従五位上多治比真人[4]人足・大中臣朝臣諸魚並正五位下、従五位下文室真人忍坂麻呂・多治比真人浜成・[5]旱部宿禰雄道・三嶋真人名継・丈部大麻呂並従五位上、外従五位下丹比宿禰真清外正五位下、[6]外従五位下上毛野公大川[7]外従五位上、正六位上佐伯宿禰葛城従五位下、正六位上奈良忌寸長野・大神楉田朝臣愛比・三使朝臣清足・麻[8]田連[9]狙賦・高篠連広浪並[10]外従五位下一。又以二左大弁従三位兼皇后宮[11]大夫大和守佐伯宿禰今毛人一為二参議一。○癸酉、遣二使畿内・七道一、[12]大祓、奉二幣於天神地祇一。○庚辰、[13]詔曰、山川藪沢[14]之利、公私共レ之、[15]具有二[16]令文一。如聞、比[17]来、[18]或王臣家及諸司・寺家、包二并山林一、独専二其利一。是而不レ禁、百姓何済。宜下加二禁断一、公私共上レ之。如有二違犯者一、科二違勅罪一。所司阿縦、亦与同罪。其諸[19]氏[20]冢墓者、一依二旧界一、不レ得二斫損一。

1従〔東・高、大補〕―ナシ(兼・谷)
2従(底抹傍)―継〔底原〕
3大〔底原〕―太(底新重・兼等、大)
4人(底新傍補)―々(兼等、大)、ナシ〔底原〕
5旱〔底原〕―日下(底新朱抹傍・兼等、大)→校補
6外従五位下〔大補〕―ナシ(兼等)
7従〔谷原〕―正(谷抹傍)
8田(底抹傍)―呂〔底原〕
9狙〔底原、大改〕―佃(底新朱抹傍・兼等)
10外〔兼・谷、大〕―ナシ(東・高)
11大―ナシ(兼)
12大〔紀略補〕―ナシ(紀略原)
13詔→校補
14之ノ下、ナシ(底新朱抹)―之〔底原〕
15具〔大改〕―見(底新傍朱イ・兼等)
16令〔大改〕―今(兼等)
17来(底新朱抹傍)―東〔底原〕
18或〔底原・底新朱抹傍〕→校補
19氏―民〔底〕
20冢(兼朱抹朱傍・東・高)―家〔底原・兼原〕、冢(底新朱抹朱傍・谷、大)→校補

一 延暦三年の田租。田令2「九月中旬起輸、十一月卅日以前納畢」によりすでに納め終っていた今年の田租を、後から免じたものか。
二 以下、長岡宮造営の有功者の昇叙。
三 宇合(式家)の孫、清成の男。→四補27-四四。従三位叙位は延暦二年四月。本年六月に造長岡宮使に任命された。
四 →三補23-五。正四位上叙位は延暦二年七月。
五 →四補25-四一。正四位上叙位は延暦二年七月。本年六月に造長岡宮使に任命された。
六 気多王とも。→四補27-四七。従五位下叙位は天平神護二年十二月。
七 →四補31-七三。従五位下叙位は天応元年十月。
八 →補38-一。従五位下叙位は本年正月。
九 →四補25-五三。従四位下叙位は宝亀七年正月。本年六月に造長岡宮使に任命された。
一〇 →四補26-一〇。従四位下叙位は天応元年十一月。
一一 →補35-二。従五位上叙位は天応元年四月。
一二 →五頁注一。従五位上叙位は本年正月。本年六月に造長岡宮使に任命された。
一三 →四補28-五。従五位下叙位は神護景雲元年正月。本年六月に造長岡宮使に任命された。
一四 →補35-四二。従五位下叙位は天応元年九月。本年六月に造長岡宮使に任命された。
一五 →二〇九頁注一六。従五位下叙位は延暦二年正月。
一六 →補37-一五。従五位下叙位は延暦二年二月に従五位下復位。本年六月に造長岡宮使に任命された。
一七 →三八一頁注一四。延暦二年二月に従五位下復位。本年六月に造長岡宮使に任命された。
一八 真浄とも。→四七頁注二。本年六月に造長岡宮使に任命された。
一九 →補35-一七。外従五位下叙位は宝亀十年四月。
二〇 →補38-三一。
二一 もと秦忌寸。→二三頁注八。
二二 もと楉田勝。→二二三頁注二。
二三 もと御使連。→四二一九頁注八。
二四 延暦四年七月に左大史となり、以後、典

王臣家等の山林兼併を禁じ、諸氏墓域の旧界維持を命ずる

の今年《ことし》の田租《でんそ》を免《ゆる》したまふ。従三位藤原《ふぢはら》朝臣種継《たねつぐ》に正三位を授《さづ》く。正四位上石川《いしかは》朝臣名足《なたり》・紀《き》朝臣船守《ふなもり》に並《ならび》に従三位。従五位下気大王《けたのおほきみ》・山口《やまぐち》王・小倉《をぐら》王に並に従五位上。従四位下石川《いしかは》朝臣垣守《かきもり》・和気《わけ》朝臣清麻呂《きよまろ》に並に従四位上。従五位上多治比《たぢひ》真人人足《ひとたり》・大中臣《おほなかとみ》朝臣諸魚《もろうを》に並に正五位下。従五位下文室《ふむや》真人忍坂麻呂《おしさかまろ》・多治比《たぢひ》真人浜成《はまなり》・早部《くさかべ》宿禰雄道《をみち》・三嶋《みしま》真人名継《なつぐ》・丈部大麻呂《はせつかひべのおほまろ》に並に従五位上。外従五位下丹比《たぢひ》宿禰真清《まきよ》に外正五位下。外従五位下上毛野《かみつけの》公大川《おほかは》に外従五位上。正六位上佐伯《さへき》宿禰葛城《かづらき》に従五位下。正六位上奈良《なら》忌寸長野《ながの》・大神楉田《おほみわのしもとた》朝臣愛比《えひ》・三使《みつかひ》朝臣清足《きよたり》・麻田《あさだ》連狛賦《かりふ》・高篠《たかしの》連広浪《ひろなみ》に並に外従五位下。また、左大弁《さだいべん》従三位兼皇后宮大夫《くわうごうぐうだいぶ》大和守《やまとのかみ》佐伯《さへき》宿禰今毛人《いまえみし》を参議《さむぎ》とす。〇癸酉、使《つかひ》を畿内《きない》・七道《しちだう》に遣《つかは》して、大《おほ》祓《はらへ》して幣《みてぐら》を天神《あまつかみ》・地祇《くにつかみ》に奉《たてまつ》らしむ。〇庚辰、詔《みことのり》して曰《のたま》はく、「山川藪沢《さんせんそうたく》の利《り》、公私《くうし》これを共《とも》にすること、具《つぶさ》に令文《りやうぶん》に有り。如聞《きくな》らく、「比来《このころ》、或《ある》は王臣家《わうしんけ》と諸司《しよし》・寺家《じけ》と、山林《さんりむ》を包《か》ね并《あは》せて独《ひと》りその利《り》を専《もはら》にす」ときく。是《ここ》にして禁《きむ》ぜずは、百姓何《はくせいなに》ぞ済《すく》はれむ。禁断《きむだん》を加《くは》へて、公私《くうし》これを共《とも》にすべし。如《も》し違犯《ゐぼむ》する者《ひと》有らば、違勅《ゐちよく》の罪《つみ》に科《おほ》せ。所司《しよし》の阿縦《あしよう》するも亦与同《またよどう》罪《ざい》。その諸氏《しよし》の冢墓《ちようぼ》は、一《もは》ら旧界《きうかい》に依《よ》りて、斫《き》り損《そこな》ふこと得《え》ざれ」とのた

薬頭・右京亮・山背介を歴任。麻田連→㊁補9－八六。
二五 もと衣枳首。→補38－二二。
二六 →㊂補17－七九。左大弁任官は延暦元年四月。皇后宮大夫任官は同二年四月。大和守任官は同元年六月。本年六月に造長岡宮使に任命された。なお水鏡に、東宮早良親王が天応二年に佐伯今毛人を宰相(参議)にしようとしたが、藤原種継が桓武天皇に佐伯氏には前例がないと言上したので三位とすることになり、早良が種継を恨んだという伝えが見える。
二七 使を全国に派遣する臨時の天下大祓。神祇令18に定める六月・十二月の晦日の朝廷の大祓ではない。
二八 神祇令19に、諸国大祓の際に郡・戸・国造らが供進すべき料物を規定する。
二九 王臣家・諸司・寺家による山林兼併を禁止し、また諸氏墓域の旧界維持を命ずる詔。三代格延喜二年三月十三日太政官符に、同内容の延暦三年十二月十九日騰勅符が引かれる。なお延喜二年太政官符は、本条の詔が遵守されなかった状況を記す。
三〇 雑令9。本条と同文。
三一 三代格延喜二年三月十三日太政官符が引く延暦三年十二月十九日騰勅符では「其所レ占之地、不レ論二先後一皆悉還レ公」と、兼併した山林の収公を具体的に記す。
三二 →一〇九頁注二五。
三三 三代格延喜二年三月十三日太政官符が引く延暦三年十二月十九日騰勅符では「職国司等」とあり、王臣家などによる大土地所有を見逃した京職・国司らをさす。
三四 諸氏族が営んだ氏族単位の墓地。「冢」はつか、高く大きな墓。三代格延喜二年三月十三日太政官符が引く延暦三年十二月十九日騰勅符には「家墓」とする。

○乙酉、山背国葛野郡人外正八位下秦忌寸足長築二宮城一。授二従五位上一。外従五位下栗前連広耳飼二養役夫一。授二従五位下一。但馬国気多団毅外従六位上川人部広井、進二私物一助[1]二公用一。授二外従五位下一。○丙申、叙二住吉神従二位一。預レ造二長岡宮[2]一主典已上、及諸司雑色[3]人等、随二其労効一、進レ階賜レ爵、各有レ差。

[4]四年春正月丁酉朔、天皇、御二大極殿一受レ朝。其儀如レ常。石上・榎井二氏、各竪二桙[5]楯一焉。始停二兵衛叫閤之儀一。是日、宴二五位已上於内裏一、賜レ禄有レ差。○癸卯、宴二五位已上一。詔、授二正六位上多賀王従五位下、従四位上多治比真人長野正四位上、従五位上文室真人高嶋正五位下、従五位下藤原朝臣真友[6]・文室真人於保・紀朝臣作良並従五位上、正六位上藤原朝臣葛野麻呂・甘[7]南備真人継人・平群朝臣清麻呂・阿倍朝臣枚[8]麻呂・佐伯宿禰[9]継成・小野朝臣河[10]根[11]・雀部朝臣虫麻呂・県犬養宿禰継麿・大宅朝臣広江・高橋朝臣[12]三坂[13]・安曇宿禰広吉・文室真人大原・大伴宿禰蓑麻呂・紀朝臣広足・紀朝臣皆麻呂並従五位下、

1 助〔大改〕—則(兼等)
2 岡〔谷重〕—思(谷原)
3 色〔紀略補〕—ナシ(紀略原)
4 四年→校補
5 桙—鉾(類七二)
6 友〔大改〕—支(兼等)
7 甘〔兼・谷、大〕—耳(東)→校補
8 枚(底新傍朱イ)—板〔底〕
9 宿禰(底新傍補)—ナシ〔底原〕
10 河〔大改〕—阿(底新傍朱イ・兼等)→校補
11 根(底新傍朱イ・兼・谷重・東・高、大)—粮〔東傍・高傍〕→校補
12 臣(底新傍補)—ナシ〔底原〕
13 坂〔東傍・高傍、大改〕—故(底新傍朱イ・兼等)→校補

一 以下、長岡宮の造営に協力した豪族たちへの叙位。
二 →㈠三九頁注五。
三 延暦四年十月に主計頭となる。山背国の有力な在地豪族で渡来系の秦氏の一員。秦忌寸→㈠補2—一三六。
四 長岡宮の宮域を囲む大垣のことか。
五 →㈣二一九頁注一二。外従五位下叙位は神護景雲二年九月。山背国の有力在地豪族。
六 長岡宮造営の役夫。
七 「気多団」は但馬国気多郡(三二一頁注二九)に置かれた軍団(㈠補3—一六)。「毅」は、集解職員令79所引の八十一例によれば、兵士五〇〇人以下の小規模な軍団に置かれた長官。
八 延暦四年二月に高田臣賜姓。川人部は、気多郡を流れる円山川に生業をもつことによる部姓か。→㈣四四九頁注一三。
九 長岡宮造営に関連するか。
一〇 →㈠八三頁注一。本年六月にも正三位として勲三等に叙せられている。摂津国住吉郡の神であり、叙位・叙勲は、あるいは難波宮を解体して長岡宮に移建したこととかかわるか。なおこの時の摂津大夫は長岡遷都を推進した和気清麻呂。
一一 長岡宮(補38—三〇)造営に関わった諸司の主典以上・雑色人への叙位。翌延暦四年正月

まふ。〇乙酉[十八日]、山背国《やましろ》[一]葛野郡《かどの》[二]の人《ひと》外正八位下秦《はだ》[三]忌寸足長《たりなが》、宮城《きうじやう》[四]を築《きつ》く。従五位上を授《さづ》く。外従五位下栗前《くりくま》[五]連広耳《ひろみみ》、役夫《やくぶ》[六]を飼養《しやう》す。従五位下を授く。但馬国《たぢま》気多団毅《けたのだんのき》[七]外従六位上川人部広井《かはひとべのひろゐ》[八]、私物《しぶつ》を進《たてまつ》りて公用《くうよう》[九]を助《たす》く。外従五位下を授く。〇丙申[二十九日]、住吉神《すみのえのかみ》[一〇]を従二位に叙《じよ》す。長岡宮《ながをかのみや》[一一]を造《つく》るに預《あづか》れる主典《さうくわん》已上と諸司《しよし》の雑色《ざふしき》の人《ひと》らとに、その労効《らうかう》に随《したが》ひて階《かい》を進《すす》め爵《しやく》を賜《たま》ふこと各差《おのおのしな》有り。

七八五年

四年春正月丁酉[乙丑]の朔、天皇《すめらみこと》、大極殿《だいごくでん》[一二]に御《おは》しまして朝《てう》[一三]を受《う》けたまふ。その儀《ぎ》、常《つね》の如《ごと》し。石上《いそのかみ》[一四]・榎井《えのゐ》の二氏、各桙楯《ほこたて》を竪《た》つ。始《はじ》めて兵衛叫閤《ひやうゑけうこん》[一五]の儀《ぎ》を停《とど》む。是《こ》の日《ひ》、五位已上を内裏《うち》[一六]に宴《うたげ》[一七]して、禄《ろく》賜ふこと差《しな》有り。〇癸卯[七日]、五位已上を宴《うたげ》[一八]す。詔《みことのり》して、正六位上多賀王《たがのおほきみ》[一九]に従五位下を授けたまふ。

叙位

従四位上多治比《たぢひ》[二〇]真人長野《ながの》に正四位上。従五位上文室《ふむや》[二一]真人高嶋《たかしま》に正五位下。従五位下藤原《ふぢはら》[二二]朝臣真友《まとも》・文室《ふむや》[二三]真人於保《おほ》・紀《き》[二四]朝臣作良《つくら》に並《ならび》に従五位上。正六位上藤原《ふぢはら》[二五]朝臣葛野麻呂《かどのまろ》・甘南備《かむなび》[二六]真人継人《つぐひと》・平群《へぐり》[二七]朝臣清麻呂《きよまろ》・阿倍《あへ》[二八]朝臣枚麻呂《ひらまろ》・佐伯《さへき》[二九]宿禰継成《つぐなり》・小野《をの》[三〇]朝臣河根《かはね》・雀部《さざきべ》[三一]朝臣虫麻呂《むしまろ》・県犬養《あがたいぬかひ》[三二]宿禰継麿《つぐまろ》・大宅《おほやけ》[三三]朝臣広江《ひろえ》・高橋《たかはし》[三四]朝臣三坂《みさか》・安曇《あづみ》[三五]宿禰広吉《ひろよし》・文室《ふむや》[三六]真人大原《おほはら》・大伴《おほとも》[三七]宿禰蓑麻呂《みのまろ》・紀《き》[三八]朝臣広足《ひろたり》・紀《き》[三九]朝臣呰麻呂《あざまろ》に並に従五位下。

の新大極殿での朝賀や新内裏での賜宴に見られるように、新宮の主要施設がとりあえず整ったことに対する賞賜か。

一二 新造された長岡宮の大極殿。→補38-三二。

一三 長岡宮における初めての元日朝賀の儀。儀式の内容は、後の儀式、元正受朝賀儀などから知られる。→㊀補1-四九。

一四 →㊂四〇一頁注一八。大嘗祭や遷都の際にも同様の儀が行われる。石上・榎井二氏と楯桙→㊀補1-九七。本条の儀は、元日朝賀と遷都の両方の性格を指摘できる。

一五 「閤」は宮殿の門。儀式の際に兵衛が守衛する門で叫声を発することか。ここは、呪術的性格の儀礼を停めた。

一六 新造の長岡宮の内裏。長岡遷都にともない宮内の大極殿・朝堂院の北に営まれたもので、後に東に移された。→補40-六。

一七 元日朝賀の後の節会の宴。→㊀補1-四九。

一八 白馬の節会の宴。→㊁補9-五〇。

一九 系譜未詳。大同五年正月に正五位下(類聚国史)、弘仁三年正月に正五位上(後紀)、同四年十一月に従四位下と昇叙し(類聚国史)、同五年十月に散位従四位下で没した(後紀)。

二〇 池守の孫、家主の子。→㊃補26-一。従四位上叙位は延暦三年正月。諸本「正四位上」とあるが、延暦五年正月乙卯条・同六年正月壬辰条ともに「正四位下」と見えることから、ここは「正四位下」が正しいか。

二一 →㊂四二一頁注一二三。従五位上叙位は宝亀四年正月。

二二 是公の男。→補36-七。従五位下叙位は宝亀十一年正月。

二三 もと長谷真人。→㊃補29-二八。

二四 →補35-二。従五位下叙位は宝亀九年正月。

二五—三九 →補38-三三。

秦[1]忌寸馬長・白鳥村主元麻呂・伊蘇志臣[2]真成並外従五位下㆒。○乙巳、授㆓従五位上川辺[3]女王正五位下、従五位下三嶋女王従五位上、无位八千代女王従五位下、従四位上橘[4]朝臣真都賀、正四位下藤原朝臣諸姉・百済王明信並[5]正四位上、従四位下藤原朝臣延福・藤原朝[6]臣人数・和気朝臣広虫・因幡国[7]造浄[8]成並従四位上、従五位上藤原朝臣綿手[9]・正[10]五位下武蔵宿禰家刀[11]自並正五位上、従五位下藤原朝臣春蓮、従五位上藤原朝臣勤子・田中朝臣吉備並正五位下、従五位下藤原朝臣祖子従五位上、无位平群朝臣竈屋・藤原朝臣慈雲・藤原朝臣家野・多治比真人豊継、外従五位下葛井連広[12]並従五位下、外従五位下豊田造信女外従[13]五位上、无位道田[14]連桑田外従五位下㆒。又授㆓従五位上三嶋女王正五位下㆒。○庚戌[15]、遣㆑使、堀㆓摂津国神下・梓[16]江・鯵生野㆒、通㆓于[17]三国川㆒。○辛亥、以㆓従五位下藤原朝臣弟[18]友㆒為㆓侍従㆒。従[19]五位下高[20]橋[21]朝臣御坂為㆓陰陽頭㆒。従五位下伊勢朝臣水通為㆓内匠頭㆒。従五位下藤原朝臣仲継[22]為㆓大学頭㆒。従五位上中臣朝臣常為㆓治部大輔㆒。従五位下

1 秦ノ上→脚注・校補
2 臣(底傍補)―ナシ〔底原〕
3 辺→校補
4 橘―橋〔底〕
5 並以下三〇字→校補
6 朝臣〔大補〕―ナシ(兼等)
7 国〔大補〕―ナシ(兼等)
8 浄(底傍補)―ナシ〔底原〕
9 手〔大改〕―午(底新傍朱イ・兼等)
10 正ノ下、ナシ〔兼・谷、大〕―正(東・高)
11 刀自(底新朱抹傍)→校補
12 広ノ下、ナシ―見(大補)→脚注
13 従〔兼・谷、大〕―ナシ(東・高)
14 田―由(東)
15 戌(底重)―成〔底原〕
16 梓〔兼・谷、大〕―ナシ(東傍・高傍)→校補
17 于〔大〕―子(底新傍朱イ・兼等)
18 弟―第〔底〕
19 従(底傍補)―ナシ〔底原〕、々(兼等、大)
20 高(底擦重)―橋〔底原〕
21 橋〔底擦重、大改〕―指(兼等)→校補
22 継(底新朱抹傍)―経〔底原〕

一 本年七月に土左守となる。秦忌寸→[一]補2-一二六。以下の三人については本位の記載がないが、あるいは上文の藤原葛野麻呂以下と同じく「正六位上」か。
二 本年十月に武蔵大掾、延暦六年閏五月に織部正となる。白鳥村主→[三]補20-一八。
三 本年七月に主船正となる。伊蘇志臣→[三]一〇三頁注二五。
四 正月恒例の女叙位。
五 舎人親王の孫、三嶋王の女。→[三]補22-二七。宝亀四年三月に従五位下に復位した後、従五位上叙位の年時は未詳。
六 →[四]二一三頁注一。従五位下叙位は神護景雲二年七月。
七 他に見えず。系譜未詳。選叙令35によれば諸王の子。
八 →[三]補20-四〇。従四位上叙位は天応元年十一月。分脈に「右大臣是公妾、大納言雄友母」とある。
九 →[四]二六九頁注一三。正四位下叙位は延暦二年二月。
一〇 藤原継縄の室。→[四]補31-一七。正四位下叙位は延暦二年十月。
一一 延暦八年正月に正四位下昇叙。延暦二十三年五月に散事従三位で没(後紀)。藤原朝臣→[一]補1-一九。
一二 →[三]補24-三一。従四位下叙位は天応元年五月。
一三 清麻呂の姉。→[四]補26-一二。従四位下叙位は天応元年十一月。
一四 もと国造浄成女。→[四]三二七頁注五。従四位下叙位は延暦元年八月。
一五 →[四]四五五頁注一〇。従五位上叙位は延暦二年四月。
一六 →[四]三二一頁注五。正五位下叙位は延暦

女叙位

[一]秦《はだ》忌寸馬長《うまをさ》・[二]白鳥村主元麻呂《しらとりのすぐりもとまろ》・[三]伊《い》蘇《そ》志《し》臣真成《まなり》に並《ならび》に外従五位下。○[九日]乙巳、[四]従五位上[五]川辺女王《かはへのおほきみ》に正五位下を授《さづ》く。従五位下[六]三嶋《みしま》女王に従五位上。无位[七]八千代《やちよ》女王に従五位下。従四位上[八]橘《たちばな》朝臣真都賀《まつが》、正四位下[九]藤原《ふぢはら》朝臣諸《もろ》姉《ね》・[一〇]百済王明信《くだらのこにきしみやうしん》に並に正四位上。従四位下[一一]藤原《ふぢはら》朝臣延福《えんふく》・[一二]藤原《ふぢはら》朝臣人《ひと》数《かず》・[一三]和気《わけ》朝臣広虫《ひろむし》・[一四]因幡国造浄成《いなばのくにのみやつこきよなり》に並に従四位上。従五位上[一五]藤原《ふぢはら》朝臣綿手《わたて》・正五位下[一六]武蔵《むざし》宿禰家刀自《いへとじ》に並に正五位上。従五位下[一七]藤原《ふぢはら》朝臣春蓮《しゅんれん》、従五位上[一八]藤原《ふぢはら》朝臣勤子《いそしこ》・[一九]田中《たなか》朝臣吉備《きび》に並に正五位下。従五位下[二〇]藤原《ふぢはら》朝臣祖子《おやこ》に従五位上。无位[二一]平群《へぐり》朝臣竈屋《みかまや》・[二二]藤原《ふぢはら》朝臣慈雲《じうん》・[二三]藤原《ふぢはら》朝臣家野《やかの》・[二四]多治《たぢ》比《ひ》真人豊継《とよつぐ》、外従五位下[二五]葛井《ふぢゐ》連広に並に従五位下。外従五位下[二六]豊田《とよた》造信女《のぶめ》に外従五位上。无位[二七]道田《みちた》連桑田《くはた》に外従五位下。また、従五位上[二八]三嶋《みしま》女王に正五位下を授く。

三国川を開削

○[十四日]庚戌、[二九]使《つかひ》を遣《つかは》して、摂津《つ》国[三〇]神下《かみした》・[三一]梓江《あづさえ》・[三二]鯵生野《あぢふの》を堀《ほ》りて[三三]三国川《みくにかは》に通《つう》せしむ。

任官

○[十五日]辛亥、従五位下[三四]藤原《ふぢはら》朝臣弟友《おとども》を侍従《じじゅ》とす。従五位下[三五]高橋《たかはし》朝臣御坂《みさか》を陰陽頭《おむやうのかみ》。従五位下[三六]伊勢《いせ》朝臣水通《みなみち》を内匠頭《うちのたくみのかみ》。従五位下[三七]藤《ふぢ》原《はら》朝臣仲継《なかつぐ》を大学頭《だいがくのかみ》。従五位上[三八]中臣《なかとみ》朝臣常《つね》を治部大輔《ちぶだいふ》。従五位下

二年二月。

一七 →二一五頁注一五。従五位下叙位は天応元年十一月。

一八 →四四五三頁注三。従五位上叙位は天応元年十一月。

一九 他に見えず。田中朝臣→一補1―七四。

二〇 →五九頁注二六。従五位下叙位は宝亀九年正月。

二一 他に見えず。平群朝臣→一補3―八三。

二二 延暦八年正月に正五位下に昇叙。藤原朝臣→一補1―二九。

二三 延暦六年十月に従五位上昇叙。藤原朝臣→一補1―二九。

二四 →補38―三四。

二五 →一七五頁注七。外従五位下叙位は天応元年三月。諸本、名を「広」に作るが、天応元年三月戊辰条に「広見」とある。

二六 →二一五頁注四一。外従五位下叙位は宝亀八年正月。

二七 他に見えず。道田連→四二八五頁注二五。

二八 →注六。本条上文で従五位上叙位。同日のうちにさらに昇叙したものか。

二九 遣使して摂津国の神下・梓江・鯵生野を掘って淀川を分流し、三国川に通ぜしめた。→補38―三五。

三〇―三三 →補38―三五。

三四 →補38―二四。

三五 三坂とも。→補38―三三。陰陽頭の前任者は栄井蓑麻呂(延暦二年正月辛巳条)。

三六 →補36―四二。前官は下野介(延暦元年八月乙亥条)。内匠頭の前任者は本条で越後守に遷任した葛井道依(延暦元年九月辛亥条)。

三七 →四四三三頁注一。大学頭の前任者は淡海三船(延暦三年四月壬寅条)。

三八 →四補25―八四。前官は民部少輔(延暦二年七月庚子条)。

県犬養宿禰伯[1]麻呂[2]為二玄蕃頭一。従五位下浅井王為二諸陵頭一。正五位下粟田朝臣鷹守為二民部大輔一。従五位下紀朝臣千世為二少輔一。外従五位下奈良忌寸長野為二主税助一。従四位下大伴宿禰潔足為二兵部大輔一。従五位下藤原朝臣雄友為二少輔一。美作守如レ旧。従五位上丈[3]部大麿為二織部正一。従五位上文室真人忍坂麻呂為二木工頭一。従五位下布勢朝臣大海為二主殿頭一。従五位下平群朝臣清[4]麿為二典薬頭一。従四位下佐伯宿禰真守為二造[5]東大寺長官一。外[6]従五位下林忌寸稲麻呂為二次官[7]一。東宮学士[8]如レ旧。従三位紀朝臣船守為二近衛大将一。中宮大夫・常陸守如レ故。従五位下佐伯宿[9]禰老為二少将一。相模介如レ故。従[10]四位下紀朝臣古佐美為二中衛中将一。式[11]部大輔・但馬守如レ故。従五位下藤原朝臣宗継為二少将一。従五位下紀朝臣広足為二衛門佐一。従五位下県犬養宿禰堅魚麻呂為二左衛士佐一。正五位上安倍朝臣家麿為二左兵衛督一。従五位下文室真人大原為二右兵衛佐一。従五位上三嶋真人名[12]継為二内厩頭一。正五位下多治比真人人[13]足為二主馬頭[14]一。正五位上巨[15]勢朝臣苗麻呂為二河内守一。従五

1 伯—佰〔底〕
2 麻呂〔底新傍補〕—ナシ〔底原〕
3 丈—文〔東〕
4 清〔東傍〕—浦〔東〕
5 造〔底擦重〕—従〔底原〕
6 外〔大補〕—ナシ〔兼等〕
7 官—宮〔底〕
8 士〔底傍補〕—ナシ〔底原〕
9 宿禰〔谷傍補、大〕—ナシ〔兼・谷原・東・高〕
10 従〔底擦重〕—位〔底原〕
11 式〔底擦重〕—上〔底原〕
12 名〔底重〕
13 人〔底〕—々
14 頭→校補
15 巨—臣〔底〕

一 他に見えず。玄蕃頭の前任者は本条で安房守に遷任した清村晋卿(袁晋卿〔宝亀九年十二月庚寅条〕)。県犬養宿禰→[一]補2-一二四。
二 →補36-二九。
三 →[四]補27-四四。前官は主馬頭(延暦元年八月乙亥条)。民部大輔の前任者は本条で陸奥守に遷任した多治比宇美(延暦二年六月丙寅条)。
四 →補36-四〇。前官は中衛少将(延暦二年二月壬申条)。民部少輔の前任者は本条で治部大輔に遷任した中臣常(延暦二年七月庚子条)。
五 もと秦忌寸。→二三頁注二。
六 →[三]補20-五九。前官は美濃守(天応元年五月癸未条)。兵部大輔の前任者は本条で少納言として兼山背守となった大中臣諸魚(延暦三年十一月丁巳条)。
七 →補37-一三。美作守任官は延暦二年二月。兵部少輔の前任者は大伴真麻呂(延暦三年七月壬午条)。
八 →[三]八一頁注一四。
九 →[四]補28-五。前官は造東大寺次官(延暦三年六月己酉条)。木工頭の前任者は本条で伊予守に遷任した葛井根主(延暦元年六月辛未条)。延暦三年六月に造長岡宮使にも任じられている。
一〇 →二七七頁注五。前官は典薬頭(延暦二年七月庚子条)。主殿頭の前任者は本条で左衛士佐に遷任した県犬養堅魚麻呂(延暦元年二月庚申条)。
一一 →補38-一三。典薬頭の前任者は本条で主殿頭に遷任した布勢大海(延暦二年七月庚子条)。
一二 今毛人の兄。→[四]補25-八五。
一三 →補36-六二。東宮学士任官は延暦元年二月。前兼官は美作介(延暦二年二月壬申条)。

[一]県犬養《あがたいぬかひ》宿禰伯麻呂《をぢまろ》を玄蕃頭《ぐゑんばんのかみ》。従五位下[二]浅井王《あさゐのおほきみ》を諸陵頭《みささぎのかみ》。正五位下[三]粟田《あはた》朝臣鷹守《たかもり》を民部大輔《みんぶだいふ》。従五位下[四]紀《き》朝臣千世《ちよ》を少輔《せうふ》。外従五位下[五]奈良《なら》忌寸長野《ながの》を主税助《しゆさいのすけ》。従四位下[六]大伴《おほとも》宿禰潔足《きよたり》を兵部大輔《ひやうぶだいふ》。従五位下[七]藤原《ふぢはら》朝臣雄友《をとも》を少《せう》輔《ふ》。美作《みまさか》守は旧《もと》の如《ごと》し。従五位上[八]丈　部大麿《はせつかひべのおほまろ》を織部正《おりべのかみ》。従五位上[九]文室《ふむや》真人忍坂麻呂《おしさかまろ》を木工頭《もくくのかみ》。従五位下[一〇]布勢《ふせ》朝臣大海《おほうみ》を主殿頭《しゆでんのかみ》。従五位下[一一]平群《へぐり》朝臣清麿《きよまろ》を典薬頭《てんやくのかみ》。従四位下[一二]佐伯《さへき》宿禰真守《まもり》を造東大寺長官《ざうとうだいじちやうぐわん》。外従五位下[一三]林《はやし》忌寸稲麻呂《いなまろ》を次官《じくわん》。東宮学士《とうぐうがくし》は旧《もと》の如《ごと》し。従三位[一四]紀《き》朝臣船守《ふなもり》を近衛大将《このゑのだいしやう》。中《ちう》宮大夫《ぐうだいぶ》・常陸《ひたち》守は故《もと》の如《ごと》し。従五位下[一五]佐伯《さへき》宿禰老《おゆ》を少将《せうしやう》。相模介《さがみのすけ》は故《もと》の如《ごと》し。従四位下[一六]紀《き》朝臣古佐美《こさみ》を中衛中将《ちうゑのちうしやう》。式部大輔《しきぶだいふ》・但馬《たぢま》守は故《もと》の如《ごと》し。従五位下[一七]藤原《ふぢはら》朝臣宗継《むねつぐ》を少将《せうしやう》。従五位下[一八]紀《き》朝臣広足《ひろたり》を衛門佐《ゑもんのすけ》。従五位下[一九]県《あがた》犬養《いぬかひ》宿禰堅魚麻呂《かつをまろ》を左衛士佐《さゑじのすけ》。正五位上[二〇]安倍《あへ》朝臣家麿《いへまろ》を左兵衛督《さひやうゑのかみ》。従五位下[二一]文室《ふむや》真人大原《おほはら》を右兵衛佐《うひやうゑのすけ》。従五位上[二二]三嶋《みしま》真人名継《なつぐ》を内厩頭《うちのうまやのかみ》。正五位下[二三]多治比《たぢひ》真人人足《ひとたり》を主馬頭《しゆめのかみ》。正五位上[二四]巨勢《こせ》朝臣苗麻呂《なへまろ》を河内《かふち》守。従五

造東大寺次官の前任者は本条で木工頭に遷任した文室忍坂麻呂(延暦三年六月己酉条)。延暦元年二月にも造東大寺次官に任じており、再任。

一四 →〔四〕補25-四一。前官近衛中将(延暦三年十一月丁巳条)からの昇任。中宮大夫兼官は延暦三年七月。常陸守兼官は同元年六月。

一五 →〔四〕二九三頁注一八。前官近衛将監(延暦三年三月乙酉条)からの昇任。相模介兼官は延暦三年三月。近衛少将の前任者は笠名麻呂(延暦二年四月丙寅条)。

一六 麻呂の孫。→〔四〕補25-一〇六。前官左兵衛督(延暦二年五月辛卯条)からの遷任。式部大輔任官は延暦二年五月。但馬守兼官は同元年二月。 一七 宗嗣とも。→一二五頁注五。中衛少将の前任者は本条で民部少輔に遷任した紀千世か(延暦二年二月壬申条)。

一八 →補38-三三。

一九 →補35-四八。前官は主殿頭(延暦元年二月庚申条)。左衛士佐の前任者は本条で越中介に遷任した佐伯鷹守(延暦三年十一月癸卯条)。 二〇 →〔四〕補32-二。前官は上野守(天応元年五月癸未条)。左兵衛督の前任者は本条で中衛中将に遷任した紀古佐美(延暦二年五月辛卯条)。

二一 →補38-三三。右兵衛佐の前任者は本条で美濃守に遷任した紀木津魚(延暦元年六月壬申条)。 二二 →補37-二五。本条下文で山背介を兼任。内厩頭の前任者は紀船守(延暦三年七月壬午条)。

二三 →補35-二。前官は山背守(天応元年五月癸未条)。主馬頭の前任者は本条で民部大輔に遷任した粟田鷹守(延暦元年八月乙亥条)。

二四 →〔三〕二〇五頁注一四。前官は信濃守(延暦三年四月庚午条)。

位下大伴宿禰蓑麻呂為レ介。少納言正五位下大中臣[1]朝臣諸魚[2]為二兼山背[3]守一。内廐頭従五位上三嶋真人名継為二兼介一。従五位下紀朝臣皆麻呂為二伊勢介一。従五位上浄村宿禰晋卿為二安房守一。右衛士督正四位上坂上大忌寸[4]苅田麻呂為二兼下総守一。皇后宮大進従五位下安倍朝臣広津麻呂為二兼常陸大掾一。従五位上紀朝臣木津魚為二美濃守一。従五位下藤原朝臣[5]縄主為レ介。従五位下大神朝臣船人為二上野守一。従五位下和朝臣国守為二下野介一。従五位上多治比真人宇[6]美為二陸奥[7]国守一。従五位下佐伯宿禰鷹守為二越中介一。正五位下葛井連道依為二越後守一。春宮[8]亮従五位上紀朝臣白麻呂為二兼伯耆守一。従五位上多治比真人年主為二出雲守一。近衛将監外従五位下筑[9]紫史広嶋為二兼播磨大掾一。従五位下笠朝臣雄宗為二美作介一。従五位上百済王仁貞為二備前守一。東宮学士外従五位下林忌寸稲麻呂為二兼介一。造東大寺次官如レ故。従五位上葛井連根主為二伊予守一。外従五位下秦忌寸長足為二豊前介一。○[10]戊午、安房国言、以二今月十九日一、部内海辺漂着大魚[11]五百餘。長各一丈五尺以下、

1 朝臣〔底新傍補〕—ナシ〔底原〕
2 為〔谷傍補・東・高、大〕—ナシ〔兼・谷原〕
3 守〔谷傍補、大〕—ナシ〔兼・谷原・東・高〕
4 苅→校補
5 縄〔兼等、大〕—綱〔東傍・高傍〕
6 美〔底新朱抹傍〕—義〔底原〕
7 国〔底〕—ナシ
8 亮〔底原・底新朱抹傍〕→校補
9 紫—柴〔兼〕
10 戊〔底原・底新重〕→校補
11 五—三〔紀略〕

一 →補38-三三。二 →五頁注一。少納言任官は延暦元年閏正月。前兼官は兵部大輔(延暦三年四月壬寅条)。山背守の前任者は本条で主馬頭に遷任した多治比人足(天応元年五月癸未条)。三 →三一七頁注二二。内廐頭任官は本条。山背介の前任者は上毛野大川(天応元年五月癸未条)。四 →補38-三三。伊勢介の前任者は本条で美濃介に遷任した藤原縄主(延暦三年三月乙酉条)。五 もと袁晋卿。→補27-四二。前官は玄蕃頭(宝亀九年十二月庚寅条)。安房守の前任者は石川美奈伎麻呂(延暦元年八月乙亥条)。六 もと坂上忌寸。→㊂二〇五頁注一三。右衛士督任官は天応元年五月。前兼官は備前守(延暦三年七月壬午条)。下総守の前任者は藤原家依(天応元年七月丁卯条)。ただし、下文六月癸未条で藤原家依が下総守として没しており、下総守任官については疑問が残る。→補39-一。七 →二八七頁注二一。諸本「皇后宮大進」とあるが、本年六月辛巳条には皇后宮少進と見え、八月丙子条で皇后宮大進に昇任しているので、ここは「皇后宮少進」とあるべきか。八 →補36-五五。前官は右兵衛佐(延暦元年六月壬申条)。美濃守の前任者は本条で兵部大輔に遷任した大伴浄足(天応元年五月癸未条)。九 →補37-三三。前官は伊勢介(延暦三年三月乙酉条)。美濃介の前任者は紀馬借(天応元年五月癸未条)。一〇 →一八五頁注二三。上野守の前任者は本条で左兵衛督に遷任した安倍家麻呂(天応元年五月癸未条)。一一 もと和史。→補36-四一。前官は園池正(延暦元年八月乙亥条)。下野介の前任者は本条で内匠頭に遷任した伊勢水通(延暦元年八月乙亥条)。一二 →補36-二〇。前官は民部大輔(延暦二年六月丙寅条)。陸奥守の前任者は内蔵全成(天

位下[一]大伴《おほとも》宿禰蓑麻呂《みのまろ》を介《すけ》。少納言《せうなふごん》正五位下[二]大中臣《おほなかとみ》朝臣諸魚《もろうを》を兼山背《やましろ》守。内《うちの》厩頭《うまやのかみ》従五位上[三]三嶋《みしま》真人名継《なつぐ》を兼介《すけ》。従五位下[四]紀《き》朝臣呰麻呂《あざまろ》を伊勢《いせ》介。従五位上[五]浄村《きよむら》宿禰晋卿《しんけい》を安房《あは》守。右衛士督《うゑじのかみ》正四位上[六]坂上《さかのうへ》大忌寸苅田麻呂《かりたまろ》を兼下総《しもつふさ》守。皇后宮大進《くわうごうぐうだいしん》従五位下[七]安倍《あへ》朝臣広津麻呂《ひろつまろ》を兼常陸大掾《ひたちのだいじよう》。従五位上[八]紀《き》朝臣木津魚《こつを》を美濃《みの》守。従五位下[九]藤原《ふぢはら》朝臣縄主《なはぬし》を介。従五位下[一〇]大神《おほみわ》朝臣船人《ふなひと》を上野《かみつけの》守。従五位下[一一]和《やまと》朝臣国守《くにもり》を下野《しもつけの》介。従五位上[一二]多治比《たぢひ》真人宇美《うみ》を陸奥国《みちのおくのくに》守。従五位下[一三]佐伯《さへき》宿禰鷹守《たかもり》を越中《こしのみちのなか》介。正五位下[一四]葛井《ふぢゐ》連道依《みちより》を越後《こしのみちのしり》守。春宮亮《しゆんぐのすけ》従五位上[一五]紀《き》朝臣白麻呂《しろまろ》を兼伯耆《ははき》守。従五位上[一六]多治比《たぢひ》真人年主《としぬし》を出雲《いづも》守。近衛将監《このゑのしやうげむ》外従五位下[一七]筑紫《つくし》史広嶋《ひろしま》を兼播磨大掾《はりまのだいじよう》。従五位下[一八]笠《かさ》朝臣雄宗《をむね》を美作《みまさか》介。従五位上[一九]百済王《くだらのこにきし》仁貞《にんちやう》を備前《きびのみちのくち》守。東宮学士《とうぐうがくし》外従五位下[二〇]林《はやし》忌寸稲麻呂《いなまろ》を兼介《すけ》。造東大寺次官《ざうとうだいじじくわん》は故《もと》の如《ごと》し。従五位上[二一]葛井《ふぢゐ》連根主《ねぬし》を伊豫《いよ》守。外従五位下[二二]秦《はだ》忌寸長足《ながたり》を豊前《とよくにのみちのくち》介。○戊午《二十二日》、安房《あは》国言《まう》[二三]さく、「今月《このつき》[二四]十九日に、部内《ぶない》の海辺《うみべ》に漂《ただよ》ひ着《つ》ける大魚《おほきうを》五百餘あり。長《なが》さ各《おのおの》[二五]一丈五尺以下、

応元年十二月乙酉朔条)。[一三]→一二五頁注七。前官は左衛士佐(延暦三年十一月癸卯条)。[一四]→〔四〕補26‐七。前官は内匠頭兼中宮亮(延暦元年九月辛亥条)。越後守の前任者は上毛野稲人(延暦二年二月壬申条)。[一五]→補35‐四八。春宮亮任官は天応元年四月。伯耆守の前任者は篠嶋王(天応元年五月癸未条)。[一六]歳主とも。→〔四〕補32‐一。前官は大蔵大輔(延暦元年九月戊子条)。出雲守の前任者は石川豊人(延暦三年十一月甲寅条)。[一七]→補37‐一七。近衛将監任官は延暦三年三月。なお、延暦二年二月壬申に近衛将曹として播磨大掾を兼ね、同三年三月乙酉に近衛将監に昇任した時にも「播磨大掾如レ故」とあり、本条の播磨大掾任官との関係未詳。[一八]→〔四〕二八三頁注六。前官は中衛少将(延暦三年四月丁未条)。美作介の前任者は本条で備前介に遷任した林稲麻呂(延暦二年二月壬申条)。[一九]→補34‐二八。前官備前介(延暦二年六月丙寅条)からの昇任。備前守の前任者は本条で下総守に遷任した坂上苅田麻呂(延暦三年七月壬午条)。[二〇]→補36‐六二。東宮学士任官は延暦元年二月。造東大寺次官任官は本条。前兼官は美作介(延暦二年二月壬申条)。備前介の前任者は本条で備前守に昇任した百済王仁貞(延暦二年六月丙寅条)。[二一]→〔三〕補23‐一二三。前官は木工頭(延暦元年六月辛未条)。伊予守の前任者は延暦三年九月庚辰に日向介に左降された藤原末茂か。[二二]→二八七頁注三一。豊前介の前任者は陽侯人麻呂か(宝亀十一年三月壬午条)。[二三]安房国の上言。祥瑞との認識があったかは未詳。[二四]正月十九日に漂着した後、安房国が報告を上言したのが当日条の戊午(二十二日)か。[二五]一丈五尺は約四・五メートル。

一丈三尺以上。古老相伝云、諸[1]泊[2]魚。○癸亥、摂津国能
勢[3]郡領外正六位上神人為奈麻呂・近江国蒲生郡大領外従
六位上佐[4]佐貴山公由[5]気比・丹波国天田郡大領外従六位下
丹波直広麻呂・豊後国海部[6]郡大領外正六位上海部公常山
等、居レ職匪レ懈、撫レ民有レ方。於レ是、詔、並授二外従[7]五
位下一。又授二正六位下海[8]上国造他[9]田日[10]奉直徳刀[11]自外従五
位下一。以二従五位上小倉王・百済王玄鏡一、並為二少納言一。
従五位下藤原朝臣乙叡為二権少納言一。正五位下大中臣朝
臣諸魚為二左中弁一。山背守如レ故。従五位下藤原朝臣薗[12]人
為二右少弁一。従五位上紀朝臣作[13]良為二大蔵[14]大輔一。外従五位
下佐伯直諸成為二園[15]池正一。従五位上弓削宿禰大成為二西市
正一。従五位上中臣朝臣鷹主為二信濃守一。従五位上旱[16]部宿
禰雄道為二豊前守一。○二[17]月丁卯、近衛将監外従五位下筑
紫史広嶋賜二姓野上連一。○壬申、授二陸奥国小田郡大領[18]正
六位上丸子部勝麻呂外従五位下一。以レ経二征戦一也。○甲
戌[19]、但馬国気多郡人外従五位下川人部広井、改二本姓一、
賜二高田臣一。○丁丑、従五位上多治比真人宇美為二陸奥按

1 諸→校補
2 泊─伯(紀略)
3 郡ノ下、ナシ〔兼・谷原・東・高〕─大(谷傍補、大補)
4 佐(底新朱抹傍)─々(兼等、大)、伯〔底原〕
5 由〔兼・谷、大〕─田(東・高)
6 部〔東・高、大〕─ナシ(兼・谷)
7 従(底新傍補)─ナシ〔底原〕
8 海〔兼・谷、大〕─ナシ(東・高)
9 他〔大改〕─池(兼等)
10 日〔谷重〕─曰(谷原)
11 刀自(底新朱抹傍)→校補
12 薗〔底〕─園
13 作─佐(東)
14 蔵ノ下、ナシ─大蔵(兼)
15 園→校補
16 旱〔底〕─日下
17 二月→校補
18 領─鎮(兼)
19 戌(底新重)─戊〔底原〕→校補

一 在地古老の伝える大魚の通称か。
二 以下、精勤で戸口を増加させた郡司たちを昇叙させる詔の記事。
三 →㊀二〇三頁注一六。 四 能勢郡は和名抄では三郷からなり、その場合は戸令2により小郡。小郡の郡司長官は職員令78により領。
五 他に見えず。神人→㊀補2─一四七。
六 →㊀補2─一三一。
七 他に見えず。佐佐貴山公→㊁四四三頁注四。近江国蒲生郡(㊀補2─一三一)の郡領氏族。
八 →㊃補27─二九。
九 他に見えず。丹波の在地有力氏族。丹波直→補37─三一。
一〇 豊後国南部の郡。→補38─三六。
一一 他に見えず。海部公は海部を管掌する在地の伴造であろう。海部郡の百姓は皆「海辺白水郎」であったといい(豊後国風土記)、海部郡の郡領氏族でもあったか。
一二 →補38─三七。 一三 下総国海上郡(㊃補28─四五)の国造。 一四 他に見えず。桓武後宮に仕えた下総国海上郡出身の釆女か。上文の郡司たちの昇叙とは別の理由による叙位か。他田日奉直→補38─三八。
一五 →補38─一。少納言(定員三名)の前任者は本条で左中弁・右少弁に遷任した大中臣諸魚(延暦元年閏正月庚子条)・藤原園人(延暦二年二月壬申条)のいずれか。
一六 →㊃補33─一九。少納言の前任者→注一五。
一七 →二九七頁注二一。前官は侍従か(延暦三年七月壬午条)。権少納言となったのは、既に少納言(定員三名)として春階王(延暦二年二月壬申条)・小倉王(本条)・百済王玄鏡(本条)の三名がいたためか。
一八 →五頁注一。前官は少納言(延暦四年正月辛亥条)。山背守兼官は上文辛亥(十五日)。

一丈三尺以上なり。古老相伝《こらうあひつた》へて云《い》はく、「[一]諸泊魚《しよはくぎよ》なり」といふ」とまうす。○[二十七日]癸亥、[二]摂津《つ》国[三]能勢《のせ》郡[四]領《りやう》外正六位上[五]神人《みわひとのゐ》為奈麻呂《なまろ》、近江《ちかつあふみ》国[六]蒲生《かまふ》郡大領《だいりやう》外従六位上[七]佐佐貴山《ささきやま》公由気比《ゆけひ》、丹波《たには》国[八]天田《あまた》郡大領《だいりやう》外従六位下[九]丹波《たには》直広麻呂《ひろまろ》、豊後《とよくにのみちのしり》国[一〇]海部《あま》郡大領《だいりやう》外正六位上[一一]海部《あま》公常山《とこやま》ら、[一二]職《しき》に居《を》りて懈《おこた》らず、民《たみ》を撫《な》づるに方《はう》有り。是《ここ》に詔《みことのり》して、並《ならび》に外従五位下を授《さづ》けたまふ。

精勤の郡領に叙位

また、正六位下[一三]海上国造《うなかみのくにのみやつこ》[一四]他田日奉直《をさだのひまつり》徳刀自《とことじ》に外従五位下を授く。従五位上[一五]小倉王《をぐらのおほきみ》・[一六]百済王玄鏡《くだらのこにきしぐゑんきやう》を並に少納言《せうなふごん》とす。従五位下[一七]藤原《ふぢはら》朝臣乙叡《おとえ》を権少納言《ごんのせうなふごん》。正五位下[一八]大中臣《おほなかとみ》朝臣諸魚《もろうを》を左中弁《さちうべん》。山背《やましろ》守は故《もと》の如《ごと》し。従五位下[一九]藤原《ふぢはら》朝臣薗人《そのひと》を右少弁《うせうべん》。従五位上[二〇]紀《き》朝臣作良《つくら》を大蔵大輔《おほくらのだいふ》。外従五位下[二一]佐伯《さへき》直諸成《もろなり》を園池正《そのいけのかみ》。従五位上[二二]弓削《ゆげ》宿禰大成《おほなり》を西市正《にしのいちのかみ》。従五位上[二三]中臣《なかとみ》朝臣鷹主《たかぬし》を信濃《しなの》守。従五位上[二四]早部《くさかべ》宿禰雄道《をみち》を豊前《とよくにのみちのくち》守。

任官

二月[丙寅朔]丁卯[二日]、近衛将監《このゑのしやうげむ》外従五位下[二五]筑紫《つくし》史広嶋《ひろしま》に姓を[二六]野上《のかみ》連と賜《たま》ふ。○[七日]壬申、陸奥《みちのおく》国[二七]小田《をだ》郡大領《だいりやう》正六位上[二八]丸子部勝麻呂《まろこべのかちまろ》に外従五位下を授く。征《せい》戦《せん》を経《ふ》るを以《もち》てなり。○[九日]甲戌、但馬《たぢま》国[二九]気多《けた》郡の人《ひと》外従五位下[三〇]川人部広井《かはひとべのひろゐ》に、本《もと》の姓を改《あらた》めて[三一]高田《たかた》臣と賜ふ。○[十二日]丁丑、従五位上[三二]多治比《たぢひ》真人宇美《うみ》を陸奥《みちのおく》按《あん》

一九 薗人とも。→補35-四六。前官は少納言(延暦二年二月壬申条)。右少弁の前任者は本条で大蔵大輔に遷任した紀作良(延暦三年四月庚午条)。二〇 →補35-二。前官は右少弁(延暦三年四月庚午条)。大蔵大輔の前任者は上文辛亥(十五日)条で出雲守に遷任した多治比年主(延暦元年九月戊子条)。
二一 →補36-三五。園池正の前任者は上文辛亥(十五日)条で下野介に遷任した和国守(延暦元年八月乙亥条)。二二 →[三]補24-一二。前官は神祇大副(延暦二年六月丙寅条)。信濃守の前任者は上文辛亥(十五日)条で河内守に遷任した巨勢苗麻呂(延暦三年四月庚午条)。二三 →[四]補28-三四。
二四 →二〇九頁注一六。延暦三年六月に散位で造長岡宮使に任じられている。豊前守の前任者は小野滋野か(宝亀十一年三月壬午条)。二五 →補37-二七。二六 →補38-三九。
二七 少田郡とも。→[三]六五頁注二一。
二八 他に見えず。丸子部→[二]補9-一〇九。天平勝宝元年四月の産金の功労者に私度沙弥小田郡人丸子連宮麻呂がいた(閏五月甲辰条)。また、下伊場野窯跡(現宮城県志田郡松山町)出土の文字瓦に「小田郡丸子マ建麻呂」の名が知られる。
二九 和名抄では八郷からなる。郡名の初見は天平九年度但馬国正税帳の「気多郡主帳外少初位上桑氏連老」(古二-六一頁)。現在の兵庫県城崎郡南部と豊岡市の一部。
三〇 →三一三頁注八。三一 →補38-四〇。
三二 →補36-一〇。陸奥按察使の前任者は大伴家持か(延暦元年六月戊辰条、陸奥按察使・鎮守将軍を兼官)。鎮守副将軍の前任者は内蔵全成(天応元年十二月乙酉朔条、陸奥守で鎮守副将軍兼官)。陸奥守任官は上文正月辛亥。

1兼〔兼・谷、大〕―ナシ(東・高)
2苅→校補
3国〔底〕―々
4等(底擦重)―倉〔底原〕
5丁未→校補
6衾(兼等、大)―食(底擦重)、倉〔底原〕
7戊〔底原・底新重〕→校補
8戌〔底原・底新重〕→校補
9人―士(類七三)
10・11四〔底〕―疋
12賜〔大改〕―ナシ(兼・谷原・東・高)、為(谷傍補)
13丸―九〔底〕
14郡〔大改〕―部(兼等)
15徴〔大〕―徵(兼等)
16会＝會〔谷擦重、大〕―舎(底新傍朱イ・兼・谷原・東・高)

察使[1]兼鎮守副将軍㆒。国守如㆑故。授㆓正四位上坂上大忌寸[2]苅田麻呂従三位㆒。〇癸未、出雲国[3]国造外正八位上出雲臣国成[4]等奏㆓神吉事㆒。其儀如㆑常。授㆓国成外従五位下㆒。自外祝等、進㆑階各有㆑差。〇[5]丁未、弾正尹従三位兼武蔵守高倉朝臣福信、上㆑表乞㆑身。優詔許㆑之。賜㆓御杖并[6]衾㆒。〇三月[7]戊[8]戌、御㆓嶋院㆒、宴㆓五位已上㆒。召㆓文[9]人㆒令㆑賦㆓曲水㆒。賜㆑禄各有㆑差。〇甲辰、授㆓陸奥按察使従五位上多治比真人宇美正五位下㆒。又賜㆓彩帛十[10]四、絁十[11]四、綿二百屯㆒。〇丙午、以㆓従五位下安倍朝臣草麻呂㆒為㆓神祇大副㆒。従五位下高倉朝臣石麿為㆓治部少輔㆒。従五位下佐伯宿禰葛城為㆓中衛少将㆒。〇甲寅、正六位上春原連田使・従七位下真木山等、改㆓春原連㆒、[12]賜㆓高村忌寸㆒。〇夏四月乙丑朔、授㆓正六位上[13]丸部臣董神外従五位下㆒。〇辛未、中納言従三位兼春宮大夫陸奥按察使鎮守将軍大伴宿禰家持等言、名取以南一十四[14]郡、僻在㆓山海㆒、去㆑塞懸遠。属㆑有㆓[15]徴発㆒、不㆑[16]会㆓機急㆒。由㆑是、権置㆓多賀・階上二郡㆒、募㆓集百姓㆒、足㆓人兵於国府㆒、設㆓防禦於東西㆒。誠

一 もと坂上忌寸。→[三]二〇五頁注一三。正四位上叙位は天応元年四月。
二 出雲国造任命の後、潔斎を経てここで神吉事を奏したもの。延暦五年二月にも再び神吉事を奏し、祝部とともに物を賜わっている。出雲臣→[一]補2―一五五・[二]補7―七。
三 神賀事(辞)。→[二]補7―八。
四 出雲国造が伴って上京していた祝部たち。
五 二月は丙寅朔なので、「丁未」はない。伴校本頭書に「一本作㆓乙未卅日㆒也」とある。
六 もと肖奈公。→[二]三三九頁注一一・[三]四五頁注一八。延暦八年十月条の薨伝に「延暦四年、上㆑表乞㆑身、以㆓散位㆒帰㆑第焉」と見える。
七 高齢をいたわり杖と衾を賜わった。老齢の没年八十一とするから、この年は七十七歳。
臣下への厚遇→[三]補24―一二。
八 園池・島をともなう庭園をもつ饗宴用の施設。長岡宮の嶋院→[四]補28―四三。→補38―四一。
九 三月三日の曲水の宴。→[一]補2―三一。
一〇 →補36―二〇。従五位上叙位は天応元年九月。上文二月丁丑条で陸奥守に陸奥按察使・鎮守副将軍を兼ねた。本条の賜物は、延暦七年十二月庚辰条の征東大将軍紀古佐美の「辞見」に際しての賜物と同様の性格をもつ。
一一 →[四]補28―五。前官は治部少輔(延暦二年十一月乙酉条)。神祇大副の前任者は上文正月癸亥条で信濃守に遷任した中臣鷹主(延暦二年六月丙寅条)。
一二 もと高麗朝臣。→[四]四〇三頁注二。治部少輔の前任者は本条で神祇大副に遷任した安倍草麻呂(延暦二年十一月乙酉条)。
一三 →補38―三一。中衛少将の前任者は上文正月辛亥条で美作介に遷任した笠雄宗か(延暦三年四月丁未条)。
一四 もと高宮村主。→補38―一八。延暦三年七月に高宮村主から春原連と賜姓されたばかり。

出雲国造神吉事を奏す

高倉福信致仕

察使《せちし》兼鎮守副将軍《ちんしゆふくしやうぐん》とす。国守《くにのかみ》は故《もと》の如《ごと》し。正四位上坂上《さかのうへ》大忌寸苅田《かりた》麻呂《まろ》に従三位を授《さづ》く。○癸未、出雲国国造《いづものくにのくにのみやつこ》外正八位上出雲《いづも》臣国成《くになり》ら、神吉《かむよ》事《ごと》を奏《そう》す。その儀《ぎ》、常《つね》の如《ごと》し。国成《くになり》に外従五位下を授く。自外《そのほか》の祝《はふり》らに階《かい》を進《すす》むること各《おのおの》差《しな》有り。○丁未、弾正尹《だんじやうのゐん》従三位兼武蔵守《むさしのかみ》高倉《たかくら》朝臣福信《ふくしん》、表《へう》を上《たてまつ》りて身《み》を乞《こ》ふ。優詔《いうせう》ありてこれを許《ゆる》したまふ。御杖《みつゑ》并《あは》せて衾《ふすま》を賜《たま》ふ。

三月戊戌、嶋院《しまのゐん》に御《おは》しまして、五位已上を宴《うたげ》したまふ。文人《ぶんじん》を召《め》して曲《ごく》水《すい》を賦《ふ》せしむ。禄《ろく》賜ふこと各差《しな》有り。○甲辰、陸奥按察使《みちのおくのあんせちし》従五位上多治《たち》比《ひ》真人宇美《うみ》に正五位下を授く。また、彩帛《さいはく》十四、絁《あしぎぬ》十四、綿《わた》二百屯を賜ふ。○丙午、従五位下安倍《あへ》朝臣草麻呂《くさまろ》を神祇大副《じんぎだいふく》とす。従五位下高倉《たかくら》朝臣石麿《いはまろ》を治部少輔《ぢぶせうふ》。従五位下佐伯《さへき》宿禰葛城《かづらき》を中衛少将《ちうゑのせうしやう》。○甲寅、正六位上春《はる》原《はら》連田使《たつかひ》・従七位下真木山《まきやま》らに、春原《はるはら》連を改《あらた》めて高村《たかむら》忌寸と賜ふ。

陸奥国多賀と階上の二郡を真郡とする

夏四月乙丑の朔、正六位上丸部《わにべ》臣董神《とうじん》に外従五位下を授く。○辛未、中《ちう》納言《なふごん》従三位兼春宮大夫《しゆんぐだいぶ》陸奥按察使《みちのおくのあんせちし》鎮守将軍《ちんしゆしやうぐん》大伴《おほとも》宿禰家持《やかもち》ら言《まう》さく、「名《な》取《とり》より以南《みなみ》一十四郡は僻《さ》りて山海《せんかい》に在《あ》りて、塞《き》を去《さ》ること懸《はるか》に遠《とほ》し。徴発《ちようはつ》のこと有るに属《あた》りて機急《ききふ》に会《あ》はず。是《これ》に由《よ》りて、権《かり》に多賀《たが》・階上《しなのへ》の二郡を置《お》き、百姓《はくせい》を募《つの》り集《あつ》めて、人兵《にんひやう》を国府《こくふ》に足《た》らし、防禦《まもり》を東西《とうさい》に設《まう》く。誠《まこと》に

一五 もと高宮村主。→補38―一九。延暦三年七月に高宮村主から春原連に賜姓されたばかり。

一六 倭漢氏系の渡来系氏族。田使らは延暦三年七月に高宮村主から春原連と賜姓されており、高村の名は旧姓高宮村主とかかわるか。田使らは弘仁二年閏十二月にさらに高村宿禰と賜姓される(後紀)。

一七 他に見えず。丸部は和爾部・和珥部とも。和爾部臣・和爾臣→□一補1―一三八。

一八 →□三五頁注六。「陸奥按察使」は、上文三月甲辰条に多治比宇美が見任として見える。家持の陸奥按察使任命は延暦元年六月戊辰で、本年八月条の没伝では「居無ㇾ幾、拝ニ中納言ニ」とあり(中納言任官は延暦二年七月甲午)、延暦三年二月己丑に持節征東将軍となっているから、本条の「陸奥按察使」は誤りか。

一九 多賀・階上二郡を真郡とし国府防禦に備えようとする大伴家持の奏言。 二〇 名取郡。→四補29―六五。名取郡は多賀城南西にあたり、それ以南の「十四郡」とは、名取を除いた白河・磐瀬・会津・安積・信夫・刈田・柴田・菊多・磐城・標葉・行方・宇多・伊具・亘理の諸郡か。

二一 多賀城をさすか。 二二 「権郡」は下文の「真郡」に対する語で、専任の郡司を置かない仮設の郡。 二三 →□三一一七頁注一五。多賀郡・階上郡とも宮城郡(四一四三頁注二九)から分置されたと思われるが、のち再統合されたか。延喜式、和名抄には郡名が見えず、のち再統合されたか。和名抄の宮城郡多賀郷を中心とした、多賀城東の地域。 二四 多賀郡とともに宮城郡から分置された郡と思われるが、延喜式、和名抄に階上郡は見えず、のち再統合されたか。和名抄の宮城郡科上郷(現宮城県仙台市泉区付近)を中心とした地域。 二五 陸奥国府である多賀城付近の人口増加を図って軍事的安定をめざした。

是、備二預不虞一、推二鋒[1]万里一者也。但以、徒有二開[2]設[3]之名一、未レ任二統領之人一。百姓顧[4]望、無レ所レ係レ心。望請、建[5]為二真郡一、備二置官員一。然則、民知二統[6]摂之帰一、賊絶二窺窬之望一。許レ之。○己卯、授二大初位下旱[7]部連国益外従五位下一。以レ献二稲船瀬一也。○丁亥、従五位上紀朝臣作良為二造斎[8]宮長官一。○癸巳、宮内卿従四位上石川朝臣垣守為二兼武蔵守一。○五月乙未朔、左京人従六位下丑[9]山甘次猪養賜二姓湯[10]原造一。○丁酉、詔曰、春秋之義、祖以レ子貴。此則、典経之垂範、古今之不易也。朕、君二臨四海一、于[11]レ茲五載。追尊之典、或猶未レ崇。興言念レ此、深以懼[12]焉。宜レ追二贈朕外曾祖贈[13]従一位紀朝臣正一位太政大臣一。又尊二曾祖妣道[14]氏一、曰二太皇大夫人一。仍改二公姓一為二朝臣一。又臣子之礼、必避二君諱一。比者、先帝御名及朕之諱、公私触犯。猶不レ忍レ聞。自レ今以後、宜二並改避一。於レ是、改二姓白髪部一為[15]二真髪部一。山[16]部為レ山。○戊[17]戌[18]、右京人従

1 鋒〔兼・谷、大〕―捀〔東・高〕
2 開〔底新傍朱イ〕→校補
3 設〔大改〕―説〔底新傍朱イ・兼等〕→校補
4 顧〔底新朱抹傍〕→校補
5 建〔谷抹傍〕―違〔谷原〕
6 統〔谷重〕
7 旱〔底原〕―日下〔底新朱抹傍・兼等、大〕
8 斎〔大〕―斉〔兼等〕
9 丑〔底原、大改〕―又〔底新朱抹傍〕、刃〔兼等〕
10 湯〔大改〕―陽〔兼等〕
11 于〔底重・底傍〕→校補
12 懼〔底新朱抹傍〕→校補
13 贈〔兼・谷、大〕―ナシ〔東・高、紀略〕
14 道〔東傍、大改、紀略〕―適〔兼等〕、遁〔高傍〕
15 為〔底新朱抹傍〕―有〔底原〕
16 山部〔底新傍補〕―ナシ〔底原〕
17 戊〔底原・底新重〕→校補
18 戌〔底原・底新重〕→校補

一 前軍を遠方に設ける意。漢書呉王濞伝に見える表現。
二 権郡を仮設したが、郡司を置かなかった。
三 仮設の権郡に対して、郡司の官員を置く正規の郡。
四 身分不相応なことを願う。
五 他に見えず。旱部連→㊀補4―一三・㊂補17―六〇。
六 水上交通の要所である船瀬の維持造営のために財源として稲を献じた。どこの船瀬であるかは未詳。船瀬→㊃補28―二二一。
七 →補35―二。本年正月癸亥条で大蔵大輔に任じており、ここは兼官。
八 斎宮の造営にあたる官司の長官。本年八月丙戌条・九月己亥条に、斎王となる朝原内親王が平城での斎居を終えて伊勢神宮に向うこ

是《こ》れ、預《あらかじ》め不虞《ふぐ》に備《そな》へて、[一]鋒《さき》を万里《ばんり》に推《すす》むるなり。但《ただ》し以《おもひ》みるに、徒《いたづら》に開《かい》設《せつ》の名《な》有りて、[二]未《いま》だ統領《とうりやう》の人《ひと》を任《にむ》することえず。百姓《はくせい》顧《かへり》望みて、心《こころ》を係《か》くる所《ところ》無し。望《のぞ》み請《こ》はくは、建《た》てて[三]真郡《しんぐん》とし、官員《くわんゐん》を備《そな》へ置《お》かむことを。然《しか》れば、民《たみ》は統摂《とうせふ》の帰《くゐ》を知《し》り、賊《あた》は[四]窺窬《きゆ》の望《のぞみ》を絶《た》たむ」とまうす。これを許《ゆる》す。○己卯《十五日》、大初位下[五]旱部《くさかべ》連国益《くにます》に外従五位下を授《さづ》く。[六]稲《いね》を船瀬《ふなせ》に献《たてまつ》るを以《もち》てなり。○丁亥《二十三日》、従五位上[七]紀《き》朝臣作良《つくら》を[八]造斎宮 長官《ざうさいぐうちやうぐわん》とす。○癸巳《二十九日》、宮《くう》内卿《ないきやう》従四位上[九]石川《いしかは》朝臣垣守《かきもり》を兼武蔵《むざし》守とす。

桓武の外曾祖父母を追尊し贈位・贈官・賜姓

光仁・桓武の諱を避けさせる

五月乙未の朔、左京《さきやう》の人《ひと》従六位下[一〇]丑山甘次猪養《うしやまのかむしのゐかひ》に姓を[一一]湯原《ゆはら》造と賜《たま》ふ。○丁酉《三日》、[一二]詔《みことのり》して曰《のたま》はく、「[一三]春秋《しゆんしう》の義《ぎ》、[一四]祖《おや》は子《こ》あるを以《もち》て貴《たふと》しとす。此《こ》れ則《すなは》ち典経《てんけい》の垂範《すいはん》、古今《こきむ》の不易《ふえき》なり。朕《われ》、四海《しかい》に君《きみ》とし臨《のぞ》むこと、茲《ここ》に[一五]五載なり。[一六]追尊《ついそん》の典《てん》、或《ある》は猶未《なほいま》だ崇《あが》めず。興言《ここ》に此《これ》を念《おも》ひて深《ふか》く懼《おそ》る。朕《わ》が外曾《ぐわいそう》祖《そ》贈《ぞう》従一位[一七]紀朝臣《きのあそみ》に正一位太政大臣《だいじやうだいじん》を追贈《ついぞう》すべし。また、曾祖妣《そうそひ》[一八]道氏《みちのうち》を尊《たふと》みて太皇大夫人《たいくわうだいぶにん》と曰《まう》さむ。仍《より》て[一九]公《きみ》の姓を改《あらた》めて朝臣《あそみ》とせむ。また、[二〇]臣子《しんし》の礼《れい》は、必《かなら》ず君《きみ》の諱《いみな》を避《さ》く。比者《このころ》、[二一]先帝《せんてい》の御名《みな》と[二二]朕《わ》が諱《いみな》とを、公私《くうし》に触《ふ》れ犯《をか》せり。猶《なほ》聞《き》くに忍《しの》びず。今《いま》より以後《のち》、並《ならび》に改《あらた》め避《さ》くべし」とのたまふ。是《ここ》に、姓[二三]白髪部《しらかみべ》を改《あらた》めて真髪部《まかみべ》とす。[二四]山部《やまべ》は山《やま》とす。○戊戌《四日》、右京《うきやう》の人《ひと》従

とが見え、それに備えて斎宮造営にあたったもの。
九 →四補25-五三。宮内卿任官記事が本年七月己亥条にあり、ここで「宮内卿」とあるのは不審。→補38-四七。武蔵守の前任者は本年二月丁未条で致仕した高倉福信。
一〇 他に見えず。丑山甘次氏は未詳。
一一 ウヂ名の由来は未詳。
一二 桓武の外曾祖父・外曾祖母への贈位・贈官・賜姓と、光仁・桓武の諱を避けさせることを命ずる詔。
一三 孔子が魯国の記録を筆削したという経書。注釈書の春秋左氏伝は学令5で大学の教授書とする。
一四 →補38-四二。
一五 延暦四年(七八五)は桓武が即位した天応元年(七八一)から数えて五年となる。なお延暦九年十二月壬辰朔にも、桓武即位一〇年にあたり外祖父母に追尊が行われている。
一六 子の身分に応じて亡父・亡祖の身分を後から尊ぶ。
一七 紀諸人。→一一一一頁注二。光仁の母紀橡姫(四三〇九頁注七)の父。すでに光仁朝の宝亀十年十月己酉に「外祖父従五位上紀朝臣諸人」に従一位が贈られた。
一八 道公。名は未詳。光仁の母紀橡姫の母、すなわち紀諸人の室。なお女の紀橡姫はすでに光仁朝の宝亀二年十二月に皇太后と追尊されている。道公(君)→一補1-一三五。
一九 道公から道朝臣へと改賜姓した。
二〇 臣たり子たる者が従うべき規範。
二一 即位前の光仁の名、白壁王。
二二 即位前の桓武の名、山部親王(山部王)。
二三 →補38-四三。
二四 →補38-四四。

五位下昆解宿禰沙弥麻呂等、改二本姓一賜二鴈[1]高宿禰一。○癸丑、先レ是、皇后宮赤雀見。是日、詔曰、朕、君二臨紫極一、子二育蒼生一。政[2]未[3]レ洽二於南薫[4]一、化[5]猶闕二於東戸一。粤[6]、得二参議従三位行左大弁兼皇后宮大夫大和守佐伯宿禰今毛人等奏一云、去四月晦日、有二赤雀一隻一、集二于皇后宮一。或翔[7]止二庁上一、或跳二梁庭中一。皃[8]甚[9]閑逸、色亦[10]奇異。晨夕栖息、旬日不レ去者[11]。仍下二所司一、令レ検二図諜[12]一、孫氏瑞応図曰、赤雀者、瑞鳥也。王者奉レ己倹約、動作応二天時一則見。是知、朕之庸虚、豈致二此貺一。良由二宗社積徳、餘慶所レ覃[13]。既叶二旧典之上瑞一、式表二新邑[14]之嘉祥一。奉二天休一而倍惕、荷二霊貺一以逾兢。思下敦[15]二弘沢一以答中上玄上。宜三天下有位、及内外文武[16]官把[17]レ笏者、賜二爵一級一。但有レ蔭者、各依二本蔭一。四世・五世、及承レ嫡六世已下王年廿以上、並叙二六位一。又五位[18]已上子孫年廿已上、叙二当蔭階一。正六位上者、免二当[19]戸

1 鴈〔兼・谷・東、大〕―鷹(東傍・高)→校補
2 政〔谷重、大、類一六五〕―改(兼・谷原・東・高)
3 未〔大補、類一六五〕―ナシ(兼等)
4 薫(大改、類一六五)―重〔底原〕、熏(底新朱抹傍・兼等)
5 化〔底原・底新朱抹傍〕→校補
6 粤―奥(高)
7 翔→校補
8 皃―貌(類一六五)
9 甚〔谷重、大、類一六五〕―其(兼・谷原・東・高)
10 亦―赤(兼)
11 者〔底原・大補、類一六五〕―ナシ(底新朱抹・兼等)
12 諜―牒(大改)
13 覃(底新朱抹傍)→校補
14 邑〔類一六五改〕―色(兼等、大、類一六五原)
15 敦―敷(類一六五)
16 武〔谷傍補〕―ナシ(谷原)
17 把〔東抹傍〕―地(東原)
18 位〔類一六五改〕―世(類一六五原)
19 当〔大補、類一六五〕―ナシ(兼等)

一 もと昆解沙弥麿。→四補28―六。 二 姓氏録右京諸蕃に、百済国貴首王より出、とある、百済系渡来氏族。貴首王は近仇首王(補40―五〇)。鴈高のウヂ名は「獦高の高円山」(万葉九八二)などとある奈良市東郊鹿野苑町付近の地名によるか。 三 長岡京における皇后藤原乙牟漏の宮。 四 本条下文で瑞鳥としており、天が桓武の善政に答えた祥瑞ととらえられた。治部省式では上瑞。 五 皇后宮に現われた赤雀の祥瑞により、有位者に昇叙を賜う詔。この五月十九日詔を受けて、六月癸酉には皇后宮司への追加増賞があり、同月辛巳にはさらに右大臣以下百官が慶瑞表を奉るといった大規模な儀礼が仕立てられている。祥瑞により桓武の新王権の基盤を強化しようとする意図があったとみられる。 六 皇位。 七 人民。 八 南風の薫。南風は生物を育む風で、天下が治まり民が富むように歌った、虞舜作と言われる古詩。 九 古く東戸の治世には、道に落し物を拾う者はなく、鋤や余分な食糧を畦に置いても盗まれず、人々が分に応じて安定していたという古事に見える名君。准南子、繆称訓に「昔東戸季子之世、道路不レ拾レ遺、耒耜余糧、宿二諸畮首一、使三君子小人各得二其宜一也。故一人有レ慶兆民頼レ之」とある。 一〇 →三補17―七九。ここは皇后宮大夫として、皇后宮に現われた祥瑞を報告した。 一一 皇后宮に現われた赤雀の祥瑞を報告する上奏。儀制令8では、大瑞の時は「随即表奏」とし、上奏の内容について「其表唯顕二瑞物色目及出処所一、不レ得下苟陳二虚飾一、徒事中浮詞上」とする。ただし赤雀は治部省式では上瑞であり、儀制令8では、大瑞の時は「随即表奏」だが、上瑞以下の場合「並申二所司一、元日以聞」としている。 一二 皇后宮にある政庁の屋根の上。

皇后宮に赤雀現われる

五位下[一]昆解《こにげ》宿禰沙弥麻呂《さみまろ》らに、本《もと》の姓を改《あらた》めて[二]鴈高《かりたか》宿禰と賜《たま》ふ。○癸丑《十九日》、是《これ》より先《さき》、[三]皇后宮《くわうごうぐう》に[四]赤雀《あかきすずめ》見《あらは》る。是《こ》の日《ひ》、[五]詔《みことのり》して曰《のたま》はく、「朕《われ》、[六]紫極《しきよく》に君《きみ》とし臨《のぞ》みて、[七]蒼生《さうせい》を子《こ》とし育《はぐく》む。政《まつりごと》未《いま》だ[八]南薫《なむくん》を洽《およぼ》さず、化《おもぶけ》猶《なほ》[九]東戸《とうこ》に闕《か》けり。粤《ここ》に参議《さむぎ》従三位行左《ぎやうさ》大弁《だいべん》兼皇后宮大夫《くわうごうぐうだいぶ》大和守《やまとのかみ》[一〇]佐伯《さへき》宿禰今毛人《いまえみし》らが[一一]奏《そう》を得《う》るに云《い》はく、「去《い》ぬる四月晦日《みそか》、赤雀《あかきすずめ》一隻有りて皇后宮《きさきのみや》に集《ゐ》たり。或《ある》は翔《かけ》りて[一二]庁《ちやう》の上《うへ》に止《とま》り、或《ある》は庭《には》の中《うち》に跳《と》び梁《は》ぬ。皃《かたち》甚《はなは》だ閑逸《かんいつ》にして色亦《いろまた》奇異《きい》なり。晨夕《あさゆふ》栖《す》息みて[一三]旬日《しゆんじつ》去《さ》らず」といへり。仍《より》て[一四]所司《しよし》に下《くだ》して[一五]図諜《づでふ》を検《みかむが》へしむるに、[一六]孫氏《そんし》が瑞応図《ずいおうづ》に曰《い》はく、「赤雀《あかきすずめ》は瑞鳥《ずいてう》なり。王者《わうしや》、己《おのれ》に奉《たてまつ》ること倹約《けむやく》にして、動作《どうさく》、天時《てんじ》に応《かな》ふときに見《あらは》る」といへり。是《ここ》に知《し》りぬ、朕《わ》が[一七]庸虚《ようきよ》、豈《あに》この貺《たまもの》を致《いた》さむや。良《まこと》に[一八]宗社《そうしや》の積徳《せきとく》、餘慶《よけい》の覃《およ》ぶ所《ところ》に由《よ》れり。既《すで》に[一九]旧典《きうてん》の上瑞《じやうずい》に叶《かな》ひて、式《もち》て[二〇]新邑《しんいふ》の嘉祥《かしやう》を表《あらは》せり。[二一]天休《てんきう》を奉《う》けたまはりて倍惕《ますますおそ》れ、[二二]霊貺《れいくゐやう》を荷《にな》ひて逾兢《いよいよおそ》る。[二三]弘沢《こうたく》を敦《あつ》くして以《もち》て[二四]上玄《じやうぐゑん》に

祥瑞により有位者らに一級を賜爵

答《こた》へむと思《おも》ふ。天下《あめのした》の有位《うゐ》と内外《ないぐゑ》の文武《ぶんぶ》の官《くわん》の[二五]笏《しやく》を把《と》る者《ひと》とに[二六]爵《しやく》一級を賜ふべし。但《ただ》し[二七]蔭《おむ》有る者《ひと》は各《おのおの》本蔭《ほんおむ》に依《よ》れ。[二八]四世・五世と、[二九]嫡《ちやく》を承《う》くる六世已下の王《おほきみ》の[三〇]年《とし》廿以上ならむとには、並《ならび》に六位に叙《じよ》せよ。また、[三一]五位已上の子孫《しそん》の年《とし》廿已上ならむには、[三二]当蔭《たうおむ》の階《かい》に叙《じよ》せよ。[三三]正六位上の者《ひと》には、当戸《そのへ》

一三 一〇日間。一四 治部省。↓㊂一三五頁注二〇。一五 ↓㊂一三五頁注二一。儀制令8では、祥瑞が出現した際にまず「図書」により祥瑞か否か、また祥瑞の程度を判断することとされている。治部省が祥瑞を勘検する図諜↓補38-四五。一六 ↓補38-四六。一七 平凡で才能のないこと。宝亀元年五月壬申条にも「良由二宗社積徳、余慶所一レ覃。豈朕庸虚、敢当二茲応一」とある。一八 宗廟と社稷。↓㊃二八三頁注一八。一九 孫氏瑞応図をさす。二〇 新しい都邑。ここは長岡京のこと。二一 天からの賞賛。二二 めでたい(不可思議な)賜り物。祥瑞。二三 弘大なめぐみ。二四 天のこと。二五 笏をもつことが認められた官人のこと。把握笏制↓㊁補8-一二三。二六 位階一級。二七 蔭位(㊀補2-八一)を受ける資格のある者はその規定の蔭位に叙する。二八 皇親の四世王・五世王。継嗣令1では「自二親王一五世、雖レ得二王名一、不レ在二皇親之限一」とするが、慶雲三年二月庚寅制で五世王も皇親となり、さらに嫡を受ける六世以降の王も王とされた(㊀補3-七〇)。また、選叙令35の皇親への蔭位規定の中に、五世王への蔭位(従五位下。子は一階降す)も示している。二九 嫡系を受け継いだ六世以降の王。なお延暦二年九月丙子条に、六世以降の非嫡系者の処遇が問題化した事件が近江国で起こっていた。三〇 選叙令34に「凡授レ位者、皆限二年廿五以上一。唯以レ蔭出身、皆限二年廿一以上一」とあるが、ここでは一年早く年二十以上に蔭位を認めている。天平神護二年十月癸卯条にも「五位已上子孫年廿已上者」に蔭位を認めた例がある。三一 五位以上の嫡子・庶子、三位以上の孫への蔭位について、選叙令38に規定がある。三二 選叙令38に定める蔭子孫への蔭位に関す

今年租[1]一。其山背国者、皇都初建、既為二輦下一。慶賞所レ被、合レ殊二常倫一。今年田租、特[2]宜二全[3]免[4]一。又長岡村百姓、家入二大宮処一者、一同二京戸之例一。○甲寅、従五位上浄原王為二右大舎人頭一。従四位上藤原朝臣雄依為二大蔵卿一。従四位上大中臣朝臣子老為二宮内卿一。神祇伯如レ故。正四位下神王為二弾正尹[5]一。従五位上海上真人三狩為二大宰少弐一。従五位下百済王英孫為二陸奥鎮守権[6]副将軍一。○戊[7]午、勅曰、貢二進調庸一、具着二法式[8]一。而遠江国所レ進調庸、濫穢不レ堪二官用一。凡頃[9]年之間[10]、諸国貢物、麁悪多不レ中レ用。准[11]二量其状一、依レ法可レ坐。自レ今以後、有二如レ此類一、専当国司、解二却見任一、永不二任用一。自餘官司、節級科レ罪。其郡司者、加二決罰一、以解二見任一、兼断二譜第[12]一。○己未、勅曰、出家之人、本[13]事二行道一。今見二衆僧一、多乖二法旨一。或[14]私定二檀越一、出二入閭巷一。或誣[15]二称仏験一、註[16]二誤愚民一。非下唯比丘之不上慎二教律一、抑是所司之不レ勤二捉搦一也。不レ加二厳禁一、何整[17]二緇徒一。

1 租ノ下、ナシ（底抹）―年租〔底原〕
2 特〔谷重、大、類一六五〕―持（兼・谷原・東・高）
3 全〔東傍・高傍、大改、類一六五〕―令（底新傍朱イ・兼等、類一六五一本）
4 免〔谷擦重〕
5 尹（底新朱抹傍）―君〔底原〕
6 権→校補
7 戊〔底原・底新重〕→校補
8 式→校補
9 頃→校補
10 間〔谷重、大〕―門（兼・谷原・東・高）
11 准―唯〔底〕
12 第〔谷重、大〕―弟（兼・谷原・東・高）
13 本〔兼等、大〕―奉（底新傍朱イ・兼傍・東傍・高傍）
14 或〔底原・底新朱抹傍〕→校補
15 誣〔底原・底新朱抹傍〕→校補
16 註〔谷擦重、大〕―註（兼・谷原・東・高）
17 整→校補

る規定通りの位階。

三三 正六位上の者は位階一級を上げると従五位下の貴族身分に入ってしまうので、当該戸の今年の租を免除することに振替えた。

一 長岡宮の創建。前年延暦三年に山背国内に長岡京遷都を行ったことをさす。「輦下」は、天子のおひざもと。京師。

二 →二九七頁注一九。山背国乙訓郡長岡村が長岡京の新都の地。

三 長岡京域か。長岡京内の民戸を京戸として扱うこととした。

四 清原王とも。→四補27-四七。右大舎人頭の前任者は藤原真葛（延暦三年四月丁未条）。

五 →四補28-五。大蔵卿の前任者は本条で弾正尹に遷任した神王（延暦三年四月壬寅条）。

六 もと中臣朝臣。→四一五一頁注四〇。神祇伯任官は宝亀八年正月。前の兼官は右京大夫（延暦元年九月戊子条）。宮内卿の前任者は石川垣守か（延暦四年四月癸巳条）。大中臣朝臣子老の宮内卿任官→補38-四七。

七 →四一五一頁注三七。前官は大蔵卿（延暦三年四月壬寅条）。弾正尹の前任者は本年二月丁未に致仕した高倉福信。

八 もと三狩王。→三一一一頁注五五。前官は右中弁（延暦三年六月己酉条）。

九 →二〇九頁注一七。鎮守権副将軍の前任者は安倍猨嶋墨縄（延暦元年六月戊辰条）。

一〇 諸国の貢進物の麁悪を責め、国司・郡司らへの処罰を定めた勅。貢進物の麁悪対策がこ

の今年《ことし》の租《そ》を免《ゆる》せ。その山背《やましろ》国は、[一]皇都《くわうと》初《はじ》めて建《た》てて既《すで》に輦下《れんか》と為《あ》り。慶《けい》

山背国の田租を全免

賞《しやう》に被《かがふ》らしむること、常倫《じやうりん》に殊《こと》なるべし。今年《ことし》の田租《でんそ》、特《こと》に全免《ぜんめん》すべし。また、[二]長岡《ながをか》村の百姓《はくせい》の、[三]家大宮処《いへおほみやところ》に入《い》れる者《ひと》は、一《もは》ら京戸《きやうこ》の例《ためし》に同《おな》じくせよ」とのたまふ。

任官

○甲寅[二十日]、従五位上[四]浄原王《きよみはらのおほきみ》を右大舎人頭《みぎのおほとねりのかみ》とす。従四位上[五]藤原《ふぢはら》朝臣雄依《をより》を大蔵卿《おほくらのきやう》。従四位上[六]大中臣《おほなかとみ》朝臣子老《こおゆ》を宮内卿《くうないきやう》。神祇伯《じんぎはく》は故《もと》の如《ごと》し。正四位下[七]神王《みわ》を弾正尹《だんじやうのゐん》。従五位上[八]海上《うなかみ》真人三狩《みかり》を大宰少弐《だいさいのせうに》。従五位下[九]百済王英孫《くだらのこにきしえいそん》を陸奥鎮守権副将軍《みちのおくのちんしゆごんのふくしやうぐん》。

貢進物麁悪の国司・郡司らへの処罰を定める

○戊午[二十四日]、[一〇]勅《みことのり》して曰《のたま》はく、「調庸《でうよう》を貢進《こうしん》すること、具《つぶさ》に[一一]法式《はふしき》に着《しる》せり。而《しか》るに[一二]遠江《とほつあふみ》国より進《たてまつ》れる調《でう》庸《よう》、濫穢《らむわい》にして官用《くわんよう》に堪《た》へず。凡《おほよ》そ頃年之間《このころ》、諸国《くにぐに》の貢物《みつきもの》、麁悪《そあく》にして多《おほ》くは用《よう》に中《あた》らず。その状《さま》を准量《しゆんりやう》して法《はふ》に依《よ》りて[一三]坐《つみ》すべし。今《いま》より以後《のち》、此《かく》の如《ごと》き類《たぐひ》有らば、[一四]専当《せんたう》の国司《こくし》は見任《げんにむ》を解却《げきやく》して永《なが》く任用《にむよう》せざれ。[一五]自餘《そのほか》の官《くわん》司《し》は節級《せちきふ》して罪《つみ》に科《おほ》せ。その[一六]郡司《ぐんじ》は決罰《くゑちばつ》を加《くは》へて、見任《げんにむ》を解《と》き、兼《か》ねて譜《ふ》第《だい》を断《た》て」とのたまふ。

教律に従わない僧侶の処罰を命ずる

○己未[二十五日]、[一七]勅《みことのり》して曰《のたま》はく、「出家《しゆつけ》の人《ひと》は[一八]本行道《もとぎやうだう》を事《わざ》とす。今衆僧《いまほふしたち》を見《み》るに、多《おほ》くは[一九]法旨《はふし》に乖《そむ》く。或《ある》は私《わたくし》に[二〇]檀越《だんをち》を定《さだ》めて[二一]閭巷《りよかう》に出入《しゆつにふ》し、或《ある》は仏験《ぶつげむ》を誣称《ふしよう》して愚民《ぐみん》を詿誤《くわいご》す。唯《ただ》[二二]比丘《びく》の教律《けうりち》を慎《つつし》まぬのみに非《あら》ず、抑《そもそも》是《こ》れ[二三]所司《しよし》の捉搦《さくだく》を勤《つと》めざればなり。厳禁《げむきむ》を加《くは》へずは、何《なに》ぞ[二四]緇徒《しと》

こで初めて取り上げられた。

一一 賦役令など。貢進物麁悪については賦役令35に「但令レ無二損壊穢悪一而已」と見える。

一二 遠江国の調庸の負担物としては、主計寮式上によれば、調に綾・絹・帛・貲布・布、庸に韓櫃・糸、中男作物に木綿・胡麻油・与理等腊などの品目が見える。賦役令3により調庸物は八月中旬起輸で、納入期限は中国の遠江国の場合十一月三十日であり、ここは前年の調庸物をさす。

一三 たとえば賦役令35への違令罪となる。

一四 それぞれの貢進物のことをもっぱら担当した国司。延暦四年五月段階の遠江国司としては、守藤原黒麻呂(延暦三年三月乙酉条)・介巨勢総成(延暦二年四月壬申条)などが推定される。

一五 専当国司以外の同任の国司。あるいは収納した中央官司の官人も含むか。

一六 郡司に対しては、決罰・見任解却のみでなく、伝統的に郡司に任じられてきた譜第まで断絶するという厳しい処分。

一七 僧侶の教律に従わない者の処罰を命ずる勅。三代格にほぼ同文の同日付太政官符がある。

一八 禅行・修道。

一九 僧尼令などの規定。ここでは例えば僧尼令18で僧尼が私財を蓄えたり商売することを禁じていることなどをさすか。

二〇 仏家に財物を施与する信者をいう語。梵語 dānapati の漢訳。

二一 民間。

二二 仏法の戒律を守り、弘通する人。僧侶のこと。梵語 bhikṣu の音訳。

二三 玄蕃寮・治部省、ないし国司など。

二四 僧侶。「緇」は黒。僧衣の黒をさす。

自レ今以後、如有二此類一、擯二出外国一、安二[1]置定額寺一。○庚申、遣二使五畿内一祈レ雨焉。○辛酉、地震。周防国飢疫。賑二給之一。○壬戌、授二正六位上百済王元基従五位下一。○六月乙丑、出羽・丹波、年穀不レ登、百姓飢饉。並賑二給之一。○癸酉、勅曰、去五月十九日、[2]縁三皇后宮有二赤雀之瑞一、普賜二天下有位爵一級一。但宮司者、是祥瑞出[3]処也。[4]当下加二[5]裒賞一、以答中霊貺上。宜下宮司主典已上、不レ論二六位・五位一、進中爵一級上。」右衛士[6]督従三位兼下総守坂上大忌寸[7]苅田麿等上レ表言、臣等、本是、後漢霊帝之曾孫阿智王之後[8]也。漢祚遷レ魏、阿智王、因二神牛教一、出行二帯方一、忽得二宝帯瑞一。其像似二宮城一。[9]爰建二国[10]邑一、育二其人庶一。後召二父兄一告曰、吾聞、東国有二聖主一。何不二帰従一乎。若久居二此処一、恐取二覆滅一。即携二[11]母[12]弟[13]廷[14]興徳、及[15]七姓[16]民一、帰レ化来朝。是則、誉田天皇治二天下[17]一之

1 置ノ下↓脚注
2 縁―緑〔底〕
3 処＝處〔大改、類一六五、紀略〕―家（兼等）
4 当〔紀略補〕―ナシ（紀略原）
5 裒〔紀略〕―褒（兼・谷、大、類一六五）↓校補
6 督ノ下、ナシ〔底原、大〕―皆（底新傍補・兼等）↓校補
7 苅↓校補
8 也〔東・高、大補〕―ナシ（兼・谷）
9 爰〔大改〕―受（兼等）
10 邑〔谷擦重、大〕―色（兼・谷原・東・高）
11 母〔東傍・高傍、大改〕―女（底新傍朱イ・兼等）
12 弟（底新朱抹傍）―第〔底原〕
13 廷〔底原、大改〕―迁（底新朱抹傍・兼等）↓校補
14 興（底新傍補）―ナシ〔底原〕
15 七（底新傍朱イ）―士〔底〕
16 民〔大改〕―氏（底新傍朱イ・兼等）
17 下―ナシ（東）

一 しりぞける。僧尼令25では、百日苦使の罪を三度犯した僧尼は外国（畿外）の寺に配して、畿内の寺に配入することが禁じられている。↓[三]二七七頁注一四。
二 ↓[三]八九頁注一八。
三 延暦四年五月廿五日付太政官符（三代格）には「安置」の下に「有供養」がある。
四 畿内に旱があったことによる。
五 他に見えず。百済王↓[一]三一頁注一七。
六 上文五月庚申条の畿内の祈雨とかかわるか。
七 皇后宮に現われた赤雀の祥瑞を受けて、出現場所の皇后宮司に褒賞を賜うとする勅。
八 ↓五月癸丑条。
九 皇后藤原乙牟漏のための皇后宮司。
一〇 めでたい（不可思議な）賜わり物。祥瑞。
一一 下文辛巳（十八日）条で、「宮司主典已上」にあたる皇后宮の大夫・亮・大進・少進・大属・少属に位一級ずつの昇叙が行われたのは、本条を受けた結果であろう。
一二 正六位上の官人の場合、位一級を上げると従五位下の貴族身分に入ることになるが、それを問題にしないということ。下文辛巳（十八日）条では、正六位上の皇后宮大属・少属が外従五位下に昇叙されている。
一三 もと坂上忌寸。↓[三]二〇五頁注一三。
一四 坂上忌寸などの一族のカバネを宿禰に改賜姓することを願う上表。
一五 後漢十二代皇帝の霊帝。在位一六八年―一八九年。
一六 阿智使主とも。↓[四]補32―一八。宝亀三年

を整《ととの》へむ。今《いま》より以後《のち》、如《も》しこの類《たぐひ》のこと有らば、外国《ぐゐこく》に擯出《ひんしゆつ》し[一]、定額《ぢやうぎやく》[二]の寺《てら》に安置《お》[三]け」とのたまふ。○庚申《二十六日》、使《つかひ》[四]を五畿内《ごきない》に遣《つかは》して雨《あめ》を祈《こ》はしむ。○辛酉《二十七日》、地震《なゐ》ふる。周防国《すはうのくに》飢《う》ゑ疫《えやみ》す。これに賑給《しんごふ》す。○壬戌《二十八日》、正六位上百済《くだらの》[五]王元基《こにきしぐゑんき》に従五位下を授《さづ》く。

六月乙丑《甲子朔 二日》、出羽《いでは》・丹波《たには》、年穀登《ねんとくみの》[六]らず、百姓《はくせい》飢饉《う》ゑぬ。並《ならび》にこれに賑給《しんごふ》す。○癸酉《十日》、勅《みことのり》[七]して曰《のたま》はく、「去《い》ぬる五月十九日[八]、皇后宮《くわうごうぐう》に赤雀《あかきすずめ》の瑞《しるし》有るに縁《よ》りて、普《あまね》く天下《あめのした》の有位《うゐ》に爵《しやく》一級を賜《たま》へり。但《ただ》し宮司《みやのつかさ》[九]は是《こ》れ祥瑞《しやうずい》の出《い》づる処《ところ》なり。褒賞《ほうしやう》を加《くは》へて以《もち》て霊貺《れいくゐやう》[一〇]に答《こた》ふべし。宮司《みやのつかさ》[一一]の主典《さうくわん》已上に、六位[一二]・五位を論《あげつら》はず爵《しやく》一級を進《あ》ぐべし」とのたまふ。

坂上苅田麻呂らの上表により一族十一氏に宿禰賜姓

右衛士督《うゑじのかみ》従三位兼下総守《しもつふさのかみ》坂上大忌寸《さかのうへ》[一三]苅田麿《かりたまろ》ら表《へう》[一四]を上《たてまつ》りて言《まう》さく、「臣《しん》らは、本《もとこ》是れ後漢霊帝《ごかんれいてい》[一五]の曾孫《そうそん》阿智王《あちわう》[一六]の後《すゑ》なり。漢《かん》[一七]の祚《そ》、魏《ぎ》に遷《うつ》れるとき、阿智王《あちわう》、神牛《くすしきうし》[一八]の教《をしへ》に因《よ》りて、出《い》でて帯方《たいはう》[一九]に行《ゆ》きて忽《たちま》ち宝帯《ほうたい》[二〇]の瑞《しるし》を得《え》たり。その像《かたち》宮城《みやしろ》に似《に》たり。爰《ここ》に国《こく》邑《いふ》を建《た》ててその人庶《ひとびと》を育《やしな》ふ。後《のち》、父兄《ちちこのかみ》を召《め》して告《つ》げて曰《い》はく、『吾《われ》聞《き》かくは、東国《ひむかしのくに》[二一]に聖主《せいしゆ》有り』ときく。何《なに》ぞ帰従《ゆきしたが》はざらむ。若《も》し久《ひさ》しく此《こ》の処《ところ》に居《す》まば、恐《おそ》るらくは覆滅《ふくめつ》せられむ」といへり。即《すなは》ち母弟《ぼてい》[二二]廷興徳《ていこうとく》[二三]と七姓[二四]の民《たみ》とを携《つ》れて、化《おもぶけ》に帰《したが》ひて来朝《みかどまゐり》せり。是《こ》れ則《すなは》ち誉田天皇《ほむたのすめらみこと》[二五]の天下《あめのした》治《しら》めしし

四月庚午条の、坂上苅田麻呂が檜前忌寸を大和国高市郡司とすることを求めた上言にも、「先祖阿智使主」が応神朝に多数の「人夫」を率いて渡来したと記す。坂上系図では阿智王は前漢高祖の曾孫とする。

一七 「祚」は天子の位。王朝が後漢から魏にかわる時。二二〇年。

一八 神意を受けた牛の教えに従って帯方郡をめざした。

一九 帯方郡。三世紀初頭、後漢末の内乱期に遼東の公孫氏が楽浪郡を支配し、その南に設けた朝鮮半島の郡。現在の黄海道と京畿道北部。のち魏・晋に引き継がれて朝鮮半島周辺諸族の支配に当たり、魏の時に耶馬台国の卑弥呼が朝貢した。三一三年に楽浪郡が高句麗に滅ぼされ、帯方郡も韓・濊(わい)族らにより滅ぼされた。

二〇 帯(ベルト)にかかわる何らかの祥瑞を得て、帯方郡の地に居住、建国した、の意。

二一 日本のこと。

二二 同母弟。

二三 坂上系図所引姓氏録逸文に「避二本国乱一、率二母並妻子、母弟迂興徳、七姓漢人等一帰化」と見える。「廷」は「迂」か。なお伴信友は、姓氏録右京諸蕃の坂上大宿禰条の「出レ自二後漢霊帝男延王一也」によって、「廷」は「延」の誤かとする(伴信友校本)。

二四 阿智王と共に来日した「七姓民」→補38－四八。

二五 応神天皇。応神紀二十年九月条に「倭漢直祖阿知使主、其子都加使主、並率二己之党類十七県一、而来帰焉」とあり、宝亀三年四月庚午条の坂上苅田麻呂の上言中にも「先祖阿智使主、軽豊嶋明宮馭宇天皇(応神)御世、率二十七県人夫一帰化」と見える。

御世也。於レ是、阿智王奏請曰、臣旧居在二於帯方一。人民男女、皆有二才藝一。近者、寓二於百済・高麗[1]之間一。心懐二猶豫一、未レ知二去就一。伏願、天恩、遣レ使追召之。乃勅[2]、遣二臣八腹氏一、分頭発遣。其人[3]男女、挙レ落随レ使尽来、永為二公民一。積レ年累レ代、以至二于今一。今[4]在二諸国一漢人、亦是其後也。臣苅[5]田麻呂等、失二先祖之王族一、蒙二下人之卑姓一。望請、改二忌寸一、蒙レ賜二宿禰姓一。伏願、天恩矜[6]察、儻垂[7]二聖聴一、所謂寒灰更煖、枯樹復栄也。臣苅[8]田麻呂等、不レ勝二至望之誠一、輒[9]奉レ表以聞。詔許レ之。坂上・内蔵・平田・大蔵・文・調・文[10]部・谷・民・佐太・山口等忌寸十[11]姓一[12]十六人賜二姓宿禰一。〇辛巳、右大臣従二位兼中衛大将臣藤原朝臣是公等、率[13]二百官一上二慶瑞[14]表一。其詞曰、伏奉二去五月十九日勅一、比者、赤雀戻[15]二止椒庭一。既叶二旧典之上瑞一、式[16]表二新邑[17]之嘉祥一。思、与[18]二天下一喜[19]二此霊貺一者。臣等生

1 高〔底重〕
2 勅→校補
3 人ノ下、ナシ―民（大補）
4 今〔底〕―々
5 苅→校補
6 矜→校補
7 垂〔底擦重〕―乗〔底原〕
8 苅→校補
9 輒―諏〔底〕
10 文〈意改〉（大改）―丈〔兼等〕
11 十ノ下、ナシ〔兼・谷原・東・高〕―一（谷傍補、大補）→脚注・校補
12 一〔東傍補・高〕―ナシ（兼・谷・東原、大）→校補
13 率〔大改、類一六五〕―卒（兼等）
14 瑞〔谷重〕
15 戻〔底重・東傍・高傍、大改〕―慶（兼等）、處（類一六五）
16 式→校補
17 邑―色（大）
18 与＝與〔谷重〕
19 喜〔兼・谷、大〕―嘉（類一六五）、ナシ（東・高）

御世《みよ》なり。是《ここ》に阿智王《あちわう》奏《そう》して請《こ》ひて曰《い》はく、「臣《しん》が旧居《きうきよ》は帯方《たいはう》に在《あ》り。人民《じんみん》の男女《だむぢよ》皆《みな》才藝《さいげい》有り。近者《ちかごろ》、[一]百済《くだら》・高麗《こま》の間《あたり》に寓《す》めり。心《こころ》に猶豫《ためらひ》を懐《いだ》きて未《いま》だ去就《きよしう》を知《し》らず。伏《ふ》して願《ねが》はくは、天恩《てんおん》、使《つかひ》を遣《つかは》して追召《め》さしめたまへ」といへり。乃《すなは》ち勅《みことのり》して、[二]臣《しん》八腹氏《やはらし》を遣《つかは》して、分頭《ぶんとう》して発遣《はつけん》せしむ。その人《ひとびと》の男女《だむぢよ》、[三]落《むら》を挙《こぞ》りて使《つかひ》に随《したが》ひて尽《ことごと》く来《きた》りて、永《なが》く公民《こうみん》と為《あ》り。年《とし》を積《つ》み代《よ》を累《かさ》ねて今《いま》に至《いた》れり。今諸国《いまくにぐに》に在《あ》る[四]漢人《あやひと》も亦《また》是《こ》れその後《すゑ》なり。臣《しん》苅田麻呂《かりたまろ》ら、[五]先祖《せんそ》の王族《わうぞく》を失《うしな》ひて、下人《げにん》の卑姓《ひせい》を蒙《かがふ》れり。望《のぞ》み請《こ》はくは、忌寸《いみき》を改《あらた》めて宿禰《すくね》の姓を蒙《かがふ》り賜《たま》はらむことを。伏《ふ》して願《ねが》はくは、天恩《てんおん》矜察《きむさつ》して、儻《も》し聖聴《せいちやう》を垂《た》れたまはば、所謂《いはゆる》[六]寒灰《かんくわい》更《また》煖《あたたか》になり、枯樹《こじゆ》復《ふたたび》栄《しげ》るならむ。臣《しん》苅田麻呂《かりたまろ》ら、至望《しばう》の誠《せい》に勝《た》へず、輙《すなは》ち表《へう》を奉《たてまつ》りて聞《もん》す」とまうす。詔《みことのり》して、これを許《ゆる》したまふ。[七]坂上《さかのうへ》・[八]内蔵《くら》・[九]平田《ひらた》・[一〇]大蔵《おほくら》・[一一]文《ふみ》・[一二]調《つき》・[一三]文部《ふみべ》・[一四]谷《たに》・[一五]民《たみ》・[一六]佐太《さだ》・[一七]山口《やまぐち》等の忌寸《いみき》[一八]十姓一十六人に姓宿禰《すくね》を賜《たま》ふ。

百官、慶瑞の表を上る

〇辛巳（十八日）、右大《うだい》臣《じん》従二位兼中衛大将《ちうゑのだいしやう》臣《しん》藤原《ふぢはら》朝臣是公《これきみ》ら、百官《ひやくくわん》を率《ひき》ゐて[一九]慶瑞《けいずい》の表《へう》を上《たてまつ》る。その詞《ことば》に曰《まう》さく、「伏《ふ》して去《い》ぬる[二〇]五月十九日の勅《みことのり》を奉《う》けたまはるに、「比者《このころ》、[二一]赤雀《あかきすずめ》椒庭《せうてい》に戻《いた》り止《とま》る。既《すで》に[二二]旧典《きうてん》の上瑞《じやうずい》に叶《かな》ひて、式《もち》て新邑《しんいふ》の嘉《か》祥《しやう》を表《あらは》せり。思《おも》ふに天下《あめのした》とこの霊貺《れいくゐやう》を喜《よろこ》びむ」とのたまへり。臣《しん》ら生《うま》れ

一　百済と高句麗の中間地帯。
二　「八」は多数、「腹」は支族のことで、（臣である）多くの氏族、の意。同じ表記が、推古紀二十年二月条に「大臣（蘇我馬子）引ニ率八腹臣等一」と見え、また三代実録貞観三年九月廿六日条にも「文雄（味酒首文雄）一祖之裔、八腹之支別」などと見える。
三　集落こぞって勅使に伴われて渡来した。
四　中国からの渡来系の人々。阿知使主の後裔氏族→四補32―一九。
五　先祖は王族であったのに、今は下人の卑しい姓にとどまっている。
六　一度冷めた灰が再び燃え、枯れ木がまた繁る。鮑照「贈ニ故人一」詩に「寒灰滅更燃」、李白「江夏贈ニ韋南陵冰一」詩に「寒灰重暖生ニ陽春一」とあり、遊仙窟に「白骨再実、枯樹重栄」などと見える。
七―一七　「十姓」は谷森本に「十一姓」と補っており、十一氏列挙することからもそれによるべきか。延暦四年六月癸酉条の坂上忌寸ら十一氏への宿禰賜姓→補38―四九。
一八　もと黒麻呂。→三補23―五。この時左大臣はおらず、是公が太政官の首座。
一九　祥瑞の出現を喜ぶ上表文。長岡宮朝堂に百官が集って桓武天皇に呈上されたもの。祥瑞により、上文五月癸丑詔で官人位階の一級昇叙を賜わったことも受けている。
二〇　→五月癸丑条。
二一　赤雀が皇后宮にとどまって去らなかったことをさす。「椒庭」は皇后の宮殿（もと中国で温暖をはかり悪気を除くため山椒を壁に塗り込んだことによる）。
二二　古典が赤雀を上瑞とする。上文五月癸丑条に「孫氏瑞応図曰、赤雀者、瑞鳥也」「叶ニ旧典之上瑞一」などと見える。

逢二明時[1]一、頻沐二天[2]渙[3]一。欣悦之情、実倍二恒品一。臣聞、徳動二天地一、無二遠[4]不一レ臻、至誠有レ感、在レ幽必達。伏惟、[5]皇帝陛下、道格二乾坤[6]一、沢沾[7]二動植一、政化以洽[8]、品物咸亨[9]。[10]皇后殿下、徳超二娥英一、功軼[11]二姙[12]姒一。母儀方闡[13]、厚[14]載既隆。故、能両[15]儀合レ徳、百霊効[16]レ祉[17]。白鷴産二帝畿一以馴レ化、赤雀翔[18]二皇宮一而表レ禎。稽二験図諜[19]一、僉曰、休[20]徴。斯実曠古殊貺、当今嘉祥。率[21]土[22]抃[23]儛[24]、莫レ不二幸甚一。臣是公等、不レ勝二踴躍之至一、謹詣二朝堂一、奉レ表以聞。詔報曰、乾坤表レ貺、休瑞荐彰。白鷴構[25]二巣於前春一、赤雀来二儀於後夏一。寔惟宗社攸レ祉、群卿所レ諧。朕之庸虚、何応二於此[26]一。但当下与二卿等一、勉二理政化一、上答中天休上。省[27]レ所二来賀一、祗懼兼懐。」是日、授二皇后宮[28]大夫従三位佐伯宿禰今毛人正三位、亮[29]従五位上笠朝臣名[30]末呂正五位下、大進従五位下藤原朝臣真作・少進従五位下安倍朝臣広津麿並従五位上、

1時〔兼・谷、大、類一六五〕―晴（東・高）　2天→校補　3渙〔底原・底新朱抹傍〕→校補　4遠（底新朱抹傍）―表〔底原〕　5皇帝→校補　6坤〔谷擦重〕―押（谷原）　7沾―沽〔底〕　8洽（底新朱抹傍）―給〔底原〕　9亨（大、類一六五）―亭〔底原〕、亨（底新朱抹傍・兼等）　10皇ノ上、ナシ〔底原一字空・底新朱抹・兼等、類一六五〕―亭（底新補）→校補　11軼（兼等、大、類一六五）―軽〔底原〕、軮（底新朱抹傍）　12姙→校補　13闡（底重・底新朱抹傍・兼等、大、類一六五）―聞〔底原〕→校補　14厚（底新朱抹傍）―原〔底原〕　15両（底新朱抹傍）―雨〔底原〕　16効〔兼朱抹傍〕→校補　17祉（底新朱抹傍）―社〔底原〕　18翔→校補　19諜―牒（大改）　20休（底擦重）―徵〔底原〕　21率（大、類一六五〕―卒（兼等）　22土〔底原・底新朱抹傍・兼・谷・東、大、類一六五〕―士（高）→校補　23抃―柈〔底〕　24儛〔類一六五〕―舞（兼等、大）　25構〔底〕―搆　26此（底傍補）―ナシ〔底原〕　27省（底擦重）―雀〔底原〕→校補　28宮〔大補、類一六五、紀略〕―ナシ（兼等）　29亮〔底原・底重〕→校補　30名（底擦重）―各〔底原〕

一 普通のもの。
二 書経、大禹謨に「惟徳動レ天、無二遠弗一レ届」と見える。
三 隠れひそんでいても、しるしが必ず現われ及んでくる。
四 桓武。
五 易経、坤卦、彖伝に「至哉乾元、…品物咸亨」と見える。
六 藤原乙牟漏。→補37―一九。
七 「娥英」は中国古代の聖帝舜の妃である娥皇と女英の二人で、藤原乙牟漏の徳はそれをしのぐとする表現。
八 「姙姒」は大姙と大姒の二人。大姙は周の王季の妃で文王の母、大姒はその文王の妃で武王の母。ここでは桓武の后としての功とともに、皇太子安殿親王の生母としての功が称えられている。
九 母としての儀容。
一〇 「厚載」は大地が厚く物を載せる様で、皇后の大きな徳を称える表現。易経、坤卦に「坤厚載レ物、徳合二無疆一」、後漢書皇后紀賛に

て明《あきら》けき時《とき》に逢《あ》ひて、頻《しきり》に天渙《てんくわん》に沐《もく》す。欣悦《きむえつ》の情《じやう》、実《まこと》に[一]恒品《こうひむ》に倍《ばい》せり。臣《しん》聞《き》かくは、「[二]徳天地《とくあめつち》を動《うごか》すときは、遠《とほ》くとも臻《いた》らずといふこと無く、至誠感《しせいかむ》すること有るときは、[三]幽《いう》に在《あ》るも必《かなら》ず達《たつ》す」ときく。伏《ふ》して惟《おもひ》みるに、[四]皇《くわう》帝陛下《ていへいか》、道乾坤《みちけんこん》に格《いた》り、沢動植《めぐみどうしよく》を沾《うるほ》し、政化《せいくわ》以《もち》て洽《あまね》くして、[五]品物《ひむぶつ》咸《ことごと》く亨《とほ》る。[六]皇后殿下《くわうごうでんか》、[七]徳娥《とくが》英《えい》に超《こ》えて、[八]功姙姒《くうじむじ》に軼《す》ぐ。[九]母儀《ぼぎ》方《まさ》に闡《ひら》け、[一〇]厚載《こうさい》既《すで》に隆《さかり》なり。故《ゆゑ》に能《よ》く両儀徳《りやうぎとく》を合《あは》せて百霊《ひやくれい》祉《さきはひ》を効《あらは》せり。[一一]白鷰《しろきつばくらめ》帝畿《ていき》に産《うま》れて以《もち》て化《くわ》に馴《な》れ、[一二]赤雀《あかきすずめ》皇宮《くわうぐう》に翔《かけ》りて禎《さきはひ》を表《あらは》せり。[一三]図諜《づでふ》を稽《かむが》へ験《み》るに僉曰《みない》はく、「[一四]休徴《きうちよう》なり」といふ。斯《こ》れ実《まこと》に[一五]曠古《くわうこ》の殊貺《しゆくゐやう》、当今《たうきむ》の嘉祥《かしやう》なり。率土《そつと》抃《へん》儛《ぶ》して幸甚《かうじむ》ならずといふこと莫《な》し。臣是公《しんこれきみ》ら踴躍《ゆうやく》の至《いたり》に勝《た》へず、謹《つつし》みて[一六]朝《でう》堂《だう》に詣《まう》でて、表《へう》を奉《たてまつ》りて聞《もん》す」とまうす。[一七]詔《みことのり》し報《こた》へて曰《のたま》はく、「乾坤《けんこん》貺《たまもの》を表《あらは》して休瑞荐《きうずいしきり》に彰《あらは》る。[一八]白鷰《しろきつばくらめ》巣《す》を前《さき》の春《はる》に構《かま》へ、[一九]赤雀《あかきすずめ》後《のち》の夏《なつ》に来《き》儀《た》れり。寔《まこと》に惟《こ》れ宗社《そうしや》の祉《さきはひ》とする攸《ところ》にして群卿《ぐんけい》の諧《やはら》ぐ所《ところ》なり。[二〇]朕庸虚《われようきよ》にして、何《なに》ぞ此《これ》に応《こた》へむ。但《ただ》し、卿等《けいたち》とともに政化《せいくわ》を勉理《べんり》して、[二一]上天休《かみてんきう》に答《こた》ふべし。来賀《らいが》せる所《ところ》を省《み》て、[二二]祗懼《しく》兼《か》ねて懐《いだ》く」とのたまふ。

皇后宮官人に叙位

是《こ》の日《ひ》、[二三]皇后宮大夫《くわうごうぐうだいぶ》従三位[二四]佐伯《さへき》宿禰今毛人《いまえみし》に正三位を授《さづ》く。亮《すけ》従五位上[二五]笠《かさ》朝臣名末呂《なまろ》に正五位下。大進《だいしん》従五位下[二六]藤原《ふぢはら》朝臣真作《まつくり》・少進《せうしん》従五位下[二七]安倍《あへ》朝臣広津麿《ひろつまろ》に並《ならび》に従五位上。

「坤惟厚載、陰正二乎内一」と見える。
一一 延暦三年五月甲午条で摂津職史生が白燕を貢じた祥瑞をさす。
一二 上文五月癸丑条に見える、赤雀が皇后宮に集った祥瑞をさす。
一三 →三二七頁注一五。
一四 天からの賞賛のしるし。
一五 前例の無い。空前。
一六 長岡宮の朝堂院。発掘調査により、建物の規模・配置や葺いた瓦が共通することから、もと聖武朝の後期難波宮にあった朝堂建物が移建されたことが確認されている(『向日市史』上)。
一七 右大臣らの慶瑞表に対して答える詔。
一八 前年の延暦三年五月甲午条で、摂津職史生が白燕を貢じている。「前春」は「後夏」に対する文飾。
一九 上文五月癸丑条に、赤雀が皇后宮に現われたことが見える。
二〇 平凡で才能のないこと。上文五月癸丑詔にも見える表現。
二一 天からの賞賛。上文五月癸丑詔にも見える表現。
二二 かしこまりおそれる。
二三 皇后宮大夫以下四等官への叙位は、皇后宮への赤雀出現の祥瑞を受けた上文癸酉(十日)の勅による。
二四 →[三]補17-七九。従三位叙位は延暦元年六月。
二五 →[四]補31-九五。従五位上叙位は延暦二年七月。
二六 巨勢麻呂(南家)の男。→補38-一一。従五位下叙位は延暦三年正月。
二七 →二八七頁注二一。従五位下叙位は延暦三年正月。

大属正六位上阿閇間人臣人足・少属正六位上林連浦海並外従五位下一。○癸未、参議兵部卿従三位兼侍従下[1]総守藤原朝臣家依薨。贈[2]太政大臣[3]正一位永手之第一子也。○秋七月己亥、参議従三位石川朝臣名足為二左大弁一。播磨守如レ故。参議従四位上大中臣朝臣子老為二右大弁一。神祇伯如レ故。外従五位下[4]麻田連[5]狃賦為二左大史一。中納言正三位藤原朝臣小黒麻呂為二兼中務卿一。参議正三位佐伯宿禰今毛人為二民部卿一。[6]皇后宮大夫・大和守如レ故。従五位下紀朝臣安提為二少輔一。従五位上紀朝臣作良為二兵部大輔一。正五位上内蔵宿禰[7]全成為二大蔵大輔一。従四位[8]上石川朝臣垣[9]守為二宮内卿一。武蔵守如レ故。従三位坂上大宿禰[10]苅田麻呂為二左京大夫一。右衛士督・下総守如レ故。従五位下賀茂朝臣人麿為レ[11]亮。従四位下石川朝臣豊人為二右京大夫一。大納言正三位藤原朝臣継縄為二兼大宰[12]帥一。従五位下紀朝臣千世為二豊後守一。左中弁正五位下大中臣朝臣諸魚為二兼左兵衛督一。山背守如レ故。○己酉、外従五位下秦忌寸馬[13]長為二土左守一。○庚戌、刑部卿従四位下兼因幡守淡海真人三船

1 総→校補
2 太—大〔底〕
3 正〔兼・谷、大〕—ナシ(東・高)
4 麻ノ下、ナシ〔大衍〕—呂(底新傍朱イ・兼等)→校補
5 狃〔大改〕—狖(兼等)
6 皇—ナシ(兼一字空)→校補
7 全〔底原、大改〕—今(底新朱抹傍・兼等)
8 位ノ下、ナシ—位〔底〕
9 守〔兼・谷、大〕—字(東・高)
10 苅→校補
11 亮(底重)—高〔底原〕
12 帥—師(東)
13 長—ナシ(兼)

一→補38-五〇。二 本年八月に皇后宮大属に転じ、延暦五年正月に主計助、同七年二月安芸介となる。同八年十二月の皇太后高野新笠、同九年閏三月の皇后藤原乙牟漏の葬儀に養民司となった。時に外従五位下。林連→[三]補19-七。三 ここでの外従五位下昇叙は、上文癸酉(十日)の勅で皇后宮司には特に「不レ論二六位・五位一、進二爵一級一」とあることによる。四→[四]一〇三頁注三。参議任官は宝亀八年十月。兵部卿任官は天応元年七月。侍従任官は神護景雲二年二月。下総守任官は天応元年五月。ただし、本年正月辛亥条で坂上苅田麻呂が下総守に任官したことが見え、本条の「下総守」の記載には疑問が残る。→補39-一。従三位叙位は同年十月。五→[二]補12-七六。宝亀二年二月己酉に左大臣正一位で没。同日、贈太政大臣。六→[三]補23-五。参議任官は宝亀十一年二月。左大弁の前任者播磨守任官は延暦二年二月。左大弁の前任者は本条で民部卿に遷任した佐伯今毛人(延暦四年五月癸丑条)。前官右大弁(延暦二年二月壬申条)からの遷任。七 もと中臣朝臣。→[四]一五一頁注四〇。参議任官は天応元年六月。神祇伯任官は宝亀八年正月。右大弁の前任者は本条で左大弁に遷任した石川名足(延暦二年二月壬申条)。前官宮内卿(延暦四年五月甲寅条)からの遷任。→補38-四七。八→三一一頁注二四。九 少黒麻呂とも。房前(北家)の孫、鳥養の二男。→[四]補25-九二。中納言任官は延暦三年正月。中務卿の前任者は本条で大宰帥に遷任した藤原継縄(延暦二年七月甲午条)。前兼官民部卿(延暦二年七月庚子条)からの遷任。一〇→[三]補17-七九。参議任官は延暦三年十二月。皇后宮大夫任官は同元年六月。大和守任官は同二年四月。民部卿の

大属《だいぞく》正六位上[一]阿閇間人《あへのはしひと》臣人足《ひとたり》・少属《せうぞく》正六位上[二]林《はやし》連浦海《うらうみ》に並《ならび》に[三]外従五位下。

藤原家依没

○癸未《二十日》、参議《さむぎ》兵部卿《ひやうぶきやう》従三位兼侍従《じじゆう》下総守《しもつふさのかみ》[四]藤原《ふぢはら》朝臣家依《いへより》薨《こう》しぬ。贈太政大臣《ぞうだいじやうだいじん》正一位[五]永手《ながて》の第一の子なり。

任官

秋七月《甲午朔》己亥《六日》、参議《さむぎ》従三位[六]石川《いしかは》朝臣名足《なたり》を左大弁《さだいべん》とす。播磨《はりま》守は故《もと》の如《ごと》し。参議《さむぎ》従四位上[七]大中臣《おほなかとみ》朝臣子老《こおゆ》を右大弁《うだいべん》。神祇伯《じんぎはく》は故《もと》の如《ごと》し。外従五位下[八]麻《あさ》田《だ》連狎賦《かりふ》を左大史《さだいし》。中納言《ちうなふごん》正三位[九]藤原《ふぢはら》朝臣小黒麻呂《をぐろまろ》を兼中務卿《ちうむきやう》。参議《さむぎ》正三位[一〇]佐《さ》伯《へき》宿禰今毛人《いまえみし》を民部卿《みんぶきやう》。皇后宮大夫《くわうごうぐうだいぶ》・大和《やまと》守は故《もと》の如《ごと》し。従五位下[一一]紀《き》朝臣安提《あて》を少輔《せうふ》。従五位上[一二]紀《き》朝臣作良《つくら》を兵部大輔《ひやうぶだいふ》。正五位上[一三]内蔵《くら》宿禰全成《またなり》を大蔵大輔《おほくらのだいふ》。従四位上[一四]石川《いしかは》朝臣垣守《かきもり》を宮内卿《くうないきやう》。武蔵《むざし》守は故《もと》の如《ごと》し。従三位[一五]坂上《さかのうへ》大宿禰苅田麻呂《かりたまろ》を左京大夫《さきやうのだいぶ》。右衛士督《うゑじのかみ》・下総《しもつふさ》守は故《もと》の如《ごと》し。従五位下[一六]賀茂《かも》朝臣人麿《ひとまろ》を亮《すけ》。従四位下[一七]石川《いしかは》朝臣豊人《とよひと》を右京大夫《うきやうのだいぶ》。大納言《だいなふごん》正三位[一八]藤《ふぢ》原《はら》朝臣継縄《つぐただ》を兼大宰帥《だいさいのそち》。従五位下[一九]紀《き》朝臣千世《ちよ》を豊後《とよくにのみちのしり》守。左中弁《さちうべん》正五位下[二〇]大中臣《おほなかとみ》朝臣諸魚《もろうを》を兼左兵衛督《さひやうゑのかみ》。山背《やましろ》守は故《もと》の如《ごと》し。○己酉《十六日》、外従五位下[二一]秦《はだ》忌寸馬長《うまをさ》を土左《とさ》守とす。

淡海三船没

○庚戌《十七日》、刑部卿《ぎやうぶきやう》従四位下兼因幡守《いなばのかみ》[二二]淡海《あふみ》真人三船《みふね》

前任者は本条で中務卿に遷任した藤原小黒麻呂(延暦二年七月庚子条)。前官左大弁(延暦四年五月癸丑条)からの遷任。

一一 →二五九頁注一三。前官は左京亮(延暦二年三月己丑条)。民部少輔の前任者は本条で豊後守に遷任した紀千世(延暦四年正月辛亥条)。

一二 →補35-二。前官は大蔵大輔(延暦四年正月癸亥条)。本年四月丁亥に任官の造斎宮長官にはなお在任か。兵部大輔の前任者は大伴潔足(延暦四年正月辛亥条)。

一三 もと内蔵忌寸。→㊂補22-四一。大蔵大輔の前任者は本条で兵部大輔に遷任した紀作良(延暦四年正月癸亥条)。

一四 →㊃補25-五三。武蔵守兼官は本年四月。宮内卿の前任者は本条で右大弁に遷任した大中臣子老(延暦四年五月甲寅条)。→補38-四七。

一五 もと坂上忌寸。→㊂二〇五頁注一三。右衛士督任官は天応元年五月。下総守兼官は本年正月。左京大夫の前任者は本条で宮内卿となり「武蔵守如ㇾ故」とされた石川垣守か(延暦三年七月壬午条)。

一六 →㊃補31-九三。左京亮の前任者は本条で民部少輔に遷任した紀安提(延暦二年三月己丑条)。

一七 →㊂補17-二五。

一八 →㊂二六一頁注一。大納言任官は延暦二年七月。大宰帥の前任者は延暦二年七月庚子に没した藤原魚名か。前官中務卿(延暦二年七月甲午条)からの遷任。

一九 →補36-四〇。前官は民部少輔(延暦四年正月辛亥条)。豊後守の前任者は安倍石行(延暦元年二月丁卯条)。

二〇 →五頁注一。山背守・左中弁任官はともに本年正月。左兵衛督の前任者は安倍家麿(延暦四年正月辛亥条)。

二一 →三一五頁注一。土左守の前任者は正月王(延暦三年四月壬寅条)。

二二 もと御船王。→㊂補18-一一。

卒。三船、大友親王之曾孫也。祖葛野王正[1]四位上式部卿。父池辺王従五位上[2]内匠頭。三船、性[3]聡敏、渉㆓覧群書㆒、尤好㆓筆[4]札㆒。宝字元年[5]、賜㆓姓淡海真人㆒、起家拝㆓式部少[6]丞㆒。累遷、宝字中[7]、授㆓従五位下㆒、歴[8,9]㆓式部少輔、参河・美作守㆒。八年、被㆑充㆓造池使㆒、往㆓近江国㆒修㆓造陂[10]池㆒。時、恵美仲麻呂道[11]㆑自㆓宇治㆒、走拠㆓近江㆒、先遣㆓使者㆒、調㆓発兵馬㆒。三船、在㆓勢多㆒、与㆓使判官佐伯宿禰三野㆒共、捉㆓縛賊使及同悪之徒[12]㆒。尋将軍旱[13]部宿禰子麿・佐伯宿禰伊達等、率[14]㆓数百騎㆒而至、焼㆓断勢多橋㆒。以㆑故、賊不㆑得㆑渡㆑江、奔㆓高嶋郡㆒。以㆑功、授㆓正五位上勲三等㆒、除㆓近江介㆒。遷㆓中務大輔兼侍従㆒、尋補㆓東山道巡察使㆒、出而採[15]訪、事畢復奏、昇降不㆑慥、頗乖㆓朝旨[16]㆒。有㆑勅、譴[17]責之。出為㆓大宰少弐㆒、遷㆓刑部大輔㆒、歴㆓大判事・大学頭兼文章博[18]士㆒。宝亀末、授㆓従四位下㆒、拝㆓刑部卿兼因幡守㆒。卒時年六十四。○癸丑、勅曰、釈[19]教深遠、伝㆓其道㆒者、緇徒是也[20]。天下

1 正ノ下、ナシ〔兼・谷、大〕―位(東・高)
2 位ノ下、ナシ―五位上(兼)
3 性ノ下、ナシ―識(大補)
4 筆〔大改〕―華(兼等)
5 宝字元年→脚注
6 少〔兼・谷、大〕―ナシ(東・高)
7 中(底新傍補)―ナシ〔底原〕
8 歴〔底重・兼原・谷・東・高、大〕―暦(兼重)→校補
9 歴ノ下、ナシ(底新朱抹)―呂〔底原〕→校補
10 陂(底重)―波〔底原〕
11 道〔底原〕―適(底新朱抹傍・兼等)、遁(大改)
12 徒(底新朱抹傍)―従〔底原〕
13 旱〔底原〕―日下(底新朱抹傍・兼等)→校補
14 率〔兼・東・高、大改〕―卒(谷)
15 採〔兼等、大〕―授(東傍・高傍)
16 旨〔谷擦重、大〕―臣(兼・谷原・東・高)
17 譴〔谷擦重、大〕―謎(兼・谷原・東・高)
18 博〔大改〕―学(兼等)
19 釈＝釋(底重)―擇〔底原〕
20 也〔兼傍・谷抹傍・東傍・高傍、大〕―之(兼・谷原・東・高)

一 大友皇子。→補38-五一。 二 →【一】補3-六〇。父は大友皇子。母は大海人皇子(天武)と額田女王との間に産まれた十市皇女。懐風藻の伝に「特閔授㆓正四位㆒、拝㆓式部卿㆒。時年三十七」と見え、慶雲二年十二月丙寅に正四位上で没した(続紀)。 三 →【二】一七七頁注一五。 四 天応元年内匠頭任官は天平九年十二月。 五 天応元年六月辛亥条の石上宅嗣の薨伝に「自㆓宝字㆒後、宅嗣及淡海真人三船為㆓文人之首㆒」としている。経国集に漢詩五首を伝え、唐大和上東征伝を宝亀十年に撰したほか、懐風藻や歴代天皇の漢風諡号も三船の撰とする説が有力。 五 淡海真人を賜姓されたのは天平勝宝三年正月。ここで「宝字元年」とするのは誤りか。 六 →【三】四一三頁注一一。 七 天平勝宝三年正月辛亥条に无位、同八歳五月癸亥条には内竪と見えるが、天平宝字以前に式部少丞任官のことは続紀に見えない。 八 従五位下叙位は天平宝字五年正月。 九 文部(式部)少輔任官は天平宝字六年正月、参河守任官は同五年正月、美作守任官は同八年八月。 一〇 天平宝字八年八月己卯条に「遣㆑使、築㆓池於大和・河内・山背・近江・丹波・播磨・讃岐等国㆒」とあることにより、造池使となって近江国で陂池の修理にあたっていたのであろう。ただし続紀の天平宝字八年の記事には、淡海三船の造池使任命のこと、押勝の乱での勢多における活躍のことは見えない。 一一 恵美押勝(藤原仲麻呂)。→【二】補11-四七。天平宝字八年九月乙巳勅により、「藤原姓字」を除かれている。 一二 仲麻呂の逃走経路→【四】補25-六一(恵美押勝の乱戦闘要図)。 一三 近江栗太郡に勢多郷がある(和名抄)。勢多唐橋のある地。 一四 造池使の判官。 一五 →【四】補25-五二。 一六 →【三】補19-二七。 一七 伊多智とも。→【四】補

卒《しゆつ》しぬ。三船《みふね》は[一]大友親王《おほとものみこ》の曾孫《ひひこ》なり。[二]祖葛野王《おほぢかどののおほきみ》は正四位上式部卿《しきぶきやう》なり。[三]父池辺王《ちちいけべ》は従五位上内匠頭《うちのたくみのかみ》なり。三船《みふね》は性聡敏《せいそうびん》にして群書《ぐんしよ》を渉覧《せふらむ》し、尤《もと》も[四]筆札《ひつさつ》を好《この》む。[五]宝字《ほうじ》元年、姓を淡海《あふみ》真人と賜《たま》はり、[六]起家《きけ》して[七]式部少丞《しきぶせうじよう》を拝《はい》す。累《しきり》に遷《うつ》りて、[八]宝字中《ほうじちう》に従五位下を授《さづ》けられ、[九]式部少輔《しきぶせうふ》、参河《みかは》・美作《みまさか》の守《かみ》を歴《へ》たり。[一〇]八年、造池使《ざうちし》に充《あ》てられ、近江《ちかつあふみ》国に往《ゆ》きて陂《つつみ》・池《いけ》を修《をさ》め造《つく》る。時《とき》に[一一]恵美仲麻呂《ゑみのなかまろ》、[一二]宇治《うぢ》より道《ゆ》きて、走《はし》りて近江《ちかつあふみ》に拠《よ》り、先《ま》づ使者《ししや》を遣《つかは》して兵馬《へいば》を調《ととの》へ発《た》てしむ。三船《みふね》、[一三]勢多《せた》に在《あ》りて、[一四]使《し》判官《はんぐわん》[一五]佐《さ》伯《へき》宿禰三野《みの》と共《とも》に、賊使《ぞくし》と同悪《どうあく》の徒《と》とを捉縛《そくばく》す。尋《つ》ぎて将軍《しやうぐん》[一六]旱部《くさかべ》宿禰子麿《こまろ》・[一七]佐《さ》伯《へき》宿禰伊《い》達《たち》ら、数百騎を率《ゐ》て至《いた》りて[一八]勢多橋《せたのはし》を焼《や》き断《た》つ。故《ゆゑ》を以《もち》て、賊《あた》、江《え》を渡《わた》ること得《え》ずして、[一九]高嶋《たかしま》郡に奔《はし》る。功《くう》を以《もち》て、[二〇]正五位上勲《ぐん》三等を授《さづ》けられて、[二一]近江介《ちかつあふみのすけ》に除《ぢよ》せらる。中務大輔《ちうむだいふ》兼侍従《じじゆ》に遷《うつ》され、[二二]尋《つ》ぎて東山道巡察使《とうせんだうじゆんさちし》に補《ふ》せられ、出《い》でて採訪《さいはう》して、事畢《ことをは》りて復奏《またそう》するに、[二三]昇降愷《しようかうたしか》ならずして頗《すこぶ》る朝旨《でうし》に乖《そむ》けり。[二四]勅《みことのり》有りて譴責《けんせき》せらる。出《い》でて[二五]大宰少弐《だいさいのせうに》と為《な》り、[二六]刑部大輔《ぎやうぶだいふ》に遷《うつ》され、[二七]大判事《だいはんじ》、大学頭《だいがくのかみ》兼文章博士《もんじやうはかせ》を歴《へ》たり。[二八]宝亀《ほうくゐ》の末《すゑ》、従四位下を授けられ、[二九]刑部卿《ぎやうぶきやう》兼因幡《いなば》守を拝《はい》す。卒《しゆつ》しぬる時《とき》、年《とし》六十四。○[二十日]癸丑、[三〇]勅《みことのり》して曰《のたま》はく、「[三一]釈教《しやくけう》の深遠《しむゑん》なる、その道《みち》を伝《つた》ふる者《ひと》は[三二]緇《し》徒《と》是《こ》れなり。天下《あめのした》の

有徳の僧尼を顕彰

25―五二一。一八→[四]二一九頁注五。宇治経由で近江をめざした押勝に対して、旱部子麻呂・佐伯伊多智らが田原道から先回りして勢多橋を焼いたこと、天平宝字八年九月壬子条に見える。これにより、押勝は近江国府に入りさらに東国をめざすことができなかった。一九→[三]補24―七・[四]二一九頁注六。二〇 正五位上叙位は恵美押勝乱後の天平宝字八年九月丙午条。勲三等を賜わったのも押勝の乱後の賞であろうが、月日は未詳。神護景雲元年六月癸未条には「東山道巡察使正五位上行兵部大輔兼侍従勲三等」と見える。二一 近江介・中務大輔・侍従任官の月日は未詳であるが、本条の順序からすると、東山道巡察使に任じられた天平神護二年九月丙子以前か。うち近江介は、天平神護二年三月辛巳に太犬養が任じられる以前のことか。二二 東山道巡察使に任じられたのは天平神護二年九月。二三 東山道巡察使として、前下野介弓削薩摩の政務を停め、赦後も断罪したため、その「検括酷苛」を責められたことが、神護景雲元年六月癸未条に見える。二四 神護景雲元年六月癸未勅。二五 大宰少弐任官は神護景雲元年八月。二六 刑部大輔任官は宝亀二年七月。二七 歴任の年代順は、大学頭として文章博士を兼ねたことが宝亀三年四月庚午条に見え、大判事任官は同八年正月戊寅条という順であるが、のち同九年二月庚子条で再び大学頭に任じられ「文章博士如レ故」とされている。二八 従四位下叙位は宝亀十一年二月。二九 刑部卿任官は延暦三年四月壬寅条で、「大学頭・因幡守如レ故」とされている。因幡守を兼ねたのは同元年八月乙亥条で、この時大学頭であった。三〇 徳行ある僧侶を顕彰するためその名を報告させる勅。三一 仏教。三二 僧侶。

安寧、蓋亦[1]由二其神力一矣。然則、惟僧惟尼、有徳有行、自レ非二哀[2]顕一、何以弘レ道。宜乙仰二所司一択下其修行伝灯無[3]二厭倦一者上、景[4]迹歯名、具注申送甲。又勅、造宮之務、事弗レ獲レ已。所レ役之夫、宜レ給二其功一。於レ是、和[5]二雇諸国百姓卅一万四千人一。○甲寅、従五位下[6]賀茂朝臣人麻呂為二斎宮頭一。○丁巳、勅曰、夫正税者、国家之資、水旱[7]之備也。而比年[8]、国司、苟貪[9]二利潤一、費用者[10]衆。官物減耗、倉廩[11]不レ実、職此之由。宜三自レ今已後、厳加二禁止一。其国司、如有[12]二一人犯用一、餘官同坐、並解二見任一、永不二叙用一。贓物、令二共塡納一、不レ在二免レ死逢レ赦[13]限一。遞相検察、勿レ為二違犯一。其郡司和許、亦同二国司一。○辛酉、土左国貢調、愆[14]レ期、其物亦悪。勅、国司目已上、並解[15]二見任一。○壬戌、外従五位下高篠連広浪為二左大史一。従五位下藤原朝臣真鷲為二大学頭一。外従五位下井上直牛養為二主計助一。外従五位下伊蘇志臣

1 亦〔兼傍・谷抹傍・東傍・高傍、大〕―之(兼・谷原・東・高)
2 哀〔兼・谷原・東・高〕―褒(谷擦重、大)→校補
3 無(底傍補)―ナシ〔底原〕
4 景(底新朱抹傍・兼等、大)→校補
5 和→校補
6 下ノ下、ナシ(底新朱抹傍)―下〔底原〕
7 旱(底新朱抹傍)―早〔底原〕
8 年→校補
9 貪〔谷擦重、大、類八三〕―貧(兼・谷原・東・高)
10 者〔大改、類八三〕―各(底新傍朱イ・兼等)
11 廩〔類八三改〕―稟(類八三原)
12 有(底傍補)―ナシ〔底原〕
13 赦ノ下、ナシ〔兼等、類八三原〕―之(大補、類八三補)→校補
14 愆(底新朱抹傍)―衍心〔底原〕→校補
15 解―斛〔底〕

一 仏教に通熟した僧侶が発揮する不思議な力によって天下の安泰が保たれる。
二 修行または伝灯の系列の僧位(修行法師位や伝灯法師位など)をもつ僧侶をさすか(㊂補23―一)。「伝灯」は、仏法を師から門弟へと伝えること。
三 「景迹」は立派な行い、「歯」は年齢。
四 長岡宮造営の役夫に功(賃)を給わることを命じた勅。
五 長岡宮の造営。
六 労働に対する対価として功を払うべきである。
七 この人数は主計寮により計算された単功(延べ人員)。あるいは一年分の単功か。
八 強雇・雇役に対する「和雇」で、当時当郷の傭賃(功)を給する契約的な雇傭をさす。ここは営繕令2の「凡有レ所二営造一、及和雇造作之類、所司皆先録二所レ須摠数一、申二太政官一」に基づく勅か。
九 →㊃補31―九三。前官は左京亮(延暦四年七月己亥条)。本条での斎宮頭任官は、下文八月丙戌条で朝原内親王が斎居を終えて斎王として伊勢に向うためか。
一〇 正税を犯用する国司が一人でもいたら、国司全員を解任し、共同で塡納させることを命じた勅。三代格に本条と同日付の太政官符がある。
一一 正税出挙の利稲をむさぼって多く使用してしまう。
一二 官物が少しずつ減って。
一三 ここでは、国司のうち正税を犯用した一人だけではなく(また正税担当の専当国司のみではなく)、同任の国司全員を解任の対象として共同責任をとらせようとしている。

安寧《あんねい》なるは、蓋《けだ》し亦《また》その神力《くすしきちから》[一]に由《よ》れり。然《しか》れば、惟《こ》れ僧《ほふし》惟《こ》れ尼《あま》、有徳《うとく》有行《うぎやう》にして、褒顕《ほうけん》せらるるに非《あら》ぬよりは、何《なに》を以《もち》てか道《みち》を弘《ひろ》めむ。所司《しよし》に仰《おほ》せて、その修行伝灯《しゆぎやうでんとう》[二]、厭倦《うみおこた》ること無き者《ひと》を択《えら》ひて、景迹歯名《きやうじやくしみやう》[三]を、具《つぶさ》に注《しる》して申《まう》し送《おく》らしむべし」とのたまふ。

造宮の役夫三十一万余人を和雇する

また勅《みことのり》[四]したまはく、「造宮《ざうくう》[五]の務《つとめ》は事已《ことや》むこと獲《え》ず。役《えき》する夫《ふ》にその功《くう》[六]を給《たま》ふべし」とのたまふ。是《ここ》に、諸国《くにぐに》の百姓《はくせい》[七]卅一万四千人を和《やは》[八]し雇《やと》ふ。○甲寅（二十一日）、従五位下賀茂《かも》[九]朝臣人麻呂《ひとまろ》を斎宮頭《さいぐうのかみ》とす。

正税犯用の国司に科罪を命ずる

○丁巳（二十四日）、勅《みことのり》[一〇]して曰《のたま》はく、「夫《そ》れ正税《しやうぜい》は国家《こくか》の資《もと》にして水旱《すいかん》の備《そなへ》なり。而《しか》るに比年《このころ》、国司《こくし》、苟《しばしば》[一一]利潤《りじゆん》を貪《むさぼ》りて費《つひや》し用《もち》ゐる者衆《ひとおほ》し。官物減耗《くわんもちげんかう》[一二]して倉廩《さうりむ》実《み》たぬは、職《もと》として此《これ》に由《よ》れり。今《いま》より已後《のち》、厳《きび》しく禁止《きむし》を加《くは》ふべし。その国司《こくし》の如《も》[一三]し一人にても犯《をか》し用《もち》ゐること有らば、餘官《よくわん》も同《おな》じく坐《つみ》して、並《ならび》に見任《げんにむ》を解《と》き、永《なが》く叙用《じよよう》せざれ。贓物《ざうもつ》[一四]も、共《とも》に塡《あ》て納《をさ》めしめ、死《しに》[一五]を免《まぬか》れ赦《しや》に逢《あ》ふ限《かぎり》に在《あ》らざれ。逓《たがひ》に相検察《あひけむさつ》して違犯《ゐぼむ》すること勿《な》かれ。その郡司《ぐんじ》[一六]の和許《わきよ》するも亦《また》、国司《こくし》に同《おな》じくせよ」とのたまふ。○辛酉（二十八日）、土左《とさ》[一七]国の貢調《ぐでう》、期《とき》[一八]を愆《あやま》ち、その物《もの》も亦悪《またあ》し。勅《みことのり》して、国司《こくし》の目《さうくわん》已上、並《ならび》[一九]に見任《げんにむ》を解《と》かしめたまふ。

任官

○壬戌（二十九日）、外従五位下高篠《たかしの》[二〇]連広浪《ひろなみ》を左大史《さだいし》とす。従五位下藤原《ふぢはら》[二一]朝臣真鷲《まわし》を大学頭《だいがくのかみ》。外従五位下井上《ゐのうへ》[二二]直牛養《うしかひ》を主計助《しゆけいのすけ》。外従五位下伊蘇志《いそし》[二三]臣

一四 不正に入手された財貨。
一五 死亡による免除、また恩赦による免除も、これを認めない。
一六 国司の不正を見逃した郡司も、国司同様に解任したり共同塡納させたりする。
一七 土左国の調の貢進品目としては、主計寮式上に「緋帛卅疋、縹帛十五疋、堅魚八百五十五斤、自余輸レ絹」と見える（庸は「白木韓櫃十四合、自余輸二綿・米一」）。
一八 貢調にあたり、期限を過ごしてしまう違期と、品質が劣悪である麁悪とを犯した。なお土左国は遠国であり（賦役令3集解古記、民部省式上）、調庸物の納入期限は十二月卅日（賦役令3）。違期についてはすでに宝亀十年十一月乙未勅に期限厳守が命じられており、また麁悪についても本年五月戊午条で品質維持厳守が命じられていた。
一九 専当国司のみでなく国司の目以上全員を解任することは、上文丁巳（二十四日）の勅で、官物維持における国司の共同責任制を強化したことを受けている。なお、この時土左国司としては、上文己酉（十六日）条で秦馬長が守に任じられているが、調庸物は八月中旬から起輸すること（賦役令3）から、ここでは前任の守、正月王（延暦三年四月壬寅任）らをさすか。
二〇 もと衣枳首。→補38―一二一。
二一 魚名の男。→補36―六〇。大学頭の前任者は藤原仲継（延暦四年正月辛亥条）。
二二 延暦五年正月に尾張介となる。多度神宮寺伽藍縁起資財帳に、尾張介として「井上直牛甘」と見える（平遺二〇号）。主計助の前任者は本条で因幡介に遷任した大村池麻呂（延暦三年七月壬午条）。
二三 →三―五頁注三。

1 四（底傍補）—ナシ〔底原〕
2 巨—臣〔底〕
3 奴（底新朱抹傍）—収〔底原〕→校補
4 亮〔底原・底重・底新朱抹傍〕→校補
5 嶋ノ下、ナシ〔谷抹、大〕—々（兼・谷原・東・高）
6 湯〔大改〕—陽（底新傍朱イ・兼等）
7 外—ナシ（兼）
8 八月→校補
9 禰—ナシ（兼）
10 臣〔兼・谷、大〕—ナシ（東・高）
11 内—ナシ（兼）
12 麿〔底原〕—麻呂（底新朱抹傍・兼等、大）→校補
13 外ノ下、ナシ—外（東）
14 原（底抹傍）—臣〔底原〕
15 麿〔底原〕—麻呂（底新朱抹傍・兼等、大）→校補
16 宮〔兼・谷、大〕—京（東・高）

真成為二主船正一。従四[1]位下安倍朝臣東人為二刑部卿一。従五位上多朝臣犬養為二大輔一。従五位下巨[2]勢朝臣家成為二主殿頭一。従五位下坂本朝臣大足為二官奴[3]正一。従五位下甘南備真人継成為二右京亮[4]一。従五位下石浦王為二主馬頭一。従五位下三嶋[5]真人大湯[6]坐為二参河介一。従五位下笠朝臣雄宗為二能登守一。従五位下藤原朝臣宗継為二因幡守一。外従五位下大村直池麻呂為レ介。従五位下布勢朝臣大海為二美作介一。授二正八位下三野臣広主外[7]従五位下一。以二貢献一也。○八[8]月癸亥朔、右京人土師宿禰淡海、其姉諸主等、改二本姓一、賜二秋篠宿禰[9]一。○己巳、授二従四位上藤原朝臣雄依正四位下、従四位下石川朝臣豊人・安倍朝臣東人・佐伯宿禰久良麻呂並従四位上、従五位下藤原朝臣是人・藤原朝臣雄友・藤原朝臣[10]内[11]麿[12]並従五位上、外[13]従五位下朝原[14]忌寸道永、正六位上多治比真人国成・笠朝臣江人並従五位下一。○丙子、従五位上多治比真人浜成為二右中弁一。従五位上安倍朝臣広津麿[15]為二皇后宮[16]大進一。外従五位下阿閇間人臣人足為二少進一。外従五位下林連浦海為二大属一。従五位下笠朝臣

一 安倍朝臣とも。→[四]補25-九六。前官刑部大輔（延暦元年二月庚申条）からの昇任。刑部卿の前任者は上文庚戌（十七日）に没した淡海三船。 二 →[四]八一頁注七。刑部大輔の前任者は本条で刑部卿に昇任した安倍東人（延暦元年二月庚申条）。 三 →二八七頁注一九。前官は大監物（延暦三年四月丁未条）。主殿頭の前任者は本条で美作介に遷任した布勢大海（延暦四年正月辛亥条）。 四 →二八七頁注二二。官奴正の前任者は船住麻呂（宝亀十一年三月壬午条）。 五 延暦六年二月に伊賀守となる。右京亮の前任者は大伴永主（延暦三年十月癸巳条）。甘南備真人→[三]三六七頁注九。 六 →二八七頁注六。主馬頭の前任者は多治比人足（延暦四年正月辛亥条）。 七 もと大湯坐王。→[三]一一一頁注四〇。前官は因幡介（延暦三年四月庚午条）。参河介の前任者は佐伯瓜作（天応元年四月丙申条）。 八 →[四]二八三頁注六。前官は美作介（延暦四年正月辛亥条）。能登守の前任者は三国広見（延暦三年三月乙酉条）。 九 宗嗣とも。→一一五頁注五。前官は中衛少将（延暦四年正月辛亥条）。因幡守の前任者は上文庚戌（十七日）に没した淡海三船。 一〇 →補37-一八。前官は主計助（延暦三年七月壬午条）。因幡介の前任者は本条で参河介に遷任した三嶋大湯坐（延暦三年四月庚午条）。 一一 →一七七頁注五。前官は主殿頭（延暦四年正月辛亥条）。美作介の前任者は本条で能登守に遷任した笠雄宗（延暦四年正月辛亥条）。 一二 他に見えず。献物叙位の一例。三野臣→補38-五二。 一三 他に見えず。下文の姉諸主と同じ戸の戸主であったか。土師宿禰→[一]補1-四四。 一四 他に見えず。後紀弘仁三年五月庚申条の女叙位で正五位下から従四位下に昇った秋篠朝臣諸主は同一人か。とすると、

真成《まなり》を主船正《ふねのかみ》。従四位下[一]安倍《あへ》朝臣東人《あづまひと》を刑部卿《ぎやうぶきやう》。従五位上[二]多《おほ》朝臣犬養《いぬかひ》を大《だい》輔《ふ》。従五位下[三]巨勢《こせ》朝臣家成《いへなり》を主殿頭《しゆでんのかみ》。従五位下[四]坂本《さかもと》朝臣大足《おほたり》を官奴正《くわんぬのかみ》。従五位下[五]甘南備《かむなび》真人継成《つぐなり》を右京亮《うきやうのすけ》。従五位下[六]石浦王《いはうらのおほきみ》を主馬頭《しゆめのかみ》。従五位下[七]三《み》嶋《しま》真人大湯坐《おほゆゑ》を参河介《みかはのすけ》。従五位下[八]笠《かさ》朝臣雄宗《をむね》を能登《のと》守。従五位下[九]藤原《ふぢはら》朝臣宗継《むねつぐ》を因幡《いなば》守。外従五位下[一〇]大村《おほむら》直池麻呂《いけまろ》を介。従五位下[一一]布勢《ふせ》朝臣大海《おほうみ》を美《みま》作《さか》介。正八位下[一二]三野《みの》臣広主《ひろぬし》に外従五位下を授《さづ》く。貢献《みつきものたてまつ》れるを以《もち》てなり。

叙位

八月癸亥の朔、右京《うきやう》の人[一三]土師《はじ》宿禰淡海《あふみ》、その[一四]姉諸主《あねもろぬし》らに、本《もと》の姓を改《あらた》めて、[一五]秋篠《あきしの》宿禰と賜《たま》ふ。○[七日]己巳、従四位上[一六]藤原《ふぢはら》朝臣雄依《をより》に正四位下を授く。従四位下[一七]石川《いしかは》朝臣豊人《とよひと》・[一八]安倍《あへ》朝臣東人《あづまひと》・[一九]佐伯《さへき》宿禰久良麻呂《くらまろ》に並《ならび》に従四位上。従五位下[二〇]藤原《ふぢはら》朝臣是人《これひと》・[二一]藤原《ふぢはら》朝臣雄友《をとも》・[二二]藤原《ふぢはら》朝臣内麿《うちまろ》に並に従五位上。外従五位下[二三]朝原《あさはら》忌寸道永《みちなが》、正六位上[二四]多治比《たぢひ》真人国成《くになり》・[二五]笠《かさ》朝臣江人《えひと》に並に従五位下。

任官

○[十四日]丙子、従五位上[二六]多治比《たぢひ》真人浜成《はまなり》を右中弁《うちゆうべん》とす。従五位上[二七]安倍《あへ》朝臣広津麿《ひろつまろ》を皇后宮大進《くわうごうぐうだいしん》。外従五位下[二八]阿閇間人《あへのはしひと》臣人足《ひとたり》を少進《せうしん》。外従五位下[二九]林《はやし》連浦海《うらうみ》を大属《だいぞく》。従五位下[三〇]笠《かさ》朝臣

その間に秋篠宿禰から秋篠朝臣への改姓があったことになる。なお、延暦九年十二月に秋篠宿禰安人らが秋篠朝臣を賜姓されている（辛酉条）。一五 →二三九頁注一三。延暦元年五月癸卯条で土師宿禰安人らが秋篠宿禰の姓を賜わっており、ここはその時の改賜姓にもれた同族の一部に対する賜姓であろう。一六 →四補28―五。従四位上叙位は天応元年四月。一七 →三補17―一五。従四位下叙位は宝亀七年八月。一八 阿倍朝臣とも。→四補25―九六。従四位下叙位は天応元年四月。一九 →四補25―八二。従四位下叙位は天応元年四月。二〇 →四二九七頁注二四。従五位下叙位は宝亀元年八月。二一 →補37―二三。従五位下叙位は延暦二年正月。二二 房前の孫、真楯の三男。→補36―五六。従五位下叙位は天応元年十月。二三 →補36―六三。外従五位下叙位は天応元年十一月。二四 他に見えず。二五 →補38―五三。多治比真人→一補1―一二七。前官は式部少輔（延暦元年八月乙亥条）。右中弁の前任者は本年五月甲寅条で大宰少弐に遷任した海上三狩（延暦三年六月己酉条）。二七 →二八七頁注二一。前官は皇后宮少進（延暦四年六月辛巳条）。皇后宮大進の前任者は本条で石見守に遷任した藤原真作（延暦四年六月辛巳条）。以下三名は皇后宮官人の昇任人事。二八 →補38―五〇。前官は皇后宮大属（延暦四年六月辛巳条）。皇后宮少進の前任者は本条で皇后宮大進に昇任した安倍広津麻呂（延暦四年六月辛巳条）。二九 →三三七頁注二。前官は皇后宮少属（延暦四年六月辛巳条）。皇后宮大属の前任者は本条で皇后宮少進に昇任した阿閇間人人足（延暦四年六月辛巳条）。三〇 →補38―五三。式部少輔の前任者は本条で右中弁に遷任した多治

江人為二式部少輔一。従五位下大伴宿禰真麻呂為二主税頭一。従五位下々毛野朝臣年継為二内掃部正一。従四位下大伴宿禰潔足為二近衛中将一。従五位上藤原朝臣内麻呂為二中衛少将一。外正五位下丹比宿禰真浄為二右衛士佐一。従五位上藤原朝臣真作為二石見守一。従五位下石川朝臣宿[1]奈麻呂為二周防守一。授二従[2]五位下羽栗臣翼従五位上、正六位上多治比真人屋嗣従五位下、正六位上国中連三成・外正六位上丹波直[3]人足並外従五位下一。○乙酉、授二従[4]七位上大秦公忌寸宅守従五位下一。以レ築二太政官院垣一也。外従五位下土師宿禰公足為二隠伎[5]守一。○丙戌、天皇、行二幸平城宮一。先レ是、朝原内親王斎[6]二居平城一。至レ是、斎[7]期既竟[8]、将レ向二伊勢神宮一。故車駕親臨二発入[9]一。○庚寅、中納言従三位大伴宿禰家持死。祖父[10]大納言贈従二位安麿[11]、父大納言従二位旅人。家持、天平十七年、授二従五位下一、補二宮内少輔一、歴二任内外一。宝亀初、至二従四位下[12]左中弁兼式部員外大輔一。十一年、拝二参議一。歴二左右大弁一、尋授二従三位一。坐二氷上川継反事一、免移二京外一。有レ詔宥[13]レ罪、復二参議春

1 宿ノ下、ナシ—祢〔底〕↓校補
2 従〔兼・谷、大〕—ナシ(東・高)
3 直—真〔底〕
4 従〔大改〕—正(谷・東・高)、ナシ(兼)
5 伎〔底〕—岐
6 斎→校補
7 斎〔兼・谷、大、類四〕—斉(東・高)→校補
8 竟〔谷擦重・東傍・高傍、大、類四〕—意(兼・谷原・東・高)
9 入(底重)—八〔底原〕
10 父(底新朱抹傍)—又〔底原〕
11 麿(底原、類八七)—麻呂(底新朱抹傍・兼等、大)→校補
12 下〔谷、大、類八七〕—、(兼・東)、ﾐ(高)
13 宥(底擦重)—宿〔底原〕

比浜成(延暦元年八月乙亥条)。

一 →補37-一三。主税頭の前任者は本条で周防守に遷任した石川宿奈麻呂(延暦三年七月壬午条)。 二 →二六三頁注一九。内掃部正の前任者は本条で右衛士佐に遷任した丹比真浄(延暦三年四月壬寅条)。 三 →㊂補20-五九。近衛中将の前任者は本年正月辛亥条で近衛大将に昇任した紀船守か(延暦三年十一月丁巳条)。 四 房前の孫、真楯の三男。→補36-五六。前官は右衛士佐(延暦三年四月庚午条)。中衛少将の前任者は上文七月壬戌条で因幡守に遷任した藤原宗継(延暦四年正月辛亥条)。 五 →四七頁注二。前官は内掃部正(延暦三年四月壬寅条)。右衛士佐の前任者は本条で中衛少将に遷任した藤原内麻呂(延暦三年四月庚午条)。 六 巨勢麻呂(南家)の男。→補38-二。前官は皇后宮大進(延暦四年六月辛巳条)。石見守の前任者は安倍船道か(延暦元年閏正月庚子条)。 七 →補34-三。前官は主税頭(延暦三年七月壬午条)。周防守の前任者は百済王武鏡(延暦三年三月乙酉条)。 八-一一 →補38-五四。 一二 →補38-五五。 一三 長岡宮の朝堂院を囲む築地か。太政官院は太政官の曹司とも考えられるが、平城宮の用例から、朝堂院の称か。延暦五年七月丙午条に「太政官院成。百官始就二朝座一焉」とあり、全体が完成したことが知られる。 一四 →二五七頁注四〇。 一五 既に移っていた長岡宮から、斎王の伊勢斎宮への出発を見送るために、もとの平城宮に行幸した。 一六 桓武の第二皇女。延暦十五年七月に無品から三品となり、弘仁三年五月に「妃二品」と見える(後紀)。母は酒人内親王。同八年四月に没。薨伝(紀略同月甲寅条)によれば没年三十九。逆算すると、宝亀十年(七七

江人《えひと》を式部少輔《しきぶせうふ》。従五位下[一]大伴《おほとも》宿禰真麻呂《ままろ》を主税頭《しゆさいのかみ》。従五位下[二]下毛野《しもつけの》朝臣年継《としつぐ》を内掃部正《うちのかにもりのかみ》。従四位下[三]大伴《おほとも》宿禰潔足《きよたり》を近衛中将《このゑのちうしやう》。従五位上[四]藤原《ふぢはら》朝臣内《うち》麻呂《まろ》を中衛少将《ちうゑのせうしやう》。外正五位下[五]丹比《たぢひ》宿禰真浄《まきよ》を右衛士佐《うゑじのすけ》。従五位上[六]藤原《ふぢはら》朝臣真作《まつくり》を石見《いはみ》守。従五位下[七]石川《いしかは》朝臣宿奈麻呂《すくなまろ》を周防《すはう》守。従五位下[八]羽栗《はくり》臣翼《つばさ》に従五位上を授《さづ》く。正六位上[九]多治比《たぢひ》真人屋嗣《やつぐ》に従五位下。正六位上[一〇]国中《くになか》連三《み》成《なり》・外正六位上[一一]丹波《たには》直人足《ひとたり》に並《ならび》に外従五位下。○乙酉《二十三日》、従七位上[一二]大秦《うづまさ》公忌寸宅守《やかもり》に従五位下を授く。[一三]太政官院《だいじやうぐわんゐん》の垣《かき》を築《きつ》けるを以《もち》てなり。外従五位下[一四]土師《はじ》宿禰公足《きみたり》を隠伎《おき》守とす。

平城宮に行幸

○丙戌《二十四日》、天皇《すめらみこと》、[一五]平城宮《ならのみや》に行幸《みゆき》したまふ。是《これ》より先《さき》、[一六]朝原内親王《あさはらのひめみこ》、平城《なら》に[一七]斎《いは》ひ居《を》り。是《ここ》に至《いた》りて[一八]斎《いはひ》の期《とき》既《すで》に竟《をは》りて、[一九]伊勢神宮《いせのかみのみや》に向《むか》はむとす。故《ゆゑ》に、[二〇]車駕《きよが》親《した》しく発入《ほちにふ》に臨《のぞ》みたまふ。

大伴家持没

○庚寅《二十八日》、中《ちう》納言《なふごん》従三位[二一]大伴《おほとも》宿禰家持《やかもち》[二二]死《し》にぬ。祖父《おほぢ》は大納言贈《だいなふごんぞう》従二位[二三]安麿《やすまろ》、父《ちち》は大納言《だいなふごん》従二位[二四]旅人《たびと》なり。家持《やかもち》は、天平《てんひやう》十七年に[二五]従五位下を授けられ、[二六]宮内少輔《くうないせうふ》に補《ふ》せられ、内外《ないぐゑ》に歴任《れきにむ》す。宝亀《ほうくゐ》の初《はじめ》、従四位下左中弁《さちうべん》兼式部《しきぶ》員外大輔《ゐんぐゑのだいふ》に至《いた》る。十一年に[二七]参議《さむぎ》を拝《はい》す。[二八]左右《さう》の大弁《だいべん》を歴《へ》、尋《つ》ぎて[二九]従三位を授けらる。[三〇]氷上川継《ひかみのかはつぐ》が反《そむ》く事《こと》に坐《つみ》せられて、免《ゆる》して京《みやこ》の外《そと》に移《うつ》さる。[三一]詔《みことのり》有りて、罪《つみ》を宥《ゆる》されて、参議《さむぎ》春《しゆん》

九)生れで、この延暦四年には七歳。一七 斎王としての潔斎を旧平城宮で行なっていた。一八 太政官式によると、平安時代、天皇即位とともに斎内親王を卜定し、宮城内の便処で初斎院祓禊し、さらに城外の野宮で三年の潔斎を行うこととしている。一九 伊勢大神宮。→㊀補1-一一九。二〇 →二八三頁注三。二一 →㊂五頁注六。中納言任官は延暦二年七月。従三位叙位は天応元年十一月。二二 三位の大伴家持の死は、喪葬令15により「薨」と表記されるべきところ、下文にあるように藤原種継暗殺事件に連なって没後除名されたことから、「死」と記されている(官位・カバネは没時のまま)。紀略延暦四年八月庚寅条に「今此不レ書レ薨、恐乖二先史之筆一歟」と見える。二三 →㊀補2-四一。和銅七年五月、大納言兼大将軍正三位で没し、従二位が贈られた。二四 →㊀補5-二。二五 天平十七年正月、正六位上より昇叙。二六 天平十八年三月に任官。二七 宝亀十一年二月に伊勢守正四位下で参議となった。二八 宝亀十一年二月に右大弁、天応元年五月に左大弁。のち母の憂で一時解任されたが、天応元年八月に左大弁兼春宮大夫に復任した。二九 従三位昇叙は天応元年十一月。三〇 氷上川継事件→補37-二。延暦元年閏正月壬寅条で、左大弁従三位の家持をはじめ坂上苅田麻呂らは、川継事件に坐して職事は解任、散位は京外に移された。「免移二京外一」は、職事である家持らは解官の上に京外に移されたことをいうか。三一 この詔の具体的内容は未詳だが、同じく川継事件に連坐した坂上苅田麻呂が延暦元年五月戊戌条で右衛士督に復任し、翌日の同月己亥条で家持は参議従三位と見え、再び春宮大夫に任じている。

宮大夫一。以二本官[1]一出為二陸奥按察使一、居無レ幾、拝二中納言一。春宮大夫如レ故。死後廿餘日、其屍未レ葬、大伴継人・竹良等、殺二種継一、事[2]発覚下レ獄。案二験之一、事連二家持等一。由レ是、追除名。其息永主[3]等並処[4]レ流焉。○九月乙未、地震。○己亥、斎[5]内親王向二伊勢大[6]神宮一。百官陪従[7]、至二大和国堺一而還。○庚子、行二幸水雄[8]岡一遊獦[9]。授二正六位上巨[10]勢朝[11]臣嶋人従五位下、正六位上池原公綱[12]主外従五位下一。○壬寅、河内国言、洪水汎[13]溢、百姓漂蕩、或乗レ船、或寓二堤[14]上一。粮食絶乏[15]、艱苦良深。於レ是、遣レ使監巡、兼加二賑給一焉。○乙卯、中納言正三位兼式[16]部卿藤原朝臣種継被[17]二賊射一薨。○丙辰、車駕至レ自二平城[18]一。捕二獲大伴継人・同竹良并[19]党与数十人一、推鞫[20]之、並皆承伏。依レ法推断、或斬或流。其種継、参議式部卿兼大宰帥[21]正三位宇合之孫也。神護[22]二年、授二従五位下一、除二美作守一。稍遷、宝亀末[23]、補二左京大夫兼下総守一、

1 官—宮〔底〕
2 事→校補
3 主—手(類八七)
4 処＝處〔大改、類八七・紀略〕—家(兼等)
5 斎〔谷、大、類四・紀略〕—斉(兼・東・高)
6 大〔紀略〕—太(兼等、大、類四)
7 従—送(紀略)
8 雄(谷擦重、大、類三二改・紀略)—碓〔兼・谷原・東・高、類三二原〕
9 獦〔底〕—獵
10 巨(底新朱抹傍)—臣〔底原〕
11 朝(底傍補)—ナシ〔底原〕
12 綱〔底〕—縄
13 汎(底新朱抹傍)—沈〔底原〕
14 堤—提(東)
15 絶乏艱苦良〔東傍補〕—ナシ(東原)
16 式(底擦重)—或〔底原〕
17 被賊射薨→校補
18 城ノ下→脚注・校補
19 并〔東傍・高傍、大改、類八七〕—等(底新傍朱イ・兼等)
20 鞫—鞠(類八七)
21 帥〔兼・谷擦重・高、大〕—師(谷原・東)
22 護(底新傍補)—ナシ〔底原〕
23 末(底新重・兼・谷、大)—未〔底原・東・高〕→校補

一 延暦元年六月戊辰条で、春宮大夫従三位のまま陸奥按察使鎮守将軍を兼ねた。
二 延暦二年七月甲午条で、従三位で中納言となり、春宮大夫故の如しとされた。
三 →補38—五六。
四 大伴宿禰継人。→補35—三三。藤原種継暗殺の首謀者として斬に処せられた(下文丙辰条および紀略延暦四年九月丙辰条)。この時左少弁で事件の「首悪」と記される(紀略丙辰条)。のち大同元年三月、桓武没前に本位の正五位上に復された(後紀同月辛巳条)。
五 大伴宿禰竹良。→補38—五七。
六 藤原朝臣種継。→四補27—四四。
七 下文九月丙辰条に「捕二獲大伴継人・同竹良并党与数十人一、推鞫之、並皆承伏」と見える。
八 →補38—五八。
九 →補38—五九。
10 大伴宿禰永主。→二八七頁注一五。紀略延暦四年九月丙辰条に「家持息右京亮永主流二隠岐一」と見える。のち大同元年三月の桓武の没前に配流から放還され、本位の従五位下に復された(後紀同月辛巳条)。

宮大夫《ぐだいぶ》に復《ふく》す。[一]本官《ほんくわん》を以《もち》て出《い》でて陸奥按察使《みちのおくのあんせちし》と為《な》り、居《を》ること幾《いくばく》も無くして[二]中納言《ちうなふごん》を拝《はい》す。春宮大夫《しゆんぐだいぶ》は故《もと》の如《ごと》し。[三]死《し》にて後《のち》廿餘日、その屍《かばね》未《いま》だ葬《はぶ》られぬに、[四]大伴継人《おほとものつぐひと》・[五]竹良《ちくら》ら、[六]種継《たねつぐ》を[七]殺《ころ》し、事発覚《ことあらは》れて獄《ごく》に下《くだ》る。これを案験《かむが》ふるに、事《こと》[八]家持《やかもち》らに連《つらな》れり。是《これ》に由《よ》りて、追《お》ひて[九]除名《ぢよみやう》す。その息《こ》[一〇]永《なが》主《ぬし》ら、並《ならび》に流《る》に処《しよ》せらる。

水雄岡行幸

九月[癸巳朔]乙未[三日]、地震《なゐ》ふる。○己亥[七日]、[一一]斎内親王《いつきのひめみこ》、伊勢大神宮《いせのだいじんぐう》に向《むか》ふ。百官《ひやくくわん》陪《ばい》従《じゆ》して、[一二]大和《やまと》国の堺《さかひ》に至《いた》りて還《かへ》る。○庚子[八日]、[一三]水雄岡《みづのをのをか》に行幸《みゆき》して遊獦《みかり》したまふ。正六位上[一四]巨勢《こせ》朝臣嶋人《しまひと》に従五位下を授《さづ》く。正六位上[一五]池原《いけはら》公綱主《つなぬし》に外従五位下。

河内国洪水

○壬寅[十日]、河内《かふち》国言《まう》[一六]さく、「洪水《おほみづ》汎溢《あふ》れて、百姓《はくせい》漂蕩《へうたう》し、或《ある》は船《ふね》に乗《の》り、或《ある》は堤《つつみ》の上《うへ》に寓《を》り。粮食《らうしよく》絶《た》え乏《とも》しくして艱苦《かんく》良《まこと》に深《ふか》し」とまうす。

藤原種継暗殺される

是《ここ》に使《つかひ》を遣《つかは》して監巡《みめぐ》らしめ、兼《か》ねて賑給《しんごふ》を加《くは》へしむ。○乙卯[二十三日]、中納言《ちうなふごん》正三位兼式部卿《しきぶきやう》[一七]藤原《ふぢはら》朝臣種継《たねつぐ》、[一八]賊《ぞく》に射《い》られて薨《こう》しぬ。○丙辰[二十四日]、[一九]車駕《きよが》、[二〇]平城《なら》より至《いた》りたまふ。大伴継人《おほとものつぐひと》、同《おな》じく竹良《ちくら》并《あは》せて党与《たうよ》数十人を捕獲《とら》へて[二一]推鞫《すいきく》するに、並《ならび》に皆承伏《みなしようふく》す。法《はふ》に依《よ》りて推断《すいだん》して、[二二]或《ある》は斬《ざむ》し或《ある》は流《る》す。その種継《たねつぐ》は参議《さむぎ》式部卿《しきぶきやう》兼大宰帥《だいさいのそち》正三位[二三]宇合《うまかひ》の孫《うまご》なり。神護《じんご》二年に[二四]従五位下を授けられ、[二五]美作《みまさか》守に除《ぢよ》せらる。稍《やや》く遷《うつ》りて、宝亀《ほうくゐ》の末《すゑ》に[二六]左京大夫《さきやうのだいぶ》兼下総《しもつふさ》守に

一一 斎王の朝原内親王。→三四五頁注一六。
一二 平城宮から出発して大和と伊勢の国境まで見送った。
一三 →[四]三九七頁注六。
一四 →補38-六〇。
一五 →補38-六一。
一六 洪水のため百姓が船上や堤上に逃れており、食料も絶えるという窮状を訴えた河内国司の上言。この時堤防が決壊したことは、下文十月己丑条に「河内国破壊隄防卅処。単功卅万七千余人、給㆑粮修㆓築之㆒」と見える。
一七 →[四]補27-四四。
一八 藤原種継暗殺事件の経過の記事→補38-六二。紀略に「被㆓賊襲射㆒、両箭貫㆑身」(延暦四年九月乙卯条)とある。
一九 天皇(桓武)をさす。→二八三頁注三。
二〇 紀略との異同については→補38-六二。桓武は上文八月丙戌条で長岡宮から平城宮に行幸しており、上文己亥(七日)条で斎王朝原内親王が平城宮から伊勢に向うのを見送った。
二一 罪を調べる。考課令44に「推鞫得㆑情、申弁明了、為㆓解部之最㆒」とある。
二二 藤原種継暗殺事件の流斬者→補38-六三。
二三 馬養とも。→[二]補7-二二。参議任官は天平三年八月。式部卿任官は神亀元年四月以前。大宰帥は天平四年八月任の西海道節度使をさすか。正三位叙位は天平六年正月。没したのは天平九年八月で、懐風藻によれば没時四十四歳。なお、宇合の男で種継の父である清成は無位で没しており(類聚国史、薨卒四位、藤原世嗣卒伝)、ここでは名を載せないか。
二四 従五位下叙位は天平神護二年十一月。
二五 美作守任官は神護景雲二年二月。
二六 左京大夫任官は宝亀九年二月。左京大夫正五位下で下総守を兼ねたのは同十一年三月。

俄加二従四位[1]下[2]一、遷二左衛士督兼近江按察使一。延暦初、授二従三位一、拝二中納言一兼二式部卿一。三年、授二正三位一。天[3]皇、甚委二任之一、中外之[4]事、皆取レ決焉。初首建レ議、遷二都長岡一。宮[5]室草創、百官未レ就、匠手・役夫、日夜兼作。至三於行二幸平城一、太子及[6]右[7]大臣藤原朝臣是公・中納言種継等、並為二留守一。照レ炬催検、燭下被レ傷、明日薨二於[8]第[9]一。時年卌九。天[10]皇、甚悼惜之、詔、贈二正一位左大臣[11]一。○己未、造東大寺長官内蔵頭従四位下石上朝臣家成為二兼[12]衛門権督一。兵部[13]少輔美作守正五位上藤原朝臣雄友[14]為二兼左衛士権督一。○辛酉、以二従[15]五位下佐伯宿禰葛城一為二左少[16]弁一。従五位下百済王英[17]孫為二出羽守一。近衛少将従五位[18]下紀朝臣兄[19]原為二兼[20]備前介一。○冬十月甲子、左二降従四位下吉備朝臣泉佐渡権守一。従五位下藤原朝臣園人為二安藝守一。○乙丑、従五位上[21]藤原朝臣是人為[22]二長門守一。○丙寅、遣二使[23]五畿内一検レ田。為二班授一也。○庚午、遣二中納言正三位藤原朝臣小黒麻呂・大膳大夫従五位上笠王於山科山陵、治部

1 位〔谷補・東・高、大〕—ナシ（兼・谷原）
2 下〔東・高、大補〕—ナシ（兼・谷）
3 天皇→校補
4 之ノ下、ナシ（底抹・底新朱抹・兼等、大）—之〔底原〕→校補
5 宮—官〔底〕
6 及〔底傍補〕—ナシ〔底原〕
7 右〔紀略補〕—ナシ（紀略原）
8 於〔紀略補〕—ナシ（紀略原）
9 第〔谷、大、紀略〕—弟（兼・東・高）
10 天皇→校補
11 臣ノ下→校補
12 兼〔紀略補〕—ナシ（紀略原）
13 部〔底重〕
14 臣〔底傍補〕—ナシ〔底原〕
15 従—徒（東）
16 少〔大改〕—中（谷傍補）、ナシ（兼・谷原・東・高）
17 英〔大改〕—夾（兼等）
18 位—ナシ（高）
19 兄〔底原・底新朱抹傍〕→校補
20 兼〔大補〕—ナシ（兼等）
21 上〔兼・谷、大〕—下（東・高）
22 為〔谷傍補、大〕—ナシ（兼・谷原・東・高）
23 五—ナシ（高）

一 従四位下叙位は天応元年正月。なお同年四月に従四位上に昇叙。 二 左衛士督任官については、天応元年五月癸未条に左衛士督従四位上で近江守を兼ねたと見えるが、同年七月丁卯条にも従四位上で左衛士督に任じられ、「近江守如レ故」としており、こちらを採るべきか（二〇五頁注一七）。兼近江按察使については、延暦二年七月庚子条で式部卿兼近江按察使に任じられ、「左衛士督如レ故」と見える。 三 従三位叙位は延暦二年四月。 四 中納言任命は延暦三年正月。 五 式部卿任官は延暦二年七月。 六 正三位叙位は延暦三年十二月。 七 桓武。 八 長岡遷都の建議は、延暦三年五月に藤原小黒麻呂や種継らが山背国乙訓郡長岡村に相地のため遣わされる以前のこと。あるいは延暦元年四月に（平城宮の）造宮省が廃止されるころまでさかのぼるか。 九 宮の構えは出来はじめたものの、百官の役人が皆執務についたわけではない。 一〇 本条下文に種継が「照レ炬催検」したと見える。 一一 桓武は斎王朝原内親王の伊勢発向を見送るため、上文八月丙戌条で長岡宮から平城宮に行幸した。 一二 皇太子早良親王。桓武の同母弟。→一七九頁注九。ここは皇太子監国の例となるか。 一三 もと黒麻呂。→[三]補23-五。この時左大臣はおらず、議政官の首班。 一四 上文の「日夜兼作」と対応する。 一五 藤原種継の「薨」→補38-六四。 一六 長岡京に営まれていた藤原種継の私邸。 一七 後さらに太政大臣を追贈される。藤原種継への太政大臣追贈→補38-六五。 一八 以下、藤原種継暗殺事件に関連する対応としての衛門府・左衛士府への権督任官。 一九 東人の男。→[四]補25-八八。造東大寺長官任官は延暦二年五月。内蔵頭任官は同三年七月。この時の衛門督は佐伯久良麻呂であり

補《ふ》せられ、俄《にはか》に[一]従四位下を加《くは》へられ、[二]左衛士督《さゑじのかみ》兼近江按察使《ちかつあふみのあんせちし》に遷《うつ》さる。延暦《えんりやく》の初《はじめ》、[三]従三位を授《さづ》けられ、[四]中納言《ちうなふごん》を拝《はい》し、[五]式部卿《しきぶきやう》を兼《か》ぬ。三年、[六]正三位を授けらる。[七]天皇《すめらみこと》、甚《はなは》だこれを委任《ゐにむ》して、中外《ちうぐゐ》の事皆決《ことみなくゑつ》を取《と》る。初《はじ》め[八]首《かしら》として議《ぎ》を建《た》てて都《みやこ》を長岡《ながをか》に遷《うつ》さむとす。[九]宮室草創《きうしつさうさう》して、百官《ひやくくわん》未《いま》だ就《いた》らず、匠手《しやうしゆ》・役夫《やくぶ》、[一〇]日夜《にちや》に兼作《けむさく》す。[一一]平城《なら》に行幸《みゆき》したまふに至《いた》りて、[一二]太子《ひつぎのみこ》と右《う》[一三]大臣《だいじん》藤原《ふぢはら》朝臣是公《これきみ》・中納言《ちうなふごん》種継《たねつぐ》らと並《ならび》に留《る》守《しゆ》と為《あ》り。[一四]炬《ともしび》を照《てら》して催《もよほ》し検《み》るに、燭下《ひのもと》に傷《きず》を被《お》ひて、[一五]明日《あくるひ》[一六]第《てい》に薨《こう》しぬ。時《とき》に年《とし》卅九。天皇《すめらみこと》、甚《はなは》だ悼《いた》み惜《を》しみたまひて、詔《みことのり》して、正一位[一七]左大臣《さだいじん》を贈《おく》りたまふ。

任官

○己未[二十七日]、[一八]造東大寺《ざうとうだいじ》長官《ちやうぐわん》内蔵頭《うちのくらのかみ》従四位下[一九]石上《いそのかみ》朝臣家成《いへなり》を兼衛門権督《ゑもんのごんのかみ》とす。兵部少輔《ひやうぶせうふ》美作《みまさかの》守《かみ》正五位上[二〇]藤原《ふぢはら》朝臣雄友《をとも》を兼左衛士権督《さゑじのごんのかみ》。○[二一]辛酉[二十九日]、従五位下[二二]佐伯《さへき》宿禰葛城《かづらき》を左少弁《させうべん》とす。従五位下[二三]百済王《くだらのこにきし》英孫《えいそん》を出羽《いでは》守。近衛少将《このゑのせうしやう》従五位下[二四]紀《き》朝臣兄原《えはら》を兼備前介《きびのみちのくちのすけ》。

冬十月[癸亥朔]甲子[二日]、従四位下[二五]吉備《きび》朝臣泉《いづみ》を佐渡権守《さどのごんのかみ》に左降《さかう》す。従五位下[二六]藤原《ふぢはら》朝臣園人《そのひと》を安藝《あき》守。○乙丑[三日]、従五位上[二七]藤原《ふぢはら》朝臣是人《これひと》を長門《ながと》守とす。

五畿内検田

○丙寅[四日]、[二八]使《つかひ》を五畿内《ごきない》に遣《つかは》して、田《た》を検《み》しむ。班《あか》ち授けむが為《ため》なり。

廃太子の状を諸山陵に報告

○庚午[八日]、中納言《ちうなふごん》正三位[二九]藤原《ふぢはら》朝臣小黒麻呂《をぐろまろ》・大膳大夫《だいぜんのだいぶ》従五位上[三〇]笠王《かさのおほきみ》を[三一]山科山陵《やましなのみささぎ》に、治部《ぢぶ》

(延暦三年五月丙戌条)、佐伯氏が藤原種継暗殺事件と深く関わっていたことによる権督任官か。家成は翌五年二月丁丑条で衛門督となる。二〇 →補37-一三。兵部少輔任官は本年正月。美作守任官は延暦二年二月。左衛士督は直前の本月乙卯(二十三日)に没した藤原種継(延暦二年七月庚子条)。権督任官は督の没を受けた措置。翌延暦五年二月丁丑条で雄友は左衛士督となる。なお延暦四年八月己巳条で従五位上、同五年正月戊戌条で正五位上に昇叙の記事があり、本条で「正五位上」とあるのは、「従五位上」の誤りか。二一 紀略には本条の前庚申条に皇太子早良親王の死没記事がある。→補38-六六。二二 →補38-三一。左少弁の前任者は上文丙辰(二十四日)条で種継暗殺事件により刑に処せられた大伴継人か(紀略延暦四年九月丙辰条)。二三 →二〇九頁注一七。前官は陸奥鎮守権副将軍(延暦四年五月甲寅条)。二四 →二八七頁注二六。ここに「近衛少将」とあるのは、下文十月甲戌条で近衛少将任官が見えることと齟齬する。備前介の前任者は林稲麻呂(延暦四年正月辛亥条)。二五 真備の男。→[四]一五五頁注六。後紀の卒伝にも「後復以レ譴貶二佐渡権守一」とある(弘仁五年閏七月壬午条)。吉備泉は、延暦三年三月丙申条でも同僚に告訴され勘問にも言辞不敬であるとして伊予守を解任されている。本条での左降の理由が藤原種継暗殺事件と関わるものか、未詳。二六 →補35-四六。前官は右少弁(延暦四年正月癸亥条)。安芸守の前任者は陽侯王(延暦二年二月壬申条)。二七 →[四]二九七頁注二四。前官は中務少輔(延暦三年四月壬寅条)。長門守の前任者は文室真老(延暦三年四月壬寅条)。二八 翌年の班田をめざした五畿内への校田使の発遣。→補38-六七。

卿従四位上壱志濃王・散位従五位下紀朝臣馬守於田原山[1]陵、中務大輔正五位上当麻王・中衛中将従四位下紀朝臣古佐美於後[2]佐保山陵一、以[3]告下廃二皇太子一之状上。○壬申、遠江・下総・常陸・能登等国、去七八月大風、五穀損傷、百姓飢饉。並遣レ使賑二給之一。○甲[4]戌、中衛中将従四位下兼式部大[5]輔但馬守紀朝臣古佐美為二参議一。従五位下紀朝臣馬守為二中務少輔一。従五位[6]下[7]下毛野朝臣年継為二大監物一。従五位上文室真人子老為二玄蕃頭一。従五位上秦忌寸足長為二主計頭一。従五位下石川朝臣公足為二主税頭一。従五位下県犬養宿禰伯[8]為二[9]刑部少輔一。従四位下大伴宿禰潔足為二大蔵卿一。[10]外従五位下嶋田臣宮成為二[11]右[12]京亮一。従五位上弓削宿禰塩麻呂為二造東大寺次官一。従五位下紀朝臣[13]兄原為二近衛少将一。備前介如レ故。外従五位下池原公[14]綱主為二将監一。従五位下橘朝臣[15]入居為二中衛少将一。近江介如レ故。正五位下笠朝臣名[16]末呂為二右兵衛督一。皇后宮[17]亮如レ故。外従五位[18]下白鳥村主元麻呂為二武蔵大掾一。従五位上藤原朝臣真友[19]為二下総守一。左京大夫右衛士督従三位坂上大宿禰

1 陵〔谷重〕—陸(谷原)
2 佐〔兼・谷、大、紀略〕—伏(東・高)
3 告(底新傍補・兼等、大)—ナシ〔底原、紀略〕
4 戌〔底原・底新重〕→校補
5 輔—甫(高)
6 下〔兼・谷、大〕—ナシ(東・高)
7 下ノ下、ナシ—下(兼)
8 為〔底擦重〕
9 刑—形〔底〕
10 外〔兼擦重〕—卿(兼原)
11 右—古〔底〕
12 亮〔底原・底新朱抹傍〕→校補
13 兄〔底原・底新朱抹傍・東傍・高傍、大改〕—長(兼等)→校補
14 綱〔底〕—縄
15 入〔大改〕—人(底新傍朱イ・兼等)
16 末(底新傍朱イ・兼等、大)—未〔底原・底重〕→校補
17 亮→校補
18 下→校補
19 為(底傍補)—ナシ〔底原〕

二九 少黒麻呂とも。房前(北家)の孫、鳥養の二男。→[四]補25-九二。
三〇 →[三]補22-二一。
三一 天智陵。→[一]補1-一二四。

一 →[四]補28-四。
二 下文甲戌(十二日)に中務少輔、延暦六年二月に越中守となる。紀朝臣→[一]補1-三一。
三 光仁陵。→補38-六八。
四 →[四]補25-七三。
五 麻呂の孫。→[四]補25-一〇六。
六 聖武陵。→[三]補19-三四。血縁系譜上は遠い聖武の陵にも報告したことが注目される。
七 早良親王。→一七九頁注九。早良親王廃太子→補38-六九。
八 七・八月の大風による農作物被害のため飢饉に至ったとの報告が諸国から集まったのがこの十月ということか。
九 →注五。中衛中将任官は延暦四年正月。式部大輔任官は同二年五月。但馬守任官は同元年二月。
一〇 →注二。中務少輔の前任者は上文乙丑(三日)条で長門守に遷任した藤原是人(延暦三年四月壬寅条)。
一一 →二六三頁注一九。前官は内掃部正(延暦四年八月丙子条)。大監物(定員二名)の前任者は本年七月壬戌条で主殿頭に遷任した巨勢家成か(延暦三年四月丁未条)。
一二 →[四]二〇九頁注一一。前官は刑部少輔(天応元年五月癸未条)。玄蕃頭の前任者は県犬養伯麻呂(延暦四年正月辛亥条)。
一三 →三一三頁注三。主計頭の前任者は本条で主税頭に遷任した石川公足(延暦三年十月

卿《きやう》従四位上[一]壱志濃《いちしの》王・散位《さんゐ》従五位下[二]紀《き》朝臣馬守《うまもり》を[三]田原山陵《たはらのみささぎ》に、中務大輔《ちうむだいふ》正五位上[四]当麻《たぎまのおほきみ》王・中衛中将《ちうゑのちうしやう》従四位下[五]紀《き》朝臣古佐美《こさみ》を[六]後佐保山陵《のちのさほのみささぎ》に遣《つかは》して、[七]皇太子《くわうたいし》を廃《はい》する状《じやう》を告《つ》げしむ。○[十日]壬申、遠江《とほつあふみ》・下総《しもつふさ》・常陸《ひたち》・能登《のと》等の国《くに》、去《さ》りぬる[八]七八月に大《おほき》に風《かぜ》ふきて、五《ご》穀《こく》損傷《そこな》はれ、百姓《はくせい》飢《う》饉ゑぬ。並《ならび》に使《つかひ》を遣《つかは》して、これに賑給《しんごふ》せしむ。○[十二日]甲戌、中衛中将《ちうゑのちうしやう》従四位下兼式部大輔《しきぶだいふ》但馬《たぢまの》[九]守《かみ》紀《き》朝臣古佐美《こさみ》を参議《さむぎ》とす。従五位下[一〇]紀《き》朝臣馬守《うまもり》を中務少輔《ちうむせうふ》。従五位下[一一]下毛野《しもつけの》朝臣年継《としつぐ》を大監物《だいけむもち》。従五位上[一二]文室《ふむや》真人子老《こおゆ》を玄蕃頭《ぐゑんばんのかみ》。従五位上[一三]秦《はだ》忌寸足長《たりなが》を主計頭《しゆけいのかみ》。従五位下[一四]石川《いしかは》朝臣公足《きみたり》を主税頭《しゆさいのかみ》。従五位下[一五]県犬養《あがたいぬかひ》宿禰伯《をぢ》を刑部少輔《ぎやうぶせうふ》。従四位下[一六]大伴《おほとも》宿禰潔足《きよたり》を大蔵卿《おほくらのきやう》。外従五位下[一七]嶋田《しまだ》臣宮成《みやなり》を右京亮《うきやうのすけ》。従五位上[一八]弓削《ゆげ》宿禰塩麻呂《しほまろ》を造東大寺次官《ざうとうだいじじくわん》。従五位下[一九]紀《き》朝臣兄原《えはら》を近衛少将《このゑのせうしやう》。備前介《きびのみちのくちのすけ》は故《もと》の如《ごと》し。外従五位下[二〇]池原《いけはら》公綱主《つなぬし》を将監《しやうげむ》。従五位下[二一]橘《たちばな》朝臣入居《いりゐ》を中衛少将《ちうゑのせうしやう》。近江《ちかつあふみ》介は故《もと》の如《ごと》し。正五位下[二二]笠《かさ》朝臣名《な》末《ま》呂《ろ》を右兵衛督《うひやうゑのかみ》。皇后宮亮《くわうごうぐうのすけ》は故《もと》の如《ごと》し。外従五位下[二三]白鳥村主《しらとりのすぐり》元麻呂《もとまろ》を武蔵大《むざしのだい》掾《じよう》。従五位上[二四]藤原《ふぢはら》朝臣真《ま》友《とも》を下総《しもつふさ》守。左京大夫《さきやうのだいぶ》右衛《ゑ》士督《じのかみ》従三位[二五]坂上《さかのうへ》大宿禰

癸巳条)。
一四 →補36-四〇。前官は主計頭(延暦三年十月癸巳条)。主税頭の前任者は大伴真麻呂(延暦四年八月丙子条)。
一五 →補34-二八。刑部少輔の前任者は本条で玄蕃頭に遷任した文室子老(天応元年五月癸未条)。
一六 →[三]補20-五九。前官は近衛中将(延暦四年八月丙子条)。大蔵卿の前任者は藤原雄依(延暦四年五月甲寅条)。
一七 →補37-二六。右京亮の前任者は甘南備継成(延暦四年七月壬戌条)。
一八 もと弓削御浄朝臣。→[四]一三五頁注一六。造東大寺次官の前任者は林稲麻呂(延暦四年正月辛亥条)。
一九 →二八七頁注二六。備前介を兼ねたのは上文九月辛酉条だが、その時すでに近衛少将であったとしており、本条と齟齬する。
二〇 →補38-六一。
二一 →補37-二四。近江介任官は延暦二年五月。中衛少将の前任者は本条で越前介に遷任した藤原内麻呂(延暦四年八月丙子条)。
二二 →[四]補31-九五。皇后宮亮任官は延暦二年四月。右兵衛督の前任者は五百枝王(延暦元年六月壬申条)。
二三 →三一五頁注二。
二四 是公の男。→補36-七。前官は越前介(延暦三年四月丁未条)。下総守の前任者は本条で越前守を兼ねた坂上苅田麻呂(延暦四年七月己亥条)。
二五 もと坂上忌寸。→[三]二〇五頁注一三。左京大夫任官は本年七月。右衛士督任官は延暦元年五月。越前守の前任者は五百枝王(延暦元年六月壬申条)。国司兼任としては下総守(延暦四年七月己亥条)からの遷。

苅[1]田麻呂為二兼越前守一。従五位上藤原朝臣内麻呂為レ介。従五位下川辺[2]朝臣浄長為二安藝[3]介一。○庚辰、以二善藻[4]法師一為二律師一。○辛巳、従五位下春階王為二遠江守一。従五位下紀朝臣継成為二讃岐介一。○己丑、河内国破壊隄防卅処。単功卅万七千餘人、給レ粮修二築之一。○十一月癸巳朔、授[5]二従四位上石川朝臣垣守正四位上一。○庚子、能登守従五位下三国真人広見、坐レ誣二告[6]謀反一、合レ斬、減二死一等一配二佐渡国一。○壬寅、祀二天神於交野柏原一。賽二宿禱一也[7]。○甲辰、従五位下平群[8]朝臣清麻呂為二大膳亮一。外従五位下麻田連狃賦為二典薬頭一。○丙辰、授二無[9]位藤原朝臣旅[10]子従三位、従五位上笠女王正五位下一。○丁巳、詔、立二安殿親王一為二皇太子一。赦[11]二天下一。高年孝義及鰥寡[12]孤独不レ能二自存一者、並加二賑恤一焉。」是日、授二従四位下紀朝臣古佐美従四位上、正五位下大中臣朝臣諸魚・笠朝臣名末[13]呂並正五位上、従五位上文室真人水通[14]正五位下、従五位下佐伯宿禰老従五位上、外従五位下津連真道、正六[15]位上藤原朝臣仲成・藤原朝臣縵麻呂・紀朝臣楫長・坂上

1 苅〔底原・底新朱抹傍〕↓校補
2 辺〔高擦重〕
3 藝(底新朱抹傍)↓校補
4 藻〔東傍・高傍、大改〕―藤(兼等)
5 授〔兼・谷、大〕―ナシ(東・高)
6 告〔兼・谷、大、類八七〕―ナシ(東・高)
7 也〔谷擦重、大、紀略〕―世(兼・谷原・東・高)
8 群―郡〔底〕
9 無位(底新傍補)―无位(兼等、大)、ナシ〔底原〕↓校補
10 旅〔兼等、大〕―振(東傍・高傍)
11 赦ノ上、ナシ―大(大補)↓校補
12 寡〔底原・底新朱抹傍〕↓校補
13 末(兼等、大)―未〔東傍〕↓校補
14 水通〔東・高、大補〕―ナシ(兼・谷)
15 六〔東抹傍〕―五(東原)

一 房前の孫、真楯の三男。→補36―五六。前官は中衛少将(延暦四年八月丙子条)。越前介の前任者は本条で下総守に遷任した藤原真友(延暦三年四月丁未条)。二 →一六七頁注三。前官は主油正(延暦三年四月壬寅条)。
三 興福寺本僧綱補任の延暦四年条にも「十月十八日任」と見える。
四 →四一四九頁注二八。前官は少納言(延暦二年二月壬申条)。遠江守の前任者は藤原黒麻呂(延暦三年三月乙酉条)。
五 →九三頁注一九。前官は大膳亮(延暦三年四月壬寅条)。讃岐介の前任者は石川浄継(延暦三年三月乙酉条)。
六 上文九月壬寅条の河内国の奏言に「洪水汎溢」と見える。堤防の破壊もこの時か。十月の農閑期において徴発修築に当たったもの。
七 →四補25―五三。従四位上叙位は延暦三年十二月。
八 →一八五頁注二二。能登守任官は延暦三年三月だが、本年七月壬戌条で笠雄宗が能登守に任じており、あるいは「前」が落ちたものか。
九 「誣告」は故意に事実をまげて訴えること。闘訟律40逸文に「誣二告謀反及大逆一者斬」とある。「謀反」は名例律6の八虐に「一曰謀レ反、〈謂謀レ危二国家一〉」。
一〇 神亀元年三月庚申条で佐渡は遠流の国とされている。→三補9―六八。なお佐渡国分寺跡から出土した文字瓦に、官人像の絵とともに「三国真人」と記したものがある。
一一 中国風の天神祭祀。→補38―七〇。
一二 河内国交野郡の遊猟地。→四補31―四二。
一三 河内国交野郡(一一六三頁注二〇)の地名。斉衡三年十一月にも、文徳天皇は大納言藤原良相らを「河内国交野郡柏原野」に遣わして昊天祭を行っている(文徳実録同月壬戌条)。儀

苅《かり》田《た》麻《ま》呂《ろ》を兼越前《こしのみちのくち》守。従五位上[一]藤原《ふぢはら》朝臣内麻呂《うちまろ》を介《すけ》。従五位下川辺《かはへ》[二]朝臣浄長《きよなが》を安藝《あき》介。○庚辰[十八日]、[三]善藻法師《ぜんさうほふし》を律師《りちし》とす。○辛巳[十九日]、従五位下春階《はるしなの》[四]王《おほきみ》を遠江《とほつあふみ》守とす。従五位下紀《き》[五]朝臣継成《つぐなり》を讃岐《さぬき》介。○己丑[二十七日]、河内《かふち》国、破《は》壊《くわい》せる[六]隄防《ていばう》卅処なり。単功《たんくう》卅万七千餘人、粮《らう》を給《きふ》してこれを修築《しうちく》せしむ。

河内国の隄防三十処破壊

十一月癸巳の朔、従四位上[七]石川《いしかは》朝臣垣守《かきもり》に正四位上を授《さづ》く。○庚子[八日]、能《の》登守《とのかみ》従五位下[八]三国《みくに》真人広見《ひろみ》、謀反《むへん》を[九]誣告《むがう》するに坐《つみ》せられて、斬《ざむ》すべけれども、死《し》一等を減《げむ》して[一〇]佐渡《さど》国に配《なが》さる。○壬寅[十日]、[一一]天神《あまつかみ》を[一二]交野《かたの》の[一三]柏原《かしはら》に祀《まつ》る。宿禱《しゆくたう》を賽《つくの》ひてなり。○甲辰[十二日]、従五位下[一四]平群《へぐり》朝臣清麻呂《きよまろ》を大膳亮《だいぜんのすけ》とす。外従五位下[一五]麻田《あさだ》連狦賦《かりふ》を典薬頭《てんやくのかみ》。○丙辰[二十四日]、無位[一六]藤原《ふぢはら》朝臣旅子《たびこ》に従三位を授く。従五位上[一七]笠女王《かさのおほきみ》に正五位下。○丁巳[二十五日]、[一八]詔《みことのり》して、[一九]安殿親王《あてのみこ》を立《た》てて皇太子《くわうたいし》としたまふ。[二〇]天下《あめのした》に赦《しや》す。[二一]高年[二二]孝義《かうねんけうぎ》と[二三]鰥寡孤独《くわんくわこどく》との自在《じぞん》すること能《あた》はぬ者《ひと》に、並《ならび》に賑恤《しんじゆつ》を加《くは》ふ。是《こ》の日《ひ》、[二四]従四位下紀《き》[二五]朝臣古佐美《こさみ》に従四位上を授く。正五位下[二六]大中臣《おほなかとみ》朝臣諸魚《もろうを》・[二七]笠《かさ》朝臣名末呂《なまろ》に並《ならび》に正五位上。従五位上[二八]文室《ふむや》真人水通《みなみち》に正五位下。従五位下[二九]佐伯《さへき》宿禰老《おゆ》に従五位上。外従五位下[三〇]津《つ》連真道《まみち》、正六位上[三一]藤原《ふぢはら》朝臣仲成《なかなり》・[三二]藤原《ふぢはら》朝臣縵麻呂《かづらまろ》・[三三]紀《き》朝臣楫長《かぢをさ》・[三四]坂上《さかのうへ》

天神を交野に祀る

安殿親王立太子

叙位

礼の場となった郊祀壇の跡を、河内志は「在二片鉾村一」(現大阪府枚方市片鉾本町)とし、他にも諸説あるが、未詳。

一四 →補38-三三。前官は典薬頭(延暦四年正月辛亥条)。大膳亮の前任者は上文十月辛巳条で讃岐介に遷任した紀継成(延暦三年四月壬寅条)。

一五 →三一一頁注二四。前官は左大史(延暦四年七月己亥条)。典薬頭の前任者は本条で大膳亮に遷任した平群清麻呂(延暦四年正月辛亥条)。

一六 百川(式家)の女。桓武の夫人。→補38-七一。

一七 他に見えず。系譜未詳。

一八 安殿親王(補37-三二)を皇太子とし、大赦を行うとする詔。桓武同母弟の早良親王の廃太子にともない、桓武第一皇子の安殿親王(母は皇后の藤原乙牟漏)を皇太子とした。

一九 もと小殿親王。→補37-三二。

二〇 大赦。→〔一〕補2-九八。

二一 高年に対する賑恤は一般に年八十以上を対象とするが、年七十以上の場合もある。→〔一〕補3-五四。

二二 賦役令17に見える「孝子・順孫・義夫・節婦」等をさす。→〔一〕一二九頁注一一。

二三 →〔一〕補3-五四。

二四 以下、安殿親王立太子にともなう叙位。

二五 麻路の孫。→〔四〕補25-一〇六。従四位下叙位は天応元年九月。

二六 →五頁注一。正五位下叙位は延暦三年十二月。

二七 →〔四〕補31-九五。正五位下叙位は本年六月。

二八 →〔四〕補25-九〇。従五位上叙位は宝亀七年正月。

二九 →〔四〕二九三頁注一八。従五位下叙位は延暦三年正月。

三〇 のち菅野朝臣。→〔一〕補1-二。外従五位下叙位は延暦二年正月。

三一 種継(式家)の長子。→補38-七二。

三二 種継(式家)の第二男。→補38-七三。

三三 船守の男。のち勝長(補任)。→補38-七四。

三四 →補38-七五。

大宿禰田村麻呂並従五位下、外従五位下[1]上毛野公我人・池原公綱[2]主並外従五位上一。又以二右大弁従三位兼播磨守石川朝臣名足・近衛大将従三位兼中宮大夫常陸守紀朝臣船守並為二中納言一。[3]大納言中務卿正[4]三位藤原朝臣継縄[5]為二兼皇太子傅[6]一。大外記従五位下朝原忌寸道永・左兵衛佐従五位下津連真道並為二学士[7]一。参議従四位上紀朝臣古佐美為二春宮大夫一。中衛中将・式部大輔・但馬守如レ故。従五位上安倍朝臣[8]広津麻呂為[9]レ亮[10]。皇后宮少進・常陸大掾如レ故。○庚子[11]、詔、賀[12]茂上下[13]神社充[14]二愛宕[15]郡[16]封各十戸一。○十二月辛未、近江国人従七位下勝首益麿[17]、起二去二月一迄二十月一、所[18]レ進役夫[19]惣三万六千餘人、以二私粮一給レ之。以レ労[20]授二外従五位[21]下一、而譲二其父[22]真公一。有レ勅許レ之。○甲申、故遠江介従五位下菅原宿禰古人男四人給二衣粮[23]一令レ勤二学業一。以二其父[24]侍読之労一也。

続日本紀　巻[25]第卅八

1上—ナシ(東)
2綱〔底〕—縄
3大納言—ナシ(東)
4三—二(東)
5縄(底傍補)—ナシ〔底原〕
6傅—傳(東)
7士〔兼・東・高、大改〕—子(谷)
8臣ノ下、ナシ〔大衍〕—口(兼等)　9為〔底重〕　10亮〔底原・底新朱抹傍〕→校補
11庚子→校補
12賀(底新補)—ナシ〔底原一字空〕→校補　13上下→校補
14充(底新傍朱イ)—免〔底〕
15宕〔東・高、大〕—岩(兼・谷)
16郡〔谷擦重、大〕—部(兼・谷原・東・高)
17麿〔底原〕—麻呂(底新朱抹傍・兼等、大、紀略)→校補
18所(底新補)—ナシ〔底原一字空〕→校補
19夫(底新傍補)—ナシ〔底原〕→校補
20労〔紀略補〕—ナシ(紀略原)
21五(底新補)—ナシ〔底原一字空〕→校補
22父〔谷擦重、大、紀略〕—文(兼・谷原・東・高)
23衣粮令(底新補)—ナシ〔底原三字空〕→校補
24父〔底原・底新朱抹傍〕→校補
25巻〈意補〉(大補)—ナシ〔兼等〕

一　→二九一頁注二六。外従五位下叙位は延暦三年四月。
二　→補38-六一。外従五位下叙位は本年九月。
三　→三補23-五。右大弁には天応元年五月に任じているが、本年七月己亥条で左大弁に遷任し、右大弁には大中臣子老が任じているから、ここは「左大弁」とあるべきか。播磨守任官は延暦二年二月。
四　→四補25-四一。近衛大将任官は本年正月。中宮大夫任官は延暦三年七月。常陸守任官は同元年六月。
五　以下、新皇太子安殿親王の東宮職員関係の任官。
六　→三二六一頁注一。大納言任官は延暦二年七月。中務卿には天応元年五月に任じているが、本年七月己亥条で、継縄は大納言で大宰帥を兼ね、中納言藤原小黒麻呂が中務卿を兼ねているから、ここの「中務卿」は不審。
七　→補36-六三。大外記任官は延暦元年閏正月。
八　のち菅野朝臣。→一補1-二。左兵衛佐任官は延暦三年十一月。
九　麻路の孫。→四補25-一〇六。参議任官は本年十月。中衛中将任官は延暦四年正月。式部大輔任官は同二年五月。但馬守任官は同元

石川名足・紀船守を中納言に任命春宮職官人を任命

大宿禰田村麻呂《たむらまろ》に並《ならび》に従五位下。外従五位下上毛野《かみつけの》[一]公我人《わひと》・池原《いけはら》[二]公綱主《つなぬし》に並に外従五位上。また、右大弁《うだいべん》従三位兼播磨守《はりまのかみ》[三]石川《いしかは》朝臣名足《なたり》・近衛大将《このゑのだいしやう》従三位兼中宮大夫《ちうぐうだいぶ》常陸守《ひたちのかみ》[四]紀朝臣船守《ふなもり》を並に中納言《ちうなふごん》とす。大納言《だいなふごん》[五]中務卿《ちうむきやう》正三位藤原《ふぢはら》[六]朝臣継縄《つぐただ》を兼皇太子傅《くわうたいしふ》。大外記《だいぐゑき》従五位下朝原《あさはら》[七]忌寸道永《みちなが》・左兵衛佐《さひやうゑのすけ》従五位下津《つ》[八]連真道《まみち》を並に学士《がくし》。参議《さむぎ》従四位上紀《き》[九]朝臣古佐美《こさみ》を春宮大夫《しゆんぐだいぶ》。中衛中将《ちうゑのちうしやう》・式部大輔《しきぶだいふ》・但馬《たぢま》守は故《もと》の如《ごと》し。従五位上安倍《あへ》[一〇]朝臣広津麻呂《ひろつまろ》を亮《すけ》。皇后宮少進《くわうごうせうしん》・常陸大掾《ひたちのだいじよう》は故《もと》の如《ごと》し。○庚子、[一一]詔《みことのり》して、賀茂《かも》[一二]の上下《かみしも》の神社《かむやしろ》に愛宕《おたぎ》[一三]郡の封《ふう》各《おのおの》十戸を充《あ》てたまふ。

菅原古人の男子四人に衣粮を給す

十二月（壬戌朔）辛未（十日）、近江《ちかつあふみ》国の人《ひと》従七位下勝《すぐり》[一四]首益麿《ましまろ》、去《さ》る二[一五]月起《よ》り十月迄《まで》に、進《たてまつ》れる役夫《やくぶ》惣《すべ》て三万六千餘人、私《わたくし》の粮《らう》を以《もち》てこれに給《きふ》す。労《らう》を以《もち》て外従五位下を授《さづ》くれども、その父真公《ちちまとも》[一六]に譲《ゆづ》る。勅《みことのり》有りて、これを許《ゆる》したまふ。○甲申（二十三日）、故遠江介《なきとほつあふみのすけ》従五位下菅原《すがはら》[一七]宿禰古人《ふるひと》が男《をのこご》[一八]四人に、衣粮《いりやう》を給《た》びて学業《がくげふ》を勤《つと》めしむ。その父《ちち》の侍読《じどく》[一九]の労《らう》を以《もち》てなり。

年二月。
一〇 →二八七頁注二一。「皇后宮少進」とあるが、本年八月に任じられた「皇后宮大進」とあるべきか。常陸大掾任官は本年正月。
一一 上文にすでに庚子(八日)条があり、大系本頭注は「宜レ合ニ此条于上文一、一本作ニ庚申一」とする。「庚申」とすると二十八日。
一二 →㊀補1-六二。
一三 →補36-一七。
一四 他に見えず。勝首は、百済系渡来氏族の勝氏の一系か。勝は姓氏録山城諸蕃に「上勝同祖、百済国人多利須々之後也」とある(摂津諸蕃も同様)。近江国の勝首には、天平宝字六年四月廿一日愛智郡司解に「勝毗登豊成」が知られる(古五-二二九頁)。
一五 二月から十月までの九か月間なので、累計三万六〇〇〇余人は毎月約四〇〇〇人となる。造宮のための役夫であろう。この造宮役夫を進め、彼らに私粮を提供していた。
一六 他に見えず。
一七 もと土師宿禰。→補35-五〇。天応元年六月に菅原姓を賜わった(補36-五三)。古人の家の貧困については、男の清公の薨伝に「父古人、儒行高レ世、不ニ与レ人同一。家無ニ余財一、諸児寒苦」と見える(続後紀承和九年十月丁丑条)。
一八 菅原氏系図には菅原古人の子として清公・清岡・清人の三人が見えるが、道真の孫文時の天暦十年十一月廿一日付の奏状「申ニ学問料一」に「高祖父従三位清公朝臣兄弟四人」とあり、古人に四人の男子のあったことが裏づけられる(本朝文粋六)。清公は是善の父で、道真の祖父にあたる。代々学者の家系。
一九 天皇または皇太子(ここでは桓武)に漢籍を講ずる職。

続日本紀　巻[1]第卅九　[2]起二延暦五年正月一尽二七年十二月一

右大臣正二位兼行皇太子[3]傅[4]中衛大将

臣藤原[5]朝臣継縄等奉レ[6]勅撰

今皇帝

[7]五年春正月壬辰朔、宴二五位已上一。賜レ禄有レ差。○乙未、授二无位長津王従五位下一。○[8]戊戌、宴二五位已上一。授二正四位下神王正四位上、[9]従四位上壱志濃王正四位下、従五位下篠嶋王従五位上、従四位上大中臣朝臣子老正四位下、正五位上紀朝臣犬養従四位下、正五位下文[10]屋真人高嶋、従五位上藤原朝臣雄友・藤原朝臣[11]内麻呂並正五位上、従五位上藤原朝臣菅継正五位下、従五位[12]下藤原朝臣乙叡従五位上、外従五位下長尾[13]忌[14]寸金村・物部多藝宿禰国足、外正五位下丹比宿禰真浄、外従五位上上毛野公大川、正六位上佐伯宿禰志賀麻呂・阿[15]倍朝臣名継、従七位上和朝臣家麻呂、正六位上多治比真人賀智・紀朝臣[16]楫人・藤原

1 巻〈意補〉(大補)―ナシ
2 起延暦五年正月尽七年十二月(底新補)―ナシ〔底原空〕→校補
3 傅―傳(谷)
4 中(底補)―ナシ〔底原〕→校補
5 朝臣―ナシ(東)
6 勅→校補
7 五年→校補
8 戊〔底原・底新重〕→校補
9 従四位上(底新傍補)―ナシ〔底原〕→校補
10 屋〔底原〕―室(底新朱抹傍・兼等、大)
11 内―圓(東)
12 下―上(大)
13 忌〔底重〕
14 寸金村(底新補)―ナシ〔底原三字空〕→校補
15 倍(底重・谷・東・高、大)―位〔底原〕、倍(兼)
16 楫→校補

一 →一二一頁注一。
二 桓武天皇。「桓武」の謚号→補37―一。皇帝号→㊀二三五頁注二五。
三 元日節会。元日朝賀の儀→㊀補1―四九。前年の場合、長岡遷都後始めての正月宴であり、内裏において行われたことが見えるが、ここでは場所については不詳。
四 三原王の男。→㊃補31―七三。
五 七日節会(白馬の節会)。→㊁補9―五〇。
六 七日節会に伴う叙位。正月七日の叙位記事は、慶雲元・三年、和銅三年、養老元年、天平十四・十七・二十年、天平勝宝六年、天平宝字八年、天平神護元年、神護景雲二年、宝亀四・五・七・八・十一年、延暦三・四・五・六・(八)・十年の各年に見られるが、節会の記事とともに確認されるのは、先の二二例のうち、天平十四・十七・二十年、神護景雲二年、宝亀四・五・十一年、延暦三・四・五・(八)・十年の各年である。
七 →㊃一五一頁注三七。正四位下叙位は宝亀十一年三月。
八 →㊃補28―四。従四位上叙位は天応元年四月。
九 →㊃一四九頁注一六。従五位下叙位は神護景雲元年正月。
一〇 もと中臣朝臣。→㊃一五一頁注四〇。従四位上叙位は天応元年四月。
一一 →㊃補31―六六。正五位上叙位は延暦二年二月。
一二 文室真人とも。→㊂四二一頁注一三。正五位下叙位は延暦四年正月。

続日本紀　巻第卌九　延暦《えんりやく》五年正月起《よ》り七年十二月尽《ま》で

[一]右大臣《うだいじん》正二位《しやうにゐ》兼行《ぎやう》皇太子《くわうたいし》傅《ふ》中衛大将《ちうゑのだいしやう》臣
藤原朝臣継縄《ふぢはらのあそみつぐただ》ら勅《みことのり》を奉《う》けたまはりて撰《せん》す

[二]今皇帝《いまのすめらみこと》

七八六年
叙位

五年[丙寅]春正月壬辰の朔、五位已上を[三]宴《うたげ》す。禄《ろく》賜《たま》ふこと差《しな》有り。○乙未[四日]、无位[四]長津王《ながつのおほきみ》に従五位下を授《さづ》く。○戊戌[七日]、五位已上を[五]宴《うたげ》す。[六]正四位下[七]神《みわ》王に正四位上を授く。従四位上[八]壱志濃《いちしの》王に正四位下。従五位下[九]篠嶋《しのしま》王に従五位上。従四位上[一〇]大中臣《おほなかとみ》朝臣子老《こおゆ》に正四位下。正五位上[一一]紀《き》朝臣犬養《いぬかひ》に従四位下。正五位下[一二]文屋《ふむや》真人高嶋《たかしま》、従五位上[一三]藤原《ふぢはら》朝臣雄友《をとも》・[一四]藤原《ふぢはら》朝臣内麻呂《うちまろ》に並《ならび》に正五位上。従五位上[一五]藤原《ふぢはら》朝臣菅継《すがつぐ》に正五位下。従五位下[一六]藤原《ふぢはら》朝臣乙叡《おとえ》に従五位上。外従五位下[一七]長尾《ながを》忌寸金村《かなむら》・[一八]物部多藝《もののべのたぎ》宿禰国足《くにたり》、外正五位下[一九]丹比《たぢひ》宿禰真浄《まきよ》、外従五位上[二〇]上毛野《かみつけの》公大川《おほかは》、正六位上[二一]佐伯《さへき》宿禰志賀麻呂《しかまろ》・[二二]阿倍《あへ》朝臣名継《なつぐ》、従七位上[二三]和《やまと》朝臣家麻呂《いへまろ》、正六位上[二四]多治比《たぢひ》真人賀智《かち》・[二五]紀《き》朝臣楫人《かぢひと》・[二六]藤原《ふぢはら》

一三　→補37–一三。従五位上叙位は延暦四年八月。
一四　房前の孫、真楯の三男。→補36–五六。従五位上叙位は延暦四年八月。
一五　→四補32–五三。従五位上叙位は延暦二年正月。
一六　→二九七頁注二一。従五位下叙位は延暦三年五月。
一七　→四補31–四一。外従五位下叙位は宝亀二年正月。
一八　もと多芸連。→補34–五三。外従五位下叙位は天応元年四月。
一九　→四七頁注二。外正五位下叙位は延暦三年十二月。
二〇　→補35–一七。外従五位上叙位は延暦三年十二月。
二一　他に見えず。佐伯宿禰→一二七頁注一三。
二二　安倍朝臣とも。下文己未(二十八日)に右大舎人助、延暦十年七月右兵庫頭となる。阿倍朝臣→一補1–一四二。
二三　高野弟嗣の孫、新笠の甥。下文己卯(二十四日)に伊勢大掾、延暦七年二月造酒正、同十年正月内厩助などを歴任し(続紀)、同十五年三月参議となる(補任)。同二十三年四月辛未に中納言従三位で没、七十一歳。同日、従二位大納言を追贈(後紀)。和朝臣→二六九頁注七。
二四　下文己卯(二十四日)に信濃介、延暦十年七月宮内少輔となる。多治比真人→一補1–一二七。
二五　本年八月武蔵介となる。紀朝臣→一補1–三一。
二六　延暦十年正月丹波介(続紀)、同十五年十二月内厩頭、大同三年六月左馬頭などを歴任(後紀)。藤原朝臣→一補1–二九。

朝臣清主・百済王孝徳並従五位下㆒。宴訖、賜㆑禄有㆑差。」
左京大夫従三位兼右衛士督下総守坂上大宿禰苅[1]田麻呂薨。
苅[2]田麻呂、正四位上犬養之子也。宝字中、任㆓授刀少尉㆒。
八年、恵美仲麻呂作㆑逆。先遣㆓其息訓儒麻呂㆒、邀㆓奪[3]
鈴・印[4]㆒。苅[5]田麻呂与㆓将曹牡[6]鹿嶋足㆒、共奉㆑詔載馳、射㆓
訓儒麻呂㆒而殺之。以㆑功授㆓従四位下勲[7]二等㆒、賜㆓姓大忌[8]
寸㆒、補㆓中衛少将兼甲斐守㆒。語在㆓廃帝紀㆒。宝亀初、加㆓
正四位下㆒、出為㆓陸奥鎮守将軍㆒。居无㆑幾徴入、歴㆓近衛[9]
員[10]外中将、丹波・伊豫等国守㆒。天応元年、授㆓正四位上㆒、
遷㆓右衛士督㆒。苅[11]田麻呂、家世事㆓弓馬㆒善㆓馳[12]射㆒。宿㆓衛
宮掖㆒、歴㆓事数朝㆒。天皇、寵遇優厚、別賜㆓封五十戸㆒。延
暦四年、授㆓従三位㆒、拝㆓左京大夫㆒。右衛士督・下総守
如㆑故。薨時、年五十九。○乙巳、授㆓正四位上紀朝臣宮
子・橘朝臣真都賀・藤原朝臣諸姉並従三位、従四位下美[13]
作女王従四位上、従五位下八上女王正五位下、従五位下
忍坂女王・置始女王並従五位上、従四位上多治比真人古
奈祢[14]正四位下、

1・2 苅→校補
3 奪〔底原・底新朱抹傍〕↓校補
4 印〔底新朱抹傍〕↓校補
5 苅→校補
6 曹〔底新朱抹傍〕—軍〔底原〕
7 勲—動〔底〕
8 忌寸補〔底新補〕—ナシ〔底原三字空〕↓校補
9 衛ノ下、ナシ—中将〔底〕↓脚注
10 員—冥〔底〕
11 苅→校補
12 馳〔大補〕—ナシ〔兼等〕
13 従四位下美作女王—ナシ（高）
14 祢→校補

一 他に見えず。あるいは延暦七年二月丙午条に見える百済王教徳と同一人か。百済王→[一]三一頁注一七。
二 もと坂上忌寸。→[三]二〇五頁注一三。左京大夫任官は延暦四年七月。従三位叙位は延暦四年二月。右衛士督には天応元年五月に任じられたが、延暦元年閏正月に氷上川継事件に坐し解任され、同年五月に復された。坂上大宿禰苅田麻呂の下総守任官→補39―一。
三 →[二]補12―二九。正四位上叙位は天平勝宝八歳五月。 四 天平宝字八年九月に授刀少尉として見える。 五 もと藤原仲麻呂。武智麻呂の第二子。→[二]補11―四七。恵美押勝の乱→[四]補25―三五。 六 もと藤原浄弁。仲麻呂の男。→[三]補20―五七。 七 押勝の乱における鈴・印争奪→[四]補25―三七。 八 もと丸子嶋足。→[三]補19―六。 九 従四位下昇叙は天平宝字八年九月、勲二等授与は天平神護元年正月。
一〇 大忌寸への改賜姓は天平宝字八年九月。
一一 天平宝字六年正月癸未までは藤原恵美真先が鎮国衛驍騎将軍（中衛少将）であることが見え、苅田麻呂は同八年十月癸未に中衛少将であることが見えるが、任じられた年次については不明。 一二 甲斐守任官は天平宝字八年十月。 一三 廃帝は淳仁天皇。廃帝紀は続紀巻二十五を指す。 一四 正四位下叙位は宝亀元年八月。 一五 陸奥鎮守将軍任官は宝亀元年九月。
一六 底本には「近衛中将員外中将」とあるが、兼右本等は「近衛員外中将」とあるのみ。「近衛中将」任官のことは見えず、底本の「中将」は誤入か。近衛員外中将は、宝亀三年四月庚午条に「近衛員外中将坂上大忌寸苅田麻呂」と見え、これより先天平神護元年八月庚申朔条には粟田道麻呂がその任にあることが見られるので、その間に任じられたものか。

坂上苅田麻呂没

朝臣清主《きよぬし》・[一]百済王《くだらのこにきし》孝徳《けうとく》に並《ならび》に従五位下。宴訖《うたげをは》りて、禄賜《ろくたま》ふこと差《しな》有り。左京大夫《さきやうのだいぶ》従三位兼右衛士督《うゑじのかみ》下総守《しもつふさのかみ》[二]坂上《さかのうへ》大宿禰苅田麻呂《かりたまろ》薨《こう》しぬ。苅田麻呂《かりたまろ》は正四位上[三]犬養《いぬかひ》が子《こ》なり。宝字中《ほうじちう》に[四]授刀少尉《たちはきのせうゐ》に任《にむ》せらる。八年、[五]恵美仲麻呂《ゑみのなかまろ》、逆《さかしま》を作《な》す。先《ま》づその息《こ》[六]訓儒麻呂《くすまろ》を遣《つかは》して、[七]鈴《すず》・印《おして》を邀《むか》へて奪《うば》はしむ。苅田麻呂《かりたまろ》と[八]将曹《しやうざう》牡鹿嶋足《をしかのしまたり》と、共《とも》に詔《みことのり》を奉《う》けたまはりて載《すなは》ち馳《は》せ、訓儒麻呂《くすまろ》を射《い》て殺《ころ》す。功《いさをし》を以《もち》て[九]従四位下勲《くん》二等を授《さづ》けられ、姓[一〇]大忌寸《おほいみき》を賜《たま》はり、[一一]中衛少将《ちうゑのせうしやう》兼[一二]甲斐《かひ》守に補《ふ》せらる。語《こと》は[一三]廃帝《はいてい》の紀《き》に在《あ》り。宝亀《ほうくゐ》の初《はじめ》に[一四]正四位下を加《くは》へられ、出《い》でて[一五]陸奥鎮守将軍《みちのおくのちんしゆしやうぐん》と為《な》る。居《を》ること幾《いくばく》も无《な》くして徴《め》し入《い》れられ、[一六]近衛員外中将《このゑのゐんぐゑのちうしやう》、[一七]丹波《たには》・[一八]伊予《いよ》等の国守《くにのかみ》を歴《へ》たり。天応《てんおう》元年、[一九]正四位上を授けられて[二〇]右衛士督《うゑじのかみ》に遷《うつ》る。苅田麻呂《かりたまろ》は、家世弓馬《いへよよきうば》を事《こと》とし、馳射《ちしや》を善《よ》くす。宮掖《くうやく》に宿衛《とのゐまもり》して[二一]数朝《すでう》に歴事《れきじ》す。天皇《すめらみこと》の寵遇優厚《ちようぐういうこう》にして、別《べち》に[二二]封《ふう》五十戸を賜ふ。延暦《えんりやく》四年、従三位を授けられて左京大夫《さきやうのだいぶ》を拝《はい》す。右衛士督《うゑじのかみ》・下総守《しもつふさ》は故《もと》の如《ごと》し。薨《こう》しぬる時《とき》、[二三]年《とし》五十九。

女叙位

○乙巳[十四日]、[二四]正四位上[二五]紀《き》朝臣宮子《みやこ》・[二六]橘《たちばな》朝臣真都賀《まつが》・[二七]藤原《ふぢはら》朝臣諸姉《もろね》に並に従三位を授く。従四位下[二八]美作女王《みまさかのおほきみ》に従四位上。従五位下[二九]八上《やかみ》女王に正五位下。従五位下[三〇]忍坂《おしさか》女王・[三一]置始《おきそめ》女王に並に従五位上。従四位上[三二]多治比《たぢひ》真人古奈祢《こなね》に正四位下。

一七 丹波守任官は宝亀八年十二月。
一八 伊予守任官は延暦三年三月。
一九 正四位上叙位は天応元年四月。
二〇 右衛士督任官は天応元年五月。
二一 何代もの朝廷に仕えたことをいう。具体的には孝謙から桓武までの朝廷。
二二 禄令15の「凡令条之外、若有㆓特封及増㆒者、並依㆓別勅㆒」による賜封。その時期は不明。また、天平神護二年二月丁未条には功田二〇町を賜わったことが見えるが、ここには見えない。
二三 補任延暦五年条にも薨年「五十九」とあり、同じく延暦四年条の「神亀五年戊辰生」とも合致する。以上の苅田麻呂の事蹟はその内容において一部を除いて殆ど続紀本文の記事によって確認できる。薨卒伝の素材→補39-一。
二四 以下、女叙位。
二五 →五頁注二六。正四位上叙位は延暦二年二月。
二六 麻都賀とも。→[三]補20-四〇。正四位上叙位は延暦四年正月。
二七 →[四]二六九頁注一三。正四位上叙位は延暦四年正月。
二八 美作王と同一人。→補34-六。従四位下叙位は宝亀七年正月。
二九 →二五九頁注三一。延暦二年二月壬子条には八上王とあるが、当該記事が女叙位関連記事であることから、延暦二年の八上王は八上女王のことで、その時従五位下に叙位。神護景雲元年正月己巳条に无位より従五位下に昇叙した八上王は別人。
三〇 →[四]二四一頁注一〇。従五位下叙位は天応元年九月。
三一 →一四五頁注一九。従五位下叙位は宝亀十一年五月。
三二 古奈弥とも。→[四]二二一頁注四。従四位上叙位は宝亀九年四月。

正五位上武蔵宿禰家刀自従四位下、正五位下藤原朝臣春蓮・藤原朝臣勤[1]子並正五位上、従[2]五位下坂上大宿禰又[3]子・藤原朝臣明子・三嶋宿禰広宅並正五位下、従五位下[4]安[5]倍朝臣里[6]女従五位上、外従五位下山口宿禰家足、无位紀朝臣古[7]刀自・藤原朝臣姉・藤原朝臣鷹子、正六位上賀茂朝臣三月、无位錦部連姉継並従五位下。○戊[8]申、以二従三位藤原朝臣旅子為二夫人一。○壬子、於二近江国滋賀郡一、始造二梵釈寺一矣。○乙卯、以二従五位下藤原朝臣宗嗣[9]為二伊勢守一。従五位下和朝臣家麻呂為二大掾一。外従五位下井上直牛養為二尾張介一。従五位下紀朝臣広足為二駿河守一。内薬正侍医従[10]五位下吉田連古麻呂為二兼常陸大掾一。正四位下多治比真人長野為二近江守一。従五位下紀朝臣楫長為レ介。従[11]五位下多治比真人賀智為二信濃介一。正五位上藤原朝臣内麻呂為二越前守一。春宮亮従五位上安倍朝臣広津麻呂為二兼介一。従五位上文屋[12]真人忍坂麻呂為二因幡守一。従五位下藤原朝臣真鷲為二伯耆守一。式部少輔従五位下笠朝臣江人為二兼播磨[13]大掾一。従五位下伊勢朝臣水通為二紀伊

1 勤〔兼、大〕―勤(谷・東・高)
2 従ノ上、ナシ(底新抹)―従五位上〔底原〕→校補
3 又〔兼・谷、大〕―父(東・高)
4 位―ナシ(高)
5 倍〔底新朱抹傍〕―位〔底原〕
6 里〔兼等〕―黒(大改)→脚注・校補
7 古〔底新朱抹傍〕―左〔底原〕
8 戊申→校補
9 嗣〔底新朱抹傍〕―副〔底原〕
10 従五位下〔大補〕―ナシ(兼等)
11 五―ナシ〔底〕
12 屋〔底原〕―室(底新朱抹傍・兼等、大)
13 磨―麻〔底〕

一 →〔四〕三二一頁注五。正五位上叙位は延暦四年正月。 二 →二二五頁注一五。正五位下叙位は延暦四年正月。 三 →〔四〕四五三頁注三。 四 もと坂上大忌寸。→二六一頁注一四。従五位下叙位は延暦二年二月。 五 →二一三頁注二七。従五位下叙位は天応元年十一月。 六 →二六一頁注一五。従五位下叙位は延暦二年二月。 七 原文「里女」に作るが、延暦二年二月壬子条・同八年正月己巳条の「黒女」と同一人物であろう。→二六一頁注一二。従五位下叙位は延暦二年二月。 八 もと山口忌寸。→二四五頁注一七。山口宿禰→補38-四九。 九 他に見えず。紀朝臣→〔一〕補1-三一。 一〇 天平宝字四年正月に無位から従五位下に叙された姉は同一人か。→〔三〕補22-五八。 一一 他に見えず。藤原朝臣→〔一〕補1-二九。 一二 他に見えず。賀茂朝臣→〔一〕三一頁注二六。 一三 延暦七年二月に従五位上に昇叙、皇太子安殿親王の乳母と見える。錦部連→〔一〕補2-一二。 一四 →三五三頁注一六。 一五 天皇の配偶者の身位の一つ。→〔一〕五頁注二八。桓武の後宮→補39-二。 一六 →〔二〕三三頁注一一。 一七 →補39-四。 一八 宇合の孫、蔵下麻呂の第一子(分脈)。→一二五頁注五。前官は因幡守(延暦四年七月壬戌条)。伊勢守の前任者は本条で近江守に転任した多治比長野(延暦三年三月乙酉条)。 一九 →三五七頁注一三。 二〇 →三四一頁注二二。前官は主計助(延暦四年七月壬戌条)。 二一 →補38-一三。前官は衛門佐(延暦四年正月辛亥条)。駿河守の前任者は阿倍祖足(延暦元年正月己巳条)。 二二 天皇・中宮・東宮の診療を担当する官司の長官。 二三 職員令11に「侍医四人〈掌、供二奉診候一、医薬事〉」とある。 二四 宜の子。→補34-五。内薬正任官は延暦三

藤原旅子を夫人とする

梵釈寺造営

任官

正五位上[一]武蔵《むざし》宿禰家刀自《いへとじ》に従四位下。正五位下[二]藤原《ふぢはら》朝臣春蓮《しゅんれん》・[三]藤原《ふぢはら》朝臣勤子《いそしこ》に並《ならび》に正五位上。従五位下[四]坂上《さかのうへ》大宿禰又子《またこ》・[五]藤原《ふぢはら》朝臣明子《あきこ》・[六]三嶋《みしま》宿禰広宅《ひろやけ》に並に正五位下。従五位下[七]安倍《あへ》朝臣里女に従五位上。外従五位下[八]山《やま》口《ぐち》宿禰家足《いへたり》、无位[九]紀《き》朝臣古刀自《ことじ》・[一〇]藤原《ふぢはら》朝臣姉《あね》・[一一]藤原《ふぢはら》朝臣鷹子《たかこ》、正六位上[一二]賀《か》茂《も》朝臣三月《やよひ》、无位[一三]錦部《にしこり》連姉継《あねつぐ》に並に従五位下。○戊申[十七日]、従三位[一四]藤原《ふぢはら》朝臣旅《たび》子《こ》を[一五]夫人《ぶにん》とす。○壬子[二十一日]、近江《ちかつあふみ》国[一六]滋賀《しが》郡に始《はじ》めて[一七]梵釈寺《ぼんしゃくじ》を造《つく》る。○乙卯[二十四日]、従五位下[一八]藤原《ふぢはら》朝臣宗嗣《むねつぐ》を伊勢《いせ》守とす。従五位下[一九]和《やまと》朝臣家麻呂《いへまろ》を大掾《だいじょう》。外従五位下[二〇]井上《ゐのうへ》直牛養《うしかひ》を尾張介《をはりのすけ》。従五位下[二一]紀《き》朝臣広足《ひろたり》を駿河《するが》守。[二二]内薬正《ないやくのかみ》[二三]侍《じ》医《い》従五位下[二四]吉田《きった》連古麻呂《こまろ》を兼常陸大掾《ひたちのだいじょう》。正四位下[二五]多治比《たぢひ》真人長野《ながの》を近江《ちかつあふみ》守。従五位下[二六]紀《き》朝臣楫長《かぢをさ》を介。従五位下[二七]多治比《たぢひ》真人賀智《かち》を信濃《しなの》介。正五位上[二八]藤原《ふぢはら》朝臣内麻呂《うちまろ》を越前《こしのみちのくち》守。春宮亮《しゅんぐのすけ》従五位上[二九]安倍《あへ》朝臣広津麻呂《ひろつまろ》を兼介《すけ》。従五位上[三〇]文屋《ふむや》真人忍坂麻呂《おしさかまろ》を因幡《いなば》守。従五位下[三一]藤原《ふぢはら》朝臣真鷲《まわし》を伯耆《ははき》守。式《しき》部《ぶ》少輔《せうふ》従五位下[三二]笠《かさ》朝臣江人《えひと》を兼播磨大掾《はりまのだいじょう》。従五位下[三三]伊勢《いせ》朝臣水通《みなみち》を紀伊《き》

年四月。侍医任官年時は不詳。常陸大掾の前任者は本条で兼越前介となった安倍広津麻呂(延暦四年十一月丁巳条)。二五 池守の孫、家主の男。→四補26―一。前官は伊勢守(延暦三年三月乙酉条)。近江守の前任者は延暦四年九月に暗殺された藤原種継(延暦二年正月廿日付の最澄度縁案〔平遺四二八一号〕)。二六 →補38―七四。近江介の前任者は橘入居(延暦四年十月甲戌条)。二七 →三五七頁注二四。二八 房前の孫、真楯の三男。→補36―五六。越前守の前任者は坂上苅田麻呂(延暦四年十月甲戌条)。上文戊戌(七日)条の苅田麻呂の死去により介(延暦四年十月甲戌条)である内麻呂が守となったものか。二九 →二八七頁注二一。春宮亮任官は延暦四年十一月。越前介の前任者は本条で守に昇任した藤原内麻呂(延暦四年十月甲戌条)。越前介へは皇后宮大進・常陸大掾(延暦四年十一月丁巳条)より転任。三〇 文室真人とも。→四補28―五。前官は木工頭(延暦四年正月辛亥条)。因幡守の前任者は本条で伊勢守に転任した藤原宗継(延暦四年七月壬戌条)。三一 魚名の男。→補36―六〇。前官は大学頭(延暦四年七月壬戌条)。伯耆守の前任者は紀白麻呂(延暦四年正月辛亥条)。三二 →補38―五三。式部少輔任官は延暦四年八月。播磨大掾の前任者は筑紫広嶋(延暦四年正月辛亥条)。三三 →補36―四二。前官は内匠頭(延暦四年正月辛亥条)。紀伊守の前任者は大伴仲主(延暦元年閏正月庚子条)。

一 阿倍朝臣とも。→補38―二二。大監物の前任者は下毛野年継(延暦四年十月甲戌条)。

二 →三五三頁注三一。皇后宮大進の前任者は上文乙卯(二十四日)条で兼越前介となった安倍広津麻呂(延暦四年八月丙子条)。

三 →四

守一。○己未、地[1]震。」従五位下安倍朝臣枚麻呂為二大監物一。従五位下藤原朝臣縵麻呂為二皇后宮大進一。正五位上安倍朝臣家麻呂為二左大舎人頭一。従五位下安倍朝臣名継為二右大舎人助一。従五位上紀朝臣作良為二大学頭一。従五位下県犬養宿禰継麻呂為二散位助一。外従五位下林連浦海為二主計助一。従五位下藤原朝臣乙友為二宮内少輔一。従五位下文室真人久賀麻呂為二木工頭一。外従五位下国中連三成為レ助。外従五位下上村主虫麻呂為二官[2]奴正一。従四位上佐伯宿禰久良[3]麻呂為二兼[4]左京大夫一。従五位下藤原朝臣縄主為二中衛[5]少将一。従五位下藤原朝臣仲成為二衛門佐一。皇后宮亮正五位上笠朝臣名末呂為二兼右衛士督一。従五位上百済王玄鏡為二右兵衛督一。従五位下文[6]室真人大原為レ佐。従五位下大宅朝臣広江為二美濃介一。従五位下安倍[7]朝臣[8]真黒麻呂為二出雲介一。○二[9]月己巳、出雲国々[10]造出雲臣国成奏二神吉事一。其儀如レ常。賜二国成及祝部物一、各有レ差。○丁丑、従四位上紀朝臣古佐[11]美為二右大弁一。春宮大夫・中衛中将・但馬守[12]如レ故。中納言従三位石川[13]朝臣名足[14]為二兼中宮

1 地→校補
2 官〔兼重〕―宮(兼原)
3 良〔大補〕―ナシ(底新傍朱按・兼等)→校補
4 兼〔底〕―ナシ→脚注・校補
5 衛〔谷擦重、大〕―将(兼・谷原・東・高)
6 文―父〔底〕
7 倍(底新朱抹傍)―位〔底原〕
8 臣(底新傍補)―ナシ〔底原〕
9 二月→校補
10 々〔東・高〕―国(兼・谷、大)、ナシ(紀略)
11 佐(底新補)―ナシ〔底原一字空〕→校補
12 守〔谷抹傍、大〕―頭(底新傍朱イ・兼・谷原・東・高)→校補
13 朝臣〔大補〕―ナシ(兼等)
14 足〔底原・底新朱抹傍〕→校補

補32―一二。左大舎人頭の前任者は本条で木工頭に転任した文室久賀麻呂(延暦三年七月壬午条)。→三五七頁注二二。四 阿倍朝臣とも。五→補35―二一。前官は兵部大輔(延暦四年七月己亥条)。大学頭の前任者は上文乙卯(二十四日)条で伯耆守に転任した藤原真鷲(延暦四年七月壬戌条)。六→補38―三三。七→三三七頁注二一。前官は皇后宮大属(延暦四年八月丙子条)。主計助の前任者は上文乙卯(二十四日)条で尾張介に転任した井上牛養(延暦四年七月壬戌条)。八 弟友とも。→補38―二四。前官は侍従(延暦四年正月辛亥条)。宮内少輔の前任者は本条で出雲介に転任した安倍真黒麻呂(延暦三年四月庚午条)。九→補34―二八。木工頭の前任者は左大舎人頭(延暦三年七月壬午条)。前官は上文乙卯(二十四日)条で因幡守に転任した文室忍坂麻呂(延暦四年正月辛亥条)。一〇→補38―五四。一一→九一頁注一四。官奴正の前任者は坂本大足(延暦四年七月壬戌条)。一二→四補25―八二。前官は衛門督(延暦三年五月丙戌条)。左京大夫の前任者は上文戊戌(七日)に没した坂上苅田麻呂。「兼左京大夫」とあるが、本官が記されていないので、「兼」は誤りか。一三 宇合の孫、蔵下麻呂の男。→補37―三三。前官は美濃介(延暦四年正月辛亥条)。中衛少将の前任者は橘入居(延暦四年十月甲戌条)。なお、縄主自身は延暦二年六月丙寅条にも中衛少将となったことが見えるが、補任延暦十七年条によりこれは近衛少将とみるべきか。一四 種継の男。→補38―七二。衛門佐の前任者は上文乙卯(二十四日)条で駿河守に転任した紀広足(延暦四年正月辛亥条)。一五→四補31―九五。皇后宮亮任官は延暦二年四月。右衛士督の前任者は上文戊戌(七日)に没した坂上苅田麻呂。右衛士

任官

守。○己未、地震《なゐ》ふる。従五位下安倍《あへ》朝臣枚麻呂《ひらまろ》を大監物《だいけむもち》とす。従五位下藤原《ふぢはら》朝臣縵麻呂《かづらまろ》を皇后宮大進《くわうごうぐうだいしん》。正五位上安倍《あへ》朝臣家麻呂《いへまろ》を左大舎人頭《ひだりのおほとねりのかみ》。従五位下安倍《あへ》朝臣名継《なつぐ》を右大舎人助《みぎのおほとねりのすけ》。従五位上紀《き》朝臣作良《つくら》を大学頭《だいがくのかみ》。従五位下県犬養《あがたいぬかひ》宿禰継麻呂《つぐまろ》を散位助《さんゐのすけ》。外従五位下林《はやし》連浦海《うらうみ》を主計助《しゆけいのすけ》。従五位下藤原《ふぢはら》朝臣乙友《おととも》を宮内少輔《くうないせうふ》。従五位下文室《ふむや》真人久賀麻呂《くかまろ》を木工頭《もくくのかみ》。外従五位下国中《くになか》連三成《みなり》を助《すけ》。外従五位下上村主《かみのすぐり》虫麻呂《むしまろ》を官奴正《くわんぬのかみ》。従四位上佐伯《さへき》宿禰久良麻呂《くらまろ》を兼左京大夫《さきやうのだいぶ》。従五位下藤原《ふぢはら》朝臣縄主《なはぬし》を中衛少将《ちうゑのせうしやう》。従五位下藤原《ふぢはら》朝臣仲成《なかなり》を衛門佐《ゑもんのすけ》。皇后宮亮《くわうごうぐうのすけ》正五位上笠《かさ》朝臣名末呂《なまろ》を兼右衛士督《うゑじのかみ》。従五位上百済王《くだらのこにきし》玄鏡《ぐゑんきやう》を右兵衛督《うひやうゑのかみ》。従五位下文室《ふむや》真人大原《おほはら》を佐《すけ》。従五位下大宅《おほやけ》朝臣広江《ひろえ》を美濃介《みののすけ》。従五位下安倍《あへ》朝臣真黒麻呂《まくろまろ》を出雲介《いづものすけ》。

出雲国造神吉事を奏上

二月己巳、出雲国国造《いづものくにのくにのみやつこ》出雲《いづも》臣国成《くになり》、神吉事《かむよごと》を奏《そう》す。その儀《ぎ》、常《つね》の如《ごと》し。国成《くになり》と祝部《はふり》とに物《もの》を賜《たま》ふこと各差《おのおのしな》有り。

任官

○丁丑、従四位上紀《き》朝臣古佐美《こさみ》を右大弁《うだいべん》とす。春宮大夫《しゆんぐだいぶ》・中衛中将《ちうゑのちうしやう》・但馬守《たぢま》は故《もと》の如《ごと》し。中納言《ちうなふごん》従三位石川《いしかは》朝臣名足《なたり》を兼中宮《ちうぐう》

督へは右兵衛督(延暦四年十月甲戌条)より転任。一六 →[四]補33-二九。前官は少納言(延暦四年正月癸亥条)。右兵衛督の前任者は本条で兼右衛士督となった笠名末呂(延暦四年十月甲戌条)。一七 智奴王の男。→補38-三三。一八 →補38-三三。美濃介の前任者は本条で中衛少将に転任した藤原縄主(延暦四年正月辛亥条)。一九 阿倍朝臣とも。→二五五頁注一四。前官は宮内少輔(延暦三年四月庚午条)。二〇 天穂日命を祖とする出雲臣一族が任ぜられた。→[二]九頁注二。二一 →三二三頁注二。二二 出雲国造新任の際に、出雲国造が宮廷において天皇に奏上した寿詞。→[二]補7-八。本条の奏上は、前年の延暦四年二月癸未条に見える奏上に引続く後斎のもの。二三 下級の神職。職員令1集解諸説によれば神戸の中より国司が簡定するのを原則とした。→[二]五頁注一。神賀詞奏上に伴う祝部への賜物としては、大蔵省式に「祝部不レ論二有位無位一各布一端」とする規定がある。→[二]補7-八。二四 麻路の孫。→[四]補25-一〇六。春宮大夫任官は延暦四年十一月。中衛中将任官は同年正月。但馬守任官は同元年二月。右大弁の前任者は、延暦四年十一月丁巳条には石川名足が右大弁とあるが、同年七月己亥条で石川名足が左大弁、大中臣子老が右大弁に任官しており、本条でも名足は「左大弁・播磨守如レ故」とあるので、前任者は子老と考えられる。右大弁へは式部大輔(延暦四年十一月丁巳条)より転任。二五 石足の孫、年足の男。→[三]補23-五。中納言任官は延暦四年十一月。左大弁任官は同年七月。播磨守任官は同二年二月。中宮大夫の前任者は本条で兼式部卿となった紀船守(延暦四年十一月丁巳条)。

1左(底新朱抹傍)―在〔底原〕
2祇〔兼・谷、大〕―ナシ(東・高)
3六〔底〕―五(底新傍朱イ・兼等、大)→脚注
4支(底新朱抹傍)―友〔底原〕
5弊〔谷擦重、大〕―幣(兼・谷原・東・高)
6深〔兼・谷、大〕―除(東・高)
7怠(底新補)―ナシ〔底原一字空〕→校補
8廉(底新傍朱イ)―廣〔底〕
9聞〔谷重、大〕―間(兼・谷原・東・高)
10潤→校補
11黜(底新朱抹傍・兼・谷擦重・東・高、大)―點〔底原〕、黙(谷原)→校補
12績―續〔底〕
13甄(底新朱抹傍)―虮〔底原〕

大夫㆒。左[1]大弁・播磨守如㆑故。正五位上内蔵宿禰全成為㆓内蔵頭㆒。中納言近衛大将従三位紀朝臣船守為㆓兼式部卿㆒。常陸守如㆑故。正五位上大中臣朝臣諸魚為㆓大輔㆒。左兵衛督如㆑故。正四位下大中臣朝臣子老為㆓兵部卿㆒。神祇[2]伯如㆑故。正五位上藤原朝臣雄友為㆓大輔㆒。正六[3]位下文室真人水通為㆓大蔵大輔㆒。従五位下大原真人美気為㆓弾正弼㆒。従四位下石上朝臣家成為㆓衛門督㆒。兵部大輔正五位上藤原朝臣雄友為㆓兼左衛士督㆒。内厩頭従五位上三嶋真人名継為㆓兼山背守㆒。外従五位下御使朝臣浄足為㆓美濃介㆒。従五位下大宅朝臣広江為㆓丹後介㆒。〇夏四月庚午、詔曰、諸国所㆑貢庸調支[4]度等物、毎有㆓未納㆒、交闕㆓国用㆒。積習稍久、為㆑弊[5]已深[6]。良由㆓国宰・郡司逓相怠[7]慢㆒、遂使㆘物漏㆓民間㆒、用乏㆗官庫㆖。又其莅㆑政治㆑民、多乖㆓朝委㆒。廉[8]平称㆑職、百不㆑聞[9]㆑一。侵漁潤[10]㆑身、十室而九。忝曰㆓官司㆒、豈合㆑如㆑此。宜㆘量㆓其状迹㆒、随㆑事貶黜[11]㆖。其政績[12]有㆑聞、執掌無㆑廃者、亦当㆔甄[13]録擢以㆓顕栄㆒。

一もと内蔵忌寸。→㊂補22-四一。前官は大蔵大輔(延暦四年七月己亥条)。内蔵頭の前任者は本条で衛門督に転任した石上家成(延暦四年九月己未条)。二→㊃補25-四一。中納言任官は延暦四年十一月。近衛大将任官は同年正月。常陸守任官は同年六月。式部卿の前任者藤原種継の暗殺(延暦四年九月乙卯条)により中宮大夫(延暦四年十一月丁巳条)より転任。三清麻呂の男。→五頁注一。左兵衛督任官は延暦四年七月。式部大輔の前任者は本条で右大弁に転任した紀古佐美(延暦四年十一月丁巳条)。式部大輔へは左中弁・山背守(延暦四年七月己亥条)より転任。四もと中臣朝臣。→㊃一五一頁注四〇。神祇伯任官は宝亀八年正月。兵部卿の前任者は藤原家依(延暦四年六月癸未条)。五→補37-一三。本条下文で左衛士督を兼官。前官は兵部少輔美作守兼左衛士権督(延暦四年九月己未条)。兵部大輔の前任者は上文正月己未条で大学頭に転任した紀作良(延暦四年七月己亥条)。六→㊃補25-九〇。前官は弾正弼か(宝亀十年十一月甲午条)。大蔵大輔の前任者は本条で内蔵頭に転任した内蔵全成(延暦四年七月己亥条)。底本には「正六位下」とあるが、延暦四年十一月丁巳に正五位下に叙されているので、「正五位下」の誤り。七→㊃補33-三六。弾正弼の前任者は本条で大蔵大輔に転任した文室水通か(宝亀十年十一月甲午条)。八東人の男。→㊃補25-八八。前官は造東大寺長官内蔵頭兼衛門権督(延暦四年九月己未条)。衛門督の前任者は上文正月己未条で左京大夫に転任した佐伯久良麻呂(延暦三年五月丙戌条)。九→注五。職員令の順に任官者を配したことによる。左衛士督の前任者藤原種継(延暦二年七月庚子条)の暗

大夫《だいぶ》。左大弁《さだいべん》・播磨守《はりま》は故《もと》の如《ごと》し。正五位上[一]内蔵《くら》宿禰全成《またなり》を内蔵頭《うちのくらのかみ》。中納《ちうなふ》言近衛大将《ごんこのゑのだいしやう》従三位[二]紀《き》朝臣船守《ふなもり》を兼式部卿《しきぶきやう》。常陸《ひたち》守は故《もと》の如《ごと》し。正五位上[三]大中臣《おほなかとみ》朝臣諸魚《もろうを》を大輔《だいふ》。左兵衛督《さひやうゑのかみ》は故《もと》の如《ごと》し。正四位下[四]大中臣《おほなかとみ》朝臣子老《こおゆ》を兵部卿《ひやうぶきやう》。神祇伯《じんぎはく》は故《もと》の如《ごと》し。正五位上[五]藤原《ふぢはら》朝臣雄友《をとも》を大輔《だいふ》。正六位下[六]文室《ふむや》真人水通《みなみち》を大蔵大輔《おほくらのだいふ》。従五位下[七]大原《おほはら》真人美気《みけ》を弾正弼《だんじやうのひつ》。従四位下[八]石上《いそのかみ》朝臣家成《いへなり》を衛門督《ゑもんのかみ》。兵部大輔《ひやうぶだいふ》正五位上[九]藤原《ふぢはら》朝臣雄友《をとも》を兼左衛士督《さゑじのかみ》。内厩頭《うちのうまやのかみ》従五位上[一〇]三嶋《みしま》真人名継《なつぐ》を兼山背《やましろ》守。外従五位下[一一]御使《みつかひ》朝臣浄足《きよたり》を美濃介《みののすけ》。従五位下[一二]大宅《おほやけ》朝臣広江《ひろえ》を丹後介《たにはのみちのしり》。

夏四月庚午《庚申朔 十一日》、[一三]詔《みことのり》して曰《のたま》はく、「諸国《くにぐに》の貢《たてまつ》れる庸調《ようでうし》[一四]支度《たく》等の物《もの》、毎《つね》に未納《みなふ》有りて[一五]交国用《こもごもこくよう》を闕《か》く。積習《せきしふ》稍《やや》く久《ひさ》しくして、弊《へい》と為《あ》ること已《すで》に深《ふか》し。良《まこと》に国宰《こくさい》・郡司《ぐんじ》の遁《たがひ》に相怠慢《あひたいまん》するに由《よ》りて、[一六]遂《つひ》に物《もの》をして民間《みんかん》に漏《も》らしめ、用《よう》をして官庫《くわんこ》に乏《とも》しからしむ。また、その政《まつりごと》に莅《のぞ》み民《たみ》を治《をさ》むること、多《おほ》く[一七]朝委《でうゐ》に乖《そむ》けり。[一八]廉平職《れむへいしき》に称《かな》ふこと、百《ひやく》に一《いち》を聞《き》かず。[一九]侵漁《しむぎよ》して身《み》を潤《うるほ》すこと、[二〇]十室《じふしつ》にして九《く》なり。忝《かたじけな》くも官司《くわんし》と曰《い》ふは、豈此《あにかく》の如《ごと》くあるべけむや。その状迹《じやうじやく》を量《はか》りて、事《こと》に随《したが》ひて貶黜《へむちゆつ》すべし。その政績聞《せいせききこ》ゆること有りて、[二一]執掌廃《しふしやうはい》すること無からむ者《ひと》は、亦甄録《またけんろく》[二二]して擢《ぬきい》づるに顕栄《けんえい》を以《もち》てすべ

殺により権督(延暦四年九月己未条)から昇任。
一〇 →補37-二五。内厩頭任官は延暦四年正月。山背守の前任者は本条で式部大輔に転任した大中臣諸魚(延暦四年七月己亥条)。山背介(延暦四年正月辛亥条)から昇任。
一一 もと御使連。清足とも。→四二一九頁注八。美濃介の前任者は本条で丹後介に転任した大宅広江(延暦五年正月己未条)。
一二 →補38-三三。前官は美濃介(延暦五年正月己未条)。丹後介の前任者は三嶋嶋麻呂(延暦元年二月庚申条)。
一三 国司・郡司の考課の基準を定めることを太政官に命じた詔と、これを受けた太政官からの審議結果の奏上。以下「奏可之」までの部分は、延暦五年四月十一日勅と同月十九日太政官奏として三代格に所収。同官奏には「奉二今月十一日勅一」とあり、十一日勅により、天皇が国郡司考課の具体的基準の作定を諮問し(「宜下詳二沙汰一、明作二条例一奏聞上」)、これを受けた太政官の議政官組織が合議の結果を、十九日、論奏によって答申(「太政官商量、奏二其条例一」)し、「奉レ勅依レ奏」が付記され、施行されたもの。
一四 国家予算の立案・配分。職員令22に「頭一人〈掌下計二納調及雑物一支二度国用一、勘二勾用度一事上〉」とある。
一五 国家の用度、国家予算。
一六 物資を民間に横流しして国用を乏しくしているようなものである、の意。
一七 朝廷から委任されて行う政務。
一八 清廉公平で職務に適任であること。
一九 勝手に他人の物をかすめ取ること。「侵漁」を三代格は「瀉民」とする。
二〇 十人中九人は該当する、の意。
二一 執務に怠りがないこと。
二二 明確に記録すること。

所司、宜下詳二沙汰一、明作二条例一奏聞上。於レ是、太政官商量、奏二其条例一、撫育有レ方、戸口増益。[1]勧二課農桑一、積二実倉庫一。貢二進雑物一、依レ限送納。粛二清所部一、盗賊不レ起。[2]判断[3]合レ理、獄訟无レ冤。在レ職公平、立レ身清慎。且守且[4]耕、軍粮有レ儲。辺境清粛、城隍[5]修理。若有下国宰郡司、鎮将辺要等官、到レ任三年之内、政治灼然、当二前[6]二条已上一者上、五位已上者、量レ事進レ階、六位已下者、擢二[7]之不次一、授以二五位一。在レ官貪濁、処レ事不レ平。肆行二姦猾一、以求二名[8]誉一。[9]畋遊无レ度、擾二乱百姓一。嗜レ酒沈湎、廃二闕公務一。公節无レ聞、私門日益。放二縦子弟一、請託公行。逃失数多、[10]克獲数少。統摂失レ方、[11]戍卒違レ命。若有下同前群官、不レ務二職[12]掌一、仍当二前[13]一条已上一者上、不レ限二年之遠近一、解二却見任一。其違二乖撫育・勧課等条一者、亦望、准レ此而行之。奏可之。」授二正三位藤

1 勧（底新朱抹傍）―歓〔底原〕
2 判〔底〕―剖（底新傍朱イ・兼・谷・高、大）、割（東）→脚注・校補
3 合〔谷重、大〕―令（底新傍朱イ・兼・谷原・東・高）
4 耕→校補
5 修―條〔底〕
6 前ノ下→校補
7 之→校補
8 誉＝譽〔底原・底新朱抹傍〕→校補
9 畋（底新朱抹傍）―略〔底原〕→校補
10 克（底新朱抹傍）―尭〔底原〕
11 戍〔兼・谷、大〕―戎（東・高）→校補
12 掌―事〔底〕
13 前ノ下→校補

一 官奏（二六五頁注一三）によれば一六条の制が定められた。和銅五年五月乙酉、国司の考状を式部省において巡察使の所見と勘会することとし（㈠一八三頁注一二）、また同月甲申には、郡司の考課基準が定められ（㈠一八一頁注一一）、霊亀二年四月乙丑にも調脚夫の備儲に基づく基準が定められ（㈡九頁注二九）、養老三年七月十九日には按察使を置き「巡二歴管国一訪察」すべき事項一〇条を制し（三代格、㈡補8-三四）、この制に至った。各々の制における基準の事項の表現は異なるが、ここの一六条の制のうち一二条は、大同四年九月二十七日には、律令の関連する諸規定によって具体的な適用上の詳細な基準としてひきつがれ施行されることとなる（三代格）。本朝続文粋巻二勘文の、保延元年七月廿七日勘申の中にも、「宜下任二延暦五年四月十九日格文一、簡二択良吏一、擯中除姦濫上」と、良吏の選択基準として見える。→補39-五。

二 考課令54の通常の評定の考第をさらに昇降する規定としての「凡国郡司、撫育有レ方、戸口増益者、各准二見戸一、為二十分一論」中にも見られる表現。

三 「勧課農桑」は、職員令68・69・70に、それぞれ、大夫、帥・大弐・少弐、守・介の職掌として見える。「積実倉庫」は、考課令15に「戸口不レ濫、倉庫有レ実、為二民部之最一。〈謂、少輔以上〉」と類似の表現がある。

四 考課令46に「強二済諸事一、粛二清所部一、為二国司之最一。〈謂、介以上〉」と類似表現がある。また、同条義解では、これを注釈して「謂、盗賊不レ起之類也」としている。この基準は賊盗律54の規定と関わる。

五 訴訟の判決が理にかない、冤罪がないこと。考課令50の規定と関わる。底本「判断」とする

考課基準十六条の制

し。所司《しよし》、沙汰《さた》を詳《つばひらか》にし明《あきらか》に条例《でうれい》を作《つく》りて、奏聞《そうもん》すべし」とのたまふ。是《ここ》に、太政官《だいじやうぐわん》商量《しやうりやう》して、その[一]条例《でうれい》を奏《そう》すらく、「[二]撫《な》で育《やしな》ふこと方《はう》有りて、戸口《とく》増益《ぞうやく》す。[三]農桑《のうさう》を勧《すす》め課《おほ》して、倉庫《さうこ》を積実《せきじつ》す。雑物《ざふもち》を貢進《くしん》すること、限《かぎり》に依《よ》りて送納《そうなふ》す。[四]所部《しよぶ》を粛《しづ》め清《きよ》めて、盗賊《たうぞく》起《おこ》らず。[五]判断《はんだん》理《ことわり》に合《かな》ひて、獄《ごく》訟冤《しようゑん》无《な》し。[六]職《しき》に在《あ》りては公平《くひやう》にして、身《み》を立《た》つること清《いさぎよ》く慎《つつし》めり。且《か》つ守《も》り且《か》つ耕《たかへ》して、軍粮《ぐんらう》儲《たくはへ》有り。辺境《へんきやう》清粛《しやうしゆく》にして、城隍《じやうくわう》修理《しゆり》す。若《も》し国宰郡司《こくさいぐんじ》、鎮将辺要《ちんしやうへんえう》等の官《くわん》、任《にむ》に到《いた》りて三年の内《うち》に、政治《まつりごと》灼然《いやちこ》にして、[七]前《さき》の二条已上に当《あた》る者《ひと》有らば、五位已上は事《こと》を量《はか》りて階《しな》を進《すす》め、六位已下は不次《ふし》に擢《ぬきい》でて授《さづ》くるに五位を以《もち》てせむ。[八]官《つかさ》に在《あ》りては貪濁《たむたく》にして、事《こと》を処《しよ》するに平《たひらか》ならず。[九]肆《ほしきまにま》に姦猾《かんくわつ》を行《おこな》ひて、名誉《めいよ》を求《もと》む。[一〇]畋遊《でんゆ》に度《ど》无《な》くして、百姓《はくせい》を擾乱《ぜうらん》す。[一一]酒《さけ》を嗜《この》みて沈湎《ちむめん》して、公務《くむ》を廃闕《はいくゑつ》す。[一二]公節《くせき》聞《こ》ゆること无《な》くして、私《わたくし》の門日《かどひび》に益《ま》す。[一三]子弟《してい》を放縦《はうしよう》にして、請託《しやうたく》公《あらは》に行《おこな》はる。[一四]逃《に》げ失《う》すること数多《かずおほ》くして、克《よ》く獲《と》ること数少《かずすくな》し。[一五]統摂《とうせふ》方《はう》を失《うしな》ひて、戍卒《しゆそつ》命《めい》に違《たが》ふ。

任官

若《も》し同前《どうぜん》の群官《ぐんくわん》、職掌《しきしやう》を務《つと》めず、仍《より》て[一六]前《さき》の一条已上に当《あた》る者《ひと》有らば、年《とし》の遠近《ゑんきん》を限《かぎ》らず、見任《げんにむ》を解却《げきやく》せむ。[一七]その撫育《ふいく》・勧課《くわんくわ》等の条《でう》に違《たが》ひ乖《そむ》く者《ひと》も亦《また》、望《のぞ》まくは此《これ》に准《なずら》へて行《おこな》はむ」とまうす。奏《そう》するに可《か》としたまふ。正三位藤《ふぢ》[一八]

が、三代格延暦五年四月十九日付太政官奏では「剖断」とある。「判断」でも文意は通ずる。
六 「公平」「清慎」ともに考課令に規定され、それぞれ「謂、背レ私為レ公、用レ心平直」（同5義解）、「謂、清者、潔也、慎者、謹也」（同4義解）とされている。
七 「撫育有レ方、戸口増益」以下「辺境静粛、城隍修理」までの八条の判断基準のうちの二条以上のこと。 八 考課令50義解に「其六贓一尺以上入レ己者、皆是貪濁」（なお集解令釈・穴記も同内容の注釈）とある。
九 戸令33の「其情在ニ貪穢一、諂諛求レ名」に関わり、職制律44の処罰規定とも関連する。
一〇 狩の遊びに度を過ごし、百姓の生活を騒がせ乱すこと。 一一 考課令50の「背レ公向レ私、職務廃闕」の内容にあたる。
一二 戸令33の検察の対象となり「公節無レ聞、而私門日益者、亦謹而察之」とされる規定中にも見られる表現。
一三 子弟を気ままにさせ、私事の頼みごとを平然と行うこと。主司に対して法を曲げることを請求した場合の処罰規定である職制律45の内容と関連する。
一四 逃亡する人数が多く、捕えることのできた数が少ないこと。
一五 統率の方法が不適切で、守備の兵士が命令に違反すること。
一六 「在レ官貪濁、処レ事不レ平」以下「統摂失レ方、戍卒違レ命」までの八条の判断基準のうちの一条以上のこと。
一七 功績の基準である前記の八条についても、これに違反した者は、見任を解く八条の基準の場合に準じて解任させることとする。
一八 豊成の第二子。→[三]二六一頁注一。正三位叙位は天応元年九月。

原朝臣継縄[1]従二位一。従四位上石川朝臣豊人為二中宮大夫一。中納言左大弁従三位石川朝臣名足為二兼皇后宮[2]大夫一。播磨守如レ故。大納言従二位藤原朝臣継縄為二兼民部卿一。東宮傅[3]如レ故。参議正三位佐伯宿禰今毛人為二大宰帥[4]一。〇乙亥、左京人正七位下[5]維[6]敬宗等賜二姓長井忌寸一。」播磨国言、四天王寺餝磨郡水田八十町、元是百姓口分也。而依二太政官符一入レ寺訖。因レ茲、百姓口分、多授二比郡一。営種之労、為レ弊実深。其印南郡、戸口稀少、田数巨[7]多。今当二班田一、請遷二餝磨郡一置二印南郡一。許レ之。〇戊寅、式部大輔正五位上大中臣朝臣諸魚為二兼右京大夫一。左兵衛督如レ故。従五位上大中臣朝臣継麻呂[8]為二大和守一。〇五月辛卯、新遷二京都一、公私草創、百姓移居、多未二豊贍[9]一。於レ是、詔、賜二左右京及東西市人物一、各有レ差。〇癸巳、宮[10]内卿正四位上石川朝臣垣守卒。〇庚子、正四位下伊勢朝臣老人為二縫殿頭一。従五位下巨勢朝臣広山為二大和介一。〇六月己[11]未朔、先レ是、去宝亀三年、制、諸国公廨

1 縄〔大〕―綱（兼等）
2 宮―ナシ（高）
3 傅―傳（谷）
4 帥〔谷擦重〕―師（谷原）
5 下→校補
6 維〔大改〕―絓（兼等）→校補
7 巨―臣〔底〕
8 麻呂〔底新朱抹傍〕―磨〔底原〕
9 贍―瞻〔底〕
10 宮〔底重〕―官〔底原〕
11 己〈意改〉（大改、類八四公廨条改・紀略改）―乙〔兼等、類八四公廨条原・類八四焼亡官物条・紀略原〕→脚注・校補

一 難波麻呂の男。→㊂補17-二五。前官は右京大夫（延暦四年七月己亥条）。中宮大夫の前任者は本条で兼皇后宮大夫となった石川名足（延暦五年二月丁丑条）。

二 →㊂補23-五。中納言任官は延暦四年十一月。左大弁任官は同年七月。播磨守任官は同二年二月。皇后宮大夫の前任者は佐伯今毛人（延暦四年七月己亥条）。皇后宮大夫へは中宮大夫（延暦五年二月丁丑条）より転任。

三 →三六七頁注一八。大納言任官は延暦二年七月。東宮（皇太子）傅任官は同四年十一月。民部卿の前任者は本条で大宰帥に転任した佐伯今毛人（延暦四年七月己亥条）。民部卿へは大宰帥（延暦四年七月己亥条）より転任。

四 人足の男。→㊂補17-七九。参議就任は延暦三年十二月。前官は民部卿兼皇后宮大夫大和守（延暦四年七月己亥条）。大宰帥の前任者は本条で兼民部卿となった藤原継縄（延暦四年七月己亥条）。

五 他に見えず。天平神護元年正月己亥条で外従五位下に叙位された維成潤と同族か。

六 他に見えず。

七 播磨国餝磨郡の百姓の口分田が不足するため、同郡の四天王寺の寺田を印南郡に遷し置き、餝磨郡の寺田を百姓の口分田に復することを申請した奏言。

八 →㊀補3-八。

九 →㊃補28-四九。四天王寺の墾田→㊃一八五頁注一二。

一〇 餝磨郡の駅戸の田を四天王寺に施入し、その代りを比郡に班給するとした神護景雲三年六月二十八日の太政官符（宝亀四年二月十四日太政官符所引〔古二一-二七四頁〕）。ここで「元是百姓口分」とされる水田八〇町は、先に施入された田のうち、宝亀四年の班田にあたり餝磨郡の百姓・駅戸の口分田に復された一七〇町の残余であり、この時点で整理処置されたものであろう。

一一 →㊃一

原《はら》朝臣継縄《つぐただ》に従二位を授《さづ》く。従四位上石川《いしかは》[一]朝臣豊人《とよひと》を中宮大夫《ちうぐうだいぶ》。中納言左《ちうなふごんさ》大弁《だいべん》従三位石川《いしかは》[二]朝臣名足《なたり》を兼皇后宮大夫《くわうごうぐうだいぶ》。播磨《はりま》守は故《もと》の如《ごと》し。大納言《だいなふごん》従二位[三]藤原《ふぢはら》朝臣継縄《つぐただ》を兼民部卿《みんぶきやう》。東宮傅《とうぐうふ》は故《もと》の如《ごと》し。参議《さむぎ》正三位佐伯《さへき》[四]宿禰今《いま》毛人《えみし》を大宰帥《だいさいのそち》。○乙亥（十六日）、左京《さきやう》の人《ひと》正七位下維敬宗《ゐきやうそ》[五]らに姓を長井《ながゐ》[六]忌寸と賜《たま》ふ。

飾磨郡の四天王寺の寺田を印南郡に移し飾磨郡の田を口分田に復す

[七]播磨《はりま》国言《まう》さく、「四天王寺《してんわうじ》[八]の飾磨《しかま》[九]郡の水田《みづた》八十町は、元《もとこ》是れ百姓《はくせい》の口分《くぶん》なり。而《しか》れども太政官符《だいじやうぐわんふ》[一〇]に依《よ》りて寺《てら》に入《い》れ訖《をは》りぬ。茲《これ》に因《よ》りて、百姓《はくせい》の口分《くぶん》、多《おほ》く比郡《ひぐん》に授《さづ》けたり。営種《ゐやうしゅ》の労《らう》、弊《へい》と為《あ》ること実《まこと》に深《ふか》し。其《そ》れ印南《いなみ》[一一]郡は戸口稀少《こくきせう》にして田数《でんす》巨多《きよた》なり。今班田《いまはんでん》[一二]に当《あた》れば、請《こ》はくは、飾磨《しかま》[一三]郡より遷《うつ》して印南《いなみ》郡に置《お》かむことを」とまうす。これを許《ゆる》す。○戊寅（十九日）、式部大輔《しきぶだいふ》正五位上大中臣《おほなかとみ》[一四]朝臣諸魚《もろうを》を兼右京大夫《うきやうのだいぶ》とす。左兵衛督《さひやうゑのかみ》は故《もと》の如《ごと》し。従五位上大中臣《おほなかとみ》[一五]朝臣継麻呂《つぐまろ》を大和《やまと》守。

長岡京の京戸と東西市人に賜物

五月（己丑朔）辛卯（三日）、新《あらた》[一六]に京都《みやこ》を遷《うつ》して、公私《くうし》[一七]草創《さうさう》し、百姓《はくせい》移《うつ》り居《を》りて、多《おほ》くは豊《ほう》贍《せむ》ならず。是《ここ》に詔《みことのり》[一八]して、左右京《さうのきやう》[一九]と東西市《とうさいのいち》[二〇]との人《ひと》に物《もの》を賜ふこと各《おのおの》差《しな》有り。○癸巳（五日）、宮内卿《くうないきやう》正四位上石川《いしかは》[二一]朝臣垣守《かきもりしゆつ》卒しぬ。○庚子（十二日）、正四位下伊勢《いせ》[二二]朝臣老人《おきな》を縫殿頭《ぬひとののかみ》とす。従五位下巨勢《こせ》[二三]朝臣広山《ひろやま》を大和介《やまとのすけ》。

諸国公解処分法を改正

六月己未[二四]の朔、是《これ》より先《さき》、去《さ》りぬる宝亀《ほうくゐ》[二五]三年に制《せい》すらく、「諸国《くにぐに》の公廨《くげ》

五三頁注三三。 一一 宝亀十年に続く班田の年。下文九月乙卯条に畿内班田使の任命が見られる。 一二 飾磨郡に所在した四天王寺の寺田八〇町を、印南郡に遷し置くこと。 一四 清麻呂の男。→五頁注一。式部大輔任官は延暦五年二月。左兵衛督任官は同四年七月。右京大夫の前任者は上文庚午(十一日)条で中宮大夫に転任した石川豊人(延暦四年七月己亥条)。 一五 清麻呂の男。→四二九一頁注二一。大和守の前任者は上文庚午(十一日)条で大宰帥に転任した佐伯今毛人(延暦四年七月己亥条)。 一六 長岡遷都。→延暦三年十一月戊申条。 一七 公私ともに草創の時期であり、人民は移住して日が浅いので、豊かな生活をしていない、の意。 一八 左右京の京戸と東西市の市人に物を賜うとする詔。 一九 長岡京の左右京。→補38-三〇。 二〇 長岡京の市。→補38-三〇。 二一 →四補25-五三。宮内卿任官は延暦四年七月。正四位上叙位は同年十一月。 二二 もと中臣伊勢連。→四二三頁注四。縫殿頭の前任者は本条で大和介に転任した巨勢広山(延暦二年二月壬申条)。 二三 →一二五頁注六。前官は縫殿頭(延暦二年二月壬申条)。大和介の前任者は下道長人(延暦三年三月乙酉条)。 二四 諸本「乙未」とするが、この六月には「丁卯(九日)」の日があるので、これ以前の「乙未」の日はありえない。「己未」と意改する。 二五 この制の定めるところは、天平宝字元年十月乙卯条の国司公解処分を定めた太政官処分の、(1)官物の欠負未納の補塡、(2)国内の儲物に割き、(3)国司に配分、とする方式のうち、(3)について国司の前任者・後任者の折半としたものである。公解稲の設置→三補16-二七。この宝亀三年制は続紀に該当する記事は見えないが、三代格弘仁十年十二月廿五日付太政

処分之事、前人出挙、後人収納、彼此有レ功、不レ合レ无レ料。前後之司、宜二各平[1]分一。至レ是、勅、出挙[2]・収納、其労不レ同。宜下革[3]二前例一、一依二天平宝字元年十月十一日式一、収納之前、所レ有公廨入二於後人一、収納之後、入中於前人上。又勅、撫二育[4]百姓一、糺二察部内一、国郡官司、同二職掌一也。然則、国郡功過[5]、共所二預[6]知一。而頃年、有レ焼二正倉一、独罪レ郡[7]不レ坐レ国[8]。事稍乖レ理。豈合二法意一。自レ今以後、宜下奪[9]二国司等公廨一、惣填中焼失官物上。其郡司者、不レ在二会レ赦之限一。○丁卯、以二従五位上藤原朝臣乙叡・従五位下文室真人真屋麿一並為二少納言一。右大弁従四位上紀朝臣古[10]佐美為二左大弁一。春宮大夫・中衛中将・但馬守如レ故。従五位下安[11]倍[12]朝臣弟当為二右少弁一。従五位下上毛野公大川為二主計頭一。大外記如レ故。中納言従三位石川朝臣名足為二兼兵部卿一。皇后宮大夫・播磨守如レ故。従五位下多治比真人公子為二大蔵少輔一。正四位下大中臣朝臣子老為二宮内卿一。神祇[13]伯如レ故。大納言従二位藤原朝臣継縄為二兼造東大寺長官一。東宮傅・

1 平(底新朱抹傍)―半〔底原〕→脚注
2 挙＝擧〔底原・底新朱抹傍〕→校補
3 革〔兼朱抹朱傍・谷朱抹朱傍・東・高、大改、類八四〕―平(兼原・谷原)→校補
4 育(底傍補)―ナシ〔底原〕
5 過〔兼朱抹朱傍・谷朱抹朱傍・東・高、大改、類八四〕―邊(兼原・谷原)→校補
6 預〔大改、類八四〕―領(底新朱傍イ・兼等)→校補
7 郡ノ下、ナシ〔兼・谷原・東・高〕―司(谷傍補、大、類八四)
8 国ノ下、ナシ〔兼・谷原・東・高〕―守(谷傍補、大、類八四)→校補
9 奪〔底原・底新朱抹傍〕→校補
10 古(底新朱抹傍)―右〔底原〕
11 安〔底〕―阿
12 倍―陪〔底〕
13 祇―祗(高)

官符所引の「延暦五年六月一日格」は、これを「宝亀三年八月十五日格」として引用しており、本条によれば宝亀三年制の修正は勅によっており、この制もまた勅によって定立した法令と推測される(早川庄八説)。

一 前任の国司と後任の国司が配分を受ける公廨稲を折半すること。「各平分」を三代格は「共半分」とする他、字句に若干の異同がある。
二 国司への公廨配分を天平宝字元年の式により出挙稲収納時期で区分することを命じた勅。公廨配分法の変遷→補39―六。
三 →㊂二三五頁注六。続紀同日条に太政官処分を載せているが、前任国司と後任国司の公廨配分法については記載されていない。この式は、三代格弘仁十年十二月廿五日付太政官符に引かれている。
四 収納前に交替した時は、収納時の国司である後任者に、収納後に交替した時は、収納時の国司である前任者に給する。
五 正倉焼失による欠失官物の補塡を国司の公廨をもって行うことを定めた勅。
六 考課令54の通常の評定の考第を更に昇降する規定としての「凡国郡司、撫育有レ方、戸口増益者」、職員令74の「大領一人〈掌、撫養所部〉」などに見られる表現。
七 職員令70の守の職掌に見られる「守一人〈掌、糺二察所部一〉」と同様の表現。
八 →補39―七。
九 →二九七頁注二一。前官は権少納言(延暦四年正月癸亥条)。
一〇 文屋真人とも。→二八七頁注一三。少納言の前任者は小倉王(延暦四年正月癸亥条)・

正倉焼失による欠失官物の補塡は国司の公解を以て行うことを定む

処分《しよぶん》の事《こと》、前人出挙《ぜんにんすいこ》して、後人収納《ごにんすのふ》すること、彼此功《ひしくう》有りて料無《れうな》くはあるべからず。前後《ぜんご》の司《つかさ》、[一]各《おのおの》平分《へいぶん》にすべし」といふ。是《ここ》に至《いた》りて[二]勅《みことのり》したまはく、「出挙《すいこ》・収納《すのふ》は、その労同《らうおな》じからず。前例《まへのためし》を革《あらた》めて、一《もは》ら[三]天平宝字《てんぴやうほうじ》元年十月十一日の式《しき》に依《よ》りて、[四]収納《すのふ》する前《まへ》に有る所《ところ》の公解《くげ》は後人《ごにん》に入《い》れ、収《す》納《のふ》せし後《のち》は前人《ぜんにん》に入《い》るべし」とのたまふ。また[五]勅《みことのり》したまはく、「[六]百姓《はくせい》を撫《な》で育《やしな》ひ、[七]部内《ぶない》を糺《ただ》し察《み》ることは、国郡《こくぐん》の官司《くわんし》、職掌《しきしやう》を同《おな》じくす。然《しか》れば、国郡《こくぐん》の功過《くうくわ》は共《とも》に預《あづか》り知《し》る所《ところ》なり。而《しか》るに頃年《このころ》、正倉《しやうさう》を焼《や》くこと有れば、[八]独《ひと》り郡《ぐん》を罪《つみな》ひて国《くに》を坐《つみ》せず。事稍《ことやや》く理《ことわり》に乖《そむ》けり。豈法《あにのり》の意《こころ》に合《かな》はむや。今《いま》より以後《のち》、国司《こくし》らの公解《くげ》を奪《うば》ひて、惣《すべ》て焼《や》け失《う》せたる官物《くわんもち》を塡《みた》すべし。その郡司《ぐんじ》は赦《ゆるし》に会《あ》ふ限《かぎり》に在《あ》らず」とのたまふ。

任官

〇丁卯（九日）、従五位上[九]藤原《ふぢはら》朝臣乙《おと》叡《え》・従五位下[一〇]文室《ふむや》真人真屋麿《まやまろ》を並《ならび》に少納言《せうなふごん》とす。右大弁《うだいべん》従四位上[一一]紀《き》朝臣古《こ》佐美《さみ》を左大弁《さだいべん》。春宮大夫《しゆんぐだいぶ》・中衛中将《ちうゑのちうしやう》・但馬《たぢま》守は故《もと》の如《ごと》し。従五位下[一二]安倍《あへ》朝臣弟当《おとまさ》を右少弁《うせうべん》。従五位下[一三]上毛野《かみつけの》公大川《おほかは》を主計頭《しゆけいのかみ》。大外記《だいぐゑき》は故《もと》の如《ごと》し。中《ちう》納言《なふごん》従三位[一四]石川《いしかは》朝臣名足《なたり》を兼兵部卿《ひやうぶきやう》。皇后宮大夫《くわうごうぐうだいぶ》・播磨《はりま》守は故《もと》の如《ごと》し。従五位下[一五]多治比《たぢひ》真人公子《きみこ》を大蔵少輔《おほくらのせうふ》。正四位下[一六]大中臣《おほなかとみ》朝臣子老《こおゆ》を宮内卿《くうないきやう》。神《じん》祇伯《ぎはく》は故《もと》の如《ごと》し。大納言《だいなふごん》従二位[一七]藤原《ふぢはら》朝臣継縄《つぐただ》を兼造東大寺長官《ざうとうだいじちやうぐわん》。東宮傅《とうぐうふ》・

百済王玄鏡(同条)。玄鏡の本年正月己未の右兵衛督転任に伴う闕の補充。

一一 麻路の孫。→四補25-一〇六。右大弁任官は延暦五年二月。続紀の任官記事で、前任官を記す珍しい例。春宮大夫任官は延暦四年十一月。中衛中将任官は同年正月。但馬守任官は同元年二月。左大弁の前任者は本条で兼兵部卿となった石川名足(延暦五年四月庚午条)。

一二 →四補32-五四。前官は大蔵少輔(延暦三年四月壬寅条)。

一三 →補35-一七。主計頭の前任者は秦足長(延暦四年十月甲戌条)。大川は天応元年五月癸未条にも大外記と見える。

一四 →三補23-五。中納言任官は延暦四年十一月。皇后宮大夫任官は同五年四月。播磨守任官は同二年二月。兵部卿の前任者は本条で宮内卿に転任した大中臣子老(延暦五年二月丁丑条)。兵部卿へは左大弁(延暦五年四月庚午条)より転任。

一五 →四補31-四〇。大蔵少輔の前任者は本条で右少弁に転任した阿部弟当(延暦三年四月壬寅条)。

一六 もと中臣朝臣。→四一五一頁注四〇。神祇伯任官は宝亀八年正月。宮内卿へは兵部卿(延暦五年二月丁丑条)からの転任。宮内卿の前任者は上文五月癸巳に没した石川垣守。なお、延暦七年十一月丁未条にも子老の宮内卿任命記事があるが、本年五月癸巳条に宮内卿石川垣守が没しているので、本条の任官が正しい(山田英雄説)。

一七 →三二六一頁注一。大納言任官は延暦二年七月。東宮(皇太子)傅任官は同四年十一月。民部卿任官は同五年四月。造東大寺長官の前任者は本年二月丁丑に衛門督に転任した石上家成(延暦四年九月己未条)。

民部卿如レ故。○丁亥、尚縫従三位藤原朝臣諸姉薨。内大臣従一位良継之女也。適二贈右大臣百川一生レ女。是贈妃也。○秋七月壬寅、[1]正五位下羽栗[2]臣翼為二内薬正兼侍医一。○丙午、太政官院成。百官始就二朝座一焉。○八月甲子、以二従四位下巨勢朝臣苗麻呂一為二左中弁一。河内守如レ故。従四位上和気朝臣清麻呂為二民部大輔一。摂津大夫如レ故。従五位下中臣朝臣必登為二参河介一。従五位上阿[3]保朝臣人上為二武蔵守一。従五位下紀朝臣楫人為レ介。従五位下文[4]屋真人大原為二下総介一。中宮大進従五位下物部多藝宿禰国足為二[5]兼常陸大掾一。正五位下[6]粟田朝臣鷹守為二上野守一。使二従五位下佐伯宿禰葛城於東海道、従五位下紀朝臣楫長於東山道一。[7]道別、判官一人、主典一人。簡二閲軍士一、兼検二[8]戎具一。為レ征二蝦夷一也。」勅[9]曰、正倉被レ焼、未二必由レ神。何者、譜[10]第之徒、[11]害二傍人一而相焼、監主之司、避二[12]虚納一以放レ火。自レ今以後、不レ[13]問二神災・人火一、宜レ令二当時国郡司塡備一之。仍勿下解二見任一絶中譜[14]第上矣。

○戊寅、唐人[15]盧如津賜二姓清川忌寸一。

1 正五位以下一五字→脚注
2 臣—ナシ(東)
3 保〔底原、大改〕—倍(底新朱抹傍・兼等)→校補
4 屋〔底原〕—室(底新朱抹傍・兼等、大)
5 兼〔兼・谷、大〕—ナシ(東・高)
6 粟—栗〔底〕
7 道〔谷傍補、大〕—ナシ(兼・谷原・東・高)
8 戎(底新朱抹傍)—或〔底原〕→校補
9 曰(底重・底抹傍・兼等、大、類一七三)—目〔底原〕→校補
10 第〔谷重〕—弟(谷原)
11 害—容(類一七三)
12 虚〔兼等、大、類一七三〕—霊(兼等傍イ)
13 問—論(類八四・一七三)
14 第(谷重)—弟〔谷原〕
15 盧〔兼・東・高、大改〕—虚(谷)

一 後宮職員令15に「尚縫一人〈掌、裁二縫衣服一、纂組之事、兼知二女功及朝参一〉」とあり、宮中所用および賞賜用の衣服・纂組の製作、女功・命婦朝参を管掌することを職掌とした。禄令9によれば正四位相当。

二 →四二六九頁注一三。従三位叙位は延暦五年正月。

三 藤原良継。もと宿奈麻呂。宇合の第二子。→三二七頁注四三。内大臣任官は宝亀八年正月、同年九月の死去に際し贈従一位。

四 藤原百川。もと雄田麻呂。→三補22-二四。延暦二年二月に贈右大臣。

五 藤原旅子。→三五三頁注一六。延暦七年五月の死去に際し贈妃。

六 →四補27-三〇。原文「正五位下」とあるが、延暦四年八月に従五位下から従五位上への昇叙のことが見え(丙子条)、また同八年二月癸未条に「内薬正侍医従五位上葉栗臣翼為二兼内蔵助一」とあり、同九年二月に従五位上から正五位下への昇叙のことが見えるので(甲午条)、「従五位下」の誤り。前官は丹波介か(延暦元年二月庚申条)。内薬正の前任者は吉田古麻呂(延暦五年正月乙卯条)。

七 ここは「百官始就二朝座一」とすることから、朝堂院の区画を指すか。→補39-八。

八 →四四五一頁注一五。

九 →三二〇五頁注一四。河内守任官は延暦四年正月。

一〇 →四補26-一〇。摂津大夫任官は延暦二年三月。民部大輔の前任者は本条で上野守に転任した粟田鷹守(延暦四年正月辛亥条)。

一一 →二一三頁注一四。参河介の前任者は三嶋大湯坐(延暦四年七月壬戌条)。

一二 もと建部公。→四補25-九九。前官は武蔵介(延暦三年十一月戊午条)。武蔵守の前任者は本年五月癸巳に死去した石川垣守(延暦四年七月己亥条)。

一三 →三五七頁注二五。武蔵介の前任者は本条で武蔵守に昇任した建部

藤原諸姉没

民部卿《みんぶきやう》は故《もと》の如《ごと》し。○丁亥（二十九日）、尚縫《ぬひとののかみ》[一]従三位藤原《ふぢはら》[二]朝臣諸姉《もろね》薨《こう》しぬ。内大臣《ないだいじん》従一位良継《よしつぐ》[三]の女《むすめ》なり。贈右大臣《ぞううだいじん》百川《ももかは》[四]に適《ゆ》きて女《めのこ》を生《う》めり。是《こ》れ贈妃《ぞうひ》[五]なり。

太政官院竣功

秋七月壬寅（戊子朔 十五日）、正五位下羽栗《はくり》[六]臣翼《つばさ》を内薬正《ないやくのかみ》兼侍医《じい》とす。○丙午（十九日）、太政《だいじやう》[七]官院《ぐわんゐん》成《な》る。百官《ひやくくわん》、始《はじ》めて朝座《てうざ》[八]に就《つ》く。

任官

八月甲子（丁巳朔 八日）、従四位下巨勢《こせ》[九]朝臣苗麻呂《なへまろ》を左中弁《さちうべん》とす。河内《かふち》守は故《もと》の如《ごと》し。従四位上和気《わけ》[一〇]朝臣清麻呂《きよまろ》を民部大輔《みんぶだいふ》。摂津大夫《つのだいぶ》は故《もと》の如《ごと》し。従五位下中臣《なかとみ》[一一]朝臣必登《ひと》を参河介《みかはのすけ》。従五位上阿保《あほ》[一二]朝臣人上《ひとかみ》を武蔵《むざし》守。従五位下紀《き》[一三]朝臣楫人《かぢひと》を介。従五位下文屋《ふむや》[一四]真人大原《おほはら》を下総《しもつふさ》介。中宮大進《ちうぐうだいしん》従五位下物部多藝《もののべのたぎ》[一五]宿禰国《くに》足《たり》を兼常陸大掾《ひたちのだいじよう》。正五位下粟田《あはた》[一六]朝臣鷹守《たかもり》を上野《かみつけの》守。

東海・東山両道に遣使して征夷の軍備を検閲

従五位下佐伯《さへき》[一七]宿禰葛城《かづらき》を東海道《とうかいだう》に、従五位下紀《き》[一八]朝臣楫長《かぢをさ》を東山道《とうせんだう》に使《つかは》す。道別《だうごと》に、判官《はんぐわん》一人、主典《さうくわん》一人。軍士《ぐんじ》[一九]を簡閲《かんえつ》して、兼《か》ねて戎具《じふぐ》を検《しら》べしむ。蝦夷《えみし》を征《う》たむが為《ため》なり。

正倉焼失に際し、官物の塡備を国司・郡司に行わせることを命ずる

勅《みことのり》[二〇]して曰《のたま》はく、「正倉焼《しやうさうや》[二一]かるること、必《かなら》ずしも神《かみ》に由《よ》らず。何《なに》となれば、譜第《ふだい》[二二]の徒《ともがら》は傍人《ばうにん》を害《そこな》はむとして相焼《あひや》き、監主《けむしゆ》[二三]の司《つかさ》は虚納《このふ》を避《さ》けむとして火《ひ》を放《はな》てり。今《いま》より以後《のち》、神災《しんさい》[二四]・人火《じんくわ》を問《と》はず、当時《そのとき》の国郡司《こくぐんじ》をして塡《あ》て備《そな》へしむべし。仍《より》て見任《げんにむ》を解《と》きて、譜第《ふだい》を絶《た》つこと勿《な》かれ」とのたまふ。○戊寅（二十二日）、唐《もろこし》の人《ひと》盧《ろ》[二五]如津《じよしん》に姓を清川《きよかは》[二六]忌寸と賜《たま》ふ。

(阿保)人上(延暦三年十一月戊午条)。

一四 文室真人とも。→補38-三三。前官は右兵衛佐(延暦五年正月己未条)。下総介の前任者は高倉殿嗣(延暦元年三月辛亥条)。

一五 もと多芸連。→補34-五三。中宮大進任官は延暦二年二月。常陸大掾の前任者は吉田古麻呂(延暦五年正月乙卯条)。

一六 →四補27-四四。前官は民部大輔(延暦四年正月辛亥条)。上野守の前任者は大神船人(延暦四年正月辛亥条)。

一七 →補38-三一。この時左少弁(延暦四年九月辛酉条)。

一八 →補38-七四。この時近江介(延暦五年正月乙卯条)。

一九 ここに見られる、兵士の検閲、武器の点検は、延暦七年七月辛亥条の紀古佐美の征東大使補任、同年三月庚戌条の陸奥への軍粮輸送などと並んで、同八年三月に始まる征夷戦の準備か。

二〇 郡任争奪、虚納隠蔽を目的とした正倉神火(三補24-四八)に対して、焼失官物補塡責任と譜第を絶やさぬ方針を定めた勅。類聚国史、焼亡官物の弘仁七年八月丙辰条の公卿奏言に、「仍案二延暦五年八月七日格一、…当時国司郡司及税長等」と見える。神火事件において、郡任争奪が問題とされるのは延暦期が最後であり、この制により神火が譜第失脚に何の効果ももたらさなくなったため、以降はもっぱら虚納隠蔽が問題となるとする指摘(渡部育子説)がある。弘仁七年の公卿奏言で、国司・郡司とともに税長に焼損補塡の責を負わせているのはこのことによるか。

二一 →一補5-六一。

二二 →二補12-一八。

二三 公の物資を監督・管理する責任を負わされた官庁、あるいは役職。→補39-九。

二四 神の祟りによって生じると考えられた火災と、放火による火災。神火→三補24-四八。

二五 天平宝字五年八月甲子条に「沈惟岳等九

○九月甲辰、出羽国言、渤[1]海国使大使李[2]元泰已下六十五人、乗㆓船一隻㆒、漂㆓着部下㆒。被[3]㆓蝦夷略[4]㆒十二人、見存卌一人。○丁未、摂津職言、諸国駅戸、免㆑庸輸㆑調。其畿内者、本自无㆑庸。比[5]㆓于外民㆒労逸不㆑同。逋逃[6]不㆑禁、良為㆑此也。駅子之調、請従㆓免限[7]㆒。許㆑之。自餘畿内之国、亦准㆓此例㆒。○乙卯、以㆓正四位上神王㆒為㆓大和国班田左長官㆒。従五位下石川朝臣魚麻呂為㆓次官㆒。従四位上佐伯宿禰久良麻呂為㆓右長官㆒。外従五位下嶋田臣宮成為㆓次官㆒。従四位下巨勢朝臣苗麻呂為㆓河内和泉長官㆒。従五位上紀朝臣作良為㆓次官㆒。従四位上和気朝臣清麻呂為㆓摂津長官㆒。従五位下藤原朝臣葛野麻呂為㆓次官㆒。正四位下壱志濃王為㆓山背長官㆒。従五位下多治比真人継兄為㆓次官㆒。使別、判官二人、主典二人。○冬十月甲子、以㆓外従五位下忌部宿禰人上㆒為㆓神祇少副㆒。正五位下高賀茂朝臣諸魚為㆓中宮亮㆒。従五位下文室真人真屋麻呂為㆓右大舎人頭㆒。従五位下高倉朝臣殿嗣[8]為㆓玄蕃頭㆒。従五位下浅井王為㆓内匠頭㆒。正五位下広上王為㆓内礼正㆒。従五位下八上

1 渤→校補
2 李〔兼・谷、大、紀略〕―季（東・高）
3 被〔底原、大、紀略〕―披（底新朱抹傍・兼・谷原・東・高）、柀（谷重）→校補
4 略（底傍補）―ナシ〔底原〕
5 于―千〔底〕
6 逃〔底原・底新朱抹傍〕→校補
7 限〔底〕―除
8 嗣（底新朱抹傍）―副〔底原〕

人」の一人として来日（続紀）。延暦十七年六月に大炊権大属で正六位上として見え（類聚国史）、同二十四年十一月外従五位下に叙位（後紀）、弘仁十三年正月従五位下に叙位（類聚国史）された清川是（斯）麻呂と同一人であろう。　二六 姓氏録左京諸蕃に「清川忌寸、唐人正六位上〈本賜緑〉盧如津入朝焉、沈惟岳同時也」とある。

一 渤海との交渉→㊂補10-四。

二 延暦六年二月に帰国。

三 畿外の駅戸との負担の軽重を均衡させるために摂津国の駅子の調を免除することを申請する奏言。この時の摂津大夫は和気清麻呂（延暦五年八月甲子条）。

四 →㊂二一九頁注一九。賦役令19の「免徭役」により、庸が免じられていた。

五 賦役令4の「京畿内不㆑在㆓収㆑庸之例㆒」による。　六 畿外の百姓。ここは、畿外の駅子。

七 逃亡がとどまらないのは、の意。

八 駅戸に属する正丁。ここは摂津国の駅子。

九 以下、班田使（㊂補10-五七）の発遣。宝亀十年に続く班田年にあたり、前年には五畿内に検田使が派遣されている（延暦四年十月丙寅条）。長岡京跡から、神王の名を記した、（表）「授　大和長□　□□／田使　大和長官神王…」とする木簡が出土している（『木簡研究』一二-五三頁）。続紀では畿内班田使の発遣が四例見られる（天平元年十一月癸巳条・天平十四年九月戊午条・本条・延暦十年八月癸巳条）。この延暦五年は、弘仁十一年十二月廿六日太政官符（三代格）に「右、得㆓民部省解㆒偁、格云、天平十四年・勝宝七歳・宝亀四年・延暦五年四度図籍、皆為㆓証験㆒」とある、班田図籍が後世においても証験とされた四証年

渤海使ら出羽に漂着

九月（丁亥朔）甲辰（十八日）、出羽《いでは》国言《まう》さく、「[一]渤海国使大使李《ぼつかいこくのつかひたいしり》[二]元泰《ぐゑんたい》已下六十五人、船《ふね》一隻に乗《の》りて部下《ぶげ》に漂着《へうちやく》せり。蝦夷《えみし》に略《りやく》せらるるひと十二人、見《げん》に存《あ》るひと卌一人なり」とまうす。

畿内諸国の調を免ずる

〇丁未（二十一日）、[三]摂津職言《つのしきまう》さく、「諸国《くにぐに》の[四]駅戸《うまやへ》は庸《よう》を免《ゆる》して調《でう》を輸《いだ》す。其《そ》れ[五]畿内《きない》は本《もと》より庸无《ような》し。[六]外民《ぐゑみん》に比《くら》ぶるに労逸《らういつ》同《おな》じからず。[七]逋《ほ》逃《たう》禁《とど》まらぬこと、良《まこと》に此《これ》が為《ため》なり。[八]駅子《えきし》の調《でう》、請《こ》はくは免《ゆる》す限《かぎり》に従《したが》はむことを」とまうす。これを許《ゆる》す。自餘《そのほか》の畿内《きない》の国《くに》も亦《また》この例《ためし》に准《なずら》ふ。

畿内諸国の班田使任命

〇乙卯（二十九日）、[九]正四位上[一〇]神王《みわのおほきみ》を大和国班田左長官《やまとのくにのはんでんのひだりのちやうぐわん》とす。従五位下[一一]石川《いしかは》朝臣魚麻呂《うをまろ》を次官《じくわん》。従四位上[一二]佐伯《さへき》宿禰久良麻呂《くらまろ》を右長官《みぎのちやうぐわん》。外従五位下[一三]嶋田《しまだ》臣宮成《みやなり》を次官《じくわん》。従四位下[一四]巨勢《こせ》朝臣苗麻呂《なへまろ》を河内和泉長官《かふちいづみのちやうぐわん》。従五位上[一五]紀《き》朝臣作良《つくら》を次官《じくわん》。従四位上[一六]和気《わけ》朝臣清麻呂《きよまろ》を摂津長官《つのちやうぐわん》。従五位下[一七]藤原《ふぢはら》朝臣葛《かど》野麻呂《のまろ》を次官《じくわん》。正四位下[一八]壱志濃《いちしの》王を山背長官《やましろのちやうぐわん》。従五位下[一九]多治比《たぢひ》真人継兄《つぐえ》を次官《じくわん》。使別《しごと》に、判官《はんぐわん》二人、主典《さうくわん》二人。

任官

冬十月（丁巳朔）甲子（八日）、外従五位下[二〇]忌部《いむべ》宿禰人上《ひとかみ》を神祇少副《じんぎせうふく》とす。正五位下[二一]高賀茂《たかかも》朝臣諸魚《もろうを》を中宮亮《ちうぐうのすけ》。従五位下[二二]文室《ふむや》真人真屋麻呂《まやまろ》を右大舎人頭《みぎのおほとねりのかみ》。従五位下[二三]高《たか》倉《くら》朝臣殿嗣《とのつぐ》を玄蕃頭《ぐゑんばんのかみ》。従五位下[二四]浅井《あさゐ》王を内匠頭《うちのたくみのかみ》。正五位下[二五]広上《ひろかみ》王を内礼《うちのゐやの》正《かみ》。従五位下[二六]八上《やかみの》

の一つにあたる。この年に作成された班田図籍は、「延暦五年図」として、弘仁十一年の大和国川原寺牒（平遺四六号）、天長二年の尾張国検川原寺田帳（同五一号）などに見られる。

一〇 →[四]一五一頁注三七。この時弾正尹（延暦四年五月甲寅条）。

一一 →二八七頁注一八。この時左大舎人助（延暦三年四月壬寅条）。

一二 →[四]補25-八二。この時左京大夫（延暦五年正月己未条）。

一三 →補37-二六。この時右京亮（延暦四年十月甲戌条）。

一四 →[三]二〇五頁注一四。この時左中弁（延暦五年八月甲子条）。

一五 →補35-二。この時大学頭（延暦五年正月己未条）。

一六 →[四]補26-一〇。この時民部大輔兼摂津大夫（延暦五年八月甲子条）。

一七 →補38-三三。

一八 →[四]補28-四。この時治部卿（延暦元年二月丁卯条）。

一九 →補36-四。

二〇 →二五九頁注二四。前官は神祇大祐（延暦三年四月壬寅条）。

二一 →六三頁注九。

二二 文屋真人とも。→二八七頁注一三。前官は少納言（本年六月丁卯条）。右大舎人頭の前任者は浄原王（延暦四年五月甲寅条）。

二三 もと高麗朝臣。殿継とも。→補34-四二。玄蕃頭の前任者は本条で尾張守に転任した文室子老（延暦四年十月甲戌条）。

二四 →補36-三九。前官は諸陵頭（延暦四年正月辛亥条）。

二五 →[四]補33-一五。内礼正の前任者は本条で諸陵頭に転任した八上王（延暦元年八月乙亥条）。

二六 →[四]一四九頁注二五。前官は内礼正（延暦元年八月乙亥条）。諸陵頭の前任者は本条で内匠頭に転任した浅井王（延暦四年正月辛亥条）。

1 息長真人〔高擦重〕—息長真(高原)
2 郡〔底新朱抹傍〕—部〔底原〕
3 大〔兼・谷、大〕—太(東・高)
4 従〔兼・谷、大〕—ナシ(東・高)
5 外—ナシ〔底〕
6 臣〔底新傍朱イ〕—原〔底〕
7 原〔兼・谷、大〕—ナシ(東・高)
8 田〔底新朱抹傍〕—因〔底原〕
9 乙卯→脚注・校補
10 六年→校補
11 常嶋以下二九字—ナシ(東)
12 並〔底原・底新朱抹傍〕→校補

王為二諸陵頭一。外従五位下[1]息長真人清継為二木工助一。衛門大尉外従五位上上毛野公我人為二兼西市正一。従五位上文室真人子老為二尾張守一。従五位下県犬養宿禰堅魚麻呂為二信濃守一。従五位下阿倍朝臣草麻呂為二豊前守一。〇丁丑、常陸国信太[2]郡[3]大領外正六位上物部志太連大成、以二私物一周二百姓急一。授二外従五位下一。〇戊寅、授二従七位上大津連広刀自外[4]従五位下一。〇庚辰、授二釆女正六位上三野臣浄日女[5]外従五位下一。〇辛巳、授二正六位上中[6]臣栗[7]原連子公外従五位下一。〇甲申、改二葬太上天皇於大和国[8]田原陵一。〇十一月丁未、従五位下巨勢朝臣総成為二遠江守一。〇十二月[9]乙卯、陰陽助正六位上路三野真人石守言、己父馬養、姓无二路字一。而今石守独着二路字一。請除レ之。許レ焉。〇辛巳、叙二従五位下松尾神従四位下一。

[10]六年春正月壬辰、授二正四位下多治比真人長野従三位、无位矢庭王・大庭王、正六位上岡田王並従五位下、従四位下大伴宿禰潔足従四位上、従五位上文室真人波多麻呂・安倍朝臣常嶋[11]・藤原朝臣真友並[12]

一 清健と同一人か。もと息長連。→四八五頁注二一。木工助の前任者は国中三成(延暦五年正月己未条)。
二 →二九一頁注二六。衛門大尉任官は延暦三年四月。西市正の前任者は弓削大成(延暦四年正月癸亥条)。
三 →四二〇九頁注一一。前官は玄蕃頭(延暦四年十月甲戌条)。尾張守の前任者は紀鯖麻呂(多度神宮寺伽藍縁起資財帳〔平遺二〇号〕に「延暦五年長官(守)紀朝臣佐婆麿」と見える)。
四 →補35-四八。前官は左衛士佐(延暦四年正月辛亥条)。信濃守の前任者は中臣鷹主(延暦四年正月癸亥条)。
五 安倍朝臣とも。→四補28-五。前官は神祇大副(延暦四年三月丙午条)。豊前守の前任者は日下部雄道(延暦四年正月癸亥条)。
六 →三二三一頁注一一。
七 延暦九年十二月に、新治郡大領新治直大直・播磨国明石郡大領葛江我孫馬養・下総国猨嶋郡主帳孔王部山麻呂ら三人と並んで叙位され、大成は外従五位下より外従五位上に昇叙(庚戌条)。なお、養老七年三月戊子条に「常陸国信太郡人物部国依、改賜二信太連姓一」とある同姓のものが見える。
八 論語、雍也篇に「君子周レ急不レ継レ富」とある。
九 他に見えず。大津連→一補6-四五。
一〇 →一補2-一三九。

王《おほきみ》を諸陵頭《みささぎのかみ》。外従五位下[一]息長《おきなが》真人清継《きよつぐ》を木工助《もくのすけ》。衛門大尉《ゑもんのだいゐ》外従五位上[二]上《かみつ》毛野《けの》公我人《わひと》を兼西市正《にしのいちのかみ》。従五位上[三]文室《ふむや》真人子老《こおゆ》を尾張《をはり》守。従五位下[四]県犬《あがたいぬ》養《かひ》宿禰堅魚麻呂《かつをまろ》を信濃《しなの》守。従五位下[五]阿倍《あへ》朝臣草麻呂《くさまろ》を豊前《とよくにのみちのくち》守。○丁丑《二十一日》、常陸《ひたち》国[六]信太《しだ》郡大領《だいりやう》外正六位上[七]物部志太《もののべのしだ》連大成《おほなり》、私物《しぶつ》を以て百姓《はくせい》の[八]急《きふ》を周《すく》へり。外従五位下を授《さづ》く。○戊寅《二十二日》、従七位上[九]大津《おほつ》連広刀自《ひろとじ》に外従五位下を授く。○庚辰《二十四日》、[一〇]采女《うねめ》正六位上[一一]三野《みの》臣浄日女《きよひめ》に外従五位下を授く。○辛巳《二十五日》、正六位上[一二]中臣栗原《なかとみのくりはら》連子公《こきみ》に外従五位下を授く。○甲申《二十八日》、[一三]太上天皇《だいじやうてんわう》を大和《やまと》国[一四]田原陵《たはらのみささぎ》に改《あらた》め葬《はぶ》りまつる。

光仁太上天皇を田原陵に改葬

十一月《丙戌朔》丁未《二十二日》、従五位下[一五]巨勢《こせ》朝臣総成《ふさなり》を遠江《とほつあふみ》守とす。

十二月《丙辰朔》[一六]乙卯、陰陽助《おむやうのすけ》正六位上[一七]路三野《みちのみの》真人石守《いはもり》言《まう》さく、「己《わ》が[一八]父馬養《ちちうまかひ》は、姓に路《みち》の字《な》无《な》し。而《しか》れども今《いま》、石守《いはもり》のみ独《ひと》り路《みち》の字《な》を着《つ》く。請《こ》はくは、これを除《のぞ》かむことを」とまうす。焉《これ》を許《ゆる》す。○辛巳《二十六日》、従五位下[一九]松尾神《まつのをのかみ》を従四位下に叙《じよ》す。

六年《丁卯》春正月《丙戌朔》壬辰《七日》、[二〇]正四位下[二一]多治比《たぢひ》真人長野《ながの》に従三位を授く。无位[二二]矢庭《やには》王・[二三]大庭《おほには》王、正六位上[二四]岡田《をかだ》王に並《ならび》に従五位下。従四位下[二五]大伴《おほとも》宿禰潔足《きよたり》に従四位上。従五位上[二六]文室《ふむや》真人波多麻呂《はたまろ》・[二七]安倍《あへ》朝臣常嶋《つねしま》・[二八]藤原《ふぢはら》朝臣真友《まとも》に並に

七八七年叙位

一一 他に見えず。三野臣→補38-五二。
一二 もと栗原勝。→二〇五頁注二一。天応元年七月癸酉条の改賜姓の記事に既に「右京人正六位上」と見える。
一三 光仁。
一四 →補39-一〇。
一五 →二六九頁注一一。前官は遠江介（延暦二年四月壬申条）。遠江守の前任者は春階王（延暦四年十月辛巳条）。
一六 考證に「乙卯〈是月丙辰朔、無二乙卯一、干支必有レ誤〉」とあり、あるいは己卯（二十四日）の誤りか。
一七 他に見えず。万葉一六四四・三八九〇の作者三野連石守とは別人。三野真人→二五三頁注一〇。
一八 馬甘とも。→四補25-七七。
一九 現在の京都市西京区嵐山宮町に所在。→三補16-二三。延暦三年十一月に従五位下。
二〇 以下、七日節会に伴う叙位。
二一 池守の孫、家主の男。→四補26-一。なお正四位下昇叙は、延暦四年正月癸卯条に正四位上叙位のことが見えるが、同五年正月乙卯条に正四位下として見えるので、延暦四年の正月。
二二 系譜未詳。選叙令35によれば諸王の子。延暦八年三月に正親正となる。
二三 →補39-一一。
二四 系譜未詳。延暦七年三月主殿頭、同十年正月備中守となる。
二五 →三補20-五九。従四位下叙位は延暦二年正月。
二六 →三補20-一七。
二七 阿倍朝臣とも。→四補31-四〇。従五位上叙位は宝亀十年正月。
二八 是公の男。→補36-七。従五位上叙位は延暦四年正月。

1位〔兼・谷、大〕―ナシ(高)
2弟―第〔底〕
3宗〔底抹傍〕―室〔底原〕
4朝臣〔兼・谷、大〕―ナシ(東・高)
5申―甲(谷)
6甘南〔底新朱抹傍〕→校補
7上〔底抹傍〕―下〔底原〕
8為〔谷傍補、大〕―ナシ(兼等)
9真〔大改〕―直(兼等)
10濃→校補
11下〔大改〕―上〔底新朱傍イ・兼等〕
12兼〔谷傍補〕―ナシ(谷原)
13中〔兼・谷、大〕―ナシ(東・高)

正五位下、従[1]五位下文室真人久賀麻呂・阿倍朝臣弟[2]当・藤原朝臣宗[3]嗣・紀朝臣真子並従五位上、正六位上大原真人長浜・橘朝臣安麻呂・藤原朝臣[4]今川・百済王玄風、正六位下紀朝臣全継、従六位上巨勢朝臣人公、正六位上石川朝臣永成並従五位下。〇二月庚申[5]、勅、諸勝賜二姓広根朝臣一。岡成長岡朝臣。以二従五位下高倉朝臣石麻呂一為二中務少輔一。従五位下中臣朝臣比登為二和泉守一。従五位下甘[6]南備真人継成為二伊賀守一。外従五位下御使朝臣浄足為二参河介一。近衛少将従五位上[7]佐伯宿禰老為二[8]兼相模守一。少納言如レ故。従五位下紀朝臣真[9]人為レ介。従五位下百済王玄風為二美濃[10]介一。従五位下佐伯宿禰葛城為二陸奥介一。従五位下石淵王為二若狭守一。従五位下[11]紀朝臣馬守為二越中守一。従五位下丹比宿禰真浄為二丹波介一。従五位下大宅朝臣広江為二丹後守一。外従五位下丹比宿禰稲長為二伯耆介一。中納言正三位藤原朝臣小黒麻呂為二[12]兼美作守一。中[13]務卿如レ故。従五位下紀朝臣安提為二備中守一。従五位上雄倉王為二阿波守一。正五位上内蔵宿禰全成為二讃岐守一。陸奥介従

一　→補34-二八。従五位下叙位は宝亀八年正月。
二　安倍朝臣とも。→㊃補32-五四。従五位下叙位は宝亀四年正月。
三　→一二五頁注五。従五位下叙位は宝亀十一年正月。
四　→補35-二一。従五位下叙位は宝亀九年正月。
五　延暦七年二月散位助となる。大原真人→八九頁注六・㊂三五三頁注四。
六　→補39-一二。
七　→補39-一三。
八　→補39-一四。
九　他に見えず。紀朝臣→㊀補1-三一。
一〇　延暦六年二月民部少輔、同九年三月左京亮、同十年二月肥前守となる。巨勢朝臣→㊀補2-一八。
一一　本年二月左大舎人助となる。石川朝臣→㊀補1-三二。
一二　→補39-一五。
一三　→補39-一六。
一四　もと高麗朝臣。→㊃四〇三頁注二。前官は治部少輔(延暦四年三月丙午条)。中務少輔の前任者は本条で越中守に転任した紀馬守(延暦四年十月甲戌条)。
一五　必登とも。→二一三頁注一四。前官は参河介(延暦五年八月甲子条)。和泉守の前任者は当麻得足(延暦二年三月己丑条)。
一六　→三四三頁注五。伊賀守の前任者は尾張弓張(延暦二年二月壬申条)。
一七　もと御使連。清足とも。→㊃二一九頁注八。前官は美濃介(延暦五年二月丁丑条)。参河介の前任者は本条で和泉守に転任した中臣必登(延暦五年八月甲子条)。
一八　→㊃二九三頁注一八。近衛少将任官は延暦四年正月。少納言任官時は不明。介(延暦

諸勝・岡成両皇子に賜姓

任官

正五位下。従五位下[一]文室《ふむや》真人久賀麻呂《くかまろ》・[二]阿倍《あへ》朝臣弟当《おとまさ》・[三]藤原《ふぢはら》朝臣宗嗣《むねつぐ》・[四]紀《き》朝臣真子《まこ》に並《ならび》に従五位上。正六位上[五]大原《おほはら》真人長浜《ながはま》・[六]橘《たちばな》朝臣安麻呂《やすまろ》・[七]藤原《ふぢはら》朝臣今川《いまかは》・[八]百済王《くだらのこにきし》玄風《ぐゑんふう》、正六位下[九]紀《き》朝臣全継《またつぐ》、従六位上[一〇]巨勢《こせ》朝臣人公《ひときみ》、正六位上[一一]石川《いしかは》朝臣永成《ながなり》に並に従五位下。

二月庚申〔丙辰朔 五日〕、勅《みことのり》して、[一二]諸勝《もろかつ》に姓を広根《ひろね》朝臣と賜《たま》ふ。[一三]岡成《をかなり》には長岡《ながをか》朝臣。従五位下[一四]高倉《たかくら》朝臣石麻呂《いはまろ》を中務少輔《ちうむせうふ》とす。従五位下[一五]中臣《なかとみ》朝臣比登《ひと》を和泉《いづみ》守。従五位下[一六]甘南備《かむなび》真人継成《つぐなり》を伊賀《いが》守。外従五位下[一七]御使《みつかひ》朝臣浄足《きよたり》を参河介《みかはのすけ》。近衛少将《このゑのせうしやう》従五位上[一八]佐伯《さへき》宿禰老《おゆ》を兼相模《さがみ》守。少納言《せうなふごん》は故《もと》の如《ごと》し。従五位下[一九]紀《き》朝臣真人《まひと》を介。従五位下[二〇]百済王《くだらのこにきし》玄風《ぐゑんふう》を美濃《みの》介。従五位下[二一]佐伯《さへき》宿禰葛城《かづらき》を陸奥《みちのおく》介。従五位下[二二]石淵王《いはふちのおほきみ》を若狭《わかさ》守。従五位下[二三]紀《き》朝臣馬守《うまもり》を越中《こしのみちのなか》守。従五位下[二四]丹比《たぢひ》宿禰真浄《まきよ》を丹波《たには》介。従五位下[二五]大宅《おほやけ》朝臣広江《ひろえ》を丹後《たにはのみちのしり》守。外従五位下[二六]丹比《たぢひ》宿禰稲長《いななが》を伯耆《ははき》介。中納言《ちうなふごん》正三位[二七]藤原《ふぢはら》朝臣小黒麻呂《をぐろまろ》を兼美作《みまさか》守。中務卿《ちうむきやう》は故《もと》の如《ごと》し。従五位下[二八]紀《き》朝臣安提《あて》を備中《きびのみちのなか》守。従五位上[二九]雄倉《をぐら》王を阿波《あは》守。正五位上[三〇]内蔵《くら》宿禰全成《またなり》を讃岐《さぬき》守。陸奥介《みちのおくのすけ》従

四年正月辛亥条)より守への昇任。相模守の前任者は文室与企(延暦三年三月乙酉条)。

一九 →補36-六。前官は摂津亮(延暦三年四月壬寅条)。相模介の前任者は本条で相模守に転任した佐伯老(延暦四年正月辛亥条)。

二〇 →補39-一四。美濃介の前任者は本条で参河介に転任した御使浄足(延暦五年二月丁丑条)。

二一 →補38-三一。前官は左少弁(延暦四年九月辛酉条)。

二二 →一七一頁注六。若狭守の前任者は塩屋王(延暦三年七月壬午条)。

二三 →三五一頁注二。前官は中務少輔(延暦四年十月甲戌条)。越中守の前任者は調使王(延暦二年二月壬申条)。

二四 →四七頁注二。前官は右衛士佐(延暦四年八月丙子条)。

二五 →補38-三三。前官は丹後介(延暦五年二月丁丑条)。丹後守の前任者は積殖王(延暦二年二月壬申条)。

二六 もと丹比新家連。→三九頁注八。前官は内蔵助(延暦三年四月丁未条)。伯耆介の前任者は桑原足床(延暦二年二月壬申条)。

二七 少黒麻呂とも。房前の孫、鳥養の男。→〔四〕補25-九二。中納言任官は延暦三年正月。中務卿任官は同四年七月。

二八 →二五九頁注一三。前官は民部少輔(延暦四年七月己亥条)。備中守の前任者は下文癸亥(八日)条で内蔵助に転任する栄井道形(延暦二年二月壬申条)。

二九 小倉王とも。→補38-一。前官は少納言か(延暦四年正月癸亥条)。阿波守の前任者は川村王か(延暦元年閏正月庚子条)。

三〇 もと内蔵忌寸。→〔三〕補22-四一。讃岐守の前任者は壱志濃王か(延暦元年二月丁卯条)。

五位下佐伯宿禰葛城為二兼[1]鎮守副将軍一。○癸亥、以二従五位下石浦王一為二少納言一。従五位下石川朝臣永成為二左大舎人助一。従五位下栄井宿禰道形為二内蔵助一。従五位下橘朝臣安麻呂為二雅楽助一。従五位下巨[2]勢朝臣人公為二民部少輔一。外従五位下麻田連真浄為二主税助一。外従五位下奈良忌寸長野為二鼓吹正一。従五位下阿倍朝臣祖足為二左京亮[3]一。従[4]五位下石川朝臣魚麻呂為二摂津亮[5]一。従五位下藤原朝臣縄主為二右衛士佐一。従五位下大伴王為二主馬頭[6]一。○甲戌、渤[7]海使李元泰等言、元泰等入朝時[8]、梅[9]師及挟杪[10]等、逢レ賊之日、並被二劫殺一、還レ国无レ由。於レ是、仰二越後国一、給二船一艘、梅[11]師・挟杪[12]・水手一而発遣焉。○庚辰、以二従五位上大伴宿禰弟[13]麻呂為二右中弁一。従五位上文室真人久賀麻呂為二摂津亮一。従五位下和朝臣国守為二参[14]河守一。従五位上多治比真人浜成為二常陸介一。従五位下佐伯宿禰葛城為二下野守一。従五位下藤原朝臣葛野麻呂為二陸奥介一。従五位下石川朝臣魚麻呂為二丹後守一。従五位下池田朝臣真枚[15]為二鎮守副将軍一。○三月丁亥、宴二五位已上於内裏一。

1 兼〔谷傍補〕—ナシ〔谷原〕
2 巨〔底新朱抹傍〕—臣〔底原〕
3 亮〔底原・底新朱抹傍〕↓校補
4 従—ナシ〔兼〕
5 亮〔底原・底新朱抹傍〕↓校補
6 頭↓校補
7 渤↓校補
8 時〔兼朱傍朱イ・谷朱傍イ・東傍イ・高傍イ、大改〕—特〔兼等〕
9 梅〔兼等・高傍〕—梅〔大〕↓校補
10 杪〈意改〉〔大改〕—抄〔兼等〕↓校補
11 梅—把〔兼〕
12 杪〔兼、大改〕—抄〔谷・東・高〕
13 弟—第〔底〕
14 参—三〔兼〕
15 枚—牧〔底〕

一 →三七九頁注二一。陸奥介任官は本条。鎮守副将軍の前任者は多治比宇美（延暦四年二月丁丑条）。
二 →二八七頁注六。前官は主馬頭（延暦四年七月壬戌条）。三 →三七九頁注一一。左大舎人助の前任者は本条で摂津亮に転任した石川魚麻呂（延暦三年四月壬寅条）。
四 もと日置造。→[四]補28—三九。前官は備中守（延暦二年二月壬申条）。内蔵助の前任者は上文庚申（五日）条で伯耆介に転任した丹比稲長（延暦三年四月丁未条）。
五 →補39—一一。
六 →三七九頁注一〇。民部少輔の前任者は上文庚申（五日）条で備中守に転任した紀安提（延暦四年七月己亥条）。
七 →[四]一五三頁注二〇。主税助の前任者は本条で鼓吹正に転任した奈良長野（延暦四年正月辛亥条）。八 もと秦忌寸。→一二三頁注二。前官は主税助（延暦四年正月辛亥条）。
九 →一二三頁注二七。
一〇 →二八七頁注一八。前官は左大舎人助（延暦三年四月壬寅条）。摂津亮の前任者は上文庚申（五日）条で相模介に転任した紀真人（延暦三年四月壬寅条）。下文庚辰（二十五日）条で丹後守に転任。
一一 →補37—三三。前官は中衛少将（延暦五年正月己未条）。右衛士佐の前任者は上文庚申（五日）条で丹波介に転任した丹比真浄（延暦四年八月丙子条）。一二 →[四]三四九頁注二九。前官は正親正（延暦二年十一月乙酉条）。主馬頭の前任者は本条で少納言に転任した石浦王（延暦四年七月壬戌条）。
一三 前年の延暦五年九月甲辰に出羽国に漂着した渤海国の大使。
一四 →[四]四四九頁注一六。和名抄に「檝師、文

任官

五位下佐《さ》伯《へき》[一]宿禰葛城《かづらき》を兼鎮守副将軍《ちんしゆふくしやうぐん》。〇癸亥[八日]、従五位下石浦王《いはうらのおほきみ》[二]を少納言《せうなふごん》とす。従五位下石川《いしかは》[三]朝臣永成《ながなり》を左大舎人助《ひだりのおほとねりのすけ》。従五位下栄井《さかゐ》[四]宿禰道形《みちかた》を内蔵助《うちのくらのすけ》。従五位下橘《たちばな》[五]朝臣安麻呂《やすまろ》を雅楽助《げがくのすけ》。従五位下巨勢《こせ》[六]朝臣人公《ひときみ》を民部少輔《みんぶせうふ》。外従五位下麻田《あさだ》[七]連真浄《まきよ》を主税助《しゆさいのすけ》。外従五位下奈良《なら》[八]忌寸長野《ながの》を鼓吹正《くすいのかみ》。従五位下阿倍《あへ》[九]朝臣祖足《おやたり》を左京亮《さきやうのすけ》。従五位下石川《いしかは》[一〇]朝臣魚麻呂《うをまろ》を摂津亮《つのすけ》。従五位下藤原《ふぢはら》[一一]朝臣縄主《なはぬし》を右衛士佐《うゑじのすけ》。従五位下大伴《おほとも》[一二]王を主馬頭《しゆめのかみ》。

渤海使に帰国用の船等を給い発遣

〇甲戌[十九日]、渤海《ぼつかいの》使《つかひ》李《り》[一三]元泰《ぐゑんたい》ら言《まう》さく、「元泰《ぐゑんたい》ら入朝《みかどまゐり》する時《とき》、柂師《かぢとり》[一四]と挟杪《かぢとり》[一五]らと、賊《あた》[一六]に逢《あ》ひし日《ひ》に並《ならび》に劫殺《けふさつ》せられて、国《くに》に還《かへ》るに由无《よしな》し」とまうす。是《ここ》に越後《こしのみちのしり》国に仰《おほ》せて、船《ふね》一艘と柂師《かぢとり》・挟杪《かぢとり》・水手《かこ》[一七]とを給《たま》ひて発《おこ》し遣《つかは》す。

任官

〇庚辰[二十五日]、従五位上大伴《おほとも》[一八]宿禰弟麻呂《おとまろ》を右中弁《うちうべん》とす。従五位上文室《ふむや》[一九]真人久賀麻呂《くかまろ》を摂津亮《つのすけ》。従五位下和《やまと》[二〇]朝臣国守《くにもり》を参河《みかは》守。従五位上多治比《たぢひ》[二一]真人浜成《はまなり》を常陸介《ひたちのすけ》。従五位下佐《さ》伯《へき》[二二]宿禰葛城《かづらき》を下野《しもつけの》守。従五位下藤原《ふぢはら》[二三]朝臣葛野麻呂《かどのまろ》を陸奥《みちのおく》介。従五位下石川《いしかは》[二四]朝臣魚麻呂《うをまろ》を丹後《たにはのみちのしり》守。従五位下池田《いけだ》[二五]朝臣真枚《まひら》を鎮守副将軍《ちんしゆふくしやうぐん》。

三月丁亥[乙酉朔 三日]、五位已上を内裏《うち》に宴《うたげ》[二六]す。

選景都賦云、檣工、檝師〈和名加知止利〉とある。 一五 船頭。「挟」は手にとる意。「杪」は樹木の細枝。細い棒をとって舟をあやつる者。持統紀六年五月条などにも見える。→四二八五頁注一七。

一六 延暦五年九月甲辰条に、李元泰らが蝦夷に襲われたとの出羽国からの報告が見える。

一七 →□三三頁注二一。柂師・挟杪・水夫の階層→補39‐一七。

一八 →八五頁注一六。前官は常陸介(延暦二年十一月乙酉条)。右中弁の前任者は本条で常陸介に転任した多治比浜成(延暦四年八月丙子条)。

一九 →補34‐二八。前官は木工頭(延暦五年正月己未条)。摂津亮の前任者は本条で丹後守に転任した石川魚麻呂(延暦六年二月癸亥条)。

二〇 もと和史。→補36‐四一。前官は下野介(延暦四年正月辛亥条)。参河守の前任者は多治比豊浜(延暦元年五月己亥条)。

二一 →補35‐四二。前官は右中弁(延暦四年八月丙子条)。常陸介の前任者は本条で右中弁に転任した大伴弟麻呂(延暦二年十一月乙酉条)。

二二 →補38‐三一。前官は陸奥介・鎮守副将軍(延暦六年二月庚申条)。下野守の前任者は文室高嶋(延暦元年閏正月庚子条)。

二三 →補38‐三三。陸奥介の前任者は本条で下野守に転任した佐伯葛城(延暦六年二月庚申条)。

二四 →二八七頁注一八。前官は摂津亮(延暦六年二月癸亥条)。丹後守の前任者は上文庚申(五日)条で介より昇任した大宅広江(延暦五年二月丁丑条)。

二五 →四補25‐一〇七。鎮守副将軍の前任者は本条で下野守に転任した佐伯葛城(延暦六年二月庚申条)。

二六 三月三日の節日に行われた遊宴。→□補2‐三一。

召二文人一令レ賦二曲水一。宴[1]訖、賜レ禄各有レ差。○乙亥[2]、散事従四位[3]上飽波女王卒。○甲辰、詔曰、養レ老之義、著レ自二前脩[4]一、歴代皇王、率二由[5]斯道一。方今、時属二東作一、人赴二南畝一。洒睠二生民一、情深矜[6]恤。其左右京・五畿内・七道諸国、百歳已上、各賜二穀二斛一。九十已上一斛。八十已上五斗。鰥寡[7]孤独及疹[8]疾之徒者、量二其老幼一、三斗已下、一斗已上。仍令下本国長官親至[9]二郷邑一、存レ情賑贍上。○丙午、以二従五位上中臣朝臣常一為二神祇大副一。従五位下藤原朝臣縄主為二少納言一。従五位上阿倍朝臣弟当為二左少弁一。従五位下笠朝臣江人為二右少弁一。播磨大掾如レ故。正五位下藤原朝臣真友為二右大舎人頭一。下総守如レ故。近衛将[10]監従五位下坂上大宿禰田村麻呂為二兼内匠助一。従五位上安倍朝臣広津麻呂為二式部少輔一。春宮亮・越前介如レ故。従五位下朝原忌寸道永為二大学頭一。東宮学士・文章博士・越後介如レ故。従五位上紀朝臣作良為二治部大輔一。従五位下文室真人真屋麻呂為二少輔一。従五位下文室真人八嶋為二正親正一。従五位下広田王為二鍛冶[11]正一。従[12]五位上藤

1 宴〔類七三補〕—ナシ（類七三原）
2 乙亥→脚注・校補
3 位〔兼・谷、大〕—ナシ（東・高）
4 脩〔底〕—修→校補
5 由—田（高）
6 矜→校補
7 寡（底新朱抹傍）→校補
8 疹〔兼・谷原・東・高、大改〕—癈（谷重）→校補
9 至〔大改〕—見（谷擦重）、王（兼・谷原・東・高）→校補
10 将ノ下、ナシ（底新朱抹）—軍〔底原〕
11 冶〈意改〉（大）—治〔兼等〕
12 従（底新朱抹傍）—後〔底原〕

一 三月は乙酉朔なので、「乙亥」の日はない。考證は「是月乙酉朔、無二乙亥一、疑己亥之譌、己亥十五日也」とする。
二 →一五頁注一七。
三 →[四]補31-三〇。延暦二年二月に従四位上昇叙。
四 賑給を行うとする詔。賑給→[一]補1-四五。
五 前世の徳を修めた賢人。古の君子。
六 春の農作。
七 南の畑。田畑は南向きであるのが理想的とされ、故に単に田畑をいう。
八 →[一]補3-五四。
九 やむ、わずらい、の意。「疾」→[一]補3-五四。
一〇 施し給すること。
一一 →[四]補25-八四。前官は治部大輔（延暦四年正月辛亥条）。
一二 →補37-三三。前官は右衛士佐（延暦六年二月癸亥条）。少納言の前任者は本条で右衛士佐に転任した藤原乙叡（延暦五年六月丁卯条）。
一三 安倍朝臣とも。→[四]補32-五四。前官は右少弁（延暦五年六月丁卯条）。左少弁の前任者は上文二月庚申条で陸奥介に転任した佐伯葛城か（延暦四年九月辛酉条）。
一四 →補38-五三。播磨大掾任官は延暦五年正月。右少弁の前任者は本条で左少弁に転任した安倍弟当（延暦五年六月丁卯条）。右少弁へは式部少輔（延暦四年八月丙子条）より転任。
一五 是公の男。→補36-七。下総守任官は延暦四年十月。右大舎人頭の前任者は本条で治部少輔に転任した文室真屋麻呂（延暦五年十月

文人《ぶんじん》を召《め》して曲水《ごくすい》を賦《ふ》せしむ。宴訖《うたげをは》りて、禄賜《ろくたま》ふこと各《おのおの》差《しな》有り。○乙亥[一]、散事《さんじ》[二]従四位上飽波女王《あくなみのおほきみ》[三]卒《しゅつ》しぬ。

高年者等に賑給

○甲辰[二十日]、詔《みことのり》[四]して曰《のたま》はく、「老《らう》を養《やしな》ふ義《ぎ》は前脩《ぜんしゅ》[五]より著《あきらか》にして、歴代《れきだい》の皇王《くわうわう》、斯《こ》の道《みち》に率《したが》ひ由《よ》れり。方《まさ》に今《いま》、時《とき》は東作《とうさく》[六]に属《つ》き、人《ひと》は南畝《なむほ》[七]に赴《おもぶ》く。酒《すなは》ち生民《せいみん》を眷《かへり》みて情《こころ》に深《ふか》く矜恤《きんじゅつ》す。その左右《さうの》京《きやう》・五畿内《ごきない》・七道《しちだう》の諸国《くにぐに》の百歳已上に、各《おのおの》穀《もみ》二斛を賜ふ。九十已上には一斛。八十已上には五斗。鰥寡孤独《くわんくわこどく》[八]と疹疾《しんしつ》[九]の徒《ともがら》とには、その老幼《らうえう》を量《はか》りて、三斗已下、一斗已上。仍《より》て本国《ほんこく》の長官《ちやうぐわん》をして親《みづか》ら郷邑《がういふ》に至《いた》りて情《こころ》を存《お》きて賑贍《しんせむ》[一〇]せしめよ」とのたまふ。

任官

○丙午[二十二日]、従五位上中臣《なかとみ》[一一]朝臣常《つね》を神祇大副《じんぎだいふく》とす。従五位下藤原《ふぢはら》[一二]朝臣縄主《なはぬし》を少納言《せうなふごん》。従五位上阿倍《あへ》[一三]朝臣弟当《おとまさ》を左少弁《させうべん》。従五位下笠《かさ》[一四]朝臣江人《えひと》を右少弁《うせうべん》。播磨大掾《はりまのだいじよう》は故《もと》の如《ごと》し。正五位下藤原《ふぢはら》[一五]朝臣真友《まとも》を右《みぎの》大舎人頭《おほとねりのかみ》。下総《しもつふさ》守は故《もと》の如《ごと》し。近衛将監《このゑのしやうげむ》従五位下坂上《さかのうへ》[一六]大宿禰田村麻呂《たむらまろ》を兼内匠助《うちのたくみのすけ》。従五位上安倍《あへ》[一七]朝臣広津麻呂《ひろつまろ》を式部少輔《しきぶせうふ》。春宮亮《しゅんぐのすけ》・越前介《こしのみちのくちのすけ》は故《もと》の如《ごと》し。従五位下朝原《あさはら》[一八]忌寸道永《みちなが》を大学頭《だいがくのかみ》。東宮学士《とうぐうがくし》・文章博士《もんじやうはかせ》・越《こしの》後《みちのしり》介は故《もと》の如《ごと》し。従五位上紀《き》[一九]朝臣作良《つくら》を治部大輔《ぢぶだいふ》。従五位下文室《ふむや》[二〇]真人真屋麻呂《まやまろ》を少輔《せうふ》。従五位下文室《ふむや》[二一]真人八嶋《やしま》を正親正《おほきみのかみ》。従五位下広田王《ひろたのおほきみ》[二二]を鍛《たん》冶正《やのかみ》。従五位上藤《ふぢ》[二三]

一六 →補38-七五。

一七 →二八七頁注二一。春宮亮任官は延暦四年十一月。越前介任官は同五年正月。式部少輔の前任者は本条で右少弁に転任した笠江人(延暦四年八月丙子条)。

一八 →補36-六三。東宮(皇太子)学士任官は延暦四年十一月。越後介任官は同三年三月。文章博士任官時は不明。大学頭の前任者は本条で治部大輔に転任した紀作良(延暦五年正月己未条)。

一九 →補35-一。前官は大学頭(延暦五年正月己未条)。治部大輔の前任者は本条で神祇大副に転任した中臣常(延暦四年正月辛亥条)。

二〇 文屋真人とも。→二八七頁注一三。前官は右大舎人頭(延暦五年十月甲子条)。治部少輔の前任者は上文二月庚申条で中務少輔に転任した高倉石麻呂(延暦四年三月丙午条)。

二一 →補35-一。前官は内兵庫正か(宝亀十年九月庚午条)。正親正の前任者は上文二月癸亥条で主馬頭に転任した大伴王(延暦二年十一月乙酉条)。

二二 →四一五一頁注三五。鍛冶正の前任者は山口王(延暦三年四月壬寅条)。

二三 →二九七頁注二一。前官は少納言か(延暦五年六月丁卯条)。右衛士佐の前任者は本条で少納言に転任した藤原縄主(延暦六年二月癸亥条)。

一・二 他に見えず。あるいは天平宝字五年に来日した沈惟岳一行のうちの一人か。 三 延暦三年六月辛丑条に同じく「唐人賜緑晏子欽、賜緑徐公卿等賜二姓栄山忌寸一」と栄山忌寸への改賜姓がある。栄山忌寸→補38-一一。 四 →四補28-五一。 五 後宮職員令4に「尚侍

1国〔大補〕―ナシ(兼等)
2郡〔谷擦重、大〕―部(底新傍朱イ・兼・谷原・東・高)
3四位以下一七字(底補)―ナシ〔底原〕→校補
4々〔底〕―佐
5剣＝劔〔底原・底新朱抹傍〕
6于〔底新朱抹傍〕―千〔底原〕→校補
7本〔底重〕―大〔底原〕
8条＝條〔底原・底新朱抹傍〕→校補
9今―ナシ(高)
10外―ナシ(大衍)→脚注・校補
11栄〔谷重〕―労(谷原)

原朝臣乙叡為二右衛士佐一。〇夏四月乙卯朔、唐人王維倩・朱政等、賜二姓栄山忌寸一。〇乙丑、武蔵国[1]足立郡[2]采女掌侍兼典掃従[3]四位下武蔵宿禰家刀自卒。〇庚午、山背国献二白雉一。〇戊寅、授二蒲生采女従七位下佐々[4]貴山公賀比外従五位下一。〇五月己丑、有レ勅、令二皇太子帯一レ剣[5]。于[6]レ時、太子未レ加二元服一矣。〇戊戌、典薬寮言、蘇敬注新修本[7]草、与二陶隠居集注本草一相検、増二一百餘条[8]一。亦今[9]採用草薬、既合二敬説一。請行二用之一。許レ焉。〇壬寅、授二従四位上紀朝臣古佐美正四位下、正五位上大中臣朝臣諸魚・笠朝臣名末呂・藤原朝臣雄友・藤原朝臣内麻呂並従四位下一。〇乙巳、授二正六位上忍海原連魚養外従五位下一。〇戊申、以二従五位下多治比真人豊長為二内蔵助一。春宮少進如レ故。外[10]従五位下栄[11]井宿禰道形為二造兵正一。外従五位下中臣栗原連子公為二大炊助一。従五位上藤原朝臣乙叡為二中衛少将一。少納言従五位下藤原朝臣縄主為二兼右衛士佐一。従五位下山上王為二内兵庫正一。

二人〈掌、供二奉常侍・奏請・宣伝一、検二校女孺一、兼知二内外命婦朝参及禁内礼式一之事〉、典侍四人〈掌、同二尚侍一、…〉、掌侍四人〈掌、同二典侍一、唯不レ得二奏請、宣伝一〉」とする。准従七位、後に准従五位となる(三代格大同二年十二月十五日太政官奏)。六 後宮職員令11に「尚掃一人〈掌、供二奉牀席、灑掃、舗設一之事〉、典掃二人〈掌、同二尚掃一〉、女孺十人」とあり、後宮諸行事の設営を担当。准従八位。七 →[四]補31―一八。八 治部省式では中瑞。→[一]二〇五頁注一七。祥瑞→[一]補1―一二七。九 近江国蒲生郡。→[一]補2―一三一。一〇 →[一]補2―一三九。一一 他に見えず。佐々貴山公→[二]四四三頁注四。佐々貴山氏は、親人(天平十六年八月乙未条)・由気比(延暦四年正月癸亥条)・是野(三代実録元慶元年十二月二日条)が大領として見える、蒲生郡の郡領氏族。一二 延暦四年十一月丁巳条で立太子を行った安殿親王(後の平城天皇)。→補37―三二。紹運録によれば「宝亀五八十五降誕」とあり時に十四歳。安殿親王の元服は延暦七年正月甲子条に見える。元服以前の親王帯剣には文徳実録天安元年四月丙戌条に「是日有レ勅、許二无品惟喬親王帯剣一、于レ時皇子年十四、未レ加二元服一」とする事例がある。一三 新修本草を医生のテキストとすることを申請した奏言。この奏言により、本草書は従来は陶隠居(陶弘景)の本草集注を用いていたものを改め、蘇敬が撰進した新修本草が採用された。本草書→補39―一八。一四 唐の人。生没年不詳。顕慶二年(六五七)、陶弘景の撰した本草書の補訂を高宗に願い出て許された。時に右監門府の長史として見える(唐会要)。同四年に新修本草として完成させた。この時、朝議郎行右監門長史騎都尉(中尾万三説)。一五 陶弘景。

原《はら》朝臣乙叡《おとえ》を右衛士佐《うゑじのすけ》。

夏四月乙卯の朔、唐《もろこし》の人王維倩《ひとわうゐせん》[一]・朱政《しゆせい》[二]らに姓を栄山《さきやま》[三]忌寸と賜《たま》ふ。○乙丑[十一日]、武蔵《むざし》国足立《あたち》[四]郡采女《うねめ》掌侍《ないしのまつりごとひと》[五]兼典掃《かにもりのすけ》[六]従四位下武蔵《むざし》[七]宿禰家刀自《いへとじ》卒《しゆつ》しぬ。○庚午[十六日]、山背《やましろ》国、白雉《しろききぎし》[八]を献《たてまつ》る。○戊寅[二十四日]、蒲生采女《かまふのうねめ》[九][一〇]従七位下佐々貴山《ささきやま》[一一]公賀《か》比《ひ》に外従五位下を授《さづ》く。

皇太子帯剣

蘇敬の新修本草を採用

五月己丑[甲申朔][六日]、勅《みことのり》有りて、皇太子《ひつぎのみこ》[一二]をして剣《たち》を帯《は》かせしめたまふ。時《とき》に太子《ひつぎのみこ》元服《ぐゑんふく》を加《くは》へたまはず。○戊戌[十五日]、典薬寮言《てんやくれうまう》[一三]さく、「蘇敬《そけい》[一四]が注《しる》す新修本草《しんしゆほんさう》は、陶隠居《とういんきよ》[一五]が集注《しふしゆ》の本草《ほんさう》と相検《あひしら》ぶるに、一百餘条を増《ま》せり。亦今採《またいまと》り用《もち》ゐる草薬《さうやく》は、既《すで》に敬《けい》が説《せつ》に合《かな》へり。請《こ》はくは、これを行《おこな》ひ用《もち》ゐむことを」とまうす。焉《これ》を許《ゆる》す。

叙位

○壬寅[十九日]、従四位上紀《き》[一六]朝臣古佐美《こさみ》に正四位下を授く。正五位上大中臣《おほなかとみ》[一七]朝臣諸魚《もろうを》・笠《かさ》[一八]朝臣名末呂《なまろ》・藤原《ふぢはら》[一九]朝臣雄友《をとも》・藤原《ふぢはら》[二〇]朝臣内麻呂《うちまろ》に並《ならび》に従四位下。○乙巳[二十二日]、正六位上忍海原《おしぬみのはら》[二一]連魚養《うをかひ》に外従五位下を授く。○戊申[二十五日]、

任官

従五位下多治比《たぢひ》[二二]真人豊長《とよなが》を内蔵助《うちのくらのすけ》とす。春宮少進《しゆんぐせうしん》は故《もと》の如《ごと》し。外従五位下栄井《さかゐ》[二三]宿禰道形《みちかた》を造兵正《ざうひやうのかみ》[二四]。外従五位下中臣栗原《なかとみのくりはら》[二五]連子公《こきみ》を大炊助《おほひのすけ》[二六]。従五位上藤原《ふぢはら》[二七]朝臣乙叡《おとえ》を中衛少将《ちうゑのせうしやう》。少納言《せうなふごん》従五位下藤原《ふぢはら》[二八]朝臣縄主《なはぬし》を兼右衛士佐《うゑじのすけ》。従五位下山上王《やまのうへのおほきみ》[二九]を内兵庫正《うちのひやうごのかみ》。

中国南北朝時代の人。元嘉二十九年(四五二)生。梁の大同二年(五三六)八十五歳で没(梁書・南史)。字は通明。永明十年(四九二)四十一歳の時、句曲山(茅山)に隠居し華陽隠居と号した。陰陽五行・山川地理・医術本草に通じ、梁の武帝の尊崇を受け、世人から「山中宰相」と評された。著書に本草経集注の他、学苑・真話がある。一六 麻路の孫。→四補25-一〇六。従四位上叙位は延暦四年十一月。一七 清麻呂の男。→五頁注一。正五位上叙位は延暦四年十一月。一八 →四補31-九五。正五位上叙位は延暦四年十一月。一九 →補37-一三。正五位上叙位は延暦五年正月。二〇 房前の孫、真楯の三男。→補36-五六。正五位上叙位は延暦五年正月。二一 →補39-一九。二二 →補39-一〇。二三 もと日置造。→四補28-三九。前官は内蔵助(延暦六年二月癸亥条)。原文「外従五位下」とあるが、道形は延暦元年五月壬寅条で従五位下に叙位されており、「外」は衍。二四 造兵司の長官。正六位上相当。その職掌は、職員令26に「正一人〈掌、造二雑兵器一、及工戸々口名籍事〉」とある。造兵司は後に寛平八年九月七日太政官符により兵部省に併合(三代格)。二五 もと栗原勝。→二〇五頁注二一。延暦七年二月丙午条にも子公の大炊助任官のことが見える。重任か。二六 大炊寮の次官。従六位上相当。大炊寮は、職員令42に「頭一人〈掌、諸国舂米、雑穀分給、諸司食料事〉助一人」とある。二七 →二九七頁注二一。前官は右衛士佐(延暦六年二月丙午条)。二八 →補37-一三。少納言任官は延暦六年二月。右衛士佐の前任者は本条で中衛少将に転任した藤原乙叡(延暦六年三月丙午条)。二九 →八七頁注二四。内兵庫正の前任者は上文三月丙午条で正親正に転任した文室八嶋か(宝亀十年九月庚午条)。

○潤[1]五月丁巳、陸奥鎮守将軍正五位上百済王俊哲、坐レ事左二降日向権介一。○癸亥、左右京二職所レ掌調租等物、色目非レ一。或不レ勤二徴収一、多致二未納一、或犯二用其物一、遷替之司、貽二累後人一。於レ是、始准二摂津職一、与二解由一放焉。○戊寅、外従五位下白[2]鳥村主元麻呂為二織部正一。従五位上丈[3]部大麻呂為二隠伎[4][5]守一。従五位上文室真人於保為二備後守一。○己卯、左中弁兼河内守従四位下巨[6]勢朝臣苗麻呂卒。○六月辛丑、正六位上平田忌寸杖麻呂・路忌寸泉麻呂、従七位下蚊屋忌寸浄足、従八位上於[7]忌寸弟[8]麻呂等四人、並[9]改二忌寸一賜二宿禰姓一。○壬寅、河内国志紀郡人林臣海主・野守等、改レ臣賜二朝臣一。○秋七月己未、太白[10]昼[11]見。○戊辰、右京人正六位上大友村主広道、近江国野洲[12]郡人正六位上大友民曰[13]佐龍人・浅井郡人従六位上錦曰[14]佐周興・蒲[15]生郡人従八位上錦曰[16]佐名吉・坂田郡人大初位下穴太村主真広等、並改[17]二本姓一賜二志賀忌寸一。○丙子、先レ是、去宝亀十年立レ制、牧宰之輩、奉レ使入レ京、或无二返抄一而帰レ任、或称レ病而滞二京下一、求[18]下預二考例一、

1 潤〔底〕—閏
2 白〔底重・底新朱抹傍〕—自〔底原〕
3 丈〔底原、大改〕—大〔底新朱抹傍・兼等〕→校補
4 伎〔兼・谷、大〕—岐〔東・高〕
5 伎ノ下、ナシ〔東傍按・高傍按〕—国〔兼等、大〕→校補
6 巨〔底新朱抹傍〕—臣〔底原〕
7 於ノ下、ナシ〔兼・谷原・東・高、大〕—保〔谷傍補〕
8 弟—第〔底〕
9 並〔底原・底新朱抹傍〕→校補
10 白〔谷擦重〕—皇〔谷原〕
11 昼〔紀略補〕—ナシ〔紀略原〕
12 洲—州〔底〕
13・14 曰〔大改〕→校補
15 蒲〔底原・底新朱抹傍〕→校補
16 曰→校補
17 改ノ下、ナシ〔高抹〕—本〔高原〕
18 求〔大改〕—永〔兼等〕

一 →四補33-四三。宝亀十一年六月辛丑条に陸奥鎮守副将軍任官のことが見える。一方、延暦四年四月辛未条に「鎮守将軍大伴宿禰家持等言…」とあり、将軍はその時点では家持。延暦四年以降本条までの間に副将軍より昇任したものか。
二 百済王俊哲の左降の事情は不詳。
三 日向権介への左降→補39-一一。
四 左右京職にも解由制度を採用したもの。→補39-一二。
五 職員令66の左京大夫の職掌に租調を管掌するとあって、庸が見えないのは、賦役令4により京畿内は庸が免除されているため。
六 物品の種類や数量。
七 官人交替の際、後司が前司に対して、交替が完了したことを認めて与える文書。
八 →三一五頁注二。前官は武蔵大掾(延暦四年十月甲戌条)。織部正の前任者は本条で隠伎守に転任した丈部大麿(延暦四年正月辛亥条)。
九 →三八一頁注一四。前官は織部正(延暦四年正月辛亥条)。隠伎守の前任者は土師公足(延暦四年八月乙酉条)。
一〇 もと長谷真人。→四補29-一八。延暦三年三月乙酉条にも於保の備後守任官のことが見える。重任であろう。
一一 →三二〇五頁注一四。左中弁任官は延暦二年五月と同五年八月、河内守任官は同四年正月。河内守任官時に「正五位上」とあり(辛亥条)、同五年八月には「従四位下」とあるので(甲子条)、この間に従四位下に昇叙したものか。
一三―一五 →補39-一三。
一六 →一補6-一六。
一七・一八 →補39-一四。
一九 金星の異名。太白昼見→二一二三頁注九。

左右京職に解由制度を採用

閏五月（癸丑朔）丁巳（五日）、陸奥鎮守将軍《みちのおくのちんじゆしやうぐん》正五位上百済王《くだらのこにきし》[一]俊哲《しゆんてつ》、事《こと》[二]に坐《つみ》せられて日向権介《ひうがのごんのすけ》[三]に左降《さかう》せらる。○癸亥（十一日）、左右京《さうのきやう》[四]の二職の掌《つかさど》れる調租《でうそ》[五]等の物《もの》は、色《しき》[六]目一《もくいつ》に非《あら》ず。或《ある》は徴収《ちようしう》を勤《つと》めずして多《おほ》く未納《みなふ》を致《いた》し、或《ある》はその物《もの》を犯《をか》し用《もち》ゐて、遷替《せんたい》の司《つかさ》累《わづらひ》を後人《ごにん》に貽《のこ》す。是《ここ》に、始《はじ》めて摂津職《つのしき》に准《なずら》へ、解由《げゆ》[七]を与《あた》へて放《はな》つ。

任官

○戊寅（二十六日）、外従五位下白鳥村主元麻呂《しらとりのすぐりもとまろ》[八]を織部正《おりべのかみ》とす。従五位上丈部大麻呂《はせつかひべのおほまろ》[九]を隠伎《おき》守。従五位上文室《ふむや》[一〇]真人於保《おほ》を備後《きびのみちのしり》守。○己卯（二十七日）、左《さ》中弁《ちうべん》兼河内守《かふちのかみ》従四位下巨勢《こせ》[一一]朝臣苗麻呂《なへまろ》卒《しゆつ》しぬ。

六月（壬午朔）辛丑（二十日）、正六位上平田《ひらた》[一二]忌寸杖麻呂《つゑまろ》・路《みち》[一三]忌寸泉麻呂《いづみまろ》、従七位下蚊屋《かや》[一四]忌寸浄足《きよたり》、従八位上於《うへ》[一五]忌寸弟麻呂《おとまろ》等四人に、並《ならび》に忌寸を改《あらた》めて宿禰の姓を賜《たま》ふ。○壬寅（二十一日）、河内《かふち》国志紀《しき》[一六]郡の人林《ひとはやし》[一七]臣海主《うみぬし》・野守《のもり》[一八]らに、臣を改《あらた》めて朝臣を賜ふ。

秋七月（壬子朔）己未（八日）、太白《たいはく》[一九]、昼《ひる》に見《あらは》る。○戊辰（十七日）、右京《うきやう》の人《ひと》正六位上大友村主広《おほとものすぐりひろ》[二〇]道《みち》、近江《ちかつあふみ》国野洲《やす》[二一]郡の人《ひと》正六位上大友民曰佐《おほとものたみのをさ》[二二]龍人《たつひと》、浅井《あさゐ》[二三]郡の人《ひと》従六位上錦曰佐《にしこりのをさ》[二四]周興《ちかおき》、蒲生《かまふ》[二五]郡の人《ひと》従八位上錦曰佐《にしこりのをさ》[二六]名吉《なよし》、坂田《さかた》[二七]郡の人《ひと》大初位下穴《あな》[二八]太村主《ほのすぐり》真広《まひろ》らに、並に本《もと》の姓を改《あらた》めて志賀《しが》[二九]忌寸を賜ふ。

国郡入京使の緩怠を戒む

○丙子（二十五日）、是《これ》[三〇]より先《さき》、去《さ》りぬる宝亀《ほうくゐ》十年に制《せい》を立《た》つらく、「牧宰《ぼくさい》の輩《ともがら》、使《つかひ》を奉《う》けたまはりて京《みやこ》に入《い》るに、或《ある》は返抄《へんせうな》[三一]无くして任《にむ》に帰《かへ》り、或《ある》は病《やまひ》と称《い》ひて京下《きやうか》に滞《とどま》り、考例《かうれい》[三二]に

二〇 他に見えず。大友村主→[三]補24―二八。
二一 →補39―二五。 二二 他に見えず。大友民曰佐は他の史料に見えないが、近江国に分布する大友曰佐（古二―七九頁）と同じく民が結合して複姓となったものか。大友のウヂ名は近江国滋賀郡大友郷（現滋賀県大津市坂本付近）の地名に基づく（林陸朗説）。
二三 →[三]補24―七。
二四 弘仁元年十一月に外従五位下に昇叙（後紀）。錦曰佐は、ここの周興・名吉のほか、錦曰佐使主麻呂（神護景雲四年二月の解深密経奥書〔古一七―一四七頁〕）がいる。
二五 →[一]補2―一三一。 二六 他に見えず。
二七 →[二]三八一頁注三三。 二八 →補39―二六。
二九 姓氏録摂津諸蕃に、志賀忌寸は後漢孝献帝より出づとする。
三〇 先に宝亀十年八月庚申勅では、部領使として入京した国郡司が、返抄を得ず帰任したり、身病と詐って京に滞り、考課に預りまた公廨稲を得ることを禁じるため、このような行為を行う者は政務に関与させず、国司の場合は公廨を奪い、郡司は解任することとした。本条では、この宝亀十年の制の遵守を命じ、もし緩怠すれば違勅罪に処することにしたもの。この後、延暦八年五月丙辰には、この制が厳格に適用されるようになると、責任を奉使入京者のみにおしつけて在国の国司は調庸物未進などの責任を逃れようとする事態が発生することとなったので、入京者・在国者の共同責任制とし、目以上の公解料を没収することとなった。未進に対する国司の公解没収制→補40―一〇。
三一 納入した租税を中央で受領したことを証する返書。→補35―六一。
三二 官人の勤務評定。

1奪〔底原・底新朱抹傍〕→校補
2容―客〔底〕
3時其→校補
4後―緩(大改)→校補
5科〔底原・底新朱抹傍〕→校補
6亮〔底原・底新朱抹傍〕→校補
7従五位下〔大補〕―ナシ(兼等)

兼得㆗公解㆖。如㆑此之類、莫㆑預㆓釐務㆒。国司奪[1]㆑料、郡司解㆑任。容[2]許之司、亦同㆓此例㆒。而自㆑時其[3]後、希㆑有㆓遵行㆒。至㆑是、重下知、諸国不㆑悛㆓前過㆒、猶致㆓後怠[4]㆒、即科[5]㆓違勅罪㆒矣。○八月丙申、以㆓治部卿正四位下壱志濃王㆒為㆓参議㆒。○甲辰、行㆓幸高椅津㆒。還過㆓大納言従二位藤原朝臣継縄第㆒。授㆓其室正四位上百済王明信従三位㆒。

○九月丁卯、以㆓近衛少将従五位下紀朝臣兄原㆒為㆓兼少納言㆒。従五位上大伴宿禰弟麻呂為㆓左中弁㆒。従五位上文室真人与企為㆓右中弁㆒。中納言従三位石川朝臣名足為㆓兼左京大夫㆒。兵部卿・皇后宮大夫如㆑故。従五位下高倉朝臣殿嗣為㆑亮[6]。従五位下坂上大宿禰田村麻呂為㆓近衛少将㆒。内匠助如㆑故。従[7]五位下采女朝臣宅守為㆓日向守㆒。○丁丑、先㆑是、贈左大臣藤原朝臣種継男湯守有㆑過除㆑籍。至㆑是、賜㆓姓井手宿禰㆒。○冬十月丁亥、詔曰、朕、君㆓臨四海㆒、于㆑玆七載。

一 官人の執務。
二 公解料のこと。
三 →一〇九頁注二五。
四 →四補28-四。治部卿任官は延暦元年二月。
五 補任延暦六年条に「八月十六日任、治部卿如㆑元」とある。
六 京都府乙訓郡大山崎町大山崎にあり、淀川に面した水陸交通の要所で、高椅を山崎橋とも称し、高椅津は山崎津であろうとする説(地名辞書他)と、高橋川(紙屋川)が桂川に合流する、現在の京都市南区吉祥院町付近とする説とがある。山埼橋→補38-一七。
七 →三二六一頁注一。
八 「継縄第」とあるのは、類聚国史、天皇遊宴、延暦十三年四月庚午条の「巡㆓覧新京㆒、還㆓御右大臣従二位藤原朝臣継縄高橋津荘㆒、宴飲、賜㆓五位已上衣㆒」とある高橋津荘のことか。
九 →四補31-一七。正四位上叙位は延暦四年正月。

預《あづか》り兼《か》ねて公廨《くげ》を得《え》むことを求《もと》む。此《かく》の如《ごと》き類《たぐひ》は釐《り》[一]務《む》に預《あづか》らしむること莫《な》かれ。国司《こくし》は料《れう》[二]を奪《うば》ひ、郡司《ぐんじ》は任《にむ》を解《と》け。容許《ようきよ》の司《つかさ》も亦《また》この例《ためし》に同《おな》じ」といふ。而《しか》して時《これ》よりその後《のち》、遵《したが》ひ行《おこな》ふこと有るは希《まれ》なり。是《ここ》に至《いた》りて、重《かさ》ねて下知《げち》すらく、「諸国《くにぐに》、前過《ぜんくわ》を悛《あらた》めずして猶後《なほご》怠《たい》を致《いた》さば、即《すなは》ち違勅《ゐちよく》[三]の罪《つみ》に科《おほ》せよ」といふ。

高椅津行幸

八月[辛巳朔]丙申[十六日]、治部卿《ちぶきやう》正四位下壱志濃《いちしのの》[四]王《おほきみ》を参議《さむぎ》[五]とす。○甲辰[二十四日]、高椅津《たかはしのつ》[六]に行幸《みゆき》したまふ。還《かへ》りに大納言《だいなふごん》従二位藤原《ふぢはら》[七]朝臣継縄《つぐただ》の第《てい》[八]に過《よぎ》る。その室《しつ》正四位上百済 王 明信《くだらのこにきしみやうしん》[九]に従三位を授《さづ》く。

任官

九月[辛亥朔]丁卯[十七日]、近衛少将《このゑのせうしやう》従五位下紀《き》[一〇]朝臣兄原《えはら》を兼少納言《せうなふごん》とす。従五位上大《おほ》[一一]伴宿禰弟麻呂《おとまろ》を左中弁《さちうべん》。従五位上文室《ふむや》[一二]真人与企《よき》を右中弁《うちうべん》。中納言《ちうなふごん》従三位石《いし》[一三]川《かは》朝臣名足《なたり》を兼左京大夫《さきやうのだいぶ》。兵部卿《ひやうぶきやう》・皇后宮大夫《くわうごうぐうだいぶ》は故《もと》の如《ごと》し。従五位下高倉《たかくら》[一四]朝臣殿嗣《とのつぐ》を亮《すけ》。従五位下坂 上《さかのうへ》[一五]大宿禰田村麻呂《たむらまろ》を近衛少将《このゑのせうしやう》。内 匠 助《うちのたくみのすけ》は故《もと》の如《ごと》し。従五位下采女《うねめ》[一六]朝臣宅守《やかもり》を日向《ひうが》守。○丁丑[二十七日]、是《これ》より先《さき》、贈左大臣《ぞうさだいじん》藤《ふぢ》[一七]原《はら》朝臣種継《たねつぐ》の男湯守《をのこゆもり》[一八]、過《とが》有りて籍《じやく》[一九]を除《のぞ》く。是《ここ》に至《いた》りて、姓を井手《ゐで》[二〇]宿禰と賜《たま》ふ。

豊稔を慶して高年者等に賑給

冬十月[庚辰朔]丁亥[八日]、詔《みことのり》[二一]して曰《のたま》はく、「朕《われし》四海《かい》に君《きみ》として臨《のぞ》むこと、茲《ここ》に七[二二]載な

一〇 →二八七頁注二六。近衛少将任官は延暦四年十月甲戌か。

一一 →八五頁注一六。前官は右中弁（延暦六年二月庚辰条）。左中弁の前任者は本年閏五月己卯に没した巨勢苗麻呂。

一二 →一二五頁注一。右中弁の前任者は本条で左中弁に転任した大伴弟麻呂（延暦六年二月庚辰条）。

一三 →⦅三⦆補23-五。中納言任官は延暦四年十一月。兵部卿任官は同五年六月。皇后宮大夫任官は同五年四月。左京大夫の前任者は佐伯久良麻呂（延暦五年正月己未条）。

一四 もと高麗朝臣。殿継とも。→補34-四二。前官は玄蕃頭（延暦五年十月甲子条）。左京亮の前任者は阿倍祖足（延暦六年二月癸亥条）。

一五 →補38-七五。近衛少将のうち、延暦四年十月甲戌に任じた紀兄原は本条で少将のまま少納言を兼任している。兄原在任中の同六年二月庚申に佐伯老が少将のまま相模守を兼任しているので、少将二名のうちの老の後任として、近衛将監（延暦六年三月丙午条）から昇任したものか。内匠助任官は延暦六年三月。

一六 →補35-四八。日向守の前任者は多治比年持（延暦三年四月壬寅条）。

一七 →⦅四⦆補27-四四。延暦四年九月に贈左大臣。

一八 他に見えず。藤原朝臣→⦅一⦆補1-一二九。

一九 種継の戸籍から除くこと。

二〇 井手宿禰は他に見えず。井手のウヂ名は山背国綴喜郡の地名（現京都府綴喜郡井手町井手）に基づくか。

二一 豊稔を慶して賑給を行い、山背国乙訓郡の出挙未納を免除し、同郡郡司の主帳以上の位一階を上げることを命じた詔。

二二 「載」は暦年で区切る数え年。桓武は天応元年四月に即位。

未㆑能[1]㆑使㆘含生之民共治[2]㆓淳化㆒、率土之内、咸致㆗雍熙[3]㆖。顧㆓惟虚薄㆒、良用慙嘆。而天下諸国、今年豊稔、享㆓此大賚㆒、豈独在㆑予[4]。思、与㆓百姓㆒慶㆓斯[5]有年㆒。其賜㆓天下高年百[6]歳已上穀人三斛㆒。九十已上人二斛。八十已上[7]人一斛。鰥[8]寡孤独、疹[9]疾[10]之徒、不㆑能㆓自存㆒者、所司、准㆑例加[11]㆓賑恤㆒。仍各令㆘本国次官[12]已上巡㆓県郷邑㆒親自給[13]稟[14]㆖。又朕、以㆓水陸之便㆒、遷㆓都茲邑㆒。言念㆓居[15]民㆒、豈无㆓騒[16]然㆒。宜㆘免㆓乙訓郡延暦三年出挙未納㆒、其郡司主帳已上、賜㆗爵人一級㆖。〇丙申、天皇、行㆓幸交野㆒、放㆑鷹遊獦[17]。以㆓大納言従二位藤原朝臣継縄別業㆒為㆓行宮㆒矣。〇己亥、主人率㆓百済王等㆒奏㆓種々之楽㆒。授㆓従五位上百済王玄鏡・藤原朝臣乙叡並正五位下、正六位上百済王元信[18]・善貞・忠信並従五位下、正五位下藤原朝臣明子[19]正五位上、従五位下藤原朝臣家野従五位上、无位[20]百済王明本従五位下㆒。是日、還㆑宮。〇癸卯、従五位下佐伯宿禰葛城為㆓民部

1 能(底新朱抹傍)—服〔底原〕
2 洽—給〔底〕
3 煕(底新朱抹傍)—濫〔底原〕
4 予〔底原・谷重、大〕—子(底新朱抹傍・兼・谷原・東・高)
5 斯〔谷擦重、大〕—期(兼・谷原・東・高)
6 百ノ下、ナシ(底新朱抹)—姓〔底原〕
7 已上〔兼・谷、大〕—ナシ(東・高)
8 寡(底新朱抹傍)→校補
9 疹〔兼・谷原・東・高、大改〕—癈(谷重)
10 疾〔谷重〕
11 加—伽〔底〕
12 官(底新朱抹傍)—宮〔底原〕
13 給(底傍補)—ナシ〔底原〕
14 稟→校補
15 居→校補
16 騒〔大改〕—験(底新傍・兼等)
17 獦—猟(紀略)
18 信〔底原、類三二〕—真(底新朱抹傍・兼等、大)
19 子〔谷擦重〕—臣(谷原)
20 位—ナシ(兼)

一 生命を含有する意。生命あるもの。
二 天下のよく治まっていること。
三 才能などがむなしくうすいこと。後漢書明帝紀に「朕以㆓虚薄㆒何以享㆑斯」とある。
四 「賚」は、たまもの、の意。
五 五穀皆熟の豊年をいう。
六 →㊀補3-五四。
七 やむ、わずらう、の意。「疾」→㊀補3-五四。
八 人民に食糧等を施すこと。賑給に同じ。→㊀補1-四五。
九 「郡郷」の漢文的表現。
一〇 籾米を施し与えること。
一一 下文延暦七年九月庚午条の詔にも「水陸有㆑便、建㆓都長岡㆒」とあり、長岡遷都の理由として掲げられる表現。京の南の大山崎津は木津川・宇治川・葛野川が合流し、難波への水上交通の要衝。また平城京より北上する古山陰道沿いに位置する。→補39-一七。
一三 延暦三年十一月戊申条に「天皇移㆓幸長岡

遷都に伴い乙訓郡の出挙未納を免除

り。[一]含生《かむせい》の民《たみ》をして共《とも》に淳化《しゆんくわ》を洽《あまね》くし、率土《そつと》の内《うち》をして咸《ことごと》く雍熙《ようき》[二]を致《いた》さしむること能《あた》はず。虚薄《きよはく》[三]を顧《かへり》み惟《おも》ふに、良《まこと》に用《もち》て慙嘆《さむたん》す。而《しか》して天下《あめのした》の諸国《くにぐに》、今年《ことし》豊稔《みのりゆたか》なり。この大賚《だいらい》[四]を享《う》くること、豈独《あにひと》り予《われ》のみに在《あ》らむや。思《おも》ふに、百姓《はくせい》と斯《こ》の有年《うねん》[五]を慶《よろこ》ばむ。其《そ》れ天下《あめのした》の高年《かうねん》百歳已上に穀人《もみひと》ごとに三斛を賜《たま》ふ。九十已上には人《ひと》ごとに二斛。八十已上には人《ひと》ごとに一斛。鰥寡孤《くわんくわこ》[六]独《どく》と疹疾《しんしつ》[七]の徒《ともがら》との、自存《じぞん》すること能《あた》はぬ者《ひと》には、所司《しよし》例《ためし》に准《なずら》へて賑恤《しんじゆつ》[八]を加《くは》へよ。仍《より》て各本国《おのおのほんこく》の次官《じくわん》已上をして県郷邑《くゑんがういふ》[九]を巡《めぐ》り親自《みづか》ら給稟《きふひむ》[一〇]せしめよ。また、朕《われ》、水陸《すいりく》[一一]の便《たより》あるを以《もち》て、都《みやこ》[一二]を茲《こ》の邑《いふ》に遷《うつ》す。言《ここ》に居民《きよみん》を念《おも》ふに、豈騒然《あにさうぜん》とあること无《な》からめや。乙訓《おとくに》[一三]郡の延暦《えんりやく》三年の出挙《すいこ》[一四]の未納《みなふ》を免《ゆる》し、その郡司《ぐんじ》主帳《しゆちやう》已上に爵人《しやくひと》ごとに一級を賜ふべし」とのたまふ。

交野行幸

○丙申（十七日）、天皇《すめらみこと》、交野《かたの》[一五]に行幸《みゆき》し、鷹《たか》を放《はな》ちて遊猟《みかり》したまふ。大納言《だいなふごん》従二位藤原《ふぢはら》[一六]朝臣継縄《つぐただ》の別業《べちごふ》[一七]を行宮《かりみや》としたまふ。

百済王ら奏楽・叙位

○己亥（二十日）、主人《あるじ》[一八]、百済王《くだらのこにきし》らを率《ひき》ゐて種々《くさぐさ》[一九]の楽《がく》を奏《つかへまつ》る。従五位上百済王《くだらのこにきし》[二〇]玄鏡《ぐゑんきやう》・藤原《ふぢはら》[二一]朝臣乙叡《おとえ》に並《ならび》に正五位下を授《さづ》く。正六位上百済王《くだらのこにきし》[二二]元信《ぐゑんしん》・善貞《ぜんちやう》[二三]・忠信《ちうしん》[二四]に並に従五位下。正五位下[二五]藤原《ふぢはら》[二六]朝臣明子《あきこ》に正五位上。従五位下藤原《ふぢはら》[二七]朝臣家野《やかの》に従五位上。无位百済王《くだらのこにきし》[二八]明本《みやうほん》に従五位下。是《こ》の日《ひ》、宮《みや》に還《かへ》りたまふ。○癸卯（二十四日）、従五位下佐《さ》[二九]伯《へき》宿禰葛城《かづらき》を民部《みんぶ》

宮㆒」とある。

一三　→〔一〕補2-四四（波都賀志神）。

一四　出挙未納免除事例一覧→補39-二八。

一五　河内国交野郡の遊猟地。→〔四〕補31-四二。

一六　→〔三〕二六一頁注一。

一七　延暦十年十月丁酉条にも同じく交野行幸に際して「以㆓右大臣（継縄）別業㆒、為㆓行宮㆒」とある。河内志は「廃趾在㆓交野郡楠葉村㆒、今有㆓地名藤原㆒」とする。楠葉村は現在の大阪府枚方市楠葉。

一八　藤原継縄を指す。

一九　延暦十年十月己亥条には「右大臣率㆓百済王等㆒奏㆓百済楽㆒」とあり、ここでも百済楽か。→〔二〕補11-八。

二〇　→〔四〕補33-二九。従五位上叙位は延暦二年十月。ここで玄鏡以下百済王氏の人々が参加しているのは、継縄の室百済王明信との関係か。

二一　→二九七頁注二一。乙叡は継縄の男。従五位上叙位は延暦五年正月。

二二　延暦九年三月治部少輔、同年七月肥後介となる。百済王→〔一〕三一頁注一七。

二三　延暦七年二月河内介、同十年十月従五位上に昇叙。百済王→〔一〕三一頁注一七。

二四　延暦九年三月中衛少将、同十年七月越後介となる。百済王→〔一〕三一頁注一七。

二五　以下、女叙位。

二六　→二一三頁注二七。正五位下叙位は延暦五年正月。

二七　→三一五頁注二三。従五位下叙位は延暦四年正月。

二八　他に見えず。百済王→〔一〕三一頁注一七。

二九　→補38-三一。下野守任官は延暦六年二月。民部少輔の前任者は巨勢人公（延暦六年二月癸亥条）。

少輔一。下野守如レ故。○甲辰、右衛士督従四位下兼皇后宮亮[1]丹波守勲十[2]一等笠朝臣名末呂卒。○十一月甲寅、祀二天神於交野[3]一。其祭文曰、維延暦六年歳次二丁卯一十一月庚戌朔甲寅、嗣天子臣、謹遣二従二位行大納言兼民部卿造東大寺司[4]長官藤原朝臣継縄一、敢昭告[5]二于昊天上帝一。臣、恭膺二睠[6]命一、嗣二守鴻基一。幸頼下穹蒼降レ祚、覆燾[7]騰上徴、四海晏然、万姓康楽。方今、大明南至、長晷[8]初昇。敬采二燔祀之義一、祇[9]脩[10]二報徳之典一。謹以二玉帛・犠[11]斉[12]・粢[13]盛庶品一、備二茲禋[14]燎一、祇[15]薦[16]二潔誠一。高紹天皇配神作主、尚饗。又曰、維延暦六年歳次二丁卯一十一月庚戌朔甲寅、孝子[17]皇帝臣諱[18]、謹遣二従二位行大納言兼民部卿造東大寺司[19]長官藤原朝臣継縄一、敢昭告二于[20]高[21]紹天皇一。臣以二庸虚一、忝承二天序一、上玄錫レ祉[22]、率土宅レ心。方今、履[23]長伊始、粛事二郊禋[24]一、用致二燔[25]祀于[26]昊天上帝一。高紹天皇、慶流二長発一、徳冠[27]二思文一。対越昭[28]升、永言配レ命。謹以制二幣[29]・犠[30]斉[31]・粢

一　→四補31―九五。右衛士督任官は延暦五年正月、皇后宮亮任官は同二年四月、丹波守任官時は不詳。従四位下叙位は同六年五月。
二　延暦四年十一月壬寅条に「祀二天神於交野柏原一、賽二宿禱一也」とあり、本条で再度にわたり長岡京の南の河内国交野郡柏原の地で天神を祀り、同時に父の光仁をこれに配祀したことが知られる。郊祀祭天→補39―一九。「天神」は、大唐六典巻四、尚書礼部祠部郎中員外郎条に「凡祭祀之名有レ四、一曰祀二天神一、二曰祭二地祇一、三曰享二人鬼一、四曰釈二奠于先聖先師一」とある天神。わが国在来の天坐神ではなく、中国思想に基づく天神。
三　大唐郊祀録巻四、祀礼一、冬至祀昊天上帝条では「天帝祝文」。
四　天命を継承する子の意。書経、立政に「拝レ手稽レ首告二嗣天子王一矣」とある。大唐郊祀録巻四、祀礼一、冬至祀昊天上帝条では「嗣天子臣某」とある。
五　→三二六一頁注一。
六　天帝の意。
七　「睠命」は「眷命」に同じ。ここは、いつくしみ深い光仁のおぼしめし。
八　天。大空。
九　万物を覆い育てている徴証を示すこと。

1亮―高〔底〕
2十一→校補
3交(底新朱抹傍)―吏〔底原〕
4司〔谷傍補〕―ナシ(谷原)
5昭(底新朱抹傍)―照〔底原〕
6睠→校補
7燾(底傍補)―ナシ〔底原〕
8晷→校補
9祇(底新朱抹傍・兼・谷・高、大)―祇(東)→校補
10脩〔底〕―修→校補
11犠(兼・谷、大)―擑〔底〕、儀(東)→校補　12斉〔兼・谷原、大〕―牲(谷抹傍)、斎(東・高)→校補　13粢(底抹傍按)―次未〔底〕→校補
14禋〔底擦重〕
15祇―祇(大)→校補
16薦〔谷原・谷抹傍〕→校補
17子―ナシ(東)
18諱〈意改〉(大改)―訴(底新傍補・兼・谷原・東・高)、ナシ〔底原・谷抹〕→脚注・校補
19司―ナシ(高)
20于―千〔底〕　21高―亮〔底〕
22祉―社〔底〕
23履(底新朱抹傍)―腹〔底原〕
24禋→校補
25燔―播(高)　26于―千〔底〕
27冠(底新朱抹傍)―紂〔底原〕
28昭―照〔底〕
29幣ノ下、ナシ(底新朱抹)―々〔底原〕
30犠―儀(東)→校補
31斉―斎(谷)

少輔《せうふ》とす。下野《しもつけの》守は故《もと》の如《ごと》し。○甲辰（二十五日）、右衛士督《うゑじのかみ》従四位下兼皇后宮亮《くわうごうぐうのすけ》丹《たに》波守《はのかみ》勲《くん》十一等笠《かさ》[一]朝臣名末呂《なまろ》卒《しゆつ》しぬ。

天神を交野に祀る

十一月（庚戌朔）甲寅（五日）、天神《てんしん》[二]を交野《かたの》に祀《まつ》る。その祭文《さいもん》[三]に曰《のたま》はく、「維《こ》れ延暦《えんりやく》六年歳《ほし》丁卯《ひのとのう》に次《やど》る十一月庚戌の朔甲寅、嗣天子《してんし》[四]臣《しん》、謹《つつし》みて従二位行大納言《ぎやうだいなふごん》兼民《みん》部卿造東大寺《ぶきやうざうとうだいじ》司《し》長官《ちやうぐわん》[五]藤原《ふぢはら》朝臣継縄《つぐただ》を遣《つかは》して、敢《あ》へて昭《あきらか》に昊天上帝《かうてんしやうてい》[六]に告《まう》さしむ。臣《しん》、恭《うやうや》しく睠命《くゑんめい》[七]を膺《う》けて鴻基《こうき》を嗣《つ》ぎ守《まも》る。幸《さきはひ》に、穹蒼《きうさう》[八]祚《さきはひ》を降《くだ》し、覆《ふ》[九]燾《たう》徴《しるし》を騰《あ》ぐるに頼《よ》りて、四海晏然《しかいあんぜん》として万姓康楽《ばんせいかうらく》す。方《まさ》に今《いま》、大明南《たいめいみなみ》[一〇]に至《いた》りて、長晷《ちやうくゐ》[一一]初《はじ》めて昇《のぼ》る。敬《ゐやま》ひて燔祀《はんし》[一二]の義《ぎ》を采《と》り、祗《つつし》みて報徳《ほうとく》の典《のり》を脩《をさ》む。謹《つつし》みて玉帛《ぎよくはく》[一三]・犠斉《ぎせい》・粢盛《しせい》の庶品《しなじな》を以《もち》て茲《こ》の禋燎《いんれう》[一四]に備《そな》へ、祗《つつし》みて潔誠《けつせい》を薦《すす》む。高紹天皇《たかつがすすめらみこと》[一五]の配神作主《はいしんさくしゆ》[一六]、尚《こひねが》はくは饗《う》けたまへ」とのたまふ。また曰《のたま》はく、「維《こ》れ延暦《えんりやく》六年歳《ほし》丁卯《ひのとのう》に次《やど》る十一月庚戌の朔甲寅、孝子《かうし》皇帝臣諱《くわうていしんいみな》[一七]、謹《つつし》みて従二位行大納言《ぎやうだいなふごん》兼民部卿造東大寺《みんぶきやうざうとうだいじ》司《し》長官《ちやうぐわん》藤原《ふぢはら》朝臣継縄《つぐただ》を遣《つかは》[一八]して、敢《あ》へて昭《あきらか》に高紹天皇《たかつがすすめらみこと》に告《まう》さしむ。臣《しん》、庸虚《ようきよ》を以《もち》て忝《うやうや》しく天序《てんじよ》[一九]を承《う》け、上《しやう》[二〇]玄祉《ぐゑんさきはひ》を錫《たま》ひ、率土《そつと》心《こころ》[二一]を宅《たく》す。方《まさ》に今《いま》、履長《りちやう》[二二]伊《こ》れ始《はじ》めて、粛《つつし》[二三]みて郊禋《かういん》に事《つか》へ、用《もち》て燔祀《はんし》を昊天上帝《かうてんしやうてい》に致《いた》す。高紹天皇《たかつがすすめらみこと》、慶《けい》は長発《ちやうはつ》[二四]に流《なが》れ、徳《とく》は思文《しぶん》[二五]に冠《くわん》とあり。対越《たいゑつ》[二六]昭《あきらか》に升《のぼ》りて、永《なが》[二七]く言《ここ》に命《めい》に配《はい》す。謹《つつし》みて幣《へい》・犠斉《ぎせい》・粢《し》

「燾」は幬に同じ。中庸に「如下天地之無レ不二持載一、無上不二覆幬一」とある。
一〇 「大明」は太陽の異称。「大明南至」は冬至の意。
一一 「長晷」は長い日ざし。「長晷初昇」は長い日ざしとなる冬至、の意。
一二 生贄を捧げて天を祀る儀式。
一三 隋書礼儀志に「敬薦二玉帛犠斉粢盛庶品一、燔二祀於昊天上帝一」とある。「玉帛」は神を祀る時に用いるたまときぬ。「犠斉」はいけにえ。「粢盛」は神への供物としての器にもった穀物。
一四 祭祀を行うに火を焼く意。玉篇に「禋、潔祀也」「燎、在レ地曰レ燎、執レ之曰レ燭」とある。
一五 桓武の父、光仁天皇。→三頁注二。
一六 神に配して祀ること。
一七 兼右本等「訴」では意が通じない。「諱」の誤り。
一八 代拝者。唐では大尉の官職の者を派遣。
一九 帝王の位、帝王の統嗣。漢書成帝紀に「可下以承二天序一継中祭祀上」とある。
二〇 天のこと。
二一 心をよせる、やすんじる、の意。
二二 冬至の意。玉燭宝典に「冬至律当二黄鍾一其管最長、故有二履長之賀一」とある。
二三 大唐郊祀録巻四、祀礼一、冬至祀昊天上帝条と同文。「郊」は郊祀の意。
二四 詩経、商頌の篇名。殷の先后の徳を述べ殷が天下を得たことをうたいあげた歌。
二五 詩経、周頌の篇名。后稷の徳がよく天下にゆきわたったことをうたった歌。
二六 在天の霊にこたえあげる、の意。詩経、周頌、清廟に「対二越在レ天」とある。
二七 永く天命と一致する行をする、の意。詩経、大雅、文王に「永言配レ命、自求二多福一」とある。

盛庶[1]品一、式陳ニ明薦[2]一。侑[3]神作主、尚饗。○十二月庚辰朔、授ニ外正七位下朝倉公家長外従五位下一。以レ進ニ軍粮於陸奥国一也。

[4]七年春正月癸亥、従五位下巨[5]勢朝臣家成為ニ和泉守一。○甲子、皇太子加ニ元服一。其儀、天[6]皇・々[7]后並御ニ前殿一、令ニ大納言従[8]二位兼皇太子傅[9]藤原朝臣継縄・中納言従三位紀朝臣船守両人、手[10]加ニ其冠一。了即執レ笏而拝。有レ勅、令ニ皇太子参ニ中宮一。乃赦ニ天下一。詔、在京諸司及高年僧尼并神祝等、賜レ禄各有レ差。又諸老人年百歳已上、賜ニ穀五斛一。九十已上三斛。八十已上一斛。孝子・順孫、義夫・節婦、表ニ其門閭一、終レ身勿レ事。鰥寡[11]惸独、篤疾、不レ能ニ自存一者、並加ニ賑恤一焉。」是日、引ニ群臣一宴ニ飲殿上一。賜レ禄有レ差。○二月辛巳、授ニ従五位下[12]錦部連姉継[13]従五位上、无位安倍[14]小殿朝臣堺・武生連拍[15]並従五位下一。並皇太子乳母也。○甲申、以ニ中納言

1 庶—鹿〔底〕
2 薦〔大改〕—廣（底新朱傍イ・兼等）→校補
3 侑（底新朱傍イ）—ナシ〔底〕→校補
4 七年→校補
5 巨（底新朱抹傍）—臣〔底原〕
6 天皇→校補
7 々〔底〕—皇
8 従〔兼・谷、大〕—ナシ（東・高）
9 傅—傳（谷）
10 手〔兼・谷、大〕—乎（東・高）
11 寡→校補
12 下（底傍補）—ナシ〔底原〕
13 継〔紀略補〕—ナシ（紀略原）
14 倍（底新朱抹傍）—位〔底原〕
15 拍〔底〕—朔（兼等、大）、柏（東傍・高傍）→校補

一 祭祀の供物。
二 神（昊天上帝）に相伴させて祀ること。考證に「侑、疑当レ作レ有」とあるが、「侑」は食を勧めるの意であり、大唐郊祀録にも「侑神」とあるので、考證の説は誤りか。
三 他に見えず。朝倉公（君）→三補12-六一。
四 →四四〇一頁注八。陸奥国への軍粮輸送の功により叙位された事例は、宝亀四年正月辛卯条、同十一年八月丙午条、天応元年正月乙亥条、同年十月辛丑条、延暦元年五月乙酉条、同三年三月乙亥条、本条、同十年九月癸亥条の八例が見られる。郡領の例が天応元年正月・延暦十年、主帳の例が延暦元年にあるのをはじめとして、叙位されたことがわかる者がすべて有位者であり、外従五位下に昇叙されていることは、律令国家が軍粮輸送にあたって在地の有力者を叙位を槓桿に組織したものとみられ、ここでの朝倉家長もそのような在地有力者であろう。ウヂ名の朝倉は、地名によるとすれば、上野あるいは上総の人か。
五 →二八七頁注一九。前官は主殿頭（延暦四年七月壬戌条）。和泉守の前任者は中臣比登（延暦六年二月庚申条）。
六 安殿親王（後の平城天皇）。→補37-三二。時に十五歳。皇太子安殿親王の元服→補39-三〇。
七 内裏正殿。
八 →三二六一頁注一。大納言任官は延暦二年七月。従二位叙位は同五年四月。皇太子傅任官は同四年十一月。
九 →四補25-四一。中納言任官は延暦四年十一月。従三位叙位は同三年十二月。
一〇 新儀式巻五、臨時皇太子加元服事に「次加冠・理髪二卿、盥洗昇殿、先着ニ兀子一〈内裏式、傅及中納言已上一人候ニ於殿下一、至ニ其時一二卿共洗レ手上レ殿、傅先加冠、納言相ニ於太子一

盛《せい》の庶品《しなじな》を制《せい》して、式《もち》て明薦《めいせん》[一]を陳《の》ぶ。侑《う》[二]神作主《しんさくしゅ》、尚《こひねが》はくは饗《う》けたまへ」とのたまふ。

十二月庚辰の朔、外正七位下朝倉《あさくら》[三]公家長《いへなが》に外従五位下を授《さづ》く。軍粮《ぐんらう》[四]を陸奥《みちのおく》国に進《たてまつ》るを以《もち》てなり。

七八八年
皇太子元服

七年[戊辰]春正月[庚戌朔]癸亥[十四日]、従五位下巨勢《こせ》[五]朝臣家成《いへなり》を和泉《いづみ》守とす。○甲子[十五日]、皇太子《ひつぎのみこ》[六]元服《ぐゑんふく》を加《くは》へたまふ。その儀《ぎ》、天皇《すめらみこと》・皇后《おほきさき》並《ならび》に前殿《まへどの》[七]に御《おは》しまして、大納言《だいなふごん》従二位兼皇太子傅《くわうたいしふ》藤原《ふぢはら》[八]朝臣継縄《つぐただ》・中納言《ちうなふごん》従三位紀《き》[九]朝臣船守《ふなもり》両人《ふたり》をして手《て》づからその冠《かがふり》[一〇]を加《くは》へしめたまふ。了《をは》りて即《すなは》ち笏《しやく》[一一]を執《と》りて拝《はい》したまふ。勅《みことのり》有りて、皇太子《ひつぎのみこ》をして中宮《ちうぐう》[一二]に参《まゐ》らしめたまふ。乃《すなは》ち天下《あめのした》に赦《ゆる》す。詔《みことのり》して、在京《ざいきやう》の諸司《しよし》と高年《かうねん》の僧尼《ほふしあま》と、并《あは》せて神祝《かむはふり》らに、禄賜《ろくたま》ふこと各《おのおの》差《しな》有り。また、諸《もろもろ》[一三]の老人《おいひと》の年《とし》百歳已上に穀《もみ》五斛を賜ふ。九十已上には三斛。八十已上には一斛。孝子《けうし》[一四]・順孫《じゆんそん》、義夫《ぎふ》・節婦《せちふ》は、その門閭《もんりよ》に表《へう》して、身《み》を終《を》ふるまで事《こと》勿《な》からしむ。鰥寡惸独《くわんくわけいどく》[一五]と篤疾《とくしつ》との、自存《じぞん》すること能《あた》はぬ者《ひと》には、並《ならび》に賑恤《しんじゆつ》を加《くは》ふ。是《こ》の日《ひ》、群臣《ぐんしん》を引《ひ》きて殿上《てんじやう》に宴飲《えんいむ》[一六]す。禄《ろく》賜ふこと差《しな》有り。

任官

二月[己卯朔]辛巳[三日]、従五位下錦部《にしこり》[一七]連姉継《あねつぐ》に従五位上を授く。无位安倍《あへ》[一八]小殿《をとの》朝臣堺《さかひ》・武生《たけふ》[一九]連拍《てうち》に並に従五位下。並に皇太子《ひつぎのみこ》の乳母《めのと》[二〇]なり。○甲申[六日]、中納言《ちうなふごん》

把㆑笏者…〉、次太子着㆓元服座㆒、次理髪者〈延喜、中納言定房卿〉」とあり、皇太子傅および中納言以上の公卿が加冠・理髪に携わることとされている。ここではその任に、皇太子傅藤原継縄と中納言紀船守があたったもの。

二 西宮記巻一一、皇太子元服には「結㆑纓、理㆑髪、訖復㆓南廂座㆒、即太子起座入㆓北廂㆒、加冠及理髪人退下、…此間女蔵人二人、持㆓御笏〈天皇為㆓太子㆒時之笏〉・御衣㆒…給㆓太子㆒、内侍蔵人出、取㆓置物机上櫛箱冠筥等㆒、納㆓東厨子㆒退還、太子改㆓換衣服㆒而出、傅先候㆓階下㆒相侍、太子更昇㆑階、賛㆓引太子㆒而進…、傅至㆓南階上東辺㆒、北向留立…、太子直進、当㆓御座㆒拝舞礼畢退還」とあるように、女蔵人が「天皇為㆓太子㆒時之笏」を渡すこととされており、天皇の御座まで進み拝舞礼するとある。

三 高野新笠。→補35-五。

三 以下の文言は和銅七年六月の皇太子元服に伴う賑恤(癸未条)と同一。

一四 →㊀一二九頁注一一。 一五 →㊀補3-五四。

一六 元服の儀の後宴。皇太子元服の儀の後宴は儀式等に見えないが、江家次第巻一七、御元服に「御元服後宴事」とある天皇元服の儀の後宴が知られる。

一七 →三六一頁注一三。従五位下叙位は延暦五年正月。

一八 他に見えず。安殿親王はもと小殿親王(延暦二年四月庚申条)。考證に「案、古時皇子生以㆓乳母姓㆒為㆑名。皇太子初名小殿蓋取㆓諸此㆒」とある。安倍小殿朝臣→㊃補27-八。

一九 他に見えず。武生連→㊃補26-二九。

二〇 後宮職員令17に「凡親王及子者、皆給㆓乳母㆒、親王三人、子二人」とあり、ここで叙位された三人は安殿親王に給された三人の乳母。

兵部卿従三位石川朝臣名足為二兼大和守一。従五位下高倉朝臣殿嗣為レ介[1]。従五位下大伴宿禰蓑麻呂為二河内守一。従五位下百済王善貞為[2]レ介。正四位下伊勢朝臣老人為二遠江守一。従五位下県犬養宿禰継麻呂為二伊豆守一。従五位下紀朝臣真[3]人為二相模守一。従五位下藤原朝臣縵麻呂為レ介。中宮大夫従四位上石川朝臣豊人為二兼武蔵守一。中衛少将正五位下藤原朝臣乙叡為二兼下総守一。従五位下中臣丸朝臣馬主為二上野介一。従五位下浅井王為二丹波守一。従五位上大中臣朝臣継麻呂為二但馬守一。式部大輔左兵衛督従四位下大中臣朝臣諸魚為二兼播磨守一。従五位下笠朝臣江人為レ介。外従五位下忍海原連魚養為二大掾一。正五位上当麻王為二備前守一。少納言従五位下藤原朝臣縄主為二兼介一。右衛士佐如レ故。従五位下下毛野朝臣年継為二備中介一。外従五位下忌部宿禰人上為二安藝介一。東宮学士左兵衛佐従五位下津連真道為二兼[4]伊豫介一。従五位上紀朝臣伯麻呂為二大宰少弐一。従五位下石川朝臣多祢為二肥前守一。○壬辰、外従五位下入間宿禰広成為二近衛将監一。○庚子、授二正六位上

1 介ノ下、ナシ―従介(高)
2 為ノ下、ナシ〔谷抹・東・高、大〕―為(兼・谷原)
3 真〔大改〕―直(兼等)
4 兼〔兼・谷、大〕―ナシ(東・高)

一 →㊂補23―五。中納言任官は延暦四年十一月。兵部卿任官は同五年六月。大和守の前任者は本条で但馬守に転任した大中臣継麻呂(延暦五年四月戊寅条)。
二 もと高麗朝臣。殿継とも。→補34―四二。前官は左京亮(延暦六年九月丁卯条)。大和介の前任者は巨勢広山(延暦五年五月庚子条)。
三 →補38―三三。前官は河内介(延暦四年正月辛亥条)。河内守の前任者は延暦六年閏五月己卯に没した巨勢苗麻呂。
四 →三九一頁注一三。河内介の前任者は本条で守に昇任した大伴蓑麻呂(延暦四年正月辛亥条)。
五 もと中臣伊勢連。→㊃二三頁注四。前官は縫殿頭(延暦五年五月庚子条)。遠江守の前任者は巨勢総成(延暦五年十一月丁未条)。
六 →補38―三三。前官は散位助(延暦五年正月己未条)。伊豆守の前任者は吉田季元(延暦三年八月乙丑条)。
七 →補36―六。前官は相模介(延暦六年二月庚申条)。相模守の前任者は佐伯老(延暦六年二月庚申条)。
八 →三五三頁注三一。前官は皇后宮大進(延暦五年正月己未条)。相模介の前任者は本条で守に昇任した紀真人(延暦六年二月庚申条)。
九 →㊂補17―二五。中宮大夫任官は延暦五年四月。武蔵守の前任者は阿保人公(延暦五年八月甲子条)。
一〇 →二九七頁注二一。中衛少将任官は延暦六年五月。下総守の前任者は藤原真友(延暦六年三月丙午条)。
一一 →補34―二九。前官は造酒正か(天応元年五月癸未条)。上野介の前任者は路玉守(延暦三年四月壬寅条)。
一二 →補36―三九。前官は内匠頭(延暦五年十

兵部卿《ひやうぶきやう》従三位[一]石川《いしかは》朝臣名足《なたり》を兼大和《やまと》守とす。従五位下[二]高倉《たかくら》朝臣殿嗣《とのつぐ》を介《すけ》。従五位下[三]大伴《おほとも》宿禰蓑麻呂《みのまろ》を河内《かふち》守。従五位下[四]百済王《くだらのこにきし》善貞《ぜんちやう》を介。正四位下[五]伊勢《いせ》朝臣老人《おきな》を遠江《とほつあふみ》守。従五位下[六]県犬養《あがたいぬかひ》宿禰継麻呂《つぐまろ》を伊豆《いづ》守。従五位下[七]紀《き》朝臣真人《まひと》を相模《さがみ》守。従五位下[八]藤原《ふぢはら》朝臣縵麻呂《かづらまろ》を介。中宮大夫《ちうぐうだいぶ》従四位上[九]石《いし》川《かは》朝臣豊人《とよひと》を兼武蔵《むざし》守。中衛少将《ちうゑのせうしやう》正五位下[一〇]藤原《ふぢはら》朝臣乙叡《おとえ》を兼下総《しもつふさ》守。従五位下[一一]中臣丸《なかとみのわに》朝臣馬主《うまぬし》を上野《かみつけの》介。従五位下[一二]浅井王《あさゐのおほきみ》を丹波《たには》守。従五位上[一三]大《おほ》中臣《なかとみ》朝臣継麻呂《つぐまろ》を但馬《たぢま》守。式部《しきぶ》大輔《だいふ》左兵衛督《さひやうゑのかみ》従四位下[一四]大中臣《おほなかとみ》朝臣諸魚《もろうを》を兼播磨《はりま》守。従五位下[一五]笠《かさ》朝臣江人《えひと》を介。外従五位下[一六]忍海原《おしぬみのはら》連魚養《うをかひ》を大掾《だいじよう》。正五位上[一七]当麻《たぎま》王を備前《きびのみちのくち》守。少納言《せうなふごん》従五位下[一八]藤原《ふぢはら》朝臣縄主《なはぬし》を兼介《すけ》。右衛士《うゑじの》佐《すけ》は故《もと》の如《ごと》し。従五位下[一九]下毛野《しもつけの》朝臣年継《としつぐ》を備中《きびのみちのなか》介。外従五位下[二〇]忌部《いむべ》宿禰人上《ひとかみ》を安藝《あき》介。東宮学士《とうぐうがくし》左兵衛佐《さひやうゑのすけ》従五位下[二一]津《つ》連真道《まみち》を兼伊豫《いよ》介。従五位上[二二]紀《き》朝臣伯麻呂《をぢまろ》を大宰少弐《だいさいのせうに》。従五位下[二三]石川《いしかは》朝臣多祢《たね》を肥前《ひのみちのくち》守。○壬辰[十四日]、外従五位下[二四]入間《いるま》宿禰広成《ひろなり》を近衛将監《このゑのしやうげむ》とす。○庚子[二十二日]、正六位上

月甲子条)。丹波守の前任者は延暦六年十月甲辰に没した笠名末呂か。

一三 →四二九一頁注二一。前官は大和守(延暦五年四月戊寅条)。但馬守の前任者は紀古佐美(補任延暦七年条)。

一四 清麻呂の男。→五頁注一。式部大輔任官は延暦五年二月。左兵衛督任官は同四年七月。播磨守の前任者は石川名足か(補任延暦六年条)。

一五 →補38-五三。前官は右少弁兼播磨大掾(延暦六年三月丙午条)。大掾より介への昇任。播磨介の前任者は大中臣安遊麻呂か(延暦二年六月丙寅条)。

一六 →補39-一九。播磨大掾の前任者は笠江人(延暦六年三月丙午条)。

一七 →四補25-七三。前官は中務大輔(延暦四年十月庚午条)。備前守の前任者は百済王仁貞(延暦四年正月辛亥条)。

一八 →補37-三三。少納言任官は延暦六年三月。右衛士佐任官は同年五月。

一九 →二六三頁注一九。前官は大監物か(延暦四年十月甲戌条)。

二〇 →二五九頁注二四。前官は神祇少副(延暦五年十月甲子条)。安芸介の前任者は川辺浄長(延暦四年十月甲戌条)。

二一 のち菅野朝臣。→一補1-一一。東宮学士任官は延暦四年十一月。左兵衛佐任官は同三年十一月。伊予介の前任者は紀田長か(延暦二年七月庚子条)。

二二 →六九頁注一。大宰少弐の前任者は海上三狩(延暦四年五月甲寅条)。

二三 太祢とも。→五頁注五。肥前守の前任者は甘南備浄野か(延暦元年九月戊子条)。

二四 もと物部(直)。武蔵国入間郡の人。→四補25-六二。

紀朝臣永名従五位下一。○丙午、従五位下多治比真人継兄為二右少弁一。正五位下藤原朝臣真友為二中務大輔一。従五位下[1]山口王為二大監物一。従四位上和気朝臣清麻呂為二中宮大夫[2]一。民部大輔・摂津大夫如レ故。左中弁従五位上大伴宿禰弟麻呂為二兼皇后宮亮一。外従五位下阿閇間人臣人足為二大進一。従五位下川村王為二右[3]大舎人頭一。従五位下広田王[4]為二縫[5]殿頭一。主税助外従五位下麻[6]田連真浄為二兼大学博士一。従五位下大原真人長浜為二散位助一。外従五位下中臣栗[7]原連子公為二大炊助一。従五位下大宅朝臣広江為二主殿頭一。従五位下和朝臣家麻呂為二造酒正一。従五位下長津王為二鍛冶[8]正一。従五位下百済王教徳[9]為二右兵庫頭一。外従五位下林連浦海為[10]二安藝介一。陸奥按察使守正五位下多治比真人宇美為二兼鎮守将軍一。外従五位下安倍[11]猨嶋臣墨[12]縄為二副将軍一。○三月庚戌、軍粮三万五千餘斛、仰二下陸奥国一、運二収多賀城一。又糒[13]二万三千餘斛并塩、仰二東海・東山・北陸等国一、限二七月以前一、転二運陸奥国一。並為三来年征二蝦夷一也。○辛亥、下レ勅[14]、調二発東海・東山・坂東諸国歩[15]

1 下〔兼等〕—上（大改）→脚注・校補
2 夫〔谷擦重、大〕—部（兼・谷原・東・高）
3 大〔大補〕—ナシ（底新傍朱按・兼等）→校補
4 王〔底傍補〕—ナシ〔底原〕
5 縫〔底新朱抹傍〕—継〔底原〕
6 麻ノ下、ナシ〔大衍〕—呂（兼等）
7 栗〔底擦重〕—粟〔底原〕
8 冶（兼・高、大）—治〔谷・東〕
9 為〔谷傍補、大〕—ナシ（兼・谷原・東・高）
10 為〔兼・谷、大〕—ナシ（東・高）
11 倍—陪〔底〕
12 墨—黒〔底〕
13 糒→校補
14 勅ノ下→校補
15 歩〔底新朱抹傍〕—出〔底原〕

一 長名とも。延暦七年三月兵部少輔、同八年二月越前介となる。紀朝臣→[一]補1―三一。
二 →補36―四。右少弁の前任者は上文甲申（六日）条で播磨介に転任した笠江人（延暦六年三月丙午条）。
三 是公の男。→補36―七。前官は右大舎人頭兼下総守（延暦六年三月丙午条）。中務大輔の前任者は上文甲申（六日）条で備前守に転任した当麻王（延暦四年十月庚午条）。
四 →[四]補31―七三。大監物（定員二人）として、延暦四年十月甲戌任の下毛野年継、同五年正月己未任の安倍枚麻呂が見え、このうち年継は上文甲申（六日）条で備中介に転任しており、その後任として任ぜられたものか。山口王は、諸本「従五位下」とあるが、延暦三年十二月己巳条に従五位上昇叙のことが見えるので、ここは「従五位上」の誤り。
五 →[四]補26―一〇。民部大輔任官は延暦五年八月。摂津大夫任官は同二年三月。中宮大夫の前任者は石川豊人（延暦七年二月甲申条）。
六 →八五頁注一六。左中弁任官は延暦六年九月。皇后宮亮の前任者は延暦六年十月甲辰に没した笠名末呂。
七 →補38―五〇。前官は皇后宮少進（延暦四年八月丙子条）。皇后宮大進の前任者は上文甲申（六日）条で相模介に転任した藤原縵麻呂（延暦五年正月己未条）。
八 →補34―五四。右大舎人頭の前任者は本条で中務大輔に転任した藤原真友（延暦六年三月丙午条）。九 →[四]一五一頁注三五。前官は鍛冶正（延暦六年三月丙午条）。縫殿頭の前任者は上文甲申（六日）条で遠江守に転任した伊勢老人（延暦五年五月庚子条）。
一〇 →[四]一五三頁注二〇。主税助任官は延暦六年二月。大学博士の前任者は長尾金村か

紀《き》[一]朝臣永名《ながな》に従五位下を授《さづ》く。○丙午[二十八日]、従五位下多治比《たぢひ》[二]真人継兄《つぐえ》を右少弁《うせうべん》とす。正五位下藤原《ふぢはら》[三]朝臣真友《まとも》を中務大輔《ちうむだいふ》。従五位下山口王《やまぐちのおほきみ》[四]を大監物《だいけむもち》。従四位上和気《わけ》[五]朝臣清麻呂《きよまろ》を中宮大夫《ちうぐうだいぶ》。民部大輔《みんぶだいふ》・摂津大夫《つのだいぶ》は故《もと》の如《ごと》し。左中《さちう》弁《べん》従五位上大伴《おほとも》[六]宿禰弟麻呂《おとまろ》を兼皇后宮亮《くわうごうぐうのすけ》。外従五位下阿閇間人《あへのはしひと》[七]臣人足《ひとたり》を大進《だいしん》。従五位下川村《かはむら》[八]王を右大舎人頭《みぎのおほとねりのかみ》。従五位下広田《ひろた》[九]王を縫殿頭《ぬひとののかみ》。主税助《しゆさいのすけ》外従五位下麻田《あさだ》[一〇]連真浄《まきよ》を兼大学博士《だいがくのはかせ》。従五位下大原《おほはら》[一一]真人長浜《ながはま》を散位助《さんゐのすけ》。外従五位下中臣栗原《なかとみのくりはら》[一二]連子公《こきみ》を大炊助《おほひのすけ》。従五位下大宅《おほやけ》[一三]朝臣広江《ひろえ》を主殿頭《しゆでんのかみ》。従五位下和《やまと》[一四]朝臣家麻呂《いへまろ》を造酒正《みきのかみ》。従五位下長津《ながつ》[一五]王を鍛冶正《たんやのかみ》。従五位下百済《くだらの》[一六]王教徳《こにきしけうとく》を右兵庫頭《うひやうごのかみ》。外従五位下林《はやし》[一七]連浦海《うらうみ》を安藝介《あきのすけ》。陸奥按察使《みちのおくのあんせちし》守《かみ》正五位下多治比《たぢひ》[一八]真人宇美《うみ》を兼鎮守将軍《ちんしゆしやうぐん》。外従五位下安倍猨嶋《あへのさしま》[一九]臣墨縄《すみなは》を副将軍《ふくしやうぐん》。

三月[己酉朔]庚戌[二日]、軍粮《ぐんらう》三万五千餘斛を、陸奥国《みちのおく》に仰《おほ》せ下《くだ》して、多賀城《たがのき》[二〇]に運《はこ》び収《をさ》めしむ。また、糒《ほしいひ》[二一]二万三千餘斛并《あは》せて塩《しほ》を、東海《とうかい》・東山《とうせん》・北陸《ほくろく》等の国《くに》に仰《おほ》せて、七月より以前《さき》を限《かぎ》りて、陸奥国《みちのおく》に転《うつ》し運《はこ》ばしむ。並《ならび》に来年《きたるとし》[二二]蝦夷《えみし》を征《う》たむが為《ため》なり。○辛亥[三日]、勅《みことのり》を下《くだ》して、東海《とうかい》・東山《とうせん》・坂東《さかのひむかし》の諸国《くにぐに》の歩《ほ》[二三]

軍粮を多賀城に運ばせる

東海・東山・北陸諸国に七月までに糒・塩を陸奥国へ運ばせる

来年三月、兵五万余を多賀城に会せしむ

(延暦元年六月辛未条)。

一一 →三七九頁注五。散位助の前任者は上文甲申(六日)条で伊豆守に転任した県犬養継麻呂(延暦五年正月己未条)。

一二 もと栗原勝。→二〇五頁注二一。延暦六年五月戊申条にも子公の大炊助任官の記事あり、重任か。考證は「子公為㆓大炊助㆒已見㆓六年五月紀㆒重複有㆑誤」とする。

一三 →補38-三三。主殿頭の前任者は上文正月癸亥条で和泉守に転任した巨勢家成(延暦四年七月壬戌条)。

一四 →三五七頁注二三。前官は伊勢大掾(延暦五年正月乙卯条)。造酒正の前任者は上文甲申(六日)条で上野介に転任した中臣丸馬主か(天応元年五月癸未条)。

一五 →[四]補31-七三。鍛冶正の前任者は本条で縫殿頭に転任した広田王(延暦六年三月丙午条)。 一六 →補39-三一。あるいは延暦五年正月戊戌条に見える孝徳と同一人か。

一七 →三三七頁注二一。前官は主計助(延暦五年正月己未条)。安芸介の前任者は忌部人上(延暦七年二月甲申条)。

一八 →補36-二〇。陸奥按察使には延暦四年二月、陸奥守には同年正月に任官。鎮守将軍の前任者は延暦六年閏五月丁巳に日向権介に左降された百済王俊哲か。宇美は、この時まで副将軍(延暦四年二月丁丑条)。

一九 阿倍猨嶋臣とも。→二〇九頁注一八。鎮守副将軍の前任者多治比宇美(延暦四年二月丁丑条)の本条での将軍への昇任に伴う、軍監(延暦三年二月己丑条)からの昇任。

二〇 →[二]補12-六七。 二一 →補39-三二。

二二 延暦八年五月癸丑条によれば、同年三月二十八日に軍事行動を開始したことが知られる。 二三 歩兵と騎兵。→[一]一五頁注三一。

騎五万二千八百餘人一、限二来年三月一、会二於陸奥国多賀城一。其点レ兵者、先尽二前般入レ軍経レ戦叙レ勲者、及常陸国神賤一。然後、簡下点餘人堪二弓馬一者上。仍勅、比年、国司等、无レ心二奉公一、[1]毎レ事闕怠、屢沮成レ謀。苟曰二司存一、豈応レ如レ此。若有二更然一、必以レ乏二軍[2]興一従レ事矣。○甲子、中宮大夫従四位上兼民部大輔摂津大夫和気朝臣清麻呂言、[3]河内・摂津両国之堺、堀レ川築レ堤、自二荒陵南一、導二河内川一、西通二於海一。然則、[4]沃壌益広、可二以墾[5]闢一矣。於レ是、便[6]遣二清麻呂一、勾二当其事一、応二須[7]単功廿三万餘人給レ粮従一レ事矣。○己巳、外従五位下嶋田臣宮成授二従五位下一。従五位下藤原朝臣末茂為二内匠頭一。正五位下粟[8]田朝臣鷹守為二治部大輔一。従五位下紀朝臣永[9]名為二兵部少輔一。従四位上石川朝臣豊人為二大蔵卿一。[10]中宮大夫・武蔵守如レ故。従五位下大宅朝臣広江為二少輔一。従五位下岡田王為二主殿頭一。従五位上羽[11]栗臣翼為二左京亮一。内薬正・侍医如レ故。外従五位下麻田連[12]狃賦為二右京[13]亮一。従四位上大伴宿禰潔足為二衛門

一 前日条の軍粮輸送に引続く征夷の準備。
二 鹿島神社の神賤。→三補21―二〇。軍防令36の「被レ認入レ賤」の義解には「賤詐レ良入レ軍、乃被二認問一、還入二本色一、其雑戸陵戸品部之類亦同也」とあり、良賤身分は兵士資格として厳格に分けられており、賤から兵士徴発を行ったことはこの鹿島神賤以外には見いだせない。
三 蝦夷征討計画の滞りに対して、国司の怠慢に厳罰で対処することとした勅。
四 官人。有司に同じ。旧唐書宇文融伝に「凡爾司存、勉以遵守」、弘仁格序に「司存常事、或可レ裨二法令一」などとある。
五 軍事行動の準備や軍用物資の徴発に怠りがあること。唐擅興律7に「諸乏二軍興一者斬」とあり、疏議に「興レ軍征討、国之大事、調発征行、有レ所二稽廃一者、名レ乏二軍興一」とある。養老擅興律7逸文に「乏二軍興一者斬〈故失等〉」「興レ軍征討、国之大事」とあり、これが適用されれば斬。
六 →四補26―一〇。
七 地名辞書に「後世茶磨山と称す、天王寺の西南に接す、陵形欠損すと雖西南半面に湟を遺し方域二町余」とある。四天王寺付近の地域(現大阪市天王寺区)。
八 大和川の分流の平野川のこと。和気朝臣清麻呂の治水工事→補39―二三。
九 事業を担当すること。後紀延暦十八年二月条の和気清麻呂薨伝に「清麻呂為二摂津大夫一、鑿二河内川一、直通二西海一、擬レ除二水害一、所レ費巨多、功遂不レ成」とあり、工事自体は失敗に終っている。
一〇 一日の標準的仕事量に基づく延べ人員。

1 毎ノ下、ナシ（底新傍朱按）―年〔底〕→校補
2 興〔兼・東・高、大改〕―與（谷）
3 河内以下一七字（底傍補）―ナシ〔底原〕
4 沃〔底原・底新朱抹傍〕→校補
5 墾―懇〔底〕
6 遣（底傍補）―ナシ〔底原〕
7 単〔底原、大改〕―戦（底新朱抹傍・兼等）
8 田〔兼・谷、大〕―ナシ（東・高）
9 名→校補
10 中宮大夫〔兼等〕―ナシ（大衍）→脚注
11 栗―粟〔底〕
12 狃〔大改〕―狎（底新朱傍朱イ・兼等）
13 亮〔底原・底重〕→校補

騎《き》五万二千八百餘人を調《ととの》へ発《た》て、来年《きたるとし》[一]三月を限《かぎ》りて、陸奥国《みちのおく》多賀城《たがのき》に会《つど》はしむ。その兵《いくさ》を点《さ》すことは、先《ま》づ前般軍《ぜんはんいくさ》に入《い》り戦《たたかひ》を経《へ》て勲《いさをしき》に叙《じよ》せる者《ひと》と、常陸《ひたち》[二]国の神賤《しんせん》とを尽《つく》す。然《しか》して後《のち》に餘人《よにん》の弓馬《ゆみうま》に堪《た》ふる者《ひと》を簡点《えら》はしむ。仍《より》て勅《みことのり》[三]したまはく、「比年《このころ》、国司《こくし》ら、奉公《ほうこう》に心无《こころな》く、事毎《ことごと》に闕怠《くゑちたい》し、屢《しばしば》沮《やぶ》りて謀《はかりこと》を成《な》す。苟《いやしく》も司存《しそん》[四]と曰《い》ふは、豈此《あにかく》の如《ごと》くあるべけむや。若《も》し更《さら》に然《しか》ること有らば、必《かなら》ず軍興《くんこう》[五]に乏《とも》しきを以《もち》て事《こと》に従《したが》はむ」とのたまふ。

河内・摂津の堺に川を掘り西流して海に通すことを計る

○甲子《十六日》、中宮大夫《ちうぐうだいぶ》従四位上兼民部大輔《みんぶだいふ》摂津大夫《つのだいぶ》和気《わけ》[六]朝臣清麻呂《きよまろ》言《まう》さく、「河内《かふち》・摂津《つ》両国《りやうこく》の堺《さかひ》に川《かは》を堀《ほ》り堤《つつみ》を築《きづ》き、荒陵《あらはか》[七]の南《みなみ》より河内川《かふち》[八]を導《みちび》きて、西《にし》のかた海《うみ》に通《とほ》さむ。然《しか》れば、沃壌《おくじやう》益《ますます》広《ひろ》くして、以《もち》て墾闢《こんへき》すべし」とまうす。是《ここ》に、便《すなは》ち清麻呂《きよまろ》を遣《つかは》して、その事《こと》に勾当《くたう》[九]せしめ、単功《たんくう》[一〇]廿三万餘人に粮《らう》を給《たま》ひて事《こと》に従《したが》はしむべし。

○己巳《二十一日》、外従五位下嶋田《しまだ》[一一]臣宮成《みやなり》に従五位下を授《さづ》く。従五位下藤原《ふぢはら》[一二]朝臣末茂《すゑしげ》を内匠頭《うちのたくみのかみ》とす。正五位下粟田《あはた》[一三]朝臣鷹《たか》守《もり》を治部大輔《ちぶだいふ》。従五位下紀《き》[一四]朝臣永名《ながな》を兵部少輔《ひやうぶせうふ》。従四位上石川《いしかは》[一五]朝臣豊人《とよひと》を大蔵卿《おほくらのきやう》。中宮大夫《ちうぐうだいぶ》・武蔵守《むざし》は故《もと》の如《ごと》し。従五位下大宅《おほやけ》[一六]朝臣広江《ひろえ》を少輔《せうふ》。従五位下岡田王《をかだのおほきみ》[一七]を主殿頭《しゆでんのかみ》。従五位上羽栗《はくり》[一八]臣翼《つばさ》を左京亮《さきやうのすけ》。内薬正《ないやくのかみ》・侍医《じい》は故《もと》の如《ごと》し。外従五位下麻田《あさだ》[一九]連狛賦《かりふ》を右京亮《うきやうのすけ》。従四位上大伴《おほとも》[二〇]宿禰潔足《きよたり》を衛門《ゑもんの》

一一 ↓補37-二六。外従五位下叙位は延暦二年正月。

一二 ↓三三頁注二三。前官は日向介(延暦三年九月庚辰条)。内匠頭の前任者は上文二月甲申条で丹波守に転任した浅井王(延暦五年十月甲子条)。

一三 ↓四補27-四四。前官は上野守(延暦五年八月甲子条)。治部大輔の前任者は本条で上野守に転任した紀作良(延暦六年三月丙午条)。

一四 ↓三九九頁注一。

一五 ↓三補17-二五。ここで見任官として「中宮大夫」とあるが、上文二月丙午条で中宮大夫に任じた和気清麻呂が、上文甲子(十六日)条および下文六月癸未条に見任で見えるので、ここの「中宮大夫」は衍。武蔵守任官は本年二月。大蔵卿の前任者は本条で衛門督に転任した大伴潔足(延暦四年十月甲戌条)。

一六 ↓補38-三三。前官は主殿頭(延暦七年二月丙午条)。大蔵少輔の前任者は多治比公子(延暦五年六月丁卯条)。

一七 ↓三七七頁注二四。主殿頭の前任者は本条で大蔵少輔に転任した大宅広江(延暦七年二月丙午条)。

一八 ↓四補27-三〇。内薬正・侍医任官は延暦五年七月。左京亮の前任者は上文二月甲申条で大和介に転任した高倉殿嗣(延暦六年九月丁卯条)。

一九 ↓三二一頁注二四。前官は典薬頭(延暦四年十一月甲辰条)。右京亮の前任者は本条で周防守に転任した嶋田宮成(延暦四年十月甲戌条)。

二〇 ↓三補20-五九。前官は大蔵卿(延暦四年十月甲戌条)。衛門督の前任者は本条で右衛士督に転任した石上家成(延暦五年二月丁丑条)。

督㆒。従四位下石上朝臣家成為㆓右衛士督㆒。従五位上紀朝臣作良為㆓上野守㆒。従五位下嶋田臣宮成為㆓周防守㆒。従五位上多治比真人浜成、従五位下紀朝臣真人[1]・佐伯宿禰葛城、外従五位下入間宿禰広成並為㆓征東副使㆒。○夏四月庚辰、遣㆓使畿内[2]㆒祈㆑雨焉。○丁亥、奉[3]㆓黒[4]馬於丹生川上神㆒。祈㆑雨也。○戊子、勅[5]㆓五畿内㆒、頃[6]者[7]、亢[8]旱累㆑月、溝池乏㆑水。百姓之間、不㆑得㆓耕[9]種㆒。宜㆘仰㆓所司㆒、不㆑問[10]㆓王臣家㆒、田有㆑水之処[11]、恣任㆓百姓㆒、権[12]令㆓播種㆒、勿㆖㆑失㆓農[13]時㆒。○癸巳[14]、自㆓去冬㆒不㆑雨、既経㆓五箇月㆒。灌漑已竭、公私望断。是日早朝、天皇沐浴、出[15]㆑庭親祈焉。有㆑頃[16]、天闇雲合、雨降滂沱[17]。群臣、莫㆑不㆔舞蹈[18]称㆓万歳㆒。因賜㆓五位以上御衾及衣㆒。咸以為[19]、聖徳[20]至誠、祈請所㆑感焉。○五月己酉、詔㆓群[21]臣㆒曰、宜㆔差㆑使祈㆓雨於伊勢神宮及七道名神㆒。是夕大雨、其後雨多。遠近周匝、遂得㆓耕[22]殖㆒矣。○辛亥、夫人従二[23]位藤原朝臣旅子

1 真―直〔底〕
2 畿―幾〔底〕
3 奉〔谷擦重〕
4 黒〔谷傍補〕―ナシ（谷原）
5 勅〔東・高、大補〕―ナシ（兼・谷）
6 頃（底新朱抹傍、大補）―項〔底原〕、ナシ（兼等）→校補
7 者〔大補〕―ナシ（兼等）
8 亢（谷擦重、大）―冗〔兼・谷原・東・高〕
9 耕→校補
10 問―間〔底〕
11 処＝處〔大改〕―家（底新傍朱イ・兼等）
12 権―擁（大改）→校補
13 農（底傍）―曲辰〔底原〕→校補
14 癸巳〔底原小字割書・底新朱抹傍〕→校補
15 出〔紀略補〕―ナシ（紀略原）
16 頃―頂（高）
17 沱（底新朱抹傍）―池〔底原〕
18 蹈〔底〕―踏
19 為ノ下、ナシ〔谷抹、大〕―徳（兼・谷原・東・高）
20 徳〔谷傍補、大〕―ナシ（兼・谷原・東・高）
21 群（底新朱抹傍）―郡〔底原〕
22 耕→校補
23 二〔底〕―三（底新傍朱イ・兼等、大）→脚注

一 東人の男。→四補25-八八。前官は衛門督（延暦五年二月丁丑条）。右衛士督の前任者は延暦六年十月甲辰に没した笠名末呂。
二 →補35-二一。前官は治部大輔（延暦六年三月丙午条）。上野守の前任者は本条で治部大輔に転任した粟田鷹守（延暦五年八月甲子条）。鷹守と作良の差替え。
三 →四〇一頁注一一。前官は右京亮（延暦四年十月甲戌条）。周防守の前任者は石川宿奈麻呂（延暦四年八月丙子条）。
四 →補35-四二。この時常陸介（延暦六年二月庚辰条）。
五 →補36-六。この時相模守（延暦七年二月甲申条）。
六 →補38-三一。この時民部少輔兼下野守（延暦六年十月癸卯条）。
七 もと物部（直）。武蔵国入間郡の人。→四補25-六一。この時近衛将監（延暦七年二月壬辰条）。
八 征東大使紀古佐美は下文七月辛亥条で任。
九 本月丁亥・戊子・癸巳条および五月己酉条と関連する祈雨記事。
一〇 →補39-三四。
一一 大和国吉野郡に鎮座。→三補24-四五。
一二 日照りによる灌漑用水の欠乏に対して、百姓王臣家の田の水であると否とを問わず、百姓に自由に水を利用させることを命じた勅。
一三 田令30集解の令釈に「殖訖、謂㆑種也」、同34の古記に「交代以前種者、謂已殖也、蒔㆑種者入㆓未㆑種例㆒也」とするように、苗代への播種と本田への田植えは区別されており、本田への田植えをもって「種」とする。「耕」は、ここでは水が関わっているので、代かきを指すか。
一四 三代格承和九年三月九日太政官符に「宜准㆓弘仁九年四月廿五日符㆒、不㆑問㆓其主貴賤㆒、随㆑所有㆑水之処、任令㆔百姓下㆓苗子㆒、遷殖之後、各帰㆓其主㆒、神田寺田宜㆓同准㆒㆑此」と

督《かみ》。従四位下石上《いそのかみ》[一]朝臣家成《いへなり》を右衛士督《うゑじのかみ》。従五位上紀《き》[二]朝臣作良《つくら》を上野守《かみつけの》。

征東副使任命

従五位下嶋田《しまだ》[三]臣宮成《みやなり》を周防守《すはう》。従五位上多治比《たぢひ》[四]真人浜成《はまなり》、従五位下紀《き》[五]朝臣真人《まひと》・佐伯《さへき》[六]宿禰葛城《かづらき》、外従五位下入間《いるま》[七]宿禰広成《ひろなり》を並《ならび》に征東副使《せいとうふくし》[八]とす。

夏四月（戊寅朔）庚辰（三日）、使《つかひ》[九]を畿内《きない》に遣《つかは》して、雨《あめ》を祈《こ》はしむ。○丁亥（十日）、黒馬《くろきうま》[一〇]を丹生《にふの》[一一]川上神《かはかみのかみ》に奉《たてまつ》る。雨《あめ》を祈《こ》へればなり。○戊子（十一日）、五畿内《ごきない》に勅《みことのり》[一二]したまはく、「頃者《このころ》、亢旱月《かうかんつき》を累《かさ》ねて、溝池《かうち》水乏《みづとも》し。百姓《はくせい》の間《あひだ》、耕種《かうしゅ》[一三]すること得《え》ず。所司《しょし》に仰《おほ》せて、王臣家《わうしんけ》[一四]を問《と》はず、田《た》に水《みづ》有る処《ところ》は、恣《ほしきまにま》に百姓《はくせい》に任《まか》せて、権《かり》に播種《はしゅ》[一五]せしめ、農時《のうじ》を失《うしな》ふこと勿《な》からしむべし」とのたまふ。

天皇祈雨して雨降る

○癸巳（十六日）、去《さ》りぬる冬《ふゆ》より雨《あめ》ふらずして、既《すで》に五箇月を経《ふ》。灌漑《くわんがい》已《すで》に竭《つ》きて、公私《くうし》望《のぞみ》断《た》ゆ。是《こ》の日《ひ》早朝《さうてう》に、天皇《すめらみこと》[一六]、沐浴《もくよく》して、庭《には》に出《い》でて親《みづか》ら祈《いの》りたまふ。頃《しまら》く有りて、天闇《そらくら》く雲合《くもあ》ひて、雨降《あめふ》ること滂沱《はうだ》なり。群臣《ぐんしん》、舞踏《ぶたう》して万歳《ばんせい》[一七]を称《とな》へずといふこと莫《な》し。因《より》て五位以上に御衾《みふすま》と衣《きぬ》とを賜《たま》ふ。咸以為《みなおも》[一八]へらく、「聖徳至《せいとくし》誠《せい》、祈《の》み請《こ》ひて感《かま》けるなり」とおもへり。

伊勢神宮・諸国名神に祈雨

五月（戊申朔）己酉（二日）、群臣《ぐんしん》に詔《みことのり》して曰《のたま》はく、「使《つかひ》を差《つかは》して雨《あめ》を伊勢神宮《いせのかみのみや》[一九]と七道《しちだう》の名神《みやうじん》[二〇]とに祈《こ》はしむべし」とのたまふ。是《こ》の夕《ゆふべ》、大雨《おほあめ》ふる。その後雨多《のちあめおほ》し。

藤原旅子没

遠近《をちこち》周《あまね》く匝《めぐ》りて、遂《つひ》に耕殖《かうしょく》すること得《う》。○辛亥（四日）、夫人《ぶにん》従二位藤原《ふぢはら》[二一]朝臣旅子《たびこ》

あり、旱害に伴う一時的措置として、水にめぐまれた王臣家田・寺田・神田等での百姓の苗代を認める政策が弘仁九年・承和九年にも出されている。

一五 前注の弘仁九年四月二十五日符と同様、苗代への種蒔き。

一六 天皇自ら祈雨を行うことは、書紀皇極元年八月条に「天皇幸二南淵河上一、跪拝二四方一、仰レ天而祈。即雷大雨、遂雨五日、溥潤二天下一。〈或本云、五日連雨、九穀登熟。〉於レ是、天下百姓、倶称万歳曰、至徳天皇」とある例と類似。

一七 同様の表現は、天平十七年五月癸亥条に「車駕到二恭仁京泉橋一。于レ時、百姓、遥望二車駕一、拝二謁道左一、共称二万歳一」とある。

一八 時の人の言をかりて天皇を讃美する事例として、霊亀元年六月癸亥条の「時人以為、聖徳感通所レ致焉」、書紀雄略四年二月条の「百姓咸言、有レ徳天皇也」、同皇極元年八月条(注一六)などがある。

一九 →□一補1-一一九。伊勢大神宮・大神宮の続紀での記事五九例中、祈雨と関わる事例は本条のみ。ただ後には、続後紀承知六年四月壬申条に「遣二従五位下高原王等一、奉二幣於伊勢大神宮一令レ祈レ雨」、同七年六月己未条に「奉二幣帛於伊勢大神宮…一、祈二霈沢一」、紀略延喜五年七月十八日条に「奉二幣伊勢大神宮一、依レ旱也」とする祈雨奉幣が見られる。臨時祭式の「祈雨神祭八十五座」の中には見えない。

二〇 臨時祭式に所載する名神祭に与かる神。延喜式では二八五座とある。→□三二四一頁注一。

二一 →三五三頁注一六。夫人となったのは延暦五年正月。底本「従二位」とあるが、延暦四年十一月丙辰条で従三位に叙位されているので、「従三位」の誤り。

薨。詔、遣二中納言正三位兼中務卿藤原朝臣小黒麻呂・参議治部卿正四位下壱志濃王等一、監二護喪事一。又遣二中納言従三位兼兵部卿皇后宮大夫石川朝臣名足・参議左大弁正四位下兼春宮大夫中衛中将紀朝臣古佐美一、就レ[1]第宣レ詔、贈二妃并正一位一。妃、贈右大臣従二位藤原朝臣百川之女也。延暦初、納二於後宮一、尋授二[2]従三位一。五年、進為二夫人一、生二大[3]伴親王一。薨時、年卅。○丁巳、唐人馬清朝賜二姓[4]新長忌寸一。○庚午、中務大録正六位下中臣[5]丸連浄兄、[6]詐作二印書一、請二受庫物一、前後非レ一。事已発露、欲レ加二推勘一。聞而自経矣。○六月癸未、美作・備前二国々造中宮大夫従四位上兼摂津大夫民部大輔和気朝臣清麻呂言、備前国和気郡河西百姓一百七十餘人款曰、己等、元是赤坂・上道二郡東辺之民也。去天平神護二年、割二隷和気郡一。[7]今是[8]郡治在二藤野郷一。中有二大河一、毎レ遭二雨水一、公私難レ通。因レ茲、[9]河西百姓、屢[10]闕二公務一。[11]請、河東依レ旧為二和気郡一、河西

1 第—弟〔底〕
2 従〔底新傍補〕—ナシ〔底原〕
3 伴〔大改〕—津〔底新傍朱イ・兼等〕
4 新→校補
5 丸〔兼・谷、大、類八七〕—九〔東・高〕
6 詐〔底新朱抹傍〕—誰〔底原〕
7 今〔谷擦重、大〕—令〔兼・谷原・東・高〕
8 郡〔底新朱抹傍〕—部〔底原〕
9 河〔大改〕—江〔底新傍朱イ・兼等〕
10 闕〔底原・底新朱抹傍〕→校補
11 請〔底新朱抹傍〕—清〔底原〕

一 少黒麻呂とも。房前の孫、鳥養の男。→四補25-九一。
二 →四補28-四。
三 →三補23-五。
四 →四五三頁注一三。
五 ここで、妃(一五頁注三一)の身位と正一位を追贈されているが、この後、紀略弘仁十四年五月甲寅朔条に「詔、云々、皇妣(旅子)云々、降年不レ永、早従二昇天一、朕在二幼稚一、已違二慈顧一、追二上徽号一、為二皇太后一」と皇太后を追贈されている。
六 もと雄田麿。→三補22-二四。延暦二年二月贈右大臣、宝亀十年七月贈従二位。
七 桓武の皇子。後の淳和天皇。→補39-三五。
八 他に見えず。姓氏録左京諸蕃に、新長忌寸は唐人正六位上馬清朝の後とある。
九 他に見えず。中臣丸連→三補16-五二。
10 中臣丸浄兄が印まで偽造したとすると、左経記長元五年二月三日条所引の詐偽律2逸文によれば近流、文書の内容を偽って作成したとすると、法曹至要抄所引の同8逸文によれば杖一百、また官物を詐取したことについ

印書偽造

備前国和気郡より磐梨郡を分置

薨《こう》しぬ。詔《みことのり》して、中納言《ちうなふごん》正三位兼中務卿《ちうむきやう》[一]藤原《ふちはら》朝臣小黒麻呂《をぐろまろ》・参議《さむぎ》治部卿《ちぶきやう》正四位下[二]壱志濃王《いちしののおほきみ》らを遣《つかは》して、喪《も》の事《こと》を監護《みまも》らしむ。また、中納言《ちうなふごん》従三位兼兵部卿《ひやうぶきやう》皇后宮大夫《くわうごうぐうだいぶ》[三]石川《いしかは》朝臣名足《なたり》・参議《さむぎ》左大弁《さだいべん》正四位下兼春宮大夫《しゆんぐだいぶ》中《ちう》衛中将《ゑのちうしやう》[四]紀《き》朝臣古佐美《こさみ》を遣《つかは》して、第《てい》に就《つ》きて詔《みことのり》を宣《の》らしめ、[五]妃《ひ》并《あは》せて正一位を贈《おく》りたまふ。妃《ひ》は贈《ぞう》右《う》大臣《だいじん》従二位[六]藤原《ふちはら》朝臣百川《ももかは》の女《むすめ》なり。延暦《えんりやく》の初《はじめ》に後宮《こうきう》に納《い》り、尋《つ》ぎて従三位を授《さづ》けらる。五年、進《すす》みて夫人《ぶにん》と為《な》り、[七]大伴《おほともの》親王《みこ》を生《う》む。薨《こう》しぬる時《とき》、年《とし》卅。〇丁巳[十日]、唐《もろこし》の人《ひと》[八]馬《ば》清朝《せいてう》に姓を新長《にひなが》忌寸と賜《たま》ふ。〇庚午[二十三日]、中務大録《ちうむだいろく》正六位下[九]中臣丸連《なかとみのわに》浄兄《きよえ》、[一〇]詐《いつは》りて[一一]印書《いんしよ》を作《つく》りて[一二]庫《こ》物《もつ》を請《こ》ひ受《う》くること、前後《ぜんご》一《いつ》に非《あら》ず。事已《ことすで》に発露《あらは》れて、[一三]推勘《すいかむ》を加《くは》へむとす。聞《き》きて自《みづか》ら経《くび》る。

六月癸未[丁丑朔 七日]、美作《みまさか》・備前《きびのみちのくち》二国国造《くにのみやつこ》中宮大夫《ちうぐうだいぶ》従四位上兼摂津大夫《つのだいぶ》民部《みんぶ》大輔《だいふ》[一四]和気《わけ》朝臣清麻呂《きよまろ》言《まう》さく、「備前《きびのみちのくち》国[一五]和気《わけ》郡の河西《かせい》の百姓《はくせい》一百七十余人款《まう》して曰《い》はく、「己等《われら》は元是《もとこ》れ[一六]赤坂《あかさか》・上道《かみつみち》二郡の東辺《とうへん》の民《たみ》なり。去《さ》りぬる天平神護《てんひやうじんご》二年に割《さ》きて和気《わけ》郡に隷《つ》く。今是《いまこ》の郡治《ぐんち》は[一七]藤野《ふちの》郷に在《あ》り。中《なか》に[一八]大河《おほかは》有りて、雨水《あまみづ》に遭《あ》ふ毎《ごと》に公私《くうし》通《かよは》し難《がた》し」といふ。茲《これ》に因《よ》りて河西《かせい》の百姓《はくせい》、屢《しばしば》公務《くむ》を闕《か》けり。請《こ》はくは、河東《かとう》は旧《もと》に依《よ》りて和気《わけ》郡とし、河西《かせい》は

ては、同上所引の同13逸文により准盗論で賊盗律35の窃盗罪が適用される。

一一 官司の印を捺した公文書のこと。ここは倉庫令逸文5に「倉蔵給用、皆承二太政官符一」とある太政官印を捺した官符か。俣野好治によれば、食料品の出給を除いては、調庸物等の出給には太政官符を必要とするのを原則とした。

一二 文書・兵器を納める「くら」という律令法上の用語ではなく、一般的な大蔵省・民部省・中務省図書寮・内蔵寮および大膳職・大炊寮・典薬寮・造酒司・主油司等の宮内省被管などの物資保管官司の「くら」を指すか。→補39-三六。

一三 ここでは、倉庫令逸文9の「在京倉蔵、並令二弾正巡察一」とある巡察弾正（職員令58）によるものではなく、獄令1「在京諸司人、京及諸国人、在京諸司事発者、犯二徒以上一、送二刑部省一」、および公式令8の「六位以下、並糺移二所司一、推判」の手続によるか。

一四 →四補26-一〇。美作備前二国国造については後紀延暦十八年二月の清麻呂薨伝に「詔以二佐波良等四人并清麻呂一、為二美作備前両国々造一」と見える。新国造→一補2-一一六。

一五 神護景雲三年六月、藤野郡を和気郡へ改称。→三補8-八一。

一六 続紀天平神護二年五月丁丑条において藤野郡（三補8-八一。神護景雲三年六月乙丑条で和気郡と改称）に隷けられた、もと赤坂郡（三九三頁注一九）の珂磨・佐伯、上道郡（三二一五頁注二二）の物理・肩背・沙石の郷を指す。

一七 和気郡の郷。和名抄（東急本）では「布知乃」と訓む。現在の岡山県和気郡和気町藤野を中心とした地域。

一八 和気郡と磐梨郡（現在の赤磐郡）の境を流れる吉井川。

建二磐梨[1]郡[2]一、其藤野駅家遷二置河西一、以避二水難一、兼均二労逸一。許レ之。○甲申、従五位下藤原朝臣根[3]麻呂為二左大舎人助一。東宮学士左兵衛佐[4]従五位下津連真道為二兼図書助一。従五位上藤原朝臣刷雄為二大学頭[5]一。○乙酉、下総・越前二国封各五十戸施二入[6]梵釈寺一。○丙戌、中納言従三位兼兵部卿皇后宮左京大夫大[7]和守石川朝臣名足薨[8]。名足、御史大夫正三位年足之子也。宝字中、授二従五位下一、除二伊勢守一。稍遷、宝亀初、任二兵部[9]大輔一、遷二民部大輔一。授二従四位下一、出為二大宰大弐一。居二年、徴入歴二左右大弁一、尋為二参議兼右京大[10]夫一。名足、耳目所レ渉、多記二於心一。加以、利口剖断无レ滞。然性頗偏急、好詰[11]二人之過一。官人申レ政、或不レ合レ旨、即対二其人一、極レ口而罵。因レ此、諸司候二官曹一者、値二名足聴一レ事、多跼蹐而避。延暦初、授二従三位一、拝[12]二中納言一、兼二兵部卿、皇后宮・左京大夫一。薨時、年六十一。○辛丑、外従六位下武蔵宿禰弟総・外正八位上多米連福雄並授二外[13]従五位下一。

1 梨〔兼・谷、大〕—利(東・高)
2 郡(底新朱抹傍)→校補
3 根ノ下、ナシ〔谷抹、大〕—根(底新傍朱イ)、々(兼・谷原・東・高)
4 佐—佑(兼)
5 学頭(底改)—頭学〔底原〕→校補
6 入〔大補〕—ナシ(兼等)
7 大(底新傍補)—ナシ〔底原〕
8 薨〔兼・谷、大、紀略〕—夢(東・高)
9 部(底新朱抹傍)—衛〔底原〕
10 大〔兼・谷、大〕—太(東・高)
11 詰(底新朱抹傍)—誥〔底原〕
12 拝〔大補〕—ナシ(兼等)
13 外〔兼・谷、大〕—ナシ(東・高)

一 和名抄に「伊波奈須」、管郷は和気・石生・那(珂か)磨・肩背・磯名・物部・物理の七郷。ただ、元慶四年十一月五日の太政官符には「以三去延暦七年六月十三日一申レ官分二置件郡一、即管郷六、戸二百九十七、課丁二千三百六」とあり、物部郷は高山寺本に見えないことより衍か(池辺彌説)。現在の岡山県赤磐郡東部と和気郡の西部を含む地域。

二 兵部省式には備前国の駅家は坂長・珂磨・高月・津高の四駅を記載する。また、三代格大同二年十月廿五日太政官符には備前国四駅としており、大同二年から延喜式までは駅名の変動はなかったと考えられる。もと藤野郡にあった藤野駅は和気郡和気町藤野付近に比定されるが、足利健亮は本条の吉井川西岸に設置された新駅を珂磨駅とし、赤磐郡熊山町松木に比定している。

三 元慶四年十一月五日の太政官符によれば六月十三日に裁可されている。

四 →二一五頁注七。左大舎人助の前任者は石川永成(延暦六年二月癸亥条)。

五 のち菅野朝臣。→㊀補1-二。東宮学士任官は延暦四年十一月。左兵衛佐任官は同三年十一月。

六 →㊂一一九頁注七。大学頭の前任者は朝原道永(延暦六年三月丙午条)。

七 →補39-四。梵釈寺の寺封は新抄格勅符抄には見えない。

任官

石川名足没

磐梨《いはなし》[一]郡を建《た》て、その藤野駅家《ふぢののうまや》[二]は河西《かせい》に遷《うつ》し置《お》きて水難《すいなん》を避《さ》け、兼《か》ねて労逸《らういつ》を均《ひと》しくせむことを」とまうす。[三]これを許《ゆる》す。○甲申[八日]、従五位下藤原《ふぢはら》[四]朝臣根麻呂《ねまろ》を左大舎人助《ひだりのおほとねりのすけ》とす。東宮学士《とうぐうがくし》左兵衛佐《さひやうゑのすけ》従五位下津《つ》[五]連真道《まみち》を兼図書助《づしよのすけ》。従五位上藤原《ふぢはら》[六]朝臣刷雄《よしを》を大学頭《だいがくのかみ》。○乙酉[九日]、下総《しもつふさ》・越前《こしのみちのくち》二国の封《ふう》各《おのおの》五十戸を梵釈寺《ぼんしやくじ》[七]に施《ほどこ》し入《い》る。○丙戌[十日]、中納言《ちうなふごん》従三位兼兵部卿皇后宮左京大夫《ひやうぶきやうくわうごうぐうさきやうのだいぶ》大和守《やまとのかみ》石川《いしかは》[八]朝臣名足《なたり》薨《こう》しぬ。名足《なたり》は御史大夫《ぎよしだいぶ》[九]正三位年足《としたり》[一〇]の子《こ》なり。宝字中《ほうじちう》に従五位下[一一]を授《さづ》けられ、伊勢守《いせ》[一二]に除《ぢよ》さる。稍《やや》く遷《うつ》されて、宝亀《ほうくゐ》の初《はじめ》に兵部大輔《ひやうぶだいふ》[一三]に任《にむ》せられ、民部大輔《みんぶだいふ》[一四]に遷《うつ》さる。従四位下[一五]を授けられ、出《い》でて大《だい》[一六]宰大弐《さいのだいに》と為《な》る。居《を》ること二年[一七]、徴《め》し入《い》れられて左右大弁《さうのだいべん》[一八]を歴《へ》、尋《つ》ぎて参議《さむぎ》[一九]を兼右京大夫《うきやうのだいぶ》[二〇]と為《な》る。名足《なたり》は、耳目《じもく》[二一]の渉《わた》る所《ところ》、多《おほ》く心《こころ》に記《しる》す。加以《しかのみならず》、利口《りこう》[二二]にして、剖断《ほうだん》すること滞《とどこほ》ること无《な》し。然《しか》して性《ひととなり》頗《すこぶ》る偏急《へんきふ》[二三]にして、好《この》みて人《ひと》の過《あやまち》を詰《なじ》る。官人《くわんにん》政《まつりごと》を申《まう》すに、或《ある》は旨《むね》に合《あ》はずあれば、即《すなは》ちその人《ひと》に対《むか》ひて口《くち》を極《きは》めて罵《の》る。此《これ》に因《よ》りて、諸司《しよし》の官曹《くわんざう》[二四]に候《さぶら》ふ者《ひと》、名足《なたり》の事《こと》を聴《き》くに値《あ》へば、多《おほ》く跼蹐《きよくせき》[二五]して避《さ》く。延暦《えんりやく》の初《はじめ》に従三位を授けられ、中納《ちうなふ》言《ごん》を拝《はい》し、兵部卿《ひやうぶきやう》、皇后宮《くわうごうぐう》・左京大夫《さきやうのだいぶ》を兼《か》ぬ。薨《こう》しぬる時《とき》、年《とし》六十一。○辛丑[二十五日]、外従六位下武蔵《むざし》[二六]宿禰弟総《おとふさ》・外正八位上多米《ため》[二七]連福雄《ふくを》に並《ならび》に外従五位下

八 →㊂補23-五。中納言任官は延暦四年十一月。従三位叙位は同三年十二月。兵部卿任官は同五年六月。皇后宮大夫任官は同五年四月。左京大夫任官は同六年九月。大和守任官は同七年二月。

九 大納言。→㊂二八五頁注一九。年足の任官は天平宝字四年正月。

一〇 →㊁補12-一。

一一 従五位下叙位は天平宝字五年正月。

一二 伊勢守任官は天平宝字七年正月。

一三 兵部大輔任官は宝亀二年閏三月。

一四 民部大輔任官は宝亀二年七月。

一五 従四位下叙位は宝亀四年九月。

一六 大宰大弐任官は宝亀六年七月。

一七 宝亀六年より、造東大寺長官(宝亀八年十月辛卯条)への任官までの二年間。

一八 右大弁には宝亀九年二月に、左大弁には延暦四年七月にそれぞれ任官。

一九 参議就任は宝亀十一年二月。

二〇 右京大夫任官は天応元年五月。

二一 聞くことと見ること。

二二 弁舌が巧みで、理非曲直をわかち定めること。

二三 狭量なこと。

二四 太政官の庁舎。

二五 頭が天に触れることを恐れて背を屈して行き、地がくぼむことを恐れてぬき足で歩くこと。甚だ恐れて身の置き所のないことの喩。

二六 延暦十四年十二月に武蔵国足立郡大領外従五位下に武蔵国造となる。時武蔵宿禰→㊃一八七頁注七。

二七 他に見えず。多米連は、姓氏録左京神別に、多米宿禰と同祖で、神魂命五世孫天日和志命の後で、成務の御世に炊職に仕奉し多米連を賜わったと見える。

以二貢献一也。○壬寅、正四位下伊勢朝臣老人為二木工頭一。従五位下橘朝臣入居為二遠江守一。近衛少将従五位下坂上大宿禰田村麻呂為二兼[1]越後介一。内匠助如レ故。従五位下紀朝臣兄原為二出雲守一。○秋[2]七月己酉、大宰府言、去三月四日戌[3]時、当二大隅国贈於郡曽乃峯[4]上一、火炎大熾、響如二雷動一。及[5]二亥時一、火光稍止、唯見二黒烟一。然後雨レ沙、峯[6]下五六里、沙石委積可二二尺一。其色黒焉。○辛亥、以二参議左大弁正四位下兼春宮大夫中衛中将紀朝臣古佐美一為二征東大使一。○庚午、以二従五位下正月王一為二少納言一。中納言正三位藤原朝臣小[7]黒麻呂為二兼皇后宮大夫一。中務卿・美作守如レ故。従五位下大秦公忌[8]寸宅[9]守為二主計助一。従三位多治比真人長野為二兵部卿一。近江守如レ故。従五位下為奈真人豊人為二造兵正一。従五位下多治比[10]真人屋嗣為二主鷹正一。外従五位下忍海原連魚養為二典薬頭一。播磨大掾如レ故。兵部大輔従四位下藤原朝臣雄友為二兼左京大夫一。左衛士督如レ故。従五位下藤原朝臣縄主為二近衛少将一。少納言如レ故。従五位上阿倍朝臣広津麻呂為二中衛少将一。式

1 兼(底新傍補)―ナシ〔底原〕
2 秋(底新傍補)―ナシ〔底原〕
3 戌〔底原・底擦〕→校補
4 峯―岑(紀略)
5 及以下一四字〔紀略補〕―ナシ(紀略原)
6 峯―岑(紀略)
7 小(底傍補)―ナシ〔底原〕
8 忌寸〔谷抹傍、大〕―寸忌(兼・谷原・東・高)
9 宅〔兼等、大〕―寸(東傍・高傍)
10 比〔兼・谷、大〕―ナシ(東・高)

一 もと中臣伊勢連。→㊃二三頁注四。前官は遠江守(延暦七年二月甲申条)。
二 →補37―二四。遠江守の前任者は本条で木工頭に転任した伊勢老人(延暦七年二月甲申条)。
三 →補38―七五。近衛少将任官は延暦六年九月。内匠助任官は同六年二月。越後介の前任者は朝原道永(延暦六年二月丙午条)。
四 →二八七頁注二六。前官は近衛少将兼少納言(延暦六年九月丁卯条)。出雲守の前任者は多治比年主(延暦四年正月辛亥条)。
五 霧島山の噴火を報告する大宰府の奏言。
六 現在の午後八時ごろ。
七 →㊀補6―七。
八 「日向襲之高千穂峯」(書紀神代下)と称される、霧島山の高千穂峰。現在の鹿児島県姶良郡霧島町と宮崎県小林市の境にある。
九 現在の午後一〇時ごろ。
一〇 麻路の孫。→㊃補25―一〇六。参議就任は延暦四年十月。左大弁任官は同五年六月。正四位下叙位は同六年五月。春宮大夫任官は同四年十一月。中衛中将任官は同四年正月。
一一 →一四一頁注一三。この後、延暦七年十二月庚辰に辞見し節刀を賜わり、八年九月丁未に陸奥より帰り節刀を進めるまでの対蝦夷軍事行動に従事。上文三月己巳条で、多治比浜成・紀真人・佐伯葛城・入間広成を征東副使に任じている。
一二 牟都岐王とも。→㊃補29―五二。
一三 少黒麻呂とも。房前の孫、鳥養の男。→

任官

を授《さづ》く。貢献《みつきものたてまつ》れるを以《もち》てなり。○壬寅、正四位下伊勢《いせ》朝臣老人《おきな》を木工《もくくの》頭《かみ》とす。従五位下橘《たちばな》朝臣入居《いりゐ》を遠江《とほつあふみ》守。近衛少将《このゑのせうしやう》従五位下坂上《さかのうへ》大宿禰田《た》村麻呂《むらまろ》を兼越後介《こしのみちのしりのすけ》。内匠助《うちのたくみのすけ》は故《もと》の如《ごと》し。従五位下紀《き》朝臣兄原《えはら》を出雲《いづも》守。

大隅国曾乃峯噴火

秋七月己酉、大宰府《だいさいふ》言《まう》さく、「去《さ》りぬる三月四日戌《いぬ》の時《とき》、大隅《おほすみ》国贈於《そお》郡曾乃峯《そのみね》の上《うへ》に当《あた》りて、火炎《くわえん》大《おほき》に熾《さかり》にして、響《ひび》くこと雷《いかづち》の動《うご》くが如《ごと》し。亥《ゐ》の時《とき》に及《およ》びて火光《ひのひかり》稍《やや》く止《や》みて唯《ただ》黒烟《くろきけぶり》のみを見《み》る。然《しか》して後《のち》に沙雨《いさごふ》ること、峯《みね》の下《した》五六里、沙石《いさごいし》委積《ゐせき》すること二尺可《ばかり》。その色黒《いろくろ》し」とまうす。

征東大使任命

○辛亥、参議《さむぎ》左大弁《さだいべん》正四位下兼春宮大夫《しゅんぐだいぶ》中衛中将《ちうゑのちうしやう》紀《き》朝臣古佐美《こさみ》を征東大使《せいとうたいし》とす。

任官

○庚午、従五位下正月王《むつきのおほきみ》を少納言《せうなふごん》とす。中納言《ちうなふごん》正三位藤原《ふぢはら》朝臣小黒麻呂《をぐろまろ》を兼皇后宮大夫《くわうごうぐうだいぶ》。中務卿《ちうむきやう》・美作《みまさか》守は故《もと》の如《ごと》し。従五位下大秦《うづまさ》公忌寸宅守《やかもり》を主計助《しゅけいのすけ》。従三位多治比《たぢひ》真人長野《ながの》を兵部卿《ひやうぶきやう》。近江《ちかつあふみ》守は故《もと》の如《ごと》し。従五位下為奈《ゐな》真人豊人《とよひと》を造兵正《ざうひやうのかみ》。従五位下多治比《たぢひ》真人屋嗣《やつぐ》を主鷹正《しゅゐようのかみ》。外従五位下忍海原《おしぬみのはら》連魚養《うをかひ》を典薬頭《てんやくのかみ》。播磨大掾《はりまのだいじよう》は故《もと》の如《ごと》し。兵部大輔《ひやうぶだいふ》従四位下藤原《ふぢはら》朝臣雄友《をとも》を兼左京大夫《さきやうのだいぶ》。左衛士督《さゑじのかみ》は故《もと》の如《ごと》し。従五位下藤原《ふぢはら》朝臣縄主《なはぬし》を近衛《このゑの》少将《せうしやう》。少納言《せうなふごん》は故《もと》の如《ごと》し。従五位上阿倍《あへ》朝臣広津麻呂《ひろつまろ》を中衛少将《ちうゑのせうしやう》。式

[四]補25-九二。中納言任官は延暦三年正月。中務卿任官は同四年七月。美作守任官は同六年二月。皇后宮大夫の前任者は上文六月丙戌に没した石川名足。

一四 →補38-五五。主計助の前任者は本年二月丙午条で安芸介に転任した林浦海(延暦五年正月己未条)。

一五 池守の孫、家主の男。→[四]補26-一。近江守任官は延暦五年正月。兵部卿の前任者は上文六月丙戌に没した石川名足。

一六 →補34-二八。造兵正の前任者は栄井道形(延暦六年五月戊申条)。

一七 →補38-五四。

一八 主鷹司の長官。職員令29に「正一人〈掌、調習鷹犬事〉」とある。主鷹正は従六位下相当。主鷹司は大宝令では放鷹司か。→[三]補8-八六。

一九 →補39-一九。播磨大掾任官は延暦七年二月。典薬頭の前任者は本年二月己巳条で右京亮に転任した麻田狎賦(延暦四年十一月甲辰条)。

二〇 →補37-二三。兵部大輔・左衛士督任官は延暦五年二月。左京大夫の前任者は上文六月丙戌に没した石川名足。

二一 →補37-三三。少納言任官は延暦六年三月。近衛少将二名のうち、延暦四年十月に任じた紀兄原の後任で、右衛士佐(延暦七年二月甲中条)からの転任。他の一人の少将は同六年九月に任じた坂上田村麻呂で、彼は同九年三月に近衛少将のまま越後守に任じていることが見える。

二二 安倍朝臣とも。→二八七頁注二一。式部少輔任官は延暦六年三月。春宮亮任官は同四年十一月。中衛少将の前任者は藤原乙叡(延暦七年二月甲申条)。

部少輔・春宮亮如㆑故。春宮少進従五位下多治比真人豊長為㆓兼[1]右衛士佐㆒。春宮大夫中衛中将正四位下紀朝臣古佐美為㆓兼大和守㆒。従五位下三嶋真人大湯坐為㆓駿河守㆒。

○癸酉、前右大臣正二位大中臣朝臣清麻呂薨[2]。曾祖国子、小治田朝[3]小徳冠。父[4]意美麻呂、中納言正四位上。清麻呂、天平末[5]、授㆓従五位下㆒、補[6]㆓神祇大副㆒。歴㆓左中弁・文[7]部大輔・尾張守㆒、宝字中、至㆓従四位[8]参議左大弁兼神祇伯㆒。歴㆓居顕要㆒、見㆑称㆓勤恪[9]㆒。神護元年、仲満平後、加㆓勲四等㆒。其年十一月、高野天皇、更行㆓大嘗之事㆒。清麻呂、時為㆓神祇伯㆒供㆓奉其事㆒。天皇嘉[10]㆘其累任㆓神祇官㆒、清慎自守㆖、特授㆓従三位㆒。景雲二年、拝㆓中納言㆒、優詔、賜㆓姓大中臣㆒。天宗[11]高紹天皇践祚、授㆓正三位㆒、転㆓大納言兼東宮傅㆒。宝亀二年、拝㆓右大臣㆒、授㆓従二位㆒、尋加㆓正二位㆒。清麻呂、歴㆓事数朝㆒、為㆓国旧老㆒。朝儀国典、多㆑所㆓諳[12]練㆒。在㆑位視㆑事、雖㆓年老㆒而精勤匪㆑怠。年及㆓七十㆒、上㆑表致仕、優詔[13]弗㆑許。今上即㆑位、重乞㆓骸骨㆒。

1 兼〔兼・谷、大〕—ナシ(東・高)
2 薨〔兼・谷、大、紀略〕—夢(東・高)
3 朝ノ下、ナシ(底新朱抹)—臣〔底原〕
4 父〔底原・底新朱抹傍〕→校補
5 末〔底新朱抹傍・兼・谷、大〕—未〔底原・東・高〕→校補
6 補—ナシ(高)
7 文—天〔底〕
8 位ノ下、ナシ〔兼等〕—上(大補)→脚注・校補
9 勤恪→校補
10 嘉〔谷擦重〕
11 天宗高紹天皇→校補
12 諳—語(兼)
13 詔(底新朱抹傍)—報〔底原〕

一 →補39—二〇。春宮少進として延暦六年五月戊申条に見えるが任官年時は未詳。右衛士佐の前任者は本条で近衛少将に転任した藤原縄主(延暦七年二月甲申条)。
二 麻路の孫。→四補25—一〇六。春宮大夫任官は延暦四年十一月。中衛中将任官は同年正月。大和守の前任者は上文六月丙戌に没した石川名足。
三 もと大湯坐王。→三一一一頁注四〇。駿河守の前任者は紀広足(延暦五年正月乙卯条)。
四 もと中臣朝臣。→三補15—一三。天応元年六月庚戌条で致仕。
五 中臣国とも。可多能祜の男。書紀推古三十一年是歳条に新羅征討の大将軍に任ぜられたことが見える。時に小徳。中臣氏系図延喜本系によると可多能祜の第二子で、「小徳冠、前事奏官兼祭官」「供㆓奉岡本朝廷㆒」とある。分脈も系譜は同じく、「小徳冠、前事奏官兼祭官国子、可多能大連二男、母山辺哥子連女、住大和国高市郡」とする。このほか、大中臣氏系図にも見え、また二所太神宮例文の祭主次第には「可多能祐(祜)大連公二男也、舒明天皇御代任、在任十六」とあり、松尾社家系図は意美麻呂の父、東人の祖父とする。
六 推古十二階冠位の第二。
七 →一一一三頁注五。中納言任官は和銅元年三月。正四位上叙位は同四年四月。
八 従五位下叙位は天平十五年五月。
九 神祇大副任官は天平十五年六月。
一〇 天平勝宝六年七月に左中弁に任じ、天平宝字六年八月には文部大輔と見え、天平十九年五月には尾張守に任じている。
一一 天平宝字六年正月に従四位下、同八年正月に従四位上、同年九月に正四位下に叙位されている。原文「従四位」とあるが、参議就任

大中臣清麻呂没

部《ぶ》少輔《せうふ》・春宮亮《しゆんぐのすけ》は故《もと》の如《ごと》し。春宮少進《しゆんぐせうしん》従五位下多治比《たぢひ》[一]真人豊長《とよなが》を兼右衛士《うゑじの》佐《すけ》。春宮大夫《しゆんぐだいぶ》中衛中将《ちうゑのちうしやう》正四位下紀《き》[二]朝臣古佐美《こさみ》を兼大和《やまと》守。従五位下三嶋《みしま》[三]真人大湯坐《おほゆゑ》を駿河《するが》守。○癸酉[二十八日]、前右大臣《さきのうだいじん》正二位大中臣《おほなかとみ》[四]朝臣清麻呂《きよまろ》薨《こう》しぬ。曾祖国子《おほきおほぢくにこ》[五]は小治田朝《をはりだのみかど》の小徳冠《せうとくくわん》[六]なり。父《ちち》[七]意美麻呂《おみまろ》は中納言《ちうなふごん》正四位上なり。清麻呂《きよまろ》は天平《てんひやう》の末《すゑ》[八]に従五位下を授《さづ》けられ、神祇大副《じんぎだいふく》[九]に補《ふ》せらる。左中弁《さちうべん》[一〇]・文部大輔《もんぶだいふ》・尾張《をはり》守を歴《へ》、宝字中《ほうじちう》[一一]に従四位参議《さむぎ》左大弁《さだいべん》兼神祇伯《じんぎはく》に至《いた》る。顕要《けんえう》に歴居《れききよ》して勤恪《ごんかく》を称《たた》へらる。神護《じんご》元年、仲満平《なかまろたひら》[一二]ぎて後《のち》、勲《くん》[一三]四等を加《くは》へらる。その年《とし》十一月、高野天皇《たかののすめらみこと》[一四]、更《あらた》めて大嘗《おほなめ》の事《みわざ》を行《おこな》ひたまふ。清麻呂《きよまろ》、時《とき》に神祇伯《じんぎはく》としてその事《こと》に供奉《つかへまつ》る。天皇《すめらみこと》、その累《しきり》に神祇官《じんぎくわん》に任《にむ》して清《きよ》く慎《つつし》みて自《みづか》ら守《まも》ることを嘉《よみ》して、特《こと》[一五]に従三位を授けたまふ。景雲《きやううん》二年、中納言《ちうなふごん》[一六]を拝《はい》し、優詔《いうせう》ありて、姓を大中臣《おほなかとみ》[一七]と賜《たま》ふ。天宗高紹天皇《あめむねたかつがすめらみこと》[一八]、践祚《せんそ》したまひて、正三位[一九]を授け、大納言《だいなふごん》兼東宮傅《とうぐうふ》に転《うつ》す。宝亀《ほうくゐ》二年、右大臣《うだいじん》[二〇]を拝《はい》し従二位を授けられ、尋《つ》ぎて正二位[二一]を加《くは》へらる。清麻呂《きよまろ》は数朝《すでう》[二二]に歴事《れきじ》して国《くに》[二三]の旧老《きうらう》と為《あ》り。朝儀《でうぎ》[二四]国典《こくてん》、諳練《あむれん》する所多《ところおほ》し。位《くらゐ》に在《あ》りて事《こと》を視《み》ること、年老《としお》いたりと雖《いへど》も、精勤《せいきん》にして怠《おこた》るに匪《あら》ず。年《とし》七十に及《およ》びて、表《へう》[二五]を上《たてまつ》りて致仕《ちじ》すれども、優詔《いうせう》ありて許《ゆる》したまはず。今上《きむしやう》[二六]即位《くらゐにつ》きたまふとき、重《かさ》ねて骸骨《がいこつ》[二七]を乞《こ》

時は従四位下であり、「宝字中」には正四位下まで昇叙しているので、「従四位」とするのは不適当。参議就任は天平宝字六年十二月。左大弁任官は同七年正月。天平神護元年十一月には神祇伯と見えるが任官年時は未詳。天平宝字六年十二月には文室浄三の神祇伯任官があるので、それ以降天平神護元年十一月までに任官したものか。また、中臣氏系図延喜本系には天平宝字八年九月に神祇伯に転任したとある。 一二 藤原仲麿。→〔二〕補11-四七。「仲満平」は天平宝字八年の押勝の乱平定のこと。

一三 勲四等叙勲は天平神護元年正月。

一四 →〔四〕六一頁注一。

一五 従三位叙位は天平神護元年十一月。

一六 中納言任官は神護景雲二年二月。

一七 大中臣朝臣賜姓は神護景雲三年六月。

一八 光仁。→三頁注二。

一九 正三位叙位は宝亀元年十月、東宮傅任官は宝亀二年正月。大納言任官は続紀には見えないが、補任神護景雲四年条に「七月任㆓大納言㆒」とある。 二〇 右大臣任官・従二位叙位は宝亀二年三月。 二一 正二位叙位は宝亀三年二月。 二二 数代の天皇(聖武から桓武まで)に仕えたこと。 二三 国家の老臣。大中臣朝臣清麻呂の立場→補39-二七。 二四 朝廷の儀式と法典・史書の類。 二五 宝亀五年十二月乙酉条に再度の致仕上表を行ったことが見える。致仕→〔二〕一九九頁注二二。 二六 桓武(〔四〕補25-七二)。 二七 →〔二〕一九九頁注二二。君に捧げた身の残骸を乞う意。致仕を請うに同じ。漢書趙充国伝に「充国乞㆓骸骨㆒、賜㆓安車駟馬・黄金六十斤㆒、罷就㆑第、朝廷毎㆑有㆓四夷大議㆒、常与㆓参兵謀㆒、問㆓籌策㆒焉」、同疏広伝に「広遂称㆑篤、上疏乞㆓骸骨㆒、上以㆓其年篤老㆒皆許㆑之、加㆓賜黄金二十斤㆒」などとある。

詔[1]許レ之。薨時、年[2]八十七。○八月戊子、対馬嶋守正六位上穴咋[3]皆麻呂賜二姓秦忌寸一。以三誤[4]従二母姓一也。○九月丁未、美濃国厚見郡[5]人羿鹵[6]浜倉賜二姓美[7]見造一。○庚午、詔曰、朕以二眇身一、忝承二鴻業一。水陸有レ便、建二都長岡一。而宮室未レ就、興作稍多。徴[8]発之苦、頗在二百姓一。是以、優二其功貨[9]一、欲レ无二労煩一。今聞、造宮役夫、短褐不レ完。類多羸弱。静言二於此一、深軫二于懐一。宜下諸進二役[10]夫一之国、今年出挙者、不レ論二正税・公廨一、一切減中其息利上。縦貸二十束一其利五束、二東[11]還レ民、三束入レ公。其勅前徴納者、亦宜二還給一焉。○冬十月丙子、雷雨暴風、壊二百姓廬[12]舎一。○十一月丁未、参議正四位下大中臣朝臣子老為二宮内卿一。神祇[13]伯如レ故。○庚戌、播磨国[14]揖[15]保郡人外[16]従五位下佐伯直諸成、延暦元年籍[17]冒[18]二注連姓一。至レ是、事露[19]改正焉。○戊辰、宴二五位已上一。

1 詔〔底新朱抹傍〕―報〔底原〕
2 年〔兼・谷、大〕―ナシ〔東・高〕
3 咋〔底新朱抹傍〕―昨〔底原〕
4 誤〔底新朱抹傍〕―報〔底原〕
5 郡〔底新朱抹傍〕―部〔底原〕
6 鹵→校補
7 美―甕〔大改〕→脚注
8 徴―徵〔底〕
9 貨〔大改〕―賃〔兼等〕
10 役―ナシ〔高〕
11 二東〔大補〕―ナシ〔兼等〕
12 廬〔紀略補〕―ナシ〔紀略原〕
13 祇〔兼等、大〕―々〔底原〕、祇〔底新朱抹傍〕
14 国〔東・高、大補〕―ナシ〔兼・谷〕
15 揖〔兼・谷原・谷重・東・高、大〕―楫〔底〕→校補
16 外〔兼・谷、大〕―ナシ〔東・高〕
17 籍―稓〔底〕
18 冒→校補
19 露〔兼・東・高、大補〕―ナシ〔谷〕

一 →㊀四七頁注一五。
二 他に見えず。考證は「穴咋、諸史無二此氏人一、案景行五十五年紀有二春日穴咋邑一、蓋因二此地一命レ姓也」とする。秦忌寸→㊀補2―一三六。
三 天平神護二年三月戊午条(秦毗登から阿倍小殿朝臣)、宝亀十一年八月己亥条(栗前連枝女を池原女王)、天応元年五月丁亥条(裳咋臣から敢臣)、延暦十年十二月甲午条(越智直から紀臣)に、母姓につけられていた者の改姓が見られる。
四 美濃国南部の郡。和名抄(東急本)では「阿都美」と訓み、市俣・川辺・三家・厚見・郡家(高山寺本なし)・皆太の諸郷から成る。現在の岐阜県岐阜市南部と羽島郡柳津町の一部。
五 他に見えず。
六 美見造は、続後紀承和三年閏五月乙酉条に「美濃国人主殿寮少属美見造貞継、改二本居一貫二附左京六条二坊一、其先百済国人也」と見える渡来系氏族。「美見」は居地厚見郡の地名に

ふ。詔《みことのり》して、これを許《ゆる》したまふ。薨《こう》しぬる時《とき》、年《とし》八十七。
八月戊子[丙子朔 十三日]、対馬嶋守《つしまのしまのかみ》[一]正六位上穴咋《あなくひの》[二]呰麻呂《あざまろ》に姓を秦《はだ》忌寸と賜《たま》ふ。誤《あやま》[三]りて母《はは》の姓に従《したが》ふを以《もち》てなり。

長岡宮造営役夫を提供する諸国の出挙の利息を減ず

九月丁未[乙巳朔 三日]、美濃《みの》国厚見《あつみ》[四]郡の人羿鹵浜倉《ひとけいろのはまくら》[五]に姓を美見造[六]と賜ふ。○庚午[二十六日]、詔《みことのり》[七]して曰《のたま》はく、「朕《われ》、眇身《べうしん》[八]を以《もち》て、忝《かたじけな》くも鴻業《こうげふ》[九]を承《う》く。水陸便《すいりくたより》[一〇]有りて、都《みやこ》を長岡《ながをか》に建《た》つ。而《しか》して宮室《きうしつ》就《つな》らぬに、興作《こうさく》[一一]稍《やや》多《おほ》し。徴《はた》し発《た》てらるる苦《くるしみ》頗《すこぶ》る百姓《はくせい》に在《あ》り。是《ここ》を以《もち》て、その功貨《くうくわ》[一二]を優《めぐ》みて、労煩《らうはん》无《な》からむことを欲《おも》ふ。今聞《いまき》かくは、「造宮《ざうくう》の役夫《やくぶ》は短褐《たんかつ》[一三]完《また》からず。類《おほむ》ね多《おほ》くは羸弱《るいじやく》[一四]なり」ときく。静《しづか》に此《これ》を言《おも》ひて、深《ふか》く懐《こころ》[一五]に軫《いた》めり。諸《もろもろ》の役夫《やくぶ》を進《たてまつ》る国《くに》、今年《ことし》の出《すい》挙《こ》は、正税《しやうぜい》[一六]・公廨《くげ》を論《あげつら》はず、一切《いちさい》にその息利《くぼさ》を減《へら》すべし。縦《たと》へば十束を貸《か》すとき、その利《くぼさ》五束、二束は民《たみ》に還《かへ》し、三束は公《おほやけ》に入《い》れよ。その勅《みことのり》の前《まへ》に徴《め》し納《い》るる者《ひと》も亦還《またかへ》し給《たま》ふべし」とのたまふ。
冬十月丙子[乙亥朔 二日]、雷《かみ》なり、雨《あめ》ふり、暴風《あらし》ふきて、百姓《はくせい》の廬舎《いほや》を壊《こほ》つ。
十一月丁未[甲辰朔 四日]、参議《さむぎ》正四位下大中臣《おほなかとみ》[一七]朝臣子老《こおゆ》を宮内卿《くうないきやう》[一八]とす。神祇伯《じんぎはく》[一九]は故《もと》の如《ごと》し。○庚戌[七日]、播磨《はりま》国揖保《いひぼ》[二〇]郡の人《ひと》外従五位下佐伯直《さへき》[二一]諸成《もろなり》、延暦《えんりやく》[二二]元年の籍《じやく》に連《むらじ》の姓を冒《をか》し注《しる》す。是《ここ》に至《いた》りて事露《ことあら》はれて改《あらた》め正《ただ》す。○戊辰[二十五日]、五位已上を

よるウヂ名で「蓺見(あつみ)」とあるべきか。
七 延暦六年十月丁亥条の乙訓郡の延暦三年の出挙未納の免除に引続く、長岡京造営の促進政策として役夫を提供する諸国の出挙の利息を減ずることを命じた詔。
八 微小な身。天子の謙称。漢書武帝紀に「詔曰、朕以二眇身一、承二至尊一、兢兢焉」とある。
九 大きな事業。帝王の業。漢書成帝紀に「朕承二鴻業一、十有余年」とある。
一〇 延暦六年十月丁亥条にも「又朕以二水陸之便一、遷二都茲邑一」とする類似表現がある。↓三九一頁注一一。
一一 おこし作る。魏志斉王伝に「諸所興二作宮室一之役、皆以二遺詔一罷レ之」とある。
一二 造営のための労力や物質。
一三 短い粗布の着物、粗末な衣服。
一四 疲れ弱ること。
一五 憂える、痛み念うこと。楚辞、九章、哀郢に「出二国門一而軫懐」とある。
一六 正税→㊀補2―五七。公廨稲の設置→㊂補16―二七。
一七 もと中臣朝臣。→㊃一五一頁注四〇。参議就任は天応元年六月。
一八 延暦五年六月丁卯条にも子老の宮内卿任官記事があるが、同五年五月癸巳条に宮内卿石川垣守の死去があり、五年の宮内卿任官が正しく、本条は誤りか(山田英雄説)、あるいは再任か。
一九 子老の神祇伯任官は、宝亀八年正月。
二〇 →補39―三八。
二一 →補36―三五。
二二 延暦元年および本年は造籍年。戸令19に「凡戸籍、六年一造、起二十一月上旬一、依レ式勘造、…五月卅日内訖」とある十一月上旬の造籍開始に伴う措置か。

従五位上中臣朝臣常・大伴宿禰弟麻呂並授二正五位下一。従五位下紀朝臣田長従五位上。正六位上大中臣朝臣弟成・小野朝臣沢守・田中朝臣浄人並従五位下。〇十二月庚辰、征東大将軍紀朝臣古佐美[1]辞見。詔、召昇二殿上一、賜二節刀一。因賜二勅書一曰、夫択レ日拝レ将、良由[2]二綸言一。推レ轂[3]分レ閫[4]、専任二将軍一。如聞、承前別将等、不レ慎二軍令一、逗[5]闕猶多。尋二其所由一、方在レ軽レ法。宜下副将軍有レ犯二死罪一、禁レ身奏上、軍監以下依レ法斬決上。坂東安危、在二此一挙一。将軍宜レ勉之。因賜二御被二領、釆帛卅疋、綿[6]三百屯一。

続日本紀　巻[7]第卅九

1美〔底傍補〕―ナシ〔底原〕
2由〔兼・谷、大〕―田〔東・高〕
3轂〔兼・谷、大〕―穀〔東・高〕
4閫〔底新朱抹傍〕↓校補
5逗〔大改〕―匿〔底新朱傍イ・兼等〕
6綿〔大改〕―錦〔兼等〕
7巻〈意補〉〔大補〕―ナシ

一 新嘗祭の翌日の豊明節会。
二 →四補25-八四。従五位上叙位は宝亀四年正月。
三 →八五頁注一六。従五位上叙位は天応元年八月。
四 →補37-一二三。従五位下叙位は延暦二年正月。
五 清万呂の孫、宿奈麿の男。延暦八年三月少納言、同十年正月豊前守となる。中臣氏系図に「少納言従五上」と見える。大中臣朝臣→四補29-八六。
六 延暦八年三月摂津亮となる。小野朝臣→一補1-一四五。
七 清人とも。延暦八年四月伊勢介、同九年三月下総介となる(続紀)。同十六年二月造酒正、同月宮内少輔、弘仁元年九月造西寺長官、同年十月左京亮、同年十一月従五位上昇叙、同二年七月大蔵少輔となる(後紀)。田中朝臣→一補1-七四。
八 上文七月辛亥条で任官。そこでは征東大使。
九 麻路の孫。→四補25-一〇六。
一〇 辞別と閲見の儀式。軍防令18には「凡大将出レ征、皆授二節刀一、辞訖、不レ得二反宿於家一」と、出征する大将の辞見が見える。
一一 天皇の大権を分与するしるしとして征討などの使に授与される刀。→一補2-五三。
一二 征東大将軍に、軍規を厳正にすること、これに違反した場合の副将軍の処罰手続と軍監以下の処断を命じた勅。
一三 「轂」は車軸をうける車輪の中心のこしき。「推轂」は天子が将を遣わすとき自ら車をおすこと。「閫」は宮中の小門。「分閫」は宮中と宮外・城外を分かつこと。合せて、出陣して遠征の途に出ることをいう。漢書馮唐伝に「唐

叙位

宴《うたげ》[一]す。従五位上中臣《なかとみ》[二]朝臣常《つね》・大伴《おほとも》[三]宿禰弟麻呂《おとまろ》に並《ならび》に正五位下を授《さづ》く。従五位下紀《き》[四]朝臣田長《たをさ》に従五位上。正六位上大中臣《おほなかとみ》[五]朝臣弟成《おとなり》・小野《をの》[六]朝臣沢守《さはもり》・田《た》[七]中《なか》朝臣浄人《きよひと》に並に従五位下。

征東大将軍辞見

十二月〈甲戌朔〉庚辰〈七日〉、征東大将軍《せいとうだいしやうぐん》[八]紀《き》[九]朝臣古佐美《こさみ》[一〇]辞見《じけん》す。詔《みことのり》して、召《め》して殿上《てんじやう》に昇《のぼ》らしめたまひて、節刀《せつたう》[一一]を賜《たま》ふ。因《より》て勅書《みことのり》[一二]を賜ひて曰《のたま》はく、「夫《そ》れ日《ひ》を択《えら》ひて将《しやう》を拝《はい》するは、良《まこと》に綸言《りんげん》に由《よ》る。轂《こく》[一三]を推《お》し閫《こん》を分《わか》つは、専《もは》ら将軍《しやうぐん》に任《まか》す。如聞《きくな》らく、「承前《さき》[一四]の別将《べちしやう》ら、軍令《ぐんれい》[一五]を慎《つつし》まず、逗闕《とうくゑつ》[一六]猶《なほ》多《おほ》し」ときく。その所由《よし》を尋《たづ》ぬるに、方《まさ》に法《のり》を軽《かろ》みするに在《あ》り。副将軍《ふくしやうぐん》[一七]、死罪《しざい》を犯《をか》すこと有らば、身《み》を禁《いさ》めて奏上《そうじやう》し、軍監《ぐんけむ》以下は法《のり》に依《よ》りて斬決《ざむくゑつ》すべし。坂東《さかのひむかし》[一八]の安危《あんくゐ》この一挙《いつきよ》に在《あ》り。将軍《しやうぐん》勉《つと》むべし」とのたまふ。因《より》て、御被《みふすま》[一九]二領、采帛《さいはく》[二〇]卅疋、綿《わた》三百屯を賜ふ。

続日本紀　巻第卅九

対曰、臣聞、上古王者遣レ将也、跪而推レ轂曰、閫以内寡人制レ之、閫以外将軍制レ之」とある。ここは、軍防令25義解に「謂、凡閫外之事、将軍制レ之、欲レ有レ所二指麾一、乃立二其教令一、是為二軍令一、其自レ非二大将一、而諸将軍以下者、不レ得二復出一レ令也」とする出征時の将軍の権限を述べたもの。

一四 下文延暦八年六月甲戌条に見える「左中軍別将」「前軍別将」を指す。

一五 作戦についての指令。大将以外の諸将軍は出せない(注一三)。

一六 「逗」は、とどまること。「闕」は落度があること。蝦夷を恐れて進軍せず、落度があったりすることが多い、の意。

一七 軍防令25には「凡大将出レ征、臨レ軍対レ寇、大毅以下、不レ従二軍令一、及有三稽二違闕乏軍事一、死罪以下、並聴二大将斟酌専決一、還日具レ状申二太政官一」とあり、軍令に違反し軍務を怠った場合に、大将が事情を勘案して一々勅裁を経ずに決罰する権限が与えられていた。また、擅興律7逸文には「凡乏二軍興一者斬」、唐擅興律8には「諸征人稽留者、一日杖一百、二日加二一等一、二十日絞、即臨二軍征討一而稽レ期者、流三千里、三日斬、若用捨従レ権、不レ拘二此律一」と軍務を怠った場合の量刑が規定されている。しかし軍防令の規定は大毅以下を対象としたもので、本条は、今回の征討にあたって、副将軍の処罰手続を軍監以下のそれと分けて新たに定めたものである。

一八 相模・安房・上総・下総・常陸・武蔵・上野・下野の八国。蝦夷との戦いを坂東の安危ととらえる注目すべき表現。

一九 労をねぎらい、功を賞して禄として与える衣服類。

二〇 彩色した絹。

続日本紀　巻[1]第[2]卌　起㆓延暦八年正月[3]㆒尽㆓十年十二月㆒

右大臣正二位兼行皇[4]太子傅[5]中衛大将

臣藤原朝臣継縄等奉㆑勅[6]撰

今皇帝

[7]延暦八年春正月甲辰[8]、日有㆑蝕之。○己酉[9]、宴㆓五[10]位[11]已上於南院㆒。授㆓従五位上笠王正五位下、従五位下広田王従五位上、无位葛井王従五位下、従四位下佐伯宿禰真守従四位上、正五位下藤原朝臣菅継従四位下、正五位下百済王玄鏡[12]正五位上、従五位上文室真人与企[13]・紀朝臣作良並正五位下、従五位下[14]賀茂朝臣人麻呂・藤原朝臣園[15]人[16]・伊勢朝臣水通・津連真道並従五位上、正六位上平群朝臣園[17]人・紀朝臣伯・紀朝臣登万理・榎井朝臣靺鞨[18]・田中朝臣大魚・安倍[19]朝臣人成・巨[20]勢朝臣道成・石川朝臣清浜[21]・石川朝臣清成・大春日朝臣清足・藤原朝臣岡継・石上朝臣乙名・大野朝臣仲男・角朝臣筑紫麻呂並従五位下、正六

1 巻〈意補〉(大補)—ナシ
2 第—弟(東)
3 正月〔大補〕—ナシ(兼等)
4 皇〔兼・谷、大〕—ナシ(東・高)
5 傅—傳(谷)
6 勅→校補
7 延暦八年ノ上→校補
8 辰ノ下、ナシ—朔(大補)
9 己酉→校補
10 五—二(類七二)
11 位ノ下、ナシ—五位(高)
12 鏡→校補
13 企→校補
14 従五位下〔大補〕—ナシ(兼等)
15 園〔兼・谷・高、大〕—國〔東・高傍〕
16 人ノ下→校補
17 園〔底〕—國
18 鞨(底傍補)—ナシ〔底原〕
19 倍(底新朱抹傍)—位〔底原〕
20 巨(底新朱抹傍)—臣〔底原〕
21 石川朝臣清浜—ナシ(東)

一 →一二一頁注一。
二 桓武。→二二五頁注二。
三 →補40-一。
四 この日はユリウス暦の七八九年一月三十一日。奈良での食分は六。→㊀補1-七五。
五 平城宮では正月の七日・十六日等の賜宴に内裏や朝堂(大極殿南院)が用いられている。平城宮南院→㊂一〇九頁注一六。長岡宮の南院も朝堂院をさすか。長岡宮では当初内裏の南に朝堂院が位置したこと→補40-六。
六 白馬の節会の宴。→㊁補9-五〇。
七 →㊂補22-二一。淳仁の兄弟の子にあたり、天平宝字三年六月に一度は従四位下に叙されたが、淳仁廃位とともに王籍を除かれた。宝亀二年七月に王籍に復し、従五位上に叙されたのは宝亀十一年正月。八 →㊃一五一頁注三五。従五位下叙位は神護景雲元年正月。
九 系譜未詳。選叙令35によれば諸王の子。延暦十九年七月、散位従五位下と見え(類聚国史)、大同三年十一月従五位上に昇叙(後紀)。以後、弘仁八年正月正五位下、同十年正月正五位上、同十一年正月従四位下に昇叙(類聚国史)。一〇 今毛人の兄。→㊃補25-八五。従四位下叙位は延暦二年正月。
一一 →㊃補32-五三。正五位下叙位は延暦五年正月。ここで特に二階昇叙している理由未詳。
一二 →㊃補33-二九。正五位下に叙されたのは延暦六年十月交野行幸の際、藤原継縄別業で百済王氏らが楽を奏した時。
一三 →一二五頁注一。従五位上叙位は延暦二年正月。
一四 →補35-二。従五位上叙位は延暦四年正月。
一五 →㊃補31-九三。従五位下叙位は宝亀二年十一月。一六 →補35-四六。従五位下叙位は宝亀十年正月。一七 →補36-四一。従五位下

続日本紀　巻第卌　延暦《えんりやく》八年正月起《よ》り十年十二月尽《ま》で

右大臣《うだいじん》[一]正二位《しやうにゐ》兼行《ぎやうくわうたいし》皇太子傅《ふ》中衛大将《ちうゑのだいしやう》臣
藤原朝臣継縄《ふぢはらのあそみつぐただ》ら勅《みことのり》を奉《う》けたまはりて撰《せん》す

今皇帝《いまのすめらみこと》[二]

七八九年

延暦八年春正月甲辰《己巳》《癸卯朔》[三]《二日》、日《ひ》[四]蝕《は》ゆること有り。○己酉《七日》、五位已上を南院《なむゐん》[五]に宴《うたげ》[六]す。従五位上笠王《かさのおほきみ》[七]に正五位下を授《さづ》く。従五位下広田《ひろた》[八]王に従五位上。无位葛井《ふぢゐ》[九]王に従五位下。従四位下佐伯《さへき》[一〇]宿禰真守《まもり》に従四位上。正五位下藤原《ふぢはら》[一一]朝臣菅継《すがつぐ》に従四位下。正五位下百済王玄鏡《くだらのこにきしぐゑんきやう》[一二]に正五位上。従五位上文室《ふむや》[一三]真人与企《よき》・紀《き》[一四]朝臣作良《つくら》に並《ならび》に正五位下。従五位下賀茂《かも》[一五]朝臣人麻呂《ひとまろ》・藤原《ふぢはら》[一六]朝臣園人《そのひと》・伊勢《いせ》[一七]朝臣水通《みなみち》・津《つ》[一八]連真道《まみち》に並に従五位上。正六位上平群《へぐり》[一九]朝臣園人《そのひと》・紀《き》[二〇]朝臣伯《をぢ》・紀《き》[二一]朝臣登万理《とまり》・榎井《えのゐ》[二二]朝臣鞦韆《まつかつ》・田中《たなか》[二三]朝臣大魚《おふを》・安倍《あへ》[二四]朝臣人成《ひとなり》・巨勢《こせ》[二五]朝臣道成《みちなり》・石川《いしかは》[二六]朝臣清浜《きよはま》・石川《いしかは》[二七]朝臣清成《きよなり》・大春日《おほかすが》[二八]朝臣清足《きよたり》・藤原《ふぢはら》[二九]朝臣岡継《をかつぐ》・石上《いそのかみ》[三〇]朝臣乙名《おとな》・大野《おほの》[三一]朝臣仲男《なかつを》・角《つの》[三二]朝臣筑紫麻呂《つくしまろ》に並に従五位下。正六

叙位

叙位は延暦三年正月。一八 のち菅野朝臣。↓㊀補1-二。従五位下叙位は延暦四年十一月。
一九 他に見えず。平群朝臣→㊀補3-八三。
二〇 本年九月に玄蕃助となる。紀朝臣→㊀補1-三一。
二一 登麻理とも。延暦九年三月弾正弼、同十年正月雅楽頭となる。紀朝臣→㊀補1-三一。
二二 延暦九年八月八日官符に、山背国久世郡の「元故従五位下榎井鞦韆位田」一町が見え、それ以前に没したことが知られる(三代格)。榎井朝臣→㊀補1-九六。 二三 延暦十六年二月、従五位下で造酒正となる(後紀)。田中朝臣→㊀補1-七四。 二四 →補40-一。
二五 他に見えず。巨勢朝臣→㊀補2-一八。
二六 浄浜とも。本年二月上総介(続紀)、延暦十八年十一月、従五位下で陰陽頭となる(後紀)。石川朝臣→㊀補1-三二。
二七 他に見えず。石川朝臣→㊀補1-三二。
二八 浄足とも。延暦九年七月に官奴正となる(続紀)。同十一年五月、入唐時に娶って連れ帰った妻の唐女李自然が従五位下に叙された。この時も従五位下(紀略)。延暦十二年六月十一日東大寺使解に「従五位下行官奴正大春日朝臣「浄足」」と自署する(古二五附録-五三頁)。大春日朝臣→㊀補4-三六。
二九 延暦九年三月大判事、同十年正月伯耆介(続紀)、同十八年二月図書頭、大同三年七月、従五位上で刑部大輔となる(後紀)。長岡京木簡にも「藤原岡継」の名が見える(『木簡研究』一二-五三頁)。藤原朝臣→㊀補1-二九。
三〇 本年三月大監物(続紀)、延暦二十三年六月に散位頭となる(後紀)。石上朝臣→㊀補1-一四四。 三一 本年四月安房権守、延暦九年三月安房守となる。大野朝臣→㊀補6-六一。
三二 →補40-二。

位上大網公広道・韓国連源[1]・秋篠宿禰安人並外従五位下[2]。以二兵部卿従三位兼近江守多治比真人長野一為二参議一。〇壬子、参議[3]大宰帥[4]従[5]三位佐伯宿禰今毛人、上レ表、乞二骸骨一。詔許[6]レ之。〇丁巳、以二律師玄憐法師一為二少僧都一。〇戊[7]辰、参議宮内卿正四位下兼神祇伯大中臣朝臣子老卒[8]。右大臣正二位清麻呂之第[9]二子也。〇己巳、授二従四位上藤原朝臣延福正四位下、正五位上藤原朝臣春連[10]・藤原朝臣勤子並従四位下、正五位下伴田朝臣仲刀[11]自正五位上、従五位上藤原朝臣慈雲・安倍[12]朝臣黒[13]女並正五位下、従五位下藤原朝臣真貞[14]・平群朝臣炊女・大原真人明、无位多治比真人邑[15]刀[16]自・藤原朝臣数子・紀朝臣若子並従五位上、外従五位下[17]豊田造[18]信女・岡上連[19]綱、无位藤原朝臣恵子、正六位上菅生[20]朝臣息[21]日、従六位上石上朝臣真家、従六位下角朝臣広江並従五位下、正六位上物部韓国連真成・山代忌寸越[22]足、従六位下采女臣阿古女並外従五位下一。〇二[23]月丁丑、以二従五位下大原真人美気一為二尾張守一。正五位下高賀茂朝臣諸雄為二参河[24]守一。従五位上文室真人子老為二

1 韓〔兼・谷、大〕─朝（東・高）
2 下─ナシ（東）
3 参議〔底傍補〕─ナシ〔底原〕
4 帥─師（谷）
5 従〔兼等〕─正（大改）→脚注・校補
6 許〔底擦重〕─訢〔底原〕
7 戊─代〔底原〕
8 卒〔底擦重〕─子〔底原〕
9 第〔谷・高、大〕─弟（兼・東）
10 連〔底〕─蓮
11 刀自〔底新朱抹傍〕→校補
12 倍〔底新朱抹傍〕─位〔底原〕
13 黒〔大改〕─里（兼等）
14 貞〔底擦重〕─真〔底原〕
15 邑〔底原、大改〕─色（底新朱抹傍・兼等）、大（類一〇七）
16 刀自（底新朱抹傍）─肩〔底原〕→校補
17 下〔底新傍補〕─ナシ〔底原〕
18 造→校補
19 連〔大改〕─蓮（兼等）
20 生〔底原・底新朱抹傍〕→校補
21 息〔底〕─恩（底新傍朱イ・兼等、大）
22 越〔底重〕
23 二月→校補
24 河〔大改〕─川（兼等）

一 →補35-四三。
二 →補35-一八。
三 もと土師宿禰。→補37-一三。
四 池守の孫、家主の男。→四補26-一。この参議任命は下文壬子(十日)条の参議佐伯今毛人の致仕と関わるか。多治比氏からの議政官参加は宝亀二年六月に土作が没して以来。
五 →三補17-七九。参議任命は延暦三年十二月。「従三位」とあるが、今毛人は延暦四年六月に正三位に昇叙しており、ここは「正三位」の誤り。
六 致仕上表。延暦九年十月の今毛人薨伝に「年及二七十一、上レ表乞二骸骨一」とある。
七 →補38-一三。律師任命は延暦三年六月。僧綱補任に「正月十五日任小僧都」と見える。
八 もと中臣朝臣。→四一五一頁注四〇。天応元年六月、父右大臣清麻呂の致仕を受けて参議となる。宮内卿任官は延暦五年六月(補38-四七)。神祇伯任官は宝亀八年正月。
九 もと中臣朝臣。→二補15-一三。
一〇 以下、後宮女官への叙位。
一一 →三一五頁注一一。従四位上叙位は延暦四年正月。
一二 春蓮とも。→二一五頁注一五。正五位上叙位は延暦五年正月。本年七月に没。
一三 →四四五三頁注三。正五位上叙位は延暦五年正月。
一四 →四補27-四五。正五位下叙位は天応元年八月。
一五 →三一五頁注二二。
一六 →二六一頁注一二。従五位上叙位は延暦五年正月。

位上[一]大網《おほよさみ》公広道《ひろみち》・[二]韓国《からくに》連源《みなもと》・[三]秋篠《あきしの》宿禰安人《やすひと》に並《ならび》に外従五位下。兵部卿《ひやうぶきやう》従三位兼近江守《ちかつあふみのかみ》[四]多治比《たちひ》真人長野《ながの》を参議《さむぎ》とす。○壬子《十日》、参議《さむぎ》大宰帥《だいさいのそち》従三位[五]佐伯《さへき》宿禰今毛人《いまえみし》、[六]表《へう》を上《たてまつ》りて骸骨《がいこつ》を乞《こ》ふ。詔《みことのり》して、これを許《ゆる》したまふ。

佐伯今毛人致仕

○丁巳《十五日》、律師《りちし》[七]玄憐法師《ぐゑんれんほふし》を少僧都《せうそうづ》とす。○戊辰《二十六日》、参議《さむぎ》宮内卿《くうないきやう》正四位下兼神《じん》祇伯《ぎはく》[八]大中臣《おほなかとみ》朝臣子《こ》老《おゆ》卒《しゆつ》しぬ。右大臣《うだいじん》正二位[九]清麻呂《きよまろ》が第二の子《こ》なり。○己巳《二十七日》、[一〇]従四位上[一一]藤原《ふぢはら》朝臣延福《えんふく》に正四位下を授《さづ》く。正五位上[一二]藤原《ふぢはら》朝臣春連《しゆんれん》・[一三]藤原《ふぢはら》朝臣勤子《いそしこ》に並に従四位下。正五位下[一四]伴田《ともた》朝臣仲刀自《なかとじ》に正五位上。従五位上[一五]藤原《ふぢはら》朝臣慈雲《じうん》・[一六]安倍《あへ》朝臣黒女《くろめ》に並に正五位下。従五位下[一七]藤原《ふぢはら》朝臣真貞《まさだ》・[一八]平群《へぐり》朝臣炊女《かしきめ》・[一九]大原《おほはら》真人明《あきら》、无位[二〇]多治比《たちひ》真人邑刀自《おほとじ》・[二一]藤原《ふぢはら》朝臣数子《かずこ》・[二二]紀《き》朝臣若《わか》子《こ》に並に従五位上。外従五位下[二三]豊田《とよた》造信女《のぶめ》・[二四]岡上《をかのへ》連綱《つな》、无位[二五]藤原《ふぢはら》朝臣恵子《くゑいし》、正六位上[二六]菅生《すがふ》朝臣息日《おきひ》、従六位上[二七]石上《いそのかみ》朝臣真家《まいへ》、従六位下[二八]角《つの》朝臣広江《ひろえ》に並に従五位下。正六位上[二九]物部韓国《もののべのからくに》連真成《まなり》・[三〇]山代《やましろ》忌寸越足《こしたり》、従六位下[三一]采女《うねめ》臣阿古女《あこめ》に並に外従五位下。

女叙位

二月《癸酉朔》丁丑《五日》[三二]、従五位下[三三]大原《おほはら》真人美気《みけ》を尾張《をはり》守とす。正五位下[三四]高賀茂《たかかも》朝臣諸雄《もろを》を参河《みかは》守。従五位上[三五]文室《ふむや》真人子《こ》老《おゆ》を

任官

一七 他に見えず。藤原朝臣→〔一〕補1-一二九。従五位下叙位は天応元年五月。
一八 →一八七頁注九。
一九 →二八九頁注六。従五位下叙位は延暦三年正月。
二〇―二二 →補40-四。
二三 →二五頁注四一。外従五位下叙位は宝亀八年正月。但し、既に延暦四年正月に外従五位上に昇叙しており、本条の本位「外従五位下」は「外従五位上」の誤りであろう。したがって次の「岡上連綱」の上に「外従五位下」を補うべきか(林陸朗説)。
二四 →二五頁注三八。外従五位下叙位は宝亀八年正月。
二五 →補40-五。
二六 他に見えず。菅生朝臣→〔一〕補2-一二六。
二七 延暦十八年正月、従五位上に昇叙(後紀)。石上朝臣→〔一〕補1-一四四。
二八 他に見えず。角朝臣→〔二〕補9-一二。
二九 他に見えず。物部韓国連→〔一〕補1-一一四。
三〇 他に見えず。山代忌寸→〔三〕補19-四三。
三一 他に見えず。采女臣→〔一〕補3-二九・〔四〕補26-一九。
三二 大系本「四日」とするが、二月は癸酉朔。延暦八年正月朔の干支→補40-一。
三三 →〔四〕補33-三六。前官は弾正弼(延暦五年二月丁丑条)。尾張守の前任者は本条で安房守に転じた文室子老(延暦五年十月甲子条)。
三四 もと賀茂朝臣。→〔四〕九九頁注二五。諸魚(六三頁注九)と同一人とすると、前官は中宮亮(延暦五年十月甲子条)。参河守の前任者は和国守(延暦六年二月庚辰条)。
三五 →〔四〕二〇九頁注一一。前官は尾張守(延暦五年十月甲子条)。安房守の前任者は浄村晋卿(延暦四年正月辛亥条)。

安房守一。正五位上百済王玄鏡[1]為二上総[2]守一。従五位下石川朝臣清浜為レ介。近衛将監外従五位下[3]池原公綱主為二兼下総[4]大掾[5]一。式部大輔従四位下大中臣朝臣諸魚為二兼近江守一。左兵衛督如レ故。従五位下紀朝臣長名為二越前介一。大判事従五位上安倍[6]朝臣家麻呂為[7]二石見守一。兵部大輔左京大夫従[8]四[9]位下藤原[10]朝臣雄友為二兼播磨守一。左衛士督如レ故。従五位下高倉朝臣[11]石麻呂為二美作介一。従五位上藤原朝臣園人為二備後守一。従五位下百済王教徳為二讃岐介一。○[12]癸未、以二従五位下橘朝臣安麻呂一為二中務少輔一。内薬正侍医従五位上葉栗臣翼為二兼内蔵助一。従五位下巨勢朝臣総[13]成為二造酒正一。従五位上弓削宿禰塩麻呂為二右[14]京亮一。○庚子、移レ自二西宮一、始御二東宮[15]一。○三月癸卯朔、造宮[16]使献二酒食并種々玩好之物一。○辛亥、諸国之軍、会[17]二於陸奥多賀城一、分レ道入二賊地一。○壬子、遣レ使、奉二幣帛於伊勢神宮一。告[18]下征二蝦夷一之由上也。○戊午、以二従四位下大中臣朝臣諸魚一為二神祇伯一。式部大輔・左兵衛督・近江守如レ故。従五位下大中臣朝臣[19]弟

1 鏡→校補
2 総→校補
3 下—上(大改)→脚注・校補
4 総→校補
5 掾—椽〔底〕
6 倍(底新朱抹傍)—位〔底原〕
7 為(底傍補)—ナシ〔底原〕
8 従〔谷傍補・東・高、大〕—猶(兼)、ナシ(谷原)
9 四位下〔谷傍補〕—ナシ(谷原)
10 朝臣〔兼・谷、大〕—ナシ(東・高)
11 石(底重)—右〔底原〕
12 癸→校補
13 総〔底原、大改〕—絲(底新朱抹傍・兼等)
14 右〔底〕—左(底新傍朱イ・兼等、大)
15 宮ノ下、ナシ〔大衍、紀略〕—東(兼等)
16 宮(底傍補)—ナシ〔底原〕
17 会(底新傍補)—ナシ〔底原〕
18 告〔紀略補〕—ナシ(紀略原)
19 朝臣(底傍補)—ナシ〔底原〕

一 →[四]補33-二九。前官は右兵衛督(延暦五年正月己未条)。上総守の前任者は布勢清直か(延暦二年四月壬申条)。 二 →四一七頁注二六。上総介の前任者は和三具足(延暦三年四月壬寅条)。 三 →補38-六〇。近衛将監任官は延暦四年十月。下総大掾の前任者は松井浄山か(宝亀七年三月癸巳条)。底本「外従五位下」とあるが、延暦四年十一月丁巳条により「外従五位上」とあるべきか。 四 →五頁注一。式部大輔任官は延暦五年二月。左兵衛督任官は同四年七月。近江守の前任者は上文正月己酉条で参議に任命された多治比長野。兼近江守へは兼播磨守(延暦七年二月甲申条)からの遷。 五 永名とも。→三九九頁注一。前官は兵部少輔(延暦七年三月己巳条)。 六 →[三]補20-四〇。大判事任官は延暦三年四月。越中介の前任者は佐伯鷹守(延暦四年正月辛亥条)。 七 →[四]補32-一一。前官は左大舎人頭(延暦五年正月己未条)。石見守の前任者は藤原真作(延暦四年八月丙子条)。 八 →補37-一三。兵部大輔任官は延暦五年二月。左京大夫兼任は同七年七月。左衛士督任官は同七年七月以前。播磨守の前任者は本条で兼近江守となった大中臣諸魚(延暦七年二月甲申条)。 九 もと高麗朝臣。→[四]四〇三頁注二一。前官は中務少輔(延暦六年二月庚申条)。美作介の前任者は布勢大海(延暦四年七月壬戌条)。 一〇 →補35-四六。前官は安芸守(延暦四年十月甲子条)。備後守の前任者は文室於保(延暦六年閏五月戊寅条)。 一一 →補39-三一。前官は右兵庫頭(延暦七年二月丙午条)。讃岐介の前任者は紀継成(延暦四年十月辛巳条)。 一二 奈良麻呂の第一子。→補39-一二。前官は雅楽助(延暦六年二月癸亥条)。中務少輔の前任者は上文丁丑(五日)条で美作介に遷任した高倉石麻呂

任官

安房《あは》守。正五位上[一]百済王玄鏡《くだらのこにきしぐゑんきやう》を上総《かみつふさ》守。従五位下[二]石川《いしかは》朝臣清浜《きよはま》を介《すけ》。近衛将監《このゑのしやうげむ》外従五位下[三]池原《いけはら》公綱主《つなぬし》を兼下総大掾《しもつふさのだいじよう》。式部大輔《しきぶだいふ》従四位下[四]大中《おほなか》臣《とみ》朝臣諸魚《もろうを》を兼近江《ちかつあふみ》守。左兵衛督《さひやうゑのかみ》は故《もと》の如《ごと》し。従五位下[五]紀《き》朝臣長名《ながな》を越前《こしのみちのくち》介。大判事《だいはんじ》従五位上[六]橘《たちばな》朝臣綿裳《わたも》を兼越中《こしのみちのなか》介。正五位上[七]安倍《あへ》朝臣家麻呂《いへまろ》を石見《いはみ》守。兵部大輔《ひやうぶだいふ》左京大夫《さきやうのだいぶ》従四位下[八]藤原《ふぢはら》朝臣雄友《をとも》を兼播磨《はりま》守。左衛士督《さゑじのかみ》は故《もと》の如《ごと》し。従五位下[九]高倉《たかくら》朝臣石麻呂《いはまろ》を美作《みまさか》介。従五位上[一〇]藤原《ふぢはら》朝臣園人《そのひと》を備後《きびのみちのしり》守。従五位下[一一]百済王教徳《くだらのこにきしけうとく》を讃岐《さぬき》介。○癸未[十一日]、従五位下[一二]橘《たちばな》朝臣安麻呂《やすまろ》を中務少輔《ちうむせうふ》。内薬正侍医《ないやくのかみじい》従五位上[一三]葉栗《はくり》臣翼《つばさ》を兼内蔵助《うちのくらのすけ》。従五位下[一四]巨勢《こせ》朝臣総成《ふさなり》を造酒正《みきのかみ》。従五位上[一五]弓削《ゆげ》宿禰塩麻呂《しほまろ》を右京亮《うきやうのすけ》。○庚子[二十八日]、[一六]西宮《にしのみや》より移《うつ》りて始《はじ》めて東宮《ひむかしのみや》に御《おは》します。

三月癸卯の朔、[一七]造宮使《ざうくうし》、酒食《しゆしよく》并《あは》せて種々《くさぐさ》の玩好《ぐわんかう》の物《もの》を献《たてまつ》る。○辛亥[九日]、[一八]諸国《くにぐに》の軍《いくさ》、陸奥《みちのおく》の[一九]多賀城《たがのき》に会《つど》ひ、[二〇]道《みち》を分《わか》ちて賊地《ぞくち》に入《い》る。○壬子[十日]、[二一]使《つかひ》を遣《つかは》して、幣帛《みてぐら》を伊勢神宮《いせのかみのみや》に奉《たてまつ》らしむ。蝦夷《えみし》を征《う》つ由《よし》を告《まう》すためなり。

任官

○戊午[十六日]、従四位下[二二]大中臣《おほなかとみ》朝臣諸魚《もろうを》を神祇伯《じんぎはく》とす。式部大輔《しきぶだいふ》・左兵衛督《さひやうゑのかみ》・近江《ちかつあふみ》守は故《もと》の如《ごと》し。従五位下[二三]大中臣《おほなかとみ》朝臣弟《おと》

(延暦六年二月庚申条)。一三 羽栗臣とも。↓四補27‐二〇。内薬正兼侍医任官は延暦五年七月。兼内蔵助へは兼左京亮(延暦七年三月己巳条)からの遷。一四 ↓二六九頁注一一。造酒正の前任者は和家麻呂(延暦七年二月丙午条)。一五 もと弓削御浄朝臣。↓四一三五頁注一六。前官は造東大寺次官(延暦四年十月甲戌条)。弓削塩麻呂は宝亀五年九月にも右京亮に任じており、卜部本系写本の如く「左京亮」とするのが正しいか。左京亮とすると、前任者は本条で内蔵助を兼任した葉栗翼(延暦七年三月己巳条)。一六 内裏が長岡宮当初の西宮から新たに成った東宮に移ったことをいう。長岡宮の西宮と東宮→補40‐六。一七 造長岡宮使。→補38‐一四。藤原種継没後は佐伯今毛人・紀船守・石川垣守らが中心。この設宴は、前月末の東宮の完成によるものであろう。一八 延暦八年の陸奥国での軍事行動の準備→補40‐七。一九 →三補12‐六七。二〇 下文五月条より八月条によれば、北上川西岸(両岸か)を遡った副将軍等は前軍・中軍・後軍に分れて進軍している(山・海両道か)。また大敗を喫した中でも征東副使多治比浜成の軍功は他道よりも勝るとしている(七月丁巳条)。二一 前日条の陸奥における軍事行動の開始と時を合わせた臨時の伊勢神宮奉幣。延暦十三年正月にも征蝦夷のため参議大中臣諸魚が奉幣に遣わされている(紀略)。二二 →注四。式部大輔任官は延暦五年二月。左兵衛督任官は同四年七月。近江守兼官は本年二月。神祇伯は前任者大中臣子老(清麻呂第二子)が本年正月戊辰に没した後を継いでの任官。天平神護元年から延暦十六年まで、清麻呂・子老・諸魚と大中臣氏の神祇伯が続いた。二三 →四一五頁注五。

成為㆓少納言㆒。従四位下紀朝臣犬養為㆓左大舎人頭㆒。従五位下百済王仁[1]貞為㆓中宮[2]亮㆒。従五位上津連真道為㆓図書頭㆒。東宮学士・左兵衛佐・伊[3]豫介如㆑故。外従五位下大[4]網公広道為㆓主計助㆒。従五位下安倍朝臣枚麻呂為㆓兵部少[5]輔㆒。従五位上藤原朝臣黒麻呂[6]為㆓刑部大輔㆒。従五位下藤原朝臣大継[7]為㆓大判事㆒。従四位下石上朝臣家成為㆓宮内卿㆒。従五位下矢庭王為㆓正親[8]正㆒。従五位上文[9]室真人八嶋為㆓弾正弼㆒。従四位下藤原朝臣菅継為㆓[10]左京大夫㆒。従五位下角朝臣筑紫麻呂為㆓衛門大尉㆒。従四位下藤原[11]朝臣内麻呂為㆓右衛士督㆒。越前守如㆑故。従五位下大秦公忌寸宅守為㆓左兵庫助㆒。従五位下為奈真人豊人為㆓右兵庫頭㆒。従五[12]位下小野[13]朝臣沢守為㆓摂津[14]亮㆒。外従五位下麻田連[15]㹠賦為㆓山背[16]介㆒。[17]従五位下大伴王為㆓甲斐[18]守㆒。従五位[19]下文室真人久賀麻呂為㆓但馬介㆒。従五位下石川朝臣公足為㆓安藝守㆒。正五位下[20]粟田朝臣鷹守為㆓長門守㆒。従五位上藤原朝臣園人為㆓大宰少弐㆒。」廃㆓造東大寺司㆒。○辛酉、以㆓従五位下石[21]上朝臣乙名㆒為㆓大監物㆒。正五位下中臣朝臣[22]常為㆓治部

1 貞〔底擦〕―真〔底原〕
2 亮〔底原・底新朱抹傍〕→校補
3 豫―与(東)→校補
4 網(谷・高、大)―綱〔底〕、納(兼)→校補
5 輔〔底擦〕―部〔底原〕
6 為(底傍補)―ナシ〔底原〕
7 為〔兼・谷、大〕―ナシ(東・高)
8 正―王(高)
9 室〔大改〕―屋(兼等)
10 左〔大改〕―右(底新傍朱イ・兼等)
11 朝臣〔谷傍補、大〕―ナシ(兼・谷原・東・高)
12 位〔兼・谷、大〕―ナシ(東・高)
13 朝〔兼・谷、大〕―ナシ(東・高)
14 亮(底新朱抹傍)―高〔底原〕
15 㹠〔大改〕―狎(底新傍朱イ・兼等)
16 介〔底原、大改〕―守(底新朱抹傍・東・高)、ナシ(兼・谷)→校補
17 従五位下大伴王為甲斐〔東・高、大補〕―ナシ(兼・谷)→校補
18 守〔大補〕→校補
19 下―上(大改)→脚注・校補
20 粟―栗〔底重〕
21 上〔大改〕―川(底新傍朱イ・兼等)
22 常ノ上、ナシ〔底原、大衍〕―白(底新傍補・兼等)→校補

一 →四補31-六六。前官は宮内大輔か(天応元年五月癸未条)。左大舎人頭の前任者は上文二月丁丑条で石見守に遷任した安倍家麻呂(延暦五年正月己未条)。 二 →補34-二八。中宮亮の前任者は上文二月丁丑条で参河守に遷任した高賀茂諸魚(諸雄)(延暦五年十月甲子条)。諸本「従五位下」とあるが、延暦二年二月に従五位上に昇叙しており、ここは「従五位上」の誤り。 三 のち菅野朝臣。→一補1-二。東宮学士任官は延暦四年十一月。左兵衛佐任官は同三年十一月。伊予介任官は同七年二月。図書頭の前任者は安倍常嶋か(延暦元年八月乙亥条)。兼図書助(延暦七年六月甲申条)からの転任。 四 →補35-四三。主計助の前任者は本条で左兵庫助に遷任した大秦宅守(延暦七年七月庚午条)。 五 阿倍朝臣とも。→補38-三三。前官は大監物(延暦五年正月己未条)。兵部少輔の前任者は上文二月丁丑条で越前介に遷任した紀長名(延暦七年三月己巳条)。 六 →四補33-一。刑部大輔の前任者は多犬養(延暦四年七月壬戌条)。 七 麻呂の孫、浜成の男。→二七頁注一一。 八 東人の男。→四補25-八八。前官は右衛士督(延暦七年三月己巳条)。宮内卿の前任者は本年正月戊辰に没した大中臣子老。 九 →三七七頁注二二。正親正の前任者は本条で弾正弼に遷任した文室八嶋(延暦六年三月丙午条)。 一〇 →補35-二。前官は正親正(延暦六年三月丙午条)。弾正弼の前任者は上文二月丁丑条で尾張守に遷任した大原美気(延暦五年二月丁丑条)。諸本「従五位上」とあるが、延暦六年三月丙午条・同八年十二月丙申条・同九年正月癸亥条等、前後いずれも「従五位下」とあり、「従五位下」の誤りか。 一一 →四補32-五三。 一二 底本「左京大夫」とするが、延暦九年三月

成《なり》を少納言《せうなふごん》。従四位下[一]紀《き》朝臣犬養《いぬかひ》を左《ひだりの》大舎人頭《おほとねりのかみ》。従五位下[二]百済王仁貞《くだらのこにきしにんちやう》を中宮亮《ちうぐうのすけ》。従五位上[三]津《つ》連真道《まみち》を図書頭《づしよのかみ》。東宮学士《とうぐうがくし》・左兵衛佐《さひやうゑのすけ》・伊予介《いよのすけ》は故《もと》の如《ごと》し。外従五位下[四]大網《おほよさみ》公広道《ひろみち》を主計助《しゆけいのすけ》。従五位下[五]安倍《あへ》朝臣枚麻呂《ひらまろ》を兵部少輔《ひやうぶせうふ》。従五位上[六]藤原《ふぢはら》朝臣黒麻呂《くろまろ》を刑部大輔《ぎやうぶだいふ》。従五位下[七]藤原《ふぢはら》朝臣大継《おほつぐ》を大判事《だいはんじ》。従四位下[八]石上《いそのかみ》朝臣家成《いへなり》を宮内卿《くうないきやう》。従五位下[九]矢庭王《やにはのおほきみ》を正親正《おほきみのかみ》。従五位上[一〇]文室《ふむや》真人八嶋《やしま》を弾正弼《だんじやうのひつ》。従四位下[一一]藤原《ふぢはら》朝臣菅継《すがつぐ》を[一二]左京大夫《さきやうのだいぶ》。従五位下[一三]角《つの》朝臣筑紫麻呂《つくしまろ》を衛門大尉《ゑもんのだいゐ》。従四位下[一四]藤原《ふぢはら》朝臣内麻呂《うちまろ》を右衛士督《うゑじのかみ》。越前守《こしのみちのくち》は故《もと》の如《ごと》し。従五位下[一五]大秦《うづまさ》公忌寸宅守《やかもり》を左兵庫助《さひやうごのすけ》。従五位下[一六]為《ゐ》奈《な》真人豊人《とよひと》を右兵庫頭《うひやうごのかみ》。従五位下[一七]小野《をの》朝臣沢守《さはもり》を摂津亮《つのすけ》。外従五位下[一八]麻田《あさだ》連猟賦《かりふ》を山背《やましろ》介。従五位下[一九]大伴《おほとも》王を甲斐《かひ》守。従五位下[二〇]文室《ふむや》真人久賀麻呂《くかまろ》を但馬《たぢま》介。従五位下[二一]石川《いしかは》朝臣公足《きみたり》を安芸《あき》守。正五位下[二二]粟田《あはた》朝臣鷹守《たかもり》を長門《ながと》守。従五位上[二三]藤原《ふぢはら》朝臣園人《そのひと》を大宰少弐《だいさいのせうに》。

造東大寺司を廃止

[二四]造東大寺司《ざうとうだいじし》を廃《や》む。○辛酉[十九日]、従五位下[二五]石上《いそのかみ》朝臣乙名《おとな》を大監物《だいけむもち》とす。正五位下[二六]中臣《なかとみ》朝臣常《つね》を治部《ぢぶ》

壬戌条に「右京大夫従四位下藤原朝臣菅嗣」とあり、同八年十二月丙申条や没時（延暦十年五月己卯条）にも「右京大夫」とあることからすると、「右京大夫」が正しいか。〔一三〕→補40-一二。衛門大尉の前任者は上毛野我人か（延暦五年十月甲子条）。〔一四〕房前の孫、真楯の三男。→補36-五六。越前守任官は延暦五年正月。右衛士督の前任者は本条で宮内卿に遷任した石上家成（延暦七年三月己巳条）。〔一五〕→補38-五五。前官は主計助（延暦七年七月庚午条）。〔一六〕→補34-二八。前官は造兵正（延暦七年七月庚午条）。右兵庫頭の前任者は上文二月丁丑条で讃岐介に遷任した百済王教徳（延暦七年二月丙午条）。〔一七〕→四一五頁注六。摂津亮の前任者は本条で但馬介に遷任した文室久賀麻呂（延暦六年二月庚辰条）。〔一八〕→三一一頁注二四。長岡造宮に労があった。前官は右京亮（延暦七年三月己巳条）。〔一九〕→[四]三四九頁注二九。前官は主馬頭（延暦六年二月癸亥条）。甲斐守の前任者は紀豊庭か（延暦三年四月庚午条）。〔二〇〕→補34-二八。女の文子は嵯峨天皇妃（文徳実録仁寿三年五月乙巳条）。前官は摂津亮（延暦六年二月庚辰条）。但馬介の前任者は上毛野薩摩（延暦三年三月乙酉条）。諸本「従五位下」とあるが、延暦六年正月に従五位上に昇叙しており、ここは「従五位上」の誤りか。〔二一〕→補36-四〇。前官は主税頭（延暦四年十月甲戌条）。安芸守の前任者は上文二月丁丑条で備後守、さらに本条で大宰少弐に遷任した藤原園人か（延暦四年十月甲子条）。〔二二〕→[四]補27-四四。前官は治部大輔（延暦七年三月己巳条）。長門守の前任者は藤原是人（延暦四年十月乙丑条）。〔二三〕→補35-四六。前官は備後守（延暦八年二月丁丑条）。〔二四〕造東大寺司の廃止は、寺院

大輔一。従五位下清海宿禰惟岳[1]為二美作権掾一。○夏四月庚
辰、木工頭正四位下伊勢朝臣老人卒。○乙酉、先レ是、
伊勢・美濃等関[2]、例上下飛駅函、関[3]司必開見。至レ是、
勅、自レ今以後、不レ得二輙開一焉。○丙戌、以二従五位下
安曇宿禰広吉一為二和泉守一。従五位下田中朝臣浄人為二伊
勢介一。従五位下大野朝臣仲男為二安房権守一。従五位下川
村王為二備後守一。○辛[4]酉、美濃・尾張・参河[5]等国、去年、
五穀不レ稔、饑饉者衆。雖レ加二賑恤一、不レ堪二自存一。於レ是、
遣レ使開二倉廩[6]一、准[7]二賤時価一糶二与百姓一。其価物者、収[8]二貯
国庫一、至[9]二於秋収一、貿[10]成二穎稲[11]一。名曰二救急一。使二其国郡司
及殷富之民不一レ得二交易一。如有二違犯[12]一、科[13]二違[14]勅罪一矣[15]。○
庚子、伊賀国飢。賑二給[16]之一。○五月癸丑、勅二征東将軍一
曰、省[17]二比[18]来奏状一、知三官軍不レ進、猶滞二衣川[19]一。以[20]二去四
月六日奏一偁、三月廿八日、官軍渡レ河、置二営三処一。其
勢如二鼎[21]足一者。自レ爾[22]以還、経二卅餘日一。未[23]審。縁二何事
故一、

1 岳—兵〔底〕
2 関＝開〔兼・谷、大、紀略〕—開(東・高)→校補
3 関＝開—開(東)→校補
4 辛酉→校補
5 河〔大改、類八〇〕—川(兼等)
6 廩(底新朱抹傍)—稟〔底原〕
→校補
7 准—堆〔底〕
8 収→校補
9 至(底新朱抹傍)—主〔底原〕
10 貿(底新朱抹傍)→校補
11 稲〔谷擦重〕—穪(谷原)
12 犯ノ下、ナシ〔兼・谷、大、類八〇〕—犯(東・高)
13 科〔底重〕
14 違(底傍補)—ナシ〔底原〕
15 矣—矢(兼)
16 給(底新朱抹傍)—論〔底原〕
17 省〔東・高傍、大改〕—有(兼・谷原・高)、見(谷擦重)
18 比→校補
19 川(底新傍補)—ナシ〔底原〕
20 以〔大補〕—ナシ(兼等)
21 鼎〔底原・底新朱抹傍〕→校補
22 爾＝尓(底新朱抹傍)—示〔底原〕
23 未〔兼・谷、大〕—来(東・高)

の長岡京への移転を認めなかったことなどとともに、南都寺院に対する桓武朝の厳しい施策の一つといえよう。造東大寺司→㊂補17-四五。三五 →四一七頁注二九。大監物の前任者は上文戊午(十六日)条で兵部少輔に遷任した安倍枚麻呂か(延暦五年正月己未条)。
三六 →㊃補25-八四。前官は神祇大副(延暦六年三月丙午条)。治部大輔の前任者は上文戊午(十六日)条で長門守に遷任した粟田鷹守(延暦七年三月己巳条)。

一 もと唐人の沈惟岳。→㊂三八七頁注二七。宝亀十一年十二月に清海宿禰の姓を賜わり、左京に編付された。
二 もと中臣伊勢連。→㊃二三頁注四。木工頭任官は延暦七年六月。正四位下叙位は天応元年九月。押勝の乱で昇叙し、氷上川継事件に坐した経歴をもつ。女の継子は皇太子時代の平城天皇のもとに入り、高岳親王らを産んでいる(後紀弘仁三年七月壬戌条)。
三 →補40-八。
四 伊勢・美濃等の関で飛駅函を開封させないことを定めた勅。伊勢・美濃の関は東海道鈴鹿関と東山道不破関。ここは、下文五月癸丑条にもうかがえるように、東北の蝦夷戦に関して上下する情報伝達の迅速化と機密の保持を図る施策であろう。三関のうち北陸道の愛発関(越前)が挙がっていないのはそのためか。
五 →補38-三三。和泉守の前任者は巨勢家成(延暦七年正月癸亥条)。 六 →四一五頁注七。伊勢介の前任者は紀砦麻呂(延暦四年正月辛亥条)。 七 →四一七頁注三一。この時の安房守は文室子老(延暦八年二月丁丑任)。翌九年三月には大野仲男が安房守となる。
八 →補34-五四。前官は右大舎人頭(延暦七年

関司の飛駅函を開くことを禁ずる

美濃・尾張・参河に救急の制施行

征東将軍に滞留を責め理由・状況の上奏を求める

大輔《だいふ》。従五位下[一]清海《きよみ》宿禰惟岳《これをか》を美作権掾《みまさかのごんのじよう》。

夏四月[癸酉朔]庚辰[八日]、木工頭《もくくのかみ》正四位下[二]伊勢《いせ》朝臣老人《おきな》卒《しゆつ》しぬ。○乙酉[十三日]、是《これ》より先《さき》、伊勢《いせ》・美濃《みの》等の関《せき》、例《ためし》として上下《のぼりくだり》の[三]飛駅《ひやく》の函《はこ》を関司《くゑんし》必《かなら》ず開《ひら》き見《み》き。是《ここ》に至《いた》りて、[四]勅《みことのり》して、今《いま》より以後《のち》、輙《たやす》くは開《ひら》くこと得《え》ざらしめたまふ。○丙戌[十四日]、[五]従五位下安曇《あづみ》宿禰広吉《ひろよし》を和泉《いづみ》守とす。従五位下[六]田中《たなか》朝臣浄人《きよひと》を伊勢介《いせのすけ》。従五位下[七]大野《おほの》朝臣仲男《なかつを》を安房権守《あはのごんのかみ》。従五位下[八]川村王《かはむらのおほきみ》を備後守《きびのみちのしり》。○辛酉[九]、[一〇]美濃《みの》・尾張《をはり》・参河《みかは》等の国《くに》、去年《こぞ》、五穀稔《ごこくみの》らずして、[一一]饑餒《きだい》せる者衆《ひとおほ》し。賑《しん》[一二]恤《じゆつ》を加《くは》ふと雖《いへど》も、自存《じぞん》するに堪《た》へず。是《ここ》に使《つかひ》を遣《つかは》して倉廩《さうりむ》を開《ひら》き、賤《やす》き時《とき》の価《あたひ》に准《なずら》へて百姓《はくせい》に糶《う》り与《あた》へしむ。その[一三]価物《あたひ》は国庫《こくこ》に収《をさ》め貯《たくは》へ、秋収《しうしう》に至《いた》りて貿《か》ひて穎稲《えいたう》と成《な》す。名《なづ》けて救急《ぐきふ》と曰《い》ふ。その国郡司《こくぐんじ》と殷富《いんぷう》の民《たみ》とをして交易《けうやく》すること得《え》ざらしむ。如《も》し違犯《ゐぼむ》すること有らば、[一四]違勅《ゐちよく》の罪《つみ》に科《おほ》す。

○庚子[二十八日]、伊賀《いが》国飢《う》ゑぬ。これに[一五]賑給《しんごふ》す。

五月[壬寅朔]癸丑[十二日]、[一六]征東将軍《せいとうしやうぐん》に[一七]勅《みことのり》して曰《のたま》はく、「比来《このころ》の奏状《そうじやう》を省《み》るに、官軍進《くわんぐんすす》まずして猶《なほ》[一八]衣川《ころもかは》に滞《とどこほ》れることを知《し》りぬ。去《い》ぬる四月六日の奏《そう》を以《もち》て偁《い》へらく、「三月廿八日に官軍《くわんぐん》[一九]河《かは》を渡《わた》りて営《ゐやう》を三処に置《お》く。その勢《いきほひ》、[二〇]鼎足《ていそく》の如《ごと》し」といへり。爾《しか》してより以還《このかた》、[二一]卅余日を経《へ》たり。未審《いぶか》し。何《なに》の事故《ことゆゑ》に縁《よ》

二月丙午条）。備後守の前任者は上文三月戊午条で大宰少弐に遷任した藤原園人（延暦八年二月丁丑条）。九 四月は癸酉朔なので「辛酉」の日はない。旧輯国史大系所引一本には「辛卯」とあり、辛卯ならば四月十九日。一〇 美濃・尾張・参河等の飢饉に対して、使を遣わし、困窮の百姓に安い時の価格で稲米を売り、秋の収穫時に穎稲と交換するという救急の制を行った。救急→補40-九。一一 飢えること。一二 賑給（三三頁注二）に同じ。一三 稲米と交換する代価としての布などの品物。一四 →一〇九頁注二五。一五 国家が人民に食料等を施すこと。→[一]補1-四五。一六 紀古佐美（[四]補25-一〇六）。征東大使（延暦七年七月辛亥条）・征東大将軍（延暦七年十二月庚辰条他）とも記される。一七 征東将軍に対し、三十余日も軍営（衣川営）に滞留していることを責め、滞留の理由と蝦夷の状況を飛駅で上奏するよう命じた勅。一八 後に中尊寺が位置する関山の北を南東に流れ、北上川に合流する河川。またその北岸の地名（現岩手県胆沢郡衣川村）。ここは衣川に征東軍が営んだ軍営（衣川営→六月庚辰条）をさす。のち衣川関が置かれ、また安倍氏が衣川館を営むなど戦略拠点であった。一九 地名辞書は衣川営を関山（現岩手県西磐井郡平泉町）にあてるが、「河」は衣川で、衣川北岸（胆沢郡衣川村）に三か所の軍営からなる衣川営を置いたとする説が有力（『角川日本地名大辞典3岩手県』『岩手県の地名 日本歴史地名大系3』）。二〇 三か所の軍営の配置を鼎の足に例える。二一 五月癸丑（十二日）は、前の奏状を発した四月六日から三十六日めにあたる（征東軍が渡河した三月二十八日からは四十四日め）。

致二此留連一、居而不レ進。未レ見二其理一。夫兵貴二拙[1]速[2]一、未レ聞二巧遅一。又六七月者、計応二極熱[3]一。如今[4]不レ入、恐失[5]二其時一。已失二其時一、悔何所レ及。将軍等、応レ機進退、更無二間然一。但久留二一処一、積レ日費レ粮。朕[6]之所レ怪、唯在レ此耳。宜下具二滞由及賊[7]軍消息一、附[8]レ駅奏来上。○丙辰、先レ是、諸国司等[9]、奉レ使入レ京、無二返抄[10]一帰レ任者、不レ預二釐務一、奪[11]二其公廨一。而在国之司、偏執二此格一、曾不二催[12]領一、専煩二使人一。於レ是、始制、如レ此之類、不レ問[13]二入京与[14]在国一、共[15]奪[16]二目[17]已[18]上之料一。但遥[19]附二便使一、不レ在二奪[20]限一。

○己未、太政官奏言、謹案二令条一、良賤通婚、明立二禁制一。而天下士女、及冠蓋子弟[21]等、或貪二艶色[22]一而姧レ婢、或挟[23]二淫奔一而通レ奴、遂使三氏[24]族之胤没為二賤隷[25]一、公民之後[26]変作二奴婢一。不レ革二其弊[27]一、何導二迷方一。臣等所望、自レ今以後、婢之通レ良、

1 拙〔谷朱抹傍、大改〕—独〔底新傍朱イ・兼・谷原・東・高〕
2 速〔兼・谷・東傍、大〕—束〔東・高〕、連〔高傍〕
3 熱—勢〔底〕　4 今—令〔底〕
5 失〔底新朱抹傍〕—矢〔底原〕
6 朕→校補
7 賊〈意改〉〔大改〕—海〔兼等〕→脚注・校補
8 附〔底新朱抹傍〕—村〔底原〕
9 等〔兼・谷、大、類八四〕—ナシ〔東・高〕
10 抄—鈔〔類八四〕
11 奪〔底原・底新朱抹傍・東〕→校補
12 催〔底新朱抹傍〕—倠〔底原〕
13 問〔兼・谷、大、類八四〕—間〔東・高〕
14 与〔谷擦重、大〕—之〔兼・谷原・東・高〕、ナシ〔類八四〕→校補　15 共—其〔類八四〕
16 奪〔底原・底新朱抹傍・東〕→校補　17 目—日〔底〕→校補
18 已〔兼朱傍補・谷朱傍補・東・高、大、類八四〕—ナシ〔兼原・谷原〕　19 遥→校補
20 奪〔底原・底新朱抹傍・東〕→校補
21 弟—第〔底〕
22 色〔兼・谷、大〕—ナシ〔東・高〕　23 挟—狭〔底〕
24 氏〔大改〕—民〔兼等〕
25 隷→校補
26 後〔大改〕—徒〔兼等〕
27 弊—幣〔東〕

りてか、この留連《るれん》を致《いた》して、居《を》りて進《すす》まぬ。未《いま》だその理《ことわり》を見《み》ず。夫《そ》[一]れ兵《へい》は拙速《せつそく》を貴《たふと》ぶ。未《いま》だ巧遅《かうち》を聞《き》かず。また六七月は、計《はか》るに極熱《ごくねつ》すべし。如今《いま》入《い》らずは、恐《おそ》るらくはその時《とき》を失《うしな》はむ。已《すで》にその時《とき》を失《うしな》はば、悔《く》ゆとも何《なに》の及《およ》ぶ所《ところ》あらむ。将軍《しやうぐん》ら、機《とき》に応《こた》へて進退《しんたい》して、更《さら》に間然《かんぜん》すること無かれ。[二]但《ただ》し、久《ひさ》しく一処に留《とど》まりて、日《ひ》を積《つ》み粮《らう》を費《つひや》す。朕《われ》の怪《あや》しぶ所《ところ》、唯此《ただここ》に在《あ》るのみ。滞《とどこほ》る由《よし》と賊軍《ぞくぐん》[三]の消息《あるかたち》とを具《つぶさ》にし、駅《はゆま》に附《つ》けて奏《そう》し来《きた》るべし」とのたまふ。

未進の処罰を在国国司にも及ぼすことを定める

○丙辰（十五日）、是《これ》より先《さき》、諸国《くにぐに》[四]の司《つかさ》ら、使《つかひ》を奉《う》けたまはりて京《みやこ》に入《い》るとき、返抄《へんせう》無くして任《にむ》に帰《かへ》る者《ひと》は、釐務《りむ》に預《あづか》らしめずしてその公廨《くげ》を奪《うば》ふ。而《しか》るに在国《ざいこく》の司《つかさ》、偏《ひとへ》にこの格《きやく》に執《しふ》して曾《かつ》て催領《さいりやう》せず、専《もは》ら使人《しにん》を煩《わづら》はす。是《ここ》に、始《はじ》めて制《せい》すらく、「此《かく》の如《ごと》き類《たぐひ》は、入京《にふきやう》と在国《ざいこく》とを問《と》はず、共《とも》に目《さうくわん》已上の料《れう》を奪《うば》へ。但《ただ》し遥《はるか》[五]に便使《びんし》に附《つ》くるは、奪《うば》ふ限《かぎり》に在《あ》らず」といふ。

良賤間の子の処遇を改める

○己未（十八日）、太政官奏《だいじやうぐわんそう》[六]して言《まう》さく、「謹《つつし》みて令条《りやうでう》[七]を案《かむが》ふるに、良賤通婚《らうせんつうこん》することは、明《あきらか》に禁制《きむせい》を立《た》つ。而《しか》るに天下《あめのした》の士女《しちよ》と冠蓋《くわんがい》[八]の子弟《してい》らと、或《ある》は艶色《えむしよく》を貪《むさぼ》りて婢《ひ》を姧《かん》し、或《ある》は淫奔《いんほん》を挟《はさ》みて奴《ぬ》に通《つう》し、遂《つひ》に氏族《しぞく》の胤《たね》をして没《しづ》みて賤隷《せんれい》と為《な》らしめ、公民《くうみん》の後《すゑ》をして変《かは》りて奴婢《ぬひ》と作《な》らしむ。その弊《つたなき》を革《あらた》めずは、何《なに》ぞ迷方《めいはう》を導《みちび》かむ。臣達所望《おみたちのぞ》まくは、今《いま》より以後《のち》、婢《ひ》の良《らう》に

一 用兵の法として長びくことを排し、拙くとも速やかなことを求めている。孫子、作戦篇に「兵聞二拙速一、未レ睹二巧之久一也」とある。

二 今回の軍事行動は「歩騎五万二千八百余人」を動員した（延暦七年三月辛亥条）大規模なものであり、糧食の補給の難しさを中央でも深く懸念していた。糧食補給の困難については下文六月庚辰条の征東将軍奏に詳しい。

三 諸本「海軍」とするが、ここは大系本のように「賊軍」と意改する。

四 先に、貢進の使者となりながら返抄を得られなかった諸国司に対し、勤務させず公廨を奪うこととした（宝亀十年八月庚申条・延暦六年七月丙子条）が、ここでは責務を使人に押しつけてしまう在国の国司の目以上からも公解料を奪うことにした。返抄→補35-六二。未進に対する国司の公廨没収制→補40-一〇。

五 延暦十四年七月廿七日付の太政官符には「遥附便附」とあり（延暦交替式）、貞観交替式の同日付の太政官符では「遥任便附」とする。これを遥任国司のような場合とする説もある（林陸朗説）が、後の延暦廿一年八月廿七日太政官符（三代格）で禁じられる、「使人預知二物麁悪一規二求遁去一、遂称二病故一、便附二在京司等一」というような場合をさすと思われる。

六 令では良・賤の通婚を禁じているが、実態に応じて良・賤の間の子はすべて良人とすることになった。↓補40-一一。

七 戸令35。戸令42も同趣旨。また戸婚律42・43逸文は違反に対する処罰を定める。

八 高位者の子弟。「冠蓋」はキヌガサ（㈠九七頁注一八）で、儀制令15で四位以上の蓋について規定している。

良[1]之嫁レ奴、所レ生之子、並聴レ従レ良。其寺社[3]之賤、如レ有ニ此類一、亦准[4]ニ上例一、放為ニ良人一。伏望、布ニ此寛[5]恩[6]一、拯[7]ニ彼泥滓一。臣等愚管、不ニ敢不一レ奏。伏聴ニ天裁一。奏可之。○庚申、播磨国揖保郡大興寺賤若女、本是讃岐国多度郡藤原郷女也。而以ニ慶雲元年歳次ニ甲辰一、揖保郡百姓佐伯君麻呂[8]、詐称ニ己婢一、売ニ与大興寺一。而若女之孫小庭等申[9]訴日久。至レ是、始得レ雪[10]ニ若女子孫、奴五人、婢十人一、免レ賤従レ良。」安房・紀伊等国飢。賑ニ給之一。○丁卯、詔、贈ニ征東副将軍民部少輔兼下野守従五位[11]下勲八等佐伯宿禰葛城正五位下一。葛城、率レ軍入征、中途而卒。故有ニ此贈[12]一也。○己巳、以ニ従[13]五位下賀茂朝臣大川一為ニ神祇大副一。従五位上調使王為[14]ニ右大舎人頭一。従五位下藤原朝臣継彦為ニ主計頭一。従五位下和朝臣家麻呂為ニ造兵正一。々[15]五位下中臣朝臣常為ニ宮内大輔一。○庚午、信濃国筑摩郡人外少初位下後部牛養、無位宗[16]守・豊人等賜ニ姓田河造一。

1良(底新傍朱イ・兼・谷、大)—ナシ〔東・高〕
2奴所(底新傍朱イ)—姓〔底〕
3社(底新朱抹傍)—扗〔底原〕
4准—唯〔底〕
5此〔兼・谷、大〕—ナシ(東・高)
6恩—思〔底〕
7拯〔大改〕—極(兼等)
8麻呂(底新朱抹傍)—磨〔底原〕
9申〔兼・谷、大〕—甲(東・高)
10雪(兼・谷重・東・高、大)—雲〔底〕、雷(谷原)
11位—ナシ(高)
12贈(底擦重)—此〔底原〕
13従—後〔底〕
14為(底傍補)—ナシ〔底原〕
15々〔底〕—正
16宗—宋(兼)

一どろとかす。良・賤の間の子で賤人となっている者のこと。潘岳の西征賦の注に「凡人沈ニ於卑賤一、故曰ニ泥滓一」とある。二 おろかで狭い見解。自分の見解をへりくだって言う。三 →補39—三八。兵庫県の揖保川下流域の郡。四 揖保郡域の古代廃寺のいずれかと思われるが、所在未詳(『兵庫県史』一)。佐伯氏を檀越とする私寺か。五 他に見えず。本姓不詳。六 讃岐国西部の郡。和名抄では生野・良田・葛原・三井・吉原・弘田・仲村の七郷から成る。現在の香川県仲多度郡多度津町と善通寺市の大半を含む地域。七 →補40—一二。八 他に見えず。延暦七年十一月庚戌条に播磨国揖保郡人として外従五位下佐伯直諸成が見える。播磨の佐伯氏は、姓氏録右京皇別の佐伯直条に、成務朝に針間別とされ、応神朝に針間別佐伯直と賜わった後、庚午年に佐伯直となったことを記す。佐伯直は播磨国造と推定される豪族で、天平六年の播磨国賀茂郡既多寺における大智度論書写の知識などとしても見える(寧遺六一三頁。『兵庫県史』)。カバネを帯びない佐伯氏はその管下にあったものか。九 播磨国揖保郡百姓と讃岐国多度郡女の関係→補40—一三。一〇 他に見えず。もと良女であった若女は婢と詐称され、賤との間に子を産んだことになる。戸令42では、賤人が良人と夫妻となり生まれた子の身分について、情を知らない時は良にするとしている。また、上文己未(十八日)条の官奏によって、良・賤間に生まれた子はすべて良とされることになっている(補40—一一)。若女の孫等が訴えて久しいとあるから、ここでの措置は後者の政策に応じたものか。一一 慶雲元年から延暦八年まで八五年を数える。

通《つう》し、良《らう》の奴《ぬ》に嫁《か》して、生《うま》れたる子《こ》は、並《ならび》に良《らう》に従《したが》ふことを聴《ゆる》さむことを。その寺社《じしや》の賤《せん》、如《も》しこの類《たぐひ》のこと有らば、亦上《またかみ》の例《ためし》に准《なずら》へて放《ゆる》して良人《らうにん》とせむ。伏《ふ》して望《のぞ》まくは、この寛恩《くわんおん》を布《し》きて、彼《か》の[一]泥滓《でいし》を拯《すく》はむことを。臣《しん》らが[二]愚管《ぐくわん》、敢《あ》へて奏《そう》せずはあらず。伏《ふ》して天裁《てんさい》を聴《き》く」とまうす。奏《そう》するに可《か》としたまふ。○庚申〔十九日〕、播磨《はりま》国[三]揖保《いひぼ》郡の[四]大興寺《だいこうじ》の[五]賤若女《せんわかめ》は、本是《もとこ》れ讃岐《さぬき》国[六]多度《たど》郡[七]藤原郷《ふちはらのさと》の女《をみな》なり。而《しか》るに、慶雲《きやううん》元年歳甲辰《ほしきのえたつ》に次《やど》るときを以《もち》て、揖《いひ》保《ぼ》郡の百姓《はくせい》[八]佐伯君麻呂《さへきのきみまろ》、[九]詐《いつは》りて己《おの》が婢《ひ》と称《まう》して大興寺《だいこうじ》に売《う》り与《あた》へり。而《しか》して若女《わかめ》が孫《うまごを》[一〇]小庭《には》ら申《まう》し訴《うるた》へること[一一]日《ひ》久《ひさ》し。是《ここ》に至《いた》りて、始《はじ》めて、若女《わかめ》が子孫奴《こうまごぬ》五人・婢《ひ》十人、雪《きよ》むることを得《え》て、賤《せん》を免《ゆる》して良《らう》に従《したが》はしむ。安房《あは》・紀伊《き》等の国飢《くにう》ゑぬ。これに賑給《しんごふ》す。○丁卯〔二十六日〕、詔《みことのり》して、征東副将軍民《せいとうふくしやうぐんみん》部《ぶ》少輔《せうふ》兼下　野守《しもつけののかみ》従五位下勲《ぐん》八等[一二]佐伯《さへき》宿禰葛城《かづらき》に正五位下を贈《おく》りたまふ。葛城《かづらき》、軍《いくさ》を率《ひき》ゐて入《い》りて征《せい》するとき、中途《みちなかば》にして卒《しゆつ》しぬ。故《ゆゑ》にこの贈《ぞう》有り。○己巳〔二十八日〕、従五位下[一三]賀茂《かも》朝臣大川《おほかは》を神祇大副《じんぎだいふく》とす。従五位上[一四]調　使　王《つきのつかひのおほきみ》を右大舎人頭《みぎのおほとねりのかみ》。従五位下[一五]藤原《ふちはら》朝臣継彦《つぐひこ》を主計頭《しゆけいのかみ》。従五位下[一六]和《やまと》朝臣家麻呂《いへまろ》を造兵正《ざうひやうのかみ》。正五位下[一七]中臣《なかとみ》朝臣常《つね》を宮内大輔《くうないだいふ》。○庚午〔二十九日〕、信濃《しなの》国[一八]筑摩《つくま》郡の人《ひと》外少初位下[一九]後部牛養《こうほうのうしかひ》、無位[二〇]宗守《むねもり》・[二一]豊人《とよひと》らに姓を[二二]田河《たかは》造と賜《たま》ふ。

一二 →補38-三一。延暦三年十二月に従五位下、同六年二月に下野守、同年十月に民部少輔、同七年三月に征東副使に叙任されている。

一三 →[四]補25-八七。神祇大副の前任者は上文三月辛酉条で治部大輔に遷任し本条で宮内大輔に遷任した中臣常か(延暦六年三月丙午条)。天応元年五月にも神祇大副に任官している。

一四 →[四]一四九頁注二〇。右大舎人頭の前任者は上文四月丙戌条で備後守に遷任した川村王(延暦七年二月丙午条)。

一五 浜成の男。→補36-九。延暦元年閏正月の氷上川継謀反事件で、川継の妻は浜成の女であったため、継彦も坐して見任を解かれ京外に移されたが(壬寅条)、ここで許されたらしい。主計頭の前任者は上毛野大川か(延暦五年六月丁卯条)。

一六 →三五七頁注二三。前官は造酒正(延暦七年二月丙午条)。造兵正の前任者は本年三月戊午条で右兵庫頭に遷任した為奈豊人(延暦七年七月庚午条)。

一七 →[四]補25-八四。前官は治部大輔(延暦八年三月辛酉条)。宮内大輔の前任者は本年三月戊午条で左大舎人頭に遷任した紀犬養か(天応元年五月癸未条)。

一八 →補40-一四。一九 他に見えず。高句麗系渡来氏族であろう。姓氏録に後部王(右京諸蕃)・後部薬使主(左京諸蕃)・後部高(未定雑姓左京・右京)が見える。なお宝亀七年五月庚子にも後部石嶋等が出水連の賜姓を受けている。後部王→[一]補5-五一。

二〇・二一 他に見えず。二二 他に見えず。田河は信濃国の地名か(考證)。塩尻峠付近を源として、筑摩郡内の現在の長野県塩尻市から松本市にかけて流れる田川との関係を指摘する説(林陸朗など)がある。

○六月甲戌、征東将軍奏[1]、副将軍外従五位下入間宿禰広成・左中軍別将従五位下池田朝臣真枚、与[2]二前軍[3]別将外従五位下安倍[4]獦[5]嶋臣墨縄等一議、三軍同レ謀并レ力、渡レ河討レ賊。約期已畢。由[6]レ是、抽二出中後軍各二千人一、同共凌[7]渡。比[8]レ至二賊帥[9]夷阿弖流為[10]之居[11]一、有二賊徒三百許人一、迎逢相戦。官軍勢強、賊衆[12]引遁。官軍且戦[13]且焼、至二巣伏村一、将下与二前軍一合上レ勢。而前軍為レ賊被レ拒、不レ得二進渡一。於レ是、賊衆八百許人、更来拒戦。其力太強、官軍稍退、賊徒直衝。更有[14]二賊四百許人一、出レ自二東山一絶二官軍後[15]一。前後受レ敵[16]。賊衆奮[17]撃、官軍被[18]レ排。別将丈[19]部善理、進士高田道成・会津壮麻呂・安宿戸吉足・大伴五百継等並戦死。惣焼[20]二亡賊居一、十四村、宅八百許烟。器械[21]・雑物如レ別。官軍[22]戦死廿五人、中レ矢[23]二百卌五人、投レ河溺死一千卅六人、裸身游来一千二百五[24]十七人。別将出雲諸上・道嶋御楯等、引二餘衆一還来。於レ是、勅二征東将軍一

1 奏副将軍〔兼・谷・高、大〕―ナシ(東)、奏云々(紀略)
2 与〔東・高、大補〕―ナシ(兼・谷)
3 軍(底新朱抹傍)―車〔底原〕
4 倍(底新朱抹傍)―位〔底原〕
5 獦―援(東)
6 由〔兼・谷、大〕―田(東・高)
7 凌→校補
8 比(底新朱抹傍・兼・谷、大)―此〔底原〕、北(東・高)
9 帥〔大〕―師(兼等)
10 為→校補
11 居〔大改〕―君(底新傍朱イ・兼等)
12 衆―泉〔底〕
13 且戦〔谷傍補、大〕―ナシ(兼・谷原・東・高)
14 有ノ下、ナシ―徒直衝更有(高)
15 後(底傍)―従〔底〕
16 敵→校補
17 奮(底傍)―奪〔底〕
18 被排→校補
19 丈(底新傍朱イ)―大〔底〕
20 焼〔大補〕―ナシ(兼等)
21 械〔底原・底新朱抹傍〕→校補
22 軍(底傍補)―ナシ〔底原〕
23 矢〔底原・底新朱抹傍〕→校補
24 五(底傍補)―ナシ〔底原〕

一 征東将軍紀古佐美から、胆沢における蝦夷との敗戦を中央に報告する奏。戦闘経過→補40―一五。本年九月戊午条に帰京後の問責と処分の記事がある。 二 もと物部(直)。武蔵国入間郡の人。→㊃補25―六二。征東副使(延暦七年三月己巳条)。恵美押勝の乱でも活躍した武人。 三 戦場における中央の部隊の指揮官で左翼に布陣することからの呼称か。この時の征東軍には、左中軍(中軍)・前軍・後軍などの軍事編成が見られる。

四 →㊃補25―一〇七。鎮守副将軍(延暦六年二月庚辰条)。 五 阿倍獦嶋臣とも。下総国獦嶋郡の人か。→二〇九頁注一八。鎮守副将軍(延暦七年二月丙午条)。

六 前・中・後軍に分かれた戦術的な軍事編成。

七 北上川。胆沢の蝦夷の本拠は北上川東岸にあり、征東軍は前・中・後の三軍に分かれて西岸からの渡河を図った。

八 北上川東岸を本拠とする胆沢地方の蝦夷の族長。→補40―一六。

九 胆沢の北上川東岸にあった蝦夷の村。関連する地名に現在の岩手県江刺市の愛宕(おだき)地内の小字四丑(しう)などがあるが、未詳。

一〇 胆沢の北上川東岸の山地をさす。現在の岩手県水沢市の羽黒山一帯と推定する説もある。なお近くに東磐井郡東山町の地名もある。

一一 陸奥国磐城郡の人。外従七位下であったが、延暦八年の胆沢の渡河の戦いに別将として奮戦して死んだことから、特に外従五位下を贈位された(延暦十年二月乙未条)。丈部→㊀補6―六九。 一二 志願兵(㊁三七七頁注三)。宝亀十一年に蝦夷征討の際広く進士を募っており(五月己卯条)、「殷富百姓才堪二弓馬一者」(三月辛巳条)などの応募を期待した。

一三 他に見えず。 一四 他に見えず。陸奥国会

征東将軍、征夷の戦況を報告

六月甲戌［壬申朔 三日］、[一]征東将軍《せいとうしやうぐん》奏《そう》すらく、「副将軍《ふくしやうぐん》外従五位下[二]入間《いるま》宿禰広成《ひろなり》・[三]左《さ》中軍別将《ちうぐんべつしやう》従五位下[四]池田《いけだ》朝臣真枚《まひら》、前軍別将《ぜんぐんべつしやう》外従五位下[五]安倍猨嶋《あへのさしま》臣墨縄《すみなは》らと議《ぎ》すらく、「[六]三軍 謀《はかりこと》を同《おな》じくし力《ちから》を并《あは》せて、[七]河《かは》を渡《わた》りて賊《ぞく》を討《う》たむ」といふ。約《ちぎ》れる期《とき》已《すで》に畢《をは》る。是《これ》に由《よ》りて、中《ちう》・後軍《こうぐん》各《おのおの》二千人を抽出《ぬきいだ》して、同《おな》じく共《とも》に凌《しの》ぎ渡《わた》る。賊帥《ぞくすい》夷《えみし》[八]阿弖流為《あてるゐ》が居《をるところ》に至《いた》る比《ころほひ》、賊徒《ぞくと》三百許人《さむびやくにんばかり》有りて迎《むか》へ逢《あ》ひて相戦《あひたたか》ふ。官軍《くわんぐん》の勢《いきほひ》強《つよ》くして賊衆《ぞくしゆ》引《ひ》き遁《に》ぐ。官軍《くわんぐん》且《か》つ戦《たたか》ひ且《か》つ焼《や》きて、[九]巣伏村《すふせむら》に至《いた》るとき、前軍《ぜんぐん》と勢《せい》を合《あは》せむとす。而《しか》れども前軍《ぜんぐん》、賊《ぞく》の為《ため》に拒《はば》まれて進《すす》み渡《わた》ること得《え》ず。是《ここ》に賊衆《ぞくしゆ》八百許人、更《さら》に来《きた》りて拒《ふせ》き戦《たたか》ふ。その力《ちから》太《はなは》だ強《つよ》くして、官軍《くわんぐん》稍《やや》く退《しりぞ》くとき、賊徒《ぞくと》直《ただち》に衝《つ》けり。更《さら》に賊《ぞく》四百許人有りて、[一〇]東山《ひむかしのやま》より出《い》でて官軍《くわんぐん》の後《うしろ》を絶《た》てり。前後《ぜんご》に敵《てき》を受《う》けたり。賊衆《ぞくしゆ》奮《ふる》ひ撃《う》ちて、官軍《くわんぐん》排《お》さる。別将《べつしやう》[一一]丈部善理《はせつかひべのぜんり》、[一二]進士《しんじ》[一三]高田道成《たかたのみちなり》・[一四]会《あひ》津壮麻呂《づのたけまろ》・[一五]安宿戸吉足《あすかへのよしたり》・[一六]大伴五百継《おほとものいほつぐ》等並《ならび》に戦死《せんし》す。[一七]惣《すべ》て、賊《ぞく》の居《きよ》を焼《や》き亡《ほろぼ》せるは、十四村、[一八]宅八百許烟《いへはちひやくえんばかり》なり。[一九]器械《きかい》・雑物《ざふぶつ》別《べち》の如《ごと》し。官軍《くわんぐん》の戦死《せんし》せるひと廿五人、矢《や》に中《あた》れるひと二百卅五人、[二〇]河《かは》に投《い》りて溺《おぼ》れ死《し》ぬるひと一千卅六人、裸身《はだか》にして游《およ》ぎ来《く》るひと一千二百五十七人。別将《べつしやう》[二一]出雲諸上《いづものもろかみ》・[二二]道嶋御楯《みちしまのみたて》ら餘衆《よしゆ》を引《ひ》きて還《かへ》り来《きた》れり」とまうす。是《ここ》に征東将軍《せいとうしやうぐん》に[二三]勅《みことのり》し

津郡の人であろう。会津氏は陸奥国会津郡の氏族であろう。なお神護景雲三年三月辛巳条で、陸奥国会津郡人外正八位下丈部庭虫等二人に阿倍会津臣の賜姓が行われている。

一五 →補40―一七。 一六 他に見えず。

一七 征東軍の戦果と損害を列記している。戦果としては、焼き払った蝦夷の村一四、民宅八〇〇余、そして「器械・雑物如レ別」とあるので別簿を添えて奏上したことが知られる。一方征東軍の損害は、戦死二五人、矢の当たった者二四五人、河で溺死した者一〇三六人、裸身で西岸に泳ぎ帰った者一二五七人であり、征東軍の大敗北は明白。大将が征行における「軍行以来、有レ所ニ克捷一、及諸費用、軍人、兵馬、甲仗、見在損失」を録すべきことは、軍防令30に見える。また軍防令31によれば、叙勲の資料となる勲簿に録すべき事項の中に「官軍賊衆多少、彼此傷殺之数、及獲賊、軍資、器械」が含まれている。裸身にして泳ぎ来る者には、甲仗(甲冑・武器)を失った意も含まれよう。

一八 竪穴住居から成る蝦夷の村。

一九 軍防令31において、勲簿に録す事項の中に獲得した「器械」があり、義解は「弓箭介冑之属」と注する。雑物については、やはり同条に見える、獲得した「軍資」(義解に「粮食牛馬之属」とする)などをさすか。 二〇 北上川。

二一 他に見えず。

二二 道嶋宿禰御楯。→補40―一八。

二三 征東将軍紀古佐美に対して、胆沢における蝦夷への敗戦について、軍勢を小出しにして戦闘に当たらせ、高級指揮官が統率しなかった作戦の失敗を責めた勅。敗北を明記しない奏上に対して「敗績」と明示する。蝦夷との戦闘経過→補40―一五。

曰、省[1]㆓比[2]来奏㆒云[3]、胆[4]沢之賊、惣集㆓河東㆒。先征㆓此地㆒、後謀[5]㆓深入㆒者。然則、軍監已上率㆑兵、張㆓其形勢㆒、厳㆓其威容㆒、前後相続、可㆓以薄伐㆒。而軍少将卑[6]、還致㆓敗績[7]㆒、是則、其[8]道[9]副将等、計策[10]之所㆑失也。至㆓於善理等戦亡[11]及士衆溺死㆒者、惻怛[12]之情、有[13]㆑切㆓于懐㆒。○庚辰、征東将軍奏偁、胆[14]沢之地、賊奴奥区[15]。方今、大[16]軍征討、翦[17]㆓除[18]村邑㆒、餘党伏竄[19]、殺㆓略人物㆒。又子波・和我、僻在㆓深奥㆒。臣等、遠欲㆓薄伐㆒、粮運[20]有㆑艱。其従㆓玉[21]造塞㆒至㆓衣川営㆒四日、輜重受納二箇日。然則、往還十日。従[22]㆓衣川㆒至㆓子波地㆒、行程仮令六日、輜重往還十四日。惣[23]従㆓玉[24]造塞[25]㆒至㆓子波地㆒、往還廿四日程也。途[26]中逢㆑賊[27]相戦、及妨㆑雨不㆑進之日、不㆑入㆓程内㆒。河陸両[28]道輜重一万二千四百卌人、一度[29]所㆑運糒六千二百十五斛、征軍二万七千四百七十人、一日所㆑食五百卌九斛。以㆑此支度、一度所㆑運、

1省〔谷擦重、大〕—有(兼・谷原・東・高)　2比→校補　3云—曰(東)　4胆＝膽(兼・谷・高、大)—瞻〔底〕、瞻(東)　5謀〔谷擦重・東傍・高傍、大〕—課(兼・谷原・東・高)　6卑→校補　7績—續〔底〕　8其(底傍補)—ナシ〔底原〕　9道ノ下、ナシ〔谷原〕—嶋(谷傍補)→校補　10策＝筞(底傍補)—ナシ〔底原〕→校補　11亡〔谷原・谷重〕→校補　12怛→校補　13有〔東傍・高傍、大改〕—背(兼等)　14胆＝膽(兼・谷・高、大)—瞻〔底〕、瞻(東)　15区→校補　16大ノ下、ナシ(兼・谷、大)—将〔東・高〕　17翦＝剪〔底原・底新朱抹傍〕→校補　18除ノ下、ナシ〔兼・谷・東傍按・高傍按、大〕—除(東・高)→校補　19竄〔谷傍イ・高、大改〕→校補　20運〔底新朱抹傍〕—軍〔底原〕　21玉〔兼・谷、大〕—王(東・高)　22従〔底新朱抹傍〕—後〔底原〕　23惣〔大補〕—ナシ(兼等)　24玉〔兼・谷、大〕—王(東・高　25塞〔東・高、大補〕—ナシ(兼・谷)　26途〔兼・谷、大〕—余(東・高)　27賊(底傍補)—ナシ〔底原〕　28両〔底原・底新朱抹傍〕→校補　29度—渡〔底〕

一 北上川東岸にいる胆沢の蝦夷に対して、まず東岸に地歩を築いてから後に奥地に進軍する作戦を奏上していた。 二「胆沢之賊」は宝亀七年十一月庚辰条にも見える。胆沢は、後の坂上田村麻呂による胆沢城を築いての征討以後の、胆沢郡(現在の岩手県胆沢郡と水沢市の西部)・江刺郡(現在の岩手県江刺市と水沢市の一部)を含む地域をさす。 三 軍監以上の高級指揮官自らが軍儀を整えて軍事行動すべきであったとする。延暦八年征東軍の編成→補40—一九。 四 →補40—二〇。 五 作戦立案に当たった副将軍入間広成・左中軍別将池田真枚・前軍別将安倍猨嶋墨縄(延暦八年六月甲戌条)をさす。 六 丈部善理。→四三一頁注一一。 七 痛み悲しむ。 八 紀古佐美。麻路の孫。→四補25—一〇六。 九 征東将軍紀古佐美が、補給の困難を主な理由に征東軍の解散と戦地離脱の実施を報告する奏。 一〇 本条下文に「征軍二万七千四百七十人」、延暦七年三月辛亥条に「歩騎五万二千八百余人」と見える。 一一 村落を平らげ滅ぼしたが、蝦夷の残党が潜伏してなお征東軍の人や物に被害を及ぼしている、の意。 一二 志波とも。→補34—一二。のち延暦二十二年には坂上田村麻呂により志波城が築かれ(紀略同年三月丁巳条)、弘仁二年正月には斯波郡が置かれている(後紀同丙午条)。 一三 後紀弘仁二年正月丙午条に和我郡建置記事がある。現在の岩手県和賀郡と北上市の大半、および花巻市の一部。天平九年四月戊午条に帰服狄の和我君計安塁の名が見える。 一四 子波・和我の地は胆沢からそれぞれ約六〇、約一五キロメートル北に離れている。実際には胆沢の戦いに敗れながら、ここでは遠く離れた地を引き合いとして補給の困難を訴えて

征東将軍に対して作戦の失敗を責める

て曰《のたま》はく、「比来《このころ》[一]の奏《そう》を省《み》るに云《い》はく、「胆沢《いさは》[二]の賊《ぞく》は惣《すべ》て河《かは》の東《ひむかし》に集《つど》へり。先《ま》づこの地《ところ》を征《せ》めて、後《のち》に深《ふか》く入《い》ることを謀《はか》らむ」といへり。然《しか》るときは軍監《ぐんけむ》[三]已上兵《いくさひと》を率《ひき》ゐて、その形勢《けいせい》を張《は》り、その威容《ゐよう》を厳《きび》しくして、前後《ぜんご》相《あひ》続《つづ》きて以《もち》て薄《せ》め伐《う》つべし。而《しか》るを軍少《ぐんすくな》[四]く将卑《しやうつたな》くして、還《かへ》りて敗績《はいせき》を致《いた》せるは、是《こ》れ則《すなは》ちその道《みち》の副将《ふくしやう》[五]らが計策《けいさく》の失《あやま》れる所《ところ》なり。善理《ぜんり》[六]らが戦亡《せんばう》と士《し》衆《しゆ》の溺《おぼ》れ死《し》ぬるとに至《いた》りては、惻怛《そくたつ》[七]の情《じやう》、懐《むね》に切《せち》なる有り」とのたまふ。

征東将軍、補給の困難等を理由に征東軍の解散と戦地離脱を報告

○庚辰[九日]、征東将軍《せいとうしやうぐん》[八]奏《そう》[九]して偁《まう》さく、「胆沢《いさは》の地《ち》は、賊奴《ぞくど》の奥区《あうく》なり。方《まさ》に今《いま》、大軍征討《たいぐんせいたう》[一〇]して村邑《そんいふ》[一一]を翦《か》り除《そ》けども、餘《よ》党伏《たうふ》し竄《かく》れて、人《ひと》・物《もの》を殺《ころ》し略《かす》めり。また、子波《しは》[一二]・和我《わが》[一三]は僻《さ》[一四]りて深奥《しむあう》に在《あ》り。臣《しん》ら遠《とほ》く薄《せ》め伐《う》たむと欲《おも》へども、粮運艱《らううんかん》有り。その玉造塞《たまつくりのき》[一五]より衣川営《ころもかはのとりで》[一六]に至《いた》るまで四日、輜重《しちよう》[一七]の受納《じゆなふ》二箇日なり。然《しか》るときは往還《わうくわん》[一八]十日なり。衣川《ころもかは》より子波《しは》の地《ち》に至《いた》るまで、行程《かうてい》仮令《たと》へば六日ならば、輜重《しちよう》の往還《わうくわん》[一九]十四日ならむ。惣《すべ》て、玉造塞《たまつくりのき》より子波《しは》の地《ち》に至《いた》るまでは往還《わうくわん》[二〇]廿四日の程《みちのり》なり。途中《みちなか》にて賊《ぞく》に逢《あ》ひて相戦《あひたたか》ひ、及《また》雨《あめ》に妨《さまた》げられて進《すす》むことえぬ日《ひ》は程《みちのり》の内《うち》に入《い》らず。河陸両道《かりくりやうだう》[二一]の輜重《しちよう》[二二]一万二千四百卌人、一度《ひとたび》[二三]に運《はこ》ぶ所《ところ》の糒《ほしいひ》六千二百十五斛、征軍《せいぐん》[二四]二万七千四百七十人、一日《ひ》に食《くら》ふ所《ところ》は[二五]五百卌九斛なり。此《これ》を以《もち》て支度《したく》[二六]するに、一度《ひとたび》[二七]に運《はこ》ぶ所《ところ》

いる。一五 玉造柵。→三補12-六八。現在の宮城県古川市にある名生館官衙遺跡に比定される。延暦七年三月庚戌条の命により多賀城(現宮城県多賀城市)に運び収められた軍粮の多くはより前線に近い玉造塞に転送されていたらしい。一六 上文五月癸丑条に見える、征東軍が衣川北岸(現岩手県胆沢郡衣川村)の三か所に営んだ軍営。→四二五頁注一九。一七 軍事輸送の行程以外の受渡し・受取りに二日を要する、の意。一八 玉造塞から衣川営までの四日に、受納の二日、さらに帰途の四日を合わせて一〇日となる。一九 衣川営から子波までの六日に、受納の二日、さらに帰途の六日を合わせて一四日となる。北上川の舟運を利用する。二〇 玉造塞・衣川営間の往還一〇日に、衣川営・子波間の往還一四日を足して、玉造塞・子波間の補給に往還二四日を要するとする。ただし実際に征東軍が攻め込んだのは胆沢の地までであった。二一 北上川の舟運を利用する衣川営・子波間と、多く陸路を利用する玉造塞・衣川営間とを合わせた表現か。二二 戦闘部隊とは別に軍事輸送部隊として一万二四四〇人を編成していたとする。二三 天平二年度越前国正税帳に糒五斗を一裹とした例があり(古一-四三七頁等)、一人が糒五斗ずつを運ぶとすると六二一五斛を運ぶのは計一万二四三〇人となる。上文の人数との差の一〇人を運送部隊の監督者とすれば計算が合う(直木訳注)が、実際には舟運等を利用したはずで、机上の計算であろう。二四 戦闘部隊に編成された兵数。上文のように輸送部隊とは区別されており、両部隊を合わせると計三万九九一〇人となる。二五 二万七四七〇人が一人一日二升(現在の約八合)食するとすれば五四九斛四斗となり、数値がほ

僅支[1]㆓十一日㆒。臣等商[2]量、指[3]㆓子波地㆒、支度交闕、割㆓征兵㆒加㆓輜重㆒、則征軍数少、不㆑足㆓征討㆒。加以、軍入以来、経㆓渉[4]春夏㆒、征軍輜重、並是疲[5]弊[6]。進之[7]有㆑危、持之無㆑利。久屯[8]㆓賊地㆒、運㆓粮百里之外㆒、非㆓良策[9]㆒也。雖㆔蠢尔小寇、且逋㆓天誅㆒、而水陸之田、不㆑得㆓耕[10]種㆒、既失㆓農時㆒。不㆑滅[11]何待。臣等所㆑議、莫㆑若㆔解㆑軍遺㆑粮、支㆓擬非常㆒。軍士所㆑食、日二千斛。若上㆑奏聴㆑裁、恐更多㆓糜[12]費㆒。故今月十日以前解出[13]之状、牒知㆓諸軍㆒。臣等愚議、且奏且行。勅報曰、今省㆓先後奏状㆒曰、賊集㆓河[14]東㆒、抗[15]㆓拒官軍㆒。先征㆓此地㆒、後謀㆓深入㆒者。然則、不㆑利㆓深入㆒。応㆓以解㆒㆑軍者、具㆑状奏上、然後解出[16]、未㆓之晩㆒也。而曾不㆓進入㆒、一旦罷㆑兵、将軍等[17]策[18]、其理安在。的知、将軍等、畏[19]㆓憚兇賊㆒、逗留所㆑為也。巧

1 支〔兼・谷、大〕—ナシ（東・高）
2 商—商（谷）
3 指→校補
4 渉（底新朱抹傍）—沙〔底原〕→校補
5 疲—疫〔底〕
6 弊—幣（東）
7 之ノ下、ナシ〔底原、大衍〕—則〔底新傍補・兼等〕
8 屯（底新朱抹傍）—乞〔底原〕
9 策→校補
10 耕→校補
11 滅→校補
12 糜（底新朱抹傍）—縻〔底原〕
13 出〔谷擦重、大〕—書（底新傍朱イ・兼・谷原・谷傍イ・東・高）→校補
14 河（底傍補）—ナシ〔底原〕
15 抗→校補
16 出〔大改〕—書（底新傍朱イ・兼等）
17 等〔兼・谷、大〕—ナシ（東・高）
18 策→校補
19 畏（底新朱抹傍）—異〔底原〕

ぼ合う。一日二升は中央の衛士・仕丁等への公粮の支給量とも合致する。二六 計算配分するに。「支度」は職員令22などに見える用語。二七 輸送部隊が一度に運ぶ糒六二一五斛では一日に五四九斛を消費する戦闘部隊二万七四七〇人を一一日しか支えられないの意。

一 戦闘部隊を割いて輸送部隊に編入すれば、実戦の兵数が不足するとする。
二 諸国の軍が多賀城に会して賊地に入ったとが春の三月辛亥条に見え、本条の夏六月まで三か月を経ている。
三 「百里」は約五三・二キロメートル。あるいは遠距離を比喩したものか。下文七月丁巳条の征東大将軍奏にも「舳艫百里」と見える。
四 「蠢爾(尔)」は、小虫がうごめく様、無知で

は僅《わづか》に十一日を支《ささ》ふるのみなり。臣《しん》ら商量《しやうりやう》するに、子波《しは》の地《ち》を指《めさ》すときは支度《したく》交《こもごも》闕《か》け、征兵《せいへい》[一]を割《さ》きて輜重《しちよう》に加《くは》ふるときは、征軍《せいぐん》の数少《かずすくな》くして征討《せいたう》するに足《た》らず。加以《しかのみならず》、軍入《ぐんい》りてより以来《このかた》、春夏《はるなつ》[二]を経渉《へわた》りて、征軍《せいぐん》・輜重《しちよう》並《ならび》に是《こ》れ疲弊《ひへい》せり。進《すす》まむとすれば危《あやふ》きこと有り、持《たも》たむとすれば利《り》無し。久《ひさ》しく賊地《ぞくち》に屯《いは》みて、粮《らう》を百里[三]の外《そと》に運《はこ》ぶは良策《りやうさく》に非《あら》ず。蠢尓《しゆんじ》[四]とある小寇《せうこう》、且《しばら》く天誅《てんちう》を逋《のが》ると雖《いへど》も、水陸《すいりく》の田《た》、耕《たかへ》し種《う》うること得《え》ずして、既《すで》[五]に農《たつく》る時《とき》を失《うしな》へり。滅《めつ》せずして何《なに》をか待《ま》たむ。臣《しん》らが議《ぎ》する所《ところ》は、軍《ぐん》[六]を解《と》き粮《らう》を遺《のこ》して非常《ひじやう》を支擬《しぎ》するに若《し》くは莫《な》し。軍士《ぐんじ》[七]の食《くら》ふ所日《ところひ》に二千斛なり。若《も》[八]し奏《そう》を上《たてまつ》りて裁《さい》を聴《き》かば、恐《おそ》るらくは更《さら》に糜費《びひ》多《おほ》からむ。故《ゆゑ》に今月《このつき》[九]十日より以前《さき》の解出《げしゆつ》[一〇]の状《じやう》を牒《でふ》して諸軍《しよぐん》[一一]に知《し》らしめむ。臣《しん》らが愚議《ぐぎ》、且《か》つ奏《そう》し且《か》つ行《おこな》はむ」とまうす。

征東将軍の報告に対しきびしく譴責

勅《みことのり》[一二]し報《こた》へて曰《のたま》はく、「今《いま》、先後《せんご》[一三]の奏状《そうじやう》を省《み》るに曰《い》はく、「賊《ぞく》、河《かは》[一四]の東《ひむかし》に集《つど》ひて官軍《くわんぐん》を抗拒《かうきよ》す。先《ま》[一五]づこの地《ところ》を征《せ》めて後《のち》に深《ふか》く入《い》ることを謀《はか》らむ」といへり。然《しか》るときは深《ふか》く入《い》ること利《り》あらず。以《もち》[一六]て軍《ぐん》を解《と》くべくは、状《じやう》を具《つぶさ》にして奏上《そうじやう》して、然《しか》して後《のち》に解出《げしゆつ》するも未《いま》だ晩《おそ》からじ。而《しか》るに、曾《かつ》て進《すす》み入《い》らず、一旦《いつたん》に兵《いくさ》を罷《や》む。将軍《しやうぐん》らが策《さく》、その理《ことわり》安《いづく》にか在《あ》る。的《いちしろ》く知《し》る、将軍《しやうぐん》ら兇賊《きようぞく》を畏《おそ》れ憚《はばか》りて、逗留《とうりう》せるが為《いた》す所《ところ》なるを。巧《たくみ》に

理をわきまえない者が騒ぐ様。「寇」は、敵、兵。小虫の如きつまらぬ敵も一旦は天罰を免れているものの。

五 春夏の農時を失した蝦夷は滅びる他ない。

六 征東軍を解散し、兵糧を残して非常時を支えるために備えた方がよい、の意。

七 一人一日二升の食料として、二〇〇〇斛だと軍士一〇万人の大軍となり、上文の征軍・輜重の兵数や、調発の「歩騎五万二千八百余人」(延暦七年三月辛亥条)の記事に比して、不審。

八 この奏を飛駅で奉り、裁可の返事の到着を待っていては、さらに費えが多くなってしまう。「糜費」は莫大な費用。

九 この奏が載る庚辰(九日)条と「今月十日」とは一日の差しかなく、ほとんど事後承諾に近い形で軍の解散を求め行なおうとしている。庚辰は返報の勅が出された日か。

一〇 軍を解散し戦地から離脱する。

一一 前軍・中軍・後軍等の戦闘部隊や、輸送部隊などに編成されていた全軍。

一二 征東将軍奏に対して、胆沢の蝦夷を征さずに奥地への進攻を図ること、突然に軍を解くこと、無駄な逗留を為したこと、作戦の失敗などを非難し、口を極めて譴責した勅。

一三 六月甲戌(三日)条・庚辰(九日)条の征東将軍奏を指す。

一四 胆沢の北上川東岸。阿弖流為らの本拠地。

一五 征東将軍奏が、実際は胆沢で敗戦しながら子波・和我など奥地への補給の困難を理由に軍を解こうとする点を非難する。「先征…深入者然則」の一一字は上文甲戌(三日)条の勅にも同文が見える。

一六 征東将軍等が奏への返報を待たず軍を解く決定をしたことを非難する。

1地(底新朱抹傍)—也〔底原〕
2経→校補
3委→校補
4佇→校補
5差〔兼・東・高、大改〕—若(谷)→校補
6績(底新朱抹傍)—續〔底原〕
7夫—天(東)
8費(底傍補・底新朱抹傍・兼等、大)—ナシ〔底原〕→校補
9闔(兼・谷・東、大)—間〔底〕→校補
10鞠—鞠〔底〕
11関→校補
12区→校補
13徒〔兼・谷、大〕—従(東・高)
14関—開(高)→校補
15用〔大改〕—周(兼等)
16益〔谷擦重、大〕—蓋(兼・東・高)
17弊—幣(東)
18関—開(高)→校補
19廃—癈〔底〕

飾二浮詞一、規二避罪過一、不忠之甚、莫レ先二於斯一。又広成・墨縄、久在二賊地[1]一、兼経[2]二戦場一。故委[3]以二副将之任一、佇[4]二其力戦之効一、而静二処営中一、坐見二成敗一、差[5]二入裨将一、還致二敗績[6]一。事レ君之道、何其如レ此。夫[7]、師出無レ功、良将所レ恥。今損レ軍費[8]レ粮、為二国家大害一。闔[9]外之寄、豈其然乎。」甲斐国山梨郡人外正八位下要部上麻呂等、改二本姓一為二田井一。古尓等為二玉井一。鞠[10]部等為二大井一。解礼等為二中井一。並以二其情願一也。〇秋七月丁未、尚掃従四位上美作女王・散事正四位下藤原朝臣春蓮並卒。〇甲寅、勅二伊勢・美濃・越前等国一曰、置レ関[11]之設、本備二非常一。今正朔所レ施、区[12]宇無外。徒[13]設二関[14]険一、勿レ用[15]二防禦一、遂使下中外隔絶、既失二通利之便一、公私往来、毎致中稽留之苦上。無レ益[16]二時務一、有レ切二民憂一。思革二前弊[17]一、以適二変通一。宜下其三国之関[18]、一切停廃[19]、所レ有兵器・粮糒、運二収於国府一、自外

一 巧みに体裁のよい言葉のみを連ねて。
二 副将軍入間宿禰広成。もと物部(直)。武蔵国入間郡の人。→四補25-六二。 三 鎮守副将軍で前軍別将でもあった安倍猨嶋臣墨縄。→二〇九頁注一八。 四 →補40-二一。
五 北上川渡河作戦の実戦に広成・墨縄は参加せず、別将以下を派遣した。→六月甲戌条。
六 「闔」は門のしきみで、「闔外」は宮城・都城の外、転じて国境外への出征軍、「闔外之寄」は将軍のこと。
七 →補40-二二。 八 他に見えず。要部は百済系渡来人の姓で、百済の部の名による姓か。以下古尓・鞠部・解礼も百済系渡来人の姓と思われ、地名により日本風の姓に改めたのであろう。甲斐の百済系渡来人→補40-二三。
九 下文の玉井・大井の例から山梨郡内の地名で、居地による改姓と思われるが、位置未詳。
一〇 ここには一般に人名が示されるところであるが、古尓は百済の複姓(三国史記百済本紀蓋鹵王二十一年〔四七五〕条の古尓万年の記事)で、百済系渡来人の姓。天平十七年正月乙丑条に見える女性の古仁染思・古仁虫名は同系か。→三補16-三。 一一 →補40-二四。
一二 百済の部名による百済系渡来人の姓か。
一三 →補40-二五。 一四 百済系渡来人の姓か。あるいは古尓と同じく百済の複姓か。
一五 上文の玉井・大井の例から山梨郡内の地名と思われるが、位置未詳。
一六 後宮十二司の掃司の長官。後宮の設営を担当する。禄令9では准従七位の扱いで、美作女王は高位卑官の女官の一例。宝亀四年三月庚辰条で宮人職事の季禄は高位卑官の場合は位によるとされている。女官の官位相当の変遷→一補6-五七。
一七 宝亀七年正月丙申条の美作王と同一人。

[一]浮詞《ふし》を飾《かざ》り、罪過《ざいくわ》を規避《きひ》すること、不忠《ふちう》の甚《はなはだ》しき、斯《これ》より先《さき》なるは莫《な》し。また、[二]広成《ひろなり》・[三]墨縄《すみなは》は、[四]久《ひさ》しく賊地《ぞくち》に在《あ》りて兼《か》ねて戦場《せんちやう》を経《へ》たり。故《ゆゑ》に委《ゐ》するに副将《ふくしやう》の任《にむ》を以《もち》てして、その力戦《りきせん》の効《かう》を佇《ま》てども、営中《ゐやうちう》に静処《せいしよ》して坐《ゐ》ながら成敗《せいはい》を見《み》、[五]裨将《ひしやう》を差《さ》し入《い》れて還《かへ》りて敗績《はいせき》を致《いた》す。君《きみ》に事《つか》ふる道《みち》、何《なに》ぞ其《そ》れ此《かく》の如《ごと》くならむ。夫《そ》れ師《いくさ》出《い》でて功《くう》無きは、良将《りやうしやう》の恥《は》づる所《ところ》なり。今《いま》、軍《ぐん》を損《そこな》ひ粮《らう》を費《つひや》して、国家《こくけ》の大害《たいがい》を為《な》す。[六]閫外《こんぐわい》の寄《き》、豈其《あにそ》れ然《しか》らむや」とのたまふ。甲斐《かひ》国[七]山梨《やまなし》郡の人《ひと》外正八位下[八]要部上麻呂《えうほうのうへまろ》ら、本《もと》の姓を改《あらた》めて[九]田井《たゐ》とす。[一〇]古尓《こに》らは[一一]玉井《たまゐ》。[一二]鞠部《きくほう》らは[一三]大井《おほゐ》。[一四]解礼《げらい》らは[一五]中井《なかゐ》。並《ならび》にその情《こころ》に願《ねが》ふを以《もち》てなり。

三関を停廃

秋七月辛丑朔丁未七日、[一六]尚掃《かにもりのかみ》従四位上[一七]美作女王《みまさかのおほきみ》・[一八]散事《さんじ》正四位下[一九]藤原《ふちはら》朝臣春蓮《しゆんれん》並に卒《しゆつ》しぬ。○甲寅十四日、伊勢《いせ》・美濃《みの》・越前《こしのみちのくち》等の国《くに》に[二〇]勅《みことのり》して曰《のたま》はく、「関《せき》を置《お》く設《まうけ》は、本《もと》、非常《ひじやう》に備《そな》ふ。[二一]今正朔《いませいさく》の施《ほどこ》す所《ところ》、区宇《くう》無外《むぐゑ》なり。徒《いたづら》に関《くわん》険《けむ》を設《まう》けて[二二]防禦《ばうぎよ》を用《もち》ゐること勿《な》く、遂《つひ》に[二三]中外隔絶《ちうぐゑかくぜつ》して、既《すで》に通利《つうり》の便《たより》を失《うしな》ひ、公私《くうし》の往来《わうらい》、毎《つね》に稽留《けいりう》の苦《く》を致《いた》さしむ。時務《じむ》に益《やく》無くして民《たみ》の憂《うれへ》に切《せち》なること有り。思《おも》ふに、前《さき》の弊《へい》を革《あらた》めて以《もち》て変通《へんつう》に適《てき》せむことを。その[二四]三国の関《せき》は一切《いちさい》に停《とど》め廃《や》めて、有《たも》てる[二五]兵器《ひやうき》・粮糒《らうび》は国府《こくふ》に運《はこ》び収《をさ》め、自外《そのほか》の

↓補34-六。延暦九年八月八日太政官符(三代格)で、河内国志紀郡にあった位田が大納言職田に改められている。

一八 ↓一五頁注一七。

一九 ↓二一五頁注一五。本年正月己巳に従四位下となったばかりで、二階上の「正四位下」とあるのは不審。延暦九年八月八日太政官符(三代格)でも、山背国相楽郡・久世郡にあった位田が左大臣・大納言職田に改められた記事に「故従四位下藤原朝臣春蓮」と見える。

二〇 三関の停廃を定めた勅。三代格所収の延暦八年七月十四日勅によれば、「置レ関之用、本備二寇賊一」「宜下識二此状一一切停廃上、其所レ有兵器粮糒」などと、続紀本文と異同がある。

二一 天子の支配が行き届くこと。「無外」は、外患がない、の意。

二二 関の防禦機能が不必要となったことをいう。三関には朝廷の非常時に畿内の反乱者と東国の武力との連絡を防ぐ性格があった。

二三 「中外」は、ここでは畿内と外国。上文四月乙酉条では伊勢・美濃等の関で関司が飛駅の函を開き見ることを止め、速やかな情報の伝達を図っている。また、東方諸国との交通が頻繁となったことが背景となった。

二四 伊勢国鈴鹿・美濃国不破・越前国愛発の三関。→□補4-一〇。ここで三関は停廃されたが、桓武没時には三国の「故関」を固めており(後紀大同元年三月辛巳条)、その後も天皇の没時などに使を派遣して三関を固関することは儀式化しつつ続いた。ただし弘仁元年の固関からは越前国愛発関にかえて近江国逢坂関が対象とされた(後紀九月丁未条)。固関↓□補8-九四。

二五 軍防令54で、三関には鼓吹軍器が置かれ、兵士を配して国司が分当守固することとする。

1両〔底原・底新朱抹傍〕↓校補
2胆＝膽—瞻〔底〕
3存〔底重〕—在〔底原〕
4荒↓校補
5仮＝假〔兼等傍イ〕—縦〔兼等、大〕
6天兵所加前〔底擦重〕—如軍船解纟〔底原〕↓校補
7敵↓校補
8宅ノ下、ナシ〔谷抹、大〕—非〔兼・谷原・東・高〕↓校補
9復〔大改〕—須〔兼等〕
10慶〔底新朱抹傍〕—度〔底原〕
11亡〔谷原・谷重〕↓校補
12首〔兼・谷・東傍・高傍、大〕—前〔東・高〕
13已—亡〔大改〕↓校補
14度〔底傍補〕—ナシ〔底原〕
15云〔大補〕—ナシ〔兼等〕↓校補
16大〔谷擦重、大〕—弃〔兼・谷原・東・高〕↓校補
17荒↓校補
18攫〔兼 等、大〕— 捜〔底〕、獲〔底新傍朱イ〕↓校補
19営〔兼・谷、大〕—労〔東・高〕

館舎、移㆗建於便郡㆖矣。○乙卯、伊勢・志摩両[1]国飢。賑㆓給之㆒。○丁巳、勅㆓持節征東大将軍紀朝臣古佐美等㆒曰、得㆓今月十日奏状㆒偁、所謂胆[2]沢者、水陸万頃、蝦虜存[3]生。大兵一挙、忽為㆓荒[4]墟㆒。餘燼仮[5]息、危若㆓朝露㆒。至如、軍船解㆑纜、舳艫百里、天[6]兵所㆑加、前無㆓強敵[7]㆒、海浦窟宅[8]、非㆓復[9]人烟㆒、山谷巣穴、唯見㆓鬼火㆒。不㆑勝㆓慶[10]快㆒、飛駅上奏者。今検㆓先後奏状㆒、斬獲賊首八十九級、官軍死亡[11]千有餘人。其被㆓傷害㆒者、殆将㆓二千㆒。夫、斬㆓賊之首[12]㆒、未㆑満㆓百級㆒。官軍之損、已[13]及㆓三千㆒。以㆑此言之、何足㆓慶快㆒。又大軍還出之日、兇賊追侵、非㆓唯一度[14]㆒。而云[15]、大[16]兵一挙、忽為㆓荒[17]墟㆒。准㆓量事勢㆒、欲㆑似㆓虚飾㆒。又真枚・墨縄等、遣㆓裨将於河東㆒、則敗㆑軍而逃還、溺死之軍一千餘人。而云、一時凌渡、且戦且焚、攫[18]㆓賊巣穴㆒、還持㆓本営[19]㆒。是溺死之軍弃而不㆑論。又浜成等、掃㆑賊略㆑地、

一 国司の四等官が分当した関司らの館舎。美濃国不破関跡の発掘調査では、若干の建物跡が検出されている。
二 伊勢国鈴鹿郡(三)三七九頁注七)・美濃国不破郡(一)六一頁注二三)・越前国敦賀郡(現福井県敦賀市)。

征東大将軍の奏状を論駁・叱責する

館舎《くわんしや》[一]は便郡《たよりのこほり》[二]に移《うつ》し建《た》つべし」とのたまふ。〇乙卯[十五日]、伊勢《いせ》・志摩《しま》の両国《りやうこく》飢ゑぬ。これに賑給《しんごふ》す。〇丁巳[十七日]、持節《ぢせち》征東大将軍《せいとうだいしやうぐん》紀《き》[三]朝臣古佐美《こさみ》らに勅《みことのり》[四]して曰《のたま》はく、「今月《このつき》[五]十日の奏状《そうじやう》を得《う》るに偁《い》はく、「所謂《いはゆる》[六]胆沢《いさは》は、水陸万頃《すいりくばんけい》にして、蝦虜《えみしども》存生《いきながら》へり。大兵一挙《たいへいいつきよ》して、忽《たちま》ち荒墟《くわうきよ》と為《な》る。餘《よ》燼《じん》仮《たと》へ息《や》むとも、危《あやふ》きこと朝《あした》の露《つゆ》の若《ごと》し。至如《しかのみならず》、軍船《ぐんせん》纜《ともづな》を解《と》きて舳艫《ぢくろ》百里、天兵《てんぺい》の加《くは》ふる所《ところ》、前《まへ》に強敵《きやうてき》無く、海浦《かいほ》の窟宅《くつたく》、復《また》人烟《じんえん》に非《あら》ず、山谷《さんこく》の巣穴《さうくゑつ》、唯《ただ》鬼火《おにひ》のみを見《み》る。慶快《けいくわい》に勝《た》へず、飛駅《ひやく》して上奏《じやうそう》す」といへり。今《いま》先後《せんご》[七]の奏状《そうじやう》を検《み》るに、斬獲《ざむくわく》[八]せる賊首《ぞくしゆ》八十九級にして、官軍《くわんぐん》の死亡《しばう》[九]千有餘人なり。その傷害《しやうがい》[一〇]せらる者《ひと》殆《ほとほ》と二千ならむ。夫《そ》れ、賊《ぞく》の首《くび》を斬《き》るは未《いま》だ百級に満《み》たず、官軍《くわんぐん》の損《そん》は已《すで》に三千に及《およ》ぶ。此《これ》を以《もち》て言《い》はば、何《なに》ぞ慶快《けいくわい》するに足《た》らむ。また大軍還《たいぐんかへ》り出《い》づる日《ひ》、兇賊《きようぞく》[一一]追《お》ひ侵《をか》すこと、唯《ただ》一度のみに非《あら》ず。而《しか》るに云《い》へらく、「大《たい》兵一挙《へいいつきよ》して、忽《たちま》ち荒墟《くわうきよ》と為《な》る」といふ。事《こと》の勢《いきほひ》を准《なずら》へ量《はか》るに、虚飾《きよしよく》に似《の》れりと欲《おも》ふ。また、真枚《まひら》[一二]・墨縄《すみなは》[一三]ら、裨将《ひしやう》[一四]を河《かは》の東《ひむかし》に遣《つかは》すときは、軍敗《いくさやぶ》れて逃《に》げ還《かへ》り、溺《おぼ》れ死《し》ぬる軍《いくさ》一千餘人なり。而《しか》るに云《い》へらく、「一時に淩《しの》き渡《わた》りて、且《か》つ戦《たたか》ひ且《か》つ焚《や》きて、賊《ぞく》の巣穴《さうくゑつ》を攫《さら》ひて、還《かへ》りて本営《ほんゑやう》を持《ぢ》す」といふ。是《こ》れ溺《おぼ》れ死《し》ぬる軍《いくさ》は弃《す》てて論《ろん》せず。また浜成《はまなり》[一五]ら賊《ぞく》を掃《はら》ひ地《ち》を略《りやく》すること、

三 麻路の孫。→四補25-一〇六。
四 敗戦した征東大将軍紀古佐美らの七月十日の奏状を論駁した勅。下文九月丁未条では紀古佐美らは帰京している。
五 上文六月庚辰条で敗戦を偽って軍を解こうとした征東将軍奏を否定する勅報があったにもかかわらず、再び七月十日に征東将軍から「勝利」を報じた奏が飛駅で届いたもの。この「凱表」は征東将軍らが軍を解き帰京するために必要だったものか。
六 →補34-一三。
七 六月甲戌・庚辰条の奏状と今回の七月十日奏状のこと。
八 六月甲戌条奏状には「斬獲賊首」の記載は見えず、今回の奏状によるか。
九 六月甲戌条奏状の戦死二五人・溺死一〇三六人をさす。
一〇 六月甲戌条奏状の、矢に当たる者二四五人、裸身で泳ぎ帰る者一二五七人を含む戦傷者をさすか。
一一 征東軍の退却に際し、蝦夷軍の追撃が数回あった。
一二 池田真枚。→四補25-一〇七。鎮守副将軍で北上川渡河作戦の立案に当たった。
一三 安倍猨嶋墨縄。阿倍猨嶋臣とも。→二〇九頁注一八。鎮守副将軍で北上川渡河作戦の立案に当たった。
一四 六月甲戌条の勅に「将卑」、六月庚辰条の勅報にも「裨将」とあり、副将軍らが自ら北上川渡河の戦闘に参加せず別将以下を派遣したことをさす。
一五 延暦七年三月己巳条で征東副使に任じた多治比浜成。→補35-四二。この時の戦功を受け同九年三月丙午には陸奥按察使兼守となる。

差勝[1]二他道一。但至下於天兵所レ加[2]、前無二強敵一、山谷巣穴、唯見中鬼火上、此之浮詞、良為[3]レ過レ実。凡献二凱[4]表一者、平[5]レ賊立レ功、然後可レ奏。今不レ究二其奥地一、称[6]二其種落一、馳駅称レ慶[7]、不二亦愧一乎。○乙丑、下野・美作両国[8]飢。賑二給之一。」命婦正四位上藤原朝臣教貴卒。○丁卯、備後国飢。賑二給之一。○八月庚午朔、造宮官[9]人已下、雑工已上、随レ労叙レ位、并賜レ物有レ差。○辛巳、以二従五位下[10]角朝臣筑紫麻呂一為二中衛将監一。従五位上紀朝臣木津魚為二右兵衛督一。従五位下文室真[11]人真[12]屋麻呂為二主馬頭[13]一。○庚寅、先レ是[14]、参[15]議正三位佐伯宿禰今毛人致仕。而罷二其参議封戸一、減レ半賜之。下二知民部一、以為二永例一矣。○己亥、勅、陸奥国入レ軍人等、今年田租、宜三皆免之、兼給二復二年一。其牡鹿・小田・新田・長岡・志太・玉造・富田・色[16]麻[17]・賀[18]美・黒[19]川等一十箇[20]郡、与レ賊接レ居[21]、不レ可二同等一。故特[22]延二復年[23]一。○九月丁未、持節征[24]東大[25]将軍紀朝臣古佐美、至[26]レ自二陸奥一進二節刀[27]一。

1 勝↓校補
2 加(底新朱抹傍)—賀〔底原〕
3 為(底新傍補)—ナシ〔底原〕
4 凱(底傍補)—ナシ〔底原〕
5 平(底新朱抹傍)↓校補
6 称(底新傍朱イ)—示〔底〕
7 慶(底新朱抹傍)—度〔底原〕
8 国(底新傍補)—ナシ〔底原〕
9 官〔底原、大補、類七八〕—ナシ(底新朱抹・兼等)
10 下〔大改〕—上(兼等)↓校補
11 真—ナシ〔底〕↓校補
12 屋〔底〕—真(底新傍朱イ)↓校補
13 頭↓校補
14 是ノ下、ナシ(底抹)—是〔底原〕
15 参議〔谷傍補〕—ナシ(谷原)
16 色(底新傍朱イ)—邑〔底〕
17 麻ノ下、ナシ(底新傍朱按・兼・谷、大)—呂〔東・高〕↓校補
18 賀〔大改〕—加(兼等)
19 黒—里〔底〕
20 箇—簡(東)
21 居(底新傍朱イ)—君〔底〕
22 特〔谷、大〕—持(兼・東・高)
23 年〔底重〕
24 征—ナシ(兼)
25 大〔谷傍補〕—ナシ(谷原)
26 至〔大補〕—ナシ(兼等)
27 刀—力〔底〕

一 戦勝の上表。
二 胆沢地方をさす。
三 「種落」は蝦夷の集落。ここは、本条上文に見える紀古佐美の奏状で「海浦窟宅、非二復人烟一、山谷巣穴、唯見二鬼火二」とその戦果をほこったことをさすか。「称」は誤字の可能性もあるか。なお、紀略延暦十三年十月丁卯条の征夷将軍大伴弟麿の奏言に「焼二落七十五処二」とあり、同二十一年四月庚子条の坂上田村麿の奏言に「夷大墓公阿弖利為…率二種類五百余人一降」とある。
四 駅馬を馳せること。上文に飛駅の上奏とある。
五 内命婦。→七一頁注二。五位以上の女官。
六 →補34-八。正四位上叙位は延暦二年二月。翌延暦九年、河内国若江郡・讃良郡・高安郡にあった教貴の位田各一町は大納言職田に改められた(三代格延暦九年八月八日官符)。
七 造長岡宮使の任命は延暦三年六月。本年二月の東宮への移御が長岡宮造営の画期となったことを受けた叙位か。
八 →補40-三。前官は衛門大尉(延暦八年三月戊午条)。
九 →補36-五五。前官は美濃守(延暦四年正月辛亥条)。右兵衛督の前任者は本年二月丁丑条で上総守に遷任した百済王玄鏡(延暦五年

差他《ややほか》の道《みち》より勝《まさ》れり。但《ただ》し、天兵《てんぺい》の加《くは》ふる所前《ところまへ》に強敵《きやうてき》無く、山谷《さんこく》の巣穴《さうくゑつ》唯鬼火《ただおにひ》のみを見《み》るといふに至《いた》りては、この浮詞《ふし》、良《まこと》に実《じつ》に過《す》ぎたりとす。凡《おほよ》そ凱表《がいへう》[一]を献《たてまつ》ることは、賊《ぞく》を平《たひら》け功《くう》を立《た》てて、然《しか》して後《のち》に奏《そう》すべし。今《いま》その[二]奥地《あうち》を究《きは》めず、その種落《しゆらく》[三]を称《しよう》して馳駅《ちやく》[四]して慶《けい》と称《しよう》する、亦愧《または》ぢざらむや」とのたまふ。〇乙丑《二十五日》、下野《しもつけの》・美作《みまさか》の両国《りやうこく》飢《う》ゑぬ。これに賑給《しんごふ》す。命婦《みやうぶ》[五]正四位上藤原《ふぢはら》[六]朝臣教貴卒《けうくゐしゆつ》しぬ。〇丁卯《二十七日》、備後国《きびのみちのしり》飢《う》ゑぬ。これに賑給《しんごふ》す。

造宮官人等に叙位・賜物

八月庚午の朔、造宮《ざうくう》[七]の官人《くわんにん》已下、雑工《ざふく》已上に、労《らう》に随《したが》ひて位《くらゐ》を叙《じよ》し、并《あは》せて物賜《ものたま》ふこと差有《しな》り。〇辛巳《十二日》、従五位下角《つの》[八]朝臣筑紫麻呂《つくしまろ》を中衛将監《ちうゑのしやうげむ》とす。従五位上紀《き》[九]朝臣木津魚《こつを》を右兵衛督《うひやうゑのかみ》。従五位下文室《ふむや》[一〇]真人真屋麻呂《まやまろ》を主馬頭《しゆめのかみ》。〇庚寅《二十一日》、是《これ》より先《さき》、参議《さむぎ》正三位佐伯《さへき》[一一]宿禰今毛人《いまえみし》致仕《ちじ》す。而《しか》して、その参議《さむぎ》[一二]の封戸《ふうこ》を罷《や》めて、半《なかば》を減《へら》して賜ふ。民部《みんぶ》に下知《げち》して以《もち》て永例《ながきためし》とす。〇己亥《三十日》、

陸奥の征夷従軍者の田租を全免

勅《みことのり》[一三]したまはく、「陸奥国《みちのおく》の軍《ぐん》[一四]に入《い》れる人《ひと》らに、今年《ことし》の田租《でんそ》、皆免《みなゆる》し、兼《か》ねて復《ふく》二年を給《たま》ふべし。その牡鹿《をしか》[一五]・小田《をだ》[一六]・新田《にひた》[一七]・長岡《ながをか》[一八]・志太《しだ》[一九]・玉造《たまつくり》[二〇]・富《とみ》[二一]田《た》・色麻《しかま》[二二]・賀美《かみ》[二三]・黒川《くろかは》[二四]等の一十[二五]箇郡は、賊《ぞく》と居《きよ》を接《せつ》して同等《どうとう》にすべからず。故《ゆゑ》に特《こと》に復《ふく》の年《とし》を延《のば》す」とのたまふ。

征東大将軍節刀返上

九月丁未《庚子朔 八日》、持節征東大将軍《ちせちせいとうだいしやうぐんき》紀[二六]朝臣古佐美《こさみ》、陸奥《みちのおく》[二七]より至《いた》りて節刀《せつたう》を進《たてまつ》る。

正月己未条)。
一〇 文屋真人とも。→二八七頁注一三。前官は治部少輔(延暦六年三月丙午条)。主馬頭の前任者は本年三月戊午条で甲斐守に遷任した大伴王(延暦六年二月癸亥条)。
一一 →【三】補17―七九。本年正月壬子条で致仕を許されており、翌延暦九年十月乙未に没した。
一二 参議の職封半減→補40―二六。
一三 陸奥国の従軍者や同国近夷郡の従軍者らに田租の全免と復二年以上の優遇を与えるとする勅。
一四 従軍者。
一五 →【三】一三三頁注二六。牡鹿柵(【三】補12―七〇)所在郡。
一六 少田郡とも。→【三】六五頁注二一。
一七 →【四】補29―六六。新田柵(【三】補12―六九)所在郡。
一八 宝亀十一年二月丙午条に「長岡」の地名が見える(補36―一一)。和名抄では長岡・溺城の二郷。室町時代に遠田郡・栗原郡に併合され消滅。現在の宮城県古川市と遠田郡田尻町の各一部。
一九 信太郡とも。→【二】一一五頁注二一。
二〇 →【四】補29―六七。玉造柵(【三】補12―六八)所在郡。なお玉作団の設置は神亀五年四月丁丑にさかのぼる(【三】一九三頁注一〇)。
二一 →補40―二七。
二二 →補40―二八。
二三 →【三】三一七頁注七。
二四 →【三】補14―九。
二五 黒川郡以北十郡→補40―二九。
二六 麻路の孫。→【四】補25―一〇六。
二七 本年七月丁巳条の勅で征東大将軍紀古佐美らの「凱表」は譴責されたにもかかわらず、征東軍を解いて帰京してしまった。

○辛亥、以二従五位上藤原朝臣黒麻呂一為二治部大輔一。従五位下紀朝臣伯為二玄[1]蕃助一。従五位下布勢朝臣大海為二主税頭一。従五位上上毛野朝臣稲人為二刑部大輔一。左少弁従五位上安倍朝臣[2]弟当為二兼下野守一。○[3]戊午、勅、遣二大納言従二位藤原朝臣継縄、中納言正三位藤原朝臣小黒麿・従三位紀朝臣船守、左兵衛佐従五位上津連真道、大外記外従五位下秋篠宿禰安人等於太政官曹司一、勘二問征東将軍等逗[4]留敗軍之状一。大将軍正四位下紀朝臣古佐美、副将軍外従五位下入間宿禰広成、鎮守副将軍従五位下池田朝臣真枚・外従五位下安倍猨嶋臣墨縄等、各申二其由一、並皆承伏。於レ是、詔曰、陸奥国[5]荒備流蝦夷等乎討治[6]尓任賜[7]志大将軍正四位下紀[8]古佐美朝臣等伊、任賜之元謀尓[9]波不合順、進入倍支奥地毛不究尽之弖、敗軍費粮弖還参来。是乎任法尓問賜比[10]支多米賜倍[11]久在止[12]母、承前尓仕奉祁[13]留事乎所念行弖奈母不勘賜免賜布。又鎮守副将軍従五位下池田朝臣真枚・外従五位下安倍猨嶋臣墨[14]縄等、愚頑畏拙[15]之弖進退失度軍期乎毛闕怠利。今法乎検尓、墨縄者斬刑尓当里、真枚者解官

1 蕃→校補
2 弟—第〔底〕
3 戊—代〔底〕
4 留→校補
5 荒→校補
6 尓—小(高)
7 志〔底重〕
8 古(底新傍補)—ナシ〔底原〕
9 波→校補
10 支〔高〕—友(高傍)
11 久—支〔底〕
12 母—世〔底〕
13 留→校補
14 縄(底傍補)—ナシ〔底原〕
15 之—元(高)

一 →四補33-一。前官は刑部大輔(延暦八年三月戊午条)。治部大輔の前任者は本年五月己巳条で宮内大輔に遷任した中臣常(延暦八年三月辛酉条)。
二 →四一七頁注二〇。
三 →二七七頁注五。主税頭の前任者は本年三月戊午条で安芸守に遷任した石川公足(延暦四年十月甲戌条)。
四 →四一五一頁注四三。刑部大輔の前任者は本条で治部大輔に遷任した藤原黒麻呂(延暦八年三月戊午条)。
五 →四補32-五四。左少弁任官は延暦六年三月。下野守の前任者は佐伯葛城(延暦八年五月丁卯条)。
六 大納言藤原継縄らに征東将軍らの敗戦を勘問することを命ずる勅。
七 →三二六一頁注一。右大臣藤原是公はこの日(九月戊午)に没しており、大納言藤原継縄は実質的に議政官の首班であった。
八 少黒麻呂とも。房前の孫、鳥養の男。→四補25-九二。
九 →四補25-四一。
一〇 のち菅野朝臣。→一補1-一二。
一一 もと土師宿禰。→補37-一一三。
一二 延暦五年七月丙午に「太政官院成」とあるが、この太政官院は朝堂院と考えられ、本条の「太政官曹司」とは異なるか。長岡宮の曹司には他に「神祇官曹司」が知られる(延暦九年六月戊申条)。

任官

○辛亥[十二日]、従五位上藤原《ふぢはら》[一]朝臣黒麻呂《くろまろ》を治部大輔《ちぶだいふ》とす。従五位下紀《き》[二]朝臣伯《をぢ》を玄蕃助《げんばんのすけ》。従五位下布勢《ふせ》[三]朝臣大海《おほうみ》を主税頭《しゆさいのかみ》。従五位上上毛野《かみつけの》[四]朝臣稲人《いなひと》を刑部大輔《ぎやうぶだいふ》。左少弁《させうべん》従五位上安倍《あへ》[五]朝臣弟当《おとまさ》を兼下野《しもつけの》守。

藤原継縄らに征東将軍らの敗戦を勘問させる

○戊午[十九日]、勅《みことのり》[六]して、大納言《だいなふごん》従二位藤原《ふぢはら》[七]朝臣継縄《つぐただ》、中納言《ちうなふごん》正三位藤原《ふぢはら》[八]朝臣小黒麿《をぐろまろ》・従三位紀《き》[九]朝臣船守《ふなもり》、左兵衛佐《さひやうゑのすけ》従五位上津《つ》[一〇]連真道《まみち》、大外記《だいぐゑき》外従五位下秋篠《あきしの》[一一]宿禰安人《やすひと》らを太政官《だいじやうぐわん》[一二]の曹司《ざうし》[一三]に遣《つかは》して、征東将軍《せいとうしやうぐん》ら逗留《とうりう》して敗軍《はいぐん》せる状《さま》を勘問《くわむもん》せしめたまふ。大《だい》将軍《しやうぐん》正四位下紀《き》[一四]朝臣古佐美《こさみ》、副将軍《ふくしやうぐん》外従五位下入間《いるま》[一五]宿禰広成《ひろなり》、鎮守副《ちんしゆふく》将軍《しやうぐん》従五位下池田《いけだ》[一六]朝臣真枚《まひら》・外従五位下安倍猨嶋《あへのさしま》[一七]臣墨縄《すみなは》ら、各《おのおの》その由《よし》を申《まう》し、並《ならび》に皆承伏《みなしようふく》しぬ。

宣命第六十二詔

是《ここ》に詔《みことのり》[一八]して曰《のたま》はく、「陸奥国《みちのおくのくに》[一九]の荒《あら》びる蝦夷等《えみしども》を討《う》ち治《をさ》めに任《ま》[二〇]け賜《たま》ひし大将軍正四位下紀古佐美朝臣等《おほきいくさのきみおほきよつのくらゐのしもつしなきのこさみのあそみら》い、任《ま》け賜《たま》ひし元《はじめ》の謀《はかりごと》には合《あ》ひ順《したが》はず、進《すす》み入《い》るべき奥地《おくのところ》も究《きは》め尽《つく》さずして、軍《いくさ》を敗《やふ》り粮《かて》を費《つひや》して還《かへ》り参来《まゐき》つ。是《こ》[二一]を法《のり》の任《まにま》に問《と》ひ賜《たま》ひきため賜《たま》ふべく在《あ》れども、承前《さき》[二二]に仕《つか》へ奉《まつ》りける事《こと》を念《おもほ》し行《め》してなも勘《かむが》へ賜《たま》はず免《ゆる》し賜《たま》ふ。また、鎮守副将軍従五位下池田朝臣真枚《ちんしゆのすけのいくさのきみひろきいつつのくらゐのしもつしないけだのあそみまひら》・外従五位下安倍猨嶋臣墨縄等《とのひろきいつつのくらゐのしもつしなあへのさしまのおみすみなはら》愚頑《かたくな》[二三]に畏拙《をちな》くして、進退度《しんたいど》を失《うしな》ひ軍《いくさ》の期《ちぎり》をも闕《か》き怠《おこた》れり。今《いま》法《のり》を検《かむが》ふるに、墨縄《すみなは》は斬刑《ざむのつみ》に当《あた》り、真枚《まひら》は官《つかさ》を解《と》き

一三　各官司の執務のための庁舎。
一四　麻路の孫。→四補25-一〇六。
一五　もと物部(直)。武蔵国入間郡の人。→四補25-六二。
一六　→四補25-一〇七。
一七　阿倍猨嶋臣とも。→二〇九頁注一八。
一八　征東将軍紀古佐美らの敗軍の責任を勘問し、その処分を告げる桓武の宣命。(一)大将軍紀古佐美らは本来の計画に従わず、戦いに敗れ、兵糧のみ費して還って来たので、法に照らして処罰すべきであるが、以前から御奉公して来た功労によって罪を問わずに免すこと、(二)副将軍池田真枚・安倍猨嶋墨縄らは軍の進退に節度がなく戦機を逸してしまったので、法によれば斬刑と官位剝奪に相当するが、従前の功労を考え、それぞれ官位剝奪と官職解任とすること、などを述べる。
一九　陸奥国で荒れまわっている蝦夷らを征討し治めるために。アラビルは動詞(上一段活用)アラビの連体形。
二〇　任命された本来の計画に従って討伐のことを行わず。
二一　これを法に随って詰問し処罰すべきであるが。キタメは動詞(下二段活用)キタムの連用形。こらしめる、罰する。皇極紀三年七月条の歌謡に「きたます」と見えるのは、四段活用動詞キタムに敬語スの接した形。
二二　以前に御奉公してきた事をお考えになって、追及はなさらず。宝亀十一年三月に征東副使、天応元年五月に陸奥守となり、同九月には「征夷之労」を賞されていることなどが勘案されたのであろう。
二三　愚かで、臆病でしっかりせず、軍を進めるべき時に進めず、退くべき時に退かず、ぐずぐずと戦機を逸してしまった。

取冠久倍在。然、墨縄者、久歴辺戍弖仕奉[1]留労在尓縁弖奈母、斬刑波乎免賜弖官冠未乎乃取賜比、[2]真枚者、[3]日上乃湊弖之溺軍乎扶[4]拯[5]留閇労尓縁弖奈[6]母、取冠罪波免賜弖官未乎乃解賜比、[7]又有小功人波乎随[8]其重軽弖治賜比、有小罪人波乎不勘賜免賜止[9]久宣御命乎、衆聞食止宣。」是日、右大臣従二位兼中衛大将藤原朝臣是公薨。詔、贈二従一位一。是公、贈[10]太政大臣正一位武智麿之孫、参議兵部卿従三位乙麿之[11]第一子也。為人長大、兼有二威容一。宝字中、授二従五位下一、[12]補二神祇大副一。歴二山背・播磨守、左衛士督一、神護二年、授二従四位下一。歴二内竪・式部大輔、春宮大夫一、宝亀[13]末、至二参議左大弁従三位一。天応元年、加二正三位一、遷二中衛大将兼式部卿一。俄拝二中納言一。中衛大将・式部卿如レ故、[14]転二大納言一。延暦二年、拝二右大臣一、中衛大将如レ[15]故。是公、暁二習時務一、[16]判断無レ滞。薨時、[17]年六十三。〇冬十月戊寅、以二大納言従二位藤原[18]朝臣継縄一為二兼中衛大将一。〇乙酉、散

1 留→校補
2 真枚者→校補
3 日上（底新傍朱イ・兼・谷、大、詔）―是〔東・高原・高擦重〕→脚注・校補
4 拯（底新朱抹傍・兼、大改、詔）―㭘〔底原〕、極（谷・東・高）→校補
5 留（底新朱抹傍）→校補
6 母（底新傍補）―ナシ〔底原〕
7 又〔兼・東・高、大改、詔〕―久（谷）
8 其―具〔底〕
9 久〔兼・谷、大、詔〕―久（東・高）
10 太―大〔底〕
11 第―弟〔底〕
12 補〔大補〕―ナシ（兼等）
13 末（底新朱抹傍・兼・谷、大）―未〔底原・東・高〕→校補
14 転＝轉〔谷擦重〕―輔（谷原）
15 故〔東・高傍〕―元（兼・谷・高、大）
16 判〔底〕―剖（底新傍朱イ・兼等、大）→校補
17 年〔大〕―ナシ（兼等）
18 朝臣（底新傍補）―ナシ〔底原〕

一 墨縄は長い間辺境の守備を経歴し、奉公して来た功労があるので。延暦八年六月庚辰条に「広成・墨縄、久在二賊地一、兼経二戦場一」とある。

二 日上の湊で溺れている軍士を救助した功労。「日上乃湊」を詔詞解に「衣川の川下なるべし」とするが、林訓釈には「胆沢地区にあった北上川渡河の港」と推定する。延暦八年六月甲戌条に「投レ河溺死一千卅六人、裸身游来一千二百五十七人」と見えるが、この時、真枚が救助に活躍したのであろう。原文「扶拯」の「拯」は「抍」に同じ。万象名義に「助也」とあり、「扶」とともに助け出す意。

三 もと黒麻呂。→㊂補23-五。右大臣任官は延暦二年七月、従二位叙位は延暦三年正月、中衛大将任官は天応元年六月。光仁朝に桓武の春宮大夫であり、延暦三年閏九月にはその田村第に桓武の行幸があった。

右大臣藤原是公没

冠《かがふり》を取《と》るべく在《あ》り。然《しか》れども[一]墨縄《すみなは》は久《ひさ》しく辺戍《へんじゅ》を歴《へ》て仕《つか》へ奉《まつ》れる労在《いさをあ》るに縁《よ》りてなも、斬刑《ざむのつみ》をば免《ゆる》し賜《たま》ひて官冠《つかさかがふり》をのみ取《と》り賜《たま》ひ、真枚《まひら》は[二]日上《ひかみ》の湊《みなと》にして溺《おほ》るる軍《いくさ》を扶《たす》け拯《すく》へる労《いさを》に縁《よ》りてなも冠《かがふり》を取《と》る罪《つみ》は免《ゆる》し賜《たま》ひて官《つかさ》をのみ解《と》き賜《たま》ひ、また小功《いささけきいさを》も有《あ》る人をば其《そ》の重《おも》き軽《かろ》きに随《したが》ひて治《をさ》め賜《たま》ひ、小罪《いささけきつみ》有《あ》る人《ひと》をば勘《かむが》へ賜《たま》はず免《ゆる》し賜《たま》はくと宣《の》りたまふ御命《おほみこと》を、衆《もろもろ》聞《き》きたまへと宣《の》る」とのたまふ。是《こ》の日《ひ》、右大臣《うだいじん》従二位兼中衛大将《ちうゑのだいしやう》[三]藤原朝臣《ふぢはら》是公薨《これきみこう》しぬ。詔《みことのり》して従一位を贈《おく》りたまふ。是公《これきみ》は、贈太政大臣《ぞうだいじやうだいじん》正一位[四]武智麿《むちまろ》の孫《うまご》、参議《さむぎ》兵部卿《ひやうぶきやう》従三位[五]乙麿《おとまろ》の第一の子《こ》なり。為人《ひととなり》長大《ちやうだい》にして兼《か》ねて威容《ゐよう》有り。宝字《ほうじ》中《ちう》、[六]従五位下を授《さづ》けられ、[七]神祇大副《じんぎだいふく》に補《ふ》せらる。[八]山背《やましろ》・播磨《はりま》の守《かみ》、左衛士督《さゑじのかみ》を歴《へ》て、神護《じんご》二年、[九]従四位下を授《さづ》けらる。[一〇]内竪《ないじゆ》・式部《しきぶ》の大輔《だいふ》、春宮大夫《しゆんぐだいぶ》を歴《へ》て、宝亀《ほうくゐ》の末《すゑ》、[一一]参議《さむぎ》左大弁《さだいべん》従三位に至《いた》る。[一二]天応《てんおう》元年、正三位を加《くは》へられ、中衛大将《ちうゑのだいしやう》兼式部卿《しきぶきやう》に遷《うつ》さる。俄《にはか》にして[一三]中納言《ちうなふごん》を拝《はい》す。中衛大将《ちうゑのだいしやう》・式部卿《しきぶきやう》は故《もと》の如《ごと》くにして、[一四]大納言《だいなふごん》に転《うつ》さる。[一五]延暦《えんりやく》二年、右大臣《うだいじん》を拝《はい》し、中衛大将《ちうゑのだいしやう》は故《もと》の如《ごと》し。是公《これきみ》、時務《じむ》を暁習《げうしふ》して、判断滞《はんだんとどこほ》ること無し。薨《こう》しぬる時《とき》、年《とし》六十三。

高倉福信没

冬十月（己巳朔）戊寅（十日）、大納言《だいなふごん》従二位[一六]藤原《ふぢはら》朝臣継縄《つぐただ》を兼中衛大将《ちうゑのだいしやう》とす。○乙酉（十七日）、散《さん》

四 →㊀九三頁注二。天平九年七月の死去した日に正一位・左大臣となり、天平宝字四年八月に太政大臣を追贈された。

五 →㊂補12―七六。天平勝宝二年十月に従三位、天平宝字三年十一月に武部卿(兵部卿)。天平宝字四年六月に没。参議については、生前参議に任じた記事はなく、薨伝に「武部卿従三位」とあり、補任では非参議・従三位として天平勝宝二年から天平宝字元年まで載せている一方、本条や藤原雄友薨伝(後紀弘仁二年四月丙戌条)は「参議兵部卿従三位」とし、分脈にも参議と記している。

六 従五位下叙位は天平宝字五年正月。

七 神祇大副への任官記事は続紀では本条のみ。

八 山背守任官は天平宝字八年十一月、播磨守任官は同八年十月、左衛士督任官は天平神護元年九月。

九 従四位下叙位は天平神護二年二月。

一〇 内竪大輔任官は神護景雲元年七月。宝亀五年三月には春宮大夫として式部大輔を兼ねた。

一一 参議任命は宝亀五年五月、左大弁兼官は同八年十月、従三位叙位は同十年正月。

一二 天応元年四月に正三位となり、同六月に式部卿兼中衛大将に任官。

一三 中納言任官は天応元年九月。

一四 大納言任官は延暦元年六月。

一五 右大臣任官は延暦二年七月で、「中衛大将如レ故」とされた。

一六 武智麻呂の孫、豊成の第二子。→㊂二六一頁注一。室の百済王明信(㊃補31―七)とともに桓武の信任が厚かった。右大臣藤原是公が上文九月戊午に没して、この時太政官の首座。大納言任官は延暦二年七月。中衛大将の前任者も藤原是公(延暦八年九月戊午条)。

位従三位高倉朝臣福信薨。福信、武蔵国高麗[1]郡人也。本姓肖[2]奈。其祖福徳、属二唐将李勣抜二平[3]壌城一、来[4]二帰国家一、為[5]二武蔵人[6]一焉[7]。福信、即福徳之孫也。小年随二伯父肖[8]奈行文一入レ都。時与二同輩一、晩頭往二石[9]上衢[10]一、遊二戯[11]相撲一。巧用二其力一、能勝二其敵[12]一。遂聞[13]二内裏一、召令レ侍二内竪所一、自レ是着[14]レ名[15]。初任二右[16]衛士大志一、稍遷、天平中、授二外従五位下一、任二春宮亮[17]一。聖武[18]皇帝、甚加二恩[19]幸一。勝宝初、至二従四位紫微少弼一。改二本姓一賜二高麗朝臣一、遷二信部大輔一。神護元年、授二従三位一、拝二造宮卿一、兼歴二武蔵・近江守一。宝亀十年、上レ書言、臣、自レ投二聖化一、年歳已深。但[20]雖二新[21]姓之栄、朝臣過一レ分、而旧俗之号、高麗未レ除。伏乞、改[22]二高麗一以為二高倉一。詔許レ之。天応元年、遷二弾正尹一、兼二武蔵守一。延暦四年、上レ表乞レ身、以二散位一帰レ第[23]焉。薨時、年八十一。〇己丑、授二正六位上巨勢朝臣野足従五位下一。〇辛卯、以二従五位下巨勢朝臣野足一為二陸奥鎮守副

1 麗〔底原・底新朱抹傍〕↓校補
2 肖（底新朱抹傍・東・高）—小月〔底原〕、背（兼・谷、大）↓脚注・校補
3 平（底傍補）—ナシ〔底原〕↓校補
4 来〔底原・底重・底新朱抹傍〕↓校補
5 為〔兼・谷原・東・高〕—居（谷擦重、大）
6 人〔底〕—ナシ
7 焉〔兼傍・谷原・東・高、大〕—為（兼・谷擦重）
8 肖〈意改〉—小月〔底原〕、背（底新朱抹傍・兼等、大、類七三）
9 石（底新傍朱イ）—名〔底〕
10 衢（底新朱抹傍）—衛〔底原〕
11 戯（底新朱抹傍）—献〔底原〕
12 敵↓校補
13 聞—開（兼）
14 着〔底原・底新朱抹傍〕↓校補
15 名（底新朱抹傍）—左〔底原〕
16 右（底新朱抹傍）—為〔底原〕↓校補
17 亮（底新朱抹傍）—高〔底原〕
18 武（底傍補）—ナシ〔底原〕
19 恩（底新朱抹傍）—息〔底原〕
20 但↓校補
21 新—雑〔底〕
22 改—ナシ（高）
23 第—弟（東）

一 もと肖奈公。→㈡三三九頁注一一・㈢四五頁注一八。
二 →㈡一五頁注一〇。
三 →㈢補17—一七。
四 福信の祖父。高句麗の滅亡とともに渡来し、武蔵国の高麗郡に住んだ。高句麗の五部の一つ「消奴部」の地域出身か。
五 唐の高句麗遠征軍の将軍（遼東道行軍大総管）で英国公。平壌城を破り、高句麗を滅亡させた。神亀四年十二月丙申条や書紀天智七年十月条にも高麗を滅ぼしたことを記す。旧唐書巻六七・新唐書巻九三に伝がある。
六 高句麗の王城。李勣らが平壌城を破り高句麗王を捕えたのは唐高宗の総章元年（六六八）九月。 七 李勣が平壌城を破るに及んで、の意。
八 天皇をさす。名例律6(1)の「国家」（唐律では「社稷」）の注に「不下敢指二斥尊号一、故託云二国家一」とある。
九 少年。この年八十一歳で没しているから、生年は和銅二年（七〇九）。
一〇 →㈡補8—七四。養老五年正月、明経第二博士として学業を賞されており、家伝下でも宿儒に数えられている。
一一 平城京。
一二 大和国山辺郡に石上郷がある（和名抄）。現奈良県天理市石上町付近）。西へは竜田、東へは都祁を経て名張に向う東西道と上ツ道との交差点であり（現天理市櫟本町付近）、石上神宮に近く、市が所在したと推定される。また「石上衢」の所在地について、現在の天理市石上町の石上市神社に接してあったという和田萃説もある。
一三 有力な相撲人を、天皇ばかりでなく王公・卿相らが競って求めた様相は、早く神亀五年四月辛卯条に記されている。また聖武が相撲

位《ゐ》従三位[一]高倉《たかくら》朝臣福信《ふくしん》薨《こう》しぬ。福信《ふくしん》は武蔵《むざし》国[二]高麗《こま》郡の人《ひと》なり。本《もと》の姓は[三]肖《せう》奈《な》。その[四]祖《おや》福徳《ふくとく》、[五]唐将《たうしやう》李勣《りせき》、[六]平壌城《へいじやうじやう》を[七]抜《ぬ》くに属《あた》りて、[八]国家《みくに》に来帰《まう》きて、武蔵《むざし》の人《ひと》と為《あ》りき。福信《ふくしん》は即《すなは》ち福徳《ふくとく》が孫《うまご》なり。[九]小年《としわか》くして伯父《をぢ》[一〇]肖奈《せうな》行文《かうぶん》に随《したが》ひて[一一]都《みやこ》に入《い》りき。時《とき》に同輩《どうはい》と晩頭《ばんとう》に[一二]石上衢《いそのかみのちまた》に往《ゆ》きて、相撲《すまひ》を遊戯《いうけ》す。巧《たくみ》にその力《ちから》を用《もち》ゐて能《よ》くその敵《あた》に勝《か》つ。[一三]遂《つひ》に内裏《うち》に聞《きこ》えて、召《め》して[一四]内竪所《ないじゆしよ》に侍《はべ》らしめ、是《これ》より名《な》を着《あらは》す。初《はじ》め右衛士大志《うゑじのだいし》に任《にむ》し、稍《やや》くして遷《うつ》りて、[一五]天平中《てんひやうちう》に外従五位下を授《さづ》けられ、春宮亮《しゆんぐのすけ》に任《にむ》せらる。[一六]聖武皇帝《しやうむくわうてい》甚《はなは》だ恩幸《おんかう》を加《くは》へたまふ。[一七]勝宝《しようほう》の初《はじめ》、従四位紫微少弼《しびせうひつ》に至《いた》る。本《もと》の姓を改《あらた》めて高麗《こま》朝臣と賜《たま》ひ、信部大輔《しんぶだいふ》に遷《うつ》さる。[一八]神護《じんご》元年、従三位を授けられ、造宮卿《ざうくうきやう》を拝《はい》し、兼《か》ねて武蔵《むざし》・近江《ちかつあふみ》の守《かみ》を歴《へ》たり。[一九]宝亀《ほうくゐ》十年、書《しよ》を上《たてまつ》りて言《まう》さく、「臣《しん》、聖化《せいくわ》に投《とう》してより年歳《とし》已《すで》に深《ふか》し。但《ただ》し、[二〇]新《あらた》しき姓の栄《えい》、朝臣《あそみ》は分《ぶん》に過《す》ぐと雖《いへど》も、旧俗《きうぞく》の号《な》、高麗《こま》は未《いま》だ除《のぞ》かれず。伏《ふ》して乞《こ》はくは、高麗《こま》を改《あらた》めて高《たか》倉《くら》とせむことを」とまうせり。詔《みことのり》して、これを許《ゆる》したまひき。[二一]天応《てんおう》元年、弾正尹《だんじやうのゐん》に遷《うつ》され、武蔵《むざし》守を兼《か》ねたり。[二二]延暦《えんりやく》四年、表《へう》を上《たてまつ》りて身《み》を乞《こ》ひ、散位《さんゐ》を以《もち》て第《てい》に帰《かへ》りき。薨《こう》しぬる時《とき》、年《とし》八十一。〇己丑[二十一日]、正六位上[二三]巨勢《こせ》朝臣野足《のたり》に従五位下を授く。〇辛卯[二十三日]、従五位下巨勢《こせ》朝臣野足《のたり》を[二四]陸奥鎮守副《みちのおくのちんしゆふく》

の戯を観覧したことが天平六年七月丙寅条に見える。相撲節→[二]補11-五四。抜出司→[二]補8-二三。

一四 内竪所ははじめ内竪([三]補19-二二)を竪子と称した時代の竪子所であって、天平宝字七年頃から竪子の改称とともに内竪所となった。称徳朝道鏡政権下の神護景雲元年七月には内竪省([四]補28-二八)が置かれたが、光仁朝の宝亀三年二月に内竪省・内竪は廃された。のち内竪(所)は復活、大同二年再び停められたが弘仁二年また復活し、以後内竪所が続くという変遷をたどった(山本信吉説)。

一五 外従五位下叙位は天平十年三月、春宮亮任官は天平十五年六月(時の皇太子は阿倍内親王)。 一六 →[二]一三九頁注八。

一七 天平勝宝元年七月に従四位下、同十一月に従四位上叙位。紫微少弼任官は同八月。肖奈王から高麗朝臣への改姓は同二年正月、信部(中務)大輔任官は天平宝字四年正月。

一八 従三位叙位は天平神護元年正月、造宮卿任官は神護景雲元年三月以前、武蔵守任官は宝亀元年八月、近江守任官は宝亀七年三月。

一九 高麗朝臣から高倉朝臣への改姓は宝亀十年三月。上書の内容は本条にのみ載る。

二〇 肖奈王から高麗朝臣に賜姓されて、カバネ朝臣を戴いたのは有難いが、渡来系を示すウヂ名高麗を高倉と改めていただきたい。

二一 弾正尹任官は天応元年五月、武蔵守兼任は延暦二年六月。

二二 延暦四年二月に致仕を許され御杖と衾を賜わった。

二三 →補40-三〇。

二四 鎮守副将軍の前任者である池田真枚・安倍猨嶋墨縄が、胆沢での敗戦の責により上文九月戊午条で解官されたことを受けた任官。

将軍一。○丁酉、命婦従四位下大原真人[1]室[2]子卒。○十一月丁未、授二造宮大工正六位上物部建麿外従五位下一。○壬[3]午、停三止[4]摂津職勘二過公私之使一。○十二月乙亥、播磨国美嚢郡大領正六位下韓鍛[5]首広[6]富献二稲六万束於水児船瀬一。授二外従五位下一。○己丑、参議兵部[7]卿従三位多治比真人長野薨[8]。長野[9]、大納言従二位池守之孫、散位従四位下家主之子也。○庚寅、勅曰、朕有レ所レ思、宜レ停二来[10]年賀正之礼一。又勅、頃[11]者、中宮不豫、稍経二旬日一。雖レ勤二医療一、未レ有二応験一。思下帰二至道一、令上レ復二安穏一。宜レ令三畿内七道諸寺、一七箇[12]日読二誦大般若経一焉。○乙未、皇[13]太[14]后崩[15]。○丙申、以二大納言従二位藤原朝臣継縄・参議弾正尹正四位上神王・備前守正五位上当麻王・散位従五位上気[16]多王・内礼正従五位下広上王・参議左大弁正四位下紀朝臣古佐美・宮内卿従四位下石上朝臣家成・右京大夫従四位下藤原朝臣菅継・右中弁正五位下文室真人与企[17]・治部大輔従五位上藤原朝臣黒[18]麻呂・散位従五位上桑原公足床・出雲守従五位下紀朝臣兄[19]原[20]・雅楽助外従五位下息長真人

1人(底傍補)―ナシ〔底原〕
2室(底新朱抹傍)→校補
3壬午→校補
4止〔大補、紀略〕―ナシ(兼等)
5鍛―鍜(大)
6広〔底原・底新朱抹傍〕→校補
7部→校補
8薨(谷傍補)―ナシ(谷原)
9長野〔大補〕―ナシ(兼等)
10来〔兼・谷、大、類七二〕―未(東・高)
11頃→校補
12箇〔底原・底重・兼・谷・高、大〕―簡(東)
13皇太后→校補
14太―大(紀略)
15崩―薨(紀略)
16気(底傍補)―ナシ〔底原〕
17企→校補
18黒〔東・高、大改〕―里(兼・谷)
19兄(底新傍朱イ)―元〔底〕→校補
20原〔大改〕―厚(底新傍朱イ・兼等)→校補

一 →四四一五頁注二四。従四位下叙位は延暦二年二月。
二 造長岡宮使の使・判官・主典のもとで雑工らを指揮した造営技術者。上文八月庚午朔には造宮の官人以下・雑工以上に叙位・賜物があったが、ここは大工のみの特別な授位か。長岡宮の造営が続いていたことが知られる。
三 のちに平安宮造宮職の造宮大工となった物部多芸連建麻呂(後紀延暦十五年七月戊戌条、紀略延暦廿二年四月戊申条)と同一人で、美濃国多芸郡出身氏族であろう(今泉隆雄説)。
四 十一月は己亥朔なので「壬午」はない。大系本は「壬子」(十四日)かとする。
五 摂津職の勘過機能の停止→補40―三一。
六 →補40―三二。
七 他に見えず。韓鍛冶・韓鍛冶首→三一一三頁注一二・一四。中国山地の鉄生産と結びつく播磨国の韓鍛冶は養老六年三月辛亥条にも見える。なお、播磨には鍛冶戸一六烟が配されている(木工寮式)。
八 加古川河口付近の港。水児船瀬→補40―三三。
九 →四補26―一。参議任命は延暦八年正月、兵部卿任官は同七年七月、従三位叙位は同六年正月。死去の、翌九年八月八日官符(三代格)で山背国綴喜郡・河内国若江郡にあった位田が職田に改置されている。女の真宗は桓武の後宮に入り、六人の親王・内親王を産んだ(紀略弘仁十四年六月甲午条)。
一〇 →一一三三頁注一一。大納言任官は養老五年正月、従二位叙位は神亀四年正月で、天平二年九月に没。
一一 →三補9―三六。従四位下叙位は天平勝宝六年正月で、天平宝字四年三月に没。
一二 来年の賀正の礼を停めることを命じた勅。

摂津職の勘過機能を停止

多治比長野没

来年の賀正の礼を停める

皇太后高野新笠没　御葬司等を任命

将軍《しやうぐん》とす。〇丁酉《二十九日》、命婦《みやうぶ》従四位下大原《おほはら》[一]真人室子《むろこ》卒《しゆつ》しぬ。

十一月《己亥朔》丁未《九日》、造宮大工《ざうくうのおほたくみ》[二]正六位上物部建麿《もののべのたてまろ》[三]に外従五位下を授《さづ》く。〇壬午[四]、摂津職《つのしき》[五]、公私《くうし》の使《つかひ》を勘過《かむくわ》することを停止《ちやうし》す。

十二月《戊辰朔》乙亥《八日》、播磨《はりま》国美嚢《みなぎ》[六]郡大領《だいりやう》正六位下韓鍛《からかぬち》[七]首広富《ひろとみ》、稲《いね》六万束を水児《かこ》[八]船瀬《ふなせ》に献《たてまつ》る。外従五位下を授く。〇己丑《二十二日》、参議《さむぎ》兵部卿《ひやうぶきやう》従三位多治比《たぢひ》[九]真人長野《ながの》薨《こう》しぬ。長野《ながの》は、大納言《だいなふごん》従二位池守《いけもり》[一〇]の孫《うまご》、散位《さんゐ》従四位下家主《やかぬし》[一一]が子《こ》なり。〇庚寅《二十三日》、勅《みことのり》[一二]して曰《のたま》はく、「朕《われ》、思《おも》ふ所《ところ》有り、来年《きたるとし》の賀正《がしやう》の礼《れい》を停《とど》むべし」とのたまふ。また勅《みことのり》[一三]したまはく、「頃者《このころ》、中宮不豫《ちうぐうやまひ》[一四]して、稍《やや》く旬日《じゆんじつ》を経《へ》たり。医療《いれう》を勤《つと》むと雖《いへど》も未《いま》だ応験《おうげむ》有らず。至道《しだう》[一五]に帰《くゐ》して安穏《あんおん》に復《ふく》せしめむと思《おも》ふ。畿内《きない》・七道《しちだう》の諸寺《てらでら》をして一七箇日大般若経《だいはんにやきやう》[一六]を読誦《どくじゆ》せしむべし」とのたまふ。〇乙未《二十八日》、皇太后《くわうたいごう》[一七]崩《かむあが》りましぬ。〇丙申《二十九日》、大納言《だいなふごん》[一八]従二位藤原《ふぢはら》[一九]朝臣継《つぐ》縄《ただ》・参議《さむぎ》弾正尹《だんじやうのゐん》正四位上神王《みわのおほきみ》[二〇]・備前守《きびのみちのくちのかみ》正五位上当麻《たぎま》[二一]王・散位《さんゐ》従五位上気多《けた》[二二]王・内礼正《うちのゐやのかみ》従五位下広上《ひろかみ》[二三]王・参議《さむぎ》左大弁《さだいべん》正四位下紀《き》[二四]朝臣古佐《こさ》美《み》・宮内卿《くうないきやう》従四位下石上《いそのかみ》[二五]朝臣家成《いへなり》・右京大夫《うきやうのだいぶ》従四位下藤原《ふぢはら》[二六]朝臣菅継《すがつぐ》・右《う》中弁《ちうべん》正五位下文室《ふむや》[二七]真人与企《よき》・治部大輔《ちぶだいふ》従五位上藤原《ふぢはら》[二八]朝臣黒麻呂《くろまろ》・散位《さんゐ》従五位上桑原《くはばら》[二九]公足床《たるとこ》・出雲守《いづものかみ》従五位下紀《き》[三〇]朝臣兄原《えはら》・雅楽助《げがくのすけ》外従五位下息長《おきなが》[三一]真人

一三 生母高野新笠の病のため全国諸寺に七日間大般若経を読誦させることを命じた勅。
一四 高野新笠。→補35―五。即位前からの光仁の妃で、桓武の生母。天応元年四月に桓武即位とともに皇太夫人とされ、以後「中宮」「皇太后」などと記される。
一五 至極・最善の道につくことによって中宮の安泰を図りたい。
一六 →㊀六七頁注二〇。
一七 高野新笠。皇太后の尊号を追上されたのは延暦九年正月(延暦八年十二月条付載明年正月壬子条)で、要略二十九、年中行事、十二月に引く延暦九年閏三月十五日外記別日記に「延暦八年十二月廿八日辰時、皇大夫人崩於中宮」とある。本条は後の表記によるものであろう。大同元年五月に大皇大后と追尊された(後紀壬午条)。
一八 以下、高野新笠の葬送のための御葬司等の任命。延暦九年閏三月丁丑条で皇后藤原乙牟漏の葬送諸司に任じられた官人と重複する者が多い。葬送儀の諸司→㊀補2―一六四。
一九 →㊂二六一頁注一。この時継縄は議政官の首班。
二〇 →㊃一五一頁注三七。
二一 →㊃補25―七三。
二二 →㊃補27―四七。　二三 →㊃補33―一五。
二四 麻路の孫。→㊃補25―一〇六。
二五 東人の男。→㊃補25―八八。
二六 →㊃補32―五三。
二七 →一二五頁注一。
二八 →㊃補33―一。
二九 もと桑原連。→㊃補25―九九。
三〇 →二八七頁注二六。
三一 清健と同一人物か。もと息長連。清継とも。→㊃八五頁注二一。

浄継・大炊助外従五位下中臣栗原連子公、六位已下官九人一、為二御葬司一。中納言正三位藤原朝臣小黒麻呂、参議治部卿[1]正四位下壱志濃王、阿波守従五位上[2]小倉王[3]、散位従五位下大庭王・正五位下藤原朝臣真友、因幡[4]守従五位上文室真人忍坂麻呂、但馬介従五位上文室真人久賀麻呂、左少弁従五位上阿倍朝臣弟当、弾正弼従五位下文室真人八嶋、六位已下[5]官十四人、為二山作司一。信濃介従五位下多治比真人賀知[6]、安藝介外従五位下林連浦海、六位已下[7]官八人、為二養民司一。左衛士佐従五位下巨[8]勢朝臣嶋人、丹波介従五位下丹比宿禰真浄、六位已下官三人、為二作路司一。差二発左右京、五畿内、近江・丹波等国役夫一。天[9]皇服二錫紵一、避二正殿一、御二西廂一。率二皇太子及群臣一挙哀。百官及畿内、以二卅日一為二服期一。諸国三日。並率二所部百姓一挙哀。但神郷[10]者、不レ在二此限一。勅曰、中宮七々[11]御[12]斎[13]、当二来年二月十六日一。宜レ令二天下諸国国[14]分二寺見僧尼奉為誦経一焉。又毎二七日一、遣二使諸寺[15]一誦経、以追福焉。◎

[16]明年正月十四日辛亥、中納言正三位藤原朝臣小黒麻呂、

1 卿〔兼・谷、大〕—ナシ(東・高)
2 上—ナシ(高)
3 王〔兼傍按・東傍按・高傍按、大補〕—ナシ(兼等)→校補
4 幡—播〔底〕
5 下—上〔底〕
6 知〔底〕—智
7 下〔底新傍朱イ〕—上〔底〕
8 巨—臣〔底〕
9 天皇→校補
10 郷—郡(類三三)
11 々〔底〕—七
12 御〔底重〕
13 斎〔兼・谷、大〕—斉(東・高)→校補
14 国〔兼・東・高〕—々(谷、大)
15 寺〔底抹傍〕—国〔底原〕
16 明年正月〔紀略補〕—ナシ(紀略原)

一 もと栗原勝。→二〇五頁注二一。
二 装束司・御装束司に同じ。行幸や大葬等に際して置かれる臨時の官。四等官制をとる。装束司→【二】補9-一三三。
三 少黒麻呂とも。房前の孫、鳥養の男。→【四】補25-九二。 四 →【四】補28-四。 五 →補38-一。天平勝宝三年正月辛亥条で三嶋真人姓を賜わった小倉王とは別人。 六 →補39-一一。
七 是公の男。→補36-七。 八 →【四】補28-五。
九 →補34-二八。 一〇 安倍朝臣とも。→【四】補32-五四。 一一 →補35-一一。
一二 造山陵司等に同じ。陵墓造営にあたる臨時の官。御葬司と同じく四等官制をとる。→【三】五七頁注一七。
一三 賀智とも。→三五七頁注二四。
一四 →三三七頁注二。
一五 養役夫司に同じ。葬送に際し徴発された役夫への給食等にあたる臨時の官。御葬司・山作司と同じく四等官制。→【二】補8-六三。
一六 →補38-六〇。 一七 →四七頁注二。
一八 葬送に関する路を造営する臨時の官。→【四】補30-四二。御葬司などと同じく四等官制。
一九 高野新笠の陵墓造営のための役夫動員で、その負担諸国が示される。差発範囲は延暦九年閏三月の皇后藤原乙牟漏葬送時と同じ。なお宝亀元年八月の称徳葬送時には、本条の諸国以外に伊賀・播磨・紀伊等の国も合わせ役夫六三〇〇人を差発している。 二〇 薄墨色の麻布製の喪服。喪葬令2に、天皇は「為二本服二等以上親喪一、服二錫紵一」とある。 二一 延暦八年二月に移った長岡宮「東宮」の中心殿舎か。喪に服する弔意を表わすために正殿を避けた。大唐開元礼巻一三三に「為二外祖父母一挙哀」として「皇帝為二外祖父母一挙哀、本司散二下其礼一、所司随レ職供弁、尚舎奉御先於別殿設二素

浄継《きよつぐ》・大炊助《おほひのすけ》外従五位下[一]中臣栗原連《なかとみのくりはら》子公《こきみ》、六位已下の官《つかさひと》 九人を[二]御葬《みはぶりの》司《つかさ》とす。中納言《ちうなふごん》正三位[三]藤原《ふぢはら》朝臣小黒麻呂《をぐろまろ》、参議《さむぎ》治部卿《ぢぶきやう》正四位下[四]壱志濃王《いちしののおほきみ》、阿波守《あはのかみ》従五位上[五]小《を》倉《ぐら》王、散位《さんゐ》従五位下[六]大庭《おほには》王・正五位下[七]藤原《ふぢはら》朝臣真友《まとも》、因幡守《いなばのかみ》従五位上[八]文室《ふむや》真人忍坂麻呂《おしさかまろ》、但馬介《たぢまのすけ》従五位上[九]文室《ふむや》真人久賀麻呂《くかまろ》、左《さ》少弁《せうべん》従五位上[一〇]阿倍《あへ》朝臣弟当《おとまき》、弾正弼《だんじやうのひつ》従五位下[一一]文室《ふむや》真人八嶋《やしま》、六位已下の官《つかさひと》 十四人を[一二]山作司《やまつくりのつかさ》。信濃介《しなののすけ》従五位下[一三]多治比《たぢひ》真人賀知《かち》、安藝介《あきのすけ》外従五位下[一四]林《はやし》連浦海《うらうみ》、六位已下の官《つかさひと》 八人を[一五]養民司《やうみんのつかさ》。左衛士佐《さゑじのすけ》従五位下[一六]巨勢《こせ》朝臣嶋人《しまひと》、丹波介《たにはのすけ》従五位下[一七]丹比《たぢひ》宿禰真浄《まきよ》、六位已下の官《つかさひと》 三人を[一八]作路司《みちつくりのつかさ》。[一九]左右京《さうのきやう》、五畿内《ごきない》、近江《ちかつあふみ》・丹波《たには》等の国《くに》の役夫《やくぶ》を差《さ》し発《おこ》す。天皇《すめらみこと》、[二〇]錫紵《せきちよ》を服《け》し、[二一]正殿《せいでん》を避《さ》けて[二二]西廂《にしのひさし》に御《おは》します。[二三]皇太子《くわうたいし》と群臣《おみたち》とを率《ひき》ゐて[二四]挙哀《こあい》したまふ。百《ひやく》官《くわん》と畿内《きない》とは卅日を以《もち》て[二五]服期《ぶくき》とす。諸国《くにぐに》は三日。[二六]並《ならび》に所部《しよぶ》の百姓《はくせい》を率《ひき》ゐて挙哀《こあい》す。但《ただ》し[二七]神郷《かみのさと》はこの限《かぎり》に在《あ》らず。[二八]勅《みことのり》して曰《のたま》はく、「[二九]中宮《ちうぐう》の[三〇]七々の御斎《をがみ》は、[三一]来年《きたるとし》の二月十六日に当《あた》る。天下《あめのした》の諸国《くにぐに》の国分二寺《こくぶんにじ》の[三三]見《げん》にある僧尼《ほふしあま》をして奉為《おほむため》に誦経《ずきやう》せしむべし。また七日毎《ごと》に使《つかひ》を[三二]諸寺《てらでら》に遣《つかは》して誦経《ずきやう》せしめ、以《もち》て追福《ついふく》せよ」とのたまふ。

高野新笠に諡号

[三四]明年《あくるとし》正月十四日辛亥、中納言《ちうなふごん》正三位[三五]藤原《ふぢはら》朝臣小黒麻呂《をぐろまろ》、

褥牀席㆒、成㆓挙哀㆒成㆓服位㆒、南向」とあり、父母の為の時もこれに準じている。 二二「東宮」正殿に対する東の脇殿の西廂か。 二三 安殿親王。→補37-三二。桓武の長子で、後の平城天皇。 二四 声をあげて悲しみを表わす慟哭儀礼。→㊀六三頁注一四・㊂五七頁注二三。 二五 喪服を着用する服喪期間。延暦九年正月丁卯(三十日)に百官の服期があけている。なお喪葬令17では、天皇・太上天皇の場合の服喪期間は一年とする。 二六「並」は、百官・畿内・諸国とも、の意。天応元年十二月の光仁太上天皇葬時には諸国郡司に挙哀三日としている。 二七 原文「神郷」を類聚国史は「神郡」としており、天応元年十二月丁未にも神郡を服喪から除外した例があることから、神郡と同じ意で用いられたか。服喪・挙哀は凶事であるので、神郡ではそれを忌んだ。神郡→㊀補1-五六。 二八 高野新笠の死去を受けて四十九日の斎会を諸国国分寺・尼寺で行うこと、それまで七日毎に諸寺で誦経させることを命じた勅。 二九 高野新笠。 三〇 四十九日に行う仏教行事の斎会。 三一 高野新笠の死去が延暦八年十二月二十八日、その月と翌年正月は大の月であるので、二月十六日は没後四十九日めにあたる。 三二 四十九日の天下諸国の国分寺・尼寺での斎会に対し、七日毎の法事には長岡京周辺の寺院が選ばれたのであろう。 三三「見」は、見住の意。 三四 延暦九年。以下高野新笠の没後関連記事を延暦八年末の没条に続けて載せている。天応元年十二月の光仁への諡を奉上する記事も同様。 三五 少黒麻呂とも。房前の孫、鳥養の男。→㊃補25-九二。延暦元年正月の光仁太上天皇葬時も誄と諡の奉上にあたった。誄と諡→㊀補2-一六四。

率二誅[1]人一奉レ誅[2]。上レ諡、曰二天高知[3]日之子姫[4]尊一。○壬[5]子、葬二於大枝山陵一。皇太后、姓和氏、諱新[6]笠。贈[7]正一位乙継之女也。母贈[8]正一位大枝[9]朝臣真妹。后先出レ自二百済武寧王之子純[10]陀太子一。皇[11]后、容[12]徳淑[13]茂、夙[14]着二声誉一。天宗高紹[15]天皇龍潜之日[16]、娉[17]而納焉。生二今上・早良親王[18]・能登内親王一。宝亀年中、改レ姓為二高野朝臣一。今上即[19]位、尊為二皇大[20]夫人一。九年、追上二尊号一、曰二皇太后一。其百済遠祖都慕王者、河伯之女、感二日精一而所レ生。皇[21]大[22]后、即其後也。因以奉レ諡焉。

九[23]年春正月癸亥、以二従二位藤原朝臣継縄、正三位藤原朝臣小黒麻呂、正四位上神[24]王、正四位下紀朝臣古佐美、従[25]四位上和気朝臣清麻呂、正五位下文室真人与企[26]、従五位上藤原朝臣黒[27]麿・百済王仁[28]貞・三嶋真人名継、従五位下文室真人八嶋一、為二周忌御[29]斎[30]会司一。六位已[31]下[32]官九人。○丁卯、百官釈レ服従[33]レ吉[34]、是日、大祓。○二月乙酉、大[35]宰員外帥従三位藤原朝臣浜成薨。浜成、贈太政大臣正一位不比等之孫、兵部卿従三位麻呂之子也。略渉二群書一、

1・2 誅—誅〔底〕
3 知日—智(高)
4 姫〔谷、大〕—姫(兼・東・高)
5 壬子→校補
6 新(底新朱抹傍)—雑〔底原〕
7・8 贈正一位→脚注・校補
9 大(底新朱抹傍)—犬〔底原〕
10 純(底重)—紀〔底原〕
11 皇后→校補
12 容—客(東)
13 淑—済(東)
14 夙〔谷擦重、大〕—風(兼・谷原・東・高)
15 紹—ナシ(高)
16 日(底傍補)—ナシ〔底原〕
17 娉〔谷〕—聘(谷傍)→校補
18 王(底傍補)—ナシ〔底原〕
19 今上→校補
20 大(底)—太
21 皇大后→校補
22 大(底)—太
23 九年→校補
24 位—ナシ(東)
25 従(底新朱抹傍)—後〔底原〕
26 企→校補
27 黒〔東・高、大改〕—里(兼・谷)　28 仁—ナシ(東)
29 御〔大改、紀略〕—佛(底新傍朱イ・兼等)
30 斎—斉(東)
31 已(底新傍補)—ナシ〔底原〕
32 下ノ下、ナシ—以〔底〕
33 従ノ下、ナシ—従(東)
34 吉(底新朱抹傍)—古〔底原〕
35 大—太(東)

一 国風諡号。「日之子姫」は、日に感じた河伯の娘が高野新笠の遠祖を産んだとする伝承によるか。
二 諸陵寮式に「大枝陵〈太皇太后高野氏。在二山城国乙訓郡一。兆域東一町一段。西九段。南二町。北三町。守戸五烟〉」と見える。『陵墓要覧』によれば、現在の京都市西京区大枝沓掛町に比定されている。
三 皇太后の尊号追上は延暦九年正月。以下は新笠の崩伝にあたり、当日条より後の記事も含んでいる。
四 →補40-三四。
五 和乙継。後紀延暦廿三年四月辛未条の中納言従三位和朝臣家麻呂の薨伝に祖父高野朝臣弟嗣と見える。桓武外祖父として正一位を追贈されたのは、後の延暦九年十二月壬辰朔。ここは編纂時の追記。和氏→補40-三四。
六 土師宿禰真妹。高野新笠の母。桓武外祖母として正一位を追贈されるとともに大枝朝臣の姓を賜わったのは、後の延暦九年十二月壬辰朔。大枝朝臣→補40-三五。
七 百済の国王。→補40-三六。
八 百済の武寧王の太子。継体紀七年八月条に「百済太子淳陀薨」と見え、武寧王より早く亡くなったらしい。武寧王をついだ聖明王は兄弟か。
九 容姿も徳義もすぐれて備わっていた。
一〇 光仁。→三頁注二。
一一 天子となるべき人の即位以前の時。
一二 桓武。
一三 →一七九頁注九。桓武天皇の同母弟。延暦四年に藤原種継暗殺事件への嫌疑を受け、食を絶って没した(紀略九月庚辰条)。
一四 →四補31-二八。
一五 宝亀何年かは未詳。所生の山部親王(桓

誄人《るいにん》を率《ひき》ゐて誄《しのひこと》を奉《たてまつ》り、謚《おくりな》を上《たてまつ》りて、[一]天高知日之子姫尊《あめたかしらすひのこひめのみこと》と曰《まう》す。〇

高野新笠を大枝山陵に葬る

十五日壬子、[二]大枝山陵《おほえのみさざき》に葬《はぶ》る。[三]皇太后《くわうたいごう》、姓は[四]和氏《やまとのうぢ》、諱《いみな》は新笠《にひかさ》。贈《ぞう》正一位[五]乙継《おとつぐ》の女《むすめ》なり。母《はは》は贈《ぞう》正一位[六]大枝《おほえ》朝臣真妹《まいも》なり。后《きさき》の先《さき》は百済《くだら》の[七]武寧王《ぶねいわう》の子《こ》[八]純陀太子《じゆんだたいし》より出《い》づ。皇后《くわうごう》、[九]容徳淑茂《ようとくしゆくぼう》にして、夙《つと》に声誉《せいよ》を着《あらは》す。[一〇]天宗高紹《あめむねたかつがす》[一一]天皇龍潜《すめらみことりようせん》の日《ひ》、娉《めま》きて納《い》れたまふ。[一二]今上《きむじやう》・[一三]早良親王《さはらのみこ》・[一四]能登内親王《のとのひめみこ》を生《う》めり。[一五]宝亀年中《ほうくゐねんちう》に姓を改《あらた》めて[一六]高野《たかの》朝臣とす。今上即位《きむじやうくらいにつ》きたまひて、尊《たふと》びて[一七]皇大夫人《くわうたいぶにん》とす。[一八]九年、追《お》ひて尊号《そんがう》を上《たてまつ》りて[一九]皇太后《くわうたいごう》と曰《まう》す。その百済《くだら》の遠祖《とほつおや》[二〇]都慕王《とぼわう》は、[二一]河伯《かはのかみ》の女《め》、[二二]日精《ひのかみ》に感《め》でて生《う》める所《ところ》なり。皇大后《くわうたいごう》は即《すなは》ちその後《のち》なり。因《よ》りて謚《おくりな》を奉《たてまつ》る。

七九〇年
周忌御斎会司を任命

庚午九年春正月戊戌朔二十六日癸亥、従二位[二三]藤原《ふぢはら》朝臣継縄《つぐただ》、正三位[二四]藤原《ふぢはら》朝臣小黒麻呂《をぐろまろ》、正四位上[二五]神王《みわのおほきみ》、正四位下[二六]紀《き》朝臣古佐美《こさみ》、従四位上[二七]和気《わけ》朝臣清麻呂《きよまろ》、正五位下[二八]文室《ふむや》真人与企《よき》、従五位上[二九]藤原《ふぢはら》朝臣黒麿《くろまろ》・[三〇]百済王仁貞《くだらのこにきしにんちやう》・[三一]三嶋《みしま》真人名継《なつぐ》、従五位下[三二]文室《ふむや》真人八嶋《やしま》を[三三]周忌御斎会司《しうきごさいゑのつかさ》とす。六位已下の官《つかさひと》九人。〇三十日丁卯、

百官釈服

百官《ひやくくわん》、[三四]服《ぶく》を釈《ぬ》きて吉《きち》に従《したが》ふ。是《こ》の日《ひ》、大祓《おほはらへ》す。

藤原浜成没

戊辰朔十八日二月乙酉、大宰員外帥《だいさいのゐんぐゑのそち》従三位[三五]藤原《ふぢはら》朝臣浜成薨《はまなりこう》しぬ。浜成《はまなり》は、贈太政《ぞうだいじやう》大臣《だいじん》正一位[三六]不比等《ふひと》の孫《うまご》、兵部卿《ひやうぶきやう》従三位[三七]麻呂《まろ》の子《こ》なり。略群書《ほぼぐんしよ》に渉《わた》りて、

武)が立太子した同四年正月頃かとする説(林陸朗)がある。
一六 高野朝臣を称しているのは和朝臣の中で新笠と父乙継のみである。
一七 桓武即位直後の天応元年四月癸卯詔で皇太夫人の称を得ている。
一八 延暦九年。
一九 生前皇后とはなっていないが、皇太后と追尊。
二〇 →補40―三七。
二一 河の神。水神。　二二 日の精光。
二三 →[三]二六一頁注一。この時大納言で議政官の首班。
二四 少黒麻呂とも。房前の孫、鳥養の男。→[四]補25―九二。この時中納言。
二五 →[四]一五一頁注三七。この時参議。
二六 麻路の孫。→[四]補25―一〇六。この時参議。
二七 →[四]補26―一〇。
二八 →一二五頁注一。
二九 →[四]補33―一。是公と改名し、延暦八年九月に右大臣で没した黒麻呂とは別人。
三〇 →補34―二八。
三一 →補37―二五。
三二 →補35―二。
三三 高野新笠の一周忌の仏教斎会のための司。本年十二月己未(二十八日)に中宮周忌が大安寺で営まれている。なお、周忌に四十九日を含む場合もあり、ここはそれを含む可能性もある。
三四 服喪があけ、喪服から通常の服装にもどること。前年十二月丙申に百官は三〇日の服期とされていた。
三五 もと浜足。→[三]補18―一八。
三六 藤原不比等。→[一]補1―八六。
三七 藤原麻呂。→[二]三七頁注九。

頗習二術数一。以二宰輔[1]之胤一、歴二職内外一、所在無レ績[2]、吏民
患レ之。宝亀中、至二参議従三位一。歴二弾正尹・刑部卿一。
天応元年、坐レ事左遷。至レ是、薨二於任所一。時年六十七。
○壬辰、民部省加二置大丞[3]一人[4]一。主計寮少允・少属各一
人。越前・肥後二国、各掾一人。○癸巳、授二従五位上紀
朝臣木津魚正五位下、外従五位上池原公綱主・外従五位
下入間宿禰広成・正六位上吉備朝臣与智麻呂並従五位
下一。○甲午、詔、以二大納言従二位藤原朝臣継縄[5]一為二右
大臣一。中納言正三位藤原朝臣小黒麻呂為二大納言一。従四
位上大伴宿禰潔足、従四位下石川朝臣真守[6]・大中臣朝臣[7]
諸魚・藤原朝臣雄友[8]為二参議一。授二従三位紀朝臣[9]船守正三
位、正[10]五[11]位[12]上[13]当麻王従四位下、无位謂奈王従五位下、正
四位下紀朝臣古佐美正四位上、従四位上和気朝臣清麻呂
正四位下、正五位下[14]文室真人高嶋・百済王玄鏡並従四位
下、従五位上百済王仁貞正五位上、従五位上羽栗臣翼正
五位下、従五位下藤原朝臣末茂従五位上、正六位上百済
王鏡仁従五位下一。是日、詔曰、百済王等者、朕之外戚也。

1輔(底擦重)―相〔底原〕
2績〔底原・谷、大〕―儹(底新朱抹傍・兼・高)、儧(東)
3丞(兼・谷・東、大、類一〇七)―並〔底〕→校補
4人〔谷擦重〕―大(谷原)
5継以下一六字(底傍補)―ナシ〔底原〕
6真(底擦重)―諸〔底原〕
7朝臣―ナシ〔底〕
8友ノ下、ナシ―並(大補)
9臣(底擦重)―朝〔底原〕
10正(底傍補)―ナシ〔底原〕→校補
11五(兼等、大)―三(底傍補)、ナシ〔底原〕→校補
12位(底傍補)―ナシ〔底原〕→校補
13当→校補
14下〔底〕―上→脚注・校補

一 卜筮・占候や天文・暦数などをさす。
二 宰相(大臣)として国事に当たった人物(具体的には上文の不比等・麻呂)の子孫、の意。
三 宝亀三年四月に参議任命、同七年正月に従三位叙位。
四 宝亀十年に弾正尹に任官(補任)、同二年閏三月・同五年三月に刑部卿に任官。
五 藤原浜成左遷の理由→補40―三八。
六 →補40―三九。
七 主計寮の少允・少属は職員令22では定員各一人。
八 →補40―四〇。
九 →補36―五五。従五位上を特授されたのは延暦二年正月。
一〇 →補38―六一。外従五位上叙位は延暦四年十一月。
一一 もと物部(直)。武蔵国入間郡の人。→[四]補25―六二。外従五位下叙位は天応元年九月。
一二 延暦十年正月に相模介となる。吉備朝臣→[三]三五頁注一九。
一三 右大臣・大納言・参議を任じた詔。桓武朝では延暦元年六月に藤原魚名が免ぜられてから左大臣は任じられず、右大臣は同八年九月に藤原是公が没してから空席。
一四 →[三]二六一頁注一。大納言任官は延暦二年七月。
一五 少黒麻呂とも。房前の孫、鳥養の男。→[四]補25―九二。中納言任官は延暦三年正月。
一六 →[三]補20―五九。
一七 →[四]四一頁注一六。
一八 →五頁注一。
一九 →補37―一三。

頗《すこぶ》る[一]術数《じゆつすう》に習《なら》へり。[二]宰輔《さいふ》の胤《すゑ》なるを以て職《しき》を内外《ないぐゑ》に歴《ふ》れども、所在《あるところ》に績《いさを》無くして、吏民《りみん》これを患《うれ》ふ。宝亀中《ほうくゐちう》に[三]参議《さむぎ》従三位に至《いた》る。[四]弾正尹《だんじやうのゐん》・刑部《ぎやうぶ》卿《きやう》を歴《へ》たり。天応《てんおう》元年、[五]事《こと》に坐《つみ》せられて左遷《させん》せらる。是《ここ》に至《いた》りて任所《にむしよ》に薨《こう》しぬ。時《とき》に年《とし》六十七。○壬辰《二十五日》、[六]民部省《みんぶしやう》に大丞《だいじよう》一人を加《くは》へ置《お》く。[七]主計寮《しゆけいれう》には少允《せういん》・少属《せうぞく》各《おのおの》一人。[八]越前《こしのみちのくち》・肥後《ひのみちのしり》の二国には各掾《じよう》一人。○癸巳《二十六日》、従五位上[九]紀《き》朝臣木津魚《こつを》に正五位下を授《さづ》く。外従五位上[一〇]池原《いけはら》公綱主《つなぬし》・外従五位下[一一]入間《いるま》宿禰広成《ひろなり》・正六位上[一二]吉備《きび》朝臣与智麻呂《よちまろ》に並《ならび》に従五位下。○甲午《二十七日》、[一三]詔《みことのり》して、大納言《だいなふごん》従二位[一四]藤原《ふぢはら》朝臣継縄《つぐただ》を右大臣《うだいじん》としたまふ。中納言《ちうなふごん》正三位[一五]藤原《ふぢはら》朝臣小黒麻呂《をぐろまろ》を大納言《だいなふごん》。従四位上[一六]大伴《おほとも》宿禰潔足《きよたり》、従四位下[一七]石川《いしかは》朝臣真守《まもり》・[一八]大中臣《おほなかとみ》朝臣諸魚《もろうを》・[一九]藤原《ふぢはら》朝臣雄友《をとも》を参議《さむぎ》。従三位[二〇]紀《き》朝臣船守《ふなもり》に正三位を授く。正五位上[二一]当麻王《たぎまのおほきみ》に従四位下。无位[二二]謂奈《ゐな》王に従五位下。正四位下[二三]紀《き》朝臣古佐美《こさみ》に正四位上。従四位上[二四]和気《わけ》朝臣清麻呂《きよまろ》に正四位下。[二五]正五位下[二六]文室《ふむや》真人高嶋《たかしま》・[二七]百済王《くだらのこにきし》玄鏡《ぐゑんきやう》に並に従四位下。従五位上[二八]百済王《くだらのこにきし》仁貞《にんちやう》に正五位上。従五位上[二九]羽栗《はくり》臣翼《つばさ》に正五位下。従五位下[三〇]藤原《ふぢはら》朝臣末茂《すゑしげ》に従五位上。正六位上[三一]百済王《くだらのこにきし》鏡仁《きやうにん》に従五位下。是《こ》の日《ひ》、[三二]詔《みことのり》して曰《のたま》はく、「百済王《くだらのこにきし》等《たち》は[三三]朕《わ》が外戚《ぐわいせき》なり。

藤原継縄を右大臣に、藤原小黒麻呂を大納言に任命

叙位

外戚百済王氏に特別に昇叙を行う

二〇 →[四]補25-四一。従三位叙位は延暦三年十二月。
二一 →[四]補25-七三。正五位上叙位は延暦二年二月。
二二 他に見えず。系譜未詳。選叙令35によれば諸王の子。
二三 麻路の孫。→[四]補25-一〇六。正四位下叙位は延暦六年五月。
二四 →[四]補26-一〇。従四位上叙位は延暦三年十二月。
二五 底本「正五位下」とあるが、文室高嶋は延暦五年正月に、百済王玄鏡は同八年正月にそれぞれ正五位上に昇叙しており、ここは「正五位上」とあるべきか。
二六 →[三]四二一頁注一三。
二七 →[四]補33-二九。
二八 →補34-二八。従五位上叙位は延暦二年二月。
二九 →[四]補27-三〇。従五位上叙位は延暦四年八月。
三〇 →三三三頁注二二。従五位下叙位は宝亀八年三月。延暦三年九月に日向介に左降されたが同七年三月には内匠頭となっている。
三一 本年三月に豊後介(続紀)、延暦十八年二月治部少輔、同年六月右少弁、同二十四年正月には従五位上で右中弁、大同元年正月百済王氏居地の河内守となった(後紀)。百済王→[一]三一頁注一七。
三二 桓武の外戚である百済王氏の人に特別な昇叙を行うという詔。前年末の高野新笠の死去と関係するか。
三三 桓武。桓武の母高野新笠の父は百済系渡来氏族の和乙継であり、上文延暦八年十二月条付載明年正月壬子条に「后先出レ自二百済武寧王之子純陀太子一」とする。

今、所以、擢二一両[1]人一、加二授爵位一也。○三月己亥、正[2]六位上秦造子嶋・従六位下大田首豊縄[3]並授二外従五位下一。○庚子、停二節宴一。以二凶服雖レ除、忌序未レ周也。日向権介正五[4]位上勲四等百済王俊[5]哲、免二其罪一令レ入レ京。○丙午、以二従[6]五位下巨[7]勢朝臣嶋人一為二山背守一。左衛士佐如レ故。従五位下藤原朝臣今川[8]為二伊勢介一。従五位下大原真人美気為二尾張守一。雅楽頭正五位下文室真人波多麻呂為二兼参河[9]介一。鼓吹[10]正外従五位下奈良忌寸長野為二兼遠江介一。従五位上藤原朝臣黒[11]麿為二駿河守一。木工助外従五位下高篠連広浪為二兼介一。従[12]五位下都努朝臣筑紫麿為二武蔵介一。従五位下大野朝臣仲男為二安房守一。参議弾正尹正四位上神王為二兼下総守一。従五位下入間宿禰広成為二常陸介一。大蔵大輔正五位下藤原朝臣乙叡為二兼信濃守一。侍従[13]如レ故。従五位上多治比真人浜成為二陸奥按察使兼守一。近衛少将従五位下坂上大宿禰田村麻呂為二兼越後守一。内匠助如レ故。従[14]五位下大宅朝臣広[15]江為二丹後守一。従五位下藤[16]原朝臣仲成為二出雲介一。従五位上藤[17]

1 両(底新朱抹傍)—雨〔底原〕
2 正六位上→脚注・校補
3 縄→校補
4 五〔谷傍補、大〕—ナシ(兼一字空・谷原・東一字空・高一字空)→校補
5 俊(底新朱抹傍)—後〔底原〕
6 従(底新朱抹傍)—後〔底原〕
7 巨(底新朱抹傍)—臣〔底原〕
8 川(底新朱抹傍)—以〔底原〕
9 河—川(東)
10 吹〔底原・底新朱抹傍〕→校補
11 黒〔東・高、大改〕—里(兼・谷)
12 従(底擦重)—為〔底原〕
13 従—徒〔底〕
14 従以下一四字〔東・高、大補〕—ナシ(兼・谷)
15 広＝廣〔底原・底新朱抹傍〕→校補
16・17 藤〔底原・底新朱抹傍〕→校補

一 この日の叙位で百済王氏の玄鏡・仁貞・鏡仁らの昇叙があったことをさす。特に仁貞の場合は二階昇っている。
二 下文庚子条の節宴は三月三日節にあたるので、二月は大の月、三月は小の月となる。三月朔は戊戌。
三 →三〇七頁注一七。延暦三年十一月癸卯条で外従五位下で右衛士大尉に任じられており、本条と位階に齟齬がある。
四 下文壬戌(二十五日)条で左衛士大尉に任官。大田首は、大田部の部分的伴造とする説(太田亮)がある。
五 三月三日の節日(雑令40)の曲水宴(□一補2-三一)を停止した。
六 桓武の母高野新笠が延暦八年十二月乙未に死去しており、本年正月丁卯に百官の喪服は解かれたが、一周忌(喪葬令17に父母の服紀一年とする)は経ていない。正月癸亥には周忌御斎会司も任じられている。
七 →□四補33-四三。延暦六年閏五月に、事に坐して鎮守将軍から日向権介に左降されていた。
八 →補38-六〇。前年十二月に左衛士佐で高野新笠葬送の作路司となった。山背守の前任者は三嶋名継(延暦五年二月丁丑条)。
九 →補39-一三。伊勢介の前任者は下文壬戌(二十五日)条で下総介に遷任する田中浄人(延暦八年四月丙戌条)。
一〇 →□四補33-三六。前年の延暦八年二月丁丑にも尾張守となっている。
一一 →□三補20-一七。雅楽頭任官は延暦二年六月。参河介の前任者は御使浄足(延暦六年二月庚申条)。
一二 もと秦忌寸。→二二三頁注二。鼓吹正任官は延暦六年二月。
一三 →□四補33-一。前官は治部大輔(延暦八年十二月丙申条)。駿河守の前任者は三嶋大湯坐(延暦七年七月庚午条)。
一四 もと衣枳首。→補38-一二。ここで木工助とあるのは、長岡京木簡に見える「木工助高篠連□□」と一致する(『木簡研究』九-三六頁)。

今《いま》、所以《このゆゑ》に、一[一]両人《ひとりふたり》を擢《ぬきあ》げて爵位《しやくゐ》を加《くは》へ授《さづ》く」とのたまふ。

三[二]月（戊戌朔）己亥（二日）、正六位上秦《はだ》[三]造子《こ》嶋《しま》・従六位下大田《おほた》[四]首豊縄《とよなは》に並《ならび》に外従五位下を授く。

三月三日の節宴を停止

○庚子（三日）、節宴《せちえん》[五]を停《とど》む。凶服《くぶく》[六]を除《のぞ》くと雖《いへど》も、忌序《きじよ》未《いま》だ周《いた》らぬを以《もち》てなり。日向権介《ひうがのごんのすけ》正五位上勲《くん》四等百済王俊哲《くだらのこにきししゆんてつ》[七]、その罪《つみ》を免《ゆる》して京《みやこ》に入《い》らしむ。

任官

○丙午（九日）、従五位下巨勢《こせ》[八]朝臣嶋人《しまひと》を山背《やましろ》守とす。左衛士佐《さゑじのすけ》は故《もと》の如《ごと》し。従五位下藤原《ふぢはら》[九]朝臣今川《いまかは》を伊勢介《いせのすけ》。従五位下大原《おほはら》[一〇]真人美気《みけ》を尾張《をはり》守。雅楽頭《げがくのかみ》正五位下文室《ふむや》[一一]真人波多麻呂《はたまろ》を兼参河《みかは》介。鼓吹正《くすいのかみ》外従五位下奈良《なら》[一二]忌寸長野《ながの》を兼遠江《とほつあふみ》介。従五位上藤原《ふぢはら》[一三]朝臣黒麿《くろまろ》を駿河《するが》守。木工助《もくくのすけ》外従五位下高篠《たかしの》[一四]連広浪《ひろなみ》を兼介《すけ》。従五位下都努《つの》[一五]朝臣筑紫麿《つくしまろ》を武蔵《むざし》介。従五位下大野《おほの》[一六]朝臣仲男《なかつを》を安房《あは》守。参議《さむぎ》弾正尹《だんじやうのゐん》正四位上神王《みわのおほきみ》[一七]を兼下総《しもつふさ》守。従五位下入間《いるま》[一八]宿禰広成《ひろなり》を常陸《ひたち》介。大蔵大輔《おほくらのだいふ》正五位下藤原《ふぢはら》[一九]朝臣乙叡《おとえ》を兼信濃《しなの》守。侍従《じじゆ》は故《もと》の如《ごと》し。従五位下平群《へぐり》[二〇]朝臣清麿《きよまろ》を介。従五位上多治比《たぢひ》[二一]真人浜成《はまなり》を陸奥按察使《みちのおくのあんせちし》兼守《かみ》。近衛少将《このゑのせうしやう》従五位下坂上《さかのうへ》[二二]大宿禰田村麻呂《たむらまろ》を兼越後《こしのみちのしり》守。内匠助《うちのたくみのすけ》は故《もと》の如《ごと》し。従五位下大宅《おほやけ》[二三]朝臣広江《ひろえ》を丹後《たにはのみちのしり》守。従五位下藤原《ふぢはら》[二四]朝臣仲成《なかなり》を出雲《いづも》介。従五位上藤《ふぢ》[二五]

一五 角朝臣とも。↓補40―三。前官は中衛将監か（延暦八年八月辛巳条）。武蔵介の前任者は紀楫人（延暦五年八月甲子条）。一六 ↓四一七頁注三一。前官は安房権守（延暦八年四月丙戌条）。安房守の前任者は文室子老（延暦八年二月丁丑条）。一七 ↓四一五一頁注三七。参議任命は宝亀十一年三月。弾正尹任官は延暦四年五月。下総守の前任者は本条で兼信濃守となった藤原乙叡（延暦七年二月甲申条）。一八 もと物部（直）。武蔵国入間郡の人。↓四補25―六二。延暦八年九月に、征東副将軍として胆沢での敗戦につき勘問されたが、重い責めはなかったらしい。常陸介の前任者は本条で陸奥按察使兼守に任官した多治比浜成か（延暦六年二月庚辰条）。一九 ↓二九七頁注二一。大蔵大輔任官年時は未詳。侍従任官は延暦三年七月。信濃守には下総守（延暦七年二月甲申条）から遷。信濃守の前任者は県犬養堅魚麻呂（延暦五年十月甲子条）。二〇 ↓補38―三三。前官は大膳亮（延暦四年十一月甲辰条）。信濃介の前任者は多治比賀智（延暦八年十二月丙申条）。二一 ↓補35―四二。延暦七年三月に征東副使となり、胆沢の敗戦の際にも戦功を認められ処罰をまぬがれた（延暦八年七月丁巳条）。前官は常陸介か（延暦六年二月庚辰条）。陸奥按察使兼守の前任者は下文壬戌（二十五日）条で右中弁に遷任する多治比宇美（延暦七年二月丙午条）。二二 ↓補38―七五。近衛少将任官は延暦六年九月。内匠助任官は同六年三月。越後守の前任者は葛井道依（延暦四年正月辛亥条）。二三 ↓補38―三三。前官は大蔵少輔（延暦七年三月己巳条）。丹後守の前任者は石川魚麻呂（延暦六年二月庚辰条）。二四 ↓三五三頁注三一。前官は衛門佐（延暦五年正月己未条）。出雲介の前任者は安倍真黒

原朝臣末茂為二美作守一。正五位下中臣[1]朝臣常為二紀伊守一。図[2]書頭従五位上津連真道為二兼伊[3]豫守一。東宮学士・左兵衛佐如レ故[4]。従五位下高[5]橋朝臣祖麻呂為レ介。正五位下文室真人那保企[6]本名与企、為二大宰大弐一。正五位下粟[7]田朝臣鷹守為二肥後守一。従[8]五位下百済王鏡仁為二豊後介一。○辛亥、伯耆・紀伊・淡路[9]・参河・飛驒[10]・美作等六国飢。賑二給之一。○壬戌[11]、以二正五位上百済王仁貞一為二左中弁一。正五位下多治比真人宇[12]美為二右中弁一。従五位下藤原朝臣真鷲為二右少弁一。従五位下藤原朝臣弟友為二侍従一。々[13]五位下物部多藝宿禰国足為二図書[14]助一。常陸大掾如レ故。従四位下藤原朝臣内麻呂為二内蔵頭一。右衛[15]士督・越前守如レ故。右[16]京大夫従四位下藤原朝臣菅嗣[17]為二兼陰陽頭一。正五位下紀朝臣木津魚為二内匠頭一。従五位下百済王元信為二治部少輔一。外従五位下上毛野公[18]薩摩為二主税助一。従四位上[19]大伴宿禰潔足為二兵部卿一。正五位下藤原朝臣乙叡為二大輔一。侍従・信濃守如レ故。従五位下甘南備真人浄野為二少輔[20]一。従五位下藤原朝臣岡継為二大判事一。従五位下和朝臣国守為二大蔵

1朝臣(底傍補)—ナシ〔底原〕
2書(底抹傍)—所〔底原〕
3豫—与(東)→校補
4故〔谷擦重〕—従(谷原)
5橋(底傍補)—ナシ〔底原〕
6企→校補
7粟—栗〔底〕
8従〔兼・谷重・谷傍・東・高、大〕—後(谷原)→校補
9路〔底重〕
10驒(兼・谷、大)—駅〔底原・底新朱抹傍〕、弾(東・高)→校補
11戌(底新朱抹傍)—成〔底原〕
12宇(底新朱抹傍)—守〔底原〕
13々〔底〕—従
14書(底抹傍)—所〔底原〕
15衛(底新朱抹傍)—徳〔底原〕
16右〔底〕—左→脚注
17嗣(底新朱抹傍)—副〔底原〕
18公〔底原・底新朱抹傍〕→校補
19上〔兼・谷、大〕—下(東・高)
20輔(底擦重)—野〔底原〕

麻呂(延暦五年正月己未条)。

二五 →三三頁注二三。前官は内匠頭(延暦七年三月己巳条)。美作守の前任者は藤原小黒麻呂(延暦七年七月庚午条)。

一 →四補25-八四。前官は宮内大輔(延暦八年五月己巳条)。紀伊守の前任者は下文壬戌(二十五日)条で右衛士佐に遷任する伊勢水通(延暦五年正月乙卯条)。

二 のち菅野朝臣。→一補1-一二。図書頭任官は延暦八年三月。東宮学士任官は同四年十一月。左兵衛佐任官は同三年十一月。伊予守には前兼官伊予介(延暦八年三月戊午条)からの昇任。伊予守の前任者は葛井根主(延暦四年正月辛亥条)。

三 →補34-一八。前官は内膳奉膳か(宝亀十年六月辛亥条)。伊予介の前任者は本条で守となった津真道(延暦八年三月戊午条)。

四 →一二五頁注一。本条で与企から那保企への改名が知られる。前官は右中弁(延暦八年十二月丙申条)。大宰大弐の前任者は上文二月甲午に参議になった石川真守か(延暦二年五月辛卯条)。

五 →四補27-四四。前官は長門守(延暦八年三月戊午条)。肥後守の前任者は多治比乙安か(延暦二年三月乙酉条)。

六 →四五五頁注三一。

七 参河・飛驒・伯耆・美作・紀伊・淡路の順で記すべきところ。

八 →補34-一八。前官は中宮亮(延暦八年三月戊午条)。左中弁の前任者は大伴弟麻呂(延暦七年二月丙午条)。

九 →補36-一〇。前官は陸奥按察使守兼鎮守将軍(延暦七年二月丙午条)。右中弁の前任者は上文丙午(九日)条で大宰大弐に遷任した文

伯耆等六国飢饉

任官

原《はら》朝臣末茂《すゑしげ》を美作《みまさか》守。正五位下中臣《なかとみ》[一]朝臣常《つね》を紀伊《き》守。図書頭《づしよのかみ》従五位上津《つ》[二]連真道《まみち》を兼伊予《いよ》守。東宮学士《とうぐうがくし》・左兵衛佐《さひやうゑのすけ》は故《もと》の如《ごと》し。従五位下高橋《たかはし》[三]朝臣祖麻《おやま》呂《ろ》を介《すけ》。正五位下文室《ふむや》[四]真人那保企《なほき》本の名《な》は与企《よき》。を大宰大弐《だいさいのだいに》。正五位下粟《あは》[五]田《た》朝臣鷹守《たかもり》を肥後《ひのみちのしり》守。従五位下百済王《くだらのこにきし》[六]鏡仁《きやうにん》を豊後《とよくにのみちのしり》介。○辛亥[十四日]、伯耆《ははき》[七]・紀伊《き》・淡路《あはぢ》・参河《みかは》・飛騨《ひだ》・美作《みまさか》等の六国飢《う》ゑぬ。これに賑給《しんごふ》す。○壬戌[二十五日]、正五位上百済王《くだらのこにきし》[八]仁貞《にんちやう》を左中弁《さちうべん》とす。正五位下多治比《たぢひ》[九]真人宇美《うみ》を右《う》中弁《ちうべん》。従五位下藤原《ふぢはら》[一〇]朝臣真鷲《まわし》を右少弁《うせうべん》。従五位下藤原《ふぢはら》[一一]朝臣弟友《おととも》を侍従《じじゆ》。従五位下物部多藝《もののべのたぎ》[一二]宿禰国足《くにたり》を図書助《づしよのすけ》。常陸大掾《ひたちのだいじよう》は故《もと》の如《ごと》し。従四位下藤原《ふぢはら》[一三]朝臣内麻呂《うちまろ》を内蔵頭《うちのくらのかみ》。右衛士督《うゑじのかみ》・越前《こしのみちのくち》守は故《もと》の如《ごと》し。右京大夫《うきやうのだいぶ》[一四]従四位下藤原《ふぢはら》[一五]朝臣菅嗣《すがつぐ》を兼陰陽頭《おむやうのかみ》。正五位下紀《き》[一六]朝臣木津魚《こつを》を内匠頭《うちのたくみのかみ》。従五位下百済王《くだらのこにきし》[一七]元信《ぐゑんしん》を治部少輔《ぢぶせうふ》。外従五位下上毛野《かみつけの》[一八]公薩摩《さつま》を主税助《しゆさいのすけ》。従四位上大《おほ》[一九]伴《とも》宿禰潔足《きよたり》を兵部卿《ひやうぶきやう》。正五位下藤原《ふぢはら》[二〇]朝臣乙叡《おとえ》を大輔《だいふ》。侍従《じじゆ》・信濃《しなの》守は故《もと》の如《ごと》し。従五位下甘南備《かむなび》[二一]真人浄野《きよの》を少輔《せうふ》。従五位下藤原《ふぢはら》[二二]朝臣岡継《をかつぐ》を大判事《だいはんじ》。従五位下和《やまと》[二三]朝臣国守《くにもり》を大蔵《おほくらの》

室郡保企(延暦八年十二月丙申条)。

一〇 魚名の男。→補36-六〇。前官は伯耆守(延暦五年正月乙卯条)。右少弁の前任者は本条で大宰少弐に遷任した多治比継兄(延暦七年二月丙午条)。

一一 是公の三男。→補38-二四。前官は宮内少輔(延暦五年正月己未条)。本条下文でも任宮内少輔。

一二 もと多芸連。→補34-五三。常陸大掾任官は延暦五年八月。

一三 房前の孫、真楯の三男。→補36-五六。右衛士督任官は延暦八年三月。越前守任官は同五年正月。

一四 →四二三頁注一二。

一五 菅継とも。→四補32-五三。右京大夫任官は延暦八年三月。陰陽頭の前任者は高橋御坂か(延暦四年正月辛亥条)。

一六 →補36-五五。前官は右兵衛督(延暦八年八月辛巳条)。内匠頭の前任者は上文丙午(九日)条で美作守に遷任した藤原末茂(延暦七年三月己巳条)。

一七 →三九一頁注二二。

一八 →補36-四三。主税助の前任者は本条で伊勢介に遷任した麻田真浄(延暦七年二月丙午条)。

一九 →三補20-五九。この時参議(延暦九年二月甲午条)。前官は衛門督(延暦七年三月己巳条)。兵部卿の前任者は前年十二月己丑に没した多治比長野。

二〇 →二九七頁注二一。信濃守任官は上文丙午(九日)。侍従任官は延暦三年七月。兵部大輔には前官大蔵大輔(延暦九年三月丙午条)からの遷。兵部大輔の前任者は藤原雄友(延暦八年二月丁丑条)。

二一 清野とも。→補35-四一。兵部少輔の前任者は安倍枚麻呂(延暦八年三月戊午条)。

二二 →四一七頁注二九。

二三 もと和史。→補36-四一。大蔵少輔の前任者は上文丙午(九日)条で丹後守に遷任した大宅広江(延暦七年三月己巳条)。

少輔一。外従五位下錦部[1]連家守為二織部正一。[2]従五位上紀朝臣難波麻呂為二宮内大輔一。従五位下藤原朝臣弟友為二少輔一。侍従如レ故。左中弁正五位上百済王仁[3]貞為二兼木工頭一。従五位下大神朝臣人成為二大膳[4]亮一。従五位下紀朝臣[5]登麻理為二弾正弼一。従五位下[6]巨勢朝臣人公為二[7]左京[8]亮一。従五位下安倍朝臣人成為二[9]春宮大進一。従五位下百済王忠[10]信為二中衛少将一。正五位下紀朝臣木津魚為二衛門督一。内匠頭如レ故。従五位下佐伯宿[11]禰継成為レ佐。外従五位下大田首豊[12]縄為二左衛士大尉一。従五位上伊勢朝臣水通為二右衛士佐一。兵部大輔正五位下藤原朝臣乙叡為二兼右兵衛督一。大外記従五位下秋篠宿禰安人為二兼佐一。皇后[13]宮[14]亮正五位下大伴宿禰弟麻呂為二兼河内守一。外従五位下麻田連真浄為二伊勢介一。外従五位下息長真人浄継為二尾張介一。従五位下田中朝臣清人為二下総介一。従五位下文室真人八嶋為二伯耆守一。従五位下多治比真人継兄為二大宰少弐一。○丙寅、参河・美作二国飢。賑二給之一。○閏三月丁卯朔、[15]従四位上清橋女王卒。○庚午、勅、為レ征二蝦夷一、仰二[16]下諸国一、

1 連〔底擦重〕—家〔底原〕
2 従五位上—ナシ(兼)
3 貞〔大改〕—弟(底新傍朱イ・兼等)
4 亮〔底原・底新朱抹傍〕→校補
5 登〔谷重〕
6 巨〔底新朱抹傍〕—臣〔底原〕
7 左〔大改〕—右(底新傍朱イ・兼等)
8 亮〔底原・底新朱抹傍〕→校補
9 春〔大改〕—東(底新傍朱イ・兼等)
10 忠信為中〔高擦重〕—忠為中(高原)
11 禰〔谷補、大〕—ナシ(兼・谷原・東・高)→校補
12 縄〔底〕—継(底新傍朱イ・兼等、大)
13 宮—ナシ〔底〕
14 亮〔底原・底新朱抹傍〕→校補
15 従四位上〔大〕—ナシ(兼等)
16 下〔大補、紀略〕—ナシ(兼等)

一 他に見えず。織部正の前任者は白鳥元麻呂(延暦六年閏五月戊寅条)。錦部連→〔一〕補2―二二。

二 →五頁注三。宮内大輔の前任者は上文丙午(九日)条で紀伊守に遷任した中臣常(延暦八年五月己巳条)。

三 是公の三男。→補38―二四。延暦五年正月己未条でも宮内少輔に任官している。ここは、延暦八年九月に藤原是公が没してのち空席だった右大臣に同九年二月に藤原継縄が任じられ、それにともなって人事の大異動があったため、新任だけでなく留任の場合も記されたものか(山田英雄説)。侍従任官は延暦四年正月。

四 →補34―二八。左中弁任官は本条。木工頭の前任者は延暦八年四月庚辰に没した伊勢老人か。

五 →補35―二一。大膳亮の前任者は上文丙午(九日)条で信濃介に遷任した平群清麻呂(延暦四年十一月甲辰条)。

六 登万理とも。→四一七頁注二一。弾正弼の前任者は本条で伯耆守に遷任した文室八嶋

少輔《せうふ》。外従五位下錦部[一]《にしこり》連家守《やかもり》を織部正《おりべのかみ》。従五位上紀[二]《き》朝臣難波麻呂《なにはまろ》を宮内大《くうないだい》輔《ふ》。従五位下藤原[三]《ふぢはら》朝臣弟友《おととも》を少輔《せうふ》。侍従《じじゅ》は故《もと》の如《ごと》し。左中弁《さちうべん》正五位上百済[四]《くだらの》王仁貞《こにきしにんちやう》を兼木工頭《もくくのかみ》。従五位下大神[五]《おほみわ》朝臣人成《ひとなり》を大膳亮《だいぜんのすけ》。従五位下紀[六]《き》朝臣登《と》麻理《まり》を弾正弼《だんじやうのひつ》。従五位下巨勢[七]《こせ》朝臣人公《ひときみ》を左京亮《さきやうのすけ》。従五位下安倍[八]《あへ》朝臣人成《ひとなり》を春宮大進《しゆんぐだいしん》。従五位下百済王忠信[九]《くだらのこにきしちうしん》を中衛少将《ちうゑのせうしやう》。正五位下紀[一〇]《き》朝臣木津魚《こつを》を衛門督《ゑもんのかみ》。内匠頭《うちのたくみのかみ》は故《もと》の如《ごと》し。従五位下佐伯[一一]《さへき》宿禰継成《つぐなり》を佐《すけ》。外従五位下大[一二]《おほ》田《た》首豊縄《とよなは》を左衛士大尉《さゑじのだいゐ》。従五位上伊勢[一三]《いせ》朝臣水通《みなみち》を右衛士佐《うゑじのすけ》。兵部大輔《ひやうぶだいふ》正五位下藤原[一四]《ふぢはら》朝臣乙叡《おとえ》を兼右兵衛督《うひやうゑのかみ》。大外記《だいぐゑき》従五位下秋篠[一五]《あきしの》宿禰安人《やすひと》を兼佐《すけ》。皇《くわう》后宮亮《ごうぐうのすけ》正五位下大伴[一六]《おほとも》宿禰弟麻呂《おとまろ》を兼河内《かふち》守。外従五位下麻田[一七]《あさだ》連真浄《まきよ》を伊《い》勢介《せのすけ》。外従五位下息長[一八]《おきなが》真人浄継《きよつぐ》を尾張《をはり》介。従五位下田中[一九]《たなか》朝臣清人《きよひと》を下総《しもつふさ》介。従五位下文室[二〇]《ふむや》真人八嶋《やしま》を伯耆《ははき》守。従五位下多治比[二一]《たぢひ》真人継兄《つぐえ》を大宰少弐《だいさいのせうに》。○丙寅[二十九日]、参河[二二]《みかは》・美作《みまさか》の二国飢《う》ゑぬ。これに賑給《しんごふ》す。

閏三月丁卯の朔、従四位上清橋女王[二三]《きよはしのおほきみ》卒《しゆつ》しぬ。○庚午[四日]、勅[二四]《みことのり》して、蝦夷[二五]《えみし》を

征夷のため諸国に革甲を造らせる

征《う》たむが為《ため》に、諸国《くにぐに》に仰《おほ》せ下《くだ》して、

(延暦八年十二月丙申条)。
七 ↓三七九頁注一〇。
八 ↓補40-二。
九 ↓三九一頁注二四。中衛少将の前任者は阿倍広津麻呂(延暦七年七月庚午条)。
一〇 ↓補36-五五。前官は右兵衛督(延暦八年八月辛巳条)。衛門督の前任者は本条で兵部卿に遷任した大伴潔足(延暦七年三月己巳条)。
一一 ↓補38-三三。衛門佐の前任者は上文丙午(九日)条で出雲介に遷任した藤原仲成(延暦五年正月己未条)。
一二 ↓四五七頁注四。
一三 ↓補36-四二。前官は紀伊守(延暦五年正月乙卯条)。右衛士佐の前任者は多治比豊長(延暦七年七月庚午条)。
一四 ↓二九七頁注二一。右兵衛督の前任者は本条で衛門督に遷任した紀木津魚(延暦八年八月辛巳条)。
一五 もと土師宿禰。↓補37-一三。「従五位下」とあるが、延暦八年正月己酉条で外従五位下に叙され、同十年正月戊辰条で従五位下となっているから、ここは「外従五位下」か。
一六―二〇 ↓補40-四一。
二一 ↓補36-四。前官は右少弁(延暦七年二月丙午条)。
二二 参河・美作両国は、上文辛亥(十四日)条でも飢えのため賑給(国家による食料施与)の対象に入っている。
二三 浄橋女王とも。↓四補31-三〇。光仁天皇の近親皇族。
二四 征夷のため東海道駿河以東・東山道信濃以東諸国に革甲二〇〇〇領を造らせることを命じる勅。
二五 前年(延暦八年)の胆沢における敗戦を受けて、新たな準備に入ったもの。

令レ造二革甲二千領一。東海道駿河以東、[1]々山道信濃以東、国別有レ数。限二三箇[2]年一、並令二造訖一。○丙子、有レ勅、度二二百人一出家。又左右京・五畿内、高年・鰥[3]寡[4]・孤独[5]・疹[6]疾、不レ能二自存一者、普加二賑恤[7]一。並為二皇后不豫一也。」是日、皇后崩。○丁丑[8]、天皇移二御近[9]衛府一。以二従[10]二位藤原朝臣継縄、正四位上神王、従四位下当麻王、従五位上気多王、従五位下広上王、正四位上紀朝臣古佐美、従四位下石上朝臣家成・藤原朝臣雄友・藤原朝臣内麻呂、正五位下文室真人那[11]保企[12]、従五位上藤原朝臣黒[13]麻呂・桑原公[14]足床・阿倍朝臣広[15]津麿[16]、外従五位下高篠連広浪・中臣栗原連子公一為二御葬司一。六位已下官八人。正三位藤原朝臣小黒麿、正四位下壱志濃王、従五位下大庭王、従四位下藤原朝臣菅継・文室真人高嶋、正五位下文室真人八多麻呂・藤原朝臣真友、従五位下文室真[17]人八嶋・藤原朝臣真鷲為二山作司一。六位已下官十二[18]人。従五位下多治比真人賀智、外従五位下林連浦海為二養民司一。六位已下官五[19]人。従五位下巨[20]勢朝臣嶋人・丹比宿禰真浄為二作路司一。

1 々〔底〕—東
2 箇—ケ(紀略)
3 鰥〔底新朱抹傍〕→校補
4 寡〔底新朱抹傍〕→校補
5 独〔底傍補〕—ナシ〔底原〕
6 疹〔兼・谷原・東・高、大改〕—瘯〔谷重〕
7 恤〔底重〕
8 丁丑→校補
9 近〔底傍補〕—ナシ〔底原〕
10 従〔底抹傍〕→校補
11 那〔底新朱抹傍〕—删〔底原〕→校補
12 企〔底原・底新朱抹傍〕→校補
13 黒〔東・高、大改〕—里〔兼・谷〕
14 公〔底原・底新朱抹傍〕→校補
15 広〔底原・底新朱抹傍〕→校補
16 麿〔底原〕—麻呂〔底新朱抹傍・兼等、大〕→校補
17 真〔兼・谷、大〕—ナシ〔東・高〕
18 二〔底擦重〕—人〔底原〕
19 五以下二七字—ナシ(東)
20 巨〔底新朱抹傍〕—臣〔底原〕

一 →補36-二六。ことは、前年の征東軍の敗戦で多量の武器・武具が失われたことと関係しよう(延暦八年六月甲戌条)。
二 三年後は延暦十二年となるが、その年二月には征夷副使坂上田村麻呂が辞見しており、翌十三年正月征夷大将軍大伴弟麻呂に節刀を賜わり、新しい征東軍事行動を起こしている。
三 皇后藤原乙牟漏の病により、二〇〇人の出家と京畿内への賑恤(国家による食料施与)とを命じる勅。
四 「高年」は年八十以上、「鰥」は妻のない老、「寡」は夫のない老、「孤」は父のない子、「独」は子のない老。→㈠補3-五四。
五 藤原乙牟漏。→補37-二九。
六 長岡京の近衛府。
七 皇后の死穢を避けるための移動。いわゆる倚廬。
八 以下、皇后藤原乙牟漏の葬送のための御葬司等の任命。前年延暦八年十二月丙申条で高野新笠の葬送諸司に任じられた官人と重複する者が多い。葬送儀の諸司→㈠補2-一六四。
九 →㈢二六一頁注一。この時右大臣で議政官の首班。前年十二月条では大納言で御葬司。
一〇 →㈣二五一頁注三七。この時参議弾正尹兼下総守。前年十二月条では参議弾正尹で御葬司。
一一 →㈣補25-七三。前年十二月条では備前守で御葬司。
一二 →㈣補27-四七。前年十二月条では散位で御葬司。
一三 →㈣補33-一五。前年十二月条では内礼正で御葬司。兵範記仁安四年正月十二日条所引延暦十年十二月廿六日太政官符に「従五位下行鍛冶正」で造太神宮司の長官と見える。
一四 麻路の孫。→㈣補25-一〇六。前年十二月条では参議左大弁で御葬司。
一五 東人の男。→㈣補25-八八。前年十二月条では宮内卿で御葬司。
一六 →補37-二三。この時参議(延暦九年二月甲午条)。

皇后不予のため二〇〇人を度す

皇后藤原乙牟漏没

御葬司等を任命

[一]革《かは》の甲《よろひ》二千領を造《つく》らしめたまふ。東海道《とうかいだう》は駿河《するが》より以東《ひむかし》、東山道《とうせんだう》は信濃《しなの》より以東《ひむかし》、国別《くにごと》に数《かず》有り。[二]三箇年を限《かぎ》りて並《ならび》に造《つく》り訖《をは》らしむ。○丙子[十日]、[三]勅《みことのり》有りて、二百人を度《ど》して出家《いへで》せしめたまふ。また、左右京《さうのきやう》・五畿内《ごきない》の[四]高《かう》年《ねん》・鰥寡《くわんくわ》・孤独《こどく》・疹疾《しんしつ》の自存《じぞん》すること能《あた》はぬ者《ひと》には、普《あまね》く賑恤《しんじゆつ》を加《くは》ふ。並に[五]皇后《くわうごう》の不豫《やまひ》の為《ため》なり。是《こ》の日《ひ》、皇后崩《くわうごうかむあが》りましぬ。○丁丑[十一日]、天皇《すめらみこと》、[六]近衛《このゑ》府《ふ》に[七]移御《うつりたま》ふ。[八]従二位[九]藤原《ふぢはら》朝臣継縄《つぐただ》、正四位上[一〇]神王《みわのおほきみ》、従四位下[一一]当麻《たぎま》王、従五位上[一二]気多《けた》王、従五位下[一三]広上《ひろかみ》王、正四位上[一四]紀《き》朝臣古佐美《こさみ》、従四位下[一五]石上《いそのかみ》朝臣家成《いへなり》・[一六]藤原《ふぢはら》朝臣雄友《をとも》・[一七]藤原《ふぢはら》朝臣内麻呂《うちまろ》、正五位下[一八]文室《ふむや》真人那保企《なほき》、従五位上[一九]藤原《ふぢはら》朝臣黒麻呂《くろまろ》・[二〇]桑原《くははら》公足床《たるとこ》・[二一]阿倍《あへ》朝臣広津麿《ひろつまろ》、外従五位下[二二]高篠《たかしの》連広浪《ひろなみ》・[二三]中臣栗原《なかとみのくりはら》連子公《こきみ》を[二四]御葬司《みはぶりのつかさ》とす。六位已下の官《つかさひと》八人。正三位[二五]藤原《ふぢはら》朝臣小黒麿《をぐろまろ》、正四位下[二六]壱志濃《いちしの》王、従五位下[二七]大庭《おほには》王、従四位下[二八]藤原《ふぢはら》朝臣菅《すが》継《つぐ》・[二九]文室《ふむや》真人高嶋《たかしま》、正五位下[三〇]文室《ふむや》真人八多麻呂《はたまろ》・[三一]藤原《ふぢはら》朝臣真友《まとも》、従五位下[三二]文室《ふむや》真人八嶋《やしま》・[三三]藤原《ふぢはら》朝臣真鷲《まわし》を[三四]山作司《やまつくりのつかさ》。六位已下の官《つかさひと》十二人。従五位下[三五]多治比《たぢひ》真人賀智《かち》、外従五位下[三六]林《はやし》連浦海《うらうみ》を[三七]養民司《やうみんのつかさ》。六位已下の官《つかさひと》五人。従五位下[三八]巨勢《こせ》朝臣嶋人《しまひと》・[三九]丹比《たぢひ》宿禰真浄《まきよ》を[四〇]作路司《みちつくりのつかさ》。

一七 房前の孫、真楯の三男。→補36-五六。この時内蔵頭兼右衛士督越前守(延暦九年三月壬戌条)。 一八 もと与企。→一二五頁注一。前年十二月条では右中弁で御葬司。

一九 →[四]補33-一。この時駿河守(延暦九年三月丙午条)。前年十二月条では治部大輔で御葬司。 二〇 もと桑原連。→[四]補25-九九。前年十二月条では散位で御葬司。兵範記仁安四年正月十二日条所引延暦十年十二月廿六日太政官符に「散位従五位上」で造太神宮司の次官と見える。 二一 安倍朝臣とも。→二八七頁注二一。この時中衛少将(延暦七年七月庚午条)。

二二 もと衣枳首。→補38-二二。この時木工助兼駿河介(延暦九年三月丙午条)。

二三 もと栗原勝。→二〇五頁注二一。前年十二月条では大炊助で御葬司。

二四 装束司・御装束司。大葬や行幸等に際して置かれる臨時の官。四等官制をとる。装束司→[二]補9-一二三。

二五—三三 →補40-四二。

三四 造山陵司。陵墓造営にあたる臨時の官。四等官制をとる。→[三]五七頁注一七。

三五・三六 →補40-四三。

三七 養役夫司。葬送に徴発された役夫への給食等にあたる臨時の官。御葬司・山作司とともに四等官制。→[二]補8-六二。

三八・三九 →補40-四四。

四〇 葬送のための路の造営にあたる臨時の官。→[四]補30-四二。

一 藤原乙牟漏の陵墓造営等のための役夫動員で、その負担諸国が示される。差発範囲は前年十二月の高野新笠葬送時と同じ。 二 十八日から晦日(三十日)までを故皇后藤原乙牟漏

1下〔大改〕—上(底新傍朱イ・兼・谷・高)　2発〔底原・底新朱抹傍〕→校補　3内(底新傍補)—ナシ〔底原〕　4国等〔底原〕—等国(底新改・兼等、大)→校補　5服(底新朱抹傍)—眼〔底原〕　6壬午ノ上、ナシ(底擦)—壬午〔底原〕　7寡〔底原・底新朱抹傍〕→校補　8駁〔底原・底新朱抹傍〕→校補　9区→校補　10相ノ下、ナシ〔兼・谷、大〕—相(東・高)　11恩〔兼・谷、大〕—思(東・高)　12・13発〔底原・底新朱抹傍〕→校補　14囚—図〔底〕　15銭(底新傍補)—ナシ〔底原〕　16窃〔底重〕　17免ノ下、ナシ—者(大補)　18皆→校補　19赦(底新朱抹傍)—放〔底原〕　20除〔兼・谷、大〕—ナシ(東・高)　21大〔兼・谷、大〕—夫(東・高)　22誄—誅〔底〕　23誄(底新傍補)—ナシ〔底原〕　24謚〔谷重〕　25藤〔底原・底新朱抹傍〕→校補　26広〔底原・底新朱抹傍〕→校補　27姫〔谷、大〕—姫(兼・東・高)　28姫ノ下、ナシ〔底〕—之　29内ノ上、ナシ〔大衍〕—贈(底新傍朱イ・兼等)　30尚(底擦重)—高〔底原〕　31奈(底新朱抹傍)→校補　32美〔谷傍補〕—ナシ(谷原)　33今ノ上→校補　34生以下一四字(底新傍補)—ナシ〔底原〕

六位已下[1]官三人。差二発[2]左右京、五畿内[3]、近江・丹波国[4]等役夫一。令下京畿・七道、自二今月十八日一始、素服[5]挙哀上、以二晦日一為レ限焉。○壬[6]午、詔曰、朕以二寡[7]徳一、臨二駁[8]寰区[9]一、国哀相[10]尋、災変未レ息。転レ禍為レ福、徳政居レ先。思下布二仁恩[11]一、用致中安穏上。宜可レ大二赦天下一。自二延暦九年閏三月十六日昧爽一以前大辟已下、罪無二軽重一、已発[12]露・未[13]発露、已結正・未結正、繫囚[14]・見徒、私鋳銭[15]、八虐、強窃[16]二盗、常赦所レ不レ免[17]、咸皆[18]赦[19]除。其延暦三年以往、天下百姓所レ負正税未納言上、及調庸未レ進者、咸免除[20]之。縦未二言上一、無レ由二徴納一者、亦免之。神寺之稲、宜レ准二此例一焉。○甲午、参議左大[21]弁正四位上紀朝臣古佐美、率二誄[22]人一奉レ誄[23]、謚[24]曰二天之高藤[25]広[26]宗照姫[27][28]尊一。是日、葬二於長岡山陵一。皇后、姓藤原氏、諱乙牟漏。内[29]大臣贈従一位良継之女也。母尚[30]侍贈従一位阿倍朝臣古美奈[31]。后、性柔婉美[32]姿。儀閑二於女則一、有二母儀之徳一焉。今[33]上之在二儲宮一也、納以為レ妃。生[34]二皇太子・賀美能親王・高志内親王一。

の服喪期間とする。　三 下文丙申(三十日)条に釈服記事がある。　四 桓武周辺に不幸が重なり、天災地変が続くことに対し、安穏を願うため天下大赦を命じる詔。　五 天子の支配領域。転じて、天下。「寰宇」とも。→㊂一六一頁注二三。　六 延暦七年五月の皇太后高野新笠の夫人藤原旅子、同八年十二月の皇太后高野新笠の死去に続き、本年閏三月に皇后藤原乙牟漏が死去したことをさす。　七 この間、諸国の飢えによる賑給が続発している様相を示す。　八「転レ禍為レ福」は、史記、漢書、後漢書、孔子家語、魏志など、中国古典諸書に見える。　九 儒教的な徳治主義に基づく表現。　一〇 天皇近親の死没や災異を理由に、全国を対象として罪をことごとく赦す大赦。大赦→㊀補2―九八。　一一 →六七頁注五。　一二 →六七頁注六。「已発覚・未発覚」の表記が普通で、「発露」の表記は珍しい。　一三 →六七頁注七。　一四 →六七頁注八。　一五 →五一頁注二五。　一六 →五一頁注二三。　一七 →五一頁注二六。　一八 →五一頁注二七。ここでは、通例では赦の対象からはずす私鋳銭以下の犯罪も含めて、ことごとく罪を赦す大規模な大赦にしている。　一九 延暦三年以前の正税未納・調庸未進について免除する。延暦三年は六年前。　二〇 諸国で運用する正税出挙の元・利稲の未納のうち、報告してあるもの。宝亀十一年正月乙酉条の赦の時には「申官正税未納」と見える。　二一 京へ貢進するべき調・庸物の負担を未進している物。　二二 正税未納について未報告の物であっても、負担に堪えられないものについては免除する。　二三 社・寺がそれぞれの封戸の民に対して行う出挙の未納についても免除の対象とする。神護景雲二年三月乙巳朔条で、公戸百姓に恩沢が及ぶ時にも寺・神の封戸の

六位已下の官《つかさひと》三人。[一]左右京《さうのきやう》、五畿内《ごきない》、近江《ちかつあふみ》・丹波《たには》国等の役夫《やくぶ》を差《さ》し発《おこ》す。京畿《けいき》・七道《しちだう》をして[二]今月《このつき》十八日より始《はじ》めて素服《そぶく》して挙哀《こあい》せしめ、[三]晦日《みそかのひ》を以《もち》て限《かぎり》とす。

大赦

〇壬午〔十六日〕、[四]詔《みことのり》して曰《のたま》はく、「朕《われ》、寡徳《くわとく》を以《もち》て[五]寰区《くわんく》を臨馭《りむぎよ》するに、[六]国《くに》の哀相尋《かなしみあひつ》ぎて、[七]災変《さいへん》未《いま》だ息《や》まず。[八]禍《わざはひ》を転《てむ》して福《さきはひ》と為《な》すことは、[九]徳政《とくせい》先《さき》に居《す》う。仁恩《じんおん》を布《し》きて用《もち》て安穏《あんおん》を致《いた》さむことを思《おも》ふ。宜《よろ》しく[一〇]天下《あめのした》に大赦《たいしや》すべし。延暦《えんりやく》九年閏三月十六日の昧爽《よあけ》より以前《さき》の[一一]大辟《だいびやく》已下、罪軽重《つみきやうぢう》と無く、[一二]已《い》発露《ほつろ》も未《み》発露《ほつろ》も、[一三]已《い》結正《けつしやう》も未《み》結正《けつしやう》も、[一四]繫囚《けいしう》も見徒《げんづ》も、[一五]私鋳銭《しじゆせん》も、[一六]八虐《はちぎやく》も、[一七]強窃《がうせつ》の二盗も、[一八]常赦《じやうしや》の免《ゆる》さぬも、咸《ことごと》く皆赦《みなゆる》除《る》せ。その[一九]延暦《えんりやく》三年より以往《さき》の天下《あめのした》の百姓《はくせい》の負《お》へる[二〇]正税《しやうぜい》の未納《みなふ》を言上《ごんじやう》せると、[二一]調庸《でうよう》の未《いま》だ進《たてまつ》らぬとをも、咸《ことごと》く免《ゆる》除《る》せ。[二二]縦《たと》へ言上《ごんじやう》せずとも、徴《はた》り納《をさ》むに由《よし》無きも亦免《またゆる》せ。[二三]神《みや》・寺《てら》の稲《いね》もこの例《ためし》に准《なずら》ふべし」とのたまふ。

藤原乙牟漏に謚号

〇甲午〔二十八日〕、参議《さむぎ》左大弁《さだいべん》正四位上[二四]紀《き》朝臣古佐美《こさみ》、[二五]誄人《るいにん》を率《ひき》ゐて誄《しのひこと》を奉《たてまつ》り、[二六]謚《おくりな》して[二七]天之高藤広宗照姫尊《あめのたかふぢひろむねてるひめのみこと》と曰《まう》す。

藤原乙牟漏を長岡山陵に葬る

是《こ》の日《ひ》、[二八]長岡山陵《ながをかのみささぎ》に葬《はぶ》る。[二九]皇后《くわうごう》、姓は藤原氏《ふぢはらのうぢ》、諱《いみな》は乙牟漏《おとむろ》。内大臣《ないだいじん》贈従一位[三〇]良継《よしつぐ》の女《むすめ》なり。母《はは》は尚侍贈《ないしのかみぞう》従一位[三一]阿倍《あへ》朝臣古美奈《こみな》なり。后《きさき》、[三二]姓《せい》、柔婉《じうゑん》にして美《うつく》しき姿《すがた》あり。[三三]儀《ぎ》、女則《ちよそく》に閑《なら》ひて母儀《ぼぎ》の徳《とく》有り。[三四]今上《きむじやう》の[三五]儲宮《まうけのみや》に在《おは》しましとき、[三六]納《い》れて妃《ひ》としたまふ。[三七]皇太子《くわうたいし》・[三八]賀美能親王《かみののみこ》・[三九]高志内親王《こしのひめみこ》

百姓には恩免がなかったことに対してその免除が図られており、宝亀十一年正月乙酉条にも同様の措置が見える。封戸の恩免→[四]補29-一〇。二四 麻路の孫。→[四]補25-一〇六。二五 皇后藤原乙牟漏の殯宮儀礼の一つ。→[一]補2-一六四。二六 死者の行績により死後におくる名。→[一]補2-一六四。二七 皇后藤原乙牟漏のいわゆる国風謚号。「藤」は藤原氏を示す語であろう。文武夫人で聖武の母藤原宮子も、天平勝宝六年八月丁卯条で千尋葛藤高知天宮姫之尊と謚されている。二八 諸陵寮式には近陵として「高畠陵」と記し、「皇太后藤原氏、在二山城国乙訓郡一、兆域東三町、西五町、南三町、北六町、守戸五烟」とする。『陵墓要覧』によれば、現在の京都府向日市寺戸町大牧の円丘に比定される。二九 藤原乙牟漏。→補37-一一九。大同元年五月皇太后(後紀)、後に太皇太后を追贈される(三代実録天安二年十二月九日条)。三〇 藤原良継。もと宿奈麻呂。→[三]二七頁注四三。宝亀八年九月丙寅に内大臣従二位で没し、没日に贈従一位。三一 安倍朝臣とも。名を子美奈とも。→[四]補33-三八。延暦三年十月乙未に尚蔵兼尚侍従三位で没。贈従一位の年時は未詳。三二 性格がやさしく、容姿が優れていた。三三 ふるまいが女性的で母としての徳性を備えていた。三四 桓武。三五 皇太子のこと。ここは山部親王(のち桓武)。→[四]補25-七二。立太子は宝亀四年正月。三六 子の安殿親王(平城天皇)が生まれた宝亀五年より前であり、妃となったのはそれ以前。三七 安殿親王。後の平城天皇。→補37-三二。立太子は早良親王廃太子後の延暦四年十一月。三八 神野親王とも。後の嵯峨天皇。→補40-四五。三九 →補40-四六。

及二於即位一、立為二皇后一。薨時、春秋卅有一。○乙未、勅、東海相模[1]以東、々[2]山上野以東[3]諸国、乾二備軍粮糒十四万斛一。為レ征二蝦夷一也。○丙申、百官釈レ服大祓。○夏四月庚子、授二正五位下文室[4]真[5]人那保企[6]正五位上一。○辛丑、仰[7]二大宰府一、令レ造二鉄冑二千九百餘枚一。」備前・阿波二国飢。賑二給之一。○癸丑、以二従六位下出雲臣人長一為二出雲国造一。○乙丑、和泉・参河・遠江・近江・美濃・上野・丹後[8]・伯耆・播磨・美作・備前・備中・紀伊・淡路等十四国飢。賑二給之一。○五月戊[9]辰、大蔵卿従四位上石川朝臣豊人卒。○庚午、陸奥国言、遠田郡領外正八位上勲八等遠田公押人款云、己、既[10]洗二濁俗一、更欽[11]二清化一。志同二内民一、風仰二華土一。然猶未レ免二田夷之姓一、永貽二子孫之恥一。伏望、一同二民例一、欲[12]レ改二夷姓一。於レ是、賜二姓[13]遠田臣一。○癸[14]酉、以二外従八位上紀直五百友[15]一為二紀伊国造一。○丙戌、遣二使五畿内一、祈レ雨焉。○甲午、以二炎旱経レ月、

1 模―摸(底新朱抹傍)→校補
2 々〔紀略〕―東(兼・谷・高、大)、ナシ(東)
3 東ノ下、ナシ〔東、大衍、紀略〕―東山上野以東(兼・谷・高)
4 室〔大改〕―真(兼等)
5 真〔兼、大〕→校補
6 企→校補
7 仰〔紀略補〕―ナシ(紀略原)
8 後〔兼・東・高、大改〕―波(谷)
9 戊―代〔底〕
10 既(底新傍朱イ)→校補
11 欽〔東・高、大改〕―飲(底新傍朱イ・兼・谷)
12 欲〔東・高、大補〕―ナシ(兼・谷)
13 姓ノ下、ナシ〔谷抹、大〕―於(兼・谷原・東・高)→校補
14 癸＝关(底擦重)―美〔底原〕
15 友(底新傍朱イ)―支〔底〕

一 桓武即位は天応元年四月で、藤原乙牟漏は延暦二年二月に夫人となり、同年四月皇后に立てられた。
二 征夷のため東海道相模以東・東山道上野以東諸国に軍糧の糒を準備させることを命じた勅。上文庚午(四日)条で諸国に革甲《よろい》を造らせた時は、東海道駿河以東・東山道信濃以東に課した。ここでは陸奥により近い諸国(坂東八国)に限定。
三 兵士一人一日二升(現在の約八合)の食として、延べ七〇〇万人分にのぼる。前年の征東軍敗戦の際、兵糧の運搬が問題とされていた(延暦八年六月庚辰条)ことと対応する。下文延暦十年十一月己未条では、坂東諸国にさらに軍粮糒一二万余斛が負わされている。
四 前年(延暦八年)の征東軍敗戦を受けて、新たな征東戦の準備に入った一環。この後延暦十二年二月になって征夷副使坂上田村麻呂が辞見し、翌十三年正月征夷大将軍大伴弟麻呂に節刀を賜い、新しい軍事行動を起こしている(紀略)。
五 故皇后藤原乙牟漏の服喪期間があけての大祓。上文丁丑(十一日)条で、晦日までの服喪期間を定めていた。
六 もと与企。→一二五頁注一。正五位下叙位は延暦八年正月。本条の時点で大宰大弐(延暦九年三月丙午条)。
七 上文閏三月庚午(四日)条の革甲《よろい》二〇〇〇領の作製と対応するものか。これも征東戦準備の一環か。
八 飢饉への対策としての賑給。備前は下文乙丑(二十九日)条にも見える。この年飢饉や疾疫に対する賑給や免租の処置が頻繁になされている。
九 延暦十四年二月二十六日に、平安遷都の際神賀詞を奏したことから外正六位上から外従五位下に昇っている(類聚国史)。出雲臣は出雲国意宇郡(一)補1-五八)を本拠とする豪族

を生《う》めり。即位《くらゐにつ》[一]きたまふに及《およ》びて、立《た》てて皇后《くわうごう》としたまふ。薨《こう》しぬる時《とき》、

東国諸国に軍粮の糒を備えさせる

春秋《おほみとし》卅有一。○乙未、勅《みことのり》[二]して、東海《とうかい》は相模《さがみ》より以東《ひむかし》、東山《とうせん》は上野《かみつけの》より以東《ひむかし》の諸国《くにぐに》に、軍粮《ぐんらう》の糒《ほしいひ》[三]十四万斛を乾《ほ》し備《そな》へしめたまふ。蝦夷《えみし》[四]を征《う》たむが為《ため》なり。

百官釈服

○丙申、百官《ひやくくわん》、服《ぶく》を釈《ぬ》きて大祓《おほはらへ》[五]す。

夏四月庚子、正五位下文室《ふむや》[六]真人那保企《なほき》に正五位上を授《さづ》く。○辛丑、大宰府《だいさいふ》に仰《おほ》せて、鉄《くろがね》[七]の冑《よろひ》二千九百餘枚を造《つく》らしむ。備前《きびのみちのくち》[八]・阿波《あは》の二国飢《う》ゑぬ。これに賑給《しんごふ》す。○癸丑、従六位下出雲《いづも》[九]臣人長《ひとをさ》を出雲国造《いづものくにのみやつこ》[一〇]とす。

和泉等一四国飢饉

○乙丑、和泉《いづみ》[一一]・参河《みかは》・遠江《とほつあふみ》・近江《ちかつあふみ》・美濃《みの》・上野《かみつけの》・丹後《たにはのみちのしり》・伯耆《ははき》・播磨《はりま》・美作《みまさか》・備前《きびのみちのくち》・備中《きびのみちのなか》・紀伊《き》・淡路《あはぢ》等の十四国飢《う》ゑぬ。これに賑給《しんごふ》す。

五月戊辰、大蔵卿《おほくらのきやう》従四位上石川《いしかは》[一二]朝臣豊人《とよひと》卒《しゆつ》しぬ。○庚午、陸奥国《みちのおく》[一三]言《まう》さく、「遠田郡領《とほたのぐんりやう》[一四][一五]外正八位上勲《ぐん》八等遠田《とほた》[一六]公押人《おしひと》款《まう》[一七]して云《い》はく、「己《おのれ》、既《すで》[一八]に濁《にご》れる俗《ならひ》を洗《あら》ひて、更《さら》に清化《せいくわ》を欽《ねが》ふ。志《こころざし》[一九]、内民《うちのたみ》に同《おな》じくして、風《のり》、華土《くわど》を仰《あふ》く。然《しか》れども猶未《なほいま》だ田夷《たえみし》[二〇]の姓を免《まぬか》れず、永《なが》く子孫《しそん》の恥《はぢ》を貽《のこ》す。伏《ふ》して望《のぞ》まくは、一《もはら》[二一]に民《たみ》の例《ためし》に同《おな》じくし、夷《えみし》の姓を改《あらた》めむことを」といふ」とまうす。是《ここ》に、姓《せい》を遠田《とほた》[二二]臣と賜《たま》ふ。○癸酉、外従八位上紀《き》[二三]直五百友《いほとも》を紀伊国《きのくにの》[二四]造《みやつこ》とす。

祈雨

○丙戌、使《つかひ》を五畿内《ごきない》に遣《つかは》して、雨《あめ》を祈《こ》はしむ。○甲午、炎旱月《えんかんつき》[二五]

で、出雲国造の国造氏族。出雲臣→㊀補2―一五五。

一〇 →㊁九頁注二。新国造→㊀補2―一一六。

一一 飢饉への対策としての賑給。広範囲の一四国を対象としている。参河・美作は上文三月丙寅条、備前は上文辛丑(五日)条にも見える。

一二 →㊂補17―二五。延暦十年五月癸亥条にも同文で死没記事があり、いずれかが重出。延暦十年七月癸亥条で後任の大蔵卿が任命されているので、延暦十年の方が正しいか。

一三 この時の陸奥守は多治比浜成(延暦九年三月丙午条)。

一四 →㊁三一五頁注一一。

一五 遠田郡(現在の宮城県遠田郡と古川市東端)は和名抄では二郷からなっており、小郡(戸令2)で、郡司長官は領(職員令78)。外正八位上は、郡大領初任の位階外従八位上(選叙令13)よりも上位にあたる。

一六 →補40―四七。本位「外正八位上」とあるが、延暦十年二月乙未条に「外正八位下」と見えており、齟齬する。

一七 嘆願して。上申文書の款状を進めたことをさすのであろう。

一八 濁った蝦夷の風俗をすでに脱したが、更に清らかな風化に染まりたい。

一九 志は内国の民と同じであり、生活も律令農民(内民)と同じくありたい。

二〇 農耕を生業とする夷で、狩猟生活を中心とする山夷と対になる。「田夷之姓」とはここでは遠田公のカバネ「公」をさす。陸奥・出羽地方では在地の人に地名にカバネ「公」をつけた姓が多い。

二一 夷の姓を改めて、律令農民(内民)と同列の姓になりたい。

二二 田夷の姓(遠田公)を改めて、遠田臣とした。

二三 →補40―四八。

二四 紀伊国造の国造氏は紀直。

二五 夏五月に日照りが一月以上にわたり、公私の農耕等に被害を及ぼすことを憂えている。

公私焦損。詔、奉㆓幣畿内名神㆒、以祈㆓嘉澍㆒焉。○六月戊申、於㆓神祇官曹司㆒、行㆓神今食之事㆒。先㆑是、頻属㆓国哀㆒、諒闇未㆑終[1]。故避㆓内裏㆒、而作[2]㆑於㆓外設㆒焉。○辛酉、内廐頭従五位上三嶋真人名継為㆓兼[3]美作守㆒。○秋七月辛巳、左中弁正五位上兼木工頭百済王仁貞、治部少輔従五位下百済[4]王元信、中衛少将従五位下百済[5]王忠信、図書頭従五位上兼東宮学士左兵衛佐伊豫[6]守津連真道等上㆑表言、真道等本系、出㆑自㆓百済国貴須王㆒。貴須王者、百済始興第[7]十六世王也。夫、百済大[8]祖都慕[9]大王者、日神降㆑霊、奄㆓扶餘㆒而開㆑国、天帝授㆑籙、惣㆓諸韓[10]㆒而偁[11]㆑王。降及㆓近肖古王㆒、遥慕㆓聖化㆒、始聘[12]㆓貴国㆒。是則、神功皇后摂政[13]之年也。其後[14]、軽嶋豊明朝[15]御宇[16]応神[17]天皇、命㆓上毛野[18]氏遠祖荒田別㆒、使㆓於百済㆒、捜㆓聘[19]有識者㆒。国主貴[20]須王、恭奉㆓使旨㆒、択[21]㆓採宗族㆒、遣㆓其孫辰孫王㆒一名智宗王、随㆑使入朝。天皇嘉㆑焉、特[22]加㆓寵命㆒、

1 終〔谷擦重〕—給〔谷原〕
2 作〔底〕—ナシ→校補
3 兼ノ下、ナシ（底新朱抹）—承〔底原〕
4・5 済—齊〔底〕
6 豫—与（東）→校補
7 第—弟（東）
8 大〔底〕—太
9 慕—幕（東）
10 韓〔底擦重〕→校補
11 偁〔底原〕—稱（底新朱抹傍・兼等、大）→校補
12 聘〔底原・底新朱抹傍〕→校補
13 政（底新朱抹傍）—改〔底原〕
14 後—后（兼）
15 朝（谷傍補）—ナシ（谷原）
16 宇〔谷擦重、大〕—守（兼・谷原・東・高）
17 応神天皇→校補
18 野（底傍補）—ナシ〔底原〕
19 聘〔底原・底新朱抹傍〕→校補
20 貴〔底擦重〕
21 択＝擇〔底原・底新朱抹傍〕→校補
22 特〔兼・谷、大〕—持（東・高）

一 畿内の日照りに対して、畿内の名神に奉幣して雨を祈るよう命じた詔。上文丙戌（二十一日）条の五畿内への遣使祈雨でも効果がなかったので、改めて畿内名神を対象に奉幣したもの。下文九月丙子詔にも「炎旱為㆑災、田疇不㆑脩、農畝多廃。…今聞、京畿失㆑稔、甚㆓於外国㆒」と見える。
二 長岡宮内における神祇官の執務のための庁舎。平安宮古図では宮域東南部に位置している。天平勝宝八歳十一月丁卯条や本年十一月己卯条でも諒闇のため新嘗祭を神祇官で行っている。「神祇官曹司」は天平二年六月庚辰条にも見える。
三 →補40-四九。
四 延暦七年五月に夫人藤原旅子、同八年十二月に皇太夫人高野新笠、本年閏三月に皇后藤原乙牟漏が相次いで死去したことをさし、上文閏三月壬午詔にも「国哀相尋」と記す。
五 天皇の服喪の期間。
六 神今食の儀式の場を、内裏内から神祇官へと移した。
七 →補37-一五。延暦四年正月に内廐頭任官。同五年二月に山背守を兼ねた。美作守の前任者は藤原末茂（延暦九年三月丙午条）。
八 →補34-一八。
九 →三九一頁注二二。延暦六年十月の交野行幸の際、楽を奏した百済王氏の一人。
一〇 →三九一頁注二四。元信と同様、延暦六年十月の交野行幸の際、楽を奏した百済王氏の一人。
一一 →㊀補1-一二。のちの子の永岑の奏言中に、父真道が桓武のために道場院一区を建立したと見え（続後紀承和四年二月庚申条）、桓武と真道の結び付きがうかがえる。
一二 以下の上表は津連真道らが朝臣への改姓を願い出たもので、百済王氏の三人が名を連ねるのは、百済王系として百済系渡来人の上表を保証し取り次ぐ意味があるか。
上表によって津連は菅野朝臣とウヂ名・カバ

を経《ふ》るを以《もち》て、公私焦損《くうしせうそん》す。詔《みことのり》[一]して、幣《みてぐら》を畿内《きない》の名神《みやうじん》に奉《たてまつ》りて嘉澍《よきあめ》を祈《こ》はしむ。

神今食

六月[丙申朔]戊申[十三日]、神祇官《じんぎくわん》[二]の曹司《ざうし》に於《おき》て神今食《じんこむじき》[三]の事《わざ》を行《おこな》ふ。是《これ》より先《さき》、頻《しきり》に国《くに》[四]の哀《かなしみ》に属《したが》ひて諒闇《りやうあむ》[五]未《いま》だ終《をは》らず。故《ゆゑ》に内裏《うち》[六]を避《よ》きて外《そと》の設《まうけ》に於《おき》て作《な》す。○辛酉[二十六日]、内厩頭《うちのうまやのかみ》従五位上三《み》嶋《しま》[七]真人名継《なつぐ》を兼美作守《みまさか》とす。

津連真道らに菅野朝臣賜姓

秋七月[乙丑朔]辛巳[十七日]、左中弁《さちうべん》正五位上兼木工頭《もくのかみ》百済王仁貞《くだらのこにきしにんちやう》[八]、治部少輔《ぢぶせうふ》従五位下[九]百済王元信《くだらのこにきしぐゑんしん》、中衛少将《ちうゑのせうしやう》従五位下百済王忠信《くだらのこにきしちうしん》[一〇]、図書頭《づしよのかみ》従五位上兼東宮《とうぐう》学士《がくし》左兵衛佐《さひやうゑのすけ》伊《い》豫守《よのかみ》津《つ》[一一]連真《ま》道《みち》ら表《へう》を上《たてまつ》りて言《まう》[一二]さく、「真道《まみち》[一三]らが本系《もとつすぢ》は百済《くだらの》国《くに》の貴須王《くゐすわう》[一四]より出《い》でたり。貴須王《くゐすわう》は百済《くだら》始《はじ》めて興《おこ》れるより第十六世[一五]の王《わう》なり。夫《そ》れ百済《くだら》の大祖《たいそ》都慕大王《とぼだいわう》[一六]は、日神霊《ひのかみれい》[一七]を降《くだ》して扶餘《ふよ》[一八]を奄《おほ》ひて国《くに》を開《ひら》き、天帝籙《てんていろく》[一九]を授《さづ》けて諸《もろもろ》[二〇]の韓《から》を惣《あは》せて王《わう》と偁《なの》れり。降《くだ》りて近肖古王《きんせうこわう》[二一]に及《およ》びて、遥《はるか》に聖化《せいくわ》を慕《した》ひて、始《はじ》めて貴国《みくに》[二二]に聘《むか》ひき。是《こ》れ則《すなは》ち神功皇后摂政《じんぐうくわうごうせふしやう》[二三]の年《とし》なり。[二四]その後《のち》、軽嶋豊明朝《かるしまのとよのあかりのみかど》[二五]に御宇《あめのしたしらしめ》し応神天皇《おうじんてんわう》、上毛野氏《かみつけののうぢ》の遠祖荒田別《とほつおやあらたのわけ》[二六]に命《おほ》せて、百済《くだら》に使《つかひ》して、有識《いうしき》の者《ひと》を捜《さが》し聘《と》はしむ。国主貴須王《こくしゆくゐすわう》、恭《つつし》みて使《つかひ》の旨《むね》を奉《う》けたまはりて、宗族《そうぞく》を択《えら》ひ採《と》りて、其《そ》の孫辰孫王《うまごしんそんわう》[二七]一名《またのな》は智宗王《ちそうわう》。を遣《つかは》して、使《つかひ》に随《したが》ひて入朝《みかどまゐり》せしめき。天皇《すめらみこと》、焉《これ》を嘉《よみ》したまひて、特《こと》に寵命《めぐみ》

ネともに改められた。下文延暦十年正月癸酉条では、本条の改賜姓を追って、津連と同祖の葛井連・船連が宿禰への改姓要望を言上して認められている。また同条によれば、本条以降も津連のままにとどまった一族もいたことが知られる。一三「真道等」の表現から、上表の実質的代表者は百済王氏よりも津真道。一四 百済の国王。→補40-五〇。一五 本条で「十六」とあるが、姓氏録では都慕王の十世孫、三国史記では六世孫とする。「十」の傍に「六」(あるいはその反対)と記していたものが、「十六」と誤写されてしまったか。一六 都慕王。↓補40-三七。百済系の和氏出身の桓武の母高野新笠も、都慕王の後と称している(延暦八年十二月条付載明年正月壬子条)。一七 延暦八年十二月条付載明年正月壬子条にも「都慕王者、河伯之女感二日精一而所レ生」とある。一八 挟余族(三)一八九頁注一三)の居した地域。一九 未来記(符命の書)。天帝が天子になるべき人に下すしるし。二〇 百済が基盤とした地方である馬韓のみでなく、辰韓・弁韓など朝鮮半島南部の広い範囲をさす。二一 →補40-五一。二二 日本に対する敬称。神功紀四十六年三月条に引く百済人・王の言中にも「日本貴国」「貴国」の表現が見える。二三 神功紀四十六年三月条・四十七年四月条などに伝える、百済との交流、百済からの遣使の始まりをさしていよう。延暦十六年五月廿八日勅(三代格)にも「神功摂政之世、則肖古王遣レ使貢二其方物一。軽島御宇之年、則貴須王択レ人、献二其才士一。文教以レ之興蔚、儒風由レ其闡揚」と見える。二四「其後」から「文教之興、誠在二於此一」までに見える辰孫王の伝承は、応神紀十五年八月条・十六年二月条に記された書(文)首らの祖王仁の伝承とほぼ一致

以為二皇太子之師一矣。於レ是、始伝二書籍一、大闡二儒風一。文[1]教之興、誠在二於[2]此一。難波高津朝御宇仁徳天皇、以二辰孫王長子太[3]阿郎王一為二近[4]侍一。太阿郎王子[5]亥陽君。亥陽君子午[6]定[7]君[8]。午[9]定君、生二三男[10]一。長子味沙、仲子辰尓、季子麻呂。従レ此而別、始為二三姓一。各因レ所レ職、以命レ氏焉。葛井・船・津連等即是也。逮二于[11]他田朝御宇敏達天皇御世一、高麗国、遣[12]レ使上二烏羽之表一。群臣・諸史[13]、莫二之能読一。而辰尓[14]進取二其表一、能読巧写、詳奏二表文一。天[15]皇嘉二其篤学一、深加二賞[16]歎一。詔曰[17]、勤乎懿[18]哉。汝、若不レ愛[19]レ学[20]、誰能解読。宜三従レ今始近二侍殿中一。既而、又詔二東西諸史一曰、汝等雖レ衆、不レ及二辰尓一。斯[21]並国史・家牒[22]、詳載二其事一矣。伏惟、皇朝、則レ天布レ化、稽レ古垂レ風。弘沢[23]浹[24]二乎[25]群方一、叡政覃二於品彙一。故能脩[26]レ廃[27]継レ絶、万姓仰而頼[28]レ慶、正レ名

1文ノ下、ナシ〔兼・谷、大〕—之(東・高)　2於(底新傍補)—ナシ〔底原〕　3太—大(東)　4近侍太阿郎王(底傍補)—ナシ〔底原〕　5子亥(底擦重)—近侍〔底原〕　6午(底新傍朱イ・兼等、大)—于〔底原〕、ナシ(底新朱抹)↓校補　7定ノ下、ナシ〔兼・谷、大〕—苦(東)、若(高)　8君〔東・高、大改〕—若(兼・谷)　9午定君〔東・高、大補〕—ナシ(兼・谷)　10男(底抹傍)—界〔底原〕↓校補　11于(底新朱抹傍)—乎〔底原〕　12遣〔谷擦重、大〕—遺(兼・谷原・東・高)　13史〔大改〕—司(底新傍朱イ・兼等)　14尓〔底原・底新朱抹傍〕↓校補　15天皇↓校補　16賞〔底原・底新朱抹傍〕↓校補　17曰(底新朱抹傍)—日〔底原〕↓校補　18懿↓校補　19愛(底新朱抹傍・兼・谷・東、大)—受〔底原・高〕　20学〔底原・底新朱抹傍〕↓校補　21斯以下二一字(底傍補)—ナシ〔底原〕↓校補　22牒(底新朱抹傍)—諜(底傍)↓校補　23沢〔底原・底新朱抹傍〕↓校補　24浹↓校補　25乎〔兼・谷・高、大〕—守(東・高傍)　26脩〔底〕—修↓校補　27廃＝廢(底擦)—癈〔底原〕　28頼〔底擦重〕

する。これは、葛井・船・津の三氏が王仁の後裔であるかのように仮冒したものであろう(井上光貞説)。　三五 応神天皇。↓四三八一頁注六。応神記に「品陀和気命、坐二軽嶋之明宮一、治二天下一也」、応神紀四十一年二月条に「天皇崩二于明宮一」とあり、宝亀三年四月庚午条にも「軽嶋豊明宮馭宇天皇」と見える。　三六 ↓補40―五二。　三七 ↓補40―五三。

一 応神紀十六年二月条に「太子菟道稚郎子師之」とある。菟道稚郎子は応神の皇子で、応神四十年に嗣に立てられたが、応神没後自ら死して皇位を兄の大鷦鷯尊(仁徳)に譲ったと伝える(仁徳即位前紀)。
二 応神記に、百済国主が賢人の和邇吉師(応神紀の王仁)と、彼に付して「論語十巻・千字文一巻」を貢上したと見える。
三 仁徳天皇。↓三二二五頁注五。仁徳紀元年正月条に「都二難波一。是謂二高津宮一」、仁徳記に「大雀命、坐二難波之高津宮一、治二天下一也」とある。
四 書紀には見えない。姓氏録右京諸蕃(船連)に「大阿郎王」、摂津諸蕃(船連)に「大阿良王」と見える。
五 他に見えず。
六 姓氏録右京諸蕃の葛井宿禰・津宿禰条に見える味散君・麻侶君らの父塩君が本条の午定君に当たると考えられる。
七 姓氏録右京諸蕃の葛井宿禰条に菅野朝臣と同祖で塩君の男味散君の後とある。本条の味沙は、この味散君に当たる。欽明紀三十年四月条で白猪田部の丁籍を検定した功により白猪史(のち葛井連、さらに葛井宿禰と改まる)と賜姓された胆津は、王辰爾の甥と記されており(同三十年正月条)、この味沙の子か。

を加《くは》へて、以《もち》て皇太子《くわうたいし》[一]の師《し》としたまひき。是《ここ》に始《はじ》[二]めて書籍《しよじやく》伝《つたは》りて、大《おほき》に儒風《じゆふう》を闡《ひら》けり。文教《ぶんけう》の興《おこ》れること誠《まこと》に此《ここ》に在《あ》り。難波高津朝《なにはのたかつのみかど》[三]に御　宇《あめのしたしらしめ》し仁徳天皇《にんとくてんわう》、辰孫王《しんそんわう》の長子《ちやうし》太《た》[四]阿《あ》郎王《らうわう》を近侍《きんじ》としたまひき。太《た》阿《あ》郎王《らうわう》の子《こ》は亥陽君《がいやうくん》[五]なり。亥陽君《がいやうくん》の子《こ》は午定君《ごぢやうくん》[六]なり。午定君《ごぢやうくん》、三　男《みたりのをのこご》を生《う》めり。長子《ちやうし》は味沙《みさ》[七]、仲子《ちうし》は辰尓《しんじ》[八]、季子《きし》は麻呂《まろ》[九]なり。此《これ》より別《わか》れて始《はじ》めて三姓と為《な》る。各《おのおの》職《つかさど》る所《ところ》に因《よ》りて氏《うぢ》を命《おほ》す。葛井《ふぢゐ》[一〇]・船《ふね》[一一]・津《つ》[一二]連ら即《すなは》ち是《これ》なり。他田朝《をさだのみかど》[一三]に御　宇《あめのしたしらしめ》し敏達天皇《びだつてんわう》の御世《みよ》に逮《およ》びて、高麗国《こまのくに》[一四]、使《つかひ》を遣《つかは》して、烏羽《からすのはね》[一五]の表《へう》を上《たてまつ》らしむ。群臣《おみたち》・諸史《ふひとら》[一六]、これを能《よ》く読《よ》むこと莫《な》かりき。而《しか》るに辰尓《しんじ》進《すす》みてその表《へう》を取《と》り、能《よ》く読《よ》み巧《たくみ》に写《うつ》し、詳《つばひらか》に表文《へうぶん》を奏《たてまつ》れり。天皇《すめらみこと》、その篤《とく》学《がく》を嘉《よみ》して深《ふか》く賞歎《しやうたん》を加《くは》へたまひき。詔《みことのり》[一七]して曰《のたま》ひしく、「勤《いそ》しきかも、懿《よ》きかも。汝《いまし》若《も》し学《がく》を愛《あい》せずは、誰《たれ》か能《よ》く解《と》き読《よ》まむ。今《いま》より始《はじ》めて殿中《でんちう》に近侍《ちかくはべ》るべし」とのたまひき。既《すで》にして、また東西《とうさい》[一八]の諸史《ふひとら》に詔《みことのり》して曰《のたま》ひしく、「汝等《いましたち》衆《おほ》しと雖《いへど》も辰尓《しんじ》に及《およ》ばず」とのたまひき。斯《こ》れ並《ならび》に国史《こくし》[一九]・家牒《かてふ》[二〇]に詳《つばひらか》にその事《こと》を載《の》せたり。伏《ふ》して惟《おもひ》みるに、皇朝《すめらみかど》、天《てん》に則《のりと》りて化《おもぶけ》を布《し》き、古《いにしへ》を稽《かむが》へて風《ふり》を垂《た》る。弘沢《こうたく》、群方《くんはう》に浹《あまね》くして、叡政《えいせい》[二一]、品彙《ほむい》に覃《およ》べり。故《ゆゑ》に、能《よ》く廃《すた》れたるを脩《をさ》め、絶《た》えたるを継《つ》ぎて、万姓《ばんせい》仰《あふ》きて慶《けい》に頼《よ》り、名を

八 王辰爾。→補40—五四。
九 姓氏録右京諸蕃の津宿禰条に菅野朝臣と同祖で塩君の男麻侶君の後とあり、本条の麻呂と一致する。敏達紀三年十月条で、王辰爾の弟として津史の姓を賜わった牛も、本条の麻呂のことか。
一〇 →㊀補1—一三五・㊂七三頁注三。
一一 →㊂二三頁注五。
一二 →㊂一一九頁注一一。
一三 「他田」は敏達の訳語田幸玉宮。現在の奈良県桜井市戒重付近。
一四 高句麗。
一五 敏達紀元年五月条に、諸々の史が読めなかった烏の羽に書かれた高句麗の表疏を、船史の祖王辰爾が「乃蒸二羽於飯気一、以レ帛印レ羽、悉写二其字一」して読み解いたとの伝承をさす。この記事は船氏の家記に基づいたものであろう。
一六 下文に見える「東西諸史」らをさす。
一七 高句麗の表疏を解読した王辰爾を賞する敏達天皇の詔。敏達紀元年五月条に「勤乎辰爾。懿哉辰爾。汝若不レ愛二於学一、誰能読解。宜従レ今始、近二侍殿中一。既而、詔二東西諸史一曰、汝等所習之業、何故不レ就。汝等雖レ衆、不レ及二辰爾一」と見える。
一八 史は朝廷の記録にたずさわった渡来系氏族。大和を居地とした東漢の文直と、河内を居地とした西漢の文首。「東西文部」(大宝二年十二月壬戌条)とも称される。→㊀補1—六七。
一九 書紀。
二〇 各氏の家系についての記録を提出した牒(文書)。下文延暦十年正月己巳条の改姓を求める上言にも「謹検二古牒一」とある。
二一 すぐれた政治が万物を覆いつくす。

弁レ物、四海帰而得レ宜。凡[1]有二懐生[2]一、莫レ不二抃[3]躍[4]一。真道等先祖、委二質[5]聖[6]朝一、年代深[7]遠、家伝二文雅之業一、族[8]掌[9]二西庠之職一。真道等、生逢二昌運一、預沐二天恩一。伏望、改二換[10]連姓一、蒙二賜朝臣一。於レ是、勅、因レ居賜二姓菅野朝臣一。○乙酉、正五位上坂上大宿禰又子卒。故左[11]京大夫従三位苅[12]田麻呂[13]女也。天[14]皇之在二儲宮[15]一也、以選入、生二高津内親王一。○戊[16]子、従五位下紀朝臣呰麻呂為二少納言一。従四位下石川朝臣真守為二右大弁一。従五位上調使王為二左大舎人頭一。従五位上藤原朝臣刷雄為二右大舎人頭一。近衛少将従五位下藤原朝臣縄主為二兼式部少輔一。備前介如レ故。従五位上阿保朝臣人上為二大学頭一。従五位上藤原朝臣是人為二治部大輔一。従五位下文室真人大原為[17]二少輔一。従五位上藤原朝臣真作為二大蔵大輔一。従四位下紀朝臣犬養為二大膳大夫一。従五位上葛井連根主為レ亮[18]。従五位下大春日朝臣清足為二官奴正[19]一。々[20]五位下葛井連道依為二春宮亮[21]一。従五位下大伴宿禰蓑[22]麻呂為二中衛少将一。従五位下藤原朝臣今[23]川為二伊勢守一。従五位上宗形王為二讃岐守一。従五位下百済王

1凡〔兼等、大〕—ナシ（東傍按・高傍按）→校補
2生〔大改〕—性（底新傍朱イ・兼等）
3抃（兼・谷・高、大）—拚〔底〕、扞（東）→校補
4躍（底新朱抹傍）—雖〔底原〕→校補
5質—資〔底〕
6聖朝→校補
7深〔底原・底新朱抹傍〕→校補
8族〔底原・底新朱抹傍・兼・谷原・東・高、大改〕—挨（谷擦重）→校補
9掌—常〔底〕
10換〔底原・底新朱抹傍〕→校補
11左〔大改〕—右（底新傍朱イ・兼等）
12苅→校補
13呂ノ下、ナシ〔底原〕—之（底新傍補・兼等、大）
14天皇→校補
15宮—官（高）
16戊子（底擦重）—天皇〔底原〕
17為〔兼・谷、大〕—ナシ（東・高）
18亮（底新朱抹傍）—高〔底原〕
19正〔谷傍補〕—ナシ（谷原）
20々〔底〕—正
21亮〔底原・底新朱抹傍〕→校補
22蓑（底新朱抹傍）→校補
23今（底新朱抹傍）—令〔底原〕

一「懐生」は動植物などすべての生き物。
二 底本「委資」とあるのは「委質（贄）」のことか。「委質」は、はじめて君に仕える者が礼物を御前にささげること。国語、晋語九に「委レ質為レ臣」。
三「西庠」は詩経、大雅、霊台序疏に「虞庠在二国之西郊一」とあり、有虞氏（舜）が学校を西側に置いた故事があり、大学寮をさすか。
四 居地は大和国宇陀郡菅野（現奈良県宇陀郡御杖村菅野）とする説があるが、未詳。
五 姓氏録右京諸蕃に百済国都慕王の十世の孫貴首王の後とある。
六 もと坂上大忌寸。→二六一頁注一四。桓武の第十二皇女高津内親王を産んだことが続後紀承和八年四月丁巳条にも見える。
七 犬養の子、田村麻呂の父。→[三]補20-二五。延暦五年正月に没した時、左京大夫従三位兼右衛士督下総守。伝に「天皇（桓武）寵遇優厚」とある。
八 皇太子。
九 →補40-五五。
一〇 →補38-三三。
一一 →[四]補27-二六。本年二月に参議となっている。
一二 →[四]一四九頁注二〇。前官は右大舎人頭（延暦八年五月己巳条）。左大舎人頭の前任者は本条で大膳大夫に遷任した紀犬養（延暦八年三月戊午条）。
一三 →[三]一一九頁注七。前官は大学頭（延暦七年六月甲申条）。右大舎人頭の前任者は本条

任官

正《ただ》し物《もの》を弁《わきた》めて、四海帰《しかいよりつ》きて宜《よろ》しきを得《え》たり。凡《おほよ》そ[一]懐生《くわいせい》有るひと、抃《てうち》躍《ま》はぬは莫《な》し。真道《まみち》らが先祖《とほつおや》、聖朝《せいてう》に[二]委質《ゐし》すること、年代《としよ》深《ふか》く遠《とほ》し。家《いへ》、文雅《ぶんが》の業《わざ》を伝《つた》へて、族《うから》、[三]西庠《せいしやう》の職《つかさ》を掌《つかさど》れり。真道《まみち》ら、生《うま》れてより昌運《しやううん》に逢《あ》ひて、預《あづか》りて天恩《てんおん》に沐《もく》す。伏《ふ》して望《のぞ》まくは、連《むらじ》の姓を改《あらた》め換《か》へて朝臣《あそみ》を蒙《かがふ》り賜《たま》はらむことを」とまうす。是《ここ》に勅《みことのり》して、[四]居《をるところ》に因《よ》りて姓を[五]菅野《すがの》朝臣と賜ふ。○乙酉《二十一日》、正五位上[六]坂上《さかのうへ》大宿禰又子《またこ》卒《しゆつ》しぬ。故左京大夫《なきさきやうのだいぶ》従三位[七]苅田麻呂《かりたまろ》が女《むすめ》なり。天皇《すめらみこと》の[八]儲宮《まうけのみや》に在《おは》しまししとき、選《えら》ひ入《い》れられて[九]高津《たかつの》内親王《ひめみこ》を生《う》めり。○戊子《二十四日》、従五位下[一〇]紀《き》朝臣呰麻呂《あざまろ》を少納言《せうなふごん》とす。従四位下[一一]石川《いしかは》朝臣真守《まもり》を右大弁《うだいべん》。従五位上[一二]調使王《つきのつかひのおほきみ》を左大舎人頭《ひだりのおほとねりのかみ》。従五位上[一三]藤《ふち》原《はら》朝臣刷雄《よしを》を右大舎人頭《みぎのおほとねりのかみ》。近衛少将《このゑのせうしやう》従五位下[一四]藤原《ふぢはら》朝臣縄主《なはぬし》を兼式部少輔《しきぶせうふ》。備前介《きびのみちのくちのすけ》は故《もと》の如《ごと》し。従五位上[一五]阿保《あほ》朝臣人上《ひとかみ》を大学頭《だいがくのかみ》。従五位上[一六]藤原《ふぢはら》朝臣是人《これひと》を治部大輔《ちぶだいふ》。従五位下[一七]文室《ふむや》真人大原《おほはら》を少輔《せうふ》。従五位上[一八]藤原《ふぢはら》朝臣真《ま》作《つくり》を大蔵大輔《おほくらのだいふ》。従四位下[一九]紀《き》朝臣犬養《いぬかひ》を大膳大夫《だいぜんのだいぶ》。従五位上[二〇]葛井《ふぢゐ》連根主《ねぬし》を亮《すけ》。従五位下[二一]大春日《おほかすが》朝臣清足《きよたり》を官奴正《くわんぬのかみ》。正五位下[二二]葛井《ふぢゐ》連道依《みちより》を春宮亮《しゆんぐのすけ》。従五位下[二三]大伴《おほとも》宿禰蓑麻呂《みのまろ》を中衛少将《ちうゑのせうしやう》。従五位下[二四]藤原《ふぢはら》朝臣今川《いまかは》を伊勢《いせ》守。従五位上[二五]宗形《むなかた》王を讃岐《さぬき》守。従五位下[二六]百済王《くだらのこにきし》

で左大舎人頭に遷任した調使王（延暦八年五月己巳条）。

一四 →補37―三三。近衛少将任官は延暦七年七月。備前介任官は同年二月。式部少輔の前任者は阿倍広津麻呂（延暦七年七月庚午条）。

一五 もと建部公。→【四】補25―九九。大学頭の前任者は本条で右大舎人頭に遷任した藤原刷雄（延暦七年六月甲申条）。

一六 →【四】二九七頁注二四。治部大輔の前任者は藤原黒麻呂（延暦八年十二月丙申条）。

一七 →補38―三三。治部少輔の前任者は本条で肥後介に遷任した百済王元信（延暦九年七月辛巳条）。

一八 巨勢麻呂（南家）の男。→補38―一。大蔵大輔の前任者は藤原乙叡か（延暦九年三月丙午条）。

一九 →【四】補31―六六。前官は左大舎人頭（延暦八年三月戊午条）。大膳大夫の前任者は笠王か（延暦四年十月庚午条）。

二〇 →【三】補23―一三。前官は伊予守か（延暦四年正月辛亥条）。大膳亮の前任者は大神人成（延暦九年三月壬戌条）。

二一 →四一七頁注二八。官奴正の前任者は上虫麻呂か（延暦五年正月己未条）。

二二 →【四】補26―七。春宮亮の前任者は阿倍広津麻呂（延暦七年七月庚午条）。

二三 →補38―三三。

二四 →補39―一三。本年三月丙午に伊勢介となったが、同月壬戌には麻田真浄が伊勢介に任じられた。

二五 →【三】補22―一一。前官は大炊頭か（延暦三年四月壬寅条）。讃岐守の前任者は内蔵全成（延暦六年二月庚申条）。

二六 →三九一頁注二二。前官は治部少輔（延暦九年七月辛巳条）。

元信為二肥後介一。○八月乙未朔、大宰府言、所部飢民八万八千餘人。請、加二賑恤一。許レ之。○九月丙寅、於二京下七寺一誦経。為二[1]皇太子寝膳[2]乖レ[3]適也。○己巳、授二従五位下川村王従五位上一。○辛未、詔、以二善謝法師・等定法師一、並為二律師一。○甲戌、奉二伊勢[4]大神宮相嘗幣帛一。常年、[5]天皇、御二大極殿一[6]遥拝、[7]而[8]縁レ在二諒闇一、不レ行二常儀一。故、以二幣帛一直付二使者一矣。○丙子、詔曰、朕以二[9]寡[10]昧一、忝[11]馭二[12]寰区一。[13]旰食[14]宵衣、情存二撫育一、而至和靡レ[15]届、炎旱為レ災、田疇不レ[16]脩、農畝多[17]廃。雖二[18]豊倹有一レ時、而責深在レ予。今聞、京畿失レ稔、甚二於外国一、兼[19]苦二疾疫・飢饉一者衆。宜下免二左右京及五畿内[20]今年田租一、以息中[21]窮[22]弊上。神寺之租、[23]亦宜レ准レ此焉。○己卯、摂津職貢二白鼠赤眼一。○冬十月甲午、復[24]置二鋳銭司一。○乙未、散位正三位佐[25]伯宿禰今毛人薨。

1 皇〔大補〕―ナシ(兼等)
2 乖(底新朱抹傍)―卒〔底原〕
3 適→校補
4 大〔紀略〕―太(兼等、大、類三)
5 天皇→校補
6 遥〔紀略補〕―ナシ(紀略原)
7 而ノ下、ナシ〔底〕―奉而(兼等、大、類三)、奉(紀略)
8 縁〔大補、類三・紀略〕―ナシ(兼等)
9 寡〔底原・底新朱抹傍〕→校補
10 昧→校補
11 馭〔底原・底新朱抹傍〕→校補
12 区→校補
13 旰〈意改〉(大)―旴〔底〕、肝(兼等)→脚注・校補
14 宵→校補
15 届→校補
16 脩〔底〕―修→校補
17 廃＝廢(底擦重)―癈〔底原〕
18 豊(底新傍補)―ナシ〔底原〕
19 苦〔大補〕―ナシ(兼朱傍按・谷朱傍按・東・高朱傍按)→校補
20 今―令(東)
21 窮〔大補〕―ナシ(兼等)
22 弊―幣(東)
23 亦〔兼・谷、大〕―ナシ(東・高)
24 置―ナシ(類一〇七)
25 伯(底傍補)―ナシ〔底原〕

一 大宰府管内の飢民への賑恤を請う言上。
二 かなりの数にのぼり、この年の飢饉が九州にも深刻に及んだことが知られる。
三 長岡京域にある七寺院か。平城京諸大寺の長岡京移転を認めず、また京・畿内での私寺を禁じた(三代格延暦二年六月十日官符)桓武の政策からは、平城旧京の寺院とはとりにくい。具体的には乙訓寺・宝菩提院廃寺・鞆岡廃寺などが当たるか(『向日市史』上)。あるいは「京下」を京域の周辺とみることも可能か。
四 安殿親王。→補37-二二一。この時十六歳。皇太子の病気はこの後も延暦十年十月甲寅条に「皇太子枕席不レ安、久不二平復一」などとあり(続紀)、翌十一年六月には「皇太子久病。卜之、崇道天皇為レ祟」(紀略)と早良親王の怨霊と結び付けられるに至った。
五 →補34-五四。従五位下叙位は宝亀八年十一月。
六 →補40-五六。
七 →補40-五七。
八 僧正・僧都につぐ僧綱の一員。
九 この相嘗幣帛は、神祇令7の神嘗祭、四時祭式の九月伊勢太神宮神嘗祭にあたり、神祇令8の仲冬(十一月)の上卯相嘗祭や四時祭式の相嘗祭神云々とは異なる(考證)。神嘗祭→⊟補2-一五三。神嘗祭は伊勢神宮で新穀を神に奉り豊饒を謝する祭で、朝廷から幣帛を奉る祭儀。養老五年九月乙卯条で「天皇御二内安殿一、遣レ使供二幣帛於伊勢太神宮一」とあるのが幣帛使発遣の初見。九月十一日に天皇が大極殿後殿(小安殿)に出御して幣帛使に幣帛を授け発遣する儀式の次第は儀式、九月十一日奉伊勢大神宮幣儀に詳しく、四時祭式にも見える。
一〇 常の儀では、天皇が大極殿に出御して伊

元信《ぐゑんしん》を肥後介《ひのみちのしりのすけ》。

大宰府管内の飢民八万八〇〇〇余人に賑恤

八月乙未の朔、大宰府《だいさいふ》[一]言《まう》さく、「所部《しよぶ》の飢《う》ゑたる民《たみ》[二]八万八千餘人なり。請《こ》はくは、賑恤《しんじゆつ》を加《くは》へむことを」とまうす。これを許《ゆる》す。

皇太子不予

律師任命

九月（甲子朔）丙寅（三日）、京下《きやうか》[三]の七寺に於《おき》て誦経《ずきやう》せしむ。皇太子《くわうたいし》[四]の寝膳《しむぜん》、適《よ》きに乖《そむ》けるが為《ため》なり。○己巳（六日）、従五位下川村王《かはむらのおほきみ》[五]に従五位上を授《さづ》く。○辛未（八日）、詔《みことのり》して、善謝法師《ぜんしやほふし》[六]・等定法師《とうぢやうほふし》[七]を並《ならび》に律師《りちし》[八]としたまふ。○甲戌（十一日）、伊勢大神宮《いせのだいじんぐう》に相嘗《あひなめ》[九]の幣帛《みてぐら》を奉《たてまつ》る。常《つね》[一〇]の年《とし》は、天皇《すめらみこと》、大極殿《だいごくでん》[一一]に御《おは》しまして、遥《はるか》に拝《をが》みたてまつれども、諒闇《りやうあむ》[一二]に在《あ》るに縁《よ》りて、常《つね》の儀《ぎ》は行《おこな》ひたまはず。故《ゆゑ》に、幣帛《みてぐら》を直《ただ》に使者《つかひひと》に付《さづ》けたまふ。

京畿の田租を免ず

○丙子（十三日）、詔《みことのり》[一三]して曰《のたま》はく、「朕《われ》、寡昧《くわまい》を以《もち》て忝《かたじけな》くも寰区《くわんく》を馭《しら》せり。旰《ひた》[一四]けて食《くら》ひ、宵《よは》に衣《きぬ》きて、情《こころ》に撫育《ふいく》を存《たも》てども、至和《しわ》届《いた》ること靡《な》く、炎旱災《えんかんわざはひ》[一五]を為《な》して、田疇《でんちう》脩《つく》らず、農畝《のうほ》多《おほ》く廃《すた》れたり。豊《ほう》・倹《けむ》時《とき》有りと雖《いへど》も、責《せめ》の深《ふか》きこと予《われ》に在《あ》り。今聞《いまき》かくは、「京畿《けいき》[一六]稔《みのり》を失《うしな》へること外国《ぐゑこく》よりも甚《はなはだ》しく、兼《か》ねて疾疫《しつえき》[一七]・飢饉《ききむ》に苦《くる》しぶ者衆《ひとおほ》し」ときく。左右《さうの》京《きやう》と五畿内《ごきない》との今年《ことし》の田租《でんそ》を免《ゆる》して窮弊《きうへい》を息《やす》むべし。神《みや》[一八]・寺《てら》の租《そ》も亦此《またこれ》に准《なずら》ふべし」とのたまふ。○己卯（十六日）、摂津職《つのしき》、白鼠《しろきねずみ》[一九]の赤《あか》き眼《まなこ》なるを貢《たてまつ》る。

鋳銭司復置
佐伯今毛人没

冬十月（癸巳朔）甲午（二日）、復《また》、鋳銭司《じゆぜんし》[二〇]を置《お》く。○乙未（三日）、散位《さんゐ》正三位佐伯《さへき》[二一]宿禰今毛人《いまえみし》薨《こう》。

勢神宮を遥拝してから幣帛を使に付すのを、諒闇のため大極殿での遥拝を停めた。他にも諒闇を理由に、六月の神今食や十一月の新嘗祭の儀式の場を常儀とは改めている。

一一 長岡宮の大極殿。

一二 天皇の服喪の期間。本年閏三月に皇后藤原乙牟漏が没しており、それ以前も皇太夫人高野新笠(延暦八年十二月)・夫人藤原旅子(延暦七年五月)の没が相次いでいた。

一三 疾疫飢饉のため京・畿内の今年の田租を免ずるとする詔。

一四 日が暮れるまで食事をとることを忘れ、夜が明けないうちから衣を着るほどである。天子が政務に精励する様をいう。同様の表現が、慶雲三年十一月癸卯条・天平十一年三月癸丑条・同十二年六月庚午条にも見える。

一五 この年の畿内の炎旱については、上文五月丙戌・甲午に祈雨が行われている。

一六 この年の京・畿内の不熟の原因には、炎旱(五月丙戌・甲午条)があった。

一七 秋冬に京・畿内で豌豆瘡が流行した記事が是歳条に見える。

一八 神社・寺院の封戸の租をも免じる。→本年閏三月壬午条。

一九 白鼠は治部省式の祥瑞には見えないが、神亀三年正月辛巳条以降祥瑞としての献上記事がしばしば見られる。白鼠赤眼の例は宝亀九年十二月癸未条、摂津からの白鼠献上例は同年四月甲申条にも見える。

二〇 →㊀二一頁注一六。延暦元年四月癸亥に、造宮・勅旨二省と法花・鋳銭の両司を罷めていた。ここは延暦十五年の隆平永宝鋳造をめざした復置か。下文己酉(十七日)条に鋳銭長官任命のことが見える。

二一 →㊂補17-七九。

右衛士督従五位下人足之子也。天平十五年、[1]聖武皇帝、[2]発レ願、始建二東大寺一、徴二[3]発百姓一、方[4]事二[5]営作一。今毛人、為領二催検一、頗以二方便一、勧二使役民一。[6]聖武皇帝、録二其幹[7]勇一、殊任使之。勝宝初、除二大和介一、俄授二従五位下一。累遷、宝字中、至二従四位下摂津大夫一。[8]歴二播磨守・大[9]宰大弐・左大弁・皇后宮大夫一、延暦初、授二[10]従三位一。尋拝二参議一、加二正三位一、遷二民部卿一。皇后宮大夫如レ故。五年、出為二大宰帥一、居[11][12]三年、年及二七十一、上レ表乞二骸骨一。詔、許レ之。薨時、年七十二。○丙午、高年人道守臣東人、於二内裏一引見。時年一百[13]十二歳。其[14]髪尚多、聡如二少年一。[15]矜二其衰邁一、賜二[16]之衣服一。○己酉、従五位下多治比真人乙[17]安為二鋳銭長官一。○辛亥、征二蝦夷一有レ功者四千八百卌餘人、随二労軽重一、授レ勲進レ階、並依二天応元年[18]例一行之。○[19]癸丑、太政官奏言、蝦夷[20]于紀久逋二王誅一、大軍[21]奮撃、餘孽未レ[22]絶。当今、坂東之国、久疲二戎場一、強壮者、

1聖武皇帝→校補
2・3発〔底原・底新朱抹傍〕→校補
4事―ナシ(東一字空)
5営(底新朱抹傍)―労〔底原〕
6聖武皇帝→校補
7勇〔底原・底新朱抹傍〕→校補
8歴―暦(兼)
9宰〔底原・底新朱抹傍〕→校補
10従〔底重〕→校補
11三〔兼・東・高、大改〕―之(谷)→校補
12三ノ下、ナシ〔谷原〕―五(谷傍補)→校補
13十〔紀略〕―廿(底新傍朱イ・兼等、大)
14髪〔大改、紀略〕―駿(底傍・兼等)
15矜→校補
16之衣〔谷補、大、紀略〕―ナシ(兼一字空・谷原一字空・東一字空・高一字空)→校補
17安〔兼・東・高、大改〕―女(谷)
18例〔底重〕
19癸丑→校補
20于〔東・高〕―干(兼・谷、大)
21奮〔底新朱抹傍〕―舊〔底原〕
22絶〔底新朱抹傍〕→校補

一 →㈡二四五頁注一一。天平三年六月に右衛士督となった。
二 天平十五年は十月に大仏発願の詔(㈢補15―二八)が出された年。
三 佐伯宿禰今毛人。→㈢補17―七九。天平十五年以降、今毛人は東大寺造営に従事、同二十一年四月には造営の功により六階特進している。以後、造東大寺次官・長官を歴任し、造営に功があった。要録、日本高僧伝要文抄所引延暦僧録には、造東大寺司に勤めて斎戒を持したので聖武天皇から「東大居士」と呼ばれたことが見える。
四 大和介となったのは天平勝宝元年と考えられ、同年九月に造東大寺司次官で兼大倭介と見える(古三―三二〇頁)。
五 従五位下昇叙は天平勝宝元年十二月。
六 従四位下昇叙は天平宝字元年五月、摂津大夫任官は天平宝字三年十一月。
七 播磨守任官は宝亀元年六月。大宰大弐としての初見は天平神護元年三月。のち宝亀十年九月再任。左大弁任官は神護景雲元年八月。のち延暦元年四月再任。皇后宮大夫兼任は延暦二年四月。
八 従三位昇叙は延暦元年六月。
九 参議任命は延暦三年十二月、正三位昇叙は翌四年六月。
一〇 民部卿任官は延暦四年七月。
一一 延暦五年四月に大宰帥となった。
一二 延暦八年正月に辞官の上表を認められて

しぬ。右衛士督《うゑじのかみ》従五位下[一]人足《ひとたり》の子《こ》なり。[二]天平《てんひやう》十五年、聖武皇帝《しやうむくわうてい》、願《ぐわん》を発《おこ》したまひて、始《はじ》めて東大寺《とうだいじ》を建《た》て、百姓《はくせい》を徴《め》し発《おこ》して、方《まさ》に営作《ゐやうさく》を事《こと》としき。[三]今毛人《いまえみし》、為《ため》に催検《さいけむ》を領《と》りて、頗《すこぶ》る方便《はうべん》を以《もち》て役民《えきみん》を勧《すす》め使《つか》ひき。聖武《しやうむ》皇帝《くわうてい》、その幹勇《かんよう》を録《しる》して殊《こと》に任《ま》け使《つか》ひたまへり。[四]勝宝《しようほう》の初《はじめ》、大和介《やまとのすけ》に除《ちよ》せられ、俄《にはか》に[五]従五位下を授《さづ》けらる。累《しきり》に遷《うつ》されて、[六]宝字《ほうじ》中《ちう》に従四位下摂津大《つのだい》夫《ぶ》に至《いた》る。[七]播磨《はりま》守・大宰大弐《だいさいのだいに》・左大弁《さだいべん》・皇后宮大夫《くわうごうぐうだいぶ》を歴《へ》て、[八]延暦《えんりやく》の初《はじめ》、従三位を授けらる。尋《つ》ぎて[九]参議《さむぎ》を拝《はい》し、正三位を加《くは》へられ、[一〇]民部卿《みんぶきやう》に遷《うつ》さる。皇后宮大夫《くわうごうぐうだいぶ》は故《もと》の如《ごと》し。[一一]五年、出《い》でて大宰帥《だいさいのそち》と為《な》り、居《を》ること三年、年《よはひ》七十に及《およ》びて、[一二]表《へう》を上《たてまつ》りて骸骨《がいこつ》を乞《こ》ふ。詔《みことのり》して、これを許《ゆる》したまへり。薨《こう》しぬる時《とき》、年《とし》七十二。○丙午《十四日》、[一三]高年人《としたかきひと》[一四]道守臣《みちもり》東人《あづまひと》を[一五]内裏《うち》に引《ひ》きて見《み》たまふ。時《とき》に年《とし》一百十二歳なり。その髪《かみ》尚《なほ》多《おほ》くして、聡《さと》きこと少年《せうねん》の如《ごと》し。その[一六]衰《すい》邁《まい》を矜《あはれ》びて衣服《いふく》を賜《たま》ふ。○己酉《十七日》、従五位下[一七]多治比《たぢひ》真人乙安《おとやす》を[一八]鋳銭長官《じゆぜんのちやうぐわん》とす。

征夷の有功者に叙勲

○辛亥《十九日》、[一九]蝦夷《えみし》を征《う》つに功《いさを》有る者《ひと》四千八百卌餘人に、労《らう》の軽重《きやうちう》に随《したが》ひて勲《ぐん》を授け階《かい》を進《すす》むること、並《ならび》に[二〇]天応《てんおう》元年の例《ためし》に依《よ》りて行《おこな》ふ。

征夷の負担を諸国平均に課す

○癸丑《二十一日》、[二一]太《だい》政官奏《じやうぐわんそう》して言《まう》さく、「蝦夷《えみし》[二二]干紀《うき》久《ひさ》しく王《きみ》の誅《せめ》を逋《のが》れ、大軍《たいぐん》奮《ふる》ひ撃《う》てども、[二三]餘孽《よげつ》未《いま》だ絶《た》えず。当今《いま》[二四]坂東《さかのひむかし》の国《くに》、久《ひさ》しく戎場《いくさのには》に疲《つか》れ、強《つよ》く壮《さかり》なる者《ひと》は

いる。本条「薨時、年七十二」からすると、上表したのは延暦七年のことか。選叙令21「凡官人年七十以上、聴[二]致仕[一]。五位以上々表」による。

一三 →〔一〕五頁注二三。

一四 他に見えず。生年は天武八年になる。道守臣→〔二〕補9-三一。

一五 長岡宮の東宮にある内裏。

一六 年老い衰えること。

一七 →〔四〕二〇一頁注二八。前官は肥後守か(延暦三年三月乙酉条)。神護景雲二年五月にも鋳銭次官として勤公により従五位下に叙されている。

一八 上文甲午(二日)に鋳銭司を復置している。鋳銭司→〔一〕二二一頁注一六。

一九 前年(延暦八年)の蝦夷との戦いは征東軍(征東将軍紀古佐美)の敗北に終り責任者は処分された(延暦八年九月戊午条)が、従軍した将士への軍功に対する叙位叙勲を行ったもの。なお従軍者は、戦闘部隊二万七四七〇人・輸送部隊一万二四四〇人と計算されている(延暦八年六月庚辰条)。

二〇 天応元年、征東大使藤原小黒麻呂のもとでの征夷の労を賞して、十月辛丑に軍功者への勲等の授与が行われており(五位以上への叙位叙勲は九月丁丑)、その前例に従った。

二一 征東の軍役が課される坂東の民との負担を均しくするため、軍役を免れた諸国各階層のうち堪え得る者に甲を造らせようとする太政官の奏。

二二 規律を犯す。

二三 のこり、あまり。ここは、残党の意。「孽(げつ)」はひこばえ(切り株から出る芽)。

二四 東海道の足柄坂以東、東山道の碓氷坂以東の諸国。

1 筋〔底新朱抹傍〕→校補
2 転＝轉—輔〔底〕
3 徴〔底重・底新朱抹傍〕→校補
4 発〔底原・底新朱抹傍〕→校補
5 之（底傍補）—ナシ〔底原〕
6 司〔大補〕—ナシ（兼等）
7 土〔底原、大改〕—士（底新朱抹傍・兼等）→校補
8 佃→校補
9 蓄〔底原・底新朱抹傍〕→校補
10 名—各（底新傍朱イ）
11 訖〔底原・底新朱抹傍〕→校補
12 各—名〔底〕
13 天聴→校補
14 孺〔底原・底新朱抹傍・兼・谷原・谷抹傍、大〕—嬬（東・高）→校補
15 連（底傍補）—ナシ〔底原〕
16 官〔底原、類八四〕—宦（底新朱抹傍・兼等、大）→校補
17 還〔底原・底新朱抹傍〕→校補

以㆓筋[1]力㆒供㆑軍、貧弱者、以㆓転[2]餉㆒赴㆑役。而富饒之輩、頗免㆓此苦㆒、前後之戦、未㆑見㆓其労㆒。又諸国百姓、元離㆓軍役㆒、徴[3]発[4]之時、一无㆑所㆑預。計㆓其労逸㆒、不㆑可㆑同㆑日。普天之[5]下、同曰㆓皇民㆒。至㆓於挙㆑事、何无㆓倶労㆒。請、仰㆓左右京・五畿内・七道諸国司[6]等㆒、不㆑論㆓土[7]人・浪人及王臣佃[8]使㆒、検㆓録財堪㆑造㆑甲者㆒、副㆓其所㆑蓄[9]物数及郷里・姓名[10]㆒、限㆓今年内㆒、令㆓以申訖[11]㆒、又応㆑造之数、各[12]令㆓親申㆒。臣等、職参㆓枢要㆒、不㆑能㆓黙爾㆒、敢陳㆓愚管㆒、以煩㆓天[13]聴㆒。奏可之。〇丁巳、授㆓女孺[14]従七位上物部海連[15]飯主外従五位下㆒。〇十一月乙丑、勅曰、公廨之設、本為㆑填㆓補欠負・未納㆒。随㆓国大小㆒、既立㆓挙式㆒。而今聞、諸国司等、雖㆑有㆓欠物㆒、猶得㆓公廨㆒。理須㆔依㆑法科㆑罪、没為㆓官物㆒。但以、国司等久有㆓仕官[16]之労㆒、曾無㆓還[17]㆑家之資㆒。今、故立㆓法制㆒。宜㆘自㆑今以後、有㆓旧年未納・欠

一 兵糧の運送。漢書高帝紀に「丁壮苦㆓軍旅㆒、老弱罷㆓転餉㆒」とある。ここは、延暦七年三月庚戌条などに見られる坂東諸国から陸奥への軍粮輸送などをさす。 二 富豪の輩。坂東諸国にあっても富豪の輩は手段を講じて征東戦の軍役や兵糧運搬への従事を免れた。このことは、延暦二年六月辛亥条の勅で、軍役を忌避する「雑色之輩、浮宕之類」対策を講じたことが守られていなかったことを示す。
三 坂東以外の諸国。征東の軍役が課されない。
四 征東戦への徴発。 五 全国。下文の「左右京・五畿内・七道諸国」と同じ。→㊂一二三頁注二。 六 →二七三頁注七。いわゆる公民だけでなく、浮浪人を含む。 七 本貫地に住む者と本貫地を離れている浮浪人。「不㆑論㆓土人・浪人㆒」という政策基調の早い例。 八 王臣家が、領する田地経営のため任じ、派遣している使。 九 甲を造る技術的・資材的負担に堪え得るのは財産をある程度蓄えた者に限られた。 一〇 征東戦の武具となる甲冑の作製については、すでに本年閏三月庚午に諸国をして三か年内に革甲二〇〇〇領を造らしめ、四月辛丑にも大宰府に鉄冑二九〇〇余枚を造らしめている。さらに翌延暦十年三月にも、右大臣以下五位以上（丁丑条）や、京畿七道の国郡司（丙戌条）に甲を造らしめている。前年（延暦八年）の胆沢での敗戦を受け、大軍で蝦夷を制圧する作戦のために大量の甲が必要となったか。ここでは、公民に対する一率賦課とは異なる方法での武具調達を図っている。なお、ここの甲は鉄甲ではなく革甲（宝亀十一年八月庚戌条・延暦九年閏三月庚午条）か。
一一 甲を造る数量は負担者に自己申告させる。
一二 この時太政官中枢の構成は、右大臣藤原継縄・大納言藤原小黒麻呂・中納言紀船守ら

筋力《みのちから》を以《もち》て軍《いくさ》に供《つか》へ、貧《まど》しく弱《よわ》き者《ひと》は転餉《てんしやう》[一]を以《もち》て役《えき》に赴《おもむ》けり。而《しか》れども富《ふ》[二]饒《ねう》の輩《やから》は頗《すこぶ》るこの苦《く》を免《まぬか》れて、前後《ぜんご》の戦《たたかひ》に未《いま》だその労《らう》を見《み》ず。また、諸国《くにぐに》[三]の百姓《はくせい》は、元《もと》、軍役《ぐんやく》[四]を離《はな》れ、徴発《ちようはつ》の時《とき》に一つも預《あづか》る所无《ところな》し。その労逸《らういつ》を計《はか》るに、日《ひ》を同《おな》じくすべからず。普天《ふてん》[五]の下《もと》、同《おな》じく皇民《わうみん》[六]と曰《い》ふ。事《こと》を挙《あ》ぐるに至《いた》りては、何《なに》ぞ倶《とも》に労《らう》すること无《な》けむ。請《こ》はくは、左右京《さうのきやう》・五畿内《ごきない》・七道《しちだう》の諸国《くにぐに》の司等《つかさども》に仰《おほ》せて、土人《どにん》[七]・浪人《らうにん》と王臣《わうしん》[八]の佃使《でんし》とを論《と》はず、財《ざい》[九]、甲《よろひ》[一〇]を造《つく》るに堪《た》ふる者《ひと》を検《かむが》へ録《しる》し、その蓄《たくは》ふる物《もの》の数《かず》と郷里《さと》・姓名《かばね》を副《そ》へて、今年《ことし》の内《うち》を限《かぎ》りて、以《もち》て申《まう》し訖《をは》らしめ、また、造《つく》[一一]るべき数《かず》は、各《おのおの》親《みづか》ら申《まう》さしめむことを。臣《しん》[一二]ら、職枢要《つかさすうえう》に参《あづか》りて、黙爾《もだ》あること能《あた》はず、敢《あ》へて愚《ぐ》管《くわん》を陳《の》べて、天聴《てんちやう》を煩《わづら》はす」とまうす。奏《そう》するに可《か》としたまふ。〇丁巳（二十五日）、女孺《によじゆ》[一三]従七位上物部海連飯主《もののべのあまいひぬし》[一四]に外従五位下を授《さづ》く。

累積した旧年の欠負未納の毎年補塡を義務づける

十一月（癸亥朔）乙丑（三日）、勅《みことのり》[一五]して曰《のたま》はく、「公廨《くげ》[一六]の設《まうけ》は、本《もと》[一七]、欠負《けむふ》[一八]・未納《みなふ》を塡《あ》て補《おきぬ》はむが為《ため》なり。国《くに》[一九]の大小《だいせう》に随《したが》ひて、既《すで》に挙式《きよしき》[二〇]を立《た》つ。而《しか》るに今聞《いまき》かくは、「諸国《くにぐに》の司等《つかさども》、欠物《けむもち》有りと雖《いへど》も猶《なほ》公廨《くげ》を得《う》」ときく。理《ことわり》、法《はふ》[二一]に依《よ》りて罪《つみ》を科《おほ》せ、没《もつ》して官物《くわんもち》とすべし。但《ただ》し以《おもひ》みるに、国司《こくし》ら久《ひさ》しく仕官《しくわん》の労《らう》有りて、曾《かつ》て家《いへ》に還《かへ》る資《し》無し。今《いま》、故《ゆゑ》に法制《はふせい》を立《た》つ。今《いま》より以後《のち》、旧年《ふるきとし》[二二]の未納《みなふ》・欠《けむ》

(補任)。 一三 →五九頁注三二。 一四 他に見えず。物部海連は物部氏の同族の一つ。物部系の複姓氏族は、物部氏に対して隷属的な関係にある地方豪族氏族などが物部のウヂ名を名乗り、その同族と称するに至ったものがある(直木孝次郎説)。この場合の「海」は地名か海氏との関係か未詳。 一五 公廨稲制による官物欠負未納の補塡について、当年の未納とは別に累積した旧年の欠負未納の補塡を毎年義務づける勅。ふくれあがった旧年の未納・欠負の存在を認めて、公廨を国司の得分として確保しつつ、旧年欠負未納分の一定量を毎年補塡させる内容であるが、本来は旧年未納全体にかかるべき国司の責務が限定されたことになる。延暦交替式の延暦十六年八月三日官符に、同内容の本条と同日付の官符を引く。 一六 公廨稲の設置→㈢補16-一七。 一七 公廨稲を設置した天平十七年十一月制(同月庚辰条)に「其官物欠負未納之類、以ㇾ玆令ㇾ塡、不ㇾ許ㇾ更申ㇾ」とあり、天平宝字元年十月の太政官処分(同月乙卯条)にも、公廨稲の処分は第一に「先塡ㇾ官物之欠負未納ㇾ」としている。 一八 「欠負」は官倉に納められた正税について検量で発見された不足。「未納」は正税出挙の未納。→㈢一九頁注一三。 一九 天平十七年十一月の設置の制に「大国四十万束。上国三十万束。中国廿万束…下国十万束」(庚辰条)と見える。公廨稲の国別定数は弘仁式・延喜主税寮式に掲げられる。→㈢補16-二六(表「国別の正税出挙の定数」)。 二〇 公廨稲出挙についての公廨稲設置の制をさす。下文に「天平十七年式」とある。 二一 欠物が有りながら塡納せずに公廨を得た国司には、罪を科すほか公廨もすべて没官することになる。 二二 累積した旧年の官物欠負

負二者、大国三[1]万束、上[2]国二万束、中国一万束、下国五千[3]束已上、毎年徴[4]塡、附レ帳[5]申上上。若不レ拠二此制一、有二未納者一、返二却税帳一、随レ事科レ罪。其当年未納者、一依二去天平十七年式一塡レ之。○壬[6]申、外従五位下韓国連源[7]等[8]言[9][10]、源等、是物部大連等之苗裔[11]也。夫[12]物部連等、各因二居地行事一、別為二百八十氏一。是以、源等先祖塩児、以二父祖奉レ使国名一。故[13]物部連、賜[14]二韓国連一。然則、大連苗裔[15]、是日本之[16]旧民、今号[17]二韓国一、還似二三韓之新来一。至二於唱導一、毎驚二人聴一。因[18]レ地賜レ姓、古今通典。伏望、改二韓国二字一、蒙二賜高原[19]一。依レ請許レ之。○丁丑、辰時、地震。巳時、又震。○戊寅、勅曰[20]、中宮周忌、当二来[21]月廿八日一。礼制乍畢、新歳須レ及。而[22]忌景俄臨、弥[23]切二罔[24]極之痛[25]一、元正肇[26]啓[27]、何受二惟新之歓[28]一。興言永悲、不レ能二自忍一。賀正之[29]礼、宜レ従二停止一焉。

1三(底重)―二〔底原〕　2上ノ上、ナシ(底抹)―中〔底原〕　3千(大改、類八四)―十〔兼等〕　4徴〔底原・底新朱抹傍〕→校補　5帳〔底重〕　6壬申ノ上、ナシ(底擦重)―壬申〔底原〕　7源(底新傍朱イ)―涼〔底〕　8等(底傍補)―ナシ〔底原〕　9言(底擦重)―等〔底原〕　10言ノ下、ナシ(底抹)―是〔底原〕　11裔〔谷・谷抹傍〕→校補　12夫(底傍補・兼・谷、大)―ナシ〔底原〕、天(東・高)　13故ノ下、ナシ〔東傍按・高傍按〕―改(兼等、大)→校補　14賜〔東・高〕―ナシ(兼・谷原)、為(谷傍補、大)　15裔〔底原〕　16之〔底〕―ナシ(底新朱傍按・兼等、大)→校補　17号〔底原・底新朱抹傍〕→校補　18因〔谷擦重〕―人(谷原)　19原〔大改〕―厚(兼等)　20曰(底新朱抹傍)―日〔底原〕→校補　21来〔底原・底新朱抹傍〕→校補　22而〔大補、類七二〕―ナシ(兼等)　23弥(底新朱抹傍)―祢〔底原〕　24罔〔兼・谷擦重・東・高、大改、類七二〕―岡(谷原)　25痛(底新朱抹傍)―病〔底原〕　26肇(底新朱抹傍)―筆〔底原〕　27啓(底新朱抹傍)→校補　28歓〔兼・谷・高、大、類七二改〕―歎(東)、観(類七二原)　29之(底傍補)―ナシ〔底原〕→校補

未納に対して、毎年補塡すべき額を定めた。

一　正税帳か。
二　その年の官物未納。旧年の官物欠負未納に対する語。官倉に収納する年なので欠負はあり得ない。
三　天平十七年十一月の公廨稲を設置した制(同月庚辰条)。
四　→補35―一八。弘仁三年正月に故下野介外従五位上高原連源として善政を賞せられ、贈位された(後紀同月丁卯条)。なお韓国連広足は、韓国連(文武三年五月丁丑条)とも物部韓国連(天平三年正月丙子条など)とも記されている。
五　韓国連らが、日本の物部連の族系でありながら使した先の韓国の名を氏名としていることを改め、居地により高原連の姓を賜わるように願った言上。
六　物部麁鹿火・尾輿・守屋など、大連に任じら

負《ふ》有らば、大国《だいこく》は三万束、上国《じやうこく》は二万束、中国《ちうこく》は一万束、下国《げこく》は五千束已上、毎年《としごと》に徴《め》し塡《う》めて、帳《ちやう》[一]に附《つ》けて申《まう》し上《あ》ぐべし。若《も》しこの制《せい》に拠《よ》らず、未納《みなふ》の者《ひと》有らば、税帳《ぜいちやう》を返却《かへ》して、事《こと》に随《したが》ひて罪《つみ》に科《おほ》せむ。その当年《そのとし》[二]の未《み》納《なふ》は、一《もは》ら去《さ》りぬる天平《てんひやう》[三]十七年の式《しき》に依《よ》りてこれを塡《う》めよ」とのたまふ。○壬申〔十日〕、外従五位下韓国《からくに》[四]連源《みなもと》ら言《まう》[五]さく、「源《みなもと》らは是《こ》れ物部大連《もののべのおほむらじ》[六]らが苗裔《べうえい》なり。夫《そ》れ物部連《もののべのむらじ》[七]らは、各《おのおの》居地《をるところ》[八]と行事《わざ》とに因《よ》りて、別《わか》れて百八十氏と為《な》る。是《ここ》を以《もち》て、源《みなもと》らが先祖塩児《さきつおやしほこ》[九]は、父祖《ふそ》[一〇]使《つかひ》を奉《う》けたまはれる国《くに》の名《な》を以《もち》てす。故《ゆゑ》に物部連《もののべのむらじ》は韓国連《からくにのむらじ》を賜《たま》はる。然《しか》れば、大連《おほむらじ》の苗裔《すゑ》は是《こ》れ日本《にちほん》の旧《きう》民《みん》にして、今《いま》、韓国《からくに》[一一]と号《がう》するは、還《かへ》りて三韓《さむかん》の新来《いまき》に似《の》れり。唱導《しやうだう》するに至《いた》りて、毎《つね》に人《ひと》の聴《きき》を驚《おどろ》かす。地《ところ》に因《よ》りて姓を賜ふは、古今《こきむ》の通典《つうてん》なり。伏《ふ》して望《のぞ》まくは、韓国《からくに》の二字を改《あらた》めて高原《たかはら》[一二]を蒙《かがふ》り賜はらむことを」とまうす。請《こひ》に依《よ》りてこれを許《ゆる》す。○丁丑〔十五日〕、辰《たつ》[一三]の時《とき》、地震《なゐ》ふる。巳《み》[一四]の時《とき》、また震《なゐ》ふる。

来年の賀正の礼を停止

○戊寅〔十六日〕、勅《みことのり》[一五]して曰《のたま》はく、「中宮《ちうぐう》[一六]の周忌《しうき》、来月《きたるつき》の廿八日に当《あた》れり。礼《れい》[一七]制乍《せいたちま》ち畢《をは》りて、新歳須《しんせいすべか》らく及《およ》ぶべし。而《しか》れども忌景俄《きけいにはか》に臨《のぞ》みて、弥罔極《いよいよまうきよく》[一八]の痛《かなしみ》を切《せち》にし、元正肇《ぐわんしやうはじ》めて啓《ひら》くとも、何《なに》ぞ惟新《いしん》の歓《よろこび》を受《う》けむ。興言《ここ》に永《なが》く悲《かな》しびて、自《みづか》ら忍《しの》ぶること能《あた》はず。賀正《がしやう》の礼《れい》、宜《よろ》しく停止《ちやうし》に従《したが》ふべし」

れた物部氏の祖をさす。
七 →補40-五八。
八 居住地や行事によって、物部連が多くの族系氏族に分かれた。この場合、韓国に使したという「行事」により韓国連の姓となったことをさす。
九 天孫本紀に、饒速日命十四世孫の物部大市御狩連公の弟に物部塩古連公とあり、「葛野韓国連等祖」とすることと符合する。
一〇 父祖が使者として赴いた先の国の名。この賜姓の経緯は、姓氏録和泉神別の韓国連の「采女臣同祖。武烈天皇御世、被ㇾ遣二韓国一、復命之日、賜二姓韓国連一」という伝承がある。ただし摂津神別の物部韓国連も、采女臣の祖と同じ「伊香我色雄命之後也」(和泉神別)とあるから、同系か。
一一 もともと日本に居た氏族であるのに、「韓国」のウヂ名では、かえって朝鮮半島から新しく渡来した氏族かと疑われてしまう。
一二 高原連の姓は姓氏録に見えないが、高原の地名は、姓氏録の韓国連(和泉神別)または物部韓国連(摂津神別)の存在から和泉または摂津のものか。また、天孫本紀に先祖の物部塩古連公を「葛野韓国連等祖」とするから山背の葛野と関わる可能性もある。
一三 午前八時頃。
一四 午前十時頃。
一五 前年十二月に死去した中宮高野新笠の一周忌に近いので、来年元旦の賀礼を停止するとする勅。
一六 桓武生母の中宮高野新笠。この年皇太后と追贈されている(延暦八年十二月条付載明年正月壬子条)。
一七 礼儀のきまり。ここでは服喪規定をさす。
一八 究極がないこと。

○己卯、是日、当二新嘗一。而為二諒闇未一レ終、於二神祇官一行二其事一矣。○辛巳、授二无[1]位令[2]野女王[3]・正五位下八上女王並[4]従四位下一。○丁亥、陸奥国黒川郡石神・山精社並[5]為二官社一。○己丑、授二无位藤原朝臣家刀[6]自従五位下一。」坂東諸国、頻属二軍役一、因[7]以疫[8]旱[9]。詔、免二今年田租[10]一。○十二月壬辰朔[11]、詔曰、春秋之義、祖以レ子貴。此則、礼経之垂典、帝[12]王之恒範。朕、君二臨寓[13]内一、十二年於一レ茲。追尊之道、猶[14]有二闕如一。興言念レ之、深以懼焉。宜三朕外祖父[15]高野朝臣・外祖母土師宿禰、並追二贈正一位一、其改二土師氏一為二大枝朝臣一。夫、先秩[16]二九族[17]一、事彰二常典一。自レ近及レ遠、義存二曩籍一。亦宜三菅原真仲・土師菅麿等、同為二大枝朝臣一矣。○癸巳、従五位上紀朝臣田長為二長門守一。○甲辰、地震。○庚戌、授二常陸国信[18]太郡大領[19]外従五位下物部志太連大成外従五位上一。新治郡大領外正六位上新治直[20]大[21]直[22]外[23]従五位下、播磨国明石郡大領外正八位上葛江我孫馬

1无—ナシ（東一字空）
2令〔兼・谷原・東・高〕—今（谷擦重）、全（大改）↓脚注
3王—玉（東）
4並—ナシ（高）
5並↓脚注・校補
6刀—力（東）
7因〔底原、大改〕—困（底新朱抹傍・兼等）
8疫〔大改〕—疾（兼等）
9旱（底新朱抹傍）—早〔底原〕↓校補
10租（底重）—祖〔底原〕
11朔—ナシ（東）
12帝〔谷補・東・高、大〕—ナシ（兼一字空・谷原一字空）↓校補
13寓↓校補
14猶〔底原・底新朱抹傍〕↓校補
15父—火（谷）
16秩（底新朱抹傍）—秋〔底原〕↓校補
17族（底新朱抹傍）—強〔底原〕
18信（底傍補）—ナシ〔底原〕
19領〔底擦重〕
20直（底新朱抹傍・兼等、大）—真（底傍補）、ナシ〔底原〕↓校補
21大（底傍補）—ナシ〔底原〕↓校補
22直（底擦重）—真〔底原〕
23外（底新傍補）—ナシ〔底原〕

一 新嘗祭。十一月の第二の卯の日に、天皇が宮中で新穀を神に供し、みずからも食する祭儀。新嘗祭→[一]補2-一四六・[三]補19-四八。二 天皇の服喪期間。桓武生母の高野新笠の周忌をまだ終えていない。三 長岡宮の神祇官。諒闇のため本年六月の神今食も内裏を避けて神祇官曹司で行っており(戊申条)、九月の伊勢太神宮神嘗祭も常儀とは場を変えている(甲戌条)。聖武の諒闇の時にも新嘗会を神祇官曹司で行った先例がある(天平勝宝八歳十一月丁卯条)。四 選叙令35によれば无位から従四位下叙位は親王の子の待遇であるが、系譜未詳。諸本「令野女王」とあるが、「全野女王」と同一人であろう。全野女王は、延暦十年九月庚申条で、孫王の例に預かることとされている。天長八年十一月甲辰に正四位下で没(紀略)。五 →二五九頁注三一。正五位下叙位は延暦五年正月。六 →[二]補14-九。現在の宮城県黒川郡にあたる。七 現在の宮城県黒川郡大和町吉田に所在。神名式陸奥国黒川郡の条に「石神山精神社」が小社一座として記される。「並」字からは石神・山精の二社とされるが、神名式には「石神山精神社」一座が記されるのみであり、「並」の上に脱文があるかあるいは「並」を衍字かとする説(考證)がある。八 他に見えず。藤原朝臣→[一]補1-一九。九 桓武の外祖父母への贈位と、外祖母が出身した土師宿禰を大枝朝臣と改姓する詔。高野新笠の一周忌を前にして、春秋の「祖以レ子貴」の論理から、母方の氏族の地位を高めようとしたもの。この勅の一部は、後に大枝から大江への改姓を願った大枝音人らの上表文にも引かれている(三代実録貞観八年十月十五日条)。また、既に延暦四年五月丁酉条でも同様の趣旨から桓武外曾祖父母への贈官等

新嘗祭を神祇官にて行う

とのたまふ。○己卯《十七日》、是《こ》の日《ひ》、[一]新嘗《にひなめ》に当《あた》れり。而《しか》れども[二]諒闇《りやうあむ》未《いま》だ終《をは》らぬが為《ため》に、[三]神祇官《じんぎくわん》に於《おき》てその事《わざ》を行《おこな》ふ。○辛巳《十九日》、无位[四]令野女王、正五位下[五]八上《やかみの》女王《おほきみ》に並《ならび》に従四位下を授《さづ》く。○丁亥《二十五日》、陸奥国《みちのおく》[六]黒川《くろかは》郡[七]石神《いはがみ》・山精社《やまづみのやしろ》を並に官社《くわんしや》とす。○己丑《二十七日》、无位[八]藤原《ふぢはら》朝臣家刀自《いへとじ》に従五位下を授く。坂東《さかのひむかし》の諸国《くにぐに》は、頻《しきり》に軍役《ぐんやく》に属《したが》ひ、因《よ》りて以《もち》て疫《えやみ》し旱《ひでり》す。詔《みことのり》して、今年《ことし》の田租《でんそ》は免《ゆる》したまふ。

高野乙継・土師真妹に贈正一位

十二月壬辰の朔、[九]詔《みことのり》して曰《のたま》はく、「[一〇]春秋《しゆんしう》の義《ぎ》、[一一]祖《おや》は子《こ》あるを以《もち》て貴《たふと》しとす。此《こ》れ則《すなは》ち、礼経《らいけい》の垂典《すいてん》、帝王《ていわう》の恒範《こうはん》なり。朕《われ》、寓内《うだい》に君《きみ》とし臨《のぞ》みて茲《ここ》に[一二]十年なり。[一三]追尊《ついそん》の道《みち》、猶《なほ》闕《か》くること有り。興言《ここ》にこれを念《おも》ひて深《ふか》く懼《おそ》る。朕《わ》が外祖父《ぐわいそふ》[一四]高野朝臣《たかののあそみ》・外祖母《ぐわいそぼ》[一五]土師宿禰《はじのすくね》に並に正一位を追贈《ついぞう》し、その土《は》師氏《じのうぢ》を改《あらた》めて[一六]大枝《おほえ》朝臣とすべし。夫《そ》れ先《ま》づ[一七]九族《きうぞく》を秩《ととの》ふることは、事《こと》、常典《じやうてん》に彰《あきらか》なり。近《ちか》きより遠《とほ》きに及《およ》ぼすことは、義《ぎ》、[一八]曩籍《なうじやく》に存《あ》り。亦《また》、[一九]菅原真《すがはらのま》仲《なか》・[二〇]土師菅麿《はじのすがまろ》らも同《おな》じく大枝《おほえ》朝臣とすべし」とのたまふ。○癸巳《二日》、従五位上[二一]紀《き》朝臣田長《たをさ》を長門《ながと》守とす。○甲辰《十三日》、地震《なゐ》ふる。○庚戌《十九日》、[二二]常陸《ひたち》国[二三]信太《しだ》郡大領《だいりやう》外従五位下[二四]物部志太《もののべのしだ》連大成《おほなり》に外従五位上を授く。

治績ある郡司に叙位

[二五]新治《にひはり》郡大領《だいりやう》外正六位上[二六]新治《にひはり》直大直《おほなほ》に外従五位下。播磨《はりま》国[二七]明石《あかし》郡大領《だいりやう》外正八位上[二八]葛江我孫馬《ふぢえのあびこのうま》

を行っている。一〇 孔子が魯国の記録を筆削したという経書。注釈書の春秋左氏伝は学令5で大学の教授書とする。一一 春秋公羊伝、隠公元年正月条に「母貴則子何以貴、子以レ母貴、母以レ子貴」とある。天平宝字四年八月甲子条の勅にも「子以レ祖為レ尊。祖以レ子亦貴。此則不易之彝式、聖主之善行也」とあり、延暦四年五月丁酉詔にも「春秋之義、祖以レ子貴。此則、典経之垂範、古今之不易也」と見える。一二 桓武即位は一〇年前の天応元年四月。一三 子の身分に応じて、亡父・亡祖などの身分を後から尊ぶこと。一四 高野朝臣乙継。もと和氏。→四五三頁注五。一五 土師宿禰真妹。→四五三頁注六。一六 →補40-三五。下文十二月辛酉(三十日)条に、四腹ある土師氏のうち高野新笠の母の系統である毛受腹に大枝朝臣姓を賜わったとする。のち貞観八年十月十五日に参議大枝音人らが上表してウヂ名は大枝から大江に改まった(三代実録)。一七 九つの親族。その範囲は同姓直系(高祖・曾祖・祖父・父・己・子・孫・曾孫・玄孫)に限るとする説から父族四・母族三・妻族二の異姓を含むとするものまで諸説があるが、ここでは母の系統を含めてとらえている。一八「曩」はむかし。「曩籍」は古典の意か。一九 菅原宿禰真仲。→補40-五九。二〇 土師宿禰菅麿。→補40-六〇。二一 →補37-三三。二二 郡司四人に対して治績・救民を賞して行った叙位。二三 →□三一三一頁注一二。二四 →三七七頁注七。延暦五年十月丁丑条でも、私物をもって百姓を救ったことから外従五位下に昇叙している。二五 →四補28-二一。二六 他に見えず。神護景雲元年三月乙亥に献物叙位を受けた新治郡大領新治直子公は親族か。新治直→四一六一頁注六。二七 →□二一七三頁注一五。二八 →補40-六一。

養、下総国猨嶋郡主帳正八位上孔王[1]部山麻呂[2]並外正六位上一。是四人、或居レ官不レ怠、頗着二効績一、或以二私物一、賑二恤所部一。貧[3]乏之[4]徒、因而得レ済。故有二此授一焉。○己未、是日、当二中宮周忌一。於二大安寺一設二斎[5]焉。○辛酉、勅、外従五位下菅原宿禰道長・秋篠宿禰安人等並賜二姓朝臣一。又正六位上土師[6]宿禰諸士[7]等賜二姓大枝朝臣一。其土師氏、惣有二四腹一。中宮母家者、是毛受[8]腹[9]也[10]。故毛受腹者、賜二大枝朝臣一。自餘三腹者、或[11]従二秋篠朝臣一、或従[12]二菅原朝臣一矣。◎是年秋冬[13]、京畿男女年卅[14]已下者、悉発二豌[15]豆瘡一〈俗云[16]二裳瘡一〉、臥レ疾者多。其甚[17]者死。天下諸国、往々而在[18]。

十年[19]春正月壬戌朔、廃[20]レ朝也。○戊[21]辰[22]、宴二五位已上一。授二正五位下笠王正五位上、无位乙枚王・正六位上守山王並従五位下、従四位下石上朝臣家成・石川朝臣真守並従四位上、正五位上百済[23]王仁貞、正五位下大伴宿禰弟麿・藤原朝臣真友[24]並従四位下、従五位上葛井連根主正五位下、従五位下賀茂朝臣大川・多治比真人乙安・大原[25]

1 王ノ下、ナシ〔大衍〕—王（兼等）
2 麻呂（底新朱抹傍）—磨〔底原〕
3 貧ノ下、ナシ—貧（高）
4 之—ナシ〔底〕
5 斎—斉（東）
6 師（底傍補）—ナシ〔底原〕
7 士↓校補
8 受（底傍補・兼・谷擦重・東・高、大）—ナシ〔底原〕
9 腹—復（東）
10 也故毛受腹〔谷傍補・東・高、大〕—ナシ（兼・谷原）
11 或〔谷擦重〕
12 従〔底〕—属（底新傍朱イ・兼等、大）
13 冬（底新朱抹傍・兼等、大、類一七三）—夏〔底原、紀略〕
14 卅—冊（東）
15 豌〔大改、紀略・類一七三〕—捥（底新傍朱イ・兼等、大）↓校補　16 云—曰（類一七三）
17 甚（底擦重）—者〔底原〕
18 在〔底重・底抹傍〕↓校補
19 十年↓校補
20 廃＝廢（底新朱抹傍）—癈〔底原〕
21 戊〔底原・底新重〕↓校補
22 辰（底新朱抹傍）—衣〔底原〕
23 済＝濟〔底原・底新朱抹傍〕↓校補
24 友（底新朱抹傍）—支〔底原〕
25 原〔底原・底新朱抹傍〕↓校補

一 →四二四七頁注一七。
二 他に見えず。穴太部→三補18—五八。
三 郡司の大領や主帳としての勤務態度・成績が優れており。
四 私物を投じて郡内の貧民を救済した。
五 桓武生母の故高野新笠。前年（延暦八年）十二月乙未（二十八日）に没して一年を迎える。本年正月癸亥条に周忌御斎会司の任命が見える。
六 平城京左京の大安寺。→三補7—一八。
七 菅原宿禰道長・秋篠宿禰安人らに朝臣の姓を賜い、土師宿禰諸士らに大枝朝臣の姓を賜う勅。桓武生母の故高野新笠の同族であることによる優勅。
八 もと土師宿禰。→補36—四四。天応元年六月壬子に言上して菅原宿禰となり、ここで菅原朝臣へと改姓（補36—五三）。
九 もと土師宿禰。→補37—一三。延暦元年五月癸卯に言上して秋篠宿禰となり、ここで秋篠朝臣へと改姓（補36—五三）。
一〇 →補40—六二。　一一 →補40—三五。
一二 土師氏は葬送関係を管掌する伴造氏族で、もと連であったが天武十三年十二月に宿禰となった。土師宿禰に四腹あるうち、天応元年六月に一部が菅原宿禰となり、延暦元年五月には一部が秋篠宿禰となった。続いて延暦九年十二月壬辰朔に高野新笠の母が属する（毛受腹）土師氏は大枝朝臣と賜姓されたので、それにともない他の三腹も秋篠朝臣・菅原朝臣と改姓された。
一三 桓武生母の故高野新笠。
一四 「毛受」は百舌鳥。毛受腹は和泉国大鳥郡の地名（現大阪府堺市百舌鳥本町・中百舌鳥町など）によって、その地を本貫とした土師氏についた名。有力な百舌鳥古墳群が位置し、

高野新笠の周忌

養《かひ》、下総国《しもつふさ》[一]猨嶋《さしま》郡主帳《しゆちやう》正八位上[二]孔王部山麻呂《あなほべのやままろ》に並《ならび》に外正六位上。是《こ》の四人、或《ある》は[三]官《つかさ》に居《を》りて怠《おこた》らず、頗《すこぶ》る効績《かうせき》を着《あらは》し、或《ある》は[四]私物《しぶつ》を以《もち》て所部《しよぶ》を賑《しん》恤《じゆつ》す。貧乏《びんぼふ》の徒《と》、因《よ》りて済《すく》はること得《え》たり。故《ゆゑ》にこの授《じゆ》有り。○己未[二十八日]、是《こ》の日《ひ》、[五]中宮《ちうぐう》の周忌《しうき》に当《あた》れり。[六]大安寺《だいあんじ》に於《おき》て設斎《をがみ》す。○辛酉[三十日]、勅《みことのり》[七]して、外従五位下[八]菅原《すがはら》宿禰道長《みちなが》・[九]秋篠《あきしの》宿禰安人《やすひと》らに、並に姓朝臣《あそみ》を賜《たま》ふ。また、正六位上[一〇]土師《はじ》宿禰諸士《もろし》らに姓を[一一]大枝《おほえ》朝臣と賜ふ。その[一二]土師氏《はじのうぢ》に惣《すべ》て四腹有り。[一三]中宮《ちうぐう》の母《はは》の家《いへ》は是《こ》れ[一四]毛受腹《もずはら》なり。故《ゆゑ》に毛受腹《もずはら》には大枝《おほえ》朝臣と賜ふ。自餘《そのほか》の三腹は、或《ある》は秋篠《あきしの》朝臣に従《したが》ひ、或《ある》は菅原《すがはら》朝臣に従《したが》ふ。

京畿に豌豆瘡流行

是《こ》の年《とし》の秋《あき》・冬《ふゆ》、[一五]京畿《けいき》の男女《をとこをみな》の年《とし》卅已下の者《ひと》、悉《ことごとく》に豌豆瘡《もがさ》を発《いだ》し、俗《くにぶり》に裳瘡《もかさ》と云《い》ふ。疾《やまひ》に臥《ふ》す者多《ひとおほ》し。その甚《はなはだ》しきは死《し》にぬ。[一六]天下《あめのした》の諸国《くにぐに》に往々《ところどころ》に在《あ》り。

七九一年
叙位

十年[辛未]春正月壬戌の朔、[一七]朝《でう》を廃《や》む。○戊辰[七日]、五位已上を[一八]宴《うたげ》す。[一九]正五位下[二〇]笠王《かさのおほきみ》に正五位上を授《さづ》く。无位[二一]乙枚《おとひら》王、正六位上[二二]守山《もりやま》王に並に従五位下。従四位下[二三]石上《いそのかみ》朝臣家成《いへなり》・[二四]石川《いしかは》朝臣真守《まもり》に並に従四位上、正五位上[二五]百済《くだらの》王仁貞《こにきしにんちやう》、正五位下[二六]大伴《おほとも》宿禰弟麿《おとまろ》・[二七]藤原《ふぢはら》朝臣真友《まとも》に並に従四位下。従五位上[二八]葛井《ふぢゐ》連根主《ねぬし》に正五位下、従五位下[二九]賀茂《かも》朝臣大川《おほかは》・[三〇]多治比《たぢひ》真人乙安《おとやす》・[三一]大原《おほはら》

大鳥郡には土師（波爾之）郷がある（和名抄）。孝徳紀大化二年三月条の百舌鳥長兄（西琳寺縁起所収斉明五年造像銘に土師長兄とある）や、同紀白雉五年十月条に見える百舌鳥土師連土徳など、百舌鳥土師氏はこの毛受腹にあたる。

一五　京・畿内の三十歳以下の者が豌豆瘡（[二]補12―二七）にかかっている。→補40―六三。

一六　豌豆瘡の流行は京・畿内に限らなかった。

一七　前年（延暦九年）十一月戊寅条で、高野新笠の一周忌直後であるので元日朝賀を停めるとしたことを受ける。元日朝賀の儀→[一]補1―四九。

一八　白馬の節会の宴。→[二]補9―五〇。

一九　白馬の節会の宴後の恒例の叙位。

二〇　→[三]補22―二一。正五位下叙位は延暦八年正月。

二一　乙平王とも。系譜未詳。選叙令35によれば諸王の子。本年三月に造酒正となる。

二二　他に見えず。系譜未詳。

二三　東人の男。→[四]補25―八八。従四位下叙位は天応元年十一月。

二四　今毛人の兄。→[四]補27―二六。従四位下叙位は延暦二年五月。

二五　→補34―二八。正五位上叙位は延暦九年二月。

二六　→八五頁注一六。正五位下叙位は延暦七年十一月。

二七　是公の男。→補36―七。正五位下叙位は延暦六年正月。

二八　→[三]補23―二三。従五位上叙位は延暦二年四月。

二九　→[四]補25―八七。従五位下叙位は天平宝字八年十月。

三〇　→[四]二〇一頁注二八。従五位下叙位は神護景雲二年五月。

三一　→[四]補33―三六。従五位下叙位は宝亀六年六月。

真人美気・[1]巨勢朝臣総成・百済王[2]英孫・藤原朝臣縄主・和朝臣三具足・和朝臣国守・紀朝臣楫長・物部多藝宿禰国足[3]並[4]従五位上、外従五位下菅原朝臣道長・秋篠朝臣安人、正六位上佐伯宿禰岡上・紀朝臣乙佐美・路真[5]人豊長・藤原朝臣最乙麻呂・藤原朝臣道継・大神朝臣仲江麿・布勢朝臣田上・平群朝臣嗣人・大伴宿禰是成並従五位下、正六位上畝[6]火宿禰清[7]永・安都宿禰長人・佐婆部首[8]牛養・伊与部連家守・清道造岡麿並外従五位下。宴訖、賜ㇾ禄各[9]有ㇾ差。○己巳、典薬頭外従五位下忍海原連魚養等言、謹検ニ古[10]諜一云、葛木襲津彦之[11]第六子[12]曰ニ熊道足禰一。[13]是魚養等之祖也。[14]熊道足禰六世孫首[15]麿、飛鳥浄御原[16]朝[17]庭辛巳年、貶賜ニ連姓一。爾来、再三披[18]訴、一二陳[19]聞。然覆[20]瓫之下難ㇾ照、而向隅之志久矣。今、属ニ聖朝[21]啓ㇾ運、品物交泰一、愚民宿憤、不ㇾ得ㇾ不ㇾ陳。望請、除ニ彼旧号一、賜ニ朝野宿禰一、光ㇾ前栄ㇾ後、存亡倶[22]欣。今所ㇾ請朝野者、所ㇾ処之本名也。依ㇾ請賜ㇾ之。○庚午、授ニ无位川原女王・呉岡女王、正[23]六位上百済王難波[24]姫、无位県犬養

1巨—臣〔底〕→校補
2王〔底新傍補〕—ナシ〔底原〕
3並〔兼・谷、大〕—ナシ(東・高)
4従〔高擦重〕
5人〔兼・谷、大〕—ナシ(東・高)
6火〔底原・底新朱抹傍〕→校補
7永〔大改〕—水(兼等)
8牛—土(東)
9有〔谷傍補、大、類七二〕—ナシ(兼・谷原・東・高)
10諜〔兼等傍イ〕—牒(兼等、大)→校補　11第—弟(東)
12曰〔兼・谷、大〕—田(東・高)
13是〔底原・底新朱抹傍〕→校補
14熊ノ上→校補
15麿〔底原〕—麻呂(底新朱抹傍・兼等、大)→校補
16朝ノ下、ナシ(底新朱抹)—臣〔底原〕
17庭〔底原〕—廷(底新朱抹傍)
18訴〔底原・底新朱抹傍・兼・谷・高、大〕—訢(東)
19聞—間(東)
20瓫(底新朱抹傍)→校補
21啓〔底原・底新朱抹傍〕→校補
22欣→校補
23六(兼等、大)—五〔東傍イ・高傍イ〕
24姫〔谷、大〕—姖(兼・東・高)

一 →二六九頁注一一。従五位下叙位は天応元年九月。
二 →二〇九頁注一七。従五位下叙位は延暦二年四月。
三 →補37-三三。従五位下叙位は延暦三年正月。
四 →二八七頁注一七。従五位下叙位は延暦三年正月。
五 もと和史。→補36-四一。従五位下叙位は延暦三年正月。
六 →補38-七四。従五位下叙位は延暦四年十一月。
七 もと多芸連。→補34-五三。従五位下叙位は延暦五年正月。
八 もと土師宿禰。→補36-四四。外従五位下叙位は天応元年四月。
九 もと土師宿禰。→補37-一三。外従五位下叙位は延暦八年正月。
一〇―一八 →補40-六四。
一九―二三 →補40-六五。
二四 →補39-一九。葛城氏の一枝族。忍海は大和葛城地方の地名であり、「葛城忍海之高木角刺宮」の記載(清寧記)や、葛城が分かれた

真人美気《みけ》・巨勢《こせ》朝臣総成《ふさなり》・百済王英孫《くだらのこにきしえいそん》・藤原《ふぢはら》朝臣縄主《なはぬし》・和《やまと》朝臣三具足《みくたり》・和《やまと》朝臣国守《くにもり》・紀《き》朝臣楫長《かぢをさ》・物部多藝《もののべのたぎ》宿禰国足《くにたり》に並《ならび》に従五位上。外従五位下菅原《すがはら》朝臣道長《みちなが》・秋篠《あきしの》朝臣安人《やすひと》、正六位上佐伯《さへき》宿禰岡上《をかのへ》・紀《き》朝臣乙佐美《おとさみ》・路《みち》真人豊長《とよなが》・藤原《ふぢはら》朝臣最乙麻呂《いやおとまろ》・藤原《ふぢはら》朝臣道継《みちつぐ》・大神《おほみわ》朝臣仲江麿《なかえまろ》・布勢《ふせ》朝臣田上《たかみ》・平群《へぐり》朝臣嗣人《つぐひと》・大伴《おほとも》宿禰是成《これなり》に並に従五位下。正六位上畝火《うねび》宿禰清永《きよなが》・安都《あと》宿禰長人《ながひと》・佐婆部《さばべ》首牛養《うしかひ》・伊与部《いよべ》連家守《やかもり》・清道《きよみち》造岡麿《をかまろ》に並に外従五位下。宴訖《うたげをは》りて、禄《ろく》賜《たま》ふこと各《おのおの》差《しな》有り。

忍海原連魚養ら上言して朝野宿禰賜姓

○己巳、典薬頭《てんやくのかみ》外従五位下忍海原《おしぬみはら》連魚養《うをかひ》ら言《まう》さく、「謹《つつし》みて古諜《こでふ》を検《しら》ぶるに云《い》はく、「葛木襲津彦《かづらきそつひこ》の第六の子《こ》を熊道足禰《くまぢのすくね》と曰《い》ふ。是《こ》れ魚養《うをかひ》らが祖《とほきおや》なり」といへり。熊道足禰《くまぢのすくね》が六世の孫《うまご》首麿《おびとまろ》、飛鳥浄御原朝庭《あすかのきよみはらのみかど》の辛巳《かのとみ》の年《とし》に、貶《おと》されて連《むらじ》の姓を賜《たま》はれり。爾来《それよりこのかた》、再三《ふたたびみたび》披《ひら》き訴《うるた》へ、一二《あれこれの》陳べ聞《きこ》ゆ。然《しか》れども覆瓮《ふくぐわ》の下照《もとてら》し難《がた》くして、而《しか》も向隅《かうぐう》の志《こころざし》久《ひさ》し。今《いま》、聖朝運《せいでううん》を啓《ひら》き、品物《ひむぶつ》交《こもごも》泰《ゆたか》なるに属《つ》きて、愚民《ぐみん》の宿憤《しゅくふん》、陳《の》べぬこと得《え》ず。望《のぞ》み請《こ》はくは、彼《か》の旧《ふる》き号《な》を除《のぞ》きて朝《あさ》野《の》宿禰を賜はらば、前《さき》を光《てら》し後《のち》を栄《さか》えしめて、存亡《そんばう》倶《とも》に欣《よろこ》びむ。今請ふ所《ところ》の朝野《あさの》は、処《を》る所《ところ》の本《もと》の名《な》なり」とまうす。請《こひ》に依《よ》りてこれを賜ふ。

女叙位

○庚午、无位川原女王《かはらのおほきみ》・呉岡《くれをか》女王、正六位上百済王《くだらのこにきし》難波《なには》姫《ひめ》、无位県犬養《あがたいぬかひ》

葛上・葛下郡に接する忍海郡(和名抄。現奈良県北葛城郡新庄町南部)がある。

二五 忍海原連魚養らが、朝野宿禰への改姓を願う奏言。

二六 古い文書・記録。

二七 葛城襲津彦とも。→□二補10-五五。葛城(臣)氏は、大和葛城を本拠とし、五世紀頃に大王家の外戚として活躍した豪族。

二八 他に見えず。「足禰」はスクネで古い氏族系譜によく見える尊称。

二九 他に見えず。

三〇 天武天皇十年。

三一 天武紀十年四月に忍海造鏡ら三人が連を賜姓されたこと、また同十二年九月に忍海造が連を賜姓されたことが見えるが、忍海原連と忍海連の関係は未詳。「貶」は、本来もっと高いカバネを賜わるべきであるのに連を賜わったと強調する表現。

三二 「ふせたる盆の中は暗し」で、冤罪をこうむる状態を比喩した表現。抱朴子に「三光不レ照二覆盆之内一」とある。

三三 「向隅」は、平等に扱われず、仲間はずれで悲しむこと。漢書刑法志に「満レ堂而飲レ酒、有二一人郷レ隅而悲泣一則一堂皆為レ之不レ楽」とあり、向隅は郷隅と通じる。

三四 →補40-六六。

三五 以下、女叙位。

三六 系譜未詳。選叙令35によれば諸王の子。延暦二十四年八月に従五位下から正五位下に昇叙(後紀)、弘仁七年四月に、尚水、従四位下で没(紀略)。

三七 他に見えず。系譜未詳。選叙令35によれば諸王の子。

三八 他に見えず。百済王→□一三一頁注一七。

三九 他に見えず。県犬養宿禰→□一補2-二四。

宿禰額[1]子並従五位下㆒。○癸酉、春宮亮[2]正五位下葛井連道依、主税大属従六位下船連今[3]道等言、葛井・船・津連等、本出㆓一祖㆒、別為㆓三氏[4]㆒。而今津連等、幸遇㆓昌運㆒、先[5]賜㆓朝臣㆒。而道依・今道等、猶[6]滞㆓連姓㆒。方今、聖主照臨、在㆑幽尽燭、至化潜運、稟[7]気帰㆑仁[8]。伏望、同沐㆓天恩㆒、共蒙㆓改姓㆒。詔、許㆑之。道依等八人、賜㆓姓宿禰㆒。今道等八人、因[9]㆑居賜㆓宮[10]原宿禰㆒。又対馬守正六位上津連吉道等十人、賜㆓宿禰㆒。少[11]外記津連[12]巨[13][14][15]津雄等兄弟[16]姉妹[17]七人、因㆑居賜㆓中科宿禰㆒。○甲戌、大秦公忌寸浜刀自女賜㆓姓賀美能[18]宿禰㆒。賀美能親王之乳母也。○丁丑、以㆓中納言正三位紀朝臣船守㆒為㆓大納言㆒。○己卯、遣㆓正五位上百済王俊[19]哲・従五位下坂上大宿禰田村麻呂於東海道、従五位下藤原朝臣真鷲於東山道㆒、簡㆓閲軍士㆒、兼検㆓戎具㆒。為㆑征㆓蝦夷㆒也。○癸未、以㆓従五位上賀茂朝臣大川㆒為㆓伊賀守㆒。斎[20]宮頭従五位上賀茂朝臣人麿[21]為㆓兼伊勢守㆒。従五位下藤原朝臣縵麿[22]為㆓相模守㆒。従五位下吉備朝臣与智麿[23]為㆑介。近衛将監従五位

1額〔底原・底新朱抹傍〕→校補
2亮〔底原・底新朱抹傍〕→校補
3今―令(東)
4氏〔底重〕
5先(底新傍)―光〔底原〕
6猶(底新朱抹傍)→校補
7稟〔底原・底新朱抹傍〕→校補
8仁〔兼傍補〕―ナシ(兼原)
9因(底新傍朱イ)―図〔底〕
10宮(底新朱抹傍)―官〔底原〕
11少〔谷擦重・東・高、大〕―沙(兼・谷原)
12連〔兼・谷、大〕―ナシ(東・高)
13巨(底新朱抹傍)―臣〔底原〕
14巨ノ下、ナシ〔兼・谷、大〕―連(東・高)
15津〔底〕―都(底新傍朱イ・兼等、大)
16弟―第(東)
17妹―姓(東)
18能〔底原・底新朱抹傍〕→校補
19俊〔底原・底新朱抹傍〕→校補
20斎(底新朱抹傍・兼・谷・高、大)―斉(東)→校補
21―23麿〔底原〕―麻呂(底新朱抹傍・兼等、大)→校補

一 →[四]補26―七。
二 他に見えず。船連→[一]二三頁注五。
三 葛井道依・船今道らが、同祖の津連の朝臣改姓を受けて、連姓からの改姓を願う奏言。
四 もと白猪史([一]補1―一三五)。養老四年五月に葛井連([二]七三頁注三)となった。
五 船連→[一]二三頁注五。
六 もと津史。→[一]二三頁注五・[三]一一九頁注一一。天平宝字二年八月に津連となり、延暦九年七月に津真道らは菅野朝臣となった。
七 延暦九年七月の津連真道らの上表によれば、渡来した百済の辰孫王(貴須王の孫)の曾孫午定君の三子が分かれて白猪史(のち葛井連・葛井宿禰)・船史(のち船連・宮原宿禰)・津史(のち津連・菅野朝臣・津宿禰・中科宿禰)となった。天平宝字二年八月の津史秋主等の奏言にも「船・葛井・津、本是一祖、別為㆓三氏㆒」とある。
八 延暦九年七月に津連真道らが上表して菅野朝臣の姓を得ている(同月辛巳条)。
九 「在㆑幽」は死者。ここでは、隠れひそんだ者も、の意か。延暦四年六月辛巳条の上表文中にも「在㆑幽必達」と見える。
一〇 偉大な教化が目に見えない形で働き。
一一 天地の気を授かる生命ある者は天子の仁徳に帰している。
一二 葛井道依ら八人。宿禰賜姓の範囲は近親者に限定されている。
一三 葛井宿禰。姓氏録右京諸蕃に菅野朝臣と同祖で塩君の男味散君の後とする。もと白猪史([一]補1―一三五)・葛井連([二]七三頁注三)。
一四 船今道ら八人。宮原宿禰賜姓の範囲は近親者に限定されている。
一五 姓氏録右京諸蕃に菅野朝臣と同祖で塩君

葛井連道依ら上言して宿禰賜姓

宿禰額子《ぬかこ》に並《ならび》に従五位下を授《さづ》く。○癸酉《十二日》、春宮亮《しゆんぐのすけ》正五位下葛井《ふぢゐ》連道依《みちより》、主《しゆ》税大属《さいのだいぞく》従六位下船《ふね》連今道《いまみち》ら言《まう》さく、「葛井《ふぢゐ》・船《ふね》・津《つ》連らは、本《もと》、一つの祖《おや》より出《い》でて、別《わか》れて三氏と為《な》る。而《しか》るに今《いま》、津《つ》連らは幸《さきはひ》に昌運《しやううん》に遇《あ》ひて、先《さき》に朝臣を賜《たま》はれり。而《しか》るに道依《みちより》・今道《いまみち》らは、猶《なほ》連の姓に滞《とどこほ》れり。方《まさ》に今《いま》、聖主照臨《せいしゆせうりむ》したまひて、幽《いう》に在《あ》るをも尽《ことごと》く燭《てら》し、至化潜運《しくわせんうん》して、稟気《ひんき》仁《じん》に帰《おもぶ》く。伏《ふ》して望《のぞ》まくは、同《おな》じく天恩《てんおん》に沐《もく》し、共《とも》に改姓《かいせい》を蒙《かがふ》らむことを」とまうす。詔《みことのり》して、これを許《ゆる》したまふ。道依《みちより》ら八人には姓宿禰《すくね》を賜ふ。今道《いまみち》ら八人には居《をるところ》に因《よ》りて宮原《みやはら》宿禰を賜ふ。また、対馬守《つしまのかみ》正六位上津《つ》連吉道《よしみち》ら十人には宿禰を賜ふ。少外記《せうぐゑき》津《つ》連巨津雄《こつを》ら兄弟姉妹《はらから》七人には居《をるところ》に因《よ》りて中科《なかしな》宿禰を賜ふ。○甲戌《十三日》、大秦《うづまさ》公忌寸浜刀自女《はまとじめ》に姓を賀美能《かみの》宿禰と賜ふ。賀美能親王《かみののみこ》の乳母《めのと》なればなり。

紀船守を大納言に任命

○丁丑《十六日》、中納言《ちうなふごん》正三位紀《き》朝臣船守《ふなもり》を大納言《だいなふごん》とす。

東海・東山両道の軍士と武具を検閲

○己卯《十八日》、正五位上百済王《くだらのこにきし》俊哲《しゆんてつ》・従五位下坂上《さかのうへ》大宿禰田村麻呂《たむらまろ》を東海道《とうかいだう》に、従五位下藤原《ふぢはら》朝臣真鷲《まわし》を東山道《とうせんだう》に遣《つかは》して、軍士《ぐんじ》を簡閲《かんえつ》して、兼《か》ねて戎具《じふぐ》を検《しら》べしむ。蝦夷《えみし》を征《う》たむが為《ため》なり。

任官

○癸未《二十二日》、従五位上賀茂《かも》朝臣大川《おほかは》を伊賀《いが》守とす。斎宮頭《さいぐうのかみ》従五位上賀茂《かも》朝臣人麿《ひとまろ》を兼伊勢《いせ》守。従五位下藤原《ふぢはら》朝臣縵麿《かづらまろ》を相模《さがみ》守。従五位下吉備《きび》朝臣与智麿《よちまろ》を介《すけ》。近衛将監《このゑのしやうげむ》従五位

の男智仁君の後とある。もと船史・船連(㈠二三頁注五)。宮原のウヂ名は旧南河内郡高鷲村北宮・南宮(現大阪府羽曳野市高鷲)の地名に基づくか(佐伯有清説)。

一六 他に見えず。吉道は延暦九年七月の津真道らの菅野朝臣改姓に入らず、ここで葛井道依らとともに改姓を願ったもの。

一七 津宿禰。姓氏録右京諸蕃に菅野朝臣と同祖で塩君の男麻侶君の後とある。もと津史(㈢一一九頁注一一)・津連。元慶元年十二月十六日に津宿禰輔主が菅野朝臣と改姓されている(三代実録)。

一八 →補40-六七。

一九 →補40-六八。

二〇 他に見えず。大秦公忌寸→補38-五五。山背国葛野郡(㈠三九頁注五)を本拠とする有力な渡来系氏族。

二一 →補40-六九。

二二 桓武皇子。後の嵯峨天皇。→補40-四五。

二三 →四補25-四一。中納言任官は延暦四年十一月。大納言は先任の藤原小黒麻呂との二人となる。

二四 征夷戦に活躍した武官。→四補33-四三。下文癸未(二十二日)条で下野守となり、さらに七月壬申に征夷副使、九月庚辰に兼陸奥鎮守将軍となる。

二五 →補38-七五。下文七月壬申条で征夷副使となる。

二六 魚名の男。→補36-六〇。

二七 征夷戦に備えた軍士と武具の検閲。東海道・東山道の中でも坂東が対象となったと思われる。実際の戦闘は延暦十三年のこととなった。

二八 延暦十年以後の征夷戦の経過→補40-七〇。

二九―三二 →補40-七一。

1 綱―綱(高)
2 川〔底原・底新朱抹傍〕↓校補
3 施〔底〕―勢(底新傍朱イ・兼等、大)
4 幡―播〔底〕
5 下〔谷重、大〕―、(兼・谷原・東・高)↓校補
6 豫―与(東)↓校補
7 都(底重)―郡〔底原〕
8 伯ノ下、ナシ―宿禰(大補)
9 亮〔底原・底新朱抹傍〕↓校補

下池原公綱[1]主為二兼常陸大掾一。従五位下藤原朝臣今川[2]為二美濃守一。正五位上百済王俊哲為二下野守一。従五位下文室真人大原為二陸奥介一。従五位下安倍朝臣人成為二能登守一。従五位下藤原朝臣清主為二丹波介一。従五位下布施[3]朝臣田上為二因幡[4]介一。従五位下[5]藤原朝臣岡継為二伯耆介一。従五位下岡田王為二備中守一。従五位下大中臣朝臣弟成為二豊前守一。従五位上藤原朝臣園人為二豊後守一。〇丙戌、授二外正六位上麻続連広河外従五位下一。以レ献レ物也。〇己丑、以二従五位下大庭王為二侍従一。従五位下大神朝臣仲江麻呂為二画工正一。東宮学士従五位上菅野朝臣真道為二兼治部少輔一。左兵衛佐・伊豫[6]守如レ故。従五位下紀朝臣登麻理為二雅楽頭一。外従五位下安都[7]宿禰長人為二主税助一。外従五位下佐伯[8]諸成為二兵馬正一。従五位下塩屋王為二造兵正一。従五位下藤原朝臣弟友為二大判事一。侍従如レ故。従五位上橘朝臣綿裳為二宮内大輔一。従五位下藤原朝臣大継為二少輔一。正五位下文室真人波多麿為二弾正弼一。従五位下御方宿禰広名為二右京亮[9]一。外従五位下阿閇間人臣人足為二春宮大進一。

一一二 ↓補40-七一。
一三 他に見えず。地方豪族の麻続(績)連としては、伊勢国に伊勢国麻績・伊勢麻績君が見え(古語拾遺、崇神紀七年八月)、また皇太神宮儀式帳に伊勢の竹村屯倉の督領に麻績(続)連広背が見える。麻続(績)連↓㊀補1-九〇。
一四 ↓補39-一一。延暦八年十二月には散位であった。
一五 ↓補40-六四。
一六 もと津連。↓㊀補1-一二。東宮学士任官は延暦四年十一月。左兵衛佐任官は同三年十一月、伊予守任官は同九年三月。治部少輔の前任者は上文癸未(二十二日)条で陸奥介に遷任した文室大原(延暦九年七月戊子条)。
一七 登万理とも。↓四一七頁注二一。前官は弾正弼(延暦九年三月壬戌条)。雅楽頭の前任者は本条で交替に弾正弼となった文室波多麻

下[一]池原《いけはら》公綱主《つなぬし》を兼常陸大掾《ひたちのだいじょう》。従五位下[二]藤原《ふぢはら》朝臣今川《いまかは》を美濃《みの》守。正五位上[三]百済王《くだらのこにきし》俊哲《しゅんてつ》を下野《しもつけの》守。従五位下[四]文室《ふむや》真人大原《おほはら》を陸奥介《みちのおくのすけ》。従五位下[五]安倍《あへ》朝臣人成《ひとなり》を能登《のと》守。従五位下[六]藤原《ふぢはら》朝臣清主《きよぬし》を丹波《たには》介。従五位下[七]布施《ふせ》朝臣田上《たかみ》を因幡《いなば》介。従五位下[八]藤原《ふぢはら》朝臣岡継《をかつぐ》を伯耆《ははき》介。従五位下[九]岡田王《をかだのおほきみ》を備中《きびのみちのなか》守。従五位下[一〇]大中臣《おほなかとみ》朝臣弟成《おとなり》を豊前《とよくにのみちのくち》守。従五位上[一一]藤原《ふぢはら》朝臣園人《そのひと》を豊後《とよくにのみちのしり》守。○丙戌《二十五日》、外正六位上[一二]麻続《をみ》連広河《ひろかは》に外従五位下を授《さづ》く。[一三]物《もの》を献《たてまつ》るを以《もち》てなり。○己丑《二十八日》、従五位下[一四]大庭《おほには》王を侍従《じじゅう》とす。従五位下[一五]大神《おほみわ》朝臣仲江麻呂《なかえまろ》を画工正《ゑたくみのかみ》。東宮学士《とうぐうがくし》従五位上[一六]菅野《すがの》朝臣真道《まみち》を兼治部少輔《ちぶせうふ》。左兵衛佐《さひやうゑのすけ》・伊豫《いよ》守は故《もと》の如《ごと》し。従五位下[一七]紀《き》朝臣登麻理《とまり》を雅楽頭《げがくのかみ》。外従五位下[一八]安都《あと》宿禰長人《ながひと》を主税助《しゅさいのすけ》。外従五位下[一九]佐伯諸成《さへきのもろなり》を兵馬正《ひやうめのかみ》。従五位下[二〇]塩屋《しほや》王を造兵正《ざうひやうのかみ》。従五位下[二一]藤原《ふぢはら》朝臣弟友《おととも》を大判事《だいはんじ》。侍従《じじゅう》は故《もと》の如《ごと》し。従五位上[二二]橘《たちばな》朝臣綿裳《わたも》を宮内大輔《くうないだいふ》。従五位下[二三]藤原《ふぢはら》朝臣大継《おほつぐ》を少輔《せうふ》。正五位下[二四]文室《ふむや》真人波多麿《はたまろ》を弾正弼《だんじやうのひつ》。従五位下[二五]御方《みかた》宿禰広名《ひろな》を右京亮《うきやうのすけ》。外従五位下[二六]阿閇間人《あへのはしひと》臣人足《ひとたり》を春宮大進《しゅんぐだいしん》。

呂(延暦九年三月丙午条)。

一八　→補40-六五。主税助の前任者は上毛野薩摩(延暦九年三月壬戌条)。

一九　もと佐伯直。→補36-三五。ここで佐伯諸成とカバネなしに記載されるのは、延暦七年十一月に、延暦元年戸籍に連の姓を冒注したことが露見して改正された(延暦七年十一月庚戌条)ことと関わるか。

二〇　→八五頁注二一。造兵正の前任者は本条で内厩助に遷任した和家麻呂(延暦八年五月己巳条)。

二一　是公の三男。→補38-一四。侍従任官は延暦九年三月。前官は宮内少輔(延暦五年正月己未条)。大判事の前任者は上文癸未(二十二日)条で伯耆介に遷任した藤原岡継か(延暦九年三月壬戌条)。なお、藤原大継も本条で大判事から宮内少輔に遷任した。

二二　→[三]補20-四〇。前官は越中介(延暦八年二月丁丑条)。宮内大輔の前任者は本条で筑後守に遷任した紀難波麻呂(延暦九年三月壬戌条)。

二三　→二七頁注一一。前官は大判事(延暦八年三月戊午条)。宮内少輔の前任者は本条で大判事に遷任した藤原弟友(延暦九年三月壬戌条)。

二四　→[三]補20-一七。前官は雅楽頭兼参河介(延暦九年三月丙午条)。弾正弼の前任者は本条で交替に雅楽頭となった紀登麻理(延暦九年三月壬戌条)。

二五　もと御方広名。→[三]三九一頁注一〇。前官は筑後守(延暦三年四月庚午条)。

二六　→補38-五〇。前官は皇后宮大進(延暦七年二月丙午条)。春宮大進の前任者は上文癸未(二十二日)条で能登守に遷任した安倍人成(延暦九年三月壬戌条)。

従五位上紀朝臣難波麻呂為㆓筑後守㆒。従五位下和朝臣家麻呂為㆓内厩助㆒。○二月[1]甲辰、授㆓[2]正六位上藤原[3]朝臣[4]緒[5]継従五位下㆒。以㆓従五位上中臣朝臣鷹主㆒為㆓神祇大副㆒。従五位下秋篠朝臣安人為㆓大判事㆒。大外記・右兵衛佐如㆑故。従五位上[6]巨勢[7]朝臣総成為㆓主殿頭㆒。従五位下路真人豊長為㆓[8]左京[9]亮㆒。従五位下巨勢朝臣人公為㆓肥前守㆒。○乙未、授㆓外正六位[10]上大伴直奈良麿・外正八位下遠田臣押人並外従五位下㆒。外従七位下[11]丈[12]部善理贈㆓外従五位下㆒。善理、陸奥国[13]磐城郡人也。八年、従㆓官軍㆒至㆓[14]胆沢㆒、率㆑師渡㆑河、官[15]軍失㆑利、奮而戦死。故有㆓此贈㆒焉。○癸卯、諸国倉庫、[16]犬牙相接、一倉失火、[17]合院焼尽。於㆑是、勅、自㆑今以後、新造㆓倉庫㆒、各相去十丈已上、随㆓処[18]寛[19]狭㆒、[20]量宜㆑置㆑之。○辛亥、陸奥介従五位下文室真人大原為㆓兼鎮守副将軍㆒。」先㆑是、五位已上位田、身歿之後、例給㆓一年㆒。如无㆑子者、当年収㆑之。至㆑是、无㆑[21]問㆓有㆑子无㆑子㆒、聴㆔同給㆓一年㆒矣。

1 甲辰→校補
2 正―ナシ(東)
3 朝臣(底傍補)―ナシ〔底原〕→校補
4 緒(底擦重)―継〔底原〕→校補
5 継→校補
6 巨(底新朱抹傍)―臣〔底原〕
7 朝〔兼・谷、大〕―ナシ(東・高)
8 左〔大改〕―右(底新傍朱イ・兼等)
9 亮〔底原・底新朱抹傍〕→校補
10 上(底傍補)―ナシ〔底原〕→校補
11 丈〔東・高、大改〕―大(底新傍朱イ・兼・谷)
12 部〔底原・底新朱抹傍〕→校補
13 磐(底新朱抹傍補・兼等、大)―盤(底傍補)、ナシ〔底原〕→校補
14 胆=膽―瞻〔底〕
15 軍―ナシ(兼)
16 犬牙〔底原、紀略〕―不可(底新朱抹傍・兼等、大)
17 合院〔紀略改〕―令(紀略原)
18 寛〔底原・底新朱抹傍〕→校補
19 狭(底新朱抹傍)―朕〔底原〕
20 量〔紀略補〕―ナシ(紀略原)
21 問―間〔底〕

一 →五頁注三。前官は宮内大輔(延暦九年三月壬戌条)。筑後守の前任者は本条で右京亮に遷任した御方広名(延暦三年四月庚午条)。
二 →三五七頁注二三。前官は造兵正(延暦八年五月己巳条)。
三 二月は辛卯朔なので「甲辰」は十四日にあたり、下文癸卯(十三日)条の次にあるべきか。
四 百川の長子。→補40-七二。
五 →㊂補24-一二。神祇大副の前任者は上文正月癸未条で伊賀守に遷任した賀茂大川(延暦八年五月己巳条)。
六 もと土師宿禰。→補37-一三。大外記任官は延暦八年九月以前、右兵衛佐任官は延暦九年三月。大判事の前任者は上文正月己丑条で宮内少輔介に遷任した藤原大継か(延暦八年三月戊午条)。
七 →二六九頁注一一。前官は造酒正(延暦八年二月癸未条)。主殿頭の前任者は上文正月癸未条で備中守に遷任した岡田王(延暦七年三月己巳条)。
八 →補40-六四。左京亮の前任者は本条で肥前守に遷任した巨勢人公(延暦九年三月壬戌条)。
九 →三七九頁注一〇。前官は左京亮(延暦九年三月壬戌条)。肥前守の前任者は石川多祢か(延暦七年二月甲申条)。
一〇 外位をもつ東国および陸奥の豪族への叙位・贈位。丈部善理の例からも、今後の東北

従五位上紀《き》[一]朝臣難波麻呂《なにはまろ》を筑後《つくしのみちのしり》守。従五位下和《やまと》[二]朝臣家麻呂《いへまろ》を内厩《うちのうまやの》助《すけ》。

任官

二月（辛卯朔）甲辰（十四日）[三]、正六位上藤原《ふぢはら》[四]朝臣緒継《をつぐ》に従五位下を授《さづ》く。従五位上中臣《なかとみ》[五]朝臣鷹主《たかぬし》を神祇大副《じんぎだいふく》とす。従五位下秋篠《あきしの》[六]朝臣安人《やすひと》を大判事《だいはんじ》。大外記《だいぐゑき》・右兵衛佐《うひやうゑのすけ》は故《もと》の如《ごと》し。従五位上巨勢《こせ》[七]朝臣総成《ふさなり》を主殿頭《しゆでんのかみ》。従五位下路《みち》[八]真人豊長《とよなが》を左《さ》京亮《きやうのすけ》。従五位下巨勢《こせ》[九]朝臣人公《ひときみ》を肥前《ひのみちのくち》守。

征夷有功者に叙位・贈位

○乙未（五日）、[一〇]外正六位上大伴《おほとも》[一一]直奈《な》良麿《らまろ》・外正八位下遠田《とほた》[一二]臣押人《おしひと》に並《ならび》に外従五位下を授く。外従七位下丈《はせつかひ》[一三]部善理《べのぜんり》に外従五位下を贈《おく》る。善理《ぜんり》は陸奥国《みちのおく》磐城《いはき》[一四]郡の人《ひと》なり。八年[一五]、官軍《くわんぐん》に従《したが》ひて胆沢《いさは》に至《いた》り、師《いくさ》を率《ひき》ゐ河《かは》を渡《わた》りて、官軍利《くわんぐんり》を失《うしな》へるとき、奮《ふる》ひて戦《たたか》ひて死《し》せり。故《ゆゑ》にこの贈《ぞう》有り。

諸国新造の倉庫は間隔を取るよう命ずる

○癸卯（十三日）、諸国《くにぐに》[一六]の倉庫《くら》は犬牙相接《けんがあひせつ》し、一つの倉失火《くらしつくわ》すれば、合院焼《がふゐんや》け尽《つ》きぬ。是《ここ》に勅《みことのり》[一七]したまはく、「今《いま》より以後《のち》、新《あらた》しく倉庫《くら》を造《つく》れるときは、各《おのおの》相去《あひさ》ること十丈已上、処《ところ》の寛狭《ひろきせき》に随《したが》ひて、量《はか》りてこれを置《お》くべし」とのたまふ。○辛亥（二十一日）、陸奥介《みちのおくのすけ》従五位下文室《ふむや》[一八]真人大《おほ》原《はら》を兼鎮守副将軍《ちむしゆふくしやうぐん》とす。是《これ》より先《さき》、五位已上[一九]の位田《ゐでん》、身歿《みぼつ》して後《のち》、例《ためし》[二〇]として一年を給《たま》ふ。如《も》し子無《こな》き者《ひと》は当年《そのとし》にこれを収《をさ》めり。是《ここ》に至《いた》りて、子《こ》有ると子無《こな》きとを問《と》ふこと無《な》く、同《おな》じく一年を給《たま》ふことを聴《ゆる》す。

の対蝦夷戦をめざした措置か。
二 他に見えず。東北の対蝦夷戦との関係での叙位か。大伴直は主に東国に分布して大伴連の部民大伴部を管掌した豪族で、神亀元年二月にも外位をもつ大伴直が私穀を陸奥鎮所に送って叙位されている(壬子条)。大伴直→㊁補9-六〇。
三 もと遠田公。→補40-四七。陸奥国遠田郡の在地豪族で、遠田郡の郡領。延暦九年五月に外正八位上(本条の外正八位下と異なる)勲八等と見え、夷姓を嫌って遠田公から遠田臣と改姓された。
三 →四三二頁注一一。
一四 石城郡とも。→㊁補8-九。
一五 延暦八年、胆沢での阿弖流為を首とした蝦夷との戦いにおいて、北上川渡河戦で大敗した際、別将として戦死した。征東将軍に対する桓武の勅にも「至二於善理等戦亡及士衆溺死一者、惻怛之情、有レ切二于懐一」と名が挙がっている(延暦八年六月甲戌条)。
一六 正倉が接近して建つ状況を改め、神火(㊂補24-四八)などの際に正倉院内の全倉庫が焼亡することを避けようとしている。
一七 諸国正倉の焼亡に対して、新たに倉庫を建てる時には建物間を広く空けるよう命じた勅。三代格に、より詳しい延暦十年二月十二日付の太政官符が見える。→補40-七二。
一八 →補38-三三。上文正月癸未でも陸奥介に任官しており、しばしば見られる陸奥国司と鎮守府将軍を兼帯する例の一つ。
一九 →補40-七四。
二〇 この例は、宝亀九年四月甲申の勅以降のことで、子が有る時は薨卒の後一年は位田を収公しないのに、子が無い時は当年のうちに収公するという実例。→六七頁注二二。

○三月丙寅、故右大臣従二位吉備朝臣真[1]吉[2]備・大和国造正四位下大和宿禰長岡等、刪[3]二定律令二十[4]四条一、弁二軽重之舛[5]錯一、矯二首尾之差違一。至レ是、下レ詔、始行用之。○己巳、授二従五位下高嶋女王従五位上一。○丁丑、勅、令三右大臣已下五位已上造レ甲。其数各有レ差。其五位殷富者、特増二其数一、以二廿[6]領一為レ限[7]。其次十領。○辛巳、以二従五位下秋篠朝臣安人一為二少納[8]言一。右兵衛佐如レ故。従五位下藤原朝臣道継為二大[9]監物一。従五位上篠嶋王為二左大舎人頭一。従五位下長津王為二図書頭一。従五位下八上王為二内礼正一。従五位下紀朝臣乙佐美為二散位助一。従五位上調使王為二諸陵頭一。従五位下巨勢朝臣広山為二大蔵少輔一。従五位下乙平[10]王[11]為二造酒正一。従五位上広上王為二鍛冶[12]正一。○壬午、授二无位於[13][14]宿禰乙女・紀朝臣家主並従五位下一。又授二外従五位下[15]上道臣千若女従五位下一。○癸未、太政官奏言、謹案二礼記一曰、天子七廟、三昭・三穆与二太祖之廟一而七。又曰[16]、舎レ故而諱レ新、注曰、舎二親尽之祖一、而諱二新[17]死者一。今国忌稍多、親世亦

1 真〔兼等、大、類一四七〕―吉（東傍・高傍）→校補
2 吉〔底〕―ナシ（底新傍朱イ・兼等、大、類一四七）→校補
3 刪（底新朱抹傍）―那〔底原〕
4 二十〔底〕―廿
5 舛〔底原・底新朱抹傍〕→校補
6 廿（底擦重）―女〔底原〕
7 限〔兼・谷、大〕―浪（東・高）→校補
8 納ノ下、ナシ―少納（兼）
9 大〔谷擦重〕―木（谷原）
10 平→脚注
11 王〔兼重〕
12 治（兼・谷・東、大）―治〔高〕
13 於ノ上、ナシ〔兼・谷原・東・高、大衍〕―保（谷傍補）
14 於〔兼・谷、大〕―ナシ（東・高）
15 下（底新傍補）―ナシ〔底原〕
16 曰（底新朱抹傍）―日〔底原〕→校補
17 新→校補

一 もと下道朝臣。真備とも。→㊂補12-六。宝亀六年十月、「前右大臣正二位勲二等」として没しており（壬戌条）、「従二位」とするのは不審。神護景雲三年二月癸亥条で正二位となっているが、宝亀元年十月丙申条と本条では従二位のままで記す。
二 もと大倭忌寸小東人。→㊁一一一頁注二六・㊂二四三頁注四。養老律令の編纂にあたったが、神護景雲三年十月に大和国造正四位下で没。三 →補40-七五。
四 条文の間の軽重についての混乱を整え、前後の条文での相違点を正した。
五 かつて編纂された刪定律令を施行する詔。
六 →㊃三六五頁注一三。従五位下叙位は宝亀三年正月。
七 右大臣以下五位以上に対して、征夷戦のための甲(よろい)を造ることを命じる勅。
八 藤原継縄。→㊂二六一頁注一。延暦九年二月に右大臣任官。なおこの時期左大臣は空席。
九 征夷戦のための造甲については、前年（延暦九年）十月癸丑の太政官奏で、全国の造甲に堪える者を調査し、造り進める数は自己申告させるとしたことを受ける。まず五位以上に対して差等をつけて負担数を示したわけだが、特に五位の殷富な者の場合に負担数を増したのは、前年からの調査に基づくか。
一〇 もと土師宿禰。→補37-一三。右兵衛佐任官は延暦九年三月。一一 →補40-六四。
一二 →㊃一四九頁注一六。左大舎人頭の前任者は本条で諸陵頭に遷任した調使王（延暦九年七月戊子条）。一三 舎人親王の孫。→㊃補31-七三。前官は鍛冶正（延暦七年二月丙午条）。図書頭の前任者は津真道（延暦九年七月辛巳条）。一四 →㊃一四九頁注二五。前官は諸陵頭（延暦五年十月甲子条）。内礼正の前任

刪定律令施行

三月《辛酉朔》丙寅《六日》、故右大臣《なきうだいじん》従二位[一]吉備《きび》朝臣真吉備《まきび》・大和国 造《やまとのくにのみやつこ》正四位下[二]大和《やまと》宿禰長岡《ながをか》ら、[三]律令《りちりやう》二十四条を刪定《さんてい》し、[四]軽重《きやうぢう》の舛錯《せんさく》を弁《ととの》へ、首尾《しゆび》の差違《さゐ》を矯《ただ》せり。是《ここ》に至《いた》りて[五]詔《みことのり》を下《くだ》して、始《はじ》めて行《おこな》ひ用《もち》ゐしめたまふ。

五位已上に甲を造らせる

○己巳《九日》、従五位下[六]高嶋女王《たかしまのおほきみ》に従五位上を授《さづ》く。○丁丑《十七日》、[七]勅《みことのり》して、[八]右大臣《うだいじん》より已下、[九]五位已上をして、甲《よろひ》を造《つく》らしめたまふ。その数 各 差《かずおのおのしな》有り。その五位の殷《いん》富《ふう》なる者《ひと》は、特《こと》にその数《かず》を増《ま》して、廿領を以《もち》て限《かぎり》とす。その次《つぎ》は十領。

任官

○辛巳《二十一日》、従五位下[一〇]秋篠《あきしの》朝臣安人《やすひと》を少納言《せうなふごん》とす。右兵衛佐《うひやうゑのすけ》は故《もと》の如《ごと》し。従五位下[一一]藤原《ふぢはら》朝臣道継《みちつぐ》を大監物《だいけんもち》。従五位上[一二]篠嶋 王《しのしまのおほきみ》を左 大舎人頭《ひだりのおほとねりのかみ》。従五位下[一三]長《なが》津《つ》王を図書頭《づしよのかみ》。従五位下[一四]八上《やかみ》王を内礼正《うちのゐやのかみ》。従五位下[一五]紀《き》朝臣乙佐美《おとさみ》を散位助《さんゐのすけ》。従五位上[一六]調 使《つきのつかひ》王を諸陵頭《みささぎのかみ》。従五位下[一七]巨勢《こせ》朝臣広山《ひろやま》を大蔵少輔《おほくらのせうふ》。従五位下[一八]乙平《おとひら》王を造酒正《みきのかみ》。従五位上[一九]広上《ひろかみ》王を鍛冶正《たんやのかみ》。

女叙位

○壬午《二十二日》、[二〇]无位[二一]於《うへ》宿禰乙女《おとめ》・[二二]紀《き》朝臣家主《やかぬし》に並《ならび》に従五位下を授く。また、外従五位下[二三]上道《かみつみち》臣千若女《ちわかめ》に従五位下を授く。

国忌を整理する

○癸未《二十三日》、[二四]太政官《だいじやうぐわん》奏《そう》して言《まう》さく、「謹《つつし》みて[二五]礼記《らいき》を案《あん》ずるに曰《い》はく、「[二六]天子《てんし》の七廟《べう》は、三昭《さむせう》・三穆《さむぼく》と[二七]太祖《たいそ》の廟《べう》との七つなり」といふ。また曰《い》はく、「[二八]故《ふる》きを舎《す》てて新《あらた》しきを諱《い》む」といふ。注《ちう》に曰《い》はく、「[二九]親尽《しんじん》の祖《そ》を舎《す》てて新《あらた》に死《し》ぬる者《ひと》を諱《い》む」といふ。今《いま》、[三〇]国忌《こくき》稍《やや》多《おほ》くして、親世《しんせ》も亦《また》

者は本条で鍛冶正に遷任した広上王(延暦八年十二月丙申条)。一五 →補40-六四。散位助の前任者は大原長浜か(延暦七年二月丙午条)。

一六 →四一四九頁注二〇。前官は左大舎人頭(延暦九年七月戊子条)。諸陵頭の前任者は本条で内礼正に遷任した八上王(延暦五年十月甲子条)。一七 →一二五頁注六。大蔵少輔の前任者は和国守か(延暦九年三月壬戌条)。

一八 乙枚王とも。→四八五頁注二一。造酒正の前任者は上文二月甲辰条で主殿頭に遷任した巨勢総成(延暦八年二月癸未条)。

一九 →四補33-一五。前官は内礼正(延暦八年十二月丙申条)。鍛冶正の前任者は本条で図書頭に遷任した長津王(延暦七年二月丙午条)。

二〇 以下、女叙位。

二一 他に見えず。於宿禰→補39-二三。

二二 他に見えず。紀朝臣→一補1-三一。

二三 →二七九頁注一八。外従五位下叙位は延暦二年八月。

二四 親世が遠くなった国忌(一補2-一六一)を整理することを求める奏言。延暦十年の国忌の整理→補40-七六。二五 →四四五九頁注二二。二六 礼記、王制に記された宗廟の礼制で、天子がまつる六世の祖までの七つの廟。昭穆→二補8-四三。二七 太祖は初代の帝主。

二八 旧く遠い祖先を除いて、新しく没した近い親族を諱みまつること。礼記、檀弓下の文。

二九 まつりの対象から遠い祖先を除いて、新しく没した近親を神聖なものとしてまつること。左伝、桓公六年九月条の「周人以レ諱事レ神、名終将諱レ之」に対する杜預の注中の語。

三〇 国忌→一補2-一六一。桓武朝になって、国忌の数が多くなり、天皇との血縁が遠疎になった国忌もある一方、国忌の日は廃務となる(儀制令7)ので政務が停滞する。

尽。一日万機、行レ事多滞。請、親尽之忌、一従[1]二省除一。奏可之。〇丙戌、仰[2]二京・畿内[3]・七道国郡司一造レ甲。其数各有レ差。〇夏四月乙未、近衛将監従五位下兼常陸大掾池原公綱主等言、池原・上毛野二氏之先、出レ自二豊城入彦命一。其入彦命子孫、東国六腹朝臣、各因二居地一、賜レ姓命レ氏[4]。斯乃古今所レ同、百王不易也。伏望、因二居地名一、蒙二賜住吉朝臣一。勅[5]、綱[6]主兄弟[7]二人、依レ請賜レ之。

〇戊戌、左大史正六位上文忌寸最弟[8]・播磨少目正八位上武生連真象等言、文[9]忌寸等、元有二二家[10]一。東文[11]称レ直[12]、西文[13]号[14]レ首。相[15]比行レ事、其来遠焉。今、東文挙レ家、既登二宿禰一、西文漏レ恩、猶[16]沈二忌寸一。最弟[17]等、幸逢二明時一、不レ蒙二曲察一、歴レ代之後、申レ理无レ由。伏望、同賜二栄号[18]一、永貽二孫謀一。有レ勅、責[19]二其本系[20]一。最弟[21]等言、漢高帝之後曰[22]レ鸞。々[23]之後、王狗、転至二百済一。

1 従―位(東)
2 仰〔紀略補〕―ナシ(紀略原)
3 内〔底原〕―ナシ(底新朱抹・兼等、大、紀略)
4 氏→校補
5 勅→校補
6 綱〔底新朱傍イ〕―縄〔底原〕
7・8 弟(兼・谷・高、大)―第〔東〕
9 文ノ下、ナシ(底抹)―文〔底原〕
10 家〔底新朱抹傍〕―象〔底原〕
11 文〔底新朱抹傍〕―父〔底原〕
12 直〔底新朱抹傍〕―真〔底原〕
13 文〔底新朱抹傍〕―父〔底原〕
14 号〔底原・底新朱抹傍〕→校補
15 相〔底傍補〕―ナシ〔底原〕
16 猶〔底原・底新朱抹傍〕→校補
17 弟―第〔底〕
18 号〔底原・底新朱抹傍〕→校補
19 責〔兼・谷、大〕―青(東・高)
20 系〔兼・谷・高、大〕―糸〔東〕
21 弟―第〔底〕
22 曰〔底原・底新朱抹傍〕→校補
23 々〔谷・東、大〕―鸞(兼・高)

一 桓武との血縁が疎遠になったかつての天皇などの国忌を省くことを求めた。
二 京職および全国の国郡司に対して、差等をつけながら負担数を定め、甲を造り進めさせた。征夷戦のための造甲の一段階であり、前年(延暦九年)十月に命じた全国の造甲に堪える者の調査と、本年三月丁丑の五位以上への造甲命令に続くもの。
三 →補38―六一。
四 池原公綱主らが、住吉朝臣への改姓を願う奏言。
五 池原公。→㊂補24―三一。本条で池原公綱主らは住吉朝臣となったが、姓氏録左京皇別

尽《つ》きたり。一日万機《いちじつばんき》、事《こと》を行《おこな》ふこと多《おほ》く滞《とどこほ》れり。請《こ》はくは、親尽《しんじん》[一]の忌《き》は、一《もはら》に省除《しやうぢよ》に従《したが》はむことを」とまうす。奏《そう》するに可《か》としたまふ。○丙戌（二十六日）、京《けい》[二]・畿内《きない》・七道《しちだう》の国郡司《こくぐんじ》に仰《おほ》せて、甲《よろひ》を造《つく》らしむ。その数《かず》、各《おのおの》差《しな》有り。

国郡司に甲を造らせる

池原公綱主ら上言して住吉朝臣賜姓

夏四月乙未（辛卯朔 五日）、近衛将監《このゑのしやうげむ》従五位下兼常陸大掾《ひたちのだいじよう》池原《いけはら》[三]公綱主《つなぬし》ら言《まう》[四]さく、「池《いけ》[五]原《はら》・上毛野《かみつけの》[六]の二氏の先《さき》は豊城入彦命《とよきいりひこのみこと》[七]より出《い》でたり。その入彦命《いりひこのみこと》の子孫《こうまご》、東国《とうこく》[八]の六腹《ろくはら》の朝臣《あそみ》は、各《おのおの》居地《をるところ》[九]に因《よ》りて姓を賜《たま》ひ氏《うぢ》を命《おほ》せり。斯《こ》れ乃《すなは》ち古《こ》今《きむ》同《おな》じき所《ところ》にして、百王不易《はくわうふえき》なり。伏《ふ》して望《のぞ》まくは、居地《をるところ》の名《な》に因《よ》りて住吉《すみのえ》[一〇]朝臣を蒙《かがふ》り賜《たま》はらむことを」とまうす。勅《みことのり》して、綱主《つなぬし》の兄弟《はらから》二人に、請《こひ》に依《よ》りてこれを賜ふ。

文忌寸最弟ら上言して宿禰賜姓

○戊戌（八日）、左大史《さだいし》正六位上文《ふみ》[一一]忌寸最弟《もおと》・播磨《はりまの》少《せう》目《さうくわん》正八位上武生《たけふ》[一二]連真象《まかた》ら言《まう》[一三]さく、「文《ふみ》忌寸ら、元《もと》二家有り。東文《やまとのふみ》[一四]は直と称《しよう》し、西文《かふちのふみ》[一五]は首と号《がう》す。相比《あひなら》びて事《わざ》を行《おこな》ふこと、その来《きた》れること遠《とほ》し。今《いま》、東文《やまとのふみ》[一六]は家《いへ》を挙《こぞ》りて既《すで》に宿禰に登《のぼ》り、西文《かふちのふみ》は恩《めぐみ》に漏《も》れて猶《なほ》忌寸に沈《しづ》めり。最弟《もおと》ら幸《さきはひ》に明時《めいじ》に逢《あ》ひて、曲《つばひらか》に察《み》ることを蒙《かがふ》らずは、代《よ》を歴《へ》て後《のち》、理《ことわり》を申《まう》すとも由无《よしな》からむ。伏《ふ》して望《のぞ》まくは、同《おな》じく栄号《えいがう》を賜はりて永《なが》く孫謀《そんぼう》[一七]を貽《のこ》さむことを」とまうす。勅《みことのり》[一八]有りて、その本系《もとつすち》を責《せ》めしめたまふ。最弟《もおと》ら言《まう》さく、「漢《かん》の高帝《かうてい》[一九]の後《のち》を鸞《らん》[二〇]と曰《い》ふ。鸞《らん》の後《のち》、王狗《わうく》[二一]、転《うつ》りて百済《くだら》に

に池原朝臣は「住吉同氏」と見え、住吉朝臣と同じく「多奇波世君之後也」と見える。

六 上毛野朝臣。→[一]補1-一四七。毛野地方の豪族で、もと上毛野君。崇神紀四十八年に崇神皇子の豊城入彦命を祖とし、姓氏録左京皇別では、下毛野朝臣と同祖で、豊城入彦命五世孫、多奇波世君の後とする。

七 崇神天皇皇子。→補40-七七。

八 豊城入彦命を祖とする東国出身の朝臣姓の六氏族のことか。居地の地名をウヂ名としたとある。上毛野朝臣を中心とした関係氏族か。

九 この前後、改賜姓にあたっては居地の地名をウヂ名とすることが多い。

一〇 →補40-七八。

一一 他に見えず。文忌寸→[一]補1-六七。河内を本拠とする百済系渡来氏族。

一二 他に見えず。武生連→[四]補26-二九。河内を本拠とする百済系渡来氏族。

一三 文忌寸最弟・武生連真象らが忌寸・連から宿禰への改姓を願う奏言。

一四 東文直。→補40-七九。

一五 西文(書)首。→補40-八〇。

一六 延暦四年六月に坂上苅田麻呂らの上表により、もと文直の文忌寸を含めて坂上・内蔵・平田・大蔵・文・調・文部・谷・民・佐太・山口らの忌寸が宿禰を賜姓されたのに対し、もと西文(書)首の文忌寸はそのまま忌寸にとどまった。

一七 子孫のためのよいはかりごと。

一八 文忌寸・武生連らの本系を尋ねる勅。

一九 姓氏録左京諸蕃に文宿禰を「出レ自二漢高皇帝之後鸞王一也」とする。

二〇 姓氏録左京諸蕃にも文宿禰の祖を「漢高皇帝之後鸞王」とする。後漢書桓栄伝の桓栄の曾孫、鸞にあたるかという(佐伯有清説)。

二一 他に見えず。

百済久素[1]王時、聖朝遣レ使、徴[2]二召文人[3]一。久素王、即以二狗孫王仁一貢焉。是文[4]・武生等之祖也。於レ是、最弟及真象等八人、賜二姓宿禰一。○庚子、叙[5]二越前国雨[6]夜神・大虫神並従五位下一。○乙巳、叙[7]二従五位下大虫神従四位下、同国足羽神従五位下一。○戊申、駿河[8]国駿河郡大領[9]正六位上金刺[10]舎人広[11]名[12]為二国造一。山背国部[13]内諸寺浮図、経レ年稍久、破壊[14]処多。詔[15]、遣レ使、咸加二修理一焉。○己酉、授二従五位下石川朝臣美奈岐麿従五位上一。以二従五位下藤原朝臣緒継一為二侍従一。○丁巳、車駕、幸二弾正尹神王第[16]一宴飲。授二其女浄庭[17]王従五位下一。○五月癸亥、大蔵卿[18]従四位上石川朝臣豊人卒。○乙丑、天皇、以二天[19]下諸国頻苦一旱[20]疫一、詔、停二節宴[21]一。授二无位紀朝臣河内子従五位下一。○辛未、大宰府言、豊後・日向・大隅等国飢。又紀伊国飢。並賑二給之一。○乙亥、唐人正六位上王希庭[22]賜二姓江田忌寸一。情願也。○己卯、右京大夫従四位下藤原朝臣菅継卒。○丁[23]亥、仕[24]二奉中宮

1 素〔底新朱抹傍〕—責〔底原〕
2 徴〔底原・底新朱抹傍〕→校補
3 文〔底新朱抹傍〕—父〔底原〕
4 文〔兼・谷原・東・高、大改〕—又〔谷擦重〕→校補
5 叙〔底新朱抹傍〕—釵〔底原〕
6 雨〔底新朱抹傍〕—両〔底原〕
7 叙→校補
8 河〔東・高、大改〕—川〔兼・谷〕
9 領〔底傍補〕—ナシ〔底原〕
10 刺〔谷擦重・東・高、大〕—判〔兼・谷原〕
11 広＝廣〔底原・底新朱抹傍〕→校補
12 名〔底傍補〕—ナシ〔底原〕
13 部〔大改〕—郡〔兼等〕
14 壊〔兼・谷、大〕—懐〔東・高〕
15 詔〔兼等傍イ、大〕—ナシ〔兼等〕
16 第〔谷、大、紀略〕—弟〔兼・東・高〕
17 庭ノ下→校補
18 卿〔兼・谷、大〕—ナシ〔東・高〕
19 天〔底傍補〕—ナシ〔底原〕
20 旱〔高擦重〕
21 宴〔兼等、大、類七三〕—会〔類一七三〕
22 庭〔底原〕—逸〔底新朱抹傍・兼等、大〕
23 丁〔谷擦〕—下〔谷原〕
24 仕〔底原〕—供〔底新朱抹傍・兼等、大、紀略〕

一 貴須王とも。→四六九頁注一四。三国史記百済本紀では近仇首王、書紀や延暦九年七月辛巳条では貴須王、姓氏録では貴首王とある。

二 応神朝。書紀では、応神十五年八月に、百済王の使者阿直伎の言を受けて上毛野君の祖の荒田別(補40-五二)らが学者王仁を求めるため百済に派遣され、翌十六年二月に王仁が渡来したとある。延暦九年七月辛巳条の津真道等上表文にも、この王仁伝承にならった祖先辰孫王の渡来伝承が見える。→延暦九年七月辛巳条。

三 ここでは狗の孫を王仁とする。応神紀十六年二月には、王仁が渡来した時「所謂王仁者、是書首等之始祖也」とする。

四 文宿禰・武生宿禰となった。

五 越前国丹生郡雨夜神。→四二九頁注二四。雨夜神への従五位下叙位は宝亀五年三月戊申条と重複する。

六 越前国丹生郡大虫神。→一六五頁注一七。下文乙巳(十五日)条で従四位下に昇叙。大虫神への従五位下叙位は宝亀十一年十二月甲辰条と重複する。

七 神名式に見える越前国足羽郡の足羽神社。現在福井市足羽一丁目の足羽山に鎮座。のち仁寿元年正月に従四位下となり(文徳実録)、天慶三年正月にも「奉レ授越前国正五位上足羽神□□位」と見える(紀略)。

八 →補40-八一。

山背国諸寺の仏塔を修理させる

神王第行幸

旱疫により節宴停止

豊後・日向・大隅飢饉

至《いた》れり。百済《くだら》の久素王《くそわう》[一]の時《とき》、聖朝《せいてう》[二]、使《つかひ》を遣《つかは》して、文人《ぶんじん》を徴《め》し召《まね》きたまへり。久素王《くそわう》、即《すなは》ち狗《く》が孫王仁《うまごわに》[三]を貢《たてまつ》りき。是《これ》、文《ふみ》・武生《たけふ》らが祖《おや》なり」とまうす。是《ここ》に、最《も》弟《おと》と真《ま》象《かた》ら八人に姓宿禰《すくね》[四]を賜《たま》ふ。〇庚子[十日]、越前《こしのみちのくち》国の雨夜神《あまよのかみ》[五]・[六]大虫神《おほむしのかみ》を並《ならび》に従五位下に叙《じよ》す。〇乙巳[十五日]、従五位下大虫神《おほむしのかみ》を従四位下に叙《じよ》す。同《おな》じき国《くに》の足羽神《あすはのかみ》[七]を従五位下。〇戊申[十八日]、駿河《するが》国駿河《するが》[八]郡大領《だいりやう》正六位上金刺《かなさし》[九]舎人広名《ひろな》を国造《くにのみやつこ》[一〇]とす。山背《やましろ》国の部内《ぶない》の諸寺《てらでら》の浮図《ふと》[一一]、年《とし》を経《ふ》ること稍《やや》く久《ひさ》しくして、破壊《はくわい》せる処多《ところおほ》し。詔《みことのり》[一二]して、使《つかひ》を遣《つかは》して咸《ことごと》く修理《しゆり》を加《くは》へしめたまふ。〇己酉[十九日]、従五位下石川《いしかは》[一三]朝臣美奈岐麿《みなきまろ》に従五位上を授《さづ》く。従五位下藤《ふぢ》[一四]原《はら》朝臣緒嗣《をつぐ》を侍従《じじゆ》とす。〇丁巳[二十七日]、車駕《きよが》[一五]、弾正尹《だんじやうのゐん》神王《みわのおほきみ》[一六]の第《てい》に幸《みゆき》したまひて宴飲《えんいむ》す。その女浄庭王《むすめきよにはわう》[一七]に従五位下を授く。

五月[辛酉朔]癸亥[三日][一八]、大蔵卿《おほくらのきやう》従四位上石川《いしかは》[一九]朝臣豊人《とよひと》卒《しゆつ》しぬ。〇乙丑[五日]、天皇《すめらみこと》、天《あめの》[二〇]下《した》の諸国《くにぐに》頻《しきり》に旱疫《かんえき》に苦《くる》しめるを以《もち》て、詔《みことのり》して、節宴《せちえん》[二一]を停《とど》めたまふ。无位[二二]紀《き》朝臣河内子《かふちこ》に従五位下を授く。〇辛未[十一日]、大宰府《だいさいふ》言《まう》さく、「豊後《とよくにのみちのしり》・日向《ひうが》・大隅《おほすみ》等の国飢《くにう》ゑぬ」とまうす。また、紀《き》伊国飢《う》ゑぬ。並《ならび》に賑《しん》給《ごふ》す。〇乙亥[十五日]、唐《もろこし》の人《ひと》正六位上王希庭《わうきてい》[二三]に姓を江田《えた》[二四]忌寸と賜ふ。情《こころ》に願《ねが》へればなり。〇己卯[十九日]、右京大夫《うきやうのだいぶ》従四位下藤原《ふぢはら》[二五]朝臣菅継《すがつぐ》卒《しゆつ》しぬ。〇丁亥[二十七日]、中宮《ちうぐう》[二六]の

九 他に見えず。天平九年度駿河国正税帳に駿河郡主政金刺舎人祖父万侶が見え(古二―七三頁)、同族か。金刺舎人→三補20―三五。

一〇 駿河国造。いわゆる新国造。→一補2―一一六。国造本紀に「珠流河国造」が見える。

一一 仏塔。梵語 Buddha-stūpa の音略。三善清行の意見十二箇条にもこの語が見える。

一二 山背国諸寺の破損した塔を、遣使して修理させる詔。山背国が宮都所在国であることに応じた措置か。

一三 美奈伎麻呂とも。→補35―四八。従五位下叙位は宝亀十年正月。

一四 →補40―七二。

一五 行幸時の天皇の称。→一九頁注七。

一六 →四補28―七。大同元年に没するまで桓武朝の廟堂の首班であった。

一七 他に見えず。

一八 大系本は「庚申朔」とするが、節宴を停める記事のある「乙丑」は五月五日とすべきことから、五月朔の干支は「辛酉」とし(四月を大の月とみる)、癸亥は三日ととる。

一九 →三補17―二五。延暦九年五月戊辰条にも同文の死没記事があり、重出か。→四六七頁注一二。

二〇 延暦十年になって初めての旱疫記事。下文辛未条の西海道や紀伊国の飢えの記事や六月乙卯・七月庚申朔条の炎旱記事につながる。

二一 五月五日の節(一補2―五二)の宴。

二二 他に見えず。桓武後宮の女官か。紀朝臣→一補1―三一。

二三 他に見えず。

二四 他に見えない。

二五 →四補32―五三。

二六 故高野新笠(桓武の母)の一周忌の斎会(延暦九年十二月己未条)。

周忌斎[1]会二雑色人九十六人、随二労軽重一、賜レ爵有レ差。其[2]正六位上者、廻授二其子一。二百九十[3]三人、賜レ禄亦有レ差。○戊子、先レ是、諸国司等、校[4]二収常荒不用之[5]田一、以班[6]二百姓口分一。徒受二其名一、不レ堪レ輸レ租。又王臣家、国郡司、及殷富百姓等、或以二下田一、相二易上田一、或以レ便相[7]二換[8]不一レ便。如レ此之類、触レ処而在。於レ是、仰二下所司一、却拠二天平十四年・勝宝七歳等図籍一、咸皆改正。為二来年班一レ田也。○六月庚寅朔、日有レ蝕之。○壬辰、供二奉皇[9]后宮周忌斎[10]会一雑色人等二百六十七人、准二前[11]例一、賜二爵及物一各有レ差。○甲午、従五位下石浦王為二越中守一。従五位下文室真人真屋麿為二但馬介一。○己亥、鉄甲三千領、仰二下諸国一、依二新[12]様一修[13]理。国別有レ数。○甲寅、先レ是、去延暦[14]三年、下レ勅[15]、禁下断王臣家及諸司寺家等専占二山野一之事上。至レ是、遣二使山背国一、勘二定公私之地一、各[16]令レ有レ界、恣聴二百姓得[17]一レ共[18]二其利一。

1斎—斉(東)
2其〔大補〕—ナシ(兼等)
3十〔谷擦、大〕—千(兼・谷原・東・高)
4校(大改、類一五九)—授〔兼等〕
5之(底新傍補)—ナシ〔底原〕
6班〔底重〕
7相ノ下、ナシ(底新傍朱按)—授〔底〕→校補
8換〔底原・底新朱抹傍・兼・谷・高、大、類一五九〕—模(東)↓校補
9皇后宮→校補
10斎〔谷・高、大〕—斉(兼・東)
11前—先(紀略)
12新〔底原・底新朱抹傍〕↓校補
13修〔底原・底新朱抹傍〕↓校補
14暦—歴〔底〕
15勅→校補
16各〔兼・谷・東・高擦重、大〕—名(高原・高傍)→校補
17得〔谷原〕—無(谷抹傍)
18共〔東傍・高傍、大改〕—失(兼等)→校補

一 斎会に様々な役割を果たした下級官人など。天平宝字五年六月辛巳条では「雑工将領等」と見える。ここで賜爵された九六人と本条下文で賜禄された二九三人を合わせてさす。 二 働きの度合いに応じて。 三 正六位上の者は、一階位階を上げると従五位下の通貴の位階に達してしまうので、子の位階を一階上げることにする。天平神護二年十月癸卯・延暦十年七月辛巳条に類例がある。 四 これまで、諸国司が常荒・不用の田を百姓口分田として班給したり、王臣家・国郡司・殷富百姓らが上田を集積してきたことを止めさせるため、過去の田図・田籍の記録通りに改めさせる処置。 五 常荒田や不用(用益できない)の田を収公して。 六 名は口分田といってもその実は常荒不用の田であるから、それを班給された百姓は田租を納めることもできない。 七 王臣家・国郡司・殷富百姓(富豪層)らが下文のように班田収授時に自らの利を図る行為を行っていたと把握している。 八 下田を上田と換えて自らの利を図る。なお主税寮式上には公田の田品を区分し、上田五〇〇束、中田四〇〇束、下田三〇〇束、下下田一五〇束の獲稲を定めている。 九 不便な田地を便利の良い田地と換えて自らの利を図る。 一〇 諸国の田図・田籍を管掌する民部省。民部省から、改正についての方針が京職・諸国司に下されたか。 一一 天平十四年・天平勝宝七歳の班田時の田図・田籍。田図・図籍は、班田収授の結果を図や帳簿に記録したもの。かつての記録に従い、近年の班田収授の乱れを訂正しようとした。田図・田籍としては、天平十四年・天平勝宝七歳・宝亀四年・延暦五年の四度のものが証験として重視されるようになった(三代格弘仁十一年十二月廿六日太政官

来年班田のため図籍の通りに改正させる

周忌《しうき》の斎会《さいゑ》に仕《つか》へ奉《まつ》りし[一]雑色《ざふしき》の人《ひと》九十六人に、[二]労《らう》の軽重《きやうぢう》に随《したが》ひて、爵《しやく》賜ふこと差《しな》有り。その[三]正六位上の者《ひと》には廻《めぐら》してその子《こ》に授《さづ》く。二百九十三人に禄《ろく》賜《たま》ふこと、亦《また》差《しな》有り。○戊子〔二十八日〕、[四]是《これ》より先《さき》、諸《もろもろ》の国司《こくし》等《ども》、[五]常荒《じやうくわう》不用《ふよう》の田《た》を校《しら》べ収《をさ》めて、以《もち》て百姓《はくせい》の口分《くぶん》に班《あか》てり。[六]徒《いたづら》にその名《な》を受《う》けて租《そ》を輸《いだ》すに堪《た》へず。また、[七]王臣家《わうしんけ》、国郡司《こくぐんじ》、及《また》殷富《いんぷう》の百姓等《はくせいども》、或《ある》は[八]下田《げでん》を上田《じやうでん》に相易《あひか》へ、或《ある》は[九]便《たより》あるを便《たより》あらぬに相換《あひか》ふ。此《かく》の如《ごと》きの類《たぐひ》、処《ところ》に触《ふ》れて在《あ》り。是《ここ》に、[一〇]所司《しよし》に仰《おほ》せ下《くだ》して、却《かへ》りて[一一]天平《てんひやう》十四年・勝宝《しようほう》七歳等の図籍《づじやく》に拠《よ》りて咸《ことごと》く皆改《みなあらた》め正《ただ》さしむ。[一二]来年《きたるとし》に田《た》を班《あか》たむが為《ため》なり。

鉄甲三〇〇〇領を新様により修理させる

山背国の山野の公私の別を明確にさせる

六月庚寅の朔、[一三]日蝕《ひは》ゆること有り。○壬辰〔三日〕、[一四]皇后宮《おほきさきのみや》の周忌《しうき》の斎会《さいゑ》に供奉《つかへまつ》れる[一五]雑色《ざふしき》の人《ひと》ら二百六十七人に、[一六]前《さき》の例《ためし》に准《なずら》へて爵《しやく》と物《もの》とを賜ふこと各《おのおの》差《しな》有り。○甲午〔五日〕、従五位下[一七]石浦王《いはうらのおほきみ》を越中《こしのみちのなか》守とす。従五位下[一八]文室《ふむや》真人真屋麿《まやまろ》を但馬介《たぢまのすけ》。○己亥〔十日〕、[一九]鉄《くろがね》の甲《よろひ》三千領を、諸国《くにぐに》に仰《おほ》せ下《くだ》して、[二〇]新《あらた》しき様《ためし》に依《よ》りて修理《をさめつく》らしむ。国別《くにごと》に数《かず》有り。○甲寅〔二十五日〕、[二一]是《これ》より先《さき》、去《さ》りぬる[二二]延《えん》暦《りやく》三年に勅《みことのり》を下《くだ》して、王臣家《わうしんけ》と諸司《しよし》・寺家《じけ》等とに、専《もはら》に山野《やまの》を占《し》むる事《こと》を禁断《きむだん》せしめたまひき。是《ここ》に至《いた》りて、使《つかひ》を[二三]山背国《やましろ》に遣《つかは》して、公私《くうし》の地《ち》を勘《かむ》定《てい》せしめ、各《おのおの》界《さかひ》を有らしめて、恣《ほしきまにま》に百姓《はくせい》にその利《り》を共《とも》にすることを得《う》

符）。しかし、弘仁十一年以降は図（四証図）のみとなっていく。図籍に責を負うべき国郡司自身が班田時に利を図っていたことは上文の通り。
一二 延暦十一年の班田収授↓補40-八二。
一三 この日はユリウス暦の七九一年七月六日。奈良における食分は一。↓[一]補1-七五。
一四 故皇后藤原乙牟漏の一周忌の斎会。
一五 斎会に様々な役割を果たした下級官人。
一六 前例は、前月五月丁亥の故高野新笠の周忌斎会時の、賜爵（九六人）と賜禄（二九三人）。ここでは賜爵・賜禄を分けずに記す。
一七 ↓二八七頁注六。前官は少納言（延暦六年二月癸亥条）。越中守の前任者は藤原鷹養か（平遺二〇四号）。
一八 文屋真人とも。↓二八七頁注一三。前官は主馬頭（延暦八年八月辛巳条）。但馬介の前任者は文室久賀麻呂（延暦八年十二月丙申条）。
一九 次の征東戦に向けての鉄甲の修理。大量の甲の必要から、前年の延暦九年閏三月庚午（諸国に革甲二〇〇〇領造らしむ）、同年十月癸丑（堪える者に甲を造らしめようとする）、延暦十年三月丁丑（右大臣以下五位以上に甲を造らしむ）、同月丙戌（京畿七道国郡司に甲を造らしむ）と甲の調達を進めてきていた。
二〇 新様式のひな型。
二一 以下、王臣家・諸司・寺家による山野専占を禁ずる延暦三年十二月庚辰詔を遵守させるため、山背国における山野の公私の別を明確にさせる勅。
二二 延暦三年十二月庚辰詔で、「山川藪沢之利、公私共レ之」（雑令9）の令意から王臣家・諸司・寺家の山野包併を禁じている。↓三一一頁注二九。なお、延暦三年十一月庚子詔でも諸国司らの林野広占などを禁止している（三代格延暦三年十一月三日太政官符）。
二三 公私共利をはばむ王臣家・諸司・寺

若有二違犯者一、科二違勅罪一。其所司阿縦者、亦与同罪。」授二正六位上因幡国造[1]国富外従五位下一。○乙卯、奉二黒馬於丹生[2]川上神一。旱也。○秋七月庚申朔、以二炎旱経一レ旬、奉二幣畿内諸名神一。」授二无位尾張架古[3]刀自従五位下一。○癸亥、以二従五位下藤原朝臣葛野[4]麿一為二少納言一。従五位下紀朝臣真人為二中務[5]少輔一。従五位下石淵王為二大監物一。従四位下当麻王為二左大舎人頭一。備前守如レ故。従五位上[6]篠嶋王為二右大舎人頭一。従五位下藤原朝臣道継為レ助。従五位上藤原朝臣刷雄為二陰陽頭一。従四位上佐伯宿禰真守為二大蔵卿一。右大弁従四位上石川朝臣真守為二兼右京大夫一。従五位下浅井王為二主馬[7]頭一。[8]丹波守如レ故。従五位下安[9]倍朝臣名継為二右兵庫頭一。従五[10]位下大神朝臣仲江[11]麿為二内兵庫正一。従五位下橘朝臣安麻呂為二甲斐守一。○壬申、従四位下大伴宿禰[12]弟[13]麿為二征夷大使一。正五位上百済王俊哲・従五位上多治比真人浜成・従五位下坂上大宿禰田村麻呂・従五位下[14]巨勢朝臣野足[15]並為レ[16][17]副。○己卯、故少納言[18]従五位下正月王[19]男[20]藤津王等言、亡父存日、作二請レ姓之

1 国(底新傍補)—ナシ〔底原〕
2 川〔底原・底新朱抹傍〕→校補
3 刀自(底新朱抹傍)→校補
4 麿〔底原〕—麻呂(底新朱抹傍・兼等、大)→校補
5 少—小〔底〕
6 篠→校補
7 頭→校補
8 丹(底新朱抹傍)—舟〔底原〕
9 倍(底新朱抹傍)—位〔底原〕
10 位(底新傍補)—ナシ〔底原〕
11 麿〔底原〕—麻呂(底新朱抹傍・兼等、大)→校補
12 弟(底新朱抹傍)—第〔底原〕
13 麿〔底原、紀略〕—麻呂(底新朱抹傍・兼等、大)→校補
14 巨(底新朱抹傍)—臣〔底原〕
15 並〔兼・谷、大、紀略〕—ナシ(東・高)
16 副〔兼・谷、大、紀略〕—頭(東・高)
17 副ノ下、ナシ—使(大補)
18 従五位下〔大補〕—ナシ(兼等)
19 男〔底原・底新朱抹傍〕→校補
20 藤ノ下、ナシ(底抹)—原〔底原〕

家による山野専占が、宮都造営が進む山背国で激しかったことに対応する。

一 →一〇九頁注二五。
二 所司に対する文言は延暦三年十二月庚辰詔にも見える。ここでは山背国司などをさすか。
三 →二七五頁注四。
四 他に見えず。宝亀二年二月に因幡国高草釆女の国造浄成女(四補31-三五)ら七人が因幡国造の姓を得ており、その同族であろう。浄成女は延暦十五年十月の卒伝に「天皇特加二寵愛一、終至二顕位一」とある(後紀)。
五 黒馬は祈雨の時に用いる。→一補1-六九。
六 大和国吉野郡に鎮座。→三補24-四五。
七 前月乙卯の祈雨にもかかわらず日照りが旬を越えてしまった。
八 前月乙卯の丹生川上神への祈雨に続く、畿内諸名神への祈雨奉幣。→四補33-三五。
九 他に見えず。桓武後宮の女官か。尾張姓には天平神護元年三月癸巳条で尾張益城宿禰を賜姓された尾張須受岐・豊国らがいるが、未詳。
一〇—一二 →補40-八三。
一三 以下、征東大使・副使の任命。いずれも征東戦に功のある武官を任じ、次の征夷に向けての体制を確立した。
一四 →八五頁注一六。延暦二年十一月に常陸介で征東副将軍を兼ねている。

祈雨

任官

征夷大使・副使任命

正月王の子藤津王ら上言して登美真人賜姓

るを聴《ゆる》す。若《も》し違犯《ゐぼむ》する者《ひと》有らば[一]違勅《ゐちよく》の罪《つみ》に科《おほ》す。その[二]所司《しよし》の阿縦《あしよう》する者《ひと》
も[三]亦与《またよ》同罪《どうざい》。正六位上[四]因幡国 造 国富《いなばのくにのみやつこくにとみ》に外従五位下を授《さづ》く。○乙卯[二十六日]、[五]黒《くろき》
馬《うま》を[六]丹生川上神《にふのかはかみのかみ》に奉《たてまつ》る。旱《ひでり》すればなり。
秋七月庚申の朔、[七]炎旱旬《えんかんじゆん》を経《ふ》るを以《もち》て、幣《みてぐら》を[八]畿内《きない》の諸《もろもろ》の名神《みやうじん》に奉《たてまつ》る。
无位[九]尾張架古刀自《をはりのかことじ》に従五位下を授く。○癸亥[四日]、従五位下[一〇]藤原《ふぢはら》朝臣葛野麿《かどのまろ》を
少納言《せうなふごん》とす。従五位下[一一]紀《き》朝臣真人《まひと》を中務少輔《ちうむせうふ》。従五位下[一二]石淵 王《いはふちのおほきみ》を大監物《だいけむもち》。
従四位下[一三]当麻《たぎま》王を左 大舎人頭《ひだりのおほとねりのかみ》。備 前 守《きびのみちのくち》は故《もと》の如《ごと》し。従五位上[一四]篠嶋《しのしま》王を
右 大舎人頭《みぎのおほとねりのかみ》。従五位下[一五]藤原《ふぢはら》朝臣道継《みちつぐ》を助《すけ》。従五位上[一六]藤原《ふぢはら》朝臣刷雄《よしを》を陰陽《おむやうの》
頭《かみ》。従四位上[一七]佐伯《さへき》宿禰真守《まもり》を大蔵卿《おほくらのきやう》。右大弁《うだいべん》従四位上[一八]石川《いしかは》朝臣真守《まもり》を兼
右京大夫《うきやうのだいぶ》。従五位下[一九]浅井《あさゐ》王を主馬頭《しゆめのかみ》。丹波《たには》守は故《もと》の如《ごと》し。従五位下[二〇]安倍《あへ》朝
臣名継《なつぐ》を右兵庫頭《うひやうごのかみ》。従五位下[二一]大神《おほみわ》朝臣仲江麿《なかえまろ》を内兵庫正《うちのひやうごのかみ》。従五位下 [二二]橘《たちばな》朝
臣安麻呂《やすまろ》を甲斐《かひ》守。○壬申[十三日]、[二三]従四位下[二四]大伴《おほとも》宿禰弟麿《おとまろ》を[二五]征夷大使《せいいだいし》とす。正五
位上[二六]百済 王 俊哲《くだらのこにきししゆんてつ》・従五位上[二七]多治比《たぢひ》真人浜成《はまなり》・従五位下[二八]坂 上《さかのうへ》大宿禰田村《たむら》
麻呂《まろ》・従五位下[二九]巨勢《こせ》朝臣野足《のたり》を並《ならび》に[三〇]副《ふく》。○己卯[二十日]、故少納言《なきせうなふごん》従五位下[三一]正月《むつき》王
の男《をのこご》[三二]藤津《ふぢつ》王ら[三三]言《まう》さく、「亡《な》き父存《ちちあ》りし日《ひ》に、姓を請《こ》ふ

二五 「征夷大使」は、紀略延暦十一年閏十一月己酉条に「征東大使」と見え、同十二年二月丙寅条では「改㆓征東使㆒為㆓征夷使㆒」とすることから、もと「征東大使」とあったのを続紀編纂の際に「征夷大使」と改めたのであろう。

二六 →四補33-四三。征夷戦の功により宝亀六年十一月、同八年十二月(実施は九年六月か→補34-五五)に勲位を得ており、宝亀十一年六月には陸奥鎮守副将軍となって従軍、天応元年九月にも勲位を得た。この延暦十年には、正月に坂上田村麻呂とともに東海道に赴いて征夷の軍士・戎具を簡検し、下野守に任じていた。さらに九月には陸奥鎮守将軍となっている。

二七 →補35-四二。延暦七年三月に征東副使に任じ、同八年の胆沢での敗戦に際しては部分的な勝利を得ており(七月丁巳条)、同九年三月陸奥按察使兼守となった。

二八 →補38-七五。延暦九年三月に近衛少将で越後守を兼ね、この延暦十年には正月に百済王俊哲とともに東海道に赴いて征夷の軍士・戎具を簡検した(続紀)。のち延暦十二年二月に辞見して同十三年の征夷戦に活躍した(紀略)。

二九 →補40-三〇。延暦八年十月辛卯に陸奥鎮守副将軍に任じている。

三〇 「副」は副使。

三一 牟都岐王とも。→四補29-五二。少納言任官は延暦七年七月、従五位下叙位は神護景雲三年正月。延暦九年八月八日に位田二町を大納言の職田に改められており(三代格)、延暦七年七月以降その時までに没している。

三二 →補40-八四。

三三 故正月王の子藤津王らが登美真人の賜姓を願う奏言。

表一、未レ及二上聞一、奄赴二泉途一。其表偁、臣正月、源流已遠、属籍将レ尽。臣男四人、女四人、雖レ蒙二王姓一、以レ世言レ之、不レ殊二疋[1]庶一。伏望[2]、蒙[3]二賜登美真人姓一、以従二諸臣之例一者。請従二父志一、欲レ蒙二願姓一。有レ勅、許レ焉。○辛巳、伊豫[4]国献二白雀[5]一。詔、国司及出[6]レ瑞[7]郡司、進二階[8]一級一。但正六位上者、廻授二一子一。其獲[9]レ雀人凡直大成賜二爵二級并稲一千束一。授二国守従五位上菅野朝臣真道正五位下、介従五位下高橋[10]朝臣祖麻呂従五位上一。○丙戌、停二止鷹戸一。○丁亥、以二従五位上藤原朝臣是人一為二右少弁一。従五位下多治比真人賀智[11]為二宮内少輔一。右中弁正五位下多治比真人宇美為二兼武蔵守一。従五位下三方宿禰広名為二上野守一。従五位下佐伯宿禰岡上[12]為レ介。従五位下百済王忠信為二越後介一。従五位下藤原朝臣大継為二備前介一。従五位下藤原朝臣真鷲為二大宰少弐一。○戊子、外従五位下安都[13]宿禰長人為二右京亮[14]一。」左中弁従四位下百済王仁貞卒。

1 疋(底新傍朱イ)—返〔底〕
2 望〔底・底新傍朱イ〕→校補
3 蒙(底新傍朱イ)—ナシ〔底原〕→校補
4 豫〔兼・谷・高、大、紀略〕—与(東、類一六五)→校補
5 雀〔兼等、大、類一六五・紀略〕—鶴(東傍・高傍)
6 出〔兼・谷、大、類一六五〕—ナシ(東・高)
7 瑞(底新朱抹傍)—端〔底原〕
8 階〔兼等〕—位(大改、類一六五)
9 獲→校補
10 橋—橋〔底〕
11 智〔兼・東・高、大改〕—知(谷)
12 上(底傍補)—ナシ〔底原〕
13 都(底抹傍・底新傍朱イ、大改)—部〔底原・兼・谷・高〕、倍(東)→校補
14 亮〔底原・底新朱抹傍〕→校補

一 存命中の正月王が、登美真人賜姓を願った上表文。→補40-八五。
二 死亡した。
三 庶人。庶民。匹庶とも。
四 →補40-八六。
五 治部省式では中瑞。祥瑞→㈠補1-三七。
六 祥瑞献上に関わった伊予の国司や郡司らの位階を進める詔。
七 伊予守は菅野真道、介は高橋祖麻呂。
八 伊予の何郡か未詳。祥瑞の白雀を得た凡直大成が手掛かりとなるが、伊予の凡直(㈣補27-三三)は伊予の国造氏であり、桑村郡の大領凡直広田(古二一-六頁)、宇和郡の大領凡直宅麻呂(古二一-五頁)や、献物により叙位された宇和郡人凡直鎌足(天平勝宝元年五月戊寅条)、宇摩郡人凡直継人(神護景雲元年十月癸巳条)など諸郡に広く分布していた。
九 正六位上の場合、一階昇叙すると五位の通貴に届いてしまうので、昇叙の対象を本人から子に振り替えた。→五〇一頁注三。
一〇 他に見えず。伊予の凡直→㈣補27-三三。伊予の凡直は伊予の国造氏で、諸郡の大領となったり、八世紀半ばからは献物により叙位された人物がしばしば見られる。
一一 もと津連。→㈠補1-二。伊予守を兼ねたのは延暦九年三月、この延暦十年正月には東宮学士で治部少輔・左兵衛佐・伊予守を兼ねているから(己丑条)、遥任であったと思われる。
一二 →補34-二八。従五位下叙位は宝亀八年正月、従五位上叙位は延暦八年正月。
一三 →補40-八七。伊予介任官は延暦九年三月。
一四 →㈣二九七頁注二四。前官は治部大輔(延暦九年七月戊子条)。右少弁の前任者は本条で大宰少弐に遷任した藤原真鷲(延暦九年三

伊予国白雀献上

鷹戸停止任官

[一]表《へう》を作《つく》れども、未《いま》だ上聞《じやうぶん》に及《およ》ばずして、奄《たちま》ち[二]泉途《よみぢ》に赴《おもむ》けり。その表《へう》に偁《まう》さく、「臣《しん》正月《むつき》、源流《ぐゑんりう》已《すで》に遠《とほ》くして属籍《ぞくじやく》将《まさ》に尽《つ》きむとす。臣《しん》が男《をのこ》四人、女《をみなご》四人、王《わう》の姓《かばね》を蒙《かがふ》ると雖《いへど》も、世《よ》を以《もち》てこれを言《い》ふときは、[三]疋庶《ひつしよ》に殊《こと》ならず。伏《ふ》して望《のぞ》まくは、[四]登美《とみ》真人の姓を蒙《かがふ》り賜《たま》はりて、以《もち》て諸臣《おみたち》の例《ためし》に従《したが》はむことを」といへり。請《こ》はくは、父《ちち》の志《こころざし》に従《したが》ひて願《ねがひ》の姓を蒙《かがふ》らむことを」とまうす。勅《みことのり》有りて、焉《これ》を許《ゆる》したまふ。○辛巳《二十二日》、伊豫国《いよ》、[五]白雀《しろきすずめ》を献《たてまつ》る。[六]詔《みことのり》して、[七]国司《こくし》と瑞《しるし》を出《いだ》せる[八]郡司《ぐんじ》とに階《しな》一級を進《すす》めたまふ。但《ただ》し、[九]正六位上の者《ひと》には廻《めぐら》して一子に授《さづ》く。その雀《すずめ》を獲《え》し人《ひと》[一〇]凡《おほし》直大成《おほなり》に爵《しやく》二級并《あは》せて稲《いね》一千束を賜ふ。国守《くにのかみ》従五位上[一一]菅野《すがの》朝臣真道《まみち》に正五位下を授く。介《すけ》従五位下[一二]高橋《たかはし》朝臣祖麻呂《おやまろ》に従五位上。○丙戌《二十七日》、[一三]鷹戸《たかかひへ》を停止《ちやうし》す。○丁亥《二十八日》、従五位上[一四]藤原《ふぢはら》朝臣是人《これひと》を右少弁《うせうべん》とす。従五位下[一五]多治比《たぢひ》真人賀智《かち》を宮内少輔《くうないせうふ》。右中弁《うちうべん》正五位下[一六]多治比《たぢひ》真人宇美《うみ》を兼武蔵守《むざし》。従五位下[一七]三方《みかた》宿禰広名《ひろな》を上野守《かみつけの》。従五位下[一八]佐伯《さへき》宿禰岡上《をかのへ》を介《すけ》。従五位下[一九]百済王《くだらのこにきし》忠信《ちうしん》を越《こしのみちのしり》　後　介。従五位下[二〇]藤原《ふぢはら》朝臣大継《おほつぐ》を備《きびのみちのくち》　前　介。従五位下[二一]藤原《ふぢはら》朝臣真鷲《まわし》を大宰少弐《だいさいのせうに》。○戊子《二十九日》、外従五位下[二二]安都《あと》宿禰長人《ながひと》を右京亮《うきやうのすけ》とす。左中弁《さちうべん》従四位下[二三]百済王《くだらのこにきし》仁貞《にんちやう》卒《しゆつ》しぬ。

月壬戌条)。

一五 →三五七頁注二四。宮内少輔の前任者は本条で備前介に遷任した藤原大継(延暦十年正月己丑条)。

一六 →補36-二〇。右中弁任官は延暦九年三月。武蔵守の前任者は本年五月癸亥(または前年延暦九年五月戊辰)に没した石川豊人(延暦七年二月甲申条)。

一七 もと御方広名。→[三]三九一頁注一〇。前官は右京亮(延暦十年正月己丑条)。上野守の前任者は紀作良(延暦七年三月己巳条)。

一八 →補40-六四。上野介の前任者は中臣丸馬主か(延暦七年二月甲申条)。

一九 →三九一頁注二四。前官は中衛少将(延暦九年七月辛巳条)。

二〇 →二一七頁注一一。前官は宮内少輔(延暦十年正月己丑条)。備前介の前任者は藤原縄主(延暦九年七月戊子条)。大継の女河子は桓武の第十三女安勅内親王を産んでいる(文徳実録斉衡二年九月癸亥条)。

二一 魚名の男。→補36-六〇。前官は右少弁(延暦九年三月壬戌条)。

二二 →補40-六五。前官は主税助(延暦十年正月己丑条)。右京亮の前任者は上文丁亥(二十八日)条で上野守に遷任した三方広名(延暦十年正月己丑条)。

二三 →補34-二八。左中弁任官は延暦九年三月。従四位下叙位は本年正月。

一 夜間の盗人による伊勢大神宮の火災。兵範記(仁安四年正月十二日条)が引く延暦十年十二月廿六日太政官符に、八月三日夜子時に焼損したとある。太神宮諸雑事記一にも詳しい記事を伝えている(「八月五日」とする)。延暦十年八月の伊勢神宮の焼亡→補40-八八。

○八月辛卯、夜有レ盗、焼二伊勢大[1]神宮正殿一宇、財殿二宇、御門三間、瑞垣[2]一重一。」従五位下紀朝臣兄原為二中衛[3]少将一。出雲守如レ故。○癸巳、任二畿内[4]班田使一。○壬寅、詔、遣二参議左大弁正四位上兼春宮大夫中衛中[5]将大和守紀朝臣古佐美・参議神祇伯従四位下兼式[6]部大輔左兵衛督近江守大中臣朝臣諸魚・神祇少副外従五位下忌部宿禰人上於伊勢大[7]神宮一、奉二幣帛一、以謝二神宮被レ焚[8]焉。又遣レ使[9]、修二造之一。○壬子、摂津国百済郡人正六位上広井造真成賜二姓連一。○九月庚申、従四位下全[10]野女王預[11]二孫王例一。○癸亥、授二陸奥国安積郡大領外正八位上阿倍安積臣継守外従五位下一。以レ進二軍粮一也。○甲子、叙[12]二佐渡国物部天神従五位下一。○甲戌、仰二越前・丹波・但馬・播磨・美作・備前・阿波・伊豫[13]等国一、壊二運[14]平城宮諸門一、以移二作長岡宮一矣。」断[15]二伊勢・尾張・近江・美濃・若狭・越前・紀伊等国百姓、殺レ牛用[16]レ祭二漢神一。○丙子、讃岐国寒川郡人正六位上凡直千継等言[17]、千継等先、皇[18]直[19]。訳[20]語田朝庭[21]御世、継二国造之葉[22]一、管二所部之界[23]一。

1大〔紀略〕—太(兼等、大、類三)　2垣〔類三一本・紀略〕—籬(底新傍朱イ・兼等、大、類三)　3衛〔底新朱抹傍〕—将〔底原〕　4内〔兼・谷、大、紀略〕—ナシ(東・高)　5中〔底原、大改、類三〕—大(底新朱抹傍・兼等)　6式〔谷擦重〕—或(谷原)　7大〔紀略〕—太(兼等、大、類三)　8焚〔底新朱抹傍〕—樊〔底原〕　9使〔紀略補〕—ナシ(紀略原)　10全〔大改〕—令(底新傍朱イ・兼・谷原・東・高)、今(谷擦重)→脚注　11預孫(底新傍朱イ)—孫預〔底原〕　12叙〔底原・底新朱抹傍〕→校補　13豫—与(東)→校補　14運—遷(紀略)　15断〔底原・底新朱抹傍〕→校補　16用祭〔紀略改〕—祭用(紀略原)　17言—ナシ(兼)　18皇〔底〕—星(底新傍朱イ・兼等、大)　19直〔谷擦重〕—真(谷原)　20訳＝譯〔底原・底新朱抹傍〕→校補　21庭〔底原〕—廷(底新朱抹傍)　22葉〔底原〕—業(底新朱抹傍・兼等、大)　23界〔底〕—堺

二 伊勢神宮の殿舎の配置→補40-八九。
三 →二八七頁注二六。出雲守任官は延暦七年六月。中衛少将の前任者は大伴養麻呂(延暦九年七月戊子条)。
四 翌年(延暦十一年)の班田をめざした畿内班田使の任命。班田使→三補10-五七。
五 太神宮諸雑事記一によれば、この時の奉幣使には紀古佐美・大中臣諸魚・斎部人上以外に「卜部長上従八位上直宿禰宗守等」がおり、また新たな神宮造営を報告する目的も担ったらしい。→補40-八八。なお、皇太子安殿親王の健康不安をめぐっても、この頃伊勢神宮は重視されていた。
六 麻路の孫。→四補25-一〇六。太神宮諸雑事記一には「参議左大弁正四位上行左近衛中将春宮大夫大和守」として見える。
七 →五頁注一。太神宮諸雑事記一には「中臣祭主参議神祇伯従四位下兼行左兵衛督式部大輔近江守」として見える。
八 →二五九頁注二四。太神宮諸雑事記一に「忌部外従五位下行神祇少副」と見える。
九 太神宮諸雑事記一によれば、奉幣使とともに「造宮大工外従五位下物部建麻呂、少工三百人等」が派遣されており、十月五日には大工物部建麻呂は内階に叙され、少工・番長等には勅禄が与えられている。これは応急の措置であったか。延暦十年の伊勢神宮焼亡と再建→補40-九〇。
一〇 和名抄に「久太良」と訓み、東部・南部・西部の三郷からなる。長屋王邸から霊亀元年のものと思われる「百済郡南里」と記した木簡が出土(『平城木簡概報』二一-三六頁)。百済系渡来人の集住により、天平九—十二年頃に成立した郡か。現在の大阪市生野区・天王寺区・東住吉区・阿倍野区にわたる地域。
一一 弘仁二年六月に正六位上から外従五位下に昇叙したが、この時までに連から宿禰に改姓している。同三年正月備

夜盗、伊勢神宮の正殿等を焼く

八月[己丑朔]辛卯[三日]、夜《よる》[一]、盗《ぬすひと》有りて、伊勢大神宮《いせのだいじんぐう》[二]の正殿《せいでん》一宇、財殿《ざいでん》二宇、御門《ごもん》三間、瑞垣《みづかき》一重を焼《や》けり。従五位下紀《き》[三]朝臣兄原《えはら》を中衛少将《ちうゑのせうしやう》とす。出雲《いづも》守は故《もと》の如《ごと》し。

畿内班田使任命

○癸巳[五日]、畿内《きない》の班田使《はんでんし》[四]を任《にむ》す。○壬寅[十四日]、詔《みことのり》[五]して、参議《さむぎ》左大弁《さだいべん》正四位上兼春宮大夫《しゆんぐだいぶ》中衛中将《ちうゑのちうしやう》大和守《やまとのかみ》紀朝臣古佐美《こさみ》[六]・参議《さむぎ》神祇伯《じんぎはく》従四位下兼式部大輔《しきぶだいふ》左兵衛督《さひやうゑのかみ》近江守《ちかつあふみのかみ》大中臣《おほなかとみ》[七]朝臣諸魚《もろうを》・神祇少副《じんぎせうふく》外従五位下忌部《いむべ》[八]宿禰人上《ひとかみ》を伊勢大神宮《いせのだいじんぐう》に遣《つかは》して、幣帛《みてぐら》を奉《たてまつ》らしめて、以《もち》て神宮焚《じんぐうや》かれたることを謝《しや》せしめたまふ。

伊勢神宮を修造

また、使《つかひ》[九]を遣《つかは》して、これを修《をさ》め造《つく》らしむ。○壬子[二十四日]、摂津国《つのくに》百済《くだら》[一〇]郡の人《ひと》正六位上広井《ひろゐ》[一一]造真成《まなり》に姓連《むらじ》を賜《たま》ふ。

九月[己未朔]庚申[二日]、従四位下全野女王《またののおほきみ》[一二]、孫王《そんわう》[一三]の例《ためし》に預《あづか》る。○癸亥[五日]、陸奥国《みちのおく》安積《あさか》[一四]郡大領《だいりやう》外正八位上阿倍安積臣《あへのあさか》[一五]継守《つぐもり》に外従五位下を授《さづ》く。軍粮《ぐんらう》[一六]を進《たてまつ》るを以《もち》てなり。○甲子[六日]、佐渡《さど》国の物部天神《もののべのてんじん》[一七]を従五位下に叙《じよ》す。

平城宮諸門を長岡宮に移築

○甲戌[十六日]、越前《こしのみちのくち》[一八]・丹《たに》波《は》・但馬《たぢま》・播磨《はりま》・美作《みまさか》・備前《きびのみちのくち》・阿波《あは》・伊豫《いよ》等の国《くに》に仰《おほ》せて、平城宮《ならのみや》[一九]の諸《しよ》門《もん》を壊《こほ》ち運《はこ》ばしめて、長岡宮《ながをかのみや》に移《うつ》し作《つく》らしむ。

殺牛して漢神に祭ることを禁止

伊勢《いせ》・尾張《をはり》・近江《ちかつあふみ》・美濃《みの》・若狭《わかさ》・越前《こしのみちのくち》・紀伊《き》等の国《くに》の百姓《はくせい》の、牛《うし》[二〇]を殺《ころ》して漢神《からのかみ》を祭《まつ》るに用《もち》ゐることを断《た》つ。

凡直千継ら上言して讃岐公賜姓

○丙子[十八日]、讃岐《さぬき》国寒川《さむかは》[二一]郡の人《ひと》正六位上凡直《おほし》[二二]千継《ちつぐ》ら言《まう》[二三]さく、「千継《ちつぐ》らが先《さき》は、皇直《わう》[二四]なり。訳語田朝庭《をさだのみかど》[二五]の御世《みよ》に、国造《くにのみやつこ》の葉《すゑ》を継《つ》ぎて所部《しよぶ》の界《さかひ》を

中介となったが、やがて没して同五年七月従五位下を贈位された(後紀)。広井造のカバネは、本条で連、そして宿禰と改まっていった。姓氏録摂津諸蕃に百済国の避流王より出たと見える、百済系の渡来氏族。

一二 →四八三頁注四。 一三 皇孫。二世王。

一四 →[二]補8―一一。安積郡には軍団の安積団も置かれていた。 一五 もと丈部継守。→[四]補32―一七。 一六 対蝦夷戦の準備として兵糧を提供した。 一七 神名式の佐渡国雑太郡の物部神社にあたるか。現在の新潟県佐渡郡畑野町小倉に所在。 一八 国宛方式により、旧平城宮宮城門を長岡宮に移築した。→補40―九一。

一九 平城宮の宮城門。長岡宮の造営がかなり進んだことが知られる。また、長岡宮の朝堂建物は難波宮から移築されたことが瓦の分布や発掘調査によって明らかになっており、長岡宮の建物は多く難波宮・平城宮から運ばれたものであった。 二〇 →補40―九二。

二一 →[一]一九九頁注二五。 二二 本条で讃岐公賜姓後、延暦二十四年十月に備前権介となり、同十二月には大判事従五位下として山城国乙訓郡の白田一町を賜わっている。大同三年七月刑部少輔に任じ、同十一月従五位上に昇叙。延暦交替式の編纂にあたり、「次官従五位下守大判事兼行造宮大進越前大掾讃岐公千継」と見える。凡直→[三]補17―五五。

二三 凡直千継らが讃岐公への改姓を求めた奏言。祖の皇直が敏達朝に国造を継いだ時に紗抜大押直の姓を賜わったのに、庚午年籍の時に大押を凡直に改めたので、その後子孫は讃岐直や凡直と称することになったとし、讃岐公への改姓を願っている。本条および下文戊寅(二十日)条・十二月丙申条など讃岐における改姓記事が多いのは、国司(延暦九年七月

於レ是、因レ[1]官命二[2]令氏一、賜二紗抜大[3]押直之姓一。而庚午年之籍、改二大押字一、仍注二凡直一。是以、[4]皇直之[5]褒、或為二讃[6]岐直一、或為二凡[7]直一。方今、[8]聖朝、仁均二雲雨一、恵及二昆蚑一。当二此明時一、[9]冀照二覆瓫一。請、因二先祖之業一、賜二讃岐公之姓一。[10]勅、千継等戸廿一烟、依レ請賜レ之。○丁丑、近衛将監正六位下出雲臣祖人言、臣等本[11]系、出レ自二天[12]穂日命一、其天穂日命十四世孫曰二野見宿禰一。野見宿禰之後、土師氏人等、或為二宿禰一、[13]或[14]錫二朝臣一。[15]々等[16]同為二一祖之後一、独漏二均養之仁一。伏望、与二彼宿禰之[17]後一、同預二改レ姓之例一。於レ是、賜二姓宿禰一。○[18]戊寅、讃岐国阿野郡人正六位上綾公菅麿等言、己等祖、庚午年之後、至二于己亥年一、始蒙二賜朝臣姓一。是以、和銅七年以往、三比之籍、[19]並[20]記二朝臣一。而養老五年造レ籍之日、遠[21]校二庚午年籍一、削二除朝臣一。百姓之憂、無レ過二此甚一。請、拠二三比籍及旧位記一、蒙二賜朝

1官〔底傍補〕―ナシ〔底原〕
2令〔底〕―ナシ（底新傍朱按・兼等、大）→校補
3押―神〔底〕
4皇〔底〕―星（底新傍朱イ・兼等、大）
5褒〔谷・谷傍〕→校補
6岐（底擦重）―直〔底原〕
7直（底擦）―真〔底原〕
8聖朝→校補
9冀→校補
10勅→校補
11系―糸（東）
12穂〔底重〕
13或〔底原・底新朱抹傍〕→校補
14錫〔底擦重〕―賜（底新朱抹傍・兼等、大）
15々〔底〕―臣
16同〔大補〕―ナシ（底新朱傍按・兼等）→校補
17後〔底〕―族（底新傍朱イ・兼等、大）
18戊〔高擦〕―戌（高原）
19並〔兼擦〕―普（兼原）
20記〔大〕―紀（兼・谷・東）、ナシ（高）
21校―授〔底〕

に宗形王が守に任)の意向も反映したものか。→三補17―五五。 二四 →補40―九三。 二五 敏達朝。皇直が讃岐国造を継いだのを敏達朝とする。讃岐国造については、景行紀四年二月甲子条に、景行天皇の皇子神櫛皇子を「是讃岐国造之始祖也」としており、また国造本紀には応神朝のこととして、「景行帝児、神櫛王三世孫、須売保礼命、定二賜国造一」と見える。

一 讃岐を管する官職から紗抜大押直のウヂ名となったことをいう。ウヂ名の起源を官とする「因レ官命レ氏」と同様の例は、下文十二月丙辰条に見える「在レ官命レ氏」がある。 二 「紗抜」は讃岐の古い表記か。 三 六七〇年(天智九年)に造られた庚午年籍。→一七一頁注一五。 四 「大押(オホシ)」の表記を改めて「凡」と記された。 五 皇直の子孫は讃岐直や凡直と称することになったとする。 六 讃岐直は姓氏録に見えない。讃岐公→補40―九四。 七 桓武朝。 八 昆虫。 九 →四八七頁注三二。ここは、自分たちのみに恩恵が及んでいないことを例えた表現。 一〇 先祖が敏達朝に国造を継いだことをさす。 一一 →補40―九四。
一二 凡直千継らを讃岐公に改姓する勅。
一三 他に見えず。出雲臣→二補7―七。本条で出雲臣の祖を天穂日命としており、土師宿禰と同祖。ここで改姓を願った背景には、延暦九年十二月に桓武外戚の土師宿禰に改賜姓があったことがある。なお、出雲臣は出雲だけでなく山背にも存在した。 一四 出雲臣祖人らが出雲宿禰への改姓を願う奏言。 一五 →二〇一頁注二一。天応元年六月壬子条でも、土師宿禰古人らが菅原への改姓を願い許された時に、天穂日命の十四世孫野見宿禰が垂仁朝に殉人を埴輪に替えたという祖先伝承が強調さ

出雲臣祖人上言して宿禰賜姓

管《つかさど》れり。是《ここ》に、[一]官《つかさ》に因《よ》りて氏《うぢ》を命《おほ》せて、[二]紗抜大押《さぬきのおほし》直の姓を賜ふ。而《しか》るに[三]庚午年《かのえうまのとし》の籍《じやく》に、[四]大押《おほし》の字《じ》を改《あらた》めて、仍《すなは》ち凡《おほし》直と注《しる》せり。[五]是《ここ》を以《もち》て、皇《わう》直の裔《すゑ》、或《ある》は[六]讃岐《さぬき》直と為《な》り、或《ある》は凡《おほし》直と為《な》る。方《まさ》に今《いま》、[七]聖朝《せいでう》、仁《じん》、雲雨《うんう》に均《ひと》しく、恵《くゑい》、[八]昆蚑《こんき》に及《およ》ぶ。この明時《めいじ》に当《あた》りて、冀《ねが》はくは[九]覆瓮《ふくぐわ》を照《てら》さむことを。請《こ》はくは、[一〇]先祖《さきつおや》の業《なりはひ》に因《よ》りて[一一]讃岐《さぬき》公の姓を賜《たま》はらむことを」とまうす。[一二]勅《みことのり》して、千継《ちつぐ》らが戸《へ》廿一烟に、請《こひ》に依《よ》りてこれを賜ふ。○丁丑[十九日]、近《この》衛将監《ゑのしやうげむ》正六位下[一三]出雲《いづも》臣[一四]祖人《おやひと》言《まう》さく、「臣《しん》らが本系《もとつすぢ》は[一五]天穂日命《あめのほひのみこと》より出《い》づ。その天穂日命《あめのほひのみこと》の十四世の孫《うまご》を[一六]野見宿禰《のみのすくね》と曰《い》ふ。野見宿禰《のみのすくね》の後《のち》、[一七]土師氏《はじのうぢ》の人《ひと》ら、或《ある》は宿禰《すくね》と為《な》り、或《ある》は朝臣を錫《たま》はる。臣《しん》ら、[一八]同《おな》じく一つの祖《おや》の後《のち》として、独《ひと》り均養《くゐんやう》の仁《じん》に漏《も》りたり。伏《ふ》して望《のぞ》まくは、彼《か》の宿禰《すくね》の後《のち》と与《とも》に、同《おな》じく姓を改《あらた》むる例《ためし》に預《あづか》らむことを」とまうす。是《ここ》に、姓[一九]宿禰《すくね》を賜ふ。○戊寅[二十日]、

綾公菅麻呂ら上言して朝臣賜姓

[二〇]讃岐《さぬき》国[二一]阿野《あや》郡の人《ひと》正六位上[二二]綾《あや》公菅麿《すがまろ》ら言《まう》[二三]さく、「己《おのれ》らが祖《とほつおや》は、[二四]庚午年《かのえうまのとし》の後《のち》より[二五]己亥年《つちのとゐのとし》に至《いた》るまで、[二六]始《はじ》めて朝臣の姓を蒙《かがふ》り賜はれり。是《ここ》を以《もち》て、和銅《わどう》七年より以往《さき》、[二七]三比《みたび》の籍《じやく》に、並《ならび》に朝臣と記《しる》せり。而《しか》るに[二八]養老《やうらう》五年の籍《じやく》を造《つく》る日《ひ》、[二九]遠《とほ》く庚午年《かのえうまのとし》の籍《じやく》を校《かむが》へて朝臣を削《けづ》り除《のぞ》けり。百姓《はくせい》の憂《うれへ》、この甚《はなはだ》しきに過《す》ぐるは無し。請《こ》はくは、三比《みたび》の籍《じやく》と[三〇]旧《もと》の位記《ゐき》とに拠《よ》りて、朝[三一]

れている。 一六 →二〇一頁注二二。 一七 土師氏はもと連で、天武十三年に宿禰となった。土師宿禰→㈠補1-四四。朝臣となった土師宿禰としては、延暦九年十二月壬辰朔に桓武外祖母の故土師宿禰真妹の一族(土師氏の四腹のうち毛受腹)が大枝朝臣を賜姓されており、同月辛酉には土師宿禰の他の三腹が秋篠朝臣・菅原朝臣を賜わっている。 一八 同じ土師氏の流れをくみながら宿禰や朝臣となった同族から漏れて出雲臣のままである。

一九 出雲宿禰は姓氏録左京神別に「天穂日命子、天夷鳥命之後也」とある。天穂日命は土師宿禰の祖であり、同祖関係となる。出雲国造系の一族は出雲臣(㈢補7-七)のままであった。

二〇 →五〇七頁注二三。 二一 →補40-九五。

二二 他に見えず。綾公→補40-九六。

二三 綾公菅麿らが綾朝臣への改姓を願う奏言。

二四 庚午年籍が造られた六七〇年(天智九年)。

二五 六九九年(文武三年)。 二六 綾公(君)の祖が朝臣を賜わった時期を庚午年(六七〇)の後の己亥年(六九九)とする。なお綾公の「公」は、天平宝字三年十月に「君」を避けて公としたことによる(辛丑条)。→補40-九六。

二七 「比」は前回の文書と比べること。戸籍は六年一造なので、「三比」は三回分の戸籍の意。ここの三比は和銅七年(七一四)・和銅元年(七〇八)・大宝二年(七〇二)の各戸籍。 二八 七二一年。和銅七年の次の籍年。 二九 朝臣となる以前の庚午年籍によって、朝臣のカバネを除かれた。戸令22には「凡戸籍、恒留二五比一。其遠年者、依レ次除。〈近江大津宮庚午年籍、不レ除〉」とあって、庚午年籍は保存されるべきものであった。 三〇 位階授与の公文書である位記を保存していて、その記載を証拠とした。

三一 綾朝臣。もと綾公。→補40-九六。

臣之姓一。許レ之。○庚辰、下野守[1]正五位上百済王[2]俊哲為二兼陸奥鎮守将軍一。○冬十月丁酉[3]、行二幸交野一、放レ鷹遊獦[4]。乃[5]以二右大臣別業一為二行宮[6]一。○己亥、右大臣率二百済王等一、奏二百済楽一。授二正五位下藤原朝臣乙叡従四位下、従五位下百済王玄風・百済王善貞[7]並従五位上、従五位下藤原朝臣浄子正五位下、正六位上百済王貞孫従五位下一。○庚子、車駕還レ宮。○壬子、仰二東海・東山二道諸国一、令レ作二征箭三万四千五百餘具一。○甲寅、先レ是、皇[8]太子枕席不レ安、久不[9]二平復一。是日、向二於伊勢大[10]神宮一。縁二宿禱一也。○十一月己未、更仰二坂東諸国一、弁二備軍粮糒十二万餘斛一。」大蔵卿従四位上佐伯宿禰真守卒。○壬戌、授二播磨国[11]人大初位下出雲臣人麿[12]外従五位下一。以レ献二稲於水児船瀬一也。○甲子、従五位下藤原朝臣葛野麿為二右少弁一。○丁卯、皇太子自二伊勢[13]神宮一至。○十二月庚寅、伊豫[14]国越

1 守〔底原・底新朱抹傍〕↓校補
2 王（底傍補）―ナシ〔底原〕
3 酉〔紀略改〕―卯（紀略原）
4 獦〔底原、類三二・紀略〕―猟（底新朱抹傍・兼等、大）
5 乃〔底〕―ナシ
6 宮ノ下、ナシ―也（類三二）
7 貞（底擦重）―直〔底原〕
8 皇〔類三補〕―ナシ（類三原）
9 不平（底新傍補）―ナシ〔底原〕
10 大〔紀略〕―太（兼等、大、類三）
11 国〔大補〕―ナシ（兼等）
12 麿↓校補
13 勢ノ下、ナシ〔紀略〕―太（兼等、大）
14 豫―与（東）↓校補

一↓四補33-四三。対蝦夷戦に活躍した武官で、宝亀十一年六月にも陸奥鎮守副将軍となり、天応元年九月に征夷の功により正五位上勲四等を授けられている。下野守となったのは本年正月癸未条。正月己卯条で征夷のため東海道の軍士簡閲に遣わされ、七月壬申条では征夷副使となっており、本条で陸奥鎮守将軍を兼ねた。　二 河内国交野郡（一一六三頁注二〇）の低丘陵地で、古代の遊猟地。↓四補31-四二。百済王氏の本拠地でもあり、桓武の母高野新笠が百済系氏族の出身であることも、交野への行幸の理由と考えられる。　三 桓武の交野への行幸は、これ以前の延暦二年十月戊午条・同六年十月丙申条にも見え、同四年十一月壬寅・同六年十一月甲寅にはこの地で中国風の天神祭祇が行われている。　四 藤原継縄（三二六一頁注一）の別荘。継縄室の百済王明信（四補31-一七）との関係で百済王氏の本拠地交野に別荘を営んだのであろう。　五 藤原継縄は室に百済王明信を迎えており、その関係で百済王氏を率いて百済楽（二補11-八）を奏上したもの。　六 以下、この時の行幸・百済楽奏上に関わった人への叙位。延暦二年十月の交野行幸の際にも行在所に供奉した百済王氏らへの叙位があった（同月庚申条）。　七 藤原継縄の第二子。母は百済王明信。↓補38-一〇。この時、兵部大輔・侍従・信濃守で兼右兵衛督（延暦九年三月壬戌条）。正五位下叙位は延暦六年十月。　八 百済王元忠の子。↓補39-一四。従五位下叙位は延暦六年正月。　九 ↓三九一頁注二三。従五位下叙位は延暦六年十月。　一〇 ↓四二一九頁注二〇。従五位下叙位は神護景雲二年十月。　一一 延暦十八年九月に従五位下から従五位上に昇叙している（後紀）。百済王↓一三二一頁注一七。位階の配

臣の姓を蒙《かがふ》り賜はらむことを」とまうす。これを許《ゆる》す。○庚辰、下野守《しもつけののかみ》正五位上百済王《くだらのこにきし》俊哲《しゆんてつ》を兼陸奥鎮守将軍《みちのおくのちんしゆしやうぐん》とす。

交野行幸

冬十月丁酉、交野《かたの》に行幸《みゆき》し、鷹《たか》を放《はな》ちて遊獦《みかり》したまふ。乃《すなは》ち右大臣《うだいじん》の別《べつ》業《ごふ》を行宮《かりみや》としたまふ。

百済王ら百済楽を奏し関係者に叙位

○己亥、右大臣《うだいじん》、百済王《くだらのこにきし》らを率《ひき》ゐて百済楽《くだらがく》を奏《つかへまつ》る。正五位下藤原《ふぢはら》朝臣乙叡《おとえ》に従四位下を授《さづ》く。従五位下百済王《くだらのこにきし》玄風《ぐゑんふう》・百済《くだらの》王《こにきし》善貞《ぜんちやう》に並《ならび》に従五位上。従五位下藤原《ふぢはら》朝臣浄子《きよこ》に正五位下。正六位上百済王《くだらのこにきし》貞孫《ちやうそん》に従五位下。○庚子、車駕《きよが》、宮《みや》に還《かへ》りたまふ。

東海・東山道諸国に征箭を作らす

○壬子、東《とう》海《かい》・東山《とうせん》二道の諸国《くにぐに》に仰《おほ》せて、征箭《そや》三万四千五百餘具を作《つく》らしむ。

皇太子の病気回復により伊勢神宮参拝

○甲寅、是《こ》の日《ひ》、是《これ》より先《さき》、皇太子《くわうたいし》、枕席安《しむせきやす》からずして、久《ひさ》しく平復《へいふく》したまはず。是の日、伊勢大神宮《いせのだいじんぐう》に向《むか》ひたまふ。宿禱《しゆくたう》に縁《よ》りてなり。

坂東諸国に軍粮の糒を備えさせる

十一月己未、更《さら》に坂東《さかのひむかし》の諸国《くにぐに》に仰《おほ》せて、軍粮《ぐんらう》の糒《ほしいひ》十二万餘斛を弁備《そな》へしむ。大蔵卿《おほくらのきやう》従四位上佐伯《さへき》宿禰真守《まもり》卒《しゆつ》しぬ。○壬戌、播磨《はりま》国の人《ひと》大初位下出雲《いづも》臣人麿《ひとまろ》に外従五位下を授く。稲《いね》を水児船瀬《かこのふなせ》に献《たてまつ》れるを以《もち》てなり。○甲子、従五位下藤原《ふぢはら》朝臣葛野麿《かどのまろ》を右少弁《うせうべん》とす。○丁卯、皇太子《くわうたいし》、伊勢神宮《いせのじんぐう》より至《いた》れり。

越智直広川ら上言して紀臣賜姓

十二月庚寅、正六位上紀《き》朝臣楫継《かぢつぐ》に従五位下を授く。○甲午、伊豫《いよ》国越《を》

列から見て、浄子以下は女性か。
一二 行幸時の天皇の称。→〔一〕九頁注七。
一三 征夷戦に備えて、東海・東山道諸国に大量の矢を作らせた。一四 戦場で用いる矢。軍防令7で、行軍に際して兵士が自ら備えるべき武器の中に「毎レ人…征箭五十隻」とある。
一五 安殿親王(後の平城天皇)。→補37-三二。
一六 病気が長く治らなかった。一七 宝亀九年十月丁酉条にも、長く病であった皇太子山部親王(桓武)の健康が回復したことを皇太子自ら伊勢神宮に参拝し報告している。ここはその例に倣ったか。皇太子が自ら伊勢神宮に赴く例が、この頃に見られる。一八 年来の祈願。
一九 これまでの準備に加えて、征夷戦に備えて大量の兵糧を坂東諸国に用意させた。
二〇 坂東は、東海道の足柄峠以東、東山道の碓氷峠以東。二一 征夷戦に備えた兵糧。「糒」は保存食の干し飯。二二 今毛人の兄。→〔四〕補25-八五。二三 他に見えず。播磨国に分布した出雲臣(〔一〕補2-一五五)については、播磨国風土記賀古郡条に伝える出雲臣比須良比売の例などがある。なお、出雲と播磨との交流関係は同風土記(飾磨郡・揖保郡・讃容郡条など)にしばしば見える。出雲臣→〔二〕補7-七。
二四 播磨国の加古川河口の港を維持・修理するための稲を献上したことに対する叙位。
二五 →補40-三三。播磨国の加古川河口の港で、延暦八年十二月乙亥条でも美嚢郡大領が水児船瀬のために献稲して叙位されている。
二六 北家小黒麻呂の長子。→補38-三三。前官は少納言(延暦十年七月癸亥条)。右少弁の前任者は藤原是人(延暦十年七月丁亥条)。
二七 伊勢神宮に向かったのは前月甲寅で、ここは伊勢から長岡宮への帰着。二八 梶嗣とも。→補40-九七。二九 →〔四〕補27-一一。国府・国

智郡[1]人正六位上越智直広川等五人言、広川等七世祖紀博世、小治田朝庭[2]御世、被レ遣二於伊豫[3]国一。博[4]世之孫忍人、便娶二越智直之女一生二在手[5]一。在[6]手、庚午年之籍、不レ尋二本源一、誤従二母姓一。自レ爾以来、負二越智直姓一。今、広川等、幸属二皇[7]朝開泰之運一、適値二群品楽レ生之秋一。請、依二本姓一、欲レ賜二紀臣一。許レ之。○丙申、讃岐国寒川郡人外従五位下佐婆部首牛養等言、牛養等[8]先祖、出レ自二紀田鳥宿禰一。田鳥宿禰之孫米多臣、難波高津宮御宇天皇御世、従二周芳国一遷二讃岐国一。然後、遂為二佐婆部首一。今牛養、幸籍[9]二時[10]来一、獲[11]レ免二負担一。雲雨之施、更無レ所レ望。但在レ官命レ氏、因レ土賜レ姓。行二諸往古一、伝二之来今一。其牛養等居処、在二寒川郡岡田村一。臣[12]望[13]二岡田臣之姓一。於レ是、牛養等戸二十[14]烟、依レ請賜レ之。」外従五位下岡田臣[15]牛養為二大学博士一。外従五位下麻田連真[16]浄為二助教一。伊勢介如レ故。従五位下紀朝臣楫継為二刑部少輔[17]一。」外従五位下清道造岡麻[18]呂等、改レ造賜二連姓一。

1 郡―群(兼)
2 朝庭→校補
3 豫〔兼〕―与(谷・東、大)、預(高)→校補
4 博(底新朱抹傍)―轉〔底原〕
5 手〔谷、大〕―午(底新傍朱イ・兼・東・高)
6 在手〔底〕―々々
7 皇(底新朱抹傍)―星〔底原〕
8 等〔大補〕―ナシ(兼等)
9 籍―藉(大)
10 時〔底原、大改〕―所(底新朱抹傍・兼等)
11 獲→校補
12 臣(底新朱抹傍)―因〔底原〕
13 望ノ下、ナシ〔兼・谷原・東・高〕―賜(谷傍補、大)
14 二十〔底〕―廿
15 臣〔大補〕―ナシ(兼等)
16 真(底新傍朱イ)―直〔底〕
17 輔(底傍補)―ナシ〔底原〕
18 麻ノ下、ナシ〔谷抹〕―麻(谷原)

分寺が置かれた伊予国の政治・文化の中心地。

一 延暦二十四年十二月甲寅に「外従五位下紀朝臣広河」と見え、阿波介となった(後紀)。越智直は伊予国越智郡の郡司氏族。越智直→[三]補8-七二。

二 越智直広川らが系譜上の母姓越智直から父姓である紀臣への改姓を願う奏言。ここは母系の在地的な姓から父系の中央的な姓への改姓。母系姓から父系姓への改姓→一九三頁注一一。

三 他に見えず。紀臣・紀朝臣→[一]補1-三一。

四 推古朝。

五 推古朝の頃、聖徳太子(釈紀所引伊予国風土記に引く伊予温湯碑の銘によれば、法興六年〔推古四年〕十月のこととする)や舒明紀十一年十二月条・万葉六左注が伊予温泉宮(現愛媛県松山市道後温泉)に幸したという記事とあるいはかかわるか。その場合、推古朝に行われた外征にかかわって、水軍としての紀氏と越智氏との間に関係が生じたか。越智直の方の所伝は、国造本紀に小市国造(小市は後の越智)は応神朝に物部連と同祖の大新川命の孫、子到命が国造となったという。

六 他に見えず。紀臣・紀朝臣→[一]補1-三一。

七 他に見えず。父が紀氏、母が越智直で庚午年籍に越智直とされた。越智直→[三]補8-七二。

佐婆部首牛養ら上言して岡田臣賜姓

任官

智《ち》郡の人《ひと》正六位上越智《をち》直広川《ひろかは》ら五人言《まう》さく、「広川《ひろかは》らが七世の祖紀博世《おやきのひろよ》は、小治田朝庭《をはりだのみかど》の御世《みよ》に伊豫《いよ》国に遣《つかは》さる。博世《ひろよ》の孫忍人《うまごおしひと》、便《すなは》ち越智直《をちのあたひ》の女《むすめ》を娶《めと》りて在手《ありて》を生《う》めり。在手《ありて》、庚午年《かのえうまのとし》の籍《じやく》に、本源《ほんぐゑん》を尋《たづ》ねず、誤《あやま》りて母《はは》の姓に従《したが》ふ。爾《しか》してより以来《このかた》、越智《をち》直の姓を負《お》へり。今《いま》、広川《ひろかは》ら、幸《さきはひ》に皇朝《くわうでう》開泰《かいたい》の運《めぐり》に属《つ》きて、適 群品生《たまたまぐんほむせい》を楽《たの》しむ秋《とき》に値《あ》へり。請《こ》はくは、本《もと》の姓に依《よ》りて、紀《き》臣を賜《たま》はらむことを」とまうす。これを許《ゆる》す。〇丙申《十日》、讃岐《さぬき》国寒川《さむかは》郡の人《ひと》外従五位下佐婆部《さばべ》首牛養《うしかひ》ら言《まう》さく、「牛養《うしかひ》らが先祖《さきつおや》は、紀田《きのた》鳥宿禰《とりのすくね》より出《い》でたり。田鳥宿禰《たとりのすくね》が孫《うまご》米多臣《めたのおみ》は、難波高津宮《なにはのたかつのみや》に御 宇《あめのしたしらしめ》しし天皇《すめらみこと》の御世《みよ》、周芳《すはう》国より讃岐《さぬき》国に遷《うつ》れり。然《しか》して後《のち》、遂《つひ》に佐婆部《さばべ》首と為《な》る。今《いま》、牛養《うしかひ》、幸《さきはひ》に時来《とききた》れるに籍《よ》りて、負担《ふたむ》を免《まぬか》るること獲《え》たり。雲雨《うんう》の施《ほどこし》は、更《さら》に望《のぞ》む所《ところ》無し。但《ただ》し、官《つかさ》に在《あ》りて氏《うぢ》を命《おほ》せ、土《くに》に因《よ》りて姓を賜ふこと、諸《これ》を往古《わうこ》に行《おこな》ひ、これを来今《らいこむ》に伝《つた》ふ。其《そ》れ牛養《うしかひ》らが居処《きよしよ》は、寒《さむ》川《かは》郡岡田《をかだ》村に在《あ》り。臣《しん》、岡田《をかだ》臣の姓を望《のぞ》む」とまうす。是《ここ》に、牛養《うしかひ》らが戸《へ》二十烟に、請《こひ》に依《よ》りてこれを賜ふ。外従五位下岡田《をかだ》臣牛養《うしかひ》を大学博士《だいがくのはかせ》とす。外従五位下麻田《あさだ》連真浄《まきよ》を助教《じよけう》。伊勢介《いせのすけ》は故《もと》の如《ごと》し。従五位下紀《き》朝臣楫継《かぢつぐ》を刑部少輔《ぎやうぶせうふ》。外従五位下清道《きよみち》造岡麻呂《をかまろ》らに造を改《あらた》めて連の姓を賜ふ。

八 六七〇年に編まれた庚午年籍。
九 桓武天皇の治世を美化した表現。
一〇 →□一補1-三一。
一一 →□一一九九頁注二五。
一二 →補40-六五。
一三 佐婆部首牛養らが、岡田臣への改姓を願う奏言。
一四 国造本紀の一伝本(鼇頭旧事紀)に、仁徳朝に紀臣と同祖で都怒足尼の児である「田鳥足尼」が都怒(周防国都濃郡)の国造となったことが見える。
一五 紀米多臣。→□一補1-三一。
一六 仁徳朝。
一七 「周芳」は周防の国名の古い表記(天武紀十四年十一月条など)。
一八 すでに外従五位下となっており、本条下文で大学博士に任じられるなど官人として登用されていることをさす。
一九 過去の姓の由来は、官によるものや居地の地名によるとする考え方。
二〇 和名抄の郷名には見えない。
二一 讃岐国寒川郡岡田村の地名によるウヂ名。
二二 もと佐婆部首。→補40-六五。
二三 →□四一五三頁注二〇。延暦七年二月丙午条では主税助外従五位下ですでに大学博士を兼ねており、本条の助教任官と齟齬する。伊勢介任官は延暦九年三月。
二四 →補40-九七。
二五 →補40-六五。延暦十三年四月廿五日太政官牒(東南院一-二四三頁)に「内薬侍医外従五位下清道連岡麻呂」と見え、正倉院の薬を出す勅使の一員となっている。
二六 もと清道造。清道連は、姓氏録右京諸蕃に「出レ自二百済国人恩率納比旦止一也」と見える、百済からの渡来系氏族。

○癸卯、授ニ従四位下八上女[1]王従三位、従五位上多治比真人邑刀自[2]・紀朝臣若子並従四位下一。

続日本紀　巻[3]第[4]冊[5]

1 女ノ下、ナシ（底抹）—女〔底原〕
2 刀自（底新朱抹傍）↓校補
3 巻〈意補〉（大補）—ナシ〔兼等〕
4 第—弟（東）
5 冊—四十（東）

女叙位

○癸卯《十七日》、[一]従四位下八上女王《やかみのおほきみ》[二]に従三位を授《さづ》く。従五位上多治比真人《たぢひ》[三]邑刀自《おほとじ》・[四]紀《き》朝臣若子《わかこ》に並《ならび》に従四位下。

続日本紀　巻第卅

一 以下、女叙位。
二 →二五九頁注三一。従四位下叙位は延暦九年十一月。
三 →補40-四。従五位上叙位は延暦八年正月。
四 →補40-四。従五位上叙位は延暦八年正月。

補注

校異補注

補注

34 巻第三十四

一 **大中臣朝臣諸魚**(五頁注一) 補任延暦九年条によれば、宝亀六年三月中衛将監となったとあり、本条(宝亀七年正月丙申条)で従五位下に叙された後、衛門佐・中衛少将・右衛士佐・左兵衛督などの武官を歴任した。延暦三年六月には造長岡宮使の一人となり、その後も山背守・右京大夫となり、長岡京造営に寄与した。さらに延暦八年三月には神祇伯、同九年二月に参議(続紀)、同十一年四月には近衛大将に任じられ、同十六年二月に五十五歳で没。時に参議左大弁近衛大将兼神祇伯正四位上。後紀延暦十六年二月丁丑条の卒伝によれば、琴と歌とを好んだが、財貨を貪り求めたので、人々に卑しまれたという。承和十一年十二月廿日付太政官符(三代格)によれば、その宅が下鴨神社の南にあったらしい。また諸魚の母である多治比子姉の卒伝(紀略延暦十一年閏十一月乙酉条)には、諸魚が「家譜」を朝廷に提出したとする。大中臣朝臣→〔四〕補29-八六。

二 **多治比真人三上**(五頁注二) 本月(宝亀七年正月)戊申(十九日)、南海道検税使となり、三月には長門守に任じられる。その後左京亮・主馬頭・左衛士佐などを歴任、延暦二年五月には従五位上に昇叙した。多治比真人→〔一〕補1-一二七。

三 **石川朝臣宿奈麻呂**(五頁注六) 天平宝字二年九月十八日付弓削秋麻呂・榎井祖足連署啓に「石川宿奈万呂」(古二五-一三九頁)とあるのと同一人か。本年(宝亀七年)三月に越後守となった後、摂津亮・兵部少輔・主税頭・周防守を歴任した。石川朝臣→〔一〕補1-三二一。

四 **大神朝臣末足**(五頁注七) 本年(宝亀七年)三月に備中守、さらに十二月に遣唐副使に任命されたが、翌八年六月、大使佐伯今毛人の病気により、副使小野石根とともに唐に先発することとなった。同九年十月、肥前国松浦郡に到泊した遣唐第三船の判官少(小)野滋野および同年十一月肥後国天草郡に漂着した第一船の判官大伴継人の上奏によれば、末足らは宝亀八年七月三日に揚州海陵県に到り、翌年正月三日(大伴継人の上奏では十三日)に長安城に入ったという。末足本人は宝亀十年三月に帰還し、同年四月正五位下を授けられ、その後左中弁などを歴任した。大神朝臣→〔一〕補2-六七(神麻加牟陀君児首)。

五 **宝亀七年正月丙申条で正六位上から外従五位下に叙位された人々**(五頁注一四-一七)

刑部大山 神護景雲四年四月三日、前年の香山薬師寺の東生郡庄地売券に正六位上摂津少進として職判を加えている(古五-七〇二・七〇四頁)。刑部→〔一〕二一一頁注九。

道田連安麻呂 もと三田毗登。天平神護二年二月廿八日付東大寺三綱宛民部省牒案に正六位下民部大録として加署(東南院二-三六〇頁)。宝亀元年五月に三田毗登家麻呂らとともに道田連を賜姓されたらしい。本年(宝亀七年)三月に主税助となる。道田連→〔四〕二八五頁注二五。

吉田連古麻呂 宜の子。興世書主の父。医家として内薬佑・内薬正・侍医となり、天応元年四月には従五位下に昇叙。文徳実録嘉祥三年十一月条の興世書主卒伝に「書主右京人也、本姓吉田連、其先出レ自二百済一、祖正五位上図書頭兼内薬正相模介吉田連宜、父内薬正五位下古麻呂、並為二侍医一累代供奉」と見える。吉田連→〔三〕補9-七八。

高橋連鷹主 宝亀九年二月に画工正となる。高橋連→〔三〕一四一頁注五。

六 **美作(女)王**(五頁注二一) 選叙令35によれば親王の女。延暦五年正月従四位上に昇叙し、同八年七月没。時に尚掃。翌九年河内国志紀郡にあった位田を大納言の職田に改められた(三代格延暦九年八月八日官符)。

七　**藤原朝臣産子**(五頁注二八)　宝亀八年正月に従四位下、延暦二年二月に正四位上に昇叙(続紀)、弘仁二年正月従三位に昇った(後紀)。また、延暦十四年三月には尼一人の得度を認められ(類聚国史、度者。この時「正四位下」とあるのは、「正四位上」の誤りか)、類聚国史、禁寺辺、弘仁四年四月癸未朔条によれば、しばらく山城国愛宕郡林寺に居住するとある。天長六年五月に六十九歳で没。時に従二位(紀略)。その紀略の薨伝によれば、弘仁の頃嵯峨天皇の後宮に入ったとあり、一代要記にも嵯峨天皇夫人とある。藤原朝臣→㈠補1―二九。

八　**藤原朝臣教貴**(五頁注三〇)　教基とも。宝亀八年正月従四位下、天応元年六月正四位下、延暦二年二月正四位上に昇り、同八年七月没。時に正四位上命婦。三代格延暦九年八月八日官符で、河内国若江郡・讃良郡・高安郡にあった位田各一町を大納言の職田に改められた。藤原朝臣→㈠補1―二九。

九　**検税使**(五頁注三八)　「検税使」の語は、万葉一七五三題詞に「検税使大伴卿登二筑波山一時歌一首」とあるのが初見で、これは養老三年初めに派遣された大伴旅人のことと考えられている(滝川政次郎「検税使大伴卿」『万葉律令考』)。また同年七月に任命された按察使(㈢補8―三四)のもとでも、検税が行われていたことが天平二年度尾張国正税帳(古一―四一三頁)・同十年度駿河国正税帳(古二―一一二・一一五頁)からわかる(村尾次郎『律令財政史の研究 増訂版』)。これら養老年間の検税使や按察使による検税は、大宝二年二月に廃止された税司(㈠補2―一一三)の職務を継承するものであるが、同時に養老元年の大計帳式等の頒布(㈢補7―三七)や養老三年頃以降とされる倉印頒賜(岸俊男「倉印管見」『日本古代籍帳の研究』)などに見られる諸国財政に対する把握の強化という政策と軌を一にするものとも考えられる(亀田隆之「検税使をめぐる二、三の問題」『日本古代史論苑』)。

次いで天平六年、七道に検税使が派遣され、「東海道以二千七百寸一為二斛法一」などと、正倉に蓄えられた穀の計量基準が道ごとに定められている(延暦交替式)。この時の検税使は同年正月の官稲混合にともない、その実施状況や正倉管理の状況を把握するために派遣されたと考えられ(㈡補11―四八)、天平九年度長門国正税帳には、天平七年に検税使が古穎を認定し(古二―三五頁)、腐穀を検校したことが見える(古二―三六頁)。

一方今回(宝亀七年正月戊申条)の検税使派遣は、宝亀六年八月庚辰条の諸国公廨の四分の一を京官俸禄に充当するという政策に対する国司の不正行為防止という意図があった(福井俊彦『交替式の研究』、亀田隆之前掲論文)。また天平六年度と同様、宝亀七年畿内并七道検税使算計法が定められたが(延暦交替式)、今回は「委穀経二十年已上一者、以二千七百寸一為二斛法一、糒并新委不レ経レ年者、以二千八百寸一為二斛法一、粟穀者以二千九百寸一為二斛法一」というように、地域別ではなく穀の種類によって計量基準が定められた。

なお九世紀の検税使に関する史料としては、三代格天長二年五月十日官符に検税使等を詔使に準ずるとあり、また菅家文草には寛平八年七月五日付の「請レ令三議者反二覆検税使可否一状」が収められている。

一〇　**宝亀五―九年の東北情勢**(七頁注三)　後紀弘仁二年閏十二月辛丑条の征夷将軍文室綿麻呂の奏言に「自二宝亀五年一、至二于当年一、惣卅八歳。辺寇屢動、警□(備か)無レ絶。丁壮老弱、或疲二於征戍一、或倦二於転運一。百姓窮弊、未レ得二休息一」とあるように、宝亀五年七月の海道蝦夷による桃生城襲撃(七月壬戌条)に始まる律令国家と蝦夷との、いわゆる三十八年戦争と呼ばれる戦闘は、激烈をきわめた。その原因の多くは、天平宝字三年の桃生城(㈢補20―六)・雄勝城(㈢補11―四三)、神護景雲元年の伊治城(㈣補28―四六)の造営などにみられる律令国家の積極的な東北経営推進に求められる(熊谷公男「平安初期における征夷の終焉と蝦夷支配の変質」『東北学院大学東北文化研究所紀要』二四、熊田亮介「古代国家と蝦夷・隼人」『岩波講座日本通史』四)。

宝亀年間に入ると、前述の桃生城襲撃事件からもわかるように、とくに海道蝦夷の活動が活発化したようであるが、事件の前年に陸奥鎮守将軍となった大伴駿河麻呂らによって、陸奥国遠山村の夷俘が制圧され(宝亀五年十月庚午条)、翌年にはこれに対する叙勲が行われるなど(同六年十一月乙巳条)、征夷はある程度の成果を挙げたものと思われる。しかし、宝亀六年十月癸酉条に出羽国の蝦夷に不穏な動きがあると記され、本条(宝亀七年二月甲子条)で従来みられなかった山道蝦夷の征討が計画されていることから、蝦夷の活動はこの後、海道のそれから東北全域へと拡大していったらしい。そこで宝亀七・八年には陸奥・出羽両国が連係して、大規模な蝦夷征討が行われた(本条・宝亀七年五月戊子条・同年十一月庚辰条・同八年九月癸亥条等)。八年三月是月条に夷俘の来降が相次いだとあり、九年六月庚子条に陸奥・出羽国司以下に叙位・叙勲の記事があることから、この征討は成果を挙げたものと考えられるが、他方で律令国家側の苦戦を示す史料も少なくなく(宝亀七年五月戊子条、同八年十二月辛卯・癸卯条等)、この後も蝦夷の活動は依然として衰えず、結局宝亀十一年の伊治呰麻呂の乱後、とくに胆沢地方を焦点として、律令国家と蝦夷との全面戦争が展開していく。

一一 **遣唐使等への賜服**(一三頁注一四) 唐・新羅・渤海などへの使節に天皇の衣服や衾(寝具)を賜わった記事としては、本条(宝亀七年四月壬申条)のほかに、大宝三年十月癸未条で遣新羅使に衾・衣を賜わった例、続後紀弘仁二年四月庚寅条で遣渤海使に衣・被を賜わった例、続後紀承和三年四月壬辰・丁酉条で遣唐大使・副使に御衣・御被・金などを賜わった例などがある。これらの賜物は、大蔵省式諸使給法に規定されたものとは異なり、天皇が個人的に自己の「形見」ともいえる衣服や寝具などを賜与することにより異国へ赴く使節に格別の感情を示したものと考えられる(梅村喬「饗宴と禄」『歴史評論』四二九、饗場宏・大津透「節禄について」『史学雑誌』九八―六)。

一二 **志波村・志波城**(一五頁注一一) 「しは」と訓む地名は、本条(宝亀七年五月戊子条)および宝亀八年十二月辛卯条に見える「志波村」、延暦八年六月庚辰条の「子波」、類聚国史、俘囚、延暦十一年正月丙寅条の「斯波村」、紀略延暦廿二年二月癸巳条に見える「志波城」、後紀延暦廿三年五月癸未条の「斯波城」、同弘仁二年正月丙午条に設置記事が見える「斯波郡」がある。

このうち位置が明確なのは志波城で、紀略延暦廿二年二月癸巳条に造志波城所、同年三月丁巳条に造志波城使坂上田村麿の辞見の記事が見え、前年田村麿によって築かれた胆沢城につづき、東北経営の最前線基地として、さらにその北方に造営された城柵である。後紀延暦廿三年五月癸未条では、胆沢郡との間に一駅を設置しているので、この頃までには完成していたと考えられる。その遺構は現在の岩手県盛岡市下太田方八丁・中太田方八丁で発見された。一九七七年からの調査の結果、方八四〇メートルの、櫓をともなう大規模な外郭築地と内外溝に囲まれた外郭があり、その南面中央には五間一戸の外郭南門が検出された。外郭の中央やや南よりに、方一五〇メートルの築地と溝で囲まれた内郭があり、南北には八脚門、その内側には正殿・脇殿からなる政庁が配置されている。さらに外郭と内郭の間には官衙建物群や兵舎である竪穴住居群、工房などが検出されている(盛岡市教育委員会『志波城跡』各年度発掘調査概報)。その後志波城は雫石川の洪水の被害を受け(後紀弘仁二年閏十二月辛丑条)、城柵はその東南約一〇キロメートルの徳丹城(現岩手県紫波郡矢巾町西徳田)に遷された。一方前述したように、弘仁二年正月には和我・薭縫両郡とともに斯波郡設置の記事が見える。志波城の地は近世の紫波郡(現在の岩手県紫波郡紫波町・矢巾町と盛岡市の南部)の範囲から北にはずれているが、この当時は志波城も斯波郡域に含まれていたものと思われる。

この志波城・斯波郡と本条の志波村や前掲の子波・斯波村が同じ場所かどうかは定かでない。しかし延暦八年六月庚辰条の衣川営から子波までの行程六日という記事や、本年(宝亀七年)二月の出羽国軍の進路が雄勝城から北方を回って、後の志波城付近へと達するものであったと考えられる点から、本条の志波村と後の志波城は同じ場所を指すものとみることができよう。

一三 **陸奥鎮守権副将軍の任官**(一五頁注一六) 佐伯久良麻呂の陸奥鎮守権副将軍任命の記事は宝亀八年十二月辛卯条にもある。この人事は、高齢で(宝亀三年九月丙午条)鎮守将軍に任命され(同四年七月甲午条)、宝亀七年七月に死没記事を載せる大伴駿河麻呂を補佐するためのものか。陸奥鎮守府の権副将軍の事例は、ほかに安倍猨嶋墨縄(延暦元年六月戊辰条)、百済王英孫(同四年五月庚寅条)などがある。

一四 **佐味朝臣宮**(一五頁注一八) 宝亀三年正月、従五位下となった真宮(四三六五頁注一九)と同一人か。同八年七月二日付大和国符・同年七月廿三日付民部省牒(古六-五九七・五九八頁)によれば、十市郡にあった彼女の位田四町が川原寺に施入されている。佐味朝臣→㈠二七頁注一四。

一五　**後部石嶋**(一五頁注一九)　他に見えず。
後部は高句麗の五部の一つ後部に由来する姓。このほか後部王(㈠補5-五一)・後部高(㈢補20-四四)がある。

一六　**出水連**(一五頁注二〇)　姓氏録左京諸蕃に高麗国人の後部能鼓兒から出たとある。出水は和名抄の山城国相楽郡水泉(以豆美)郷(㈣三二五頁注一二)にちなむものか。

一七　**唐招提寺への寺封施入**(一五頁注二九)　唐招提寺の寺封については新抄格勅符抄所引大同元年牒に「招提寺　百戸〈五十戸依二大同三年九月十六日勅符一返納、宝亀十年施　上野五十戸　讃岐五十戸〉」とあり、播磨国のものは見えない。あるいは大同三年に返納した五〇戸がこれにあたるか。また本条(宝亀七年六月癸亥条)の寺封施入については、天長八年成立の鑑真和上三異事に「宝亀七年五月廿一日、降二恩勅一、施二入播磨国封戸□一、充二修理之資一、令三造レ寺供二僧」(大日本仏教全書七二)、諸寺縁起集(醍醐寺本)所引招提寺建立縁起(承和二年成立)に「布大〔南太か〕上天皇(光仁)追二慕和上之喜〔嘉か〕徳一、重以荘二厳於遺基一。仍施二入封戸五十烟一、以充二修理寺家料一」(『校刊美術史料』寺院篇上)とある。今回の寺封施入は、この頃鑑真の弟子如宝によって進められていた金堂の造営に関係するものらしい(福山敏男「唐招提寺の建立」『日本建築史研究　続篇』)。

一八　**粟人道足**(一五頁注三二)　他に見えず。
粟人の姓も他に見えないが、あるいは阿波国造である粟凡直(㈢補16-三・㈣一五七頁注二〇)の支配下にあったものの姓か。また天皇本紀には景行皇子豊門別命を祖とする粟首が見える。

一九　**祝の処罰**(一七頁注一七)　三代格貞観十年六月廿八日付官符に引く弘仁十二年正月四日(「十三年四月四日」の誤りか)付官符に「禰宜・祝等考者、国司勘定」とあることから祝は得考の色であり、続後紀承和六年九月癸卯条によれば十年成選の外散位(㈠補3-一七)扱いだったことがわかる。しかし三代実録貞観七年五月廿五日条に「制、五畿七道諸神社祝部、停レ補二白丁一。以二八位已上及年六十已上人一、充之」とあり、当然無位の祝も存在したはずで、その場合は更迭のみの処置がとられたと考えられる。

二〇　**合蚕田浦**(一七頁注二五)　肥前国風土記松浦郡値嘉郷の条に「西有二泊レ船之停二処一〈一処名曰二相子田停一、応レ泊二廿余船一。一処名曰二川原浦一、応レ泊二一十余船一。〉遣唐之使、従二此停一発、到二美弥良久之埼一〈即川原浦之西埼是也。〉従レ此発船、指レ西度之」とある相子田浦のことで、五島列島中通島西岸、現長崎県南松浦郡上五島町相河(あこ)にあたる。

二一　**俘囚の移配**(一九頁注一二)　帰降して俘囚となった蝦夷は、そのまま現地の城柵に安置された(神護景雲元年十一月甲寅・宝亀十一年八月乙卯条など)一方で、いわゆる「内国」に移配されることも多かった。すでに神亀二年には陸奥国俘囚を伊予・筑紫・和泉に移配するとあり(閏正月己丑条)、天平十年度駿河国正税帳には陸奥国から摂津職に向かう俘囚に給粮する記事(古二-一一四頁)が、同年度筑後国正税帳には当国の俘囚に対する食稲支給の記事(古二-一四七頁)が見える。しかし俘囚の移配が本格化するのは、いわゆる三十八年戦争勃発後(補34-一〇)、とりわけ延暦十三年の胆沢地域の蝦夷征圧後のことであり、本条(宝亀七年九月丁卯条)以降においても、宝亀七年十一月癸未条には出羽国俘囚を大宰管内および讃岐国などに配するとあるのをはじめ、俘囚および夷俘の移配が積極的に進められ、また延暦年間後半には移配先での彼らの措置に関する史料がしばしば見られる(今泉隆雄「律令国家とエミシ」『新版古代の日本』九)。これらから俘囚・夷俘が移配された国を列挙すると、摂津・和泉・尾張・駿河・甲斐・相模・武蔵・上総・常陸・近江・美濃・上野・下野・越中・丹波・因幡・伯耆・出雲・播磨・備前・備中・安芸・阿波・讃岐・伊予・土左・筑前・筑後・肥前・肥後・豊前・豊後・日向の三三か国に及ぶ。一方、主税寮式上に俘囚料稲を計上する諸国は別表のように三五か国にのぼる。これらの諸国を、前述の俘囚・夷俘が移配された諸国と比較すると、畿内諸国が含まれない以外はほぼ重なり、また下野・肥後などは全出挙料稲の一割以上を俘囚料稲としていたことがわかる。さらに和名抄には、上野国碓氷・多胡・緑野、周防国吉敷の各郡に俘囚郷が、播磨国賀古(大東急本のみ)・賀茂・美嚢郡に夷俘郷がある。これらの「内国」に移配された俘囚は、時服・禄物(類聚国史、俘囚、延暦十七年六月己亥条)や公粮(後紀弘仁二年二月癸酉条、前述の俘囚料稲はその財源)を支給され、俘囚・夷俘の号を付して呼ばれるなど、一般公民とは異なる扱いを受けたが、弘仁年間以降、俘囚計帳が造進され(後紀弘仁二年三月乙巳条)、賑給の対象となり(同弘仁四年二月戊申条)、帰降夷俘の称が除かれ(同弘仁五年十二月癸卯朔条)、口分田を班給して田租を徴収する(類聚国史、俘囚、弘仁七年十月辛丑条)など、次第に公民化していった。

しかし、弘仁五年には出雲国で俘囚の乱が発生し(類聚国史、俘囚、弘仁五年五月甲子条など)、承和十五年にも上総国の俘囚の叛逆が伝えられている(続後紀承和十五年二月庚子条)ことからも、俘囚が移配先の住民と必ずしも容易に同化しえなかったことが推測される。

三　**東山道飛驒支路**(一九頁注一一)　兵部省式諸国駅伝馬条には、美濃国の駅がまず東山道本路の西端から不破(13、以下括弧内は駅馬数)・大野(6)・方県(6)・各務(6)・可児(8)・土岐(10)・大井(10)・坂本(30)の順に記され、その後に飛驒支路に所在する武義(4)・加茂(4)の二駅が記されている。この記載だけでは、飛驒支路の分岐点や、本条(宝亀七年十月壬辰条)の菅田駅と武義・加茂両駅との関係は不明であり、これらについては大別して二つの説が存在している。

一つは阿部栄之助『濃尾両国通史』の説で、分岐点を方県駅(現岐阜市長良)の東方とし、武義駅(現岐阜県関市)・加茂駅(現岐阜県加茂郡川辺町下麻生)を通って飛驒国下留駅に至るとするもので、菅田駅は加茂駅と同一のものと考え、『岐阜県史 通史編・古代』もほぼこの説を踏襲している。もう一つは井上通泰『上代歴史地理新考』の説で、分岐点を各務駅(現岐阜県各務原市鵜沼)とし、兵部省式の飛驒支路の駅順を逆にして、加茂駅(現岐阜県美濃加茂市三和町)から武義駅(現岐阜県益田郡金山町菅田)を通って

諸国俘囚料稲(主税寮式上による)

国名	a 俘囚料稲(束)	b 出挙稲総額(束)	a／b(%)
伊勢	1,000	726,000	0.1
遠江*	26,800	772,260	3.5
駿河	200	642,534	0.0
甲斐	50,000	584,800	8.5
相模	28,600	868,120	3.3
武蔵	30,000	1,113,754	2.6
上総	25,000	1,071,000	2.3
下総	20,000	1,027,000	1.9
常陸	100,000	1,846,000	5.4
近江	105,000	1,207,376	8.7
美濃	41,000	880,000	4.7
信濃	3,000	895,000	0.3
上野	10,000	886,935	1.1
下野	100,000	874,000	11.4
越前	10,000	1,028,000	1.0
加賀	5,000	686,000	0.7
越中	13,433	840,433	1.6
越後	9,000	833,455	1.1
佐渡	2,000	171,500	1.2
因幡	6,000	710,878	0.8
伯耆	13,000	655,000	2.0
出雲	13,000	695,000	1.9
播磨	75,000	1,221,000	6.1
美作	10,000	764,000	1.3
備前	4,340	956,640	0.5
備中	3,000	743,000	0.4
讃岐	10,000	884,500	1.1
伊予	20,000	810,000	2.5
土佐	32,688	528,688	6.2
筑前	57,370	790,063	7.3
筑後	44,082	623,581	7.1
肥前	13,090	692,589	1.9
肥後	173,435	1,579,117	11.0
豊後	39,370	743,842	5.3
日向	1,101	373,101	0.3

＊遠江国は夷俘料

飛騨国に入るとするもので、菅田駅は武義駅と同一のものとしている。このうち加茂駅の所在地については、山内和幸「律令古代美濃国加茂郡と飛驒路加茂駅・武義駅考」(『岐阜地理』一三)が井上説より北方の現加茂郡富加町加治田付近とし、この説は藤岡謙二郎編『古代日本の交通路 II』にもほぼ踏襲されている。このうち前説では、加茂＝菅田駅と飛騨国下留駅の間がかなり遠くなるという難点があるが、分岐点については都から飛騨国府への最短距離を通るという点ではより相応しい。一方後説は、兵部省式の記載順を変更することになるが、これは上総・安房や南海道などにも類例があり、駅間の距離という点では難がない。

二三　**胆沢と胆沢城**(二一一頁注一一)　胆沢の地は八世紀後半から九世紀初めにかけて、律令国家と蝦夷との間の抗争の焦点となった地域であった。宝亀十一年二月丁酉条の覚鱉城(補36―一〇)造営に関する記事に「宜下造二覚鱉城一、得中胆沢之地上。両国之恩莫レ大二於斯一」とあって、「胆沢之地」を抑えることが陸奥・出羽両国の安定に重要な意義を持つとの認識が示されており、「胆沢之地、賊奴奥区」(延暦八年六月庚辰条)、「所謂胆沢者、水陸万頃、蝦虜存生」(同年七月丁巳条)などの記事から、当時律令国家は胆沢を蝦夷の結集地と考えていた。延暦八年、征東将軍紀古佐美は阿弖流為を中心とする「胆沢之賊」に壊滅的な敗北を喫するが(延暦八年六月甲戌・庚辰条、同年七月丁巳条)、延暦二十年にいたり、征夷大将軍坂上田村麿によって胆沢地方の蝦夷は平定され(紀略延暦廿年十一月乙丑条等)、翌年胆沢城が築かれ(同延暦廿一年正月丙寅条等)、阿弖利(流)為らも降伏した(同延暦廿一年四月庚子条)。これ以後、胆沢城には鎮守府が多賀城から移され、陸奥国北部における軍事・行政の中心となった。なお、後紀延暦廿三年五月癸未条に初見する胆沢郡も、胆沢城造営に前後して建置されたものと考えられる。

胆沢城跡は、岩手県水沢市佐倉河・八幡に位置し、北上川と胆沢川の合流点の西南に位置している。一辺約六七〇メートルの正方形の平面を持つ外郭は、基底幅約三メートルの築地で画され、その内外に溝が掘られていた。南面中央には五×二間の南門、北面中央には三×二間の北門が造られ、南門から幅約一二メートルの「南大路」と仮称する直線道路が南へのびている。また東西面には門は確認されておらず、数箇所に櫓状の建物が発見された。この外郭内の中央部やや南よりに一辺約八七メートルの掘立柱塀をめぐらした政庁地区があり、正殿は身舎五×二間(庇は各時期で相違する)の東西棟、東西脇殿は五×二間の南北棟で、典型的な官衙配置をとっている。また政庁以外にも、外郭内にいくつかの官衙ブロックが確認されている。これらの遺構には、政庁については、九世紀前半、九世紀後半、十世紀前半以降の三期の変遷が、外郭については二期の変遷が認められる。また城内からは、延暦二十二年の具注暦、古文孝経、軍団関係帳簿などを含む漆紙文書や木簡が多数出土している。

二四　**史都蒙**(二一一頁注二〇)　本条(宝亀七年十二月乙巳条)で来着、翌宝亀八年正月、大宰府に来航しなかったことを責められるも、二月に入京を許され、四月入京して方物を貢し、正三位に叙され禄を賜わり、五月には渤海国王への国書・禄および国王の后への賻物を賜わり帰国した。文徳実録嘉祥三年五月壬午条の橘嘉智子伝に、都蒙は相法にすぐれ、嘉智子の父清友の人相を観て「毛骨非レ常、子孫大貴」「卅二有レ厄、過レ此無レ恙」と語ったという。

「献可大夫」は、渤海の文散官。正確なランクは未詳だが、大夫がつくので唐の五品以上に相当。「司賓少令」は、唐の鴻臚寺に相当し、外交使節の迎接を職掌とする司賓寺の次官。「開国男」は、唐の封爵の第九等県男に同じ。従五品相当。

二五　**朝原忌寸**(二一三頁注六)　同姓の人物としては、延暦年間の学者である道永らがおり、また後紀弘仁二年七月辛酉条には同姓者の一部が宿禰姓を賜わったとある。朝原のウヂ名は三代実録元慶五年八月廿三日条に大覚寺の東に接するとある朝原山(現京都市右京区北嵯峨朝原山町)に基づく。

二六　**大神楉田朝臣**(二一三頁注九)　三代実録仁和三年三月乙亥朔条の外記の勘申に「大神引田朝臣・大神楉田朝臣・大神掃石朝臣・大神真神田朝臣等、遠祖雖レ同、派別各異」とある。本条(宝亀七年十二月庚戌条)の大神楉田朝臣は楉田のウヂ名が豊前国宇佐郡の地名に基づく(後紀延暦十八年二月乙未条)ことから、宇佐の大神氏の系統か。

二七　**宝亀八年正月丁巳条で正六位上から従五位下に叙位された人々**(二一三

頁注一八・一九)
藤原朝臣長河　長川とも。巨勢麻呂の三男。母は正四位上丹坪(墀か)臣郡女(分脈)。本年(宝亀八年)十月に中衛少将となり、以後、衛門佐・相模守を歴任。藤原朝臣→㈠補1-二九。

紀朝臣宮人　宝亀九年二月に越中介、同八月に美作介となり、天応元年十二月正五位下に昇叙した。紀朝臣→㈠補1-三一。

大和宿禰西麻呂　→㈣二六九頁注二九。外従五位下叙位は神護景雲三年十一月。

二六　**宝亀八年正月庚申条で外従五位下から従五位下に叙位された人々**(二五頁注四―一七)

文室真人久賀麻呂　宝亀九年十一月に但馬介となり、以後延暦年間に左大舎人頭・木工頭・摂津亮などを歴任、延暦六年正月には従五位上に昇叙した。文徳実録仁寿三年五月乙巳条・三代実録貞観五年正月廿一日条に嵯峨天皇妃文子の父で正五位下とある。文室真人→㈢補18-五九。

為奈真人豊人　天平宝字二年九月に大般若経巻第五六九の書写を東大寺に依頼、時に左虎賁衛(左兵衛)下任(古一二五-一三五頁)。延暦年間には筑後守・造兵正・右兵庫頭を歴任した。為奈(猪名)真人→㈠七一頁注二一。

田口朝臣祖人　本月(宝亀八年正月)戊寅(二十五日)条で内礼正となり(「正五位下」とあるが、本条によれば「従五位下」の誤りか)、宝亀十年二月尾張介となった。田口朝臣→㈠補3-三一。

百済王仁貞　本年(宝亀八年)十月に衛門員外佐となり、その後近衛員外少将・播磨介・備前守・中宮亮などを歴任、延暦九年七月には津真道らとともに、百済国貴須王から出た同族として、真道の津連から朝臣への改姓を申請した。同十年七月、左中弁従四位下で没。百済王→㈠三一頁注一七。

紀朝臣豊庭　宝亀九年二月近衛員外少将となり、以後、下総守・民部少輔・甲斐守を歴任した。紀朝臣→㈠補1-三一。

佐味朝臣山守　宝亀九年七月和泉守となる。佐味朝臣→㈠二七頁注一四。

下毛野朝臣船足　本月(宝亀八年正月)戊寅(二十五日)条で鼓吹正となる。下毛野朝臣→㈠補1-一三五。

波多朝臣百足　他に見えず。波多朝臣→㈠補1-一四六。

車持朝臣諸成　他に見えず。車持朝臣→㈠補5-一〇。

笠朝臣望足　宝亀九年二月右馬頭となる。笠朝臣→㈠補3-三二。

県犬養宿禰伯　延暦四年十月刑部少輔となる。県犬養宿禰→㈠補2-二四。

当麻真人枚人　本月(宝亀八年正月)庚辰(二十七日)条で右大舎人助となる。当麻真人→㈠補2-一〇。

高橋朝臣祖麻呂　宝亀十年六月内膳奉膳となり、以後、伊予介(続紀)、駿河守・大膳大夫を歴任、大同三年十一月には正五位下となった(後紀)。姓氏録逸文(太子伝玉林抄所引)の引く高橋朝臣本系に高橋朝臣犬養の裔孫として従五位上祖麻呂が見える。高橋朝臣→㈠補1-八二。

二九　**中臣丸朝臣馬主**(二五頁注二一)　もと中臣丸連。天平勝宝―天平宝字年間に丸馬主として東大寺写経所で活動(古四-三六・七四頁、一三-五頁、一四-四四七頁等)、天平宝字五年正月六日付奉写一切経所解には河内国史生従七位上中臣丸連馬主として見える(古一五-二頁)、天平神護二年三月中臣丸連張弓等二六人に朝臣を賜姓した時に馬主も含まれていたらしい。宝亀十一年四月に造酒正として上総員外介を兼ね、以後、上総介・上野介を歴任した。中臣丸朝臣→㈢補16-五二。

三〇　**南海府吐号浦**(二七頁注七)　「南海府」は渤海の地方行政区画である十五府の一つ、あるいはその府都である南京(現朝鮮民主主義人民共和国咸鏡南道咸興、またはより東北の同国咸鏡北道鏡城とする説もある)。「吐号浦」はこれに付属する港か。新唐書渤海伝には「竜原東南瀕海、日本道也。南海、新羅道也」とあって、日本への使者は東京竜原府(現中国吉林省琿春付近)の東南、図們江河口付近から出航することが多かったらしく、少なくとも今回(宝亀七年十二月来日)の渤海使が宝亀四年の太政官処分を遵守する意図を持っていたことをうかがわせる。

三一　**内嶋院**(三三頁注一〇)　奈良宮中中島院例得度注文(古一〇-二六六頁)によれば、天平廿年四月廿八日、「奈良宮中中嶋院」で五一〇人が得度したとあり、扶桑略記天平廿一年正月十四日条では「平城中嶋宮」で行基を戒師として聖武太上天皇以下が受戒したとする。これに対して岸俊男は、本条(宝亀八年三月乙卯条)の内嶋院について、天皇が「幸した」「御した」などと表現されていないことから、上記史料の中嶋院(宮)とは別の、内裏あるいは内廷の嶋院と解している(「「嶋」雑考」『日本古代文物の研究』)。

三二　**大納言藤原朝臣魚名曹司**(三三頁注二二)　「曹司」は本来「曹」も「司」も役所のことであり、続紀では神祇官曹司(天平二年六月庚辰条)・兵部曹司(同七年二月癸丑条)など、諸官司の宮内における庁舎を指す用法が一般的だが、平安時代には、三代実録貞観五年十二月十二日条の「中務省火、焼二卿曹司屋一間一」、同元慶六年八月廿九日条の「侍従局南右大臣曹司」など、上級官人の宮内における宿所を指す用法もみられるようになる。本条(宝亀八年三月戊辰条)は、後者の意で用いられた比較的早い時期の史料とすることができよう。

三三　**藤原朝臣末茂**(三三頁注二三)　本条(宝亀八年三月戊辰条)の後、図書頭・肥後守・左衛士員外佐・中衛少将などを歴任するが、延暦元年六月・同三年九月の二度にわたって事に坐し左遷される。しかし同七年三月以前には赦されたらしく、九年二月には従五位上に昇叙、内匠頭・美作守を歴任した。藤原朝臣→(一)補1-二九。

三四　**篳篌・篳篌師**(三三頁注二四)　中国の楽書などによれば、箜篌にはa竪箜篌・b臥箜篌・c鳳首箜篌の三種がある。aは古代アッシリアに起源を持つ竪形ハープで、唐楽・百済楽に使用され、宝亀十一年の西大寺資財流記帳の大唐楽器中に見える「箜篌一張、〈浅泥銀平文、樫鉄子十六枚、〉白地錦嚢、裏赤地刺物」(寧遺四二三頁)、雅楽寮式の「箜篌一面〈長五尺、料糸二両〉」、和名抄の「箜篌〈久太良古止〉」とあるのに相当する。正倉院に螺鈿槽と漆槽の二残欠が伝存し、いずれも二十三絃からなっていたらしい。bは中国で考案されたチター状の楽器で、柱があり撥で奏し、唐楽・高麗楽に使用した。西大寺資財流記帳の唐楽器中に見える「箜篌六面、並桐〈四大、二小〉各納黄絁錦袋」(寧遺四二四頁)、雅楽寮式の「篳篌一面〈長六尺四寸五分、料糸二両〉」とあるのに相当し、法隆寺金銅灌頂幡天蓋(現東京国立博物館蔵)の透彫に描かれている。またcはインドに起源を持つ弓形ハープで、平安時代の仏画などに描かれている(岸辺成雄「箜篌の淵源」『唐代の楽器』)。本条(宝亀八年三月戊辰条)の篳篌は百済篳篌師とあるので、aにあたるものと考えられるが、篳(箜)篌師については職員令17集解古記所引の「大属尾張浄足説」に唐・百済・高麗楽のそれぞれに箜篌師が見え、同条所引大同四年三月廿八日官符にも、唐楽に箜篌師、高麗・百済楽に篳篌師が見える。

三五　**栄井宿禰**(三五頁注二)　姓氏録大和諸蕃に、日置造と同祖で、伊利須使主の男、麻弖臣の後とする。伊利須使主は日置造や本条(宝亀八年四月甲申条)の鳥井宿禰・吉井宿禰の祖として登場する人物であるが、これは斉明紀二年八月条の高句麗からの進調使伊利之と同一人と考えられている(栗田寛『新撰姓氏録考証』)。

三六　**太政官による蕃客の慰問**(三五頁注八)　太政官式によれば、蕃客入朝の際に派遣される使者として慰労使・労問使が見える。続後紀承和九年三月癸亥・甲子、四月己巳条等九世紀の史料によれば、ともに蕃客使の安置された鴻臚館に赴いているが、前者の本官は「史」で、蕃客を慰労するとともに、蕃客のもたらした文書を受納する役割を持っていたのに対して、後者の本官は天皇との関わりが強い侍従や衛府次官などで、天皇が蕃客を慰労する旨の詔勅を伝達した。平城京内の客館において行われた本条(宝亀八年四月辛卯条)の慰問は、これらの行事を含むものであったと思われるが、慰労・労問の区別が存したかどうかは不明である(田島公「日本の律令国家の「賓礼」——外交儀礼より見た天皇と太政官——」『史林』六八-三)。

三七　**渤海使の奏と報詔との関係**(三五頁注一二)　本条(宝亀八年四月癸卯条)の報詔は、「遠天皇の…仕へ奉り来る業となも」の部分が渤海使の奏の「遠世より始めて供奉ること絶えず」に、「天つ日嗣」以下の部分が同じく「聖皇新に天下に臨みたまひしことを」に、それぞれ対応しており、報詔の出されるかなり以前から渤海使の奏の内容を知っていたことをうかがわせる。これは宝亀二年六月に来日した渤海使壱万福の国書をめぐる事件以来、大宰府や諸国司が外国使節来着の時点で国書を開封し、その内容を京に報告するようになったため(石井正敏「大宰府および縁海国司の外交文書調査権」『古代文化』四三-一〇)、入京後の国書・信物受納の儀以前に国書等の内容を政府が把握できるようになったことを示している(補注三六既載田島公論文)。

三八　**宝亀八年四月癸卯条の「是日」について**(三七頁注一)　遣唐大使佐伯

今毛人は五日前の戊戌条(宝亀八年四月)で、辞見するも病と称して平城京に留まっている。したがって、「是日」は、すぐ後の「輿レ病進レ途」の時点を示す可能性が強いが、摂津職までの所要日数は長くても二日と考えられるので、副使小野石根に勅が出された時点の可能性もある。

三九　**光仁朝における五月五日節の復活**(三七頁注二五)　五月五日節は孝謙のとき、聖武の忌日(五月二日)に近いため停止されていた(天平宝字二年三月辛巳条〔三〕二五一頁注一〕)。本条(宝亀八年五月丁巳条)は光仁朝における五月五日節の初見記事だが、三代格宝亀五年五月九日勅では、「端五之節」に供奉するための国飼御馬の貢進について定めており、実際には光仁即位直後に再開されていたと考えられる(大日方克己『古代国家と年中行事』)。

四〇　**五月五日節の走馬**(三七頁注二八)　兵部省式に「同節(五月五日節)五位已上進二走馬一、親王一品八疋、二品六疋、三品・四品四疋、太政大臣八疋、左右大臣六疋、大納言四疋、中納言三疋、三位・四位参議二疋、一位・二位三疋、三位二疋、四位・五位一疋。前十日走馬結番文従二太政官一賜レ省。其馬毛色各令二諸家申一、訖造二奏文一。〈載二五位已上結番并走馬毛色一〉」とあり、事前に馬の毛色と組み合わせを記した奏文を作成することになっていた。また続後紀承和九年五月乙未条に「五位已上走馬之鞍并馬飾、不レ論二新旧一、聴レ用二金銀一。但薄泥不レ在二聴限一」とあり、走馬も装馬同様飾り立てたものだったらしい。

四一　**田儛**(三七頁注二九)　通説では、この田儛は本来農耕習俗に根ざす舞だったものが、「五節の田舞」として宮廷儀礼のなかに採用され、さらに八世紀後半以降、女性によって舞われる五節舞と田舞に分化したと考えられている(〔二〕補14―七)。これに対して、三代格弘仁十年十二月廿一日官符に、雅楽寮の職員として五節舞師と田舞師が別々に定められていること、「五節田舞」と記された史料(天平十四年正月壬戌条・天平勝宝元年十二月丁亥条)はいずれも「五節(舞)と田舞」というように、分けて解釈できることなどから、両者は本来的に別の舞であり、五節舞は天武朝に礼制整備の一環として、天皇に対する感謝・服従・恭順の意を象徴する舞として創設されたものであるとする説もある(服藤早苗「五節舞姫の成立と変容」『歴史学研究』六六七)。

四二　**高麗朝臣殿継**(三九頁注一七)　本条(宝亀八年五月癸酉条)で渤海使史都蒙らの送使に任命された後、翌年九月、越前国坂井郡三国湊に帰国したが、同時に来日した渤海使張仙寿のもたらした国王の書によれば、殿継は、途次漂流して「遠夷之境」に着き、乗船も破損して帰国できなかったので、船二艘を造り、張仙寿に送らせるとある(宝亀十年正月丙午条)。宝亀十年三月に高麗朝臣福信が高倉朝臣を賜姓された際、同じく賜姓されたらしい。以後大判事・玄蕃頭・左京亮・大和介(続紀)、さらに主計頭・駿河守・肥後守(後紀)等を歴任した。高麗朝臣は高句麗王族の後と伝える。高麗朝臣→〔三〕補18―一。

四三　**外交文書としての牒**(四三頁注一)　八・九世紀の日本と渤海・新羅の外交交渉においては、「牒」という形式の文書が用いられており、その書式もある程度判明している(渤海の中台省とその牒→〔三〕補22―四二、新羅の執事部とその牒→〔四〕補25―二五)。これは、おそらく唐が周辺諸国との外交交渉で用いたものの影響が、周辺諸国間の外交交渉にも及んだものと考えられる(中村裕一「渤海国咸和一一年中台省牒――古代東亜国際文書の一形式――」『唐代官文書研究』)。ただしその実例は乏しく、唐末に南詔国(現雲南省地方にあったチベット・ビルマ族の王朝)の督爽(唐の三省に相当する官司)が唐の中書(正しくは中書門下か)に牒を送ったのが見える程度である(資治通鑑二五二、乾符二年(八七五)正月条等)。そのなかにあって本条(宝亀八年六月辛巳朔条)の牒は、唐と周辺諸国間に取り交わされた外交文書としての牒の数少ない事例として注目される。その正確な宛所は不明だが、唐側がこの牒を見た際、「如借三問無二大使一者二云々という事態を想定している点は、渤海が日本に宛てた牒の冒頭に使頭(大使)以下の使人の姓名を列挙していることを考えると理解しやすく、書式の面でも日本と渤海・新羅間の牒に共通するところが多かったと推測できる。

四四　**大伴部直赤男の叙位が遅れた理由**(四三頁注一三)　通常、いわゆる献物叙位では、献物行為がなされてから程なく叙位されるのが一般的だが、赤男の場合、献物をしてから八年後、しかも本人の死後に贈位という形で叙位が行われるという異例の措置となっており、その理由として、献物と同じ年におきた入間郡の神火(三補24-四八)との関係が指摘されている。

入間郡の神火事件とは、神護景雲三年九月十七日、入間郡正倉四宇が火災にあい、糒穀一万斛余りが焼損したもので、卜占の結果、同郡出雲伊波比神(現埼玉県入間郡毛呂山町岩井に鎮座)が近年班幣に与らないことによって祟ったものと判明、この武蔵国司の報告を受けた政府は、宝亀三年十二月にいたって班幣のことを神祇官に命じ(宝亀三年十二月十九日付太政官符〔天理図書館善本叢書68『古文書集』〕)、翌年二月には譜第を絶たないことを条件に入間郡司の解任を決定した(九条家旧蔵延喜式裏文書宝亀四年二月十四日付太政官符案〔古二一-二七三頁〕)。

この神火事件と大伴部赤男との関係について、大山誠一・森田悌は、赤男本人が入間郡司であったかどうかで意見が異なるものの、ともに赤男を神火事件の犯人としたうえで、当時の入間郡をめぐる状況や、地方豪族と道鏡政権との関係を検討し、西大寺への献物が赤男の道鏡政権に対する贈賄ともいうべき性格のものであったため、叙位がこの時点まで大幅に遅れたものと推測している(大山誠一「武蔵国入間郡の神火をめぐる諸問題」『日本古代の社会と経済』下、森田悌「入間郡司と神火」『古代の武蔵』)。

両説ともに決定的な論拠には欠けるが、神火事件と赤男の献物が同年であることからも、赤男の叙位が遅れたことは、神火事件と無関係ではないとも考えられよう。

四五　**小塞連弓張**(四三頁注一八)　天平勝宝年間には東大寺写経所の請経使(古一二-二八九頁)・校生(古一三-一一四頁)として見える。宝亀十一年正月外従五位下に昇叙した後、内掃部正・伊賀守(続紀)、主油正(後紀)等を歴任、この間、延暦元年十二月には尾張宿禰に改姓された。

小塞連の姓は他に見えない。ウヂ名は和名抄の尾張国中嶋郡小塞郷(現愛知県一宮市萩原町・大和町付近)に因むものか。平城宮木簡に「尾張小塞真国」(『平城木簡概報』四-九頁)が見える。

四六　**但馬国国分寺**(四三頁注一九)　但馬国国分寺(僧寺)は、古代の気多郡にあたる地に所在し、一九七三年度から十数次にわたる発掘調査が行われ、その結果、塔・金堂・回廊・中門および寺域の南限・東限の遺構が確認された。それによれば伽藍配置は、中門と金堂が回廊で結ばれて院をなし、金堂の真西に塔が建てられるというもので、これは陸奥国分寺と、塔と金堂の位置が逆になっている。このうち塔には焼亡の痕跡が認められたが、これが本条(宝亀八年七月癸亥条)の落雷によるかどうかは不明であり、また出土した軒瓦は奈良時代に属する二型式のみであり、再建や瓦の葺き替えの状況もわかっていない。そのほかの遺物としては、寺域南東隅の溝から出土した三六点の木簡(うち釈読できるのは二六点)が注目される。これらは一括投棄されたもので、天平神護三年・神護景雲二年の紀年を記すものが含まれ、三綱や寺の食糧支給・財政に関わる内容を持っており、古代における国分寺の運営を知る手がかりとして重要である。また金堂北東の大井戸からは「宝亀三年四年」と記された題籤も出土している(角田文衛編『新修国分寺の研究』四、『兵庫県史』考古資料編)。

平安時代の史料としては、三代実録貞観四年十一月廿五日条に但馬権守豊井王が幡一八旒を施入したとあり、主税寮式には但馬国に国分寺料稲二万束が設置されていることが見えるが、平安末期以降は法勝寺の末寺となったらしい。

四七　**楢曰佐河内**(四三頁注二一)　天平勝宝三年十月十一日付東大寺三綱宛て左大臣(橘諸兄)家牒に、その使者として楢河内が見え(古一二-一六四頁)、その後天平勝宝―天平宝字年間には東大寺写経所で活動している(古四-三〇六頁等)。

楢曰佐は、奈良曰佐・奈羅訳語とも。推古紀十六年九月条に、隋に留学生として派遣された奈羅訳語恵明が見える。

四八　**氏神**(四三頁注二六)　本条(宝亀八年七月乙丑条)は「氏神」の比較的早い用例だが、このほか八世紀代の例としては、①天平五年十一月、大伴坂上郎女が「供二祭大伴氏神一」った時の歌が万葉三七九・三八〇に見え、②写経生美努石成が「依レ可二私氏神奉一」という理由で五か日の休暇を申請した宝亀三年十月廿八日付の請暇解(古六-四〇七頁)、③写経生某が「欲二鴨大神又氏神祭奉一」という理由で二か日の休暇を申請した年次未詳請暇解(古六-一七一頁)などがある。

辞典類では、「一般に氏神とは祖神のこと、血縁的祖先にして氏一統の守護神として氏の長者が祭るものをいう」(『国史大辞典』原田敏明執筆)、

「習俗上の同族集団ないしは地縁社会を包括的に守護する神社とその祭神を、成員との親縁性を象徴的に強調して一般に「氏神」という」(『日本史大事典』薗田稔執筆)など、氏神はさまざまに定義されているが、近年、義江明子は、古代の氏(ウヂ)の特質を明らかにするなかで、上記の史料に見える八世紀半ば以降の「氏神」およびその祭祀を、それ以前のウヂの神祭りと区別して、次のような理解を示している(『日本古代の氏の構造』)。

すなわち、本来ウヂとは在地の共同体首長層の政治的結集体として存在したものであり、ウヂの神祭りは在地の共同体的信仰に根ざした神を、ウヂの長(「氏上」)が代表して祭るものであった。例えば和銅七年二月丁酉条の「以二従五位下大倭忌寸五百足一為二氏上一、令レ主二神祭一」という記事(㊀補6-二六)は、このようなウヂの神祭りが国家による公的祭祀として行われた姿を示している。しかし、そこで祭られた神は「氏神」とは呼ばれないのであり、このことは前記史料③で「鴨大神」が「氏神」とは区別されている点からもうかがえる。

これに対して「氏神」とその祭祀は、八世紀以降、ウヂが次第に在地性を失い、父系出自集団へと二次的に再編成されていくなかで成立したもので、一般に出自集団の系譜上の祖が「氏神」として祭りの対象となる。そして「氏神」の祭祀は、②の史料に見えるように、ウヂの神祭りに対して「私」のものと意識されており、これは「氏神」の祭祀が在地の共同体とは一応切り離された、純粋な人間集団(=父系出自集団)の祭りであったことによるとしている。

以上の義江の見解を踏まえて、本条をみた時、「氏神」とされている鹿嶋・香取の神がいずれも藤原氏の系譜上の祖ではない点が当然問題となる。当時両神がすでに春日の地に勧請されていたことは、天平神護元年に常陸国鹿嶋社の封二〇戸を割いて春日神に充てたとする新抄格勅符抄所引大同元年牒の記事から充分推測できるとしても、あくまで両神は中臣氏と共通の系譜上の祖である天児屋根命とは性格を異にすると言わざるをえないのである。しかし一方で、藤原氏が早くから父系出自集団への道を歩みはじめていたことを考えれば、その藤原氏に関して「氏神」の称が他氏にさきがけてあらわれるのも充分首肯できるところであり、本条の「氏神」は、系譜上の祖が明確に「氏神」として位置付けられる前段階の姿として理解しておきたい。

四九 **群馬郡**(四五頁注二) 和名抄では「久留末」と訓む。長野・井出・小野・八木・上郊・畦切・嶋名・群馬・桃井・有馬・利刈・駅家・白衣の一三郷からなる。藤原宮木簡に「上毛野国車評」(『藤原宮木簡』一-一七六号等)。上野国の国府・国分寺は当郡に所在。現在の群馬県渋川市・北群馬郡全域と、高崎市・群馬郡の大半、および前橋市の一部にあたる。

五〇 **妙見寺**(四五頁注四) 河内国石川郡の寺。もとは現大阪府南河内郡太子町山田の妙見山にあったが、現寺地はその西方の太子町春日に移され、曹洞宗の寺院となっている。寺号は天白山。河内名所図会に載せる寺伝には蘇我馬子を開基とする。同書の挿図には旧寺地の南側の山麓に「塔の石ツヱ」すなわち塔の心礎が描かれており、また旧寺地からは七世紀末に遡る古瓦が出土している(近江昌司「妙見寺と采女氏塋域碑」『古代文化』四九-九)。

新抄格勅符抄所引大同元年牒によれば、この後宝亀十一年に寺封二三〇戸(常陸五〇、近江三〇、讃岐・上野・美作各五〇)を施入されたが、大同三年九月十六日勅により一〇〇戸を返納したとある(後紀同日条も参照)。平安後期以降は藤原道長建立の法成寺の末寺となったらしい。

なお旧寺地に隣接する片原山には己丑年(持統三年〔六八九〕)の采女氏塋域碑が立てられていた(現亡失、寧遺九六五頁)。また旧寺地の妙見山からは、延暦三年の紀年をもつ紀広純の女吉継の墓誌が出土している(平遺金石文編一号)。

五一 **宝亀八年九月乙丑勅の「官位・禄賜」**(四七頁注一) 禄令9によれば、尚蔵は正三位、典蔵は従四位、尚侍は従五位、典侍は従六位に准じて季禄を支給されることになっていた(因みに掌蔵・掌侍はともに従七位に准じる)。したがって本条の「官位・禄賜」は「相当位に応じた季禄支給を、尚侍は尚蔵と、典侍は典蔵と同じにする(=尚侍は正三位相当、典侍は従四位相当)」という意味に解することができる。しかし二年後の宝亀十年十二月己未条にも、内侍司の職員の「給レ禄之品」を蔵司に准ずべしという勅が出されており、掌蔵・掌侍の相当位が令制当初から同じだったことからすると、両者の内容は実質的に重複する。あるいは、本条が特定の尚侍・典侍を念頭においたものであったのに対し、宝亀十年条は内侍司一般について制度的な改訂を行なったものか。

五二　**宝亀八年十月辛卯条で国司となった人々**（五一頁注一〇―一八）

大荒木臣押国　もと荒木臣。→四一六三頁注一三。前官は左兵庫助か（宝亀四年八月辛亥条）。遠江介の前任者は多治比乙兄か（宝亀二年八月丙辰条）。

藤原朝臣少黒麻呂　房前の孫、鳥養の男。→四補25-九二。宝亀十年十二月丙寅条に参議任官の記事があり、宝亀九年五月・同十年十二月六日付の正倉院検校文書（古四―一九八・一九九頁）の署名には参議と記されていないので、本条の参議は誤りか。右衛士督任官は宝亀七年三月。

粟田朝臣鷹守　→四補27-四四。前官は衛門佐兼甲斐守か（宝亀三年四月庚午条）。

紀朝臣家守　→四補31-四〇。前官は春宮亮兼丹波守（宝亀七年三月辛亥条）。美濃守の前任者は紀広庭（宝亀八年六月壬辰条）。

安倍朝臣笠成　他に見えず。越中守の前任者は牟都伎王（宝亀七年三月癸巳条）。安倍朝臣→一補1-一四二。

広川王　→四補28-三。前官は大判事（宝亀七年三月癸巳条）。因幡守の前任者は船井王か（宝亀三年四月庚午条）。なお広河王の因幡守任官は宝亀十年二月甲午条にも見える。同事重出か、あるいは再任か。

田中朝臣多太麻呂　→三補20-一七。本条で右大弁となる。出雲守の前任者は藤原小黒麻呂（宝亀八年三月辛巳条）。

藤原朝臣仲継　→四四三三頁注一。前官は大宰少弐（宝亀八年正月戊寅条）。播磨介の前任者は秦石竹（宝亀七年三月癸巳条）。

田中王　→四一四九頁注二四。前官は右大舎人頭（宝亀八年二月丙申条）。

五三　**多藝連国足**（五一頁注三〇）　天応元年四月に外従五位下、同年五月に中宮少進となって以来、皇太夫人高野新笠の中宮職に勤務した後、延暦九年三月には図書助に転じ、同十年正月には従五位上に叙された。

多芸連は、他に見えず。本条（宝亀八年十一月丙辰条）下文から、本来は美濃国多芸郡を本拠とした氏族か。

五四　**川村王**（五三頁注六）　選叙令35によれば諸王の子。本条（宝亀八年十一月戊辰条）以後、少納言・阿波守・右大舎人頭・備後守を歴任、後紀延暦十六年二月辛未条では内匠頭従四位下として見え、同十八年正月甲戌条では丹波守を兼ねたとある。万葉三六八左注に見える河村王と同一人か否かは未詳。

五五　**宝亀八年十二月辛卯条と他条との重複について**（五三頁注一〇）　大系本の頭注では、「至是」を衍字、「授正五位下」以下末尾「自餘各有差」までの、宝亀九年六月庚子条との重複部分も、本条の方を衍としている。ただし「勲六等百済王俊哲勲五等」の部分は宝亀九年条にはなく、また紀広純・佐伯久良麻呂の官職を、宝亀九年条はそれぞれ「按察使」「鎮守権副将軍」としている。さらに佐伯久良麻呂の任官記事は、すでに宝亀七年五月戊戌条にもある（ただし宝亀七年条では「兼陸奥鎮守権副将軍」とある）。このほか、紀広純の上言中の志波村賊との戦いについても、久良麻呂任官記事直前の宝亀七年五月戊子条に同内容の記事が存する。大系本が「至是」以下を衍としたのは、宝亀九年二月庚子条の任官記事に佐伯久良麻呂の官位が「従五位上」とあるためであると考えられ、たしかにその点から考えると、実際の叙位・叙勲は宝亀九年六月に行われたと思われる。とすれば、なぜ本条の記事が存在するかが問題となるが、まず前半の紀広純の上言については、本条が、「初」＋紀広純上言の引用＋「至是」＋叙位・叙勲記事という構成をとっていることから、軍防令31等に規定された勲簿に類した叙位・叙勲を申請する文書の一部あるいはその要約である可能性が高く、本条はこれにもとづき叙位・叙勲を決定する勅が出された時点と考えられるのではなかろうか。ところがなんらかの事情で叙位・叙勲の実施が翌年六月まで遅れ、その結果叙位・叙勲記事が重複することとなったと考えるのである。叙位が決定されてからその実施まで数か月を要した例としては、宝亀元年五月壬申条で、祥瑞を献上した伊予・肥後国司に叙位が決定された後、称徳の死去・道鏡の追放・光仁の即位などがあったため、同年十月甲寅にいたってようやく叙位が実施された事例がある（四補31-一一〇）。本条について右のような想定をした場合、叙位・叙勲の実施が遅れた理由はさだかではないが、あるいは本条直後の十二月癸卯条で出羽国における戦闘の不利な状況が報告されたため、しばらく実施が見あわされたと考えることもできよう。また叙位・叙勲記事が結果として重複することになった理由としては、本条を含む巻三十四までと、宝亀九年六月条を含む巻三十五以降とでは、編纂の経過・時期が異なっていたため(㈠解説五〇一頁表2参照)、相互の調整が充分に行われなかったという事情を想定することができる。

三六　**井上内親王の墳**(五三頁注二六)　井上内親王は、宝亀三年三月廃后、翌年十月、子の他戸王とともに大和国宇智郡に幽閉され、同六年四月他戸王と同日に没。本条(宝亀八年十二月乙巳条)で改葬が命じられた後、翌年正月に改葬が実施された。類聚国史、山陵、延暦十九年七月己未条には、皇后を追贈され、墓を山陵と称するとある。諸陵寮式には「宇智陵〈皇后井上内親王。在二大和国宇智郡一。兆域東西十町、南北七町。守戸一烟〉」とある。『陵墓要覧』によれば現在地は奈良県五條市御山町。

三七　**御墓**(五三頁注二七)　大宝・養老令制下では、即位した天皇の墓のみを「陵」と称し、それ以外の墓は三后・皇太子のものもすべて「墓」としていた(喪葬令1及び同条集解古記)。しかし八世紀後半には、仲麻呂政権下の「孝」観念の強調を背景として、皇太后・太皇太后・天皇の父母などの墓を「御墓」と称して、他と区別する制度が一時期存在した(北康宏「律令国家陵墓制度の基礎的研究」『史林』七九―四)。その主な史料は以下の通りである(すべて続紀)。

① 勅、太皇太后・皇太后御墓者、自レ今以後、並称二山陵一。其忌日者亦入二国忌例一、設斎如レ式。(天平宝字四年十二月戊辰条)

② 勅、先妣紀氏、未レ追二尊号一。自レ今以後、宜レ奉レ称二皇太后一。御墓者称二山陵一、其忌日者、亦入二国忌例一、設斎如レ式。(宝亀二年十二月丁卯条)

③ 改二葬井上内親王一。其墳称二御墓一、置二守冢一烟一。(宝亀八年十二月乙巳条)

④ 勅、淡路親王墓宜下称二山陵一、其先妣当麻氏墓称中御墓上。充二随近百姓一戸一守レ之。(宝亀九年三月己巳条)

これらによれば、①以前には太皇太后藤原宮子と光明皇太后の墓が「御墓」と呼ばれていたが、これ以降は三后の墓は「陵」と称するようになったと考えられ、代わって②の紀橡姫(光仁母)、③の井上内親王、④の当麻山背(淳仁母)など、三后よりやや低い地位の者の墓を「御墓」と呼ぶようになっていた。また③④から、「御墓」には「陵」と同様に公的な「守戸」が置かれたことがわかる。しかしこの「御墓」制は九世紀に入ると消滅したらしく、結局、天皇および三后の墓を「陵」、皇太子や天皇の外戚などのそれを「墓」とする諸陵寮式の制度が成立していった。

35　巻第三十五

一　**続日本紀後半二〇巻の撰進と藤原朝臣継縄の位階**（五七頁注二）　藤原継縄は延暦十三年十月二十七日に従二位より正二位に昇進している（補任）。従って、それに先立って奏進された続紀巻二十一から巻三十四までの一四巻の巻頭の撰者名の継縄の位階は「従二位」とある。また、巻三十六から巻四十までの五巻の継縄の位階が「正二位」とあるのは、この部分が継縄の正二位昇進後に奏進されたことを示している。ところが、この巻三十五の継縄の位階は、現存する写本によれば、底本に「正三位」とあって、「正三」に抹消符を付し「従二」と傍書する江戸初期の角倉素庵の校異があり、他はいずれも「従二位」とある。この「従二位」が正しいものとすれば、延暦十三年八月、巻三十四までの一四巻分を一括して奏進した後、同年十月正二位に昇進するまでのわずか二か月の間に、この巻三十五の一巻だけが追加奏進され、そして、その後の一年半ほどの間に残りの五巻が更に追加奏進されたこととなり、やや不自然。本巻の「従二位」は「正二位」の誤写と考えるべきか（[一]解説「続日本紀と古代の史書」四九八・四九九頁）。

二　**宝亀九年正月癸亥条で従五位下に叙位された人々**（五九頁注一一六）

多治比真人人足　本条以後、大判事・山背守を歴任し、延暦三年十二月に正五位下に昇叙。同四年正月に主馬頭。多治比真人→[一]補1-一一七。

文室真人八嶋　宝亀十年九月に内兵庫正、天応元年十二月の光仁死去に際して作方相司。本条以後、正親正・弾正弼・伯耆守等を歴任し、延暦八年十二月の皇太夫人高野新笠、同九年閏三月の皇后藤原乙牟漏の死去に際して山作司。この間、従五位下のまま。文室真人→[三]補18-五九。

息長真人長人　他に見えず。息長真人→[一]補2-一一二。

紀朝臣真子　本条以後、大蔵少輔・備後守等を歴任し、延暦六年正月、従五位上に昇叙。この時期、「子」の字のつく男性名はめずらしい。紀朝臣→[一]補1-三一。

三嶋真人大湯坐　もと大湯坐王。→[三]一一一頁注四〇。

路真人石成　本年八月に越中介に任官。路真人→[一]一九頁注六。

阿倍朝臣石行　本条以後、刑部少輔・右少弁を経て、延暦元年正月、大宰少弐。阿倍朝臣→[一]補1-一四二。

大神朝臣人成　延暦九年三月に大膳亮に任官。大神朝臣→[一]補2-六七（神麻加牟陀君児首）。

紀朝臣作良　後紀延暦十八年正月の卒伝に「少遊二大学一、頗覧二経史一、起家為二少判事一、還二式部大丞一」とある。本条以後、民部少輔・右少弁・大蔵大輔等を歴任し、延暦五年正月大学頭。同八年正月正五位下に昇叙。同十八年正月没。時に大学頭従四位下。卒伝に「為レ人質直、無レ所二容舎一、吏有二小過一、必糺以レ法、以レ此為二下所一レ悪。尤勤二公政一、晨出昏入、老而無レ倦」とある。紀朝臣→[一]補1-三一。

大伴宿禰人足　本年二月、下野介に任官。大伴宿禰→[一]補1-九八。

阿倍朝臣船道　延暦元年閏正月、石見守に任官。阿倍朝臣→[一]補1-一四二。

当麻真人弟麻呂　乙麻呂とも。天平宝字二年八月の官人歴名に右大舎人大属とある（古一五-一三〇頁）。本年二月、筑後守に任官。当麻真人→[一]補2-一一〇。

大宅朝臣吉成　本年二月、左大舎人助に任官。大宅朝臣→[一]補2-六九。

佐伯宿禰牛養　本年二月、丹後守に任官。佐伯宿禰→[一]二七頁注一三。

河辺朝臣嶋守　他に見えず。河辺朝臣→[一]一〇五頁注三。

紀朝臣家継　本条以後、右衛士員外佐・信濃守を歴任し、延暦二年正月、従五位上に昇叙。紀朝臣→[一]補1-三一。

三　**阿倍志斐連東人**（五九頁注一八）　九条家旧蔵延喜式裏文書の宝亀四年二月から三月にかけての五通の太政官符案（古二一-二七三・二七五・二七九・二八二・二八三頁）に、左大史兼豊後員外介正六位上と見える。この年（宝亀九年）二月主計頭、同八月備中介。

阿倍志斐連は、姓氏録左京皇別に、阿倍朝臣の祖である大彦命の八世孫、稚子臣の後で、「孫自臣八世孫名代、諡天武御世献二之楊花一。勅曰、何花哉。名代奏曰、辛夷花也。群臣奏曰、是楊花也。名代猶強奏二辛夷花一。因賜二阿倍志斐連姓一也」とある。「志斐」は「強ひ」の意で、万葉三六・三七に、

天皇賜二志斐嫗一御歌一首

いなと言へど強ふる志斐のが強ひ語りこのころ聞かずて朕恋ひにけり

志斐嫗奉レ和一首〈嫗名未レ詳〉

いなと言へど語れ語れと詔らせこそ志斐いは奏せ強ひ語りと詔る

と見える。志斐のつく姓は、他に、中臣志斐連がある。

四 **槻本公老**(五九頁注一九)　姓氏録左京皇別の坂田宿禰条、扶桑略記元慶元年四月九日条の南淵年名の薨伝等によると、老の祖父は、息長氏の一族で、出家して法名を信正といい、天武天皇の代、近江国の人槻本公転戸の女を娶って子石村を儲け、石村はその後母姓を冒して槻本公を称し、この石村の子が老であるという。老は、天平神護二年の越前国足羽郡司解に、天平勝宝元年当時同郡擬主帳で無位と見え(東南院二―一六八・一六九頁)、本条(宝亀九年正月癸亥条)で外従五位下に叙され、同年(宝亀九年)三月右兵衛佐に任じられるが、これが最終官位。類聚国史、賞功、延暦廿二年正月壬戌条の槻本公奈氏麻呂らに対する授位並びに宿禰賜姓の記事に「父故右兵衛佐外従五位下老、天宗高紹天皇之旧臣也。初庶人居二東宮一、暴虐尤甚、与レ帝不レ穆、遇レ之無レ礼。老竭レ心奉レ帝、陰有二輔翼之志一。庶人及母廃后聞二老為二帝所一レ昵、甚怒、喚レ之切責者数矣。及三后有二巫蠱之事一、老按二験其獄一、多発二奸状一。以レ此母子共廃、社稷以寧。帝追二思其情一、故有二此授一」とある。これによると、老は光仁の旧臣で、他戸親王が皇太子の時、山部親王(桓武)にひそかに輔翼の志をいだいていたという。そして、皇太子の母井上内親王の巫蠱の事件が起こると、その取調べを担当して、内親王の多くの奸状を摘発したとある。

老の子奈氏麻呂らは後、坂田宿禰・同朝臣に改姓され、孫の弘貞らは更に南淵朝臣に改姓している。槻本公は老の関係者以外他に見えないが、近江国志賀郡出身の采女槻本連若子(古二―四頁)、俗姓槻本氏で近江国野洲郡出身の僧延祥(文徳実録仁寿三年九月丙申条)等、近江国出身者で槻本を称する例が散見する。

五 **高野朝臣新笠**(五九頁注三四)　皇太子山部親王(桓武)の生母。本姓は和史。父は乙継で、百済武寧王の子純陀太子の後という。母は土師真妹。光仁の白壁王時代にその妃となり、山部王・早良王・能登女王を生む。宝亀年中、高野朝臣を賜姓(延暦八年十二月条付載明年正月壬子条)。本条(宝亀九年正月丙子条)の従三位叙位は、その身分が嬪から夫人に格上げされたことを意味する。天応元年四月、山部親王の即位とともに、皇太夫人を称し、正三位に昇叙。同五月、皇太夫人のために中宮職が設置される。延暦八年十二月没。翌九年正月十四日辛亥、天高知日之子姫尊の謚を奉り、翌日大枝山陵に葬り、更に皇太后を追尊。

新笠に賜わった高野朝臣の姓は、延暦九年十二月壬辰朔条の、その父母に正一位を贈る詔の中で、父乙継の姓を高野朝臣といい、後紀延暦廿三年四月の中納言和家麻呂の薨伝に「贈正一位高野朝臣弟嗣之孫」とあるように、父乙継にも追賜されたが、他の親族には及ばず、新笠の賜姓後もその兄弟達は和史のままで、延暦二年四月、和朝臣に改姓されている。和朝臣は、姓氏録左京諸蕃に、百済国の都慕王の十八世の孫、武寧王の後とある。なお、林陸朗は、高野の名を大和国添下郡佐紀の西大寺付近の地名(現奈良市山陵町)によるものと推定している(「高野新笠をめぐって」『折口博士記念古代研究所紀要』三)。

六 **土左国四郡**(六五頁注一〇)　土左国は、和名抄では安芸・香美・長岡・土佐・吾川・高岡・幡多の七郡からなる。このうち高岡郡は続後紀承和八年八月庚申条に吾川郡から分立したとあり、また香美・長岡両郡も八世紀末以降の成立と考えられるので、本条(宝亀九年三月己酉条)の「四郡」は当時の土左国全体であった可能性もある。

七 **広瀬社**(六九頁注二五)　神名式大和国広瀬郡に広瀬坐和加宇加(乃)売命神社。現、奈良県北葛城郡河合町川合に所在。天武紀四年四月条に「遣二小紫美濃王・小錦下佐伯連広足一、祠二風神于竜田立野一、遣二小錦中間人連大蓋・大山中曾禰連韓犬一、祭二大忌神於広瀬河曲一」とあり、以後、毎年四月と七月の同日に、広瀬と竜田の二社で大忌祭と風神祭が行われるようになった。神祇令4の孟夏および同6の孟秋の条に大忌祭・風神祭と見え、四時祭式上では四月四日および七月四日に行うとある。広瀬神社の社地は、大和平野を潤す佐保・初瀬・飛鳥等の諸川が合流して大和川となるあたりで、神祇令4集解令釈に「自二山谷一下水、変甘水成、而為レ令二五穀成熟一祭也」とある。

八 **竜田社**(六九頁注二六)　神名式大和国平群郡に竜田坐天御柱国御柱

神社。現、奈良県生駒郡三郷町立野に所在。竜田は、西方からの風が大和盆地に吹き込む入口にあたる地に位置し、天武四年四月、この地に風神を祭り(補35-七)、以後毎年四月と七月、風水の害がなく五穀豊穣することを祈る風神祭が行われるようになった。神祇令4義解に「欲レ令ニ沴風不レ吹、稼穡滋登一、故有ニ此(風神)祭一」とある。

九　**類聚国史の宝亀九年九月壬辰条**(七一頁注二六)　類聚国史、疾疫には、宝亀九年の条に「九月壬辰、奉ニ幣帛於伊勢太神宮一。祈ニ除疫疾一也」の記事が見える。宝亀九年九月には壬辰にあたる日がないため、類聚国史の大系本の頭注は、「此条本史无ニ所見一、按九当レ作レ八、八月甲戌朔、壬辰十九日」とするが、この記事は、類聚国史、疾疫の弘仁九年九月壬辰条および紀略同日条の文と全く同じである(但し紀略は「疫疾」を「疾疫」に作る)。類聚国史は、後紀弘仁九年九月壬辰条の記事を、誤って宝亀九年の条にも重複して収録したものと思われる。類似の事例→㊀五五頁注二八。

一〇　**坂井郡**(七三頁注一二)　民部省式上、和名抄、ともに「坂井」。和名抄の訓は「佐加乃井」。粟田・荒泊・高向・礒部・長畝・高屋・坪江・福留・海部・川口・堀江・余戸の一二郷からなる。継体の母振媛の出身地として、継体即位前紀に三国坂中井《さかない》、釈日本紀所引の上宮記逸文に三国坂井県と見える。郡名の初見は天平二年度越前国正税帳(古一-四三三頁)で、以下、奈良時代の文書・木簡等、いずれも坂井郡。現在の福井県坂井郡および福井市の西北部。

一一　**三国湊**(七三頁注一三)　現在の福井県坂井郡三国町。九頭竜川河口にある三国港は古くから北陸有数の港。三国は、国造本紀に三国国造の名が見え、また三国坂井県・三国坂中井とある(補35-一〇)ように、古くは坂井(県)を含むより広い地域の名で、応神の後(古事記)、あるいは継体の後(継体紀元年三月条、姓氏録)という三国君(のち真人)は、この地を本拠とした豪族。天平二年度越前国正税帳(古一-四三五頁)等に坂井郡大領として三国真人の名が見える。

一二　**橘浦**(七三頁注一七)　松浦廟宮縁起に、広嗣の乱(㊁補13-一九)で海上に逃れた藤原広嗣が最後に漂着したのが松浦の橘浦とある。天平十二年十一月丙戌条の、広嗣を捕えたという松浦郡値嘉嶋長野村(㊁三七七頁注六)、同戊子条の、広嗣の船が漂着したという等保知賀嶋(㊁三七九頁注二)の色都嶋との異同は未詳。また入唐求法巡礼行記に、円仁が帰国の途中に寄港した場所として橘浦の名が見える。

これらの橘浦をどの地に比定するか、諸説があり、そのうち、長崎県の五島列島内に比定する説としては、中通島の上五島町三日ノ浦にあてる説(瀬野精一郎『長崎県の歴史』)や、福江島の玉之浦町にあてる説(中島功『五島編年史』)などがある。

一三　**少(小)野朝臣滋野**(七三頁注一八)　遣唐判官として、宝亀八年六月二十四日出航し、七月三日揚州海陵県に到着。八月二十九日揚州都督府に到る。翌九年正月、唐の都長安に入り、三月皇帝に謁し、四月二十四日辞見して帰途につき、九月九日海陵県を出航するが、逆風に吹き戻され、十月十六日再度出航して、同月二十三日松浦郡橘浦に帰着。宝亀十年四月、無事に帰国した遣唐使らに対する叙位があり、従五位下。同十一年三月、豊前守となる。小野朝臣→㊀補1-一四五。

一四　**海陵県**(七三頁注二一)　淮南道揚州(広陵郡)海陵県。現在の江蘇省の泰州市から如東市にかけての地域。揚州の治所(現、揚州市)の東方、揚子江河口の北岸で、黄海に東面。承和五年出発の遣唐使もこの地に上陸(入唐求法巡礼行記・文徳実録天安元年九月乙未朔条)。

一五　**観察使**(七三頁注二五)　唐の乾元元年(七五八)、採訪処置使を改称したもの。本来は道内の官吏の治績を監察するのを任としたが、次第に道内の民政長官的色彩を強め、道内の大州に治所を置き、安史の乱以降、多くは節度使を兼ね、道内の民政・財政・軍政の三権を一手に掌握し、強大な権限をもつ存在となった。陳少遊も大伴継人の上奏(宝亀九年十一月乙卯条)に見えるように節度使を兼任。

一六　**中書門下牒**(七三頁注三五)　唐において、宰相(中書・門下二省の長官である中書令・侍中を正宰相とし、その他必要に応じて他官の者を任じた)が相会して国政を議するための施設であった政事堂は、もと門下省内にあったが、後、中書省に移され、開元十一年(七二三)、改称されて中書門下となった。この中書門下では、政事印を改めた中書門下之印が使用され、また、その背後に吏房・枢機房・兵房・戸房・刑礼房の五房を配し、それぞれ分担して事にあたらせるなど、その施設・組織が整備され、中書門下は、単なる国政を議するための施設の名称であるだけでなく、その組織をも意味するようになり、その結果、中書門下は、一つの独立した機関、即ち宰相の司ともいうべき存在になった。本条(宝亀九年十月乙未条)の「中書門下牒」は、大伴継人の上奏(宝亀九年十一月乙卯条)では「中書門下勅牒」とあり、これは、右のような宰相の司である中書門下が勅命を牒の様式で伝達する勅牒である。勅牒は「凡王言之制有ㇾ七」(大唐六典巻九)とある、皇帝の意志を伝達する七種の文書様式のうちの第七のもので、「随ㇾ事承ㇾ旨不ㇾ易二旧典一則用ㇾ之」(同上)とあり、日本の奏事式や便奏式に類似し、その多くは、諸司・官人の小事に関する奏請に対する、皇帝の裁可を伝える場合に使われた文書様式である(中村裕一『唐代制勅研究』)。

一七　**上毛野公大川**(七三頁注四〇)　宝亀六年六月、録事に任命か(辛巳条)。第一・第三・第四船の乗船者の中にはその名が見えず、第二船の乗船者の名は不明。副使大神末足とともに第二船で帰国か。宝亀十年四月、その功により外従五位下。大外記等に任じ、延暦五年正月従五位下に昇進し、同年六月に主計頭。その後まもなく没。延暦九年八月八日の太政官符に「元故従五位下上毛野公大川位田」(三代格)とある。なお、中阿含経の跋語に、天平宝字元年閏八月から十月にかけて、本経を勘したことが見え(寧遺六二六―六二八頁)、時に式部位子少初位下。また、延暦十三年八月の続紀撰進の上表(類聚国史、国史)によると、大川は、宝亀末年以降、石川名足らとともに国史の編纂に従事し、天平宝字から宝亀年間に到るまでを二〇巻にまとめたとある。上毛野公→三補18―八。

一八　**韓国連源**(七五頁注一)　宝亀六年六月、録事に任命か(辛巳条)。第四船に乗船して帰途についたが、途中耽羅(済州)島に漂着し、判官海上三狩らは島人に略留されたが、遺衆四十余人とともに逃れて、宝亀九年十一月、薩摩国甑嶋郡に帰着(壬子条)。延暦八年正月、外従五位下。同九年十一月、物部大連の苗裔であることを奏上して高原連を賜姓(続紀)。弘仁三年正月に「故下野介外従五位上」と見え、その善政を後代に伝えるために「従五位下」を追贈されている(後紀)。韓国連→一補1―一一四。

一九　**長安城および大明宮の略図**(七五頁注三)

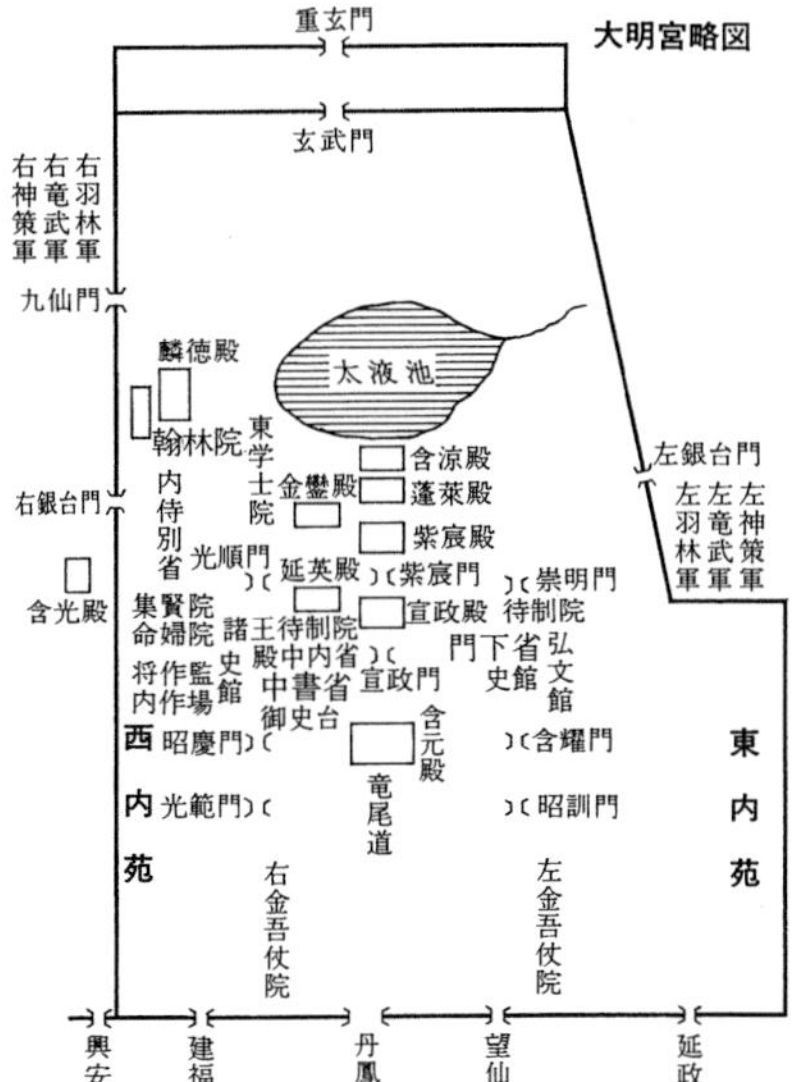

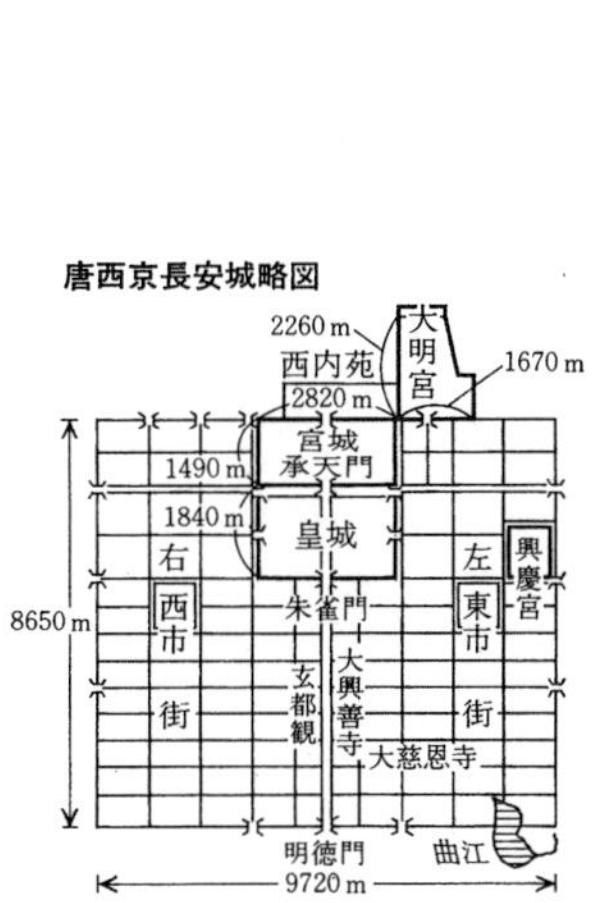

池田温「律令官制の形成」(岩波講座『世界歴史』5)による

三〇　**外宅**(七五頁注四)　　唐では、外国の使節の宿舎として、皇城南端、朱雀門・含光門・第六横街・第七横街に囲まれた区画内に、鴻臚寺の西に隣接して鴻臚客館があった(石見清裕「唐の鴻臚寺と鴻臚客館」『古代文化』四二-八)が、「外宅」は未詳。大伴継人の上奏にも「安二置外宅一」とあり(宝亀九年十一月乙卯条)、また、後紀延暦二十四年六月乙巳条の遣唐使藤原葛野麻呂の上奏でも「入二京城一、於二外宅一安置供給」とある。宮城門(承天門)外の中書外省に隣接する四方館のこと(森克己『遣唐使』)、あるいは皇城外にあった礼賓院のこと(石井正敏「遣唐使」(『海外視点・日本の歴史』4)とする説がある。承和年次の遣唐大使等は左街の礼賓院に宿している(入唐求法巡礼行記)。但し、この左街の礼賓院は、旧唐書憲宗紀や唐両京城坊考によれば、元和九年(八一四)に設置されたもの。

三一　**監使**(七五頁注五)　　使節団の宿舎担当の世話係兼監視役。本条(宝亀九年十月乙未条)下文の監使楊允耀は、十一月乙卯条の大伴継人の上奏では「内使」(楊光耀)とある。宮廷内の役人が臨時に派遣されてその任に当ったか。なお、延暦二十四年の遣唐使藤原葛野麻呂の上奏では三名の監使の名が見える(後紀延暦廿四年六月乙巳条)。

三二　**宣政殿**(七五頁注八)　　唐第二代皇帝太宗の時、宮城の卑湿を避け、その東北に大明宮を建築し、以降ここを皇帝の常居とした。「宣政殿」は、その大明宮の紫宸門の南側にある殿舎で、宮城の太極殿に相当。朔望・任官や外国使臣の拝謁などの朝儀を行う所。

三三　**続日本紀における「天子」の用法**(七五頁注九)　　「天子」という称号は天帝の子を意味するので、天帝そのものを意味する「天皇」という称号とは明らかに矛盾する。中国においても、秦の始皇帝は「天子」に代わる称号として「皇帝」(天帝)の称号を採用したのであるが、漢代以降、「天子」と「皇帝」とは区別されず同義に使用する用法も行われるようになった。その結果、天地鬼神の祭祀および蕃夷に対して「天子」を、国内政治には「皇帝」を用いるという使い分けがなされるとともに、唐儀制令1に「皇帝天子。〈夷夏通称レ之〉」(仁井田陞『唐令拾遺』)とあるように、「天子」の号は「皇帝」の一般的な別称として使用されるようになった(西嶋定生「皇帝支配の成立」『岩波講座 世界歴史』4)。わが国においては、律令制定にあたって、天皇という称号の語義が充分に自覚されていたためか、唐儀制令の規定は採用されず、儀制令1には「天子。〈祭祀所レ称〉」と、神祇に対する時にのみ「天子」の称号を用いると規定している。

続紀には、「天子」の語が、一八例ほど見えるが、それらはいずれも唐の皇帝のことか仏典での用例である。これは、右のような儀制令1に規定する用法が、続紀の原史料の書かれる段階および続紀編纂の過程において、比較的忠実に守られていたことの結果なのであろう。

儀制令に規定する用法の実例は、時期が下るが、朝野群載巻三所収の後冷泉天皇都状に、

謹上　泰山府君都状

南閻浮州大日本国天子親仁〈御筆〉年廿六

献上　冥道諸神一十二座

(中略)

永承五年十月十八日　　天子親仁〈御筆〉謹状

と見える。また、「天子」を「天皇」の一般的別称として使っている用例としては、続紀以降では、後紀大同元年正月壬午条に「射。天子(桓武)不レ御」、紀略弘仁十四年四月淳和即位前紀に「十四年四月庚子、受レ譲、為二天子一」、類聚国史、遊宴、天長八年二月乙酉条に「天子(淳和)於二掖庭一曲宴。翫二殿前桜華一」等とあるのが比較的早いものであろう。

三四　**遣唐使が進上する国信物**(七五頁注一一)　　遣唐使の進上する国信物等の具体的な品目や数量等の全容は、必ずしも明らかではないが、冊府元亀に「(開元二十二年)四月、日本国遣使来朝、献二美濃絁二百匹、水織絁二百疋一」(巻九七一外臣部朝貢)とある。これは天平四年度の遣唐使のことであるが、ここに見える「美濃絁二百匹、水織絁二百疋」の品目・数量は、大蔵省式に賜二蕃客一例として見える、「大唐皇。〈銀大五百両、水織絁、美濃絁各二百疋、細絁、黄絁各三百疋、黄糸五百絇、細屯綿一千屯。別送綵帛二百疋、畳綿二百帖、屯綿二百屯、紵布卅端、望陀布一百端、木綿一百帖、出火水精十顆、瑪瑙十顆、出火鉄十具、海石榴油六斗、甘葛汁六斗、金漆四斗〉。判官。〈各綵帛廿疋、細布卅端〉。行官。〈各綵帛五疋、細布十端〉。使丁并水手。〈各綵帛三疋、細布六端〉。但大使・副使者、臨時准量給レ之」

の規定の皇帝に対する賜物の品目・数量の一部に一致する。右の大蔵省式の規定は、あくまでも唐使来日の際に唐皇帝および唐使一行に賜わる品々を定めたものであるが、この規定は、この翌年の宝亀十年五月、来日した唐使一行が帰国する際に、唐の皇帝に贈り、使節一行に賜わった品々の実績がそのまま式条に定着したものである可能性が高い（補35―五八）。このような大蔵省式の規定の一部と、天平四年度の遣唐使が献上したと中国側の記録にしるされている品目・数量とが一致するということは、この宝亀十年に唐皇帝に贈った信物等の品目・数量が、実は大宝年次以降の遣唐使が進上した国信物の実績を踏まえたものであったことを示している。とすれば、この大蔵省式の規定に見える皇帝に対する賜物の品々が、遣唐使の進上した国信物の標準的な内容であったと考えることができよう。

二五　**別貢物**（七五頁注一二）　延暦年次の遣唐使に同行した空海の書いた啓文「為㆓大使与㆓福州観察使㆒書」（性霊集五）に「奉㆓献国信別貢等物㆒」とあり、後紀延暦廿四年六月乙巳条の遣唐大使藤原葛野麻呂の復命時の上奏にも「国信別貢等物」とある。新羅使や渤海使の貢進物の事例、例えば「新羅進調、従㆓筑紫㆒貢上。細馬一四、…及薬物之類、并百余種。亦智祥・健勲等別献物、金銀、…各六十余種。別献㆓皇后・皇太子及諸親王等㆒之物、各有㆑数」（天武紀朱鳥元年四月条）、「覧㆓越前国所㆑進渤海国信物、并大使貞泰等別貢物㆒。又契丹大狗二口、猧子二口、在前進㆑之」（類聚国史、渤海下、天長元年四月丙申条）、「（渤海）大使賀福延私献㆓方物㆒」（続後紀承和九年四月辛未条）等とあるのを参考にすれば、「別貢物」とは、正規の国信物とは別に、それに添えて貢進される物で、使節団あるいは使節個人からの貢進物が含まれることもあったのであろう。

大蔵省式に賜㆓蕃客㆒例として唐の皇帝に対する賜物の品目・数量を規定するが、この規定（補35―二四）の前半の「細屯綿一千屯」までが国信物、後半の「別送綵帛二百疋」以下が「別貢物」にあたる。「別貢物」の語は、空海の啓文に見えるように、遣唐使一行が唐において実際に使った表現であるが、本条（宝亀九年十月乙未条）のような上奏文においてもそのような表現がそのまま使われたのは、遣唐使の「別貢物」には天皇からの送進物以外に遣唐使等の貢進物が含まれていたためか。小中華国たる建前では、天皇が唐皇帝に贈進する国信物以外の品々は、大蔵省式に見えるように、「別送（物）」という表現になるのであろう。

なお、大蔵省式の「別送（物）」の規定は唐皇帝に対してのみ見えるもので、渤海王・新羅王に対する賜物の規定には見えない。

二六　**延英殿**（七五頁注一五）　宣政殿（補35―二二）の西側の殿舎。皇帝が上奏を受ける所。延暦二十四年六月の藤原葛野麻呂の上奏には「同日於㆓麟徳殿㆒対見、所㆑請並允、即於㆓内裏㆒設㆑宴、官賞有㆑差」とある（後紀延暦廿四年六月乙巳条）。

二七　**「所㆑請」の具体的内容**（七五頁注一六）　在唐の留学生等の帰国および新たな留学生等の受入れの願いや、書物の下賜の申請、あるいは諸所の見学や京・州県での物品の購入等の許可願などであろう。旧唐書日本伝に「元和元年、日本国使判官高階真人上言、前件学生芸業稍成、願㆑帰㆓本国㆒、便請与㆑臣同帰。従㆑之」とあり、冊府元亀に、「日本国使、請㆑謁㆓孔子廟堂㆒、礼㆗拝寺観㆖。従㆑之。仍令㆓州県金吾相知㆒、検校搦捉、示㆑之以㆓整応㆒、須㆑作㆓市買㆒。非㆓違㆑禁入㆒㆑蕃者、亦容㆑之」（巻九七四外臣部褒異）、「日本国遣㆓其臣名代㆒来朝、献㆑表懇求㆓老子経本及天尊像㆒、以帰㆓于国㆒、発㆓揚聖教㆒。許㆑之」（巻九九九外臣部請求）等と見える。

二八　**揚子塘頭**（七五頁注三一）　「揚子」は揚州（現、揚州市）の南、揚子江の北岸の地。古来、揚子江を渡って京口（現、江蘇省鎮江市）に至る交通上の要衝。唐代、揚子県（現、江蘇省邗江県の南部および儀徴県の東南部）が置かれていた。「揚子塘頭」は揚子の堤のほとり。大伴継人の上奏には「発㆑自㆓揚子江口㆒」（宝亀九年十一月乙卯条）とあるので、揚子江から揚州に北上する運河の河口付近の堤のほとりか。

二九　**耽羅嶋**（七七頁注一三）　耽羅は、永い間、百済の勢力下にあったが、百済滅亡の頃から、王子や高官を日本に派遣し、積極的に日本との交渉をもち始め、斉明七年（六六一）以降、持統七年（六九三）までに、計九回の遣使のあったことが見える。しかし、七世紀末以降、新羅の勢力下に組み込まれ、日本との関係は疎遠となり、その後日本との直接交渉は途絶えることとなった。但し、天平年間に一度、長門国に漂着したと思われる耽羅嶋人二一名を京に移送させたことが見える（天平十年度周防国正税帳〔古二―一三三頁」)。

三〇　**出水郡**(七九頁注一)　民部省式上、和名抄、ともに「出水」。和名抄の訓は「伊豆美」。山内・勢度・借家・大家・国形の五郷からなる。中世、「和泉」に作る。記紀に見える応神妃、日向之泉長比売(応神記)、日向泉長媛(応神紀二年三月条)の名は、この地の古名によるか。現在の鹿児島県出水郡・出水市・阿久根市。

三一　**主神**(七九頁注三)　大蔵省式によると、遣唐使および入渤海使の随員の中に、陰陽師とともに「主神」の名が見える。また、天平三年七月五日上進とある住吉大社神代記の撰録者の一人に遣唐使神主正六位上津守宿禰客人が見える。

三二　**行官**(七九頁注五)　州府から唐使に付されて随行し、道中の諸事を掌った役人か。大蔵省式の賜蕃客例の規定に、唐客の判官と使丁・水手との中間の身分の者に行官が見え、資治通鑑、唐紀、代宗広徳二年二月条の注に「節鎮州府皆有二牙官・行官一、牙官給二牙前駆使一、行官使三之行役出二四方一」とある。

三三　**大伴宿禰継人**(七九頁注六)　天平勝宝年次の遣唐副使古麻呂の子(補任承和十五年条等)、伴善男の祖父(三代実録)。宝亀十年四月、遣唐使判官としての功により従五位下。延暦二年四月、左少弁。同四年九月、藤原種継暗殺事件が起こり、その主犯の一人として逮捕され処刑。貞観八年九月廿二日条の、伴善男の略伝に、祖父継人は、皇太子早良親王のために種継を暗殺したが、皇太子は坐して廃され、継人は獄中に繋死、父国道は佐渡に配流、とある(三代実録)。死後、大同元年三月、本位「正五位上」に復している(後紀)。大伴宿禰→□一補1-九八。

三四　**喜娘**(七九頁注八)　他に見えず。藤原河清(清河)と中国人女性との間に生まれた女であろう。分脈によれば清河の子は女子一人とあり、類聚国史、諸寺、延暦十一年十一月条に「聴下捨二故入唐大使贈従二位藤原朝臣清河家一為上寺。号曰二済恩院一」と見える清河の旧宅は、清河の残された唯一の子の可能性のある、この喜娘が受け継いでいたものと推定する説(直木孝次郎「藤原清河の娘――済恩院の由来について――」『古代史の人びと』)がある。

三五　**留学生**(七九頁注三一)　伊与部連家守(補40-六五)を、この時(宝亀九年十一月乙卯条)の遣唐使一行に従って帰途についた留学生の一人とする説(森克己『遣唐使』等)があるが、延暦十七年三月十六日官符(学令5集解所引)や紀略延暦十九年十月の伊与部家守の卒伝によれば、家守は今次の遣唐使とともに明経請益生として入唐したものであり、その帰国はこれ以降のことであろう。

三六　**掖庭令**(七九頁注三二)　内侍省被管の掖庭局の長官、従七品下。宮人の名籍および掖庭宮(後宮)の女工のことを掌る。宦官が任じられた。新唐書宦者列伝上に「内侍省…有二五局一、一曰掖廷…局有レ令有レ丞、皆宦者為レ之」とある。

三七　**揚子江口**(七九頁注三六)　「揚子江」は、もともとは長江の別称ではなく、揚州の南、揚子(現、江蘇省邗江県南部)から長江を渡って京口(現、江蘇省鎮江市)に至る付近の江名。従って、「揚子江口」を揚子江の河口と解するのは不適当。揚州を南下して、「揚子江」に通じる運河の河口の意であろう。

三八　**棚**(八一頁注二)　「ふなだな」は、船の左右の舷側に棚のように張り出した部分。そこを往来し、櫓や棹を使う。神代紀下に「船枻〈此云二浮那能倍一〉」とあり、和名抄に「野王案、枻〈…和名不奈太那〉大船旁板也」とある。また万葉に「ふなだな打ちてあへて漕ぎ出め」(三九五六)、あるいは「棚無し小舟」(五八)などと見え、承和三年八月丁巳条の、遣唐使船遭難の報告書にも「柂折棚落、潮溢人溺」とある(続後紀)。

三九　**大隅国囎唹郡大穴持神社**(八三頁注一)　神名式に小社と見える。現在、鹿児島県国分市広瀬に所在。もとは、現在地の南方一キロメートル、今は海面下に没した宮洲にあったという(三国名勝図会)。大穴牟遅(古事記)・大己貴(書紀)等とも表記される大穴持神は、出雲神話の中核をなす国土創造神。大国主神・大物主神、その他いくつかの異名をもつ。

本条(宝亀九年十二月甲申条)の神造の新島は、宝亀四年正月十五日の和気清麿告文幷卜部滔人等解に、当時、宇佐八幡大神の託宣として、世情を騒がせていたことの一つ、「日向大隅国海中作島者、大神吾不二立作一、他神所レ作、此神依レ不レ見レ祀、国家之為屢起二禍怪一、宜二早顕祀一」の実否をトった結果、「実」との結論に達したという(石清水文書二-四五頁)、大隅国海中の島のことで、その後改めて卜定した結果、大穴持神が造ったということになり、ここに官社として祀ることになったのであろうか。

四〇　江沼臣麻蘇比(八三頁注五)　天平十二年越前国江沼郡山背郷計帳に見える、戸主江沼臣族乎加非の戸口で、同人麻呂の女、麻蘇比売と同一人か(古二-二七五頁)。江沼臣族麻蘇比売は、天平十二年当時十一歳で、本条(宝亀九年十二月丁亥条)の時点では四十九歳。また、姓の「族」の字は天平宝字元年四月辛巳の勅により除かれ、その姓は江沼臣となっていたはずである。

江沼臣は、欽明紀三十一年四月条に越人江渟臣裙代と見え、越前国(のち加賀国)江沼郡(㊂四〇七頁注一三)を本拠とする地方豪族。江沼は江渟・江野とも書く。国造本紀に江沼国造とあり、天平二年度越前国正税帳に江沼郡主政江沼臣大海・同主帳江沼臣入鹿(古一-四三七頁)、同四年度越前国郡稲帳に江沼郡大領江沼臣武良士(古一-四七二頁)等と見え、また紫微中台舎人として江沼(臣)道足(古一二-二二頁)等の名が見える。姓氏録には、石川朝臣と同祖で建内宿禰の男若子宿禰の後とある。江沼臣族は、右のような江沼臣の傍系の一族、あるいは、もとその支配下に属していて、後、同族化したもの。

四一　甘南備真人清野(八三頁注七)　承和三年四月条の甘南備高直の卒伝に、その父として略伝が見える。敏達天皇の六世の孫。文章生から大内記・大学大允に任じ、遣唐判官の時播磨大掾を兼ね(続後紀)、帰国して天応元年九月、従五位下(続紀)。その後、肥前守・兵部少輔等を歴任し、延暦十三年没(続後紀)。新唐書東夷伝に見える日本の使者真人興能は、「書を善くする」とあり、文章生出身のこの清野のことであろう。甘南備真人→㊁三六七頁注九。

四二　多治比真人浜成(八三頁注八)　本条(宝亀九年十二月己丑条)の後、送唐客使判官として出発前に正六位上に昇進したのであろう、帰国して天応元年九月、正六位上から従五位下に昇叙している。左京亮・式部少輔に任じ、延暦三年十二月従五位上。その後、常陸介・征東副使・陸奥按察使兼陸奥守・征夷副使等に任。多治比真人→㊀補1-一二七。

四三　大網公広道(八三頁注九)　もと校生。経典跋語(寧遺六二四―六三〇頁)に、天平勝宝八歳四月から天平宝字三年十二月にかけて校正に従事したことが見え、天平勝宝八歳五月以前は散位大初位下、同九歳六月には散位大初位上、天平宝字三年には散位従八位下。延暦八年正月に外従五位下、同三月に主計助。

大網は、オホアミと訓む説(栗田寛『新撰姓氏録考証』)もあるが、太田亮説(『姓氏家系大辞典』)に従い、オホヨサミと訓むべきであろう。宝亀年間、経師として正倉院文書にその名の見える大網嶋守(古一八-五二一頁)の姓は大羅(古一七-二五七頁等)・大編(古六-一四頁)とも書かれ、また、和名抄に摂津国住吉郡大羅郷(現大阪市住吉区・堺市北部)、神名式住吉郡に大依羅神社(現大阪市住吉区庭井二丁目)があり、和名抄の大羅の訓は「於保与佐美」。大網公の名が、地名によるか、あるいは「網部の長(即ち伴造)」であったこと(太田亮説)によるか未詳。姓氏録左京皇別に、上毛野朝臣と同祖で、豊城入彦命の六世孫、下毛君奈良の弟真若君の後とある。本条(宝亀九年十二月己丑条)の広道のように、写経所等で、田辺史氏や上毛野君氏とともに、写経事業にたずさわっている大網公氏と思われる人名が正倉院文書に散見し、佐伯有清(『新撰姓氏録の研究』考証篇二)は、大網公が、田辺史氏や、天平勝宝二年三月、田辺史から上毛野君(のち朝臣)に改姓された渡来系の一族と近い関係にあったことを指摘している。

四四　文選・爾雅(八三頁注一五)

文選　三〇巻。梁の昭明太子蕭統の編。戦国漢以来の詩文を文体別に選集した、中国古典文学の代表的詞花集。六世紀前半の成立。初唐の李善注、盛唐の五臣注も加えたテキストが多く流伝する。わが国にも早くから伝来し、奈良時代には幅広く普及していたことが正倉院文書等から知られる。また、官吏登庸試験の一つ、進士科の試験科目に、爾雅と並んで文選が課せられており(考課令72)、文選・爾雅は大学寮本科(明経科)の副教科書とされていた(学令5集解古記)。更に天平二年三月の学制改革で文章科が分立すると、この二書は、文章科の中心的な教科書となり、延暦十七年二月十四日の太政官宣では、十六歳以下の大学生で史学科(文章科)に進もうとする者には、まず文選・爾雅の音を読むことを義務づけている(弘仁格抄

上、令抄、桃源瑞仙『史記抄』呉太伯世家第一（亀井孝他『史記桃源抄の研究』本文編二）。

爾雅　二〇篇。釈詁上・下、釈言、以下、釈獸、釈畜に至る。古語を用法と種目別に分類し、解説した、中国最古の字書。古くは、周公の作、あるいは孔子とその弟子の手が加わったものとされていたが、前漢の頃、詩経を中心に諸経と諸子等の語を集録説解したものであろうと、推定されている。経書の訓詁解釈の貴重な資料で、唐代以降、経書の一つに加えられ、十三経の一つとなる。

四五　**蕃客入朝の儀での蝦夷の参列**（八三頁注二〇）　和銅三年正月壬子朔条に「天皇御二大極殿一受レ朝。隼人・蝦夷等、亦在レ列。左将軍正五位上大伴宿禰旅人・副将軍従五位下穂積朝臣老、右将軍正五位下佐伯宿禰石湯・副将軍従五位下小野朝臣馬養等、於二皇城門外朱雀路東西一分頭、陳二列騎兵一、引二隼人・蝦夷等一而進」と、隼人・蝦夷が左右将軍に率いられて朝賀の儀に参列したことが見える。

このうち、隼人については、隼人司式に「凡元日即位及蕃客入朝等儀。官人三人、史生二人率二大衣二人・番上隼人廿人・今来隼人廿人・白丁隼人一百卅二人一、分陣二応天門外之左右一」とあるように、その後、元日朝賀の儀式に隼人が参列することが恒例化するとともに、朝賀以外の即位・蕃客入朝等の大儀にも、朝賀と同様に参列することが定式化していったことがわかる。和銅三年以降、隼人が朝賀の儀に参列した記事が続紀に見えないのは、その定例化の時期が比較的早く、特記する必要もなかったことの反映であろう。

他方、蝦夷については、霊亀元年正月甲申朔条に「天皇御二大極殿一受レ朝。皇太子始加二礼服一拝朝。陸奥・出羽蝦夷并南嶋奄美・夜久・度感・信覚・球美等、来朝各貢二方物一。其儀、朱雀門左右、陣二列鼓吹・騎兵一」とあるが、その後しばらく見えず、神護景雲三年正月辛未条に「御二大極殿一受レ朝。文武百官及陸奥蝦夷、各依レ儀拝賀」とあり、次いで宝亀三年・同四年と相次いで拝賀のことが見え、同五年正月は朝賀の記事がないが、同丙辰（十六日）条に「饗二出羽蝦夷俘囚於朝堂一」とあり、この年も朝賀に参列したであろうことが推測される。そして、その直後の庚申（二十日）条に「詔、停二蝦夷俘囚入朝一」とあり、同年七月に蝦夷征討の軍を起こしている。以上のような続紀の記事のあり方を見ると、蝦夷との関係は、この時期に断続的に進められていた東北経営策とも関連し、きわめて流動的で、蝦夷が朝賀等の儀式に参列することは、奈良時代を通じて、必ずしも、隼人のようには定式化していなかったことが推測される。

本条（宝亀九年十二月戊戌条）で、唐使を迎えるにあたって蝦夷を動員して唐客入朝の儀に参列させようとしているのは、宝亀五年正月、蝦夷の入朝を停めて以来の蝦夷の朝儀への参加で、これは宝亀五年以来の対蝦夷の軍事行動が、先の六月庚子条の論功行賞に見えるように、前年に一段落したと判断されたため、また唐使の入朝が八世紀以降では前例のない特別の出来事であったためであろうか。

四六　**藤原朝臣園人**（八五頁注九）　房前の孫、宝亀七年六月に没した参議従三位楓麻呂の長子。母は内大臣藤原良継の女（分脈）。本条（宝亀十年正月癸丑条）の時点で年二十四。蔭位は従六位上（選叙令38）であるから、従五位下直叙は異例。本条以後、少納言・右少弁・大宰少弐（続紀）、更に右大弁・大蔵卿等を歴任し、大同元年三月、桓武の没した翌日に権参議、同四月参議、同五月、平城即位の翌日に皇太弟傅、次いで山陽道観察使（後紀）。大同四年四月、嵯峨が即位して、同年九月中納言、翌五年二月大納言に進み（紀略）、弘仁三年十二月、藤原内麻呂の後任として右大臣となり、太政官の首座の地位につく（後紀）。弘仁九年十二月没。時に年六十三、右大臣従二位兼皇太弟傅。左大臣正一位を追贈（紀略）。

園人は、若い頃、美濃・備中・安芸・備後・豊後等の国司を歴任しているが、補任延暦廿五年条に「皆有二良吏之称一、百姓追慕、或立レ祠」とある。晩年、観察使として、あるいは公卿として、民政に関して多くのことを奏上し、その方策が施行されている。また、嵯峨の命により、万多親王らとともに新撰姓氏録を撰進した。藤原朝臣→㊀補1-一九。

四七　**酒部造**（八五頁注一八）　酒部造は酒部の伴造の姓と思われるが、他に酒部造家刀自（天応元年三月辛巳条）、またもと酒部造であったと思われる酒部連相武（養老三年正月壬寅条）の名が見えるのみである。職員令47の造酒司に酒部六〇人および酒戸があり、同条集解の官員令別記に「酒戸百八十戸、倭国九十戸、川内国七十戸、合定㆓百六十戸㆒、一番役八十丁、為㆓品部㆒、免㆓調雑徭㆒、但津国廿五戸、今定㆓十戸㆒、客饗時役也」とある。酒部の姓は、大和・紀伊・越前・下野・讃岐に見え、このうち、紀伊・讃岐には酒部の地方伴造と思われる酒部公がいる。また姓氏録右京皇別・和泉皇別に、讃岐公と同祖、景行天皇の皇子神櫛別命の後とする酒部公が見えるが、酒部造とこれらの酒部公との関係は未詳。

四八　**宝亀十年正月甲子条で従五位下に叙位された人々**（八七頁注八―一九）

当麻真人千嶋　他に見えず。当麻真人→㈠補2―一一〇。

多治比真人年持　延暦元年二月左大舎人助、同三年四月日向守。多治比真人→㈠補1―一一七。

田口朝臣飯麻呂　他に見えず。田口朝臣→㈠補3―三一。あるいは、「田口」の「口」は、兼右本等のように「中」が正しく、宝亀十一年三月、筑後守に任じられる田中朝臣飯麻呂のことか。

中臣朝臣松成　中臣氏系図に、従四位下名代の子、従五位下伊賀麻呂・正五位下鷹主の弟、散位従五位下とある。中臣朝臣→㈠補1―八八。

大伴宿禰中主　仲主とも。天平神護三年二月の民部省牒案に正六位上行少丞と見える（東南院二―三六〇頁）。延暦元年閏正月、紀伊守。大伴宿禰→㈠補1―九八。

大神朝臣三支　他に見えず。大系本は「三友」とするが、三友も他に見えず。大神朝臣→㈠補2―六七（神麻加牟陀君児首）。

甘南備真人豊次　延暦二年二月、備前介。甘南備真人→㈡三六七頁注九。

県犬養宿禰堅魚麻呂　延暦元年二月主殿頭、同四年正月左衛士佐、同五年十月信濃守。県犬養宿禰→㈠補2―一四。

紀朝臣白麻呂　白満とも。宝亀十年十一月造東大寺次官、天応元年四月春宮亮。延暦三年正月、従五位上。延暦四年の藤原種継暗殺事件に坐して配流（紀略）。後、大同元年三月「（本位）正五位上」に復すとある（後紀）。但し、文徳実録仁寿三年三月戊午条の紀椿守の卒伝に「椿守、春宮亮従五位上白満長子」とあるので、後紀の「正五位上」は、「従五位上」の誤り。紀朝臣→㈠補1―三一。

采女朝臣宅守　延暦六年九月、日向守。采女朝臣→㈠補3―一九。

石川朝臣美奈伎麻呂　弥奈支麻呂とも。右兵衛佐・下野介・安房守を歴任し、延暦十年四月、従五位上。石川朝臣→㈠補1―三二。

藤原朝臣弓主　南家の巨勢麻呂の子。宝亀三年七月、恵美刷雄らとともに藤原朝臣に復したか（㈣補25―四二）。天応元年四月左兵衛員外佐、同年五月左兵衛佐兼阿波守、延暦元年閏正月右衛士佐兼伊予介。文徳実録斉衡三年四月の藤原諸成の卒伝に、左兵衛佐兼阿波守従五位下弓主の孫とある。藤原朝臣→㈠補1―二九。

四九　**和連諸乙**（八七頁注二〇）　宝亀十一年の西大寺資財流記帳に摂津国豊嶋郡佐伯村（現大阪府池田市五月丘・綾羽付近）の地を布勢夜恵女らと西大寺に献じたことが見える（寧遺四一三頁）。

和連は、姓氏録大和諸蕃に、百済国主雄蘇利紀王の後とある。和連を称する人名は他に見えず、また、同じく百済系で武寧王の後という和史（延暦二年四月、朝臣に改姓）との関係は未詳。もと和史の一族で、天平宝字年間、史の名が避けられた時、連に改姓されたものか。

五〇　**土師宿禰古人**（八七頁注二三）　文章博士従三位菅原朝臣清公の父。天応元年五月遠江介、同年六月従五位下、同月、居地名による改姓を願い出て菅原宿禰を賜姓される。その後間もなく（延暦二年四月壬申条で遠江介の後任が任じられているので、それ以前）没。延暦四年十二月、その侍読の労により、故遠江介従五位下古人の遺児四人に、衣粮を給して学業を勧めている。続後紀承和九年十月の清公の薨伝に「父古人儒行高㆑世、不㆓与㆑人同㆒、家無㆓余財㆒、諸児寒苦、清公年少、略渉㆓経史㆒、延暦三年、詔令㆑陪㆓東宮㆒」とある。土師宿禰→㈠補1―四四。

五一　**氷上真人川継**（八七頁注二五）　塩焼王の子。母は不破内親王。神護景雲三年五月の不破内親王・県犬養姉女等の巫蠱事件で土左国に配流された氷上志計志麿（㈣二三九頁注二二）と同一人の可能性のあることが指摘されている（亀田隆之「氷上川継事件に関する一考察」『人文論及』四一―三、林陸朗『国史大辞典』の「氷上志計志麻呂」の項）。本条（宝亀十年正月丙寅条）の従五位下直叙は三世王に準ずる特例。延暦元年正月、因幡守。同年閏正月、謀反の計画が発覚して逃走したが、大和国葛上郡で逮捕され、死一等を減じられて伊豆国に配流。その妻藤原法壱（藤原浜成の女）も相随う。また、母不破内親王および川継の姉妹は淡路に移配。更に藤原浜成・大伴家持ら数十人が、川継の姻戚あるいは平生の知友として責任を問われ、あるいは現職を解かれ、あるいは京外に追放された(補37-一一～七)。延暦十五年十二月、配所での課役を免ぜられ、大同元年三月、本位従五位下に復している。同二十四年三月にはその罪が免ぜられ、その後、典薬頭・伊豆守等に任官(後紀)。氷上真人→[三]補21-四。

五三　**藤原清河と安倍仲麻呂の没年**(八七頁注四〇)　紀略延暦廿二年三月丁巳条は、贈従二位藤原河清に正二位を贈る記事に続いて、次のような清河の略伝を載せる。

(a)河清、贈太政大臣房前之第四子也。本名清河、唐改為㆓河清㆒。天平勝宝四年、以㆓参議民部卿㆒、為㆓聘唐大使㆒。天宝十二載、与㆓留学生朝衡㆒、同㆑舟帰朝。海路逢㆑風、漂㆓泊安南㆒。天平宝字三年、遣㆓散位助外従五位下高元度等於唐国㆒迎㆓河清㆒。唐朝乱故、元度等久不㆑得㆓朝見㆒。勅云、河清是本国貴族、朕所㆓鍾愛㆒、故且留㆑之、不㆑許㆓放還㆒、待㆓国家寧定㆒、差㆑使発遣。元度等経㆑年不㆑帰、本朝為㆑怪、宜㆘取㆓南路㆒早帰命㆖、於㆑是河清悲傷流涕。

(b)以㆓大暦五年正月㆒薨、時年七十三、贈㆓潞州大都督㆒。

右のうち、(a)の部分は清河の伝として特に問題はないが、(b)の部分については、古今和歌集目録や顕昭古今集註等が「国史云」として引用する阿倍仲麻呂の伝、および続後紀の承和三年五月戊申条の記事との関連で、すでに大日本史や考證等により、阿倍仲麻呂の事蹟との混同が指摘されている。即ち、古今和歌集目録に、

国史云、本名仲麿。唐朝賜㆓姓朝氏㆒名衡字仲満。性聡敏、好㆑読㆑書。霊亀二年以㆑選為㆓入唐留学問生㆒。時年十有六。十九年京兆尹崔日知薦㆑之、下㆑詔褒賞、超拝㆓左補闕㆒。廿一年以㆓親老㆒上㆓請帰㆒、不㆑許。賦㆑詩曰、慕㆑義名空在、輸㆑忠孝不㆑全、報恩無㆑有日、帰国定何年。至㆓于天宝十二載㆒、与㆓我朝使参議藤原清河㆒同㆑船溥帰。任㆑風掣曳、漂㆓泊安南㆒。属㆓禄山構㆑逆群盗蜂起㆒、而夷獠放横、劫㆓殺衆類㆒。同舟遇㆑害者、一百七十余人。僅遺㆓十余人㆒。以㆓大暦五年正月㆒薨。時年七十三。贈㆓潞州大都督㆒。

とあり、この「国史云」の仲麻呂の伝の最後の一九文字は先の紀略の清河の伝の(b)の部分と完全に一致する。

また、続後紀承和三年五月戊申条に、清河以下、唐で客死した遣唐使・留学生八名に対する贈位の記事があり、

故入唐大使贈正二位藤原朝臣清河可㆑贈㆓従一品㆒。

故留学問贈従二品安倍朝臣仲満大唐光禄大夫右散騎常侍兼御史中丞北海郡開国公贈潞州大都督朝衡可㆑贈㆓正二品㆒。

とある。この記事の清河の肩書の贈正二位は紀略の延暦廿二年三月丁巳条に見えるもの。仲麻呂の「贈従二品」(「贈従二位」のこと)は何時のことか、正史に漏れていて不明。また、朝衡(仲麻呂)の肩書に贈潞州大都督とあり、これは、「国史云」の仲麻呂の伝の最後の部分の贈官記事を裏付けるものであるとともに、清河の伝の(b)の部分は仲麻呂の伝の一部であったのではないかという疑いを生じさせるものである。

他方、清河の伝の(b)の部分は、清河のこととしては、杉本直治郎(『阿倍仲麻呂伝研究』)が指摘するように、二つの点で不都合がある。(一)清河が房前の第四子であるなら、宝亀元年の時点でその年齢は、五十六(第三子真楯)―五十(第五子魚名)の間でなければならない。(二)清河は生前、特進(正二品)に任ぜられており、死後、それより低い従二品の潞州大都督を贈られることは考えにくい。右の二点が動かしがたいこととすれば、(b)の部分は清河の伝の記事ではありえないことになる。

また、承和三年の記事に見える仲麻呂の肩書の贈従二位が何時なされたものかという点を考えると、その最もふさわしいのは、承和三年の贈位と同じような状況の時、即ちその前回の遣唐使の派遣の直前、清河が正二位を追贈された延暦廿二年三月丁巳あるいはその前後である。

ところで、古今和歌集目録に引用されている「国史」が正史からの比較的忠実な引用であることが長野正によって確認されている(「藤原清河伝について」和歌森太郎先生還暦記念会編『古代・中世の社会と民俗文化』)。従って、「国史云」として引用する前掲の仲麻呂の伝も、長野が推定しているように、正史からの引用である可能性が高く、それは、後紀の延暦廿二年三月丁巳条からの引用であった可能性が高いのである。即ち、「国史云」とし

て引用された仲麻呂の伝は、散逸した後紀の丁巳条の一部であって、後紀の丁巳条は、紀略の清河の伝の(a)の後に、(イ)清河の薨去の記事、(ロ)仲麻呂への従二位追贈の記事、および(ハ)「国史云」として引用された仲麻呂の略伝が続き、その略伝の最後が紀略の(b)の部分であったのであろう。そして、現行の紀略の丁巳条の形は、①紀略の編者の利用した後紀がすでに丁巳条の途中部分、(イ)(ロ)と、最後の一九文字を除く(ハ)を欠いていた、②紀略編集の段階で誤って途中部分を欠く抄録をした、③紀略の伝来の過程で途中部分が欠落した、のいずれかの結果と考えることができよう。

以上のような、現行紀略の清河の伝の最後の一九文字は仲麻呂の伝の一部であったとする想定は、神護景雲三年十一月来日した新羅使が河清と朝衡等の書を持参したとある(宝亀元年三月丁卯条)のに対し、宝亀五年三月来日した新羅使は単に河清の書を持参したとあり(三月癸卯条)、朝衡のことが見えないこととも対応している。宝亀五年の新羅使は大宰府から放還されているので河清の書は受領されなかった可能性が高いが、新羅使が河清の書を持参したということが事実とすれば、それは五年ぶりに派遣された大暦七年(宝亀三年)の新羅の入唐使に託されたものであろう。とすれば、清河の没年は宝亀三年以降となり、仲麻呂は宝亀三年以前にすでに没していた可能性が高いということであり、これは、宝亀元年に没したのは仲麻呂ではあっても清河ではないことを示すものである。

以上の想定が正しいとすれば、仲麻呂は宝亀元年正月、七十三歳で没、清河は宝亀三年から宝亀九年の間、五十代の中頃から六十歳前後で没、ということになろう。

なお、仲麻呂の没年七十三は、古今和歌集目録の仲麻呂の伝の中の、霊亀二年に「年十有六」であったという記述とくいちがい、顕昭古今集註等はそれにより没年の方を「七十」の誤りとしているが、想定される後紀の仲麻呂の伝の文字は「七十三」であり、古今和歌集目録に引用された「年十有六」の記述は、その「七十三」の「三」の字を衍とする根拠にはなりえない。

五三　**高麗朝臣福信への高倉朝臣賜姓**(九一頁注一九)　本条(宝亀十年三月戊午条)の賜姓は福信の申請による。延暦八年十月の福信の薨伝に「宝亀十年、上レ書言、臣、自レ投二聖化一、年歳已深。但雖二新姓之栄、朝臣過レ分、而旧俗之号、高麗未レ除。伏乞、改二高麗一以為二高倉一。詔許レ之」とある。本条以降、高倉朝臣を称しているのは、福信とその子石麻呂の他、高倉殿嗣のみで、姓氏録には、高麗朝臣を載せるが、高倉朝臣は見えない。

五四　**長楽駅**(九三頁注二一)　長安の東郊、長安城の春明門より東方数キロメートルほどの所に置かれた駅。長安志に「長楽駅在二万年県〈今并長安県〉東十五里長楽坡下一」とある。後紀延暦廿四年六月乙巳条の遣唐使藤原葛野麻呂の上奏にも「十二月廿一日、到二上都長楽駅一宿、廿三日内使趙忠将二飛竜家細馬廿三匹一迎来、兼持二酒脯一宣慰」とあり、また、承和年次の遣唐使もここで勅使の出迎えをうけている。

五五　**再拝儛踏**(九三頁注七)　拝舞とも単に舞踏ともいう。再拝して、手をまわし足をふみならすなどして、謝意・祝意を表わす儀礼。延暦七年四月癸巳条に「群臣、莫レ不二舞踏称二万歳一」、雑式に「凡授位任官及別有二恩命一者儛踏」とあり、また、朝賀の儀等に行うこと、儀式書に見える。拾介抄に「舞踏事　再拝、〈置レ笏〉立、左右左、居、左右左、〈取レ笏小拝〉立再拝」とある。

五六　**日・唐間で交わされた国書**(九三頁注二八)　日本と渤海・新羅との間でとり交わされた国書については、続紀以下に、具体的にその内容を詳しく記し伝えているのに対して、日唐間で交わされた国書については、ほとんど記録がない。そして、この点については、本居宣長(馭戎慨言)以来、(一)わが国の遣唐使は入唐に際して国書を携行しないのが通例となっていた、(二)遣唐使が持ち帰った唐からの来書は国史の記録に書きとどめることが憚られるような形式・内容のものであったからであろう、とするのが通説的な見解であった。

このうち、(一)については、その主な根拠とされていた性霊集五所収の空海の啓文が、国書を携行しなかったことの根拠とはなりえないことが明らかにされ(西嶋定生「遣唐使と国書」『遣唐使研究と史料』)、現在では国書不携行説は否定されつつある。但し、その形式・内容については、中国側の記録にわずかに「倭国、以二徳宗建中初一、遣二大使真人興能一、自二明州路一、奉レ表献二方物一」(冊府元亀九九七外臣部技術)、「須下待二本国表章到一、令中発赴上者」(入唐求法巡礼行記承和五年九月廿日条所載「相公牒状」)等とあるのみで、唐側に「表」と記録されてはいるが、実際に上表の形式であったのか、あるいは他の形式であったのかは不明。唐からの来書同様、国史の記録に堂々と書きとどめるのが憚られるような形式・内容であったか。西嶋定生（前掲論文）は、公式令の詔書式に「明神御宇日本天皇詔旨。云云。咸聞」とある書式と、天平四年度の遣唐使に付された唐の皇帝の勅書に「勅日本国王主明楽美御徳」（唐丞相曲江張先生文集巻一二等）とあるのを手掛かりに、「明神御宇日本主明楽美御徳。敬白大唐皇帝。云云。謹白不具」のような形式の可能性を推定している。

㈡の唐からの来書については、その実例が一通中国側に残されているほか、断片的な史料が諸書に見え、また、唐が日本以外の周辺諸国に送った文書についての研究成果（金子修一「唐代の国際文書形式について」『史学雑誌』八三―一〇、中村裕一『唐代制勅研究』等）などにより、その様子をある程度明らかにすることができる。

唐が周辺諸国に送った文書については、三種類のものが知られている。一つは「皇帝敬問某」あるいは「皇帝問某」の書き出しで始まるもので、これは「凡王言之制有㆑七」（大唐六典巻九）のうちの第三の慰労制書の書式に則ったもの、いま一つは「勅某」の書き出しで始まるもので、同第六の論事勅書の書式に則ったもの。これらのうち、「敬問」とあるものが最も相手を重んじた書式であるが、いずれも皇帝が臣下に下す書式の文書である。これに対して、第三のものは「皇帝致書某」の書き出しで始まるもので、これは唐の前後の時代に対等な関係の国家間で交わされていたことの確認されている書式の文書である。例えば、隋書倭国伝に「大業三年、其王多利思比孤、遣使朝貢。…其国書曰、日出処天子致㆓書日没処天子㆒、無㆑恙云々」と見える「国書」はその一例である。但し、この様式の文書は、唐代での具体的な実例の存在が確認されておらず、唐初のわずかな期間、その関係が対等であった時期の突厥との間で交わされていたことが推定されている（中村前掲書）。従って、唐が周辺諸国に送付する文書は、君臣関係を前提にした先の二つの書式のものがあくまでも基本で、対等な関係の国家間で交わされた第三の「致書」様式のものはきわめて例外的であったと考えることができよう。

天平四年度の遣唐使に付されてわが国に送付された文書は、唯一その全文が残っている。その書き出し部分は、「勅日本国王主明楽美御徳」（前出）とあり、これは明らかに論事勅書の書式によるものである。また、善隣国宝記元永元年条所引の菅原在良の勘文に「天智十年唐客郭務悰等来聘書曰、大唐帝敬問㆓日本国天皇㆒、云々」、「天武天皇元年郭務悰等来、…客上㆓書函㆒題曰、大唐皇帝敬問㆓倭王㆒書」と見える。これは、かなり後世のものでその史料としての信憑性に不安が残るが、「大唐帝敬問日本国天皇」「大唐皇帝敬問倭王」は、明らかに慰労詔書の書式によるもので、王維の詩「送㆔秘書晁監還㆓日本国㆒」の序に「餤㆓命賜之衣㆒、懐㆓敬問之詔㆒」とあるのも天平勝宝年次の遣唐使に付された文書が慰労詔書であった可能性のあることを示している。その他では、

⑴（白雉年次遣唐使）高宗賜㆓璽書㆒、令㆔出兵援㆓新羅㆒。（新唐書日本伝）
⑵（延暦年次遣唐使）監使王国文、於㆓駅舘㆒喚㆓臣等㆒、附㆓勅書函㆒。（後紀延暦廿四年六月乙巳条）
⑶（承和年次遣唐使）天皇御㆓紫宸殿㆒、…藤原朝臣三守、奏㆓大唐勅書㆒。（続後紀承和六年九月乙未条）

等とあり、これらの「璽書」「勅書」は慰労詔書か論事勅書のいずれかの書式によるものであろう。なお、善隣国宝記の菅原在良の勘文には、更に「又大唐皇帝勅㆓日本国使衛尉寺少卿大分等㆒書曰、皇帝敬到㆓（致）書於日本国王㆒」とあるが、この「皇帝敬到（致）書於日本国王」が文字通り大宝年次の遣唐使に付された文書の書き出しであったとすると、これは第三の「致書」様式の文書ということになる。これを認める説もあるようであるが、唐代でのこの様式の文書の特殊性や宛て名に「日本国王」とある点（「国王」は封爵の名で、「日本国王」は皇帝に従属することを示す称で書式と矛盾する）などから考えて、この勘文の記述には大きな疑問が残る。

本条（宝亀十年五月癸卯条）の「唐朝書」は、「勅書」とはないが（続紀編者の配慮か）、慰労詔書か論事勅書のいずれかの書式による皇帝の勅書であろう。

三七　**宝亀九年来日の唐の使節に対する応接**（九三頁注二八）　唐の使節を都に迎えたのは過去に二度。一度は、舒明四年、第一回遣唐使の帰国の折

り、一行に同行して来日した高表仁らで、この時の使節は、「表仁無二綏遠之才一、与二王子一争レ礼、不レ宣二朝命一而還」(旧唐書倭国伝)と、その使命を果たさずに帰国している。いま一度は天智四年の劉徳高らで、これは、白村江の戦いの直後の、まだ朝鮮半島を巡る日唐間の軍事的緊張関係が続く特殊な状況下でのことであった。今回の唐使の来日は、大宝律令の施行により、小中華たることを内外に宣したわが国が初めて迎える唐の公式の使節団であり、過去二回の事例はいずれも前例とはなりがたい。従って、今回の使節を迎えるにあたって、当時の政府首脳以下その対応をめぐっていろいろと苦慮したであろうことが想像される。

皇帝代宗の使節派遣の旨を聞いた遣唐使一行が、途中海路の危険を理由に、その計画を思い止まるよう進言している(宝亀九年十月乙未条)が、これは、単なる外交辞令ではなく、使節が来日した場合に予想される困難な事態を慮った遣唐使一行の困惑した対応を示すものであろう。また、遣唐判官小野滋野の上奏に「今唐客随レ臣入朝、迎接祗供、令レ同二蕃例一」(同上)とあるのは、唐使をいかに迎えるかという難問に対し、遣唐使一行が下した一つの結論だったのであろう。これに対して、当時の政府首脳がどのように対処したかは、続紀には、領唐客使の問い合わせに、唐使一行の行進に「唯聴レ帯レ仗、勿レ令レ建レ旗」と命じた以外は急遽「別式」を作成して下したとあるのみで(宝亀十年四月辛卯条)、具体的にどのような対応であったか明らかではない。しかし、栗田寛「石上宅嗣補伝」(『栗里先生雑著』八)に紹介されている壬生官務家文書(同文が『古事類苑』外交部に壬生家文書(大沢清臣本)として収載。但し、・・部分は欠字)に、この唐使の入京時のことが次のように記されている。

…維宝亀十年歳次己未、四月卅日、唐国使孫興進等入京、五月三日将欲二礼見一、余奉レ勅撰二朝儀一。時有二大納言石上卿一言備、彼大此小、須レ用二藩国之儀一。余対曰、昔仲尼辱二斉候於夾谷一、相如叱二秦王於澠池一、自レ古以来、賢人君子、皆欲レ致二己君於他君之上一、不下以二大小強弱一而推謝上、此忠臣義士之志也。今畏二海外一个使一、欲レ降二万代楷定天子之号一、是大不忠不孝之言也。時人皆服二此言之有一レ理。然遂降二御座一、嗚呼痛哉、不レ任二憤鬱之懐一、聊緝二此論一、垂二示後昆一。

この文書は現在所在不明とされ(田島公「日本の律令国家の『賓礼』」『史林』六八―三)、その伝来も不明で、栗田寛は「其紙質は堅硬にして黄蘗もて染たるが如く、糸欄を引きたる中にこの文を書せり、極めて宝亀の物ならんとぞ思はる」とするが、真偽のほども未だ確定したものではない。しかし、唐使を迎える朝儀をめぐって、唐王朝の「藩国」として使節一行を迎えるべきであるとする意見(石上宅嗣)と、唐使といえども「藩客」として遇すべしとする意見(「余」)との対立があり、結局前者が採用されたことを記すこの文書の内容は、当時の政府首脳のこの問題に対するあり方を伝える興味深いものである。なお、田島(前掲論文)は、大唐開元礼巻一二九に見える「皇帝遣使詣レ蕃宣労」儀を参考にして、「藩国之儀」により「遂降二御座一」とあるのは、皇帝の使者が南面し天皇がその前に北面して進み勅書を受けとったことを示している可能性を注記しているが、天皇の前に進んで北面する使節から「御座」を降りた位置で勅書を受納したものとも解しうる。また、この文書の筆者と思われる「余」を式部卿藤原是公か、と注記するが、この時点の式部卿は藤原百川で、しかも百川は宅嗣の物部朝臣から石上大朝臣への改姓および大納言任官以前に没しており、この文書の筆者ではありえない。参議治部卿藤原家依の可能性がある。

五八 **唐使来日時の賜物**(九五頁注一八)　唐の使節が来日した時の賜物については、大蔵省式に賜二蕃客一例として「大唐皇。〈銀大五百両、…細屯綿一千屯。別送綵帛二百疋、…金漆四斗〉。判官。〈各綵帛廿疋、細布卅端〉。行官。〈各綵帛五疋、細布十端〉。使丁并水手。〈各綵帛三疋、細布六端〉。但大使・副使者、臨時准量給之」とある。延喜式のこの規定の前例となり得る事例は、大宝以降、本条(宝亀十年五月乙丑条)が唯一のものである。また、右の規定において、大使・副使に対する規定を欠いているのは、今回の唐使一行が大使・副使を欠いていたことと対応している。このことは、今回の唐使に対して実際に贈賜された品々の品目・数量がそのまま延喜式の規定に定着したのであろうことを強く示唆するものである。とすれば、右の規定の「銀大五百両、水織絁、美濃絁各二百疋、細絁、黄絁各三百疋、黄糸五百絇、細屯綿一千屯」がここでの信物の具体的内容であり、また同規定の「別送」以下の「綵帛二百疋、畳綿二百帖、屯綿二百屯、紵布卅端、望陁布一百端、木綿一百帖、出火水精十顆、瑪瑙十顆、出火鉄十具、海石榴油六斗、甘葛汁六斗、金漆四斗」の品々も、この時、「別貢物」(補35−二五)として同時に贈られたのであろう。なお、この時の皇帝への信物等の品目・数量は、大宝以降の遣唐使が唐皇帝に進上した信物等の実績を踏まえたものであったであろうと考えられる(補35−二四)。

五九　**阿倍仲麻呂の遺族**(九七頁注四)　本条(宝亀十年五月丙寅条)の「家口」を直木訳注は「日本に残っている仲麻呂の家族であろう」とする。しかし、仲麻呂が日本を出発したのは十九歳、また、生きているとすればこの年八十二歳の高齢となっているので、日本には甥姪等の傍系親族しか遺っていない可能性が高い。本条での遺族への賜物が唐使の帰国の直前であるのは、杉本直治郎『阿倍仲麻呂伝研究』が指摘したように、この賜物は唐に遺された家族へのもので、それを唐送客使に託したものであることを示すか。

六〇　**周防郡**(九九頁注一五)　周防国は、延喜式、和名抄ともに、大嶋・玖珂・熊毛・都濃・佐波・吉敷の六郡。周防という郡名は他に見えない。国造本紀は、後の周防国の地の国造として、大嶋国造・周防国造・波久岐国造・都怒国造の名を載せる。右の国造の諸国のうち、大嶋国は後の大嶋郡に、都怒国は後の都濃郡にあたるのであろう。また、後の熊毛郡には周防郷があり(和名抄)、玖珂郡は養老五年四月に熊毛郡から分立したもので、周防国造の流れをくむ一族の姓と思われる周防凡直の姓は玖珂郡内にも多く分布する。従って、玖珂郡分立以前の熊毛郡がかつての周防国にあたると推定され、地名辞書は「周防郡とは熊毛の別号なるべし」とする。熊毛郡→㊁九三頁注二三。

六一　**宝亀三年八月十二日太政官奏**(一〇一頁注一八)　続紀当該条(宝亀三年八月庚申条)の太政官奏には「去天平宝字四年三月十六日、始造㆓新銭㆒、与㆑旧並行。以㆓新銭之一㆒、当㆓旧銭之十㆒。但以㆓年序稍積㆒、新銭已賤、限以㆓格時㆒、良未㆓安穏㆒。加以、百姓之間、償㆓宿債㆒者、以㆓賤日新銭一貫㆒、当㆓貴時旧銭十貫㆒。依㆑法雖㆓相当㆒、計㆑価有㆓懸隔㆒。因㆑茲、物情擾乱、多致㆓諠訴㆒。望請、新旧両銭、同㆑価施行。奏可」とあり、本条(宝亀十年八月壬子条)の内容と異なる。その理由未詳。あるいは、右の太政官奏は、裁可されるにあたり、後紀延暦十五年十一月乙未条の、新貨発行の時の詔に「但旧銭者、始㆑自㆓来歳㆒、限以㆓四年㆒、然後停廃」とあるような、旧銭通用の期限を限定する条件が付されていて、その猶予期限がすでに過ぎ、旧銭の使用が停止されていたのであろうか。延暦十五年の五年後の旧銭停廃措置も、その後延期され、後紀大同三年五月己丑条の勅で、さらに旧銭の併用を認めている。

六二　**返抄**(一〇三頁注一八)　文書・官物あるいは人の送納に際して発行される受領証。諸国の使が中央に送納する文書・官物等は、それぞれを受納する関係官司で、その提出期日・内容・種類・数量等が詳細に勘校され、それぞれ規定された条件を満たすことが確認されて、はじめて返抄が交付される。また、公式令81に「凡諸使還日、皆責㆓返抄㆒」とあるように、諸使は帰還の日、任務の完了を証明する返抄を必ず提出することになっている。

六三　**宝亀十年の渤海人・鉄利人の来日**(一〇五頁注二八)　天平十八年是年条の渤海人・鉄利人千百余人の来日と同様、この一行も日本への集団移住を試みたものか。本条(宝亀十年九月庚辰条)下文に「来使」、十一月乙亥条に「押領高洋粥等、進表」、十二月戊午条に「渤海使押領高洋弼等」などとあり、また、渤海の使節団の一人として数度来日したことのある渤海通事従五位下高説昌(十一月丙子条)が随伴してはいるが、外交使節団らしい編成も見られず、日本側も正規の使節として対応していない。結局、日本での越冬を許され、船九隻を与えられ、翌年帰国することになった。

六四　**計帳手実の「不進」と職写(戸)田**(一〇七頁注一八)　「全戸不㆑在㆑郷」(戸令18)のため、旧籍を転写して計帳を作成した場合、その戸の口分田および負担すべき課役は、戸令10の全戸逃亡の例に准じて、口分田は五保および三等以上の親が均分佃食して租調を代輸するというのが令の建前であったと推測される。ところが、京職の場合、京戸の口分田は畿内諸国に散在し、その口分田が京職自身の直接の管理下にないため、五保および三等以上の親に代輸させるという方式は、運用上いろいろと問題が生じやすい。そこで考え出された便法が、その口分田の所在する畿内諸国司を介して、その田を賃租に出し、その地子等の収入を京職の徴収すべき租調等に充当するという方法であろう。そして、この方式が制度的に定着したのが、延

喜式等に見える職写(戸)田の制なのであろう。即ち左京職式に、

凡不レ進ニ計帳一者、職録ニ交名及口分田数一、進レ官。即下ニ畿内諸国一。
凡五畿内職写戸田価、令ニ当国司収ニ彼地子一。
凡職写田帳、十二月十日以前進レ之。同月内下ニ諸国一。其沽田帳副ニ直銭一明年五月卅日、不沽田地子帳、十一月卅日以前進レ之。絶戸田准レ此。

等と見える。

「職写田」の語の初見は、類聚国史犯官物、延暦十七年十月乙未条であるが、本条(宝亀十年九月戊子条)によれば、職写田の制がこれ以前にすでに行われていたことがわかる。なお、職写田の実例は、宮内庁書陵部蔵九条家冊子本中右記紙背文書の保安元年のものと推定されている摂津国租帳(平遺補四六号)に見える。

職写田の起源を右のように解しうるとすれば、この制度は、本来、「全戸不レ在レ郷」の戸の負担する租調を安定して確保するためのものであったが、本条の記述は、その適用範囲が、計帳手実の提出を怠ったすべての戸に、しかもその未提出の理由いかんにかかわらず、拡大されて運用されるようになったことを示している。本条で「無レ論ニ不課及課戸之色一」とあるのは、この拡大運用のうち、課戸で計帳手実の提出を怠った場合は、意図的な課役忌避の可能性があり、懲罪の意味をこめてその口分田を直ちに没収して職写田とするのはそれなりの正当性もありうるが、不課戸の場合には課役忌避の問題にはつながらないので、計帳手実の未提出を理由にその口分田を没収してしまう京職の行政措置は、行政側のやりすぎであるということなのであろう。

六五 **佐味朝臣比奈麻呂**(一〇九頁注一七) 天平勝宝五年十一月武蔵国庸布墨書銘に主当国司史生従八位下と見える(銘文集成)。また、宝亀五年の京北班田図の奥書に見える、「(班田使)判官典鋳正正六位上佐史朝臣比奈麻呂」の「佐史」は「佐味」を誤写したものか。佐味朝臣→[三]二七頁注一四。

六六 **財物貸借の契約書の実例**(一〇九頁注二〇) 雑令19の規定に基づく、貸借の契約書と思われるものを例示すると、左の如き例がある(古三—四〇五頁)。

謹解　申請出挙銭事
合銭肆佰文〈質式下郡十三条卅六走田一町〉
　受山道真人津守
　　息長真人家女
　　山道真人三中
右、件三人、死生同心、限ニ八箇月一、半倍将ニ進上一、若不ニ進上一者、息長黒麻呂将ニ進上一、仍録レ状、以解
　天平勝宝二年五月廿六日息長真人黒麿

右のような例とは別に、短期の月極めで銭を貸借する月借銭の制が盛んに行われ、その契約書の実例も多く残っており、その一例を示すと左の如きものがある(古六—五一五頁)。

出雲乎麿謹解　申請月借銭事
合二百文〈別月利卅文〉 質調布一端
右件銭、望料給時、本利並将ニ進上一、仍注レ状、謹以解
　宝亀四年四月六日
　　　　　　償人　桑内真公

この月借銭が制度的にいかなるものであったのか明らかではないが、その利率は、宝亀三年の例で月一割三分、宝亀四—六年の例で一割五分と、雑令19の規定の利率の約二倍の高利である。

六七 **質財**(一〇九頁注二一) 律令法での「質」は、近代の占有質と抵当の両方を包含する語で、また、動産質と不動産質とを区別しない。財物出挙の質も、実例は、布帛のような動産の場合も、田宅のような不動産の場合もある。但し、宅地園圃は、天平勝宝三年九月四日格(三代格)で財物出挙の質とすることが禁じられている。しかし、その後の実例や、延暦二年十二月戊申に再度禁令が出されているように、実際にはその後も田宅等の不動産も多く質とされたのであろう。

六八 **宝亀十年の新羅使の来日**(一一一頁注五) この新羅使の来日は、宝亀十一年正月辛未条によると、耽羅に抑留された遣唐判官海上三狩らを伴っての来日とあるので、宝亀十年七月丁丑条の遣新羅使の帰国と同時である。この間、三か月を経過しているのは、帰国した遣新羅使や海上三狩ら

の報告をもとに、新羅使が唐使判官らと共に来日という事態を迎えて、いかに対応すべきかの検討に手間どったためか。なお、この時の新羅の日本への遣使については、三国史記金庾信伝下に「大暦十四年己未受レ命聘二日本国一」と、庾信の玄孫、金巌(補36–一)が派遣されたことが見える。

六九　**弘耀**(一一一頁注一五)　弘曜とも(古一二–三一一頁等)。生没年未詳。薬師寺僧。天平勝宝五年三月の薬師寺三綱牒に寺主法師と見える(古三–六一九頁)。興福寺本僧綱補任に、宝亀元年から律師、同五年少僧都、同十年大僧都に任、ついで延暦三年四月、上表して大僧都を辞す、とある。扶桑略記宝亀十年十月壬子条所引延暦僧録に「遂辞二所帯一、入二矢田寺一、修二摂其心一、帰二乎還寂一、春秋八十六」と記す。

七〇　**恵忠**(一一一頁注一六)　薬師寺僧。山背国の人。俗姓は秦忌寸。興福寺本僧綱補任に、この日(宝亀十年十月十六日)の少僧都補任を記し、「但直任歟。律師任日不レ見、又今年以後不レ見」とある。扶桑略記宝亀十年十月壬子条所引延暦僧録に、前項の弘耀の記事に続けて恵忠について「論義決択、窮レ理精微、通レ経達レ論、時称二智者一、後辞二所住一還二山背国一、静坐終焉。年七十余矣〈已上二人徳行出二延暦僧録一〉」とある。

七一　**高鶴林**(一一一頁注一九)　唐使判官の一人。宝亀九年の秋、帰国する遣唐使船の第四船に乗船し、途中、耽羅に漂着。遣唐使海上三狩らと共に島人に抑留され、宝亀十年七月、新羅使と共に来日(補35–六八)。翌十一年正月、朝賀等の儀に参列。東征伝に、「因レ使二日本一願謁二鑑真和上一。和尚已滅度不レ観二尊顔一、嗟而述懐」として、五言詩を載せる。時に都虞候冠軍大将軍試太常卿上柱国とある。帰国の日時は未詳。宝亀十一年二月、新羅使と共に帰途についたか。なお、三国史記金庾信伝下に、大暦十四年(宝亀十年)、日本に派遣された、庾信の玄孫、金巌(補36–一)が日本に引き留められそうになった時、「大唐使臣高鶴林」が居あわせたおかげで、無事帰国することができたと見える。

七二　**石上大朝臣**(一一三頁注二〇)　本条(宝亀十年十一月甲申条)以降、石上大朝臣の姓を称した例は、宅嗣以外では他に見えず、姓氏録にも石上大朝臣という姓は見えない。しかも、宅嗣自身も、底本(金沢文庫本)では確かに本条以降いずれも、次表の如く、石上大朝臣とあるが、卜部本系統の古い写本である兼右本や谷森本では、本条の改賜姓記事だけではなく、天応元年六月辛亥条の薨卒時の名の表記および薨伝の改賜姓記事も「大」字を欠いており、宝亀十一年二月丙申朔条・天応元年四月癸卯条の「大」および「大(太)朝臣」のほうがむしろ衍であるかのようなあり方をしている(事実、谷森本は「大」字を抹消している)。また、類聚国史諸寺の薨卒記事および伝も卜部本系統と同じく「大」字を欠いている。

更に、続紀以外の宅嗣没後の記録では、日本高僧伝要文抄所引の延暦僧録に「芸亭居士石上朝臣宅嗣」、後紀弘仁六年六月丙寅条の賀陽豊年の卒伝に「大納言石上朝臣宅嗣」、経国集巻一および巻十の目録に「大納言贈従二位石上朝臣宅嗣」と、いずれも宅嗣の姓は「大」字を欠いて表記されている

	金沢文庫本	兼右本・谷森本等
宝亀十年十一月甲申条	改二物部朝臣一賜二石上大朝臣一	(兼)改二物部一賜二石上朝臣一 (谷)同右
宝亀十一年二月丙申朔条	石上大朝臣宅嗣為二大納言一	(兼)石上大朝臣宅嗣 (谷)石上「大」朝臣宅嗣 (「大」を墨で抹消)
天応元年四月癸卯条	授二…石上大朝臣宅嗣…正三位一	(兼)石上朝臣大朝臣宅嗣 (谷)石上朝臣太朝臣宅嗣
天応元年六月辛亥条	石上大朝臣宅嗣薨	(兼)石上朝臣宅嗣薨 (谷)同右 (類聚国史)同右
右同条薨伝	改賜二姓石上大朝臣一	(兼)改賜二姓石上朝臣一 (谷)同右

のである。

ただ、本条の改賜姓記事は、補任宝亀十年条にも「十月改二物部朝臣一賜二石上大朝臣一」とあり、本条で宅嗣が石上大朝臣に改姓されたことは動かしがたい。にもかかわらず、この時の改賜姓があたかも本姓石上朝臣に復すものであるかのような卜部本系統の写本のあり方やそれと軌を一にするその他の文献のあり方は、一体何を意味するのであろうか。あるいは、宅嗣の死後まもなく(延暦僧録〔石上朝臣宅嗣とある〕が延暦七年の撰とすればそれ以前)、石上大朝臣の姓は「大」の字を除かれ旧姓の石上朝臣に復すというようなことが事実としてあり、それが卜部本系統の写本や類聚国史に反映しているのであろうか。

なお、続紀の宅嗣の薨去条に「贈二正二位一」とあるのに対して、補任宝亀十二年条には「贈正二位。贈右大臣歟」とあり、経国集には「大納言贈従二位」とある。補任・経国集の記載がもし正しいとすれば、これは、没した時、正二位右大臣を贈られたが、その後贈官は除かれ贈位は一階下して贈従二位とされたことを示すもので、それらは、右のような、没後「大」字を除かれたのではないかという推測を傍証する材料となろう。

36　巻第三十六

一　**金巌**(一二一頁注二〇)　本年(宝亀十一年)正月壬申条で正五品下に叙された。三国史記金庾信伝下によれば、金庾信の玄孫。方術を習い少壮にして伊湌となり、入唐して宿衛し、陰陽家法を学び、大暦年中帰国して、司天大博士、良康漢三州大守、執事侍郎となるとある。また、同書には、この度の来日について、「大暦十四年己未、受レ命聘二日本国一。其国王知二其賢一、欲二勸留一レ之。会二大唐使臣高鶴林来一、相見甚懽。倭人認三巌為二大国所一レ知。故不二敢留一。乃還」と見え、この時の唐使との交流も伝える。

二　**薩仲業**(一二三頁注一一)　本年(宝亀十一年)二月庚戌に帰国。新羅高仙寺誓幢和上塔碑に、和上元暁の孫、官は翰林、大暦の春、来日したと見える。三国史記薛聡伝に「世伝日本国真人贈二新羅使薛判官一詩序云、嘗覧二元暁居士所レ著金剛三昧論一、深恨レ不レ見二其人一。聞新羅国使薛、即是居士之抱孫。雖レ不レ見二其祖一、而喜レ遇二其孫一、乃作レ詩贈レ之」と見え、薛聡は仲業の父である。

三　**八多真人**(一二三頁注二六)　波多(羽田)真人とも記し〔一〕六五頁注七)、応神記に意富富杼王の後と伝える。姓氏録左京皇別に、応神の皇子稚野毛二俣王の後とする。しかし、「出自」との表記について、続後紀承和四年六(七か)月己巳条に、八多清雄が姓氏録記載の始祖に錯謬ありと申し出て、詔により刊改させたとあることから、現存本の表記は改められてしまった可能性がある。ただし、もと「椀子王之後」とあった(本居宣長『古事記伝』)とは、にわかには決めがたい(佐伯有清『新撰姓氏録の研究』考証篇一)。

四　**多治比真人継兄**(一二三頁注二八)　本年(宝亀十一年)三月民部少輔、天応元年五月豊後守、延暦元年二月大宰少弐、同五年九月山背国班田次官、同七年二月右少弁、同九年三月大宰少弐に任じられた(続紀)。同十六年三月中務大輔に任じられ、時に従四位下。同十八年二月神祇伯、同年九月に右京大夫を兼ね、同二十四年十月右兵衛督を兼ねた。ともに本官は神祇伯(後紀)。紀略大同四年八月甲申条に「散位従四位上多治比真人継兄卒」とある。多治比真人→〔一〕補1―一二七。

五　**文室真人与企**(一二五頁注一)　天応元年十二月光仁死去に際して御装束司、延暦二年正月従五位上、同年二月相模介、同三年二月持節征東副将軍、同年三月相模守、同六年九月右中弁、同八年正月正五位下、同九年三月、名を那保企と改め、大宰大弐に任じられた。同年四月正五位上に昇叙(続紀)。天長七年閏十二月戊子の文室弟直の卒伝に「祖大納言従二位智努王、父大宰大弐従四位下与伎、母従四位下平田孫王」と見える(類聚国史、薨卒四位)。文室真人→〔三〕補18―五九。

六　**紀朝臣真人**(一二五頁注三)　天応元年五月大学頭、同年十月右京亮、延暦三年四月摂津亮、同六年二月相模介、同七年二月相模守、同年三月征東副使、同十年七月中務少輔に任じられた(続紀)。同二十四年八月に没。卒伝に「常陸守従四位下紀朝臣直(真)人卒。直(真)人者、中納言従三位麻路之孫、正五位下広名之子也。為レ人温潤、頗有二文藻一。歴二官内外一、無レ有二毀誉一、終以二天命一、卒時五十九」とある(後紀)。紀朝臣→〔一〕補1―三一。

七　**藤原朝臣真友**(一二五頁注四)　本年(宝亀十一年)三月少納言、延暦元年閏正月衛門佐、同三年四月越前介、同四年正月従五位上、同年十月下総守、同六年正月正五位下、同年三月右大舎人頭(下総守は故の如し)、同七年二月中務大輔、同十年正月従四位下となる(続紀)。同十三年十月参議となり(補任)、同十六年二月、右京大夫で大蔵卿を兼ね、時に参議従四位上(後紀)。同十六年六月に没、時に五十六歳(紀略)。分脈には、是公の第一男、母は橘佐為の女とあり、子に朝嗣・道長が見える。補任は二男とし、母を佐為四女、尚侍従三位麻乙朝臣とする。藤原朝臣→〔一〕補1―二九。

八　**縵連**(一二五頁注九)　姓氏録大和諸蕃には「出レ自二百済人狛一」と見え、天孫本紀には、宇摩志麻治命九世孫物部多遅麻連公の「弟物部笠志連公〈奄智蘰連等祖〉、弟物部竹古連公〈藤原恒見君、長田川合君、三川蘰連等祖〉、弟物部椋垣連公〈城蘰、比尼蘰連等祖〉」とあり、考證は「未レ知二此所レ云縵連自レ孰出一也」としている。

縵連の旧姓は造。書紀天武十二年九月条に「…縵造…賜レ姓曰レ連」とあり、この時改賜姓されたことがわかる。縵連氏の一族としては、縵造忍勝(書紀天武八年八月条)の造姓の者、また連姓の者として、本条(宝亀十一年正月癸西条)の縵連宇陁麻呂の他に、縵連家継(後紀弘仁元年十月丙戌条)・縵連道継(続後紀承和八年五月壬申条)・縵連(名を闕く。仁和三年七月七日付の永原利行家地売券案〔平遺一七六号〕)がいる。他に、縵野守(天平宝字二年七月五日付の千手千眼并新羂索薬師経経師等筆墨直充帳〔古一三―三五九頁〕に見える経師)・縵人益(天平宝字二年八月の千手千眼并新羂索薬師経書上帳〔古一三―四〇一頁〕などに見える経師)も縵造氏の一族と推定されている(佐伯有清『新撰姓氏録の研究』考証篇五)。また、姓氏録にいう百済人狛は他に見えない。

九　**藤原朝臣継彦**(一二九頁注五)　浜成の男。天応元年五月兵部少輔、延暦元年閏正月氷上川継の謀反に坐し見任を解かれ、京外に移されたが、後、同八年五月主計頭に任じられた。時に従五位下(続紀)。同十八年二月左少弁、時に従五位上。同年四月上総介に任じられ、陰陽頭故の如く、同二十三年八月桓武の和泉行幸に御前副長官となり、同二十四年十月左中弁(讃岐守故の如し)、大同元年二月民部大輔に任じられる。同年三月桓武死去に際し御装束司となり、同三年五月治部大輔、同月民部大輔となる。この間、いずれも従五位上。同年十一月正五位下に昇叙(後紀)。同五年正月従四位下に昇叙(類聚国史、叙位四)。弘仁元年九月山城守となる(後紀)。同五年二月従四位上に昇叙(類聚国史、叙位四)。天長五年二月に没。薨伝に「従三位藤原朝臣継彦薨云々。性聡敏有㆓識度㆒、尤精㆓星暦㆒。亦熟㆓絃管㆒、雖㆓三爵之後㆒、曲誤必顧㆑之」(類聚国史、奏楽)と見え、紀略には年八十とある。分脈には、浜成の二男で、母は従三位多治県守の女とあり、刑部卿、従三位で、薨年八十とある。補任天長三年条には、同年正月従三位に叙せられ、元刑部卿であったと見える。藤原朝臣→㊀補1―二九。

一〇　**覚鱉城**(一二九頁注七)　本条(宝亀十一年二月丁酉条)で許可された覚鱉城の築造は、宝亀十一年三月丁亥条によれば、陸奥按察使紀広純の進言によるものとされるが、この後、正史にその名をとどめず、完成されたものか否かは明らかではない。

その所在地については、現在の宮城県栗原郡金成町有壁、同登米郡中田町上沼、岩手県一関市泥田、同胆沢郡衣川村上衣川、同郡前沢町明後沢、などの諸説の他、宮城県古川市宮沢・川熊・長岡に所在する宮沢遺跡をそれにあてる説がある。

この宮沢遺跡は、土塁状遺構と溝によって区画された、東西約一四〇〇メートル、南北約八五〇メートルのやや不整の平行四辺形をなす遺跡である。北辺は、愛宕山北西部から長者原地域、苔谷地を経て化女沼に及び、西半部は北辺中央の張り出しまで三―四本の土塁状遺構と土塁間の溝、また土塁状遺構の北側に五〇―九〇メートル離れてほぼ並行する一本の溝が見られる。東半部は断続的に二―三本の土塁状遺構と土塁間の二―三本の溝が見られる。長者原地区の調査の結果、南から一―三本の土塁状遺構が築地であることが判明している。西辺は、愛宕山北西部より川熊地域までに及び、北半部は愛宕山西斜面裾部をめぐる一―二本の築地と一本の土塁、それに伴う溝が検出されている。南西隅は頂上部に南北方向に並行した三本と東西方向に断続する一本の土塁状遺構が見られ、南北方向に走る土塁の中で、東側の土塁と東西方向に延びる土塁は直交している。

南辺は、川熊地域から茂木・長岡地域を経て三輪田地域に及び、土塁状遺構と溝は、南西隅からはじまり、東半部の茂木地域で北側に入りこみながら、丘陵の尾根上を茂木・長岡・三輪田地域にかけて見られる。東半部の茂木地域では一―二本の土塁状遺構が北側に入りこみながら断続的に見られ、三輪田地域では四本の土塁状遺構が並行して見られる。

北辺の東端は化女沼の汀線まで達しているが、対岸の小野地域には東辺にあたる遺構は確認されていない。

第一次調査(一九七四―七五年)において、愛宕山地域の南西斜面で、平安時代の竪穴住居跡、斜面裾で土塁をまたぐ形で掘立柱建物跡の遺構が検出されており、第三次調査(一九七六年)において、長者原地域で低湿地の部分に、築地と関連する杭列、六本の溝、掘立柱建物跡二棟などが検出されている(宮城県教育委員会『宮沢遺跡』〔宮城県文化財調査報告書六九〕)。

一一　**長岡**(一二九頁注一七)　和名抄には陸奥国長岡郡に「長岡、溺城」の二郷が見え、現在の宮城県古川市に長岡の地名が残る。ただ、長岡郡の初見史料は続紀延暦八年八月己亥条であり、この長岡の属していた郡を長岡郡と直ちに結論することはできない(平川南「宮沢遺跡に関する文献上の検討」〔宮城県教育委員会『宮沢遺跡』宮城県文化財調査報告書六九〕)。長岡の北には、栗原郡の建郡をみており(神護景雲元年十一月己巳条)、新田郡(同三年三月辛巳条)・玉造郡(同上)・信太郡(慶雲四年五月癸亥条)などの令制郡と接する位置にあったと思われ、律令国家の版図に含まれていたとみられるが、この時点で上記のいずれの郡に属していたかはただちには決め難い。

一二 **「殷富百姓」**(一三五頁注一五)　富裕な百姓の意。延暦十年五月戊子条には「又王臣家、国郡司、及殷富百姓等、或以二下田一、相二易上田一、或以レ便、相二換不一レ便。如レ此之類、触レ処而在」と見えるように、王臣家や国郡司と並んで、耕作条件のよい田地を求める彼らの動向が問題とされている。また、延暦九年四月十六日の太政官符では、「殷富之人多畜二(蓄か)魚酒一、既楽二産業之易一レ就、貧窮之輩僅弁二蔬食一、還憂二播殖之難一レ成」(三代格)と「貧窮之輩」と対比され、田植え労働の編成を行い得る、財力を有した富裕な階層として見えている。彼らの蓄積した財は、魚酒などの物資にとどまらず、同十九年二月四日太政官符によれば、「殷富之民多貯二銭貨一、蔵繈万計或至二腐爛一」とあるように、銭貨にも及んでいる。本条(宝亀十一年三月辛巳条)では、彼らの「才堪二弓馬一者」を直接兵力として武芸教習させているが、これにとどまらず、この時期から延暦年間の征夷にあたり、彼ら「殷富百姓」の財力にも依拠したことは、甲(よろい)の製作にあたり、土人・浪人を論ずることなく、全国に命じて、「検二録財堪レ造レ甲者一」(延暦九年十月癸丑条)させていることからも窺われる。

一三 **伊治公呰麻呂の乱**(一三九頁注一五)　本条(宝亀十一年三月丁亥条)によれば、乱の原因は次のようなものである。呰麻呂は、「本是夷俘之種也」とあるように、もともと服属した蝦夷の出身で、宝亀九年六月には、その前年の蝦夷反乱鎮定の功で、蝦夷第二等から外従五位下に叙位されていた(庚子条)。本年二月丁酉条・丙午条の覚鱉城造営の建議に基づき、紀広純は蝦夷軍を率いて、道嶋大楯・呰麻呂を従え伊治城に赴くが、呰麻呂は蝦夷と内応し、俘軍を率いて反乱を起こし、広純と大楯を殺害した。呰麻呂は表向きは広純に服していたが、実は怨みを隠していた(「呰麻呂匿レ怨、陽媚二事之一」)からで、一方、大楯は呰麻呂を侮辱し夷俘として遇したので、これを怨んでいたからであるとされている(「毎凌二侮呰麻呂一、以二夷俘一遇焉、呰麻呂深銜レ之」)。乱の原因は、蝦夷社会の伝統的権威に依拠した大楯と、律令国家に服し戦功をあげ、新帰伏地に対して有した威力によって蝦夷社会に地位を築こうとした呰麻呂との確執による、蝦夷社会の族長内部の争いと見ることができる(井上光貞「陸奥の族長、道嶋宿禰について」『著作集』一)。しかし、呰麻呂は俘軍を率いて蜂起しており、その後の彼の消息は不明なものの、偶発的事件とは言いがたく、乱以降の宝亀・延暦期の征夷軍に与する俘軍は登場せず、呰麻呂の蜂起を契機として律令国家と蝦夷との全面戦争という性格を強めてくる(熊田亮介「古代国家と蝦夷・隼人」『岩波講座日本通史』四)ことも確かであろう。

一四 **伊治公呰麻呂の乱前後の東北情勢**(一三九頁注一五)　宝亀五年の海道蝦夷による桃生城攻撃(宝亀五年七月壬戌条)に始まる律令国家と蝦夷とのいわゆる三十八年戦争が展開されるが、宝亀九年には、蝦夷征討に功のあった者への叙位・叙勲が行われている(六月庚子条)。この時の叙位では、伊治公呰麻呂や、呰麻呂の乱以後、律令国家に抵抗する蝦夷として現われる吉弥侯伊佐世古が外従五位下に叙位されるなど、宝亀七年—八年にかけての征討は一定の成果を挙げていたと見られる(補34—一〇)。

しかし、蝦夷の活動は依然として衰えず、戦線は陸奥国から出羽国へと拡大していった。宝亀十一年正月には、陸奥国から、蝦夷による長岡への侵攻の報告があり、それに対し、三月中旬を期して三〇〇〇の兵士の派遣が命じられている(二月丙午条)。また、陸奥国が覚鱉城を造営することを願い出るが、それに応えた勅に「造二覚鱉城一、得二胆沢之地一、両国之恩莫レ大二於斯一」(二月丁酉条)とあるように、特にその焦点は胆沢地方であった。

このような情勢の中で、呰麻呂の乱が勃発した(三月丁亥条〔補36—一三〕)。律令国家は、征東大使・副使の任命(三月癸巳条)、陸奥鎮守府副将軍や出羽鎮狄将軍の任命(同月甲午条)を行い、この事態に対処しようとする。五月には京庫および諸国の甲六〇〇領を鎮狄将軍のもとに送り、戦闘体制の準備を整え(辛未条)、武器の調達についても、七月には尾張・参河等の諸国に命じて軍所に輸送させている(七月癸未条)。

また兵粮についても、坂東諸国および能登・越中・越後の諸国に糒三万斛の貯備を(五月丁丑条)、そして下総国の糒六〇〇〇斛と常陸国の一万斛を八月二十日を期して送ることを命じた(七月甲申条)。さらに征夷に従軍する進士を募り(五月己卯条)、坂東の軍士を九月五日までに多賀城に集結させる一方(七月甲申条)、征夷軍が軍事行動をとらないことを問題にし、状況の報告を要求する(六月辛酉条)とともに、征夷軍の怠慢を叱責する勅(十月己未条)により征夷の督励を行っている。

征東使の側からは、二〇〇〇の兵を派遣して鷲座等の五道を経略して態勢を固めることで対処しようとする方針を中央に奏上している(十二月庚子条)が、この背景には、鎮守府副将軍百済王俊哲の言上に見える「為レ賊被レ囲、兵疲矢尽」との事態(十二月丁巳条)から窺われる蝦夷の執拗な抵抗があった。

翌天応元年六月には、「賊衆四千余人、其所レ斬首級僅七十余人、則遺衆猶多」として、軍事行動の継続と戦況の詳細な報告を行うことが命じられている(戊子朔条)。八月には、征東大使藤原小黒麻呂の入京と叙位が行われ(辛亥条)、征夷による叙位叙勲も行われている(九月丁丑条)ことから、軍事行動が一段落し、一定の成果があったものと考えられる。しかし、軍粮の徴発、兵士動員により疲弊した坂東諸国に対して、「遣レ使存慰、開レ倉優給」とする勅が出されていること(延暦二年四月乙丑条)、また出羽国雄勝・平鹿両郡に復三年を給した(同年六月丙午朔条)際の出羽国の言上に、「宝亀十一年、雄勝・平鹿二郡百姓、為レ賊所レ略、各失二本業一、彫弊殊甚」とあるように、律令国家にとってもその代償は少なくないものであった。宝亀十一年三月の鎮狄将軍の派遣は出羽国での蝦夷の反攻に対応しての措置であったろう。この後、延暦期の征夷で、政府が和賀・志波の攻略を執拗に求めるのは、同地が蜂起集団の根拠地であるとともに、出羽国郡の脅威であったためと見られる(熊田亮介「古代国家と蝦夷・隼人」『岩波講座日本通史』四)。

延暦年間には、坂東八国に対して、散位の子・郡司師弟等軍士に堪える者の簡点を命じ(延暦二年六月辛亥条)、大伴家持を持節征東将軍、文室与企を副将軍とする(同三年二月己丑条)ことが見えるが、蝦夷との緊張関係が高まるのは、延暦五年頃からである。東海・東山両道に遣使し、征夷のための軍備簡閲(同五年八月甲子条)、軍粮三万五〇〇〇余斛を陸奥国に命じて多賀城に運ばせ、また東海・東山・北陸三道諸国に対して、糒二万三〇〇〇余斛と塩を七月までに陸奥国に輸送することを命じている(同七年三月庚戌条)が、これらは「為三来年征二蝦夷一也」との計画によるものであった。兵員についても、東海・東山・坂東諸国の歩騎五万二八〇〇余人を徴発し、来年三月までに多賀城に集結させることを命じている(同月辛亥条)。翌八年三月辛亥条には「諸国の軍、会二於陸奥多賀城一、分レ道入二賊地一」とあり、動員計画は期日通り進行したものと見られ、その兵力は征軍二万七四七〇人、輜重一万二四四〇人とあり(同八年六月庚辰条)、あわせて約四万人に達した。

このような戦闘準備過程を前提に、征夷を祈願する伊勢奉幣(同八年三月壬子条)を手はじめに、延暦八年からの蝦夷との戦闘が活発化してゆく(同年五月癸丑条)。

一五　荒廃田(一四一頁注二五)　熟田であった田が、洪水などの自然災害や、用水施設の維持管理の困難から、耕作不能となった田。未墾地を意味する荒地や、春の播種後に不熟となった損田とは区別される。彌永貞三によれば、荒廃して三年以下の不堪佃田=年荒田と、荒廃して三年以上の常荒田とに区別される(「律令制的土地所有」『日本古代社会経済史研究』)。田令29には、(1)公私田とも三年以上不耕の荒廃田について、官司への申請を経て希望者に借佃=再開発を許す、(2)借佃の期間は、私田の場合は三年、公田の場合は六年で、以後、前者は荒廃以前の田主に、後者は官(国家)に返還する、(3)公田については、期限後に借佃人の口分田が不足していたときには借佃地をそれに充てることができる、と規定する。荒廃田について、一定の用益期間を保障して、再開墾を奨励したものであった。しかし、この規定による再開墾は進まなかったらしく、九世紀以降、荒廃田の借佃者に種々の特典を与えてその促進を図っている。天長元年八月廿日太政官符(三代格)によって、「常荒田」を再開墾した者の一身の間の用益を許し、開発申請後六年間の租を免じた(ただし公功を加えて造られた池・溝・堰等による用水=公水の利用は許さない)。貞観十二年には、「諸国の荒田」について、再開墾申請者が六年内で死亡した場合には、その子孫がその後六年間は再開墾することを許しており(三代格貞観十二年十二月廿五日太政官符、三代実録貞観十二年十二月廿五日条）、この規定は民部省式上にもひきつがれている。

一六　**多産により乳母・稲を賜わった事例**（一四三頁注三）　多産により乳母を賜わった事例として、文武三年正月壬午・同四年十一月壬寅・慶雲三年三月丙辰・同四年五月癸丑・和銅元年三月庚申・同四年七月戊寅・同七年五月癸丑・霊亀元年十二月己未・養老元年六月己巳朔・天平五年九月丁亥・天平勝宝二年七月甲辰・同四年七月甲子・天応元年十月庚戌条の例が見える。

稲を賜与された事例として、前掲の文武三年・同四年・慶雲三年（衣粮）・同四年（穀）・和銅元年・同四年・同七年（穀）・霊亀元年（粮）・養老元年（衣粮）・天平五年（大税）・天平勝宝二年（正税）・同四年（粮）・天応元年（粮）の他、天平十八年正月庚辰（正税）・宝亀七年閏八月壬子（稲・乳母粮）の例が見える。続日本紀の多産記事→[一]補1―一〇四。

一七　**愛宕郡**（一四三頁注七）　和名抄高山寺本では「アタコ」、東急本では「於多岐」と訓み、管郷は蓼倉・栗野・粟田（上・下）・大野・小野・錦部・八坂・鳥戸・愛宕・賀茂・出雲（上・下）の各郷からなる。現在の京都市左京区を中心とする東北部一帯。神亀三年の山背国愛宕郡雲上里計帳（古一―三三三頁）・同雲下里計帳（古一―三五三頁）に見えるほか、平城宮跡出土木簡中にも、「山背国愛宕郡」（『平城宮木簡』四、『平城宮発掘調査出土木簡概報』二六）とする表記で見えている。

一八　**鴨禰宜真髪部津守**（一四三頁注八）　賀茂神官鴨氏系図には津守を麻呂の子として掲げ、その尻付に「式部位子、主水司水部、四十年仕斎」とある。正史には見えない。鴨禰宜真髪部の旧ウヂ名は鴨禰宜白髪部。延暦四年五月丁酉に光仁の諱を避けるため白髪部を真髪部と改めたのであるから、ここの「真髪部」は追記。同系図には従七位上とあることから、ここの正六位上も追記とみられる（井上光貞「カモ県主の研究」『著作集』一）。天平廿年四月廿五日付の写書所解に見える鴨禰疑白髪部防人も彼の一族か（古三―八〇頁）。

一九　**賀茂県主**（一四三頁注九）　姓氏録山城神別に神魂命の孫の武津之身命の後とする。賀茂県主の一族として、立長（後紀延暦十六年二月癸酉条）、広友（続後紀承和二年四月己亥条、類聚国史、叙位、天長八年十二月辛未条）、広雄（続後紀承和二年四月己亥条）、益雄（文徳実録仁寿元年四月戊午条）、真当・時主（三代実録貞観五年四月十五日条）、千継・門麻呂（同貞観十六年八月廿日条）、などが見える。

二〇　**多治比真人宇美**（一四三頁注一〇）　本年（宝亀十一年）六月陸奥介に任じられ、天応元年九月征夷の功により従五位上に昇叙、延暦二年二月民部少輔、同年六月民部大輔、同四年正月陸奥守、同年二月陸奥守のまま陸奥按察使兼鎮守副将軍となる。同年三月正五位下、同七年二月に陸奥按察使で鎮守将軍となり、同九年三月右中弁、同十年七月武蔵守を兼ねた（続紀）。同十六年正月従四位上に昇叙（後紀）。多治比真人→[一]補1―一二七。

二一　**韓男成**（一四三頁注二四）　本条（宝亀十一年五月甲戌条）で広海造に改姓後、延暦十二年六月一日太政官牒（東南院一―二三七頁）に「外従五位下行内薬侍医兼佑広海連男成」とあるので、後紀の記事の欠逸している延暦十一年正月以降この間に広海連を賜姓されたものか。また同月十一日東大寺使解（古二五―五三頁）では勲十一等とも見えている。韓→[三]三四三頁注一五。

二二　**伊勢大神宮封**（一四五頁注一七）　新抄格勅符抄所引大同元年牒には、大和国一〇一戸・伊賀国二〇戸・伊勢国九四四戸・志摩国六五戸・尾張国四〇戸・参河国二〇戸・遠江国四〇戸の計一一（二か）三〇戸とある。また、弘仁十二年八月廿二日太政官符（三代格）では、他国所在の神戸は一三一烟あり、輸租五二五（四か）〇束と見える。また当国（伊勢国）所在の神戸は輸租三万五〇〇〇束とあるので、これよりすれば八七五戸であることがわかる。伊勢太神宮式では、伊勢国一八三一烟・大和国一五戸・伊賀国二〇戸・志摩国六六戸・尾張国四〇戸・参河国二〇戸・遠江国四〇戸と記されている。伊勢大神宮→[一]補1―一一九。

二三　**大安寺封**（一四五頁注一八）　大安寺伽藍縁起并流記資財帳には「合食封壱仟戸〈在二土佐・備後・播磨・丹波・尾張・伊勢・遠江・信濃・相模・武蔵・下野・常陸・上総等国一〉」とある（古二―六五一頁）。また、新抄格勅符抄所引大同元年牒には「大安寺　千五十戸〈癸酉年施二三百戸一、丙戌加二施七百戸一、天平宝字五年正月加二五十戸一〉」とあり、国々記載の「〈伊勢

百戸・尾張五十戸・遠江五十戸・相模百戸・上総百戸・常陸百戸・信乃五十戸・武蔵百戸・下乃百戸・丹波五十戸・播万五十戸・備後五十戸〉」とする九〇〇戸の合計数と合わない。この諸国記載は、宝亀二年以前の書き方を踏襲していたことを示す(飯田瑞穂「新抄格勅符抄」『国史大系書目解題』上)から、資財帳記載諸国との対比によると、天平宝字五年以前に土佐国一〇〇戸が除かれ、天平宝字五年に土佐以外の国で五〇戸があてられ、本条(宝亀十一年五月壬辰条)で土佐国一〇〇戸分が復されたものであろう。平城京の大安寺→㊂補7-一八。

三四 **秋篠寺**(一四五頁注二一) 本条(宝亀十一年六月戊戌条)が秋篠寺の史料上の初見であるが、その創建については明確でなく、僧正善珠をこの寺の開基とする見解もある(大和名所図会、大和志料など)が、元亨釈書二の善珠の伝にも秋篠寺のことは見えず、古史にそのことを明記したものはないとされる(直木孝次郎「秋篠寺と善珠僧正」『奈良時代史の諸問題』)。

大和国添下郡京北班田図には、二条一里二七坪に「内経寺」「南大門」、三四坪に「金堂」、三四坪から三五坪にかけて「香水井」、二条二里三坪に「講堂」の文字が見え、ほぼ現在の秋篠寺の寺域にあたっている。一方、二条五里、三条五里には集中して「秋篠寺田」「秋篠田」の記載が見られることから、内経寺と秋篠寺との関係について、内経寺を秋篠寺の法号とみる場合と、二条五里辺にあった秋篠寺が災害によって内経寺に移籍され、内経寺の号が忘れさられ秋篠寺と称されるに至った場合との二つの可能性が示されている(福山敏男『奈良朝寺院の研究』)。しかし、両寺の関係については未詳である。

延暦十六年四月に没した善珠は、晩年当寺に移り、皇太子安殿親王(平城天皇)の病悩回復を祈り、その没後、皇太子は善珠の画像を秋篠寺に安置した(紀略延暦十六年四月丙子条)。翌十七年十一月に添下郡の荒廃田二四町と旧池一処が寺田として施入され(類聚国史、寺田地)、同二十四年には桓武天皇の勅により善珠の弟子常楼が当寺に移り(後紀弘仁五年十月乙丑条常楼卒伝)、七堂伽藍が整備されたものと見られる。大同元年四月に、桓武天皇の五七日斎会が大安寺とともに秋篠寺で行われたこと(同、大同元年四月乙卯条)は、桓武天皇と安殿親王の深い尊信を示すとされる(直木前掲論文)。大同三年七月には、西大寺・法華寺などとともに木工長上一人が停められた(同、大同三年七月庚子条)。また、弘仁三年三月には、東大寺の封戸のうちから封一〇〇戸を割いて施入されたが(後紀)、これは、本条での封一〇〇戸施入が天皇一代限りとされたために一時期廃絶していたものを、新たに施入したもので、本条の封一〇〇戸に加えたものではなかろう。

保延元年六月、講堂を残して諸堂は焼亡したが、のち講堂を改築して本堂に転用、香水井の覆屋香水閣も再建されたという。平安末期には、西大寺との間に秋篠山の帰属をめぐる争論が起こり、以後二世紀にわたって論争がくり返されるという著名な事件も発生している(嘉元元年十一月二日太政官牒〔『鎌倉遺文』二一六六九号〕)。

三五 **「筑紫大宰」**(一四九頁注一九) 「筑紫大(太)宰」とする表記は、本年(宝亀十一年)八月庚申条にも見られるが、これは本来大宝令的用法で、宝亀年間の続紀条文にこの語が入っているのは、宝亀度の防衛計画が天平四年時の式をはじめとして、当時の政策を参考にして立案されたために、続紀編纂者が天平時の用法にひかれた結果であるとする考えもある(橋本裕「大宰府覚書――大宝令における呼称を中心に――」『律令軍団制の研究』、松本政春「書評 橋本裕『律令軍団制の研究』」(『ヒストリア』一〇三)。しかし、宝亀十一年七月丁丑条では「筑紫大宰」としていない。この条がまずもって「筑紫大宰」という大宝令的表現をとるはずなのに、そのように表記されていないことからして、この説は検討の余地がある。

三六 **革の甲**(一五三頁注一二) 対蝦夷戦を意識した機動性の重視、また十分な訓練なしにも使いこなせる利便がある(井上満郎「律令国家の武器所有について」『平安時代軍事制度の研究』)。この後、延暦九年閏三月庚午には、東海道駿河以東、東山道信濃以東の諸国に、革甲二〇〇〇領の製作を命じている。また製作が容易であったことから、以後民間に製作を命じる政策がとられることとなり、同九年十月癸丑には左右京五畿内七道諸国に対して「検二録財堪レ造甲者一」させ、同十年三月丁丑には、右大臣以下五位以上の者に製作を命じ、五位の殷富者にはとくに数量を増やして製作させている。

二七　**器仗の様**（一五三頁注一三）　兵部省式には、諸国器仗について、「其様仗者、色別一箇附㆓朝集使㆒進㆑之。但其伊賀・伊豆・飛騨・能登・土佐等国不㆑在㆓進限㆒。筑前・筑後・肥前・肥後・豊前・豊後・日向等国送㆓大宰府㆒。府官勘校貯㆓納府庫㆒、具録㆓色目㆒、附㆓朝集使㆒申送」とされている。中央に進送された様器仗は、「凡諸国様器仗者、省与㆓兵庫㆒検校定㆑品」した後に、兵庫に収蔵されることになっていた。→㈠補6―八一。

二八　**勘籍**（一五九頁注一一）　勘籍とは、特定の個人について、数比（一比は六年）の戸籍を勘検して、その所貫を明らかにすること。野村忠夫によれば、⑴官人として出身する場合、⑵得度する場合、⑶犯罪により徒以上の刑罰をうける場合などに行われる（「勘籍の本質と機能」『官人制論』）。課役の負担免除のために戸籍を確認し、誤りがなければ、蠲符（免除を認めた民部省符）が発給される（賦役令11）。勘籍は五比を原則とするが、個々のケースによりその取扱いに差異がでてきている。⑴の場合、蔭子孫は大同元年に勘籍を免ずることとされ（後紀大同元年七月庚戌条）、一時復活された（続後紀承和五年六月乙未条）ものの、延喜式では大同元年の制に復された（民部省式上）。位子の場合には、貞観五年以降、三比の籍を勘ずることとされ（三代実録貞観五年八月廿三日条）、延喜式に継承されている（民部省式上）。また、雑色人についても三比、諸衛については五比を検ずることとされている（同上）。正倉院文書に残る「丹裏文書」（古二―五―六四頁以下）のなかの、天平勝宝二年の九通の勘籍史料は写経所の経師等の下級官人の勘籍史料で、八世紀にはいずれも五比の籍が検じられていたことを示している（吉田晶「郷戸構成の流動性」『日本古代社会構成史論』）。⑵の場合、延喜式によると、三比の籍を勘検し（民部省式上）、度者本人が提出した手実に基づいて、治部省が太政官に申請し、民部省とともに勘籍を行い、確認されると、治部省・玄蕃寮・僧綱が共署し、太政官印を請い、本人に授ける（玄蕃寮式）手続きとなっていたが、勘籍の期限について毎年三月末までに済ませることとした（続後紀承和十年三月甲寅条）という細部の変更はあったものの、基本的な方式は八世紀においても変わりはなかったと推定されている（野村前掲書）。「丹裏文書」中に、天平十六年に貢進された近江国神埼郡の山田室・山馬乗の勘籍を行うことを命じた藤原豊成の宣を奉じた「玄番（蕃）少属秦道成状」（古二―五―一三二頁）が残されている。⑶の場合、徒罪以上の判決をうけた罪人については、刑部省は姓名その他を録して民部省に送付し、民部省での勘籍が終わるのを待って処分を行うこととされている（刑部省式）。以上のような課役免除のための勘籍と並んで、⑷中央に進送された戸籍を民部省で「勘」すること、⑸身分の帰属についての訴訟に際して国衙で行われた戸籍の勘検（事例としては、刑部省からの符により摂津職が勘籍を行い解を作成し省に送付したことが知られる天平十五年九月一日の摂津職移〔古二―一―三三八頁〕がある）なども、広義の勘籍とすることができる。

二九　**射水郡**（一六五頁注一八）　越中国北西部の郡。和名抄に「伊三豆」。管郷は阿努・宇納・古江・布西・三島・伴・布師・川口・櫛田・塞口の一〇郷。現在の富山県氷見市・高岡市東部・新湊市・射水郡。天平十九年の大伴家持の二上山賦一首（万葉三九八五）の題詞に「射水郡」と見えるのをはじめ、平城宮跡出土木簡中にも「国射水郡」（『平城宮木簡』一四四二号）として見えている。越中国府所在郡。

三〇　**二上神**（一六五頁注一九）　現在の富山県高岡市二上にある射水神社に比定。延暦十四年八月に従五位上（紀略）、承和七年九月に従四位上（続後紀）、斉衡元年三月に従三位（文徳実録）、貞観元年正月に正三位（三代実録）を授与されている。神名式に、射水郡の「射水神社〈名神大〉」と見える。また斉衡元年十二月には、禰宜・祝が把笏にあずかっている（文徳実録）。一八七五年に高岡市古城に遷座し、二上の地には分社が置かれた。

三一　**礪波郡**（一六五頁注二〇）　利波郡とも。越中国西部の郡。和名抄に「止奈美」。管郷は川上・八田・川合・拝師・長岡・大岡・高楊・陽知・三野・意悲・大野・小野の一二郷。現在の富山県東礪波郡・西礪波郡・砺波市・小矢部市と高岡市の一部。平城宮跡出土木簡に「（表）越中国利波郡川上里鮒雑、（裏）腊一斗五升　和銅三年正月十四日」（『平城木簡概報』六―四頁）と見え、天平宝字三年の越中国射水郡榠田開田地図（東南院四―一〇図）に、荘の南限として「利波射水二郡堺」、神護景雲元年の越中国射水郡須加村墾田地図（東南院四―一七図）に、同じく「礪波郡堺」などと見えている。

三二　**高瀬神**（一六五頁注二一）　現在の富山県東礪波郡井波町高瀬に所在。

延暦十四年八月に従五位上(紀略)、承和七年九月に従四位下から従四位上(続後紀)、斉衡元年三月に従三位(文徳実録)、貞観元年正月に正三位(三代実録)を授与されている。また、斉衡元年十二月には禰宜・祝が把笏にあずかっている(文徳実録)。神名式には「礪波郡七座〈並小〉…高瀬神社」と見える。隣接して、初期荘園の荘所跡である高瀬遺跡がある。

三三 **「斎宮寮主典以上」**(一六九頁注一二) 「斎宮寮主典已上」とあるのは、神亀五年七月廿一日勅(狩野文庫本三代格)によれば、斎宮寮の頭一人・助一人・大允一人・少允一人・大属一人・少属一人が含まれる。これ以外にも、神亀四年八月壬戌条には「補三斎宮寮官人一百廿一人二」と見え、斎宮寮のみならず、神亀五年勅に見られる主神司以下の一一司の官人をさす用法がある。一方、官人一二一人とある数は、延喜式での一二七人(斎宮式月料節料条)から、延喜以降の増員分六人(紀略延暦廿二年正月丁巳条の史生四人、後紀大同三年八月壬子条の炊部司の長一人を長官・主典各一人とした措置、三代格昌泰三年四月九日太政官符の権史生一人)を引いた数と合致する。神亀五年勅の一〇七人は欠失があり、天応段階の寮官人を一二一人と見るのが妥当である(西洋子「斎宮寮について――奈良時代を中心として――」、関晃教授還暦記念会編『日本古代史研究』)。とすると、斎宮寮主典已上とは、延喜式の一二五人から、大同三年に増員された炊部司主典一人を除いた一二四人が総数となる。

三四 **「年廿已上者」**(一六九頁注二一) 選叙令34集解朱説所引延暦十四年十月八日太政官符によれば、天応段階の現行法は慶雲三年二月十六日格である。この格は、二十一歳出身即叙位(選叙令34)とすることをとどめ、大学生を経る(学令2)か、舎人を経て(軍防令46)のち考選にあずかり叙位することとしたもの(野村忠夫「官人出身法の構造」『律令官人制の研究』)であったが、ここは臨時に選叙令38に定める蔭階に二十歳以上の者を叙することにしたもの。天平神護二年十月癸卯条・延暦四年五月癸丑条にも、二十歳以上の者を当蔭階に叙することが見える。

三五 **佐伯直諸成**(一七一頁注一七) 播磨国揖保郡の人。本条(天応元年正月庚辰条)で大初位下より外従五位下に昇叙。延暦四年正月に園池正。同七年十一月、延暦元年の籍に連姓と冒注したことが露見し改正された。同十年正月兵馬正に任じられた。なお、『日本古代人名辞典』は、天長四年正月に正六位上より従五位下に叙された諸成(類聚国史、叙位)も同一人物とするが、年齢・官歴よりみて別人か(直木孝次郎「佐伯直諸成のカバネについて」『続日本紀研究』一〇―六・七合併号)。

佐伯直は、姓氏録右京皇別に、景行天皇の皇子稲背入彦命の後とある。佐伯直のウヂ名は、播磨(針間)国に設置された佐伯部の伴造であったことに基づく。姓氏録によれば、庚午の年(天智天皇九年)に佐伯直の姓を称したとされる。諸成の他、播磨国揖保郡人散位正八位上佐伯直宅守・大初位下佐伯直仲成(続後紀承和十三年三月丙辰条)、同国印南郡人散位従五位下佐伯直是継(三代実録仁和三年七月十七日条)などが見え、播磨国の佐伯直氏は、揖保郡・印南郡などに分布していたことが知られる。

三六 **五百井女王**(一七三頁注二四) 市原王の女。母は能登内親王。天応元年八月無位より従四位下に叙せられ、延暦三年十一月従四位上に昇叙。延暦六年三月越中国須加荘墾田五町を宇治華厳院に進納し(東南院二―三九四頁)、同十三年七月には、新京に家を作るため稲を賜わった(類聚国史、賞賜)。同十五年七月正四位下に叙せられ、大同三年十一月従三位、弘仁四年正月正三位、同六年七月に従二位に昇叙した(後紀)。また、弘仁六年十月には、故能登内親王が宝亀十一年に品田一町の地子を般若寺の仏供養料に奉入した志を果たすため、一か年の地子代白米四斛を施入し、別に供養料として白米五斗と塩一籠などを奉納した(東南院二―四〇八・四〇九頁)ことなどが見える。弘仁八年十月に没。時に尚侍、従二位(紀略)。紹運録にも、正五位下治部大輔市原王の子で「尚侍、従二、弘仁八卒」と見える。

三七 **五百枝王**(一七三頁注二五) 市原王の男。母は能登内親王。天応元年八月無位より従四位下に叙され、同年十月侍従、延暦元年閏正月美作守を兼ね、同年六月には越前守を兼ね、また右兵衛督に任じられた。同三年十一月従四位上に進んだが、藤原種継暗殺事件に坐して(紀略延暦四年九月庚申条)、延暦四年に配流されていたと見える(後紀大同元年五月丁卯条)。その後、大同元年三月に召され、本位従四位上に復され、同年五月には臣籍に下り、春原朝臣の姓を賜わった。弘仁二年五月宮内卿、同年六月正四位下、同三年正月従三位に昇叙、同五年八月には上野守で右兵衛督を兼ね、同六年正月右兵衛督で下野守を兼ねた(以上後紀)。同七年正月相模守、同八年四月右衛門督、同十年三月参議に任じられた。この後、同十一年正月治部卿、同十四年九月刑部卿、同年十二月右京大夫、天長二年七月民部卿、同三年正月美濃守、同年五月民部卿、同年九月中務卿となった。同五年正月正三位に昇叙(以上補任)。同六年十二月、七十歳で没。時に、参議、正三位、中務卿、美濃守。なお、補任弘仁三年条には、延暦二十五年(大同元年)三月宮内卿、大同二年八月武蔵守・讃岐守への任官のことが見える。薨年月日について、補任には「二月十五日薨」、紹運録には「参木、正三、右兵督、天長六十二二十九卒、七十」とあり、補任の一本も「十二月十九日薨」としており、薨年月日に両説あったことが知られる。

三八　**早良親王**(一七九頁注九)　光仁の皇子。母は高野新笠。桓武の同母弟。天平勝宝二年生まれ。延暦四年九月の藤原種継暗殺事件に際し、大伴継人・佐伯高成を推問したところ、故大伴家持が謀って、大伴・佐伯両氏が種継を殺害し朝廷を傾けて早良親王を擁立する計画であったという。そのため皇太子早良は乙訓寺に移されたが、十余日飲食せず、石川垣守等に淡路に移送される途中、高瀬橋頭で死去し、屍を淡路に葬ったとある(紀略延暦四年九月丙辰・庚申条)。同年十月、藤原小黒麻呂等を山科山陵(天智陵)に、壱志濃王等を田原山陵(光仁陵)に、当麻王等を後佐保山陵(聖武陵)に遣わし廃太子の状を奉告し(続紀延暦四年十月庚午条)、翌月皇太子に安殿親王(平城天皇)を立てた(丁巳条)。延暦九年閏三月、桓武天皇の皇后藤原乙牟漏の死去にともなう大赦によって、親王号を復されたらしい。また淡路の親王墓に、守冢一烟が充てられ、随近の郡司に専当せしめた(類聚国史、追号天皇、延暦十一年六月庚子条)。同十一年六月、皇太子安殿親王の病は早良親王の祟りによるとの卜占があり、調使王を淡路国に派遣し親王の霊に鎮謝が行われている(紀略延暦十一年六月癸巳条)。その後も、同十六年五月には、僧二人を淡路国に派遣して、転経悔過を行い、同十八年二月にも奉幣を行い、同十九年七月には崇道天皇の尊号が追贈されるなど、早良親王の怨霊鎮撫が繰り返し行われている。同二十四年四月には、改葬崇道天皇司が任命され(類聚国史、追号天皇)、三代実録天安二年十二月九日条には、「崇道天皇八嶋山陵、在二大和国添上郡一」と見え、諸陵寮式には、八嶋陵(崇道天皇陵)について「在二大和国添上郡一、兆域東西五町、南北四町、守戸二烟」と見える。『陵墓要覧』によれば奈良市八島町とする。貞観五年五月の神泉苑における御霊会で、事に座して誅された怨霊の一人として、伊予親王・藤原吉子・観察使(藤原仲成か)・橘逸勢・文室宮田麻呂等と並んで祀られている(三代実録貞観五年五月廿日条)。

三九　**浅井王**(一八三頁注二四)　延暦四年正月に諸陵頭、同五年十月に内匠頭、同七年二月に丹波守となる(続紀)。同年十二月廿三日付の大和国添上郡司解には丹波守従五位上と見える(平遺五号)。同十年七月に主馬頭となり丹波守を兼ねた(続紀)。同十八年正月に伊予守となる(後紀)。弘仁七年十一月廿一日付の雄豊王家地相博券文に、「左京五条一坊戸主正五位上」とあり、その戸口に正六位上内舎人小豊王(雄豊王)があった(平遺四二号)。

四〇　**天応元年四月癸卯条で正六位上から従五位下に叙位された人々**(一八五頁注三一六)

石川朝臣公足　延暦三年十月に主計頭、同四年十月に主税頭、同八年三月に安芸守となる。石川朝臣→㊀補1−三二一。

紀朝臣千世　本年十月に兵部少輔、延暦二年二月に中衛少将、同四年正月に民部少輔、同年七月に豊後守(続紀)。同十六年三月に刑部少輔となり、同十八年四月に弾正弼となった(後紀)。紀朝臣→㊀補1−三二一。

大中臣朝臣安遊麻呂　本年五月に中衛少将兼播磨大掾、延暦二年六月に播磨介となる。中臣氏系図延喜本系帳の大中臣清万呂の項に、清万呂の孫、子老の子として見える。大中臣朝臣→㊃補29−八六。

安倍朝臣木屋麻呂　延暦元年閏正月に相模介となる。安陪朝臣→㊀補1−一四二。

四一　**和史国守**(一八五頁注九)　本年(天応元年)十月に造法華寺次官、延暦元年八月に園池正となる。同二年四月に朝臣と改賜姓される。同三年正月に従五位下に昇叙、同四年正月に下野介、同六年二月に参河守、同九年三月に大蔵少輔となり、同十年正月に従五位上に昇叙。延暦二年四月国守ら三五人に朝臣を賜姓された。

和史は、姓氏録左京諸蕃の和朝臣の項に、百済国の都慕王の十八世の孫武寧王より出たとある。和史の一族として、倭史人足(古九―一四四頁)・倭史真首名(古三―八〇頁)・倭毗登広名(『平城木簡概報』四―一二頁)・和史家吉(延暦二年正月戊子条)が見える。

四二 伊勢朝臣水通(一八五頁注一〇)　本年(天応元年)五月に中宮大進、延暦元年八月に下野介となる。同三年正月に従五位下となり、同四年正月に内匠頭、同五年正月に紀伊守となり、同八年正月に従五位上に昇叙、同九年三月に右衛士佐となった。伊勢朝臣→〔三〕四七頁注二八・〔四〕一四五頁注二六。

四三 上毛野公薩摩(一八五頁注一一)　本年(天応元年)五月に中宮少進、延暦二年二月に内蔵助、同三年三月に但馬介、同九年三月に主税助に任ぜられた。また、天平十七年四月十二日に請経師となり(古八―一九二頁)、天平宝字六年三月十四日に乾政官史生として、石山院焼炭所解に署し(古五―一四二頁)、同年六月二日にも署し(古一五―四六七頁)、また同月三日に「焼炭司上毛野史生所」(古一五―二一四頁)とある上毛野薩麻(佐都麻にもつくる)と同一人であろう。上毛野公→〔三〕補18―八。

四四 土師宿禰道長(一八五頁注一三)　天平宝字五年正月廿八日に正七位上で摂津少属と見え(東南院三―一五頁)、本年(天応元年)六月に土師古人らとともに、菅原宿禰に改められ、延暦九年十二月に宿禰より朝臣に改賜姓、同十年正月に従五位下に叙せられた。土師宿禰→〔一〕補1―四四。

四五 天応元年五月乙丑条と癸未条の任官(一八五頁注二四)　乙丑(七日)と癸未(二十五日)には、四月癸卯(十五日)の桓武天皇即位以後の、中央官司の長官・次官と国司の大幅な入れ替えが行われている。以下、両条での掲出順に一覧を掲げる。

官名	前任者	新任者	掲載条
左大弁	大伴伯麻呂	大伴家持	乙丑条
左中弁	藤原鷹取	紀家守	乙丑条
右大弁	大伴家持	石川名足	乙丑条
中務卿	藤原田麻呂	藤原継縄	乙丑条
兵部卿	藤原継縄	藤原小黒麻呂	乙丑条
弾正尹		高倉福信	乙丑条
造宮卿	高倉福信	藤原鷹取	乙丑条
近衛員外中将		紀船守	乙丑条
近衛少将	紀船守	大神船人	乙丑条
中衛中将	伊勢老人	佐伯久良麻呂	乙丑条
衛門督		大伴伯麻呂	乙丑条
右衛士督	藤原小黒麻呂	坂上苅田麻呂	乙丑条
主馬頭		伊勢老人	乙丑条
神祇大副	高賀茂諸雄	賀茂大川	癸未条
少納言	篠嶋王	石川浄麻呂	癸未条
左中弁	紀家守	大神末足	癸未条
左少弁	賀茂人麻呂	多治比豊浜	癸未条
右中弁	豊野奄智	紀家守	癸未条
右少弁	紀古佐美か	阿倍石行	癸未条
大学頭	淡海三船	紀真人	癸未条
散位頭		百済王利善	癸未条
治部少輔	高倉殿継	三嶋大湯坐	癸未条
民部大輔	石川浄麻呂	石上家成	癸未条
民部少輔	多治比継兄	藤原菅嗣	癸未条
兵部少輔	藤原菅嗣	藤原継彦	癸未条
刑部卿	石川豊人	石川恒守	癸未条
刑部大輔		当麻永嗣	癸未条
刑部少輔	阿倍石行	文室子老	癸未条
大判事	多治比人足	中臣鷹主	癸未条
大判事	藤原刷雄か	高倉殿継	癸未条
大蔵大輔		大伴不破麻呂	癸未条
宮内大輔	文室高嶋	紀犬養	癸未条
大膳大夫	参河王	陽侯王	癸未条
正親正	三嶋大湯坐	石淵王	癸未条

鍛冶正		巨勢広山	癸未条
主油正		三国広見	癸未条
左京大夫	藤原種継	藤原鷹取	癸未条
右京大夫	大伴家持	石川名足	癸未条
摂津大夫	多治比長野か	豊野奄智	癸未条
造宮大輔	紀犬養	石川豊麻呂	癸未条
造宮少輔	石川豊麻呂	葛井根主	癸未条
造東大寺次官		桑原足床	癸未条
中衛少将	巨勢池長	大中臣安遊麻呂	癸未条
衛門佐	大伴弟麻呂	大中臣継麻呂	癸未条
左衛士佐		大伴弟麻呂	癸未条
左兵衛督	大伴潔足	紀家守	癸未条
左兵衛佐		藤原弓主	癸未条
主馬助		安倍祖足	癸未条
山背守	大中臣継麻呂	多治比人足	癸未条
山背介	丹比真浄	上毛野大川	癸未条
尾張守	紀本	陽侯玲璆	癸未条
遠江介	大荒木押国	土師古人	癸未条
武蔵守	高倉福信	石川真守	癸未条
武蔵介	高麗石麻呂	巨勢池長	癸未条
上総介		中臣丸馬主	癸未条
下総守	藤原種継	藤原家依	癸未条
常陸介	粟田鷹守	賀茂人麻呂	癸未条
近江守	高倉福信	藤原種継	癸未条
近江介	中臣常	大伴継人	癸未条
美濃守	紀家守	大伴潔足	癸未条
美濃介	藤原園人	紀馬借	癸未条
信濃守	大伴不破麻呂	紀家継	癸未条
上野守	文室忍坂麻呂	阿倍家麻呂	癸未条
若狭守	文室於保	船木馬養	癸未条
因幡介	紀白麻呂	物部多芸国足	癸未条
伯耆守	大伴継人	篠嶋王	癸未条
出雲守	当麻永嗣	石川豊人	癸未条
備中守		藤原園人	癸未条
阿波守	大中臣宿奈麻呂か	藤原弓主	癸未条
土左守	紀船守	正月王	癸未条
豊後守	安倍東人	多治比継兄	癸未条

四六　**主馬寮**（一八七頁注七）　主馬寮の官人は、主馬頭・主馬助が本条（天応元年五月乙丑条）以降見られ、後紀大同元年四月辛亥に従五位下藤原山人が主馬権助に任ぜられるのを最後とし、大同三年六月庚申に左馬頭・右馬頭が再び任命され、以後この左右馬寮が続いていくことから、令制の二寮は天応元年五月から大同三年六月までの期間に主馬寮に統一され、その後大同三年六月に至りそれまでの主馬寮と内厩寮が再編され、新たに左右馬寮が発足したものとみられる。

主馬頭の官位相当は未詳。頭に任じられた者をみると従五位下相当か。本条の伊勢老人は従四位上と高位であるが、この時、内厩寮の頭である道嶋嶋足が正四位上、同助紀船守が従四位上であるので、これとの釣合いを考えての任命と見られる（亀田隆之「内厩寮」『日本古代制度史論』）。内厩寮→四補26－一六。

四七　**佐伯部**（一八七頁注八）　佐伯部は、蝦夷によって組織された部で、宮廷警衛の任務に使役されたもの。蝦夷をもって佐伯部としたとする所伝（書紀景行天皇五十一年八月条）については否定的見解もある（津田左右吉「部の一般的性質及び部の語の由来」『全集』三）が、景行紀の所伝はもとより伝承であるとしても、播磨・讃岐・安芸・阿波については、佐伯部もしくはその管掌者としての佐伯直の存在より、大化前代のある時点で、画一的に設定されたものとされる（井上光貞「大和国家の軍事的基礎」『大化前代の国家と社会』［『著作集』四］）。なお、国造として地域を支配し佐伯部を管理した佐伯直の分布から、豊前その他上記の諸地域以外にも佐伯部の存在を想定する見解もある(直木孝次郎「門号氏族」『日本古代兵制史の研究』)。

四八 **敢朝臣**(一九三頁注八)　姓氏録河内皇別に阿閇(倍か)朝臣と同祖で、孝元天皇皇子大彦命の後とある。阿閇の名は、後の伊賀国阿拝(阿閇)郡(現、三重県阿山郡西部・上野市一帯)の地名に基づく。伊賀国の敢朝臣としては、敢朝臣安麻呂(天平廿年十一月十九日付の小治田藤麻呂解案〔東南院二―八八頁〕)・敢朝臣粳万呂(天平勝宝元年十一月廿一日付の伊賀国阿拝郡拓殖郷墾田売券〔東南院二―九〇頁〕)などが見られる。敢臣→四一六一頁注一四。

四九 **員外官の停止**(一九三頁注一二)　員外官の初見は、養老二年九月庚戌条の式部員外少輔波多与射であり、員外国司の初見は、天平十八年の「近江員外介坂上伊美吉(忌寸)犬養」(古二―五二三頁)である。本条(天応元年六月戊子朔条)でも述べるように、当初は事務の繁忙を救うために設置されたものであった。京官の員外官の場合、例えば養老二年の式部員外少輔任官のように、同時に式部卿に藤原武智麻呂、大輔に穂積老、少輔に中臣東人が揃って任官しており、これを長屋王の大納言転任に伴う大輔武智麻呂昇任に際して、律令官人掌握のための式部省に対する、不比等政権下における政治的要請に由来したと見るなど、その役割を重視する見解(林陸朗「員外官の停廃をめぐって」『国史学』一〇八)もある。しかし、員外国司の場合には、天平宝字八年以降宝亀年間に至り、任命数は増加の一途をたどり、正員に準じて公廨の配分に与かることを目的としたものに変じることとなる(亀田隆之「奈良朝末における官制の一考察」『続日本紀研究』一―四)。天平神護二年十月丙戌条で員外国司の赴任が一切禁じられているが、現実には却ってその任命が増加していることは、この傾向を明瞭に表わしている。

宝亀五年に至り、員外国司の廃止の方向が示され、在任五年以上の者を解任し、それに満たない者は五年に達した時点で解任することにした(同年三月丁巳条)。また翌年には、畿内員外史生以上を五年をまつことなく解却することとし(宝亀六年六月癸亥条)、一方では正員の国司を増員すること(宝亀六年三月乙未に、伊勢・参河等一三国に少掾・大目・少目など計四八人の増員、また同十年閏五月丙申に、大・上・中国で史生各一人増員)により適正化を図ってきた。宝亀五年の制以後任命された例外的な員外国司が、(1)宝亀十一年四月辛亥に任じた上総員外介中臣丸馬主、(2)同月辛酉に任じた越後員外守上毛野稲人、の二例あるが、(1)は天応元年五月癸未に、(2)は延暦二年二月壬申にいずれもそれぞれ正員の介・守に転任しており、過渡的性格のものとされる(林前掲論文)。

これに対し、京官の員外官は宝亀五年以後も任命され続け、続紀に見える任命数二四例中一八例が衛府次官級であり、また少納言・左少弁・式部大輔・勅旨少輔・中務少輔という中枢の官にあたることが特徴的である。

本詔では、員外国司に続いて、宝亀五年以後も任命され続けていた京官の員外官についても、文官・武官を問わず停廃した点に意義がある。本詔以後の員外官任命の事例として、(3)天応元年六月癸卯に任じた大宰員外帥藤原浜成、(4)文徳実録斉衡元年四月丙辰条の橘百枝の卒伝中の「大同二年為二常陸員外掾一」、(5)続後紀承和九年七月乙卯に大宰員外帥に任じた藤原吉野、同じく出雲員外守に任じた文室秋津、の例が見られる。しかし、(3)は左降であり、(5)は承和の変に伴う左遷の例である。(4)も卒伝の記述であり、後紀欠失部分ゆえ明確には判断しがたいが、権掾と員外掾との混同も指摘されている(林前掲論文)。次に、本詔以前に員外官に任命され在任中のものは、(6)宝亀五年三月甲辰に勅旨員外少輔に任じた建部人上、(7)天応元年五月乙丑に近衛員外中将に任じた紀船守、(8)天応元年四月丙申に近衛員外少将に任じた百済王仁貞、(9)宝亀十一年四月辛酉に越後員外守に任じた上毛野稲人、の例があるが、(6)は天応元年十月己丑に勅旨少輔、(7)は延暦二年二月壬申に近衛中将、(8)は延暦元年閏正月庚子に播磨介、(9)は延暦二年二月壬申に越後守にそれぞれ任じており、正員あるいは他官への転任までは、員外官にとどまっていたとみられる(亀田前掲論文)。

本条の停廃令によって、員外官そのものは僅かの例外を除き一応消滅したと思われるが、(A)以後の員外官は権官に引きつがれ、結局員外官停廃令は形式的なものにとどまったとする説(山田英雄「桓武朝の行政改革について」『古代学』一〇―二・三・四)、(B)員外官から権官へとストレートに移行したのではなく、員外国司から京官兼国、ついで権任国司へと過渡的な形で移行したとする説(亀田前掲論文)など、以後の展開過程に対し諸説が出されている。(A)については、権官が目につく数で現われるのは延暦末年から(亀田前掲論文)、(B)については、京官兼国は天平宝字年間に散見しはじめ、神護景雲年間にかなり多く、宝亀・天応・延暦を経て次第に増加しているので、三者の間の移行を想定することはできない(林前掲論文)、などの批判が出されている。

なお本詔で停止対象外とされた郡司については、延暦元年に、郡司主帳以上の員外官で喪により解任したものは復任できないこととする政策も出されている(三代格天応二年三月十八日勅)。

五〇　**阿閦寺**(二〇一頁注三)　天平宝字五年十月に遣唐副使に任じられた石上宅嗣が、航海の安全を祈って宅を喜捨して仏寺とし、阿閦仏像を祀ったのが起源(日本高僧伝要文抄所引延暦僧録五)。法華寺の東南にあり(建久御巡礼記〔十二世紀末、僧実叡〕)、平城左京二条二坊ないし四坊の地がそれにあたる。

五一　**芸亭**(二〇一頁注五)　成立年代については、日本高僧伝要文抄所引延暦僧録五の芸亭居士伝には、天平宝字年中に遣唐大使となり、帰国後、寺の東南に芸亭院を造ったと見える。しかし、宅嗣は遣唐副使に任じられた(天平宝字五年十月癸酉条)ものの、翌年罷められ藤原田麻呂に交代している(同六年三月庚辰朔条)ので、この芸亭設立年代の所伝は信憑性がない。一方、後紀弘仁六年六月条の播磨守贈正四位下賀陽朝臣豊年の卒伝に「大納言石上朝臣宅嗣、礼待周厚、屈二芸亭院一数年之間、博二究群書一」とあり、宅嗣の式部卿任官から中納言昇任の間の宝亀二年三月から十一月のころは豊年二十一歳で矛盾がないので、この頃の設立と推定する見解もある(新村出「石上宅嗣の芸亭につきて」『典籍叢談』)。しかしこの推定にも確証なく、その正確な創設年代は未詳であるが、宅嗣晩年の宝亀年間ではあろう。

本条(天応元年六月辛亥条)によれば、好学の徒で閲覧を希望する者にはこれを許したとあるように、公開図書館的性格を有していた。また同時に、空海の綜芸種智院式(続遍照発揮性霊集補闕抄一〇)にも「備僕射之二教、石納言之芸亭、如レ此等院」と見え、吉備真備の二教院と並んで、先の後紀豊年卒伝の記事をも合わせ考えると、私学的性質も有していたと推測される(桃裕行「上代に於ける私学」『上代学制の研究』)。

本条の条式に見える設立の趣旨は、顔氏家訓、帰心篇十六に「内外両教本為二一体一漸極為レ異、深浅不同、内典初門設二五種禁一外典仁義礼智信、皆与レ之符、仁者不殺之禁也、義者不盗之禁也、礼者不邪之禁也、智者不淫之禁也、信者不妄之禁也」とある趣旨と同一であるとされる。ただ、儒仏一体思想といっても仏教に優位性を置き、内典を助けるための外典であり、目指すところは仏教にあるとの指摘がある(桃前掲書)。

芸亭の様相については、先の延暦僧録に「堅レ山穿レ沼、植レ竹栽レ花、橋渡二生死之河一、船済二投於彼崖一、芸亭西南構二於禅門一、…芸亭東北建二方丈室一、」、経国集の賀陽豊年の詩に「巌構二礪歯之石一池涌二洗耳之泉一魚喁レ水而相戯、鳥択レ木而争遷」(巻一「和二石上卿小山賦一」)と描写されている。所在については、建久御巡礼記(十二世紀末、僧実叡)に「此寺(法華寺)ノ鳥居ノ東南幾不レ去、田中ニ松一本生ル所、是昔ノ阿閦寺ノ跡也」とあり、平城京左京二条二坊の地(現奈良市法華寺町)にあったと考えられる。

五二　**土師氏と凶儀**(二〇二頁注一一)　垂仁紀三十二年七月条の「是土部連等、主二天皇喪葬一之縁也」とするのをはじめ、書紀・続紀等に喪葬関係への関与が見える。また、職員令19に「土部十人〈掌、賛二相凶礼一〉」と土師氏出身の伴部である土部が置かれたことが見え、喪葬令4の「凡百官在レ職薨卒、…三位以上及皇親、皆土部示二礼制一」により、喪に際し土部が派遣されることになっていた。職員令19義解にも「即土師宿禰年位高進者、為二大連一、其次為二少連一、並紫衣刀剣、世執二凶儀一、其文多」とある。三代格延暦十六年四月廿三日官符にも同様の主張が見える。しかし実際には、軍事・外交にも関与し、一般の官人としても活動していたとされる(直木孝次郎「土師氏の研究――古代的氏族と律令制との関連をめぐって――」『日本古代の氏族と天皇』)。

五三　**土師氏の改姓**(二〇三頁注一三)　本条(天応元年六月壬子条)で土師宿禰古人・土師宿禰道長等一五人が菅原宿禰に改姓されたことにはじまり、延暦元年には土師宿禰安人兄弟男女六人が秋篠宿禰に(五月癸卯条)、同四年には右京人土師宿禰淡海とその姉諸主らが秋篠宿禰に(八月癸亥朔条)、同九年には桓武の外祖母土師宿禰真妹・菅原真仲・土師菅麻呂が大枝朝臣に(十二月壬辰朔条)、同じく菅原宿禰道長が菅原朝臣、秋篠宿禰安人が秋篠朝臣、土師宿禰諸士が大枝朝臣に(同月辛酉条)、それぞれ改姓されている。

延暦九年十二月辛酉朔条によると、土師氏はこの時までに、四腹にわかれ、中宮母家(中宮高野新笠を生んだ土師氏)は「毛受腹」と称されている。この「毛受腹」の毛受は、和泉の百舌鳥と関係するとされるが、大枝の名は、高野新笠の陵が大枝陵とされ(延暦八年十二月条付載明年正月壬子条)、山城国乙訓郡に所在し(諸陵寮式)、和名抄にも乙訓郡に大江郷があることから、その居地によるものであり、和泉の百舌鳥の流れがここに居住したものと想定される(直木孝次郎「土師氏の研究——古代的氏族と律令制との関連をめぐって——」『日本古代の氏族と天皇』)。また、本条の菅原姓も「因₂居地名₁、改₂土師₁」とあり、この菅原の地も添下郡菅原郷と考えられる。

ところで、秋篠姓の場合、大和国添下郡京北班田図に見える秋篠里(現奈良市秋篠町一帯)をその居地と関連させることについて、この地と秋篠姓との関係を示す文献や、土師の窯跡などの土師系関連遺跡の存在しないことから疑問も出されている(小出義治「大和・河内・和泉の土師氏」『国史学』五四)。これに対し、秋篠は楯並古墳群の所在する地であり、百舌鳥と同様の条件にあり、京北班田図にも三条三里が瓦屋里とあることから、土器製作や土師氏との関連を想定し得るとの反論もある(直木前掲書)。

なお、土師氏の四腹のうち、菅原・秋篠・大枝以外の一腹の本拠として、(1)河内国志紀郡・丹比郡に土師郷があること(和名抄、古四-二二七頁)、(2)河内国志紀郡に土師連、丹比郡に土師宿禰が居住すること(続紀神護景雲三年十二月戊午条、三代実録貞観九年四月廿五日条)、(3)河内国志紀郡の人として土師宿禰が見えること(古六-一三五頁)、(4)河内国に大枝・菅原・秋篠の旧土師氏がいたこと(後紀延暦十五年七月戊申条・弘仁二年三月丙申条)などから、河内古市誉田古墳群周辺地域を本拠とする土師氏の存在を想定する見解もある(直木前掲書)。

これら土師氏のうち、菅原朝臣・秋篠朝臣・大枝朝臣は、姓氏録右京神別に、ともに「土師宿禰同祖、乾飯根命七世孫大保度連之後也」として採録されている。

五四　**富士山**(二〇五頁注一三)　不尽(万葉三一七題詞-三二〇・二六九五・二六九七左注・三三五六)、不自(同三三五五)、布士(同三一七・三二一)、布仕(同二六九七)、布自(同三三五八)、布時(同三三五七)、また複慈岳(常陸国風土記筑波郡条)、富岻(霊異記上-二十八)とも。延暦十九年三月十四日から四月十八日までの噴火(紀略延暦十九年六月癸酉条)、翌々年の延暦二十一年の噴火の降灰で足柄路が使用不能となり筥荷路を開いたこと(同延暦二十一年正月乙丑条・五月甲戌条)、貞観六年には溶岩流が甲斐国側へ流れ、河口湖ができ、本栖湖へも溶岩が流入したこと(三代実録貞観六年五月廿五日条・七月十七日条)などが見える。延暦十九年・貞観六年の噴火と、宝永山を形成した宝永四年の噴火とを、記録に残る三大噴火とも称する。

五五　**紀朝臣木津魚**(二〇九頁注一五)　木津雄とも。延暦元年六月右兵衛佐、同二年正月に従五位上、同四年正月美濃守、同八年八月右兵衛督、同九年二月正五位下、同年三月内匠頭となり、衛門督を兼ねた(続紀)。同十二年十二月右兵衛督従四位下と見え(類聚国史、天皇遊猟)、同十五年六月度者二人を賜わった時、故右兵衛督従四位上と見える(類聚国史、度者)。紀氏系図に、従三位で、飯麻呂の子、百継の父と見える。紀朝臣→㈠補1-三二一。

五六　**藤原朝臣内麻呂**(二一一頁注一五)　房前の孫で、真楯の三男。母は安倍帯麻呂女。真夏・冬嗣・長岡・愛発等の父。後長岡大臣と号した(分脈、補任延暦十三年条、大鏡五裏書)。延暦元年閏正月甲斐守、同三年四月右衛士佐に任じられ、同四年八月従五位上に昇叙、同月中衛少将、同年十月越前介となる。同五年正月正五位上に昇叙、同月越前守に任じられ、同六年五月従四位下、同八年三月右衛士督となる。この時、越前守故の如しと見える。同九年三月内蔵頭に任じられたが、右衛士督・越前守故の如しとある(続紀)。同十五年七月従四位上より正四位下に昇叙、同十六年三月兼近衛大将となった。時に参議・刑部卿・正四位下とある。同十八年四月兼造宮大夫となったが、この時中納言・従三位で近衛大将・但馬守故の如しと見える。大同元年正月兼武蔵守となり、同年四月大納言に任じられた(後紀)。同年五月正三位に昇叙し、右大臣となる(補任)。同四年正月従二位に昇叙。弘仁三年九月病により辞職せんとしたが許されず、同年十月に没。時に右大臣・従二位。従一位左大臣を贈られた(後紀)。

また、延暦二十二年二月、交替式編纂に際し、検校と見え(延暦交替式・貞観交替式)、桓武朝の時、格式の編纂に従ったとある(弘仁格式序〔三代格〕)。この他、補任・分脈・大鏡裏書によると、天平勝宝七年丙申生れ(丙申年は同八歳、「八」の誤りか)、延暦十一年六月刑部卿に任じられ、同十三年十月参議となり、左兵衛督・越前守・刑部卿故の如しと見える。同十四年三月陰陽頭を兼ね、同十五年正月従四位上に昇叙し、但馬守を兼ねた。同十六年九月勘解由長官を兼ね、同十七年閏五月正四位上に昇叙し(補任・裏書)、同年八月中納言、従三位となった。大同二年四月近衛大将を改め左近衛大将となり、同年八月侍従を兼ねている。参議五年、大将一六年、中納言九年、大納言二か月、右大臣七年と見える(補任)。

子として、愛発(続後紀承和十年九月辛丑条の薨伝)、長岡(同嘉祥二年二月辛卯条の卒伝)、助(文徳実録仁寿三年五月戊午条の卒伝)、大津(同斉衡元年十月庚申条の卒伝)、衛(同天安元年十一月戊戌条の卒伝)、嵯峨天皇夫人の緒夏(同斉衡二年十月丙戌条の薨伝)などが見えている。

五七　**葛飾郡**(二一一頁注一六)　下総国西端の郡。民部省式・和名抄は「葛餝」で「カトシカ」・「加止志加」と訓む。管郷は度毛・八(大か)嶋・新居・桑原・栗原・豊嶋・余戸(高山寺本なし)・駅家(同上)の八郷。当郡には下総国府(現千葉県市川市国府台付近)、国分寺・国分尼寺(市川市国分)が所在。養老五年の大嶋郷戸籍に葛餝郡(古一—二一九頁)、万葉に葛飾郡の他に「可豆思加」「勝鹿」「可都思加」などとも記す。現在の千葉県市川市・船橋市・松戸市・野田市・柏市・流山市・我孫子市・鎌ヶ谷市・浦安市・東葛飾郡、埼玉県三郷市・北葛飾郡、東京都葛飾区・墨田区・江戸川区・江東区、茨城県古河市を含む。

五八　**大歌**(二一三頁注三)　唐楽・高麗楽に対して、日本の歌である風俗歌・催馬楽・神楽歌等をさし、のち大歌所で採用され、伝習されたもの。元日・白馬・踏歌・端午・豊明の各節会の宴で奏された。儀式、践祚大嘗祭儀に「午日…次奏二大歌并五節舞一」、践祚大嘗祭式に「午日…申一点奏二大歌并五節舞一」、北山抄、大嘗会事に「午日…次大歌別当下レ殿出二南門一、率二歌人一参入、於二舞台南頭一奏二大歌一」などと見える。

五九　**中臣朝臣必登**(二一三頁注一四)　意美麻呂の孫、広見の男。延暦五年八月参河介、同六年二月和泉守となる。中臣氏系図に、意美麻呂の子の広見の第七子と見え、「宮司、大司、従五位下、少副、自二此時一宮司不レ交二異姓一」とあり、二所太神宮例文の大宮司次第に「祭主広見七男也、宝亀元年十二月任、在任四年、同三年正月司家司官炎上畢」と見える。中臣朝臣→㊀補1—八八。

六〇　**藤原朝臣真鷲**(二一三頁注一五)　魚名の男。延暦四年七月大学頭、同五年正月伯耆守、同九年三月右少弁、同年閏三月皇后藤原乙牟漏の死去に際し山作司となり、同十年七月大宰少弐に任じられた。藤原朝臣→㊀補1—二九。

六一　**藤原朝臣浄岡**(二一三頁注一六)　延暦二十四年三月、藤原種継暗殺事件の罪をゆるされて入京し、大同元年三月従五位下に復されたことが見える。同三年七月典薬頭、同四年二月筑後守に任じられる(後紀)。分脈によると、豊成の孫、乙縄の子。「従五下、筑前守」と見え、「母異母妹正三善集朝臣女」とある。藤原朝臣→㊀補1—二九。

六二　**林忌寸稲麻呂**(二一三頁注三四)　宝亀年間、造東大寺司少判官として見え(古二五—三六五頁など)、延暦元年二月に造東大寺次官、同月東宮学士となり、同二年二月には東宮学士で美作介を兼ね、同四年正月、再び造東大寺次官となり、東宮学士・備前介を兼ねた(続紀)。同四年九月、藤原種継暗殺事件に連坐し、伊豆に配流、時に東宮学士(紀略)。大同元年三月、本位従五位下に復されたが、この時の姓は宿禰と見える(後紀)。

林忌寸は、坂上系図所引姓氏録逸文に阿智王の後として「中腹志努直之第二子、志多直、是黒丸直、於忌寸、倉門忌寸、呉原忌寸、斯佐直、石占忌寸、国覓忌寸、井上忌寸、石村忌寸、林忌寸等十姓之祖也」と見える。林のウヂ名は、後の河内国志紀郡拝志郷(現大阪府藤井寺市道明寺町林)の地名に基づく。一族には、林忌寸真継(後紀延暦十八年四月庚寅条)・林忌寸真永(同弘仁三年正月丙寅条など)・林忌寸稲主(同弘仁四年正月己卯条)がいる。

六三　**朝原忌寸道永**(二一三頁注三六)　延暦元年閏正月に大外記、同二年十一月に大学助を兼ね、同三年三月に越後介を兼ねた。同四年八月従五位下に叙位、同年十一月皇太子学士となり、この時本官は大外記。同六年三月には大学頭となった。朝原忌寸→補34―一五。

六四　**紀伝**(二一五頁注四)　大学の学科の一つで、中国の史書・詩文を教科内容とする。令制の大学は、博士・学生として特別の呼称を冠しない経学(のちの明経道)に算学を付随させたものにとどまっていた(桃裕行「平安時代初期の大学寮の盛容と大学別曹の設立」『上代学制の研究』)。しかし、考課令72に進士は時務策に文選・爾雅を試する規定があり、学令8集解古記によれば、大宝令では、大学で文選・爾雅を読んだことがわかり、令制の大学ですでに漢文学的教科が行われていた可能性がある。神亀五年七月、明経直講を割いて文章博士一人を置き正七位下の官位相当とし(三代格神亀五年十(七)月廿一日勅)、天平二年三月、文章生二〇人・文章得業生二人が置かれた(職員令14集解令釈所引天平二年三月二十七日奏)。こののち、天平七年四月、唐から吉備真備が三史・五経を持ち帰り、大学の教科に三史が採用された(扶桑略記天平七年四月辛亥条、本朝文粋所収意見十二箇条第四条)。

大同三年二月には直講を割いて紀伝博士一人を置き、正七位下の官とし(三代格大同三年二月四日太政官符)、承和元年三月にはこれを廃止し、文章博士一人を増置し二人とし、紀伝得業生と紀伝生を廃止した(同承和元年三月八日太政官符)。弘仁十一年には、別に俊士五人・秀才生二人を置いて文章得業生二人に替えたが、天長四年には文章生・文章得業生の制に復した(本朝文粋天長四年六月十三日太政官符)。しかし、文章生試が以前は大学寮で行っていたのを式部省に移したことから、文章生の地位がこれとともに上昇した。また弘仁十二年二月には、文章博士の官位相当位が明経博士を抜いて従五位下となった(三代格弘仁十二年二月十七日太政官符)。

文章博士は定員二名、博士任官者として、菅原清公、その子是善、是善の子道真と、菅原氏が官職世襲の傾向を有し、次に大江氏が加わり、藤原氏のうち、南家・式家と北家のうちの日野家も加わり、五家で独占するに至った。文章得業生は二人で、文章生または給料学生から選ばれ、省試の及第者の一人を文章得業生とすることもあった。文章得業生となって、七年・五年または三年たって秀才試に応ずるが、このとき方略策二条を作成するのでこれを方略試また対策ともいう。これに及第することによって、京官に任ぜられた。文章生は二〇人で、擬文章生および登省宣旨を蒙った学生・蔭子・蔭孫に省試として詩賦を課し及第者を採った。文章生から文章得業生となるのは少数で、大多数は文章生としての年数により官職につくことになる。擬文章生は二〇人で、学生に寮試として一史の文を読ませ及第者を補した。この他に、文章生から選ばれて穀倉院学問科を給せられ順に文章得業生となる給料学生があった。

教科書は、三史(史記・漢書・後漢書)・文選で、史書として三国志・晋書が加えられることがあったが、文選と並び称される爾雅はのちには挙げられていない。

六五　**「太行天皇」**(二二一頁注五)　天皇死去ののち、いまだ追号が定められない間の尊称。史記孝景本紀中元六年四月条の注に「服虔曰、天子死未レ有レ謚、称ニ大行一」と見えるなど、中国の古典の用語に由来する。わが国においては、書紀持統三年五月条に、「命ニ土師宿禰根麻呂一、詔ニ新羅弔使級飡金道那等一曰、…遣ニ田中朝臣法麻呂等一、相ニ告大行天皇(天武)喪一」と見え、伊福吉部徳足比売骨蔵器の「藤原大宮御宇〈大行〉天皇(文武)御世、慶雲四年歳次丁未春二月二十五日、従七位下被賜仕奉矣」(奈良国立文化財研究所飛鳥資料館編『日本古代の墓誌』)や、万葉の「大行天皇(文武)幸ニ于難波宮一時歌」(七二題詞)や「大行天皇(文武)幸ニ于吉野宮一時歌」(七四題詞)と見える用法など、単に先帝の意にも用いられた。本条(天応元年十二月癸丑条)の用例は、大行天皇の称号がその本来の意義に用いられた初見である(なお、『帝室制度史』六では、後紀大同元年三月丙戌条の「上(平城)謂ニ公卿一曰、…報曰、大行天皇(桓武)、聖徳弘茂、海内清平、有ニ何疑弐一」を初見としている)。

平安時代以後、諡号の制が行われなくなり、追号がこれに代ったのちも、追号の定まるまではこれを大行天皇と称した。江戸時代の末期、光格から諡号の制度が再興されるに伴い、仁孝・孝明両天皇の死去に際して、追って諡号を奉るまでは、大行天皇と称する旨宣示された(弘化諒闇記弘化三年二月六日条・議奏記録慶応二年十二月二十九日条)。一九二六年制定の皇室喪儀令においても、大行天皇の語が追号選定以前の先帝の称号として用いられている。

37　巻第三十七

一　「桓武」の諡号(二二五頁注二)　「桓武」は没後まもなく上られた漢風諡号で、詩経、周頌、閔予小子之什の、武王を讃美した詩の一節「桓桓武王」から採ったとされる。「桓」は、武を講じ、軍の祭である類(いる)・禡(ば)の祭をする意。在世中の数度の征夷事業に拠ったか。「桓武」の漢風諡号を使用した例としては、紀略大同四年五月壬子条の高志内親王の薨伝に「桓武天皇第二女」と見えるのが最初で、以後桓武の子女の薨伝などに多く見ることができるが、これらは編纂に際して書き替えがなされた可能性が皆無とは言えない。そうした伝の記載を除くと、ほぼ確実な使用例としては、後紀逸文と見られる天長二年十一月戊戌条(類聚国史)の皇太子奏言に見える「桓武聖帝」が最初となる。官符等の類では嘉祥元年六月十五日の太政官符に見える「桓武天皇之所㆓崇建㆒矣」まで下る(三代格)。漢風諡号「桓武」がいつ奉られたのかは不明だが、こうした諸例によるとき、その使用は嵯峨天皇の治世下に一般化するに至ったものと考えられる。

二　氷上川継事件(二二五頁注一一)　氷上川継事件というのは、延暦元年閏正月に氷上真人川継(補35-五一)が謀反を企てたが発覚し、逮捕され流罪となった事件をいう。続紀の記載によれば、その経過はおおよそ次の如くである。すなわち、川継は兵を集めて謀反を企て、資人の大和乙人に命じ、支党を呼び寄せようとし、乙人は兵杖を帯び宮中に闌入したところを捕えられ、訊問の結果、川継謀反の計画を自白するに至った。朝廷は川継を召換しようと使者を赴かせたところ、彼は事が発覚したのを知って逃走したので、三関を固め五畿・七道に命じて捜索させ、大和国葛上郡で逮捕した。彼は、名例律6(謀反)、賊盗律1に明示されているように謀反([一]補3-五五)の罪で当然死罪のはずであったが、光仁太上天皇の諒闇の期間中であり、極刑を加えるに忍びないとの理由から、死一等を免れて伊豆国三嶋に流罪となった。

この事件に関係して、川継の母や姉妹等が移配されている他(補37-三)、藤原浜成が、川継の妻の法壱の父である関係から支党と見なされ、従来より帯びていた官職のうち、参議及び侍従の職を免ぜられて大宰員外帥のみとする処分がなされている(補37-五)。またこの時、山上船主と三方王の両名は、ともに川継の支党として、前者は隠岐介に、後者は日向介に左遷となったが、後の三月戊申条によれば、この両名と三方王の妻の弓削女王は、共謀して乗輿を厭魅しようとしたとの理由で絞罪になるところを、死一等を減じて流罪となっている(補37-六)。事件の余波は彼ら以外にも及び、左大弁大伴家持、右衛士督坂上苅田麻呂等が川継の事件に連坐して、職事は見任を解かれ、散位は京外追放の処置を受けたが、その他、支党と見なされた者、また川継の姻戚や知友が京外追放となっている(補37-七)。

以上の一連の経過のうち、川継が謀反を計画したと大和乙人の自白にあることや、事件に関係して処分された者が多数いること、また後述のような氷上家の性格と併せて、川継の陰謀を事実と見る説(林陸朗「奈良朝後期宮廷の暗雲――県犬養家の姉妹を中心として――」『上代政治社会の研究』、村尾次郎『桓武天皇』)に対し、発覚から逮捕までの日数が短いこと、処分が早すぎること、また乙人の行動の異様さなどから、仕組まれたものとする説(阿部猛「天応二年の氷上川継事件」『平安前期政治史の研究』)が主張されている。

氷上家は、川継の父の塩焼王が氷上真人の姓を賜わって創立した家であるが、川継の父の塩焼王(氷上真人塩焼)が新田部親王の子であること、塩焼王の妻の不破内親王が聖武の子であること(母は県犬養広刀自)から、奈良朝政界においては第一級の血筋を誇る家系であった。それだけにその家系は、政界に地歩を占めようとする者にとって利用すべきものとして映じたようであり、また氷上家の者もそうした自負心を抱いたようである。天平宝字元年四月、道祖王の廃太子に当たって兄の塩焼王が候補者となり、同八年九月押勝の乱に際して偽帝に立てられたことは、その一端と考えられるが、また神護景雲三年五月に不破内親王が子の氷上志計志麿を皇位に即けようとして、称徳女帝を厭魅したとの理由により処罰された事件は、この家系が皇位継承に関連して多分に危険な因子を含むものであるとともに、氷上家自身も継承者たる資格を持つ家系であることを、機会あれば示そうとする姿勢を持っていたことを物語る。従って、光仁即位によって不破内親王の姉妹である井上内親王が立后したものの、ほどなく廃される一方、渡来系氏族の血を引く山部親王が立太子し、さらに皇位に即くに至って、氷上家の不満は頂点に達したのではないか。また桓武の側にしても、その存在は自己の立場の安定のために、危惧すべきものとして映ったであろう。さらには、天武系の皇統絶滅の意図さえ窺えるのである。

　ところで、不破内親王の厭魅事件によって母とともに処罰された氷上志計志麿は、川継と同一人物ではないかという主張がある。この事件によって母の不破内親王は厨真人厨女と改姓名させられたが、志計志麿については何の記述もない。しかし「志計志」の意味に「穢、汚」があるのを思うと、通常の名としてはいささか不審である(「穢」は神護景雲三年九月に輔治能(和気)清麻呂が配流されるに当たって、その名を「穢麿」とされたことも併考の余地がある)。一方、紹運録には塩焼王の子としては志計志麿の名しか見えない。また志計志麿は神護景雲三年五月の記事以後見えなくなる反面、川継はその一〇年後の宝亀十年正月に無位より従五位下に叙位された記事を最初とし、両者の記事に年代的な齟齬は見られない。そこで、川継は厭魅事件により名を志計志麿と改められ罪されたが、不破内親王の復籍とともに彼も罪を許され本名の川継に戻ったのだとの主張である(林陸朗『国史大辞典』「氷上志計志麻呂」の項)。この見解は、不破内親王の改姓名についてはその理由が記されているのに、志計志麿については何の記載も見えないこと、紹運録が室町時代の編纂物であって、記載になお問題の残ることなどを考える時、もう一つ決め手を欠くが、一考に値する見解といえる。

　川継はこの事件以後、続紀にその行動は見えないが、後紀延暦十五年十二月丙戌条によれば、伊豆国三嶋になお流罪の身であったことが知られる。彼が罪を免ぜられたのは同二十四年三月であり、さらに大同元年三月に至り本位従五位下に復している。同四年二月には典薬頭となり、弘仁三年正月に伊豆守に任ぜられている(なお、以下補注37―七まで、亀田隆之「氷上川継事件に関する一考察」(『人文論究』四一―三)参照)。

三　**氷上川継の母・姉妹・妻の処置**(一二一七頁注四)　氷上川継の事件に関連して彼の妻の法壱、母の不破内親王そして姉妹への処置を、先行の研究の多くが川継に連坐して流罪になったとするが、これは明らかな誤解である。

　謀反は八虐の筆頭に挙げられる大罪で、本人はもとより親族も酷しい処分を受けることは賊盗律1からも明らかであるが、養老律とその母法となった唐律とを比較すると大きな相違が存在するのに注目される。両律を掲げると次の通りである。

○養老賊盗律1

凡謀反及大逆者、皆斬。父子、若家人資財田宅、並没官。年八十、及篤疾者、並免。祖孫兄弟、皆配㆓遠流㆒。不㆑限㆓籍之同異㆒。即雖㆓謀反㆒、詞理不㆑能㆑動㆑衆、威力不㆑足㆑率㆑人者、亦皆斬。〈謂。結謀真実、而不㆑能㆑為㆑害者。若自述㆓休徴㆒、仮㆓託霊異㆒、妄称㆓兵馬㆒、虚説㆓反由㆒、伝㆓惑衆人㆒、無㆓真状可㆑験者、自従㆓妖法㆒〉。父子並配㆓遠流㆒。資財不㆑在㆓没限㆒。(〈　〉は本注)

○唐開元二十五年律

諸謀反及大逆者皆斬。父子年十六以上皆絞。十五以下及母女妻妾、〈子妻妾亦同〉。祖孫兄弟姉妹、若部曲資財田宅並没官。男夫年八十及篤疾、婦人年六十及廃疾者並免。〈余条婦人応㆓縁坐㆒者準㆑此〉。伯叔父兄弟之子、皆流㆓三千里㆒。不㆑限㆓籍之同異㆒。即雖㆓謀反㆒詞理不㆑能㆑動㆑衆、威力不㆑足㆑率㆑人者、亦皆斬。〈謂、結謀真実、而不㆑能㆑為㆑害者。若自述㆓休徴㆒、仮㆓託霊異㆒、妄称㆓兵馬㆒、虚説㆓反由㆒、伝㆓惑衆人㆒、而無㆓真状可㆑験者、自従㆓祆法㆒〉。父子母女妻妾、並流㆓三千里㆒。資財不㆑在㆓没限㆒。(〈　〉は本注)

(唐律疏議)

唐律では謀反・謀大逆の場合、「子十五以下及母女妻妾、祖孫兄弟姉妹」は没官で、謀反が「詞理不㆑能㆑動㆑衆、威力不㆑足㆑率㆑人」の場合でも「父子母女妻妾、並流三千里」と規定されている。ところが養老律の対応条には、女性に関する処分の規定は全く見えない。従って川継の罪状が謀反であっても、母の不破内親王や彼の姉妹が流罪になる法的根拠はない。

　ただ、妻の法壱の場合、本条(延暦元年閏正月丁酉条)に「相随」とあるが、これは名例律24に「凡犯㆑流応㆑配者、三流倶役一年、…妻妾従之」とあって、妻妾は配流の対象者である夫に従って配所まで赴くことが規定されていた。

これはまた獄令11にも「凡流人科断已定、及移郷人、皆不レ得下棄二放妻妾一至中配所上」とあり、同条義解の説くように、「必須二相随同行一」となっていたのであって、法壱の場合はこれが適用されたのであり、けっして連坐による流罪ではない。

不破内親王と姉妹の「移配」の語はどのように理解すべきなのであろうか。不破内親王の場合、詔に「返逆近親、亦合二重罪一」とあることは、ただたんに川継の母であるというだけでなく、押勝の乱で偽帝に立てられ、押勝とともに敗死した塩焼王(氷上真人塩焼)の妻であったことが含まれ、そうしたことが詔にいう酷しい処分の語となって示され、また川継の姉妹に対しても同様な処置となったのであろう。詔勅は律令に優先するから、律令の規定になくても処断は可能である。おそらく川継の母及び姉妹の「移配」はそうした内容のものと考えられ、いわば、政治的判断に基づく「移配」と推測される。なお謀反人の母や姉妹についての処分が日本律と唐律とで前掲条文のように大きく異なることについて、その理由を両者の家族構成及び家族生活の相違に基づくとする見解が存在する(梅村恵子「『流』の執行をめぐる二、三の問題」池田温編『中国礼法と日本律令制』所収)。

ところで川継の姉妹であるが、続紀以下の正史にその存在を明示する記事は見当たらない。この点について角田文衛は、天平宝字六年正月に従四位上から正四位下に昇叙されている氷上真人陽侯を不破内親王の女とし、天平十一年正月に無位から従四位下を与えられた陽胡女王、さらに天平宝字五年十月に稲四万束を与えられている陽侯(女)王と同一人物と見た後、この女王が天平宝字五年十月壬戌以後、翌六年正月癸未までの間に臣籍に降下し、氷上真人姓を名乗ったことを主張している(「氷上陽侯」『角田文衛著作集』5)。しかし天平宝字五年十月の稲を賜わった記事を見るとき、陽侯(女)王は正三位であったことが明らかであり、しかもこれを続紀写本の誤写と見ることはできない。とすればこの両名は明らかに別人なのであり、現在のところ川継の姉妹であることが明らかな女性を見出すことは困難とせねばならない。

四　**「傾朝庭」**(二二七頁注一二)　「謀反」に対する古訓として「ミカドヲカタブケムトハカル」があり、すでに書紀朱鳥元年十月己巳条の「謀反」の訓として見える。国家(君主)を危うくすることを謀る罪を意味し、名例律6八虐の第一に「一曰謀反〈謂、謀レ危二国家一〉」と規定されている。続紀では養老六年正月壬戌条の「謀反」以後、この記載が一般的だが、古訓のままに謀反を「傾朝庭」と記す例として、宣命に「朝乎傾」(天平宝字八年九月甲寅条)、「朝庭乎傾動武止」(天平宝字八年九月甲寅条)、「朝庭乎動傾止」(天平神護元年八月庚申条)、「傾奉朝庭」(神護景雲三年五月丙申条)などが見える。宣命以外に「傾朝庭」と記すのは本条のみ。朝庭→〔一〕補1-一〇。

五　**氷上川継の謀反と藤原浜成**(二二九頁注一三)　氷上川継の謀反に関係し、藤原浜成に対し参議及び侍従の職を解いて大宰員外帥のみとするとの処分が出されたのであるが、この員外帥は天応元年六月に「所レ歴之職、善政無レ聞」との理由から、大宰帥から大宰員外帥に貶されたものであった。しかもこの時、公廨料を三分の一に減ずるとともに「府中雑務、一事已上今毛人等行レ之」と見え(癸卯条)、現地に赴任しても政務に与かれなかったのであって、この処置は明らかに浜成に対する左遷処置ともいえるものであった。ただその時には、名目的にもせよ、参議と侍従の職は帯びていたのであるが、今回はそれさえも取り上げているのであって、浜成への処置は一段と酷しくなっており、実質的には流罪に等しい。

こうした処分の理由について、本条(延暦元年閏正月辛丑条)には浜成の娘の法壱が川継の妻であること、また子息の継彦が支党であったことが挙げられている。その理由はそれなりに意味を持つと思われるが、しかしそれだけではないと考えられる。というのは、水鏡によれば、山部親王(桓武)の立太子に当たり、浜成はその出自が渡来系であることを問題として、山部を推す式家の藤原百川と対立し、光仁と尾張女王との間に生れた稗田親王を推挙したとある。このことは案外真相の一端を伝えているようで、浜成の政治的立場は、光仁の没後そして桓武の即位によって、きわめて不利になっていたことが明らかである。そしてそのことを決定的にしたのが川継の事件であって、それを契機として、浜成の政治的生命を完全に奪ったのがこの処分であったといえる。

六　**山上朝臣船主・三方王らの左遷処置**(二二九頁注二〇・二二)　氷上川継の謀反に関係して、本条(延暦元年閏正月辛丑条)において山上船主は陰陽頭天文博士甲斐守から隠岐介に、また三方王は日向介に左降されているが、当時、隠岐国は下国(民部省式上)、日向国は中国であって、ともに定員に介は存在しない(職員令72・73)。その点を考えると、これらの任命は他の同様な例と同じく流罪に近い左遷処分といえる(亀田隆之「中国の介について」『日本歴史』四七三)。山上船主は、その処分前の職から陰陽天文の道に詳しい人物であったことが知られるが、恵美押勝や和気王事件に関係した大津大浦の例を挙げるまでもなく、川継の近くに存在し、陰陽卜占の技能をもって事の吉凶を占い、川継に助言することを通して、その信頼を得ていたものと考えられる。一方の三方王であるが、王の妻が舎人親王の孫にあたる弓削女王であること、また船主を含めてこの三名が、三月に至り乗輿を厭魅したとの理由で、左遷任国に今度は流罪となっている事実を見過ごすことはできない。日向権介への左降↓補39-二一。

彼らの行動また彼らへのこうした処置を見る時、彼らが川継事件にかなり関係していたこと(少なくとも、そう認識されていたこと)を物語るであろう。三方王の場合などは妻が天武の三世女王であることとも関係して、天智系のしかも渡来系の血を引く山部の即位にはかなりに批判的であったと考えられる。従って閏正月(本条)に左遷処置が出されたにも拘らず、なお批判的行動を示したため、追討ちをかけるようにして出されたものが三月の流罪処分であったと見られる(目崎徳衛「三方王について――その大伴家持との関係――」『平安文化史論』)。

七　**大伴宿禰家持らの処分**(二二九頁注二三)　本条(延暦元年閏正月壬寅条)は氷上川継の謀反に関連して大伴家持らが処分された記事であるが、これを見る時いくつかの点で注目される。まず第一にその処分の内容であるが、謀反の連坐にしては、「職事者解二其見任一、散位者移二京外一」という処分はきわめて軽い印象を与える。しかも本条に記された五名の官人の中には、前日(辛丑条)に流罪に等しい大宰員外帥左遷の処分を受けた藤原浜成の男の継彦(氷上川継から見れば妻を通しての兄弟となる)も含まれている。第二にこの日に見任を解かれた大伴家持と坂上苅田麻呂の両名は、処分後、半年もたたない五月に、前者は参議春宮大夫(己亥条)、後者は右衛士督(戊戌条)に復任しており、さらに彼らのその後の官歴を見る時、全くといってよいほどこの事件が影響を与えていないことが知られる。残る伊勢老人と大原美気についても同様で、以後の履歴に影響は見られない。さきの継彦についても同様である。全体としてこの日の処分がきわめて軽いことが推測される。とすれば、この日京外に出された「自外党与合卅五人、或川継姻戚、或平生知友」も、おそらく短時日のうちに罪を許されて帰京し、その後は官人として職務に従事したものと考えられてくる。こうした点を見る時、氷上川継の謀反事件というのは、桓武の側からの挑発に対して川継らの起こした一種の暴発事件とも考えられる。

なお、補任天応二年の大伴伯麻呂の注に「閏正月十三日坐レ事解官」とあることから、伯麻呂も氷上川継事件に関係したが、続紀延暦元年二月丙辰条の伯麻呂の没した時の伝にこれが記されていないのは、没後まもなく家持らとともに罪を免ぜられたため、それを記さなかったとの見解がある(林陸朗「奈良朝後期宮廷の暗雲」『上代政治社会の研究』)。氷上川継事件↓補37-二一〜七。

八　**壱礼比氏**(二三五頁注一〇)　壱礼比は壱呂比・一呂比と同じか。姓氏録右京諸蕃に壱呂比麻呂、昌泰三年八月二十日の河内国某田地売券の奥書署名の中に保証刀禰として従七位上一呂比春吉の自署が見える(平遺四五五〇号)。この売券には河内郡印の捺されているところから、一呂比春吉は河内郡(現大阪府東大阪市東部)に居住していたとの見解がある(今井啓一「昌泰年の〈河内国河内郡〉地売券について」(『大阪樟蔭女子大学論集』四)。

九　**諸司の直丁への賜爵**(二三七頁注八)　「直丁」は駆使丁とともに諸司に仕える丁。このうち勤務年限が二四年以上の者に対する優遇措置として、位階一階を賜うもの。霊亀元年四月庚午条及び天平神護二年七月庚辰条に同様の例を見ることができるが、両者は直丁の勤務年限を二〇年以上とし、本条(延暦元年五月庚寅条)より短い。また霊亀元年の記事には優遇措置の理由として「憐二其労一也」と記す。本条が「廿四年」にした理由は未詳。

一〇　**陸奥国奥郡への給復三年の勅**(二三七頁注一〇)　宝亀七年十二月に、陸奥国諸郡の百姓のうち、奥郡すなわち黒川郡(㈢補14-九)以北の諸郡において、対蝦夷防衛に従事する者は、現地に住まわせて生活させながら防衛に当たらせることとし、そうした百姓には給復三年すなわち三年の賦役免除の処置が出されたが、宝亀十一年三月の伊治呰麻呂の叛乱以後、延暦元年まで陸奥の地は大規模な軍隊を動員しての兵乱があいついだ。そのため百姓の奥郡に生活させながらの防衛が思うように行かなかったので、この年また改めて勅を出し、給復三年の恩典を与えることにより、奥郡占着による防衛を督励するに至った。

二　**調使王の任少納言**（二三七頁注二一）　少納言は定員三名のため、誰の後任か未詳。ただ本年（延暦元年）閏正月甲子（「甲午」の誤りか）に藤原真友が少納言より衛門佐に転じ、同月庚子に川村王が少納言から阿波守に転じている。そしてその同日に大中臣諸魚が少納言に任命されている。従って諸魚と本条（延暦元年五月丙申条）で少納言任命の調使王は、真友および川村王の両名の後任と見られる。

三　**鹿嶋神**（二三九頁注三）　本条（延暦元年五月壬寅条）の鹿嶋神が陸奥国所在のものであることは、新抄格勅符抄所引大同元年牒に「鹿嶋神二戸〈陸奥国延暦元年五月廿四日符〉」とあることから明らかである。ただ所在の郡は不明。神名式によれば、陸奥国の鹿嶋を名乗る神社は、黒川郡に鹿嶋天足別神社、曰理郡に鹿嶋伊都乃比気神社・鹿嶋緒名太神社・鹿嶋天足和気神社、信夫郡に鹿嶋神社、磐城郡に鹿嶋神社、牡鹿郡に鹿嶋御児神社、行方郡に鹿嶋御子神社の八社が見える。

三　**土師宿禰安人**（二三九頁注七）　土師宇遅（宇庭）の男（補任）。菅原氏系図では菅原賜姓に与かった古人の兄とするが未詳。天平勝宝四年生。延暦元年五月癸卯の秋篠賜姓の記事（本条）に少内記正八位上と見え、同八年正月外従五位下となる。大外記を経て同九年十二月に菅原宿禰道長らとともに朝臣賜姓。桓武の外祖母が土師宿禰真妹であることがその理由。同十年正月従五位下（続紀）。同十三年八月続紀の編纂に従事するが、時に少納言従五位下兼侍従右兵衛佐丹波介（類聚国史）。同十六年二月続紀完成の功績により正五位上に昇る。この時は左少弁兼右兵衛佐丹波守であった（後紀）。その後、中衛少将・左中弁を歴任し、同二十四年正月甲申従四位下近衛少将勘解由長官阿波守にて参議となり、同丙戌に任右大弁（後紀）。大同元年五月の観察使制度の設置により、七月に左大弁春宮大夫左衛士督兼任のまま北陸道観察使となっているが（東南院一-二四〇頁）、翌二年伊予親王事件に坐し、造西寺長官に左遷、他の官職はすべて停められた（補任）。同三年十一月に右大弁に、さらに弘仁元年九月に参議に復し、右衛士督・左大弁等を兼ねた（後紀）。同六年正月参議左大弁兼備前守にて従三位に昇る（後紀・補任）。紀略によれば同十二年正月七十歳にて没。時に参議従三位近江守と見えるが、補任には弘仁十一年の条に「同（正月）廿七日上表致仕、以㆓劇職㆒也、正月廿三日亦解㆓左大弁㆒、十二月｜上表乞㆓骸骨㆒、許ㇾ之」と記して前参議に加え、これは翌十二年の条も同じ。また弘仁格式序によると、その編纂に参加したことが知られる。なお安人が参議にまで昇進したのは、本人の力量もさることながら、既述の桓武の外祖母が土師氏の一族であることが関係したか。土師宿禰→㈠補1-四四。

四　**藤原朝臣魚名左降事件**（二三九頁注一七）　藤原魚名左降事件とは、延暦元年六月乙丑（十四日）に、当時左大臣兼大宰帥であった藤原魚名が、左大臣を免官となり大宰府へ赴任を命ぜられるとともに、その子息も左遷処分を受けた事件をいう。いま事件の経過を記すと次の如くである。

前述のように魚名は大宰帥に左降、赴任を命ぜられたが、同日長男の鷹取は中宮大夫侍従越前守から石見介に、三男末茂は中衛少将から土左介に左遷となり、五男真鷲は父に従って赴くことを命ぜられている（二男の鷲取の見えないのは、宝亀十年二月以後まもなく死去したか）。魚名は己卯（二十八日）に摂津まで赴いたが発病したため、回復を待って発進すべきことを命ぜられたが、病気は回復せず、翌年五月丁亥（十一日）、老病のゆえに京に還ることを許された。七月戊戌（二十三日）には鷹取・末茂らの入京も許されているが、その二日後に魚名は六十三歳で没している。朝廷は絁布や役夫などを贈ったが、乙巳（三十日）には本官を贈るとともに、前年六月に発令された魚名一族の処分に関する詔勅官符を全て焼却する旨の詔が出され、ここに魚名の地位は回復した。

以上がこの事件の経過であるが、魚名の地位回復とともに鷹取ら子息の官人としての立場も旧に復し、鷹取は延暦三年四月には正四位下左京大夫と見え、末茂は同年七月に従五位下伊予守、真鷲も四年七月に従五位下大学頭と見えている。

藤原魚名左降の理由について一般にいわれているのは、氷上川継事件に連坐して左降されたというものであるが(北山茂夫『日本古代政治史の研究』、阿部猛『平安前期政治史の研究』など)、この見解については次のように疑問が抱かれる。第一に、川継事件の主要関係者は事件の直後に理由を明記して処分されており、その他の者も日を置かず「職事者解㆓其見任㆒、散位者移㆓京外㆒」の処置を、また姻戚や平生の知友も「出京外」の処分を受けている(延暦元年閏正月壬寅条)。魚名父子が関係したとすれば時期が隔たりすぎている。また理由を明記して当然なのに「坐㆑事」とのみあって、それも見られない。もっとも、後に魚名は名誉を回復しているので、続紀編纂の際にその旨を記さなかったとの考えが抱かれるかも知れないが、長男の鷹取が氷上川継事件後の五月に中宮大夫侍従越前守と見えるのであって、もし彼らが川継の支党や平生の知友であったならば、そうした人物をこれらの職に任命するのは、解せない処置といわなくてはなるまい。氷上川継事件との関係はまず考えられない。

一方、藤原種継を中心とする勢力によってなされた、魚名の政界からの追い落としとする見解がある(中川収「左大臣藤原魚名の左降事件」『国学院雑誌』八〇―一一)。種継は、造都事業計画の達成のため、皇后策定問題に絡めて魚名を失脚させたというのである。しかし、魚名の失脚後彼の名誉回復までの間、種継の政治力が急速に伸長した徴証はなく、また皇后策定問題が絡んでの政界からの追放という性格のものであれば、一年という短期間に、魚名の名誉の全面的回復また子息の官界復帰がなされたのも理解しにくい。桓武の種継重用によるその勢力伸長は認められるにしても、魚名の左降を種継の所為とすることには疑問が抱かれる。

藤原魚名の左降は、彼が光仁の寵臣として重きをなしていたことを踏まえて、桓武の政治姿勢との関連の上で考察すべき事柄と思われる。その点で、桓武治政の出発の時期における、光仁への服喪期間の短縮をめぐる公卿の度重なる奏上と、これに対する桓武の勅答の問題を考慮すべきであろう(天応元年十二月丁未・辛亥条、延暦元年七月庚戌条)。そこには、律令の施行により、貴族たちを天皇の命令の忠実な実行者たる官僚にすることにより、天皇の権威・権力の確立を志向する桓武と、大化前代の伝統的な族長の立場を維持することを通して、氏族制的原理に基づき天皇の専制化への志向を制禦しようとする貴族との、政治の場におけるせめぎ合いが見られることに注目される(早川庄八「上卿制の成立と議政官組織」『日本古代官僚制の研究』、亀田隆之「藤原魚名左降事件」『関西学院創立百周年文学部記念論文集』)。

一五 **紀朝臣家守の参議任命**(二四三頁注五) 本条(延暦元年六月壬申条)の紀家守の参議任命によって参議の在任者は九名となる。藤原浜成の左遷、大伴伯麻呂の死去の後を承けたかたちで、三月戊申の藤原種継と本条の紀家守の就任となったと見られる。大伴家持の陸奥按察使赴任、また桓武と紀氏との姻戚関係もあるいは考慮されることがあったか(表参照。順序は補任に依る。また藤原浜成・大伴家持・大伴伯麻呂の記載も補任より抽出)。

延暦元年参議

藤原小黒麻呂	宝亀十年十二月丙寅任命
藤原浜成	宝亀三年四月庚午任命(〔延暦元年〕閏正月辛丑解却)
藤原家依	宝亀八年十月辛卯任命
大伴家持	宝亀十一年二月丙申朔任命(〔延暦元年〕閏正月坐氷上川継事免、四月日詔宥罪、六月兼陸奥出羽按察使)
大伴伯麻呂	宝亀九年正月丙辰任命(〔延暦元年〕閏正月十三日坐事解官)
神王	宝亀十一年三月辛巳任命
石川名足	宝亀十一年二月丙申朔任命
紀船守	天応元年六月甲寅任命
藤原種継	延暦元年三月戊申任命
大中臣子老	天応元年六月甲寅任命
紀家守	延暦元年六月壬申任命

一六 **「雑色長上」**(二四三頁注二三) 律令制下、特定の諸官司に所属し、常時勤務する下級官人。技術をもって官営工房に常勤し、配下の番上工や雇工などを指揮監督する才伎長上(〔一〕補1―五四)が多く、本条(延暦元年七月壬辰条)の雑色長上もこれを指す。彼らは選叙令11に「以㆓別勅及伎術㆒、

直二諸司長上一者、考限叙法並同二職事一」と規定されているように、通常の職事官と同様の考叙を受け、その禄は禄令3に「凡内舎人及以二別勅才伎一長二上諸司一者、皆准二当司判官以下禄一〈其位主典以上者、准二少判官一、以外並准二大主典一〉」と規定されていた。ただこの規定は、天平勝宝九年八月八日の太政官奏(三代格)によれば、

太政官謹奏

諸司長上禄法宜レ差事

造墨長上　　造紙長上　　大蔵作革長上

(中略)

典薬取乳長上　　内膳造餅長上　　諸司雑色長上

右准二染師少初位官一

以前諸司長上労逸不レ同、春秋禄料亦宜二差別一。而式部曹司行来旧例、不レ以二軽重一、容以二一規一。優劣渾淆理非二平穏一。守レ常莫レ改、何以勧レ人。望請、自レ今以後、長上禄料、労重処レ多、効軽居レ少。官議商量、具如二前件一。謹録二事状一伏聴二天裁一。謹以申聞。謹奏。

天平勝宝九年八月八日

奉レ勅、依レ奏。

と見え、諸司雑色長上は造墨長上らと同様、その禄法を「准二染師少初位官一」と定められ、これを承けて式部省式上に「諸司雑色長上並准二少初位官一」と定められるに至っている。

一七　**「散楽戸」**(二四三頁注二五)　「散楽」は雅楽に対する雑楽の総称で、その内容は一様ではなく、また日本だけでなく、伝来の土俗的な音楽の他に、舞踊・曲芸や奇術などを演ずるものも含まれた。その習熟、演出のために設けられた楽戸が散楽戸で、職員令17集解古記に引く尾張浄足説に見える、散楽師の下で教習に当たったものと考えられる。また同条古記が引く別記の「木登八戸、奈良笛吹九戸」などがそれに当たると理解されている。正倉院宝物の弾弓に墨絵で散楽の具体的な様子が描かれている(ただこの弾弓は唐からの将来品ともいわれるが、とするとき、墨絵で描かれた人物が唐の服装であることとあいまって、この絵をそのまま当時の日本の散楽の姿とするには慎重でなければならない)。こうしたいわば通説に対し、散楽戸の存在を認めず、これを楽戸の中に含めて理解する説があり、本条(延暦元年七月壬辰条)も「楽戸を散ず」と訓ずべきであり、雅楽寮の管理掌握から解散させ、その後においては必要に応じて利用しようとしたのであり、本条の記事はそうしたことを物語るものとの主張があるが(林屋辰三郎「散楽戸の廃止に関する疑問」『続日本紀研究』四-八)、「散」にそうした用例の見られないところから疑問が残る。

一八　**延暦への改元**(二四九頁注一一)　続紀には、大宝から延暦に至る一五の元号が現われる。その一覧を次表に掲げる(表中「元号用語漢籍所見数」は『日本年号大観』による)。

すでに大宝建元についての補注(一補2-三四)に、元号(年号)の概念、中国における沿革、古代日本における摂取、大宝令以来の定制化等にわたり要約解説されているのを併せ参照。

続紀に含む九天皇のうち、治世の五年目に元号制を創めた文武以後、桓武に至る各天皇は、淳仁を唯一の例外として、みな代始改元を行っている。そのうち死去後の即位は元明・光仁の二例にとどまり、他は淳仁廃位に伴う称徳重祚を除き、いずれも譲位による。譲位を基本とする皇位継承では、譲位即位と同時に改元が慣例とみられるが、光仁から桓武への継承はそれと異なり、譲位の約三か月前に改元された。これは高齢の光仁が、譲位の約二か月半前に改元した聖武の天平感宝改元を意識して行った可能性もある。孝謙は、元正・聖武両代の代始即時改元の例に倣い、僅か三か月足らずで天平感宝から天平勝宝へ改元した。これが中国の則天武后の頻繁な改元の影響でないことは、天平勝宝を九歳まで続け、淳仁の即位後も改元を許さなかった点に明らかである。

桓武が従来の例による即位同時改元を行わなかったのは、七十歳で死去するまで二五年、延暦の年号で一貫し、改元をたえて行わなかった志向につらなる意志をすでに有したからとみなされよう。桓武は即位後八か月余で父光仁の死去に遭い、その約八か月後すなわち即位から年を越して一年数か月目にようやく代始改元を行った。桓武の息平城天皇が父の没後約二か月で即位して大同と改元したのについて、後紀は「改二元大同一、非レ礼也。今国君即レ位、踰レ年而後改元者、縁下臣子之心不上忍三一年而有二二君一也。今

	改元年月日(即位・譲位・没)		元号	天皇年齢	改元理由	中国先例	元号用語漢籍所見数
文武	(文武天皇元年)丁酉年(六九七)八月甲子(一日)	即位		十五			
	(大宝元年)辛丑年(七〇一)三月甲午(二十一日)	建元	大宝	十九	対馬嶋貢レ金	大宝(梁)五五〇―五五一	12
	(慶雲元年)大宝四年(七〇四)五月甲午(十日)	改元	慶雲	二十二	西楼上慶雲見		11
	慶雲四年(七〇七)六月辛巳(十五日)	没		二十五			
元明	慶雲四年(七〇七)七月壬子(十七日)	即位		四十七			
	(和銅元年)慶雲五年(七〇八)正月乙巳(十一日)	改元	和銅	四十八	代始　武蔵国秩父郡献二和銅一		0
	(霊亀元年)和銅八年(七一五)九月庚辰(二日)	譲位		五十五			
元正	(霊亀元年)和銅八年(七一五)九月庚辰(二日)	即位		三十六			
	(霊亀元年)和銅八年(七一五)九月庚辰(二日)	改元	霊亀	三十六	代始　左京人献二霊亀一(八月丁丑)		8
	(養老元年)霊亀三年(七一七)十一月癸丑(十七日)	改元	養老	三十八	(美濃国)多度山美泉…醴泉者美泉可三以養レ老		11(醴泉6)
	養老五年(七二一)十二月己卯(七日)	元明没					
	(神亀元年)養老八年(七二四)二月甲午(四日)	譲位		四十五			
聖武	(神亀元年)養老八年(七二四)二月甲午(四日)	即位		二十四			
	(神亀元年)養老八年(七二四)二月甲午(四日)	改元	神亀	二十四	代始　(養老七年十月癸卯)左京人…献二白亀一	神亀(北魏)五一八―五二〇	4
	(天平元年)神亀六年(七二九)八月癸亥(五日)	改元	天平	二十九	左京職献レ亀…其背有レ文云、天王貴平知百年(六月己卯)	天平(東魏)五三四―五三七	(天下和平等12)

聖武	天平二十年(七四八)四月庚申(二十一日)　元正没					
	(天平勝宝元年) 天平二十一年(七四九)四月丁未(十四日)　改元	天平感宝	四十九	(天平廿一年二月丁巳) 陸奥国始貢㆓黄金㆒		0
	天平感宝元年(七四九)七月甲午(二日)　譲位		四十九			
孝謙	天平感宝元年(七四九)七月甲午(二日)　即位		三十二			
	(天平勝宝元年) 天平感宝元年(七四九)七月甲午(二日)　改元	天平勝宝	三十二	代始　同右		0
	天平勝宝八歳(七五六)五月乙卯(二日)　聖武没					
	(天平宝字元年) 天平勝宝九歳(七五七)八月甲午(十八日)　改元	天平宝字	四十	天皇寝殿承塵之裏、天下大平四字自生(三月戊辰) 駿河国益頭郡人…献㆓蚕産成㆑字(八月己丑)		0
	天平宝字二年(七五八)八月庚子(一日)　譲位		四十一			
淳仁	天平宝字二年(七五八)八月庚子(一日)　即位		二十六			
	天平宝字八年(七六四)十月壬申(九日)　廃位		三十二			
称徳	天平宝字八年(七六四)十月壬申(九日)　重祚		四十七			
	(天平神護元年) 天平宝字九年(七六五)正月己亥(七日)　改元	天平神護	四十八	代始　幸頼㆓神霊護㆑国、風雨助㆑軍(押勝の乱)平定		0
	天平神護元年(七六五)十月庚辰(二十二日)　淳仁没					
	天平神護三年(七六七)八月癸巳(十六日)　改元	神護景雲	五十	六月十六日…東南之角尓…麗岐雲(八月癸巳) 参河国言、慶雲見(八月乙酉)	景雲(唐)七一〇—七一二	8
	神護景雲四年(七七〇)八月癸巳(四日)　称徳没		五十三			
	(宝亀元年) 神護景雲四年(七七〇)十月己丑(一日)　即位		六十二			

光仁	(宝亀元年) 神護景雲四年(七七〇)十月己丑(一日)	改元	宝亀	六十二	代始　八月五日、肥後国葦北郡人…同月十七日同国益城郡人…献二白亀一(十月己丑)		4
	(天応元年) 宝亀十二年(七八一)正月辛酉(一日)	改元	天応	七十三	伊勢斎宮所レ見美雲…自レ天応レ之		6(天而応、天地応等19)
	天応元年(七八一)四月辛卯(三日)	譲位		七十三			
桓武	天応元年(七八一)四月辛卯(三日)	即位		四十五			
	天応元年(七八一)十二月丁未(二十三日)　光仁没						
	(延暦元年) 天応二年(七八二)八月己巳(十九日)	改元	延暦	四十六	代始　宗社降レ霊、幽顕介レ福、年穀豊稔、徴祥仍臻		(延暦3)
	延暦二十五年(八〇六)三月辛巳(十七日)	没		七十			

未レ踰レ年而改元、分二先帝之残年一、成二当身之嘉号一、失二慎レ終无レ改之義一、違二孝子之心一也。稽二之旧典一、可レ謂レ失也」(大同元年五月辛巳条)と大書し、平城をとがめている。かかる中国の儒教礼制観念は、桓武の行動規範ともなっていたと解される。

続紀の改元を通ずる顕著な特徴は祥瑞を重視することであり、大宝から天応に至る一四元号中、天平神護が内乱の平定を記念するのを除き、他はすべて具体的な瑞祥の出現を契機とする。しかるに延暦改元に関してはその類の瑞祥の記事は全く見えず、改元詔に「徴祥仍臻」というのも単なる文飾にとどまる。同年の収穫期に入った七月丙午(二十五日)詔に「去歳無レ稔、懸磬之室稍多、今年有レ疫、夭殍之徒不レ少」とあり繰り返し赦を下すのをみれば、改元詔に「年穀豊稔」とあるのも空虚にひびく。しかし主権者たる天皇の代始改元は動かし得ぬ原則であり、喪服をぬぐ段階になりこれを実施し、詔文は簡単で通り一遍のものとなった。しかし以前の黄金や亀・瑞雲等を強調する宣命や詔とは異質な、中国古代以来の元号の機能を略叙する延暦改元詔に、元号観念の転換が明瞭に刻印されている。

「延暦」の語については、漢籍の出典が知られていない。努めて用例を捜集羅列した森本角蔵『日本年号大観』(一九三三年)には、群書治要二十六(魏志下高堂隆伝)の「民詠二徳政一、則延レ期過レ歴」、玉函山房輯佚書七十一(崔寔政論)の「夫熊経鳥伸、雖二延歴之術一、非二傷寒之理一」、易林三の「阿衡服箱、太乙載行、延時歴舎、所レ之吉昌」の三例を挙げる。森鷗外『元号考』さえ一例も見出さぬ語を、三つまで検出した著者の労には敬服するが、四部叢刊影印元刊本易林巻八復では「逃時歴舎」に作り「延歴」とは断定し得ず、「政論」(後漢書五十二崔駰伝附孫寔伝引)・魏志高堂隆伝の両例とも、「暦」でなく「歴」であり、後者は中間に二字を挿むので、これらを「延暦」の出典と認めてよいか検討の余地がある。確かに麻・歴(歷)・暦(曆)の三字は全く同音、「麻」を共有し、しばしば通用されるが、それぞれ独立した別字なので、「延歴」を「延暦」と完全に同一視することは困難である。他方、三国志・後漢書・群書治要は当時の元号選定者が参照し得た文献ではあるが、当該箇所はそれほど著名な箇所ではなく、文言もさして魅力的とは言いがたい。「政論」の句は唯一の「延歴」二字であり、佩文韵府巻一〇一に採録される如く、すでに成語と認められており、後世日本元号の出典に後漢書が多く選ばれる点から最も有力ながら、「体操は長生の術だが病気は治せない」という文意は、「延歴」を特に元号にふさわしい語として際立たせるほどではなかろう。森本が前後の天応・大同・弘仁等諸年号については遥かに多くの適当な用例を集め得ているのに比し、僅か二、三例の不満足な例しか挙げ得ぬ点は、「延暦」が漢土の成語を採ったのではなく、元号作成者の造語である蓋然性を示唆する。森本が用例を漢籍に見出せなかった和銅・感宝・勝宝・宝字・神護等のうち、「宝字」は、唐の王勃「七夕賦」に「上元錦書伝二宝字一」、李嶠の「為二魏国北寺・西寺一請二迎寺額一表」に「延二宝字於金門一」の如き句があり、古典には見えないが天平時代の文人には知られていたと見てよいが、他は普通に使われる語ではないようで、特に「和銅」の如きは日本人の造語と解される。すなわち当代元号の三分の一弱は日本人の手になる語と見得るなら、「延暦」についても中国の先例に固執する必要はないこととなる。一千を超える中国の年号に「歴」字は含まれないようで、「暦」字は延暦以前に二例(大暦・宝暦)、以後一三例が知られ、皆二字中の下字である。「延」字は延暦以前に中国元号の使用が二二例に上り、一例を除き「延」が上にある(池田温「中国と日本の元号制」『法律制度』〔日中文化交流史叢書〕)。これらを併せ見ると、「延」字を上とする元号で漢土に先例の無いものを日本人が案出し、その際記憶に新しい唐の大暦(七六六―七七九)、渤海の宝暦(七七四―?)両元号にある「暦」字を加え、国家と天皇・官民の長久を祈念する意味合いをこめて「延暦」を創り出したと推察し得るのではなかろうか。

元号案を誰が撰進したか未詳ながら、天応元年十月以降大学頭に任じ、同十二月光仁死去に際し御装束司となり、延暦三年四月刑部卿に栄進したがなお大学頭故の如くで、当時石上宅嗣と「文人之首」と併称された淡海三船(天応元年六月、石上宅嗣薨伝)を、有力候補者に擬することも考慮される。

なお林屋辰三郎「延暦の改元」(『京都市歴史資料館紀要』一二)には、「延暦」の出典を群書治要巻二十六の「民詠二徳政一則延レ期過レ歴」と認め、平安時代を通じ「延」の字を使った元号が、延喜・延長・天延・永延・延久・保延の諸例に及び、これら「延」を含む元号の出典はすべて、徳の延長、徳政にかかわっており、「延暦」の意味を基本的に受け継いでいると指摘する。また他方で、仏教の末法到来時期を繰り下げようとする願望も、この延暦の元号に含まれていたと解されている。皆川完一は「延暦」の出典は不明とし、群書治要に右句の見えることを示すにとどまる(『国史大辞典』「延暦」の項)のは慎重と言うべく、「延期過歴」を「延暦」の出典と断定してよいかは、なお検討を要しよう。もしこれを出典と認める場合も、三国志高堂隆伝と群書治要のいずれを優先すべきか、併せ考えねばならない。

桓武の延暦の元号が後世重視され影響を与えた点は、弘仁十四年(八二三)二月廿六日の詔で比叡山一乗止観院に「延暦寺」の号を賜わったこと(叡山大師伝、一代要記)にもよく窺われ、林屋辰三郎所論の平安時代の「延」の付く年号頻出も考慮に値する。

一九　**多度神**(二五一頁注一六)　多度神社の祭神は天津日子根命・天目一箇命。雄略天皇の世に社殿建立との言い伝えを持つ。神名式の伊勢国桑名郡に「多度神社〈名神大〉」と記す。なお延暦七年十一月に僧綱等に提出された多度神宮寺伽藍縁起并資財帳に、天平宝字七年十二月、満願禅師が多度神の託宣を受け、神社の東に神宮寺を建立したと見える。現在三重県桑名郡多度町多度に所在。

二〇　**今木大神**(二五一頁注二〇)　この神は桓武の生母高野新笠の一族である和氏が、渡来して以来奉じてきた神で、鈴鹿連胤の『神社覈録』によれば、始め大和国高市郡今来の地(現在の奈良県高市郡明日香村南部から高取町にかけての地域)に祭祀されたものという。その後、高野新笠の居所と見られる田村後宮に祀られたが、一代要記によれば、「十三年甲戌…今年始造二平野社一、見レ式」とあり、延暦十三年平安遷都とともに平野社として遷し祀られたことが知られる。

四時祭式上に「平野神四座祭〈今木神、久度神、古開(関)神、相殿比売神〉」と見えるが、久度神・古開(関)神は半島系のカマド神で、いずれも新笠との関係で延暦年中に平野社に祀られたと推測される(義江明子「平野社の成立と変質」『日本古代の氏の構造』)。

今木大神は平安遷都以後朝廷で重視され、承和三年には正四位上、嘉祥元年には従三位(続後紀)、仁寿元年には従二位に昇り(文徳実録)、貞観六年には正一位にまで至っている(三代実録)。久度神は延暦二年十二月に従五位下を与えられ、承和三年十一月には従五位上に昇叙されているが(続後紀)、以後、古開(関)神や合殿比売神の諸神とともにそれぞれ昇位を重ね、貞観五年五月には正三位にまで昇っている(三代実録)。

本朝月令に引かれる弘仁太政官式には、平野祭事について「凡四月十一月上申祭、大臣若参議以上赴進、或皇太子親進奉幣」と見え、太政官式にもこれとほぼ同様の規定が見られる。

二　**延暦元年十二月壬子条の国司交替に関する詔**(二五三頁注一二)　この詔は延暦交替式所収の延暦十七年四月七日太政官符に、天平宝字二年九月八日明法曹司解及び同三年三月十五日太政官符とともに、延暦元年十二月四日勅書として引用されている。これらを見ると、明法曹司解に「国司交替、官符到後、百廿日内付了帰レ京」が提案されているのが知られるが、この、国司交替に際し解由状の有無をめぐっての処置に関する提案が実現化するのが本条の詔であり、「自レ今以後、遷替国司、満二百廿日一、未レ得二解由一者、宜下奪二位禄・食封一、以懲中将来上」と、解由状を得ざる国司に対し厳しい処置の発令となったわけである。なお左記に引用する交替式所収の勅書と続紀本条詔とでは、字句に若干の異同が見られる。

延暦元年十二月四日勅書偁、公廨之設、先補二欠負一、次割二国儲一、然後作レ差処分。如聞、諸国曾不二遵行一、所レ有公廨、且以費用、至レ進二税帳一、虚注二未領一。因レ玆、前人滞二於解由一、後人煩二於受納一。於レ事商量、甚乖二道理一。又其四位已上者、冠蓋既貴、栄禄亦厚。授以二兼国一、佇二聞善政一。今乃苟貪二公廨一、徴求以甚。至二于遷替一、多無二解由一。以レ此不レ責、豈曰二皇憲一。自レ今以後、国司解替、満二百廿日一、未レ得二解由一者、宜下奪二位禄食封一、以懲中将来上。

三　**女性の服制と服色**(二五五頁注一五)　衣服令2-6の諸条が親王以下無位の官人・庶人等の服制を、衣服の色や付属品等も含めて定めているのに対応する形で、同令8-12の諸条は、内親王以下無位の宮人・庶女の服制を同様に定め、整備された体裁を示している(㊀補2-四〇)。その中で使用される色について同令7は諸種の色と序列を掲げた後、「当色以下、各兼得レ服之」と、自己の身分以下の色の使用を認めている。一方、明文化されてはいないが、上掲の規定から、自己の身分以上の色はいわゆる禁色として使用を禁じられていたことが知られる。ところが、続紀本条(延暦二年正月戊寅朔条)によると、女性の中にはこの禁制を犯す者が多く出現し、しかも弾正台らの所司は取締りを怠ったため、服色の乱れが著しくなり、身分差が失われるに至っているというのである。そこでこれを「厳禁断」となったわけであるが、こうした傾向が蔓延した理由として、称徳女帝下における内外命婦や宮人等の行動、また道鏡政権下の統制の弛緩等が考えられよう。

亖　**大伴宿禰真麻呂**(二五七頁注三〇)　本条(延暦二年正月癸巳条)で従五位下に叙された後、延暦二年二月大宰少弐、同三年七月兵部大輔、同四年八月主税頭となる(続紀)。紀略によれば延暦四年九月の藤原種継事件に連坐し「誅斬」とあるが、後紀大同元年三月辛巳条に「縁二延暦四年事一配流之輩、先已放還、今有レ所レ思、不レ論二存亡一、宜レ叙二本位一」と見え、この時復位従五位下の者の中に含まれている。ただし存命か否か未詳。大伴宿禰→㊀補1-九八。

藤原朝臣雄友(二五七頁注三一)　底本等「雄支」に作るが、「雄友」の誤り。南家藤原乙麻呂の孫。是公の第二子。母は橘佐為の四女真都我。天平勝宝五年生。本条(延暦二年正月癸巳条)で従五位下に叙され、延暦二年二月美作守に任官。以後、兵部少輔・左衛士督・兵部大輔・左京大夫等を歴任、位階も従四位下に昇る。延暦九年二月参議となり(続紀)、同十五年七月には正四位下、同十二月に中衛大将を兼ねる。翌十六年二月大宰帥となり、同十七年には従三位中納言に昇る。大同元年四月桓武の葬儀に当たっては誄を奉っている。同月大納言に昇るが(続紀)、翌二年伊予親王事件に際し、親王の舅であるところから十一月伊予国に流罪となる(補任)。弘仁元年九月、罪を許されて本位正三位に復し弾正尹となる。翌二年四月戊辰宮内卿に任ぜられたが、同月丙戌没。五十九歳。即日贈大納言。後紀同日条の薨伝によれば、雄友は「性温和、不レ妄二喜怒一、姿儀可レ観、音韻清朗、至二於賀正宣命一、推レ之為レ師」と見える。藤原朝臣→㊀補1―一二九。

紀朝臣男仲（二五七頁注三一）　他に見えず。紀朝臣→㊀補1―三一。

石川朝臣浄継（二五七頁注三三）　延暦三年三月讃岐介となる。石川朝臣→㊀補1―三二。

高橋朝臣船麻呂（二五七頁注三四）　他に見えず。高橋朝臣→㊀補1―八二。

佐伯宿禰弟人（二五七頁注三五）　他に見えず。佐伯宿禰→㊀二七頁注一三。

上毛野朝臣鷹養（二五七頁注三六）　他に見えず。上毛野朝臣→㊀補1―一四七。

田口朝臣大立（二五七頁注三七）　他に見えず。田口朝臣→㊀補3―三一。

紀朝臣田長（二五七頁注三八）　本条（延暦二年正月癸巳条）で従五位下に叙された後、延暦二年二月主計頭、同年七月伊予介となり、同七年十一月従五位上昇叙。同九年十二月長門守となる。紀朝臣→㊀補1―三一。

穂積朝臣賀祐（二五七頁注三九）　本条（延暦二年正月癸巳条）で従五位下に叙された後、延暦二年二月主税頭、同三年七月散位頭となる。穂積朝臣→㊀六五頁注八。

二四　**橘朝臣入居**（二五九頁注七）　橘諸兄の孫。奈良麻呂の男。逸勢の父。本条（延暦二年正月丁酉条）で従五位下に叙され、延暦二年五月近江介に任官。同四年十月中衛少将、同七年六月に遠江守となる（続紀）。その後、同十四年七月、左兵衛佐で近江・若狭両国の駅路の調査に派遣され（紀略）、翌十五年三月従五位上左少弁兼左兵衛佐で斎王を迎える使となる（類聚国史・紀略）。同十五年八月に従五位上左兵衛佐にて右中弁を兼任。同十六年二月には左兵衛佐・右中弁にて播磨守を、さらに同十八年四月には右中弁右兵衛佐播磨守で左京大夫をも兼任する。この時正五位下（後紀）。同十九年二月、右中弁従四位下で没（類聚国史、撰書）。類聚国史に引く伝によれば、「屢上書言二便宜一、事多二補益一」とあり、しばしば政治上の事柄について上書し政治を補益することが多かったという。同じく伝に入居は删定令を撰したとあるが、その令とは、神王らとともに撰し、延暦十六年六月に施行された四十五条より成る删定令格を指す。橘朝臣→㊂補12―五八。

二五　**三嶋真人名継**（二五九頁注八）　天平二十年生。本条（延暦二年正月丁酉条）で従五位下。延暦三年十二月従五位上に昇り、同四年正月内廐頭に任ぜられ山背介を兼ねる。その後内廐頭のまま山背守・美作守を兼任（続紀）。大同五年四月正四位下左京大夫兼摂津守にて没。時に六十三歳（紀略）。三嶋真人→㊂補18―一九。

二六　**嶋田臣宮成**（二五九頁注一〇）　本条（延暦二年正月丁酉条）で外従五位下に叙された後、延暦二年十一月上野介、同四年十月右京亮となり、翌五年九月畿内班田にさいし大和国班田右次官となる。同七年三月、従五位下、周防守となる。

嶋田臣は、姓氏録右京皇別に、多朝臣と同祖、神八井耳命の後と記す。嶋田のウヂ名は尾張国海部郡嶋田郷（現愛知県海部郡七宝町・美和町付近）の地名に基づく（佐伯有清『新撰姓氏録の研究』考証篇二）。

二七　**筑紫史広嶋**（二五九頁注一一）　本条（延暦二年正月丁酉条）で外従五位下に叙された後、延暦二年正月壬申（二十五日）条で近衛将曹で播磨大掾を兼ね、同三年三月近衛将監兼播磨大掾となり、以後この両官を兼ねる。翌四年二月賜姓野上連。

筑紫史は、姓氏録左京諸蕃に、陳の思王植の後と見える。また、河内国諸蕃に野上連は河原連と同祖、摂津国諸蕃に筑志史は上村主と同祖と見え、いずれも陳の思王植の後と記す。

二八　**大村直池麻呂**（二五九頁注一四）　延暦三年七月主計助、同四年七月因幡介となる。

大村直は、姓氏録右京神別に、天道根命の六世の孫、君積命の後と見えるほか、和泉神別にも紀直と同祖の大村直が、大名草彦命の男、枳弥都弥命の後と見える。また続後紀承和二年十月乙亥条の丹波国人の大村直福吉が紀宿禰を賜姓された記事に、武内宿禰の支別とあり、別系統の大村直の存在が知られる。大村のウヂ名は和泉国大鳥郡大村郷（現大阪府堺市高蔵寺付近）の地名に基づく（佐伯有清『新撰姓氏録の研究』考証篇二）。

二九　**藤原朝臣乙牟漏**（二五九頁注二七）　式家藤原良継の女。母は阿倍古美奈。天平宝字四年生。平城・嵯峨両天皇、高志内親王の母。桓武の東宮

時代に妃となり、宝亀五年安殿親王（後の平城）を生む。桓武の即位により延暦二年二月壬子（五日）に無位より正三位に叙され（本条〔延暦二年二月壬子条〕）、甲寅（七日）に藤原吉子とともに夫人となる。同年四月皇后に冊立。同五年神野親王（後の嵯峨）を生む。同九年閏三月病により没。時に三十一歳。諡号は天之高藤広宗照姫之尊。山城国乙訓郡長岡山陵（四六五頁注二八）に葬る。伝にはその人物について「后、性柔婉美姿、儀閑二於女則一。有二母儀之徳一」と記す（続紀）。大同元年五月皇太后を追贈（後紀）。なお日本高僧伝要文抄所引の延暦僧録二に「感瑞応祥皇后菩薩伝」として乙牟漏の伝を収める。藤原朝臣→[一]補1—二九。

三〇 **藤原朝臣吉子**（二五九頁注二八） 南家藤原是公の女。雄友の妹。伊予親王の母。本条（延暦二年二月壬子〔五日〕条）で無位より従三位に叙され、甲寅（七日）に藤原乙牟漏とともに夫人となる。紀略によると、大同二年十月藤原宗成が伊予親王に謀反を勧めたことが発覚した時、吉子は親王とともに捕えられ、川原寺に幽閉されて飲食を断たれたため、両名は毒を仰いで自殺、時の人はこれを哀れんだという。弘仁元年七月に至って、嵯峨は得度の僧を伊予親王に一〇名、母の吉子に二〇名設けたが、同十年三月にはこの母子の本位号を元の如くに復す処置に出、同十四年七月には両名の帳内資人も法の定める人数を与えている（紀略）。続後紀によると、承和六年九月に吉子に従三位を贈っているが、翌十月になって、祟ありとしてさらに従二位を追贈している。後、三代実録によれば、貞観五年五月の神泉苑での御霊会に際し、「坐レ事被レ誅、冤魂成レ厲」との理由から、崇道天皇（早良親王）・伊予親王らとともに祀られている。藤原朝臣→[一]補1—二九。

三一 **丹波直**（二六五頁注四） 丹波国造の後裔氏族。丹波国（和銅六年四月以後は丹後国）丹波郡（[一]補6—五）一帯に本拠地を持つ。天孫本紀に火明命の六世の孫の建田背命は丹波国造の祖と見え、また国造本紀に尾張氏と同祖で、火明命の十二世の孫の建稲種命の四世の孫の大倉岐命が志賀高穴穂朝（成務）の御世に丹波国造に任ぜられたと記す。旧丹波（後の丹後を含む）国の伝統的な在地豪族として勢力を保持。

三二 **安殿親王**（二六五頁注三六） 後の平城天皇。桓武の第一子。母は藤原良継の女の乙牟漏。宝亀五年生。初め小殿親王と呼ばれたが、本条（延暦二年四月庚申条）で安殿親王と改める。桓武の皇太弟早良親王が延暦四年九月の藤原種継事件に関係して十月庚午に廃された後、十一月丁巳に立太子したが（続紀）、健康の不調は早良親王の怨霊のためといわれ（紀略延暦十一年六月癸巳条）、早良親王に崇道天皇の尊号が追贈された（同延暦十九年七月己未条）。大同元年三月辛巳の桓武の没後、五月辛巳に即位（後紀）。即位後直ちに改元したが、この改元は即位の記事に付された伝に「非レ礼也。国君即レ位、踰レ年而後改レ元者、縁二臣子之心不レ忍三一年而有二二君一也。今未レ踰レ年而改レ元、分二先帝之残年一成二当身之嘉号一。失レ慎レ終无レ改之義一、違二孝子之心一也。稽二之旧典一、可レ謂レ失也」と評されている（後紀）。即位後は政治に積極的に臨み、五月に六道観察使を設置して当時の参議および参議に準ずる者をこれに任命したが（後紀・補任）、翌二年四月には参議を廃して観察使の称号のみとし、食封二〇〇戸を与えることとした（補任）。これは栄爵的なものを削減して実務的な官職を重視する方策の現われと理解されるが、そうした方策は大同二年から三年にかけての、体裁上存置されていた多くの官司の廃合政策にも示されている（三代格）。このように政治に積極的であったが、その反面、性格が猜疑心に富み寛容度に欠ける所が多かった。大同二年十月の伊予親王事件はその一例といえる（紀略）。

平城は病身のため大同四年四月丙子に弟の賀美能（神野）親王に譲位したが（後紀）、健康が回復するにつれ再び政治への意欲が生じるに至った。寵愛していた藤原薬子（種継の女）が兄の仲成と結んで平城に重祚を勧めたために、同年十一月平城旧都に宮殿を造営（類聚国史、太上天皇）、十二月には政務を掌握しようとし、ここに「二所朝廷」（後紀弘仁元年九月丁未条の嵯峨宣命中の語）が現出した。弘仁元年九月、平城は東国入りを計画し行動に移ったが、嵯峨側の先手を打った策により、仲成は射殺され、平城旧都に戻った薬子は自殺し、平城は剃髪して事件は終息した（後紀戊申・己酉条）。なおこの事件により、平城の第一子で嵯峨の皇太子になっていた高岳親王は廃され、嵯峨の弟の大伴親王が立太子した（後紀庚戌条）。事件後平城は旧都での生活に終始し、天長元年七月に五十一歳で没した。諡して天推国高彦天皇という（類聚国史、太上天皇）。

後紀またその逸文(類聚国史、太上天皇)には、既述の伝の他に、譲位の記事、没時の記事の後にそれぞれ評伝を収めるが、後紀には「事乖㆓釈重㆒、政猶煩出」と譲位後にも政治に容喙したことを記す一方、薬子を寵愛したことを批判する文を載せる。また類聚国史、太上天皇にはその政治について「躬親㆓万機㆒、克㆑己励㆑精。省㆓撤煩費㆒、棄㆓絶珍奇㆒。法令厳整、群下粛然。雖㆓古先哲王㆒不㆑過也」と賞しながらも、薬子への寵愛に言及して「傾㆓心内寵㆒、委㆓政婦人㆒。牝鶏戒㆑晨、惟家之喪。嗚呼惜哉」と評している。

なお後紀には、平城の政治への容喙や重祚への意欲などは、すべて薬子や仲成らの意図によるものである如く記されているが、これは嵯峨が兄の平城の立場を考慮してのものであり、重祚や政治への干渉は平城自身の意志によるものとする見解もある(橋本義彦「〝薬子の変〟私考」(『平安貴族』))。

三三　**藤原朝臣縄主**(二六九頁注一三)　式家藤原宇合の孫。蔵下麻呂の子。母は粟田馬養の女。天平宝字四年生。本条(延暦二年四月甲戌条)で従五位下。延暦二年六月中衛少将となり、伊勢介・美濃介を歴任し、同六年二月右衛士佐、同年三月少納言、五月右衛士佐。以後、備前介・近衛少将を経て、同九年七月近衛少将兼式部少輔。同十年正月従五位上昇叙(続紀)。さらに左中弁・式部大輔・左京大夫等を歴任し、同十七年八月参議となる(補任)。その後も春宮大夫・式部大輔等に就任。桓武行幸の際にはしばしば装束司長官となる。大同元年三月の桓武の葬儀に当たっては参議正四位下で装束司となり、翌月には誄を奉っている(後紀)。平城天皇の治世下、西海道観察使兼大宰帥として活躍し、同三年六月新任の国司等に給う公粮の停止について上表している(三代格)。弘仁三年正月兵部卿となり、同年十二月任中納言(後紀)。同八年九月従三位中納言兵部卿にて没。時に五十八歳(紀略)。補任弘仁八年の項に載せる伝(後紀の逸文と見られる)によれば、「性雖㆑好㆑酒、職掌無㆑闕、遺㆓忘内戸(外か)㆒、親族慕㆑之」とある。なおまた補任の同じ個所に、天長元年十二月に従二位を追贈されたと記す。藤原朝臣→□一補1-二九。

三四　**桓武の遊猟**(二八一頁注一五)　桓武の遊猟は本条(延暦二年十月戊午条)の記事以後数多く見られるが、その数の多さは前後にその比を見ない。類聚国史、天皇遊猟に収められた桓武の遊猟は、延暦二十三年十一月己卯に日野に遊猟を行ったのが最後であるが、それまでに一二八回を数え、その他にも同二十三年十月の和泉・紀伊への行幸の途次の遊猟を見ることができる(後紀)。桓武の遊猟について林陸朗(「桓武天皇と遊猟」『栃木史学』創刊号)は、遊猟の特徴として、⑴遊猟の猟場は山背(城)国内が主で、京の四方の各地を網羅して多様な様相を示していること、⑵年次別に見ると、延暦十一年以後急増し、以後十六・十七年頃までがピークで、一年の内に一三回前後も数えられる(表1)ことなどを挙げ、この現象は、平安京の造営、蝦夷外征といった事業が企図・実行された時に当たっていることに注意されるとともに、また桓武の古代的専制君主の風貌を示すもので、それは、天皇による放鷹の独占を語る一方、まだ禁野の制度が確立するに至っていないことを物語っていると述べる。なお林は触れていないが、桓武の遊猟を月別に整理・集計すると、八月から翌年三月までに集中し、しかも農繁期の終りの季節に当たる八・九月が五三回とほぼ半数になることが確かめられるのであって、これは、桓武の専制君主としての行為を如実に示すものであろう(表2)。

一方、桓武の遊猟と不即不離の関係にあるのが、それを契機に行われる皇親や貴族の私邸・別業への臨幸であり、またそこで行われる奉献である。目崎徳衛(「平安時代初期における奉献」『平安文化史論』)によれば、奉献とは天皇または太上天皇などに対し酒食・衣服・器物・歌舞などを献上することであり、平安初期の貴族社会に盛行した現象であるが、その契機となるのは、造営・遷居・巡行・遊猟・祝賀などの場合であった。桓武の場合は特に遊猟・巡行の際に皇親や貴族の私邸・別業に赴いた時に、宴飲とともにしばしば行われたのであるが、そうした奉献のいわば見返りとして、奉献した人物及びその一族に天皇から賜物や授位などが行われるのが一般的であった。本条の記事はそうした奉献の行為について記すところはないが、延暦十二年二月及び九月の遊猟の途次、伊予親王の邸宅を訪れた際に、親王等による奉献の行為が明記され、天皇よりの賜物の事柄も記されている。このことは専制君主の好みである遊猟・遊幸に迎合して、君主に接近しようとする貴族たちの競争を物語るものであり、こうした行為が桓武を始めとする当時の皇族・貴族の奢侈的傾向をさらに強めることにもなった

表1

年	回数	記事
延暦 二	一	延暦三年十一月 長岡遷都
四	一	
六	一	
十	一	
十一	一四	
十二	一三	一月 遷都のため宇多村視察
十三	一三	一―十月 蝦夷征討(大伴弟麻呂ら) 十月 平安遷都
十四	一〇	
十五	一三	
十六	一五	十一月 坂上田村麻呂を征夷大将軍に任命
十七	一一	
十八	八	
十九	五	
二十	七	二―九月 坂上田村麻呂征夷
二十一	四	
二十二	五	
二十三	六	十月 和泉紀伊行幸
		延暦二十四年十二月 徳政相論 二十五年三月 桓武天皇没
計	一二八	

表2

月	回数
正月	九
二月	一一
三月	七
四月	
五月	
六月	
七月	一
八月	二五
九月	二八
十月	二一
十一月	二〇
十二月	六
計	一二八

(注)閏月はその月の中に含めて計上した。

と理解される。そして本条の記事も、奉献の明記こそないものの、百済王氏による同様な行為の存在を暗示する。

三五 **百済寺**(二八一頁注一八) 河内国茨田郡(補38-二三)に所在した寺。現在大阪府枚方市中宮西之町に遺跡をとどめる。本条(延暦二年十月庚申条)の記事から、この寺が百済王氏と密接な関係にあったことが知られる。おそらく同氏が創立し管理した寺であろう。出土瓦から奈良時代後期に創立されたと推測される。桓武朝における国家的保護は手厚いものがあり、本条の正税施入記事の他にも、延暦十二年五月戊子条に銭三〇万及び長門・阿波両国の稲各一〇〇〇束をこの寺に施入した記事があり(類聚国史、施入物)、同十七年正月壬辰条にも河内国の稲二〇〇〇束を百済寺に施入している(同上)。その後、弘仁五年・七年及び八年にも綿の施入のことがあったが(同、天皇行幸・天皇遊猟)、平安後期を下らない時期に火災により焼失したことが遺物より知られる。百練抄に承元二年(一二〇八)九月七日後鳥羽上皇の御幸があったと記す交野御堂は、当寺が焼失した後、法灯維持のために建てられた小堂といわれている。

一九六五年にこの寺の全面発掘が行われ、南大門・中門・回廊・東西両塔・金堂・講堂・食堂の跡が確認された。金堂の前に東西二つの塔があるという点では、薬師寺式に属するが、これらの塔を取り囲んだ回廊が金堂の両脇につながり、その金堂の後ろに講堂・食堂が並んでいる点で、新羅の感(咸)恩寺との類似が注目されている。

三六 **銭財出挙の官符**(二八三頁注二〇)　三代格に収める天平勝宝三年九月四日太政官符の該当部分、及び延暦二年十二月五日太政官符は次の如くで、続紀本条(延暦二年十二月戊申条)がこの二者をもとに作成されていることは明らかである。

太政官符

一、禁下断出二挙財物一以二宅地園圃一為上質事

右豊富百姓、出二挙銭財一、貧乏之民、宅地為レ質、此至二於責急一、自償二質家一、無レ処二住居一、遂散二他国一。既失二本業一、或民弊多、為レ蠹実深。自レ今以後、皆悉禁断、若有二先日約契一者、雖レ至二償期一、猶任住居、稍令二酬償一。

天平勝宝三年九月四日

太政官符

禁下断出二挙財物一以二宅地園圃一為上質事

右検二太政官去天平勝宝三年九月四日符一偁、宅地為レ質皆悉禁断者。今被二右大臣宣一偁、奉レ勅、先勅、京畿已禁二件事一、而今京内諸寺、貪二求利潤一、不レ畏二朝章一、以レ宅取レ質、廻レ利為レ本。非二只綱維越上法、抑亦官司共許。何其為レ吏之道、輙違二王憲一。出塵之輩、更結二俗網一、宜レ令下天下莫上有二此類一。如有二犯者一、科以二違勅一。官人解二其見任一財貨没二入公家一。

延暦二年十二月五日

この官符と続紀本条を比べると、前者は続紀に見えない「無処住居」「或民弊多、為蠹実深」などの語の他、語句の配列に若干の相異を示す。また後者の「不畏朝章」「令天下莫有此類」などの語は続紀には見えない。その他若干語句を異にする。ただこれらの語句は、いずれかと言えば一般的な状況説明の語であるので、続紀編纂の際、適宜取捨選択された可能性がある。

三七 **久度神**(二八五頁注六)　久度神は本条(延暦二年十二月丁巳条)の時点では大和国平群郡に祀られていたが、平安遷都に伴い京内の平野社に祀られるに至った。神名式に大和国平群郡二〇座の中の小八座の中に久度神社が見えるのは、移祀後の旧祀と見られる(現在奈良県北葛城郡王子町久度四丁目)。久度神の祀られた地一帯が和氏の本拠地であること、またその神の名称「久度」は「竈」の一部の名称であるところから、和氏と関係の深い、朝鮮半島系のカマドの神として和氏に信仰された神であり、今来大神同様に高野新笠との縁により、平野社に祀られたものと考えられる(義江明子「平野社の成立と変質」『日本古代の氏の構造』)。今木大神→補37―二〇。

38　巻第三十八

一　**小倉王**（二八七頁注五）　雄倉王とも。舎人親王の孫、御原王の男。天平勝宝三年正月に三嶋真人賜姓の小倉王とは別人。本年（延暦三年）十二月に従五位上昇叙。延暦四年正月に少納言、同六年二月に阿波守となる（続紀）。同十八年二月に典薬頭、同十二月に内膳正となり、同二十三年六月には上表して散位正五位下で清原真人を賜姓、男「繁野」の名を「夏野」と改めた（後紀）。夏野の薨伝には「正五位下小倉王之第五子也」とある（続後紀承和四年十月丁酉条）。

二　**藤原朝臣真作**（二八七頁注一四）　巨勢麻呂（南家）の男。延暦四年六月従五位上に昇叙。時に皇后宮大進。同年八月石見守、同九年七月大蔵大輔となる（続紀）。三成・三守の父で、三守の薨伝に「阿波守従五位上真作之第五子也」とある（続後紀承和七年七月庚辰条）。また嘉祥三年二月に陸奥出羽按察使従四位下で没した富士麻呂は孫（続後紀）。藤原朝臣→㊀補1-二九。

三　**大伴宿禰家持の持節征東将軍任命**（二八九頁注二三）　家持の年齢は、補任の天応元年六十四歳によればこの年六十七の高齢で、陸奥には赴任しなかった場合が考えられるが、しかし、すでに延暦元年六月に兼陸奥按察使鎮守将軍に任じており、同四年八月の没伝にも「出為二陸奥按察使一」とあり、さらに補任延暦四年条に「在二陸奥一」と見えることなどから、この時は陸奥にいたか（直木孝次郎他訳注『続日本紀』）。本条（延暦三年二月己丑条）に「持節」とあることから、天皇より節刀を賜わったからには現地に赴任したとみる説（林陸朗『完訳注釈　続日本紀』など）もある。

四　**国師の遷替年限**（二九五頁注二五）　国師の遷替年限については、本条（延暦三年五月辛未朔条）で六年とされたが、延暦十四年八月十二日付太政官符で国師の名称が講師と改められるとともに、終身の任となった。その後再び延暦二十四年十二月二十五日付太政官符により六年となり（以上貞観交替式所引延暦二十四年十二月廿五日付太政官符。三代格にも同官符を所収）、延喜交替式でも六年を任限とする。

五　**国司の遷替年限**（二九五頁注二六）　国司の遷替年限は、大宝令で六年だったが、慶雲三年二月に四年に改められ、天平宝字二年十月に令制に復されたが、同八年十一月に再び四年となった（宝亀十一年八月に大宰府管内諸国のみ五年とした）。その後、大同二年にまた六年、弘仁六年に四年となり、天長元年に守・介のみ六年、承和二年にまた四年と改められ、大宰府・鎮守府・陸奥・出羽等は五年とされて（三代格承和二年七月三日太政官謹奏）、以後これが定式化した。

六　**遷都の予兆としての動物の移動**（二九七頁注二）　動物の移動が遷都の前兆となる例としては、孝徳紀大化元年十二月条に「（孝徳）天皇遷二都難波長柄豊碕一。老人等相謂之曰、自レ春至レ夏、鼠向二難波一、遷レ都之兆也」と、鼠の事例が見られる（他に白雉五年十二月条など）。早く中国にも、北史魏本紀永熙三年七月条に「是歳二月、…群鼠浮レ河向レ鄴」と、鼠の移動を鄴への遷都（同年七月）の兆としている。なお、後の水鏡にも、蛙の移動を記した後、「都移アルベキ相ナリト申合シ」と記す。

この時の摂津大夫は、長岡遷都に活躍した和気清麻呂であった（延暦二年三月に摂津大夫、同三年十二月に造宮の功で昇叙）。長岡遷都にともない、副都であった難波京は廃止されて長岡京に一元化された（摂津職は延暦十二年三月に廃される）。発掘調査によって、長岡宮に難波宮の朝堂建物が移築され、瓦などの資材も運搬利用されたことが明らかになっている。

七　**難波市**（二九七頁注五）　職員令68の摂津大夫職掌に「市廛」とある、摂津職が所管した難波京に置かれた官市。四天王寺北方の上町台地上に位置した。霊異記上-三十五などに、市人らでにぎわう様子が見える。瀬戸内海交通や淀川・大和川の河川交通とつながる難波津（㊂補11-四〇）を擁し、畿内における重要な流通の拠点であった。

八　**「難波市南道」**（二九七頁注六）　難波市から上町台地上を南に延びて四天王寺へとつながる南北道。発掘調査により、四天王寺の遺跡の年代は白鳳時代からさらに推古朝末年ころまでさかのぼるとされる。したがって、古くから機能した難波津と結び付いた難波市と四天王寺とを結ぶ「難波市南道」は、難波京の造営以前から存在した古道か。

九　**山城国乙訓郡長岡村の相地**（二九七頁注九）　中納言二人・参議二人

を含む大規模な派遣団は、遷都のための儀礼的な意味をもつか。長岡の地名は本条(延暦三年五月丙戌条)が初出であるが、遷都の構想は延暦元年四月癸亥条に倹約のために「今者、宮室堪レ居、服翫足レ用」として平城宮の造宮省などを廃止した頃にさかのぼるか。なお、中納言の小黒麻呂は室に秦嶋麻呂の女を迎えており、種継の母は秦朝元の女であるなど、長岡遷都の背景に山背国葛野郡を本拠として有勢な経済力を誇った秦氏の存在をうかがうことができる。

一〇　**藤原朝臣乙叡**(二九七頁注二二)　豊成(南家)の孫。父は平安遷都の建議者でしばしば桓武の行幸を別業に迎えた右大臣継縄。母は尚侍ともなり桓武の寵遇を得た百済王明信。延暦三年七月侍従となり、以後、少納言・右衛士佐・中衛少将・大蔵大輔・兵部大輔・右兵衛督などを歴任し、その間下総守・信濃守を兼ねた。同十年十月には従四位下に昇叙(続紀)。同十一年二月・十二年八月には父同様自邸や園池に桓武の行幸を得る(類聚国史、天皇巡幸)。同十二年左京大夫に任じ、同十三年十月には参議となった(補任)。その後も左京大夫・山城守・右衛士督・越前守・中衛大将などを兼ね、同十八年六月兵部卿となる(後紀・補任)。ついで同十九年正月従三位に昇り(補任)、同二十一年には度者一人を賜わって(類聚国史、度者)、同二十二年権中納言に任じた(補任)。大同元年三月・四月の桓武葬送の際は山作司となり、誄も務めた。同年四月には中納言に昇ったが、同二年伊予親王の事件に坐して解官され、同三年六月甲寅、憂のうちに散位従三位として四十八歳で没した。両親の縁故で顕官を歴任したものの、皇太子時代の平城天皇に対する酒宴での不敬が報いとなったという。また、性頑驕で妾を好む一方、山水の地に別業を多く営んだと伝える(後紀)。藤原朝臣→㊀補1―二九。

一一　**延暦三年六月辛丑条で賜姓された唐人とその姓**(二九九頁注一―三)　天平宝字五年八月に迎藤原河清使高元度(㊂補22―六)を日本に送る唐使の一員として、大使沈惟岳(㊂三八七頁注二七)とともに来日したが、本国の安史の乱もあって帰国できず、以後滞日していた唐人への賜姓。

晏子欽　姓氏録左京諸蕃の栄山忌寸の項に「唐人正六位上〈本国岳(「国岳」は「司兵」の誤写か)賜緑〉晏子欽入朝焉。沈惟岳同時也」とあり、唐使中の司兵として来日か。「賜緑」(㊂三八七頁注二九)は六品・七品相当。

徐公卿　姓氏録左京諸蕃の栄山忌寸の項に「唐人正六位上〈本判官賜緑〉徐公卿入朝焉。沈惟岳同時也」とあり、唐使中の判官として来日か。

栄山忌寸　晏子欽・徐公卿を祖とする。姓氏録には上記以外の記述はない。

一二　**行賀**(二九九頁注八)　姓は上毛氏。大和国広瀬郡の人。十五歳で出家、二十歳で具足戒を受け、二十五歳で唐に留学したといい、帰国後若い学僧三〇人を付してその成果を学ばせたという(元亨釈書、力遊)。本条(延暦三年六月戊申条)で少僧都となった後、延暦十五年十二月辛巳に大僧都となり(後紀)、僧綱で活躍し、同二十二年三月己未に大僧都伝灯大法師位として没(類聚国史、撰書・紀略)。没時七十五歳という(元亨釈書、力遊)。卒伝によれば、唐に留学して唯識・法華の二宗を学び、渡唐後三十一年にして帰国したが、東大寺僧の明一に宗義を試問されて答えられず、非難されて涕泣したという。久しく他国にあって言葉を忘れたためであり、唐では百高座の第二に列し、法華経疏などを書き改め、しかも五百余巻の聖教を写し持ち帰ったという評価が見える(類聚国史、撰書)。

一三　**延暦三年六月戊申条で律師に任じられた法師**(二九九頁注九・一〇)

善上　七大寺年表に延暦三年「律師。六月九日任」と見え、興福寺本僧綱補任に、同四年「律師」、同十五年「月日辞退云々。可レ尋」とある。

玄憐　延暦八年正月丁巳に少僧都(続紀)。のち、斉衡二年九月己巳の僧正長訓の卒伝(文徳実録)に「師二事少僧都玄憐一」と見える。また七大寺年表に、延暦三年「律師。六月九日任」のほか、「教大徳弟子」などとあり、興福寺本僧綱補任に、延暦四年「律師」、同八年「正月十五日任二小僧都一」、同十一年「辞退歟。入滅歟。可レ尋」とある。

一四　**造長岡宮使**(二九九頁注一二)　造長岡宮使は、本条(延暦三年六月己酉条)に挙げられた五位以上の一〇名のほかに六位の官人が八名いる大所帯であった。本年十二月己巳条で造宮有労者として昇叙した官人の中で、本位が正六位上であった佐伯葛城・奈良長野・大神楉田愛比・三使清足・麻田狙賦・高篠広浪の六名は、この造長岡宮使の官人であった可能性がある。

一五 延暦三年六月癸丑条で賜姓された唐人とその姓（二九九頁注三一―三五） 天平宝字五年八月に迎藤原河清使高元度（三補22―六）を日本に送る唐使の一員として、大使沈惟岳（三三八七頁注二七）とともに来日したが、本国の安史の乱もあって帰国できず、以後滞日していた唐人への賜姓。なお、同じ唐使の一員で、先（延暦三年六月辛丑条）に賜姓された晏子欽・徐公卿は日本での位階を得ていなかったが、本条の人々は叙位されている。

孟恵芝 姓氏録左京諸蕃の嵩山忌寸の項に「唐人正六位上〈本丑倉（「丑倉」は「司倉」の誤写か）賜録〉孟恵芝入朝焉。沈惟岳同時也」とあり、唐使の司倉として来日。司倉は、倉庫などを管掌する、唐の州県の官職名。

張道光 姓氏録左京諸蕃の嵩山忌寸の項に「唐人外従五位下〈船典賜録〉張道光入朝焉。沈惟岳同時也」とあり、唐使の船典として来日。船典は天平宝字五年八月甲子条に見える押水手官（水夫を管理する官）と同じか。本条以後、延暦十六年正月に外従五位下に昇叙し（後紀）、同十七年六月には遠く国家に投帰したのに家に乏有りとして特に優恤を受け稲を賜わっている（類聚国史、賞賜）。のち同十八年二月には大炊権助に任じた（後紀）。

嵩山忌寸 孟恵芝・張道光を祖とする。姓氏録左京諸蕃には上記以外の記述はない。「嵩山」は河南省にある中国の五岳の一つの山名による。

吾税児 姓氏録左京諸蕃長国忌寸の項に「唐人正六位上〈本押官賜録〉吾税児入朝焉。沈惟岳同時也」とあり、唐使の押官として来日。「押官」は天平宝字五年八月甲子条に見える「押水手官」（水夫を管理する官）と同じか。

永国忌寸 吾税児を祖とする。姓氏録左京諸蕃には長国忌寸とあり、上記以外の記述はない。「永国」は美称に基づくか。

一六 女性の邸宅所有（三〇一頁注四） 本条（延暦三年六月壬戌条）で内親王・夫人・尚侍たち女性に新京の宅の造営財源を賜わっているが、光明子が父藤原不比等の平城京の邸宅（のちの法華寺）を伝領したことなど（天平十七年五月戊辰条）、この時代、女性の邸宅所有は一般的なことであった。保良京に遷る時も、上級貴族とともに井上内親王・飛鳥田内親王・県犬養夫人（広刀自）・粟田（女）王・陽侯（女）王らに稲を賜わっている（天平宝字五年十月壬戌条）。平安京遷都の際にも、延暦十三年七月に、百済王明信・五百井女王・置始女王・和気広虫・因幡国国造浄成女ら一五人の女性に「為レ作二新京家一」に山背・河内・摂津・播磨などの諸国の稲一万一千束を賜わっている（類聚国史、賞賜）。なお、桓武は自らの王権の安定をも図って多くの氏族から女性を後宮に迎えていた（一代要記）。

一七 山埼橋（三〇一頁注九） 山埼橋は高椅とも称した。行基年譜によれば、神亀二年（扶桑略記には「三年」）行基による架橋という。もともと淀川を渡河する主要な橋であるが、ここではさらに長岡京造営に際して重要な役割を果たすこととなった。

雑式には「凡山城国宇治橋敷板、近江国十枚、丹波国八枚〈長各三丈、広一尺三寸、厚八寸〉。山埼橋、摂津・伊賀等国各六枚。播磨・安芸・阿波等国各十枚〈長各二丈四尺、広厚並同レ上〉。並以二正税一充レ料。毎年採送二山城国一。国取二返抄一備二所司勘会一」とあり、宇治橋とともに重要な橋として、山埼橋の料材は、摂津・伊賀・播磨・安芸・阿波など、本条（延暦三年七月癸酉条）に挙げられているよりも多くの諸国から集められることになっている。

営繕令では、京内大橋の場合は、営繕令11によって「凡京内大橋、及宮城門前橋者、並木工寮修営。自余、役二京内人夫一」と木工寮ないし京職による修造となり、一般の津橋道路の修理の場合は、営繕令12によって「凡津橋道路、毎レ年起二九月半一、当界修理、十月使レ訖」と「当界」すなわち国司による修造とされた。本条の山埼橋の造営主体は、雑式にも料材を「送二山城国一」とあるように、山背国であったか。山背国による造営に際して、畿内の重要な橋として、一国の範囲を越えた料材の調達が行われたのであろう。

一八 高宮村主田使（三〇一頁注二五） 本条（延暦三年七月癸未条）で春原連を賜姓された後、延暦四年三月にさらに高村忌寸と改賜姓（続紀）。のち大同五年正月従五位下から従五位上に昇り（類聚国史、叙位）、弘仁二年閏十二月には宿禰を賜姓された。この時右京人と見える。同六年正月に正五位下（後紀）、同七年正月には従四位下に昇り（類聚国史、叙位）、同九年十一月丁未に東宮学士従四位下として七十六歳で没（紀略）。

高宮村主は倭漢氏系の渡来系氏族。坂上系図所引姓氏録逸文に、応神朝に来日し大和の檜隈（高市郡、現奈良県高市郡明日香村檜前）に居した阿智使主が、本郷の人民を喚び仁徳朝に来日した者の後裔氏族（いずれもカバネ村主をもつ）の中に、高宮村主が見える。高村宿禰は、姓氏録右京諸蕃に、前漢景帝の子魯恭王の後、青州刺史劉琮より出と見える。

一九　**高宮村主真木山**（三〇一頁注二六）　延暦四年三月にさらに高村忌寸と改賜姓（続紀）。大同四年四月外従五位下から従五位下に昇叙し（類聚国史、叙位）、弘仁二年閏十二月には高村宿禰を賜姓された（後紀）。この時田使とともに右京人とするが、「故従五位下」とあり、すでに没していた。高宮村主→補38－一八。

二〇　**春原連**（三〇一頁注二七）　倭漢氏系の渡来系氏族。高宮村主から春原連と賜姓された田使・真木山らは、延暦四年三月には春原連から高村忌寸と賜姓され（続紀）、さらに弘仁二年閏十二月高村宿禰と賜姓された（後紀）。高村宿禰は姓氏録右京諸蕃に前漢景帝の子魯恭王の後裔と伝える。

二一　**三尾神**（三〇三頁注二）　三尾は水尾とも。神名式では、近江国高嶋郡に名神大社として水尾神社二座と見える。新抄格勅符抄所引大同元年牒に「十三戸〈近江、神護元年九月七日符〉」とあり、三代実録貞観五年閏六月廿七日条に正五位下から従四位下に叙されたと見える。現在の滋賀県高島郡高島町拝戸に水尾神社が所在。琵琶湖湖西の要地であり、古くから三尾氏の本拠地。

二二　**衣枳首広浪**（三〇三頁注三）　正倉院文書の天平勝宝六年八月八日の百部法華経充本帳（古四－一八頁）や同年の写経所経師以下上日帳（古一三－一〇九頁）などに衣枳（只）広波（浪）と見え、同年八－九月に未選舎人として東大寺写経所の経師であった。天平勝宝年中に古兎毛筆・好墨を所望して書いた啓も伝わる（古二五－一〇九頁）。延暦二年六月十七日太政官牒（東南院三－八五頁）にも、「正六位上行左少史衣枳首広浪牒」と自署が見える。高篠連改姓後の本年十二月、外従五位下に昇叙。延暦四年七月左大史、同九年三月に木工助で駿河介を兼ね、同閏三月の皇后藤原乙牟漏死去に際しては御葬司をつとめた。

衣枳首は、姓氏録に見えないが、改姓後の高篠連は、姓氏録右京皇別に「景行天皇皇子、五百木入彦命之後也」とある。

二三　**茨田郡**（三〇三頁注一四）　和名抄（東急本）に「万牟多」。幡多・佐太・三井・池田・茨田・伊香・大窪・高瀬の八郷からなる。現在の大阪府門真市・守口市と、枚方市・寝屋川市・大東市・大阪市鶴見区の各一部。淀川下流域の沖積地南側に位置する。治水の歴史に富み、仁徳紀十一年十月条に茨田堤（㊂補18－一一）築造の記事がある。仁徳紀十三年九月条にはこの地に茨田屯倉を立てたことが見え（仁徳記も）、宣化紀元年五月条にも「茨田郡屯倉」と見える。播磨国風土記には、茨田郡枚方里の漢人が播磨国揖保郡に移住した記事を載せる。行基年譜には、行基が茨田郡に灌漑施設などを造ったことを記す。

二四　**藤原朝臣弟友**（三〇三頁注二〇）　是公（南家）の三男。母は橘佐為の女（分脈）。本条（延暦三年潤九月乙卯条）以後、延暦四年正月に侍従、同五年正月に宮内少輔となる。同九年三月にも侍従・宮内少輔任官と見える。同十年正月には侍従のまま大判事となる。分脈には「阿波守従五位上」とある。藤原朝臣→㊀補1－二九。

二五　**児嶋郡**（三〇三頁注二二）　和名抄で「古之末」と訓む。三家・都羅・賀茂・児嶋の四郷からなる。現在の岡山県玉野市と倉敷市・岡山市の一部および香川県小豆郡。神代紀に「吉備子洲」、古事記に「吉備児島」と見え、欽明紀十七年七月条では「備前児嶋郡」に屯倉が置かれる記事があり、瀬戸内海交通の要地として早くから王権と結び付いた地であった。万葉にも、大伴旅人の吉備児島の歌（九六七）を伝える。本条（延暦三年十月庚午条）により、現在は香川県に属する小豆島が古代には児嶋郡に属し、官牛が放牧されていたことが知られるが、平城宮木簡にも「備前国児嶋郡小豆郷」の調の貢進荷札が知られる。平城宮木簡では児島郡からの「調塩」の貢進荷札が目立つが（『平城宮木簡』一－三二一号）、後紀の延暦十八年十一月甲寅条にも「児嶋郡百姓等焼レ塩為レ業、因備二調庸一」とあり、製塩が盛んであったことが知られる。のち中世には海峡が埋没して備中側と陸続きになったようで、現在は児島半島となっている。

二六　**小豆嶋**（三〇三頁注二三）　古事記の国生み神話に見え、応神紀二十二年四月条の兄媛の歌にも「阿豆枳辞摩」と見える。平城宮木簡に「備前国児嶋郡小豆郷」の調の貢進荷札が知られ（『平城宮木簡』二－二一七七号）、本条（延暦三年十月庚午条）とも合わせて、小豆嶋が古代には備前国児嶋郡に属したことが知られる。和名抄には児嶋郡に小豆郷の郷名を載せない。中世に讃岐領に移行し、現在は香川県小豆郡に属する。

二七 **蒲原郡**(三〇三頁注三〇) 和名抄で「加牟波良」と訓み、日置・桜井・勇礼・青海・小伏の五郷からなる。現在の新潟県新発田市・新津市・新潟市・五泉市・白根市・加茂市・三条市・燕市・見附市・豊栄市と、中・西・南の各蒲原郡の地。阿賀野川から南の、信濃川流域の新潟平野を占める地域。大化三年に置かれた渟足柵はこの地と推定され、大宝二年三月に越中から越後に所属を変更した四郡中に、蒲原郡も含まれたと考えられる(㈠補2-一三〇)。神亀三年の山背国愛宕郡雲下里計帳には、「越中国蒲原郡」と見える(古一-三六〇頁)。また、養老年間頃とされる八幡林遺跡(新潟県三島郡和島村)出土木簡に、所管する青海郷内あての郡符木簡がある(和島村教育委員会『八幡林遺跡 一九九二』)。

二八 **三宅連**(三〇三頁注三一) 垂仁紀に「田道間守、是三宅連之始祖也」と伝え、姓氏録右京諸蕃・摂津諸蕃に「新羅国王子天日桙命之後也」と見え、かつて屯倉の管掌にあたった渡来系氏族。本条(延暦三年十月戊子条)の三宅連は越後の屯倉を管掌した氏族か。神名式古志郡(蒲原郡の南に接する)に三宅神社二座(現長岡市六日市町に所在)がある。

二九 **朔旦冬至**(三〇五頁注二一) 朔旦冬至は、十一月朔と冬至が同じ日になったときの祝い。太陽の運行による暦と月の満ち欠けによる暦のズレを解消するため、十九太陽年の長さと月の満ち欠けによる朔望月の二三五箇月の長さとがほぼ一致することから、太陰太陽暦では、この十九太陽年を一章として十九年間に閏月を七個置いて計二三五箇月とする一章十九年七閏という方法を用いた。したがって、年・月の起点となる朔旦冬至は、暦の計算上十九年ごとにめぐってくることになる。中国では、漢書武帝紀の元鼎五年に、伝説上の黄帝の故事にならって朔旦冬至を祝った記事があり、郊祀志にも見える。

朔旦冬至の日本における初見が本条(延暦三年十一月戊戌朔条)で、江家次第、十に「是本朝朔旦冬至、始見二国史一也。自二黄帝二十二年甲子一至二延暦三年一、合二千四百二十一年。除二得二遂五部一、余算一得二六部之章首一、乃為二本朝朔旦冬至甲子元一。而後毎レ当二十九年一必得二嘉節一者也」と見える。続く延暦二十二年の朔旦冬至は類聚国史、冬至に記事が見え、以後朔旦冬至がめぐる十九年ごとに行事が催されることになる。行事の次第は、西宮記、六などに詳しい(桃裕行「閏月と朔旦冬至」広瀬秀雄編『暦』所収、古川麒一郎「朔旦冬至について(Ⅰ)」・長谷川一郎「朔旦冬至について(Ⅱ)」『日本暦学会紀要』一)。延暦三年は甲子革令の年にも当たっており、この年の朔旦冬至の重視は、中国の暦の思想で新しい時の起点とされた朔旦冬至を、桓武が新しい王朝の主張に利用したものか。

三〇 **長岡京・長岡宮**(三〇七頁注二〇) 長岡京・長岡宮は、延暦三年十一月に平城京から遷都され、同十三年十月の平安京遷都までの宮都であった。平城京から長岡京への遷都の契機としては、天武系から天智系へと皇統が変わった新王朝の新都建設、桓武の律令制再建政策に批判的な旧勢力の排除、平城京に根強い仏教勢力の排除、緊縮政策による首都平城京・副都難波京の統合、淀川水系を利用する水陸交通の便宜、秦氏など山背の渡来系有力氏族の経済力への依存、平城宮における光仁の死穢などが考えられている。しかし、延暦四年九月の藤原種継暗殺事件(補38-六二)にみられるように桓武の新王権はまだ十分に確立していず、長岡遷都は波乱をふくんでいた。結局短期間で長岡京から平安京に再遷都することになった契機としては、長岡京造営工事の遅延、早良親王の怨霊、大洪水による被害、長岡京の都市的機能の未成熟、長岡京における皇太后・皇后らの死穢などが考えられている。

長岡京はわずか一〇年の都であり、かつて「幻の都」として造営の進展度が疑われてきたが、整備された構想の下に造営が行われた宮都であったことが、一九五四年以来の中山修一らによる遺跡の発掘調査によって明らかになった。長岡京域は長岡宮中心部の向日市をはじめ、東西市が位置した長岡京市や京都市・大山崎町などにわたっており、今日では所在各市町や京都府によって継続的に発掘調査が行われ、宮の構造や京の条坊などの多くの事実が明らかになってきている。

淀川西岸の丘陵上に立地する長岡京の規模は、朱雀大路を中心に東西には左右京各四坊の計八坊(東西約四・三キロメートル)があり、南北は九条ないし一〇条分(未確定)の条坊が配される長方形のプランであった。長岡宮は朱雀大路の北つきあたりの安定した立地にあり、左・右京には東市(長岡京市古市の地に推定)・西市が配されて山埼津・淀津を拠点とした桂川(淀川)の水運と結んだ交通体系が組まれていた。

発掘調査による成果として、まず長岡宮については、大極殿や朝堂院の規模・様相が明らかとなり、朝堂院は難波宮の朝堂院がそのまま移築されていたこと、内裏の位置が当初朝堂院の北に位置したものが後に朝堂院東方に移ったことなどが明らかになった。また、長岡京については、太政官厨家が左京三条二坊に存在するなど官司の宮外施設が京域に存在する様相が知られ、また桓武が平安遷都直前に移ったと紀略(延暦十二年正月庚子条)に見える「東院」と推定される遺跡が左京域で検出されたほか、条坊街区の都市計画プランが、平城京方式(方格計画線を街路中心に置き、路面部分を差し引いて街区を設定する)と平安京方式(街区の大きさを全て一定にして街路路面部分をその外側に設定する)との中間に位置する——すなわち宮の前面地区、東面・西面地区と左京・右京一般地区ごとに街区規模の均一化が図られていたことが確認されている。また長岡京木簡の出土によって、続紀の史料批判にも多くの指摘が得られている(福山敏男・中山修一・高橋徹『新版長岡京発掘』、『向日市史』上、『長岡京市史』本文編一、山中章『日本古代都城の研究』など。また各調査機関の発掘調査報告書参照)。付録「長岡京条坊図」参照。

三一　**佐伯宿禰葛城**(三一一頁注二〇)　本条(延暦三年十二月己巳条)以後、延暦四年三月中衛少将、同九月左少弁となり、同五年八月には征夷のために東海道の兵士・武器を簡検し、翌六年二月には陸奥介兼鎮守副将軍となった。ついで下野守、民部少輔に任じ、同七年三月には征東副使となったが、同八年の胆沢での蝦夷との戦いに進軍する途上で没。時に征東副将軍民部少輔兼下野守従五位下勲八等で、同年五月に正五位下を贈られた。佐伯宿禰→㈠二七頁注一三。

三二　**長岡宮大極殿**(三一三頁注一二)　遺構は京都府向日市鶏冠井町にあり、東西四一・四メートル、南北二一・六メートルの基壇が発掘調査によって確認され、桁行九間・梁間四間の四面廂付きの建物規模が知られた。独立した後殿とともに門・回廊に囲まれた大極殿院を構成し、朝堂院の北に位置する。この大極殿や大極殿院の規模は後期難波宮のそれとほぼ一致し、後期難波宮式の軒瓦が葺かれていることと合わせて、長岡宮の大極殿は後期難波宮の大極殿が移建されたものであることが確認された(『向日市史』上)。

三三　**藤原朝臣葛野麻呂**(三一三頁注一五)　小黒麻呂(北家)の長子。母は秦嶋麻呂の女。延暦六年二月陸奥介、同十年七月少納言を経て、同年十一月右少弁に任じ(続紀)、のち弁官を歴任。同十五年四月従四位下(補任)、同十六年二月には右大弁で春宮大夫を兼ねた。同十八年正月大宰大弐、同二十年八月には遣唐大使に任ぜられた。同二十二年に出発するも暴風にあい引き返し(紀略)、翌二十三年渡唐に成功、翌二十四年六月に帰国。七月節刀を進め、従三位に昇った。大同元年二月春宮大夫に任ぜられ、三月の桓武の葬送では御装束司となった。四月には参議に列し、式部卿を兼ねた(後紀)。同三年二月中納言となり(補任)、翌四年三月正三位に昇って(後紀)、四月には皇太弟傅を兼ねた(補任)。弘仁元年の薬子の変では、平城太上天皇を諫めたことにより、太上天皇側の官人であったものの、罪を許されている。同三年十二月民部卿を兼ね(後紀)、弘仁九年十一月に正三位中納言として六十四歳で没(紀略)。藤原朝臣→㈠補1-一二九。

甘南備真人継人(三一三頁注二六)　他に見えず。甘南備真人→㈢三六七頁注九。

平群朝臣清麻呂(三一三頁注二七)　本月(延暦四年正月)辛亥に典薬頭、延暦四年十一月に大膳亮、同九年三月に信濃介となる。平群朝臣→㈠補3-八三。

阿倍朝臣枚麻呂(三一三頁注二八)　安倍朝臣とも。延暦五年正月大監物、同八年三月兵部少輔(続紀)、大同三年正月従四位下(類聚国史、叙位)、同年五月に従四位下民部大輔で致仕し、弘仁三年八月に従四位下で没(後紀)。阿倍朝臣→㈠補1-一四二。

佐伯宿禰継成(三一三頁注二九)　延暦九年三月に衛門佐となる。佐伯宿禰→㈠二七頁注一三。

小野朝臣河根(三一三頁注三〇)　他に見えず。小野朝臣→㈠補1-一四五。

雀部朝臣虫麻呂(三一三頁注三一)　他に見えず。雀部朝臣→㊂補18-二二。

県犬養宿禰継麿(三一三頁注三二)　延暦五年正月に散位助、同七年二月に伊豆守となる。県犬養宿禰→㊀補2-二四。

大宅朝臣広江(三一三頁注三三)　延暦五年正月に美濃介となり、以後、丹後介・丹後守・主殿頭・大蔵少輔を歴任。さらに同九年三月に丹後守に再任。大宅朝臣→㊀補2-六九。

高橋朝臣三坂(三一三頁注三四)　御坂とも。本月(延暦四年正月)辛亥に陰陽頭となる。高橋朝臣→㊀補1-八二。

安曇宿禰広吉(三一三頁注三五)　延暦八年四月に和泉守(続紀)、大同元年正月には従五位上で安房守、弘仁元年十月に伊予権介となる(後紀)。安曇宿禰→㊀補3-二八。

文室真人大原(三一三頁注三六)　長親王の孫。文室真人と賜姓された大納言従二位智奴(もと智奴王。のち浄三)の男。綿麻呂の父。本月(延暦四年正月)辛亥に右兵衛佐(翌延暦五年正月己未条にも右兵衛佐任官記事がある)、以後下総介・治部少輔を経て、延暦十年正月に陸奥介となり、同年二月に鎮守副将軍を兼ねた(続紀)、のち三諸朝臣と姓を改めているが、同二十一年正月、稲廿一万六千九十束を隠截したとして「常陸国前司守従四位下勲三等三諸朝臣大原等」が免官された(類聚国史、隠截官物)。しかし、同二十三年二月には播磨守、翌二十四年十月には備前守に任ぜられている(後紀)。のち、文室海田麻呂卒伝に「従四位下勲三等大原之第五子也」と見える(文徳実録天安二年正月丁巳条)。文室真人→㊂補18-五九。

大伴宿禰養麻呂(三一三頁注三七)　本月(延暦四年正月)辛亥に河内介、延暦七年二月に河内守、同九年七月に中衛少将となる。大伴宿禰→㊀補1-九八。

紀朝臣広足(三一三頁注三八)　本月(延暦四年正月)辛亥に衛門佐、延暦五年正月に駿河守となる。紀朝臣→㊀補1-三一。

紀朝臣呰麻呂(三一三頁注三九)　本月(延暦四年正月)辛亥に伊勢介、延暦九年七月に少納言となる。紀朝臣→㊀補1-三一。

三四　**多治比真人豊継**(三一五頁注二四)　延暦十八年正月に従五位上に昇叙(後紀)。姓氏録左京皇別の長岡朝臣条に、延暦六年二月に賜姓された長岡朝臣岡成(補39-一六)は、桓武の東宮時代に豊継が女孺として仕えていて生んだ子であったことが見える。多治比真人→㊀補1-一二七。

三五　**淀川の治水工事**(三一五頁注二九-三三)　淀川と三国川を直結させる堀を掘削して、淀川と瀬戸内海を結ぶ新しい流路を開いた。工事の目的としては、淀川の水害を防ぐための治水と、淀川と瀬戸内海を結ぶ新しい水運路線の開発とが考えられ、いずれにしても淀川の堆積作用による河口部の氾濫が原因となった(小出博『利根川と淀川』など)。淀川の治水工事としては、翌延暦五年の班田(延暦四年十月丙寅条で畿内校田使を派遣する)を機にして、治水による耕地の拡大が図られたと思われる(亀田隆之「延暦の治水工事に関する二、三の考察」『人文論究』四四-一)。また水運路線の開発としては、淀川河口の難波津の機能低下、淀川沿いの長岡京遷都に応じた交通路整備と難波宮の廃止といった背景があった(『新修大阪市史』など)。なお、この時の摂津大夫は和気清麻呂。

神下・梓江　未詳。淀川河口部北側で淀川からの分流地点付近。

鯵生野　淀川河口部北側の地名で、現在の大阪市東淀川区北部から摂津市にかけての地域。典薬寮の牛牧、味原牧が所在した。和名抄の東生郡味原郷(淀川河口部南側)とは別の地。

三国川　現在の神崎川。淀川の分流として開削された。現在の大阪府摂津市で淀川から分かれ、吹田市を通って大阪市西淀川区で大阪湾に注いでいる。なお、これより前にも「次田堀川」がここより下流部で三国川と淀川とを連結する工事が行われている(行基年譜所引天平十三年記)。

三六　**海部郡**(三二一頁注一〇)　和名抄の訓は「安万」。現在の大分県北海部(あまべ)・南海部郡・臼杵市・津久見市・佐伯市と大分市の一部にあたる地域。豊後国風土記に「此郡百姓並海辺白水郎也。因曰二海部郡一」と郡名の由来を伝え「郷肆所、〈里一十二〉駅壱所、烽弐所」とある。同風土記に四郷からなるとあり、丹生・佐尉・穂門の名が見える。和名抄では佐加・穂門・佐井・丹生の四郷からなる。

三七　**「居レ職匪レ懈、撫レ民有レ方」**(三二一頁注一二)　「居レ職匪レ懈」のうち「匪レ懈」は、官人の勤務評定における善についての「恪勤匪レ懈者、為二一善一(考課令6)による文言。郡司の勤務評定は、「凡国司、毎レ年量二郡司行能功過一、立二四等考第一。清謹勤レ公、勘当明審之類、為レ上。居レ官不レ怠、執事無レ私之類、為レ中。不レ勤二其職一、数有二愆犯一之類、為レ下。背レ公向レ私、貪濁有レ状之類、為二下々一」(考課令67)と、毎年国司により四等の考第に評価された。郡司の能・不→㊀補5-五六・五七。

「撫レ民有レ方」は、考課令54に「凡国郡司、撫育有レ方、戸口増益者、各准二見戸一、為二十分一論。加二一分一、国郡司〈謂、掾及少領以上〉、各進二考一等一。毎レ加二一分一、進二一等一」とあるように、部内の戸口を増加させることを意味し、通常の考第をさらに昇らせることになっている。また戸口増益の具体的内容は、考課令55に「凡国郡、以二戸口増益一、応レ進レ考者、若是招慰、〈謂、不レ従二戸貫一、而招慰得者。〉括出、隠首、走還者、得レ入二功限一。折出者、不レ合」としている。

なお、郡司の政に殊功があれば、地方行政に関わる諸官司から式部省・兵部省に報告すべきことが、考課令65に「凡毎レ年諸司、得二国郡司政、有二殊功異行、及祥瑞災蝗、戸口調役増減、当界豊倹、盗賊多少一、並録送レ省」と見える。

郡司に対して以上のように「居レ職匪レ懈」「撫レ民有レ方」を重視する政策は、翌延暦五年四月庚午詔(続紀・三代格)につながる。国宰郡司の怠慢を責める同詔では、「国宰郡司、鎮将辺要等官」に対して、進階の条件として「撫育有レ方、戸口増益」以下の諸条を定めているのである。

三八　**他田日奉直**(三二一頁注一四)　もと国造であった下総国海上郡の伝統的郡領氏族。複姓のウヂ名のうち、「他田」は敏達天皇の宮号を冠した名代他田部、「日奉」は太陽祭祀にかかわる日奉部の、それぞれ伴造氏族であったことに由来しよう。正倉院文書にある天平二十年の海上国造他田日奉部直神護解(古三-一五〇頁)から、神護の祖父忍以来、代々海上郡司に任じていたことが知られる。万葉にも防人歌を残した「助丁海上郡海上国造他田日奉直得大理」の名が見える(四三八四)。

三九　**野上連**(三二一頁注二六)　姓氏録河内諸蕃に、河原連(㊂補9-一一〇)と同祖で、陳思王植の後と見える、中国渡来系氏族。野上のウジ名は、河内国丹比郡の野上(現大阪府羽曳野市埴生野野々上)の地名によるか。

四〇　**高田臣**(三二一頁注三一)　高田のウジ名は、但馬国気多郡の高田郷の地名(和名抄の訓「多加多」、現在の兵庫県城崎郡日高町)に基づくのであろう。後この気多郡高田郷の地に但馬国府が遷されている(後紀延暦二十三年正月壬寅条)。

四一　**長岡宮の嶋院**(三二三頁注八)　宮中枢部とともに早く造営されている。その推定地は土佐日記にも見える地名の嶋坂の地(現京都府向日市上植野町)と宮中枢部との間の官衙地区または宮内南東部かといわれる(『長岡京木簡一』解説)。なお、霊異記には藤原種継暗殺の場を長岡宮嶋町と伝えている(下-三十八)。長岡京木簡(五三七号)に「嶋院　物守斐太一人飯参升」と記したものがあり、嶋院造営との関係が推測される(『長岡京木簡一』解説)。

四二　「**祖以レ子貴**」(三二五頁注一四)　春秋公羊伝、隠公元年正月条に「子以レ母貴、母以レ子貴」とある。天平宝字四年八月甲子勅にも「子以レ祖為レ尊。祖以レ子亦貴。此則不易之彝式、聖主之善行也」と見える。桓武即位一〇年の追尊の際に出された延暦九年十二月壬辰朔詔にも「春秋之義、祖以レ子貴。此則、礼教之垂典、帝王之恒範也」とほぼ同文が用いられている。

「祖以子貴」は、子の高い地位・身分を祖先に遡及させる考え方で、母系に高位の有力氏族をもたない桓武にとって有効な論理であった。

四三　**白髪部から真髪部への改姓**(三二五頁注二三)　白髪部の名を避け真髪部と改称させた。改称の例として、平城宮木簡に「白髪マ里」(『平城木簡概報』一〇-五頁)、石川年足墓誌(㊂補12-一)に「白髪郷」と見える摂津国嶋上郡の郷名が、和名抄では「真上郷」となっている。また、常陸国風土記逸文に「白壁郡」と見える常陸国の郡名が、延喜式・和名抄などでは「真壁郡」となっている。そしてさらに、天平十一年備中国大税負死亡人帳に同国窪屋郡「白髪部郷」と見える郷名(古二-二四九頁)が、和名抄では「真壁郷」となっている例などが挙げられる。なお、続紀にも本条(延暦四年五月丁酉条)以降に追改された「真髪部」の記事が見える(宝亀元年七月己五条)。→㊃補30-三七・補36-一八。

四四　**山部から山への改姓**(三二五頁注二四)　山部の名を避け山と改称させた、続紀宝亀元年十月己丑朔条の山稲主、延暦二年二月壬子条の山宿禰子虫の姓は、本条(延暦四年五月丁酉条)以後の編者による追改かもしれない。また、和銅四年三月辛亥条に見える上野国片岡郡の「山(等)郷」を、もと山部郷(天平十九年法隆寺資財帳に「山部郷」とある)とあったのが編者によって改記されたとする説(東野治之「多胡郡山部郷について」『群馬県史史料4』月報)がある。→㊀補5-二七。

四五　**治部省が祥瑞を勘検する図諜**(三二七頁注一五)　養老七年十月乙卯条に見える孝経援神契(㊁補9-四一)・熊氏瑞応図(㊁補9-四二)、天平三年十二月乙未条に見える(顧野王)符瑞図(㊁二五三頁注二六)・(孝経)援神契、神護景雲二年九月辛巳条に見える顧野王符瑞図・孝経援神契・史記(㊃二一五頁注二四)・熊氏瑞応図、本条(延暦四年五月癸丑条)の孫氏瑞応図が挙げられる。

四六　**孫氏瑞応図**(三二七頁注一六)　孫柔之の「孫氏瑞応図」。隋書経籍志に「梁有二孫柔之瑞応図記・孫氏瑞応図賛各三巻一、亡」、唐書芸文志に「孫柔之瑞応図記三巻」(旧唐書経籍志は二巻とする)と見える。また玉海巻二百が引く中興館閣書目に、古くから伝わる瑞応図を孫氏(孫柔之)や熊氏(熊理)が集めて三篇とし、さらに顧野王がそれを整理したことが見える。なお日本国見在書目録の五行家の部には、「瑞応図十五」が見える。

四七　**大中臣朝臣子老の宮内卿任官**(三二九頁注六)　大中臣子老の宮内卿任官記事は本条(延暦四年五月甲寅条)のほか延暦五年六月丁卯条や同七年十一月丁未条にも見える。また延暦四年四月癸巳条に宮内卿と見える石川垣守には同七月己亥条で任官記事があり、さらに同五年五月癸巳条で宮内卿として没したと記されていることから、垣守→子老→垣守→子老というめまぐるしい交替は、子老の任官記事重出とあわせて不審。

四八　**阿智王と共に来日した「七姓民」**(三三一頁注二四)　坂上系図所引の姓氏録逸文には「七姓漢人」とあり、「七姓者。第一段〈古記段光公、字富等、一云員姓。〉。是高向村主・高向史・高向調使・評首・民使主首等祖也。次李姓。是刑部史祖也。次皀郭姓。是坂合部首・佐大首等祖也。次朱姓。是小市・佐奈宜等祖也。次多姓。是檜前・調使等祖也。次皀姓。是大和国宇太郡佐波多村主・長幡部等祖也。次高姓。是檜前村主祖也」としている。ただし、応神紀廿年九月条では「率二己之党類十七県一」、宝亀三年四月庚午条では「率二十七県人夫一」と見える。阿智使主の後裔氏族→㊃補32-一九。阿智使主の党類らの後裔氏族→㊃補32-二〇。

四九　**延暦四年六月癸酉条の坂上忌寸ら十一氏への宿禰賜姓**(三三三頁注七一七)　坂上苅田麻呂が上表して、同族のカバネ忌寸をもつ一一氏のうちの一六人がカバネ宿禰に改賜姓されている。宝亀三年四月庚午条にも、苅田麻呂が大和国高市郡に帰住した阿智使主の後裔氏族を代表して、同族の郡司任命を上申している。なお、文徳実録天安元年正月庚申条では本条に見える諸氏のうち、民・内蔵・平田・山口・文・大蔵・谷などのカバネ「忌寸」の諸氏が「伊美吉」姓を賜わっている。阿智使主の後裔氏族→㊃補32-一九。漢氏の武力→㊁補13-三九。「忌寸」「伊美吉」の姓→㊂補17-二七・22-四〇。

坂上忌寸　→㊀補1-一一二。坂上系図(所引姓氏録逸文)には「延暦四年、苅田丸改二大忌寸一賜二大宿禰姓一」としており、続紀にも「坂上大宿禰」と記されている。承和五年十一月に本条で(大)宿禰姓を得られなかった坂上忌寸豊雄が宿禰姓を賜わり(続後紀同月甲戌条)、また貞観四年七月に坂上伊美吉能文らが宿禰姓を賜わっているが(三代実録同月廿八日条)、その際の文に「後漢孝霊皇帝四代孫阿智使主之裔。与二坂上大宿禰一同祖」と見える。

内蔵忌寸　→㊂九五頁注二〇。古語拾遺に、長谷朝倉朝(雄略朝)に「漢氏賜レ姓、為二内蔵・大蔵一」とある。弘仁三年六月に、本条で宿禰姓を得られなかった内蔵忌寸帯足らが宿禰姓を賜わっている(後紀同月戊戌条)。また天長十年十二月にも内蔵忌寸秀嗣らが宿禰姓を賜わっており、その際「秀嗣之先、出レ自二後漢霊帝曾孫阿智王一。誉田天皇馭寓之年帰化者也」と見える(続後紀同月戊申条)。のち承和六年七月にも、内蔵宿禰高守らが内蔵朝臣姓を賜わった際、「高守遠祖、後漢霊帝之苗裔」と見える(続後紀同月癸未条)。丹波氏系図に、「号二都賀使主一」という高貴王の孫駒子の子に東人があり、「内蔵祖」と注している。

平田忌寸　姓氏録右京諸蕃に、平田宿禰が「坂上大宿禰同祖。都賀直五世孫色夫直之後也」と見える。坂上系図所引姓氏録逸文では、阿智使主の男の都賀使主が雄略朝に直と改姓された後、男の山木直が兄腹の祖、志努直が中腹の祖、爾波伎直が弟腹の祖となったというが、このうち山木直を祖とする二五姓中に平田宿禰・平田忌寸が見える。平田のウヂ名は近江国愛智郡平田郷（現滋賀県彦根市肥田町）の地名に基づくか（佐伯有清『新撰姓氏録の研究』考証篇五）。なお、本条で宿禰姓を得られなかった平田忌寸杖麻呂が延暦六年六月に宿禰姓を賜わっている。

大蔵忌寸　→㊀一九三頁注一九。古語拾遺に、長谷朝倉朝（雄略朝）に「漢氏賜レ姓、為二内蔵・大蔵一」とある。天長十年十二月に、本条で宿禰姓を得られなかった大蔵忌寸横佩らが宿禰姓を賜わっており、その際「横佩…之先、出レ自二後漢霊帝曾孫阿智王一。誉田天皇馭寓之年帰化者也」と見える（続後紀同月戊申条）。また承和六年七月にも、内蔵宿禰高守らとともに大蔵忌寸継長が内蔵朝臣姓を賜わっており、そこでも「高守遠祖、後漢霊帝之苗裔」とある（続後紀同月癸未条）。のち貞観四年三月己巳朔条で大蔵伊美吉広勝に宿禰姓を賜わった際に、「後漢孝霊皇帝四代孫、阿智使主之後。与二坂上大宿禰一同祖也」と見える（三代実録）。

文忌寸　東漢氏系の文忌寸→㊀補1―六七。坂上系図（所引姓氏録逸文）では、阿智使主の男の都賀使主の三子のうち、弟腹の爾波伎直を祖とする氏族中に文宿禰・文忌寸が見える。

調忌寸　調伊美伎→㊀補1―一三五。坂上系図所引姓氏録逸文では、阿智使主の男の都賀使主の三子のうち、弟腹の爾波伎直を祖とする氏族中に見える。

文部忌寸　文部は姓氏録に見えない。文部から文忌寸に改姓された例が養老三年五月癸卯条の文部此人ら二人と、養老四年六月壬辰条の文部黒麻呂ら一一人の例があり、文部と文忌寸とは密接な関係にあった。坂上系図所引姓氏録逸文では、阿智使主の男の都賀使主の三子のうち兄腹の山木直を祖とする氏族の中に、東文部忌寸・文部谷忌寸・文部岡忌寸が見える。文忌寸→㊀補1―六七。

谷忌寸　姓氏録右京諸蕃に、谷宿禰が「坂上大宿禰同祖。都賀直四世孫宇志直之後也」と見える。坂上系図所引姓氏録逸文では、阿智使主の男の都賀使主の三子のうち、兄腹の山木直を祖とする氏族中に谷宿禰があり、弟腹の爾波伎直を祖とする氏族中に谷忌寸が見える。

民忌寸　→㊀補2―一七〇。坂上系図所引姓氏録逸文では、阿智使主の男の都賀使主の三子のうち兄腹の山木直を祖とする氏族の中に見える。斉衡三年十一月に、本条で宿禰姓を得られなかった民忌寸国成が内蔵朝臣の姓を賜わっている（文徳実録同月庚子朔条）。

佐太忌寸　→㊀補3―三六。丹波氏系図に、「号二都賀使主一」という高貴王の子志拏直の子に免子直があり、「佐太祖」と注している。

山口忌寸　→㊀補1―一三五。坂上系図所引姓氏録逸文では、阿智使主の男の都賀使主の三子のうち、弟腹の爾波伎直を祖とする氏族中に山口宿禰が見える。弘仁三年六月に、本条で宿禰姓を得られなかった山口忌寸諸足らが宿禰姓を賜わっている（後紀同月戊戌条）。また承和六年七月にも山口忌寸永嗣が内蔵宿禰高守らとともに内蔵朝臣姓を賜わっており、そこに「高守遠祖、後漢霊帝之苗裔」と見える（続後紀同月癸未条）。

五〇　**阿閇間人臣人足**（三三七頁注一）　本年（延暦四年）八月に皇后宮少進、延暦七年二月に皇后宮大進に転じ、同十年正月春宮大進となる。

阿閇（閉）間人臣は、姓氏録右京皇別に大稲輿命の男彦屋主田心命の後とする伊賀臣と同氏としている。伊賀国阿拝郡（㊀一六三頁注二六）を本拠とし中央官人化した一族もある阿閉臣も大彦命の男彦背立大稲輿命の後としており（姓氏録右京皇別など）、阿閉臣と同族関係をもつ複姓氏族。

五一　**大友親王**（三三九頁注一）　大友皇子。天智天皇皇子で、母は伊賀釆女宅子娘。天智十年正月太政大臣となり、大海人皇子（天武天皇）の吉野入りの後、近江大津宮の朝廷を主宰した。吉野から東国にのがれた叔父大海人との間で戦った壬申の乱に敗れ、山前の地で自経した。時に二十五歳。博学で文章に長じたといい、懐風藻に伝と漢詩二首が載る。

五二　**三野臣**（三四三頁注一二）　応神紀二十二年九月条で、応神が吉備臣の祖御友別の子等に吉備の各地を封じた記事の中に「次以二三野県一、封二弟彦一。是三野臣之始祖也」とあり、備前国御野郡（現在の岡山市中南部）を本拠とした吉備臣系の一族。宝亀七年十二月十一日付の備前国津高郡津高郷陸田売買券には、津高郡少領として外従七位上三野臣浪魚の名が見える（古六―五九二頁）。また延暦五年十月庚辰条に、備前の郡領氏族出身と考えられる「釆女正六位上三野臣浄日女」の名が見える。

五三　**笠朝臣江人**（三四三頁注二五）　本年（延暦四年）八月丙子条で式部少

輔となる。延暦五年正月播磨大掾を兼ね、同六年三月には右少弁に遷任、同七年二月播磨介に任じられた(続紀)。のち同十六年三月、従五位上で民部大輔となり信濃守故の如しとされ(後紀癸丑条)、同年四月には造西寺次官も兼ねていることが知られる(類聚国史、左右京職)。なお江人の女は藤原仲成(薬子の兄)に嫁していた(後紀弘仁元年九月戊申条)。笠朝臣→〔一〕補3―三二。

五四 **延暦四年八月丙子条で叙位された人々**(三四五頁注八―一一)

羽栗臣翼 →〔四〕補27―三〇。従五位下叙位は宝亀十年四月。

多治比真人屋嗣 延暦七年七月に主鷹正となる。多治比真人→〔一〕補1―一二七。

国中連三成 延暦五年正月に木工助となる。国中連→〔三〕三八一頁注二三。

丹波直人足 三代実録元慶六年四月八日条に、丹波国人右近衛従八位下丹波直有数らが「故外従五位下丹波直人足」の孫として見える。丹波直→補37―三一。

五五 **大秦公忌寸宅守**(三四五頁注一二) 延暦七年七月に主計助、同八年三月に左兵庫助となる。その時も従五位下。後紀延暦二十三年正月庚子条では従五位下で因播介となったが、この時大秦公宿禰と見え、これ以前に大秦公忌寸から大秦公宿禰に改姓したことが知られる。

太秦氏は桓武朝に天皇・藤原氏との関係も厚く、また新都造営にも活躍している。大秦公忌寸氏からは、のち賀美能親王(嵯峨天皇)の乳母として賀美能宿禰を賜姓された浜刀自女もいる(延暦十年正月甲戌条)。大秦公忌寸は、山背国を本拠とした渡来系の太秦公の一族。天平十四年八月に恭仁宮の大垣を築いて太秦公の姓を賜わった秦下嶋麻呂(〔三〕四〇七頁注一七)が、天平十七年十月には秦忌寸(伊美吉)を称している(古二―四七五頁)。姓氏録には大秦公忌寸は見えず、太秦公宿禰を左京諸蕃に、秦忌寸を山城諸蕃に載せる。太秦公→〔二〕補14―一三。

五六 **大伴家持の「死後廿餘日」**(三四七頁注三) 没したのが延暦四年八月庚寅(二十八日)で、藤原種継が暗殺されたのが同九月乙卯(二十三日)、桓武天皇により同族の大伴継人らが犯人として処断されたのが翌丙辰(二十四日)であった。なお没した地は、延暦三年二月に持節征東将軍となっており、同四年四月には中納言従三位兼春宮大夫陸奥按察使鎮守将軍として陸奥国の多賀・階上二郡を真郡とすることを上言しているから、陸奥の任所であったか。→補38―三。

五七 **大伴宿禰竹良**(三四七頁注五) 本条(延暦四年八月庚寅条)と延暦四年九月丙辰条に継人とともに藤原種継暗殺の首謀者として見え、斬に処せられた(延暦四年九月丙辰条・紀略延暦四年九月丙辰条)。この時春宮少進か(紀略九月丙辰条)。のち大同元年三月に継人らが本位に復された時の後紀の記事(辛巳条)に名が見えないから、この時六位以下であったか。大伴宿禰→〔一〕補1―九八。

五八 **藤原種継暗殺と大伴家持**(三四七頁注八) 紀略延暦四年九月丙辰条に種継暗殺を首謀した大伴継人・佐伯高成の言として、「故中納言大伴家持相謀曰、宜㆘唱㆓大伴・佐伯両氏㆒、以除㆗種継㆖。因啓㆓皇太子㆒、遂行㆓其事㆒」とあり、事件が故家持の謀によるものとされた。家持が皇太子早良親王の春宮坊の長官(春宮大夫)であり、暗殺に春宮坊官人が多くかかわったことも家持に対する嫌疑を深めたと思われる。

五九 **大伴家持の除名**(三四七頁注九) すでに没している家持を後から除名処分にした。除名は官人の名籍を削除することで、重罪の官人に対する付加刑。名例律18に「凡犯㆓八虐・故殺人・反逆縁坐㆒、獄成者、雖㆑会㆑赦、猶除名」と、除名の対象となる諸罪を定め、同21に「凡除名者、官位・勲位悉除。課役従㆓本色㆒。六載之後聴㆑叙」と位階・勲位を奪う年限などを規定する。この時家持所有の田地などが没官されたことが、三善清行の意見十二箇条の記事「罪人伴家持越前国加賀郡没官田一百余町」などから知られる。なお家持の除名は、のち大同元年三月の桓武の没前に許され、本位の従三位に復された(後紀辛巳条)。

六〇 **巨勢朝臣嶋人**(三四七頁注一四) 延暦八年十二月、左衛士佐で皇太后高野新笠葬送の作路司となり、同九年三月山背守に任じ、同年閏三月の皇后藤原乙牟漏の葬送にも作路司をつとめた(続紀)。のち同十二年八月、内舎人山辺春日・春宮坊帯刀舎人紀国が帯刀舎人佐伯成人を謀殺して逃亡した時、伊予国で捕えられた二人を格殺するために、左衛士佐従五位上であった巨勢嶋人が遣わされた(類聚国史、断罪、同月丁卯条)。巨勢朝臣→〔一〕

補2─一八。

六一 **池原公綱主**（三四七頁注一五）　延暦四年十月近衛将監となり、同八年二月には下総大掾、同十年正月には常陸大掾を兼ねた。その間、同九年二月従五位下に昇り、同十年四月には居地により住吉朝臣を賜姓された。のち同十四年十月に近衛将監として従五位上に（類聚国史、天皇遊猟、辛卯条）、同十八年五月さらに正五位下に進み（後紀辛亥条）、同二十四年正月には散位従四位下で度者一人を賜わっている（後紀辛卯条）。同年二月庚戌に散位従四位下のまま没した。卒伝に「以二善射一為二近衛一、後歴二将曹・将監一。為レ人恪勤、宿衛不レ怠。好愛二鷹犬一、多得二士卒心一。仕至二少将一。卒時年七十七」とあり、極官は近衛少将（後紀）。池原公→三補24─三二。

六二 **藤原種継暗殺事件の経過の記事**（三四七頁注一八）　藤原種継暗殺事件の経過については、紀略に現行続紀には見られない記事が伝えられている。紀略延暦四年九月丙辰条が伝える故大伴家持の言葉の記事によれば、早良親王の春宮坊官人などの大伴氏・佐伯氏を中心とした勢力が種継暗殺事件に関与したとして、事後の処理が行われている。後紀弘仁元年九月丁未条の詔の中に「続日本紀所レ載乃崇道天皇（早良）与二贈太政大臣藤原朝臣（種継）一不レ好之事、皆悉破却賜氐支。而更依二人言一氐、破却之事如レ本記成。此毛亦无レ礼之事奈利。今如レ前改正之状」とあり、続紀の早良親王・藤原種継関係記事は、早良親王の怨霊にかかわって、桓武朝に続紀から削除されたが、種継の子である薬子・仲成によって復活され、「薬子の変」を経て再び嵯峨天皇によって削られたという経緯が知られる。

以下に掲げる種継暗殺事件に関する、延暦四年九月の紀略の記事中の独自記載は、削除される前の続紀の記事をうかがわせるものである。なお、紀略では己未（二十七日）条が庚申（二十八日）条の前・後に分けて記載されている。

（続日本紀）

九月

○乙卯（二十三日）、中納言正三位兼式部卿藤原朝臣種継被二賊射一薨。

○丙辰（二十四日）、車駕至レ自二平城一。捕二獲大伴継人・同竹良并党与数十人一、推二鞫之一、並皆承伏。依レ法推断、或斬或流。其種継、参議式部卿兼大宰帥正三位宇合之孫也。神護二年、授二従五位下一、除二美作守一。稍遷、宝亀末、補二左京大夫兼下総守一、俄加二従四位下一、遷二左衛士督兼近江按察使一。延暦初、授二従三位一、拝二中納言一兼二式部卿一。三年、授二正三位一。天皇、甚委二任之一、中外之事、皆取レ決焉。初首建レ議、遷二都長岡一。宮室草創、百官未レ就、匠手・役夫、日夜兼作。至三於行二幸平城一、太子及右大臣藤原朝臣是公・中納言種継等、並為二留守一。照レ炬催検、燭下被レ傷、明日薨二於第一。時年卌九。天皇、甚悼惜之、詔、贈二正一位左大臣一。

（日本紀略）

九月

○乙卯、中納言兼式部卿近江按察使藤原種継被二賊襲射一、両箭貫レ身薨。

○丙辰、車駕至レ自二平城一、云々。種継已薨。乃詔二有司一捜二捕其賊一。云々。仍獲二竹良并近衛伯耆桴麿、中衛牡鹿木積麿一。勅二右大弁石川名足等一推二勘之一。桴麿款云、主税頭大伴真麿、大和大掾大伴夫子、春宮少進佐伯高成、及竹良等同謀、遣二桴麿・木積麿一害二種継一。云々。継人・高成等並款云、故中納言大伴家持相謀曰、宜下唱二大伴・佐伯両氏一以除中種継上。因啓二皇太子（早良）一、遂行二其事一。窮二問自余党一、皆承伏。於レ是、首悪左少弁大伴継人、高成、真麿、竹良、湊麿、春宮主書首多治比浜人同誅斬。及射二種継一者桴麿・木積麿二人斬二於山埼椅南河頭一。又右兵衛督五百枝王、大蔵卿藤原雄依、同坐二此事一。五百枝王降レ死流二伊予国一。雄依及春宮亮紀白麿、家持息右京亮永主流二隠岐一。東宮学士林忌寸稲麿流二伊豆一。自余随レ罪亦流。

○庚申、詔曰、云々。中納言大伴家持、右兵督五百枝王、春宮亮紀白麿、左少弁大伴継人、主税頭大伴真麿、右京亮同永主、造東大寺次官林稲麿等、式部卿藤原朝臣乎殺之、朝庭傾奉、早良王乎為レ君止謀気利。今月廿三日夜亥時、藤原朝臣乎殺事尓依弖、勘賜尓中久、藤原朝臣在波不レ安、此人乎掃退牟止、皇太子尓掃退止弖仍許訖。近衛桴麿、中衛木積麿二人乎為弖殺支止申云々。是日、皇太子自二内裏一帰二於東宮一。即日戌時、出二置乙訓寺一。是後、太子不二自飲食一、積二十余日一。遣二宮内卿石川垣守等一、駕レ船移二送淡路一。比レ至二高瀬橋頭一、已絶。載レ屍至二淡路一、葬云々。至三於行二幸平城一、太子(早良)及右大臣藤原朝臣是公、中納言種継等並為二留守一。種継照レ炬催検、燭下被レ傷、明日薨二於第一。時年卌九。天皇甚悼二惜之一、詔贈二正一位左大臣一。又伝二桴麿等一、遣レ使就二柩前一告二其状一、然後斬決。

十月

○庚午、告二山科(天智)、田原(光仁)、佐保(聖武)山陵一。以下廃二皇太子一之状上。

十月

○庚午(八日)、中納言正三位藤原朝臣小黒麻呂・大膳大夫従五位上笠王於山科山陵、治部卿従四位上壱志濃王・散位従五位下紀朝臣馬守於田原山陵、中務大輔正五位上当麻王・中衛中将従四位下紀朝臣古佐美於後佐保山陵、以告下廃二皇太子一之状上。

なお、霊異記下-三十八にも、「次年乙丑年(延暦四年)秋九月□(十五)日之夜、竟夜月面黒、光消失空闇也。同月廿三日亥時、式部卿正三位藤原朝臣経(種)継、於二長岡宮嶋町一、而為二近衛舎人雄鹿宿禰木積・波々岐将丸一所二射死一也。彼月光失者、是種継卿死亡之表相也」と種継暗殺事件のことを伝えている。

六三 **藤原種継暗殺事件の流斬者**(三四七頁注二二) 藤原種継暗殺事件で斬ないし流などに処せられた人々として、紀略延暦四年九月丙辰条・同庚申条によって次のような人物が知られる。また、補任弘仁十四年条に大伴継人男の大伴国道が佐渡に配流されたことが見える。

斬 左少弁大伴継人 春宮少進佐伯高成 主税頭大伴真麿 大伴竹良 湊麿 春宮主書首多治比浜人 (山崎椅南河頭で斬) 近衛伯耆桴麿 中衛牡鹿木積麿

流 右兵衛督五百枝王(死を降して流・伊予) 大蔵卿藤原雄依(隠岐) 春宮亮紀白麿(隠岐) 右京亮大伴永主(家持男・隠岐) 東宮学士(造東大寺次官)林稲麿(伊豆) 大伴国道(継人男・佐渡)

除名 故中納言大伴家持

なお、大和大掾大伴夫子は、首謀者の一人に挙げられていながら処分が見えない。あるいは斬の処置が漏れたか。

六四 **藤原種継の「薨」**(三四九頁注一五) 種継薨伝のこの部分(「照レ炬催検、燭下被レ傷、明日薨二於第一」)を、紀略は庚申(二十八日)条に載せる。紀略では延暦四年九月乙卯(二十三日)条に「両箭貫レ身」、翌丙辰(二十四日)条に「種継已薨」とあり、庚申(二十八日)条に「今月廿三日夜亥時、藤原朝臣乎殺事尓依弖」とあることから、二十三日夜に射られて二十四日に没したことがわかる。

六五 **藤原種継への太政大臣追贈**(三四九頁注一七) 子仲成の伝に「贈太政大臣正一位種継之長子也」とあり(後紀弘仁元年九月戊申条)、さらに太政大臣を贈られていたことがわかる。この贈官は、補任に「大同四年四月十二日贈太政大臣」とあり(分脈には「大同四十二、贈太政大臣正一位」と見える)、平城天皇から嵯峨天皇への譲位の頃にあたるが、子の薬子・仲成が影響力をもった平城太上天皇の意向によるものか。

六六 **皇太子早良親王の死没記事**(三四九頁注二二) 紀略によれば、本条(延暦四年九月辛酉条)の上文己未(二十七日)条と本条辛酉(二十九日)条の間に庚申(二十八日)条があり、皇太子早良親王が食を絶って没する記事などがある(補38-六二)。同じく紀略に「又続日本紀所レ載乃崇道天皇与二贈太政大臣藤原朝臣(種継)一不レ好之事、皆悉破却賜天岐」(弘仁元年九月丁未条)とあることから、現続紀では怨霊を気にして早良親王の死没記事が省かれたことが知られる。藤原種継暗殺事件の経過の記事→補38―六二。

六七　**延暦四年十月丙寅条での検田使の発遣**(三四九頁注二八)　この頃は造籍の二年後に校田があり、その翌年班田が行われる例が多い。この時も、翌延暦五年九月乙卯条で畿内班田使が任じられている。この時の班田図は、天平十四年・天平勝宝七歳・宝亀四年の班田図と合わせて後に「四証図」と称されるように重視されており、この校田・班田は畿内のみでなく全国的な規模だったと思われる。延暦五年四月乙亥条に播磨国が「今当㆓班田㆒」といい、天長二年十一月十二日尾張国検川原寺田帳(平遺五一号)に「延暦五年図」と見える。

六八　**田原山陵**(三五一頁注三)　諸陵寮式の「田原東陵」(「平城宮御宇天宗高紹天皇、在㆓大和国添上郡㆒、兆域東西八町、南北九町、守戸五烟」。『陵墓要覧』によれば現在の奈良市日笠町)をさすのであろうが、光仁は延暦五年十月甲申条で「大和国田原陵」に改葬されており、本条(延暦四年十月庚午条)の時点ではまだ天応元年十二月条付載明年正月庚申条の「広岡山陵」を陵としていたはずである。

六九　**早良親王廃太子**(三五一頁注七)　早良親王を廃太子する記事は現続紀にはなく、その旨を山陵に報告する記事が本条(延暦四年十月庚午条)に見えるのみであるが、早良親王と藤原種継の不仲のことは現続紀では省かれているから(紀略弘仁元年九月丁未条)、もとは廃太子記事もあったのであろう。紀略延暦四年九月庚申条によれば、種継暗殺事件にかかわるとされた皇太子早良親王は、乙訓寺に幽閉され、自ら食を絶つこと十余日、船で淡路に移送される途中に没したが、その遺骸は淡路に送られて埋葬されたとある。藤原種継暗殺事件の経過の記事→補38―六二。

七〇　**天神祭祀**(三五三頁注一一)　「天神」は昊天上帝で、天子が冬至の日に都南郊の天壇において天帝を祭るという中国の儀礼に基づく、中国風の天神祭祀。桓武天皇は延暦六年十一月甲寅条でも大納言藤原継縄を交野に遣わして天神を祭っており、その時の祭文が載せられている。また、斉衡三年十一月にも文徳天皇は大納言藤原良相らを交野に遣わして昊天祭を行なっている(文徳実録同月壬戌条)。郊祀祭天→補39―一九。

七一　**藤原朝臣旅子**(三五三頁注一六)　父は光仁の即位や桓武の立太子に力のあった式家の藤原百川(贈右大臣従二位)。母は式家藤原良継(内大臣贈従一位)女の藤原諸姉。延暦初年に桓武の後宮に入り、本条(延暦四年十一月丙辰条)で無位から従三位への直叙を経て、延暦五年正月に桓武の夫人となった。大伴親王(淳和天皇)を生んだが、同七年五月に没し、妃と正一位を贈られた(続紀辛亥条)。没時三十歳とあるから、この時二十七歳。のち所生の淳和が即位すると弘仁十四年五月贈皇太后とされた(紀略)。

七二　**藤原朝臣仲成**(三五三頁注二一)　種継(式家)の長子。薬子の兄。平城太上天皇によるいわゆる薬子の変の共謀者とされる。父種継暗殺の後、安殿親王立太子の日の本条(延暦四年十一月丁巳条)で従五位下に昇り、延暦五年正月衛門佐、同九年三月出雲介などに任じた(続紀)。同十八年正月越後守となり、同年九月には治部大輔兼山城守となる(後紀)。同二十年正月従四位下となり(補任)、大同元年には大和守・兵部大輔・右兵衛督を歴任、同三年五月には左衛士督で右大弁を兼ねる(後紀)。同四年四月には北陸道観察使となり、五月右兵衛督に任じ、六月大蔵卿を兼ね、八月伊勢守となった(補任)。同年十一月には平城太上天皇の平城宮造営に当たっている(紀略)。弘仁元年九月の薬子の変において、嵯峨天皇の詔によって薬子の位官解免とともに仲成は佐渡権守に左遷される一方、右兵衛府に禁ぜられ、翌日射殺された。妹薬子への平城太上天皇の寵愛をたのみ、王公宿徳を凌辱することがあったとされる(後紀丁未・戊申条)。分脈によれば没年四十七。

七三　**藤原朝臣縵麻呂**(三五三頁注三一)　種継(式家)の第二男。父種継暗殺の後、本条(延暦四年十一月丁巳条)で従五位下に昇り、翌延暦五年正月皇后宮大進、同七年二月相模介、同十年正月相模守となった(続紀)。同十六年二月大判事で因幡守を兼ね、同二十三年正月正五位上に進み、豊前守となる(後紀)。大同三年五月従四位下と見え、右大舎人頭となり、美濃守を兼ねた。弘仁元年九月の薬子の変にはかかわらなかったようで、同二年五月にも大舎人頭に任じた(後紀)。同十二年九月甲寅、従四位下で没した(時に五十四歳)が、卒伝に「為性愚鈍、不㆑便㆓書記㆒。以㆓鼎食胤㆒、歴㆓職内外㆒、無㆑所㆑成㆑名。唯好㆓酒色㆒、更無㆓余慮㆒」と酷評されている(類聚国史、薨卒四位)。

七四　**紀朝臣楫長**(三五三頁注三三)　延暦五年正月近江介となり、同年八月には東山道の兵士戎具の簡検に派遣された(続紀)。同十年正月従五位上に進み(続紀)、兵部大輔・式部大輔・右中弁・右衛門督・右兵衛督などを歴任、従四位下で同十五年正月参議となった(補任)。同十六年三月右京大夫に任じ、同十八年二月には近江守のまま左兵衛督となっている(後紀)。同二十年四月には勝長の山階邸に桓武の幸を得ている(紀略)。同二十二年従三位に昇り(補任)、同二十三年八月には参議左兵衛督従三位と見える(後紀)。さらに大同元年正月には下総守を兼ね、同年桓武天皇葬送に奉仕し、四月に平城天皇のもとで中納言となった(後紀)。補任によればこの時勝長と改名した。しかし、この大同元年十月三日没した(補任)。補任の伝(延暦十五年条)に「性潤有二雅量一。好愛二賓客一、接待忘レ倦、饗宴之費、不レ問二出入一。歩射容儀、応レ為二師模一。但至二犬馬翫好之物一、不レ免二嗜欲一也」とある。また男の興道の卒伝に「故中納言従三位勝長朝臣男也」と見える(続後紀承和元年六月庚子条)。

七五　**坂上大宿禰田村麻呂**(三五三頁注三四)　弓馬に優れ桓武に寵遇された苅田麻呂の男。先祖は後漢の霊帝の曾孫阿智使主という。延暦四年十一月従五位下となり、同六年三月近衛将監で内匠助を兼ねた後、同年九月近衛少将となる。同十年七月には征夷副使に任じられ(続紀)、同十三年の胆沢地方の蝦夷との戦いで功をあげた(紀略同年六月甲寅条)。同十五年十月鎮守将軍を兼ね(後紀甲申条)、同十六年十一月には征夷大将軍に任じられて(紀略丙戌条)、同十九年十一月には「征夷大将軍近衛権中将陸奥出羽按察使従四位下兼行陸奥守鎮守将軍」と見える(紀略庚子条)。翌二十年に蝦夷との戦いに戦果をあげ、十一月従三位に昇った(紀略乙丑条)。同二十一年正月派遣されて胆沢城を造営し(紀略丙寅条)、四月には胆沢の蝦夷の首長阿弖利為等の帰降をもたらした(紀略庚子条・類聚国史、俘囚)。同二十二年三月造志波城使として陸奥に赴き(紀略丁巳条)、翌二十三年正月また征夷大将軍となるが、この時は赴くことなかったようで、同二十四年六月参議となる(後紀)。大同元年四月の桓武葬送では誄人となり、中納言・中衛大将となった(後紀)。侍従・兵部卿などを兼務し、同四年三月正三位に昇る(後紀)。弘仁元年の平城太上天皇の乱(薬子の変)では嵯峨天皇側について迅速な軍事行動により、太上天皇側の動きを封じた。同二年五月、粟田別業において、大納言正三位兼右近衛大将兵部卿として五十四歳で没し、従二位が追贈された(後紀)。薨伝に「赤面黄鬚、勇力過レ人。有二将帥之量一、帝壮レ之、…頻将二辺兵一、毎レ出有レ功。寛容待レ士、能得二死力一」と見える。のち、同十月に山城国宇治郡に三町の墓地を賜わっている(後紀)。九世紀後半成立の田邑麻呂伝記によれば、甲冑を帯びた立姿で葬られたという。女の春子は桓武の後宮に入り、葛井親王を産んでいる。なお十一世紀後半成立の清水寺縁起によれば、清水寺は田村麻呂によって延暦十七年に建立されたという。また、水鏡にも同様の記事が見える。坂上大宿禰→補38-四九。延暦十年以後の征夷戦の経過→補40-七〇。

39　巻第三十九

一　**坂上大宿禰苅田麻呂の下総守任官**(三五九頁注二)　苅田麻呂が下総守に任官したのは延暦四年正月であるが、同四年六月癸未条には、藤原家依が下総守として死去したこと、同年七月己亥条の左京大夫任官の記事には「右衛士督・下総守如㆑故」とあり、また同年十月甲戌条でも、苅田麻呂が左京大夫右衛士督で兼越前守となったことが見え、続紀の記事に混乱がある。もし「下総守」を「上総守」の誤記とした場合、延暦二年四月壬申条で布勢清直、同八年二月丁丑条で百済王玄鏡がそれぞれ上総守に任じているが、苅田麻呂の在任期間をその間に入れても矛盾は生じない。それ故、あるいは「下総守」は「上総守」の可能性もある。あるいは、藤原家依の薨伝の「下総守」は時をさかのぼった記載であるかもしれない。いずれの場合でも見任の官とすることには疑問が残る。

二　**薨卒伝の素材**(三五九頁注二三)　一般に薨卒伝の主要な素材は一般記事の素材とは別に伝記の形態をとって存在していたと推定される。式部卿の職掌としての「功臣家伝」の如きものであり、「謂、有功之家、進㆓其家伝㆒、省更撰修」(職員令13義解)の類が存在したものと考えられるが、本条(延暦五年正月戊戌条)ではその利用の形跡が見られず、続紀本文の素材と同じものを利用したか、あるいは続紀本文そのものから直接構成したかのいずれかであろうと考えられる。また、本条には「誤在㆓廃帝紀㆒」との記載があり、他の伝中にも、「語在㆓高野天皇紀㆒」(宝亀三年四月丁巳条の道鏡伝)、「語在㆓勝宝九歳記中㆒」(神護景雲元年九月庚午条の上道正道伝)などの記載があるが、これらは本条の坂上苅田麻呂の薨伝も含めて続紀編纂の一応の完成期において言いうることであり、延暦期に入ってからの修史事業において伝記の整備がなされたとする考えもある(林陸朗「『続日本紀』掲載の伝記について」岩橋小弥太博士頌寿記念会編『日本史籍論集』上、「『続日本紀』の「功臣伝」について」坂本太郎博士古稀記念会編『続日本古代史論集』下)。

三　**桓武の後宮**(三六一頁注一五)　本条(延暦五年正月戊申条)で藤原旅子が夫人になるより先、延暦二年二月に藤原是公(南家)の女吉子(補37-三〇)と藤原良継(式家)の女乙牟漏(補37-二九)の二人が夫人となっていた(甲寅条)が、同年四月に乙牟漏が皇后となり(甲子条)、夫人は吉子一人となった。旅子は延暦七年五月の薨伝によると、「延暦初、納㆓於後宮㆒」とあるが、藤原種継(式家)が天皇の信任を得て昇進したことと合せて、後宮においても式家の乙牟漏、同じ式家の藤原百川の女旅子の地位が躍進したとみられる。また、乙牟漏の母阿倍古美奈は延暦三年十月乙未に没するまで尚蔵兼尚侍として、旅子の母諸姉も延暦五年六月丁亥に没するまで尚縫として後宮を固めた。ただ、旅子が夫人になる背景として、この時既に父百川は没しており(宝亀十年七月丙子条)、種継も前年の九月に暗殺されており、公卿中にも式家の者が存在しないので、母諸姉の後見と大伴親王(後の淳和天皇)を生んだことが想定し得る程度であり、詳細は不明である。

四　**梵釈寺**(三六一頁注一七)　天智天皇敬慕のため、天智系の皇統を意識していた桓武により大津宮の地の近傍に建立された寺。梵釈寺の創建については、続紀本条(延暦五年正月壬子条)の他に、寺門伝記補録六所引の高僧記に「桓武天皇依㆓御宿願㆒建㆓立梵釈寺㆒、皇子之昔、与㆓参議百川㆒相議、造㆓立梵王帝釈二天像㆒、各長五尺、等㆓皇子之身㆒、此祈㆓登極㆒也、践祚之初、延暦二年癸亥、建㆓立梵釈寺㆒安㆓置二天像㆒云云」とあり、藤原百川が桓武の登極を実現するために梵・釈二像を造って祈りをささげ、そのかいあって桓武朝の実現をみたから、天皇即位後の延暦二年にこの二像を安置する寺として梵釈寺を建てたとする所伝となっている。また同様の所伝が白壁皇子の事蹟として十訓抄にも見られる。しかし創建年が本条と異なり、その内容自体も疑わしい。その後、延暦七年六月には下総・越前二国の封戸各五〇戸を施入され(続紀延暦七年六月乙酉条)、延暦十年には近江国水田一〇〇町を施入されている(類聚国史、諸寺、延暦十四年九月己酉条、三代格延暦十四年九月十五日勅)。また、主税寮式上によると、これら食封一〇〇戸・水田一〇〇町のほかに、「梵釈寺料六百七十六束」が近江国の出挙稲として計上されており、これらにより寺用がまかなわれていたと考えられ、このため、四天王寺・東寺・西寺と並んで「惣用帳」が弁官に進送され計会されたものと思われる(太政官式)。

類聚国史、御斎会、承和二年十二月丙戌条には、梵釈寺の十禅師の一人が宮中金光明会の聴衆にあずかることが見えており、承和年間以降、他の大寺と並んで諸法会がとり行われたり、同寺の僧が国家的な法会の請僧となるなど、重要視されることとなった。この後も、玄蕃寮式によると、毎年正月の大極殿で挙行される金光明最勝王経講説には、先の延暦十四年の格で置かれた十禅師の一人が召され読師としてその任にあたることとなっている。また、四月一日より八月三十日まで、諸大寺では毎日その食堂で大般若経一巻を読経することとされているが、梵釈寺は、延喜式のいわゆる十五大寺(東大・興福・元興・大安・薬師・西大・法隆・新薬師・本元興・招提・西・四天王・崇福・東・弘福)には入っていないが、これらとともに読経の例に入っている。

所在地については、弘仁六年の嵯峨天皇行幸に際し、「幸二近江国滋賀韓埼一、便過二崇福寺一、…更過二梵釈寺一、停レ輿賦レ詩」(後紀弘仁六年四月癸亥条)とあることから、近江国輿地志略は、「今其遺跡不レ詳、然れども国史実録の載する所を以てみれば、崇福寺の辺と見へたり」とした。現在の大津市滋賀里町の集落の西方山中には崇福寺(㈠補2-八九)跡がある。この寺跡は一九二八年と一九三八年・三九年に発掘調査され、主要伽藍は二つの深い谷をへだてた三つの尾根上に分かれて配置されていることが明らかとなった。しかし、南尾根上の建物はその方位が他と異なり、出土遺物も平安時代以降のものばかりであったことから、この一寺が梵釈寺跡であろうと考えられ(福山敏男「梵釈寺について」『日本建築史研究』)、この滋賀里西方の山間に崇福・梵釈の二寺が併存していたとみられる。更に二寺の寺域東端近くで、滋賀里集落から両寺にいたる谷川道の南側の丘陵の北斜面に、梵鐘などの青銅製品や屋瓦を生産した工房跡を有する長尾遺跡が一九七七年の調査で明らかにされている。

この時期の仏教政策について井上光貞は次の如き指摘を行っている(「光仁・桓武朝の仏教政策」『日本古代の国家と仏教』『著作集』八)。第一に僧尼・寺院に対する律令的な統制の復活・強化として、㈠僧尼の統制については、⑴得度制度の励行、⑵僧尼の非行に対する禁圧、㈡寺院経済に対する統制の本格的強化を指摘した後、光仁・桓武朝の対仏教政策のこれとは異なる側面も有するとして以下の特徴をあげている。即ち、律令的社会秩序と、国家財政機構の維持の必要上、僧尼と寺院の統制を強化しながらも、浄行僧による質実な正法の維持に対して強い関心を示したことである。この梵釈寺創建について、「七廟」即ち皇祖の霊を慰めるため近江に梵釈寺を建立することとし、一〇年の年月を経てこれを完成させ、また従来なら大寺に列すべき勅願の寺であるにもかかわらず、その僅少なる財源との対比で、「清行禅師十人」をおいて、「思レ弘二無上之道一」(類聚国史、諸寺、延暦十四年九月己酉条)としたことに注目し、その特質を評価している。

五 **地方官の考課基準**(三六七頁注一) 地方官の考課基準は、⑴続紀和銅五年五月甲申条の太政官奏、⑵三代格養老三年七月十九日格「按察使訪察事条」、⑶本条(延暦五年四月庚午条、また三代格延暦五年四月十九日付太政官奏)、⑷三代格大同四年九月廿七日付太政官符に規定が見られる。その字句の比較のために、対応する律令条文も合せて、一覧表を掲げる。

本条に見える考課基準の配列の順序について、養老三年の「按察使訪察事条」と比較したときの特徴が亀田隆之により指摘されている(「良吏政治」『日本古代制度史論』)。それによれば、養老三年の格では、「在レ職公平、立レ身清慎」といった官人個人の道徳的姿勢を責務の筆頭に掲げ、「籍帳皆実、戸口無レ遺」「勧二課農桑一、国阜家給」という、農民の生産・負担の消化に関するものは第三項以下に配列されているのに対し、延暦五年格では、筆頭に「撫育有レ方、戸口増益」を掲げ、「勧二課農桑一、積二実倉庫一」「貢二進雑物一、依レ限送納」という農民の生産と負担に関する項が配列されている。とくに「貢二進雑物一、依レ限送納」は中央への納入量と時期をうたっている項目として注目される。また養老三年格で筆頭に掲げられていた「在レ職公平、立レ身清慎」が第六順位に位置づけられている。これらのことは、八世紀末に至り、中央の国司に対する要望が、官人個人の道徳的姿勢から、農民の負担納入に比重をかけるに至っていることを示すものとしている。さらに、本条では、それまでにはなかった項目として、「且守且耕、軍粮有レ儲」「辺境清粛、城隍修理」「統摂失レ方、戍卒違レ命」という、辺境の防衛を考慮した項目が新設されていることが注目される。これは、宝亀年間から活発化する蝦夷との戦闘を契機として、陸奥・出羽地域との緊張の高まりを背景

律令条文	(1)	(2)	(3)	(4)
撫育有方　戸口増益(考課令54)	繁殖戸口　増益調庸	在職公平　立身清慎	撫育有方　戸口増益	同上条
勧課田農　能使豊殖(考課令54)	勧課農桑　人少匱乏	剖断合理　獄訟無冤	勧課農桑　積実倉庫	同上条
敦喩五教　勧務農功(戸令33)	禁断逋逃　粛清盗賊	籍帳皆実　戸口無遺	貢進雑物　依限送納	同上条
田疇闢　産業脩　礼教設　禁令行(戸令33)	籍帳皆実　戸口无遺	繁殖戸口　増益調庸	粛清所部　盗賊不起	同上条
在官公廉　不及私計(戸令33)	剖断合理　獄訟无冤	勧課農桑　国阜家給	判(剖)断合理　獄訟无冤	同上条
正色直節　不飾名誉(戸令33)	在職匪懈　立身清慎		在職公平　立身清慎	同上条
			且守且耕　軍粮有儲	
			辺境清粛　城隍修理	
情在貪穢　諂諛求名(戸令33)	居官貪濁　処事不平	在官貪濁　処事不平	在官貪濁　処事不平	同上条
公節無聞　私門日益(戸令33)	職用既闕　公務不挙	容縦子弟　請託公行	肆行无猾　以求名誉	同上条
	侵没百姓　請託公施	嗜酒沈湎　畋遊無度	畋遊無度　擾乱百姓	同上条
	肆行姧猾　以求名官	逋逃在境　淹滞不帰	嗜酒沈湎　廃闕公務	同上条
不加勧課　以致損減(考課令54)	田疇不開　減闕租調	肆行姦猾　以求名官	公節无聞　私門日益	同上条
撫養乖方　戸口減損(考課令54)	籍帳多虚　口丁无実		放縦子弟　請託公行	同上条
人窮遺　農事荒　姧盗起　獄訟繁(戸令33)	逋逃在境　畋遊无度		逃失数多　克獲数少	
			統摂失方　戍卒違命	

にもつものと考えられる。

六　**公廨配分法の変遷**(三七一頁注二)　宝亀三年の制(延暦交替式延暦廿二年二月廿日付太政官符所引宝亀三年八月十五日格、三代格弘仁十年十二月廿五日付太政官符所引同格)では、「前人出挙、後人収納、彼此有レ功、宜二共半分一」と、前任国司と後任国司とが公廨稲の配分を折半することとされていた。これを本条(延暦五年六月己未朔条)で改め、天平宝字元年十月一日の式(三代格弘仁十年十二月廿五日付太政官符所引)により、国司の交替時期と出挙の収納時期との関係で、前任国司と後任国司のどちらに公廨稲を配分するかを定めることとした。ただ、続紀天平宝字元年十月乙卯条の太政官処分は、公廨稲の帰属の方式については記していない。本条により、出挙稲を収納する以前に国司が交替した場合に、その年に収納された公廨稲は後任国司に配分され、出挙稲収納以後に国司が交替した場合に、その年に収納された公廨稲は前任国司に配分されることとなった。その後、延暦二十二年に至り、国司の交替時期のみで公廨稲の配分を決定することとし、七月以後に交替した場合には、前任国司と後任国司とで折半とし、六月以前に交替した場合には後任国司に配分されることになった(延暦交替式延暦廿二年二月廿日付太政官符、三代格弘仁十年十二月廿五日付太政官符所引延暦廿二年二月廿二(廿か)日太政官符)。さらに弘仁十年には、一年間の公廨稲を総計して歴任日数に応じて配分する方式に改められた(三代格弘仁十年十二月廿五日付太政官符)。

七　**正倉焼失時の「独罪レ郡不レ坐レ国」**(三七一頁注八)　「独罪レ郡不レ坐レ国」とあることから、郡司は郡倉管理の直接的責任者として罪を問われており、国司はその郡司の看守を怠った責による連坐責任にとどまるとする説(大内田貞郎「正倉神火をめぐる一考察」『続日本紀研究』七-五、他)と、神火による正倉焼失(㊂補24-四八)に、部内管掌に国郡司が同責であることより、国司の責を重視する説(新野直吉「「八世紀における土豪と農民」の「抵抗」についての二、三の疑点」『歴史学研究』一八九)があるが、この勅の定めるところは、正倉の焼失についての国司の責任を追及したものである。神火事件の要因として、㈠幣帛班給の要求、㈡郡任争奪、㈢虚納の隠蔽が考えられているが、郡任争奪に起因することは延暦以前に限られ(延暦五年八月甲子条)、この時期まで責任者として郡司だけが処罰される結果となっていた。ここで、欠失官物補塡の一般的方法としての公解による補塡を、神火の場合にも適用したものと考えられる。本条(延暦五年六月己未朔条)前半の公解処分方式の変更明確化と合せてこの勅が出されたものであろう。

八　**長岡宮の朝堂院**(三七三頁注七)　朝堂院区画のうち、式部省式上に朝堂座として規定された昌福堂・含章堂・承光堂・明礼堂・延休堂・含嘉堂・顕章堂・延禄堂・暉章堂・康楽堂・修式堂・永寧堂の十二朝堂(長岡宮は八朝堂)より成る区画を指すか。長岡宮跡第八十八次調査において、大極殿東南方で大極殿院南面を画する回廊が検出された(『向日市埋蔵文化財調査報告書』五)。この回廊の発見によって、長岡宮大極殿は、平安宮のような竜尾壇形式の朝堂区画と一体的な構造ではなく、平城宮の東区と同じく、大極殿と朝堂が門と回廊によって区画される構造であることが明らかとなった。このことより、延暦三年十一月戊申条にある「天皇、移二幸長岡宮一」、同四年正月丁酉朔条に「天皇、御二大極殿一受レ朝」と見える長岡宮大極殿の完成と、延暦四年八月乙酉条の「授二従七位上大秦公忌寸宅守従五位下一、以レ築二太政官院垣一也」に見られる造営工事の進行および本条(延暦五年七月丙午条)の完成記事との関係を、前者建物の先行的完成として捉えることができよう。

九　**監主司**(三七三頁注二三)　監主司を郡司とする説(塩沢君夫「八世紀における土豪と農民」『古代専制国家の構造』)と、国郡司とりわけ国司の役割を重視する説(新野直吉「「八世紀における土豪と農民」の「抵抗」についての二、三の疑点」『歴史学研究』一八九)とがあるが、「監主」とは、唐名例律54に「諸称二監臨一者、統摂、案験、為二監臨一、…称二主守一者、躬親保典為二主守一、雖二職非二統典一、臨時監主亦是」とある「監臨」と「主守」に基づくものであり、国司または郡司に限られるものではない。国司・郡司とを含む、支配監督権限を有し官物保管の責にある者との意であろう。

一〇　**田原陵**(三七七頁注一四)　諸陵寮式に「田原東陵」として「平城宮御宇天宗高紹天皇、在二大和国添上郡一、兆域東西八町、南北九町、守戸五烟」とし、『陵墓要覧』によれば奈良市日笠町とある。光仁太上天皇は天応元年十二月丁未に没し、翌年広岡山陵に葬られた(天応元年十二月条付載明年正月庚申条)が、この日(延暦五年十月甲申条)、田原東陵に改葬された。三代実録天安二年十二月九日条に「詔定下十陵四墓可レ献二年終荷前之幣一、…天宗高紹天皇後田原山陵在二大和国添上郡一」とあり、施基皇子の田原西陵と区別して後田原山陵ともいう。なお、延暦四年十月庚午条に既に田原山陵と見えるが、追書であろう。

二　**大庭王**(三七七頁注二三)　系譜未詳。選叙令35によれば諸王の子。延暦八年十二月高野新笠の死去に伴い山作司、同九年閏三月藤原乙牟漏の死去に伴い山作司となる。同十年正月侍従(続紀)、同十六年二月左大舎人頭を兼ね、同十八年六月正五位下で中務大輔となり、同二十三年二月従四位下で内匠頭、大同元年正月侍従で上野守を兼任、弘仁元年九月侍従で大舎人頭を兼任、同年十一月従四位上となり、同三年八月刑部卿となる(後紀)。同九年九月に卒す(紀略)。時に刑部卿従四位上。

三　**橘朝臣安麻呂**(三七九頁注六)　諸兄の孫、奈良麻呂の男。延暦六年二月雅楽助、同八年二月中務少輔、同十年七月甲斐守(続紀)、同十五年十月従五位上で少納言に任じ、同十八年二月内蔵頭、同二十三年八月正五位上で和泉国行幸装束司の次官となる。同二十四年正月従四位下叙位、同月左中弁、同年九月常陸守、同年十月備前守、同月播磨守に転じ、弘仁元年十一月従四位上に昇叙(後紀)。同十年正月正四位上に昇叙、同十二年七月に没。時に散位正四位上で、年八十三(類聚国史、薨卒)。没時の伝に「頗守二礼節一、兼知二古事一、…歴レ職雖レ多、廉隅不レ聞」と、その人格また官人としての勤務状態についての評を記す。

一三　**藤原朝臣今川**(三七九頁注七)　武智麻呂の孫、巨勢麻呂の男。延暦九年三月伊勢介、同年七月伊勢守、同十年正月美濃守となる(続紀)。同十六年正月従五位上、同二十三年正月正五位上(後紀)、大同三年正月従四位下(類聚国史、叙位四)にそれぞれ昇叙。同年五月美濃守、同年六月越前守、弘仁三年正月従四位上昇叙、同年二月左京大夫となる。同五年七月に没。時に左京大夫従四位上で六十六歳(後紀)。藤原朝臣→□一補1-二九。

一四　**百済王玄風**(三七九頁注八)　元忠(□三補17-二五)の男。延暦六年二月美濃介、同十年十月従五位上昇叙。文徳実録斉衡二年七月戊寅条に「従三位百済王勝義薨、従四位下元忠之孫、従五位下玄風之子」とあり、子に勝義があったことが判明する。百済王→□一三一頁注一七。

一五　**諸勝**(三七九頁注一二)　光仁の皇子。母は県犬養勇耳(一七一頁注八)。以後、広根朝臣諸勝として、弘仁元年九月従五位下叙位、同月山城介、同年十月摂津介となる(後紀)。同五年二月に従五位上昇叙(類聚国史、叙位四)。

姓氏録左京皇別に、光仁の竜潜の時に女孺県犬養勇耳との間に生まれた子とある。広根朝臣姓の者は他に見えない。

一六　**岡成**(三七九頁注一三)　桓武の皇子。母は多治比豊継。以後、長岡朝臣岡成として、弘仁元年十一月従五位下叙位、同六年六月散位頭(後紀)。同十三年十一月従五位上、天長二年正月正五位下、同九年正月従四位下に昇叙(類聚国史、叙位四)。同十年十一月従四位上となる。嘉祥元年十二月に没。時に散位従四位上(続後紀)。

姓氏録左京皇別に、桓武が皇太子の時に女孺多治比豊継との間に生まれた子とある。長岡朝臣姓の者に、秀雄(三代実録貞観六年正月七日条・同年三月八日条・同七年正月廿七日条)がある。長岡のウヂ名は長岡京の地(現京都府向日市)に基づく。

一七　**梅師・挟杪・水手の階層**(三八一頁注一七)　梅師(□四四四九頁注一六)・挟杪(□三七七頁注二)・水手の階層については、大蔵省式の入諸蕃使の給法により外航路の場合の編成が知られる。入唐使の場合は梅師―挟杪―水手長―水手、入渤海使の場合は梅師―挟杪―水手、入新羅使の場合は入唐使と同様の編成がとられている。入唐使の給法によれば、梅師は絁三疋・綿一五屯・布八端、挟杪は絁二疋・綿一二屯・布四端とされており、職掌上の区別があったものとみられる。内航路の場合は、主税寮式上に諸国運漕雑物功賃として挟杪・水手の功賃が規定されており、主税寮式上の対馬粮運漕の際の編成も挟杪・水手とされ、同式下の正税帳条でも運賃料を支出する水脚として挟杪・水手とあることより、二階層の編成をとったものか。

一八　**本草書**(三八五頁注一三)　梁の陶隠居(弘景)は、斉の永元二年(五〇〇)までの間に、当時伝存した神農本草(四巻)を中心に魏晋以来の名医別録の記事を配列して神農本草経(三巻。上巻序、中巻玉石草木、下巻虫獣果菜米食)を作り、さらに上巻の序はそのままに中・下巻に自注を加え、全七巻の神農本草経集注を作ったが、本草集注(本条〔延暦六年五月戊戌条〕の「陶隠居集注本草」)がこれにあたる(岸俊男「木簡と紙」『宮都と木簡』、和田萃「薬猟と『本草集注』」『日本古代の儀礼と祭祀・信仰』中)。旧唐書経籍志下に、「本草集経七巻〈陶弘景撰〉」、新唐書芸文志三に、「陶弘景集注神農本草七巻」とある。唐の顕慶四年(六五九)、高宗の命をうけて本草集注を修訂した蘇敬による新修本草が完成した。旧唐書経籍志下に、「新修本草二十一巻〈蘇敬撰〉」、新唐書芸文志三に、「蘇敬新脩本草二十一巻」とある。本文二〇巻・目録一巻からなる。本草集注の日本への伝来については、七世紀初頭か六世紀代までに遡る可能性も指摘され、百済を経由して伝わったものとみられる(和田前掲書)。藤原宮出土木簡にも、「(表)本草集注上巻　(裏)黄芩二両芷白芷二両」(『藤原宮』七四号)とするものがあり、天武朝以後、本草集注が本草の基本書として用いられていたとみられる。医疾令3逸文義解には、医生の必修とすべき本草書として、蘇敬の「新修本草廿巻」をあげているが、本条が記すように延暦六年以前は本草集注が本草の教科書として用いられたらしい(岸前掲書)。本条以後は、「凡医生、皆読二蘇敬新修本草一」(式部省式上)とするように、新修本草が本草の教科書とされることとなった。本草集注は日本国見在書目録にはすでに記載がなく、中国でも宋代には散逸していた。

一九　**忍海原連魚養**(三八五頁注二一)　延暦七年二月播磨大掾、同年七月播磨大掾のまま典薬頭となる。同十年正月の奏言によれば、祖は葛木襲津彦の第六子熊道宿禰で、熊道宿禰の六世孫首麻呂が天武十二年に貶せられて連姓を賜わってより、再三訴えたが許されず、今、旧号を除き朝野宿禰（補40-六六）の号を賜わらんことを願うとあり、許されている。朝野は居地の名であるという。ただ、天武十年四月・同十二年九月に忍海造から改姓された忍海連（書紀）と忍海原連との関連は未詳。→延暦十年正月己巳条。

二〇 **多治比真人豊長**（三八五頁注二二）　延暦七年七月、春宮少進のまま右衛士佐を兼ねる。文徳実録仁寿三年三月壬子条に「大和守正五位下丹墀真人門成卒、門成者、従五位下内蔵助兼右衛士佐豊長之子也」と見え、子に門成があった。内蔵助の前任者は本条（延暦六年五月戊申条）で造兵正に転任した栄井道形（延暦六年二月癸亥条）。多治比真人→㊀補1-一二七。

二一 **日向権介への左降**（三八七頁注三）　日向国は民部省式によれば臼杵・児湯・那珂・宮崎・諸県の五郡を管する中国であり、職員令72によれば中国の職員は「守一人、掾一人、目一人、史生三人」であり、介は本来置かれていない。しかし、延暦元年閏正月辛丑条で三方王が日向介として左降されて以後、左遷処置としての日向介の任命が見られる。延暦三年九月庚辰条で同じく日向介に左降された藤原末茂は同七年三月己巳に内匠頭に任官するまで見えないので、この時点（延暦六年潤五月丁巳条）で介は末茂であったとみられ、それゆえ俊哲は権介とされたものか。俊哲は、同九年三月庚子に罪を免され、入京している。

日向国司に左遷された事例は、和気王の変に関わる大津大浦の日向守（天平神護元年八月庚申朔条。宝亀六年五月己酉条大津大浦卒伝。なお神護景雲元年九月癸亥条には員外介とある）、奈良麻呂の変に関わる藤原乙縄の日向掾（天平神護元年十一月甲申条藤原豊成薨伝）、氷上川継事件に連坐した三方王の日向介（延暦元年閏正月辛丑条）、「坐レ事左降」とする藤原末茂の日向介（延暦三年九月庚辰条）などがある。

日向国と並んで、中国に介が置かれた場合のうち、石見介藤原鷹取（延暦元年六月乙丑条。父魚名の「坐レ事免二大臣一」に連坐した処置）、土左介藤原末茂（同上）、能登員外介佐伯美濃麿（天平神護二年五月甲子条。押勝の乱に関わるか）・弓削薩摩（神護景雲三年六月乙巳条。道鏡による冷遇か）などは、左遷措置のためのものとされる（亀田隆之「中国の介について」『日本歴史』四七三）。

二二 **左右京職への解由制度の適用**（三八七頁注四）　公式令53集解朱説に「摂津職可レ為二京官一」、同穴記に「問、摂津職者為二京官一哉、答、然也」とあるように、摂津職は京官である。京官である摂津職においても、その開始時期は不明であるが、国司に準ずるものとして解由制度が適用されていた。ここで摂津職に準じ左右京職にも解由制度を適用したものである。また、類聚国史、解由、延暦廿年二月辛丑条に「令下左右京職官人、准二諸国一責中解由上也」と諸国に準じて交替制度を適用することになった。これを本条（延暦六年閏五月癸亥条）の制と重複するものとみる説（長山泰孝「勘解由使設置の意義」『律令負担体系の研究』）もあるが、延暦十二年の摂津職廃止以後、外官の国司としての交替制度が適用された摂津国に対し、内官である摂津職と同じ交替規定が左右京職には適用されていたので、外官である国司と同様の交替規定を適用したものとみられよう（福井俊彦「『延暦交替式』の編纂」『交替式の研究』）。国司交替と解由→㊁補11-四一。

二三 **延暦六年六月辛丑条で忌寸から宿禰に改賜姓された人々**（三八七頁注一二―一五）

平田忌寸杖麻呂　他に見えず。平田忌寸→補38-四九。

路忌寸泉麻呂　他に見えず。

路宿禰は、姓氏録右京諸蕃に、坂上大宿禰同祖とある。路忌寸は坂上系図所引姓氏録逸文に、山本直を祖とすると見える。

蚊屋忌寸浄足　清足とも。大同四年四月甲午に従五位下に昇叙（類聚国史、叙位）。蚊屋忌寸→㊃三八一頁注一四。

蚊屋宿禰は、坂上系図所引姓氏録逸文に、糠手直を祖とすると見える。蚊屋のウヂ名は、近江国愛智郡蚊野郷（現滋賀県愛知郡秦荘町）の地名に基づく（佐伯有清『新撰姓氏録の研究』考證篇 六）。蚊屋宿禰の一族として、蚊屋宿禰（闕名。天長二年十一月十二日付尾張国検川原寺田帳〔平遺五一号〕）が見える。

於忌寸弟麻呂　他に見えず。於忌寸→㊁補12-七七。

於宿禰は、坂上系図所引姓氏録逸文に、志多直を祖とすると見える。於のウヂ名は、大和国広瀬郡の於神社の鎮座地（現奈良県北葛城郡広陵町）の地名に基づく(佐伯有清『新撰姓氏録の研究』考証篇六)。於宿禰の一族として、於宿禰乙女(延暦十年三月壬午条)が見える。

三四　**延暦六年六月壬寅条で臣から朝臣に改賜姓された人々**(三八七頁注一七・一八)

林臣海主　類聚国史、薨卒、天長九年七月戊午条に「従四位下林朝臣山主卒、正六位上海主之男也」と見え、子に山主があったことが見える。

林朝臣は、姓氏録河内皇別に、山口朝臣とともに道守朝臣と同祖で武内宿禰の後とある。林のウヂ名は河内国志紀郡拝志郷(現大阪府藤井寺市林・沢田)の地名に基づく(佐伯有清『新撰姓氏録の研究』考証篇二、角川『大阪府地名大辞典』)。

林臣野守　他に見えず。

三五　**野洲郡**(三八七頁注二一)　益須郡(持統紀七年十一月条)・夜珠郡(天平五年山背国愛宕郡計帳〔古一-五三三頁〕)とも書く。和名抄では、三上・敷智・服部・明見・邇保・篠原・駅家(高山寺本なし)の各郷より成る。東は蒲生・甲賀両郡、南は栗太郡に接し、西は琵琶湖に面する。現在の滋賀県野洲郡と守山市の大半、および近江八幡市の一部。

三六　**穴太村主真広**(三八七頁注二八)　他に見えず。

穴太村主は、姓氏録未定雑姓右京に、志賀穴太村主は後漢の孝献帝の男美波夜王の後とある。穴太村主の一族として、穴太村主麻呂(天平十九年十二月廿二日付の息長真人真野売婢売買券文〔東南院三-一八六頁〕)・穴太村主牛養(弘仁十四年十二月九日付の近江国長岡郷長解〔平遺四八号〕)・穴太村主牛刀自□(承和三年三月廿四日付の近江国大原郷長解案〔平遺六〇号〕)ら坂田郡の郡領氏族が見える他、延暦十八年三月にも、近江国浅井郡人穴太村主真杖が志賀忌寸に改姓されたことが見える(後紀)。穴太のウヂ名は、近江国滋賀郡の地名(兵部省式に穴多〔太〕駅が見える。現滋賀県大津市穴太)に基づく(佐伯有清『新撰姓氏録の研究』考証篇六)。

三七　**「水陸之便」**(三九一頁注一一)　長岡京と官道の関係について示す記事に、続紀延暦三年七月癸酉条の「仰二阿波・讃岐・伊予三国一、令レ造二山埼橋料材一」があるが、これは平城京時代に山陽道と山陰道へ向うための橋であった山埼橋が、長岡京へ遷都した場合には南海道への橋となるために、南海道諸国に料材を運ばせた措置とみられる(高橋美久二「都城と交通路」『古代交通の考古地理』)。山埼(山崎)の地は、長岡京と旧都平城京とを結ぶ最短ルートに位置している。東海道・東山道・北陸道の三道は、長岡京から東に向い、桃山丘陵の南を通り山科盆地に出て、平城京時代の北陸・東山道に合流し、山科駅に至るルートが想定される。足利健亮は京都市伏見区に残る「横大路」の地名がこの東西道の遺存地名とした(「横大路考」『日本古代地理研究』)。山陰道については、長岡京域内を通過していた平城京時代の山陰道が、また山陽道についても、平城京時代の山陽道が長岡京の南の山崎に達していたので、そのまま利用されたことが想定される(高橋前掲書)。水上交通の要衝として、木津川・宇治川・桂川の合流する山崎津、山崎津の上流には淀津、淀津からさらに桂川の上流には葛野井津(平安京の大井津のことか)が存在していた。瀬戸内海沿岸の諸国や西の諸国

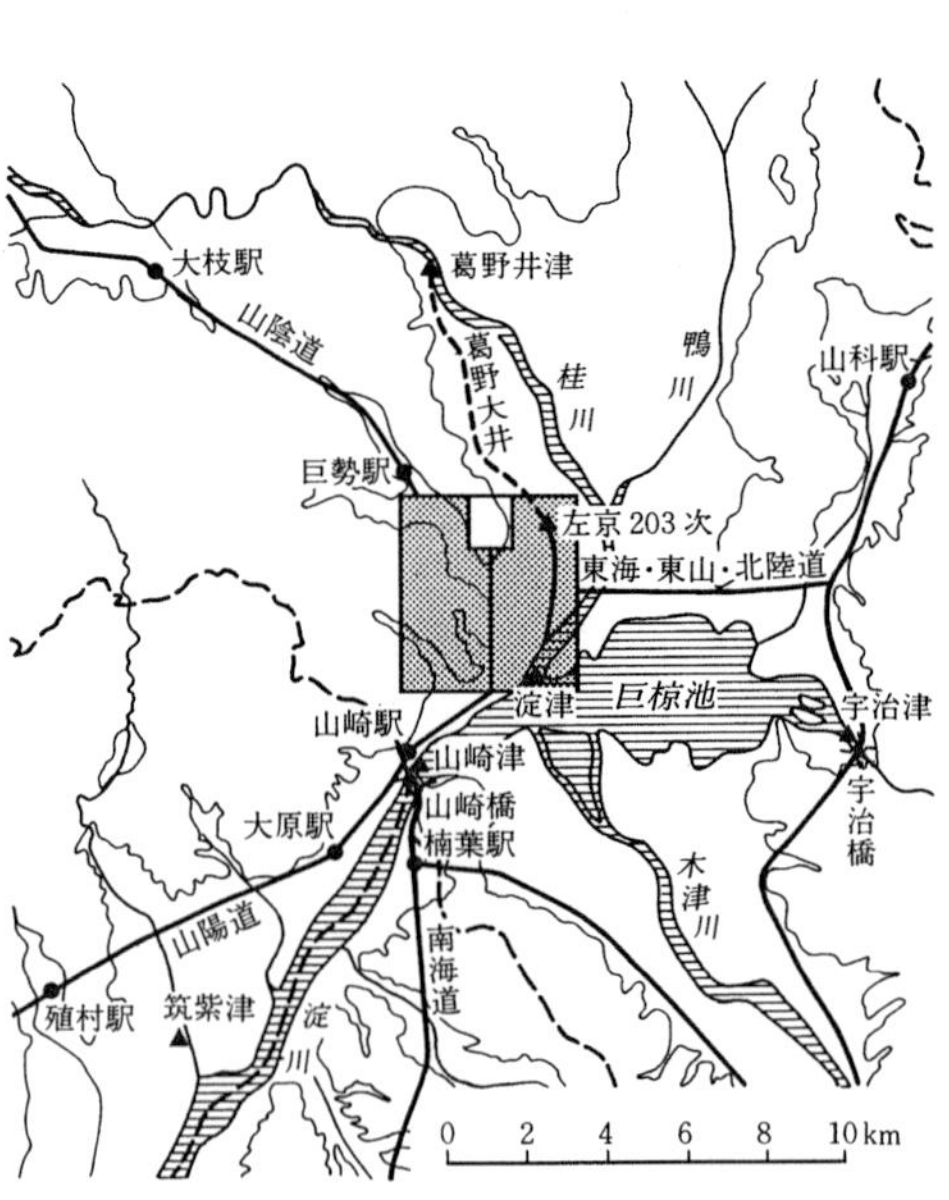

長岡京と水陸路（高橋美久二『古代交通の考古地理』より）

からの物資は山崎津、近江から東の諸国や大和などの南からの物資は淀津、丹波などの北の諸国からの物資は葛野井津に運ばれていたものとみられる。長岡の地は、官道を中心とする陸上交通と、河川で結ばれた諸津による水上交通との両者の利点を備えていた。

二八　**出挙未納免除事例一覧**(三九一頁注一四)　続紀に見える出挙未納を免除した事例は以下のものがある。

続紀条文	続紀の表記
和銅六年九月己卯条	和銅四年已前
養老四年三月己巳条	養老二年以前
天平元年八月癸亥条	神亀三年已前
天平三年八月辛丑条	天平元年以往
天平九年八月甲寅条	公稲は天平八年以前 私稲は天平七年以前
天平十二年六月庚午条	天平十一年以前
天平勝宝三年十一月己丑条	天平勝宝元年已前
天平宝字三年九月己丑条	今年
天平宝字四年十一月壬辰条	「未納已言上」のもの
天平神護元年三月癸巳条	天平宝字八年以前
神護景雲二年六月癸巳条	天平神護二年已往
宝亀元年五月壬申条	神護景雲三年以往
宝亀十一年正月乙酉条	宝亀十年以往
本条(延暦六年十月丁亥条)	延暦三年
延暦九年閏三月壬午条	延暦三年以往

＊備考　当年の利稲のみ免除した事例は除いてある

これらの免除例のうち、当年分の免除(天平宝字三年)を除き、本条(延暦六年十月丁亥条)以外は「〇〇年以前(以往)」とされており、本条のような延暦三年という特定の過去の時点に遡った免除例は他にない。おそらく長岡遷都に伴う恩免として延暦三年としたものか。

二九　**「郊祀祭天」**(三九三頁注二一)　中国の歴代祭祀のうちの一つ、郊祀の礼を模したものであり、大宝令・養老令にもその規定が見えない祭祀である。神武紀四年二月甲申条に、神武が鳥見山中に霊畤を立てて天神を郊祀したとする記載があるが、その祀りの対象は天つ神や皇祖の霊であったとされており、撰者の修飾にすぎない(関晃「律令国家と天命思想」『著作集』四)。この例を除くと、⑴続紀延暦四年十一月壬寅条、⑵本条(延暦六年十一月甲寅条)、⑶文徳実録斉衡三年十一月辛酉条の三例の記録があるのみである。

中国における祭天は周礼・礼記等に見え、これが後世における郊祀制度の根拠となっているが、わが国の郊天祭祀のもとになったと考えられる唐の郊祀制度の前提には、郊祀に関する代表的な礼学説である鄭玄説と王粛説とがあった。以後、唐に至るまで、南朝の郊祀制度が王粛説に近かったのに対し、北魏から北朝を通じては鄭玄説に基づいた郊祀制度が行われ、隋は北朝の制度を全面的に踏襲したものと考えられる(金子修一「魏晋より隋唐に至る郊祀・宗廟の制度について」『史学雑誌』八八―一〇)。唐の最初の郊祀制度は高祖の武徳令で定められた。旧唐書礼儀志一には「武徳初、定レ令、毎歳冬至、祀二昊天上帝於円丘一、以二景帝一配、其壇在二京城明徳門外道東二里一、壇制二四成一、各高八尺一寸、下成広二十丈、再成広十五丈、三成広十丈、四成広五丈」とあり、冬至に昊天上帝を円丘に祀るとする鄭玄説に拠っている。その後、貞観礼・顕慶礼を通じ冬至には昊天上帝を祀ることとすることが引続き規定されたが、顕慶礼では、それに加え、正月祈穀・孟夏雩祀、季秋明堂にも昊天上帝を祀ることとされており、鄭玄の六天説の批判の上に成立している(金子前掲論文)。開元礼においても概ね顕慶礼を踏襲しており唐代では昊天上帝の唯一絶対性の強化を進める郊祀の改革が行われてきた。

わが国において踏襲された郊祀制度の諸側面についてみると、大唐郊祀録巻四祀礼一、冬至祀昊天上帝の天帝祝文(日本では祭文)と本条を比較することによりその字句が類似していることが明らかである。

天帝祝文

維某年歳月朔日子、嗣天子臣某、敢昭薦于昊天上帝、大明南至、陽晷初昇、万物権輿、六気資始、謹遵彝典、慎修礼物、謹以幣帛犠斉粢盛庶品、備茲禋燎、祗薦潔誠、太祖景皇帝、配神作主、尚饗、配座文、維某年歳次月朔日子、孝曾孫皇帝臣某、敢昭薦于太祖景皇帝、履長伊始、粛事郊禋、用致燔祀於昊天上帝、惟太祖慶流長発、徳冠思文、対越昭升、永言配命、謹以制幣牲斉粢盛庶品、式陳明薦、侑神作主、尚饗、(傍線部が本条と同文)

しかし、郊祀の実施面においてはいくつかの相違がある。(イ)中国ではこの祭祀は皇帝の親祭であり代拝者の派遣は一般的にはなく、代拝はまれであるのに対し、日本の場合、先の(2)・(3)の事例、恐らく(1)も含めて、いずれも代拝である、(ロ)代拝者は、唐の場合、三公のひとつである大尉を派遣するのに対し、日本の場合、(2)が大納言藤原継縄、(3)が大納言藤原良相といずれも大納言であること、(ハ)唐では高祖を、のち代宗の永泰二年(七六六)からは太祖景帝をあわせ祀ったのに対し、(2)・(3)ともに高紹天皇、すなわち桓武の父光仁を昊天上帝に配して祀っている、などの諸点である。しかも、(3)の場合、交野の地は都城平安京の南郊とはいえないにもかかわらず桓武の先例を踏襲している。これと(ハ)から、わが国における郊祀制度を、桓武の皇統意識のあらわれとみて、文徳は、光仁を天智系皇統の復活者として重視した桓武の遺志を嗣いだものとする考え(武者小路穣「幻影の唐から――唐風謳歌から国風自立へ」『国文学――解釈と教材の研究』二一―七)もある。しかし、これに対しては、郊祀がこれらの事例に限られること、天皇の親祭がなく、大尉相当の代拝者ではないことなどから、郊祀がこのような役割を果すことに対する消極的な評価もある(高取正男『神道の成立』)。

三〇　**皇太子安殿親王の元服**(三九五頁注六)　安殿親王元服の記事は、西宮記一一、裏書に「延暦七ｰ(年)正月甲子、皇太子加二元服一、天皇々后御二前殿一、令三大納言従二位兼皇太子傅藤原朝臣継縄・中納言従三位紀朝臣船守一、加二其冠一了、是日赦二天下一」とあり、本条(延暦七年正月甲子条)とほぼ同文を掲げる。正親本東宮御元服部類上も本条と同文。また、伏見宮本東宮御元服部類記二には、本条には見えないが、元服の祝文として、延暦七年正月十五日〈甲子〉の日付をもつ、「天皇詔旨良麻止勅大命乎天下公民衆聞食止宣、正月十五日、皇太子始加二元服一、縁二此慶一弖在京諸司及高年僧尼并神祝等尓賜禄止勅大命遠衆聞食止宣不、自二延暦七年正月十五日午時一以前、太(大)辟已下、罪無二軽重一、已発覚・未発覚、已結正・未結正、繋囚・見徒、役為二奴婢一及犯八虐、常赦所レ不レ免者、咸赦除之、其私鋳銭及強窃二盗並不レ在二赦限一、但罪入二死刑一亦降二一等一、諸老人年百歳已上賜二穀伍斛一、九十以上三石、八十已上一石、孝子・順孫、義父・節婦、表二其門閭一、終身勿レ事、鰥寡(寡)惸独、篤疾重病、不レ能二自存一者、賑賜比治賜止勅命遠衆聞食止宣」とする宣命を収めている。後に、清和天皇が貞観六年正月に元服したとき(三代実録貞観六年正月戊子朔条)も、十五歳で元服しており、本条の安殿親王の元服は、後世の先例とされている。

三一　**百済王教徳**(三九九頁注一六)　延暦八年二月讃岐介(続紀)、同十八年九月上総守、大同三年九月正五位下で宮内大輔となり、弘仁三年正月従四位下に昇叙、同五年九月治部大輔(後紀)、同七年二月従四位上に昇叙、同十三年十月癸卯に没した。時に刑部卿従四位上(類聚国史、薨卒四位)。百済王→㈠三一一頁注一七。

三二　**陸奥国への糒・塩の転運**(三九九頁注二一)　和名抄に「糒、野王案糒〈平秘反、与レ備同、和名保之以比〉乾飯也」とある。軍防令6に「凡兵士、人別備二糒六斗・塩二升一」と見え、延暦八年六月庚辰条に「河陸両道輜重一万二千四百卌人、一度所レ運糒六千二百十五斛、征軍二万七千四百七十人、一日所レ食五百卌九斛。以レ此支度、一度所レ運、僅支二十一日一」とあり、兵士一人あたり、一升九合九勺強となり、軍防令の糒六斗は約三〇日分か。

対蝦夷戦に備えて軍粮輸送を命じられた地域は、(1)下総・常陸(宝亀十一年七月甲申条)、(2)尾張・相模・越後・甲斐・常陸(天応元年十月辛丑条)、(3)本条(延暦七年三月庚戌条)、(4)相模以東の東海道諸国と上野以東の東山道諸国(同九年閏三月乙未条)、(5)坂東諸国(同十年十一月己未条)など、いずれも東日本の諸国。

三三　**和気朝臣清麻呂の治水工事**(四〇一頁注八)　この工事は、四天王寺の南の荒陵の地に、人工の疏水を切り開いて、河内川の水を大阪湾に導こうとしたものである。本条(延暦七年三月甲子条)に見える河内川は、『大阪府の地名』Iによれば、平野川のこととする。二俣(現大阪府八尾市)付近で長瀬川と分かれ、平野郷(現大阪市平野区)の西で洪水を起こしていたのを、上町台地を横切って直接大阪湾に流そうとする計画であった。現天王寺区の河堀町、河堀口(こぼれぐち)の地名はその名残であろうとする。この工事は、後紀延暦十八年二月条の清麻呂の薨伝によれば、「清麻呂為二摂津大夫一、鑿二河内川一、直二通西海一、擬レ除二水害一、所レ費巨多、功遂不レ成」とあり、不成功に終わっている。これは、上町台地を構成する大阪層群を覆っている砂礫層の段丘堆積層を深さ二メートルから一五メートル掘り下げねばならないほどの大規模工事が原因とされている(『新修 大坂市史』一〔服部昌之執筆〕)。この工事を清麻呂が奏請したことについて、この時点で彼は民部大輔であるが、諸国の津済・渠池・山川等の管理を職掌とする民部卿の藤原継縄は、大納言として議政官の重要な位置にあり、民部省の実務に関する権限は清麻呂に委ねられていたことによると指摘されている(亀田隆之「延暦の治水工事に関する二、三の考察」『人文論究』四四-一)。本条における河川工事の意図は、河内川の氾濫・洪水を解消するとともに、文中に「沃壌益広、可二以墾闢一」とあるように、耕地の安定化・増加をも期待したものであった。

三四 **祈雨の黒馬(黒毛馬)の奉献**(四〇三頁注一〇) 神祇式祈雨神祭八十五座の中に丹生川上社一座と見え、さらに「丹生川上社、貴布禰社各加二黒毛馬一疋一、…其霖雨不レ止祭料亦同、但馬用二白毛一」とある。この規定によれば、祈雨には黒毛馬を、止雨には白毛馬を奉献することになるが、天平宝字七年五月庚午条の祈雨に際しての黒毛馬の奉献を初見として、以下続紀中の祈雨の事例(宝亀二年六月乙丑条・同三年二月乙亥条・同四年三月戊子条・同年四月丁卯条・同五年四月庚寅条・同年六月壬申条・同六年六月丁亥条・同七年六月甲戌条・本条〔宝亀七年四月丁亥条〕・延暦十年六月乙卯条)すべて黒毛馬の奉献であり、同じく止雨の事例三例(宝亀六年九月辛亥条・同八年五月癸亥条・同年八月丙戌条)すべてが白毛馬の奉献であり、延喜式規定に合致する。祈雨奉幣→二補1-六九。

三五 **大伴親王**(四〇五頁注七) 桓武の皇子。後の淳和天皇。延暦五年誕生、同十七年四月元服(紹運録)、大同元年五月治部卿に任じ、この間に三品・式部卿(後紀)、同三年に中務卿(紹運録)、弘仁元年九月皇太弟となり(後紀)、同十四年四月庚子(十六日)に受禅(紀略)、同二十八日即位、同年十一月大嘗会を行い(紹運録)、天長十年二月に正良親王(仁明天皇)に譲位(続後紀)、同年三月太上天皇の尊号(紹運録)、承和七年五月に死去した(続後紀)。時に五十五歳。『陵墓要覧』には「淳和天皇、大原野西嶺上陵、〈円墳〉」とある。現在の京都市西京区大原野南春日町の標高六四一メートルの東西二峰よりなる小塩山の西峰(大原山ともいう)の山頂がこれに該当する。だが、続後紀承和七年五月戊子条に「此夕、奉レ葬二後太上天皇於山城国乙訓郡物集村一、御骨砕粉、奉レ散二大原野西嶺上一」と記されるだけで、諸陵寮式にも山陵の記載はない。子には、恒世親王・恒貞親王・恒統親王・基貞親王・良貞親王・氏子内親王・有子内親王・貞子内親王・寛子内親王・崇子内親王・同子(国子)内親王・明子内親王・統朝臣忠子(勲子)がある(続後紀、三代実録、紹運録)。

三六 **「請二受庫物一」**(四〇五頁注一一) 本条(延暦七年五月庚午条)で、中務大録である中臣丸浄兄が庫物を詐受しているのは、中務録としての職掌を利用したものと見られる。それは監物式の「其出二納鉄鍬等類及自余諸司物一者、官史一人、三省録各一人、…倶会出納」とする規定において立会いを行う三省の録とは、太政官式の「凡応レ出二納官物一者、本司当日申二弁官一、弁官及中務監物民部主計等、与二本司一共検二出納一」から中務・民部と保管官司の録であることが判明することによる。

三七 **大中臣朝臣清麻呂の立場**(四一一頁注一三) 宝亀二年三月に右大臣に任じた大中臣清麻呂は天応元年六月に致仕するまで、光仁朝を通じて太政官の最上席にあり、光仁の信任が厚かったとされている。朝儀すなわち大嘗祭をはじめとする朝廷の諸神事と儀式及び国典(もろもろの法典類ないし史書)に通暁していたとする本条(延暦七年七月癸酉条)の薨伝により、清麻呂の役割を重視し、光仁朝における仏教政治の一掃、神祇信仰の仏教に対する独自性の主張を推し進めたものとする説もある(高取正男『神道の成立』)。

三八 **揖保郡**(四一三頁注二〇) 和名抄に「伊比保」と訓み、栗栖・香山・越部・林田・桑原・布勢・上岡・揖保・大市・大田・新田・余戸(高山寺本なし)・浦上・小宅・広山・大宅・石見・中臣・神戸(高山寺本なし)の各郷を管するとある。旧来の郡域は南は瀬戸内海に接し、飾磨・宍粟・佐用・赤穂の諸郡に接し、現在の兵庫県龍野市・揖保郡と姫路市西部にわたる地域。なお、播磨国風土記には布勢郷と推定される旱部里、中臣郷と推定される萩原里(地名辞書)の他、枚方里・出水里が見えるが、和名抄記載の新田・余戸・神戸の郷は見えない。

40　巻第四十

一　**延暦八年正月朔の干支**(四一七頁注三)　大系本は旧輯国史大系所引の一本を引いて「延暦八年春正月甲辰」と「日有蝕之」の間に「朔」字を補っている。従来暦日を扱う諸書もこれに拠っているが、ここでは「朔」字を補わずに、甲辰を二日と考える。すなわち、前年延暦七年十二月を小の月とし、八年正月に続く二月を大の月と捉えれば、正月朔が癸卯となり他に支障はないと思われる。こう解すれば、正月朔に日蝕がある特殊性を避け、さらに己酉の宴とそれに続く叙位を、この頃恒例の正月七日の節宴とそれに伴う叙位として自然に理解することができるのである。したがって、二月の朔は癸酉となる。なお、朔日の変更により、丁巳(十五日)条の記事と、僧綱補任に律師玄憐を「正月十五日任小僧都」としているのと、上述の結論の日付が一致する。

二　**安倍朝臣人成**(四一七頁注二四)　延暦九年三月に春宮大進、同十年正月に能登守となる。時に従五位下(続紀)。天長三年八月の安倍雄能麻呂の卒伝に「従五位下億宇麻呂之孫、因幡守従五位上人成之子」と見える(類聚国史、薨卒四位)。安倍朝臣→[一]補1―一四二。

三　**角朝臣筑紫麻呂**(四一七頁注三二)　都努朝臣とも。延暦八年三月に衛門大尉、同八月に中衛将監、同九年三月に武蔵介となるが(続紀)、同十四年閏七月官物隠截(おんせち)の故をもって免官(類聚国史、隠截官物)。以後、同十五年十二月に内厩助、同十八年九月に上総介となる(後紀)。角朝臣→[二]補9―一二一。

四　**延暦八年正月己巳条で無位から従五位上に叙位された女性**(四一九頁注二〇―二二)

多治比真人邑刀自　大刀自とも。延暦十年十二月従四位下に昇叙。同十四年十二月、度七人を賜わり(類聚国史、度者)、同十六年三月には特に長岡京の地五町を賜わっている(後紀)。この時も従四位下。多治比真人→[一]補1―一二七。

藤原朝臣数子　光孝天皇外祖母の正五位下藤原朝臣数子は、夫の従五位上藤原総継とともに、光孝即位後の元慶八年三月正一位を贈位され、同年十二月には山城国愛宕郡八坂郷地一〇町を墓地とされた(三代実録)。光孝の生年が天長七年であることからすると、外祖母の藤原数子は本条の人物であろうか。承和六年六月に無位から従五位下に叙された藤原数子とは別人であろう。藤原朝臣→[一]補1―二九。

紀朝臣若子　桓武第七皇子明日香親王の母。延暦十年四月に大納言で没した贈正二位右大臣紀船守の女(続後紀承和元年二月甲午条)。延暦十年十二月、従四位下に昇叙(続紀)。紀朝臣→[一]補1―三一。

五　**藤原朝臣恵子**(四一九頁注二五)　大同三年十二月、永原朝臣と賜姓。時に従五位上。弘仁三年五月従四位下から正四位下に、翌四年正月従三位に昇叙。同六年五月、尚膳従三位で没(後紀)。藤原朝臣→[一]補1―二九。

六　**長岡宮の西宮と東宮**(四二一頁注一六)　ここで(延暦八年二月庚子条)新しく東宮が完成し、桓武は従来の西宮から移っている。西宮は延暦四年正月丁酉朔条にその一応の完成が知られる長岡宮内裏であり、東宮はその東方に営まれた新たな宮室と解される。長岡京跡の発掘調査によって、大極殿の東方に四周を築地回廊によって囲まれた正面九間・奥行三間の身舎の四面に廂をもつ大規模な掘立柱建物の区画が検出されており、それが東宮と考えられ(『向日市史』上、清水みき「長岡京造営論」『ヒストリア』一一〇)、西宮は大極殿北方に推定されている。出土瓦からも、当初造営を急いだ大極殿・朝堂院地区に難波宮式瓦が多く、東宮地区には平城宮式瓦を主とし、長岡宮式瓦がそれを補うという関係がうかがえる。また、長岡京左京二条二坊六町の溝上層(延暦八・九年頃)出土の木簡には(表)「造東大宮所□□〔解申か〕□」(裏)「八年正月十七日□□□〔付近衛か〕□」とあり(『長岡京木簡』一―二一六号)、東宮の造営にあたる所の存在が知られた。内裏が大極殿に北接するという平城宮・難波宮の配置関係が、平安宮では内裏が大極殿の東北方に離れて位置することになるが、長岡宮で内裏が大極殿の北(西宮)から東方(東宮)に遷ったことはその過渡形態として重要である。なお、延暦十二年正月に平安遷都のため桓武天皇が移った東院(紀略)は、この東宮とは異なる。宮外の左京南一条二坊十二町で検出された左右対照の大規模な掘立柱建物群を東院とする説がある。付録「長岡京条坊図」参照。

七　**延暦八年の陸奥国での軍事行動の準備**（四二一頁注一八）　この年の軍事行動に備えて、前年（延暦七年）三月には、陸奥国に「軍粮三万五千余斛」を多賀城（㊂補12-六七）に運ばせ、また東海・東山・北陸諸国からも「糒二万三千余斛并塩」を陸奥に運搬させており（庚戌条）、さらに東海・東山坂東諸国の「歩騎五万二千八百余人」を来年（延暦八年）三月を限って陸奥国多賀城に集結せしめることを命じていた（辛亥条）。また征東大将軍紀古佐美も、七年十二月に節刀を受けて陸奥に赴いていた（庚辰条）。

八　**飛駅函**（四二五頁注三）　「飛駅」は、緊急の際に中央と在外官司・軍所との連絡に駅（㊀補2-一〇九）を発することで、その下達・上達文書の書式を公式令9・10に定める。その行程は公式令42によれば「事速者、一日十駅以上」とあり、駅間三〇里の規定（廐牧令14）から一日に三〇〇里（約一六〇キロメートル）以上となる。飛駅函は飛駅の文書を納める木函で、木工寮式に「長一尺一寸六分、広三寸、深二寸三分」とある。儀式に見える平安時代の飛駅函の使用法をまとめると次のようになる。すなわち、覆奏の終わった勅符を主鈴が飛駅函に納め、糸で緘して松脂で封ずる。次にその函の上に内記が「（対象の）国名賜某国」「封」（緘した所の上）「飛駅」「（発給の）月日時刻」の文字を書き、また函をつつむ革嚢に付する短籍（木簡）に「賜某国飛駅」「年月日時刻」、函の左側にも「副官符若干通」と書く。その後、主鈴が飛駅函と官符を革嚢の中に納め、その状態で鈴を着し発送手続きに移る。

九　**救急**（四二五頁注一〇）　本条（延暦八年四月辛酉条）が「救急」の語の初見であるが、後の救急料の制とは財源の確保や使用方法が異なる。ここでは美濃・尾張・参河等諸国に限り、この年のみ、夏に困窮の百姓に安い時の価で稲米を売り、その価を以て秋の収穫時に穎稲と交換するという制であった。後の救急料制は遅くとも天長初年には成立していたが、同十年六月に飢民に賑給するための料稲として五畿七道諸国に大国一〇万束・上国八万束・中国六万束・下国四万束の額が設置された（三代格天長十年七月六日太政官符）。主税寮式には、救急料稲として山城国六万束以下壱岐島二万束に至るまで各国の等級別に穎稲量を定め、その出挙利稲により運営することとされている。ただし、延喜交替式には民情に任せて必ずしも息利を責めずとしている。また、承和二年四月己卯（続後紀）には天下諸国の文珠会料として毎年救急料稲の利の三分の一が充用されたほか、水車の製造援助など他の目的にも利用されるに至った（亀田隆之「救急料に関する一考察」『日本古代の政治と文化』）。

一〇　**未進に対する国司の公解没収制**（四二七頁注四）　宝亀十年八月庚申に、使として入京した国司のうち、返抄を受けずに帰国したり京に逗留したまま考に預かり公解を得ようとする者に対し、釐務に預からしめず公解料を奪うこととしたが、守られなかったため、延暦六年七月丙子に至り、なお緩怠あれば違勅罪に科すことを重ねて下知した。本条（延暦八年五月丙辰条）では、再びそれが実効なかったため、使とならなかった在国の国司にまで未進催領の責を科し、四等官以上の公解を共に奪うこととしている。延暦交替式の延暦十四年七月廿七日太政官符は本条の諸国あて官符を引いており、それによれば備中国朝集使で介の下毛野年継の解状に応じた措置であったことが知られる。懲罰的な公解没収制は、のち右に引いた延暦十四年七月官符によって、徴罰よりもより補塡に重点を置いた、未進数に准じた公解による国司の共同塡償制（梅村喬『日本古代財政組織の研究』）へと変化していく。

一一　**良・賤間に生まれた子の身分**（四二七頁注六）　賤民身分を固定する目的をもつ戸令35によって、賤民は同種の賤民以外との通婚を認められておらず、良・賤間の通婚は禁じられていた。戸婚律42・43逸文も同趣旨から違反に対する処罰を定めている。しかし、書紀大化元年八月庚子条の「男女之法」では「若良男、娶㆑婢所㆑生子、配㆓其母㆒。若良女、嫁㆑奴所㆑生子、配㆓其父㆒」と、通婚を前提とした上で良・賤間に生まれた子の帰属について定めている。また戸令42でも、良・賤間に生まれた子の身分を規定しており、皆離婚させた上で、情を知らなかった場合のみ子を良とすることにしている。本条（延暦八年五月己未条）に見えるように、良・賤間の通婚は実態としてしばしば行われており、ここでついに良・賤間に生まれた子は全て良とすることになり、戸令の原則は意味を失うことになった。本条の延暦八年五月十八日太政官奏は三代格にも載せる。

一二　**讃岐国多度郡藤原郷**(四二九頁注七)　和名抄(東急本)には多度郡に「葛原〈加都良波良〉」郷がある。正倉院丹裏古文書の天平十七年九月廿日優婆塞貢進解(古二五―一二二頁)には本条(延暦八年五月庚申条)と同じく「多度郡藤原郷」とあるが、神亀三年十一月己亥にも藤原部の姓を久須波良部に改名し、また天平宝字元年三月乙亥にも藤原部の姓を久須波良部に改めるなどしており、「藤原」を避けて、藤原郷の郷名ものち「葛原」になったものと思われる。現在の香川県仲多度郡多度津町に葛原の地名がある。

一三　**播磨国揖保郡百姓と讃岐国多度郡女の関係**(四二九頁注九)　播磨国揖保郡の百姓佐伯君麻呂が讃岐国多度郡の女を己の婢と詐称したことの背景として、播磨国揖保郡と讃岐国多度郡の間には、瀬戸内海の海路により結ばれ得る立地の他に、次のような関係が知られる。延暦七年十一月庚戌条に「播磨国揖保郡人外従五位下佐伯直諸成」が見え、揖保郡には播磨国造系の在地豪族佐伯直の存在が知られる(補36―三五)が、一方讃岐国多度郡にも在地豪族佐伯直が存在した。三代実録貞観三年十一月十一日条に多度郡人故佐伯直田公男故佐伯直鈴伎麻呂以下一一人の佐伯直氏が佐伯宿禰姓を賜わっており、佐伯直がもと讃岐国造であったことが知られる他、佐伯直鈴伎麻呂は多度郡司であり(類聚国史天長四年正月二十二日条)、佐伯直は多度郡の郡司氏族であった。また、天平十九年二月十一日の法隆寺伽藍縁起并流記資財帳によれば、播磨国揖保郡・讃岐国多度郡ともに法隆寺の庄が存在している(古二―六一八～六一九頁)。佐伯直氏や法隆寺庄を介しての両郡間の往来の可能性も考えられよう。

一四　**筑摩郡**(四二九頁注一八)　民部省式は「ツカマ」、和名抄は「豆加万」と訓み、良田・崇賀・辛犬・錦部・山家・大井の六郷を管する。書紀に「束間温泉」(天武紀十四年十月条。現在の美ヶ原温泉)、万葉三四〇〇に「知具麻」など。信濃国中央に位置し、伊那郡から北上する東山道が通る。小県郡にあった信濃国府は平安時代初期に筑摩郡に移ったと推定されている。現在の長野県松本市・塩尻市・東筑摩郡。

一五　**胆沢における蝦夷との戦闘経過**(四三一頁注一)　延暦八年五月癸丑条の、衣川営への滞留を責める勅を受けて、征東将軍紀古佐美のもと、征東副将軍入間広成・別将池田真枚・別将安倍猨嶋墨縄等は、前・中・後の三軍に分かれて北上川の東岸に渡河する作戦を立てた。中・後軍の各二〇〇〇人が渡河し進軍すると、蝦夷軍三〇〇人余が迎え撃ったが後方に退いた。征東軍は蝦夷の村落・住居を焼き払いながら巣伏村まで進み、前軍と合流しようとしたが、前軍は蝦夷軍の抵抗に会って渡河に失敗していた。そこに蝦夷軍八〇〇人余が強く攻撃しかけてきたので征東軍は後退しはじめたところ、東山から伏兵の蝦夷軍四〇〇人余が退路を絶ち、挟み撃たれた征東軍は壊滅状況となったのである。別将丈部善理以下戦死二五人、矢に当たった者二四五人、河で溺死した者一〇三六人、裸身で泳ぎ帰って来た者一二五七人とあるから、征東軍にとり大敗北であったといえる。

一六　**阿弖流為**(四三一頁注八)　北上川東岸を本拠とする胆沢地方の蝦夷の族長。大墓公阿弖利為とも称す。延暦八年には蝦夷軍を率い妙策を以て征東軍に勝利した。しかし、延暦二十一年四月には盤具公母礼とともに五〇〇余人を率いて坂上田村麻呂に降った(紀略延暦二十一年四月庚子条)。同年七月甲子には阿弖利為と母礼は田村麻呂に従い入京するが、八月丁酉に、助命・放還を求める田村麻呂の申請を退ける公卿等の議によって、河内国杜山において斬られた(紀略)。

一七　**安宿戸吉足**(四三一頁注一五)　他に見えず。神護景雲二年六月癸巳条の武蔵国橘樹郡人飛鳥部吉志五百国(四二〇三頁注二四)や、正倉院の天平六年調布墨書(銘文集成)に同国男衾郡人として飛鳥部虫麻呂が見えることから、武蔵国の出身か(岸俊男「日本における『戸』の源流」『日本古代籍帳の研究』)。カバネを帯びない安宿戸(飛鳥戸)氏は武蔵のほか豊前にも分布が知られる(豊前国戸籍)。

一八　**道嶋宿禰御楯**(四三一頁注二二)　陸奥国の人。延暦八年の征東軍に別将として活躍の後、同十三年の征夷戦でも軍功があったものか。のち征夷大将軍坂上田村麻呂の揮下で、延暦二十一年十二月庚寅条には「鎮守軍監外従五位下道嶋宿禰御楯為二陸奥国大国造一」と見え(類聚国史、国造)、道嶋宿禰一族の族長としての地位も占めた。さらに後紀延暦二十三年正月甲辰条の征夷軍編成においては、従五位下で征夷副将軍に進んでいる(井上光貞「陸奥の族長、道嶋宿禰について」『著作集』一)。

一九　**延暦八年征東軍の編成**(四三三頁注三)　軍防令24には兵一万人以上

の時「将軍一人、副将軍二人、軍監二人、軍曹四人、録事四人」としており、この時の征東軍も将軍・副将軍・軍監以下が任じられた（延暦七年十二月庚辰条など）が、戦地においては、別の戦時編成が行われたと思われる。今回の征東軍でも征東副使（副将軍）四人（多治比浜成・紀真人・佐伯葛城・入間広成）が任じられ（同七年三月己巳条）、つづいて征東大使に紀古佐美が任命されている（同七年七月辛亥条）が、その下に前線部隊指揮官と思われる「別将」と記される指揮者が見られる。ここでは中央が将軍・副将軍・軍監を征討軍指揮の中枢ととらえていたことが知られる。

	七年三月己巳	七月辛亥	八年五月丁卯	六月甲戌	六月庚辰	九月戊午
紀古佐美		征東大使		征東将軍	征東将軍	大将軍
多治比浜成	征東副使					
紀　真人	征東副使					
佐伯葛城	征東副使		征東副将軍			
入間広成	征東副使			副将軍	副将	副将軍
池田真枚				左中軍別将		鎮守副将軍
安倍猨嶋墨縄				前軍別将	副将	鎮守副将軍
丈部善理				別将		
出雲諸上				別将		
道嶋御楯				別将		

二〇　**「軍少将卑」**（四三三頁注四）　実際に北上川東岸に渡河した部隊は中・後軍各二〇〇〇人の計四〇〇〇人であった（前軍は渡河できず）。これは今回の征討軍に調発された「歩騎五万二千八百余人」（延暦七年三月辛亥条）や、「征軍二万七千四百七十人」（延暦八年六月庚辰条）といわれる総数からすると少数であった。

戦闘に参加したことの知られる将は別将以下であり、副将軍・軍監が後方にいたことをさす。作戦立案にも当たった左中軍別将池田真枚・前軍別将安倍猨嶋墨縄は鎮守副将軍であったが、敗軍をまとめて退却したのが別将の出雲諸上・道嶋御楯であったように、実際の戦闘には参加しなかった。下文延暦八年六月庚辰条の勅では副将軍入間広成と安倍猨嶋墨縄が「静㆓処営中㆒、坐見㆓成敗㆒。差㆓入裨将㆒、還致㆓敗績㆒」と、同七月丁巳条の勅では真枚・墨縄が「遣㆓裨将於河東㆒」と責められ、同九月戊午条の詔で処分を受けている。

二一　**入間宿禰広成と安倍猨嶋臣墨縄の「久在㆓賊地㆒、兼経㆓戦場㆒」**（四三七頁注四）　入間広成は天応元年九月に征夷の労を賞され、延暦元年六月陸奥介、同三年二月征東軍の軍監にも任じられて、延暦七年三月征東副使となっている。安倍猨嶋墨縄も天応元年九月に征夷の労を賞され、延暦元年六月鎮守権副将軍、同三年二月征東軍の軍監と、広成と同様の経歴を経て、延暦七年二月鎮守副将軍となっている。墨縄は後に処分を被った詔にも「久歴辺戍弖、仕奉留労在」と見える（延暦八年九月戊午条）。二人と共に北上川渡河作戦を指導した鎮守副将軍池田真枚は征東経験が浅く、ここでは不問。

二二　**山梨郡**（四三七頁注七）　和名抄（東急本）に「夜万奈之」とあり、於曾・能呂・林部・井上・玉井の五郷を山梨東郡、石禾・表門・山梨・加美・大野の五郷を山梨西郡とする。甲府盆地の中央から東北部の山間にかけて、笛吹川の上・中流域を占める。現在の山梨県東山梨郡・塩山市・山梨市と東八代郡石和町・一宮町・御坂町および甲府市の東半に当たる。

二三　**甲斐の百済系渡来人**（四三七頁注八）　延暦八年六月庚辰条の甲斐国山梨郡の要部（ようほう）・古尓・鞠部（きくほう）・解礼などの改姓記事は、古尓が百済の姓であり、他も百済系渡来人の姓と思われることから、百済系渡来人の子孫が地名により日本風に姓を改めたものと考えられる。後紀延暦十八年十二月甲戌条によれば、甲斐国の止弥若虫・久信耳鷹長等一九〇人が、「己等先祖、元是百済人也。仰㆓慕聖朝㆒、航㆑海投化。即天朝降㆓綸旨㆒、安㆓置摂津職㆒。後依㆓丙寅歳正月廿七日格㆒、更遷㆓甲斐国㆒。自㆑爾以来、年序既久。伏奉㆓去天平勝宝九歳四月四日勅㆒偁、其高麗・百済・新羅人等、遠慕㆓聖化㆒、来㆓附我俗㆒、情㆓願改姓㆒、悉聴㆓許之㆒。而己等先祖、未㆑改㆓蕃姓㆒。伏請蒙㆓改姓㆒者」として、日本風の賜姓を受けている。ここで「丙寅歳」というのは天智五年（丙寅）で、書紀同年是冬条の「以㆓百済男女二千余人㆒、居㆓于東国㆒。凡不㆑択㆓緇素㆒、起㆓癸亥年㆒、至㆓于三歳㆒、並賜㆓官食㆒」の記事と合う。止弥若虫等の祖は、白村江の戦のあった癸亥年（六六三）に日本に亡命し、三年間摂津で官食を受けた後、丙寅歳(六六六)に甲斐に移されたことが分かる。彼等が甲斐国のどの郡に属したのかは不詳だが、山梨郡の要部・古尓・鞠部・解礼らも、同様の亡命百済人の子孫であったのではないかと思われる。なお、書紀持統五年五月乙丑条にも百済の敬須徳那利が甲斐国に移されている(関晃「甲斐の帰化人」『著作集』三)。

二四 **玉井**(四三七頁注一一) 甲斐国山梨郡玉井郷を居地とすることによる改姓であろう(考證)。玉井郷は和名抄東急本に「多万乃井」と訓み、現在の山梨県塩山市北東部竹森付近(旧玉宮村)とする説(甲斐国志等)が従来の通説だが、東八代郡石和町平井・一宮町坪井とする説など諸説がある(『角川日本地名大辞典』)。特に一宮町坪井の大原遺跡から「玉井郷長」と記す九世紀前半の墨書土器が出土し、近辺の遺跡でも「玉井」と記す墨書土器が発見されており、この周辺がもっとも有力と考えられるにいたった(『山梨県の地名』)。

二五 **大井**(四三七頁注一三) 甲斐国巨麻郡大井郷(和名抄「於保井」。現在の山梨県中巨摩郡甲西町)とする説(考證)もあるが、山梨郡にも三代実録貞観五年十二月九日条に見える式内社大井俣神社(現山梨市北の窪八幡神社)があり、山梨郡内の地名か(『角川日本地名大辞典』)。

二六 **参議の職封半減**(四四一頁注一二) 禄令10には太政大臣から大納言までの職封を載せるが、参議の職封については定めていない。のち参議も職封支給の対象となったが、その始まりは未詳。補任によれば、大同二年四月に参議を停め観察使を置いた時、「所レ食封邑各二百戸」とする。禄令10は注に「致仕者、減半」としており、天平宝字八年九月丙午条で致仕した前大納言文室浄三に対して特に職分雑物を全給したことから、一般に半減措置が行われたとみられるが、参議の職封についてはここではじめて半減が永例とされた。これまでは給されなかった可能性がある。

二七 **富田郡**(四四一頁注二一) 黒川郡と色麻郡の間の東側(現宮城県黒川郡大衡村付近)に位置したと推定される郡。多賀城跡から「富田郡」「富田」と記した文字瓦が出土している。延暦十六年正月庚子には富田郡人丸子部佐美が大伴安積連と賜姓されているが、同十八年三月辛亥に色麻郡に併合された(後紀)。

二八 **色麻郡**(四四一頁注二二) 天平九年四月戊午条に色麻柵(㈢補12-七)が見える。和名抄では相模・安蘇・色麻(「之加万」)・余戸(高山寺本なし)の四郷。現在の宮城県加美郡色麻町と中新田町の一部。延暦十八年三月辛亥に富田郡を併合(後紀)。嘉祥元年五月辛未に少領陸奥臣千継らが阿倍陸奥臣の姓を得ている(続後紀)。中世以降、加美郡に入った。

二九 **黒川郡以北十郡**(四四一頁注二五) 天平十四年正月己巳条に「黒川郡以北十一郡」とあり(㈢補14-九。「十一」は「一十」の誤りとする説がある)、これらのいわゆる黒川郡以北十郡(奥十郡)は天平十四年までには成立していた(熊谷公男は神亀元年頃一斉成立とする)。宝亀元年四月癸巳朔条に「黒川・賀美等十一郡」、三代格大同五年二月廿三日官符にも「黒川以北奥郡」と見えるなど、現在の宮城県北部にあたるこれら十郡は、蝦夷の地に近い緊張下にある郡として特別に扱われている。陸奥・出羽の諸郡は、㈠一般の令制郡、㈡蝦夷と境を接した「近夷郡」(三代格弘仁五年三月廿九日官符所引の天平七年五月廿一日格)、㈢服属蝦夷からなる蝦夷郡の三類型に分けられ(熊谷公男「近夷郡と城柵支配」『東北学院大学論集』歴史学・地理学二一号)、これら十郡はその㈡近夷郡に当たる。

三〇 **巨勢朝臣野足**(四四七頁注二三) 本条(延暦八年十月己丑条)の翌々日陸奥鎮守副将軍となり、延暦十年七月には征夷副使に任じ(続紀)、東北で活躍した。同二十三年正月中衛少将と見え、以後左衛士督・左兵衛督と武官を歴任する(後紀)。大同二年十月の伊予親王謀反事件では親王第を囲んだ(紀略)。嵯峨に親任され弘仁元年三月には初代蔵人頭になり(職事補任)、同年九月薬子の変で活躍、左近衛中将から参議に任じた。翌二年六月従三位に昇り、同三年正月右近衛大将のまま中納言となる。同六年正月陸奥出羽按察使を兼ねるが(後紀)、翌七年十二月乙巳中納言正三位で年六十八で没した(紀略)。補任弘仁七年条の巨勢野足の尻付に彼の伝についての後紀の逸文が引かれ、それには「為レ人好二鷹犬一」の批評が見られる。本条の叙位は次の辛卯条の鎮守副将軍任命とかかわるか。許(巨)勢朝臣→㈠補2-一八。

三一 **摂津職の勘過機能の停止**(四四九頁注五) 職員令68には大夫の職掌として「津済・過所・上下公使」と見え、摂津職の勘過機能はこれに基づくと思われる。延暦八年十一月になって公私の使に対する摂津職の勘過機能を停止したことの背景は、次のように考えられよう。まず、八世紀中頃から、淀川の土砂運搬機能によって河口部の難波堀江において土砂堆積による河床の上昇という状況がもたらされたことがある。延暦四年正月庚戌に「堀二摂津国神下・梓江・鯵生野一、通二于三国川一」と、淀川と三国川(神崎川)を直結する新たな水路を開削したのもその対策であったが(補38―三五)、これによって船が難波を経ずに瀬戸内から直接淀川に入ることになり、摂津職の勘過機能は大きく後退せざるを得なくなったと思われる。のちの主税寮式諸国運漕功賃条には、難波を通らずに淀津まで直送する運漕のあり方が見られるのである。次に、過所を勘検するという摂津職の関としての機能の停止も、すでに延暦八年七月甲寅に公私の往来を妨げないために三関が停廃されたという施策と結び付く。また、長岡遷都にともなって難波宮の殿舎を解体して長岡宮に移築し、平城京と難波京の両都制を廃して長岡京が営まれたことも、摂津の重要性の後退をもたらしたと思われる。延暦十二年三月丁亥には、摂津職はついに国に改められるのである(紀略)。のち、延暦十五年十一月廿一日太政官符(三代格)によれば、大宰府は、管下の豊前国草野津、豊後国国埼津・坂門津の姧徒らがほしいままに物資を京へ運送し、過所があってもそれを勘検する豊前門司を経ずに発してしまい、ことごとく難波に集まっているという状況を訴え、それに対して摂津国司による過所の勘検を行うように要求している。しかしこの時も、もはや摂津国の勘過機能の復活は見られなかった(『新修大阪市史』一)。

三二　**美嚢郡**(四四九頁注六)　播磨国東部の内陸側に位置する郡。播磨国風土記にも美嚢郡とあり、志深・吉川・枚野・高野などの里が見える。天平宝字六年にかかる造東大寺司解案には「美芸郡横川郷」とあり(古一五―二五七頁)、稗田遺跡(奈良県大和郡山市)出土木簡には「幡麻国□(耳か)企郡」と記す(『木簡研究』三号)。和名抄では「美奈木」と訓んで、志深・高野・平野・吉川のほか夷浮郷(高山寺本なし)を掲げる。古く明石・賀古・印南諸郡とともに明石国造の「国」に属したといわれるが、顕宗・仁賢天皇が一時避難した地と伝える「明石郡縮見(しじみ)屯倉」(清寧紀)は美嚢郡の志深(しじみ)にあたるから、ヤマト王権の勢力がいち早く浸透したことが考えられる。本条(延暦八年十二月乙亥条)で大領が韓鍛首であったことが知られる。中世には三木郡ともされたが、今は「みのう」と訓む。現在の兵庫県三木市・美嚢郡吉川町と神戸市北区の一部に当たる。

三三　**水児船瀬**(四四九頁注八)　加古川(播磨国風土記では印南川)河口付近(現兵庫県加古川市)の港か。「船瀬」は船の泊まる所で、港。応神紀十三年九月条に見える「播磨鹿子水門(かこのみなと)」(水手を鹿子(かこ)と訓む起源を説いている)や、播磨国風土記賀古郡条の「印南之大津江」も同所と考えられる。美嚢郡は加古川上流の支流美嚢川流域にあり、この「水児船瀬」は美嚢川・加古川の河川交通と瀬戸内海交通をつなぐ要衝の地に当たる。下文延暦十年十一月壬戌条にも水児船瀬への献稲記事が見える。なお、天応元年正月庚辰条にも播磨国人が造船瀬所に稲を献じている。

三四　**和氏**(四五三頁注四)　百済国王武寧王の子純陁太子(聖明王)の後裔と伝える渡来系氏族。ウヂ名は大和国城下郡大和郷(現奈良県天理市)の地名によるか。カバネは史から延暦二年四月に和史国守らが朝臣を賜わり、さらに桓武生母の新笠は宝亀年間に高野朝臣となった。姓氏録では和朝臣を左京諸蕃に収める。

三五　**大枝朝臣**(四五三頁注六)　ウヂ名は山城国乙訓郡大江郷(現京都市西京区大枝沓掛町付近)にちなむ。姓氏録では右京神別に収める。もと土師氏で、延暦九年十二月に桓武が外祖母土師宿禰真妹らに大枝朝臣の姓を賜わったことにはじまる。土師氏には四腹ある中で、真妹らの毛受腹は大枝朝臣となり、他の三腹は秋篠朝臣・菅原朝臣となった。のち大江朝臣と改める。↓補36―五三。

三六　**武寧王**(四五三頁注七)　三国史記百済本紀に「諱斯摩。牟大王之第二子也。身長八尺、眉目如レ画。仁慈寛厚、民心帰附。牟大在位二十三年薨、即位」とある。韓国忠清南道公州の宋山里古墳群中に武寧王陵があり、発掘調査により出土した買地券の銘「寧東大将軍百済斯摩王、年六十二歳、癸卯年(五二三)五月丙戌朔七日壬辰崩、到乙巳年(五二五)八月癸酉朔十二日甲申、安登冠大墓、立志如左」によって、五二三年に六十二歳で没したことが知られた。書紀では、雄略紀五年六月条に蓋鹵王の子で日本への途次に生まれて嶋君と名づけられたこと、武烈紀四年是歳条の引く百済新撰に末多王が暴虐なため国人が武寧王を立てたとするなどの記事が見え、継体紀十七年(五二三)五月条で「百済王武寧薨」とある。

三七 **都慕王**(四五三頁注二〇)　百済王祖で夫余を建国したと伝承される王。延暦九年七月辛巳条の百済王仁貞らの上表にも「百済大祖都慕大王者、日神降レ霊、奄二扶餘一而開レ国、天帝授レ籙、惣二諸韓一而併レ王」とする。

なお、夫余建国の祖は、東明(後漢書夫余伝)、朱蒙(魏志高句麗伝)、鄒牟(三国史記百済本紀)とも表記される。

三八 **藤原浜成左遷の理由**(四五五頁注五)　光仁朝にはかなり早い昇叙を重ねた参議従三位兼侍従藤原浜成は、桓武が即位すると天応元年四月に大宰帥に任じられ、六月には員外帥に左降されて傔仗も三人に限られる。この時の勅には「所レ歴之職、善政無レ聞。今受二委方牧一、寄在レ宣レ風。若不二懲粛一、何得二後効一」とある。さらに翌延暦元年には、娘の法壱が嫁していた氷上川継の謀反事件によって、参議・侍従を解かれた。氷上川継謀反事件以前の浜成左遷の理由としては、掲げられた「善政無レ聞」や「所在無レ績、吏民患レ之」(薨伝)だけでなく、川継謀反事件対策を先取りした面があるほか、背景として、浜成が桓武(山部親王)の立太子に賛成しなかったという経緯も推測される。水鏡に見える伝承では、浜成は山部親王を推す藤原百川に対し婢母でない稗田親王を推したが、押し切られて色を失ったという(佐藤信「藤原浜成とその時代」『歌経標式注釈と研究』)。

三九 **民部省に大丞加置**(四五五頁注六)　民部省大丞は職員令21では定員一人。三代格に本条(延暦九年二月壬辰〔二十五日〕条)と同日付の民部・主計及越前・肥後二国増二官員一事という太政官謹奏を収めており、職員令21・22の集解にも同官奏を引いている。それによれば、民部省・主計寮の増員理由は「計二納雑物一、勘二勾用度一、諸司之中、尤是忩劇」とある。

四〇 **越前・肥後二国に掾加置**(四五五頁注八)　三代格に収める本条(延暦九年二月壬辰〔二十五日〕条)と同日付の太政官謹奏によれば、越前・肥後二国の増員理由は「元来殷盛、勾察事多、准二於余国一、官員猶少」とある。

なお越前は、国司として天平二年度越前国正税帳(古一-四三九頁)に守・介・掾・大少目、天平勝宝六年の検米使解(古四-二九頁)に長官・介・員外介・掾・大目、天平勝宝七歳の雑物収納帳(古四-七八頁)に長官・次官・員外介・掾・大少目、さらに天平宝字三年東大寺開田越前国足羽郡糞置村地図奥書(古四-三九三頁)に守・介・員外介・掾・大少目が見え、国司官員は国の等級でいう上国の官制に当たっていた。そして宝亀五年三月の員外国司の停廃(丁巳条)の後、同六年三月乙未条で少目二員が置かれていた。また肥後は、宝亀元年十月甲寅条に守・介・員外介・掾が見え、やはり上国の官制に当たっていた。

越前・肥後の両国とも、本条によって掾一人から大掾・少掾の体制となり、大国の官制になったといえる(山田英雄「国の等級について」『日本古代史攷』)。のち、この両国は民部省式で大国の等級とあり、職員令70で大掾・少掾各一人が置かれることになっている。大掾・少掾の職掌は「糺二判国内一、審二署文案一、勾二稽失一、察二非違一」(職員令70)。

四一 **延暦九年三月壬戌条で国司に任官した人々**(四六一頁注一六-二〇)

大伴宿禰弟麻呂　→八五頁注一六。皇后宮亮任官は延暦七年二月。前官左中弁(延暦七年二月丙午条)からの遷。河内守の前任者は大伴蓑麻呂(延暦七年二月甲申条)。

麻田連真浄　→四一五三頁注二〇。前官は主税助兼大学博士(延暦七年二月丙午条)。伊勢介の前任者は本年三月丙午(九日)任の藤原今川。

息長真人浄継　息長連清健と同一人か。→四八五頁注二一。前官は雅楽助(延暦八年十二月丙申条)。尾張介の前任者は井上牛養か(延暦五年正月乙卯条)。

田中朝臣清人　浄人とも。→四一五頁注七。前官は伊勢介(延暦八年四月丙戌条)。下総介の前任者は文屋大原(延暦五年八月甲子条)。

文室真人八嶋　→補35-二。前官は弾正弼(延暦八年十二月丙申条)。伯耆守の前任者は本条で右少弁に遷任した藤原真鷲(延暦五年正月乙卯条)。

四二 **延暦九年閏三月丁丑条で皇后藤原乙牟漏葬送の山作司に任命された人々**(四六三頁注二五-三三)

藤原朝臣小黒麿　少黒麻呂とも。房前の孫、鳥養の男。→四補25-九二。この時大納言(延暦九年二月甲午条)。前年十二月丙申条の高野新笠の葬送諸司任命の時は中納言で山作司。

壱志濃王　→四補28-四。前年十二月条では参議治部卿で山作司。

大庭王　→補39―一一。前年十二月条では散位で山作司。

藤原朝臣菅継　→〔四〕補32―五三。この時右京大夫兼陰陽頭（延暦九年三月壬戌条）。前年十二月条では右京大夫で御葬司。

文室真人高嶋　→〔三〕四二一頁注一三。

文室真人八多麻呂　波多麻呂とも。→〔三〕補20―一七。この時雅楽頭兼参河介（延暦九年三月丙午条）。

藤原朝臣真友　是公の男。→補36―七。この時中務大輔か（延暦七年二月丙午条）。前年十二月条では散位で山作司。

文室真人八嶋　→補35―二。この時伯耆守（延暦九年三月壬戌条）。前年十二月条では弾正弼で山作司。

藤原朝臣真鷲　魚名の男。→補36―六〇。この時右少弁（延暦九年三月壬戌条）。

四三　**延暦九年閏三月丁丑条で皇后藤原乙牟漏葬送の養民司に任命された人々**（四六三頁注三五・三六）

多治比真人賀智　→三五七頁注二四。前年十二月丙申条で高野新笠の葬送諸司任命の時は信濃介で養民司。

林連浦海　→三三七頁注二。前年十二月条では安芸介で養民司。

四四　**延暦九年閏三月丁丑条で皇后藤原乙牟漏葬送の作路司に任命された人々**（四六三頁注三八・三九）

巨勢朝臣嶋人　→補38―六〇。この時山背守（延暦九年三月丙午条）。前年十二月丙申条で高野新笠の葬送諸司任命の時は左衛士佐で作路司。

丹比宿禰真浄　→四七頁注二。前年十二月条では丹波介で作路司。

四五　**賀美能親王**（四六五頁注三八）　神野親王とも。後の嵯峨天皇。桓武第二皇子で、母は皇后藤原乙牟漏。平城天皇の同母弟。延暦五年九月に長岡宮に生れた。幼にして聡明で好んで書を読み、長ずるに及んでは博く経史を読み、よく文を綴り、草隷の書にすぐれ巧みであったという（紀略嵯峨即位前紀）。同十八年二月に元服（後紀）、同二十二年正月に三品を授けられ（紀略嵯峨即位前紀）、大同元年五月には弾正尹となり、ついで平城即位とともに皇太弟となった（後紀）。同四年四月に平城の譲位を受けて即位。翌年平城太上天皇との間に確執を生じて「二所朝廷」の状況となるが、九月に「薬子の変」を鎮圧して権威を確立した（後紀・紀略）。変に際し蔵人頭に側近を用いて後の官制に影響を与えたほか、格式や新撰姓氏録を編纂させ、文人を登用し、詩宴を開いて漢詩集を撰進させ、宮廷の年中行事を整えるなどして、政治改革につとめた。また、弘仁六年七月に橘嘉智子を皇后とした（後紀壬午条）。同十四年四月には皇太弟大伴親王（淳和天皇）に譲位して太上天皇となり、冷然院に住んだ。さらに淳和の譲位（天長十年）により嵯峨皇子の正良親王（仁明天皇）が即位すると、平安京西郊の嵯峨院に移った。仁明の皇太子恒貞親王は淳和皇后となった嵯峨皇女正子内親王の所生であるなど、天皇・太上天皇時代を通して家父長的権威を朝廷に保ち、政治的安定と弘仁文化の興隆をもたらしたが、承和九年七月に嵯峨院で五十七歳で没すると、その直後に承和の変が起こり（続後紀）、藤原北家の藤原良房や基経が外戚化を達成して政権を掌握するとともに、他氏族を排斥する事件が相次ぐことになった。

四六　**高志内親王**（四六五頁注三九）　桓武の第二皇女で、平城・嵯峨天皇の同母妹。三品。異母兄の大伴親王（淳和天皇）の妃となり、恒世親王、氏子・有子・貞子内親王らを産んだが、大同四年五月に二十一歳で没し、一品を贈られ、弘仁十四年六月淳和即位後、皇后を追贈された（紀略）。墓所は山城国乙訓郡の「石作陵」（諸陵寮式）。

四七　**遠田公押人**（四六七頁注一六）　本条（延暦九年五月庚午条）で遠田公から遠田臣と賜姓され、翌延暦十年二月には外正八位下から外従五位下へと破格の昇叙を受けている（続紀）。本条に見える勲位も前年（延暦八年）の征東戦などでの軍功によるものか。本条の賜姓も、前年の敗戦を受けた新たな征東戦準備策の一環として位置づけられる。

遠田君（公）は征東政策に協力してきた遠田郡の在地豪族で、遠田郡の郡領氏族。遠田君→〔二〕三一五頁注一二。なお、弘仁三年九月戊午・同六年三月丁酉にも田夷の姓を逃れたいとして遠田公から遠田連の賜姓を受けた例が知られる（後紀）。

四八　**紀直五百友**（四六七頁注二三）　紀伊国造系図には、広国の男として見える。また国造次第（紀俊行蔵）には「第卅」として「広国男。広国者建嶋男」と見える（薗田香融「岩橋千塚と紀国造」『日本古代の貴族と地方豪族』）。

なお、外従八位上は郡大領の初任の位階(選叙令13)でもある。

紀直は名草郡を本拠とする在地豪族で、嫡系は日前・国懸両神社の神主であり紀伊国造でもあった。紀直→㈡補9-九五。

四九 **神今食**(四六九頁注三) 六月・十二月の月次祭の夜、平安宮ならば中和院の神嘉殿に神を迎えて天皇が酒食をともにする年中行事の祭事。本条(延暦九年六月戊申条)から、長岡宮以前には内裏内で行われたことが知られる。本朝月令に引く高橋氏文に霊亀二年十二月の例を記し、公事根源は同年六月を起源とする。延喜式(四時祭式等)、儀式、西宮記などに次第が見える。

五〇 **貴須王**(四六九頁注一四) 近仇首王。百済王(在位三七五-三八四)。近肖古王の子。高句麗故国原王の侵入を退け、反撃して同王を敗死させた(三国史記)。神功紀四十九年三月条には、肖古王と王子貴須(欽明紀二年四月条では「貴首王」)が荒田別ら日本の将軍と会したこと、同紀の五十六年条に王子貴須が王に立ち、六十四年条で貴須王が没したことを記している。姓氏録右京諸蕃には、菅野朝臣・雁高宿禰・広津連らの祖を「貴首王」とし、都慕王の十世孫とする。また御船宿禰・船連・蕃良朝臣・葛井連が貴須より出たとする(三代実録貞観五年八月九日条・同六年八月十七日条)。また石上神宮蔵七支刀の銘に見える「百済王世子寄生」(村山正雄編『石上神宮七支刀銘大図録』)は貴須王の可能性がある。下文延暦十年四月戊戌条の文最弟らの言上中の「久素王」もこの貴須王のこと。

五一 **近肖古王**(四六九頁注二一) 貴須王(近仇首王)の父。三国史記百済本紀では在位三四六—三七五年。晋書簡文帝紀咸安二年条に余句とする。神功紀では肖古王とあり(四十六・四十九・五十五年条)、五十五年条に没したことが見える。応神記は照古王と記し、姓氏録左京諸蕃は近速王とする。

五二 **荒田別**(四六九頁注二六) 神功紀四十九年三月条に、将軍として朝鮮半島に渡り、新羅を攻めるとともに百済王と会ったと伝える。また応神紀十五年八月条にはやはり上毛野君の祖と見え、百済に使して翌年書(文)首らの祖王仁を連れ帰ったという。なお、延暦九年七月辛巳条の辰孫王の記事は、この王仁の伝承を仮冒したもの(四六九頁注二五)。姓氏録には豊城入彦命四世孫で、止美連・広来津公・田辺史・佐自努公・大野朝臣・伊気ら多く河内を本貫とした史系の諸氏の祖とされる。

五三 **辰孫王**(四六九頁注二七) 応神紀などには見えず、荒田別とともに来日したのは王仁と伝える(応神紀十六年二月条)。本条(延暦九年七月辛巳条)の辰孫王伝承はこの王仁伝承にならって作文したものか。なお下文延暦十年四月戊戌条にも文最弟らの上言に「百済久素王時、聖朝遣レ使、徴二召文人一。久素王即以二狗孫王仁一貢焉」と見える。

五四 **王辰爾**(四七一頁注八) 欽明紀十四年七月条で、船の賦の数を録した功から王辰爾は船長とされ、船史(のち船連)の姓を賜わっている。敏達紀元年五月条では、高句麗からの表文を辰爾のみが読解でき、天皇に賞されて近侍を命じられている。船首王後墓誌には「船氏中祖王智仁首」と見え(寧遺九六四頁)、姓氏録右京諸蕃の船連条にも「大阿郎王三世孫智仁君之後也」と伝える。

五五 **高津内親王**(四七三頁注九) 桓武の第十二皇女。母は坂上苅田麻呂女の全(又)子。延暦十二年二月に奉献し、時に外親として雲飛浄永・坂上広人が授位された(類聚国史、天皇遊宴)。同二十年十一月に笄を加えられ、大同四年六月には無品から三品を授けられて嵯峨天皇妃に迎えられた(紀略)。嵯峨の第一女業子内親王(後紀弘仁六年六月癸亥条)・第二子業良親王(三代実録貞観十年正月十一日条)を生んだが、故あって廃せられ、承和八年四月に三品のまま没した(続後紀丁巳条)。

五六 **善謝**(四七五頁注六) 延暦二十三年五月の卒伝によれば、美濃国不破郡出身で、俗姓不破勝。はじめ理教について法相を学び、三学(戒・定・慧)・六宗に通じたという。延暦五年(本条〔延暦九年九月辛未条〕と異なる)桓武に抜擢されて律師となったが、栄華を好まず職を辞して閑居し、年八十一で梵福山中に没し、極楽に往生したという。時に伝灯大法師位(後紀同月辛卯条)。延暦二十二年正月丁丑には大法師と見え、度者三人を賜わっている(類聚国史、度者)。日本往生極楽記にも伝を載せる。また興福寺本僧綱補任にも延暦五年に律師と見える。

五七 **等定**(四七五頁注七) 河内人とも伝え(七大寺年表)、東大寺実忠の弟子として修学(要録、興福寺本僧綱補任、三国仏法伝通縁起)、神護景雲二年には河内西琳寺の大鎮僧であった(西琳寺縁起)。また桓武天皇の師として密接な関係を伝え(三国仏法伝通縁起、本朝高僧伝)、早良親王の師とも伝える(要録)。その後は延暦二年に東大寺別当(要録・興福寺本僧綱補任)、同九年律師(本条〔延暦九年九月辛未条〕。興福寺本僧綱補任は延暦三年とする)、同十二年少僧都と進んだ(興福寺本僧綱補任)。翌十三年三月戊寅には、少僧都伝灯大法師位として豊前国八幡・筑前国宗形・肥後国阿蘇の三神社に遣わされて読経した(類聚国史、八幡大神)。同十六年正月には伝灯大法師位で、大僧都となった(後紀辛丑条)。同十八年十二月、八十の老齢により大僧都辞任を桓武に言上しようやく許されたが、梵釈寺の事は時に検校せよとされた(後紀庚寅条)。同二十年七月戊子以前には没したが、この日故大僧都伝灯大法師位として特に度者三人を賜わっている(類聚国史、度者)。没年は延暦十九年(七大寺年表、三国仏法伝通縁起)また同十八年(興福寺本僧綱補任)とも伝える(佐久間竜『日本古代僧伝の研究』)。

五八　**物部連**(四八一頁注七)　古来、物部(㊂補9-一〇一)を率いて朝廷の軍事・裁判を担った伝統的な有力伴造氏族。饒速日命を祖とする(姓氏録左京神別石上朝臣、天孫本紀)。六世紀には大連として麁鹿火や尾輿が活躍し、大伴氏を失脚させ権勢を誇ったが、仏教受容をめぐる対立などから大連守屋が蘇我氏に倒されて勢力を失う。「八十物部」と呼ばれるように多くの同族を抱えており、物部依羅連など複姓を名乗る氏族も多いが、主流は天武十三年八色の姓の朝臣を賜わり、のち石上朝臣となった。天孫本紀に、物部氏が主張する石上神宮祭祀権との関係や系譜伝承を伝える。

五九　**菅原宿禰真仲**(四八三頁注一九)　本条(延暦九年十二月壬辰朔条)で大枝朝臣(補40-三五)と賜姓された後、延暦十六年正月庚子に従五位下で能登守に任じられた(後紀)。菅原氏系図に秋篠安人の弟。菅原姓はもと土師宿禰であり(天応元年六月壬子条)、本条の賜姓は桓武外祖母の土師宿禰真妹との関係に基づく。菅原宿禰→補36-五三。

六〇　**土師宿禰菅麿**(四八三頁注二〇)　本条(延暦九年十二月壬辰朔条)で大枝朝臣(補40-三五)と賜姓された後、大同元年正月癸巳に従五位下で遠江守に任じられた(後紀)。本条の賜姓は桓武外祖母の土師宿禰真妹との関係に基づく。土師宿禰→㊀補1-四四。

六一　**葛江我孫馬養**(四八三頁注二八)　他に見えず。ウヂ名の葛江は播磨国明石郡の葛江(布知衣)郷(和名抄。現兵庫県明石市藤江)の地名によるか。のち元慶八年二月、同姓の散位正七位下葛江我孫良津が従五位下になっており(三代実録同月廿三日条)、仁和二年正月には散位従五位下葛江我孫良伴が伊予介となっている(同正月十六日条)。葛江我孫は、ここでは播磨国明石郡大領の姓であり、同地の地方豪族である。

六二　**土師宿禰諸士**(四八五頁注一〇)　他に見えず。大枝朝臣と賜姓されたのは、高野新笠の母土師真妹が属した毛受腹の土師氏の一員であったからであろう。名の「諸士」が「諸上」ならば(狩谷校本に「一作上」とある)、延暦十五年七月に大枝・菅原・秋篠ら同族とともに正六位上大枝朝臣諸上が河内国人から右京に貫付されている(後紀同月戊申条)。土師宿禰→㊀補1-四四。

六三　**豌豆瘡の流行**(四八五頁注一五)　豌豆瘡(天然痘)は、天平七年是歳条にも流行が見え、同九年にも再発している(㊁補12-一七)。また天平宝字七年八月辛未朔条にも疾疫のことが見えるが、この年は四月に壱伎嶋、五月に伊賀国、六月に摂津・山背二国で疫すと見え、西から東に疫が広がった様子が知られる。京・畿内での豌豆瘡の流行は、この年の京・畿内の飢饉(九月丙子条)の原因・結果でもあったであろう。

六四　**佐伯宿禰岡上**(四八七頁注一〇)　本年七月に上野介になる。佐伯宿禰→㊀二七頁注一三。

紀朝臣乙佐美(四八七頁注一一)　本年三月に散位助になる。紀朝臣→㊀補1-三一。

路真人豊長(四八七頁注一二)　豊永とも。本年二月に左京亮になる(続紀)。延暦十八年二月の和気清麻呂薨伝に、道鏡の即位を図った神託事件の際、道鏡の師として豊永が清麻呂に対し道鏡が即位しても臣従する気のないことを語ったという(後紀)。路真人→㊀一九頁注六。

藤原朝臣最乙麻呂(四八七頁注一三)　延暦十五年十月、従五位下で内兵庫正に任じた(後紀)。藤原朝臣→㊀補1-二九。

藤原朝臣道継(四八七頁注一四)　大納言藤原小黒麻呂の第二子(類聚国史、薨卒四位)。大監物・右大舎人助を経て、弘仁元年九月従五位上で左兵

衛佐に任じ、同二年六月正五位下に昇り、同三年正月辛未下野守となった(後紀)。同四年正月従四位下に昇り(後紀。類聚国史、職官では弘仁五年正月乙卯とする)、同六年正月に大舎人頭となって七月に右京大夫に転じた(後紀)。同十三年二月、散位従四位下・年六十七で没したが、卒伝によれば「才能不レ聞、武芸小得、好二酒及鷹一、老而弥篤」という(類聚国史、薨卒四位)。藤原朝臣→(一)補1-二九。

大神朝臣仲江麿(四八七頁注一五)　延暦十年正月己丑(二十八日)に画工正、同年七月癸亥に内兵庫正となる(続紀)。同十六年正月に、従五位下で美濃介に任じた(後紀)。大神朝臣→(一)補2-六七(神麻加牟陀君児首)。

布勢朝臣田上(四八七頁注一六)　布施朝臣とも。延暦十年正月癸未に因幡介となる。布勢朝臣→(一)五三頁注四。

平群朝臣嗣人(四八七頁注一七)　他に見えず。平群朝臣→(一)補3-八三。

大伴宿禰是成(四八七頁注一八)　延暦十四年四月戊戌朔に、衛門佐として信濃国に遣わされて介を射た犯人を捕えたと見える(類聚国史、配流)。同十八年二月己丑には従五位上兵部大輔兼中衛少将春宮亮として淡路国に遣わされて崇道天皇の霊に幣帛を捧げ、同年九月辛亥には近衛少将従五位上と見え、下野守を兼ねた(後紀)。同十九年七月己未にも近衛少将で、淡路国の崇道天皇山陵への鎮謝に遣わされている(紀略)。大伴宿禰→(一)補1-九八。

六五　**延暦十年正月戊辰条で正六位上から外従五位下に叙位された人々**(四八七頁注一九-二三)

畝火宿禰清永　延暦十二年二月壬子に高津内親王(補40-五五)が桓武に奉献した時、同内親王の外親として外従五位下雲飛浄永と見え、坂上広人とともに従五位下に叙されている(類聚国史、天皇遊宴)。桓武の第十二皇女で嵯峨天皇妃ともなった高津内親王の母は坂上苅田麻呂の女全子であり(続後紀承和八年四月丁巳条)、畝火宿禰は坂上大宿禰と同祖とある(姓氏録右京諸蕃)。

畝火宿禰は坂上大宿禰と同祖で、都賀直(紀の東漢直掬に当たる)三世孫大父直の後裔と伝える(姓氏録右京諸蕃)、渡来系氏族。大和国高市郡の畝傍山(現奈良県橿原市)周辺が居地か。

安都宿禰長人　本年正月己丑に主税助、七月に右京亮となる。安都(阿刀)宿禰→(一)補4-一二。

佐婆部首牛養　讃岐国寒川郡岡田村に居住する人で、本年(延暦十年)十二月丙申にも言上して岡田臣の姓を賜わり、また大学博士となっている。佐婆部首の祖は紀田鳥宿禰で、その孫、米多臣は仁徳朝に周防から讃岐に移り佐婆部首となったと伝える。佐婆部首は、瀬戸内の交通にかかわる佐婆部を管掌する豪族。「佐婆」は周防国佐波郡佐波郷(和名抄)。現在の山口県防府市東佐波令・西佐波令付近)の地名によるであろう。佐波郡→(四)七五頁注二四。

伊与部連家守　延暦十九年十月庚辰に外従五位下で没したと見える(紀略)。卒伝によれば、宝亀六年遣唐使に従い、五経大義や切韻説文字体を習って、帰国後、直講さらに助教となった。大臣の奏により「公羊穀梁三伝」(三伝は春秋の左氏伝・公羊伝・穀梁伝)を講義したほか、諸説あった文宣王(孔子)享座(釈奠の祭儀の際の孔子らの座)について経義及び唐の行説を録して進めたという。子の真貞(天長五年に善道朝臣と改姓)の卒伝(続後紀承和十二年二月丁酉条)には故伊賀守従五位下と見えており、紀略と位階が異なる。伊与(余)部連→(一)補1-一三五。

清道造岡麿　本年(延暦十年)十二月丙申にも清道連の姓を賜わっている。清道造は、姓氏録右京諸蕃に清道連を載せ、百済国人恩率納比旦止の後とする。延暦十年十二月に外従五位下の清道造岡麻呂らが清道連の姓を賜わった。

六六　**朝野宿禰**(四八七頁注三四)　本条(延暦十年正月己巳条)のように、もと葛城氏の一枝族忍海原連。朝野は大和国葛城地方の忍海郡(現奈良県北葛城郡新庄町南部)付近の地名か。なお、弘仁三年六月辛丑にも、大和国人故正六位上忍海原連鷹取が朝野宿禰の姓を追賜されている(後紀)。承和二年二月庚辰にも大和国人正六位上忍海原連嶋依らが朝野宿禰の姓を受けており、その時も「葛城襲津彦之後也」と見える。同九年十二月癸酉、参議従三位朝野宿禰鹿取の一家一九人に姓朝臣が与えられたが、この時も「国牽(孝元)天皇三世孫武内宿禰第六男葛木襲津彦之後也」とする(続後紀)。その後も斎衡二年八月丁酉には忍海上連浄永が朝野宿禰に改姓している

（文徳実録）。

六七　**津連巨都雄**（四八九頁注一八）　延暦九年七月の津真道らの菅野朝臣改姓に入らず、ここ（延暦十年正月癸酉条）で葛井道依らとともに改姓を願っている。中科宿禰となった後、延暦十六年正月の甲午に外従五位下に叙し、同庚子には大外記外従五位下として常陸少掾を兼ねた（後紀）。同年二月己巳には外従五位下行大外記兼常陸少掾と見え、菅野真道・秋篠安人とともに続日本紀の撰上に与かって、従五位下に叙された（後紀）。

六八　**中科宿禰**（四八九頁注一九）　姓氏録右京諸蕃に菅野朝臣と同祖で塩君の孫宇志の後とある。もと津史・津連で、葛井・船・津の三姓は同祖関係にある。中科は河内国における津連巨都雄居地の地名か。のち承和元年十二月乙未に、中科宿禰直門らが菅野朝臣と改姓されたが、「津連之別姓也」としている（続後紀）。津史→[二]一一九頁注一一。

六九　**賀美能宿禰**（四八九頁注二一）　賀美能のウヂ名は、乳母として仕えた賀美能親王による。しかし、文徳実録嘉祥三年五月壬午条によれば「（嵯峨）天皇誕生。有㆓乳母姓神野㆒。先朝之制、毎㆓皇子生㆒以㆓乳母姓㆒、為㆓之名㆒焉。故以㆓神野㆒為㆓天皇諱㆒」とあり、逆に乳母の姓によって神野親王の名がついたことになる。後宮職員令17によれば親王の乳母は三人とあるから、あるいはこの両記事は矛盾しないかもしれない。また、賀美能は神野とも書かれるので、伊予国神野郡（[三]二五一頁注四）出身の乳母氏族が存在したとも考えられる。

七〇　**延暦十年以後の征夷戦の経過**（四八九頁注二八）　征夷戦のこの後の動きは、延暦十年（本年）七月に大伴弟麻呂を大使として征東（夷）使が構成され（壬申条）、十月（壬子条）・十一月（己未条）にも軍備・軍糧の準備が進められた（続紀）。紀略によれば、延暦十一年閏十一月に一度大使大伴弟麻呂が辞見するが（己酉条）、翌十二年二月になって征東使は征夷使と改称し（丙寅条）、副使坂上田村麻呂が辞見している（庚午条）。同十三年正月征夷大将軍大伴弟麻呂に節刀が下され（乙亥朔条）、六月には副将軍坂上田村麻呂以下が蝦夷を征ったと記される（甲寅条）。同年十月、平安遷都と時を合わせて征夷大将軍弟麻呂が戦勝の旨を奏し（丁卯条）、翌十四年正月凱旋する（戊戌条）。この延暦十三年征夷戦にあたっては、延暦八年の敗戦を受けて、征軍一〇万・軍監一六人・軍曹五八人というかつてない大規模な軍事編成が組まれたことが後紀によって知られる（弘仁二年五月壬子条）。

七一　**延暦十年正月癸未条で任官した人々**（四八九頁注二九―三二・四九一頁注一一―一二）

賀茂朝臣大川　→[四]補25―八七。前官は神祇大副（延暦八年五月己巳条）。伊賀守の前任者は甘南備継成（延暦六年二月庚申条）。

賀茂朝臣人麿　→[四]補31―九三。斎宮頭任官は延暦四年七月。伊勢守の前任者は本条で美濃守に転ずる藤原今川（延暦九年七月戊子条）。

藤原朝臣縵麿　→三五三頁注三二。前官相模介（延暦七年二月甲申条）から守への昇任。相模守の前任者は紀真人（延暦七年二月甲申条）。

吉備朝臣与智麿　→四五五頁注一二。相模介の前任者は本条で守に転ずる藤原縵麻呂（延暦七年二月甲申条）。

池原公綱主　→補38―六一。近衛将監任官は延暦四年十月。常陸大掾には前官下総大掾（延暦八年二月丁丑条）からの遷。常陸大掾の前任者は物部多芸国足（延暦九年三月壬戌条）。

藤原朝臣今川　→補39―一三。前官は伊勢守（延暦九年七月戊子条）。

百済王俊哲　→[四]補33―四三。下野守の前任者は安倍弟当（延暦八年九月辛亥条）。

文室真人大原　→補38―三三。前官は治部少輔（延暦九年七月戊子条）。本年二月辛亥で陸奥介のまま鎮守副将軍を兼ねる。陸奥介の前任者は藤原葛野麻呂（延暦六年二月庚辰条）。

安倍朝臣人成　→補40―二。前官は春宮大進（延暦九年三月壬戌条）。

藤原朝臣清主　→三五七頁注二六。丹波介の前任者は丹比真浄（延暦八年十二月丙申条）。

布施朝臣田上　布勢朝臣とも。→補40―六四。

藤原朝臣岡継　→四一七頁注二九。前官は大判事（延暦九年三月壬戌条）。伯耆介の前任者は丹比稲長（延暦六年二月庚申条）。

岡田王　→三七七頁注二四。前官は主殿頭（延暦七年三月己巳条）。備中守の前任者は紀安提（延暦六年二月庚申条）。

大中臣朝臣弟成　→四一五頁注五。前官は少納言（延暦八年三月戊午条）。

豊前守の前任者は阿倍草麻呂か(延暦五年十月甲子条)。

藤原朝臣園人　→補35-四六。前官は大宰少弐(延暦八年三月戊午条)。豊後守の前任者は紀千世か(延暦四年七月己亥条)。

七二　**藤原朝臣緒継**(四九三頁注四)　藤原式家の百川の男。父百川が光仁即位、桓武の立太子に尽力した関係から桓武に重用された。延暦七年春に殿上に召されて元服し、正六位上・内舎人となり、父百川が桓武に献じた剣を返賜された(続後紀承和十年七月庚戌条)。同十年二月十八歳で従五位下に昇り、四月侍従に任じられて(続紀)、のち中衛少将・内厩頭・衛門佐・衛門督・右衛士督などを歴任、同二十一年には「微二緒嗣之父一、予豈得レ践二帝位一乎」という桓武の詔とともに若くして参議に任じられた(続後紀承和十年七月庚戌条)。同二十四年十二月には桓武面前で菅野真道と徳政論争を行い、軍事(征夷)と造作(造都)の中止を建言して容れられた(後紀)。大同元年山陰道観察使となり、同三年には東山道観察使兼陸奥出羽按察使に遷った。弘仁元年九月右兵衛督となり、右衛士督など武官を経て、同五年八月宮内卿に任じられた(後紀)。同八年十月中納言、同九年六月正三位(紀略)、同十二年大納言と進み(補任)、天長二年四月には右大臣に昇り、さらに同九年十一月左大臣に転じた(紀略)。弘仁以降しばしば辞表を呈したが、三代の天皇はこれを許さなかったという。続後紀薨伝によれば、政術に暁達し、「国之利害、知無レ不レ奏」という一方、一説に固執する偏執な所が批判されたという。承和十年七月庚戌、致仕左大臣正二位として七十歳で没し、従一位を贈られた。なお緒継は、新撰姓氏録・日本後紀の編纂に関わった。

七三　**延暦十年二月十二日太政官符**(四九三頁注一七)　本条の勅より詳しい内容のものが、日付が一日相違するが、延暦十年二月十二日太政官符として三代格に載る。

　応レ造二倉庫一事

右被二右大臣宣一偁、奉レ勅、如レ聞、諸国倉庫犬牙相接、縦一倉失レ火者、百庫共被二焚焼一。於レ事商量、理不レ合レ然。今欲レ改二旧倉一、恐労二百姓一。自レ今以後、新造二倉庫一、各相去必須二十丈已上一。地有二寛狭一、随レ便議置。但旧倉者、修理之日、亦宜二改造一。

諸国正倉の焼亡対策としては、これより前の延暦二年九月十九日官符で防火のため郡ごとに土屋を建てることを命じ、ついで同五年八月七日官符でもさらにそれを督励したが、同九年七月二十三日官符により土倉造りを停止したことが知られる(貞観交替式)。本条(延暦十年二月癸卯条)では、新たに倉庫を建てる時は延焼防止のために倉庫間で最低十丈(三〇メートル)の空間をとるよう命じている。のち延暦十四年閏七月十五日官符では、郡ごとに一か所であった郡家の郡倉とは別に郷ごとに正倉院を分置して新たな租税を収納するよう定め、続く同年九月十七日官符によって、近接する場合は数郷の中央に一院を設けることと改めている(三代格)。この両官符の場合も、本条の延焼防止空間の規定が求められている。

七四　**五位以上薨卒時の位田収公猶予**(四九三頁注一九)　位田は五位以上に対して位階に応じ正一位八〇町から従五位八町まで差等をつけて班給された(田令4)が、令制では官人が没したり解免された時は直ちに位田を収公することになっていた(同8)。神亀三年二月庚戌朔、五位以上薨卒の後六年間は位田を収公しないとの制が出され、のち宝亀九年四月甲申勅で、薨卒後位田を収公しないのは一年までと改められた。しかし、実際には子が無い場合は当年のうちに収公していたようで、延暦十年二月辛亥になって、子の有無にかかわらず薨卒後一年間は位田を収公しないことと定めたのである。

七五　**刪定律令廿四条**(四九五頁注三)　養老律令の内容を修正した律令条文二四条からなる法典。吉備真備・大和長岡らの編で神護景雲三年にできた(後紀弘仁三年五月癸未条、類聚国史、律令格式)が、二二年後の延暦十年三月ようやく施行された(丙寅条)。しかし、「刪定令条」は訴訟頻繁となり不便だとして弘仁三年五月には再び用いられなくなった(上引後紀、類聚国史)。集解の引く穴記・跡記が引用・言及する「刪定令」「刪定」は、この刪定律令または延暦十六年六月施行の刪定令格にあたると考えられる(滝川政次郎『律令の研究』)。

七六　**延暦十年の国忌の整理**(四九五頁注二四)　大宝二年十二月に天智・天武の国忌([一]補2-一六一)が定められて以降、国忌の例は時代とともに増加し、延暦十年には一六例(天智・天武・持統・文武・元明・元正・聖武・称徳〔孝謙〕・光仁・岡宮天皇〔草壁皇子、文武父〕・藤原宮子〔聖武母〕・光明皇后・田原天皇〔施基皇子、光仁父〕・紀橡姫〔光仁母〕・高野新笠〔桓武母〕・藤原乙牟漏〔桓武皇后〕)にも及んだ。そこで本条(延暦十年三月癸未条)の太政官奏によって、中国の天子七廟の礼制にならい親世の尽きた国忌を整理することにした。残った国忌は、桓武父母の光仁・高野新笠、皇后の藤原乙牟漏、祖父母の施基皇子・紀橡姫、曾祖父の天智と、聖武の七つで、他は廃されたと推測している(中村一郎「国忌の廃置について」『書陵部紀要』二)。こうした国忌整理の背景には、皇統が天武系から天智系に移って、光仁にはじまる新皇統を権威づけようとする桓武の意向があろう。

七七　**豊城入彦命**(四九七頁注七)　崇神紀に、豊城命は崇神皇子で東国を治めたとし、「是上毛野君・下毛野君之始祖也」とある(四十八年正月条)。崇神記にも崇神皇子の豊木入日子命と記し、「上毛野・下毛野君等之祖也」とある。なお、姓氏録左京皇別に、住吉朝臣は「上毛野同祖。豊城入彦命五世孫、多奇波世君之後也」とあり、池原朝臣も同様「住吉同氏。多奇波世君之後也」とある。

七八　**住吉朝臣**(四九七頁注一〇)　姓氏録左京皇別に「上毛野同祖。豊城入彦命五世孫、多奇波世君之後也」とあり、上毛野朝臣と同祖関係の枝族。また池原朝臣も「住吉同氏」と見える(同)。居地によるウヂ名の住吉は、摂津国住吉郡(現大阪市住吉区・東住吉区一帯)の地とする説(林陸朗『完訳注釈 続日本紀』・直木孝次郎他訳注『続日本紀』)のほか、類聚符宣抄承和七年四月十一日池原安房請暇状に老母が上野国に住むとあることから上野国の地名とする説(栗田寛『新撰姓氏録考証』)、常陸国茨城郡の地名とする説(佐伯有義校訂『続日本紀』頭注)がある。

七九　**東文直**(四九七頁注一四)　東漢(倭漢)氏系の文直(書直)氏。応神朝に来朝した後漢霊帝の曾孫阿知使主の後裔と伝える、文筆で朝廷に仕えた渡来系の伴造氏族。義解は東西文部に「謂、東漢文直、西漢文首也」とする(神祇令18)。カバネは天武十二年九月に連、同十四年六月に忌寸となり、延暦四年六月に坂上苅田麻呂らの上表により宿禰となった。

八〇　**西文首**(四九七頁注一五)　文筆で朝廷に仕えた渡来系の伴造氏族で、河内国古市郡(現在の大阪府羽曳野市)を本拠とした。もと漢高帝の後裔が百済に渡り、さらに百済から渡来した王仁の子孫と称し、姓氏録左京諸蕃は「文宿禰、出レ自二漢高皇帝之後鸞王一也」とする。東漢氏系の文直と同じく、カバネは天武十二年九月に連、同十四年六月に忌寸となったが、文直系の文忌寸が延暦四年に宿禰となったのに対し、西文(書)首系の文忌寸は忌寸にとどまっていた。本条(延暦十年四月戊戌条)で一部が文宿禰となった。

八一　**駿河郡**(四九九頁注八)　駿河国東部の郡。西に富士山・愛鷹山、東に箱根連山があり、黄瀬川が南流して南の駿河湾にそそぐ。和名抄の訓は「須流加」で、所載の郷は柏原・矢集・子松・古家・玉作・横走・駿河・山崎・宍人(高山寺本)・永倉・宇良の一一郷。相模との国境の足柄峠にむかって東海道が通り、長倉・横走に駅家が置かれた(兵部省式)。藤原宮木簡に「駿河評」が見える(『藤原宮木簡』一-一二一号、『藤原宮』一〇一頁)。郡域は現在の静岡県駿東郡・御殿場市・裾野市・沼津市にあたる。

八二　**延暦十一年の班田収授**(五〇一頁注一二)　本条(延暦十年五月戊子条)では、翌延暦十一年の班田収授の前提となる校田に際して、かつての田図・田籍を用いて土地関係の乱れを改めようとした。それに続けて八月には畿内班田使が任じられている(続紀癸巳条)。同十一年十月庚戌勅には「班二京畿百姓田一者、男分依レ令給レ之。以二其余一給レ女。其奴婢者、不レ在二給限一」と京畿班田の基準が示され、閏十一月壬辰には班田の際の「畿内百姓、奸詐多端」を責める勅が出されている。そして翌十二年七月辛卯勅では、平安京中に入ることになった葛野郡百姓の区分田を改給するといった補正措置がとられるに至っている(類聚国史、口分田)。延暦十年八月以後の班田関連記事は畿内を中心としたものとなっているが、本条は全国が対象とされている。

八三　**延暦十年七月癸亥条で任官した人々**(五〇三頁注一〇-一二)

藤原朝臣葛野麿　小黒麻呂の長子。→補38-三三。前官は陸奥介(延暦六年二月庚辰条)。少納言の前任者は上文六月甲午に越中守に遷任した石浦王か(延暦六年二月癸亥条)。

紀朝臣真人　→補36-六。前官は征東副使(延暦七年三月己巳条)。中務少輔の前任者は本条で甲斐守に遷任した橘安麻呂(延暦八年二月癸未条)。

石淵王　→一七一頁注六。前官は若狭守(延暦六年二月庚申条)。大監物の前任者は本条で右大舎人助に遷任した藤原道継(延暦十年三月辛巳条)。

当麻王　→[四]補25-七三。備前守任官は延暦七年二月。左大舎人頭の前任者は本条で右大舎人頭に遷任した篠嶋王(延暦十年三月辛巳条)。

篠嶋王　→[四]一四九頁注一六。前官は左大舎人頭(延暦十年三月辛巳条)。右大舎人頭の前任者は本条で陰陽頭に遷任した藤原刷雄(延暦九年七月戊子条)。

藤原朝臣道継　→補40-六四。前官は大監物(延暦十年三月辛巳条)。右大舎人助の前任者は本条で右兵庫頭に遷任した安倍名継(延暦五年正月己未条)。

藤原朝臣刷雄　→[三]一一九頁注七。前官は右大舎人頭(延暦九年七月戊子条)。陰陽頭の前任者は本年五月己卯に没した藤原菅継(延暦九年三月壬戌条)。

佐伯宿禰真守　今毛人の兄。→[四]補25-八五。前官は造東大寺長官か(延暦四年正月辛亥条)。大蔵卿の前任者は本年五月癸亥または前年(延暦九年)五月戊辰に没した石川豊人。

石川朝臣真守　→[四]補27-二六。右大弁任官は延暦九年七月。右京大夫の前任者は本年五月己卯に没した藤原菅継。

浅井王　→補36-三九。丹波守任官は延暦七年二月。主馬頭の前任者は同十年六月甲午条で但馬介に遷任した文室真屋麻呂(延暦八年八月辛巳条)。主馬頭は主馬寮長官。→補36-四六。

安倍朝臣名継　阿倍朝臣とも。→三五七頁注二二。前官は右大舎人助(延暦五年正月己未条)。右兵庫頭の前任者は為奈豊人(延暦八年三月戊午条)。

大神朝臣仲江麿　→補40-六四。前官は画工正(延暦十年正月己丑条)。内兵庫正の前任者は山上王か(延暦六年五月戊申条)。

橘朝臣安麻呂　→補39-一一。前官は中務少輔(延暦八年二月癸未条)。甲斐守の前任者は大伴王(延暦八年三月戊午条)。

〔八四〕　**藤津王**(五〇三頁注三一)　本条(延暦十年七月己卯条)で登美真人賜姓。延暦十八年二月に従五位下で左大舎人助に任じ、八月少納言となる。弘仁元年九月越前介となり、十月には従五位上に昇る。翌二年治部大輔・兵部大輔を歴任、同五年十二月越中守となった(後紀)。光定撰の伝述一心戒文、下に載せる天長元年六月二十二日太政官符(三代格天長二年二月八日付太政官符にも引く)に前越中守従五位上登美真人藤津解が引かれている。貞観二年十月廿五日法隆寺牒(類聚国史、諸宗階業)も登美真人藤津解を引いており、法隆寺の檀越的立場がうかがえる。子に登美真人直名がおり、その卒伝に「従五位下藤津之子也」(文徳実録仁寿三年六月己巳条)とある(位階は不審)。

〔八五〕　**正月王の子に登美真人賜姓を請う表**(五〇五頁注一)　正月王は神護景雲三年正月戊戌条で無位から従五位下に叙されており、選叙令35によれば諸王の子にあたる。皇親・王号の範囲については継嗣令1に「自二親王一五世、雖レ得二王名一、不レ在二皇親之限一」とあり、ここではそうした範囲とかかわって正月王が六世以降の子らへの賜姓を願ったのであろう。なおここで賜姓された登美真人は用明天皇皇子来目王を祖としている(姓氏録左京皇別)。この時代に六世以下の王が問題化したことは、後紀に「制。延暦十一年七月三日格、六世已下王、情願レ改レ姓者、注二所レ願之姓一、先申レ官待レ報。然後改レ之。不レ得二輙行一者。頃年之間、未レ有二申請一、既違二格旨一。自今以後、除二承嫡一之外、猶不レ改者、宜下抑二止計帳一、不上レ得二疏漏一」(延暦二十三年正月己亥条)と見えることにもうかがえる。

〔八六〕　**登美真人**(五〇五頁注四)　姓氏録左京皇別に「出レ自二諡用明皇子来目王一也」とあり、聖徳太子弟の来目王を祖とする。登美真人藤津が用明天皇を祖と称したことは、光定撰の伝述一心戒文、下が引く天長元年六月二十二日太政官符中にも「得二前越中守従五位上登義(美か)真人藤津解一称、件四天王寺、法隆寺、元是聖徳太子所レ建焉。太子者藤津之先、用明天皇第三子也」と見える(ただし三代格天長二年二月八日付太政官符には「太子者」以下部分を欠く)。登美のウヂ名は、大和国添下郡の登美郷(和銅七年十一月戊子条。和名抄は鳥貝〔見の誤りか〕郷とする。現在の奈良市中町・三碓町付近)の地名によるとする説(佐伯有清『新撰姓氏録の研究』考証篇一、林陸朗『完訳注釈 続日本紀』など）、また登美真人藤津と法隆寺との関係（三代格天長二年二月八日付太政官符）から大和国平群郡斑鳩の止美（富〔法王帝説〕）によるとする説（直木孝次郎他訳注『続日本紀』）があるが、富雄川沿いでいずれも同じ地である。

〔七〕 **鷹戸**（五〇五頁注一三）　令制の主鷹司（放鷹司）に属する品部（職員令29）。職員令29集解古記に「鷹養戸、十七戸。倭・河内・津。右経レ年毎レ丁役。為二品部一、免二調役一」とある。同令釈所引の別記にも鷹養戸一七戸が見える（㊂補8-八六）。養老五年七月に廃止されたが、神亀三年八月に一〇戸が復置された。天平宝字八年十月の放鷹司廃止で再び廃されたと思われ、その後復活したものをここでまた停止したのであろう。ただし桓武はしばしば鷹狩りを行っており、鷹飼技術者の掌握制度を変えたものと思われる。

〔八〕 **延暦十年八月の伊勢神宮焼亡**（五〇七頁注一）　延暦十年八月辛卯条の伊勢神宮の焼亡については、兵範記仁安四年正月十二日条に引く延暦十年十二月廿六日太政官符が、次のように再建を命じている。

太政官符伊勢国并太神宮司
　造太神宮司伍人
　　長官従五位下行鍛冶正広上王
　　次官散位従五位上桑原公足床
　　判官散位従六位上中原（大中臣か）朝臣弟枚
　　主典散位正六位上秦忌寸束成
　　　散位従六位上忌部宿禰比良麻呂
　　木工長上正六位上尾張連淡海
　応レ造物肆種
　　正殿一宇　　財殿二宇
　　御門三間　　瑞垣一重
　右、得二神祇官解一偁、大神宮司解偁、以二去八月三日夜子時一、件神宮焼損、仍申上者。今被レ仰二左（右か）大臣宣一偁、奉レ勅、遣二件人等一、早速令レ造者、国宜承知、差二発神戸一、早令二営造一。其功食用度並用二神税一。縁下彼造二神宮一事上、聴二使処分一。農作役臨、不レ得二怠緩一。符到奉行。

ここでは、八月三日夜子時に焼亡した神宮建物四種が続紀本条と一致している。そして十二月になって再建のための造太神宮司が派遣されたことが知られる。

また、太神宮諸雑事記一には以下のように詳しい関連記事を伝える。

延暦十年辛未八月五日夜子時、太神宮御正殿、東西宝殿、并重々御垣御門、及外院殿舎等、併掃レ地焼亡須。爰御正体、并左右相殿御体、同以従二猛火之中一、飛出御天、御前乃黒山頂、放二光明一天懸御世利。錦綾色々御装束、幣物乃辛櫃八合、調絹千四百疋、同糸四百六十絇、太刀六百九十腰、弓箭桙楯、御鏡、種々神宝物等、千万併焼亡畢。仍宮司且急造二仮殿一奉レ鎮二御体一、且注二具由一、言二上於神祇官一。随則上奏。仍以二同月十三日一、被レ差二下勅使神祇少副一人、左少史等一也。勘二記焼亡之根元、并神宝物等之色目一上奏。仍以二同十三日一、被レ下二官符於伊賀伊勢美濃尾張参河国等一、以二当年正税官物一、如レ本奉レ始二正殿一天、内外殿舎等、被レ令二造進一天、以二八月十四日一天、其由令二祈申一給布。勅使、参議左大弁正四位上行左近衛中将春宮大夫大和守紀朝臣古佐美、中臣祭主参議神祇伯従四位下兼行左兵衛督式部大輔近江守大中臣朝臣諸魚、忌部外従五位下行神祇少副斎部宿禰人上、卜部長上従八位上直宿禰宗守等於差使。令レ祈二申非常御焼亡之由一給倍利。被レ差二下造宮大工外従五位下物部建麿、少工三百人等一也。同年九月二日、官符、推問使、祭主諸魚卿、左大史船木宿禰一麿、右少史良峯朝臣佐比雄等到来。任二宣旨一、推二問宮司、禰宜、度会郡司等一、言上畢。件御焼亡之発和、以二彼夜子時一、数多盗人、参二入於東宝殿一、盗二賜御調糸等一也。而件盗人之炬、落二遺於殿内一天、所二出来一也。

この記事には、焼亡を八月五日とする点や官職などに続紀と一致しない部分があり、また御正体が炎火から飛び出したという説話化した内容も含んでいる。太神宮司側の記録によったものであろうか。焼亡の様子に関する記載は詳しく、独自の内容も記している。他に見えない記事としては、この時の焼亡が正殿・東西宝殿・重々垣・門だけでなく外院殿舎等にまで及び、地を掃って焼亡したこと、八月十三日に勅使神祇少副らが下り「焼亡根元并神宝物等色目」を上奏したこと、同十四日に非常焼亡の由を祈る勅使参議紀古佐美らにつづけて造宮大工物部建麻呂や少工三百人等が派遣されたこと、そして九月二日官符を引いて、推問使大中臣諸魚らが宮司・禰宜・度会郡司らを推問して、焼亡の原因が東宝殿に侵入した盗人らの炬火にあったことが判明したこと、などが挙げられる。しかし、続紀は焼損を「瑞籬一重」までと記しており、焼亡が「重々御垣御門及外院殿舎等」にまで及ぶ地を掃う規模だったとは思われないなど、この記事には慎重な検討が必要である。

八九　**伊勢神宮の殿舎の配置**(五〇七頁注二)　現在の伊勢皇太神宮(内宮)の中枢部の建築は、中央に正殿があり、その東北に東宝殿、西北に西宝殿があって、それらを取り囲むように内側から順に瑞垣・内玉垣・外玉垣・板垣が巡っている。そしてこれらの垣にはそれぞれ南北に門が開く(図参照)。この様子は、奈良時代内宮の正殿以下の飾金物について記した正倉院文書(古二五―三六八・三七一頁)に見える正殿・美豆垣御門・間垣御門・玉櫛御門・外御門・北御門・財殿二宇・相殿などの建物の記載や、皇太神宮儀式帳(延暦二十三年勘録)に見える正殿・宝殿二宇・瑞垣一重・宿衛屋四間・御門十一間(於葺御門三間・於不葺御門八間)・玉垣三重などのあり方と似ており、基本的に構造を踏襲したものと考えられている(福山敏男『伊勢神宮の建築と歴史』)。延暦十年の伊勢神宮焼亡と再建→補40―九〇。

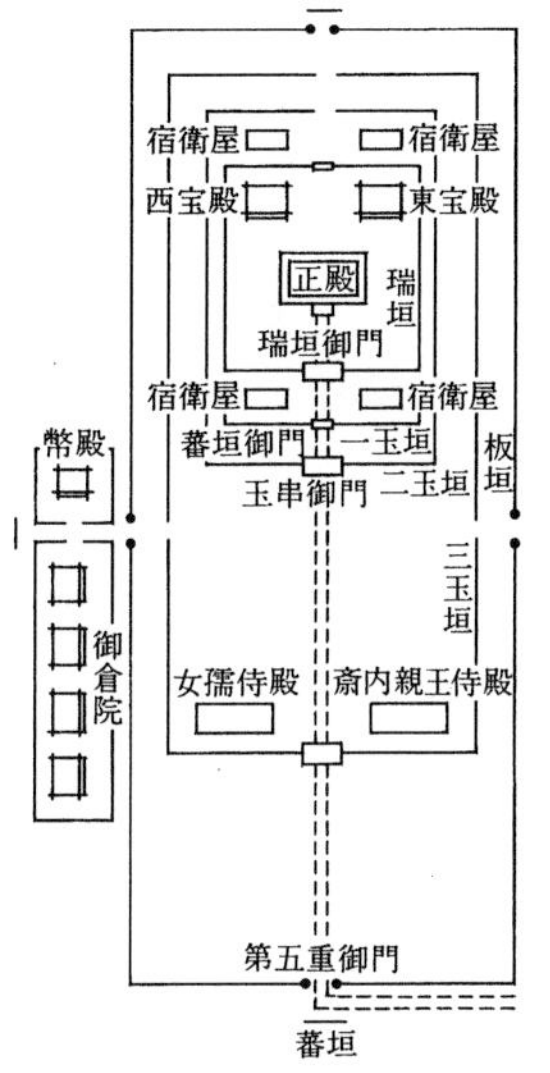

伊勢神宮の殿舎配置復元図
(福山敏男『伊勢神宮の建築と歴史』による)

九〇　**延暦十年の伊勢神宮焼亡と再建**(五〇七頁注九)　延暦十年八月に焼亡し、再建が命じられた伊勢神宮の建築は、続紀と兵範記仁安四年正月十二日条所引延暦十年十二月廿六日太政官符(補40―八八)によれば、正殿一宇・財殿二宇・御門三間・瑞垣一重の四種であった。続紀では本条(延暦十年八月壬寅条)に、火災を謝する奉幣使の記事に続けて「又遣レ使修二造之一」とするが、上記太政官符に見えるように、十二月になって長官従五位下行鍛冶正広上王以下の造太神宮司が派遣されたらしい。また具体的な再建の体制は、中央から派遣された長官広上王以下の造太神宮司の中に、木工長上の尾張淡海がおり、労働力としては神戸を差発し、その功食・用度には神税が用いられている。太神宮諸雑事記が八月十四日の奉幣使につづけて「被レ差二下造宮大工外従五位下物部建麻呂、少工三百人等一也」とするのは、応急措置にあたるのか如何か。類聚国史、伊勢太神宮には延暦十一年三月戊寅に「造二伊勢国天照太神宮一。以レ遭二失火一也」とあり、この時の再建は翌年の延暦十一年三月になって功を終えたものとみられる(福山敏男『伊勢神宮の建築と歴史』)。

九一　**平城宮宮城門の長岡宮への移築**(五〇七頁注一八)　北陸・山陰・山陽・南海諸道の畿内近くの国に宛てられており、東海・東山道は対蝦夷戦の負担への配慮で除かれたのであろう。
拾芥抄によって知られる、平安宮諸門の造営負担国――越前(美福門)・丹波(偉鑒門)・但馬(藻壁門)・播磨(待賢門)・備前(陽明門)・阿波(談天門)・伊予(郁芳門)――が本条の国名とほぼ合致しており、長岡宮・平安宮の造営方式の共通性が指摘される。また両宮とも朱雀門などは中央の造営官司によったものと考えられている(小林清『長岡京の新研究』)。

九二　**「殺レ牛用レ祭二漢神一」**(五〇七頁注二〇)　三代格延暦十年九月十六日付太政官符、応下禁三制殺レ牛用二祭漢神一事に「右被二右大臣(藤原継縄)宣一偁、奉レ勅、如レ聞、諸国百姓殺レ牛用レ祭、宜下厳加二禁制一莫上レ令レ為レ然。若有二違犯一科二故殺馬牛罪一」と見え、弘仁格抄や要略七十にも載せる。「漢神」は中国の神。故殺馬牛罪は、廐庫律8逸文に「凡故殺二官私馬牛一者、徒一年」(要略七十)とする。
日本における殺牛祭神は、皇極紀元年七月戊寅条に「群臣相語之曰、随二村々祝部所教一、或殺二牛馬一、祭二諸社神一」と見えるほか、延暦期には本条(延暦十年九月甲戌条)のほか類聚国史、雑祭の延暦二十年四月己亥条に「越前国禁行□加□□屠レ牛レ祭神」とあり、霊異記(中―五)にも、聖武太上天皇の世に摂津国の一富人が漢神の崇りに対して牛を殺して祭り、悪報を得かかったという説話が見える。

中国では殺牛信仰が古くから漢書・後漢書などに見え、農耕儀礼(雨乞い)や怨霊神の祟りを祓うための民間信仰として盛んであった。日本の殺牛祭神も中国のそれを起源にすると考えられるが、とくに延暦期の殺牛祭神は、怨霊神を対象とする怨霊思想としての性格を受け継いだもので、本条でそれを禁じたことは民間の怨霊思想対策であった可能性があり、また桓武が丑年生れであった(後紀延暦廿三年八月壬子条)こともかかわるか(佐伯有清「殺牛祭神と怨霊思想」『日本古代の政治と社会』)。

九三　**皇直**(五〇七頁注二四)　「皇直」の「皇」は、底本を除く諸本が「星」としており、「星」ならば「ホシ」が後に大押「オホシ」(凡)に転じたということになる。ただし、ここは底本の「皇」字のままでも、大(オホ)きいの意(説文に「皇、大也」)をもつ皇「ワウ」から大押「オホシ」(凡)に変化したとみることができよう。なお、「皇」は凡直の祖先の名前であり、ウヂ名ではないかもしれない。

九四　**讃岐公**(五〇九頁注一一)　姓氏録右京皇別に「大足彦忍代別天皇皇子五十香彦命〈亦名神櫛別命〉之後也」とある。のち、承和三年三月には、同じ寒川郡人の讃岐公永直らに朝臣姓を賜わって右京に貫付しており(続後紀)、さらに貞観六年八月には神櫛命の後の右京の人讃岐朝臣高作らに和気朝臣の姓を賜わっている(三代実録)。

九五　**阿野郡**(五〇九頁注二一)　和名抄に訓を「綾」とし、新居・山田・羽床・甲智・鴨部・氏部・山本・林田・松山の九郷からなる。阿野郡を本居とする豪族讃岐綾君が景行紀五十一年八月条や景行記などに見える。藤原宮木簡に「綾郡」(『藤原宮木簡』一―一五四号)と見え、平城宮木簡には「綾郡」(『平城木簡概報』一〇―七頁)、「阿夜郡」(『平城木簡概報』五―八頁)、「阿野郡」(『平城宮木簡』一―三三〇号)と表記する。また、長岡京木簡にも「讃岐国阿野郡川内郷」(『長岡京木簡』一―九三号)と見える。また万葉には「安益郡」(三題詞)とある。同郡内には国府・国分寺・国分尼寺が所在。現在の香川県綾歌郡東部と坂出市。

九六　**綾公**(五〇九頁注二二)　綾公は讃岐国阿野郡を本拠とする豪族、讃岐綾君(綾君)の同族か。讃岐綾君(綾君)は景行紀五十一年八月条で、日本武尊の子武卵王(景行記も倭建命の子建貝児王)を始祖としており、天武紀十三年十一月条では、八色の姓の朝臣を賜わっている。菅麿らはこれに漏れたのであろう。続後紀嘉祥二年二月戊申条で本貫を左京六条三坊に改めた「讃岐国阿野郡人内膳掌膳外従五位下綾公姑継・主計少属従八位上綾公武主等」も、ここで綾朝臣となった綾公の同族であろう。

九七　**紀朝臣楫継**(五一一頁注二八)　梶嗣とも。延暦十年十二月丙申条で刑部少輔となる(続紀)。延暦十三年四月廿五日太政官牒では、刑部少輔従五位下として、薬を出蔵する勅使として東大寺に赴いている(東南院一―二四三頁)。同十八年六月に従五位上、弘仁二年四月に玄蕃頭、同六年正月に正五位下となった(後紀)。紀朝臣→㈠補1―三一。

校異補注

＊はじめに原文の頁を漢数字で示し、次に当該校異の番号を算用数字で掲げる。
＊校訂に使用した諸本の略号は、凡例(原文校訂について)に従った。

巻第三十四

二 4 底、字の上半分程破損しているが、「臣」と読取る。
6 底「勅」に闕字を用いる。
8 紀略「七年」の上に「丙辰」割書。
10 大「紀略作〻東、或当〻作〻車」と頭書。
11 大「楊、一本作〻陽」と頭書。印「楊」。狩「楊、一作〻陽」頭書。伴「陽」傍書。
四 1 底新、朱によって「中」を「臣」の上に移動するよう指示。
9 印「邑」に狩・伴「色」傍書。朝日本「邑」。頭書に「曾本淀本金イ本邑を色に作る」。
六 2 底、前条末に約一一字分の空白を設けて、「二月」以下を改行。
5 底の「蓋」は異体字。底新、左傍に「盆イ(「イ」は朱書)」と記す。印「盆」。狩、一に「蓋」に作るは非とする。伴「蓋」傍書。朝日本「盆」。頭書に「金本曾本淀本盆を蓋に作るは非なり」。
14 底、前条末に約七字分の空白を設けて、「三月」以下を改行。
八 3 谷原は「粟」か。印「粟」。
一〇 6 底、偏の部分を「十」の形に書す。「幡」の異体字。
一三 2 底原は「夏四月」の「夏」がなく、前条末に約一五字分の空白を設けて、「四月」以下を改行。
3 宮・印「朔」なし。狩・伴「朔」を傍補。朝日本「朔」を補う。
5 「脩」(シウ)の本義は「乾肉」だが、「修」(「おさめる」)と通用されている。
6 底原「弗」の「丿」を短く書す。これは底の本巻宝亀八年正月癸酉条の「弗」と同形。底新これに縦画一本を加筆。
7 底、右側を「日」と「一」と「勿」を合せた形に書す。
10 底新「人」の左下に「イ无」朱傍書。印「人」なし。詔「人」を補う。北川校本「人」あり。
12 印「等」。考證「等字大書」とする。朝日本「等」。北川校本「等」。
13 詔「諸本に此上に、自字あるは、衍なるべし、かの続後紀の詔にはなし、除去(ルキ)べし」とする。続後紀の詔とは、同書巻五承和三年四月丁酉条に「大臣口宣曰」として載せる本条とほぼ同文の宣命で、「本来朝使其国尓遣之」とある。印「自」あり。考證「自字衍」。朝日本、衍とする。北川校本「自」あり。
14 谷原は「止」か。印「尓」。詔「止字、諸本に尓と作るは、誤也、今はかの続後紀五の詔一本に、止とあるに依て改めつ」。北川校本「止」。
15 印「驚呂」なし。詔「物語書どもにも、おどろ〱しといへる多ければ、さも有べくおぼゆれど、諸本又かの続後紀詔どもに、さはあらざれば、本のまゝに従ひつ」。朝日本・北川校本「驚呂」あり。
20 東「域」の右側の「戈」を「戊」にしたような形に書す。
21 印「序」。
22 底「遠」の右下に小さく「ハ」と書し、その上から墨で抹消する。
24 朝日本「令」。印「令迎」を「命送」とする。
一四 3 高、二字(「共使」か)を擦消して「刀共使」と重書。

6 **印・朝日本**「下」。

7 **底**、前条末に約一九字分の空白を設けて、「五月」以下を改行。

8 **考證**「国」の下に「言」を脱するかとし、**大**も「言」を補うべきかとする。

9 **底原**「半」と「久」を合せた字形。**底新**これを朱「ヒ」で抹消し、左に「叛」傍書。

10 **谷原**は恐らく「戌」。**宮**「戌」を抹、「伐」傍書。**印**「伐」。**紀略久邇本**「戎」。

12 **底**、前条末に約一一字分の空白を設けて、「戊戌」以下を改行。日による改行は異例だが、**底**は日があらたまるごとに一―二字分の空白を設けているので、**底**の親本において、前条の終りがちょうど行末にあったことによる誤認か。

16 **底**、前条末に約七字分の空白を設けて、「六月」以下を改行。

18 **底**「播」の左側を「イ」の形に書す。この字は**底**と**東**において「幡」に使用されることがある。

一六

1・2 **底原**は甲戌条を「諸国」で終わり、その下に空白を設けて「秋七月」以下を改行する。**底新**、その空白に「奉黒毛馬丹生川上神旱也」を補入、ちょうど空白を埋める形となっている。

4 **兼**「賜」の左に墨点を打ち、右に「賻」傍書。**谷**「賻」の右側を「専」に作る。

5 **宮**「和市」に「令造」傍書。**印**「令造」。**狩・伴**「和市」傍書。**考證**、卜本・永正本「和市」であること指摘し、「造」は「船」の上にあるべきかとする。**大**の頭書も同趣。**朝日本**「令造」とし「諸本和市に作る」と頭書。

7 **底**、前条末に約二二字分の空白を設けて、「八月」以下を改行。

8 **底**、洗い消しの上に重書する。

10 **東**、巾偏に「皇」に作る。

12 **宮**「祀」に「視」傍書。**印**「視」。**狩**「祀」傍書。**朝日本**「視」。

13 **底**、前条末に約一四字分の空白を設けて、「閏八月」以下を改行。

14 **底**「庚」の左傍に抹消符「ミ」を墨書し、右傍に「唐」を書す。

15 **底原**「節」の異体の「莭」。これに加筆して「節」に改めようとし、さらに右に「節」傍書。加筆・傍書は**底原**と異筆。

一八

4 **底**の本巻では「弟」に当たる字を全て「第」に書す。「第」として校異に掲出する。

9 **底**、前条末に約六字分の空白を設けて、「九月」以下を改行。

11 **紀略久邇本**「府」なし。

15 **底**「皆」の下部を「日」(「月」に似る)に作る。「皆」に読取る。以下同じ。

16 **底**の本巻は毎月改行の書式だが、この「冬十月」は改行されていない。

17 **考證・大・朝日本**に依れば、堀本・淀本・曾我本「倶」に作る。

二〇

3 **孝證**「摂」の上に「兼」脱かとする。

4 **底**、前条末に約一字分の空白を設けて、「十一月」以下を改行。

5 **高**は「唐」と「本」の間の右に「大」を小さく傍書する。

9 **東**、上の「等」は異体字。

11 **底**、前条末に約一四字分の空白を設けて、「庚辰」以下を改行。一四頁**12**参照。

12 **印**「瞻」。

14 **底**、人偏に「孚」。

19 **底**、前条末に約一二字分の空白を設けて、「十二月」以下を改行。

22 **谷**「戌」の左に墨抹消符「ミ」を付し、右に「戌」(「ノ」のない字形)を書す。

23 **兼・谷重・東**「漵」。**底・谷原・高**「渤」。「渤」と「漵」は同字。

27 **谷**、明瞭ではないが、「許」は「計」に加筆したものと判断される。**宮**「計」を抹消、「許」傍書。**印**「許」。

三

1 **谷原**は「戌」あるいは「戍」。

7 **底新**「田」の左傍に「イ无」朱書。**印**「田」なし。**朝日本**「田」あり。

8 **印・朝日本**「丘」。

9 **底**、前条末に約八字分の空白を設けて、「八年」以下を改行。**紀略**「八年」の上に「丁巳」割書。

13 **底**の字体は一四頁**18**参照。

16 **印・朝日本**「甘」。

二四

17 **印**「備」なし。**朝日本**「備」あり。

4 「馬」以下一五字、**印**なし。

5 **底**、洗い消しの上に「布」を書す。

8 **兼**「剌」の異体字「刾」。**谷原**も同じか。**印**「刺」。「剌」と「刺」は別字だが、混用されている。

9 **大**「紀」の下「恐当レ補ニ朝字ニ」とする。

10 **印**「細」。**朝日本**「綱」。

二六

1 **底・兼・谷・東**「澂」。「渤」と「澂」は同字。

2 **底**「弗」の「丿」を短く書す。

4 二六頁**1**参照。

6 **印**「比」。

8 二六頁**2**参照。

9 **兼**「賨」(異体)の左に朱点、右傍に「實」墨書。**谷**「賨」(異体)の左方に朱点及び墨丸、右傍に「實」墨書。**閣・宮**「實」。

12 **兼原・谷原**、竹冠に「室」。**兼**、左に朱点、右傍に「竹室」墨書。**谷**、左に朱点及び墨丸、右傍に「竹室」墨書。**紀略原**「竹」なし。**紀略**「竹」を補う。**閣・宮**「竹室」。

13 **印**「律」。

14 **底**「道」の左傍に墨抹消符を付して抹消。**底新**「イ无」朱傍書。

19 **底**「位」の右傍に顚倒符、「下」の上に挿入符を付し、字の入れ換えを指示。

二八

1 「完」は「宍」(「肉」の俗字)に誤用される。**印**「完」。**狩**「完当レ作レ宍」頭書。**伴**「宍」傍書。

2 **東・高**、本来の一文字分のスペースに「主」を小さく右寄せに書す。

9 **印**「竪」。**考證**、諸本に依り「堅」に作るべしとする。「豎」(俗字「竪」)の義に「堅」を誤用して「竪部」を「堅部」と表記したもの。

三〇

1 **底**傍補の「枚」は「牧」に似るが、「枚」の異体字に読取る。**印**「枚」。**狩**「枚一作レ牧」と頭書。**伴**「牧」傍書。

2 **底**、前条末に約一五字分の空白を設けて、「二月」以下を改行。

5 **紀略久邇本**「脩」。

6 **印**「礼」。**考證**、堀本・紀略に「祀」とあること指摘。**大**、それにより改める。

7 **底**は「虎」の異体字。**兼・谷**、麻垂に「帇」。**東・高**、麻垂に「ヨ」と「巾」を合せた字形に作る。**大**は「庸」の異体字。**印・朝日本**「老」。

8 二六頁**1**参照。

11 **紀略**の「人」は意補。

14 **兼**「追」の左傍に「ミ」を付し、右に「進」傍書。

15 **底**「亠」に「ユ」と「口」を合せた「害」の異体字。「宍」の誤写であろう。**底新**、左に「完イ」(「イ」は朱書)傍書。**兼・谷・高**「完」の左に朱点あり。「完」は「宍」に誤用された。**印**「完」。**考證**「完即宍字」。

三二

1 **谷原**「留」の異体字。

4 **底新**「イ无」朱傍書。

7 **底**、前条末に約一八字分の空白を設けて、「三月」以下を改行。

8 **底**「麻」の「林」の下に「一」あり。「麿」の書きさしか。

11 **印**「直」なし。

13 **底新**、朱挿入符を付し、「筆イ」(「イ」は朱書)を傍書。

14 **底**「妭」(ハツ。美婦)に似るが、「妖」の異体字。

16 **底**「夷」の次に人偏に「孚」に作る字を書し、左傍に抹消符を付してこれを抹消。

三四

2 **底原**「夏」がないが、前条末に約一三字分の空白を設けて、「四月」以下を改行。

6・9・11 二六頁**1**参照。

13 **高**「并」の「ソ」を「ム」に作る字形。

15 **底**「詔」に闕字を用いる。

17 **底原**は異体字。**底新**それを朱「ヒ」で抹消、右に「洲」を傍書。

18 **印・朝日本・北川校本**「国」あり。

23 **北川校本**「々々」。**印・朝日本**「御世」。

26 **詔**「間牟は、闕流(カクル)を誤れるか、緩牟(タユム)かとも思へど然にはあらじ」とし、**考證・大**頭書も「闕流」かとする。

三六

2 **谷・高**「今毛」の二字にそれぞれ朱点を打ち、これを抹消。「今毛今毛」を、**印**「今毛」、**朝日本・北川校本**「今毛今毛」とする。

3 **詔**「安の下に今一つ、賜比安の三字あるは衍也」とする。**朝日本・北川校本**「比安賜」。印は兼・谷に同じ。

9 印「旨」。

10 谷擦重は「日」を「曰」に改めたものか。「曰」と「日」は文脈に従って読取ることを原則とするが、ここでは谷に擦重があるので校異を付す。底・兼「日」の如くだが、これらは「曰」と「日」の区別が明確でなく、「曰」と読取る。東・高は「曰」を「日」と区別して書き分ける傾向があり、「日」と読む。

11 底新「聴」と「節」の字間に朱丸を打ち、左に「持イ」(「イ」は朱書)を傍書。

12・13 印「科決」を「科罪次」に作る。考證「罪」は衍とし、「次」は一本により「決」に作るべしとする。

15 二六頁1参照。

16 底原「開」の略体。底新、これを朱「ヒ」で抹消し、左に「開」を傍書。

17 底新「開」と「男」の字間に朱丸を打ち、左に「国イ」(「イ」は朱書)を傍書。

18 紀略は本条の「大判官」以下を略し、「副使已下賞見二本紀一」割書。

19 東「ネ」と「艮」を合せた字。

21 印「道」。考證「卜本永正本金沢本堀本作レ通」。朝日本「道」。

23 印「皆」。朝日本「各」。

24 底、前条末に約一四字分の空白を設けて、「五月」以下を改行。

29 二六頁1参照。

三八

2 二六頁1参照。

4 底「比」を「此」のように書す。

8 狩「呂下一有二並字一」と頭書。伴「並」傍補。朝日本「並」を補う。

11–13 二六頁1参照。

15 底原「寘」に作る。「寡」の異体字。

19 印「慇懃」。

20 谷「我」の左に墨丸を付し、右に「悪」を傍書。印「悪」。

21 底「軫」の次に「博」の二箇の「丶」のない字を書し、左傍に抹消符「ヒ」を付してこれを抹消。

四〇

7 「吊」と「弔」は同字。

8 底・兼「日」の如くだが、「曰」と読取る。三六頁10参照。

9 底「玆」の下に「心」を合せた如き字を書す。

12 底原「鎮」の下に一字分よりやや狭い空白がある。これは親本の欠損により一字分空けたのではなく、本巻の例によれば次の日の条との間に設けられる空白と見るべきものである。底新、そこにつぶれた字形で「戉」を補入。印「戉」あり。

15 底新「奈」の上に朱挿入符を付し、左に「夢」を傍書するもこれを擦消し、右に「葬」を傍補する。

17 底、前条末に約一九字分の空白を設けて、「六月」以下を改行。

四三

11 底、前条末に約三字分の空白を設けて、「秋七月」以下を改行。

12 底「六」(重書あり)は小さく右寄せに書かれる。

14 底「禾」と「酋」(異体)を合せた字。印「猶」。

15 底・兼「日」の如くだが、「曰」と読取る。三六頁10参照。印「日」。考證「日曰字之譌」。朝日本「曰」。

19 底、前条末に約一六字分の空白を設けて、「八月」以下を改行。

20 大「司、恐当下拠二上文正月癸亥条一作上子」と頭書。

四四

1 高傍は異体字。

2 底「臣」の左に、底新「イ无」朱傍書。

5 諸本、「疎」の譌字「踈」を書す。

7 兼・谷原・東・高「誣」の右側を「一」と「从」と「工」(あるいは「ユ」)に作る異体字。

9 考證「八疑当レ作レ九」。大頭書「八歳、恐当レ作二九歳一」。

11 底、前条末に約九字分の空白を設けて、「九月」以下を改行。

13 兼「幷」を小さく右寄せに書く。

四六

1 谷・東・高「侍」と「准」の字間に丸印を付し、右に「准尚蔵典侍イ」を傍書。

2 兼等「典侍」二字の左にそれぞれ丸印を付し、右に兼は「イ无」、谷・東・高は「イ無」傍書。

3 底「比」を「此」のように書す。

10 底「劾」の右側を「刃」に作る。「劾」の異体字。**谷原**は「初」か。
11 底「詔」に闕字を用いる。
12 **谷**、重複する「討」のうち、初めの「討」の左に墨丸印を付す。

四八
1 底「政」の右側を「久」に作る。
2 **印**「年六十二」なし。**狩**「年六十三」傍補。**伴**「年六十二」傍補し、さらに「或本六十一、イ六十三」傍書。**考證**、堀本に依り「年六十二」四字を増すべしとし、一本「六十一」に作るとする。**大頭書**に「一本作㆓六十一㆒、谷朱イ本作㆓六十三㆒」とある。この「谷」は谷森健男旧蔵校本のこと。
3 「弔」と「吊」は同字。
4 底、前条末に約七字分の空白を設けて、「冬十月」以下を改行。
5 **兼**「ｉ」と書す。**東・高**「了」に近い字を書す。**谷原**は**兼**と同様か。**印**「正」。
6 **底新**「高」の左に「イ无」朱傍書。
8 **底**「辛」を並べた間に「歹」を挟む字形。
17 **底新**「輔」と「五」の間に朱挿入符を付し、左に「従イ」(「イ」は朱書)と傍書。

五〇
1 **底**「事」の下に挿入符を付し、右に「従」傍書。**底新**、その傍書を朱「ヒ」で抹消。
5 **谷**の重書は字形整定のためか。
8 **底**「播」の左側を「亻」に作る。これは直前にある「因幡守」の「幡」と同形。
14 **底**「十一月」の前の条はちょうど行末に半字程の空白を残して終る。

五三
3 **底**、前条末に約八字分の空白を設けて、「十二月」以下を改行。
4 **考證**「狩谷氏曰、案九年六月紀云、賜㆓陸奥出羽国司以下征戦有㆑功者二千二百六十七人爵㆒、授㆓按察使正五位下勲五等紀朝臣広純従四位下勲四等㆒云々、与㆑此相似、而同年二月紀載㆘佐伯宿禰久良麻呂為㆓春宮亮㆒、其位階仍云㆗従五位上㆒不㆑書㆓正五位下㆒、則断知、此八十七字重出衍文」。
5 **兼等**「苅」。「苅」の異体字と見なす。**底**「艾」と「刂」を合せた字。**大・印**「苅」。
6 **印**「麻呂」なし。
9 **底**「粄」。「だんご」の義だが、ここでは「叛」の異体字と見なす。
10 **谷・東**は「伏」と紛らわしいが、「伇」に「、」を付した「伇」の異体字に読取る。
13 **高**「冢」を「冖」と「豕」を合せた字形に書す。「冢」に読取る。**底新**「守」と「冖」の間に朱挿入符を付し、左に「塚イ」(「イ」は朱書)と傍書。**紀略久邇本・印**「家」。**朝日本**「冢」。

巻第三十五

五六
2 **底新**、右傍に付箋の痕跡あり。
4 **底**「勅」に闕字を用いる。
5 **紀略**「九年」の上に「戊午」割書。
6 **底原**「戊」の「ノ」のない字形。**底新**、これに「ノ」を加筆。以下、同例は少なくないが、一々注記しない。
8 **諸本・紀略久邇本**「枕」に作る。「枕」は「枕」の異体字であるが、またユウ。木の名。
9 本巻の**底**は、おおむね日の干支の上を一字空ける。
10 **底新**、右傍に付箋の痕跡あり。
13 **底**「关」に作る。異体字。この用字例は一々注記しない。
14 **兼・東・高**「開」に作る。「開」は「関」の行書体であり、また門柱の枡形の意味の別の文字でもある。**谷**は「關」。
16 **印**「従四位下」なし。

五八
1 **底新**、右傍に付箋の痕跡あり。**義**は「上」、**閣・宮・印**は「下」とする。**狩・伴**は一本により「上」を傍書。**考證**も、金沢本により「上」とすべし、とする。
2 **閣・印**「人」なし。**宮**ももとなし。挿入符を付して右傍に補う。**義**はあり。**狩・伴**、一本により「人」を補い、**考證**も、金沢本に従うべし、とする。
12 **底新**、右傍に付箋の痕跡あり。
14 **底原**は異体字。**底新**は朱で抹消して左に「孺」傍書。**底新**、右傍に付箋の痕跡あり。
17 本巻の**底**は毎月改行。ただし二月の場合は、正月の記事が前行の行末まであり、改行か否か不明。

六〇
1 底新、右傍に付箋の痕跡あり。
2 底新、右傍に付箋の痕跡あり。閣・宮・印「兼」なし。義はあり。狩・伴、一本により「兼」を補い、考證も、金沢本により補うべし、とする。
3 底原「堅」の行書体を書すが、底新は、別字と見て、あるいは字形を整えるために、朱「ヒ」で抹消して「堅」傍書。底新、右傍に付箋の痕跡あり。伴「竪」を傍書。
4 底新、右傍に付箋の痕跡あり。
6′ 閣・宮・印・義「佐」。狩は、一本「佑」に作る、とし、伴も「佑」を傍書。考證も、一本により「佑」に作るべし、とする。
8 底・東・高「未」に近い字形に作るが、「末」と読取る。
9 底「氵」に「豊」に作る。
10 底、示偏に「勺」に作るが、「礿」と読取る。谷は「物」の「牜」を擦消し、「ネ」を重書。
11 底原、示偏に「勺」に作る。「礿」と読取る。

六三
6 底原は「高」に近い字形に作る。底新は、別字と見て、あるいは字形を整えるために、朱「ヒ」で抹消して「亮」傍書。底新、右傍に付箋の痕跡あり。
7 底新、右傍に付箋の痕跡あり。
8・10 底原は「高」に近い字形に作る。底新は、別字と見て、あるいは字形を整えるために、朱「ヒ」で抹消して「亮」傍書。
13 底新、右傍に付箋の痕跡あり。閣・印「長」。宮ももと「長」。その下に挿入符を付して「官」を補う。義「官」。狩・伴、一本により「官」と改め、考證も、金沢本等により「官」とすべし、とする。
14 底新、右傍に付箋の痕跡あり。

六四
1 底新、挿入符の上に付箋の痕跡あり。
8 谷は字形整定のための重書。
12 底の「亥」は、行書体が「充」の異体字と近似するための誤写か。
15 底新、朱挿入符の上に付箋の痕跡あり。

六六
3 底「図」。「囚」の異体字。
4 谷「従」の左傍に墨圏点あり。
5 谷「苦」の左傍に墨圏点あり。
7 紀略久邇本「幣」。
8 閣・宮・印・義「大」なし。
10 谷は文字中央の朱線を擦消した後、文字を整えるために重書。
11 竹冠の下、底は「土」に「几」に作り、兼・高は「工」に「几」に作る。
12 宮・印「田」。閣・義「曲」。狩・伴は、一本により「曲」に改める。
13 底新「々」の右傍に付箋の痕跡あり。
16 高は「授」の上部の朱点を擦消した際に、旁の「受」の一部も擦消したため、「受」の部分に重書。

六八
1 底新、朱挿入符の上に付箋の痕跡あり。
3 義は「至」とし、丁卯条の記事と見なす。
4 底新「久」の右傍に付箋の痕跡あり。
7 底「天宗高紹天皇」を平出する。
12 底「刃」に作るが、「丑」の異体字。以下同じ例は多いが、一々注記しない。
13 兼・谷・高、この条に「奉幣以参議為使」の首書あり。

七〇
1 底原は異体字。底新は、別字と見て、あるいは字形を整えるために、朱「ヒ」で抹消して「孺」傍書。底新「孺」の右傍に付箋の痕跡あり。
7 底新「二」の右傍に付箋の痕跡あり。
9 底は「近」に近い字形に作るが、「匠」の異体字と読取る。
17 底原「五正」と書き、転倒符を付して「正五」と改める。

七三
1 底新の傍書および東は「嗣」の「口」の上に「一」を加えた字形に作り、兼・谷・高擦重は「副」の「刂」を「司」に置き換えた字形に作る。いずれも「嗣」の異体字。
6 底新「イ无」と朱傍書、「供」の右傍に付箋の痕跡あり。
7 底新「副」の右傍に付箋の痕跡あり。
8 底新、朱挿入符の右傍に付箋の痕跡あり。
9 閣・義「三笠姓朝臣」。宮ももと同じ。「三」の上に挿入符を付し、「姓」を「三」の上に移す指示を加える。印「姓三笠朝臣」。狩は、一本により「姓」を抹消して

「朝臣」の上に「姓」を補い、考證も、金沢本等により「姓」を「朝臣」の上に移すべし、とする。
10 谷「姓」の左傍に墨圏点あり。
11 底新「副」の右傍に付箋の痕跡あり。
19 谷原「列」の「歹」を擦消した後、左傍に墨圏点を付し、右傍に「到楊州大都督府」と墨書。
21 谷「州」の左傍に墨圏点あり。閣・義は「州」一字。宮もと「州」。その上に「揚」「大都督府」を補う。印「揚州大都督府」とする。
30 谷原は異体字。
32 兼・東・高「末」に近い字形だが、「未」と読取る。
七四 2 印・義ともに「十」あり。閣はなし。宮ももとなし。挿入符を付して「十」を補う。
5 東・高「楽」の草体に作るが、「示」と読取る。
7 底「莫」に近い字体に作るが、「英」と読取る。以下、同様の例が多いが、一々注記しない。
11 兼・谷原・東・高「艸」冠に「守」に作る。
14 底「幷」に近い字形だが、「拜」と読取る。
17 閣・宮・印は「銃」、義は「鋺」。「鋺」はエン。国字で、金属性の椀の意味。「銃」はカン。「やいば」の意味。
20 底原は異体字。底新は、別字と見て、あるいは字形を整えるために、朱「ヒ」で抹消して「州」傍書。底新「州」の右傍に付箋の痕跡あり。
22 閣・宮・印「船」なし。義にはあり。狩・伴は「船」を補い、考證も、堀杏庵本により「船」を補うべし、とする。
24 底原は異体字。底新は、別字と見て、あるいは字形を整えるために、朱「ヒ」で抹消して「州」傍書。
26 底原「曰」に近い字形に作る。角倉素庵はこれを「曰」と読み、抹消して「日」を傍書。
七六 1 閣「逢」。宮もと「逢」。「逆」を傍書。印・義「逆」。
3 東・高「竭」の旁を「易」とする字形に作る。
6 紀略久邇本「是」なし。
7 宮・印は「疫」、閣・義は「疾」。狩・伴ともに、一本により「疾」と改め、考證も、「疾」とすべし、とする。
10 諸本の「料」は異体字。底新「料」の右傍に付箋の痕跡あり。
12 大、金沢本等に拠り補う、とするが、大の底本である谷には「狩」あり。考證は「狩」は「狩」の譌体とする。
13 底「身」偏に「尤」に作るが、「耽」の異体字と見なす。
七七 3 底新「々」の右傍に付箋の痕跡あり。
9 底は異体字。底新「郵」の右傍に付箋の痕跡あり。
11 底新「人」の右傍に付箋の痕跡あり。
13 底原「迎」の下に「稱」の「禾」偏を手偏に置き換えた文字あり。
22 底「賫」に作る。「賫」は「齎」に同じ。谷は「賫」に作る。「齎」の俗字。兼・東・高は「賫」の「口」を「ソ」に作る。「齎」の俗字と見なす。大は「賚」に作る。「たまう」「ねぎらう」などの意味で、「齎」とは別字。
27 底原は異体字。底新は、別字と見て、あるいは字形を整えるために、朱「ヒ」で抹消して「州」傍書。
八〇 1 底、行末に追筆か。
6 底原、もと「人八」とし、「人」の上に挿入符を付し、転倒符により「八」を「人」の上に移す指示を加える。東・高、もと「人人」とし、下の「人」の右に「八」を傍書。
8 底「巧」の「工」を「月」に置き換えた文字に作り、兼等は「眄」の「丏」を「号」に作る。いずれも「眄」と読取る。
9 底原は「主」もしくは「土」。底新、底の墨抹消符に朱抹消符を重ねる。
13 義は、「截」に作るべきか、とする。
14 底「拋」の手偏を木偏に置き換えた文字に作るが、「拋」と読取る。兼等は「枕」に作る。「枕」の異体字。
15 底・兼・東・高、木偏に「色」に作るが、「梔」と読取る。
19 紀略久邇本「軸」に作る。
八一 1 底新、朱挿入符の上に付箋の痕跡あり。

4 底原は異体字。底新は、別字と見て、あるいは字形を整えるために、朱「ヒ」で抹消して「孺」傍書。
5 谷は、「真」の「ハ」の上に「為」を重書し、この所為により「真」を「直」に改めている。
6 底の「六」の第一画が虫損しているため、底新が「六」を傍書か。
8 兼・谷・大は旁を「冂」に「ヌ」に作り、東・高は「冂」に「又」作る。いずれも「網」の異体字。紀略久邇本「納言」の二字に作る。
11 底新「邇」の右傍に付箋の痕跡あり。
13 底「辶」に「呂」に作る。
14 底新、鼇頭に付箋の痕跡あり。
16 閣はなし。宮ももとなし。挿入符を付して「左」を補う。印・義「左」あり。
18 紀略「十年」の上に「己未」割書。
19 底「激」に作るが、「渤」に同じ。以下、この例は少なくないが、一々注記しない。
20 兼、右に寄せて小書する。

八四
3 谷「戴」の右傍に墨圏点あり。閣・義「戴」。宮・印「載」。
8 底新「下」の右傍に付箋の痕跡あり。

八六
4 底新「口」の右傍に付箋の痕跡あり。
6 谷「朝臣」の左傍に墨圏点あり。
9 底新「臣」の右傍に付箋の痕跡あり。
10 底は「派」の旁に近い字形に作る。「瓜」の異体字と見なす。底新は、別字と見て、あるいは字形を整えるために、朱「ヒ」で抹消して「瓜」傍書。底新「瓜」の右傍に付箋の痕跡あり。
12 底原は異体字。底新は、別字と見て、あるいは字形を整えるために、朱「ヒ」で抹消して「州」傍書。底新「州」の右傍に付箋の痕跡あり。
13 底原は行書体を書すが、底新はこれを別字と見て、あるいは字形を整えるために、朱「ヒ」で抹消して「土」傍書。底新「土」の右傍に付箋の痕跡あり。
15 谷の重書は字形整定のためか。

八八
6 底の字形は上文の「巨」と同じであるが、「臣」と読取る。

九〇
2 底新「従五位下」の右傍に付箋の痕跡あり。
3 底原「従外」とし、「従」の上に挿入符を付し、転倒符により「外」を上に移す指示を加える。底新も朱により同じ指示を加える。
6 底の字形は「父」に近似するが、「文」と読取る。
7 底・兼・東・高「未」に近い字形に作るが、「末」と読取る。
10 底「旗」の「其」を「兵」に作るが、「旗」と読取る。
11 紀略久邇本「宮」。

九二
1 底原は異体字。底新は、別字と見て、あるいは字形を整えるために、朱「ヒ」で抹消して「州」傍書。底新「州」の右傍に付箋の痕跡あり。
4 東・高は「廉」に作る。
5 底は「斂」の「攵」を「殳」に作るが、異体字と見なす。底新は、別字と見て、あるいは字形を整えるために、朱「ヒ」で抹消して「斂」傍書。兼等・大は「欠」に作る。いずれも「斂」の異体字と見なす。
8 底新「何」の右傍に付箋の痕跡あり。
11 底新「或」の右傍に付箋の痕跡あり。
13 東「氵」に「慈」に作る。
15 底・兼・谷・東・高擦重、いずれも異体字。高原は不明。
18 底新「夷」の右傍に付箋の痕跡あり。

九四
1 底新「国」の右傍に付箋の痕跡あり。閣・宮・印は「朝」、義は「国」とする。狩・伴は「国」を傍書し、考證は、金沢本「国」に作る、とする。
4 底「身」に「尤」に作るが、「耽」の異体字と見なす。
6 底新「又」の右傍に付箋の痕跡あり。
7 底原は異体字。底新は、別字と見て、あるいは字形を整えるために、朱「ヒ」で抹消して「旅」傍書。底新「旅(異体字)」の右傍に付箋の痕跡あり。
11 底新、墨挿入符の上に朱挿入符を重書。
14 底新「已」の右傍に付箋の痕跡あり。閣「亡」。宮ももと「亡」。「云」を傍書。印は「云」とし、「コ、ニ」と仮名を振る。義は「已」に作る。狩・伴は一本により「已」を傍書。考證は、永正本・金沢本等「已」に作る、とする。

17 底「賫」に作る。「齎」に同じ。兼等は「賫」に作る。「齎」の俗字。大は「賚」に作る。「たまう」「ねぎらう」などの意味の別字。

九六 1 底「天闕」に闕字を用いる。

4 紀略久邇本「令」。

6 底新「一」の右傍に付箋の痕跡あり。

7 底原は異体字。底新は、別字と見て、あるいは字形を整えるために、朱「ヒ」で抹消して「屯」傍書。底新「屯(異体字)」の右傍に付箋の痕跡あり。

8 紀略久邇本「閏」なし。

9 宮・印「賜」あり。閣・義にはなし。狩・伴は、一本になし、とし、考證も、卜本・永正本・金沢本等により「衍」、とする。

17 底新、挿入符の上に付箋の痕跡あり。

21 谷「類」の左右に墨抹消符各一、左傍に墨圏点あり。

九八 1 底新「齊」の右傍に付箋の痕跡あり。

3 底「天裁」に闕字を用いる。

7 東・高原は「四」と「比」の合字。閣・宮、一字分空白。印「四比」なし。義にはあり。狩・伴は一本により「四比」を補う。考證は、金沢本に「四比」あり、とする。

9 底新「籍」の右傍に付箋の痕跡あり。

13 谷、文字中央の朱線を擦消し、文字に重書。

15 底新「人」の右傍に付箋の痕跡あり。

一〇〇 2 底「参」の異体字(「彡」を「三」に作る)の「三」に縦棒二本を加えている。

5 東・高「厂」の中を「林」に作る。

6 底「職」の「耳」を「貝」に作るが、「職」の異体字と見なす。

7 義「名」あり。閣・宮・印にはなし。狩・伴は、一本により「各」「名」を傍書。考證は、堀本に「名」あり、とする。

8 底「天皇」に闕字を用いる。

10 底「開」に作る。「開」は「関」の行書体であり、また門柱の桝形の意味の別字でもある。兼等は「門」の中を「并」に作る。

15 底「暴」の「日」を「田」に作るが、「暴」と読取る。

17 兼・東・高「岸」の「干」を「丁」に作り、谷は「十」に作る。

19 底新「余」の右傍に付箋の痕跡あり。

21 底新「使」の右傍に付箋の痕跡あり。

一〇二 1 紀略久邇本「絶」。

2 底「宝」の下方に墨挿入符を付し、右傍に「龜」を補う。底新は、底原の墨挿入符の上に朱挿入符を重書し、右傍の「龜」を朱で抹消、その左に「亀」を傍書。

3 底「図」に作る。「囚」の異体字。

4 底「寘」に作る。名義抄に、この文字を「スコシ」「スクナシ」「ヤモメ」「ヒトリ」などとしており、「寡」の異体字と見なす。

6 高、文字左傍の朱線を擦消した後、文字に重書。

7 底原の「扗」は「在」の本字。

9 底の「擢」は「拳」に同じ。また「権」に通じる。

13 底「悵」に近い字形に作るが、「帳」と読取る。以下、同じ例については一々注記しない。

一〇四 7 底は「派」の旁に近い字形。「瓜」の異体字と見なす。

10 底新「侍従」の右傍に付箋の痕跡あり。

一〇六 2 紀略久邇本「供」なし。

4 底「四」と「日」の合字に作る。

5 底「章」の「日」を「田」に作るが、「章」と読取る。

8 高、文字中央の朱線を擦消した後、文字に重書。

一〇八 2 底は「弊」の「廾」を「火」に、谷擦重書は「大」に作るが、いずれも「弊」の異体字と見なす。

3 谷原「絁」の「糸」を「言」に作る。

4 兼・東・高「模」の「大」を「廾」に作る。「模」の異体字。

8 底「子」に近い字形に書す。底新は、別字と見て、あるいは字形を整えるために、朱「ヒ」で抹消して「午」傍書。

11 底原は「高」に近い字形に書す。底新は、別字と見て、あるいは字形を整えるために、朱「ヒ」で抹消して「亮」傍書。

12 底新「六」の右傍に付箋の痕跡あり。

15 底原は異体字。底新は、別字と見て、あるいは字形を整えるために、朱「ヒ」で抹消して「酬」傍書。「酬」の右傍に付箋の痕跡あり。

16 兼等「強」の「弓」を「方」に作る。

17 諸本の「貮」は、「貸」の異体字との字形が近似するための誤写か。

二〇 3 紀略久邇本「金」なし。

7 底新「奉」の右傍に付箋の痕跡あり。

9 兼・谷原・東・高「貝」偏に「召」に作る。

10 谷「寺」の「土」に重書、また竹冠を加筆。

11 底原「代」の「丶」のない字形に作る。

13 兼・東・高は「弥」の「弓」を「方」に作る。

二三 1 閣・宮・印・義「言」なし。

3 紀略久邇本「粥」。

4 紀略久邇本「表無礼宜勿令進」あり。

12 底「氵」に「盖」に作る。

18 大、金本・御本で「賜」を補う、とするが、大の底本である谷には「賜」がある。

19 底新「大」の左傍に「イ无」と朱書。

20 底新「大」の右傍に付箋の痕跡あり。

二四 7 谷「遂」の左傍に墨圏点あり。

10 閣・宮・印・義「兼」なし。

11 兼は「輔」の「丶」に重書。字形整定のための重書。

12 底原は「高」に近い字形に書す。底新は、別字と見て、あるいは字形を整えるために、朱「ヒ」で抹消して「亮」傍書。「亮」の右傍に付箋の痕跡あり。

14 底重「日」の上に「曰」を重書。底新はこれを朱で抹消し、「曰」を傍書。

15 底「寘」に作る。名義抄は、この文字を「寘」とともに「オク」と訓んでおり、「寘」は「寘」の異体字と見なす。三代格宝亀十年十一月二十九日官符・要略同日格は「置」とする。なお名義抄では、「寘」は「スコシ」「ヤモメ」「ヒトリ」などとも訓んでおり、「寘」は「寡」の異体字でもある。

二六 2 諸本の「貮」は、「貸」の異体字との字形が近似するための誤写か。

5 谷「其」の左傍に墨圏点あり。

7 三代格宝亀十年十一月廿九日官符・要略同日格は「解任及除名」とする。

8 底原は異体字。底新は、別字と見て、あるいは字形を整えるために、朱「ヒ」で抹消して「懲」傍書。

11 底新「礼」の左傍に朱点あり。

21 底「畧」の「田」を「日」に作る。

23 東・高「傅」に近い字形に作るが、「傅」と読取る。

二八 2 紀略久邇本「粥」。

5 底「朝恩」に闕字を用いる。

7 諸本の「侯」は、字形が「隻」の異体字に近似するための誤写か。谷「侯」の左傍に墨圏点。

11 紀略久邇本「為」なし。

巻第三十六

三〇 3 底の親本ないし祖本が破損していたため、底の巻首はここ(第一紙第二行第九字)を一字空白にして書写したもの。同様の理由による底の空白はこの他に、第三行第一・二字(一二〇頁8)、第四行第九字(一二〇頁11)、第六行第二〇字・第七行第一字(一二〇頁14)、第二紙第七行第五字(一二二頁18)、第三紙第五行第三字(一二六頁2)、第二〇紙第一行第一七字(一七二頁7)、第二四紙第九行第一五・一六字(一八二頁24)。なお他の巻には角倉素庵が永正本によって底の空白に加筆し、あるいは校異を施している場合があるが、本巻には素庵の筆は加わっていない。

5 底「勅」に闕字を用いる。

6 底、本文と同じ筆跡で行間に追筆。

7 紀略「十一年」の上に「庚申」割書。

8 一二〇頁3参照。

10 底「天皇」に闕字を用いる。

11 一二〇頁3参照。

12 紀略久邇本「大」なし。

13 閣「者」なし。宮ももとなし。挿入符を付して右傍に補う。印・義にはあり。

14 一二〇頁3参照。

16 底「天皇」に闕字を用いる。
17 紀略久邇本「祀」。閣・宮・印「記」。義「紀」。狩・伴、右傍に「紀」。考證は堀本により「紀」に作るべし、とする。
20 東「獲」の「又」のない字形に作る。
一二三 1 底「宣勅」に闕字を用いる。
3 印・義「夫」あり。閣なし。宮ももとなし。挿入符を付し、イ本により右傍に補う。
5 高「廉」に作る。紀略久邇本「廣」。
6 閣・宮「来」あり。印・義なし。狩・伴は一本により補う。
7 閣・宮「使送来」。印・義「使来」。狩・伴、右傍に「送」を補う。考證も金沢本・堀本により補うべし、とする。
9 谷「如」の左傍に墨圏点あり。閣・宮「如」あり。印・義なし。狩・伴「知」「如」の二字を傍書。考證、堀本に「知」あり、ト本・永正本の「如」は「知」の誤り、とする。
14 底、前行に一五字分の空白を設け、「癸酉」以下を改行。
15 底「酉」に作るが、「酉」の異体字と見なす。以下、同様の例は多いが一々注記しない。
16 閣・宮・印・義・紀略久邇本「品」。狩、類三二により「位」を傍書。
18 一二〇頁3参照。
一二四 5 大「陀」に作るが、「陁」に同じ。
6 底、竹冠に「土」に作る。「土」と「立」の草書体が近似するための、底の誤写か。

8 閣「師」なし。宮ももとなし。挿入符を付して右傍に補う。印・義にはあり。
9 兼等・大、異体字。旁を「図」に作る。
12 兼・高は「紡」、谷原・東は「紉」に作る。「紉」は「紡」の譌字。「紡」は「功」に同じ。
13 諸本「慚」に作るが、「慙」に同じ。
16 底、日偏に「爽」に作る。
19 底「赦」の「赤」を「亦」に作るが、「赦」と読取る。以下、同様の例は多いが一々注記しない。
一二六 1 底「戊」に近い字形に作るが、「戌」の異体字。以下、同じ例は少なくないが、一々注記しない。
2 一二〇頁3参照。
3 底「猷」の「酋」を「奠」に作る。
7 谷「近」の左傍に墨圏点あり。
8 底「繡」に作る。
11 東・高「吉」の下に「寸」の字形に作る。
14 東「護」の「又」のない字形に作る。
16 底の重書は字形整定のため。
17 類の諸本、「十一年二月」とあるべきを「十一月二日」とする。
19 谷「大」の左傍に墨圏点あり。
20 大、一本により、後文「並為中納言」の次に移す。閣・宮・印・義は諸本と同じ。考證は、一本に「本官如故」は後文「並為中納言」の次にあり、これに従うべし、とする。大は考證の説によっているが、「一本」が何を指すかは不明。

23 大、一本により、前文の「本官如故」を移す。
一二八 2 紀略久邇本「守」。
3 紀略久邇本「祟」。
4 類一八〇「迁」に作る。「遷」の俗字。
5 紀略久邇本「祟」。
8 谷「徴」の左傍に墨圏点あり。
11 底「沉」に作る。「沈」の俗字。
16 底「隟」に作る。「隙」の古字。以下、この用字については一々注記しない。
18 東は「従」の草書体に近い字形。閣「得」。宮もと「得」とし、その下に挿入符を付して「碍」を補う。印・義「得碍」。考證は「得」を衍字とする。
19 閣・宮・印・義「息」。
20 底「未」に作るが、「末」と読取る。
21 底の傍書は本文と同筆。
一三〇 1 閣「逆」。印・義は「追」。宮ももと「逆」とし、「追」を傍書。狩・伴「逆」を傍書。
2 東・高の「坆」は「梅」の古字。また「墳」の俗字。
6 底の重書は字形整定のため。
8 考證に、鴨本も「宜」に作る、とする。
9 底「刈」の「メ」を「乂」に作り、兼等は「乂」に作るが、いずれも「刈」の異体字と読取る。
14 底「亠」に「直」の字形に作る。
19 閣・宮・印・義「論」。伴「論」に「諭」を傍書。考證も「諭」の誤りか、とする。

23 兼・谷・高「賓」に作る。「賓」は「賔」の俗字。

一三三 1 兼等「笁」に作る。「笁」に同じ。

3 底「壬戌」に作るが、「壬戌」と読取る。

4 底「配」の「酉」を「酋」に作るが、「配」の異体字と見なす。以下、同様の例は多いが一々注記しない。

6 底、巻三十六はおおむね月ごとに改行する。ただし宝亀十一年二月は改行せず。また、同年四月・七月、天応元年八月は、前行の行末まで文字があり、改行か否か判別しがたい。

7 底「代」に作る。「戉」の異体字。

8 谷の重書は字形整定のため。

11 谷の重書は字形整定のため。

13 東・高は「戈」の「丶」のない文字。

一三四 2 東・高「糜」の「米」を「示」に作る。

4 閣「之」なし。宮もとなし。挿入符を付して右傍に「之」を補う。印・義「之」あり。

5 考證「臣等」は衍字か、とする。

6 谷の重書は字形整定のため。

7 底「聖裁」に闕字を用いる。

8 兼等・宮「丨」あり。閣「之」に作る。底にはなし。

9 兼等「佇」の旁を「亠」に「亍」に作る。

11 底・高の「切」は「功」の誤字。

13 東「豸」偏に「殳」の字形に作る。「毅」に同じ。

15 底「刈」の「メ」を「叉」に作るが、「刈」の異体字と読取る。兼等・大は「苅」に作るが、「苅」は「刈」の俗字。

16 底「門」の中を「井」に作る。「開」は「関」の行書体であり、また門柱の枡形の意味の別の文字でもある。兼等「開」に作る。

21 谷「庶」を擦消し、「广」に「共」の文字を重書。

22 閣「幾」なし。宮もとなし。挿入符を付して右傍に「幾」を補う。印・義「幾」あり。

24 閣「令」なし。宮もとなし。挿入符を付して右傍に「令」を補う。印・義「令」あり。

一三六 2 底「天裁」を平出する。

9 谷の重書は字形整定のため。

一三八 1 東「嶌」に作る。俗字。以下、東にはこの用字がしばしばあるが、一々注記しない。

7 閣・宮「偁」。印・義「偁」。狩「偁」の右に「稱」を傍書。

9 底「秎」は「利」の古字。

12 底「氵」に「麦」に作る。「淩」(「凌」に通じる)の異体字。

14 兼・東・高・大「銜」の「金」を「缶」に作る。「銜」の俗字。

一四〇 10 底「犭」に「彳」を重書。

13 底、もとの文字を洗い消して「軍」を重書。

15 底「丑」の縦棒が下に突き抜ける字形。「丑」と読取る。

一四二 1 底「，」あり。

3 紀略久邇本「掠」。

7 底「十」の上に挿入符、「一」の右傍に転倒符を付し、「一」を「十」の上に移動する指示を加える。

8 底の重書は字形整定のため。

9 紀略久邇本「軍」なし。

11 谷、文字中央に朱線を引いた後、これを抹消。このため文字を重書。

12 閣・宮「姓」。宮「姓」の右傍に「位」。印・義「位」。狩・伴「位」に「姓」を傍書。

一四四 5 底「片」の異体字に作る。高「付」に近い字形だが、「斥」と読取る。

13 底「刈」の「メ」を「叉」に作るが、「刈」の異体字と読取る。

16 底「厲」の「厂」を「广」に作る。「厲」と読取る。

20 底「彳」偏を「氵」に作る(「得」の異体字)。

21 三代格宝亀十一年六月十六日官符、もと「某」。一本及び続紀により「其」と改める。

22 底「季」に作る。「年」の異体字。

23 三代格もとなし。一本及び続紀により補う。

一四六 1 三代格「於」。

4 閣・宮・印・義「佐」なし。

6 底「門」の中に「井」に作る。兼等「開」。「開」は「関」の行書体であり、また門柱の桝形の意味の別の文字でもある。
7 紀略久邇本「要」。
12 兼「辨」の「辛」を「言」に置き換えた字形に作る。

一四八

7 底「季」に作る。「年」の異体字。
12 閣・宮「甲」。印・義「申」。狩、一本の「甲」は非、とする。
13 閣・宮「支」。宮「支」の右傍に「官」。印・義「官」。狩、一本の「支」は非、とする。「支」は「官」の草書体と近似するための誤写か。
21 三代格宝亀十一年七月二十六日勅、もとなし。続紀により補う。

一五〇

1 兼は「楽」の草書体に作る。
2 三代格「之」あり。
3 三代格「徴」。
4 三代格「全」。
5 三代格「危」。
6 三代格「固」。
7 三代格「過」。
8 三代格「差」。
9 三代格「司」あり。
10 三代格「固」。
11 三代格「卒」。
12 三代格、もとなし。続紀により補う。
14 「粮」と「糧」は同じ。三代格「粮」。
15 三代格「趣」。
16 三代格もと「勿作」あり。衍字。
17 三代格「乗」。
18 三代格「看」。閣・宮「者」。印・義「宜」。
19・20 東「従」の草書に近い字体だが、「得」と読取る。
21 底の「佩」はシュク。伸びないこと。三代格「珮」。「佩」に同じ。
22 三代格「飦」。
23 三代格「帒」。なお三代格は「飦帒」に「或飦帒作粮袋餉袋二説」と傍書。
24 三代格「処」。
26 底の「棑」はハイ。「いかだ」「たて(盾)」などの意。三代格もと「挑」。続紀により「排」と改める。
27 三代格「私」。

一五二

1 三代格「充」。
2 三代格、もとなし。続紀により補う。
3 三代格「自」。
4 三代格「閑」。
5 「窂」はラウ。「みちる」の意。また「牢」に同じ。
6 印・義「裹」。
7 紀略久邇本「可」。
8 高「田」の下に「日」の字形に作る。

一五四

8 「歒」はテキ・チャク。「敵」とは別字。
12 谷「若」の左傍に墨圏点あり。
14 谷「理」の「王」を「阝」に近い字形に作るが、「理」と読取る。
21 三代格「紫」。職員令集解「前」。
22 三代格宝亀十一年八月二十八日官奏・職員令集解「大」。
23 三代格・職員令集解「常」。

一五六

1 三代格、もと「遠」あり。一本になし。衍字か。
2 三代格・職員令集解「路」。
3 三代格・職員令集解「困」。
4 三代格「年」あり。職員令集解はなし。
5 三代格・職員令集解「或」あり。
6 三代格・職員令集解「於」あり。
7 谷の重書は字形整定のため。三代格・職員令集解「商」。
8 三代格・職員令集解「百姓有息肩之娯庖厨無懸磬之乏」に作る。
9 三代格・職員令集解「謹具録状伏聴天裁謹以申聞謹奏聞」に作る。
10 底原「天裁」の二字あり。これを擦消して次行の行頭に「天裁」以下を記入し、平出とする。
11 紀略久邇本「朔」なし。
18 紀略久邇本「右」あり。
19 閣・宮・印・義「国」なし。狩・考證「国」脱か、とし、伴は「国」を傍書。
20 谷、朱の汚れを洗い消した後、文字を擦消し重書。
23 三代格宝亀十一年十月二十六日官符「土」。

一五八

1 三代格「宕」。
2 三代格もと「揺」。一本により「徭」と改める。
3 三代格「獲」。
4 谷「首」。宮は「首」の左傍に朱圏点あり。三代格・閣・宮「首」の右に「逎」を傍書。印・義「遁」。狩・伴は一本により「首」を傍書。考證も金沢本等・三代格により「首」に作るべし、とする。
5 三代格「将」。
10 底、「誼」を「譲」に、「訴」を「訢(「訴」の異体字)」に作る。兼・東は「訴」を「訢」に作り、高は「誼」を「諠」に、「訴」を「訢」に作る。
14 底「逓」の「甬」を「卄」に作り、兼・谷・東・高擦重は「帝」に作るが、いずれも「逓」の異体字と見なす。
15 谷の重書は字形整定のため。
17 底「弥」に作る。「殄」の俗字。
一六〇 1 底・兼等「整」に作る。「整」の異体字。
5 兼・東「肯」に近い字形だが、「旨」の異体字と読取る。
8 「敵」はテキ・チャク。「敵」とは別字。
9 底・紀略「策」。「策」の同字。紀略久邇本「榮」。
一六〇 11 三代格宝亀十一年十一月二日官符(巻十四・二十)「没」。
13 三代格(巻十四・二十)「今」。
14 三代格(巻十四)「各」あり。三代格(巻二十)なし。一本及び巻十四により補う。
15 三代格(巻十四・二十)「倒」。

一六三 1 三代格(巻十四・二十)「謀」。
2 三代格(巻十四・二十)「没」。
3 三代格(巻十四・二十)「共」あり。
4 三代格(巻二十)「者」あり。三代格(巻十四)はなし。巻二十により補う。
5 三代格(巻十四・二十)「従」あり。閣・宮・印「従」なし。義もと「従」なし。三代格により補う。狩も同じ。伴は一本により補う。考證も「従」を補うべし、とする。
6 底「成」に作るが、「戌」に読取る。本巻の書写者の書き癖。
7・9 底「父」に近い字形に作るが、「文」と読取る。
12 三代格宝亀十一年十二月四日官符・要略「唯」。
13 三代格「及苦」に作る。要略もと「苦」一字。三代格により「及」を補う。
一六四 1 三代格あり。要略なし。
2 三代格・要略「致憂」に作る。
4 東・高「甫」の字形が変形しているが、「逋」と読取る。
5 底の「侄」はケイ・キョウ。「急ぐ」「堅い」「通り過ぎる」などの意。
10 底の「頞」はアツ・アン。「はなすじ」の意。
12 三代格宝亀十一年十二月十四日勅・要略「来」。
13 東「稱」の「禾」を「扌」に置き換えた字形に作る。

14 三代格・要略「合」。
15 三代格「現」。要略「覡」。
16 底「淫」の「壬」を「缶」に置き換えた字形に作る。「淫」の譌字。
17 谷「慎」の左傍に墨圏点あり。三代格・要略「塡」。
18 三代格・要略「託」。
19 兼等「|」あり。底・大なし。また三代格・要略もなし。
20 三代格・要略「渉」。
21 三代格・要略「唯」。
22 三代格「養」。要略「益」。
23 底・兼・谷原・東・高「娍」に作る。異体字。
24 印「加」あり。三代格・要略なし。
一六六 1 三代格・要略「祀」。
2 三代格・要略「宜於京外祓除」に作る。
4 閣「已」なし。宮ももとなし。挿入符を付して右傍に補う。印・義「已」あり。
6 紀略久邇本「郡」なし。
7 紀略久邇本「一」なし。
8 紀略久邇本「國濆」。
9 紀略「天応元年」の上に「辛酉」割書。
11 底「稟」に作る。「寡」の譌字。この用例は一々注記しない。
一六八 6 東・高は「図」に作る。「囚」の異体字。
一七〇 5 底「淵」の異体字「渕」の「氵」を「扌」に置き換えた字形に作る。
9 東「三」の第二画を擦消して「二」と改める。

11 **底・兼・谷・高**「幡」に近い字形に作るが、「幡」と読取る。**東**の「幡」はハン・ベン。「心が変わり動く」「かえす」「めぐらす」などの意。

13 **底・谷原・東・高**は「郙」に作るが、「郙」は「那」の譌字。**谷**は「郙」を擦消して「那」を重書。**兼**は「郙」の「阝」を「刂」に置き換えた字形。

16 **東・高**、食偏に「辰」に作る。

19 **底**、身偏に「召(異体字)」に作る。

22 **東・高**「護」の「又」のない字形に作る。

一七三

3 **底**「天皇」に闕字を用いる。

6 **底**「と」に作る。「止」の草書体。以下、この例は少なくないが、一々注記しない。

7 一二〇頁**3**参照。

14 **詔**「如ノ字、本に加に誤ル、今は一本に依れり」。**閣・宮・印・義**「加」。**狩**、詔詞解により「如」を傍書。**伴**「如」を傍書。**考證**も、一本により「如」に作るべし、とする。

18 **詔**「本どもに、賜比の二字を脱せり、今例に依て補ふ」とする。

20 **詔**「脱字もしは誤字なるべし、こゝろみにいはば、云牟須部などぞ有けむ」としつつ、本文は「云部」のままとし、これに「イハムスベ」と訓を付している。今、これに倣い、本文は諸本のままとしておく。

21 **詔**、本文を「然毛之」として「コホシクモシ」と読み、「誤字脱字なるべし。例のいはば、恋之久毛ならむか」と解釈する。

23 **底**「も」とする。「毛」の草書体。

24 **底**「の」とする。「乃」の草書体。

30 **大**は「川々」の「々」を補う。

31 **底**「ミ」を「二」に近い字形に作り、**兼・谷**は「、」とするが、いずれも「ミ」と読取る。

40 **紀略久邇本**「一」なし。

43 **紀略久邇本**「命」。

一七四

2 **兼・谷原・高**は「郙」に作るが、「郙」は「那」の譌字。

6 **兼・東・高**「刃」に作る。「丑」の異体字。

10 **大**、「人」を補い、「東人之女」とする。

13 **底・兼等**「枕」に作る。「枕」は「枕」の異体字であるが、また「イウ」という木の名前を表す別字でもある。

15 **高**、朱傍線を擦消した後、文字に重書。

16 **底・兼等**「開」に作る。「開」は「関」の行書体でもあり、また門柱の桝形の意味の別字でもある。

一七六

4 **底・兼・谷・高**「開」に作る。「開」は「関」の行書体でもあり、また門柱の桝形の意味の別字でもある。

5 **底**「寡」に作る。「寡」の異体字。

7 **兼等**「、ー」あり。**底・大・詔**はなし。

8 **紀略久邇本**「年」あり。

9 **紀略久邇本**「艶」あり。

11 **兼等・大**「山部親王」の右に傍書あり。**兼・谷**は「栢武天皇也」、**高**は「桓武天皇也」、**東・大**は「桓武天皇之」。

一七八

10 **詔**、諸本「弥継爾」の三字を脱す、とする。

12 **兼・谷**「々」に近い字形。**谷**はその左傍に墨圏点を付し、文字の右傍に「氏」。**詔**「一本に、持々と誤れり」とする。**閣**「々」。**宮**ももと「々」。「氏」を傍書。**印・義**「氏」。

13 **高**は「平」に近い字形であるが、「乎」と読取る。

23 **底**は異体字。**兼等**は「爪」に近い字形に作るが、「瓜」と読取る。

一八〇

3 **谷・高**「傳」に近い字形に作るが、「傳」と読取る。

8 **底**「高」に近い字形に作るが、「亮」と読取る。

9 **底**「天皇」に闕字を用いる。

16 **谷**「皇」の左傍に墨圏点あり。

一八二

1 **底・谷**「末」に作るが、「未」と読取る。

5 **底・谷**の字体は「の」。「乃」の草書体。

16 **高**「綱」の旁「岡」の「山」を「止」に作る字体。その右に同じ字形の文字を傍書した後、それに重書して「綱」。

24 一二〇頁**3**参照。

28 **高**、文字中央の朱線を擦消した後、文字に重書。

30 **底・東**「苅」の「メ」を「ヌ」「又」に近い字形

に作るが、「苅」と読取る。

一八四 11 高「祢」と書きかけて擦消し、重書して「祝」とする。

13 底「成」の「ノ」を擦消し。

14 閣・宮・印・義「兼」なし。

一八六 2 底「苅」の「メ」を「タ」に作り、東は「刂」を「｜」に作るが、いずれも「苅」と読取る。

7 底「臣」と「女」の間に、左に寄せて「火」を小書。

8 底・東「開」に作る。「開」は「関」の行書体でもあり、また門柱の桝形の意味の別字でもある。

10 紀略久邇本「嶋」。

12 紀略久邇本「二」。

13 底「郷音」とも読めるが、「響」と読取る。

14 紀略久邇本「置」なし。

21 底・東「未」に作るが、「末」と読取る。

一八八 6 閣「人」なし。宮・印・義にはあり。

一九〇 1 底「高」に近い字形。東は「亮」の「亠」を「亠」に作る。いずれも「亮」と読取る。

3 閣・印「人」なし。宮・義もともとなし。挿入符を付して右傍に補う。狩・伴も同じく補う。考證も、金沢本・堀本により「人」を加えるべし、とする。

6 底原「公」か。

一九二 3 底「巨勢」と書いた後、「勢」に抹消符を付して抹消し、「巨」とする。

8 義「豫」なし。閣・宮・印にはあり。

9 印「議」あり。閣・義にはなし。宮ももとなし。挿入符を付して右傍に補う。考證は衍字とする。

11 谷、左傍に墨圏点あり。

13 閣・宮・印「脩」。義「循」。伴「循」を傍書。考證も「循」に作るべし、とする。

14 底「益」の「皿」を「血」に作る。「益」と読取る。以下、同じ用例は少なくないが、一々注記しない。

16 底・谷重は「羊」を「年」の異体字と読誤ったもの。

19 底「軍」の「車」を「東」に作る。

23 底「網」の「罔」を「図」に作る。「網」の異体字。

24 底原は不明。東「与」の草書体に近い字形に作る。

一九四 1 底、加墨があるが、加墨後の文字は不明。

5 閣「造」。宮・印・義「告」。

12 閣・宮・印・義「逆」。狩・伴「逃」を傍書。考證は「迸」の誤りか、とする。

13 谷、文字中央の朱線を擦消した後、文字に重書。

一九六 6 谷は字形整定のための重書か。

10 底・兼・谷原・東・高の「伏」は字形が近似するための誤写。

15 谷「復」の左傍に墨圏点あり。

16 兼、初め「敗」に重書して「貶」と改めた後、それに抹消符を付して、右傍に「貶」。

19 谷は字形整定のための重書か。

一九八 5 底「晝」の「日一」を「皿」に作る。

13 谷・東・高「傅」に近い字形に作るが、「傳」と読取る。

16 底「客」に近い字形に作るが、「容」と読取る。

二〇〇 3 兼「閦」に作るが、「閔」と読取る。

5 底「雨」に近い字形に作るが、「両」の異体字。

6 底・兼・谷・東「僕」に作る。「僕」の本字。

9 谷「忘」の異体字を「忌」と読取り、これを擦消して「忘」を重書。

10 兼「己」の下に「共」の字形に作る。

12 東「塩」の「土」を「リ」に置き換えた字形に作る。

20 底「垂仁天皇」を平出する。

二〇二 5 底「丶」あり。

9 兼・谷原「爫」の下を「友」に作る。「愛」の異体字。谷、その左傍に墨圏点あり。

14 紀略久邇本「月」。印「日」とする。

二〇四 3 底、口偏に「着」に作る。

5 底「矜」に作る。兼等は「矝」に作るが、「矜」と読取る。「矝」はリン。「矛の柄」の意味。段玉裁『説文解字注』のみに見える文字。

11 紀略久邇本「灰」なし。

13 底「周」に「攵」の字形に作る。「周攵」と同字であれば、「周攵」はシウ・シュ。「ふせぐ」意。
15 閣・宮・印・義「柴」。狩・伴「栗イ」を傍書。考證は、一本により「栗」に作るべきか、とする。
17 底「廾」と「世」の合字に作る。
21 谷「三」の左傍に墨圏点あり。
23 底「大」の右傍に墨転倒符を付し、「大本」と改める。
24 谷「小」の左傍に墨圏点あり。

二〇六
6 諸本、いずれも「臯」。「臭」の俗字。
8 紀略久邇本「左」なし。
9 谷「連」の左傍に墨圏点あり。
18 閣・宮・印・義「藤」なし。義「正三位」を加えるべし、とし、狩・伴も「正三位」を傍補。考證は狩の説を引用する。

二〇八
6 底は「多治比真人」の「多」と「治」の間に「朝臣…従五位下多治」を補ったため、「治」が重複。
8 底「日下」の合字「早」を誤写したものか。
10 閣「授」。宮ももと「授」。「猨」を傍書。印・義はもと「朝臣」。義「朝」を擦消して「猨」を重書、また「島」を傍補。狩・伴は「朝」に「猨嶋」を傍書。考證も「猨嶋」を是とする。
17 印「空」とする。
19 兼・谷原・東・高は「已」に近い字形。「亡」の異体字。谷重はこれを「已」と読み、重書して「亡」とする。

二一〇
1 兼・閣「イ」偏に「ヒ」を二つ重ねた字形に作る。「徳」の異体字。
5 閣「朝」なし。宮ももとなし。挿入符を付して右傍に補う。印・義はあり。
9 閣「四等」なし。宮ももとなし。挿入符を付して右傍に補う。印・義はあり。
10 底「孔」の「子」を「歹」に作る。
15 東・高「士」に作るが、「土」と読取る。

二一二
1 兼・東・高「无」の下に「舛」の字形に作る。「舞」の異体字。
5 谷「正五位下」の左傍に墨圏点あり。
13 底「子」に近い字形に作るが、「午」と読取る。
17 谷は字形整定のための重書。

二一四
1 谷は字形整定のための重書。
3 紀略久邇本、行の左に寄せて「才」。
4 紀略久邇本「紛」に作る。「約」の異体字。
10 底「天宗高紹天皇」に闕字を用いる。

二一六
7 谷「虚」の左傍に墨圏点あり。
8 高は字形整定のための重書。
11 閣「故殺」なし。宮ももとなし。挿入符を付して右傍に補う。印・義はあり。
12 閣・宮「者」なし。印・義はあり。
15 底「天皇」に闕字を用いる。
21 底の「縓」はセン。「薄赤色」また「薄赤色のきぬ」の意。
23 底の「謹」はチョウ。「ことばがふれあう」また「つつしんでものをいう」の意。
24 兼等「図」に作る。「啚」の異体字。
28 兼・谷「除」の左傍に朱点あり。

二一八
1 兼・谷・高「曰」とするが、「日」と読取る。
3 兼・谷・高「曰」とするが、「日」と読取る。
4 閣・宮・印・義「正四位上」なし。考證「正四位上」脱落か、とする。
6 底・東・高は「未」に近い字形だが、「末」と読取る。
8 閣・宮・印・義「従五位下」なし。義・考證「従五位下」脱落か、とする。
9 谷「柴」の左傍に朱点あり。
11 底・東・高「閈」に作る。「閈」は「関」の行書体でもあり、また門柱の桝形の意味の別字でもある。

二二〇
1 底「勅」を平出する。
5 谷「結」の左傍に墨圏点あり。
9 兼等「図」に作る。「啚」の異体字。
12 兼「傎」に作る。「傎」と同字であれば、「傎」はテン。「さかさま」「くるう」の意。
14 東・高「卒」の右傍に「ヒキヰ」と訓を付す。
15 谷「誅」の左傍に墨圏点あり。
16 東・高、文字の右傍に「シノヒコト」と訓を付す。
18 底「天宗高紹天皇」に闕字を用いる。
19 兼等「岡」に作る。底の「崗」は「岡」の俗字。なお底は「崗」の「岡」を「四」の下に「止」の字形に作る。異体字。
20 底「天皇」に闕字を用いる。
22 底「先」に近い字形だが、「光」と読取る。
26 兼等「欣」の「欠」を「攵」に置き換えた字形に作る。

二二三 1 底「貽」の「台」を「召」に作る。

巻第二十七

二二四 4 底原、巻首墨付二行目の下方四字分及び三行目を空白とする。この空白は親本の欠損等の様態を示し、本巻冒頭一〜三・五紙および最終紙に散見される（以下、それぞれを校異補注に示すことは略す）。底新、「藤原朝臣継縄等奉勅撰」を補う。「勅」に闕字を用いる。

6 紀略「延暦元年」の上に「壬戌」割書。

11 底の本巻は、前条末に一字程度の空白を設ける書式をとる。

12 印なし。考證「朝臣」を増すべしとする。

13 底「癸」の異体字「关」を書す。

14 諸本「甲子」とする。考證「是月甲申朔、無二甲子一。疑、甲午之譌。甲午、十一日也」とし、大「甲子、是月无。恐当レ作二甲午（十一日）一」と頭書する。

18 底原「逃」。角倉素庵は、これを別字と見て、あるいは字形を整えるために、朱「ヒ」で抹消し「逃」と傍書。

21 底・谷・高は「開」と書す。「開」は「關」の行書体でもあり、門の柱の升形の義の別の文字（音はヘン）でもある。固有名詞に使用される場合は「開」を表記に用いることもある。

22 底原は「亮」を「高」の如き字形に書す。角倉素庵は、これを別字と見て、あるいは字形を整えるために、朱「ヒ」で抹消し「亮」と傍書。

24 考證が「頭、当レ作レ首。後皆倣レ此」とし、大が「頭、当レ作レ首」と頭書するのは誤り。

25 印なし。考證「疑脱二大字一」とする。

28 印なし。考證は「真」があるのを是とする。

29 底原は虫損により残画が残るのみとなって判読できない。あるいは「支」か。底新「友」と傍書。

33 印なし。考證「逆」を増すべしとする。

35 印なし。考證、印の「抛断」二字を「抛法処断」四字とすべしとする。

二二六 1 考證「返、当下依二紀略一作上レ反」とする。

15 印「闕」に作る。考證「闕」に作るべしとする。

25 底原「戊戌」の二字をいずれも「戈」を「弋」とする異体字を書す。底新、双方に「ノ」を加筆。

30 二二四頁22参照。

31 印「大和」。

二二八 1 兼は「高」より「物」まで一行二七字脱。

二三〇 1 底の本巻は、延暦元年四月・九月を除き、毎月改行の書式を取る。当箇所は、前条末が行末に及ぶため空白は設けないが、「二月」は行頭に書されている。

10 印「呂」。考證「王」を是とする。

12 印なし。考證「為」を増すべしとする。

13 底新、補書なし。

15 底原「舎」の略体を書す。

19 二二四頁22参照。

二三三 3 印「珍」。考證「玲」に作るべしとする。

二三四 2 底原、前行末に三字ほどの空白をおいて「船主」の前で改行。底新は、前行末に「○｜」と朱書し、行送りを指示する。

5 底原は「亥」の異体字を書す。

10 印「稟」。考證「廩」に作るべしとする。

11 印なし。考證「賤」を増すべしとする。

16 印なし。考證「但」を増すべしとする。

19 東・谷「隸」の偏を言偏に作る。

24 印「大臣」あり。考證はこれを衍字とする。

25 印「忌」。考證「志」に作るべしとする。

26 印「巳」あり。

27 印なし。

二三六 1 印なし。考證「士」を増すべしとする。

2 印「調」。考證「請」に作るべしとする。

3 谷原「張」か。

5 兼、言偏重書。

6 印「主」。考證「王」に作るべしとする。

9 印なし。考證「宿禰」を増すべしとする。

二三八 7 「父」と「文」は文脈に従い読取ることを原則とするが、ここでは谷が校異をしているので掲出する。

8 印「役」。考證「疑、当レ作レ促」。

二四〇 1 兼・高「田」と「日」を合せた如き字形を書す。

2 底新「イ無」と朱傍書。
4 印なし。**考證**「給」を増すべしとする。
5 底原「戊」の「戈」を「弋」とする異体字を書す。**底新**「弋」に「ノ」を加筆し「戈」とする。

二四三
4 谷「朝」の左に「○」を傍書し抹消を指示する。**東**「朝」に「船」傍書。
7 底、一字擦消の上に「馬二」重書。
8 **考證**「一本作ㇾ鐃」とする。

二四四
1 高「悃、音綑、志純也」と頭書。
3 底原「卒」に加筆。
4 谷「夭」の異体字「叐」を擦消して「夭」重書。
6 印「命」。**考證**「令」に作るべしとする。
8 兼「罪」の右下より朱線を引いて「イ」と傍書。**谷・東・高**「辟」の下に挿入符「○」を付し「罪イ」と傍書。
10 底は「囗」の中に「又」の如き字形を書すが、他所では「罔」の異体字「冈」としてこの字形を用いている。**東**「冈」。
12 底原「減」。**底新**は朱圏点でこれを抹消し、「滅」傍書。
13 底、魚偏に「晨」の如き字形を書す。「鱞」と読取る。
14 底原「寡」の異体字「寘」を書す。
15 谷「孺」の異体字を書し、更に「孺」と傍書。なお、他の諸本もいずれも**谷**と同じ異体字を書す。
18 底「天皇」に闕字を用いる。

23 谷「妖」の異体字「娱」を擦消し「妖」重書。
31 底は「悉」の異体字を書す。**底新**はその上部・下部に加筆し、ついで朱「ヒ」で抹消し「悉」の異体字を傍書。
33 印「崇」。**考證**「祟」に作るべしとする。

二四六
2 印「給」。**考證**「終」に作るべしとする。
5 印「神」。**考證**、諸本「人」とするのは非とする。
6 底「共」と「木」を合せた如き字形を書す。
11 印「里」。**考證**「黒」に作るべしとする。
12 谷「税」の旁を重書。はじめ「兄」の如き字形に書し、加筆して「兑」に改める。
15 「曰」と「日」は文脈に従い読取ることを原則とするが、ここでは底新が校異をしているので掲出する。

二四八
2 印「脩」。**考證**「循」に作るべしとする。
5 二四四頁**14**参照。
9 二四六頁**15**参照。
11 底新「イ无」と朱傍書。
16 二二四頁**22**参照。
19 大「当ㇾ作ㇾ首」に作るべしと頭書。

二五〇
7 底原「補」。**底新**はこれを朱「ヒ」で抹消するが、傍書を加えず。
9 底原「殖」の旁を「真」に作る。
12 二二四頁**22**参照。
13 底「戊」の「戈」を「弋」とする異体字を書す。
17 印なし。**考證**「木」を増すべしとする。

二五三
8 二四六頁**15**参照。

9 兼「之」の下に挿入符を付し「詔イ」と傍書。**谷**は「之」の下に墨と朱で挿入符を付し「詔イ」と朱で傍書。**高**は同じく朱で挿入符を付し「詔イ」と朱傍書。
13 底「帳」の偏を手偏に作るが、「帳」と読取る。
16 印「其」。**考證**「甚」に作るべしとする。
17 谷は「佇」の旁を重書して字形を整える。
23 二四六頁**15**参照。
25 底原は「奪」の異体字を書す。

二五四
6 印「脩」。**考證**「脩」は「循」の譌字とする。
7 印「陵」。**考證**「陔」に作るべしとする。
9 紀略「二年」の上に「癸亥」割書。
10 底原は「閣」の異体字「閤」を書す。
14 底原は「寡」の譌字「稟」を書す。角倉素庵は、これを別字と見て、または字形を整えるために、朱「ヒ」で抹消し「寡」傍書。

二五六
1 印なし。**考證**「卒嶋足」を増すべしとする。
4 印「志気」あり。**考證**、諸本これを脱するは非なりとする。
5 印「素」あり。**考證**、諸本これを脱するは非なりとする。
7 底「詔」に闕字を用いる。
9 二五〇頁**13**参照。
10 谷「孺」の異体字を書し、左傍に墨圏点を付して右傍に「孺」を墨書する。
11 底「天皇」に闕字を用いる。

18 印「攴」。**考證**「友」に作るべしとする。
20 印「祐」。**考證**「祜」に作るべきかとする。
22 印「呂」。**考證**「田」に作るべしとする。
二五八 2 印「於」。**考證**「弥」に作るべしとする。
4 印「材真」。**考證**「村直」を是とする。
6・7 底「天皇」に闕字を用いる。
11 印「平」。**考證**「子」に作るべしとする。
12 印「色」。**考證**「邑」に作るべしとする。
二六〇 1 印なし。**考證**「従四位上」とあるのを正とする。
2 印「娣」。**考證**「姉」に作るべしとする。
3 底原「刀自」の合字を書き誤って、「刀」と「目」を合せた如き字形を書す。
8 印「池」。**考證**「他」に作るべしとする。
15 印「大」。
24 底原「頭」と「五」の間に挿入符を墨書し、「従」傍書。底新、挿入符を朱筆で重書。
25 二五六頁20参照。
二六三 4 印「攻」。**考證**「次」を是とする。
10 二二四頁22参照。
二六四 1 印「守」。**考證**「造」に作るべしとする。
5 底「嗣」の偏を「高」に作る。**兼・谷**、同じく「畐」に作る。いずれも「嗣」の異体字として読取る。
7 **谷**、擦消により料紙破損のため「徴」を傍書。擦消の下の文字不明。
13 印「林」。**考證**「村主」に作るべしとする。
二六六 1 二四六頁15参照。
3 印「于才」。**考證**「于」は「干」の譌とし、「才」は「戈」に作るべしとする。
9 二四六頁15参照。
10 底原「奪一薄」(「奪」は異体字)。底新、この三字を朱点で抹消し、「奮薄イ」(「イ」は朱書)と傍書。
11 **東**の本文の文字は「ッ」と「冗」を合せた字形に書す。
二六八 1 底原「土」の異体字を書す。角倉素庵は、これを別字と見て、または字形を整えるために、朱「ヒ」で抹消し「土」傍書。
4 底原「高」の下部を重書して「亮」に改め、さらに「亮」傍書。**底新**、左傍に「ヒ」と朱書し、原本文(重書された文字)の抹消を示す。
8 底「合」の下半を「ミ」の如くに書す。「合」と読取る。
9 **兼・東・高**「誠」に「試イ」と傍書。**谷**「誠」の左傍に圏点を付し、左傍に「試イ」と墨書。
11 二六八頁1参照。
二七〇 6 印なし。**考證**「二人」有るを是とする。
7 印なし。**考證**は誤って、諸本により「下」有るを是とするが、「下」は「上」の誤りか。
9 底「天裁」に闕字を用いる。
12 底は二四六頁15参照。**大**、あるいは「曰」を補うべきかと頭書。
14 **兼・東・高**「託」の旁を「屯」の如き字形に書す。「託」と読取る。印「詑」。**考證**「託」に作るべしとする。
19 底「茂」の「戈」を「弋」とする異体字を書す。
21 印「巳」。
二七三 4 印「岩」。**考證**「宕」に作るべしとする。
5 底原「発」の異体字を書す。角倉素庵は、これを別字と見て、または字形を整えるために、朱「ヒ」で抹消し「発」傍書。
6 諸本「日」に近い字形を書すが、「曰」と読取る。
7 印なし。**考證**「司」を増すべしとする。
9 印「俘」。**考證**「徭」に作るべしとする。
10・11 印「可告」。**考證**「不失」に作るべしとする。
二七四 7 印なし。**考證**「朝臣」を増すべしとする。
8 底「癸」の異体字「关」を書す。
9 印なし。**考證**「六位」を増すべしとする。
10 印「大」。**考證**、衍字かとする。
二七六 2 二四〇頁5参照。
3 底原「介」。底新、この下の半字分ほどの空白に「介」を補い、ついで「ヒ」と朱書。
5 印「里」。**考證**「黒」に作るべしとする。
7 印なし。**考證**「薨魚名」を増すべしとする。
8 **谷**「五」の字形を整えるため重書。
11 **兼**等「八」に「九歟」と傍書。
二七八 4 **谷**「忘」の「亡」を「己」に近い字形に書し、これを擦消して「忘」と重書。

二八〇 5 底原「酬」の旁を「羽」に近い字形に書す。角倉素庵は、これを別字と見て、または字形を整えるために、朱「ヒ」で抹消し「酬」傍書。

6 印「比登」。考證「毛比」を是とする。

二八〇 2 諸本「愜」の異体字「惬」を書す。

5 底「詔」に闕字を用いる。

6 底「行在所」に闕字を用いる。

7・8 底原、行の最末に「麻」、次行冒頭に「呂」を書す。底新「麻」の下に「石」を書き加えて「磨」に改め、「呂」を朱で抹消する。

二八二 3 印「陽」。考證「湯」に作るべしとする。

5 印なし。考證「常陸介」脱かとする。

7 印なし。考證「兼」脱かとする。

8 底原「驛」の旁の上部に加筆し、ついで右に「驛」と傍書。底新、本文・傍書の「驛」をそれぞれ朱で抹消し、「驒」を傍書。

9 二四〇頁5参照。

10 印「它」。考證「宅」に作るべしとする。

13 二七八頁5参照。

二八四 1 兼・谷「綱」に「綱イ」と傍書。

3 兼・谷・東「抑」の旁を「卯」に近い字形に作る。以上三本、「抑イ」と傍書。

4 印「鹿」。考證「塵」に作るべしとする。

5 印「綱」。考證「網」に作るべしとする。

9 印なし。考證「郡」を増すべしとする。

巻第三十八

二八六 3 底、巻首に本文の欠失あり。第一紙第二行の「兼」の下は空白で、「金沢文庫」印が捺されている。角倉素庵は、「金沢文庫」印影の上に紙片を貼り、「行皇太子傅」の次の「中衛大将臣藤原朝臣継」を貼紙の上に書し、さらにその下方に「縄等奉　勅撰」と記した。巻首の空白は、底が親本あるいは親本以前の段階の写本に生じた巻首欠失の様態を引き写したものである。空白は、第一紙第四行九・一〇字目(二八六頁7)、同第八行三・四字目(二八六頁8)、同第九行二字目(二八六頁9)・六字目(二八六頁10)、同第一〇行一二字目(二八六頁15)、同第一一行一〇字目(二八六頁16)、同第一四行一五・一六字目(二八六頁18)、同第一五行一六字目(二八六頁20)、同第一六行一字目(二八六頁21)、同第一七行三・四字目(二八六頁23)、第二紙第二行一七・一八字目(二八八頁2)、同第一一行一〇字目(二八八頁7)、同第一二行一六字目(二八八頁10)、同第一四行一五字目(二八八頁11)、同第一七行一〇・一一字目(二八八頁15)、第三紙第二行一四字目(二九〇頁2)、同第一三行五字目(二九〇頁11)、同第一八行三字目(二九〇頁16)に空白がある。

5 底新補「勅」に闕字を用いる。

6 紀略、三年の上に「甲子」割書。

7−9 二八六頁3参照。

10 二八六頁3参照。角倉素庵は一字分の空白に「祢」を補い、ついで朱「ヒ」で抹消。

15・16・18 二八六頁3参照。

20 二八六頁3参照。底、角倉素庵は、底原の一字空の状態のところに幅二、三ミリメートル、長さ七、八ミリメートルの小紙片を貼って校正の目印とした。この空白にも右の小紙片が貼られていた。角倉素庵はその小紙片を剝がし取らないまま、その上から「老」と補筆した。その後、小紙片が剝がれ落ちたために、現在では「老」の文字の中央部に小紙片の形の空白が生じている。

21 二八六頁3参照。

22 東「稲」の「旧」を「月」に作るが、「稲」と読取る。

23 二八六頁3参照。底新補「長船」の中央に小紙片の剝がれ落ちたための空白があることは、二八六頁20と同じ。

24 底「下」を欠くのは二八六頁3に記したような巻首の本文の欠失とかかわりあるか。底、現状では一字分の空白を設けないが、親本には空白または欠損があったと推定される。

二八八 1 底新傍朱按「イ无」。あるいは、「イ无」

は「宇」の次の「都」に付すべき校異か。
2 二八六頁**3**参照。「宇都都古」は**兼**・**谷**によれば「都々古」。あるいは「宇都古」か。
3 **底**新傍朱按「イ无」。
4 **底**「二月」以下を改行。**底**の本巻は、毎月改行の書式。
5 **考證**「是月、壬寅朔、無二辛巳・己丑一、干支必有レ誤」。**伴頭按**「推二干支一、二月無二辛巳・己丑一、按、辛巳一条、疑当レ附二上辛巳叙位条一、己丑一条、次戊子下、而除二二月辛巳四字一」。**大頭按**「辛巳、己丑、並是月无。広前云、按辛巳一条、疑当下附二上叙位条一、己丑一条、次二于正月戊子下一、除中二月辛巳四字上。又或己丑当レ作二己巳一(廿八日)」。
6 **谷**原「糯」の「子」を「歹」に作る異体字を書す。左に墨圏点を付し、右に「糯」傍書。
7 二八六頁**3**参照。
8 **底**「済」は「濟」の俗字。角倉素庵は、別字と見て、あるいは字形を整えるために、朱「ヒ」で抹消し「濟」傍書。
9 二八八頁**5**参照。
10 二八六頁**3**参照。**底**原の一字分の空白が狭いので、角倉素庵は「征」を傍補。
11 二八六頁**3**参照。
13 **谷**は「　嶋臣」を、「朝」を補い「嶋」を抹消して「朝臣」に改めようとした。
15 二八六頁**3**参照。
16 **谷**「以」以下の一行を誤って次々行に書す。移動符を付して次行に移す。
17 **考證**「是月、壬申朔、廿五日丙申、当レ叙二乙酉・丁亥下一」。**大頭按**「丙申条、当レ移二乙酉条次一。広前云、恐甲申(十三日)之誤」。**伴頭按**「推二干支一、三月朔壬申、而丙申二十五日也、当レ移二丁亥之下一、又按、丙者甲字之誤乎、甲申十三日也、然則在レ此為レ是」。
20 **高**の「訴」の「斥」は「斤」に「丶」を添えた字形。あるいは**高**はもと「訢」で、重書して「訴」に改めたものか。
23 **底**新傍朱按「イ无」。

二九〇

1 **底**「寘」は「寡」の異体字とも考えられるが、「寘」の略体と読取る。
2 二八六頁**3**参照。
3 本書では、「父」と「文」とは、原則として文脈に従い読取るが、ここでは**谷**が修正を加えているので、掲出する。
4 **谷**「志」に似るが、「忘」の異体と読取る。
5 **底**は「予」と「令」を合せた字形に、**兼**等は「矛」と「令」を合せた字形に作る。「矜」と読取る。
6 諸本の「辜」は「辜」と同字。**大**は「辜」に作る。
11 二八六頁**3**参照。
15 **底**「苅」の「メ」を「叉」に作るが、「苅」と読取る。**高**「苅」の「艹」を「ツ」の如くに作るが、「苅」と読取る。
16 二八六頁**3**参照。

二九二

5 **底**原「亮」を「高」に似た字形に書す。角倉素庵は、別字と見て、あるいは字形を整えるために、朱「ヒ」で抹消し「亮」傍書。
10 **底**新「掃」の左下、「部」の左上に、傍朱按「イ无」を記す。「部」への校異とする。
14 **底**原「高」に似た字形の「亮」を書し、ついで「儿」を擦消して大きく「儿」を重書して字形を整える。
17 **底**原「高」に似た字形の「亮」を書し、ついで「儿」を擦消して大きく「儿」を重書して字形を整える。さらに、角倉素庵は、別字と見て、あるいは字形を整えるために、朱「ヒ」で抹消し「亮」傍書。

二九六

4 **谷**「庶」に重書して「麁」に改め、ついで左に墨圏点を付して右に「麁」傍書。**東**・**高**「鹿」の「比」を「灬」に作るが、「鹿」と読取る。
8 **底**「汙」は「汚」と同字。**大頭按**「行、金本作レ汙、或是」。
10 **底**原「位」の書きさし。
11 **東**・**高**「左」を「尢」の如くに作るが、「左」と読取る。
14 **底**「苅」の「メ」を「ヲ」に作るが、「苅」と読取る。
16 **底**「武」の「止」を「コ」と「一」を合せた字形に書す。
18 **底**「鷰」の「燕」を「艹」と「一」と「口」を合

せた如き字形に書すが、「鷭」と読取る。

二九八 1 底「六月」以下を改行せず。

2 東傍按「イ録歟」。高傍按「イ緑歟」。

5 印「並」あり。

11 紀略は「大神社」なく、「社」を意補。

三〇〇 8 東傍按・高傍按「イ無」。

9 谷「掎」の左傍に墨圏点を付す。注意符かあるいは抹消符か。

15 底「苅」の「メ」を「刃」の如くに作るが、「苅」と読取る。

三〇二 7 東・高「単」を「ツ」と「早」を合せた字形に書すが、「単」と読取る。

14 底「耕」の偏を「禾」に作るが、「耕」と読取る。

15 底原「戊」を「ノ」のない字形に書す。角倉素庵は、別字と見て、あるいは字形を整えるために、「ノ」を加筆。

三〇四 1 「脩」(シュウ)は乾し肉の意であるが、「修」に誤用される。

12 三〇二頁15参照。

13 底原「戌」を「ノ」のない字形に書す。角倉素庵は、別字と見て、あるいは字形を整えるために、「ノ」を加筆。

14 本書では「日」と「曰」は文脈に従って読取り校異しないが、ここでは角倉素庵の校訂があるので校異を掲出する。

三〇六 2・5 大、谷の「公卿」(「卿」は傍補)を改めて「王公」とする。

6 要略二十五により、「普」を「賞」に改める。

8 兼「々」の左に朱点を付し、右に「本」朱傍書。高「々」の上に朱点あり。

9 底「国固」と書し、ついで「国」の上方に朱挿入符を付し、「固」に移動符を付して「固国」に改める。

10 底「僻」の中央を「台」に作るが、「僻」と読取る。

11 底「侵」の偏を「彳」に作るが、「侵」と読取る。角倉素庵は、別字と見て、あるいは字体を整えるために、朱「ヒ」で抹消し「侵」傍書。

12・13 底「黄占」に、角倉素庵は「廣古イ」(「イ」は朱書)傍書。

14 底原「奪」の古字「奞」を書す。角倉素庵は、別字と見て、あるいは字体を整えるために、朱「ヒ」で抹消し「奪」傍書。谷「奪」の古字「奞」に重書して「奪」に改める。

15 東「貪」の「ラ」を「戸」の如く作る。

16 大頭按「三代格、此下有二陸田二字一」。

23 印「告」あり。

25 底「天皇」に闕字を用いる。

三〇八 3 印「下上」。

6 本条後出の「健部」は諸本「健部」に作るので、ここも「健部」とした。

10 大頭按「由、金本作レ目、或当レ作レ因」(「因」は「大」を「コ」に作る異体字)。

13 底原「旌」の「生」を「圭」に作る。「旌」と読取る。角倉素庵は、別字と見て、あるいは字形を整えるために、朱「ヒ」で抹消し「旌」傍書。

15 「胙土」を、印「昨上」に作る。狩、「昨」に「胙」と傍書し、「上」に「土官」「土」と傍書し、「昨一作レ胙」「上一作レ土」「左伝隠八年、天子建徳、因生以賜姓、胙之土、而命之氏」と頭書。伴も「胙土」と傍書し左伝を頭書に引用。

18 三〇八頁3参照。

三一〇 5 東「日下部」の「日」に「イ曰」と傍書。高「日」の上に朱点を付し「イ曰」と傍書する。朱点は「日下部」の「日」に付せられたもので、「日」に対する校異表記と見る。

13 底「詔」に闕字を用いる。

18 底原「或」の異体字を書す。角倉素庵は、別字と見て、あるいは字形を整えるために、朱「ヒ」で抹消し「或」傍書。

20 兼朱傍書・東・高は「冖」と「豕」を合せた字形に書す。「冢」と読取る。

三一二 4 底「四年」以下を改行せず。紀略「四年」の上に「乙丑」割書。

7 高「耳」の中の横棒が一本の字形に書す。

10・11 底「河粮」に角倉素庵は「阿根イ」(「イ」は朱書)と傍書。

13 東・高「三故」の「三」に「三坂」と傍書。

三一四 1 大頭按「秦、此上、恐当レ補二外正六位上五字一」。

3 大頭注「邊、官本・卜本作レ嶋」。

5 谷「並」以下の一行（「朝臣」と「国」を欠くので二七字）を誤って次々行に書す。移動符を付して次行に移す。

11 底「刀自」の合字を書誤って、「刀」と「目」を合せた字を書す。

16 東・高「扌」と「辛」を合せた字形に書す。東傍按・高傍按「イ无」。

21 底「朝」の左半部を書きかけて擦消して、「橋」重書。

三六 14 大頭按「頭、当レ作レ首」。

三八 4 三〇〇頁15参照。

8 底原「亮」を「高」の「口」を「ル」に作る字形に書す。角倉素庵は、別字と見て、あるいは字形を整えるために、朱「ヒ」で抹消し「亮」傍書。

10 三〇二頁15参照。

三〇 1 印「諸」。狩・伴「渚」傍書。

11 三一四頁11参照。

15 東「園」を「周」と「一」を合せた如き字形に誤写。

17 底の本巻は毎月改行の書式であるが、「二月」は改行せず。

19 底原「戊」を「ノ」のない字形に書す。角倉素庵は、朱で「ノ」「﹅」を加筆。

三三 2 三〇〇頁15参照。

5 印「丁未」。狩頭按「丁恐乙」。伴「丁」に「乙」「卅」と傍書し、「推ニ甲子一、二月無ニ丁未一、疑干支誤、一本作ニ乙未卅日一也」と頭書。大頭按「丁未、是月无、或当レ作ニ乙未（卅日）一」。

7 三〇二頁15参照。

8 底原「戊」を、「ノ」を欠き、「﹅」を「ノ」にする字形に書す。角倉素庵は、別字と見て、あるいは字形を整えるために、「戈」の「ノ」を加筆。

三四 2・3 底「関」を「開」に作る。「開」は「関」の異体字でもあり、また別字（門の柱の枡形）でもある。角倉素庵は「開設」に「開説イ」（「イ」は朱書）と傍書する。

4 底原「領」の如き字形に書す。

11 底原「牙」の「ノ」のない字形を書す。ついで重書して「于」に改め、さらに右に「于」傍書。

12 底原「懼」の「隹」を「安」に作る字形を書す。

17 三〇二頁15参照。

18 三二二頁8参照。

三六 1 兼・谷・東「鳫」（「鴈」の古字）を書す。

5 底原「化」の「ヒ」を「巳」の如く書す。角倉素庵は、別字と見て、あるいは字形を整えるために、朱「ヒ」で抹消し「化」傍書。

7 底「翔」の「羽」を「月」に作るが、これは「翔」の行書体による。

13 底「覃」の「日」を「田」、「十」を「廾」に作る字形に書す。

三八 6 東「権」を手偏に作るが、「権」と読取る。

7 三〇二頁15参照。

8 底「式」に「ノ」を加えるが、「式」と読取る。

9 底「頃」を「項」の如く書すが、「頃」と読取る。

14 三一〇頁18参照。

15 底原「誣」の同字「誈」を書す。角倉素庵は、別字と見て、あるいは字形を整えるために、朱「ヒ」で抹消し「誣」傍書。

17 底・兼・東・高「整」を「勅」と「止」を合せた字形に書す。谷「整」を「勅」と「正」を合せた字形に書す。

三〇 5 「褒」は「褎」（ホウ。ほめる、あつまる）の俗字。「裒」は、あつまるの義が「褎」のあつまるの義と同じなので、「褎」（ほめる）に誤用される。東・高は「褒」の「𠂉」を「厂」に誤写。

6 谷「皆」の左傍に墨圏点を付す。あるいは抹消符か。

7 三〇〇頁15参照。

13 底原「廷」の異体字（「辶」と「手」を合せた字形）に書す。印「迋」。

三三 2 底「勅」に闕字を用いる。

5 三〇〇頁15参照。

6 底「予」と「令」を合せた字形に作るが、「矜」と読取る。

8 三〇〇頁15参照。

11・12 底・兼等は「十一姓十六人」の誤写であると考えられる。脚注では「十一姓」

として注解する。**狩頭按**「十姓、疑十一姓之脱」。

16 三二八頁**8**参照。

三三四 **2** **底**「沐」の下に四字分の空白を設けて、「天」以下を改行する。角倉素庵は、前行末に朱「○┃」を付して、「天」以下を前行に送るように指示。

3 **底**原「渙」の異体字を書す。角倉素庵は、別字と見て、あるいは字形を整えるために、朱「ヒ」で抹消し「渙」傍書。

5 **底**「皇帝」に闕字を用いる。

10 **底**「皇后」に闕字を用いる。角倉素庵は、この空白に誤って「亭」を新補、ついで朱「ヒ」で抹消して空白に戻す。

12 **底**「姙」の「任」を「亻」と「壬」を合せた字形に作るが、「姙」と読取る。

13 **底**重「闌」と書すが、角倉素庵は、別字と見て、あるいは字形を整えるために、朱「ヒ」で抹消し「闌」傍書。

16 **兼**原は「効」の書きさしか。

18 三二六頁**7**参照。

22 **底**原「土」の異体字(「土」に「丶」を付した字形)を書す。角倉素庵は、別字と見て、あるいは字形を整えるために、朱「ヒ」で抹消し「土」傍書。

27 **東**「省」と読取る。

29 **底**原「亮」は「高」の「口」を「几」に作る字形。**底**、「几」に重書して「几」の形を整える。

三三六 **1** **底**「糸」と「心」を合せた字形に書す。「総」の誤写。

4 **底**、角倉素庵は「麻」に「麻呂イ」(「イ」は朱書)と傍書する。**大**、底本とする**谷**にある「呂」を衍字とする。

6 **兼**、行末に一字分の空白を置き、空白の上縁に「皇」の左上角のみ写す。**兼**の親本の欠損の状態を引き写したもの。

10 二九〇頁**15**参照。

三三八 **7・8** **底**「歴」を、初め「麻」の「广」を「厂」に作る字形に書し、ついで墨色をやや異にして「止」を加筆して「歴」に改める。「歴」の下に「呂」があるので、「麻呂」と書き誤ったものか。

12 **底**原「早」の「下」の縦棒は「一」の上に出る。角倉素庵は、別字と見て、あるいは字形を整えるために、小紙片を「早」の左傍に貼り、ついで小紙片の上に「日下」と墨書。後に小紙片が剝がれたため、現状は小紙片の外にはみ出した残画(「日」の左上角と「下」の下部)のみ残る。

三四〇 **2** 三三〇頁**5**参照。

4 **底**原「氵」と「景」を合せた字を書す。

5 **谷**「和」の左傍に墨圏点あり。

8 **底**「年」の本字「秊」の「千」を「手」に書誤る。

13 **大**・**類**「之」を**三代格**・**要略**により補う。

14 **底**新「衍」と「心」の二字を朱「ヒ」で抹消。

三四二 **3** **底**原「収」に、角倉素庵は、左傍に小紙片を付し、ついで小紙片の上に文字の右半をのせて「奴」と書す。後に小紙片が剝がれて、「奴」の「又」が無くなり、本紙に書かれていた「女」のみ残る。

4 **底**原「亮」の「儿」に重書。さらに角倉素庵は、別字と見て、あるいは字形を整えるために、朱「ヒ」で抹消し「亮」傍書。

8 **底**「八月」以下を改行せず。

12・15 本書では、原則として「麿」と「麻呂」は校異しないが、ここでは角倉素庵が校異しているので掲出する。

三四四 **1** **底**「宿禰」の上に、角倉素庵が小紙片を貼る。これは、「禰」に対する校異を付すための標であるが、素庵は剝がし取り忘れ、かつ校異を記入し忘れたらしい。

6・7 **底**「斎」の下部を「日」の如くに作るが、「斎」の行書体として読取る。

11 三四二頁**12・15**参照。

三四六 **2** **紀略**「事反逆」に作る。

13 **底**原「沈」の異字体(旁を「冘」に作る)。

17 **紀略**「被賊襲射、両箭貫身薨」(「薨」は補)に作る。

18 **紀略**には「車駕至自平城」の下から「至於行幸平城」云々の間の藤原種継の事績なく、かわりに、現続日本紀には見えない、種継殺害犯人の追捕と処罰の丙辰条、宣命と皇太子早良親王の配流を記す庚申条が掲げられている。なお、**紀**

略には、日の配列の混乱がある。補38－六二・六六・六九参照。

23 底原「未」の左傍に、角倉素庵は校異の標の小紙片を貼る。ついで、小紙片の上にかけて「未」の第一画・第四画に加墨して「末」に改める。現在も貼られている小紙片に第一画・第四画の墨がのる。本書では、原則として「未」と「末」は文脈により読取るが、ここでは底本に角倉素庵の校異が加えられたので掲出した。

三四八

3 底「天皇」に闕字を用いる。

4 底、前行末に「之」があるが、次行冒頭に「之」を再度記す。底、左傍に「ミ」、文字の上に「／」を付して抹消する。角倉素庵は、さらに朱「ヒ」を付して抹消。

10 底「天皇」に平出を用いる。

11 紀略には「左大臣」の下に、続日本紀には見えない種継殺害犯人の処刑の記事が掲げられている(九月庚申条)。補38－六二・六三参照。

19 底原「兄」の上部を「ソ」の如く作る字形に書す。角倉素庵は、別字と見て、あるいは字形を整えるために、朱「ヒ」で抹消し「兄」傍書。

三五〇

4 三〇四頁13参照。

12 二九二頁5参照。

13 三四八頁19参照。

16 本書では、「未」と「末」とは、原則として文脈に従い読取るが、ここで底に校異が加えられているので掲出する。底は「未」の「二」に重書。高は「末」と読取る。

17 兼「亮」を「ウ」と「穴」を合せた如き字形に誤写するが、「亮」と読取る。

18 兼「下」を「、」のない字形に作る。「下」の書きさしか。

三五二

1 底「苅」の「メ」を「叉」に作るが、「苅」と読取る。角倉素庵は、別字と見て、あるいは字形を整えるために、朱「ヒ」で抹消し「苅」傍書。

3 底原「藝」の「云」を「力」に書誤る。

9 本書では「无」と「無」との校異は表記しないが、ここでは角倉素庵の補筆があるので注記した。

11 大、印により「大」を補う。

12 底「寡」の譌字「寘」を書す。角倉素庵は、別字と見て、あるいは字形を整えるために、朱「ヒ」で抹消し「寡」傍書。

13 東の本文・傍書とも「末」「未」と判読し難いが、東の本文が「末」、傍書が金沢文庫本(蓬左文庫本)または同本系統の写本との校異によるものとして「未」と読取る。本書では、「未」と「末」とは、原則として文脈に従い読取るが、ここで東に校異が加えられているので掲出する。

三五四

10 二九二頁5参照。

11 考證「前有二庚子一、一本作二庚申一、庚申廿八日也」。伴頭按「按、此条、当レ移二上庚子下条、此庚子二字一、又按、是月朔癸巳、而庚申二十八日也、在二丙辰・丁巳後一、然則、改二庚子一作二庚申一、次第為レ得」。

12 底には、巻末に親本あるいはその祖本の欠損の状態を引き写した空白がある。三五四頁18・19・21・23参照。

13 印「下上」。

17 三四二頁12・15参照。

18 三五四頁12参照。

19 底原「夫」を欠くのは三五四頁12に記した巻末の文字の欠失とかかわりあるか。

21 三五四頁12参照。

23 三五四頁12参照。

24 底「父」を「又」の如き字形に書す。角倉素庵は、別字と見て、あるいは字形を整えるために、朱「ヒ」で抹消し「父」傍書。

巻第三十九

三五六

2 底の巻首には、親本あるいはそれ以前の段階の写本の欠損を表示した空白がある。底の巻首の空白は、この第一行のほか、第一三行(第八―一〇字、三五六頁14)、第二五行(第七―九字、三五八頁8)に空白があった(三六二頁11・三六四頁7参照)。角倉素庵は、これらの

4 空白に文字を補っている。
4 **底**補「中」は本文と同筆の追筆で、書写過程でのもの。
6 **底**「勅」に闕字を用いる。
7 **紀略**「五年」の上に「丙寅」割書。
8 **底**原は「戌」の略体を書すが、角倉素庵は、別字と見て、あるいは字形を整えるために、「ノ」を加筆。
9 **底**新(角倉素庵とは別筆。『続日本紀 蓬左文庫本』校勘記で「底原」とするのは誤り)は、「壹」の上に墨挿入符を付し、右に「従四位上」と傍書。ついで角倉素庵は、墨挿入符に朱を重書。
14 三五六頁**2**参照。
16 **底・兼・谷・高**「楫」の偏を手偏の如くに作る(「揖」は別字)が、「楫」と読取る。以下、同じ。**東**、偏を「才」、「耳」を「月」に作る。

三五八 1 **底**「苅」の「メ」を「ヌ」に作る字形に書す。「苅」と読取る。
2 **底**は三五八頁**1**参照。**兼**「苅」(「苅」は葦の穂(の箒))と書すが、「苅」の異体字として読取る。
3 **底**原「奪」の古字「奪」を書す。角倉素庵は、字形を整えるために、または別字と見て、朱「ヒ」で抹消し「奪」傍書。
4 **底**原「印」の行書体を誤写。
5 **底**については「苅」(三五八頁**2**参照)と書すが、「苅」と読取る。**兼・谷**「苅」の「メ」を「タ」に作るが、「苅」と読取る。
8 三五六頁**2**参照。
11 **底**「苅」と書すが、「苅」と読取る。
14 **高**「称」に似るが、「祢」と読取る。

三六〇 2 **底**原「従五位上」に対して、角倉素庵は、初め「上」に「下イ」(「イ」朱書)と傍書し、ついで「下イ」を抹消し、「従五位上」を朱「ヒ」を付して抹消。
6 **考證**「里、一本作レ黒、是也、二年二月紀可レ証」。**大頭注**「黒、原作レ里、拠二上文延暦二年二月紀一改」。**狩頭按**「黒一本、是也、二年二月紀可レ証」。**伴・印**「里」に加筆して「黒」に改める。
8 **底**、前条末に二字分の空白を設けて、「戊申」以下を改行。

三六三 1 **底**「地」の「土」を「火」の如くに書すが、「地」と読取る。
3 **底**新傍朱按「イ无」。
4 **大頭按**、**底**の「兼」は「恐非」とする。**印**「兼」なし。
9 **底**「二月」以下改行。本巻は、毎月改行の書式である。
11 **底**原一字空は、三五六頁**2**に記した巻首の空白と関わる。
12 **谷**「頭」の左傍に墨圏点を付して抹消し、ついで「守」と傍書。
14 **底**原「足」の行書体を書す。角倉素庵は、別字と見て、あるいは字形を整えるために、朱「ヒ」で抹消し「足」傍書。

三六四 7 **底**原一字空は、三五六頁**2**に記した巻首の空白と関わる。
10 **底**「潤」の「王」を「日」に書き誤る。
11 **底**「點」の「占」を「古」に作るが、「點」と読取る。

三六六 2 **考證**「剖」とあるべし、とする。
4 **底**「禾」と「井」を合せた字形に誤写。
6 **大頭按**「前、三代格、此下、有二件字一」。
7 **印**「以」。
8 **底**原「譽」の「與」を「与」に作る。角倉素庵は、別字と見て、あるいは字形を整えるために、朱「ヒ」で抹消し「誉」傍書。
9 **底**新朱抹傍・**東**「田」と「又」を合せ「又」の上に「丶」を付した字形に書す。「畋」と読取る。
11 **大頭按**「戍、御本及三代格、作レ戎」。
13 三六六頁**6**参照。

三六八 5 **印**「上」。
6 **印**「縦」。
11 **義頭按**「今、推二千支一、乙、当レ作レ己」。**印**「乙」。**伴頭按**「推二千支一、乙未、疑、己未之訛」。**大頭按**「己、原作レ乙、今推改」。

三七〇 2 **底**「擧」の上部を「与」に作る。角倉素庵は、別字と見て、あるいは字形を整えるために、朱「ヒ」で抹消し「擧」傍書。
3 **兼**「平」の左に朱点を付し、右に「革」朱傍書。**谷**「平」の左に朱点と墨圏点を付し、右に「革」朱傍書。

5 兼「邊」の左に朱点を付し、右に「過」朱傍書。谷「邊」の左に朱点と墨圏点を付し、右に「過」朱傍書。

6 印「領」。

8 印「守」あり。

9 三五八頁3参照。

三七三 3 印「保」。考證「依㆓三年十一月紀㆒、阿倍、当㆑作㆓阿保㆒」。

8 底「或」は「式」と「ノ」を合せた字形。

9 底原「目」に重書して「曰」に改め、さらに左傍に抹消符を付して「曰」を右に傍書。

三七四 1 底・兼・谷「渤」の同字「潡」を書す。

3 谷重は「披」を「被」に改めようとして「扌」を「木」とする。

6 底原「逃」の「兆」を「外」に作る「逃」の異体字を書す。角倉素庵は、別字と見て、あるいは字形を整えるために、朱「ヒ」で抹消し「逃」傍書。

三七六 9 大頭按「乙卯、是月无、或当㆑作㆓己卯(廿四日)㆒」。

10 紀略「六年」の上に「丁卯」割書。

12 底原「並」の異体字を書す。三七八頁二行目の「並」も同形。

三七八 6 底原「甘」と「南」を合せた字形に書す。

10 印「作」。

三八〇 3 底「亮」を「高」の如き字形に書す。角倉素庵は、別字と見て、あるいは字形を整えるために、朱「ヒ」で抹消し「亮」傍書。

5 三八〇頁3参照。

6 大頭按「頭、当㆑作㆑首」。印「頭」。狩「頭ト」と傍書し「頭当㆑作㆑首」と頭書。伴「首ィト」と頭書。

7 兼・谷「渤」の同字「潡」を書す。

9 高傍「扌」と「㐌」を合せた字形の「柁」の異体字。

10 「挟杪」が正しく、「挟抄」とするのは誤写。

三八二 2 義頭按「今、推㆓干支㆒、乙、当㆑作㆑己」。狩本文が「乙亥」に「己　十五日」傍書。伴頭按、本文「乙」を抹消して「己」傍書。大頭按「乙亥、是月无、或当㆑作㆓己亥(十五日)㆒」。

4 底「脩」(乾し肉の義)は「修」の誤用。

6 底「矜」の「矛」を「予」に作るが、「矜」と読取る。

7 底原「寡」の譌字「稟」を誤写、「宀」と「真」を合せた如き字形に書す。

8 印「癈」。

9 印「見」。

三八四 3 底、一行分、行間に補書する。

5 底原「劍」の異体字「釼」を書す。角倉素庵は、別字と見て、あるいは字形を整えるために、朱「ヒ」で抹消し「劔」(「劍」の異体字)傍書。

8 底原「亻」を用いる「條」の異体字を書す。角倉素庵は、別字と見て、あるいは字形を整えるために、朱「ヒ」で抹消し「條」傍書。

10 大頭按「外、拠㆓上文延暦元年五月紀㆒、当㆑衍」。

三八六 3 印「大」。

5 東傍按・高傍按「イ无」。

9 三七六頁12参照。

13・14 大頭按に「曰、原作㆑日、拠㆓金本㆒改、下同」とあるが、大系本の底本の谷は「曰」とも「日」とも読める。底(大系本の「金本」)・兼・東・高も谷と同じ。

15 底「蒲」の異体字(「浦」を「補」に作る)を書す。角倉素庵は、別字と見て、あるいは字形を整えるために、朱「ヒ」で抹消し「蒲」傍書。

16 三八六頁13・14参照。

三八八 1 三五八頁3参照。

3 大頭按「時其、印本作㆓其時㆒」。印「其時」。

4 印「後」。狩・伴「緩」に改める。

5 底「科」の異体字(偏を「ネ」に作る)を書す。角倉素庵は、別字と見て、あるいは字形を整えるために、朱「ヒ」で抹消し「科」傍書。

三九〇 6 三八〇頁3参照。

8 三八二頁7参照。

14 大頭按「稟、恐、当㆑作㆓廩字㆒」。

15 印「此」。

三九二 2 大頭按「十一、印本作㆑五」。印「五」。

6 東・高「瞻」の「目」を「月」に作る。
8 兼「晷」の「日」を「田」に書き誤る。
9 底原「祇」と「灬」を合せた字形に書す。
10 三八二頁4参照。
11 高「十」と「義」を合せた字形を書す。
12 印「牲」。
13 底「次未」の左傍にそれぞれ「ミ」を付し、右に「粢歟」と傍書。
15 三九二頁9参照。
16 谷原「鷹」の異体字を書す。
18 谷「訴」の左傍に墨圏点を付す。大はこれを墨抹と見て、頭按に「諱、原作レ訴、而墨抹、今意改」とする。印「訴」なし。
24 底「示」と「栗」を合せた字形に誤写。
30 高「忄」と「義」を合せた字形に書す。

三九四

2・3 底「鷹」に、角倉素庵は「廣侑イ」(「イ」朱書)と傍書する。
4 紀略「七年」の上に「戊辰」割書。
6 底「天皇」に闕字を用いる。
11 底「寡」の譌字「稟」。
15 底は「手」と「白」を合せた字形に書すので、本文には「拍」として表記した。大頭按「朔、…或当レ作レ翔、又按或当レ作レ稲」。

三九八

1 大頭按「上、原作レ下、拠二上文延暦三年十二月紀一改」。
3 底新傍朱按「イ无」。
13 東・高「糒」の「用」を「月」に作るが、「糒」と読取る。
14 印「勅」の下に「曰」あり。

四〇〇

1 底新傍朱按「イ无」。
4 底原「沃」の異体字(「夭」を「犮」に「ノ」を加えた字形に作る)を書す。角倉素庵は、別字と見て、または字形を整えるために、朱「ヒ」で抹消し「沃」傍書。
9 兼は「名」を「各」の如くに書すが、「名」と読取る。
13 底原「高」の「口」を「儿」に作る「亮」の異体字を書す。ついで「儿」に重書して「儿」を大きくする。

四〇二

6 底は一般に「頃」を「項」の字形に書す。「項」を「頃」の異体字と見て、本書では枚挙しないが、ここでは底に校訂が加えられているので、「項」と読取り校異を加える。
9 三六六頁4参照。
12 大頭按「擁、原作レ権、今従二金本一、擁壅古通用」。底(大系本の「金本」)は「権」と読取る。
13 底傍「農」の下に「之」の擦消し痕あり。角倉素庵は、底原「曲辰」を朱「ヒ」でそれぞれ抹消。
14 底原は「癸巳」の日の干支を、ここでは例外的に小字割書にする。角倉素庵は、日の干支の表記を大字に統一するために、それぞれ朱「ヒ」で抹消して「癸巳」傍書。
22 三六六頁4参照。

四〇四

4 底「新」の行書体の如き字形に書すが、「新」と読取る。
10 底「闕」の俗字体「閞」を書す。角倉素庵は、別字と見て、あるいは字形を整えるために、朱「ヒ」で抹消し「闕」傍書。

四〇六

2 底原「玄」と「阝」を合せた字形を書す。
5 底原「頭学」に書し、「頭」の上に挿入符、「学」の右に転倒符を付し、「学頭」と改めるように指示。

四〇八

3 底原「戉」の異体字を書し、ついで「ノ」を擦消する。

四一〇

4 底原「父」と書すが、角倉素庵は「文」と見て、あるいは字形を整えるために、朱「ヒ」で抹消し「父」傍書。
5 本書では「未」と「末」の校異は行わないが、ここでは底に角倉素庵が校異を加えているので校異を表記する。
8 印「位」の下に「上」あり。大、印により「上」を補う。
9 大頭按「勤格、恐当レ作二格勤一」。
11 底「天宗高紹天皇」に闕字を用いる。

四一二

6 底「鹵」の中を「ル」に作る異体字を書す。
15 谷原「揖」の異体字を書す。ついで「揖」を重書。
18 底「冒」を「四」と「日」を合せた字形に書す。兼・谷・東「冒」の下部を「日」に作るが、「冒」と読取る。

四一四

4 底「囗」の中に「㔾」を入れた字形に書す。高「囗」の中に「困」を入れた字形に書す。

巻第四十

四一六
6 底「勅」の上に僅かに空白あり。闕字か。
7 紀略「延暦」を欠き、「八年」の上に「己巳」割書。
9 底「己酉」の上一字分空白。底の本巻は、多くの場合、日の干支の上に一字分の空白を設ける。
12 底「鏡」の右側に数箇の点状の朱筆あり。角倉素庵によるものか。
13 底「企」の「止」を「山」に作る字形に誤写。
16 底「人」の下に一字分の空白あり。

四一八
5 考證「従、一本作レ正、是也。四年六月紀可レ証」。大頭按「正、原作レ従、拠二上文延暦四年六月紀一改」。
11 底「刀自」の合字「𠮷」を誤写して「尸」と「目」を合せた字形に書す。
16 底「刀自」の合字「𠮷」を誤写。
18 底「造」の右に朱書「ナリ」あり。
20 底原「坐」の行書体に似る。
23 底の本巻は、毎月改行の書式。

四二〇
1 底「鏡」の右半から右側にかけて数箇の点状の朱筆あり。角倉素庵によるものか。
2 底「総」の「糸」(糸偏)を小さく書くので「慈」の如くに見える。
3 考證「下、一本作レ上、是也。四年十一月紀可レ証」。大頭按「上、原作レ下、拠二上文延暦四年十一月紀一改」。
4 四二〇頁2参照。
12 底「关」は「癸」の異体字。兼等「癸」。

四二三
2 底「高」に似た「亮」の異体字を書す。角倉素庵は、字形を整えるために、または別字と見て、朱「ヒ」で抹消し「亮」傍書。
3 底「豫」の「予」を「弟」に作る。「豫」の異体字として読取る。
4 底「網」の如き字形に書すが、この字形は正月己巳条・二月丁丑条の「綱」と同じなので、「綱」と読取る。底は「網」の字を、正月己酉条では旁を「冂」と「ヌ」を合せた字形(「網」の行書体)に書しているる。東は糸偏と「囚」を併せた字形に書すが、「網」の行書体の誤写。
16・17・18 卜部家本系写本のうち兼・谷は、「山背」の次の「介、従五位下大伴王為甲斐」の一一字を脱しており、「山背守」の「守」は「甲斐守」の「守」であったとすれば、角倉素庵は、脱文に気付かずに、底の「山背介」の「介」と卜部家本系写本の「守」(「甲斐守」の「守」)とを校異してしまったとも考えられる。一方、卜部家本系写本のうちの東・高は、脱文なく「山背守」としている。これは、角倉素庵が対校に使用した卜部家本系写本でも「山背守」となっていたので、「介」と「守」を校異したとも考えられる。大は「守」を「介」に改めるが、これは「山背守」と理解したことによる校訂。
19 考證「下、一本、作レ上、是也。六年正月紀可レ証」。
22 考證「白字、疑衍。五月丁卯紀及六年三月・七年十一月・九年三月等紀、並可レ証」。

四二四
2 底・兼・谷「開」と書す。「開」は「關」の行書体(または、それから派生した異体字)でもあり、門の柱の枡形の義の別の文字(音はヘン)でもある。本書では一般名詞に使用される場合には「関」と表記し、固有名詞に使用される場合には「関」の異体字として「開」を用いる場合もある。
3 底・兼・谷・高の字形は2参照。
4 義頭按「今推二甲子一、是月、無二辛酉一、疑有レ誤」。狩頭按「今月、無二辛酉一、一作二辛卯一、此則十九日也」。伴頭按「推二干支一、是月、無二辛酉一、疑有レ誤」。大頭按「辛酉、是月无、一本作二辛卯(十九日)一」。類八〇頭「辛酉、是月无、恐有レ誤。本史一本作二辛卯(十九日)一」。
6 印「庫」。
8 大頭按「収、金本・堀本、作レ以」とするが、底は「収」の中心部に虫損があるので「以」と誤ったもの。
10 底原は「子」と「貝」を合せた字形に書す。印「留」。
18 底「此」に似るが、「比」と読取る。

21 底新朱抹傍・兼等・大は「目」と「折」を合せた字形の「鼎」の異体字を書す。底原「鼎」の異体字を書す。角倉素庵は、別字と見て、朱「ヒ」で抹消し、別形の異体字を書す。

四二六

6 底「朕」の「月」を「日」の如くに作る。

7 考證「海軍、一本作㆓賊軍㆒」。大、一本により「賊」に改める。

11 底原「奪」は「奪」の古字の異体。角倉素庵は、字形を整えるために、または別字と見て、朱「ヒ」で抹消し「奪」傍書。東「奪」。

14 兼「之」を二字分に書す。

16 四二六頁11参照。

17 兼・谷「目」の左傍に朱点を付す。

19 底「遥」と読取る。

20 四二六頁11参照。

25 底「歩」と「余」を合せた字形に書す。

四三〇

7 諸本「湊」と紛らわしいが「凌」と読取る。

10 考證「為字、疑衍」。大頭按「為、考證云、疑衍」。

16 諸本「敵」(テキ・チャク)は「敵」とは別字であるが、「敵」の異体字として読取る。

18 考證「被排、或曰、疑被靡之譌」。大頭按「被排、或当㆑作㆓被靡㆒」。

21 底「械」の異体字(「傍」を「或」の如くに作る)を書す。角倉素庵は、別字と見て、あるいは字形を整えるために、朱「ヒ」で抹消し「械」傍書。

23 底「矢」と書す。角倉素庵は、別字と見て、あるいは字形を整えるために、朱「ヒ」で抹消し「矢」傍書。

四三三

2 四二四頁18参照。

6 東「卑」を「目」と「十」を合せた如き字形に誤写。

9 印「道」の下に「嶋」あり。

10 底傍補・兼・谷・東・高「筴」は「策」と同字。

11 谷原「亡」の異体字を書す。

12 底「怚」の旁を「二」と「且」を合せた字形に誤写。

15 底「⻍」(之繞)と「𠃊」「品」を合せた字形に書すが、「區」(区)と読取る。

17 底新傍「翦」は「翦」の俗字。角倉素庵は、別字と見て、または字形を整えるために、「翦」を朱「ヒ」で抹消し「翦」傍書。兼・谷・東・高・大は「翦」。

18 東傍按・高傍按「イ无」。

19 兼「穴」と「亀」を合せた字形に書す。谷「宀」と「亀」を合せた字形に書す。東「穴」と「亀」の「ク」を除いた部分を合せた字形に書す。「竈」の誤写か。

28 底「両」の異体字(「雨」の如き字形)を書す。角倉素庵は、別字と見て、あるいは字形を整えるために、朱「ヒ」で抹消し「両」傍書。

四三四

3 印「指」。狩「指ｌ」。伴「指」(「指」は「ヒ」を「ム」に作る)と傍書。大頭按「指、ト本作㆑損」。

4 底傍書「渉」は、左端が貼り継ぎの際の切除により欠損している。

9 諸本「筴」。「策」と同字。

10 底「耕」の偏を「禾」に作る字形を書す。

11 底「城」の「成」の中に「一」を加えた字形に書す。「滅」の誤写。

13 谷「書」を擦消して「出」重書、ついで右に「書イ」傍書。

15 諸本「抏」(ガン。くじく)の如く作るが、「抗」と読取る。

18 四三四頁9参照。

四三六

2 東「經」の行書体の如き字形に作る。「経」と読取る。

3 東「委」の「女」を「心」に書き誤る。

4 底・東「イ」と「宇」を合せた字形に書す。「佇」の誤写。

5 谷「若」に作る。考證「若、当㆘依㆓ト本・永正本・金沢本・堀本㆒作㆖差」。

8 底「軍」の下に墨挿入符を付して右に「費」傍補。角倉素庵は「軍」の下の墨抹消符に朱抹消符を重書し、右傍補「費」を朱「ヒ」で抹消し、左に「費」傍書。角倉素庵は右の傍書を「費」と読取らなかったか。

9 高「囗」に「困」を入れた字形に書す。

11 底・東・高・大の字形は四二四頁2参照。

12 四三二頁15参照。

14 底・兼・谷・東の字形は四三六頁11参照。

18 四三六頁11参照。

四三八

1 四三二頁**28**参照。

4 **底**、草冠と「忘」を合せた字形に書す。「荒」の誤写。

6 **底**「糸」(糸偏)は、「纜」の書きかけ。

7 **底**「高」と「欠」を合せた字形に書すが(「敵」の異体字としての「敵」〔本来は別字〕の書誤り)、「敵」と読取る。**兼**等「敵」に作る。

8 **谷**「非」の左傍に墨圏点を付す。

11 **谷**原「亡」の異体字を書す。

13 **底**「亡」の異体字に似るが、「已」と読取る。**印**「亡」。

15・16 **兼・谷**原・**東・高**は「云大」を合せて「弁」と誤写。

17 四三八頁**4**参照。

18 **底**新朱傍「獲」の偏を手偏の如く書すが、「獲」と読取る。**兼・谷**「攫」の左傍に朱点を付す。

四四〇

1 **兼・谷**「勝」の左傍に朱点を付す。

5 **底**原「平」の上部を「一」と「口」を合せた形に誤写。

10 **印**「上」。**考證**「依二三月戊午紀及九年三月紀一、上当レ作レ下」。

11・12 **底**、角倉素庵はト部本系写本に「真屋麻呂」とあるのを見て校異を付そうとしたが、「屋」に「真イ」(「イ」は朱書)と傍書したか。

13 **印**「頭」。**狩・伴**「頭」に「首ト」傍書。

17 **底**新朱傍按「イ无」。

四四三

1 **底**「蕃」を「以」「未」「田」を合せた字形に誤写。

4 **底**「留」を「死」と「皿」を合せた字形に誤写。

5 **底**「荒」の上部(草冠と「亡」)のみの字形に書す。

9 **底**「波」を草書の「は」の字形に書す。

13 四四二頁**4**参照。

四四四

1 四四二頁**4**参照。

2 **高**は「真者是」を擦消し重書して「真枚者是」に改める。

4 **東・高**は「極」と読取った。

5 **底**の文字は四四二頁**4**参照。

13 本書では「未」と「末」は文脈に従い判読するが、ここでは**底**に校訂が施されているので、校異を表記する。

16 **考證**「剖、金沢本・堀本作レ判、一本作レ剖」。**大頭書**「剖、金本・堀本作レ判、一本作レ剖」。

四四六

1 **底**「麗」の行書体を書すが、角倉素庵は、別字と見て、あるいは字形を整えるために、朱で抹消し「麗」傍書。

2 **底**新朱抹傍は、あるいは「背」か。

3 **東**「平」を「乎」の如く書すが、「平」と読取る。

4 **底**原の「来」の行書体、**底**重「来」を書すが、角倉素庵は、別字と見て、あるいは字形を整えるために、朱で抹消し「来」傍書。

12 **底・谷・東**の字形、四三〇頁**16**参照。

14 「着」は「著」の誤字、俗字。「著」は「つく」が本義で「あらわす」が派生の義。現在は、「あらわす」「いちじるしい」に「著」、「きる」「つく」に「着」を使用する。**底**原「着」を書す。角倉素庵は、別字と見て、あるいは字形を整えるために、「着」を朱「ヒ」で抹消し「著」傍書。**兼**等・**大**「著」。

16 「初任為右衛士大志」は、あるいは「初任右衛士大志」か。

20 **兼**「但」を「イ」と「日」を合せた字形に誤写。

四四八

2 **底**原「室」の「至」を「又」と「土」を合せた字形に書す。

3 **義頭按**「按、是月、無二壬午一、疑、子之訛」。**狩**「午」に「子」傍書。**伴**「推二干支一、十一月、无二壬午一、疑、壬子之訛」。**考證**「是月己亥朔、無二壬午一、疑、壬子之譌、壬子十四日也」。**大頭按**「壬午、是月无、恐当レ作二壬子(十四日)一」。

6 **底**原「広」の略体を書す。角倉素庵は、別字と見て、あるいは字形を整えるために、朱「ヒ」で抹消し「廣」(広)傍書。

7 **底**「マ」(「部」の略体)を「了」の如く書すが、「マ」(「部」)と読取る。

11 **底**「項」の如く書すが、「頃」と読取る。

13 **考證**「下文云、九年、追二上尊号一、曰二皇太后一、此云二皇太后一追書也」。**大頭按**

17 「皇太后、追書之文」。
17 四一六頁13参照。
19・20 底新傍「兄厚イ」(「イ」は朱書)。
四三〇 3 兼傍按・東傍按・高傍按「王敟」。
9 底「天皇」に闕字を用いる。
13 底「齋」(斎)を、下部が「曰」の如くの字形に書すが、これは「齋」の行書体による。東・高は明らかに「斉」に作るので、別字として校異した。
四三二 5 底、前日条の条末に一三字程の空白を設けて「壬子」以下改行。
7・8 大頭按「贈正一位、拠二下文延暦九年十二月紀一即追書之文、下正一位亦同」。
11 底「皇后」に闕字を用いる。
17 谷「娉」(略体)の上方に墨点を付し、右に「聘」傍書。「聘」を「娉」の上に補ったようにも見えるが、「娉」への傍書として読取る。
19 底「今上」に闕字を用いる。
21 底「皇大后」に闕字を用いる。
23 紀略「九年」の上に「庚午」割書。
26 四一六頁13参照。
四三四 3 高「丞」を「豕」と「一」を合せた字形に誤写。
10・11・12 底原「正三位上」とある。底「位」の下に墨挿入符を付し右に「正位」と傍補。さらに、傍書「正位」の右傍に「三」を補う。ついで、角倉素庵は「位」の下の墨挿入符に朱挿入符を重書し、さらに傍書「正位」の「正」の下に朱挿入符を付す。
13 底「當」を「富」の下部の「一」がないような字形に書すが、「當」と読取る。
14 底、角倉素庵は「下」の左傍に校異の標識のために付箋を貼るが、校異を加えていない。
四三六 2 大頭按「正六位上云々、子嶋為二外従五位下一事、既見二上文延暦三年十一月紀一、恐有レ誤」。
3 大頭按「縄、下文壬戌条、作レ継」。
4 兼・東・高、一字分の空白の中央に「。」を書す。谷は一字分の空白なく、「正」の下に墨挿入符「。」を付して「五」傍書。
10 底原「吹」と書すが、角倉素庵は、別字と見て、あるいは字形を整えるために、朱「ヒ」で抹消し「吹」傍書。
15 底原「廣」の略体を書す。角倉素庵は、別字と見て、あるいは字形を整えるために、朱「ヒ」で抹消し「廣」傍書。
16・17 底原「藤」の行書体を書す。角倉素庵は、別字と見て、あるいは字形を整えるために、朱「ヒ」で抹消し「藤」傍書。底には、これらの前後にも「藤」の行書体が使用されているが、角倉素庵は校異していない場合がある。
四三八 3 底「豫」の「予」を「矛」に作るが、「豫」と読取る。
6 底「企」の字形は四一六頁13参照。ここでは、直後の「本名与企」の「企」は通常の字形に書いている。
8 谷、初め「後」と書し、ついで「後」に加筆して「従」に改めるが、さらに「従」を右に傍書。
10 底原「驛」の異体字を書す。角倉素庵は、別字と見て、あるいは字形を整えるために、朱「ヒ」で抹消し「驛」傍書。但し「驛」も誤字。
18 底原「公」の行書体を書す。角倉素庵は、別字を見て、あるいは字形を整えるために、朱「ヒ」で抹消し「公」傍書。
四四〇 4・8 底原「高」の「口」を「几」に作る字形に書す。角倉素庵は、別字と見て、あるいは字形を整えるために、朱「ヒ」で抹消し「亮」傍書。
11 谷は行末にぶらさげて「禰」を補う。
14 四六〇頁4・8参照。
四四二 3 底原「鰥」の魚偏を「角」に誤写。
4 底原「亠」と「京」を合せた字形に誤写。
8 底、前条末に約一〇字分の空白を設けて「丁丑」以下を改行。
10 底原「従」を「後」の如き字形に誤写。
11 底原は「那」の異体字を誤写して「冊」(「刪」と同字)を書す。
12 底原の「企」の字形は四一六頁13参照。
14 四五八頁18参照。
15 四五六頁15参照。なお、角倉素庵は、この直後の底の「廣」の略体字には校異していない。
16 本書では、「磨」と「麻呂」の校異は行わないが、ここでは角倉素庵が校異しているので、掲出する。なお、素庵は、この直後の底の「磨」は校異していない。

四六四
2 底「發」の異体字に書す。角倉素庵は、別字と見て、あるいは字形を整えるために、朱「ヒ」で抹消し「發」(下部は「放」)傍書。
4 底「国等」を、角倉素庵は、「国」の上に朱挿入符、「等」の左上に朱線を付し、「等国」と改めるように指示。
7 底原「㝡」は「寡」の譌字。
8 底原「馭」の旁を「叉」あるいは「又」の如くに作る。角倉素庵は、別字と見て、あるいは字形を整えるために、朱「ヒ」で抹消し「馭」傍書。
9 四三二頁15参照。
12・13 四六四頁2参照。
18 底「皆」を「北」と「日」を合せた字形に誤写。
25 四五六頁16・17参照。
26 四五六頁15参照。
31 底「人」と「未」を合せた字形を書す。
33 兼「今」の上の一字空白(「今上」への闕字)に「今」を書きかけて抹消。

四六六
1 底「模」の旁の下部を「廾」に作る字形に誤写。
5 谷・東・高「亠」と「具」を合せた字形を書す。
6 四一六頁13参照。
10 底「月」と「元」を合せた字形を書す。「既」の誤写。
13 谷「於」の左傍に墨圏点を付す。

四六八
2 底「作」の偏を「夕」の如くに書す。あるいは「、」は墨抹消符か。大頭書按「於外、金本此上有二作字一、或当レ作レ殊」。
6 四五八頁3参照。
10 底「韓」の「韋」は「壽」を擦消しその上に重書。
11 底原「係」の旁の下部を「井」に作る行書体を書す。底新傍は「禰」の如くであるが、「稱」と読取る。
12 底原「聘」の偏を「身」に作る異体字を書す。角倉素庵は、別字と見て、あるいは字形を整えるために、朱「ヒ」で抹消し「聘」傍書。
17 底「応神天皇」に闕字を用いる。現状では行末の「宇」の下に一字あけ、「応神天皇」を改行しているので、あるいは平出か。
19 四六八頁12参照。
21 底原「擇」の異体字を書す。角倉素庵は、別字と見て、あるいは字形を整えるために、朱「ヒ」で抹消し「擇」傍書。

四七〇
6 底原「于」を、角倉素庵は朱「ヒ」で抹消し、あわせて「午イ」(「イ」は朱書)傍書。
10 底傍「男」は「田」と「勿」を合せた字形に書す。「男」の行書体の書誤り。「男」と読取る。
14 底原「尓」は底新傍「尒」の異体字でもあり、「爾」の略体でもある。角倉素庵は、別字と見て、あるいは字形を整えるために、朱「ヒ」で抹消し「尒」傍書。
15 底「天皇」に闕字を用いる。
16 底原「賞」の異体字(「口」を「尸」に作る)を書す。角倉素庵は、別字と見て、あるいは字形を整えるために、朱「ヒ」で抹消し「賞」傍書。
17 本書では「曰」と「日」は文脈に従って読取り校異しないが、ここでは角倉素庵が校訂しているので校異を付す。
18 底「懿」の「心」を「皿」に書き誤る。
20 底原「学」の冠を「与」と「冖」を合せた字形に書すが、これは「學」の「臼」の中を「与」に作る異体字を誤ったもの。角倉素庵は、別字と見て、あるいは字形を整えるために、朱「ヒ」で抹消し「學」傍書。
21 底原「尓」の下に墨圏点の挿入符を付し、行の右傍に補筆された「斯」の左肩に墨線を記す。角倉素庵は墨挿入符の上に朱圏点の挿入符を重書し、墨線と「斯」左肩の間に朱「。Ｉ」を加える。
22 底の傍補の「諜」を、角倉素庵は朱「ヒ」

で抹消し「牒」傍書。

23 底原「澤」の異体字を書す。角倉素庵は、別字と見て、あるいは字形を整えるために、朱「ヒ」で抹消し「澤」傍書。

24 兼「浹」の左傍に朱点あり。

26 底「脩」(シュウ。干肉)は「修」に誤用される。

四七三 1 東傍按「イ無」。高傍按「イ無」は「凡」の一字上の「宜」の右傍に書されるが、東と同じものの位置の傍按と判断した。

3 東「抃」を書き損じて「扞」(「干」の右下に「、」あり)に誤写。

4 東「躍」の「足」偏を「正」の如くに書す。

6 底「聖朝」の上に半字分の空白あり。あるいは闕字か。

7 底原「深」の異体字(旁を「冖」と「木」を合せた字形)を書す。角倉素庵は、別字と見て、あるいは字形を整えるために、朱「ヒ」で抹消し「深」傍書。

8 底原・兼・谷原・東・高「族」の異体字(偏を「扌」に作る)を書す。角倉素庵は、別字と見て、あるいは字形を整えるために、朱「ヒ」で抹消し「族」傍書。印「揆」。

10 底原「換」の異体字を書す。角倉素庵は、別字と見て、あるいは字形を整えるために、朱「ヒ」で抹消し「換」傍書。

12 底は「苅」を「茢」(レツ。葦の穂)の如き字形に書すが、「苅」と読取る。

14 底「天皇」に闕字を用いる。

21 底「亮」を「高」の下部の「口」を「几」に作る字形に書す。角倉素庵は、別字と見て、あるいは字形を整えるために、朱「ヒ」で抹消し「亮」傍書。

22 底原「蕢」を「葉」の異体字の如き字形に書す。

四七四 3 底「辶」と「高」を合せた字形に書すが、「適」と読取る。

5 底「天皇」に闕字を用いる。現状では行末の「年」の下に一字空け、「天皇」を改行しているので、あるいは平出か。

9 底「寠」は「寡」の譌字。角倉素庵は、別字と見て、あるいは字形を整えるために、朱「ヒ」で抹消し「寡」傍書。

10 兼・谷・東「𦙶」(バツ。はら)の如く書すが、「昧」と読取る。

11 四六四頁8参照。

12 四三二頁15参照。

13 「旰」(カン)は暮れる、「旴」(ク)は朝。

14 東・高「宵」の上部を「雨」の如くに作る。

15 底「扂」は「屆」と同字。

16 四七〇頁25参照。

19 兼「兼」の下に墨圏点を記し「一字虫損」と朱傍書。谷・高「兼」の下に朱圏点を記し「一字虫損」と朱傍書。東「兼」の下に墨圏点を記して「一字虫損」と傍書。

四七六 1 底「聖武皇帝」に平出を用いる。

2・3 四六四頁2参照。

6 底「聖武皇帝」に闕字を用いる。

7 底「勇」の行書体を書す。角倉素庵は、別字と見て、あるいは字形を整えるために、朱「ヒ」で抹消し「勇」傍書。

9 底「宰」の異体字を書す。角倉素庵は、別字と見て、あるいは字形を整えるために、朱「ヒ」で抹消し「宰」傍書。

10 底「従」の旁は、初め「受」を書き、擦消して重書。

11・12 谷の「之」は「三」と字形が似ており、あるいは「三」と読取るべきか。大は、本文で「居」の下に「「之」(「之」は衍字)三(傍点あり)」と谷の「之五(「五」は傍補)」の表記をし、頭書按で「之」について「之、金本无、恐衍」、三について「三、原作レ五、拠ニ上文延暦八年正月紀及御本・金本一改」とする。

15 諸本「矛」と「令」を合せた字形に書すが、「矜」と読取る。

16 兼・東・高「賜」の下の一字分の空白に墨圏点あり(東は墨圏点と推定)。谷原「賜」の下に一字分の空白あり墨圏点を付し、次いで墨圏点の上に「衣」を重書し、さらに「衣」の右肩に「之」を傍書し、本文に「之衣」を補う。

19 底、前条末に八字分の空白を設けて、「癸丑」以下を改行する。

22 底原「子」と「尓」を合せた字形に書す。

四七八 1 底原「筋」の行書体に基づく字形(竹冠を草冠に、「月」を「角」に作る)に誤写。角倉素庵は、別字と見て、あるいは字形を整えるために、朱「ヒ」で抹消し「筋」傍書。

3 底重「徴」の異体字を書す。角倉素庵は、別字と見て、あるいは字形を整えるために、朱「ヒ」で抹消し「徴」傍書。

4 四六四頁2参照。

7 本書では、「土」と「士」とは文脈に従い読取るが、ここでは角倉素庵が校異を加えているので掲出する。底、角倉素庵は初め「士イ」(「イ」は朱書)と傍書したが、ついで朱「イ」を擦消して朱「ヒ」を書す。

8 大頭書按に「佃、或当レ作レ田」。

9 底原「蓄」の異体字(行書体による)を書す。角倉素庵は、別字と見て、あるいは字形を整えるために、朱「ヒ」で抹消し「蓄」傍書。

11 底原「訖」の異体字を書す。角倉素庵は、別字と見て、あるいは字形を整えるために、朱「ヒ」で抹消し「訖」傍書。

13 底「天聴」に闕字を用いる。

14 底原「孺」の異体字を書す。角倉素庵は、別字と見て、あるいは字形を整えるために、朱「ヒ」で抹消し「孺」(偏を「歹」に作る異体字)傍書。谷「孺」(異体字)の左傍に墨圏点を付して抹消し、右に「孺」傍書。

16 底新朱抹傍・大「宦」の異体字(冠を「穴」に作る)を書す。

17 底原「還」の異体字を書す。角倉素庵は、別字と見て、あるいは字形を整えるために、朱「ヒ」で抹消し「還」傍書。

四六〇 4 底原「徴」の異体字を書す。角倉素庵は、別字と見て、あるいは字形を整えるために、朱「ヒ」で抹消し「徴」傍書。

11 底・兼等「褎」は「裔」と同字。谷「褎」の左に墨圏点を付して抹消し「裔」傍書。大「裔」。

13 東「改」の右に「イ無」と傍書。高「改」の右に「イ无」と傍書。

15 底新朱抹傍は「褎」の「商」を「高」に誤写。

16 底新傍朱按「イ无」。

17 底原「号」の下部を「力」に作る。角倉素庵は、別字と見て、あるいは字形を整えるために、朱「ヒ」で抹消し「号」傍書。

20 本書は「日」と「曰」は文脈に従い読取り校異しない。ここは、角倉素庵が校異しているので掲出する。

21 底原「来」を行書体風に書す。角倉素庵は、別字と見て、あるいは字形を整えるために、朱「ヒ」で抹消し「来」傍書。

27 底原「双」と「口」を合せた字形を書す。

29 底「正」の下に墨圏点の挿入符を付して、右に「之」傍書。角倉素庵は墨圏点に朱圏点重書。

四六二 5 大頭按「並、或衍、神名式、陸奥国、有ニ石神山精神社一」。

9 東「早」の縦棒が「日」を貫く字形に書す。

12 兼「典」の下の一字分の空白に墨点を付す。谷「典」の下の一字分の空白に墨点を付し、ついで墨点の上に「帝」重書。

13 「禹」は「宇」の籀文で、異体字。底は「禹」を「日」と「内」を合せた字形に書すが、「禹」と読取る。

14 底原「猶」の行書体を書す。角倉素庵は、別字と見て、あるいは字形を整えるために、朱「ヒ」で抹消し「猶」傍書。

16 底新朱抹傍・兼・東・高「秩」の偏を「ネ」に作るが「秩」と読取る。

20・21 底は「治」の下に墨挿入符(圏点)を付して「真大」を右に傍補。角倉素庵は、「治」の下の墨挿入符に朱挿入符(朱圏点)を重書し、「真」を朱「ヒ」で抹消し、右に「直」と傍書して「直大」と改める。

四六四 7 狩「士」に「土」と傍書。伴「士」に「主イ」と傍書。

15 兼・谷「埦」の左傍に朱点を付す。

18 底は「在」(重書)を墨「〃」で抹消し、右に「在」傍書。

19 紀略「十年」の上に「辛未」割書。

21 底原「戊」の「ノ」のない字形に書す。角倉素庵は、別字と見て、あるいは字形を整えるために、「ノ」を加筆。

23 底原「濟」の異体字(旁の下部を「日」に作る)を書す。角倉素庵は、別字と見て、あるいは字形を整えるために、朱「ヒ」

で抹消し「済」傍書。

25 **底原**「原」の「小」を「一」の如くに略した字形に書す。角倉素庵は、別字と見て、あるいは字形を整えるために、朱「ヒ」で抹消し「原」傍書。

四八六

1 **底**は、この前後で「巨」と「臣」の行書体を書きわけているようにも見えるが、ここでは「臣」と読取った。

6 **底原**「大」の如くに書すが、前後の「大」の字とは少し字形が異なるので、「火」と読取る。

10 **谷**「牒」の右傍に圏点を付し、その上に「諜イ」重書。

13 **底原**「是」と書す（多少字形が崩れる）。角倉素庵は、別字と見て、あるいは字形を整えるために、朱「ヒ」で抹消し「是」傍書。

14 **底**「熊」の上に一字分の空白あり。

15 四六二頁**16**参照。

20 **底原**「分」と「几」を合せた字形に書す。

21 **底原**「啓」の異体字（上部を「石」「又」に作る）を書す。角倉素庵は、別字と見て、あるいは字形を整えるために、朱「ヒ」で抹消し「啓」傍書。

22 **底**「欣」と読取る。

四八八

1 **底原**「額」の異体字（「客」を「各」に作る）を書す。角倉素庵は、別字と見て、あるいは字形を整えるために、朱「ヒ」で抹消し「額」傍書。

2 四二二頁**2**参照。

6 **底原**「猶」を「猶」の異体字に「寸」を加えた如き字形に誤写。

7 **底原**「稟」の異体字を書す。角倉素庵は、別字と見て、あるいは字形を整えるために、朱「ヒ」で抹消し「稟」傍書。

18 **底原**「能」の異体字を書す。角倉素庵は、別字と見て、あるいは字形を整えるために、朱「ヒ」で抹消し「能」傍書。

19 **底原**「俊」の異体字を書す。角倉素庵は、別字と見て、あるいは字形を整えるために、朱「ヒ」で抹消し「俊」傍書。

20 **底原**「齋」の下部を「日」「小」を合せた字形に誤写。

21・22・23 四六二頁**16**参照。

四九〇

2 **底原**「川」と書すが、角倉素庵は、別字と見て、あるいは字形を整えるために、朱「ヒ」で抹消し「川」傍書。

5 **兼・東・高**、一字分空白に「丶」を記す。**谷**、一字分空白に「丶」を付し、その上に「下」重書。

6 四五八頁**3**参照。

9 四二二頁**2**参照。

四九二

1 **義**頭注「按、甲辰、不レ応レ在二乙未上干支一、必有二一誤一」。**狩**「推二干支一、甲辰、当レ移二癸卯条下一」。**考證**「甲辰、是月辛卯朔、十四日甲辰、当レ叙二癸卯下一」。**大**頭按「甲辰、此条、当レ在二癸卯条次一」。

3・4・5 **底**「朝臣緒継」は、初め「継」を書し、ついで「継」を擦消して「緒」に改め、さらに「継」を加えて「緒継」とし、さらに「原」の下に墨挿入符を書し「朝臣」を傍書し、「朝臣緒継」と整える。

9 四二二頁**2**参照。

12 **底原**「部」の略体字「マ」（「了」の如き字形）を書す。角倉素庵は、別字と見て、あるいは字形を整えるために、朱「ヒ」で抹消し「部」傍書。

13 **底**「国」の下に墨挿入符（圏点）を付し、右に「盤」傍補。ついで、角倉素庵は、墨挿入符に朱挿入符（圏点）を重書し「盤」を朱「ヒ」で抹消し、左に「磐」傍書。

18 **底原**「寛」と書す（多少字形崩れる）。角倉素庵は、別字と見て、あるいは字形を整えるために、朱「ヒ」で抹消し「寛」傍書。

四九四

1・2 **東・高**「吉」を「真」の右傍に書すので、「真」と「備」の間に入るとの校異とは読取らなかった。

5 **底原・底新**朱抹傍ともに「舛」の「夕」を「夕」に作るが、「舛」と読取る。角倉素庵は、底原「舛」を別字と見て、あるいは字形を整えるために、朱「ヒ」で抹消し「舛」傍書。

7 **兼・谷**「浪」に似るが、「限」と読取る。

16 四七〇頁**17**参照。

17 **底**「新」の左上の「立」を「九」に作るが、八字・一一字あとの「親」の「立」も「九」に作るので、「新」と読取る。

四九六 4 兼・谷・高「氏」の下部に「丶」があるが、句読点と見て「氏」と読取る。

5 底「勅」に闕字を用いる。

14 四八〇頁17参照。

16 四八二頁14参照。

18 四八〇頁17参照。

22 四七〇頁17参照。

四九八 2 四八〇頁4参照。

4 印「文」。

7 底「叙」の左半部を「全」の如くに作るが、「叙」と読取る。

11 四四八頁6参照。

17 大頭按「浄庭王、恐当レ作二浄庭女王一」。

五〇〇 7 底新傍朱按「イ无」。

8 四七二頁10参照。

9 底「皇后宮」に闕字を用いる。

12 底「新」の字形は四九四頁17参照。

13 底「修」の行書体を書す。角倉素庵は、別字と見て、あるいは字形を整えるために、朱「ヒ」で抹消し「修」傍書。

15 底「勅」に闕字を用いる。

16 高「名」を擦消して「各」を重書し、ついで右に「名」傍書。

18 大頭按「共、原作レ夫、今従二金本一」とするが、大の底本の谷には「失」とある。

五〇二 2 四九〇頁2参照。

3 底「刀自」の合字「[刀/目]」を「刀」と「目」を合せた字形に誤写。

4 四六二頁16参照。

6 底「篠」の「條」を「修」に誤写。

7 大頭按「頭、当レ作レ首」。

11・13 四六二頁16参照。

19 底原「男」を「界」の如くに書す。角倉素庵は、別字と見て、あるいは字形を整えるために、朱「ヒ」で抹消し「男」傍書。

五〇四 2・3 底「望」に、角倉素庵は「望蒙イ」(「イ」は朱書)と傍書。

4 四五八頁3参照。

9 底「獲」を「又」を欠く字形に誤写。

13 底「部」の左傍に墨抹消符「ミ」を付し、右に「都」と傍書。角倉素庵は底の右傍書「都」に朱「イ」を付加。

14 四二二頁2参照。

五〇六 12 底原「叙」の右半を「又」に作る。角倉素庵は、別字と見て、あるいは字形を整えるために、朱「ヒ」で抹消し「叙」傍書。

13 四五八頁3参照。

15 底原「断」の左半部を行書体風に書す。角倉素庵は、別字と見て、あるいは字形を整えるために、朱「ヒ」で抹消し「断」傍書。

20 底原「譯」の異体字を書す。角倉素庵は、別字と見て、あるいは字形を整えるために、朱「ヒ」で抹消し「譯」傍書。

五〇八 2 底新傍按朱「イ无」。

5 「褁」と「裔」は四八〇頁11参照。底・兼等「褁」。谷傍・大「裔」。

8 底「聖朝」に闕字を用いる。

9 底「冀」の「北」を「口」の如くに作り「冀」を書き誤る。

10 底「勅」に闕字を用いる。

13 底「或」の異体字を書す。角倉素庵は、別字と見て、あるいは字形を整えるために、朱「ヒ」で抹消し「或」傍書。

16 底新朱傍按「イ无」。

五一〇 1 底原「守」の「寸」を「オ」の如くに書す。角倉素庵は、別字と見て、あるいは字形を整えるために、朱「ヒ」で抹消し「守」傍書。

12 底「麿」あるいは「麻呂」か。

14 四五八頁3参照。

五一二 2 底「朝庭」に闕字を用いる。

3 底の字形は四五八頁3参照。

11 五〇四頁9参照。

五一四 2 四一八頁11参照。

付表・付図

国府所在地一覧

	国名	郡名	国府所在地
畿内	大和	葛上	奈良県御所市名柄
		高市	奈良県橿原市久米町
	河内	志紀	大阪府藤井寺市国府
	和泉	和泉	大阪府和泉市府中町
	摂津		(摂津職)
	山背	相楽	*京都府相楽郡山城町
		葛野	*京都市右京区
東海道	伊賀	阿拝	三重県上野市坂之下
	伊勢	鈴鹿	三重県鈴鹿市広瀬町
		鈴鹿	三重県鈴鹿市国府町
	志摩	英虞	三重県志摩郡阿児町国府
	尾張	中嶋	*愛知県稲沢市下津町
	三河	宝飯	愛知県豊川市白鳥町・国府町
	遠江	磐田	静岡県磐田市中泉
	駿河	安倍	静岡県静岡市駿府町付近
	伊豆	田方	静岡県三島市
東海道	甲斐	山梨	山梨県東山梨郡春日居町国府
	相模	大住	神奈川県平塚市四之宮
	武蔵	多磨	東京都府中市府中付近
	安房	平群	千葉県安房郡三芳村府中
	上総	市原	千葉県市原市
	下総	葛飾	千葉県市川市国府台
	常陸	茨城	茨城県石岡市総社
東山道	近江	栗太	滋賀県大津市大江付近
	美濃	不破	岐阜県不破郡垂井町府中
	飛驒	大野	*岐阜県高山市上岡本町付近
		荒城	*岐阜県吉城郡国府町
	信濃	小県	*長野県上田市
		筑摩	*長野県松本市惣社
	上野	群馬	群馬県前橋市元総社町
	下野	都賀	栃木県栃木市田村町
	陸奥	宮城	宮城県多賀城市市川付近
	出羽	秋田	秋田県秋田市寺内
北陸道	若狭	遠敷	福井県小浜市遠敷
	越前	丹生	福井県武生市
	能登	能登	石川県七尾市古府町
	越中	射水	富山県高岡市伏木古国府
	越後	頸城	新潟県上越市今池付近
	佐渡	雑太	新潟県佐渡郡真野町

道	国名	郡名	所在地
山陰道	丹波	桑田	京都府亀岡市千代川町
	丹後	与謝	＊京都府宮津市中野
	但馬	気多	兵庫県城崎郡日高町
	因幡	法美	鳥取県岩美郡国府町中郷
	伯耆	久米	鳥取県倉吉市国府・国分寺
	出雲	意宇	島根県松江市大草町
	石見	那賀	島根県浜田市
	隠岐	周吉	島根県隠岐郡西郷町下西
山陽道	播磨	飾磨	兵庫県姫路市本町付近
	美作	苫田	岡山県津山市総社
	備前	上道	岡山県岡山市国府市場
	備中	賀夜	岡山県総社市金井戸
	備後	葦田	広島県府中市府川町付近
	安芸	賀茂	広島県東広島市西条町
		安芸	広島県安芸郡府中町
	周防	佐波	山口県防府市国衙付近
	長門	豊浦	山口県下関市長府町
南海道	紀伊	名草	和歌山県和歌山市府中
	淡路	三原	＊兵庫県三原郡三原町市
	阿波	名方	徳島県徳島市国府町
	讃岐	阿野	香川県坂出市府中町
	伊予	越智	愛媛県今治市
	土佐	長岡	高知県南国市比江
西海道	筑前	御笠	福岡県太宰府市通古賀
	筑後	御井	福岡県久留米市合川町付近
	豊前	仲津	福岡県京都郡豊津町国作・惣社
	豊後	大分	大分県大分市古国府
	肥前	佐嘉	佐賀県佐賀郡大和町久池井
	肥後	益城	熊本県下益城郡城南町
		託麻	熊本県熊本市出水町国府
	日向	児湯	宮崎県西都市
	大隅	贈於	鹿児島県国分市向花町
	薩摩	高城	鹿児島県川内市御陵下町付近
	壱岐	壱岐	＊長崎県壱岐郡石田町
	対馬	下県	長崎県下県郡厳原町

※国府所在地は、続日本紀の時期を対象とした。
※＊を付したのは推定地。
※「付近」は、その地名を含む周辺の地域の意。
※参考文献

「国府研究の現状」その一・その二『国立歴史民俗博物館研究報告』一〇・二〇 一九八六年・一九八九年。

角田文衞編『新修国分寺の研究』一—七、一九八六—一九九七年。

奈良国立文化財研究所『埋蔵文化財ニュース』八一、一九九六年。

日本考古学協会三重県実行委員会『国府——畿内・七道の様相——』一九九六年。


（吉村武彦）

皇室系図

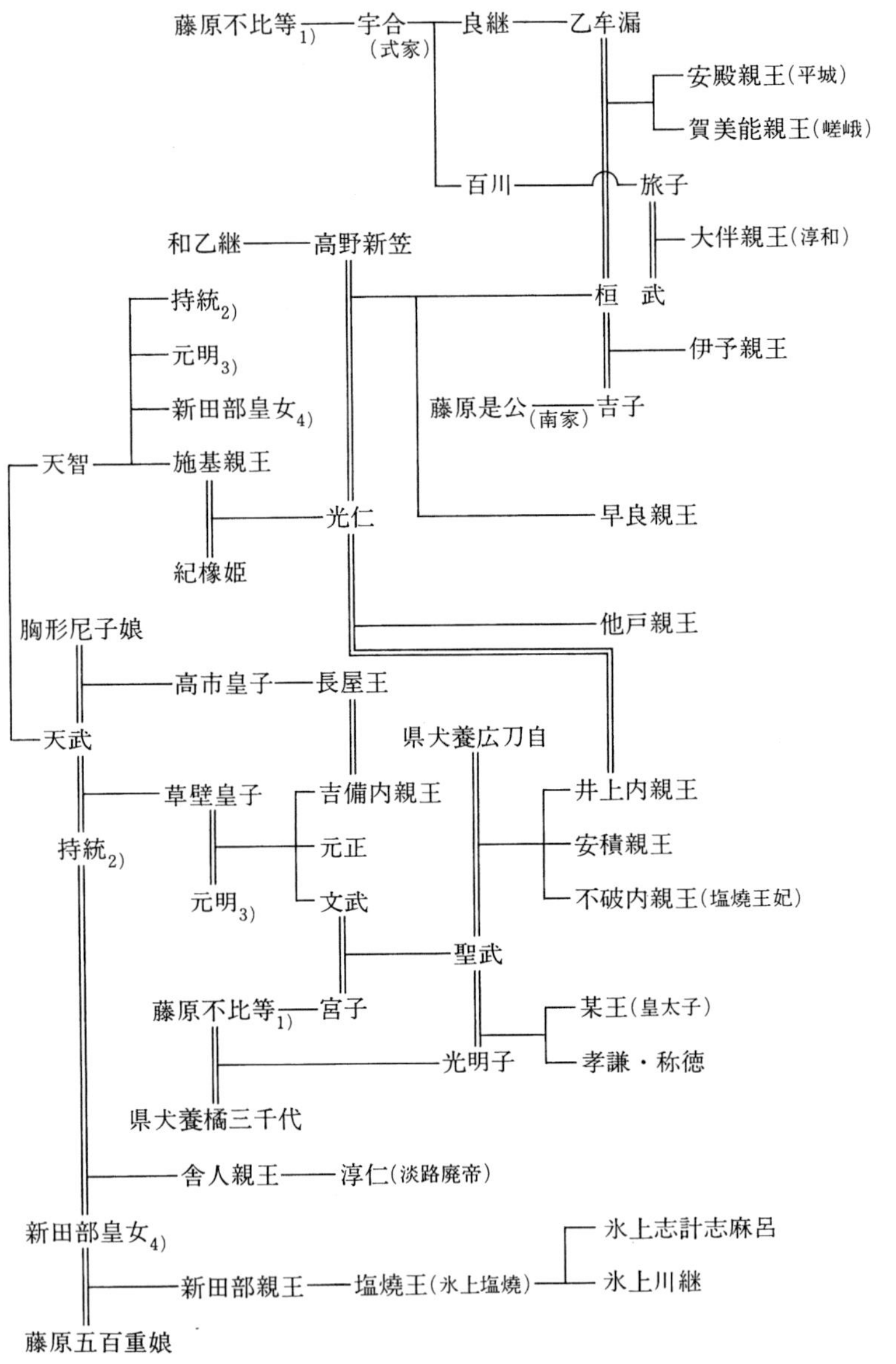

＊姻戚関係などを示すために重複して掲出した人物には、1) 2) …の番号を付した。(亀田隆之)

六六八

長岡京条坊図

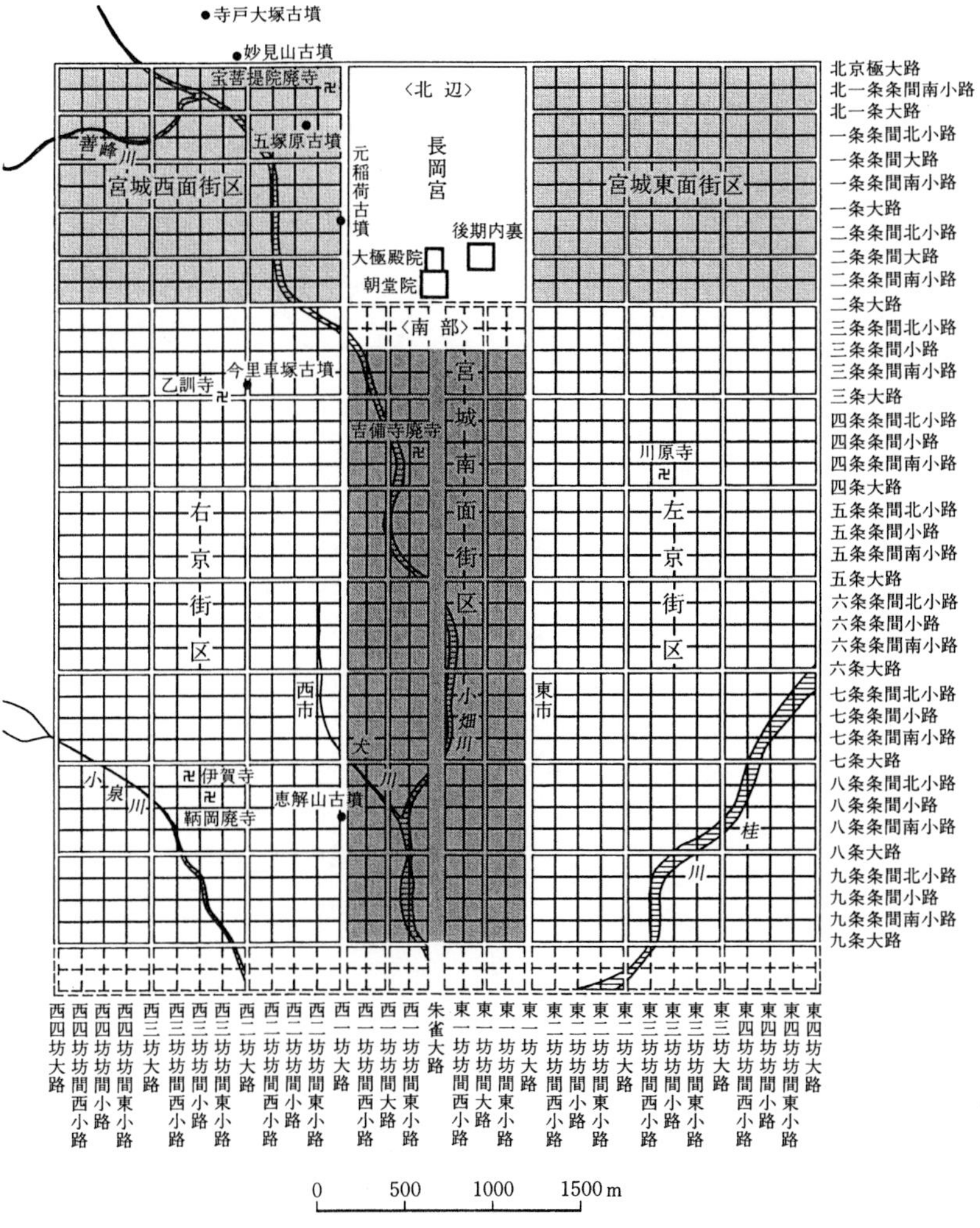

（山中章作図、『長岡京市史』本文編一 長岡京市史編さん委員会 1996年）

後記

本大系の続日本紀は、続日本紀注解編纂会の会員が協力して執筆したものである。その構成員は、左記の通りである。

青木和夫　池田　温　石上英一　稲岡耕二　(故)井上光貞　(故)大曾根章介　岡田隆夫
沖森卓也　加藤　晃　加藤友康　亀田隆之　北　啓太　鬼頭清明　佐々木恵介
笹山晴生　佐藤　信　白藤禮幸　早川庄八　黛　弘道　丸山裕美子　森田　悌
柳雄太郎　山口英男　吉岡眞之　吉田　孝　吉村武彦

刊行に至る経緯については、「新日本古典文学大系」12(『続日本紀』一)巻末の「後記」に記しているが、全分冊の刊行を終えるにあたり、その後の経過について簡単に触れておきたい。

本書の編纂は、第一分冊以来、本文の校訂は吉岡・石上、訓読文の作成は白藤・沖森がそれぞれ担当し、注解も各巻ごとに担当者を決めて進められた。しかし、九年に及ぶ時日が経過する間、不慮の事態も多く発生した。一九九三年には、本大系の編集委員でもある大曾根が物故した。体調を崩す者、勤務先が変更になり、あるいは責任の重い部署につくことによって時間を奪われる者も現われ、それへの対応を迫られることになった。

こうして、原文の整定・校異については、第四分冊から北・加藤友康・山口の三名がその作業を支えることとなり、注解についても当初の分担を変更・調整し、第三分冊から佐々木、第四分冊から丸山、第五分冊から佐藤がそれぞれ加わった。各巻の執筆分担については、それぞれの分冊巻頭の凡例に記されている通りである。

編纂の進行のためには、研究会を定期的に開き、編纂方針や今後の進行に関する協議を行った。注解原稿については、研究会での全員の討議のほか、校正の段階で、五名の調整委員が各巻の注解担当者とともに問題点の整理に当たり、全巻を通しての調整に努めた。調整委員はまた、各巻を分担して最終的な処理にも当たった。各分冊の担当者は、左記の通りである。

第一分冊　早川　　第二分冊　青木　　第三分冊　吉田　　第四分冊　笹山　　第五分冊　亀田

このほか、第一分冊から引き続き、稲岡・池田の両名は、国文学・中国史の立場から全巻を通覧して問題点を指摘し、稲岡はまた、宣命部分の訓読・注解をも担当した。地名に関する項目については、佐々木が全体の点検に当たった。また原本との最終的な対校のため、原文担当者による名古屋市博物館蓬左文庫・天理大学天理図書館への出張も継続して行った。

全作業の完了にあたり、古写本の底本・校合への使用をはじめ、編纂に関するもろもろの作業に御協力いただいた各位、諸機関に対し、あらためてお礼申し上げる。

（笹山晴生）

新 日本古典文学大系 16
続日本紀 五

1998年 2月16日 第1刷発行
2011年 4月15日 第5刷発行
2019年 1月10日 オンデマンド版発行

校注者 青木和夫《あおきかずお》 稲岡耕二《いなおかこうじ》
笹山晴生《ささやまはるお》 白藤禮幸《しらふじのりゆき》

発行者 岡本 厚

発行所 株式会社 岩波書店
〒101-8002 東京都千代田区一ツ橋 2-5-5
電話案内 03-5210-4000
http://www.iwanami.co.jp/

印刷／製本・法令印刷

ISBN 978-4-00-730837-6 Printed in Japan